LE TRÔNE
DE FER

DU MÊME AUTEUR

Le Trône de Fer

1. Le Trône de Fer
2. Le Donjon rouge
3. La Bataille des rois
4. L'Ombre maléfique
5. L'Invincible Forteresse
6. Les Brigands
7. L'Épée de feu
8. Les Noces pourpres
9. La Loi du régicide
10. Le Chaos
11. Les Sables de Dorne
12. Un Festin pour les corbeaux
13. Le Bucher d'un roi
14. Les Dragons de Meereen

Hors série

Le Chevalier errant *suivi de* L'Épée lige

GEORGE R.R. MARTIN

LE TRÔNE DE FER

L'intégrale 1

roman

Traduit de l'américain par Jean Sola

Pygmalion

Titre original :
A GAME OF THRONES

Cet ouvrage a paru en langue française sous les titres suivants :
Le Trône de fer, Paris, 1998
Le Donjon rouge, Paris, 1999
réunis ici en un seul volume sous le titre : *Le Trône de fer*, l'intégrale 1

Texte intégral

Sur simple demande adressée à
Pygmalion, 87 quai Panhard-et-Levassor 75647 Paris Cedex 13,
vous recevrez gratuitement notre catalogue
qui vous tiendra au courant de nos dernières publications.

ISBN 978-2-7564-0810-1

Pour Melinda

PRINCIPAUX PERSONNAGES

MaisonTargaryen (le dragon)

Le prince Viserys, prétendant « légitime » au Trône de Fer, en exil à l'est depuis le renversement et la mort de ses père, Aerys le Fol, et frère, Rhaegar

La Princesse Daenerys, sa sœur, épouse du Dothraki Khal Drogo

Maison Baratheon (le cerf couronné)

Le roi Robert, dit l'Usurpateur

Lord Stannis, seigneur de Peyredragon, et lord Renly, seigneur d'Accalmie, ses frères

La reine Cersei, née Lannister, sa femme

Le prince héritier, Joffrey, la princesse Myrcella, le prince Tommen, leurs enfants

Maison Stark (le loup-garou)

Lord Eddard (Ned), seigneur de Winterfell, Main du Roi

Benjen (Ben), chef des patrouilles de la Garde de Nuit, son frère, porté disparu au-delà du Mur

Lady Catelyn (Cat), née Tully de Vivesaigues, sa femme

Robb, Sansa, Arya, Brandon (Bran), Rickard (Rickon), leurs enfants

Jon le bâtard (Snow), fils illégitime officiel de Lord Stark et d'une inconnue

La Maison Lannister (le lion)

Lord Tywin, seigneur de Castral Roc

Kevan, son frère

Jaime, dit le Régicide, frère jumeau de la reine Cersei, et Tyrion le nain, dit le Lutin, ses enfants

Maison Tully (la truite)

Lord Hoster, seigneur de Vivesaigues

Brynden, dit le Silure, son frère

Edmure, Catelyn (Stark) et Lysa (Arryn), ses enfants

PRÉLUDE

« Mieux vaudrait rentrer, maintenant…, conseilla Gared d'un ton pressant, tandis que, peu à peu, l'ombre épaississait les bois à l'entour, ces sauvageons sont bel et bien morts.

— Aurais-tu peur des morts ? » demanda ser Waymar Royce, d'une lippe imperceptiblement moqueuse.

— Gared était trop vieux pour relever la pique. En avait-il vu défiler, depuis cinquante ans et plus, de ces petits seigneurs farauds !

« Un mort est un mort, dit-il, les morts ne nous concernent pas.

— S'ils sont morts…, répliqua doucement Royce, et rien ne prouve que ceux-ci le soient.

— Will les a vus. Et s'il dit qu'ils sont morts, la preuve en est faite, pour moi. »

Will s'y attendait. Tôt ou tard, les deux autres l'embringueraient dans leur dispute. Il aurait préféré tard. Aussi maugréa-t-il : « Ma mère m'a appris que les morts ne chantaient pas de chansons.

— Ma nourrice aussi, rétorqua Royce, mais ce que serinent les bonnes femmes en donnant le sein, sornettes, crois-moi. Il est des choses que les morts eux-mêmes peuvent nous enseigner. »

À ces mots lugubres, la forêt noyée par le crépuscule offrit un écho si tonitruant que Gared s'empressa d'observer : « Pas près d'arriver. Huit jours de route, voire neuf. Et la nuit qui tombe…

— Et alors ? dit nonchalamment ser Waymar Royce, avec un regard dédaigneux vers le ciel, c'est l'heure où elle tombe chaque jour. Le noir t'affolerait, Gared ? »

Malgré l'épais capuchon noir qui lui dérobait les traits du vieux, Will discerna la crispation des lèvres et un éclair de rage mal réprimée. Certes, Gared assurait la garde de nuit depuis son adolescence, et quarante années d'expérience ne le prédisposaient pas à se laisser taquiner par un étourneau, mais, par-delà l'orgueil blessé se percevait en lui quelque chose d'autre, quelque chose de bien plus grave, de quasi palpable : une tension nerveuse qui menaçait d'avoisiner la peur.

Or, ce malaise, Will le partageait, si cuirassé fût-il lui-même par quatre années de service au Mur. Si l'afflux brutal de mille récits fantastiques lui avait, lors de sa première mission au-delà, liquéfié les tripes – mais quelle rigolade, après… ! –, maintenant, les ténèbres insondables que les bougres du sud appelaient la forêt hantée ne lui causaient plus, ça non, la moindre terreur, après tant et tant de patrouilles.

Sauf ce soir. Mais ce soir différait des autres. Les ténèbres avaient, ce soir, une espèce d'âpreté qui vous hérissait le poil. Neuf jours que l'on chevauchait vers le nord, le nord-ouest puis derechef le nord, qu'on chevauchait dur sur les traces de cette bande de pillards, et que, ce faisant, l'on s'éloignait de plus en plus du Mur [1]. Neuf jours, chacun pire que le précédent, et le pire de tous, celui-ci. Avec ce vent froid qui soufflait du nord et qui arrachait aux arbres des bruissements de choses en vie. À tout instant, Will s'était senti, ce jour-là, sous le regard de quelque chose, un regard froid, implacable, hostile. Gared aussi. Et Will ne désirait rien tant que de regagner au triple galop la protection du Mur. Un désir dont, par

1. Voir cartes en fin de volume.

malheur, mieux valait faire son deuil quand on n'était qu'un subalterne.

Surtout sous les ordres d'un chef pareil…

Dernier-né d'une ancienne maison trop riche en rejetons, ser Waymar Royce était un beau jouvenceau dont les dix-huit ans arboraient, outre force grâces et des yeux gris, une sveltesse de fleuret.

Juché sur son énorme destrier noir, il dominait de haut Will et Gared, montés plus petitement. Botté de cuir noir, culotté de lainage noir, ganté de taupe noire, il portait une délicate et souple cotte de mailles noire qui miroitait doucement pardessus de coquets entrelacs de laine noire et de cuir bouilli. Bref, si ser Waymar n'était frère juré de la Garde de Nuit que depuis moins d'un an, nul du moins ne pouvait lui reprocher de ne s'être point apprêté en vue de sa vocation.

Surtout que le clou de sa gloire était une pelisse de zibeline noire, aussi moelleuse et douce que de la soie…

« Comment, non ? se gaussait Gared, au cours des beuveries du camp, si fait ! toutes ces bestioles, il les a tuées de ses propres mains, notre puissant guerrier… Leurs petites têtes, couic, arrachées d'un tour de main. »

S'en était-on claqué les cuisses, avec les copains !

Quand même dur d'accepter les ordres d'un homme dont on se moque entre deux lampées, songea Will, tout frissonnant sur son bourrin. Gared a dû le penser aussi.

« Les ordres de Mormont étaient de les pister, ronchonna Gared, on l'a fait. Ils sont morts. Plus la peine de s'en tracasser. Il nous reste une rude course, et j'aime pas ce temps. S'il se met à neiger, c'est quinze jours qu'il nous faudra… et la neige serait un moindre mal. Déjà vu des tempêtes de glace, messer ? »

Le jeune chevalier parut n'avoir pas entendu. De son petit air favori d'ennui distrait, il examinait le noircissement du crépuscule. Mais Will l'avait déjà suffisamment pratiqué pour savoir que mieux valait ne pas l'interrompre quand il regardait de cette façon.

« Redis-moi donc ce que tu as vu, Will. Point par point. Sans omettre aucun détail. »

Avant d'entrer dans la Garde de Nuit, Will chassait. Braconnait, plus exactement. Aussi, pris en flagrant délit par les francs-coureurs des Mallister, sur les terres des Mallister, en train de dépouiller un daim des Mallister, n'avait-il pas balancé entre le bonheur de perdre une main et celui d'endosser la tenue noire. Et les frères noirs s'avisèrent vite qu'il n'avait pas son pareil pour courir les bois silencieusement.

« Leur bivouac se trouve à deux milles d'ici, sur cette crête-là, précisa-t-il, juste à côté d'un ruisseau. Je m'en suis approché le plus possible. Ils sont huit, hommes et femmes. Pas d'enfants, semble-t-il. Ils se sont bricolé un abri à l'aplomb du roc. La neige le camoufle pas mal, à présent, mais je pouvais encore tout distinguer. Le feu ne brûlait pas dans la fosse, et je la voyais comme je vous vois. Personne ne bougeait. J'ai regardé longtemps. Aucun être vivant ne peut affecter semblable immobilité.

— Des traces de sang ?

— N… nnon.

— Des armes ?

— Des épées, quelques arcs. L'un des hommes avait une hache effroyable. En fer, très massive, à double tranchant. Elle gisait sur le sol, près de lui, à portée de sa main droite.

— Tu te rappelles la position des corps ? »

Will haussa les épaules. « Un couple adossé au rocher. La plupart des autres à même le sol. Tombés, je dirais.

— Ou en train de dormir…, insinua Royce.

— Tombés, maintint Will. Une femme était perchée dans un ferrugier. Les branches la cachaient à demi. Le genre à vue perçante, sourit-il, finaud, mais je me suis débrouillé pour ne pas me laisser repérer. Et, parvenu plus près, j'ai constaté qu'elle non plus ne bougeait pied ni patte. »

À son corps défendant, un frisson le parcourut.

« Froid ? demanda Royce.

— Un peu, marmonna-t-il. Le vent, messer. »

Sans souci de son destrier qui ne cessait de caracoler sur place ni des feuilles mortes qui les frôlaient en murmurant, le freluquet se retourna vers l'homme d'armes grisonnant et, d'un ton neutre, questionna, tout en rectifiant le drapé de ses interminables zibelines :

« À ton avis, Gared, ces gens seraient morts de quoi ?

— De froid, répondit l'autre sans hésiter, et je ne suis pas né de l'hiver dernier. La première fois que j'ai vu un homme succomber au gel, j'étais mioche. Les gens ont beau vous jeter à la tête des quarante pieds de neige et vous assener les ululements glacés de la bise, foutaises ! le véritable ennemi, c'est le froid. Il s'y prend de manière plus silencieuse que Will lui-même, il vous entame par la tremblote et les claquements de dents, vous battez la semelle en rêvant d'épices, de vin chaud, de belles et bonnes flambées. Ça, pour brûler, il brûle, sûr et certain. Rien ne brûle comme le froid. Un moment, du moins. Ensuite, il se faufile en vous, se met à vous submerger si parfaitement que vous ne tardez guère à vous abandonner. Pourquoi lutter quand il est tellement plus simple de s'asseoir et de s'assoupir ? Il paraît que c'est indolore de bout en bout. Que vous commencez par vous sentir flasque et gourd tandis que tout, autour, s'estompe, et que vous avez peu à peu l'impression de sombrer dans un océan de lait chaud. Une mort paisible, quoi.

— Quelle éloquence ! s'extasia ser Waymar. Je ne te soupçonnais pas ce talent, Gared.

— C'est qu'il m'en a cuit, beau seigneur. »

Repoussant son capuchon, Gared offrit à l'impertinent tout loisir d'admirer les hideux vestiges de ses oreilles.

« Les deux, messire. Plus trois orteils et le petit doigt de ma main gauche. À bon compte, en somme. Meilleur que mon frère. On l'a retrouvé tout raide, à son poste, avec un sourire figé. »

À quoi ser Waymar repartit, avec un haussement d'épaules : « Tu devrais t'habiller plus chaudement, Gared. »

Gared le foudroya d'un regard haineux, tandis que s'empourpraient de colère les cicatrices laissées à la place de ses oreilles par le scalpel de mestre Aemon.

« On verra, l'hiver venu, ce que vous appelez s'habiller chaudement », grogna-t-il en rabattant son capuchon.

En le voyant, sombre et muet, se tasser sur l'encolure de son bidet, Will crut bon d'intervenir :

« Si Gared dit que c'est le froid…

— Tu as monté la garde, la semaine dernière ? l'interrompit ser Waymar.

— Oui. »

Belle question ! Comme s'il s'écoulait une seule semaine sans des tripotées de factions… Que mijotait-il encore, le bougre ?

« Et l'aspect du Mur ?

— Suintant. »

C'est donc là, se renfrogna Will, qu'il voulait en venir… À contrecœur, il grommela : « Le gel n'a pu les tuer, puisque le Mur suintait. Il ne faisait pas assez froid.

— Mes félicitations, acquiesça Royce. Il a de-ci de-là vaguement gelé, ces jours derniers, neigé aussi, mais des averses éparses. En tout cas pas fait de froid assez rigoureux pour exterminer huit adultes. Surtout que, sauf votre respect, ironisa-t-il avec outrecuidance, ils étaient habillés de fourrures et de cuir, disposaient d'un abri et pouvaient sans peine faire du feu… Conduis-nous, Will. Ces morts-là, j'ai comme une démangeaison de les voir par moi-même. »

Impossible de se dérober. C'était un ordre, et l'honneur commandait d'obéir.

Will prit donc la tête, cahin-caha, sur son petit cheval poilu qui, pas après pas, tâtait prudemment le terrain à travers les fourrés. Si peu qu'il eût neigé, la nuit précédente, la croûte masquait assez de pierres, de racines et de fondrières pour surprendre les étourdis. Derrière venait ser Waymar Royce, dont le puissant destrier noir piaffait d'impatience. Exactement la monture qu'il ne faut pas pour patrouiller, mais allez faire entendre raison à son maître… ! Gared fermait la marche en ruminant toute sa rancœur.

Le crépuscule se creusait. Le ciel limpide vira peu à peu d'un rouge sombre de vieille plaie au noir d'encre, et les premières étoiles parurent, la lune émergea à demi, Will lui sut gré de sa lumière.

« Nous pourrions tout de même adopter une allure plus rapide, non ? dit Royce, une fois la lune entièrement levée.

— Pas avec votre cheval, répliqua Will que la peur rendait insolent. À moins que monseigneur ne désire nous guider lui-même ? »

Monseigneur ne daigna point relever.

Du fin fond des bois, quelque part, monta le hurlement d'un loup.

Après avoir mené sa bête sous le couvert d'un vieux ferrugier noueux, Will mit pied à terre.

« Pourquoi t'arrêter ? demanda ser Waymar.

— Autant finir à pied, messer. C'est juste en haut de cette crête. »

Royce s'accorda un moment de pause pour scruter l'horizon. L'air de réfléchir. La bise qui chuintait d'arbre en arbre donnait à la vaste pelisse de zibeline des palpitations quasi animales dont Gared ne pouvait détacher ses yeux.

« Quelque chose ici de bizarre…, grommela-t-il.

— Ah bon ? sourit dédaigneusement le jeune chevalier.

— Ne le sentez-vous pas ? insista Gared. Écoutez ces ténèbres… »

Will le sentait aussi. En quatre années de garde de nuit, jamais il n'avait éprouvé peur semblable. Que se passait-il ?

« Le vent. Le bruissement des frondaisons. Un loup. Vraiment pas de quoi s'affoler, Gared, si ? »

N'obtenant pas de réponse, Royce se laissa glisser de sa selle avec grâce, noua fermement les rênes de son destrier à une branche basse, bien à l'écart des autres chevaux, puis dégaina sa longue épée, dont des joyaux faisaient rutiler la poignée. À la clarté de la lune en miroita l'acier brillant. Une arme splendide, forgée au château paternel. Et toute neuve, ça se voyait. Will douta que la colère l'eût jamais brandie.

« Dans une forêt si drue, prévint-il, cette rapière vous empêtrera, messer. Un poignard, plutôt.

— S'il me faut un conseil, riposta le godelureau, je demanderai. Gared, tu restes ici pour garder les bêtes.

— Je m'occuperai aussi du feu, dit celui-ci en démontant. Sera pas du luxe.

— Tu gâtouilles ? Surtout pas de feu ! Si des ennemis rôdent dans les parages…

— Il est des ennemis qu'un feu tient au large : les ours, les loups-garous… et des tas d'autres choses… »

La bouche de ser Waymar s'amincit comme une balafre : « Pas de feu. »

Sans pouvoir rien discerner du visage de Gared sous le capuchon, Will devina un regard où flambait le meurtre. Une seconde, il redouta que le vieux ne tirât l'épée. Un vulgaire braquemart, bien moche, à la poignée décolorée par la sueur, à la pointe émoussée pour avoir trop servi, mais qu'il jaillît seulement du fourreau, et le ser nobliau, sa peau… pas un liard.

Au bout d'une éternité, Gared baissa les yeux. « Pas de feu », marmonna-t-il simplement tout bas.

Satisfait de ce qu'il prit pour de l'adhésion, Royce se détourna : « À toi, maintenant. Je te suis. »

Après avoir traversé un hallier, Will amorça l'escalade du monticule au sommet duquel un puissant vigier lui avait naguère fourni un observatoire idéal. Sous la mince croûte de neige, le terrain se révélait détrempé, boueux, singulièrement instable et truffé de souches et de rochers sournois à point pour faire trébucher. Et, cependant qu'il grimpait sans le moindre bruit, Will entendait derrière cliqueter l'élégante cotte de mailles, froufrouter les feuilles et jurer sourdement le petit seigneur quand d'aventure quelque buisson lui agrippait sa fichue flamberge ou se cramponnait à ses somptueuses zibelines.

Il émergea juste à l'endroit prévu, au pied même de l'arbre qui, telle une sentinelle, se dressait en haut, balayant presque le sol de ses branches basses. Il se coula dessous et, rampant dans la neige et la boue, risqua un œil vers la clairière, en contrebas.

Son cœur, alors, cessa de battre et, un long moment, il n'osa respirer. La lune éclairait les lieux de plein fouet, les cendres du foyer, l'auvent tapissé de neige, la falaise, le ruisseau à demi gelé. Tout se trouvait exactement dans le même état que quelques heures auparavant.

Tout. Sauf qu'ils étaient partis. Tous les cadavres étaient partis.

« Bons dieux ! » entendit-il alors dans son dos.

Une épée rageuse fustigea des branches, et ser Waymar Royce, prenant enfin pied sur la crête, s'y campa, lame au poing, près de l'arbre. Dans son sillage, le vent faisait ondoyer ses damnées bestioles et, non sans noblesse, sa silhouette, que nul n'en ignore, se découpait contre le firmament.

« Mais couchez-vous donc ! souffla Will d'un ton sans réplique, quelque chose cloche… »

Loin de s'émouvoir, Royce se contenta d'abaisser son regard vers la clairière et gloussa : « Hé bien, Will, il semblerait que tes machabs ont levé le camp ! »

Will demeura sans voix. Les mots qu'il cherchait à tâtons se dérobaient tous. Non, ce n'était pas possible, pas possible… Ses yeux parcouraient en tous sens le bivouac abandonné, butaient sur la hache. Une énorme hache de guerre à double tranchant. Qui gisait là même où il l'avait vue la première fois. Personne n'y avait touché. Une arme de prix, pourtant…

« Debout, Will, ordonna ser Waymar. Il n'y a personne, ici. Et il me déplaît de te voir vautré là-dessous. »

Non sans répugnance, Will obtempéra, sous l'œil franchement réprobateur de son chef qui martela : « Pas question de revenir à Châteaunoir dans ces conditions. Ma première expédition ne *saurait* se solder par un échec. Nous les trouverons, ces coquins. »

Un regard circulaire, et il commanda : « Dans l'arbre. Et daredare. Cherche-moi un feu. »

Sans un mot, Will tourna les talons. À quoi bon discuter ? La bise lui glaçait les moelles. Se glissant sous la voûte vert-de-gris que formaient les branches, il entreprit l'escalade et, bientôt, mains empoissées par la résine, disparut. Telle une indigestion, la peur lui tordait les boyaux. Tout en marmonnant d'obscures prières aux dieux sans nom de la forêt, il dégaina son coutelas. Et comme, afin de conserver sa liberté de mouvements, il l'insérait entre ses dents, la saveur de fer froid lui procura un réconfort bizarre.

D'en bas, soudain, lui parvint un cri du petit seigneur : « Qui va là ? »

… un cri dont la hardiesse manquait d'assurance… Cessant aussitôt de grimper, il se fit tout yeux, tout oreilles.

Mais seule répondit la forêt. Les frondaisons bruissaient, le ruisseau ruait dans ses glaces, une chouette ulula au loin.

Les Autres, eux, ne faisaient nul bruit.

Du coin de l'œil, Will discerna néanmoins un mouvement. Des formes blafardes se faufilant à travers les bois. En un sursaut, il eut juste le temps d'entr'apercevoir au sein des ténèbres une ombre blême. Puis plus rien. Batifolant toujours avec le vent, les branches persistaient à s'égratigner les unes les autres, paisiblement, de leurs griffes sèches. Will eut beau ouvrir la bouche pour jeter l'alarme, il eut l'impression que les mots se gelaient dans sa gorge. Puis peut-être se trompait-il ? Peut-être ne s'agissait-il que d'un oiseau ? d'un simple reflet sur la neige ? d'un banal mirage dû à la lune ? Il n'avait pas vu grand-chose, après tout…

« Où es-tu, Will ? appela ser Waymar. Tu vois quelque chose ? »

L'épée au poing, il opérait, d'un air subitement circonspect, une lente ronde. À l'instar de Will, il les avait apparemment flairés. Flairés, car ils demeuraient invisibles.

« Réponds-moi ! Pourquoi fait-il si froid ? »

Il faisait *effectivement* un froid de loup. Tout grelottant, Will étreignit plus étroitement son perchoir et, plaquant sa joue contre l'écorce, en savourait le doux contact gluant quand, émergeant de la lisière ténébreuse, parut une ombre, juste en face de Royce. Une ombre de très haute taille, aussi funèbre et hâve qu'un vieux squelette, et dont la chair exsangue avait une pâleur laiteuse. À chacun de ses gestes, son armure semblait changer de couleur : tantôt d'un blanc de neige fraîche, tantôt d'un noir d'encre, et pourtant toujours mouchetée du même vert-de-gris sombre que la forêt. Au moindre pas, cela la moirait comme moire un torrent la clarté lunaire.

Au terme d'une profonde inspiration dont Will perçut distinctement le sifflement, le petit seigneur parvint à articuler : « Pas un pas de plus », d'une voix fêlée de gamin, tout en rejetant derrière ses épaules l'encombrant manteau de zibeline, puis, à deux mains, empoigna sa rapière. Le vent était tombé. Il faisait effroyablement froid.

L'Autre, cependant, glissait de l'avant sur ses pieds muets, brandissant une grande épée qui ne ressemblait à rien de connu. Avec horreur, Will se dit qu'aucun métal humain n'avait servi à la forger. À la lumière de la lune, elle avait un aspect vivant, la translucidité du cristal, mais d'un cristal si fin que, de profil, elle devenait quasiment invisible. En émanait une lueur bleuâtre, un fantôme de lueur qui folâtrait sur ses arêtes et dont, inconsciemment, Will déduisit que cette lame-là tranchait plus sûrement qu'aucun rasoir.

Ser Waymar n'en affronta pas moins bravement l'adversaire : « Si tu tiens à danser, dansons », dit-il, l'épée brandie au-dessus de sa tête d'un air de défi.

Était-ce la pesanteur de son arme qui lui faisait trembler les bras ? Le froid, peut-être... En tout cas, il n'avait plus rien d'un gamin, maintenant. Un homme. Bien digne de la Garde de Nuit.

Comme l'Autre marquait une pause, Will aperçut ses yeux. Des yeux bleus, mais d'un bleu plus bleu, d'un bleu plus sombre qu'aucuns yeux d'homme, d'un bleu qui vous brûlait comme de la glace. Et ces yeux s'attachaient à la longue rapière brandie qui tremblait, en face, y scrutant le reflet mouvant de la lune sur le métal. Aussi, le temps d'un battement de cœur, Will se surprit-il à espérer.

Mais déjà surgissaient des ténèbres, en silence, trois..., quatre..., cinq... jumeaux du premier. Et si ser Waymar fut sensible au froid que leur présence redoublait, du moins ne les vit-il pas, ne les entendit-il pas. Will devait le mettre en garde. Aurait dû. Le faire l'eût condamné lui-même. Terrorisé, il s'écrasa contre le tronc et ne souffla mot.

Un frémissement l'avertit que l'épée spectrale fendait l'espace.

Ser Waymar lui opposa l'acier de la sienne, mais la rencontre des deux lames ne produisit, au lieu du fracas métallique escompté, qu'un son ténu, suraigu, presque inaudible, et comparable au piaulement d'une bête en détresse. Royce contra un deuxième assaut, un troisième, recula d'un pas, une grêle de coups le força à un nouveau repli.

Dans son dos, à sa droite comme à sa gauche, formant cercle autour de lui, les spectateurs patientaient, muets, sans visage et pourtant tout sauf invisibles, en dépit de leur parfaite immobilité, car ils avaient beau ne se mêler de rien, le chatoiement perpétuel de leur précieuse armure empêchait de les confondre avec la forêt.

À force de voir les épées se croiser, de subir chaque fois leur bizarre couinement d'angoisse, Will en vint à ne plus éprouver qu'un désir, se boucher les oreilles. Épuisé par tous ses efforts, ser Waymar était à bout de souffle, maintenant. Son haleine fumait sous la lune et, tandis que son épée blanchissait de givre, celle de l'Autre, plus que jamais, dansait dans son halo bleuté.

Survint l'instant trop prévisible où, à la faveur d'une parade un rien décalée, l'épée pâle perça la cotte de fer en dessous du bras, arrachant à Royce un cri de douleur. Avec des bouffées de vapeur au contact du froid, le sang jaillit d'entre les mailles, et chacune de ses gouttes, en touchant le sol, maculait la neige d'un rouge ardent. Du plat de la main, ser Waymar s'épongea le flanc, et son gant de taupe s'en détacha trempé d'écarlate.

Alors, dans une langue inconnue de Will, l'Autre prononça quelques mots. Mais si le timbre de sa voix rappelait les craquements sourds d'un lac pris par les glaces, le ton, lui, était à l'évidence goguenard.

Ser Waymar puisa dans l'insulte une fureur nouvelle. « Pour Robert ! » rugit-il avant de s'élancer, hargneux, et, les deux poings crispés sur son épée couverte de givre, de tailler vivement de droite et de gauche, portant tout le poids de son corps sur chacun de ses coups, que l'Autre esquivait assez mollement.

Or, au premier contact, et avec un cri strident que répercutèrent, d'écho en écho, les ténèbres de la nuit et de la forêt, l'acier se rompit, la longue épée vola en mille menus morceaux qui, telle une pluie d'aiguilles, s'éparpillèrent, pendant que Royce, hurlant de douleur, tombait à genoux, les poings sur les yeux. Le sang giclait entre ses doigts.

Comme un seul homme et comme à un signal donné, les spectateurs jusque-là passifs s'avancèrent. Dans un silence abominable, les épées se levèrent et retombèrent toutes ensemble pour une froide boucherie. Les lames spectrales tranchaient dans la cotte de mailles comme elles eussent dans la soie. Will ferma les yeux. D'en bas lui parvenaient, aussi acérés que des poinçons de glace, leurs rires et leurs voix…

Quand il recouvra le courage de regarder, bien plus tard, la crête était à nouveau déserte.

Sans presque oser respirer, il demeura néanmoins dans l'arbre, pendant que la lune poursuivait sa lente reptation dans le firmament noir, jusqu'à ce que l'excès de crampes dans ses muscles et l'engourdissement de ses doigts le contraignissent à descendre de son perchoir.

Un bras tendu et son moelleux manteau de zibeline réduit en charpie, Royce gisait face contre terre dans la neige. À le voir couché, comme ça, mort, on se rendait mieux compte de sa jeunesse. Un gosse.

À quelques pas de là, il découvrit les vestiges de la longue épée, des esquilles à peine de la pointe, et aussi tordus que ceux d'un arbre foudroyé. Il s'agenouilla pour les ramasser tout en examinant minutieusement leurs abords immédiats. Ces débris lui serviraient à prouver ses dires. Gared saurait quoi en faire. Ou ce vieil ours de Mormont. Ou bien mestre Aemon…

La brusque inquiétude que Gared, peut-être, n'aurait pas attendue le décida à se hâter, et il se releva.

Ser Waymar Royce lui faisait face.

Ses beaux atours n'étaient plus que loques, et plus que décombres son joli visage. Fiché dans la pupille de son œil gauche, un éclat d'acier l'éborgnait.

L'œil droit, grand ouvert, voyait, lui. Car la pupille en flamboyait d'une flamme bleue.

Or comme, mains soudain molles et paupières closes sur une prière, Will laissait tomber les morceaux d'épée, de longs doigts élégants lui frôlèrent la joue puis s'attachèrent à sa gorge. Et, bien qu'ils fussent gantés d'une taupe on ne peut plus, fine et poisseux de sang, ils diffusaient un froid polaire.

BRAN

Dès l'aube, alors qu'ils se mettaient en route pour assister à l'exécution, un petit froid limpide et sec leur avait dénoncé la fin prochaine de l'été. Ils étaient vingt, et Bran exultait de se trouver des leurs pour la première fois. Enfin, on l'avait jugé d'âge à accompagner le seigneur son père et ses frères et à contempler la justice du roi ! En cette neuvième année d'été, il avait sept ans révolus.

À en croire Robb, l'homme qu'on venait de tirer de la petite forteresse nichée au creux des collines était l'un des sauvageons inféodés à Mance Rayder, roi de l'au-delà du Mur. Et leur seule évocation rappelait à Bran tant de contes narrés au coin du feu par Vieille Nan qu'il en avait la chair de poule. Elle les disait si cruels… Des faiseurs d'esclaves, des pillards, des égorgeurs. Qui, acoquinés avec géants et goules, enlevaient les petites filles, au plus noir des nuits, trinquaient avec des cornes emplies de sang. Pendant que leurs femmes forniquaient avec les Autres, là-bas, dans les ténèbres sempiternelles, et en concevaient des monstres à demi humains.

Or, l'individu qui, pieds et poings rivés à la muraille, attendait de subir sa peine était un vieillard malingre, à peine plus haut que Robb. Le gel l'avait privé de ses deux oreilles et d'un doigt. Et, à ce détail près que ses fourrures étaient en loques et graisseuses, il portait la tenue entièrement noire d'un frère de la Garde de Nuit. Enfin, quand lord Stark eut ordonné de le détacher et de l'amener devant lui, la vapeur de son haleine se mêlait banalement, dans le matin froid, à celle du cheval.

Flanqué de Jon le bâtard et de Robb, tous deux impressionnants de calme et de hauteur sur leurs gigantesques montures, Bran s'efforçait, sur son petit poney, de se vieillir en affectant la mine d'un homme blasé quant à pareil spectacle. La porte de la forteresse exhalait un vent coulis sournois. Au-dessus des têtes ondoyait la bannière des Stark de Winterfell : un loup-garou gris sur champ de neige immaculé.

Solennel en selle, Père abandonnait sa longue chevelure brune au gré du vent. Taillée court, sa barbe émaillée de blanc le faisait paraître plus vieux que ses trente-cinq ans et, à voir l'expression farouche qui, en ce jour, durcissait ses prunelles grises, on ne l'aurait jamais cru susceptible de tendre ses mains vers les flammes, le soir, tout en devisant posément des époques héroïques et des enfants de la forêt. Il avait dépouillé sa figure de père, songea Bran, pour revêtir celle de puissant seigneur.

De toutes les questions et réponses qui se succédèrent là, dans le matin glacé, Bran eût été, par la suite, fort en peine de répéter mieux que des bribes. Toujours est-il qu'à la fin, sur ordre de Père, deux gardes entraînèrent le captif loqueteux jusqu'au billot qui occupait le centre de la cour et le contraignirent à y poser sa tête. Alors, lord Eddard démonta, et son écuyer Theon Greyjoy vint lui présenter Glace, son épée, une épée aussi large qu'une main d'homme, plus haute que Robb lui-même, et dont la lame, forgée par magie en acier valyrien, possédait par là même un fil incomparable et la teinte sombre de la fumée.

Après avoir retiré ses gants, qu'il tendit à Jory Cassel, capitaine de sa garde personnelle, il empoigna l'arme à deux mains en prononçant ces mots :

« Au nom de Robert Baratheon, premier du nom, roi des Andals, de Rhoynar et des Premiers Hommes, suzerain des Sept Couronnes et Protecteur du royaume, moi, seigneur de Winterfell et gouverneur du Nord, je te condamne à mort. »

Et comme, sur ces mots, il brandissait Glace bien au-dessus de sa tête, Jon Snow s'inclina vers Bran pour lui souffler :

« Ton poney…, frérot, bien en main ! Et ne détourne pas les yeux – Père le verrait. »

Sans broncher, l'enfant s'exécuta.

D'un seul coup, Glace décapita l'homme, dont le sang, vermeil comme du vin, éclaboussa si violemment la neige que l'un des chevaux se cabra et faillit détaler. Fasciné, lui, Bran regardait s'élargir la flaque écarlate que buvait goulûment la neige.

Une grosse souche fit rebondir la tête qui, en roulant, vint achever sa course aux pieds de Greyjoy. Lequel, sur un gros rire qui jurait avec son teint sombre et son allure efflanquée, l'immobilisa sous sa botte avant de la relancer. Tout amusait ses dix-neuf ans.

« Corniaud ! » grogna Jon *a parte* puis, posant sa main sur l'épaule de Bran que la stupeur écarquillait : « Bravo, toi », décréta-t-il gravement. La justice n'avait plus de secret pour ses quatorze ans.

Bien que le vent fût tombé et que le soleil brillât désormais fort au-dessus de l'horizon, Bran eut l'impression, durant le long trajet du retour, que le froid s'aggravait. Il chevauchait avec ses frères assez loin devant le gros de la troupe, et son poney avait fort à faire pour ne pas se laisser distancer.

« Le déserteur est mort en brave », commenta Robb qui, trapu, massif et en pleine croissance, avait hérité de sa mère la carnation délicate, la peau fine, le brun roux et les yeux bleus qui distinguaient les Tully de Riverrun. « Du courage, faut reconnaître.

— Du courage ? riposta calmement Jon Snow, non. Il crevait de peur, le bonhomme. Ça se voyait dans son regard. »

Tout gris qu'ils étaient, d'un gris si sombre qu'on les eût dits noirs, les yeux de Jon avaient une formidable acuité. Tout, d'ailleurs, hormis l'âge, le différenciait de Robb. Aussi mince que celui-ci était musculeux, aussi noiraud que son demi-frère avait le teint clair, il se montrait aussi gracieux et vif que l'autre puissant et ferme.

Loin de se laisser impressionner, Robb répliqua par un juron : « Son regard ? Que les Autres l'emportent ! N'empêche qu'il a su mourir », et, sans transition : « On fait la course jusqu'au pont ?

— Soit, dit Jon en éperonnant sa monture.

— Le maudit ! » rugit Robb et, au triple galop, il se lança sur ses traces en l'abreuvant de rires et de quolibets, sans autre écho qu'une vitesse accrue du fuyard parmi les tourbillons de neige sous les sabots.

Bran ne tenta même pas de les suivre sur son poney. À quoi bon ? Puis les yeux du vieillard l'obsédaient. Au bout d'un moment, les éclats de Robb s'éteignirent dans le lointain, la futaie recouvra son profond silence. Oui, l'obsédaient. Et il était si bien perdu dans ses pensées qu'il n'entendit pas la troupe s'approcher, ne reprit conscience qu'en voyant son père se porter à sa hauteur pour lui demander : « Ça va ? » D'un ton non dépourvu d'aménité.

« Oui, Père. » Vu d'en bas, drapé dans ses fourrures et sanglé de cuir sur son immense destrier, celui-ci semblait se perdre dans les nues. « Robb prétend que l'homme est mort en brave, et Jon qu'il était terrifié.

— Et toi, qu'en penses-tu ?

— Est-ce qu'un homme peut être brave, demanda-t-il après réflexion, s'il a peur ?

— L'heure de la mort est la seule où l'on puisse se montrer brave. Tu comprends pourquoi je l'ai exécuté ?

— C'était un sauvageon. Et les sauvageons enlèvent les femmes pour les vendre aux Autres.

– Ah, sourit lord Stark, Vieille Nan t'a encore conté de ses histoires ! À la vérité, cet homme était un parjure. Un déserteur de la Garde de Nuit. Rien de si dangereux qu'un déserteur. Se sachant perdu, en cas de capture, il ne recule devant aucun crime, aucune vilenie. Mais ne t'y méprends pas, la question est non de savoir pourquoi il fallait qu'il meure mais pourquoi je devais le tuer. »

Faute de réponse à cet égard, Bran finit par bredouiller :

« Le roi Robert a pourtant un bourreau…

— Certes. Au même titre que ses prédécesseurs, les rois targaryens. Mais nous suivons, nous, une tradition plus ancienne. Dans nos veines coule toujours le sang des Premiers Hommes, et nous croyons fermement que celui qui prononce une sentence doit en personne l'exécuter. Si tu t'arroges la vie d'un homme, tu lui dois de le regarder dans les yeux et d'écouter ses derniers mots. Si cela t'est insupportable, alors peut-être ne mérite-t-il pas de mourir…

« Un jour, Bran, tu seras le porte-bannière de Robb, tu tiendras ta propre place forte au nom de ton frère et au nom du roi, et la justice t'incombera. Ce jour-là, garde-toi de prendre le moindre plaisir à l'accomplissement de ton devoir, garde-toi tout autant d'en détourner tes yeux. Il ne tarde guère à oublier ce qu'est la mort, le chef qui se cache derrière des exécuteurs mercenaires. »

À peine achevait-il ces mots que Jon apparut au sommet de la colline qui leur faisait face et, tout en gesticulant à leur adresse, cria : « Père ! Bran ! venez…, venez vite voir ce qu'a découvert Robb ! » avant de disparaître à nouveau.

« Quelque chose qui ne va pas, messire ? s'inquiéta Jory en les rejoignant.

— Sans l'ombre d'un doute. Allons donc nous rendre compte du guêpier qu'auront déniché mes fils », dit-il en adoptant le trot, Bran et tous les autres sur ses talons.

Une fois en vue du pont, ils aperçurent Jon, encore à cheval, sur la rive droite. À ses côtés se dressait Robb.

Tombée en abondance au dernier changement de lune, la neige lui montait au genou. Et comme il avait repoussé son capuchon, le soleil faisait flamboyer ses cheveux. Enfin, la chose qu'il berçait dans ses bras lui arrachait comme à son frère des exclamations étouffées.

Les cavaliers, cependant, frayaient prudemment leur route à travers les vasières invisibles qui les forçaient à tâtonner en quête de terre ferme. Escorté de Jory Cassel, Theon Greyjoy abordait le premier les garçons, la bouche fleurie de rires et de blagues, quand Bran l'entendit brusquement souffler : « Bons dieux ! » puis le vit réprimer une embardée de sa monture et porter la main à son épée.

Jory avait déjà dégainé, lui. « Laissez ça, Robb ! » cria-t-il, tandis que son cheval se cabrait.

L'œil pétillant de malice, Robb se détourna de la chose qui reposait au creux de ses bras : « N'aie crainte, Jory, elle est morte. »

Dévoré de curiosité, Bran aurait volontiers éperonné son poney pour savoir plus vite, mais Père lui ordonna de démonter près du pont et de poursuivre à pied. D'un bond, il fut à terre et se mit à courir.

Entre-temps, Jon, Jory et Theon avaient également démonté, et ce dernier s'ébahissait :

« Mais que diable est-ce là ?

— Une louve, répondit Robb.

— Une farce ! Regardez sa *taille*… ? »

Malgré la neige qui lui montait jusqu'à la ceinture, Bran, le cœur battant, parvint à se couler au centre du groupe.

À demi ensevelie dans la neige maculée de sang, une énorme masse sombre gisait, terrassée par la mort. La glace en pétrifiait le pelage hirsute, et le vague remugle de corruption qui s'en dégageait rappelait un parfum de femme. Bran entrevit les orbites aveugles où des asticots grouillaient, les babines crispées sur des crocs jaunis, mais ce qui le laissa pantois, c'est que la bête était plus grosse que son poney, et deux fois plus grande que le plus colossal des limiers qu'entretenait son père.

« Pas une farce, rectifia Jon, impavide. Un loup-garou. C'est plus gros que les autres, adulte.

— Mais ça fait deux cents ans, protesta Greyjoy, qu'on n'en a pas repéré au sud du Mur…

— Hé bien, voilà qui est fait. »

La contemplation du monstre médusait tellement Bran qu'il ne parvint à s'en arracher qu'en apercevant ce que portait Robb. Avec un cri de ravissement, il se rapprocha. Gros comme une balle de fourrure gris-noir, le chiot avait encore les yeux clos et, à l'aveuglette, tout en émettant un pleurnichement désolé, fourrageait contre la poitrine qui le berçait sans lui offrir à téter que du cuir. Sans trop oser, Bran avança la main. « Vas-y, l'encouragea Robb, tu peux. »

Bran aventurait une brève caresse fébrile quand la voix de Jon : « Tiens, maintenant… », le fit en sursaut se retourner, « il y en a cinq ». Ses bras se refermèrent sur un autre chiot et, s'asseyant à même la neige, il enfouit son visage dans la douce fourrure tiède.

« Ces loups-garous soudain lâchés dans le royaume ne me disent rien qui vaille, grommela le grand écuyer Hullen. Après tant d'années…

— Un signe, opina Jory.

— Que nous chantes-tu là ? répliqua lord Stark en fronçant les sourcils, un signe ! Rien de plus qu'une bête morte. »

Sa perplexité perçait, néanmoins, pendant qu'il examinait la dépouille sous tous les angles en faisant pesamment crisser la neige sous ses bottes.

« Sait-on seulement de quoi elle est morte ?

— Un truc dans la gorge, dit Robb, pas peu fier d'avoir découvert la chose avant même que Père ne s'en enquît. Juste sous la mâchoire, là. »

S'agenouillant, lord Stark se mit à fourrager sous la tête du monstre et en arracha un objet qu'il exhiba aux regards de tous. Un morceau d'andouiller, long d'un pied, dont les ramures déchiquetées dégouttaient de sang.

Toute l'assistance se tut, brusquement. À la vue de cet andouiller, chacun éprouvait un malaise, et personne n'osait parler. Sans qu'il pût le comprendre, Bran lui-même perçut l'effarement de tous.

Après avoir jeté de côté l'andouiller, Père entreprit de se débarbouiller les mains dans la neige.

« Ce qui m'étonne, dit-il, et sa voix suffit pour rompre l'enchantement, c'est qu'elle ait pu suffisamment survivre pour mettre bas...

— Peut-être pas, hasarda Jory. On m'a raconté... Enfin, elle était déjà morte, peut-être, quand ils sont nés ?

— Nés de la mort, suggéra quelqu'un..., la pire des chances.

— N'importe, trancha Hullen. Mourront aussi bien assez tôt. »

Épouvanté, Bran poussa un cri inarticulé.

« Et le plus tôt sera le mieux, acquiesça Greyjoy en tirant son épée. Donne-moi la bête, Bran. »

Comme si elle avait entendu et compris, celle-ci se démena contre la poitrine de l'enfant qui cria d'un ton farouche : « Non ! elle est à moi !

— Rengaine, Greyjoy, s'interposa Robb, et sa voix eut, un instant, le timbre impérieux de Père, le timbre du lord qu'il serait un jour, rengaine, te dis-je. Nous voulons garder ces chiots.

— Vous ne pouvez faire cela, mon garçon..., intervint Harwin, le fils de Hullen.

— Tuez-les, ne serait-ce que par miséricorde », insista ce dernier.

Du regard, Bran supplia son père, mais il n'en obtint qu'un froncement de sourcils sévère :

« Hullen dit vrai, mon fils. Mieux vaut une mort prompte qu'une rude agonie de froid et de faim.

— Non… ! » conjura Bran en se détournant pour dérober ses larmes.

Robb opposa, lui, une résistance opiniâtre :

« La chienne rouge de ser Rodrik vient encore de mettre bas, mais une petite portée, rien que deux chiots en vie. Elle aura suffisamment de lait.

— Elle les déchirera sitôt qu'ils voudront téter.

— Lord Stark, dit alors Jon, et il était si bizarre de l'entendre utiliser cette formule solennelle au lieu de “Père” que Bran se prit à espérer de tout son désespoir, ils sont cinq en tout : trois mâles et deux femelles.

— Oui, et alors, Jon ?

— Hé bien, vous avez cinq enfants légitimes : trois garçons, deux filles, et le loup-garou est l'emblème de votre maison. Vos cinq enfants sont tout désignés pour recevoir chacun le sien, messire. »

En un éclair, Bran vit se modifier l'expression de Père, les hommes, autour, échanger des regards furtifs, et une bouffée de tendresse pour son frère lui emplit le cœur. Son extrême jeunesse ne l'empêchait pas de comprendre que seule l'abnégation de Jon venait de retourner la situation. En mentionnant les filles et même le dernier-né, Rickon, le bâtard s'était généreusement exclu comme tel, ravalé à son sobriquet, Snow, terme générique que la coutume, dans le nord, décernait à tout être assez malchanceux pour venir anonyme au monde…

Père n'y fut pas moins sensible :

« Et toi, Jon, tu n'en veux pas un ? demanda-t-il avec douceur.

— La bannière des Stark s'honore du loup-garou, observa Jon, et je ne suis pas un Stark, Père. »

Cette repartie lui valut un long regard pensif dont profita Robb pour rompre le silence.

« Je nourrirai le mien moi-même, Père, promit-il. Un linge imbibé de lait chaud lui permettra de téter.

— Moi aussi ! » s'enthousiasma Bran.

Comme pour évaluer chacun d'eux, lord Stark scruta tour à tour ses fils avant de maugréer :

« Plus facile à dire qu'à faire. Et je vous interdis d'importuner mes gens. Si vous voulez ces chiots, à vous de vous occuper d'eux. Compris ? »

Tout au bonheur de la langue chaude qui lui léchait la joue, Bran hocha la tête avec énergie.

« Il vous faudra aussi les dresser, reprit Père. Les dresser *vous-mêmes*. Car je vous préviens, mon maître piqueux refusera tout commerce avec de pareils monstres. Et, si vous les négligez, les brutalisez ou les dressez mal, alors, que les dieux vous aident… Des chiens viendraient quémander vos faveurs, eux non. Et vous ne les enverrez pas coucher d'un coup de pied. Ils vous arrachent aussi facilement une épaule d'homme qu'un chien happe un rat. Êtes-vous sûrs de les vouloir encore ?

— Oui, Père, dit Bran.

— Oui, renchérit Robb.

— Et s'ils meurent, malgré vos soins ?

— Ils ne mourront pas, protesta Robb. Nous ne leur *permettrons* pas de mourir.

— Dans ce cas, gardez-les. Jory ? Desmond ? prenez les trois autres. Nous devrions déjà être à Winterfell. »

Bran ne savoura pleinement sa douce victoire qu'une fois en selle et sur le chemin du retour, au contact du chiot qui, blotti bien au chaud, reposait à l'abri de son pourpoint de cuir. Mais, au fait, comment l'appeler ?

Vers le milieu du pont, Jon s'arrêta soudain.

« Qu'y a-t-il ? s'étonna Père.

— N'entendez-vous pas ? »

En prêtant l'oreille, Bran perçut bien la rumeur du vent dans les frondaisons, le brouhaha des sabots sur les madriers, le menu geignement du chiot affamé, mais Jon écoutait autre chose.

« Là-bas », dit-il et, faisant volte-face, il retraversa le pont au galop, bondit à terre sur les lieux mêmes où gisait la louve, s'agenouilla… Et lorsqu'il rallia la troupe, un instant plus tard, il avait l'air épanoui.

« Il avait dû s'écarter des autres en rampant, dit-il.

— À moins qu'on ne l'eût repoussé », commenta Père en examinant le sixième chiot qui, blanc, lui, avait des yeux aussi rouges que le sang, tout à l'heure, du supplicié. Bizarre, songea Bran, les autres sont encore aveugles, et pas celui-ci ?

« Un albinos, dit Greyjoy avec une grimace comique, il crèvera plus vite encore que les autres.

— Je n'en crois rien, riposta Jon en lui décochant un regard de mépris glacial. Et il est à moi. »

CATELYN

Catelyn n'avait jamais aimé ce bois sacré.

C'est qu'elle était née Tully et là-bas, loin vers le sud, dans le Trident, sur les rives de la Ruffurque, à Vivesaigues, et qu'à Vivesaigues le bois sacré vous avait des airs riants et ouverts de jardin. De grands rubecs y dispensaient une ombre diaprée sur l'argent sonore d'eaux vives, mille chants cascadaient de nids invisibles, et l'atmosphère était tout épicée du parfum des fleurs.

Certes, ils étaient moins brillamment lotis, les dieux de Winterfell, dans les ténèbres primitives de cette forêt en friche depuis des milliers d'années. Trois malheureux acres et qui, cernés par les remparts funèbres du château, embaumaient l'humus détrempé, la décrépitude… Le rubec, ici, ne poussait pas. Un bois, cela ? un ramas de vigiers, si rébarbatifs dans leur armure vert-de-gris, de chênes énormes et de ferrugiers, non moins issus que le royaume de la nuit des temps. Ici, les troncs se touchaient, noirs, massifs, les ramures emmêlées formaient un dais impénétrable, et des corps à corps difformes bossuaient le sol. Seule ici ruminait, dans un silence oppressant, l'ombre, et les dieux de ce séjour n'avaient pas de nom.

Mais Catelyn était sûre, ce soir, d'y trouver son mari. Chaque exécution capitale ramenait invariablement dans le bois sacré son âme altérée de paix.

À Vivesaigues, on l'avait, elle, conformément à la foi nouvelle, celle de son père, de son grand-père et du père de celuici, ointe des sept huiles et nommée dans les flots de lumière irisée qui inondaient le septuaire. Ses dieux à elle avaient un nom, et leurs traits lui étaient aussi familiers que ceux de ses propres parents. Avec pour acolyte un thuriféraire, le septon célébrait l'office à la lumière d'un cristal taillé à sept faces, parmi les volutes d'encens et les chants. À l'instar de toutes les grandes maisons, celle des Tully entretenait, bien sûr, un bois sacré, mais on s'y rendait uniquement pour se promener, lire, s'étendre au soleil. Au septuaire seul était réservé le culte.

Par égards pour elle, et afin qu'elle pût chanter les sept faces divines, Ned lui avait bien construit un petit septuaire, mais le sang des Premiers Hommes qui coulait toujours dans ses propres veines le vouait aux vieux dieux sans nom, sans visage, aux dieux ténébreux que les Stark partageaient avec les enfants évanouis de la forêt.

Accroupi au centre du bosquet comme pour couver les eaux froides et noires d'un pauvre étang, l'« arbre-cœur », comme disait Ned. Un barral gigantesque, auquel son écorce blanchâtre conférait un aspect d'os rongé, tandis que son feuillage violacé évoquait des myriades de mains tranchées. Sculptée dans le tronc, une figure longue aux traits mélancoliques vous lorgnait, du fond de ses orbites vides et rougies par la sève séchée, d'un air de vigilance étrange. Étaient-ils vieux, ces yeux ! plus vieux que Winterfell même… Ils avaient vu Brandon le Bâtisseur en poser la première pierre, assuraient les contes, et regardé s'élever tout autour les remparts de granit. On attribuait ce genre d'œuvres aux enfants de la forêt. Ils les auraient réalisées à l'aube des siècles, avant que les Premiers Hommes ne traversent le bras de mer.

Dans le sud, où l'on avait abattu ou brûlé les derniers barrals quelque mille ans plus tôt, seuls subsistaient ceux de l'Île-aux-Faces : là, les hommes verts montaient toujours leur muette garde. Au nord, ici, tout différait. Ici, le moindre château possédait son bois sacré, le moindre bois sacré son arbre-cœur, et le moindre arbre-cœur sa face.

Elle trouva Ned assis là, comme prévu, sur une pierre moussue, Glace en travers de ses genoux. Et il en nettoyait la lame avec cette eau plus noire que la nuit. Un millénaire d'humus tapissait la sente, étouffant les pas de l'intruse, mais les yeux sanglants du barral se tenaient attachés sur elle. « Ned ? » appela-t-elle d'une voix douce.

Il se redressa, la dévisagea, dit enfin : « Catelyn », mais sur un ton de politesse froide, avant de reprendre : « Où sont les enfants ? »

La même question, toujours, partout…

« Dans la cuisine, à discuter des noms qu'ils donneront à leurs chiots. »

Elle étendit son manteau sur le sol et s'assit au bord de l'étang. Mais, même ainsi, dos tourné à l'arbre, elle en sentait le regard sur elle, quelque effort qu'elle fit pour n'y point penser.

« Arya est déjà éprise du sien. Sansa, sous le charme, multiplie les grâces. Rickon, lui, balance encore.

— Peur ?

— Un peu – il n'a que trois ans…

— Temps qu'il apprenne à dominer sa peur, bougonna Ned en se renfrognant. Il n'aura pas toujours trois ans. Et l'hiver vient.

— Oui », convint Catelyn, quoique ces mots la fissent grelotter. Grelotter toujours. Les mots Stark. Chaque maison noble a les siens. Devises de famille, pierres de touche, exorcismes, tous vantaient l'honneur, la gloire, tous juraient loyauté, franchise, foi, courage, tous sauf ceux des Stark. *L'hiver vient* résumait leurs mots. Et, une fois de plus, car ce n'était pas la première, elle demeura pantoise : quelles gens incompréhensibles que ces gens du nord…

« Je lui dois cette justice qu'il a su mourir », reprit Ned qui, armé d'une lanière de cuir huilé, la faisait courir légèrement sur la lame afin de rendre à celle-ci, tout en parlant, sa rutilance obscure. « J'en ai été très content pour Bran. Tu aurais été fière de lui.

— Je le suis toujours », répliqua-t-elle sans lâcher son manège des yeux. Sous la caresse apparaissait le grain profond de l'acier, l'espèce de feuilletage obtenu en le reployant cent fois sur lui-même lorsqu'on le forgeait. Si peu de goût qu'elle eût pour les épées, Catelyn devait le reconnaître, Glace possédait une beauté singulière. Forgée dans la Valyrie d'avant le malheur et la servitude, à l'époque où les armuriers maniaient autant les incantations que le frappe-devant, elle demeurait, en dépit de ses quatre cents ans, tranchante comme au premier jour. D'encore plus loin lui venait son nom : un legs de l'âge héroïque où les Stark étaient rois du Nord.

« Le quatrième de l'année..., poursuivait Ned d'un ton sinistre. Un pauvre bougre à demi fou. Si terrifié par je ne sais quoi que je parlais comme à un mur. Et Ben écrit, soupira-t-il, que les effectifs de la Garde de Nuit sont tombés à moins de mille hommes. Pas seulement à cause des désertions. Des pertes aussi, lors des patrouilles.

— Imputables aux sauvageons ?

— À qui veux-tu d'autre ? » Relevant Glace, il la regarda miroiter tout du long. « Et cela ne peut qu'empirer. Tôt ou tard, il me faudra convoquer le ban et aller m'en prendre une fois pour toutes à leur maudit roi.

— Au-delà du Mur ? » frémit-elle.

La voyant horrifiée, il tenta de l'apaiser :

« Nous n'avons rien à redouter d'un ennemi comme Mance Rayder.

— Il y a des choses plus ténébreuses, au-delà du Mur », murmura-t-elle en jetant par-dessus l'épaule un coup d'œil furtif à l'arbre-cœur. Du fond de leur masque blême, les yeux sanglants regardaient, écoutaient, méditaient leurs lentes pensées millénaires.

« Allons…, sourit-il gentiment, cesse de te repaître de ces contes à dormir debout ! Les Autres sont morts, aussi morts que les enfants de la forêt, morts depuis huit mille ans. Mestre Luwin te dira même qu'ils n'ont jamais existé. Aucun homme en vie n'en a jamais vu.

— Ni de loup-garou, je te signale, jusqu'à ce matin…

— Je devrais pourtant le savoir, qu'il ne faut pas discuter avec une Tully ! grimaça-t-il d'un air penaud, tout en replaçant Glace dans son fourreau. Mais tu n'es pas venue me chercher dans cet endroit que tu détestes, je le sais, pour me régaler de sornettes. Qu'y a-t-il, dame ?

— Nous avons reçu, dit-elle en lui prenant le bras, une nouvelle cruelle, aujourd'hui, messire. J'ai préféré ne pas t'en affliger avant ta toilette. » Puis, sans plus d'ambages, faute de pouvoir amortir le coup : « Navrée, mon amour, Jon Arryn est mort. »

Il plongea ses yeux dans les siens, et elle y lut toute la détresse qu'elle redoutait. Élevé, dans sa jeunesse, aux Eyrié, Ned avait, tout comme son co-pupille Robert Baratheon, trouvé en lord Arryn un second père d'autant plus affectueux que celui-ci n'avait pas d'enfants. Aussi, lorsque le roi Aerys II Targaryen s'était, en sa démence, avisé d'exiger leurs deux têtes, le sire des Eyrié avait-il, plutôt que de jamais obtempérer en se déshonorant, choisi la révolte et brandi ses bannières lune-et-faucon.

Au surplus, Ned et lui étaient, quinze ans auparavant, devenus frères en épousant le même jour, dans le septuaire de Vivesaigues, les deux filles de lord Hoster Tully.

« Jon…, dit-il. Rien prouve-t-il cette nouvelle ?

— Le sceau royal. Et la lettre, de la main même de Robert. Il écrit, tu verras, que tout s'est passé très vite. Mestre Pycelle en personne n'a pu le sauver. Juste lui faire absorber du lait de pavot pour le préserver de souffrances interminables.

— Piètre consolation », marmonna-t-il. Le chagrin marquait tous ses traits. Néanmoins, sa première pensée fut pour Catelyn : « Ta sœur, reprit-il, et leur fils, la lettre les mentionne ?

— Seulement pour dire qu'ils vont bien et qu'ils ont regagné les Eyrié. J'aurais mieux aimé Vivesaigues. Cette forteresse perchée en plein désert était idéale pour lui, pas pour elle qui, dans chaque pierre, l'y retrouvera. Telle que je la connais, ma sœur a besoin d'être entourée de parents et d'amis.

— Mais ton oncle ? Il sert bien dans le Val, si je ne me trompe ? On m'a dit que Jon l'avait nommé chevalier de la Porte…

— Oui, dit-elle en hochant la tête, Brynden fera de son mieux pour les aider, elle et son fils. C'est un réconfort. Toutefois…

— Va la rejoindre, conseilla Ned. Emmène les enfants, remplissez sa demeure de cris et de rires. Il faut des compagnons à son fils, et à elle quelqu'un qui partage son deuil.

— Que ne le puis-je ! répondit-elle. La lettre annonce autre chose. Le roi est en route pour Winterfell. »

Après un moment de stupeur qui lui dérobait jusqu'au sens des mots, le regard de Ned s'éclaira : « Tu veux dire que Robert vient… ici ? », et quand elle eut acquiescé d'un signe, un large sourire détendit ses traits.

Catelyn eût été trop heureuse de partager sa joie. Mais, en lui révélant la découverte du loup-garou mort dans la neige et de l'andouiller brisé planté dans sa gorge, la rumeur des cours avait mis dans son cœur le serpent de la peur. Elle se força néanmoins à sourire à l'homme qu'elle aimait, tout sceptique qu'il se montrât à l'endroit des signes.

« J'étais sûre de te faire plaisir, dit-elle. Ne devrions-nous pas envoyer un mot au Mur, pour avertir ton frère ?

— Si, naturellement. Ben voudra être de la fête. Je prierai mestre Luwin de choisir son meilleur oiseau. » Il se mit debout et, tout en aidant sa femme à se relever, s'exclama :

« Que je sois damné si je sais depuis combien d'années… ! Et il n'a rien précisé ? même pas l'importance de sa suite ?

— Je gagerais une bonne centaine de chevaliers, escortés de toute leur maisonnée, et moitié moins de francs-coureurs… Sans oublier Cersei et les enfants, qui sont du voyage.

— Alors, Robert leur épargnera les marches forcées. Tant mieux. Nous aurons tout loisir de préparer leur réception.

— Les beaux-frères viennent également », souffla-t-elle.

Une vilaine grimace accueillit ce détail, prudemment réservé pour la fin, eu égard à l'aversion que se vouaient Ned et la famille de la reine. Les Lannister de Castral Roc ne s'étaient ralliés à la cause de Robert qu'une fois la victoire en vue, et il ne le leur avait jamais pardonné. « Tant pis, grogna-t-il, si la rançon de sa compagnie est une épidémie de Lannister, payons. Mais c'est à croire qu'il trimballe la moitié de sa cour !

— Où le roi va, énonça-t-elle, suit la souveraineté…

— Enfin, je me réjouis de voir ses enfants. La dernière fois que j'ai aperçu le dernier, il était encore pendu aux mamelles de la Lannister. Il doit bien avoir… dans les cinq ans, maintenant ?

— Sept. Le prince Tommen a l'âge de Bran. Mais, par pitié, Ned, tiens ta langue. La Lannister, comme tu dis, est notre reine, et l'on prétend que son orgueil s'étoffe d'année en année.

— Il va de soi, dit-il en lui pressant la main, que nous devrons donner un festin. Il faudra des chanteurs. Et puis Robert voudra chasser. Je vais expédier Jory à leur rencontre, sur la route royale, avec une garde d'honneur pour qu'il les escorte jusqu'ici. Mais, bons dieux ! comment faire pour nourrir tout ce monde-là ? Et tu dis qu'il est déjà en route ? ah, maudit soit-il, et maudite sa royale peau ! »

DAENERYS

Les bras levés, son frère tenait la robe en suspens pour la lui faire contempler : « Superbe, n'est-ce pas ? Hé bien, touche ! palpe-moi ce tissu… »

En y risquant ses doigts, Daenerys éprouva la sensation fluide que procure l'eau. Si loin qu'elle remontât dans ses souvenirs, jamais elle n'aurait rien porté de si fin. Effrayée, elle retira vivement sa main. « Et c'est à moi, vraiment ?

— Un cadeau de maître Illyrio », sourit Viserys. Il était décidément de belle humeur, ce soir. « Son coloris rehaussera le violet de tes yeux. Tu auras aussi de l'or, et toutes sortes de joyaux. Il l'a promis. Ce soir, tu dois avoir l'air d'une princesse. »

L'air d'une princesse… Elle avait oublié à quoi cela ressemblait. Si elle l'avait jamais su. « Pourquoi se montre-t-il si généreux ? demanda-t-elle, qu'attend-il au juste de nous ? » Depuis près de six mois, ils avaient chez lui le vivre et le couvert, ses serviteurs les mignotaient. Pour n'avoir que treize ans, elle ne s'y trompait pas : les prodigalités désintéressées n'avaient guère cours, en la cité libre de Pentos…

« Pas si fou », répondit le jeune homme, auquel ses mains nerveuses, son regard fiévreux, ses prunelles de lilas pâle donnaient un aspect peu aimable. « Il sait pertinemment que, le jour où je recouvrerai mon trône, je n'oublierai pas mes amis. »

Elle demeura muette. Marchand d'épices, de gemmes, d'os de dragon et de denrées moins ragoûtantes, maître Illyrio possédait, paraît-il, des amis dans chacune des neuf cités libres et même au-delà, du côté de Vaes Dothrak et des contrées fabuleuses qui bordent la mer de Jade. On ajoutait qu'il n'avait jamais eu d'ami qu'il n'eût de tout son cœur désiré trahir au plus juste prix. Les rues bruissaient de commérages là-dessus, et Daenerys avait l'ouïe fine. Mais mieux valait, irascible comme il l'était, ne pas tracasser son frère ou, comme il disait lui-même, « réveiller le dragon », lorsqu'il tissait sa trame de chimères.

Tout en raccrochant la robe auprès de la porte, Viserys reprit : « Quand les esclaves d'Illyrio viendront te baigner, veille à ce qu'ils t'ôtent cette puanteur d'écurie. Khal Drogo a beau posséder mille chevaux, c'est d'une tout autre monture qu'il rêve, aujourd'hui. » Puis, la détaillant d'un regard critique : « Toujours aussi gauche ! – redresse-toi », il lui repoussa les épaules. « Montre-leur donc que tu es une femme, désormais », insista-t-il en balayant d'un geste désinvolte la gorge naissante avant d'en pincer un bouton, « et gare à toi, si tu me manques, ce soir. Tu ne souhaites pas réveiller le dragon, je pense ? » À travers le tissu grossier de la tunique, l'étau resserré de ses doigts opéra une torsion blessante. « Si ?

— Non, dit-elle humblement.

— Bon ! sourit-il, presque affectueux, en lui caressant les cheveux. Vois-tu, sœurette, lorsqu'on écrira l'histoire de mon règne, on datera de ce soir mon avènement. »

Après qu'il se fut retiré, elle s'approcha, songeuse, de sa fenêtre et tristement se mit à regarder la baie. Le jour déclinait. Contre le crépuscule, les tours en briques du rempart carraient de noires silhouettes. Des rues montaient, mêlés aux litanies des prêtres rouges en train d'allumer leurs feux nocturnes, les piaillements de mioches miséreux jouant à des jeux invisibles. Que ne pouvait-elle se joindre à eux, pieds nus, vêtue de haillons, hors d'haleine et sans passé, sans avenir, sans obligation de paraître à la fête de Khal Drogo…

Quelque part, là-bas, au-delà du crépuscule et par-delà le bras de mer, s'étendait un pays de vertes collines et de plaines en fleurs où couraient de grandes rivières, où la pierre sombre des tours se détachait sur le merveilleux gris-bleu des montagnes, où, tout armés pour le combat, des chevaliers galopaient sous la bannière de leurs suzerains. Les Dothrakis nommaient ce pays *Rhaesh Andahli*, le pays des Andals, tandis que les habitants des cités libres l'appelaient Westeros, les royaumes du soleil couchant. Viserys, lui, disait tout simplement « notre pays ». Deux mots qu'il prononçait comme une prière. Comme si, à force de les redire, il devait s'attirer la faveur des dieux. « Nôtre par droit du sang. Nôtre toujours et, quoique dérobé par traîtrise, nôtre à jamais. Le voler au dragon ? nenni. Le dragon se souvient. »

Peut-être, en effet, se souvenait-il. Daenerys, elle, ne le pouvait. Elle n'avait jamais vu ce pays que son frère déclarait leur, ce royaume de l'autre rive. Tous ces noms : Castral Roc, les Eyrié, Hautjardin ou le Val d'Arryn, Dorne ou l'Île-aux-Faces, dont il se délectait, des mots, pour elle, rien de plus. Car si Viserys était âgé de huit ans lorsque, talonnés par l'Usurpateur, ils avaient dû quitter Port-Réal, elle-même, à l'époque, tressaillait à peine dans le sein maternel.

À force toutefois de se les entendre ressasser, il arrivait qu'elle se représentât la fuite, en pleine nuit, vers Peyredragon, les frissons blêmes de la lune sur la voile noire ; l'affrontement de leur frère Rhaegar avec l'Usurpateur dans les eaux sanglantes du Trident, sa mort pour la femme aimée ; le pillage de Port-Réal par ceux que Viserys nommait les chiens de l'Usurpateur, lord Lannister et lord Stark ; les supplications de la princesse Elia de Dorne quand, arrachant de son sein le fils de Rhaegar, on le massacrait sous ses yeux ; les squelettes polis des derniers dragons béant aveuglément, sur les parois de la salle du trône, alors que le Régicide égorgeait Père avec une épée d'or…

Neuf lunes après ces drames, elle voyait le jour à Peyredragon. Durant un typhon d'été si épouvantable que, non content de manquer rompre, à ce qu'on disait, les amarres de l'île elle-même, il fracassa la flotte targaryenne à l'ancre, arracha aux remparts et précipita dans les flots déchaînés d'énormes blocs de pierre. Et, là-dessus, crime irrémissible aux yeux de Viserys, Mère était morte en la mettant au monde.

De Peyredragon, aucun souvenir non plus. Leur fuite avait repris, juste avant que n'appareillât le frère de l'Usurpateur avec de nouveaux bateaux. Ancien berceau de leur maison, l'île était alors le dernier vestige de sa souveraineté sur les Sept Couronnes. Vestige précaire… Et d'autant plus menacé que la garnison s'apprêtait à vendre les orphelins à l'Usurpateur. Ceux-ci ne durent la vie qu'à la loyauté de ser Willem Darry qui, escorté de quatre braves, les enleva, une nuit, ainsi que leur nourrice, et, faisant force de voiles à la faveur des ténèbres, les mena sains et saufs jusqu'à la côte de Braavos.

Elle se rappelait vaguement ser Willem : un grand diable d'ours gris, à demi aveugle, et qui, depuis son grabat, rugissait des ordres. Mais, s'il terrifiait ses valets, de lui ne connut-elle que la bonté. Il l'appelait « petite princesse », parfois « dame », ses mains avaient la douceur du vieux cuir. Seulement, à vivre toujours alité, l'odeur de maladie lui collait à la peau, une odeur douceâtre, moite, souffreteuse. À Braavos, ils habitaient une grosse maison dont la porte était rouge. Elle y avait une chambre à elle, et sa croisée donnait sur un citronnier. À la mort de ser Willem, le peu d'argent qu'il leur restait leur fut volé par la valetaille, et on ne tarda guère à les expulser. Dieux ! que de larmes quand la porte rouge s'était définitivement refermée sur eux…

Ils n'avaient cessé, depuis lors, d'errer. De Braavos à Myr, de Myr à Tyrosh puis à Qohor, à Volantys, à Lys, sans jamais séjourner longtemps nulle part. Viserys ne l'eût pas permis. À l'en croire, les tueurs à gages de l'Usurpateur ne les lâchaient pas d'une semelle. Sans doute étaient-ils invisibles ?

Au début, patrices, archontes, princes négociants, tout se flattait d'accueillir à sa table et sous son toit les derniers Targaryens mais, au fil des ans, le spectacle de l'Usurpateur toujours titulaire du Trône de Fer avait fermé chaque porte une à une, et l'existence des exilés ne cessa de devenir plus chiche. Peu à peu réduits à liquider les ultimes débris de l'époque faste (même la couronne de Mère y passa), ils se trouvaient désormais si démunis que, dans les venelles et les gargotes de Pentos, on affublait Viserys du sobriquet de « roi gueux ». Quant à celui qui la désignait personnellement, elle préférait l'ignorer.

« Un jour, sœurette, nous rentrerons dans tous nos biens », disait-il volontiers. Ses mains, fébriles dès qu'il en parlait… « Bijoux, soieries, Peyredragon et Port-Réal, le Trône de Fer et les Sept Couronnes, tout ce qu'ils nous ont pris, tu verras, tout ! » Il ne vivait que pour ce jour-là. Alors que l'unique vœu de Daenerys était de revenir dans la grosse maison, de revoir la porte rouge et le citronnier, derrière la croisée, de vivre enfin l'enfance dont jusqu'alors l'avait frustrée la vie.

Entendant heurter discrètement à la porte, elle se détacha de la fenêtre. « Entrez », dit-elle, et, sur une révérence, les servantes s'affairèrent à leur tâche. Illyrio les avait reçues en présent de l'un de ses nombreux amis dothrak. La cité libre de Pentos avait beau prohiber l'esclavage, esclaves elles étaient. Aussi grise et menue qu'une souris, la vieille ne pipait mot. La jeune compensait amplement. Ses yeux bleus, sa blondeur gaillarde et ses seize ans lui valaient la faveur du maître et, tout en travaillant, elle jacassait sans arrêt.

Après avoir empli la baignoire avec l'eau chaude montée de la cuisine, elles y versèrent des essences capiteuses et, une fois dévêtue par leurs soins, Daenerys s'y plongea, au risque de s'ébouillanter, mais sans cri ni grimace. Elle aimait la chaleur et le sentiment de propreté que celle-ci lui procurait. Au surplus, son frère répétait à qui voulait l'entendre que rien n'était jamais trop brûlant pour un Targaryen. « À nous, la demeure du dragon, telle était sa rengaine, dans nos veines coule le feu. »

Sans desserrer les dents, la vieille lui lava sa longue chevelure argentée puis la démêla patiemment, tandis que la jeune, tout en lui frottant le dos, les pieds, lui vantait sa bonne fortune. « Drogo est tellement riche qu'il fait porter même à ses esclaves des colliers d'or. Cent mille cavaliers montent dans son *khalasar*, et son palais de Vaes Dothrak comporte deux cents pièces dont les portes sont d'argent massif. » Et, sans parler du reste, de tout le reste, quel bel homme que le *khal*, et si grand, si féroce, si brave au combat, le meilleur cavalier de tous les temps, et quel archer, ah, démoniaque. Daenerys se taisait. Depuis toujours, elle s'attendait, le moment venu, à épouser son frère, car cela faisait des siècles et des siècles, très précisément depuis qu'Aegon le Conquérant s'était donné pour femmes ses propres sœurs, que les Targaryens se mariaient ainsi. Il fallait en effet, Viserys le martelait assez, préserver la pureté de la lignée ; leur sang était le sang royal par excellence, le sang d'or de l'antique Valyria, le sang du dragon. Les dragons s'accouplaient-ils avec le bétail des champs ? Les Targaryens ne compromettaient pas davantage leur sang avec celui d'êtres inférieurs. Et voilà que Viserys envisageait de la vendre à un étranger, un barbare ?

Cependant, les femmes l'aidaient à sortir du bain, et elles entreprirent de l'éponger. La jeune lui brossa les cheveux jusqu'à ce qu'ils prissent l'aspect brillant de l'argent liquide, la vieille la parfuma d'épice-fleur dothrak, une touche à chaque poignet, une derrière chaque oreille, une à la pointe des tétons, une, la dernière, la toute dernière, fraîche, sur les lèvres et, de là, sur la plus stricte intimité. Alors, après lui avoir enfilé les chemises envoyées par maître Illyrio, elles lui passèrent la robe de soie prune censée mettre en valeur ses yeux. Et, pendant que l'une la chaussait de sandales dorées, l'autre la parait d'une tiare puis de bracelets d'or sertis d'améthystes. Vint enfin lui cerner le col un torque massif, d'or également, où serpentaient d'antiques glyphes valyriens.

« Vous avez tout d'une princesse, maintenant », s'extasia la petite esclave, souffle enfin coupé. Et comme Illyrio n'avait rien négligé, Daenerys put se mirer dans un miroir d'argent. *Une princesse*, songea-t-elle et, sur-le-champ, lui revint en mémoire que Khal Drogo était assez riche pour que ses esclaves eux-mêmes portent des colliers d'or. Du coup la parcourut un frisson glacial, et la chair de poule marqua ses bras nus.

Assis au frais, dans le vestibule, sur la margelle du bassin dont l'une de ses mains fustigeait les eaux, son frère l'attendait. Il se leva, l'examina de pied en cap. « Ne bouge pas…, tourne ? oui…, bon. Ça me paraît…

— Royale ! » décréta maître Illyrio qui émergeait à l'instant d'un passage voûté. Malgré les bourrelets qui faisaient à chacun de ses pas valser ses amples vêtements de soie feu, il déplaçait son énorme masse avec une grâce des plus surprenante. À tous ses doigts étincelaient des pierreries, et l'on avait, à force d'onguents, donné au fourchu de sa barbe jaune l'éclat véritable de l'or. « Puisse le Seigneur de Lumière, débita-t-il en lui prenant la main, faire pleuvoir ses bénédictions sur votre personne, en ce jour entre tous heureux, princesse Daenerys ! » S'ensuivit un brin de courbette qui trahit dans la barbe d'or de furtifs crocs jaunes. « Une vision, Votre Altesse, une vision, dit-il à l'adresse du prince, elle va captiver Drogo.

— Pas assez de chair », grinça Viserys. Du même argent blond que ceux de sa sœur, ses cheveux, plaqués vers l'arrière, étaient retenus sur la nuque par une broche en os de dragon. Et cette coiffure sévère exagérait la dureté de ses traits maussades. Légèrement déhanché, un poing sur la garde de l'épée prêtée par Illyrio, il reprit : « Puis êtes-vous sûr que Khal Drogo les aime aussi jeunes ?

— Du moment qu'elle a ses règles, il la trouvera à son gré, je me tue à vous le répéter. Regardez-la. Cette blondeur d'or et d'argent, ces yeux violets…, mais c'est le sang même de l'antique Valyria, là, aucun doute, aucun… Et si haut parage : fille du précédent roi, sœur de l'actuel…, allons donc ! comment notre Drogo n'en serait-il pas transporté ?

— Admettons, dit Viserys avec une moue dubitative. Ces barbares ont des goûts tellement bizarres… Chevaux, moutons, garçons…

— Pas un mot de ça à Drogo, si vous m'en…

— Me prenez-vous pour un idiot ? le coupa Viserys, ses yeux lilas flambant de fureur.

— Je vous prends pour un roi, rétorqua l'autre en esquissant une révérence, et les rois manquent de prudence avec le commun. Mais mille excuses, si je vous ai offensé. » Sur ces mots, il se détourna, manda ses porteurs d'un claquement de mains, et son palanquin tarabiscoté ne tarda guère à se ranger devant le perron.

Il faisait une nuit de poix quand le cortège s'ébranla. Équipés de lanternes à huile biscornues dont les pans de verre laissaient filtrer une lueur bleuâtre, deux valets éclairaient la marche des douze malabars qui, le bâton sur l'épaule, allaient bon pas. Derrière les rideaux qui aveuglaient la chaise, y entretenant une douce chaleur, Illyrio exhalait, sous ses lourds parfums, de tels remugles de suif blafard que Daenerys pensait suffoquer.

Vautré près d'elle parmi les coussins, son frère n'y prenait garde, lui. Son esprit campait déjà sur la côte opposée. « Nous n'aurons pas besoin de tous les hommes du *khalasar* », dit-il, tout à sa lubie. Ses doigts taquinaient la garde de son épée d'emprunt. Comme s'il s'était jamais battu pour de bon, songea-t-elle. « Dix mille suffiront. Avec dix mille de ses gueulards, je me fais fort de rafler les Sept Couronnes. Le royaume se soulèvera en faveur de son souverain légitime. Tyrell, Redwyne, Darry, Greyjoy, tous. L'Usurpateur, ils le haïssent autant que je le hais. Les gens de Dorne brûlent de venger Elia et son fils. Et le petit peuple nous soutiendra. Ce n'est qu'un cri. Tous réclament leur roi. N'est-il pas vrai ? demanda-t-il à son hôte, non sans anxiété.

— Ils sont vos peuples, et ils vous aiment bien, confirma l'autre, d'un air aimable. Il n'est place forte où des hommes ne lèvent en secret leur verre à votre prospérité, où des femmes ne cousent le dragon sur des bannières qu'elles dissimulent en perspective de votre retour. Enfin, voilà, conclut-il, avec un haussement gélatineux d'épaules, ce que rapportent mes agents. »

Des agents, Daenerys n'en possédait pas, ni aucun moyen de savoir ce que faisait ou pensait quiconque, là-bas, tout près, mais les paroles suaves d'Illyrio lui paraissaient aussi dignes de foi que ses moindres faits et gestes. Son frère, lui, n'en abondait que plus passionnément. « Je tuerai l'Usurpateur de ma propre main, affirma-t-il, en homme qui n'avait jamais tué personne, je le tuerai comme il a tué mon frère Rhaegar. Et Lannister, le Régicide, pour lui faire expier le meurtre de mon père.

— On ne saurait plus séant », opina maître Illyrio, non sans que l'ombre d'une malice animât sa lippe. Mais, loin de s'en aviser, Viserys se rengorgea sous l'approbation et, en le voyant écarter le rideau pour scruter la nuit, sa sœur comprit qu'il s'élançait pour la centième fois dans la bataille du Trident.

Surmontée de neuf tours, la résidence de Drogo dressait au bord de la baie ses hautes murailles de brique envahies de lierre livide. Les patrices de Pentos, expliqua Illyrio, l'avaient offerte au *khal* car, à l'instar de ses pareilles, la cité libre choyait les seigneurs du cheval. « Non que nous redoutions ces barbares, sourit-il d'un air fin, le Seigneur de Lumière préserverait nos murs contre un million de Dothrakis, du moins si j'en crois nos prêtres…, mais à quoi bon prendre des risques ? leur amitié, nous l'avons à si bon compte ! »

À la poterne, on arrêta leur palanquin, et un garde tira brusquement le rideau pour les jauger d'un regard froid. Bien qu'il eût le teint cuivré et les yeux sombres et bridés d'un Dothraki, sa face était glabre, et il portait la toque à pointe de bronze des Immaculés. Après que maître Illyrio lui eut grommelé quelque chose dans son rude idiome, il répliqua sur le même ton et leur fit signe de passer.

À voir se crisper les doigts de son frère sur la poignée de l'épée, Daenerys eut l'impression qu'il partageait la plupart de ses craintes. Mais il marmonna seulement : « L'insolence de cet eunuque ! » tandis que, cahin-caha, reprenait leur marche.

Maître Illyrio se fit tout miel : « Ce soir, Khal Drogo reçoit trop d'hôtes de marque pour négliger leur sécurité. Ils ont forcément des ennemis… Votre Grâce plus que quiconque. Doutez-vous que l'Usurpateur donne cher de votre tête ?

— Certes non, convint Viserys, rembruni. Et ce n'est pas faute, croyez-moi, de l'avoir tenté. Ses tueurs nous harcèlent en tous lieux. Il ne dormira que d'un œil aussi longtemps que je vivrai, moi, le dernier dragon. »

Là-dessus, le palanquin ralentit, s'immobilisa. On tira les rideaux, et un esclave aida Daenerys à descendre. Il portait un collier, mais de bronze vulgaire. Viserys suivit, le poing plus que jamais resserré sur son arme, et il fallut deux des malabars pour extirper maître Illyrio puis le jucher sur pied.

Dès le vestibule, où une mosaïque en pâte de verre multicolore retraçait la geste tragique de Valyria, des senteurs d'épices, d'oliban, de cédrat, de cinname empoissaient l'atmosphère. Le long des murs étaient disposées des lanternes en fer noir. Aposté sous un arceau décoré de palmes sculptées dans la pierre, un eunuque annonça les invités en psalmodiant, d'une voix suave et perchée : « Viserys Targaryen, troisième du nom, roi des Andals, de Rhoynar et des Premiers Hommes, suzerain des Sept Couronnes, protecteur du royaume… Sa sœur, Daenerys du Typhon, princesse de Peyredragon… L'honorable Illyrio Mopatis, patrice de la cité libre de Pentos… »

Au-delà, ils pénétrèrent dans une cour à colonnade submergée de lierre livide dans le feuillage duquel, au fur et à mesure qu'ils s'y coulaient avec leur escorte, la lueur de la lune peignait des ombres d'os ou d'argent. Ils trouvèrent là nombre de seigneurs du cheval, tous hommes massifs à la peau cuivrée, aux longues bacchantes annelées de métal, aux cheveux noirs huilés, tressés et ornés de sonnailles. Parmi eux circulaient mercenaires et spadassins de Pentos, de Myr, de Tyrosh, un prêtre rouge encore plus gras qu'Illyrio, des hommes de Port d'Ibben, reconnaissables à leur pilosité, de même qu'à sa noirceur d'ébène, ici et là, tel hobereau des îles d'Été. D'abord abasourdie de se trouver en telle compagnie, Daenerys s'aperçut soudain, terrifiée, qu'elle en était l'unique femme.

Cependant, Illyrio leur soufflait : « Vous voyez ces trois, là-bas ? Les sang-coureurs de Khal Drigo. Un peu plus loin, près du pilier, Khal Moro et son fils, Rhogoro. L'homme à la barbe verte est le frère de l'archonte de Tyrosh. Derrière lui, ser Jorah Mormont. »

Le titre du dernier frappa Daenerys : « Un chevalier ?

— Rien moins. » Illyrio sourit dans sa barbe. « Oint des sept huiles par le Grand Septon en personne.

— Que fait-il donc ici ? s'étonna-t-elle maladroitement.

— L'Usurpateur voulait sa tête. Pour la faute dérisoire d'avoir vendu quelques maraudeurs à un marchand d'esclaves de Tyrosh au lieu de les verser dans la Garde de Nuit. Cette loi absurde. Ne devrait-on pouvoir en agir à sa guise avec ses propres meubles ?

— J'aimerais lui toucher un mot avant la fin de la soirée », déclara Viserys, tandis que sa sœur se surprenait à regarder Mormont avec curiosité. Malgré son âge avancé – plus de quarante ans – et sa demi-calvitie, il conservait un air de force et de capacité. Au lieu de soieries et de cotonnades, il portait lainages et cuir. Sur sa tunique vert sombre était brodée l'effigie d'un ours noir dressé sur ses postérieurs.

Elle s'absorbait encore dans la contemplation de cet être étrange qui lui figurait tout l'inconnu de sa patrie, quand la main moite d'Illyrio vint se poser sur son bras nu : « De ce côté, Princesse exquise, susurra-t-il, voici que le *khal* paraît. »

Elle aurait voulu fuir, se cacher, mais le regard de son frère ne la lâchait pas, et le mécontenter réveillerait forcément le dragon. La gorge nouée, elle se tourna pour dévisager l'homme auquel il prétendait l'accorder pour femme dès cette nuit.

La petite esclave ne s'était pas entièrement trompée. Khal Drogo dominait d'une tête toute l'assistance, et pourtant sa démarche avait quelque chose d'aérien, d'aussi gracieux que celle de la panthère dont s'enorgueillissait la ménagerie d'Illyrio. Et il était plus jeune, à peine trente ans, que Daenerys ne s'y attendait. Sa peau avait le ton du cuivre poli, et des anneaux de bronze et d'or enserraient sa moustache drue.

« Je dois aller lui présenter mes respects, dit maître Illyrio, ne bougez pas d'ici, je vous l'amènerai. »

À peine eut-il appareillé vers le *khal* que Viserys, saisissant le bras de la jeune fille, l'étreignit à lui faire mal : « Tu vois sa tresse, sœurette ? »

Noire comme la pleine nuit, lourde d'essences et d'huile, constellée de menues sonnettes qui tintaient au moindre mouvement, la tresse de Drogo tombait plus bas que sa ceinture et lui battait le dos des cuisses.

« Tu vois comme elle est longue ? Eh bien, quand un Dothraki subit une défaite, il rase sa tresse afin de signifier sa disgrâce au monde. Personne n'a jamais vaincu Khal Drogo. En sa personne est de retour Aegon Sire-Dragon, et tu seras sa reine. »

Daenerys regarda le *khal*. Il avait des traits durs et cruels, des yeux d'onyx, sombres et glacés. Quelque violent que pût se montrer son frère lorsque, par malheur, elle réveillait le dragon, il la terrifiait infiniment moins que cet homme-là.

« Je ne veux pas être sa reine, s'entendit-elle répliquer d'une voix ténue, si ténue… *Par pitié*, Viserys, *par pitié*, je ne veux pas, je veux rentrer à la maison.

— *À la maison* ? » Il continuait à parler tout bas, mais d'un ton vibrant de rage. « Comment rentrerions-nous à la maison, sœurette ? Ils nous l'ont prise, la maison ! » Il l'entraîna dans l'ombre, à l'abri des regards, et ses doigts lui broyaient le bras. « *Comment rentrerions-nous à la maison ?* » répéta-t-il avec une violence qui donnait au dernier mot la densité de toutes leurs pertes : Port-Réal et Peyredragon et le royaume entier…, quand Daenerys ne l'avait employé que pour désigner leurs chambres chez maître Illyrio. Pas une vraie maison, certes, mais qu'avaient-ils d'autre ? Or, voilà précisément ce qu'il ne voulait entendre à aucun prix. À ses yeux, il n'y avait pas là de maison. Même la grosse maison à la porte rouge n'avait jamais été la maison, pour lui.

En lui meurtrissant de plus en plus sauvagement le bras, les doigts exigeaient cependant une réponse… « Je ne sais pas ! hoqueta-t-elle enfin, les yeux pleins de larmes.

— Moi, si, dit-il sèchement. Nous rentrerons à la maison, sœurette, avec une armée. Avec l'armée de Khal Drogo. Voilà comment nous rentrerons à la maison. Et, à cet effet, tu dois l'épouser, tu dois coucher avec lui. Tu le feras. » Il lui décocha un sourire. « Au besoin, j'aurais laissé tout son *khalasar* te baiser, sœurette. Chacun des quarante mille hommes, et leurs chevaux en prime, si cela devait me fournir mon armée. Remercie-moi : c'est seulement Drogo. À la longue, tu en viendras peut-être à l'apprécier. À présent, sèche-moi ces larmes. Le gros nous l'amène, et il ne te verra *pas* pleurer. »

En se retournant, Daenerys dut se rendre à l'évidence. Tout sourires et tout courbettes, maître Illyrio conduisait en effet le *khal* vers eux. D'un revers de main, elle acheva de ravaler ses larmes.

« Souris, chuchota fébrilement son frère en laissant retomber sa main sur la garde de son épée. Redresse ta taille. Montre-lui que tu as des seins. Le peu que tu en as, bons dieux ! »

Daenerys, bien droite, se mit à sourire.

EDDARD

Tel un fleuve d'or, d'argent, d'acier poli, les visiteurs inondaient la poterne. Incarnant la force et la fine fleur du royaume, ils étaient là trois cents, tant bannerets que chevaliers, lames-liges ou francs-coureurs. Au-dessus des têtes, le vent du nord fouettait les douze étendards d'or au cerf couronné des Baratheon.

Ned reconnaissait nombre d'entre eux. À son insolente blondeur d'or martelé se repéraient ici ser Jaime Lannister, là Sandor Clegane à son effroyable figure brûlée. Le joli garçon qui chevauchait à leurs côtés ne pouvait être que le prince héritier. Quant à ce nabot rabougri, derrière, il s'agissait, bien entendu, de Tyrion Lannister le Lutin.

En tête venait, flanqué de deux chevaliers drapés dans la longue cape neigeuse de la garde royale, un colosse qu'il hésitait encore à identifier… quand celui-ci, bondissant à terre avec un rugissement familier, lui broya les os dans une accolade qui interdisait toute méprise : « Ned ! quel bonheur de revoir ta gueule de croque-mort ! » Le roi l'examina de la tête aux pieds et, dans un éclat de rire, tonitrua : « Pas changé du tout ! »

Ned eût été fort en peine d'en dire autant. Quinze années s'étaient écoulées depuis les chevauchées, botte à botte, pour la conquête de la couronne. Toujours rasé de frais, à l'époque, le sire d'Accalmie avait l'œil clair, et des muscles issus tout droit d'un rêve de pucelle. Haut de six pieds et demi, il dominait son monde et, une fois revêtu de son armure et coiffé du grand heaume faîté d'andouillers de sa maison, devenait vraiment gigantesque. Sa force ne l'étant pas moins, son arme favorite était une masse de fer hérissée de pointes que Ned pouvait à peine soulever. Et de sa personne émanaient, en ces temps lointains, des relents de cuir et de sang aussi entêtants qu'un parfum.

À présent, le parfum qu'il répandait était du parfum, et son ampleur nécessitait une sous-ventrière. Il avait pour le moins pris cent livres, depuis leur dernière rencontre, neuf ans plus tôt, lorsque le cerf et le loup-garou s'étaient unis pour mater la rébellion de Balon Greyjoy, roi autoproclamé des îles de Fer. Non sans mélancolie, Ned se revoyait, debout à ses côtés, dans la citadelle enfin prise où Robert acceptait la reddition du vaincu, tandis que lui-même prenait à titre d'otage et de pupille le fils de ce dernier, Theon… Maintenant, une barbe aussi rêche et noire que du fil de fer s'efforçait de dissimuler le double menton et l'affaissement des bajoues, mais rien ne pouvait camoufler la bedaine, pas plus que l'œdème qui bistrait le pourtour des yeux.

Conscient toutefois que le roi désormais primait l'ami, Ned dit simplement : « Votre Majesté se trouve chez elle à Winterfell. »

Sur ces entrefaites, les autres démontèrent, et des palefreniers s'empressaient autour des destriers quand, accompagnée de ses derniers-nés, Cersei Lannister fit son entrée, à pied, les portes étant trop étroites et basses pour son carrosse à impériale et l'attelage de quarante chevaux que nécessitait sa masse imposante de chêne et de métal doré. Ned s'agenouilla dans la neige pour baiser l'anneau de la reine, tandis que Robert étreignait Catelyn telle une sœur enfin retrouvée, puis les enfants s'avancèrent et, présentations faites, on se récria de part et d'autre comme il seyait.

Sitôt accomplies ces formalités, le roi se tourna vers son hôte : « Maintenant, mène-moi à ta crypte. Je souhaite m'y recueillir. »

Profondément touché que, tout méconnaissable qu'il était, Robert se souvînt, après tant d'années, Ned demanda une lanterne. Les phrases étaient inutiles. Aussi la reine eut-elle beau protester d'un trait que l'on voyageait depuis l'aube, que l'on avait froid, que l'on n'en pouvait plus, que mieux vaudrait se restaurer d'abord, que les morts pouvaient attendre…, une pression discrète de Jaime sur son bras et un simple regard du roi la réduisirent au silence.

Comme les deux hommes descendaient, Ned devant pour éclairer l'étroit colimaçon, Robert soupira : « Je finissais par me demander si nous arriverions jamais chez toi. Les gens du sud parlent avec tant d'emphase de mes sept couronnes qu'on en oublie cette évidence que ton seul lot est aussi vaste que les six autres réunis…

— J'espère que Votre Majesté a été satisfaite de son voyage ?

— Des marais, répondit Robert en reniflant, des forêts, des champs, pour ainsi dire pas d'auberge passable au nord du Neck. Jamais je n'ai vu désert plus immense. Où se cache donc ton peuple ?

— Trop intimidé sans doute pour se montrer, plaisanta Ned, on ne voit guère de rois, dans le nord. »

Des entrailles de la terre montait vers eux un souffle glacé. Le roi renifla, puis : « M'est avis plutôt qu'il s'était tapi sous la neige… Et quelle neige, bons dieux ! » Pour assurer son équilibre, il s'appuyait, marche après marche, au mur.

« Assez banal, en fin d'été, dit Ned. Les averses ne vous ont pas trop gênés, au moins ? Elles sont d'ordinaire bénignes.

— Les Autres emportent pareille bénignité ! jura le roi. Qu'est-ce que ça doit être, l'hiver…, j'en grelotte, rien que d'y penser !

— Oui, les hivers sont rudes, mais les Stark les supportent. Ils l'ont toujours fait.

— Tu devrais venir dans le sud prendre un bol d'été avant que ne s'enfuie la canicule. À Hautjardin, nos champs de roses jaunes s'étendent à perte de vue. Nos fruits sont si mûrs qu'ils vous explosent dans la bouche. Melons, pêches, prunes-feu…, et une saveur ! tu n'imagines pas. Je t'en ai apporté, tu verras. Même à Accalmie, il fait si chaud, malgré la bonne brise en provenance de la baie, qu'à peine peux-tu bouger. Et tu verrais les villes… ! Des fleurs partout, chaque étal croulant de mets multicolores, les vins coûtant trois fois rien, et si capiteux que tu t'enivres, rien qu'à les humer… Oh, Ned, là-bas, tout le monde est riche, tout le monde est gras, tout le monde est saoul ! » Éclatant de rire, il gratifia son énorme panse d'une affectueuse bourrade. « Et les *filles*, Ned…, les *filles* ! s'écria-t-il, l'œil allumé, la chaleur, parole ! les rend d'une impudeur ! Elles se baignent à poil dans la rivière, au bas du château. Et tu les verrais dans la rue… C'est qu'avec cette putain de chaleur, vois-tu ? la laine, les fourrures… Alors, leurs robes, toujours trop longues ! et en soie, mon vieux, quand elles ont les moyens, du coton, sinon, mais dès qu'elles suent et que ça leur colle à la peau, comme nues, tu dirais…, toutes. » Son gros rire heureux ébranla les voûtes.

Sa sensualité et sa formidable voracité n'étaient certes choses nouvelles, et ni de lui ni de personne lord Stark n'eût prétendu l'y voir renoncer avant de franchir son seuil, mais il ne pouvait s'empêcher d'en évaluer la rançon. Une fois parvenu au bas de l'escalier, dans les ténèbres de la crypte, le roi était hors d'haleine, et le halo de la lanterne le révélait cramoisi.

« Nous y voici, Sire », dit Ned d'un ton respectueux, tout en promenant l'éclairage qui, autour d'eux, anima brusquement les ombres. La flamme vacillante éclaboussa successivement le dallage et des piliers de granit dont, deux à deux, la longue procession se perdait au loin dans le noir. Assis sur des trônes de pierre adossés aux parois qui recelaient leurs restes, les morts occupaient les entrecolonnements. « Elle repose là-bas, tout au bout, avec Père et Brandon. »

Frissonnant de froid, Robert lui emboîta le pas sans mot dire dans le souterrain. L'atmosphère était toujours glaciale, là-dedans. Les pas sonnaient durement sur les dalles, éveillant dans la nécropole de longs échos qui, joints aux jeux de l'ombre et de la lumière, semblaient tour à tour rendre attentif aux vivants qui passaient par là chacun des défunts de la maison Stark. Tout du long, leurs effigies sculptées fixaient d'un regard aveugle les ténèbres éternelles. À leurs pieds se lovaient de grands loups-garous de pierre.

La tradition voulait que tous ceux d'entre eux qui avaient porté le titre de Winterfell aient en travers de leurs genoux une épée de fer censée maintenir dans la crypte les esprits vindicatifs. La rouille avait dès longtemps réduit à néant les plus anciennes, dont seules quelques taches rouges attestaient encore la position, et Ned appréhendait sourdement que leur disparition ne permît aux fantômes de venir hanter le château. Ses premiers ancêtres s'étaient en effet signalés par une rudesse digne du pays et, jusqu'au débarquement des seigneurs du dragon, refusés durant des siècles, en qualité de rois du Nord, à quelque allégeance et envers quiconque que ce fût.

S'arrêtant enfin, il brandit la lanterne. La crypte se poursuivait au-delà, mais les caveaux y béaient, vides, attendant leurs prochaines proies, lui-même, ses enfants… Une pensée qui lui répugnait. « C'est ici », dit-il.

Robert acquiesça d'un signe et, s'agenouillant, s'inclina.

Comme annoncé, trois tombes se trouvaient côte à côte à cet endroit. Lord Richard Stark, dont le sculpteur avait de mémoire parfaitement rendu la longue figure sévère, trônait là, digne et paisible, ses doigts de pierre fermement serrés sur l'épée qui lui barrait le giron, quoique, de son vivant, toutes l'eussent trahi. De moindres dimensions, les sépulcres de ses enfants l'encadraient.

Brandon avait péri à l'âge de vingt ans, quelques jours à peine avant son mariage avec Catelyn Tully de Vivesaigues. Étranglé sur ordre d'Aerys Targaryen le Dément qui, pour comble, avait contraint Richard d'assister au supplice. Brandon, l'aîné, l'authentique héritier du titre, né pour gouverner…

Femme enfant d'un charme incomparable, Lyanna était morte, elle, à seize ans. Et si Ned l'aimait de tout son cœur, Robert la chérissait encore davantage. Elle devait devenir sa femme.

« Elle était plus belle que cela », dit le roi au bout d'un moment, dévisageant l'effigie avec autant d'intensité que si son regard eût pu l'animer, avant de se relever pesamment. « Sacrebleu, Ned ! fallait-il vraiment l'enterrer dans un *trou* pareil ? s'exclama-t-il d'une voix qu'enrouait le ressouvenir. Elle méritait mieux que cette obscurité…

— Elle était une Stark de Winterfell, répondit Ned, posément. Sa place est ici.

— Elle devrait reposer sur une colline, à l'ombre d'un arbre fruitier, avec le ciel au-dessus d'elle, avec le soleil, les nuages, avec la pluie pour la baigner…

— Je me trouvais auprès d'elle quand elle est morte, rappela Ned. Elle souhaitait revenir chez elle, ici, près de Père et près de Brandon. » Il l'entendait encore retentir, son cri – *Promets-moi* –, dans la chambre où l'odeur du sang se mêlait au parfum des roses. « *Promets-moi, Ned !* » La fièvre qui la tenaillait alors lui ôtait les forces et réduisait sa voix à un murmure imperceptible mais, sitôt qu'il eut donné sa parole, s'apaisa le regard anxieux. Il voyait encore quel sourire le remercia, il sentait encore se refermer sur les siens l'étau des doigts, il revoyait enfin la paume s'ouvrir et répandre, noirs et fanés, les pétales roses. De la suite, aucun souvenir. On l'avait trouvé, muet de douleur, étreignant convulsivement la morte, et le petit échanson Howland Reed avait, paraît-il, dû dénouer leurs mains. Après, non, aucun souvenir… « Je lui apporte des fleurs quand je puis, reprit-il, Lyanna les… les aimait tant. »

Tendrement, le roi caressa la joue de la statue comme une joue de chair. « J'avais juré de tuer Rhaegar pour la venger.

— Tu l'as fait…

— Hélas, une seule fois ! » dit Robert avec amertume.

Autour, la mêlée faisait rage lorsqu'ils s'étaient rencontrés au gué du Trident, Robert équipé de sa masse et coiffé de son heaume faîté d'andouillers, le Targaryen dans son armure noire avec, sur la poitrine, étincelant d'innombrables rubis, le dragon tricéphale. Le torrent roulait des flots écarlates que les sabots de leurs destriers faisaient à grand fracas rejaillir vers les berges en voltant sans trêve, jusqu'au moment où Robert ajusta un coup foudroyant qui pulvérisa le dragon. À son arrivée, Ned découvrit le cadavre de Rhaegar ballotté par les eaux et, spectacle ahurissant, les guerriers des deux armées qui, à quatre pattes dans les remous, ne rivalisaient plus qu'à repêcher les pierreries.

« Mais je le tue chaque nuit en rêve… Mille morts n'expieraient pas son crime. »

N'y trouvant certes rien à redire, Ned observa un moment de silence avant de suggérer : « Nous devrions remonter, je pense. La reine attend Votre Majesté…

— Les Autres emportent ma femme ! grommela Robert d'un air aigre, non sans prendre aussitôt, à pas lourds, le chemin du retour. Et si tu m'appelles "Votre Majesté" une fois de plus, je fais empaler ta maudite tête sur une pique. Nos sentiments mutuels…

— J'ai bonne mémoire », trancha Ned paisiblement puis, n'obtenant pas de réponse : « Si tu me parlais de Jon ? »

Robert secoua la tête. « Jamais je n'ai vu un homme dépérir si vite. Si tu l'avais vu, le jour du tournoi que j'ai donné pour la fête de mon fils, tu l'aurais juré immortel. Et il s'éteignait deux semaines après. D'un mal qui lui incendiait les tripes. Qui le perforait comme un fer rouge. » Il marqua une pause auprès d'un pilier, devant la tombe d'un Stark mort depuis des éternités. « J'aimais ce vieil homme.

— Nous l'aimions tous deux », murmura Ned et, au bout d'un moment : « Catelyn s'inquiète pour sa sœur. Lysa prend la chose comment ? »

Une moue navrée tordit les lèvres de Robert. « Assez mal, pour parler franc. Ça l'a rendue comme folle, Ned, et elle a emmené son fils aux Eyrié. Contre mon gré. Je désirais l'élever, conjointement avec Tywin Lannister, à Castral Roc. Son père n'ayant pas de frères ni d'autres enfants, devais-je, en conscience, l'abandonner à des mains de femme ? »

Quoiqu'il eût plus volontiers confié la tutelle d'un enfant à une vipère cornue qu'à lord Lannister, Ned préféra garder ses réserves par-devers lui. Il est de vieilles plaies qui, loin de jamais se cicatriser, se rouvrent et saignent au moindre mot. « La femme a perdu son mari, dit-il prudemment, la mère peut craindre de perdre son fils. Il est si jeune…

— Six ans, maladif, et seigneur des Eyrié. Les dieux aient pitié de lui. Quant à Lysa, elle aurait dû s'honorer de la faveur de lord Tywin. Or, bien qu'il n'eût jamais pris de pupille et soit issu d'une noble et grande maison, non contente de refuser d'en entendre seulement parler, elle s'est enfuie comme une voleuse, en pleine nuit, sans daigner même demander congé. Cersei en était hors d'elle. » Il exhala un long soupir. « Sais-tu qu'au surplus l'enfant porte mon prénom ? Je suis tenu de le protéger. Mais comment remplir mes obligations, si sa mère me le subtilise ?

— Je le prendrai pour pupille, si cela t'agrée. Lysa y consentirait. Jeune fille, elle était très proche de Catelyn, et nous l'accueillerions ici de grand cœur.

— Ton offre est généreuse, ami, mais elle vient trop tard. Lord Tywin a déjà donné son consentement. Faire élever l'enfant ailleurs l'offenserait grièvement.

— Le bien-être de mon neveu m'importe infiniment plus que l'amour-propre des Lannister.

— Parce que tu ne couches pas avec l'un d'entre eux ! » s'esclaffa le roi, d'un rire à effondrer les voûtes de la crypte et qui, dans le hallier de poil noir, laissait fuser la blancheur des dents. « Ah, Ned, Ned, tu es un monstre de sérieux. » Il lui entoura les épaules de son bras massif. « Je comptais attendre quelques jours avant de te parler, mais je vois bien que j'avais tort. Viens, marchons un peu. »

Ils revinrent sur leurs pas, longeant les sépulcres dont les yeux de pierre semblaient redoubler d'attention. Le roi, sans retirer son bras, reprit tout à coup : « Tu n'as pas dû manquer de t'interroger sur les motifs de ma visite, après tant d'années. »

Au lieu de confesser ses conjectures à cet égard, Ned répondit d'un ton léger : « La joie de ma compagnie, sûrement. Puis le Mur. Votre Majesté brûle de le voir, d'inspecter ses créneaux, de faire la causette à ceux qui les garnissent. La Garde de Nuit n'est plus que l'ombre d'elle-même. D'après Benjen…

— Je saurai sans doute bien assez tôt ce que dit ton frère. Ça fait combien de temps qu'il tient, le Mur ? huit mille ans ? il tiendra bien quelques jours de plus. J'ai des soucis autrement urgents. Ces temps-ci sont difficiles. J'ai besoin d'hommes sûrs. D'hommes comme Jon Arryn. Il servait à la fois comme seigneur des Eyrié, comme gouverneur de l'Est et comme Main du Roi. J'aurai du mal à le remplacer.

— Son fils…

— Son fils, coupa sèchement Robert, héritera des Eyrié et de leurs revenus, un point c'est tout. »

Suffoqué, Ned s'arrêta pile et le dévisagea. « Mais ! protesta-t-il sans plus pouvoir se contenir, mais les Arryn sont depuis toujours gouverneurs de l'Est. Le titre est indissociable de la terre…

— On le lui restituera, le cas échéant, lorsqu'il sera d'âge à le porter. Il me faut, moi, penser à cette année-ci et à la prochaine. Un bambin de six ans ne fait pas un chef de guerre, Ned.

— En temps de paix, le titre est seulement honorifique. Laisse-le-lui. Ne serait-ce qu'en souvenir de son père. Tu lui dois bien cela. »

Fort mécontent, le roi le désenlaça. « En fait de service, Jon remplissait seulement ses devoirs de vassal envers son suzerain. Je ne suis pas ingrat, Ned. Tu devrais le savoir mieux que quiconque. Mais le fils n'est pas le père. Un simple enfant ne saurait tenir l'Est. » Cela dit, il reprit d'un ton radouci : « Assez là-dessus, veux-tu ? Il me faut t'entretenir d'une affaire importante, et sans que nous nous disputions. » Il lui empoigna le coude. « Il faut que tu m'aides, Ned.

— Je suis aux ordres de Votre Majesté. Toujours. » Ces mots, il était obligé de les prononcer, et il le faisait, quelque appréhension qu'il eût de la suite.

Robert semblait n'avoir guère entendu. « Ces années que nous avons passées aux Eyrié..., *bons dieux*, le bon temps que c'était. Je te veux de nouveau à mes côtés, Ned. Je veux que tu me suives à Port-Réal, au lieu de rester ici, au bout du monde, où nul n'a que foutre de toi. » Un moment, il scruta les ténèbres avec une mélancolie digne des Stark eux-mêmes. « Je te jure, il est mille fois plus dur de régner que de conquérir un trône. Je ne sache rien de si ennuyeux que de faire des lois, hormis compter des sous. Et le peuple... Avec lui, c'est sans fin. Assis sur ce maudit siège de fer, il me faut écouter geindre jusqu'à en avoir la cervelle gourde et le cul à vif. Et tous demandent quelque chose, argent, terre, justice. Des menteurs fieffés... Et les gentes dames, les nobles sires de ma cour ne valent pas mieux. Je suis entouré d'imbéciles et de flagorneurs. De quoi devenir fou, Ned. La moitié d'entre eux n'osent pas me dire la vérité, les autres sont incapables de la trouver. Il m'arrive, certaines nuits, de déplorer notre victoire du Trident. Bon, non, pas vraiment, mais...

— Je comprends », murmura Ned.

Robert le regarda. « Je crois que oui. Mais, dans ce cas, tu es bien le seul, mon vieux. » Il se mit à sourire. « Lord Eddard Stark, je souhaiterais vous faire Main du Roi. »

Ned mit un genou en terre. La proposition ne le surprenait pas. Dans quel autre but Robert eût-il entrepris un si long voyage ? La Main du Roi occupait la deuxième place dans la hiérarchie des Sept Couronnes. Elle parlait de la même voix que le roi, menait les armées du roi, préparait les lois du roi. Elle allait parfois jusqu'à occuper le Trône de Fer, lorsque, malade, absent ou indisponible, le souverain devait renoncer à dispenser la justice en personne. Ainsi Ned se voyait-il offrir des responsabilités aussi étendues que le royaume même.

Seulement, c'était la dernière des choses au monde qu'il ambitionnât.

« Que Votre Majesté me pardonne, s'excusa-t-il, je ne suis pas digne de cet honneur. »

Robert émit un grognement d'impatience badin : « Si j'avais simplement l'intention de te mettre à l'honneur, j'accepterais que tu te défiles. Or, si je projette de te confier la gestion du royaume et la conduite des armées, c'est pour ne plus me consacrer qu'à manger, boire et hâter vos regrets. » Il se tapota la bedaine et, sur un sourire moqueur : « Tu connais le dicton sur le roi et sa Main ?

— “Ce que le roi rêve, la Main l'édifie.”

— Un jour, j'ai couché avec une poissarde qui m'a révélé la variante en usage dans la populace : “Ce que le roi bouffe, la Main s'en farcit la merde.” » La tête rejetée en arrière, il se mit à rire à gorge déployée, sans égards pour la crypte qui répercutait ses éclats narquois, ni pour les Winterfell défunts qui, tout autour, se pétrifiaient de réprobation.

Peu à peu, toutefois, son accès de gaieté finit par s'estomper, s'éteignit sous le regard de Ned, toujours un genou en terre. « Sacrebleu, gémit le roi, ne pourrais-tu me condescendre même un sourire de complaisance ?

— Dans nos parages, on prétend, rétorqua Ned, que l'extrême rigueur des hivers gèle le rire dans les gorges et en fait un garrot fatal. De là vient peut-être que les Stark ont si peu d'humour.

— Accompagne-moi dans le sud, je t'enseignerai les ressources de l'ironie. Tu m'as aidé à m'emparer de ce foutu trône, aide-moi, maintenant, à le conserver. Tout nous appelait à gouverner ensemble. Si Lyanna avait vécu, les liens fraternels du sang auraient complété ceux de l'affection. Du reste, il est encore temps. J'ai un fils, et toi une fille. Mon Joff et ta Sansa uniront nos maisons de même que nous l'aurions fait, Lyanna et moi. »

Cette offre-là, Ned ne s'y attendait nullement. « Sansa n'a que onze ans…

— Et après ? » D'un revers agacé de main, Robert balaya l'objection. « Elle est assez grande pour des fiançailles. On les marierait dans quelques années. » Il se remit à sourire. « À présent, debout, je te prie, dis oui, et le diable t'emporte !

— Rien ne me ferait davantage plaisir, Sire, répondit-il d'un ton mal assuré, mais…, mais je m'attendais si peu… M'est-il permis d'y réfléchir ? il me faut consulter ma femme…

— C'est ça, consulte-la, si tu le juges nécessaire, et mûris ta réponse sur l'oreiller. » Sur ces mots, il se pencha pour saisir la main de Ned et, sans ménagements, le remit sur pied. « Garde-toi seulement de me faire languir. La patience n'est pas mon fort. »

Alors, de funestes pressentiments envahirent Eddard Stark. Sa place était ici, dans le nord. Il jeta un regard circulaire sur les effigies de pierre qui l'entouraient, prit, dans le silence glacial de la crypte, une profonde inspiration. Il sentait les yeux des morts peser sur lui. Il les savait tous à l'écoute. Et l'hiver venait.

JON

Ainsi qu'il lui advenait parfois à l'improviste, mais de loin en loin, le sentiment de sa bâtardise enchanta soudain Jon Snow comme il tendait derechef sa coupe à une servante puis reprenait sa place au banc des jeunes écuyers. Aussi la saveur fruitée du liquide sur ses papilles lui mit-elle aux lèvres un sourire de satisfaction.

Malgré la fumée qui, lourde de relents de viandes rôties, de pain chaud, stagnait dans la grand-salle, se discernait sur les parois de pierre grise l'éclat des bannières alternées. Or, écarlate, blanc…, le cerf couronné des Baratheon, le lion des Lannister, le loup-garou des Stark. Un rhapsode, là-bas, tout au bout, entonna une ballade aux accords de la grande harpe, mais à peine sa voix passait-elle la clameur du feu, le fracas des plats et des pots d'étain, la rumeur confuse de cent ivresses, car on fêtait déjà depuis plus de trois heures l'arrivée du roi.

Juste au bas de l'estrade où les maîtres de céans régalaient leurs souverains se trouvaient, avec les enfants royaux, les frères et sœurs de Jon. Eu égard à la solennité, Père les autoriserait sans doute à siroter un verre, mais pas davantage. Alors qu'ici, sur les bancs du commun, nul ne se souciait de vous empêcher de boire tout votre saoul.

Or Jon se découvrait précisément une soif d'homme que les « Cul-sec ! » rauques de son entourage émerveillé ne laissaient pas que d'aviver. Et il se délectait d'autant mieux des exploits martiaux, cynégétiques et amoureux que s'assenaient ses compagnons. De joyeux drilles, assurément plus amusants que les princes du sang… La curiosité que lui inspiraient ces derniers, il l'avait rassasiée lors de l'entrée du cortège en les lorgnant tour à tour quasiment sous le nez.

En tête marchait la reine, aussi belle qu'on la réputait, sous la tiare de pierreries qui rehaussait son opulente chevelure d'or, et parée d'émeraudes aussi vertes que ses prunelles. Mais tandis que Père la menait vers l'estrade et l'y installait, elle affectait superbement de l'ignorer, souriant d'un sourire auquel Jon, tout gamin qu'il était, ne se méprit pas.

Lady Stark à son bras venait là-dessus le roi. Pis que décevant. Comment reconnaître jamais, dans ce poussah suant, barbu, cramoisi qui s'entravait dans ses brocarts comme un rustre éméché, l'incomparable Robert Baratheon, le héros du Trident, le prince des guerriers, le géant des princes ressassé par Père ?

Derrière avançait la marmaille. Avec autant de dignité que le comportaient ses trois ans, petit Rickon ouvrait le ban, houspillé par Bran qui devait sans cesse le dissuader de s'arrêter pour des risettes. Sur leurs talons, Robb, aux couleurs des Stark, laine grise émaillée de blanc, conduisait la princesse Myrcella : un brin de fille allant sur ses huit ans, dont les boucles d'or cascadaient sous une résille sertie de joyaux. Surprenant au passage les regards furtifs et les sourires timorés qu'elle dédiait à son frère, Jon la décréta insipide, et l'air béat de celui-ci le convainquit qu'il était trop niais pour la juger stupide.

À ses demi-sœurs étaient échus les princes. À demi perdu sous sa toison platine, le grassouillet Tommen équipait Arya, et Sansa l'héritier du trône. Malgré ses douze ans, Joffrey dominait déjà d'un pouce, au grand dam de Jon, ses aînés du nord. Aussi blond que sa sœur, il avait les yeux vert sombre de sa mère, et sa nuque, ainsi que son écharpe d'or et son grand collet de velours, disparaissait sous ses boucles tumultueuses. Agacé de voir Sansa radieuse en telle compagnie, le bâtard n'apprécia guère non plus la moue d'ennui dédaigneux que le jeune Baratheon promenait sur les aîtres de Winterfell.

Davantage l'intéressa le couple que formaient ensuite les fameux Lannister de Castral Roc. Il était impossible de les confondre. Jumeau de la reine Cersei, ser Jaime – le Lion – se distinguait tant par sa stature, sa chevelure d'or et la fulgurance de ses yeux verts que par un sourire aussi acéré qu'une dague. Des cuissardes noires et un manteau de satin noir contrastaient avec sa tunique de soie écarlate. Brodé sur sa poitrine en fils d'or rugissait d'un air de défi l'emblème de sa maison. De là venait le surnom qu'on lui décernait de face, quitte à l'affubler, dans son dos, du sobriquet moins noble de Régicide.

Jon, quant à lui, fut hypnotisé. *Voilà à quoi devrait*, se dit-il, *ressembler un roi.*

C'est sur ce seulement qu'à demi dissimulé par le premier lui apparut le dandinement du second, Tyrion. Le Lutin. Hideux benjamin de cette brillante couvée. Autant les dieux s'étaient montrés prodigues envers ses aînés, autant ils l'avaient, lui, mis à la portion congrue. Nabot, il n'arrivait pas à la ceinture de ser Jaime et, pour conserver l'allure, devait désespérément tricoter de ses jambes torses. Outre un crâne démesuré, il avait un faciès écrabouillé de brute qu'empirait la saillie monstrueuse du front. En dégoulinait une tignasse raide, filasse au point de paraître blanche, et entre les mèches de laquelle vous scrutaient si méchamment des yeux dépareillés, l'un vert et l'autre noir, que Jon demeura médusé.

Le défilé du haut parage s'acheva sur Benjen Stark, de la Garde de Nuit, qu'escortait le pupille de Père, Theon Greyjoy. En frôlant Jon, le premier lui décerna un chaleureux sourire, le second l'ignora délibérément, comme à l'accoutumée, d'ailleurs. Et, après que chacun eut gagné sa place, qu'on eut porté les toasts, échangé les compliments de rigueur, débuta le festin.

Depuis lors, Jon n'avait cessé de boire.

Soudain, quelque chose se frotta contre sa jambe, sous la table, et des yeux rouges lui adressèrent une prière muette. « Encore faim ? » demanda-t-il. Un demi-poulet au miel traînait sur la table. Il tendit la main pour y prélever un pilon puis, se ravisant, ficha son couteau dans la carcasse et la laissa choir entière entre ses pieds. À cet égard encore, il était plus chanceux que ses frères et sœurs. Eux n'avaient pas eu la permission d'amener leurs loups. Le roquet pullulant, en revanche, au bas bout de la salle, Fantôme n'offusquait personne.

Tout en maudissant la fumée qui lui piquait affreusement les yeux, Jon s'offrit une nouvelle lampée de vin puis s'amusa de la voracité de son protégé.

Dans le sillage du service, entre les tables, erraient des chiens. Flairant le poulet, une femelle noire de race indécise s'immobilisa tout à coup, patte en l'air, avant de se faufiler sous le banc pour réclamer sa part. Que donnerait la confrontation ? Jon se garda d'esquisser un geste. Avec un sourd grondement de gorge, la chienne approchait. Fantôme releva la tête et, en silence, darda sur elle ses prunelles incandescentes. Trois fois plus grosse que lui, l'intruse le défia d'un jappement rageur mais lui, sans bouger d'une ligne, se contenta de défendre son bien en découvrant ses crocs. Elle retroussa ses babines et se hérissa comme pour bondir, mais elle dut juger la partie risquée car, non sans un dernier grognement de pure dignité, elle finit par s'esquiver, tandis que, nullement ému, Fantôme se remettait à manger.

Avec un large sourire, Jon se pencha pour ébouriffer la fourrure blanche de l'animal qui, un instant, s'interrompit pour lui mordiller doucement la main.

« Est-ce là l'un des loups-garous dont tout le monde me bassine ? » dit alors une voix familière.

À la grande joie de Jon, c'était Oncle Ben qui, tout en parlant, l'ébouriffait à son tour. « Oui, répondit-il, et Fantôme est son nom. »

Comme un écuyer suspendait ses contes orduriers pour lui faire place, Benjen Stark déploya ses longues jambes et, sitôt à califourchon sur le banc, saisit la coupe de son neveu : « Hm ! s'extasia-t-il sur une gorgée, du vin d'été…, rien de meilleur. Et tu en as déjà ingurgité beaucoup ? »

L'air malicieux de Jon le fit s'esclaffer : « Je vois…, autant que je craignais. Bravo. Sauf erreur, vois-tu, je n'avais même pas ton âge quand je me suis saoulé pour la première fois – mais, là, saoulé raide, loyalement ! » Là-dessus, il attrapa un oignon grillé tout dégoulinant de graisse juteuse dans lequel ses dents mordirent en crissant.

Par un singulier contraste avec ses traits émaciés, ravinés comme un éboulement rocheux, les yeux gris-bleu d'Oncle abritaient en permanence l'ombre d'une hilarité. Il avait troqué pour la fête l'austère tenue de la Garde de Nuit contre une riche tunique de velours noir, une large ceinture à boucle d'argent et de hautes bottes de cuir. Une lourde chaîne d'argent pendait à son cou. Tout en croquant dans son oignon, il examinait Fantôme d'un air amusé. « Terriblement paisible…, lâcha-t-il enfin.

— Il ne ressemble nullement aux autres, expliqua Jon. On ne l'entend jamais. C'est pour ça que je l'ai baptisé Fantôme. Et aussi parce qu'il est blanc. Alors que les autres ont un pelage sombre, du gris au noir.

— On en trouve encore, au-delà du Mur. Nous les entendons hurler, durant nos expéditions. Mais, dis-moi… » Son regard s'appesantit sur lui. « Tu ne manges pas, d'habitude, à la table de tes frères ?

— Si, répondit Jon d'un ton neutre. Mais, ce soir, lady Stark a craint d'offenser la famille royale en mêlant un bâtard aux princes.

— C'est donc ça… » Par-dessus l'épaule, Oncle jeta un regard vers l'estrade, tout au bout. « Mon frère n'a pas l'air d'avoir le cœur à la fête, aujourd'hui. »

Jon l'avait également remarqué. Sa position scabreuse l'obligeait à deviner le dessous des choses, à déceler les vérités que les gens camouflent au fond de leurs yeux. Si Père déployait tous ses trésors de courtoisie, Jon discernait en lui comme une roideur inconnue. Il parlait peu, promenait sur la salle des regards couverts et qui ne voyaient rien. À deux sièges de lui, le roi n'avait cessé de boire depuis des heures, et sa large face prenait, derrière le poil noir, un ton violacé. Il portait santé sur santé, riait à gorge déployée pour la moindre blague, se précipitait sur tous les mets tel un homme affamé, tandis qu'à ses côtés Cersei semblait sculptée dans un bloc de glace. « La reine est furieuse, observa Jon d'un air détaché. Père a emmené le roi dans les cryptes, cet après-midi, bien qu'elle s'y opposât. »

Benjen le jaugea d'un regard appuyé : « Il ne t'échappe pas grand-chose, n'est-ce pas, Jon ? Nous aurions besoin d'hommes de ta trempe, au Mur… »

Jon se rengorgea. « Robb manie mieux la lance, mais je le domine à l'épée. Et Hullen me prétend aussi sûr cavalier que quiconque dans le château.

— Pas mal…

— Emmène-moi quand tu repartiras, supplia Jon, brusquement. Père m'accordera la permission, je le sais, si tu l'en pries toi-même. »

Après l'avoir considéré quelque temps, Oncle repartit : « Le Mur n'est pas un lieu de tout repos, Jon. Pour un garçon de ton âge…

— Mais je suis presque un homme fait ! l'interrompit-il. Je vais sur mes quinze ans, et mestre Luwin assure que les bâtards sont plus précoces que les enfants ordinaires.

— Ce n'est pas faux… », convint Benjen, non sans une moue dubitative, tout en empoignant un pichet pour remplir la coupe, avant de s'offrir une bonne lampée.

Jon insista : « Daeren Targaryen – l'un de ses héros favoris – n'avait que quatorze ans lorsqu'il conquit Dorne.

— Une conquête sans lendemain, objecta Ben. Ton blanc-bec perdit dix mille hommes pour s'emparer de la ville et cinquante mille autres pour tenter de la conserver l'espace d'un été. On aurait dû le prévenir que la guerre n'était pas un jeu. » Il déglutit une nouvelle gorgée, s'essuya la bouche et reprit : « Sans compter qu'il mourut à dix-huit ans. Tu sembles oublier ce détail…

— Je n'oublie rien ! fanfaronna Jon que l'alcool rendait effronté et qui, pour se grandir, essayait de se tenir très droit. Je veux entrer dans la Garde de Nuit. »

Ce projet, il l'avait ruminé, mûri sans complaisance au long des longues insomnies qui, dans le noir, l'isolaient de ses frères endormis. Un jour, Robb hériterait de Winterfell et, en tant que gouverneur du Nord, commanderait des armées puissantes. Bran et Rickon lui serviraient de bannerets, tiendraient en son nom chacun des places fortes. Arya et Sansa épouseraient quelque aîné de grande maison et iraient dans le sud régner sur leurs propres terres. Mais le bâtard, lui, que pouvait-il se flatter d'obtenir ?

« Tu ne sais de quoi tu parles, Jon. La Garde de Nuit se compose de frères assermentés. Nous n'avons pas de famille. Nul d'entre nous n'engendrera de fils. Le devoir nous tient lieu d'épouse, l'honneur de maîtresse.

— Un bâtard aussi peut être homme d'honneur ! Je suis prêt à prononcer vos vœux.

— Tu n'as que quatorze ans, tu n'es pas un homme. Pas encore. Aussi longtemps que tu n'auras pas connu de femme, tu seras incapable de concevoir à quoi tu renoncerais.

— Mais je m'en soucie comme d'une guigne !

— Parce que tu en ignores tout. Si tu évaluais exactement de quel prix se paie ce serment, tu serais peut-être moins chaud, mon fils.

— Je ne suis pas ton fils ! explosa Jon, sans plus pouvoir maîtriser son exaspération.

— Je le déplore bien assez », soupira Ben en se dressant. Puis il lui posa la main sur l'épaule et ajouta : « Écoute..., reviens me trouver quand tu auras quelques bâtards à ton actif. Alors, nous verrons comment tu t'en portes.

— Je n'aurai jamais de bâtard, répliqua Jon d'une voix tremblante, tu m'entends ? *jamais* ! » répéta-t-il, venimeux. Au même instant, il prit conscience du silence qui s'était brusquement fait autour de la table, des regards tous posés sur lui. Au bord des larmes, il se leva gauchement. « Veuillez m'excuser », hoqueta-t-il en se composant vaille que vaille un air digne, puis une pirouette lui permit de se sauver dans l'espoir de cacher ses larmes. Mais il avait dû boire à son insu plus que de raison, car ses pieds s'emmêlaient sous lui et, comme il tentait de gagner la sortie, son roulis lui fit heurter une servante et envoya se fracasser au sol, dans un éclat de rire général, un flacon de vin épicé. À ce nouveau coup, il sentit des gouttes chaudes rouler sur ses joues et une main secourable le soutenir. Alors, il se dégagea violemment et se mit à courir presque en aveugle, Fantôme contre ses chevilles, vers la délivrance, la nuit...

Il trouva la cour paisible et déserte. Seule, aux créneaux du premier rempart, là-haut, veillait, frileusement enveloppée dans son manteau, une sentinelle à qui son attitude lasse et pelotonnée, son isolement donnaient un aspect misérable, mais Jon eût volontiers pris sa place à l'instant. Hormis cela, ténèbres, ténèbres et silence tels que, subitement, Winterfell lui remémora l'image funèbre d'une forteresse abandonnée visitée jadis. Rien n'animait celle-ci que la bise, et ses pierres demeuraient obstinément muettes sur ses anciens habitants...

Par les baies ouvertes se déversaient derrière lui des flots de musique, des chants. La dernière des choses dont il eût envie. D'un revers de manche, il se torcha le nez, furieux de s'être ainsi laissé aller, et il se disposait à prendre le large quand un appel : « Hé, toi ! » le fit se retourner.

Assis sur la corniche qui surplombait la porte de la grand-salle et aussi laid qu'une gargouille, Tyrion Lannister lui grimaçait un sourire affable, qui s'enquit : « C'est un loup ?

— Un loup-garou. Il s'appelle Fantôme. » La vue du gnome avait instantanément dissipé sa détresse. « Que faites-vous donc, perché là ? Vous boudez la fête ?

— Trop chaud, trop de bruit. Puis j'avais trop bu et, si j'en crois mes éducateurs, il est malséant de dégobiller sur son frère. Tu permets que je voie ta bête de plus près ? »

Après une seconde d'hésitation, Jon opina gravement. « Dois-je aller vous chercher une échelle ?

— Du diable, l'échelle ! » ricana l'autre, et il se jeta dans le vide. Avec une stupeur mêlée d'angoisse, Jon le vit alors tournoyer comme une balle, atterrir sur les mains, rebondir vers l'arrière et s'immobiliser, pieds joints. Fantôme, lui, recula, méfiant.

Tout en s'époussetant, le nain se mit à glousser : « Désolé, je crois que je lui ai fait peur.

— Du tout », bougonna Jon qui, s'agenouillant, prit sa voix câline : « Fantôme…, viens. Allons… Là. »

À pas feutrés, le chiot s'était rapproché jusqu'à lui lécher la figure, mais son œil ne lâchait pas Tyrion et, lorsque celui-ci prétendit le caresser, ses babines se retroussèrent sur un avertissement muet. « Hou ! farouche…, commenta l'autre.

— Assis, Fantôme, commanda Jon. Bien. Calme, maintenant, calme… Vous pouvez le toucher, à présent, il ne bronchera pas. Je l'ai dressé à m'obéir au doigt et à l'œil.

— Je vois, dit le nain, qui se mit à flatter la bête entre les oreilles. Gentil petit loup.

— En mon absence, il vous sauterait à la gorge, affirma Jon, quoique l'assertion fût pour le moins prématurée.

— Dans ce cas, tu fais bien de te trouver là, rétorqua le nain en inclinant son énorme tête pour lui décocher un regard louche de ses yeux vairons. Je suis Tyrion Lannister.

— Je sais », dit Jon en se relevant. Une fois debout, il dépassait le nain, et ce constat lui fit un effet bizarre.

« Quant à toi, tu es le bâtard de Ned, n'est-ce pas ? »

Brusquement glacé jusqu'aux moelles, Jon se mordit les lèvres sans répondre.

« Navré si je t'ai fâché, mais les nains sont dispensés de tact. Des générations de bouffons qui cabriolent en livrée bigarrée m'ont valu le droit de m'accoutrer à la diable et de proférer toutes les horreurs qui me traversent la cervelle. » Un large sourire l'illumina. « Tu n'en es pas moins le bâtard.

— Lord Eddard Stark est en effet mon père », admit-il sèchement. Avec effronterie, l'autre le dévisagea. « Oui, dit-il, et ça se voit. Tu tiens du nord plus que tes frères.

— Demi-frères, rectifia Jon qui, secrètement ravi de l'observation, préférait n'en rien montrer.

— Laisse-moi te donner un conseil, reprit Tyrion. N'oublie jamais ce que tu es, car le monde ne l'oubliera pas. Puise là ta force, ou tu t'en repentiras comme d'une faiblesse. Fais-t'en une armure, et nul ne pourra l'utiliser pour te blesser. »

Mais Jon n'était pas d'humeur à supporter les conseilleurs. Il maugréa : « Comme si vous saviez ce qu'est la bâtardise !

— Aux yeux de leur père, les nains sont toujours bâtards.

— Mais vous êtes par votre mère un Lannister légitime…

— Ça…, riposta Tyrion d'un air sardonique, va en persuader le seigneur mon père. Comme ma mère est morte en me donnant le jour, il n'a jamais pu obtenir de confirmation.

— Moi, j'ignore même qui fut ma mère.

— Une femme, je présume. Il n'y a guère d'exceptions. » Il gratifia le garçon d'un sourire sinistre. « Souviens-toi de ceci, mon garçon : tous les nains peuvent être bâtards, mais tous les bâtards ne sont pas forcés d'être nains. »

À ces mots, il tourna les talons et, sans se presser, repartit festoyer tout en sifflotant. Mais, au moment où il poussa la porte, la lumière en provenance de l'intérieur dégingandа sa silhouette en travers de la cour et, quelques secondes, lui décerna une prestance véritablement royale.

CATELYN

De tous les appartements de Winterfell, ceux de Catelyn étaient les plus douillets. Il était rarement nécessaire d'y faire du feu. Les bâtisseurs du château avaient capté les sources chaudes sur lesquelles il s'élevait pour en irriguer, tel un organisme vivant, fondations et murailles, en attiédir les immenses salles de pierre, entretenir dans les jardins d'hiver une chaleur humide et empêcher la terre d'y geler. Dans les nombreuses courettes à ciel ouvert flottait nuit et jour la vapeur des bassins. Et si ces aménagements n'importaient guère, à la belle saison, ils séparaient, durant la mauvaise, la vie de la mort.

Ainsi l'eau brûlante embuait-elle en permanence les bains de lady Stark, et les murs de sa chambre avaient sous la main le moelleux d'une chair. Cette ambiance douce lui rappelait Vivesaigues, le soleil et les jours enfuis, Edmure et Lysa…, mais Ned ne pouvait la souffrir. « L'élément naturel des Stark est le froid », disait-il volontiers, s'attirant chaque fois la réplique moqueuse que, dans ce cas, ils s'étaient singulièrement trompés de site pour édifier leur demeure.

Il ne s'en laissa pas moins, sitôt dénouée leur étreinte, rouler de côté, selon son usage invariable, et, sautant à bas du lit, traversa la pièce, écarta les lourdes draperies puis, une à une, ouvrit toutes grandes à l'air de la nuit les hautes fenêtres en forme de meurtrières.

Catelyn remonta les fourrures jusqu'à son menton et le contempla, dressé contre les ténèbres et les mugissements du vent. Sa nudité, ses mains vacantes le faisaient paraître moins grand, plus vulnérable, tel enfin que le tout jeune homme épousé quinze longues années plus tôt. Les reins encore endoloris, mais non sans agrément, par la frénésie de l'assaut, elle se surprit à souhaiter qu'y lève la graine. Trois ans déjà depuis Rickon. Elle n'avait pas encore passé l'âge. Oh, lui donner un nouveau fils…

« Je vais refuser », dit-il en se retournant brusquement, l'air hagard et la voix mal assurée.

Elle se mit sur son séant. « Tu ne peux pas. Tu ne dois pas.

— Mon devoir est ici. Je n'ai aucune envie d'être la Main de Robert.

— Il ne le comprendra pas. Il est roi, maintenant, et les rois diffèrent du commun des mortels. Si tu refuses de le servir, il s'en étonnera puis, tôt ou tard, te suspectera d'être un opposant. Ne vois-tu pas quel danger tu nous ferais courir ? »

Il secoua la tête d'un air incrédule. « Aucun. Il ne saurait vouloir de mal ni à moi ni aux miens. Nous étions plus liés que des frères. Il m'aime. Mon refus le fera rugir, maudire, tempêter puis, dans huit jours, nous en rirons tous deux. Je le connais… par cœur !

— Tu connaissais l'homme. Le roi, lui, t'est étranger. » L'idée de la louve morte dans la neige, un andouiller fiché en travers de la gorge, la hantait. Il fallait coûte que coûte dessiller Ned. « L'orgueil est tout pour un roi, beau sire. Robert s'est donné la peine de venir jusqu'ici t'offrir en personne ces honneurs insignes, et tu les lui jetterais à la face ?

— Trop d'honneur ! ricana-t-il amèrement.

— Pas à ses yeux, répliqua-t-elle.

— Ni aux tiens, c'est ça ?

— Ni aux miens », riposta-t-elle vertement. Tant d'aveuglement l'irritait. « Et sa proposition de fiancer nos enfants, comment la qualifies-tu ? Sansa régnerait un jour, et ses propres fils exerceraient un pouvoir absolu sur les territoires allant du Mur aux pics de Dorne. Que trouves-tu là de si fâcheux ?

— Bons dieux ! Catelyn..., Sansa n'a que *onze* ans, et Joffrey..., Joffrey est...

— L'héritier du Trône de Fer, conclut-elle vivement. Moi, j'avais douze ans quand mon père m'engagea à ton frère. »

Cette riposte amena sur les lèvres de Ned un rictus aigre. « À Brandon. Voilà. Brandon, lui, saurait quoi faire. Il savait toujours, Brandon. D'office. Tout lui revenait, à Brandon. Toi, Winterfell, tout. Tout et le reste. Il était né pour faire une Main du Roi comme pour engendrer des reines. Pour vider cette coupe que pas un instant je ne songeai lui disputer.

— Il se peut. Mais sa mort te l'a transmise et, que tu le veuilles ou non, force t'est d'y boire. »

Se détournant d'elle, il affronta de nouveau la nuit. Les yeux perdus dans les ténèbres, que scrutait-il ? la lune et les étoiles ? ou, tout simplement, les sentinelles du chemin de ronde ?

En le voyant si malheureux, elle se radoucit. Il l'avait épousée, selon la coutume, pour suppléer Brandon, et l'ombre du frère disparu n'avait cessé de s'interposer. Tout comme celle de la femme dont il avait eu son bâtard et qu'il se gardait de nommer.

Elle s'apprêtait néanmoins à le rejoindre, face à la nuit, quand, contre toute attente, on heurta à la porte, et sans ménagements. Ned se retourna, les sourcils froncés. « Qu'y a-t-il ?

— C'est mestre Luwin, répondit Desmond derrière le vantail. Il est là, dehors, et demande à être reçu d'urgence.

— J'avais interdit que l'on me dérange.

— Oui, messire. Mais il insiste.

— Bon. Introduis-le. »

Comme Ned enfilait à la hâte un lourd cafetan, Catelyn prit soudain conscience du froid survenu. S'enfouissant sous ses fourrures, elle murmura : « Ne pourrait-on fermer les fenêtres ? »

Il acquiesça d'un air absent, tandis que pénétrait le visiteur. C'était un petit homme gris aux yeux gris, vifs et pénétrants. L'âge avait passablement clairsemé ses mèches grises. Sa robe de laine grise à parements de fourrure blanche l'avouait assez de la maisonnée. De ses longues manches flottantes munies de poches intérieures où il ne cessait de fourrer des objets, le vieil homme extrayait avec la même prodigalité tantôt des livres, tantôt des messages ou bien des tas de trucs bizarres ou encore des jouets pour les enfants, tant de choses enfin que Catelyn s'émerveillait toujours qu'il pût encore lever, si peu que ce fût, les bras.

Il attendit que la porte se fût refermée pour ouvrir la bouche. « Messire, dit-il, daignez me pardonner de troubler votre repos, mais on m'a laissé un message.

— *Laissé ?* grogna Ned d'un air agacé, qui, *on* ? Est-il venu un courrier ? Je n'en ai rien su…

— Il ne s'agit pas de cela, messire, mais d'un coffret de bois sculpté que l'on a déposé sur la table de l'observatoire pendant que je sommeillais. Mes gens n'ont vu personne, mais seul un membre de l'escorte royale a pu opérer, puisqu'aucun autre visiteur ne nous est arrivé du sud.

— Un coffret de bois, dites-vous ? intervint Catelyn.

— Oui, dame. À l'intérieur se trouvait une lentille astronomique. Le dernier cri. Une merveille, manifestement fabriquée à Myr. Les opticiens de Myr n'ont pas de rivaux. »

Ned s'était renfrogné. Ce genre de sujet l'impatientait vite. « Une lentille…, et alors ? En quoi cela me concerne-t-il ?

— C'est aussi ce que je me suis demandé, répondit Luwin. À l'évidence, il ne fallait pas s'arrêter aux dehors d'un tel envoi. »

Sous son amas de fourrures, Catelyn se sentit frissonner. « Une lentille est un instrument censé vous acérer la vue…

— Exactement. » Il tripotait le collier de son ordre, une lourde chaîne qui, sous sa robe, lui ceignait étroitement le col et dont un métal spécifique distinguait chaque maillon.

À nouveau, Catelyn éprouvait les affres d'une terreur sourde. « Mais, dans ce cas, que prétend-on nous faire voir avec davantage de netteté ?

— Je me suis posé la même question, dit mestre Luwin en extirpant de sa manche un document soigneusement roulé, et j'ai découvert ceci, la véritable réponse, dissimulé dans un double fond. Mais il ne m'appartient pas de le lire.

— Dans ce cas, donnez, dit Ned, main tendue.

— Sauf votre respect, messire, s'excusa le vieux, il ne vous est pas destiné non plus. Il porte la mention "Pour lady Catelyn, et pour elle seule". Puis-je approcher, dame ? »

De peur de trahir son trouble, elle se contenta d'un signe affirmatif, et il vint déposer sur la table de chevet le message, scellé d'une gouttelette de cire bleue. Et une révérence annonçait son intention de se retirer quand Ned l'arrêta : « Restez », ordonna-t-il d'un ton grave. Puis, à Catelyn : « Qu'avez-vous, ma dame ? Vous tremblez…

— J'ai peur », avoua-t-elle. Elle tendait ce disant une main fébrile vers la lettre et, dans son émoi, ne prit pas même garde que ses fourrures glissaient, révélant sa nudité. Dans la cire bleue se lisaient les armes lune-et-faucon d'Arryn. « C'est de Lysa, murmura-t-elle avec un regard éperdu vers son mari, et je pressens là du malheur, Ned. Je le sens !

— Ouvre », dit-il, encore rembruni.

Elle rompit le cachet.

Puis ses yeux parcoururent des mots qui, de prime abord, ne signifiaient strictement rien. Enfin, brusquement, elle se souvint, balbutia : « Elle a pris toutes ses précautions. Elle m'écrit dans la langue qu'enfants nous nous étions inventée…

— Tu comprends ?

— Oui.

— Lis.

— Peut-être devrais-je prendre congé ? suggéra mestre Luwin.

— Non, répondit-elle. Vos conseils nous seront précieux. » Repoussant les fourrures, elle se glissa hors du lit, traversa la chambre. Sur sa peau nue, le froid de la nuit lui fit l'effet d'une pierre tombale.

Mestre Luwin détourna pudiquement les yeux. Fort choqué lui-même, Ned protesta : « Devant notre hôte… !

— Notre hôte a mis au monde mes cinq enfants, rétorqua-t-elle, et l'heure n'est pas aux pudibonderies. »

Alors, il s'exclama : « Que diable fais-tu ?

— J'allume du feu. » Et, de fait, après avoir enfilé une robe de chambre, elle s'accroupit devant le foyer, glissa le message dans le petit bois, empila par-dessus plusieurs grosses bûches.

Un instant suffoqué, Ned se précipita, la prit par le bras, la contraignit à se relever et, la maintenant d'une main ferme, martela, face contre face : « Parle, dame ! que dit le message ? »

Il la sentit se raidir. « C'est un avertissement, répondit-elle doucement, pour qui veut entendre. »

Il planta ses yeux dans les siens. « Ensuite ?

— John Arryn est mort assassiné. »

Les doigts se crispèrent sur son bras. « Par qui ?

— Les Lannister. La reine. »

Il la relâcha, marbrée d'empreintes rouges. « Bons dieux ! » souffla-t-il, puis, d'une voix rauque : « Ta sœur est complètement folle. Son chagrin la fait délirer.

— Elle ne délire pas. Tout exaltée qu'elle est, je te l'accorde, elle a froidement chiffré son message et mis toute son intelligence à le dissimuler. Qu'il tombât en de mauvaises mains, c'en était fait d'elle, à coup sûr. Tenter de nous alerter prouve assez qu'elle ne se berce pas de vagues soupçons. Du reste, et quoi qu'il en soit…, reprit-elle en le regardant droit dans les yeux, nous n'avons décidément plus le choix. Il te *faut* accepter l'offre de Robert et l'accompagner dans le sud afin de connaître la vérité. »

Mais elle avait à faire à forte partie.

« Mes vérités à moi se trouvent ici. Le sud est un nid de vipères, je ne tiens pas à m'y aventurer. »

Depuis un moment, mestre Luwin triturait sa chaîne, en homme qui n'ose intervenir, au point où celle-ci lui échauffait la peau fragile de la gorge. « La Main du Roi dispose d'immenses pouvoirs, messire, risqua-t-il enfin. Notamment celui de faire la lumière sur la mort de lord Arryn et celui de livrer ses éventuels meurtriers à la justice du souverain. Plus, accessoirement, celui de protéger la veuve et l'orphelin, si le pire devait s'avérer... »

Au regard traqué dont il balaya la chambre, le cœur de Catelyn bondit vers Ned, mais elle réprima sa tendresse conjugale en faveur de ses enfants. Il fallait d'abord vaincre. « Tu prétends aimer Robert en frère. Laisseras-tu ton frère à la merci des Lannister ?

— Que les Autres vous emportent tous deux ! » grommela-t-il en leur tournant le dos pour aller se planter devant la fenêtre. L'un et l'autre attendirent, muets, qu'il eût achevé ses adieux silencieux à la demeure qu'il chérissait. Et lorsque, enfin, il revint vers eux, ses yeux brillaient d'un éclat humide, et c'est d'une voix lasse et pleine de mélancolie qu'il bougonna : « Mon père ne se rendit qu'une fois dans le sud, et parce qu'un roi l'y convoquait. Sa maison ne le revit jamais.

— Une autre époque, insinua Luwin, et un autre roi.

— Mmouais, convint-il sourdement en prenant place auprès de l'âtre. Catelyn ? Tu resteras à Winterfell. »

Ces mots la glacèrent. « Non », protesta-t-elle, affolée. Que voulait-il donc ? la punir ? l'empêcher de jamais le revoir ? la priver pour jamais de ses embrassements ?

« Si. » Le ton se voulait sans réplique. « Tu dois gouverner le nord à ma place, pendant que je... ferai les courses de Robert. Winterfell ne peut se passer de Stark. Robb a quatorze ans, mais il ne tardera guère, hélas, à être un homme fait. Il convient qu'il apprenne à tenir son rôle, et je ne serai pas là pour le lui enseigner. Associe-le à tes Conseils. Qu'il soit prêt, quand sonnera l'heure.

— Les dieux veuillent qu'elle ne sonne pas de sitôt, bredouilla Luwin.

— Mestre Luwin, j'ai autant de confiance en vous que dans mon propre sang. Secondez ma femme en toutes choses, petites et grandes. Apprenez à mon fils ce qu'il doit savoir. L'hiver vient… »

Le vieil homme acquiesça gravement. Puis le silence se fit, sans que de longtemps Catelyn trouvât le courage de poser les questions qui l'angoissaient par-dessus tout.

« Et les autres enfants ? »

Ned se leva, la prit dans ses bras de manière que leurs visages se touchaient presque et dit tendrement :

« Vu son âge, tu garderas aussi Rickon. Les autres, je les emmène.

— Je ne le supporterai pas, dit-elle, horrifiée.

— Tu le dois. Sansa épousera Joffrey, voilà qui est clair, désormais, sans quoi nous *leur* deviendrions suspects. Il est d'ailleurs largement temps qu'Arya s'initie aux manières d'une cour du sud. Elle aura dans peu d'années l'âge aussi de se marier. »

Sansa serait l'ornement du sud, pensa Catelyn, et Arya, certes, avait grand besoin de se dégrossir… Non sans répugnance, elle se laissait amputer de ses filles. Mais pas de Bran. Pas de Bran, jamais. « Soit, dit-elle, mais, par pitié, Ned, pour l'amour de moi, laisse-moi Bran. Il n'a que sept ans…

— J'en avais huit lorsque mon père m'expédia aux Eyrié, répondit-il. En outre, ser Rodrik m'a mis en garde contre l'aversion que se portent Robb et Joffrey. Elle complique encore les choses, mais Bran est capable de les assainir, avec sa douceur, son caractère aimable et rieur. Permets qu'il grandisse dans la compagnie des petits princes, permets-lui de s'en faire des amis tels que Robert pour moi. Notre maison n'en sortira que renforcée. »

Il disait vrai, mais elle avait beau le savoir, le déchirement n'en demeurait pas moins atroce. Elle allait donc les perdre tous les quatre, lui, leurs deux filles et Bran, Bran le bien-aimé ? Il ne lui resterait que Robb et Rickon ? D'avance, elle se sentait orpheline. Quel désert immense que Winterfell, sans eux... « Alors, tu l'empêcheras de grimper partout, supplia-t-elle bravement, tu sais comme il est casse-cou... »

Il baisa les larmes prêtes à ruisseler. « Merci, ma dame, souffla-t-il, je sais combien te coûte ce sacrifice.

— Et Jon Snow, messire ? » s'enquit mestre Luwin.

À ce nom, Ned sentit sa femme se raidir. Il la repoussa.

Que nombre d'hommes eussent des bâtards, elle l'avait toujours su. Aussi ne s'étonna-t-elle guère en apprenant, dès leur première année de mariage, que Ned avait engrossé l'on ne savait quelle fille de rencontre au cours de ses campagnes. Eux-mêmes étaient séparés, à cette époque-là, lui guerroyant dans le sud, elle à l'abri derrière les remparts de son père, à Vivesaigues, et la virilité a ses exigences, après tout. Au surplus, nourrir le petit Robb lui tenait alors plus à cœur que les fredaines lointaines d'un époux tout juste entrevu. Les plaisirs que celui-ci pouvait prendre entre deux batailles, elle leur accordait sa bénédiction, sûre qu'il pourvoirait, le cas échéant, aux besoins de sa progéniture...

Seulement, il ne se contenta pas d'y pourvoir. Les Stark n'étaient pas des hommes ordinaires. Il ramena le bâtard et, au vu et au su du nord tout entier, l'appela « mon fils ». De sorte que lorsque, la guerre achevée, Catelyn elle-même fit son entrée à Winterfell, Jon et sa nourrice y étaient déjà établis à demeure.

Elle en fut intimement blessée. Ned ne soufflait mot de la mère, mais il n'est pas de secret qui vaille, dans un château.

Catelyn n'eut que trop lieu d'entendre ses femmes colporter les ragots cueillis aux lèvres mêmes des soudards. Tout susurrait un nom, ser Arthur Dayne, l'Épée du Matin, le plus redoutable des sept chevaliers qui formaient la garde personnelle d'Aerys le Dément. Tout détaillait sa mort au terme d'un combat singulier avec le maître de céans. Tout contait comment, par la suite, ce dernier avait rapporté l'arme du vaincu à sa sœur, dans la forteresse des Météores, au bord de la mer d'Été. Tout vantait la jeunesse et la beauté de cette lady Ashara Dayne, sa taille, sa blondeur, la fascination de ses yeux violets. Tout… Et il ne fallut pas moins de deux interminables semaines à Catelyn pour oser enfin réclamer la vérité là-dessus, pour la réclamer sans détours, une nuit, sur l'oreiller.

C'est d'ailleurs la seule fois, la seule en quinze ans, où elle eut peur de lui. « Ne me questionnez jamais sur Jon, trancha-t-il, glacial. Il est de mon sang, voilà qui doit vous suffire. Et à présent, madame, dites-moi d'où vous tenez vos informations. » Son vœu d'obéissance la forçait d'avouer. Dès cet instant cessèrent les rumeurs et, plus jamais, les murs de Winterfell n'ouïrent prononcer le nom d'Ashara Dayne.

Cette femme, au demeurant, quelle qu'elle fût, Ned devait l'avoir follement aimée, car Catelyn eut beau dépenser des trésors d'adresse, jamais il ne se laissa convaincre d'éloigner son Jon. Le seul de ses griefs qu'elle ne parvînt pas à lui pardonner. Elle en était venue à le chérir de toute son âme, à ceci près que son âme demeurait close pour le bâtard. Elle aurait pu, pour l'amour de Ned, lui en passer dix, à condition de ne pas les voir. Celui-ci, elle l'avait constamment sous les yeux. Et plus il grandissait, plus il ressemblait à son père, infiniment plus que les enfants légitimes de celui-ci. Et cela, dans un certain sens, empirait l'aversion qu'elle lui vouait. « Il doit partir, articula-t-elle.

— Il s'entend si bien avec Robb, plaida Ned, j'avais espéré…

— Il ne peut rester, coupa-t-elle. Il est ton fils, non le mien. Je ne veux pas de lui. » Pour être durs, ces mots exprimaient la stricte vérité. Il ne serait pas généreux à Ned de laisser Jon à Winterfell.

Il eut un regard d'angoisse. « Mais..., mais tu sais bien que je ne puis le prendre. Il n'aura pas sa place à la Cour. Avec le sobriquet qu'il porte..., tu sais ce qu'on dira de lui. On le traitera en paria. »

Elle cuirassa son cœur contre cette prière implicite. « On assure pourtant que ton ami Robert a une bonne douzaine de bâtards à son palmarès.

— Mais aucun d'entre eux ne se montre à la Cour ! explosa-t-il. La Lannister y a veillé... Oh, Catelyn, Catelyn, comment peux-tu te montrer si cruelle ? Jon n'est qu'un gosse, il... »

Peu soucieux d'en entendre davantage ou de le voir passer les bornes, mestre Luwin s'interposa. « Il existe une solution, dit-il d'un ton placide. Voilà quelques jours, votre frère, Benjen, est venu me consulter à propos de Jon. À ce qu'il semble, ce dernier aspire à la tenue noire.

— Il aurait... – Ned semblait révulsé – il aurait demandé à entrer dans la Garde de Nuit ? »

Catelyn se garda de piper mot. Autant laisser Ned ruminer la chose. Toute intervention serait oiseuse, voire malvenue. Mais elle aurait volontiers sauté au cou du vieil homme. Sa solution était parfaite. L'état de frère juré interdisait à Ben la paternité. Jon lui tiendrait lieu de fils puis, le temps venu, prononcerait à son tour ses vœux. Ainsi n'engendrerait-il jamais de rivaux éventuels aux héritiers naturels de Winterfell.

« Mais c'est un grand honneur, dit Luwin, que de servir au Mur, messire.

— Sans compter que même un bâtard peut y accéder aux plus hautes responsabilités..., ajouta Ned, soudain songeur, encore que sa voix trahît encore maintes réserves. Mais il est si jeune… Il le demanderait une fois adulte, pourquoi pas ? mais à quatorze ans…

— Rude sacrifice, convint le vieux, mais ces temps sont rudes, messire. Serait-il là vraiment plus mal loti qu'à votre place vous-même ou Madame ? »

À la pensée des trois enfants qu'il lui fallait perdre, Catelyn se retint difficilement de hurler. À nouveau, Ned alla confronter à la nuit sa longue figure chagrine puis, sur un long soupir, pivota et rompit le silence. « Hé bien, dit-il à mestre Luwin, je suppose que l'on ne saurait trouver mieux. J'en toucherai deux mots à Ben.

— Et Jon, quand l'avertirons-nous ? demanda le vieux.

— Quand je le jugerai nécessaire. Songeons d'abord à tous nos préparatifs. Il nous reste une quinzaine de jours avant de pouvoir partir. Je préférerais ne pas lui gâcher ce délai de grâce. L'été s'achèvera bien assez tôt, tout comme l'enfance… L'heure venue, je l'aviserai en personne. »

ARYA

Une fois de plus, tout partait de travers.

De dépit, elle délaissa le calamiteux spectacle de ses points pour lancer un coup d'œil du côté où Sansa cousait parmi ses compagnes. Les travaux d'aiguille de Sansa étaient incomparables. Ils ralliaient tous les suffrages. « Ils sont aussi jolis qu'elle, disait un jour septa Mordane à Mère, et elle a des doigts si fins, si déliés ! » Puis, comme lady Catelyn s'enquérait des progrès d'Arya, la vieille nonne renifla : « Arya ? des pattes de charron. »

Brusquement anxieuse que la septa n'eût surpris sa pensée, elle guigna furtivement vers l'angle opposé, mais sa tortionnaire avait mieux à faire en ce jour que de la surveiller. Assise auprès de la princesse Myrcella, elle s'éreintait en sourires, en flagorneries. C'était, de son propre aveu à la reine, une fête si rare, un privilège si précieux que d'enseigner les arts d'agrément à une altesse royale ! Certes, aux yeux d'Arya, les points de Myrcella partaient aussi quelque peu de travers, mais les airs béats de septa Mordane juraient du contraire.

Elle revint à son ouvrage puis, ne sachant comment l'amender, finit, non sans soupirs, par reposer l'aiguille et par reporter sa maussaderie sur sa sœur. Tout en travaillant, celle-ci bavardait gaiement. Blottie à ses pieds, la petite Beth Cassel, fille de ser Rodrik, buvait ses moindres propos, tandis que

Jeyne Poole se contorsionnait pour lui chuchoter des choses à l'oreille.

« De quoi parlez-vous ? » demanda brusquement Arya.

Ouvrant de grands yeux effarés, Jeyne se mit à rire d'un air niais. Sansa parut interdite. Beth rougit. Arya insista : « Hé bien ? »

En tapinois, Jeyne s'assura que septa Mordane n'écoutait pas, la vit s'esclaffer, aussitôt imitée par le rond de dames, sur un mot de la princesse Myrcella.

« Nous causions du prince », répondit Sansa, de sa voix suave comme un baiser.

Du prince ? Il pouvait s'agir seulement de Joffrey. Du grand, du beau prince. Du cavalier de Sansa, durant les festivités. Pas du lardon bouffi dont elle-même avait écopé. Naturellement.

« Il a le béguin pour ta sœur », se trémoussa Jeyne, aussi flattée que d'un succès personnel. En tant que fille de l'intendant de Winterfell ou qu'amie intime de Sansa ? « Il lui a dit qu'elle était très belle…

— Il va l'épouser, prononça Beth d'une voix rêveuse en se berçant dans ses propres bras. Sansa régnera sur tout le royaume. »

Sansa sut rougir avec bonne grâce. Sansa rougissait joliment. Sansa faisait tout joliment. La joliesse même. « Voyons, Beth, protesta-t-elle dans un délicieux envol de bouclettes qui retirait à ses paroles toute âpreté, cesse de dire des sottises ! » Et, se tournant vers Arya : « Et toi, que penses-tu du prince Joffrey ? N'est-il pas d'une exquise galanterie ?

— Jon le trouve très efféminé. »

Simultanément, Sansa poussa l'aiguille et un joli soupir. « Ce pauvre Jon, s'apitoya-t-elle, sa bâtardise le rend jaloux.

— Il est notre frère ! » s'insurgea Arya, maîtrisant si peu sa véhémence que sa voix sembla fracasser la quiétude quasi vespérale où baignait la tour.

Septa Mordane dressa le sourcil. Elle avait une face anguleuse, des yeux perçants, une bouche mince, dépourvue de lèvres et d'autant plus propice aux grimaces rêches. Elle grimaça rêchement : « De quoi parlez-vous, les enfants ?

— De notre demi-frère », rectifia Sansa, aussi douce qu'intransigeante sur le choix des termes. Puis, souriant à la virago : « Arya et moi nous récriions sur la joie que nous donne la présence de la princesse. »

Septa Mordane hocha son menton pointu. « Assurément. Un insigne honneur pour nous toutes. » Myrcella salua le compliment d'un sourire vague. « Mais ! s'écria la vieille, Arya, vous ne travaillez pas ? » Debout d'un bond, elle traversa la pièce dans un grand brouhaha de jupes et d'empois. « Montrez-moi vos points. »

La petite en grinçait des dents. Tout Sansa, ça, se débrouiller pour la faire remarquer. « Voici, dit-elle en tendant son œuvre.

— Arya, Arya, Arya, ronchonna Mordane en examinant le tissu, ceci ne va pas, ceci ne va pas du tout. »

Tous ces regards posés sur elle. C'en était trop. Si le tact exquis de Sansa l'empêchait de prendre un air narquois, Jeyne, elle, faisait des mines en dessous, et la princesse ne dissimulait pas sa commisération. Sentant ses larmes prêtes à jaillir, Arya s'arracha de son siège et se rua vers la porte, talonnée par les glapissements de Mordane : « Arya ! revenez ! pas un pas de plus ! Je vous en préviens, Madame votre mère le saura ! Et en présence de notre altesse ! Vous nous couvrez d'opprobre, tous ! »

Sur le seuil, Arya stoppa net et, se mordant la lèvre, fit volte-face, en dépit des pleurs qui l'inondaient. « Daignez me permettre, madame », bégaya-t-elle en adressant un semblant de révérence gauche à Myrcella.

De stupeur, celle-ci battit des paupières, puis son regard consulta les dames sur l'attitude à adopter. Sans montrer tant d'indécision, septa Mordane se fit hautaine : « Et où donc prétendez-vous aller de la sorte, Arya ? »

L'enfant la toisa d'un œil flamboyant. « Je dois ferrer un cheval », susurra-t-elle, toute au bonheur instantané de voir le scandale ravager le museau adverse, avant de s'éclipser puis de dévaler quatre à quatre les escaliers.

Non, ce n'était pas juste. Sansa avait tout. Même deux ans de plus. À croire que ces deux ans lui avaient suffi pour tout prendre et pour qu'elle-même, en naissant, ne trouvât plus rien. D'une telle évidence… ! Sansa savait coudre, chanter, danser. Sansa écrivait des poèmes. Sansa savait s'habiller. Jouer de la harpe *et* du carillon. Et, pis encore, elle était belle. De Mère, elle tenait les pommettes hautes et racées, l'opulent auburn typiques des Tully. Tandis qu'elle-même venait du côté de Père. Brune et terne, elle avait une figure longue et solennelle que Jeyne, en hennissant, ne manquait jamais de nommer « ganache ». Et, du coup, que l'équitation fût le seul chapitre où elle l'emportât sur sa sœur devenait blessant. Le seul, bon…, avec celui de l'économie domestique. Sansa n'avait guère le sens des comptes. Si le prince Joffrey l'épousait jamais, il aurait tout intérêt à prendre un bon intendant…

Du poste de garde, au bas de la tour, où elle l'attendait attachée, Nymeria ne fit qu'un bond dès qu'elle l'aperçut. Arya recouvra le sourire. Sa petite louve l'aimait, si personne d'autre. Elle ne la quittait pas d'une semelle et dormait dans sa chambre, au pied de son lit. Sans l'interdiction formelle de Mère, Arya l'eût volontiers mêlée à ses travaux d'aiguille. Il aurait fait beau voir, *alors*…, que la septa lui cherchât noise sur ses points !

Tandis qu'elle la délivrait, Nymeria lui mordillait passionnément la main. Au soleil, ses yeux jaunes miroitaient tels des sequins d'or. Nymeria, l'amazone et reine de Rhoyne qui mena son peuple au-delà du détroit. Encore un scandale… Alors que la sage Sansa baptisait la sienne Lady. Tellement plus original, songea-t-elle avec une grimace tout en embrassant Nymeria dont les coups de langue lui arrachaient de petits rires chatouilleux.

Que faire, maintenant ? Mère devait déjà être au courant. Regagner sa chambre ? On l'y trouverait, et elle n'y tenait nullement. Surtout qu'elle caressait un projet autrement plaisant. Les garçons s'entraînaient dans la cour, et elle désirait voir le prince des galants mordre la poussière sous les coups de Robb. « Viens », murmura-t-elle, et elle partit en courant vers la galerie suspendue qui joignait l'arsenal au donjon. Elle aurait de là vue imprenable sur la lice.

En y parvenant, rouge et hors d'haleine, elle trouva la place occupée. Assis dans l'embrasure de la fenêtre, Jon, le menton posé sur un genou, suivait les assauts avec tant d'attention qu'il ne parut noter l'arrivée des intruses qu'à l'émoi subit du loup blanc. Nymeria s'avança d'un pas circonspect. Plus grand déjà que le reste de sa portée, Fantôme la flaira, lui taquina prudemment l'oreille et se rallongea.

« Tiens ! s'étonna Jon. Et tes travaux de couture, sœurette ? »

Elle plissa le nez. « J'avais envie d'assister aux assauts. »

Il sourit. « Grimpe, alors. »

Elle escalada la tablette et s'y installa contre lui. D'en bas montait un concert de chocs mats et de grognements.

À son grand dépit, c'était le tour des benjamins. On avait tellement capitonné Bran qu'il semblait pris dans un édredon. De dodu, le prince Tommen avoisinait désormais le rond. Ahanant, haletant, ils entrechoquaient leurs lattes matelassées sous l'œil vigilant de ser Rodrik Cassel, l'allure d'un foudre de bière et d'admirables favoris blancs. Une poignée de spectateurs, tant adolescents qu'adultes, encourageaient les combattants de la voix, celle de Robb dominant les autres. Aux côtés de celui-ci, Arya repéra le doublet noir et l'hydre d'or de Theon Greyjoy, sa bouche tordue par un souverain mépris. À voir les adversaires tituber, elle jugea la rencontre fort avancée.

« Un tantinet plus épuisant que le petit point, railla Jon.

— Un tantinet plus excitant que le petit point », riposta-t-elle. Avec un sourire, il leva la main et l'ébouriffa gentiment. Elle rougit de plaisir. Ils s'étaient toujours entendus. Jon avait comme elle les traits de Père. Eux deux seuls. Robb, Sansa, Bran et même petit Rickon étaient des Tully tout crachés, avec leur jovialité naturelle et la flamme de leurs cheveux. Tout enfant, Arya s'était effrayée de la différence : était-elle donc une bâtarde, aussi ? Et c'est Jon qu'elle avait consulté sur ce point. Et c'est Jon qui l'avait rassurée.

« Pourquoi ne te trouves-tu pas avec les autres, en bas ? demanda-t-elle.

— Il n'est pas permis aux bâtards d'avarier la chair de roi, sourit-il, finaud. Son moindre bobo lui doit venir, à l'exercice, d'armes légitimes.

— Oh ! » s'ébahit-elle comme d'une révélation. La vie était par trop injuste, décidément.

Pendant ce temps, Bran administrait à Tommen une somptueuse raclée. « J'en pourrais faire autant, décida-t-elle. Il n'a que sept ans, moi neuf.

— Trop maigre », pontifia Jon du haut de ses quatorze. Il lui palpa les biceps, branla du chef en soupirant : « Tu n'aurais même pas la force de soulever une épée, sœurette. Ni, à plus forte raison, celle de la manier. »

Elle se dégagea vivement, si vexée qu'il l'ébouriffa de nouveau. Sous leurs yeux, Bran et Tommen se tournicotaient autour.

« Tu vois le Jofifrey ? » demanda-t-il.

Elle le chercha, finit par le repérer dans l'ombre du rempart, en retrait. Des gens l'entouraient, qu'elle ne connaissait pas. De jeunes écuyers portant la livrée Lannister ou Baratheon. Tous étrangers. Et quelques hommes plus âgés. Des chevaliers, probablement.

« Examine les armes de son surcot… », conseilla-t-il.

Il s'agissait d'un riche écusson brodé. Du superbe travail d'aiguille. Strictement mi-parties, les armes comportaient le cerf couronné d'un côté, de l'autre le lion.

« La fatuité des Lannister, commenta-t-il. L'emblème royal devrait suffire, tu diras ? nenni. Voilà qui met à égalité la mère et le père…

— La femme compte aussi ! » s'indigna-t-elle.

Il étouffa un ricanement. « Alors, imite-le, sœurette, en mariant dans tes armes Tully et Stark ?

— Le poisson dans la gueule du loup…, pouffa-t-elle, voilà qui serait cocasse ! Mais, au fait, puisqu'une fille ne peut se battre, à quoi rimerait un blason ? »

Il haussa les épaules. « Les filles prennent les armes et non l'épée. Les bâtards prennent l'épée et non les armes. Ce n'est pas moi qui ai fait les règles, sœurette. »

D'en bas, soudain, montèrent des clameurs. Le prince Tommen avait roulé dans la poussière et se débattait sans parvenir à se relever. Sa carapace boursouflée lui donnait l'aspect d'une tortue sens dessus dessous. Prêt à frapper derechef sitôt qu'il le verrait debout, Bran brandissait sur lui son épée de bois. L'assistance se mit à rire.

« Suffit pour aujourd'hui ! tonna ser Rodrik en tendant la main pour aider le prince à se remettre sur ses pieds. Beau combat. Lew, Dennis, veuillez les désarmer. » Il jeta un regard circulaire : « Prince Joffrey ? Robb ? que diriez-vous d'un nouvel assaut ? »

Déjà mis en nage par l'essai précédent, Robb s'avança néanmoins, plein d'ardeur : « Volontiers ! »

Tout en rentrant dans le soleil où sa chevelure prit un éclat d'ors martelés, Joffrey maugréa : « Vous nous prenez pour des gamins, ser Rodrik…

— Gamins vous êtes ! répliqua Greyjoy, goguenard.

— Robb, admettons. Moi, je suis prince. Et j'en ai assez de souffleter des Stark avec une épée pour rire.

— Hé, Joff ! s'écria Robb, des soufflets, vous en avez moins donné que reçu… Vous ferais-je peur ?

— Vous me terrifiez ! riposta le prince d'un air altier. Vous êtes tellement plus grand que moi… » Des rires épars retentirent, côté Lannister.

« Quel petit merdeux ! » décréta Jon avec une moue de dégoût.

Les doigts empêtrés dans la neige de ses favoris, ser Rodrik finit par demander gauchement : « Que préconisez-vous donc, prince ?

— Un combat réel.

— Soit ! approuva Robb, et vous vous en repentirez ! »

Dans l'espoir de le rendre plus raisonnable, ser Rodrik lui posa la main sur l'épaule : « Trop dangereux. À fleurets mouchetés, voilà tout ce que je puis tolérer. »

Par son mutisme, Joffrey semblait consentir quand un imposant chevalier, noir de poil et défiguré par des cicatrices brunes, fendit brusquement la presse. « Qui êtes-vous donc, ser, pour oser moucheter l'épée de votre prince ?

— Le maître d'armes de Winterfell, et je vous saurais gré de vous en souvenir, Clegane.

— Entraînez-vous des femmelettes ? ironisa l'autre, en faisant rouler ses muscles de taureau.

— J'entraîne des *chevaliers*, répliqua Rodrik, mordant. Ils manieront l'acier lorsqu'ils seront prêts. Lorsqu'ils auront l'âge.

— Quel âge as-tu, mon garçon ? demanda la face calcinée, interpellant Robb.

— Quatorze ans.

— J'en avais douze quand je tuai mon premier adversaire. Et pas avec une épée postiche, tu peux m'en croire. »

Robb se cabra sous l'outrage. « Laissez-moi l'affronter, dit-il à Rodrik, je me fais fort de le rosser.

— Alors, rosse-le avec une arme de tournoi.

— Allons, Stark…, intervint le prince d'un air dédaigneux, reviens me défier quand tu seras plus vieux. Seulement, n'attends pas de l'être *trop*… »

À cette saillie, le clan Lannister s'esbaudit si bruyamment que Robb se répandit en imprécations véhémentes et que Greyjoy dut le saisir à bras-le-corps pour l'empêcher de sauter sur le prince. Arya s'en mordait les poings. Ser Rodrik, consterné, se rebroussait les favoris.

Sur un bâillement simulé, Joffrey héla son petit frère : « Tu viens, Tommen ? Assez joué. Laisse ces gosses à leur récréation. »

Ce mot redoubla les éclats sardoniques des Lannister et les malédictions de Robb. Ivre de colère, ser Rodrik s'était empourpré sous ses blancs favoris. Et, sans l'implacable étau des bras de Theon, les princes et leur suite ne s'en fussent pas tirés si impunément.

À la grande surprise d'Arya, Jon les regarda s'éloigner d'un air étrangement paisible. Ses traits avaient pris l'aspect lisse de l'étang dans le bois sacré. Sautant à terre, il dit posément : « La pièce est finie », puis s'inclina pour câliner Fantôme entre les oreilles. Aussitôt debout, celui-ci vint se frotter contre ses jambes. « Quant à toi, sœurette, tu feras bien de regagner ta chambre au triple galop. Septa Mordane doit y être à l'affût et, plus tu te caches, plus dure sera la sanction. Garde-toi que, pour ta peine, l'on ne te condamne à coudre tout l'hiver prochain. Imagine qu'à la débâcle on te découvre dans la glace avec une aiguille coincée dans tes doigts gelés ? »

Elle ne goûta pas la plaisanterie. « Je hais ces travaux de dame ! écuma-t-elle, ce n'est pas juste !

— Rien n'est juste », repartit-il en l'ébouriffant une dernière fois avant de s'éloigner, Fantôme à ses côtés. Nymeria s'élança derrière eux puis, s'apercevant que sa maîtresse n'avait pas bougé, revint sur ses pas. À contrecœur, Arya prit la direction opposée.

Pour affronter une épreuve autrement redoutable que ne se le figurait Jon. Là-bas l'attendait certes septa Mordane. Mais avec Mère.

BRAN

La chasse s'ébranla dès l'aube vers le sud. Le roi désirait dîner de sanglier. Le prince Joffrey accompagnant son père, Robb avait obtenu la permission de se joindre aux chasseurs. Oncle Benjen, Jory, Theon, ser Rodrik, nul n'y manquait, pas même l'inénarrable Tyrion. Après tout, c'était la dernière.

Bran se retrouva donc seul avec Jon, les filles et Rickon. Mais Rickon n'était qu'un bambin, les filles que des filles, et Jon, tout comme Fantôme, se révéla introuvable. À dire vrai, Bran ne poussa guère ses recherches, car il croyait que Jon lui en voulait. Jon semblait en vouloir au monde entier, depuis quelques jours, mais pourquoi ? mystère. Il allait partir pour le Mur avec Oncle Ben et entrer dans la Garde de Nuit. Trouvait-il cela beaucoup moins plaisant que de suivre le roi dans le sud ? Seul Robb demeurerait à Winterfell, en tout cas…

Depuis l'annonce de son départ, Bran vivait dans l'impatience. Sur la route royale, il monterait son propre cheval, pas un poney, un vrai cheval. Et la promotion de Père à la Main du Roi leur permettrait d'habiter le Donjon Rouge qu'à Port-Réal s'étaient jadis bâti les seigneurs du dragon. Vieille Nan l'affirmait peuplé de spectres, creusé d'oubliettes abominables, tapissé de crânes de dragons. Rien que d'y songer lui donnait le frisson, mais il n'avait pas peur pour autant. Peur de quoi, s'il vous plaît ? Père serait là, sans parler du roi, de ses chevaliers, de ses lames-liges.

Lui-même, un jour, serait chevalier. Chevalier de la garde royale. Les plus fins bretteurs du royaume en faisaient partie, selon Vieille Nan. Sept en tout et pour tout. Ils portaient une armure blanche et, au lieu de se marier, d'avoir des enfants, se vouaient au seul service du roi. La tête farcie de prouesses, Bran se repaissait de cent noms mélodieux. Serwyn au Bouclier-Miroir. Ser Ryam Redwyne. Prince Aemon Chevalier-Dragon. Les jumeaux ser Erryk et ser Arryk, célèbres pour s'être entre-tués des siècles auparavant, lors de la guerre que les rhapsodes appelaient Danse des Dragons et au cours de laquelle le frère avait combattu sa sœur. Le Taureau Blanc. Gerold Hightower. Ser Arthur Dayne, l'Épée du Matin. Barristan le Hardi.

Deux de ses gardes personnels escortaient présentement Robert. Bouche bée devant eux, Bran n'avait osé leur dire un seul mot. Ser Boros était un joufflu chauve, ser Meryn avait des yeux languides et une barbe rouille. Assurément, ser Jaime Lannister évoquait mieux la chevalerie des légendes, mais il avait beau faire également partie du fameux cénacle, le régicide l'avait, à en croire Robb, totalement discrédité. Ainsi, le plus éminent demeurait ser Barristan Selmy, Barristan le Hardi, Grand Maître de la Garde, que Père avait promis de leur faire connaître, à Port-Réal. Depuis lors, en cochant les jours sur son mur, Bran trompait sa fièvre de partir, de découvrir un monde jusqu'alors simplement rêvé, d'entamer cette vie nouvelle qu'il ne parvenait guère à imaginer.

Or, maintenant, l'imminence même du bonheur le plongeait dans un marasme affreux. Il allait quitter Winterfell, le seul lieu du monde où il se fût de tout temps senti chez lui. Il lui fallait dès aujourd'hui, Père l'avait prévenu, faire ses adieux. La chasse partie, il s'y était employé, parcourant en tous sens le château dans l'intention d'aller, escorté de son loup, voir Vieille Nan et Gage le cuisinier, puis le forgeron Mikken, puis

Hodor le palefrenier qui, hormis sourire de toutes ses dents et soigner le poney, ne savait que répéter « Hodor », puis le jardinier des serres qui, à chaque visite, lui donnait une mûre, puis…

Peine perdue. Dans l'écurie par où il avait débuté, la vue du poney dans sa stalle le bouleversa. Ce n'était plus *son* poney. Monté sur un vrai cheval, il laisserait le poney ici. L'envie le prit, là, tout à coup, de s'asseoir par terre et de pleurer toutes les larmes de son corps. Aussi prit-il ses jambes à son cou avant que Hodor ou personne pût voir son désarroi. Là s'arrêta sa tournée d'adieux. Il préféra passer la matinée dans le bois sacré, tout seul avec son loup, tâchant de lui apprendre à rapporter un bâton. Vainement. Aucun chien du chenil de Père n'était plus vif que l'animal, et Bran ne doutait pas qu'il ne comprît tout à demi-mot, mais quant à courir après du bois…

Pour la centième fois, il tenta de lui trouver un nom. Impressionné par la célérité du sien, Robb l'avait appelé Vent Gris. Sansa s'était contentée de Lady. Arya avait déniché dans quelque rengaine cette vieille sorcière de Nymeria, petit Rickon avait choisi Broussaille d'un bêbête, pour un loup-garou… ! –, Jon nommé Fantôme de son albinos. Mais, pour celui-ci, quinze jours de réflexion, de projets, d'esquisses n'avaient rien donné de satisfaisant.

Lassé à la fin de lancer des bâtons, la tentation le prit d'un brin d'escalade. Les événements l'avaient empêché depuis des semaines de grimper à la tour en ruine, et l'idée que l'occasion s'en présentait peut-être pour la dernière fois acheva de l'y résoudre.

À toutes jambes, il traversa le bois sacré en prenant au plus long pour contourner l'étang de l'arbre-cœur. Ce dernier le terrifiait depuis toujours. Les arbres ne devraient pas avoir d'yeux, trouvait-il, ni de feuilles en forme de mains. Il atteignit ainsi le vigier qui se dressait auprès du mur de l'arsenal et, comme son loup se pelotonnait contre ses chevilles, il ordonna : « Tu restes ici. Couché. Bien. *Sage*, maintenant. »

Se voyant obéi, Bran le gratifia d'une caresse puis, d'un bond, agrippa une branche basse et se mit à grimper. Mais à peine se trouvait-il à mi-hauteur, passant avec aisance d'une branche à l'autre, que son loup se dressa et se mit à hurler.

Au coup d'œil que lui lança son maître, il se tut, mais, le museau levé, fixa sur lui ses prunelles jaunes à demi voilées. Saisi d'un frisson bizarre, Bran reprit son ascension. Aussitôt, le loup se remit à hurler. « Calme ! vociféra-t-il, assis ! sage ! Tu es pire que Mère ! » Mais les hurlements ne cessèrent de le poursuivre jusqu'au moment où, sautant enfin sur le toit de l'arsenal, il eut disparu.

Le faîte des combles de Winterfell lui était comme une seconde maison. Mère répétait à l'envi qu'il avait su grimper avant de savoir marcher. Et comme il ne se rappelait pas plus la date de ses premiers pas que celle de ses premières escalades, Bran devait l'en croire sur parole.

Sous ses yeux, Winterfell se déployait dans toutes les directions, tel un labyrinthe colossal de moellons gris, de murs, de tours, de cours, de tunnels, de salles tantôt si hautes et tantôt si basses, dans les parties les plus anciennes, que leur décalage interdisait de se prononcer sur leur étage exact. En fait, se dit-il, rien de plus vrai que le mot de mestre Luwin, l'autre jour : « Au cours des siècles, le château s'est développé comme un monstrueux arbre de pierre aux branches épaisses, noueuses, tordues, aux racines profondément plantées dans le sol. »

Au fur et à mesure qu'à quatre pattes il se rapprochait du ciel, son regard embrassait plus étroitement l'ensemble de la forteresse. Il aimait l'éventail qu'elle ouvrait de la sorte et l'étrange animation qui s'y poursuivait à ses pieds, tandis qu'au-dessus de sa tête seuls tournoyaient les oiseaux. Il pouvait rester juché là des heures, parmi les gargouilles érodées par la pluie, difformes, à imaginer leurs ruminations, ou guigner, tout en bas, les travaux des hommes : dans cette cour-ci on faisait des armes, cette serre-là s'activait à ses maraîchages…, le chenil et son agitation fébrile, la solitude silencieuse du bois sacré, le caquetage des lavandières près du bassin. À l'insu de Robb, il était alors en quelque sorte le maître absolu de la place.

Il en avait également pénétré les arcanes. Ses bâtisseurs s'étant épargné la peine d'y rien niveler, elle enserrait dans ses remparts collines et vallées. Du quatrième étage du beffroi, un passage couvert menait droit au deuxième de la roukerie. Bran le savait. Et il savait que, si l'on s'introduisait dans l'enceinte intérieure par la porte sud, on trouvait trois étages plus haut une espèce de boyau pratiqué dans la pierre qui vous menait juste à la porte nord, mais au *rez-de-chaussée*, cent pieds en dessous du chemin de ronde. Et il ne doutait pas que mestre Luwin lui-même n'ignorât *cela*.

Mère vivait dans la terreur qu'il ne glissât quelque jour, ne fit une chute mortelle. Toutes les dénégations du monde ne parvenaient pas à la rassurer. Alors, elle lui avait arraché la promesse de ne plus quitter la terre ferme. Il était parvenu à tenir près de quinze jours, quinze affreux jours, puis une nuit s'échappa par la fenêtre, une fois assoupis ses frères…

Un accès de remords lui fit confesser son crime dès le lendemain. Lord Eddard le condamna à expier sa désobéissance par une nuit entière de méditation dans la solitude du bois sacré. Des gardes apostés garantiraient l'accomplissement de la peine. Or, au matin, Bran demeura longtemps introuvable. Il dormait à poings fermés tout en haut du plus haut vigier.

Tout furieux qu'il était, Père ne put s'empêcher de rire. « Tu n'es pas mon fils, lui dit-il quand on l'eut descendu de son perchoir, mais un écureuil. Tant pis. Grimpe donc, s'il te faut grimper, mais tâche au moins que ta mère ne le voie pas. »

Il s'y efforça désormais de son mieux, Mère ne s'y leurra guère. Et comme Père n'interdisait pas, elle chercha d'autres alliés. Vieille Nan entreprit pour Bran l'histoire d'un vilain marmot qui, à force de grimper trop haut, rencontra si bien la foudre que les corneilles n'eurent plus qu'à lui caver les yeux. L'histoire le laissa froid. Au sommet de la tour en ruine où nul autre ne montait que lui nichaient des corneilles. Parfois, il bourrait ses poches de blé à leur intention, et elles picoraient dans sa main. Aucune d'entre elles n'avait jamais manifesté l'ombre de la moindre envie de lui caver les yeux.

Là-dessus, mestre Luwin modela une figurine de glaise, la vêtit en Bran et depuis le rempart la précipita dans la cour en guise de démonstration. Fort amusé par les débris, l'autre Bran ne tarda pas à dire d'un air malin : « D'abord, je ne suis pas en terre. Puis, de toute façon, je ne tomberai pas. »

Alors survint la période bénie entre toutes où les gardes se mirent à lui donner la chasse, dans l'espoir de le haler bas, dès qu'ils le voyaient sur les toits. Comme en jouant avec ses frères, il y prenait un plaisir extrême. Restait l'ennui de gagner toujours. Aucun de ses poursuivants, pas même Jory, n'était à la hauteur. Puis, la plupart du temps, personne ne le repérait, là-haut. Les gens ne regardent jamais en l'air. Moyennant quoi, d'ailleurs, grimper lui procurait aussi les franches délices d'une quasi-invisibilité.

Il aimait encore la sensation de se hisser, pierre après pierre, avec les orteils et les doigts cramponnés aux moindres interstices. Ne partir jamais en expédition que débotté, pieds nus, lui donnait l'impression de posséder quatre mains pour deux. Il aimait la douce et pénétrante courbature de ses muscles, après. Il aimait la saveur, froide et sucrée comme pêche d'hiver, de l'air en plein ciel. Il aimait les oiseaux : les corneilles de la tour en ruine, les minuscules passereaux nichés dans les crevasses des parois, l'antique chouette qui couchait dans le grenier poudreux de l'arsenal. Il les connaissait tous.

Mais il aimait par-dessus tout gagner des lieux auxquels nul autre n'avait accès et d'où promener sur la grisaille de

Winterfell des regards inédits. Ainsi s'en emparait-il comme d'une forteresse secrète.

Son repaire favori était la tour. Jadis tour de guet et la plus haute du château, la foudre l'avait incendiée voilà des éternités, cent ans au moins avant la naissance de Père. Effondrée d'un tiers sur elle-même, elle n'avait pas été reconstruite. De temps à autre, Père lâchait dans les salles basses encombrées de pierres, de gravats, de poutres vermoulues et carbonisées des meutes de ratiers qui, chaque fois, faisaient un fameux carnage, mais personne, hormis Bran et les corneilles, ne s'aventurait plus sur le moignon déchiqueté.

Il connaissait deux manières d'y accéder.

Il était possible d'escalader directement le flanc de la tour, mais ses pierres branlantes n'inspiraient aucune confiance à Bran, car le mortier qui les jointoyait s'était dès longtemps délité.

L'idéal était d'escalader le grand vigier du bois sacré, de franchir successivement d'un bond les toits de l'arsenal, de la salle des gardes (nu-pieds, on n'attirait pas leur attention). On atteignait alors la face aveugle du premier donjon, le plus ancien du château, dont la rotondité massive masquait la hauteur. Désormais abandonné aux rats et aux araignées, il ne s'en prêtait pas moins à l'escalade directe jusqu'à ses gargouilles dont la trogne louche scrutait le néant. Par un mouvement tournant, de gargouille en gargouille, de prise en prise, on parvenait sur le côté nord. De là, une savante extension permettait d'agripper les ruines quasi contiguës et d'enjamber le vide. Il suffisait alors de se hisser durant tout au plus dix pieds le long des pierres calcinées puis de se rétablir sur l'aire où l'espoir d'une friandise attirait déjà les corneilles.

Bran procédait de gargouille en gargouille avec l'aisance d'un familier de longue date quand des éclats de voix, juste sous ses pieds, faillirent lui faire lâcher prise. Il n'avait jamais connu le donjon que désert.

« Je n'aime pas cela », disait une femme. La voix provenait de la dernière des fenêtres qu'il surplombait. « C'est toi qui devrais être Main du Roi.

— Les dieux m'en préservent…, répliqua un homme d'un ton languissant. Je ne voudrais pas d'un pareil honneur. Il m'accablerait de besogne. »

En suspens sur le vide et tout ouïe, Bran s'affola. Poursuivre ? Il n'y fallait songer. On risquait d'apercevoir ses pieds, au passage.

« Mais ne vois-tu pas dans quel guêpier cela nous met ? reprit la femme. Robert l'aime comme un frère.

— Bah ! Robert peut à peine gober ses véritables frères. Loin de moi, d'ailleurs, l'idée de l'en blâmer. La seule vue de Stannis donnerait une indigestion.

— Ne fais pas l'idiot. Stannis et Renly sont une chose, Stark en est une autre. Rien à voir. Robert *écoutera* Stark. Les maudits ! Que n'ai-je exigé ta nomination, au lieu de me persuader que Stark refuserait… !

— Estimons-nous plutôt chanceux. Le roi aurait pu désigner l'un de ses frères ou, pire encore, Littlefinger et, alors, sauve qui peut ! Qu'on me donne pour ennemis des gens d'honneur plutôt que des ambitieux, voilà qui ne troublera pas mon sommeil. »

Mais c'est de Père qu'on parlait ! Dans son désir d'en savoir davantage, Bran se fût volontiers avancé de quelques pieds encore…, mais comment se flatter qu'alors on ne le verrait pas ?

« Il nous faudra le surveiller de près, dit la femme.

— Je serais plus tenté de te surveiller, toi, grogna l'homme d'un ton d'ennui. Cesse de rêver. »

Elle s'obstina. « Stark ne s'est jamais intéressé si peu que ce soit à ce qui se passait au sud du Neck. Jamais. Crois-moi, il mijote quelque chose contre nous. Pour quoi d'autre délaisserait-il le siège de sa puissance ?

— Pour cent raisons. Le devoir. L'honneur. Il brûle de tracer son paraphe en travers des pages de l'Histoire, ou bien de rompre avec sa femme, peut-être les deux. S'il n'aspire tout bonnement à cesser enfin de grelotter.

— Sa femme est la sœur de lady Arryn, je te signale…, et je trouve miraculeux que celle-ci ne se soit pas déplacée pour nous souhaiter la bienvenue par ses accusations. »

Un peu plus bas, Bran s'aperçut qu'un maigre ressaut, quelques pouces à peine, jouxtait la fenêtre. Il voulut descendre jusque-là. Trop loin. Inutile d'insister.

« Arrête de te ronger… ! Ta Lysa n'est qu'une grosse vache apeurée.

— Une grosse vache qui couchait avec Jon Arryn.

— Si elle savait quelque chose, elle serait allée trouver Robert avant de filer.

— Alors qu'il avait déjà consenti à prendre pour pupille son avorton ? Je n'en crois rien. C'eût été troquer son silence contre la vie de l'enfant. Maintenant qu'il est à l'abri dans le nid d'aigle des Eyrié, libre à elle de s'enhardir.

— Mères que vous êtes ! » La façon dont l'homme prononça ces mots les faisait sonner comme une imprécation. « Mettre au monde vous détraque toutes. Toutes folles. » Il se mit à rire. D'un rire aigre. « Laisse-la s'enhardir tant qu'elle voudra. Quoi qu'elle sache, quoi qu'elle se figure savoir, elle n'a pas de preuve. » Il reprit au bout d'un moment : « Elle n'en a pas, n'est-ce pas ?

— Le roi n'aurait que faire de preuves. Je te le répète, il ne m'aime pas.

— À qui la faute, sœur de mon cœur ? »

Bran en revenait toujours au ressaut. Terriblement risqué. Son étroitesse interdisait d'y atterrir mais, en se laissant glisser, ne serait-il pas possible de s'y accrocher au passage, puis de se hisser dessus… ? Cela risquait de faire du bruit et d'attirer les autres à la fenêtre. S'il n'était pas sûr de bien entendre la conversation, il savait pertinemment que ses oreilles ne bourdonnaient pas.

« Tu es aussi aveugle que Robert, disait la femme.

— Si tu veux dire que je vois la chose sous le même angle, j'en suis d'accord. Cet homme aimerait mieux mourir que de trahir son roi.

— Il en a déjà trahi un, l'aurais-tu oublié ? Oh..., je ne mets pas en doute sa loyauté vis-à-vis de Robert, elle crève les yeux. Seulement, qu'en serait-il si Joffrey montait sur le trône – et le plus tôt sera le mieux pour notre sécurité à tous – ? L'aversion de mon mari s'aggrave de jour en jour. La présence de Stark à ses côtés ne fera que la redoubler. La passion qu'il avait pour la sœur, cette gourde morte à seize ans, il ne l'a jamais oubliée. Combien de temps mettra-t-il pour se décider à me congédier en faveur de quelque nouvelle Lyanna ? »

Horrifié, Bran n'eut tout à coup plus qu'un seul désir, revenir en arrière, aller trouver ses frères. Mais que leur dire, alors ? Il lui fallait auparavant se rapprocher, voir qui parlait, là.

L'homme soupira : « Si tu pensais moins au futur et davantage aux plaisirs à portée de main ?

— Veux-tu bien... ! » s'exclama la femme, tandis que retentissait quelque chose comme le choc de deux chairs, suivi par le rire de l'homme.

Bran alors se hissa jusqu'à la gargouille, l'enjamba, rampa jusque sur le toit, toutes choses enfantines, pour lui, longea le toit jusqu'à la gargouille suivante, juste à l'aplomb de la fenêtre d'où sortaient les voix.

« Toute cette conversation m'assomme ! disait l'homme. Viens çà, ma sœur, un peu de calme... »

Bran se mit à califourchon sur la gargouille, referma ses jambes sur elle et se laissa plonger, tête en bas. Vu à l'envers, le monde prenait un aspect singulier. Encore humide de neige fondue, une cour barbotait sous lui, vertigineusement.

Il regarda par la fenêtre.

À l'intérieur, l'homme et la femme luttaient, nus tous deux. Qui pouvaient-ils être ? De dos, l'homme masquait entièrement la femme. Il la plaqua contre le mur, et une espèce de clapotis doux fit enfin comprendre à Bran que les inconnus s'embrassaient. Il les regarda, effaré, tout yeux, le souffle coupé. L'homme avait l'une de ses mains entre les cuisses de la femme, et cela devait la blesser, car elle se mit à geindre tout bas, d'un râle de gorge. « Arrête, dit-elle, arrête, arrête, *par pitié…* », mais d'une voix mourante, et sans le repousser. D'elles-mêmes, ses mains s'enfouirent dans les cheveux de l'homme, une toison d'or, et le forcèrent à s'incliner vers sa poitrine.

Les yeux clos, la bouche ouverte, elle gémissait toujours. Sa chevelure oscillait au gré du balancement de sa tête ainsi qu'une houle d'or. La reine !

Un léger bruit dut l'alerter, car elle ouvrit soudain les yeux et les fixa droit sur Bran en poussant un cri.

La suite ne fut qu'un éclair. Repoussant brutalement l'homme, la femme, hors d'elle, désignait Bran. Il tenta de se redresser, se cambra désespérément pour empoigner la gargouille, mais sa précipitation le desservit, sa main dérapa sur la pierre, la panique lui fit desserrer les jambes, et il se sentit brusquement tomber. Dans un vertige nauséeux, il s'entrevit dépasser la fenêtre, lança sa main vers le ressaut, le saisit, le lâcha, le rattrapa de l'autre main, se meurtrit en se balançant contre la façade. Le souffle coupé par le choc, il pendait là, pantelant, retenu par une seule main.

Au-dessus, deux têtes se penchèrent.

C'était bien la reine. Et maintenant, Bran reconnaissait l'homme. Aussi semblable à elle que le reflet dans le miroir.

« Il nous a *vus* ! piaula-t-elle.

— Oui », dit l'homme.

Ses doigts commençant à glisser, Bran cramponna son autre main au ressaut. Ses ongles se plantèrent dans la pierre ferme. L'homme se pencha vers lui. « Ta main, dit-il, avant que tu ne tombes. »

Bran lui empoigna le bras, s'y agrippa de toute son énergie. L'homme le hissa jusque sur le ressaut. « Que fais-tu là ? » grinça la femme.

L'homme ignora la question. Il était d'une force inouïe. Il planta Bran debout sur l'appui de fenêtre. « Quel âge as-tu, mon garçon ?

— Sept ans », dit Bran, que le soulagement faisait trembler. Ses doigts avaient labouré l'avant-bras de l'homme. Il en était tout penaud.

Par-dessus l'épaule, l'homme jeta un regard à la femme. « Ce que me fait faire l'amour, quand même ! » lâcha-t-il d'un air écœuré. Puis il poussa Bran.

Avec un hurlement, Bran se vit projeté en arrière dans le vide. Rien à quoi se raccrocher. La cour se précipitait à sa rencontre.

Quelque part, au loin, un loup hurlait. Dans l'espoir d'une friandise, les corneilles traçaient des cercles au-dessus de la tour en ruine.

TYRION

Du fond de l'immense dédale de Winterfell, quelque part, hurla un loup. Le cri lugubre flotta sur le château comme un pavillon de deuil.

Tyrion Lannister leva le nez de ses livres et se prit à frissonner, malgré l'atmosphère paisible et douillette de la bibliothèque. Par moments, quelque chose d'analogue au hurlement des loups empoignait en lui sa maudite engeance et l'abandonnait, nue, traquée par la meute, dans les sombres forêts de l'esprit.

Au second hurlement du loup-garou, Tyrion referma le volume lourdement relié de cuir où il s'était plongé, un traité des saisons vieux d'un siècle, et dont l'auteur n'était plus que poussière. D'un revers de main, il étouffa un bâillement. Sa lampe clignotait. Pas faute d'huile, toujours. Les premières lueurs du jour blêmissaient les hautes fenêtres. Tyrion Lannister n'était guère homme à dormir.

En se laissant aller contre le dossier de son banc, il se sentit les jambes raides et endolories. Après un léger massage pour y rétablir un semblant de vie, il boita pesamment vers la table sur laquelle ronflait à mi-bruit le septon, la face enfouie dans un livre ouvert. Un coup d'œil au titre l'édifia. Une biographie du Grand Mestre Aethelmure, comme par hasard. « Chayle ? » murmura-t-il. Le jeune homme sursauta, battit des paupières, prit un air penaud. Au bout de sa chaîne d'argent ballottait le cristal de son ordre. « Je pars déjeuner. Vous remettrez les volumes en place. Ne malmenez pas les rouleaux valyriens, le parchemin en est extrêmement sec. *Les Engins de Guerre* d'Ayrmidon sont toujours une rareté, mais votre exemplaire est le seul complet que j'aie jamais vu. » Encore mal réveillé, Chayle béait devant lui. Sans s'impatienter, Tyrion réitéra ses instructions puis, d'une tape sur l'épaule, prit congé.

Sitôt le seuil franchi, l'aube froide. Il en inspira une bonne goulée avant d'entreprendre la pénible descente des marches étroites et abruptes qui s'enroulaient à l'extérieur de la tour. Avec ses jambes courtaudes et arquées, il devait aller lentement. Le soleil levant n'éclairait pas encore les murailles de Winterfell, mais l'on s'activait déjà ferme, en bas. L'âpre voix de Sandor Clegane monta du fond de la cour jusqu'à lui. « Il en met un temps à mourir, ce gosse ! J'espérais qu'il se dépêcherait davantage. »

D'un coup d'œil, Tyrion distingua le Limier qui, en compagnie de Joffrey, se tenait au milieu d'un essaim d'écuyers. « Du moins meurt-il en silence, ronchonna le prince. C'est le loup qui fait ce boucan. Je n'ai presque pas fermé l'œil, cette nuit. »

Comme on le coiffait de son heaume noir, l'ombre de Clegane se projeta sur la terre battue. « Je peux le faire taire, si vous voulez… », dit-il à visière ouverte. On lui remit son épée dont il évalua le poids en tranchant vivement l'espace. Derrière lui, la cour retentissait du fracas de l'acier.

Le prince se montra enchanté de l'offre. « Envoyer un chien tuer un chien ! s'exclama-t-il. Winterfell est tellement infesté de loups que les Stark ne s'apercevront même pas qu'il en manque un. »

D'un petit saut, Tyrion franchit la dernière marche. « Holà, mon neveu ! permets-moi de te contredire… Les Stark savent compter au-delà de six. Contrairement à certains princes de ma connaissance. »

À défaut de mieux, Joffrey eut la bonne grâce de rougir.

« Une voix du néant ! » commenta Sandor, tout en affectant, sous son heaume, de scruter tout autour de lui, serait-ce quelque esprit de l'air ?

Le prince se mit à rire, ainsi qu'il faisait toujours quand son garde du corps lui cabotinait cette vieille farce. Tyrion avait l'habitude. « Plus bas », dit-il.

De tout son haut, Sandor regarda par terre et feignit de l'y découvrir. « Mais c'est le petit lord Tyrion ! Je suis confus. Je ne vous avais seulement pas vu.

— Ferme-la, toi. Je ne suis pas d'humeur à supporter tes insolences. » Il se tourna vers son neveu. « Vous auriez dû depuis longtemps, Joffrey, vous rendre auprès de lord et lady Stark pour les assurer de votre sympathie.

— Ma sympathie ? riposta Joffrey, de l'air grognon que seuls savent prendre les petits princes, elle leur ferait une belle jambe !

— Certes. N'empêche que la démarche s'imposait. Votre abstention a été remarquée.

— Le petit Stark ne m'est strictement rien. Puis je ne puis souffrir les femmes qui pleurnichent. »

Lancée à toute volée, une gifle lui empourpra la joue.

« Un mot de plus, et je t'en flanque une seconde, promit Tyrion.

— Je vais le dire à Mère ! » glapit Joffrey.

Une nouvelle gifle lui empourpra l'autre joue.

« Dis-le-lui. Mais, d'abord, va trouver lord et lady Stark, tombe à leurs genoux, présente-leur tes plus plates excuses en les assurant qu'eux et les leurs, en ces heures atroces, n'ont pas de serviteur plus dévoué que toi, que tu pries de toute ton âme avec eux. Compris ? *Oui ?* »

Le garçon semblait sur le point d'éclater en sanglots. Il esquissa un signe d'acquiescement puis se précipita hors de la cour en se tâtant la joue. Tyrion le regarda s'enfuir puis, tout assombri, se tourna vers Clegane que son imposante stature faisait ressembler à une falaise. Son armure d'un noir de suie semblait annuler le soleil. Il avait rabattu sa visière. Son heaume, qui reproduisait une gueule de limier hargneux, avait un aspect terrible mais, depuis toujours, Tyrion lui trouvait une hideur infiniment moindre qu'au mufle calciné dessous.

« Le prince n'oubliera pas ça, mon petit seigneur, l'avertit Clegane dont la coiffe de fer transforma le rire en un grondement caverneux.

— C'est mon vœu le plus cher, riposta Tyrion. Dans le cas contraire, sois assez bon chien pour lui rafraîchir la mémoire. » Il passa la cour en revue. « Saurais-tu, par hasard, où se trouve mon frère ?

— Il déjeune avec la reine.

— Ah. » Gratifiant son interlocuteur d'un signe de tête des plus négligent, il s'éloigna en sifflotant, du pas le plus alerte de ses jambes torses. Malheur, songea-t-il, au premier chevalier qui se frotterait au Limier sur ces entrefaites. Parce que, comme mauvais coucheur… !

Dans la maison des hôtes, on avait servi un morne repas froid. Attablés avec les enfants, Cersei et Jaime s'entretenaient tout bas.

« Robert est encore au lit ? » demanda Tyrion en prenant place sans que personne l'y eût invité.

Avec un regard où il lut le vague dégoût qu'elle lui dédiait depuis sa naissance, sa sœur répondit : « Il ne s'est pas couché du tout. Il se trouve avec lord Eddard. Il prend leur peine très à cœur.

— Il a le cœur si vaste, notre Robert… ! » dit Jaime avec un sourire languide. Il ne prenait guère de choses au sérieux, Jaime. Tyrion le savait et le lui pardonnait, parce que, tout au long de son épouvantable enfance, il n'avait reçu que de lui quelques lichettes de tendresse et un rien de respect. Aussi la gratitude le disposait-elle à une indulgence sans restriction.

Un serviteur s'approcha. « Du pain, lui demanda-t-il, avec deux de ces petits poissons, et un pot de bonne bière brune pour la descente. Oh, et un peu de lard fumé. Ne le laissez pas noircir. » L'homme s'inclina, s'en fut, et Tyrion se mit à observer ses petits bessons favoris. Mâle et femelle. Ils formaient parfaitement la paire, ce matin. Tous deux avaient élu un vert sombre qui rehaussait l'éclat de leurs yeux. Leurs boucles blondes avaient chacune le même bouffant congru, des bijoux d'or paraient semblablement leurs poignets, leurs doigts, leur col.

Quel effet cela faisait-il d'avoir un jumeau ? Autant l'ignorer. Déjà bien assez dur de se retrouver face à face avec soi-même, jour après jour, dans les miroirs. S'il fallait en plus contempler son alter ego…, quelle horreur.

« Avez-vous des nouvelles de Bran, mon oncle ? intervint Tommen.

— Je suis passé par l'infirmerie cette nuit. État stationnaire, selon le mestre. Il voit là un signe encourageant.

— Je ne veux pas qu'il meure », s'affola le petit prince. Sa gentillesse contrastait fort avec le caractère de son frère. Mais quelle apparence y avait-il que Jaime et Tyrion fussent nés du même giron ?

« Lord Eddard avait un frère également nommé Brandon, souffla Jaime d'un air rêveur. L'un des otages assassinés par Targaryen. À croire que ce nom porte malheur.

— Oh, sûrement pas tant que ça », dit Tyrion, tandis qu'on lui servait son déjeuner, avant d'entamer largement la miche de pain noir, sous l'œil attentif de Cersei.

« Que veux-tu dire ? » demanda-t-elle.

Il lui décocha un sourire oblique. « Rien, voyons. Sinon que le vœu de Tommen pourrait être exaucé. » Il but une goutte de bière. « Le mestre ne désespère pas que le petit vive. »

Myrcella poussa un petit cri de joie, Tommen se dérida presque, mais Tyrion regardait ailleurs. Si bref, si furtif qu'eût été le coup d'œil échangé par Cersei et Jaime, il le surprit. Sur quoi sa sœur sembla se perdre dans la contemplation de la table. « Il n'y a pas de miséricorde. Les dieux du nord sont bien cruels de prolonger les tortures de ce pauvre enfant.

— Qu'en dit au juste le mestre ? » s'enquit Jaime.

Sous la dent, le lard était à point crissant. Comme absorbé dans ses pensées, Tyrion poursuivit un moment sa mastication avant de répondre. « À l'en croire, il serait déjà mort s'il avait dû mourir. Or son état est stationnaire depuis quatre jours.

— Il va s'améliorer, n'est-ce pas ? » demanda Myrcella. Toute la beauté de sa mère, pas un seul trait de son caractère.

« Il s'est rompu l'échine, petiote… Sa chute lui a également fracassé les jambes. On le nourrit de miel et d'eau pour l'empêcher de mourir de faim. S'il reprend conscience, il pourra peut-être prendre un vrai repas, mais il ne marchera plus jamais.

— S'il reprend conscience…, répéta Cersei. Il a quelque chance ?

— Les dieux seuls le savent. Le mestre se contente de l'espérer. » Il reprit du pain, se remit à mâcher. « C'est son loup qui le maintient en vie, j'en jurerais. Il campe nuit et jour sous sa fenêtre, à hurler. On l'en chasse, il revient aussitôt. Une fois, le mestre a ordonné de fermer la fenêtre, on aurait dit que le silence affaiblissait Bran. Sitôt qu'on a rouvert, son pouls s'est raffermi. »

La reine frissonna. « Ces bêtes-là ont quelque chose de contre nature. Elles sont dangereuses. Je ne *tolérerai* pas qu'on emmène une seule d'entre elles dans le sud.

— Tu t'attaques à forte partie, dit Jaime. Elles ne lâchent pas leurs maîtresses. »

Tyrion commença de manger son poisson. « Vous comptez donc partir bientôt ?

— Jamais assez tôt », grommela Cersei puis, fronçant le sourcil : « *Nous* ? Et toi ? Bons dieux ! tu ne comptes tout de même pas rester *ici* ? »

Tyrion prit un air désinvolte. « Benjen Stark retourne à la Garde de Nuit. Il emmène son neveu bâtard. Je me suis mis en tête d'aller visiter en leur compagnie le fameux Mur dont nous avons tous entendu si souvent parler.

— J'espère, sourit Jaime, que tu n'envisages pas, frérot, de nous préférer la tenue noire ?

— Le célibat, moi ? pouffa Tyrion, non. J'aurais trop scrupule de réduire à la mendicité les putes qui besognent de Dorne à Castral Roc ! Je désire simplement me jucher sur le Mur et, de là, compisser les confins du monde. »

À ces mots, Cersei se dressa d'un bond. « Ces ordures, devant les enfants ! Tommen, Myrcella, venez. » Et elle opéra sa sortie dans un tourbillon d'indignation, de traîne et de marmaille.

Jaime Lannister appesantit sur son frère le vert froid d'un regard songeur. « Stark n'admettra jamais de quitter Winterfell tant que son fils y agonise.

— Sauf si Robert le lui ordonne. Et Robert va le lui ordonner. De toute façon, lord Eddard ne peut rien faire pour l'enfant.

— Abréger son supplice, au moins… À sa place, je le ferais. Ce ne serait que charité.

— Garde-toi de le lui suggérer, doux frère. Il le prendrait sûrement très mal.

— Que le gosse survive, il sera infirme. Pire qu'infirme. Un repoussoir. Parle-moi plutôt d'une bonne mort proprette. »

Tyrion ne daigna répondre que d'un haussement d'épaules qui souligna sa difformité. « En matière de repoussoirs, tu me permettras d'avoir un autre avis. La mort a quelque chose d'effroyablement définitif. La vie ouvre, elle, sur d'innombrables virtualités. »

Jaime se mit à sourire. « Quel pervers petit lutin tu fais, toi !

— Hé oui, reconnut Tyrion. J'espère que l'enfant reprendra conscience. Je serais fort curieux de recueillir alors ses confidences… »

Le sourire de son frère flocula comme du lait qui tourne. « Tyrion, dit-il sombrement, cher Tyrion, tu me donnes parfois lieu de me demander de quel bord tu es. »

La bouche pleine de pain et de poisson, Tyrion s'offrit une lampée de brune pour bien déglutir, puis glissa à Jaime un rictus de loup. « Voyons, Jaime, cher Jaime, dit-il, tu me blesses, là. Tu sais à quel point j'aime ma famille. »

JON

En montant l'escalier d'un pas lent, Jon s'efforçait de ne pas penser qu'il le faisait peut-être pour la dernière fois. Fantôme, à ses côtés, ne faisait pas le moindre bruit. Au-dehors, la neige s'engouffrait par les poternes en tourbillonnant, la cour n'était que tapage et chaos mais, dedans, l'épaisseur des murailles entretenait chaleur et quiétude. Trop de quiétude, au gré de Jon.

Sur le palier, la peur le prit, qui le pétrifia un bon moment. La truffe de Fantôme au creux de sa paume lui rendit courage et, se redressant, il entra.

Lady Stark se trouvait au chevet de Bran. Elle n'en avait pas bougé depuis près de deux semaines. Ni le jour ni la nuit, pas une seconde. On lui servait ses repas là. Elle y avait même son pot de chambre. Elle y dormait sur un petit lit dur. Encore disait-on qu'elle n'avait presque pas fermé l'œil. Elle ne laissait à personne le soin de donner à son fils l'eau, le miel et la potion d'herbes qui le maintenaient en vie. Sa présence permanente avait contraint Jon à rester à l'écart.

Seulement, il n'avait plus de temps devant lui, maintenant.

La peur de parler, la peur d'approcher le clouèrent longtemps sur le seuil. Par la fenêtre ouverte entrait un hurlement de loup. Fantôme dressa l'oreille.

Les yeux de lady Stark tombèrent sur Jon. Elle sembla d'abord ne pas le reconnaître, cilla enfin. « Que viens-tu faire ici, *toi* ? demanda-t-elle d'une voix bizarrement neutre et indifférente.

— Je venais voir Bran. Lui dire au revoir. »

Elle demeura imperturbable. Ses longs cheveux auburn avaient conservé leur lustre et leur densité. Elle avait l'air d'avoir vingt ans. « Hé bien, c'est fait. Maintenant, va-t'en. »

Toute une partie de son être n'aspirait qu'à fuir, mais il savait qu'alors peut-être ne reverrait-il jamais Bran. Les nerfs à vif, il avança d'un pas. « S'il vous plaît. »

Une lueur froide durcit les yeux de lady Stark. « Je t'ai dit de partir. Nous ne voulons pas de toi ici. »

Naguère, il aurait pris ses jambes à son cou. Naguère, il en aurait même pleuré. À présent, il n'éprouvait plus que colère. Bientôt, il serait frère assermenté dans la Garde de Nuit, et il lui faudrait affronter des adversaires autrement redoutables que Catelyn Tully Stark. « Bran est mon frère, dit-il.

— Me faut-il appeler les gardes ?

— Faites, riposta-t-il d'un air de défi. Vous ne m'empêcherez pas de le voir. » Il traversa la chambre et, non sans interposer le lit entre eux, se pencha sur Bran.

Sa mère lui tenait une main. Une serre, eût-on dit. Le Bran de naguère était devenu méconnaissable. La chair l'avait déserté. Sous la peau saillaient des os noueux comme des bâtons. En dépit de la couverture, l'aspect désarticulé des jambes donnait la nausée à Jon. Comme engloutis dans des puits noirs, les yeux regardaient sans voir. La chute l'avait en quelque sorte rétréci. Plus ténu qu'une feuille, il semblait à la merci du premier coup de vent.

Et pourtant, cet affreux saccage n'empêchait pas sa poitrine de se soulever et de s'affaisser au rythme imperceptible de son souffle.

« Bran, dit Jon, pardonne-moi de n'être pas venu plus tôt. J'avais peur. » Il sentait les larmes dévaler ses joues, mais ne s'en souciait plus. « Ne meurs pas, Bran. Je t'en prie. Nous attendons tous ton réveil. Moi, Robb, les filles, tout le monde… »

Lady Stark regardait. Elle n'avait pas poussé un cri. Jon vit là un consentement. Sous la fenêtre hurla le loup. Le loup que Bran n'avait pas eu le temps de nommer.

« Il me faut partir, maintenant, reprit Jon. Oncle Benjen attend. Je dois aller vers le nord, au Mur. Dès aujourd'hui. Avant que la neige ne vienne. » La perspective de son voyage enchantait le petit. C'est ce souvenir qui lui avait rendu insupportable l'idée de le laisser ainsi, sans l'avoir revu. Essuyant ses larmes d'un revers de main, Jon s'inclina et déposa un léger baiser sur les lèvres de Bran.

« Je voulais le garder près de moi », murmura lady Stark.

De stupeur, Jon osa lever les yeux sur elle. Elle ne le regardait même pas. Elle s'adressait bien à lui, mais comme si tout un pan de sa conscience ignorait qu'il se trouvât là.

« Je l'ai demandé dans mes prières, chuchota-t-elle. Il était mon garçon à moi. Je me suis rendue dans le septuaire, et, à sept reprises, j'ai imploré les sept faces du dieu pour que Ned se ravise et ne m'en prive pas. Il arrive que les prières soient exaucées. »

Il ne savait que dire, crut fâcheux de se taire, finit par bredouiller : « Ce n'est pas votre faute. »

Un regard venimeux lui fit baisser les yeux. « Je n'ai que faire de ton absolution, bâtard. » Elle berçait une main de Bran. Il s'empara de l'autre, la pressa. Une patte osseuse d'oiseau. « Au revoir », dit-il.

Il atteignait la porte lorsqu'elle le rappela : « Jon ? » Il aurait dû poursuivre, mais elle avait jusqu'alors évité de lui donner son nom. Il se retourna. Elle le dévisagea comme on dévisage un inconnu.

« Oui ?

— Ç'aurait dû être toi », dit-elle. Sur ce, elle reporta son attention sur Bran et se mit à sangloter si fort qu'elle en était secouée des pieds à la tête. De sa vie, Jon ne l'avait vue pleurer.

Le retour dans la cour lui prit une éternité.

Dehors, tout n'était que vacarme et chaos. À grands cris, on était en train de charger les chariots, de sortir des chevaux de l'écurie, d'en seller, d'en harnacher d'autres. Une neige fine s'était mise à tomber, le tumulte unanime attestait l'impatience d'en terminer.

Au beau milieu de tout cela, Robb et son état-major, fulminant des ordres. Il semblait avoir subitement grandi, puisé un surcroît de force, eût-on dit, dans l'accident de Bran et la prostration de sa mère. Vent Gris se tenait près de lui.

« Oncle Ben est à ta recherche, dit-il. Voilà déjà une heure qu'il voudrait être en route.

— Je sais. J'y vais. » Il promena un regard circulaire sur le vacarme et le chaos. « Il est plus pénible que prévu de s'arracher.

— Pour moi aussi… » Au contact de sa tête toute blanchie, les flocons ne tardaient guère à fondre. « Tu l'as vu ? »

La gorge trop nouée pour répondre posément, Jon acquiesça d'un signe.

« Il ne mourra pas, reprit Robb. Je le sais.

— Pas facile de vous tuer, vous autres, Stark », approuva Jon d'une voix atone et lasse. Sa visite l'avait vidé.

Robb se douta de quelque chose. « Ma mère…

— Elle a été… très aimable. »

Son frère se montra soulagé. « Bon. » Il sourit. « Quand nous nous reverrons, tu seras tout en noir. »

Jon se contraignit à lui retourner son sourire. « Ç'a toujours été ma couleur. Dans combien de temps, selon toi ?

— Sous peu », promit Robb. L'attirant contre sa poitrine, il l'étreignit très fort. « Adieu, Snow.

— Adieu, Stark, dit Jon, l'embrassant à son tour. Prends bien soin de Bran.

— Je le ferai. » Bs se désenlacèrent et, non sans gaucherie, demeurèrent face à face. « Oncle Ben m'a dit de t'envoyer à l'écurie, si je t'apercevais, reprit enfin Robb.

— Il me faut encore dire un adieu.

— Dans ce cas, je ne t'ai pas vu », répliqua Robb. Et Jon les laissa, son loup et lui, debout dans la neige, entourés de chariots, de chiens, de chevaux. Après un petit détour par l'arsenal pour prendre son paquetage, il emprunta la galerie couverte qui menait aux appartements.

Il trouva Arya occupée, dans sa chambre, à ranger ses effets dans un coffre de bois de fer plus gros qu'elle.

Nymeria l'y aidait. La tâche de la première consistait pour l'essentiel à ne rien omettre, l'aide de la seconde à folâtrer dans la pièce aux trousses d'un peloton de soie. Son flair lui révélant Fantôme, elle cessa ses jeux, s'assit et jeta l'alerte d'un jappement.

Arya se retourna, vit Jon et, debout d'un bond, se pendit à son cou. « J'avais peur que tu ne sois parti, dit-elle d'une voix étouffée en le serrant dans ses bras maigres, et on m'interdit de sortir…

— Qu'est-ce que tu fabriques, alors ? » ironisa-t-il.

Elle s'écarta de lui, grimaça : « Rien. Qu'emballer et tout ce qui s'ensuit. » Un geste désigna l'énorme coffre aux deux tiers vide et les nippes qui jonchaient le sol. « Septa Mordane prétend que je refasse tout. Je n'avais rien plié comme il faut, a-t-elle dit. Dans le sud, paraît-il, une dame comme il faut ne fourre pas ses affaires en vrac comme de vieux chiffons.

— Et c'est ce que tu avais fait ?

— Ça va bien se friper, non ? On s'en fiche, comment c'est plié !

— Pas septa Mordane. Et je doute qu'elle apprécie davantage la contribution de Nymeria. » La louve fixa sur lui ses prunelles d'or sombre. « Enfin, c'est égal. Je vais te donner quelque chose à emporter. Mais quelque chose que tu devras empaqueter très soigneusement…

— Un cadeau ? s'illumina-t-elle.

— En quelque sorte. Ferme la porte. »

Avec autant de fébrilité que de circonspection, elle examina le corridor. « Ici, Nymeria. Tu montes la garde », ordonna-t-elle avant de refermer, pendant que Jon démaillotait l'objet promis.

Elle ouvrit de grands yeux. Aussi sombres que ceux de Jon. « Une épée… », murmura-t-elle dans un souffle.

D'un gris doux, le cuir du fourreau avait la souplesse d'un gant. Sans hâte, afin d'en mieux faire admirer l'éclat bleu noir, Jon dégaina l'acier. « Ce n'est pas un joujou, prévint-il. Attention de ne pas te blesser. Elle pourrait servir de rasoir.

— Les filles ne se rasent pas.

— Elles devraient, parfois. Tu as vu les jambes de Mordane ? »

Un rire sous cape lui fit écho, puis : « La lame est trop maigre.

— Comme toi. Je l'avais commandée tout exprès à Mikken. À Pentos, à Myr et dans les autres cités libres, les spadassins en utilisent d'analogues. Avec ça, tu ne décapites pas ton homme mais tu le transformes en écumoire le temps de le dire, si tu sais t'y prendre.

— J'ai assez de vivacité.

— Tu devras t'exercer tous les jours. » Il la lui remit, lui montra comment la tenir et fit un pas en arrière. « L'impression ? Que dis-tu de vos relations ?

— Bonnes, je crois.

— Première leçon. Frappe-*les* d'estoc. »

Du plat de l'épée, Arya lui administra une claque retentissante sur le bras mais, bien que le coup eût porté, Jon ne put s'empêcher de sourire comme un crétin. « Je sais quand même par quel bout frapper, dit-elle. Seulement…, reprit-elle d'un air inquiet, septa Mordane va me la retirer.

— Pas si elle ignore son existence.

— Et avec qui m'entraînerai-je ?

— Tu trouveras bien quelqu'un… Port-Réal est une vraie ville, mille fois plus vaste que Winterfell. En attendant de dénicher un partenaire, observe les autres quand ils s'exercent. Puis cours, monte, muscle-toi. Mais surtout, surtout, quoi que tu fasses… »

La suite était connue. Ils la dirent en chœur :

« Jamais… un seul mot… à Sansa ! »

À pleines mains, Jon l'ébouriffa : « Tu vas me manquer, sœurette. »

Elle eut l'air subitement toute prête à pleurer : « J'aurais tellement voulu que tu nous accompagnes…

— Il arrive que des routes différentes mènent au même château. Qui sait ? » Il se sentait mieux, à présent. Il n'allait pas s'abandonner à la tristesse. « Ferai bien de filer. Si je continue de faire attendre Oncle Ben, je passerai ma première année de Mur à vider les tinettes. »

Et comme Arya se précipitait dans ses bras pour un ultime adieu : « Pose d'abord ton épée », dit-il en riant. Ce qu'elle fit, un rien piteuse, avant de le consteller de baisers.

Sur le point de sortir, il se retourna. L'épée derechef au poing, elle essayait de s'y familiariser. « J'allais oublier, dit-il, les meilleures lames ont toutes un nom.

— À l'instar de Glace, oui. » Elle fit miroiter l'acier. « Et celle-ci en a un ? lequel ? oh, dis-le-moi !

— Devine… ? la taquina-t-il. Ce que tu préfères… »

Elle parut d'abord perplexe, s'éclaira bientôt. Toujours cette vivacité. Ils s'exclamèrent ensemble :

« Aiguille ! »

Tout au long de sa longue chevauchée vers le nord, le rire d'Arya lui tint chaud.

DAENERYS

C'est en rase campagne, aux portes de Pentos et dans un déploiement de splendeurs barbares, que Daenerys Targaryen devint avec terreur l'épouse de Khal Drogo. Aux yeux des Dothrakis, tous les événements majeurs d'une existence d'homme devaient en effet se dérouler au regard du ciel.

Drogo avait convoqué pour la cérémonie tout son *khalasar* et, suivis d'une foule innombrable de femmes, d'enfants, d'esclaves, étaient accourus quarante mille guerriers. Campé hors les murs avec ses immenses troupeaux, cela dressait des palais d'herbe tissée, dévorait tout ce qui lui tombait sous les yeux et ne manquait pas d'alarmer chaque jour davantage le bon peuple de la cité.

Voulant être au milieu des siens, le *khal* avait prêté jusqu'au jour des noces sa résidence aux princes exilés. « Mes collègues édiles ont doublé les postes de garde », lâcha un soir Illyrio par-dessus canard au miel et poivrons à l'orange.

« Plus vite nous marierons la princesse, moins ils risqueront de ruiner Pentos en mercenaires et spadassins », plaisanta ser Jorah Mormont. Il avait offert son épée le soir même où le frère concluait la vente de sa sœur et, depuis lors, ne les quittait plus.

Maître Illyrio rit doucement dans sa barbe fourchue, mais Viserys ne daigna pas même sourire. « Drogo l'aura dès demain, s'il le souhaite, dit-il en la fixant si durement qu'elle baissa les yeux. Pourvu du moins qu'il paie le prix. »

D'un geste languissant de ses doigts replets, Illyrio fit scintiller ses bagues. « Affaire aplanie, je vous dis. Croyez-moi. Il vous promet une couronne, vous l'aurez.

— Soit, mais quand ?

— À l'heure qu'il choisira. La fille d'abord. Une fois célébré le mariage, il lui faut encore se rendre en grand cortège à Vaes Dothrak pour présenter sa femme au *dosh khaleen*. Peut-être après… Si les oracles sont favorables à l'expédition. »

Viserys trépigna. « Les oracles dothrak, je pisse dessus ! Le trône de mon père geint sous l'usurpateur. Combien de temps devrai-je attendre ? »

Un énorme haussement d'épaules lui répondit. « Vous attendez quasiment depuis votre naissance, Sire. Que vous importent quelques mois, quelques années de plus ? »

Pour avoir parcouru l'est jusqu'à Vaes Dothrak, ser Jorah approuva du menton. « Je ne saurais trop conseiller à Votre Altesse de patienter. Les Dothrakis sont gens de parole, mais ils n'agissent qu'à leur guise. Un inférieur peut toujours quémander une faveur du *khal*, il ne doit jamais le mettre en demeure. »

Le mot hérissa le prince. « Tiens ta langue, ou je te l'arrache ! Je ne suis pas un inférieur, je suis le seigneur légitime des Sept Couronnes. Le Dragon ne quémande pas. »

Tandis que ser Jorah prenait un air déférent, Illyrio eut un sourire énigmatique et détacha une aile de canard. La graisse et le jus lui dégoulinèrent des doigts dans le poil quand il attaqua la chair tendre. *Il n'y a plus de dragons*, songea Daenerys en regardant son frère. Elle n'osait le dire à haute voix.

Elle en avait vu un en rêve, la nuit précédente, pourtant. Viserys était en train de la battre, affolée, nue, de la torturer. Elle lui échappait en courant mais, comme appesantis, ses membres la trahissaient, la livrant à de nouveaux sévices, elle trébuchait, tombait. « Tu as réveillé le dragon, criait-il en lui donnant des coups de pied, réveillé le dragon, réveillé le dragon. » Les cuisses luisantes de sang, elle fermait les yeux, se mettait à gémir et, aussitôt, comme en réponse, éclataient le hideux vacarme d'une *déchirure*, le brasillement d'un incendie terrible. Et lorsqu'elle soulevait ses paupières, Viserys avait disparu, d'immenses colonnes de feu s'élevaient tout autour, dont le dragon occupait le centre. Il tourna lentement sa tête prodigieuse, et il venait de plonger ses yeux embrasés dans les siens quand elle se réveilla, tremblante et baignée de sueur. La plus grande peur de sa vie…, jusqu'au jour du moins de ses épousailles.

La fête dura de l'aube jusqu'au crépuscule et ne fut que beuveries, banquets, joutes. Érigé parmi les palais d'herbe, un plan incliné de terre imposant surplombait la houle tumultueuse des Dothrakis. Tout en haut trônait Daenerys aux côtés de Drogo. Jamais elle n'avait vu foule plus dense en un seul lieu, jamais plus étrange ni plus effrayante. Car si les seigneurs du cheval adoptaient volontiers somptueux tissus et parfums délicats, lors de leurs séjours dans les cités libres, le grand air les rendait à leurs usages immémoriaux. Sur leurs poitrines également nues, femmes et hommes portaient des vestes de cuir peint ; des guêtres de crin, retenues à la taille par des médaillons de bronze, leur enveloppaient les jambes, et l'huile de naphte graissait la longue tresse des guerriers. Tout s'empiffrait de cheval rôti, laqué de miel et truffé de piments, tout se saoulait à mort de lait de jument fermenté, tout se vomissait, par-dessus les feux, d'épais quolibets, tout étourdissait la princesse de ses âpres voix on ne peut plus déconcertantes.

Juste en dessous d'elle siégeait Viserys, splendidement vêtu d'une tunique de laine noire frappée d'un dragon écarlate. Illyrio et ser Jorah se trouvaient près de lui. Mais s'ils occupaient là tous trois des places d'honneur, puisque seuls leur disputaient ce rang les sang-coureurs, la fureur se lisait dans les yeux pâles de son frère, indigné qu'elle eût le pas sur lui.

Il écumait de voir les esclaves présenter d'abord chaque plat au *khal* et à son épouse, de n'hériter, lui, que de leur rebut. Et comme il était réduit à remâcher son ressentiment, du moins n'y manquait-il point, quitte à devenir d'humeur de plus en plus noire au fil des heures et des outrages dont on abreuvait sa royale personne.

De sa vie, Daenerys ne s'était sentie plus seule qu'au sein de cette horde déchaînée. Sommée de sourire par son frère, elle souriait si bien que son masque en devenait douloureux et qu'à son corps défendant des larmes lui montaient aux yeux. Elle s'arc-boutait pour les dissimuler, de peur que la violence de son frère n'en prît prétexte, et atterrée d'ignorer comment Drogo y réagirait. Les mets succédaient aux mets. Viandes fumantes, boudins noirs, pâtés sanglants, fruits, ragoûts de doucettes, pâtisseries fines de Pentos..., d'un geste, elle refusait tout, le cœur au bord des lèvres. Rien ne passerait.

Ni personne à qui parler. Drogo la regardait à peine, occupé qu'il était à lancer des ordres, ou bien des boutades à ses sang-coureurs, à s'esclaffer des leurs, le tout dans un idiome incompréhensible. Du reste, le *khal* baragouinait tout au plus quelques mots du valyrien dégénéré en usage dans les cités libres et pas un seul de la langue classique des Sept Couronnes. Trop heureuse si elle avait pu ne fût-ce qu'entendre la conversation de son frère avec Illyrio, mais la distance l'interdisait.

Aussi souriait-elle, immobile en ses soieries de noces, une coupe d'hydromel en main, n'osant rien grignoter, condamnée à s'entretenir, muette, avec elle-même. *Je suis le sang du dragon. Je suis Daenerys du Typhon, princesse de Peyredragon, semence et sang d'Aegon le Conquérant.*

Le soleil n'avait accompli que le quart de sa course au zénith quand elle vit périr son premier homme. Au son du tambour, quelques femmes dansaient en l'honneur du *khal*.

Sans trahir la moindre émotion, celui-ci suivait leurs mouvements et, de-ci de-là, leur jetait une babiole à se disputer.

Les guerriers n'étaient pas moins attentifs. Au bout d'un moment, l'un d'eux rompit la ronde et, saisissant une danseuse par le bras, la précipita par terre et se mit à la saillir, ni plus ni moins qu'une jument. Illyrio avait prévenu Daenerys de cette éventualité. « Les Dothrakis se comportent en la matière comme leur bétail. Les notions d'intimité, de péché, de pudeur n'ont pas cours dans un *khalasar.* »

En comprenant ce qui se passait, elle se détourna de l'accouplement, mais un autre guerrier s'avança, puis un troisième, et il fut bientôt impossible de se soustraire à ce hideux spectacle. Soudain retentit un cri. Deux mâles se disputaient une femelle. En un éclair, ils avaient dégainé leurs *arakhs*, mi-épées mi-faux, tranchants comme des rasoirs. Alors débuta un ballet de mort au cours duquel les adversaires tournaient, ferraillaient, bondissaient l'un sur l'autre en faisant force moulinets, proférant injure sur injure à chaque choc, sans que personne tentât même de s'interposer.

Le différend s'acheva aussi vite qu'il avait éclaté. Sur un rythme impossible à suivre, les *arakhs* paraissaient se multiplier quand, l'un des combattants ayant fait un faux pas, la lame de l'autre décrivit une courbe plane et, mordant la chair à la hauteur de la ceinture, l'ouvrit des vertèbres au nombril et la vida de ses viscères qui se répandirent dans la poussière. Puis, tandis qu'agonisait le vaincu, le vainqueur agrippa la première venue – même pas celle pour laquelle il avait tué – et la couvrit, là, sans autre forme de procès. Des esclaves emportèrent le cadavre, et les danses recommencèrent.

De cela aussi, maître Illyrio l'avait avertie. « Une noce que ne bénissent pas au moins trois morts *leur* paraît présager du pire. » On dénombra une douzaine de victimes avant la fin du jour. Des auspices on ne pouvait plus fastes, apparemment.

D'heure en heure empira si follement son angoisse qu'elle ne parvint plus qu'à retenir ses cris. Les Dothrakis lui faisaient atrocement peur, avec leurs mœurs monstrueuses, incompréhensibles. Étaient-ils seulement des hommes ? Ou des fauves parés de peaux d'hommes ? Et Viserys… En cas de défaillance, quelle vengeance irait-il inventer ? Par-dessus tout la terrifiait la perspective de la nuit prochaine, sous les étoiles. Que se passerait-il, après que son frère l'aurait livrée à l'ogre qui, pour l'heure, buvait là, près d'elle, avec une expression tellement placide et féroce qu'on eût dit ses traits sculptés dans l'airain ?

Je suis le sang du dragon, se répéta-t-elle.

Le soleil, cependant, penchait sur l'horizon. D'un simple claquement de mains, Khal Drogo fit taire instantanément les tambours, les vociférations, le tohu-bohu du banquet. Puis il se dressa, l'aida elle-même à se relever. L'heure était venue pour elle de recevoir ses présents d'épousée.

Et, après les présents, après que les ténèbres seraient closes, alors sonnerait l'autre heure, l'heure de la première chevauchée… Elle s'efforçait de n'y point penser. Peine perdue. Des deux bras, elle s'étreignit la poitrine pour éviter le plus possible de trembler.

Viserys lui offrit trois servantes. Sans doute payées par Illyrio. Irri et Jhiqui avaient la peau cuivrée, les cheveux de jais, les yeux en amande des Dothrakis, Doreah la blondeur et le regard clair des filles de Lys. « Elles sont tout sauf ordinaires, les lui vanta son frère au fur et à mesure qu'on les amenait. Illyrio et moi les avons nous-mêmes sélectionnées à ton intention. Irri t'apprendra l'équitation, Jhiqui la langue des siens, Doreah les arcanes de l'érotisme. » Il sourit d'un air fin. « Elle y est extrêmement douée. Illyrio et moi nous en portons garants. »

Ser Jorah la pria, lui, d'excuser la modestie de son cadeau : « Je ne suis qu'un pauvre exilé, princesse », en déposant devant elle un petit ballot de livres. Chroniques et chansons des Sept Couronnes publiées en langue classique d'outre-mer. Elle s'en montra profondément touchée.

Sur un ordre de maître Illyrio, quatre esclaves musculeux se précipitèrent, porteurs d'un énorme coffre en bois de cèdre bardé de bronze. À l'intérieur, elle découvrit les plus riches velours et damas que fabriquât Pentos et, dessus, comme en un nid moelleux..., trois œufs gigantesques qu'elle contempla, suffoquée. Rien de si beau n'avait frappé ses yeux. Chacun rutilait de coloris si vifs et si divers qu'elle les crut d'abord sertis de pierreries. Des deux mains, tant ils étaient gros, elle en saisit un, délicatement, s'attendant qu'il fût de porcelaine fine ou d'émail, voire de verre soufflé, mais il pesait autant que de la pierre. Le lent mouvement giratoire imprimé par les doigts révéla la coquille tapissée d'écailles minuscules que le rougeoiement du couchant faisait scintiller tel du métal poli. Son vert sombre se moirait alors de reflets de bronze bruni. Un autre œuf montrait une pâleur crémeuse pailletée d'or. Le troisième, noir de la noirceur de la mer nocturne, s'avivait de risées et de remous vermeils. « Qu'est-ce là ? s'émerveilla-t-elle à mi-voix.

— Des œufs de dragon, répondit maître Illyrio. Ils proviennent des Contrées de l'Ombre, par-delà Asshai. Tout pétrifiés qu'ils furent par les éons, ils conservent leur étincelante splendeur.

— Ils me seront à jamais précieux. » Elle avait ouï maint conte à leur propos mais jamais vu ni pensé jamais en contempler aucun. Illyrio lui faisait là un présent vraiment somptueux. Vraiment digne de la fortune en esclaves et en chevaux qu'il venait d'amasser en la vendant elle-même à Drogo.

Sur ce, les sang-coureurs vinrent lui offrir les trois armes traditionnelles. Des armes magnifiques. Haggo lui remit un grand fouet de cuir à manche d'argent, Cohollo un *arakh* repoussé d'or, Qotho un arc plus haut qu'elle, en os de dragon. Dûment chapitrée sur la coutume par Mormont et Illyrio, elle refusa tout en ces termes : « Seul un grand guerrier mérite semblable munificence, ô sang de mon sang, je ne suis rien qu'une femme. Daignez laisser mon seigneur et maître pallier mon insuffisance. » La formule permettait alors à Khal Drogo de s'approprier le don.

D'autres Dothrakis leur succédèrent, qui présentant à Daenerys des babouches, qui des joyaux ou des anneaux d'argent pour sa chevelure, qui des ceintures à médaillons, des vestes peintes, des pelleteries, des soieries, des flacons de senteur, des épingles, des plumes, des fioles de verre incarnat, qui une pelisse en poil de souris. « Un présent royal, *Khaleesi*, rapporta sur cette dernière maître Illyrio, sitôt que le donateur s'en fut expliqué. On ne peut plus propice. » Autour de Daenerys s'amassaient les cadeaux, formant des piles impressionnantes. Plus de cadeaux que dans ses rêves les plus fous. Plus de cadeaux qu'elle n'en pouvait souhaiter ni utiliser.

Enfin, Khal Drogo s'en fut quérir celui qu'il destinait personnellement à sa femme. En le voyant s'éloigner d'elle, un silence attentif rida peu à peu le centre du camp puis, de proche en proche, gagna l'ensemble du *khalasar*. Lorsqu'il reparut, la cohue s'écarta devant lui comme par miracle. Il menait par la bride un cheval.

Une pouliche fougueuse et superbe en qui Daenerys sut d'emblée, malgré son incompétence, reconnaître une bête peu ordinaire. Quelque chose en elle vous coupait le souffle. Aussi grise que la mer d'hiver, elle avait le crin semblable à des vapeurs d'argent.

D'une main timide, Daenerys lui flatta l'encolure et plongea ses doigts dans la fabuleuse crinière. Khal Drogo prononça quelques mots qu'Illyrio s'empressa de traduire : « D'argent, pour l'argent de votre chevelure.

— Qu'elle est belle ! murmura-t-elle.

— Elle est l'orgueil du *khalasar*, reprit-il. La coutume exige que la *khaleesi* monte une bête digne de la place qu'elle-même occupe aux côtés du *khal*. »

Alors Drogo avança d'un pas, la saisit par la taille et, la soulevant avec autant d'aisance qu'un simple enfant, la mit à cheval. Assez déconcertée par l'étroitesse des selles dothrak, elle demeura un moment perplexe. Rien ne l'avait préparée à cet épisode. « Que suis-je censée faire ? » demanda-t-elle à Illyrio.

La réponse lui vint de ser Jorah. « Prendre les rênes et pousser de l'avant. Pas besoin de faire une longue course. »

Non sans anxiété, elle empoigna les rênes et assura ses pieds dans les étriers. Elle ne montait que passablement, ayant passé le plus clair de son temps à bord de bateaux, de chariots et de palanquins. Implorant les dieux de lui épargner le ridicule d'une chute, elle exerça de ses genoux une pression des plus timorée sur les flancs de la pouliche.

Pour la première fois depuis des heures, voire depuis qu'elle était née, la peur l'abandonna soudain.

La bête gris et argent progressait d'une allure fluide et soyeuse, et son poitrail fendait la foule tout yeux plus promptement sans doute que la cavalière ne l'eût souhaité, mais d'une manière plus exaltante qu'alarmante. Et lorsqu'elle adopta le trot, Daenerys se prit à sourire. Les Dothrakis se bousculaient pour lui livrer passage. Le sentiment que la pouliche répondait à la moindre pression des jambes, à la moindre tension des rênes lui donna confiance, et elle la mit au galop, parmi les hourvaris, les rires, les exclamations des gens qui se rejetaient en arrière au dernier moment. Or, lorsqu'elle fit volte-face, elle discerna, droit devant elle, sur son passage, un brasier que, de part et d'autre, la marée humaine lui interdisait d'éviter. Possédée tout à coup d'une audace inconnue, elle lâcha bride à la bête, et celle-ci s'envola comme munie d'ailes par-dessus les flammes.

En stoppant devant maître Illyrio, elle lui jeta : « Dites à Khal Drogo qu'il m'a donné le vent. » Les doigts perdus dans sa barbe jaune, l'obèse traduisit, et Daenerys surprit le premier sourire de son mari.

Juste au même instant, le soleil sombra derrière les remparts de Pentos, rendant à Daenerys la notion du temps. Les sang-coureurs reçurent l'ordre d'amener l'étalon rouge de Drogo. Pendant que celui-ci harnachait son cheval, Viserys se glissa auprès de sa sœur, demeurée en selle, et, lui plantant ses doigts dans la jambe, grinça : « Débrouille-toi pour le séduire, ma sœur, ou je te jure que tu verras le dragon se réveiller comme jamais tu ne l'as vu. »

Du coup, la peur l'envahit à nouveau, et la sensation de n'être qu'une enfant, rien d'autre qu'une orpheline de treize ans, lui confirma une fois de plus qu'elle n'était pas prête à jouer le rôle qu'on lui imposait.

Les étoiles émergeaient une à une lorsqu'ils se mirent tous deux en route, abandonnant le *khalasar* et ses palais d'herbe. Sans lui adresser un seul mot, Khal Drogo adopta le grand trot dans les ténèbres grandissantes. Les clochettes d'argent de sa tresse tintinnabulaient sourdement. « Je suis le sang du dragon, se murmura-t-elle, tout en le suivant, dans l'espoir d'être à la hauteur. Je suis le sang du dragon. Le sang du dragon. » Du dragon qui n'avait peur de rien.

Au terme d'une chevauchée dont elle eût été fort en peine de préciser la distance comme la durée, à ce détail près qu'il était nuit close, ils firent halte dans une prairie que longeait un mince ruisseau. D'un bond, Drogo démonta puis vint l'enlever elle-même de selle. Entre ses mains, elle se sentit d'une fragilité de verre, et, en reprenant terre, ses membres lui parurent avoir la consistance de l'eau. Elle attendit, debout, misérable et tremblante en ses atours d'épouse, qu'il eût entravé leurs montures, et elle éclata en sanglots lorsqu'il la rejoignit.

D'abord, il la regarda pleurer d'un air étrangement dénué d'expression, puis il dit : « Non », et, d'un pouce calleux, essuya gauchement ses larmes.

« Vous parlez donc notre langue ? s'étonna-t-elle.

— Non », répéta-t-il.

Peut-être ne connaissait-il que ce mot ? Mais comme Daenerys n'avait pas même compté là-dessus, ce simple mot allégea un peu sa détresse. Drogo lui effleura les cheveux et, tout en lissant l'une de leurs mèches platine entre ses doigts, se mit à lui chuchoter des choses qu'elle ne comprenait pas mais dont la douceur la pénétrait. Le timbre, chaleureux, disait une tendresse insoupçonnée. Quel homme déroutant…

Du bout de l'index, il lui releva le menton, de manière qu'elle le regardât dans les yeux. Il la dominait de très haut, comme il dominait un chacun. Sans brusquerie, il la saisit par les aisselles et la hissa sur un rocher rond qui surplombait le ruisseau. Puis il s'assit à terre, vis-à-vis d'elle, les jambes repliées sous lui, tous deux face à face enfin. « Non, répéta-t-il.

— Ne connaissez-vous que ce mot ? » questionna-t-elle.

Il ne répondit pas. Près de lui serpentait sa longue tresse dans la poussière. L'attirant par-dessus son épaule droite, il entreprit de la délester une à une de ses clochettes. Au bout d'un moment, Daenerys s'inclina pour l'aider. Cette tâche achevée, Drogo fit un signe. Elle comprit. Et, lentement, elle s'appliqua à lui dénouer les cheveux.

Cela prit du temps. Sans bouger, sans mot dire, il ne la quitta des yeux, tout du long. Enfin, il secoua la tête, et sa chevelure lui ruissela dans le dos, luisante d'onguents, telle une rivière de jais. Jamais Daenerys n'en avait vu de si longue, si noire, si drue.

Alors, il la relaya et entreprit de la dévêtir.

Avec une dextérité mystérieuse et tendre, il la dépouilla posément de chacune des soieries qui l'enveloppaient, tandis qu'immobile et silencieuse elle plongeait dans ses prunelles. Mais, lorsqu'il lui dénuda la poitrine, elle n'y put tenir et, se détournant, voila ses seins de ses deux bras croisés. « Non », dit-il en les dénouant sans rudesse mais d'une main ferme, avant de la forcer de même à reporter son regard sur lui. « Non, répéta-t-il.

— Non », reprit-elle en écho.

Alors il la releva, l'attira tout près pour lui retirer ses derniers effets. L'air de la nuit sur sa peau nue la fit frissonner, la chair de poule lui hérissa bras et jambes, et l'angoisse la prit de ce qui allait suivre, mais un long moment s'écoula sans qu'il advînt rien. Toujours assis en tailleur, Drogo se contentait de la boire des yeux.

Enfin, il commença ses attouchements. Légers d'abord, puis plus pressants. Ses mains avaient une force effrayante et, pourtant, ne meurtrissaient pas. L'une d'elles lui emprisonnait les doigts et les câlinait, un à un, l'autre lui pétrissait la jambe, doucement. Il lui caressa le visage, suivit d'un doigt la courbe de son oreille, le pourtour de ses lèvres. Il enfouit ses deux mains dans sa chevelure, et ses doigts affectèrent de la coiffer. Il la fit pivoter, lui massa les épaules, parcourut du dos de l'index le sillage de son échine…

Des heures semblaient s'être écoulées quand ses mains enfin s'aventurèrent vers les seins. En les caressant par-dessous, d'abord, jusqu'à y susciter comme un léger fourmillement. Puis, de ses pouces, il en investit les mamelons, progressivement, les titilla, les pinça, tira dessus, d'abord de manière presque imperceptible, puis avec une insistance accrue, jusqu'à ce qu'ils s'érigent et deviennent presque douloureux.

Alors, il s'arrêta et l'attira, confuse et hors d'haleine, le cœur affolé, sur son giron puis, ouvrant en coupe ses énormes mains pour y recueillir le visage de la jeune fille, il la regarda dans les yeux. « Non ? » questionna-t-il, sans qu'il fût possible de se méprendre sur l'intonation.

Pour toute réponse, elle lui saisit la main, la guida au creux de ses cuisses. Puis comme il y aventurait un doigt, « Oui », chuchota-t-elle.

EDDARD

Les appels retentirent une heure avant l'aube, alors que le monde reposait encore dans la grisaille.

Alyn dut le secouer rudement pour l'arracher à ses rêves, et lorsque la froidure du petit matin le heurta, titubant encore de sommeil, il y trouva son cheval sellé et le roi déjà dans ses étriers. Avec ses gros gants bruns, sa lourde pelisse dont le capuchon l'enfouissait jusqu'aux oreilles, Robert avait tout d'un ours écuyer. « Debout, Stark ! rugit-il, debout ! nous devons discuter d'affaires d'État.

— Mais certainement, dit Ned. Que Votre Majesté se donne la peine d'entrer. » Alyn souleva la portière de la tente.

« Non, non, *non*, répliqua Robert, dont chaque mot fusait dans un jet de vapeur. Le camp pullule d'oreilles. En outre, je désire faire un tour et humer l'air de ton pays. » Derrière lui piaffaient ser Boros, ser Meryn et une douzaine de gardes. Force était donc de se débarbouiller les yeux, s'habiller puis sauter en selle…

Robert imposa l'allure en éperonnant si rudement son énorme destrier noir que Ned peinait pour demeurer à sa hauteur. Mais après que le vent de leur galop furieux eut emporté une question que n'entendit nullement le roi, il préféra observer le silence. Délaissant bientôt la grand-route, ils prirent au travers de plaines onduleuses assombries de brume. Ils avaient déjà suffisamment distancé l'escorte pour deviser en toute liberté, mais Robert ne ralentissait toujours pas sa course.

L'aurore survint comme ils atteignaient le faîte d'une colline, à des milles au sud du campement, et le roi finit par s'arrêter. Empourpré, tout ragaillardi, il accueillit son compagnon d'un juron : « Bons dieux ! » puis se mit à rire : « Quel bien ça fait de partir *monter* comme est censé monter un homme ! Je te jure, Ned, nos reptations de ces derniers jours suffiraient à vous rendre fou. » Jamais la patience n'avait été le fort de Robert Baratheon. « Coquin de carrosse, avec sa manie de couiner, grincer, sa façon de traînasser sur chaque bosse comme s'il s'agissait d'une montagne... ! Qu'un essieu lui pète encore, à ce maudit machin, et, crois-moi, j'y fiche le feu. Cersei peut aller à pied !

— Je t'allumerai de grand cœur la torche..., ricana Ned.

— Quel brave type tu fais ! » Le roi lui tapa sur l'épaule. « Ça me chatouille de les planter là, tous, et de poursuivre, tout bonnement.

— M'est avis que tu penses ce que tu dis, sourit Ned.

— Si je le pense... ! soupira le roi. Qu'en dirais-tu, Ned ? rien que toi et moi, chevaliers errants par les grands chemins, l'épée au côté, les dieux savent quoi devant nous, peut-être une fille de ferme ou une beauté d'auberge pour nous bassiner le lit cette nuit ?

— Impossible, hélas, nous avons des devoirs. Mon allégeance au... au royaume. Nos enfants. Toi ta reine, moi ma dame. Fini, les jouvenceaux que nous fûmes.

— Tu n'as jamais été le jouvenceau que tu fus, ronchonna le roi. Ce gâchis. Et encore, à l'époque, il y avait..., comment diable s'appelait-elle, cette fille que tu fréquentais ? Becca. Non, Becca, c'était moi, les dieux la protègent, avec ses cheveux noirs et ses gros yeux doux dans lesquels on se serait noyé. La tienne, c'était... Aleena ? non. Tu me l'as dit un jour. Merryl ? Tu sais bien celle que je veux dire, la mère de ton bâtard...

— Elle se nommait Wylla, répondit Ned d'un ton froidement poli. J'aimerais mieux ne pas parler d'elle.

— Wylla. Voilà, s'épanouit Robert. Ça devait être une vraie merveille, pour faire oublier son honneur, ne fût-ce qu'une heure, à lord Eddard Stark ! Tu ne m'as jamais dit à quoi elle ressemblait…

— Et je m'en garderai, grogna Ned, dents serrées. Change de sujet, Robert, si tu m'aimes véritablement. Non content de me déshonorer, j'ai déshonoré Catelyn à la face des dieux et des hommes.

— Les dieux te pardonnent ! tu connaissais à peine Catelyn.

— Je l'avais prise pour épouse. Elle portait un enfant de moi.

— Tu te mortifies par trop, Ned ! Tu l'as toujours fait. Le diable m'emporte si aucune femme désire avoir Baelor l'Ascète dans son lit ! » Il se claqua le genou. « Enfin bref. Si ça te tarabuste à ce point, je n'insiste pas. Cela dit, tu te montres parfois d'une telle susceptibilité que, franchement, tu ferais bien d'adopter le porc-épic pour sceau. »

Çà et là, les doigts de l'aurore crevaient les nappes de brouillard blême. Sous les pieds des chevaux s'ouvrait une vaste plaine brune et dénudée dont la platitude était de loin en loin relevée par de longues buttes basses. « Les tertres des Premiers Hommes, dit Ned en les désignant.

— Aurions-nous couru vers un cimetière ? se renfrogna le roi.

— Les tertres abondent, dans le nord. Ce pays est vieux, Sire.

— Et froid. » D'un air bougon, il se renferma plus étroitement dans ses fourrures. L'escorte s'était immobilisée, derrière, à distance respectueuse, sur le rebord de la crête. « En tout cas, je ne t'ai pas mené ici pour t'entretenir de tombes ou t'asticoter sur ton bâtard. De Port-Réal, lord Varys m'a dépêché un courrier, cette nuit. Tiens. » Tirant un papier de sa ceinture, il le lui tendit.

Chef des chuchoteurs du roi, Varys l'eunuque servait Robert comme il avait servi Aerys le Dément. Obsédé par les terribles accusations de lady Arryn, Ned déroula fébrilement le message, mais celui-ci ne concernait pas Lysa. « D'où tient-il cette information ?

— Tu te rappelles ser Jorah Mormont ?

— Comme s'il m'était possible de l'oublier… ! » répliqua Ned avec verdeur. Si les Mormont s'enorgueillissaient de leur ancienneté, l'honneur ne préservait pas leurs domaines du froid, de la pauvreté, de l'isolement. Dans l'espoir de renflouer sa famille, ser Jorah s'était acoquiné avec un marchand d'esclaves de Tyrosh et lui avait vendu quelques braconniers. Un crime qui, aux yeux de Stark, son suzerain, déconsidérait le nord. Aussi, sans se laisser rebuter par les fatigues d'un long voyage, Ned partit pour l'île aux Ours mais, lorsqu'il y parvint enfin, Glace et la justice du roi ne pouvaient plus sévir : Mormont avait pris la fuite. Depuis lors, cinq années s'étaient écoulées.

« Il se trouve actuellement à Pentos, expliqua Robert, et il désire obtenir son pardon pour rentrer d'exil. Lord Varys l'utilise au mieux.

— Ainsi, le marchand d'esclaves s'est fait mouchard, dit Ned avec dégoût en rendant la lettre. Je l'aurais préféré charogne.

— Si j'en crois Varys, les mouchards sont plus rentables que les charognes, riposta Robert. Oublions Jorah. Son rapport ?

— Daenerys Targaryen a épousé un quelconque seigneur du cheval dothrak. Hé bien ? Faut-il lui envoyer un cadeau nuptial ?

— Un poignard, peut-être, se rembrunit le roi. Un bon poignard bien effilé. Avec quelque intrépide pour le manier. »

Ned dédaigna feindre la surprise. Il savait trop bien que Robert exécrait les Targaryens jusqu'à la démence. Il se rappelait trop bien sa prise de bec violente avec lui, le jour où Tywin Lannister avait eu le front d'offrir au nouveau roi, pour gage de sa loyauté, les cadavres de la femme et des enfants de Rhaegar. Lui-même disant « meurtre » et Robert « guerre ». Il se souvenait trop bien d'avoir protesté que le jeune prince et sa sœur n'étaient que des bambins, et de s'être entendu rétorquer : « Tes bambins ? du frai de dragon, voilà tout ! » Jon Arryn lui-même s'était révélé impuissant à calmer l'orage. Et il se souvenait trop bien de la fureur froide qui l'avait jeté sur les routes, ce jour-là, pour aller livrer dans le sud, seul, les ultimes batailles. Il se souvenait enfin trop bien qu'il avait fallu une autre mort, la mort de Lyanna, et leur deuil commun, pour amener la réconciliation…

En l'occurrence, il résolut de garder son sang-froid. « Votre Majesté le sait, la donzelle n'est guère plus qu'une enfant. Il faudrait être Tywin Lannister, pour assassiner des innocents. » À ce qu'on racontait, les larmes de la fillette tirée de dessous son lit n'avaient nullement ému les tueurs. Et, quoique son frère fût encore au sein, ils n'avaient pas davantage hésité à l'en arracher pour lui fracasser le crâne contre un mur.

« Et jusqu'à quand son innocence durera-t-elle ? répliqua Robert, la bouche mauvaise. Cette *enfant*-là écartera bien assez tôt les cuisses pour se mettre à pondre des tripotées de dragons. Merci du fléau !

— Néanmoins…, tuer des enfants serait… serait vil, serait… inqualifiable…

— *Inqualifiable !* rugit le roi. Le supplice qu'Aerys infligea à ton frère Brandon était inqualifiable. La façon dont périt ton père était inqualifiable. Et Rhaegar…, combien de fois crois-tu qu'il viola ta sœur ? Combien de *centaines* de fois ? » Il criait maintenant si fort que son cheval, les nerfs à vif, se mit à hennir. Il le fit taire en lui cassant la bouche et brandit vers Ned un index rageur. « Je tuerai tous les Targaryens qu'il me sera possible d'attraper ! je les harcèlerai jusqu'à ce qu'ils soient morts, tous, aussi morts que leurs foutus dragons, puis j'irai pisser sur leurs tombes ! »

Mieux valait ne pas le défier quand il ne se possédait plus. Quels mots l'apaiseraient, d'ailleurs, alors que les années n'avaient pu étancher sa soif de vengeance ? « Celle-ci, tu ne peux l'attraper, si ? » dit-il posément.

Une grimace amère tordit les lèvres de Robert. « Hélas non, et j'en maudis les dieux. Elle et son frère vivaient, entourés d'eunuques à chapeau pointu, claquemurés chez je ne sais quel fromager de Pentos, et voilà que ce vérolé me les refile aux Dothrakis… Autrefois, quand c'était facile, j'aurais dû les liquider, mais Jon était aussi tordu que toi. Et moi plus tordu encore, de l'avoir écouté.

— Il était un homme avisé. Une bonne Main. »

Le roi renifla. Sa colère retombait comme elle montait : subitement. « On prétend que la horde de ce Khal Drogo comprend cent mille hommes. Que dirait Jon de *ça* ?

— Que, seraient-ils un million, les Dothrakis ne font peser aucune menace sur le royaume tant qu'ils ne traversent pas le détroit, répondit Ned sans s'émouvoir. Les barbares n'ont pas de *bateaux*. Ils détestent la mer autant qu'ils la redoutent. »

Robert s'agita sur sa selle en quête d'une position moins inconfortable. « Il se peut. Seulement, les cités libres sont susceptibles de leur en procurer. Je te le dis, Ned, ce mariage me déplaît. Il y a toujours, dans les Sept Couronnes, des gens qui m'appellent l'Usurpateur. Oublies-tu combien de maisons prirent le parti du Targaryen, durant la guerre ? Ils rongent leur frein, pour l'instant, mais donne-leur une demi-chance, ils m'assassineront dans mon lit, ainsi que mes fils. Si le prince gueux passe la mer à la tête d'une horde dothrak, ces traîtres se rallieront à lui.

— Il ne la passera pas. Et si le malheur voulait qu'il le fît, nous le rejetterions à l'eau. Une fois que tu auras nommé le nouveau gouverneur de l'Est…

— Pour la dernière fois, Ned, grogna le roi, n'attends pas que je désigne le petit Arryn. Il est ton neveu, je le sais, mais je serais fou de placer un quart du royaume sur les épaules d'un enfant malingre alors que les Targaryens lutinent au lit les Dothrakis.

— Toujours est-il qu'il nous en faut un, s'obstina Ned, qui avait prévu l'objection. Si Robert Arryn ne te convient pas, nomme un de tes frères. Lors du siège d'Accalmie, Stannis a fait ses preuves. Amplement. »

Se gardant d'insister, il laissa le nom en suspens. Les sourcils froncés, le roi demeura coi. Il avait l'air embarrassé.

« Ceci, reprit enfin Ned d'un ton paisible, tout en le lorgnant, sous réserve que tu n'aies pas déjà promis à un autre cette dignité. »

Une seconde, Robert lui consentit le spectacle de son émoi qui, tout aussi vite, se mua en contrariété. « Et dans le cas où j'aurais ?

— Il s'agit de Jaime Lannister, n'est-ce pas ? »

Sans mot dire, le roi poussa son cheval et, aussitôt imité par Ned, entreprit de dévaler la crête en direction des tertres. Il allait, les yeux fixés droit devant. « Oui », dit-il enfin. Rien d'autre, et sur un ton de point final.

Ainsi donc, la rumeur s'avérait. « Le Régicide… », enchaîna toutefois Ned qui, trop conscient d'aborder un terrain glissant, s'empressa d'ajouter : « Il a du courage, des capacités, nul doute. Cependant, son père est déjà gouverneur de l'Ouest. Ser Jaime est appelé à lui succéder, tôt ou tard. Serait-il sage de confier à un seul homme ces deux responsabilités ? » Cela revenait à taire sa véritable préoccupation : que pareille nomination mettrait aux mains des Lannister la moitié des armées du royaume.

« Je livrerai cette bataille en présence de l'ennemi, répliqua le roi d'un air buté. Pour l'heure, lord Tywin semble aussi bien parti pour l'éternité que Castral Roc, et je doute fort que

Jaime hérite de sitôt. Ne me tourmente pas sur cette affaire, Ned, elle est entendue.

— Votre Majesté me permet-elle de lui parler sans détours ?

— Apparemment, tu n'as cure que je m'y oppose », grommela-t-il. De hautes herbes brunes les entouraient. « Peux-tu te fier en Jaime Lannister ?

— Il est le jumeau de ma femme, frère juré de la Garde, sa vie, sa fortune, son honneur sont liés aux miens.

— Tout comme ils le furent à ceux d'Aerys Targaryen…

— Pourquoi devrais-je me défier de lui ? Il a contenté chacune de mes demandes. Son épée a contribué à la conquête de mon trône. »

Son épée a contribué à souiller ton trône, lui rétorqua Ned mentalement. « Après s'être engagé sous serment à périr pour préserver les jours de son roi, il a dégainé pour lui trancher la gorge.

— Mais, par les sept enfers, il fallait bien que *quelqu'un* le tue ! s'emporta Robert en immobilisant brutalement sa monture auprès d'un antique tertre. Si Jaime ne s'en était chargé, la besogne serait retombée sur toi ou moi.

— Qui n'étions ni l'un ni l'autre frères jurés de la Garde royale », objecta Ned. L'heure était venue de faire entendre au roi toute la vérité, de le faire là, sur-le-champ. « Votre Majesté se rappelle-t-elle le Trident ?

— Comment l'aurais-je oublié ? la couronne m'y est échue !

— Tu y fus également blessé par Rhaegar, lui rappela Ned. Aussi me confias-tu, lorsque les troupes targaryennes se débandèrent, le soin de les poursuivre. Les débris de l'armée de Rhaegar regagnaient précipitamment Port-Réal. Nous les talonnions. Aerys s'étant retranché dans le Donjon Rouge avec plusieurs milliers de loyalistes, je m'attendais à trouver portes closes. »

Robert branla du chef en signe d'impatience. « Et, au lieu de cela, tu trouvas les nôtres déjà maîtres de la ville. Et après ?

— Pas les nôtres, rectifia Ned paisiblement. Les gens des Lannister. Leur lion flottait sur les remparts, non le cerf couronné. En outre, ils s'étaient emparés de la ville par trahison. »

Depuis près d'une année, la guerre faisait rage. Grands et petits, nombre de seigneurs s'étaient placés sous la bannière de Robert, tandis que nombre d'autres demeuraient fidèles au Targaryen. Quant aux puissants Lannister de Castral Roc, gouverneurs de l'Ouest, ils se gardaient de prendre parti, ignorant les appels aux armes tant des rebelles que du souverain. Celui-ci dut croire que les dieux l'exauçaient enfin quand sous ses murs se présenta, protestant de sa loyauté, lord Tywin Lannister, à la tête de douze mille hommes. Aussi le roi fou commit-il sa dernière folie en ouvrant ses portes aux lions.

« La trahison était monnaie courante chez les Targaryens, riposta Robert en qui bouillait à nouveau la colère. Lannister les a remboursés en nature. Ni plus ni moins qu'ils ne méritaient. Mon sommeil n'en sera pas troublé.

— Tu n'étais pas là », répliqua Ned d'une voix quelque peu acerbe. Le sommeil troublé ne lui était pas inconnu. Il avait beau les remâcher depuis quatorze ans, ses propres mensonges le hantaient encore. « Pareille conquête n'honorait personne.

— Les Autres emportent ton honneur ! jura le roi. Aucun Targaryen a-t-il jamais su ce qu'honneur signifiait ? Descends dans ta crypte interroger Lyanna sur l'honneur du dragon !

— Tu as vengé Lyanna au Trident. » *Promets-moi*, Ned, avait-elle chuchoté.

« Ça ne l'a pas ressuscitée. » Se détournant, le roi parut s'abîmer dans la contemplation des lointains grisâtres. « Les dieux soient damnés. Pour la victoire creuse qu'ils m'ont accordée. Une couronne..., quand c'est *elle* que mes prières leur demandaient. Ta sœur, saine et sauve..., et mienne à nouveau, comme convenu. Je te demande un peu, Ned, quel bien cela fait-il, porter une couronne ? Les dieux se rient des prières des rois comme de celles des bouviers.

— Je ne saurais répondre des dieux, sire..., je le puis seulement de ce que j'ai découvert en pénétrant, ce jour-là, dans la salle du trône. Aerys, mort, baignait dans son sang, à même le sol. Ses crânes de dragon le contemplaient, du haut des murs. Les gens des Lannister grouillaient de toutes parts. Pardessus son armure d'or, Jaime portait le manteau blanc de la Garde. Je le vois encore. Son épée même était dorée. Assis sur le Trône de Fer et coiffé d'un heaume à mufle de lion, il dominait ses chevaliers de haut. Resplendissait-il !

— C'est archiconnu..., gémit le roi.

— Je me trouvais encore à cheval. En silence, je parcourus la salle de bout en bout, entre ces deux haies de crânes de dragons. Avec l'impression qu'ils me dévisageaient. Je ne m'arrêtai qu'au pied du trône, et je levai les yeux vers Jaime. En travers de ses cuisses, son épée d'or dégouttait encore du sang du roi. Peu à peu, mes hommes emplissaient les lieux, dans mon dos. Les gens des Lannister battirent en retraite. Je ne prononçai pas un mot. Je me contentai de le considérer, là, sur le trône, et d'attendre. Enfin, il se mit à rire, se leva. Il retira son heaume et me dit : "N'aie pas peur, Stark. Je le tenais simplement au chaud pour notre ami Robert. Ce n'est pas un siège très confortable, je crains." »

Se renversant en arrière, le roi poussa un rugissement. Son rire souleva un vol de corbeaux qui, jusqu'alors invisibles dans les hautes herbes, décollèrent à grand fracas d'ailes et de croassements. « Et tu t'imagines que je vais me défier de lui pour s'être un peu prélassé sur mon trône ? hoqueta Robert, aussitôt pris d'un nouvel accès. Il avait tout au plus dix-sept ans, Ned. À peine plus qu'un gosse.

— Gosse ou homme fait, il n'avait pas le droit.

— Peut-être était-il fatigué… C'est épuisant, de tuer les rois. Puis, les dieux le savent, il n'y a rien d'autre où poser son cul dans cette foutue salle. Il disait vrai, d'ailleurs, ce siège est monstrueusement inconfortable. Et à plus d'un égard. » Il hocha la tête. « Enfin, me voici éclairé sur les sombres forfaits de Jaime. Un souci de moins. Les affaires, les secrets, les criailleries d'État, Ned, tout ça me soulève le cœur. C'est aussi barbant que de compter ses picaillons. Viens, filons comme tu savais, jadis. Je veux de nouveau sentir le vent dans mes cheveux. » Et il partit au grand galop vers le sommet du tertre, en faisant pleuvoir la terre dans son sillage.

Ned ne le suivit pas tout de suite. Il avait dépensé sa salive en vain, et le sentiment de son impuissance l'accablait. Pour la centième fois, il se demandait ce qu'il faisait là, pourquoi il y était venu. Il n'était pas Jon Arryn, n'avait pas le talent nécessaire pour gourmer le tempérament primitif du roi, l'assagir. Robert n'en ferait qu'à sa tête, ainsi qu'il avait toujours fait, et, quoi que lui-même pût dire ou faire, cela serait en pure perte. Alors que de tout son être il aspirait à Winterfell. De tout son être à Catelyn, éperdue de chagrin, à Bran.

On ne pouvait pas toujours, hélas, satisfaire ses aspirations. Eddard Stark finit par en prendre son parti et, talonnant les flancs de son cheval, s'élança derrière le roi.

TYRION

Le nord se poursuivait indéfiniment.

Tyrion Lannister avait beau connaître les cartes aussi bien que personne, quinze jours du chemin sauvage qui, dans les parages, passait pour la route royale lui avaient appris que carte et terrain font deux.

Quittant Winterfell le même jour que le roi, ils avaient subi tout le branle-bas de son départ, essuyé au passage de la poterne les clameurs des hommes, l'ébrouement des bêtes, le fracas des chariots, les couinements poussifs de l'énorme carrosse, tandis que, tout autour, virevoltaient de légers flocons. Au-delà s'ouvrait la grand-route sur laquelle s'engageaient vers le sud, à la queue leu leu, bannières, chariots, chevaliers, francs-coureurs et tout le vacarme. En compagnie de Benjen Stark et de son neveu, Tyrion, lui, prenait la direction opposée.

Dès lors, le froid s'était accentué, et le silence appesanti.

À l'ouest se discernaient, grises, accidentées, des collines rocailleuses que, de loin en loin, surmontaient de hautes tours de guet. Le relief s'abaissait à l'ouest, puis s'aplatissait en une plaine qui moutonnait vaguement à perte de vue. Des ponts de pierre y enjambaient le lit étroit de rivières torrentueuses, et l'on distinguait, blotties de-ci de-là autour de fortins aux murs de pierre et de bois, de petites fermes blanches.

Sur la route, où la circulation était assez dense, on trouvait de rudes auberges où passer tant bien que mal la nuit.

À trois journées équestres de Winterfell, cependant, les champs, les pâtis cédèrent la place à des bois taillis et, peu à peu, la solitude s'y fit complète. Plus on progressait, plus se cabraient les collines et s'accentuait leur sauvagerie. Le cinquième jour les révéla montagnes, gigantesques et d'un gris-bleu froid, avec des promontoires déchiquetés et de la neige sur les épaules. Tout en haut de leurs pics, la bise du nord tourmentait, tels des étendards, de longs panaches de cristaux de glace.

Empêchée à l'ouest par cette muraille rocheuse, la route vira nord-est dans une forêt de chênes et de résineux tapissée de bruyères noires et qui parut à Tyrion plus sombre et plus ancienne qu'aucune de celles qu'il connaissait. Dans ce « Bois-aux-Loups », comme l'appelait Ben Stark, leurs nuits furent animées, comme il se devait, par le hurlement de bandes lointaines et, parfois, un tantinet moins… Le loup-garou blanc de Jon Snow dressait l'oreille à ces appels nocturnes mais, comme il n'y répondait jamais, Tyrion Lannister le trouvait décidément bien déconcertant.

L'albinos à part, ils étaient huit en tout, désormais. Comme de juste, vu son rang, Lannister avait pour escorte deux de ses hommes. Benjen n'emmenait, lui, que son neveu bâtard, plus des montures fraîches pour la Garde de Nuit. S'était là-dessus joint à eux, un soir qu'ils campaient, à l'orée du Bois-aux-Loups, derrière la palissade rustique d'un fort, un autre frère noir, un certain Yoren. Un type contrefait, sinistre dont la barbe, aussi noire que sa vêture, dévorait les traits, mais qui semblait aussi résistant qu'une vieille racine et dur qu'un rocher. Deux petits rustres en loques, originaires des Quatre-Doigts, l'accompagnaient. « Violeurs », dit-il avec un regard froid vers ses protégés. Ce qu'à part lui Tyrion traduisit : plutôt le Mur que la castration.

Cinq hommes, trois adolescents, un loup-garou, vingt chevaux, sans compter la cage de grands corbeaux offerts à Benjen par mestre Luwin, voilà qui formait une société des plus singulière pour la grand-route. Comme pour toute autre, d'ailleurs…

Il s'aperçut alors qu'à la dérobée Jon Snow observait Yoren et ses maussades acolytes d'un air bizarre, où le malaise le disputait à la consternation. Outre son épaule tordue, le premier avait le poil et le cheveu collés, graisseux, pouilleux, des hardes élimées, rapetassées, pour le moins douteuses, et qui exhalaient des remugles aigres. Les seconds puaient carrément, et leur stupidité semblait égaler leur férocité.

Rude réveil que ce spectacle pour le gamin. Il devait s'être jusqu'alors figuré les membres de la Garde de Nuit d'après l'image de son oncle. Tyrion en fut ému de compassion. Avoir choisi cette existence-là… Si tant est qu'on ne l'eût choisie pour lui, plutôt.

L'oncle, en revanche, lui inspirait moins de sympathie. Il semblait partager l'aversion de son frère à l'endroit des Lannister et ne cacha pas son déplaisir lorsque lui-même lui fit part de ses intentions. « Autant vous prévenir, dit-il de son haut, vous ne trouverez pas d'hostelleries au Mur.

— Vous m'y dénicherez bien une petite place… ? Vous n'êtes peut-être pas sans avoir remarqué mon exiguïté. »

Comme il était hors de question, bien sûr, de dire *non* au frère de la reine, l'affaire était d'avance entendue. Mais Stark n'en précisa pas moins, revêche : « Cette virée va vous rebuter. Garanti. » Et, depuis le départ, il avait tout fait pour tenir parole.

Une petite semaine d'impitoyable chevauchée mit à vif les cuisses de Tyrion, affligea ses jambes de crampes affreuses et le glaça jusqu'aux moelles. Il ne se plaignit pas. Plutôt souffrir enfer et damnation que de donner à Benjen Stark cette satisfaction.

Sa pelisse de cavalier lui offrit une petite revanche. Il s'agissait d'une vieille peau d'ours mitée, à relents moisis que, débordé par un accès de courtoisie digne en tous points de la Garde de Nuit, lui avait proposée Stark, escomptant manifestement un refus gracieux. Or, il dut essuyer un sourire de gratitude. Car, quoiqu'il eût emporté de Winterfell ses plus chauds effets, Tyrion ne tarda guère à s'apercevoir qu'aucun ne le serait assez. Il faisait *froid* dans le coin, et le froid s'aggravait sans cesse. Il gelait à pierre fendre la nuit et, pour peu que s'en mêlât le vent, il transperçait comme un stylet les lainages les plus épais. Stark devait assez la déplorer, maintenant, son impulsion chevaleresque ! Il retiendrait peut-être la leçon ? De façon gracieuse ou non, jamais les Lannister ne refusaient. Les Lannister prenaient ce qu'on leur offrait.

Au fur et à mesure qu'ils progressaient vers le nord, fermes et forts se raréfiaient, s'amenuisaient, s'enfouissaient à qui mieux mieux dans les ténèbres du Bois-aux-Loups. Finalement, faute de toits où s'abriter, ils en furent réduits à leurs seules ressources.

Tyrion ne pouvait guère se rendre utile lorsqu'on montait ou levait le camp. Trop petit, trop clopin-clopant, trop encombrant. Aussi prit-il l'habitude, tandis que Stark, Yoren et les autres édifiaient un gîte rudimentaire, pansaient les chevaux, veillaient au feu, de se retirer de son côté pour lire, avec sa pelisse et une gourde emplie de vin.

Le dix-huitième soir, cette dernière contenait un précieux cru, moelleux, ambré des îles d'Été qui ne l'avait pas quitté depuis Castral Roc. Le volume, lui, ressassait l'histoire et les spécificités des dragons. Avec la permission expresse de lord Eddard, Tyrion l'avait emprunté pour la durée de son voyage, ainsi que quelques autres raretés, à la bibliothèque de Winterfell.

Il découvrit bientôt ce soir-là l'endroit rêvé, tout près d'un torrent qui roulait des eaux transparentes et glacées. Le tapage du campement n'y parvenait pas. Un chêne prodigieusement vieux y préservait du vent mordant. Tyrion se mit en boule dans sa fourrure, s'adossa au tronc, lampa une gorgée de vin, puis s'absorba dans les propriétés de l'os de dragon. *L'os de dragon est noir, en raison de sa haute teneur en fer. Aussi solide que l'acier, il est cependant plus léger, infiniment plus flexible et, bien entendu, parfaitement incombustible. Les arcs en os de dragon sont on ne peut plus prisés par les Dothrakis. Rien là de surprenant, car leur portée dépasse de loin celle de tous les arcs en bois.*

Tyrion éprouvait une fascination quasiment morbide pour les dragons. Lors de sa première visite à Port-Réal, à l'occasion du mariage de sa sœur et de Robert Baratheon, il s'était juré de rechercher les crânes de dragon naguère encore appendus aux murs de la salle du trône des Targaryens. Le nouveau roi leur avait substitué des bannières et des tapisseries mais, à force de fouiner, Tyrion finit par les dénicher dans la cave humide où on les avait entreposés.

Il s'était attendu à les trouver impressionnants, voire effrayants, mais tout sauf beaux. Or ils étaient beaux. Sa torche les lui révéla aussi noirs et polis que de l'obsidienne, lisses et comme chatoyants. Pressentant qu'ils aimaient le feu, il introduisit sa torche dans la gueule d'un des plus grands et en fit bondir et danser l'ombre sur le mur opposé. Longues et courbes comme des poignards, avec l'éclat de diamants noirs, les dents se riaient de la flamme, elles qu'avaient trempées des fournaises autrement brûlantes. Et, Tyrion l'eût juré, les orbites aveugles du monstre épiaient son moindre mouvement.

Il y avait là dix-neuf crânes. Le plus vieux devait avoir plus de trois mille ans, le plus jeune un siècle et demi seulement. Les plus récents se distinguaient par des dimensions moindres. En deux d'entre eux, identiques et bizarrement difformes, pas plus gros que celui d'un vulgaire mâtin, s'incarnait l'ultime couvée éclose dans l'île de Peyredragon. Avec eux s'étaient éteints les dragons targaryens, peut-être même l'espèce entière, et ces derniers-là n'avaient guère vécu.

À partir d'eux, les autres s'alignaient, par rang de taille croissant, jusqu'aux trois monstres colossaux que célébraient l'histoire et l'épopée. Ceux-là mêmes qu'Aegon Targaryen et ses sœurs avaient jadis lâchés sur les Sept Couronnes, et auxquels les rhapsodes donnèrent ensuite des noms de dieux : Balerion, Meraxès, Vhaghar. Frappé de crainte et de respect, Tyrion demeurait sans voix, face à leurs mâchoires béantes. Un cavalier monté serait sans peine entré dans la gueule de Vaghar, en ressortir étant une tout autre affaire. Plus vaste encore était celle de Meraxès. Mais le géant des trois, Balerion, dit la Terreur Noire, eût gobé un aurochs, voire l'un des mammouths velus qui, disait-on, hantaient encore, par-delà Ibben, les immenses déserts glacés.

Tyrion demeura dans le caveau aussi longtemps que le lui permit sa torche, à contempler le crâne gigantesque et aveugle de Balerion, à essayer d'évaluer les dimensions de l'animal vivant, à imaginer son aspect lorsqu'il cinglait de par les cieux, toutes ailes noires déployées, vomissant le feu.

L'un de ses lointains ancêtres personnels, le roi Loren du Roc, avait tenté d'y résister et, en s'alliant au roi Mern du Bief, de conjurer l'agression targaryenne. Cela remontait à près de trois siècles, à une époque où les Sept Couronnes étaient de vraies couronnes, et non les vulgaires provinces d'un vaste royaume. À eux seuls, les deux souverains alignaient six cents bannières au vent, cinq mille chevaliers montés, dix fois autant de francs-coureurs et d'hommes d'armes. De sorte que, selon les chroniqueurs, Aegon Sire-Dragon devait les affronter à un contre cinq. Encore ses troupes se composaient-elles essentiellement d'hommes recrutés dans l'armée du dernier roi qu'il avait tué, tous hommes d'une loyauté douteuse.

La rencontre eut lieu dans les vastes plaines du Bief, parmi les blés mûrs pour la moisson. Dès la première charge des deux rois, les forces brisées, fracassées du Targaryen commencèrent à fuir. Quelques instants, la conquête parut, de l'aveu même des chroniqueurs, devoir s'achever en désastre…, quelques instants seulement, le temps pour Aegon et ses sœurs de se lancer dans la bataille.

Et de lâcher simultanément – ce fut la seule fois – Vhaghar, Meraxès et Balerion sur ce que les rhapsodes allaient nommer le Champ de Feu.

Près de quatre mille hommes, dont Mern du Bief, périrent brûlés ce jour-là. Loren du Roc avait réussi à s'enfuir, qui vécut assez pour opérer sa reddition, jurer fidélité aux Targaryens, et même engendrer un fils, ce dont Tyrion lui savait gré à juste titre.

« Pourquoi tant lire ? »

La voix le fit sursauter. À deux pas de lui, Jon Snow l'observait avec curiosité. Un doigt glissé entre les pages, Tyrion ferma son livre. « Regarde-moi, et dis ce que tu vois. »

Le garçon le considéra d'un air méfiant. « Est-ce une blague ? Je vous vois. Vous, Tyrion Lannister.

— Tu es étonnamment poli, pour un bâtard, Snow, soupira Tyrion. Ce que tu vois est un nain. Tu as quoi, douze ans ?

— Quatorze.

— Quatorze, et tu es plus grand que je ne le serai jamais. J'ai des jambes courtes et torses, je marche avec difficulté. Il me faut une selle spéciale, ou je tomberais de cheval. Une selle que j'ai dessinée moi-même, au cas où cela t'intéresserait. Le choix était simple : elle ou un poney. Mes bras ne manquent pas de force mais, une fois encore, de longueur. Je ne saurais être un bretteur. Né paysan, on m'eût laissé dehors jusqu'à ce que mort s'ensuive, ou bien vendu à un marchand de pitres. Par malheur, je suis né Lannister, à Castral Roc, et les pitreries n'y siéent guère. On attend autre chose de moi. Mon père fut vingt ans durant Main du Roi. De ce même roi qu'en l'occurrence mon frère tua par la suite, mais la vie est fertile en petites dérisions de cet acabit. Le nouveau roi a épousé ma sœur, et mon répugnant neveu lui succédera sur le trône. Je dois contribuer au lustre de ma maison, quant à moi, n'est-ce pas ? Reste à définir comment. Eh bien, tout disproportionné que je suis, les jambes trop courtes pour mon torse et la tête trop grosse, je préfère trouver celle-ci taillée sur mesures pour mon esprit. Si j'examine crûment mes forces et mes faiblesses, je n'ai d'autre arme que mon esprit. Mon frère a son épée, le roi Robert sa masse d'armes, moi mon esprit…, et l'esprit a autant besoin de livres qu'une épée de pierre à aiguiser pour conserver son tranchant. » Il tapota la reliure de cuir. « Voilà pourquoi je lis tant, Jon Snow. »

Durant ce discours, le garçon n'avait pas pipé. Il assimilait. À défaut du nom, il possédait la physionomie des Stark. Leur longue figure réservée, solennelle, hermétiquement close. Quelle qu'eût été sa mère, il lui devait peu. « Quel est le sujet de votre lecture ? demanda-t-il.

— Les dragons.

— À quoi bon ? Il n'y en a plus, objecta-t-il avec le bel aplomb de l'adolescence.

— À ce qu'on prétend. Triste, non ? Quand j'avais ton âge, je rêvais d'en avoir un à moi.

— Vraiment ? » Il soupçonnait Tyrion de se gausser de lui.

« Et comment ! Si laid, chétif, contrefait soit-il, un gamin peut toiser le monde, du haut d'un dragon. » Il se dépêtra de sa pelisse pour se lever. « J'allumais du feu dans les entrailles de Castral Roc, et je passais des heures à fixer les flammes en les imputant à mes chers dragons. Parfois, j'imaginais qu'elles brûlaient mon père. Parfois ma sœur. » Mi-horrifié, mi-fasciné, Jon Snow le dévisageait fixement. « Ne me regarde pas de cet œil, bâtard ! pouffa Tyrion, j'ai percé ton secret. Tu fais des rêves similaires.

— Non ! protesta-t-il, scandalisé. Je ne voudrais pas…

— Non ? Jamais ? » Tyrion dressa un sourcil. « Bon, je te l'accorde, les Stark t'ont terriblement gâté. Je suis convaincu que lady Stark te traite comme son propre fils. Et ton frère

Robb t'a constamment marqué sa bienveillance. Pourquoi pas, après tout ? À lui Winterfell, à toi le Mur. Quant à ton père…, il doit avoir d'excellents motifs pour t'expédier à la Garde de Nuit…

— Assez ! s'emporta Jon, l'œil noir. Appartenir à la Garde de Nuit est un noble état. »

Tyrion se mit à rire. « Tu es trop futé pour le croire. La Garde de Nuit est le tas de fumier sur lequel échouent les déchets de tout le royaume. Je t'ai vu regarder Yoren et ses recrues. Les voilà, Jon Snow, tes nouveaux frères. Sont-ils à ton goût ? Paysans butés, faillis, braconniers, voleurs, violeurs et bâtards de ton espèce, tout ce vrac se déballe au Mur pour guetter la tarasque, le snark et tout le saint-frusquin monstrueux des nourrices. Le bon côté du truc est que tu ne cours pas, tarasque et snark n'existant pas, grand risque à les affronter. Le mauvais que tu t'y gèles les couilles mais, dans la mesure où il t'est interdit de procréer, je suppose qu'on peut s'en foutre.

— *Assez !* » hurla-t-il en avançant d'un pas, les poings serrés, au bord des larmes.

Subitement pris de remords absurdes, Tyrion avança aussi, dans l'intention d'apaiser le garçon par une tape sur l'épaule, quelques mots d'excuses.

Il n'eut le temps ni de rien voir ni de rien comprendre car, en un éclair, il se retrouva renversé de tout son long sur le sol rocheux, le souffle coupé par le choc impromptu, la bouche emplie de terre, de sang, de feuilles en putréfaction. Son livre avait volé loin de lui. Comme il essayait de se relever, le dos lui élança douloureusement. Sa chute avait dû le luxer. Non sans grimaces et grincements de dents, il agrippa une racine et se hissa vaille que vaille sur son séant. « Aide-moi », dit-il en tendant une main.

Aussitôt, le loup fut entre eux. Il ne grondait pas. Foutue bestiole, avec son mutisme perpétuel. Il se contentait, babines retroussées sur ses crocs, de darder l'éclat rouge de ses prunelles, et cela suffisait amplement. Avec un grognement, Tyrion se tassa. « Ne m'aide pas, alors. J'attendrai que vous soyez partis. »

Un sourire aux lèvres, Jon Snow caressait Fantôme. « Demandez-le-moi gentiment. »

À force de volonté, Tyrion ravala la colère qu'il sentait sourdre au fond de lui. Ce n'était pas la première fois qu'on l'humiliait, ce ne serait pas la dernière. Peut-être même avait-il mérité celle-ci. « Je te serais infiniment obligé de bien vouloir m'accorder ton aide, Jon, susurra-t-il.

— Bas les pattes, Fantôme », ordonna le garçon. Le loup-garou s'assit. Son regard sanglant ne lâchait pas Tyrion. Jon passa derrière le nain, lui glissa ses mains sous les bras et, sans effort, le remit sur pied. Puis il alla ramasser le livre, le lui rendit. D'un revers de main, Tyrion se débarbouilla la bouche.

« Pourquoi m'a-t-il attaqué ? demanda-t-il avec un regard oblique du côté du loup.

— Peut-être vous a-t-il pris pour une tarasque. »

Le nain lui décocha un coup d'œil acerbe puis se mit à rire, d'un rire de nez qui ressemblait à un irrépressible reniflement. « Bons dieux de bons dieux ! s'exclama-t-il, branlant du chef et toujours aussi suffoquant, je dois avoir, en effet, plus ou moins l'air d'une tarasque… ! Et aux snarks, il fait quoi ?

— Peu vous chaut. » Jon ramassa la gourde, la lui tendit.

Tyrion la déboucha, renversa la tête et propulsa dans sa bouche un long filet de vin qui lui fit l'effet d'un feu glacé dans la gorge, chaud dans le ventre. « Tu en veux ? » dit-il.

Jon saisit la gourde et, prudemment, lui soutira une gorgée. « C'est vrai, n'est-ce pas ? reprit-il ensuite. Ce que vous m'avez dit de la Garde de Nuit ? »

Tyrion acquiesça d'un signe.

Jon esquissa une moue farouche. « S'il en est ainsi, il en est ainsi. »

Tyrion lui sourit. « Bravo, bâtard. La plupart des hommes aiment mieux nier les vérités dures que les affronter.

— La plupart. Pas vous.

— Non, pas moi. Il ne m'arrive même presque plus de rêver de dragons. Les dragons n'existent pas. » Il récupéra sa pelisse tombée à terre. « Viens, nous ferons bien de regagner le camp avant que ton oncle ne batte le ban. »

La route n'était pas longue, mais le sol raboteux mettait à rude épreuve ses jambes nouées de crampes. Jon Snow lui offrit une main secourable pour franchir un fouillis de grosses racines, mais il refusa d'un geste. Il s'en tirerait par ses seuls moyens, comme accoutumé. La vue du camp n'en fut pas moins la bienvenue. Des abris de fortune s'adossaient désormais au mur délabré d'un ancien fort abandonné de longue date et qui couperait le vent. Les chevaux avaient leur pâture, le feu flambait. Assis sur une pierre, Yoren écorchait un écureuil. Le fumet délicieux du ragoût dilata les narines de Tyrion. Il se traîna jusqu'à l'endroit où l'un de ses hommes, Morrec, surveillait la marmite. Sans un mot, celui-ci lui passa la cuiller. Il goûta, la rendit. « Ajoute du poivre », dit-il.

Au même instant, Benjen Stark sortait de l'abri qu'il partagerait avec son neveu. « Vous voilà, quand même. Sacrebleu, Jon, ne file donc pas comme ça, tout seul ! Je commençais à croire que les Autres t'avaient eu.

— C'étaient des tarasques », dit en riant Tyrion. Jon sourit. Déconcerté, Stark se tourna vers Yoren. Le vieux haussa les épaules, émit un grognement, puis reprit sa rouge besogne.

L'écureuil alla compléter le ragoût, qu'on dégusta, ce soir-là, autour du feu, avec du pain noir et du fromage dur. Tyrion fit tant et si bien circuler sa gourde que Yoren lui-même en devint moelleux. Puis, un à un, tous se retirèrent pour dormir, tous sauf Jon Snow à qui était échue la première veille.

Comme toujours, Tyrion fut le dernier à se replier. Au moment de pénétrer dans l'abri que ses hommes avaient bricolé pour lui, il s'immobilisa, se retourna. Debout près du feu, le garçon fixait intensément les flammes d'un air calme et sévère.

Tyrion Lannister sourit tristement et alla se coucher.

CATELYN

Huit jours après le départ de Ned et des filles, mestre Luwin vint la rejoindre un soir au chevet de Bran. Il portait une lampe et de lourds registres. « Nous avons déjà trop tardé à vérifier les comptes, madame, dit-il. Sans doute vous plaira-t-il de savoir ce que nous coûte la visite royale. »

Elle regarda Bran sur son lit de douleurs et repoussa les cheveux qui lui couvraient le front. Ils étaient très longs, maintenant. Elle devrait les lui couper bientôt. « Je n'ai que faire d'examiner les comptes, mestre Luwin, dit-elle enfin, sans lâcher son fils des yeux. Je sais ce que nous coûte la visite royale. Emportez vos livres.

— Madame…, les gens du roi avaient un appétit d'ogres. Il convient de réapprovisionner nos magasins avant…

— J'ai dit, coupa-t-elle, emportez vos livres. L'intendant saura pourvoir à nos besoins.

— Nous n'avons plus d'intendant », lui rappela-t-il. Aussi opiniâtre qu'un vieux raton, pensa-t-elle. « Poole est parti pour le sud organiser la maisonnée de lord Eddard à Port-Réal. »

Elle opina d'un air absent. « Oui oui. Je sais bien. » Bran était si pâle. Ne pourrait-on déplacer son lit jusque sous la fenêtre ? Il y jouirait du soleil, le matin.

Mestre Luwin installa la lampe dans une niche, à côté de la porte, en tripota la mèche. « Maintes nominations requièrent d'urgence votre attention, madame. En plus de l'intendant, nous devons remplacer Jory comme capitaine des gardes, trouver un nouveau maître d'écurie… »

Elle parut chercher des yeux quelque chose à mordre et le découvrir enfin. « Un maître d'écurie ? dit-elle d'une voix cinglante comme un fouet.

— Oui, madame, bafouilla le mestre. Comme Hullen est parti pour le sud avec lord…

— Mon fils est rompu, Luwin, il se meurt, et vous souhaiteriez me voir débattre d'un nouveau maître d'*écurie* ? Croyez-vous que je me soucie de ce qui se passe dans les écuries ? Croyez-vous que cela m'importe le moins du monde ? Je saignerais avec joie de mes propres mains chaque cheval de Winterfell, si Bran pouvait en rouvrir les yeux ! Comprenez-vous cela ? Le *concevez*-vous ? »

Il s'inclina. « Oui, madame, mais les nominations…

— Je me chargerai des nominations », dit Robb.

Sans que Catelyn l'eût entendu entrer, il se tenait là, dans l'embrasure de la porte, les yeux sur elle. Soudain rouge de confusion, elle se rendit compte qu'elle avait hurlé. Que lui arrivait-il ? L'épuisement. Et ces migraines incessantes.

Le regard de mestre Luwin se reporta de la mère sur le fils. « J'ai préparé une liste de remplaçants éventuels », dit-il en tirant de sa manche un papier qu'il tendit à celui-ci.

Pendant que Robb examinait les noms, elle vit qu'il venait du dehors. Le froid l'avait empourpré, le vent rendu hirsute. « Bons candidats, dit-il en rendant le document. Nous en parlerons demain.

— Comme il vous plaira, messire. » Le papier redisparut dans la manche.

« Laissez-nous, maintenant », dit Robb. Après que mestre Luwin se fut retiré sur une révérence, il ferma la porte et se tourna vers Catelyn. Il portait une épée. « Que faites-vous, Mère ? »

Elle avait toujours pensé qu'il lui ressemblait. Il avait, à l'instar de Bran, de Rickon, de Sansa, le teint des Tully, leurs cheveux auburn, leurs yeux bleus. Et voilà que, pour la première fois, elle lui trouvait quelque chose de Ned, un rien d'âpre et d'austère comme le nord. « Ce que je fais ? reprit-elle en écho, suffoquée. Comment peux-tu poser une question pareille ? Tu te figures que je fais quoi ? Je soigne ton frère. Je soigne Bran.

— Faut-il le prendre au pied de la lettre ? Vous n'avez pas quitté cette pièce depuis l'accident de Bran. Vous n'êtes même pas venue à la poterne lorsque Père et les filles sont parties.

— Je leur ai fait mes adieux ici, et j'ai assisté à leur départ depuis la fenêtre. » Elle avait conjuré Ned de ne pas partir, pas maintenant, pas après ce qui s'était passé ; tout était changé, désormais, ne le voyait-il pas ? En vain. Il n'avait pas le choix, disait-il. Comme si partir n'était pas choisir… « Je ne puis laisser Bran. Pas même un instant. Pas quand chaque instant peut être le dernier. Il me faut être avec lui, si… si… » Elle prit la main molle du petit, l'emprisonna dans les siennes. Tout frêle et transparent qu'il était, sans plus de force, Catelyn percevait encore, à travers la peau, la chaleur de la vie.

« Il ne mourra pas, Mère, dit Robb d'une voix radoucie. Mestre Luwin assure que le pire est passé.

— Et si mestre Luwin se trompe ? Et si Bran a besoin de moi, et que je ne sois pas là ?

— *Rickon* a besoin de vous, répliqua-t-il d'un ton coupant. Il n'a que trois ans, il ne comprend pas ce qui lui arrive. Persuadé que tout le monde l'abandonne, il me suit sans cesse et partout, se cramponne à ma jambe en pleurant. Je ne sais par quel bout le prendre. » Pendant un moment, il se mâchonna la lèvre inférieure, ainsi qu'il l'avait fait, enfant. « J'ai aussi besoin de vous, moi, Mère. J'ai beau essayer, je ne puis…, je ne puis me débrouiller tout seul. » À l'émotion qui lui brisa soudain la voix, Catelyn se souvint qu'il avait seulement quatorze ans. Elle eut envie de se lever pour aller vers lui, mais la main de Bran dans les siennes l'empêcha d'en rien faire.

Dehors, un loup se mit à hurler et Catelyn, une seconde, à trembler.

« Celui de Bran. » Robb ouvrit la fenêtre et laissa l'air de la nuit combattre l'atmosphère confinée de la tour. Le hurlement s'amplifia. On y percevait le froid, la solitude, la nostalgie, le désespoir.

« S'il te plaît, dit-elle, Bran a besoin de rester au chaud.

— Il a besoin de les entendre chanter. » Quelque part, au fin fond de Winterfell, un deuxième loup fit chorus avec le premier. Puis, plus près, un troisième. « Broussaille et Vent Gris, dit Robb, tandis que leurs voix s'élevaient et retombaient de concert. On les distingue, à condition d'écouter attentivement. »

Catelyn grelottait. Par la faute du chagrin, du froid, du hurlement des loups-garous. Nuit après nuit, le hurlement et le vent froid et le désert gris du château, tout cela perdurait, immuable, alors que son Bran gisait là, brisé, Bran, le plus doux de ses enfants, le plus charmant, Bran qui aimait rire et grimper et qui rêvait de chevalerie, terminé, cela, jamais plus elle n'entendrait retentir son rire. Secouée de sanglots, elle libéra la main de Bran et se boucha les oreilles contre ces effroyables hurlements. « Fais-les taire ! cria-t-elle, je ne puis le supporter, fais-les taire, fais-les taire, tue-les, s'il le faut, mais fais-les *taire* ! »

Elle ne se souvenait pas d'être tombée. Et pourtant, elle se trouvait à terre, et Robb était en train de la relever, la soutenait de ses bras puissants. « N'ayez pas peur, Mère. Ils ne sauraient lui vouloir de mal. Jamais. » Il l'aida à gagner son petit lit, dans un coin de l'infirmerie. « Fermez les paupières, dit-il gentiment. Reposez-vous. Mestre Luwin prétend que vous avez à peine dormi, depuis la chute de Bran.

— *Je ne peux pas.* » Elle pleurait. « Les dieux me pardonnent, Robb, je ne peux pas, et s'il meurt, pendant que je suis assoupie, et s'il meurt, et s'il meurt… » Les loups hurlaient toujours. Elle se couvrit à nouveau les oreilles et cria : « Oh, bons dieux ! ferme la fenêtre !

— Si vous me jurez de dormir. » Il s'approcha de la fenêtre mais, comme il allait repousser les battants, de nouvelles voix se joignirent au hurlement funèbre des loups-garous. « Les chiens, dit-il, prêtant l'oreille. Ils se sont tous mis à aboyer. Ils ne l'avaient jamais fait auparavant… » Elle entendit sa respiration s'étrangler et, levant les yeux, fut frappée de sa pâleur. « *Le feu*, murmura-t-il.

Le feu, pensa-t-elle puis, *Bran* ! « Aide-moi, dit-elle d'un ton pressant tout en s'asseyant. Aide-moi pour Bran. »

Il parut ne pas entendre. « C'est à la tour de la bibliothèque. »

Par la fenêtre ouverte, Catelyn distinguait désormais le vacillement rougeâtre des flammes. Elle retomba, soulagée. Bran était sauvé. La bibliothèque se trouvant au-delà de la courtine, l'incendie ne les atteindrait jamais ici. « Loués soient les dieux », chuchota-t-elle.

Était-elle devenue folle ? « Restez ici, Mère. Je reviendrai dès qu'on aura éteint le feu », dit-il avant de se ruer dehors. Elle l'entendit jeter des ordres aux gardes puis dégringoler l'escalier quatre à quatre avec eux.

De la cour montaient parmi les appels : « Au feu ! », les cris, le tapage de galopades et des hennissements de terreur, l'aboiement forcené des chiens du château, mais le hurlement s'était tu. Elle tendit l'oreille. Oui, les loups se taisaient enfin.

Alors, tout en adressant des actions de grâces muettes aux sept faces du dieu, elle se rapprocha de la fenêtre. Derrière la prévôté, de longues flammes échappées de la bibliothèque léchaient les pierres de la tour, et des tourbillons de fumée noircissaient le ciel. Un instant, la pensée des livres accumulés là siècle après siècle par les Stark lui serra le cœur, puis elle ferma la fenêtre.

Un homme se trouvait dans la pièce, lorsqu'elle se retourna.

« Vous d'viez pas êt' ici, souffla-t-il d'un ton aigre, y d'vait y avoir personne, ici. »

Petit, sale et vêtu de brun crasseux, il puait le cheval. Catelyn connaissait chacun des palefreniers. Il n'était pas l'un d'eux. Les cheveux filasse qui pendouillaient sur ses yeux pâles et profondément enfoncés dans sa face osseuse lui donnaient un aspect sinistre, et il étreignait un poignard.

Catelyn jeta les yeux sur l'arme puis sur Bran. « Non ! » s'insurgea-t-elle, mais sa voix s'étrangla sur un murmure imperceptible.

Il avait dû entendre, néanmoins, car il répliqua : « C' lui faire grâce. L'est d'jà mort.

— Non ! » dit-elle, cette fois plus fort. La voix lui revenait. « Non, vous ne *pouvez* pas ! » Elle recula vers la fenêtre, dans l'espoir d'appeler à l'aide, mais l'individu réagit plus vite que prévu en lui jetant un bras autour de la nuque et, la bâillonnant d'une main, lui renversait la tête, tandis que, de l'autre, armée du poignard, il cherchait sa gorge. Il répandait une odeur infecte.

Des deux mains, elle empoigna la lame de toutes ses forces pour la repousser et, malgré les jurons haletés contre son oreille, malgré ses doigts ensanglantés, elle luttait farouchement. Sur sa bouche, l'étau se resserra pour mieux l'asphyxier. Tout en se démenant pour la libérer, Catelyn tentait de saisir la chair entre ses dents. Lorsqu'elle les y planta enfin, sauvagement, le grognement de l'agresseur lui donna l'énergie de mordre plus avant, de si bien déchiqueter la paume que l'individu lâcha soudain prise. Écœurée par le goût du sang, Catelyn prit son souffle, poussa un cri. L'homme la prit par les cheveux et l'écarta d'un mouvement si brusque qu'elle trébucha, tomba. Hors d'haleine et tremblant de tous ses membres, il se dressait au-dessus d'elle et, les doigts toujours crispés autour du manche du poignard maculé de sang, répétait bêtement : « Vous d'viez pas êt' ici. »

Derrière lui, Catelyn entr'aperçut l'ombre qui se faufilait par la porte entrebâillée. Elle crut discerner comme un grognement vague, la silhouette infime d'un grondement, tout au plus le murmure d'une menace, mais l'assassin dut le percevoir aussi, parce qu'il esquissait le geste de se retourner quand le loup lui bondit à la gorge, le renversant à demi sur Catelyn. L'homme eut à peine le temps de pousser un cri strident. Déjà le loup, d'un brusque mouvement de tête, lui arrachait la moitié du gosier.

Et une pluie chaude éclaboussa la figure de Catelyn.

Les babines dégouttantes de sang, le loup la regardait d'un regard qui, dans la pénombre, se moirait d'or. Le loup de Bran… Bel et bien lui. « Merci », murmura-t-elle tout bas. Elle leva une main tremblante. Le loup s'approcha, lui flaira les doigts puis, de sa langue chaude et un rien râpeuse, en lécha les plaies. Cela fait, il se détourna et, d'un bond, s'en fut se coucher aux côtés de Bran, tandis qu'un rire hystérique faisait se tordre Catelyn.

C'est en cet état quÉe la découvrirent Robb et mestre Luwin lorsqu'ils firent irruption dans la pièce avec la moitié des gardes de Winterfell. On attendit que son hilarité se fût un peu apaisée pour l'envelopper dans des couvertures et la reconduire à ses propres appartements. Alors, Vieille Nan la dévêtit, lui fit prendre un bain bouillant, nettoya ses blessures, et mestre Luwin vint les panser. Elle avait les doigts tailladés presque jusqu'à l'os, le cuir chevelu entamé. Et comme elle commençait à souffrir vraiment, il lui administra du lait de pavot pour l'aider à dormir.

En rouvrant les yeux, elle apprit qu'elle avait dormi quatre jours d'affilée. Encore tout engourdie, elle se mit sur son séant. Elle avait l'impression que, depuis la chute de Bran, sa vie n'avait été qu'un cauchemar, un cauchemar atroce de chagrin, de sang, mais ses douleurs aux mains lui confirmaient trop qu'elle n'avait pas rêvé. Toutefois, si elle se sentait toute molle et la tête vide, une étrange résolution l'habitait désormais ; il lui semblait être délestée d'un énorme poids.

« Apportez-moi du miel et du pain, dit-elle à ses servantes, et mandez à mestre Luwin qu'il faut changer mes pansements. »

À la stupeur qui accueillit d'abord ses ordres, elle se rendit soudain compte de son attitude antérieure et rougit d'avoir ainsi pu délaisser ses enfants, son mari, sa maison. Cela ne se reproduirait pas. Elle montrerait dorénavant à ces gens du nord de quoi était capable une Tully de Vivesaigues.

Robb vint la voir avant qu'elle ne se fût restaurée. Sanglé d'une cotte de mailles, vêtu de cuir bouilli et ceint d'une épée, il était escorté de ser Rodrik, de Theon Greyjoy et d'un homme imposant par sa musculature et sa barbe brune, Hallis Mollen, qu'il lui présenta comme le nouveau capitaine des gardes.

« A-t-on identifié mon agresseur ? demanda-t-elle.

— Personne ne connaît son nom, répondit Mollen. Il n'était pas de Winterfell, m'dame, mais des témoins l'ont vu rôder ces dernières semaines dans le château.

— Alors, il appartenait à la suite du roi, conclut-elle, ou à celle des Lannister. Il a dû rester à la traîne après leur départ.

— Il se peut. Mais il y avait ici trop d'étrangers, ces derniers temps, pour qu'il soit possible de déterminer qui l'appointait.

— Il se cachait dans les écuries, intervint Greyjoy. L'odeur le prouvait assez…

— Et comment, dans ce cas, ne s'est-il pas fait repérer ? répliqua-t-elle avec âpreté.

— C'est qu'entre les chevaux qu'a emmenés lord Eddard, bredouilla Mollen, et ceux que nous avons envoyés à la Garde de Nuit, nombre de stalles se retrouvaient vacantes. Se cacher des palefreniers devenait un jeu d'enfant. Hodor l'a peut-être vu, certains ont trouvé son comportement bizarre, mais comme il est simple d'esprit… » Un branlement de tête compléta sa phrase.

« Nous avons découvert l'endroit où il couchait, précisa Robb. Il avait enfoui sous la paille une bourse de cuir qui contenait quatre-vingt-dix cerfs d'or.

— Je suis heureuse d'apprendre qu'on payait correctement la vie de mon fils, dit-elle amèrement.

— Sauf votre respect, m'dame, repartit Mollen d'un air ahuri, vous…, vous voulez dire qu'il venait tuer *le petit* ?

— C'est délirant ! s'écria Greyjoy, sceptique.

— Il venait pour Bran, martela-t-elle. Il n'a cessé de bafouiller que je n'aurais pas dû me trouver là. En mettant le feu à la bibliothèque, il comptait que je me précipiterais pour l'éteindre en emmenant les gardes. Sans le chagrin qui me rendait à demi folle, son plan marchait.

— Mais qui pourrait désirer la mort de Bran, et pourquoi ? demanda Robb. Il n'est qu'un gosse, bons dieux ! impuissant et dans le coma… »

Elle lui jeta un regard de défi. « Justement, Robb. Si tu dois jamais gouverner le nord, il te faut réfléchir puis répondre à ta propre question. Oui, pourquoi voudrait-on tuer un gosse dans le coma ? »

Il n'eut pas le temps de répondre, les servantes entraient, apportant de la cuisine un déjeuner beaucoup plus copieux que requis : pain chaud, beurre, miel, confiture de mûres, lard fumé, œuf à la coque, fromage, thé à la menthe. Au même instant survint mestre Luwin.

« Comment va mon fils, mestre ? » La vue de tous ces mets lui révélait qu'elle n'avait pas faim.

« État stationnaire, madame », répondit-il en baissant les yeux.

Exactement les termes qu'elle prévoyait. Ni plus ni moins. Ses plaies aux mains la lancinèrent comme si la lame les affouillait encore, toujours plus avant. Après avoir congédié ses femmes, elle se retourna vers Robb. « Tu as fini par trouver ?

— Quelqu'un craint que Bran ne se réveille. Craint ce qu'il pourrait alors dire ou faire. Craint qu'il ne révèle un secret connu de lui seul.

— Parfait », approuva-t-elle. Puis, s'adressant au nouveau capitaine des gardes : « Il faut veiller sur Bran. D'autres tueurs pourraient se présenter.

— Combien d'hommes voulez-vous, m'dame ?

— Aussi longtemps que se prolongera l'absence de lord Eddard, mon fils commande, à Winterfell. »

Grandi par ces mots, Robb ordonna : « Un dans la chambre, nuit et jour, un devant la porte, deux au bas de l'escalier. Que nul n'accède au chevet de mon frère sans autorisation de ma mère ou de moi.

— Bien, m'sire.

— Et à l'instant, suggéra-t-elle.

— Que le loup reste auprès de lui, reprit Robb.

— Oui », acquiesça-t-elle. Et elle répéta : « Oui. »

Hallis Mollen s'inclina et sortit.

« Lady Stark, intervint ser Rodrik sur ces entrefaites, auriez-vous remarqué le poignard utilisé par le meurtrier ?

— Les circonstances ne m'ont guère laissé le loisir de l'examiner, mais je me porte garante de son tranchant, répliqua-t-elle avec un sourire teinté d'ironie. Mais pourquoi cette question ?

— Nous l'avons retrouvé dans la main du cadavre, et, après analyse attentive, il m'a paru beaucoup trop précieux pour un tel gredin. Sa lame est d'acier valyrien, sa poignée d'os de dragon. Pareille arme jure avec son porteur. Quelqu'un a dû la lui donner. »

Catelyn opina, pensive. « Robb, ferme la porte. »

Il sembla surpris mais obtempéra.

« Ce que je vais vous confier ne doit pas sortir de cette pièce, dit-elle alors. J'exige votre parole. Si ce que je soupçonne est vrai, ne fût-ce qu'en partie, Ned et mes filles risquent actuellement leur vie, et un seul mot à des oreilles ennemies signifierait leur arrêt de mort.

— Lord Eddard m'est un second père, dit Theon Greyjoy. Je jure de me taire.

— Je le jure aussi, dit mestre Luwin.

— Moi de même, madame, dit ser Rodrik.

— Et toi, Robb ? »

Il acquiesça d'un signe de tête.

« Ma sœur Lysa est convaincue que les Lannister ont assassiné son mari, lord Arryn, alors Main du Roi, dit-elle. Or, il me revient que Jaime Lannister ne suivit pas la chasse et resta au château, le jour de la chute de Bran. » Un silence de mort accueillit ces mots. « À mon avis, Bran n'est pas tombé de la tour. Quelqu'un l'a poussé. »

Les quatre hommes accusèrent le choc par des expressions horrifiées. « C'est une hypothèse monstrueuse, madame, protesta Rodrik. Le Régicide en personne répugnerait au meurtre d'un enfant sans défense !

— Vraiment ? dit Theon. Je me le demande.

— L'orgueil des Lannister est comme leur ambition : sans limites, affirma Catelyn.

— Le petit avait toujours fait preuve, en effet, d'une telle sûreté…, pensa tout haut mestre Luwin. Il connaissait pierre par pierre tout Winterfell…

— *Bons dieux* ! jura Robb, ses traits juvéniles assombris par l'indignation. S'il a fait cela, il me le paiera. » Dégainant son épée, il la brandit. « Je le tuerai de mes propres mains ! »

Ser Rodrik s'insurgea : « Remisez-moi ça ! Des centaines de lieues vous séparent des Lannister. Ne *tirez* jamais l'épée que pour l'utiliser vraiment. Combien de fois devrai-je encore vous le répéter, jeune fou ? »

Décontenancé par cette mercuriale, Robb rengaina si piteusement qu'il eut tout à coup l'air d'un simple écolier. « Je vois qu'il porte de l'acier, maintenant ? dit Catelyn au maître d'armes.

— J'ai jugé le moment venu », s'excusa celui-ci.

D'un air anxieux, Robb attendait le verdict de sa mère. « Plus que venu, dit-elle. Winterfell pourrait avoir sous peu besoin de toutes ses épées. Mieux vaudra qu'alors elles ne soient pas de bois. »

Portant la main à la sienne, Greyjoy lui repartit : « Si l'on en vient là, madame, votre maison peut compter sur la gratitude de la mienne. »

Mestre Luwin, cependant, triturait sa chaîne au point sensible, selon son tic. « Nous n'en sommes qu'aux conjectures, intervint-il enfin, posément. La reine serait furieuse de nous entendre accuser si légèrement son frère bien-aimé. Il nous faut soit acquérir des preuves, soit observer un silence éternel.

— La preuve en est le poignard, rétorqua ser Rodrik. Un pareil joyau ne saurait être passé inaperçu. »

À ce détail près, songea brusquement Catelyn, que la lumière ne jaillirait que dans un seul lieu du monde…

« Il faut que quelqu'un se rende à Port-Réal.

— Moi, dit Robb.

— Non, répliqua-t-elle. Ta place est ici. Winterfell ne saurait se passer d'un Stark. » Elle jeta successivement les yeux sur les grands favoris blancs de ser Rodrik, sur mestre Luwin, dans ses robes grises, sur la figure maigre et sombre du fougueux Greyjoy. Lequel envoyer ? Lequel paraîtrait plus digne de foi ? Alors, elle sut. Repoussant gauchement ses couvertures de ses doigts bandés qui l'entravaient comme autant de pierres, elle sauta à bas du lit. « Je dois y aller moi-même.

— Est-ce bien prudent, madame ? objecta mestre Luwin. Votre arrivée ne manquera pas d'alerter les Lannister…

— Et Bran ? » demanda Robb. Maintenant, le pauvre garçon se montrait totalement désemparé. « Vous ne pouvez le laisser.

— J'ai fait tout mon possible pour Bran, dit-elle en lui posant une main blessée sur le bras. Sa vie est entre les mains des dieux et de mestre Luwin. Tu me l'as rappelé toi-même, Robb, je me dois désormais à mes autres enfants.

— Il vous faudra une forte escorte, madame, opina Theon.

— Je vous adjoindrai Mollen à la tête d'une escouade, proposa Robb.

— Non, dit-elle. Une troupe nombreuse éveille l'attention, et ce n'est certes pas souhaitable. Je préférerais que les Lannister ignorent ma venue.

— Au moins, laissez-moi vous accompagner, madame, protesta Rodrik. La grand-route n'est pas sans danger pour une femme seule.

— Je ne compte pas l'emprunter », riposta-t-elle. Après un instant de réflexion, elle reprit néanmoins : « Deux cavaliers vont aussi vite qu'un seul, et beaucoup plus vite qu'une longue colonne encombrée de chariots et de carrosses. J'accepte de grand cœur votre offre, ser Rodrik. Nous descendrons la Blanchedague jusqu'à la mer, affréterons un bateau à Blancport. Je veux être damnée si des chevaux solides et la brise alerte ne nous font devancer d'une bonne tête Ned et les Lannnister. » *Et alors*, se promit-elle en son for, *nous verrons ce que nous verrons.*

SANSA

« Lord Eddard est parti dès avant l'aube, lui apprit septa Mordane au cours du déjeuner. Le roi l'a envoyé quérir. Quelque nouvelle chasse, je présume… On m'assure qu'il subsiste des aurochs sauvages, dans ces parages.

— Je n'en ai jamais vu », dit Sansa, tout en tendant à Lady, sous la table, un morceau de lard. La louve le lui prit des doigts avec autant de délicatesse qu'une reine.

Septa Mordane émit un reniflement de réprobation. « Une dame bien née ne nourrit pas de chiens à table, édicta-t-elle, tout en brisant un rayon de miel qu'elle fit ensuite dégoutter sur son pain.

— Lady n'est pas un chien mais un loup-garou, rectifia Sansa, laissant celle-ci lui lécher la main de sa langue rêche, et, de toute façon, Père nous a permis de nous en faire suivre à notre guise. »

La vieille ne s'inclina pas pour si peu. « Vous êtes une perle, Sansa, mais, je vous le déclare, aussi mauvaise tête que votre sœur dès qu'il est question de ces sales bêtes ! Mais…, se renfrogna-t-elle, j'y pense, où est donc Arya, ce matin ?

— Elle n'avait pas faim », répondit Sansa, peu soucieuse de révéler que sa sœur s'était éclipsée depuis des heures vers les cuisines et avait dû y déjeuner en embobinant quelque marmiton.

« Veuillez la faire souvenir de revêtir ses plus jolis atours, aujourd'hui. Sa robe de velours gris, par exemple. La reine et la princesse Myrcella nous ayant conviées dans leur carrosse, il convient de paraître à notre avantage. »

À son avantage, Sansa l'était déjà. Parée de ses plus jolies soies bleues, elle avait si méticuleusement brossé ses longs cheveux auburn que ceux-ci brillaient d'un éclat sans pareil. Elle n'avait, de la semaine, vécu que dans l'attente du jour glorieux où la reine l'inviterait dans sa voiture, ainsi que dans l'espoir d'y rencontrer le prince Joffrey. Son promis. Quoique leur mariage ne dût intervenir qu'après bien des années, cette seule pensée lui donnait de secrètes et mystérieuses palpitations. Certes, elle ne le *connaissait* guère encore, mais elle en était déjà éprise. Avec sa haute taille, sa beauté, sa force physique et ses cheveux d'or, il correspondait point par point à l'image du prince idéal qu'elle s'était forgée. Elle prisait d'autant plus les moments passés en sa compagnie que les occasions en étaient plus rares. Seule l'inquiétait en ce grand jour l'attitude d'Arya. Nul mieux qu'Arya ne possédait l'art de tout gâcher. On ne pouvait, avec elle, s'attendre qu'à l'imprévisible. « Je lui en parlerai, promit-elle évasivement, mais elle risque de s'habiller comme les autres jours. » Restait à espérer que ce ne fût pas trop choquant… « Avec votre permission ?

— Faites », consentit Mordane en se resservant de pain et de miel, tandis que Sansa se coulait hors du banc puis, suivie de Lady, quittait en courant la salle commune de l'auberge.

À l'extérieur, elle se laissa un moment étourdir par les cris, les jurons, les grincements de roues en bois, l'agitation fébrile des uns démontant tentes et pavillons, des autres chargeant les chariots pour une nouvelle journée de marche. Si vaste qu'elle fût, la plus vaste en tout cas qu'eût jamais vue Sansa, l'auberge, avec ses trois niveaux de pierre blafarde, n'avait pu loger qu'un petit tiers des quatre cents personnes que, pour le moins, comptait l'escorte royale, à présent que s'y était adjointe la maisonnée de lord Stark, ainsi que des francs-coureurs récoltés en route.

Sur les bords du Trident, Sansa découvrit enfin sa sœur, à qui Nymeria donnait du fil à retordre en rechignant à se laisser décrotter. Manifestement, la louve n'aimait pas la brosse. Arya portait, quant à elle, ses vêtements de cuir de la veille et de l'avant-veille.

« Tu devrais aller te mettre quelque chose de plus coquet, conseilla Sansa. Septa Mordane m'a priée de te le rappeler, puisque aujourd'hui nous voyageons dans le carrosse de la reine, avec la princesse Myrcella.

— Moi pas, déclara Arya, sans cesser pour autant de démêler la fourrure grise. Mycah m'emmène vers l'amont chercher des rubis dans le gué.

— Des rubis… ? s'ébahit Sansa. Quels rubis ? »

La dernière des gourdes, décidément. « Les rubis de *Rhaegar.* À l'endroit où le roi Robert conquit la couronne en le tuant. »

Elle avait beau s'écarquiller, Sansa doutait de ses oreilles. « Mais tu ne peux pas courir après les rubis ! la princesse compte sur nous. La reine nous a invitées toutes deux.

— Je m'en fiche. Tu parles d'un carrosse. Il n'a même pas de *fenêtres*. On ne peut rien voir.

— Que voudrais-tu voir ? » gémit Sansa, désolée. Elle s'était fait une fête de l'invitation, et voilà que cette petite idiote allait, exactement comme appréhendé, tout gâcher. « Il n'y a rien d'autre à voir que des champs, des fermes et des fortins.

— *Faux*, s'entêta la maigrichonne. Si tu nous accompagnais, parfois, tu verrais.

— Je *déteste* monter ! répliqua-t-elle passionnément. On n'y gagne que de se friper, crotter, cabosser ! »

Arya haussa les épaules. « Du *calme* ! ordonna-t-elle à Nymeria, je ne te fais pas mal. » Puis, à Sansa : « Pendant que nous traversions le Neck, j'ai dénombré trente-six espèces de fleurs jusqu'alors inconnues de moi, et Mycah m'a montré un lézard-lion. »

Au seul nom du Neck, Sansa frissonna de dégoût. Douze jours pour le traverser, douze de bringuebale tournicotante à travers cet interminable bourbier noir, douze de répugnance sans répit. L'atmosphère en était humide et froide et gluante, la chaussée si resserrée qu'il fallait vaille que vaille y camper la nuit, cerné par d'inextricables halliers dont les arbres, à demi noyés, pendouillaient lamentablement sous des linceuls de lichens blêmes. D'énormes fleurs émaillaient la fange ou stagnaient sur des mares croupies, et si vous étiez assez sot pour vous écarter de la route afin d'en cueillir, des sables mouvants tentaient de vous déglutir, des serpents vous guettaient dans les branches, des lézards-lions, semblables à des bûches équipées d'yeux, de dents, déroulaient leur croupe charbonneuse au ras du marais.

Il en eût fallu davantage, évidemment, pour dissuader Arya. Un jour l'avait vue revenir, épanouie de toute sa ganache et boueuse de pied en cap, le poil en broussaille, avec une gerbe hétéroclite de fleurs vineuses et bilieuses destinées à Père. Or, au lieu de la morigéner, comme y comptait Sansa, de l'inviter à se conduire en demoiselle de haut parage, Père la pressa sur son cœur en la remerciant. La meilleure manière de la rendre pire…

Là-dessus, les fleurs vineuses se révélèrent être des *baisers-du-diable*, et l'urticaire lui rougit les bras. Allait-elle enfin comprendre la leçon ? Loin de là. L'épreuve la fit rire et, le lendemain, lui inspira de se tartiner de *boue*, comme la dernière des buses locales, et ce pourquoi, je vous prie ? parce que son ami Myrah prétendait ce remède souverain contre le prurit ! Elle était aussi couverte jusqu'aux épaules de contusions, s'aperçut Sansa à l'heure du coucher. Des boursouflures d'un violet sombre, des taches d'un bleu sulfureux. Les sept dieux savaient seuls où s'attrapait *cela*.

Tout en continuant d'étriller la louve, Arya détaillait toujours les prétendues merveilles découvertes en route. « La semaine dernière, nous avons retrouvé le fameux fort hanté. La veille, nous avions poursuivi une harde de chevaux sauvages. Tu aurais vu leur affolement quand ils ont flairé Nymeria ! » Comme la louve se débattait pour lui échapper, elle la tança : « Un peu de patience ! il reste encore l'autre côté, tu es toute crottée…

— Il n'est pas permis de quitter la colonne, rappela Sansa. Père l'a bien dit…

— Bah, répliqua-t-elle avec une moue de dédain, je ne m'en suis guère écartée. Puis Nymeria m'accompagnait. De toute façon, j'y reste souvent. Je m'amuse seulement à courir le long des chariots pour bavarder avec les gens. »

Et quelles gens… Comment pouvait-elle se complaire en la compagnie d'écuyers, de palefreniers, de bonniches, de vieux et de nouveau-nés, de francs-coureurs triviaux et d'origine obscure ? Comment pouvait-elle se lier d'amitié avec *n'importe qui* ? Le pire de tous étant son Mycah. Que lui trouvait-elle, à ce rustaud, ce garçon boucher de treize ans qui, couchant dans le fourgon à viande, sentait à plein nez l'abattoir ? Son seul aspect vous levait le cœur. Comment pouvait-elle le lui préférer ?

Sansa finit par s'impatienter. « Il faut que tu m'accompagnes, dit-elle fermement. Tu ne saurais refuser la reine. Septa Mordane compte sur toi. »

Peine perdue, Arya fit la sourde oreille et, comme Nymeria répliquait à une brusque secousse de la brosse en s'esquivant sur un grognement indigné, « Ici ! cria-t-elle.

— On servira des gâteaux au citron et du thé », reprit Sansa, de son ton raisonnable d'adulte, tout en décernant à Lady qui se frottait contre sa jambe le grattouillis d'oreilles quémandé, pendant qu'Arya poursuivait sa louve. « Entre l'agrément de monter un vieux bidet puant, de se salir, de transpirer et celui de se prélasser sur des coussins de plume et de grignoter des gâteaux en compagnie de la reine, tu ne vas quand même pas hésiter ?

— Je n'aime pas la reine », lâcha sa cadette avec une désinvolture qui la suffoqua. Comment pouvait-elle, elle, sa propre sœur, proférer pareille énormité ? « D'ailleurs, poursuivit l'étourdie, elle ne me permettrait pas d'amener Nymeria. » Glissant la brosse dans sa ceinture, elle avança sur la louve qui la guignait avec circonspection.

« Les *loups* n'ont rien à faire dans un carrosse royal, objecta Sansa. Puis tu sais bien que la princesse Myrcella en a peur.

— Comme un bébé qu'elle est », riposta-t-elle tout en saisissant Nymeria par la peau du cou. Mais, dès que reparut la brosse, la bête se libéra et, d'un bond, se mit hors de portée. « Méchant loup ! » cria Arya.

À ces mots, Sansa ne put réprimer un sourire. « Tel maître, tel chien », lui avait dit un jour le maître piqueux. Une vive caresse à Lady lui valut sur la joue un grand coup de langue qui lui arracha un rire chatouilleux. Se retournant brusquement, Arya fixa sur elle un regard furibond. « Tu peux dire ce que tu veux, je monterai tout de même, aujourd'hui. » Sa longue face chevaline avait pris l'expression butée des décisions irrévocables.

« Les dieux m'en sont témoins, ta conduite est parfois *puérile*, Arya… J'irai donc seule, et le plaisir n'en sera que plus grand. Lady et moi, nous mangerons tous les gâteaux au citron, nous n'avons que faire de ta présence pour savourer ce bon moment. »

Elle s'éloignait déjà quand sa sœur lui cria : « Ils ne te permettront pas non plus d'emmener Lady ! » puis, sans lui laisser même le loisir de méditer une riposte, s'élança, le long de la rivière, sur les traces de Nymeria.

Passablement mortifiée, Sansa reprit avec mélancolie le chemin de l'auberge où septa Mordane devait déjà s'impatienter. Le trottinement paisible de Lady près d'elle contribuait à l'attrister. Elle en aurait pleuré. Son vœu le plus cher était de vivre dans un monde aussi harmonieux et plaisant, voilà tout, que celui des chansons. Pourquoi fallait-il qu'Arya n'eût ni la suavité, ni la délicatesse, ni la gentillesse de la princesse Myrcella ? Quelle sœur idéale aurait fait celle-ci...

Il lui semblait inconcevable qu'avec une différence d'âge aussi minime Arya fût si différente, alors qu'elle n'était pas une bâtarde, comme Jon Snow, quitte d'ailleurs à lui *ressembler.* Elle était aussi Stark que lui, avec sa longue figure et ses cheveux bruns. Rien, dans ses traits ni dans son teint, ne rappelait Mère. Et la rumeur attribuait à Jon une mère *du commun.* Sansa se souvenait d'avoir, des années plus tôt, interrogé lady Stark sur l'éventualité d'une substitution d'enfants : les tarasques ne lui auraient-elles pas volé sa *véritable* sœur ? Mère s'était contentée de rire puis de dire : « Non. Arya est bien ta sœur, ta sœur légitime, le sang de notre sang. » Et comme elle n'avait aucune raison de mentir, cela devait être la vérité.

Comme elle approchait du centre du camp, son désarroi ne tarda pas à se dissiper. On s'attroupait autour du carrosse royal, et cent voix fiévreuses bourdonnaient là comme un essaim d'abeilles. Les portières étaient grandes ouvertes, et la reine, debout en haut du marchepied de bois, souriait à quelque adulateur. « Le Conseil nous accorde là une faveur insigne, beaux seigneurs, dit-elle.

— Que se passe-t-il ? demanda Sansa à un écuyer de sa connaissance.

— Le Conseil a dépêché de Port-Réal des cavaliers pour nous escorter jusque-là, répondit-il. Une garde d'honneur pour le roi. »

Afin de satisfaire au plus tôt sa propre curiosité, Sansa se fit précéder de Lady. La presse s'ouvrit alors comme par miracle, et elle vit, agenouillés devant la reine, deux chevaliers revêtus d'armures si somptueuses que leur splendeur la fit papilloter.

Au soleil, celle du premier, composée d'écailles d'émail aussi blanches qu'un matin de neige, flamboyait de niellures et d'agrafes d'argent. Une fois défait de son heaume, l'homme se révéla un vieillard. Mais si ses cheveux brillaient du même éclat que son costume, il semblait néanmoins combiner la vigueur et la grâce. La cape immaculée de la Garde l'enveloppait dans ses longs plis.

Bardé d'acier vert sombre, son compagnon devait avoir près de vingt ans. Jamais Sansa n'avait vu plus bel homme. Grand, puissamment taillé, il avait des cheveux de jais qui, lui tombant jusqu'aux épaules, encadraient son visage rasé de frais qu'illuminaient des yeux rieurs, du même ton que son armure. Sous l'un de ses bras reposait son heaume, orné d'andouillers et rutilant d'or.

De prime abord, Sansa n'avait pas remarqué le troisième étranger. Au lieu de s'agenouiller comme les précédents, il se tenait à l'écart, debout près des chevaux, et contemplait, maussade et coi, la cérémonie. Il avait une figure glabre et grêlée, la joue creuse et l'orbite cave. Sans être âgé, il ne lui restait guère de cheveux, quelques touffes qui végétaient sur ses oreilles, mais il les portait aussi longs que ceux d'une femme. Son armure, une simple cotte de mailles gris fer enfilée sur des hardes de cuir bouilli, avouait sans ambages la peine et les ans. Dépassant son épaule droite se discernait la poignée de cuir crasseuse d'un estramaçon. Une arme à manier des deux mains, trop longue pour la ceinture et qu'une sangle attachait dans le dos.

« Le roi est parti chasser mais, à son retour, il sera ravi de vous voir, je le sais », disait cependant la reine aux deux chevaliers toujours à genoux devant elle, mais le troisième fascinait Sansa. Il parut se sentir dévisagé car, lentement, il tourna la tête, et Lady gronda. Envahie d'une terreur sans précédent, Sansa eut un mouvement de recul et heurta quelqu'un.

De puissantes mains la saisirent aux épaules et, une seconde, elle se crut contre son père, avant de voir, inclinée vers elle, la trogne brûlée de Sandor Clegane. Une parodie de sourire lui tordant la bouche, il dit : « Tu trembles, petite… » Il avait une voix de crécelle. « Je te fais si peur ? »

Peur, oui. Et ce dès l'instant où elle avait posé les yeux sur les décombres de visage que lui avaient laissés le feu. Mais il lui paraissait moitié moins terrifiant que l'autre, désormais. Néanmoins, elle se dégagea, et le Limier se mit à rire, et Lady, se plaçant entre eux, grogna un avertissement. Sansa s'accroupit pour étreindre la louve, au milieu d'un cercle compact de badauds, bouches bées. Elle se sentait la cible des regards, entendait des murmures épars, des commentaires, des rires étouffés.

« Un loup », dit un homme, et un autre : « Un loup-garou, oui, par les sept enfers ! » Le premier reprit : « Qu'est-ce que ça vient fiche au camp ? », et la crécelle du Limier : « Ça sert de nourrices aux Stark », et Sansa vit les deux chevaliers étrangers penchés sur elle, l'épée au poing, et la peur la glaça de nouveau, la honte. Des larmes emplirent ses yeux.

La voix de la reine se fit entendre : « Va t'occuper d'elle, Joffrey. »

Et son prince fut là.

« Laissez-la », dit-il en s'inclinant vers elle, beau comme un dieu dans sa tenue de laine bleue, de cuir noir, avec ses boucles d'or scintillantes comme une couronne sous le soleil. Il lui tendit la main pour l'aider à se relever. « Qu'y a-t-il, chère dame ? Pourquoi vous effrayer ? Personne ne vous veut de mal. Rengainez donc, vous autres. Ce loup n'est qu'un petit animal familier. » À Sandor Clegane, il jeta : « Quant à toi, chien, va-t'en, tu épouvantes ma promise. »

Fidèle à sa loyauté coutumière, le Limier salua et, de son pas paisible, fendit la foule. Sansa, cependant, luttait pour recouvrer sa dignité. Elle s'était suffisamment ridiculisée. Elle, une Stark de Winterfell, une noble dame, elle, appelée à régner un jour. Elle tenta de s'expliquer : « Ce n'est pas lui qui m'épouvantait, cher prince, c'est l'autre homme. »

Les deux chevaliers étrangers échangèrent un regard. « Payne, ironisa le cadet.

— Ser Ilyn me fait souvent le même effet, chère dame, dit gentiment l'aîné. Il est d'aspect si redoutable...

— Autant qu'il sied. » Le cercle se rompit devant la reine. « Si les méchants ne frémissaient devant la justice du roi, c'est que l'on en aurait mal choisi le titulaire. »

À ces mots, Sansa recouvra sa présence d'esprit. « Dans ce cas, Votre Grâce, il était impossible de mieux choisir, dit-elle, à l'hilarité générale.

— Bien parlé, petite, approuva le vieil homme en blanc. En digne fille d'Eddard Stark. C'est un honneur pour moi que de me présenter à vous, fût-ce de manière si cavalière. » Il s'inclina. « Ser Barristan Selmy, de la Garde. »

Les bonnes manières enseignées depuis des années par septa Mordane reparurent instantanément. « Lord commandant de la Garde, acquiesça-t-elle, et conseiller de Robert, notre roi, et, précédemment, d'Aerys Targaryen. L'honneur est pour moi, chevalier. Les rhapsodes chantent jusque dans l'extrême-nord les hauts faits de Barristan le Hardi. »

Le chevalier vert se remit à rire. « Barristan l'Épuisé, plutôt ! Gardez-vous de le louanger trop, petite, il est déjà bien assez porté à se surestimer. » Il sourit avec malice. « À présent, damoiselle au loup, mettez donc un nom sur ma propre personne, et forcez-moi de convenir que vous êtes bien la fille de notre Main. »

Près d'elle, Joffrey se roidit. « Veuillez surveiller votre ton. Elle est ma promise.

— Je connais la réponse, dit-elle précipitamment, dans l'espoir de calmer son prince. Votre heaume a des andouillers d'or, messire. Le cerf est l'emblème de la maison royale. Le roi Robert a deux frères. Eu égard à votre extrême jeunesse, vous ne pouvez être que Renly Baratheon, seigneur d'Accalmie et conseiller du roi. Tel est le nom que je vous donne.

— Et moi, railla ser Barristan, je dis qu'eu égard à son extrême jeunesse il ne peut être qu'un galopin piaffant. Tel est le nom que je lui donne. »

Un grand éclat de rire, dont lord Renly donna lui-même le signal, accueillit ce quolibet, et l'atmosphère s'était si bien détendue que Sansa commençait à se sentir à l'aise quand, jouant des épaules pour se frayer passage, ser Ilyn Payne vint se planter devant elle. Il ne souriait pas, ne dit pas un mot. Lady retroussa ses babines et se mit à gronder sourdement. Mais, cette fois, Sansa lui imposa silence en lui flattant doucement la tête. « Navrée si je vous ai offensé, ser Ilyn », dit-elle.

Contre toute attente, le bourreau ne répondit que par un regard scrutateur et, sous ses yeux pâles, elle eut l'impression qu'il lui arrachait ses vêtements puis l'écorchait, la dénudait jusqu'au fond de l'âme. Enfin, sans un mot, il tourna les talons et s'en fut.

Abasourdie, elle interrogea son prince : « Aurais-je dit une inconvenance, prince ? Pourquoi refuse-t-il de m'adresser la parole ?

— Ser Ilyn est d'humeur taciturne depuis quatorze ans », expliqua lord Renly, avec un sourire entendu.

Son neveu lui décocha un coup d'œil franchement révulsé puis, prenant les mains de Sansa dans les siennes : « Aerys Targaryen lui a fait arracher la langue avec des pincettes chauffées à blanc.

— Son épée n'en est que plus éloquente, intervint la reine, et son dévouement pour notre trône est indiscutable. » Puis dédiant à Sansa un sourire affable : « Jusqu'au retour du roi et de votre père, je vais devoir entendre nos bons conseillers. À mon grand regret, je crains qu'il ne faille remettre votre jour avec Myrcella. Veuillez m'en excuser auprès de votre charmante sœur. Puis-je te prier, Joffrey, de me suppléer comme hôte, aujourd'hui ?

— J'en serai trop heureux, Mère », dit-il d'un ton cérémonieux. Sur ce, il s'empara du bras de Sansa pour une promenade, et sa cavalière ne se tint plus de joie. Une journée entière avec son prince ! L'idolâtrie lui alanguissait les prunelles. Et il se montrait si galant. Sa façon de la tirer des griffes de ser Ilyn et du Limier, tiens, rappelait presque celle des chansons, ressuscitait presque l'époque où Serwyn au Bouclier-Miroir sauva des géants la princesse Daeryssa, où le prince Aemon Chevalier-Dragon se fit le champion de la reine Naerys odieusement calomniée par ser Morgil…

La pression de la main sur sa manche lui affola le cœur. « Que souhaiteriez-vous faire ? » dit-il.

Être avec vous, pensa-t-elle, mais elle répondit : « Tout ce qu'il vous plaira, mon prince. »

Il réfléchit un moment. « Nous pourrions aller chevaucher.

— Oh ! *j'adore* monter. »

Voyant Lady les talonner, il reprit : « Votre loup risque d'effrayer les chevaux, et vous semblez avoir peur de mon chien. Que diriez-vous de les laisser tous deux et de partir seuls ? »

Elle hésita. « Si vous voulez, concéda-t-elle sans conviction. J'attacherais Lady, le cas échéant, mais… » Un détail la troublait. « J'ignorais que vous eussiez un chien…

— À la vérité, glousssa-t-il, c'est le chien de ma mère. Elle l'a chargé de veiller sur moi, et il n'y manque pas.

— Ah, vous vouliez dire le Limier. » Elle se serait fouettée pour sa lenteur d'esprit. Son prince ne l'aimerait jamais, si elle se montrait tellement stupide. « N'est-il pas imprudent de partir sans lui ? »

La question vexa manifestement Joffrey. « N'ayez crainte, dame. Me voici presque un homme fait et, contrairement à vos frères, je ne me bats plus avec des jouets en bois. Ceci me suffit. » Il tira son épée et la lui montra. Forgée au château dans un acier bleu miroitant, c'était bel et bien une flamberge à double tranchant, mais habilement réduite aux proportions d'un garçon de douze ans. Elle avait une poignée de cuir, et son pommeau d'or figurait une tête de lion. Sansa se récria d'une admiration si vive que le prince se rengorgea : « Je l'appelle Dent-de-Lion. »

Abandonnant sur ces entrefaites elle sa louve, lui son garde du corps, ils partirent vers l'est en suivant la rive gauche du Trident, sans autre compagnie que Dent-de-Lion.

Il faisait un temps magnifique, un temps enchanteur. L'air tiède était tout appesanti du parfum des fleurs, et, aux yeux de Sansa, les bois de la région possédaient un charme auquel ne pouvait prétendre aucun de ceux du septentrion. Le coursier bai rouge du prince allait comme le vent, et son cavalier le poussait avec tant de nonchalance et de témérité que la jument de Sansa peinait à le suivre. Pareil jour se prêtant à toutes les aventures, ils explorèrent les grottes des berges, poursuivirent un lynx jusqu'à son repaire et, lorsque la faim les prit, Joffrey sut repérer la fumée d'un fort et y faire assez sonner les titres de prince et de dame pour qu'on leur servît bonne chère et bon vin. Ils déjeunèrent ainsi d'une truite au bleu, et Sansa l'arrosa plus copieusement qu'elle n'avait jamais fait. « Père ne nous permet d'en boire qu'une coupe, confessa-t-elle, et seulement les jours de fête.

— Ma promise a toute licence », répliqua-t-il tout en la servant à nouveau.

Ils adoptèrent après le repas une allure plus modérée. Tout en chevauchant, Joffrey chantait pour elle, d'une voix perchée mais douce et limpide. Un peu étourdie par le vin, Sansa finit par demander : « Ne devrions-nous pas retourner, maintenant ?

— Dans un moment, répondit-il. Le champ de bataille se trouve juste devant nous. À l'endroit où la rivière fait un coude. C'est là que mon père tua, comme vous savez, Rhaegar Targaryen d'un coup formidable, *crac !* en pleine poitrine. » Ce disant, il brandissait une masse d'armes imaginaire pour appuyer sa démonstration. « Puis mon oncle Jaime tua le vieil Aerys, et mon père devint roi…, mais j'entends un bruit. Qu'est-ce ? »

Sansa l'entendait aussi courir à travers les bois, tel un claquement ligneux, *clac clac clac*. « Je ne sais pas, dit-elle, brusquement inquiète. Rentrons, Joffrey…

— Je veux savoir de quoi il s'agit. » Il tourna bride aussitôt, réduisant Sansa à le suivre. Le bruit se fit plus fort, plus distinct, c'était le *clac* typique du bois contre le bois mais, plus ils approchaient, plus s'y mêlait celui d'une respiration puissante, agrémentée de grognements intermittents.

« Quelqu'un vient, s'alarma-t-elle, déplorant tout à coup l'absence de Lady.

— Avec moi, vous ne risquez rien », dit-il en dégainant Dent-de-Lion, mais le frottement de la lame contre le cuir la fit frissonner. « De ce côté », reprit-il, poussant son cheval dans un rideau d'arbres.

Au-delà, dans une clairière qui dominait la rivière, ils découvrirent un garçon et une fille jouant aux chevaliers. En guise d'épées, ceux-ci maniaient des bâtons, des manches de balai, selon toute apparence, et se ruaient l'un sur l'autre en ferraillant fougueusement. Beaucoup plus âgé, plus costaud que la fille et la dominant d'une tête, le garçon pressait ses assauts. Toute maigrichonne, elle, vêtue de cuirs crottés, faisait tout son possible pour esquiver ou parer mais n'y parvenait qu'à demi. Et, lorsqu'elle tenta de porter une botte à son tour, il contra celle-ci, la fit dévier et assena un rude coup sur les doigts de son adversaire. Avec un cri de douleur, la fille lâcha son arme.

Le prince éclata de rire, et le garçon, surpris, jeta un regard circulaire puis, l'œil rond, laissa choir son bâton dans l'herbe. La fille, qui suçait ses phalanges meurtries, releva la tête, et Sansa, horrifiée, poussa un gémissement incrédule : « *Arya ?*

— Fichez-moi le camp ! leur cria celle-ci, des larmes de colère aux yeux. Que venez-vous faire ici ? laissez nous ! »

Joffrey dévisageait alternativement l'une et l'autre. « Votre sœur ? » Le sang aux joues, Sansa acquiesça d'un signe. Le prince reporta son attention sur le garçon, un rouquin lourdaud, vulgaire et tout tavelé de taches de rousseur. « Et toi, qui es-tu ? questionna-t-il d'un ton impérieux qui balayait une année d'écart au profit de l'interlocuteur.

— Mycah, murmura le garçon qui, reconnaissant le prince, détourna les yeux. M'seigneur.

— Il est garçon boucher, susurra Sansa.

— Il est mon ami, rétorqua sèchement Arya. Fichez-lui la paix.

— Et ce garçon boucher veut être chevalier, n'est-ce pas ? dit Joffrey, sautant à bas de sa monture, l'épée au poing. Ramasse ton arme, garçon boucher. » Il affichait un air goguenard. « Montre-nous donc ton habileté. »

Fou de peur, Mycah ne broncha pas.

« Allons, ramasse, ordonna le prince en avançant sur lui. Ou bien ne saurais-tu combattre que des fillettes ?

— A' m'l'a d'mandé, m'seigneur. A' m'l'a d'mandé. »

Un simple coup d'œil à sa sœur, subitement pourpre, convainquit Sansa qu'il ne mentait pas, mais Joffrey n'était pas d'humeur à l'entendre de cette oreille. Le vin lui faisait perdre son sang-froid. « Vas-tu ramasser ton épée, oui ou non ? »

Mycah secoua la tête. « C' qu'un bâton, m'seigneur. C' pas une épée, c' qu'un bâton.

— Et tu n'es qu'un garçon boucher, pas un chevalier. » Il releva Dent-de-Lion et, de la pointe, l'en piqua juste en dessous de l'œil. L'autre tremblait de tous ses membres. « C'est la sœur de ma dame que tu frappais, tu le sais ? » Une goutte de sang vermeil perla sur la joue du malheureux puis, lentement, une zébrure rouge la lui laboura.

« *Assez !* » hurla Arya. Et elle ramassa son propre bâton.

« Arya…, supplia sa sœur, reste en dehors de ça.

— Je ne vous l'abîmerai… guère », ricana Joffrey sans cesser de lorgner le garçon boucher.

Arya marcha résolument sur lui.

Affolée, Sansa se laissa glisser de sa selle, mais pas assez vite. Les deux mains crispées sur son arme, Arya frappait déjà. Un *crac* formidable se fit entendre lorsque le bâton atteignit le prince à la nuque et, en un éclair, tout fut consommé sous les yeux terrifiés de Sansa. Le prince chancela puis pirouetta sur lui-même en jurant, tandis que Mycah prenait ses jambes à son cou vers l'abri des arbres et qu'Arya frappait à nouveau, mais, cette fois, Dent-de-Lion para le coup et fit voler en éclats l'arme de la fillette. L'échine tout ensanglantée, Joffrey flamboyait de fureur, et Sansa avait beau piauler : « Non ! non ! arrêtez ! arrêtez, vous deux ! arrêtez ce gâchis ! », personne ne l'écoutait. Arya ramassa une pierre qu'elle décocha au prince et qui alla cingler le bai rouge, le faisant détaler au triple galop sur les traces du garçon boucher. « *Arrêtez ! par pitié, arrêtez !* » criait toujours Sansa, mais Joffrey n'en menaçait pas moins Arya de son épée, tout en vomissant un flot d'obscénités, de mots ignobles, de mots répugnants. Maintenant terrifiée, la fillette battait en retraite, mais il la harcelait, la poussait vers les bois, l'accula contre un arbre, tandis que Sansa, à demi aveuglée par les larmes, se tordait les mains d'impuissance.

Au même instant, une buée grise la dépassait en trombe et, soudain, Nymeria fut là, qui, d'un bond, referma ses mâchoires sur le bras du prince. De saisissement, celui-ci lâcha son épée, tandis que la louve le renversait et roulait avec lui dans l'herbe, elle grondante et déchaînée, lui hurlant de douleur. « Mais débarrassez-m'en ! hoquetait-il, débarrassez-m'en ! »

Enfin, l'ordre d'Arya claqua comme un coup de fouet : « Nymeria ! »

Aussitôt, le loup-garou lâcha prise et vint rejoindre sa maîtresse. Le prince gisait dans l'herbe, pleurnichant, berçant son bras estropié. Sa chemise était trempée de sang. « Elle ne vous a… guère abîmé », dit Arya puis, ramassant Dent-de-Lion, elle la saisit à deux mains et la brandit sur lui.

En la voyant dans cette attitude, il poussa un gémissement de panique. « Non ! dit-il, ne me faites pas de mal, ou je le dirai à ma mère.

— *Fiche-lui la paix !* » cria Sansa.

Alors, Arya fit une pirouette et, de toutes ses forces, jeta l'épée. L'acier bleu flamboya un instant dans la lumière du soleil, au-dessus de la rivière, puis s'engloutit dans les flots avec un simple *plouf* qui navra Joffrey. L'abandonnant à ses regrets, Arya se précipita vers son cheval, et Nymeria bondissait près d'elle.

Une fois seule avec lui, Sansa s'approcha de son prince. Les paupières closes sur sa souffrance, il haletait. Elle s'agenouilla près de lui et, dans un sanglot, « Joffrey…, gémit-elle, oh ! ce qu'ils vous ont fait, ce qu'ils vous ont fait. Mon pauvre prince. Ne craignez rien. Je vais galoper jusqu'au fort et ramènerai des secours. » D'un doigt tendre, elle lui repoussa du front ses blonds cheveux soyeux.

Il rouvrit brusquement les yeux et la gratifia d'un regard où ne se lisait rien d'autre que la répulsion, rien d'autre que le plus infâme mépris. « Hé bien, faites, lui cracha-t-il au visage. Et *ne me touchez pas.* »

EDDARD

« On l'a retrouvée, monseigneur. »

Ned se leva d'un bond. « Nos gens, ou ceux des Lannister ?

— Jory, précisa Vayon Poole. Elle est saine et sauve.

— Les dieux soient loués », soupira-t-il. Ses hommes cherchaient Arya depuis quatre jours, mais ceux de la reine la cherchaient aussi. « Où est-elle ? Prie Jory de me l'amener tout de suite.

— Je suis au regret, monseigneur. Les gardes de la poterne appartenaient aux Lannister. Dès que Jory s'y est présenté, ils en ont avisé la reine, et elle a fait conduire aussitôt la petite devant le roi.

— Maudite soit cette femme ! s'écria Ned en se précipitant vers la porte. Trouve-moi Sansa et amène-la dans la salle d'audiences. Son témoignage peut être précieux. » Il dévala les escaliers de la tour en proie à une fureur noire. Les trois premiers jours, il avait conduit les recherches en personne et à peine fermé l'œil une heure, de-ci de-là, depuis la disparition de sa fille. Et si, recru de fatigue et de découragement, il s'était senti, le matin même, presque incapable de tenir debout, à présent la rancœur l'emplissait d'une énergie nouvelle.

Des importuns le hélèrent, comme il traversait la cour du château, mais, dans sa hâte, il les ignora. Il eût couru s'il n'eût encore été Main du Roi, mais une Main doit dignité garder. Il avait pleinement conscience des curiosités qu'éveillait son passage et des murmures qui l'accompagnaient. On se demandait ce qu'il allait faire.

Sis à une demi-journée de cheval au sud du Trident, le château de ser Raymun Darry n'était guère plus qu'un manoir, et la suite du roi s'y était invitée d'office tandis que l'on poursuivait sur les deux rives de la rivière Arya et le garçon boucher. L'accueil fut des plus froid. Ser Raymun avait beau jouir de la paix du roi, sa famille se trouvait à la bataille du Trident sous les bannières au dragon de Rhaegar, et trois de ses aînés y avaient péri. Un fait que ni lui ni son visiteur n'oubliaient. Et l'entassement des gens du roi, des gens des Darry, des gens des Lannister et des gens des Stark dans une enceinte beaucoup trop étroite pour les contenir contribuait à tendre l'atmosphère déjà surchauffée.

Robert s'était arrogé la salle d'audiences de ser Raymun, et c'est là que Ned retrouva son monde. La pièce était bondée quand il y pénétra. Trop, pensa-t-il. Tête à tête, Robert et lui se seraient arrangés pour régler l'affaire à l'amiable.

Vautré dans le grand fauteuil de Darry, à l'autre bout de la salle, le roi affichait un visage morne et fermé. À ses côtés se tenait Cersei, la main posée sur l'épaule de leur fils, dont le bras était enveloppé d'épais bandages de soie.

Cible de tous les regards, Arya se dressait au centre, avec Jory Cassel pour toute compagnie. Faisant durement sonner ses bottes sur le sol dallé, Ned s'avança et dit d'une voix forte : « Arya ! » En l'apercevant, elle poussa un cri et se mit à pleurer.

Mettant un genou en terre, il la prit dans ses bras. Elle tremblait de tous ses membres, hoquetait : « Je suis désolée…, désolée…, désolée.

— Je sais », dit-il. Elle se sentait minuscule, juste un brin d'enfant maigrichonne, entre ses bras. Elle trouvait affreux d'être la cause d'un tel tapage. « Es-tu blessée ?

— Non. » Elle avait le museau si sale que les larmes, en dégoulinant sur ses joues, y traçaient un sillage rose. « Un peu faim. J'ai mangé des baies. Il n'y avait rien d'autre.

— Nous te nourrirons bientôt, promit-il avant de se lever pour faire face au roi. Que signifie ceci ? » Ses yeux balayèrent la salle en quête de figures amies. Mais il n'y vit guère de ses hommes à lui. Ser Raymun évita son regard. Lord Renly arborait un petit sourire qui pouvait signifier tout et le contraire, ser Barristan une mine grave. Le reste de l'assistance, hostile, appartenait aux Lannister. La seule chance des Stark était que ser Jaime et Sandor Clegane, partis conduire les recherches vers le nord, manquaient à l'appel. « Pourquoi ne m'a-t-on pas averti qu'on avait retrouvé ma fille ? tonna-t-il. Pourquoi ne me l'a-t-on pas rendue sur-le-champ ? »

Bien qu'il eût délibérément évité de s'adresser à elle, Cersei répondit : « Comment osez-vous parler sur ce ton à votre roi ? »

À ces mots, le roi s'ébroua. « Paix, femme ! aboya-t-il en se redressant sur son siège. Désolé, Ned, je n'ai jamais eu l'intention d'effrayer la petite. Il m'a simplement paru opportun de la faire amener ici pour trancher sans délai dans le vif.

— Quel vif ? répliqua Ned, glacial.

— Vous le savez pertinemment, Stark, dit la reine en s'avançant d'un pas. Votre fille s'est attaquée à mon fils. Elle et son garçon boucher. Sa bête a essayé de lui arracher un bras.

— Ce n'est pas vrai ! protesta Arya. Elle l'a à peine mordu. Il était en train de défigurer Mycah.

— Joff nous a tout raconté, reprit la reine. Vous l'avez agressé, toi et le garçon boucher, avec des matraques, tout en lâchant le loup sur lui.

— Rien ne s'est passé comme ça », maintint Arya, au bord des larmes, de nouveau. Ned lui posa une main sur l'épaule.

« Si ! s'emporta le prince. Ils se sont tous jetés sur moi, et elle a lancé Dent-de-Lion dans la rivière ! » Mais il portait cette accusation, remarqua Ned, sans regarder sa fille en face.

« Menteur ! explosa-t-elle.

— Ta gueule ! rétorqua-t-il.

— *Assez !* » rugit le roi, exaspéré, tout en se levant. Le silence se fit. « Maintenant, petite, reprit-il après l'avoir longuement considérée dans sa barbe d'un air fâché, tu vas me dire ce qui s'est passé. Tout me dire, toute la vérité. Il est criminel de mentir à un roi. » Là-dessus, il se tourna vers son fils. « Ton tour viendra ensuite. Jusque-là, tiens ta langue. »

Comme Arya commençait son récit, Ned entendit la porte s'ouvrir dans son dos. C'était Vayon Poole qui entrait, escorté de Sansa. Ils se tinrent cois tous deux, au bas bout de la salle, pendant que parlait Arya. Lorsque celle-ci en vint au moment où elle avait lancé l'épée du prince au beau milieu du Trident, Renly Baratheon contint si peu son hilarité que le roi intervint, rageur. « Ser Barristan ? veuillez sortir mon frère avant qu'il ne s'étouffe. »

Aussitôt, lord Renly réprima ses éclats. « Mon frère est trop bon. Je trouverai bien la porte par moi-même. » Il adressa une révérence à Joffrey. « Tu m'expliqueras ensuite, j'espère, par quel prodige une enfant de neuf ans, pas plus épaisse qu'un rat mouillé, s'est débrouillée pour te désarmer avec un manche à balai et pour flanquer ton épée dans l'eau. » Sur ce, il partit en claquant la porte, mais Ned l'entendit encore grommeler : « *Dent-de-Lion !* » puis s'esclaffer de nouveau sans ménagements.

Après que Joffrey, fort pâle, eut débité sa propre version des faits, le roi se releva pesamment, de l'air d'un homme qui préférerait se trouver n'importe où, pourvu que ce fût ailleurs. « Les sept enfers m'engloutissent si je sais comment nous tirer de là ! Il dit une chose, elle en dit une autre…

— Ils n'étaient pas seuls, dit Ned. Veux-tu venir, Sansa ? » Elle lui avait tout raconté, le soir même de la disparition d'Arya. « Dis-nous ce qui s'est passé. »

Elle s'avança d'un pas hésitant. Vêtue de velours bleus rehaussés de blanc, elle portait au col une chaîne d'argent. Longuement apprêtée, son opulente chevelure auburn brillait de tout son éclat. Son regard balança de sa sœur au prince. « Je ne sais pas, larmoya-t-elle d'un air traqué. Je ne me souviens pas. Tout s'est passé si vite, je n'ai pas vu…

— *Pourriture !* glapit Arya qui, telle une flèche, vola vers elle et, la renversant à terre, se mit à la bourrer de coups de poing. Menteuse ! menteuse ! menteuse ! menteuse !

— Arya ! cria Ned, *assez* ! » Malgré ses ruades, Jory parvint à la détacher de sa sœur, tandis que leur père remettait celle-ci, blême et tremblante, sur ses pieds. « Es-tu blessée ? demanda-t-il, mais elle, les yeux fixés sur Arya, parut ne pas entendre.

— Cette petite est aussi sauvage que son immonde bête, proféra la reine. Je veux qu'elle soit châtiée, Robert.

— Par les sept enfers ! jura-t-il, mais regarde-la, Cersei ! Une enfant… Que prétends-tu de moi ? que je la fasse fouetter par les rues ? pour une querelle de gosses ? Affaire classée, sacrebleu ! Aucun dommage irréparable n'a été commis.

— Sauf que Joff, riposta la reine, hors d'elle, en portera les marques toute sa vie ! »

Robert Baratheon jeta les yeux sur le prince. « Certes. Peut-être lui serviront-elles de leçon. Quant à toi, Ned, veille à discipliner ta fille. J'en ferai autant pour mon fils.

— Avec joie, Sire », acquiesça lord Stark, soulagé d'un énorme poids.

Robert s'apprêtait à se retirer quand, ne se tenant pas pour battue, la reine le rappela : « Et le loup-garou, rien ? Il a tout de même estropié ton fils… »

Il s'immobilisa, se retourna, les sourcils froncés. « Maudit animal, j'avais oublié. »

Ned vit Arya se raidir dans les bras de Jory. Celui-ci répondit vivement : « Nous n'avons pas retrouvé trace de lui, Sire.

— Ah bon ? marmonna le roi, sans manifester le moindre déplaisir. Tant pis. »

Mais la reine éleva la voix : « Cent dragons d'or à qui m'apportera sa peau !

— Cela fait cher du poil, maugréa Robert. Je refuse de participer, femme. Tes fourrures, tu peux diablement les payer en or Lannister. »

Elle répondit d'un air froid : « Ta pingrerie m'étonne un peu. Le roi que j'ai cru épouser se serait fait un devoir de déposer avant le crépuscule une peau de loup sur mon lit. »

La colère assombrit Robert. « La bonne blague que cela ferait, sans loup !

— Nous en avons un », riposta-t-elle d'une voix paisible, mais avec une lueur de triomphe dans ses yeux verts.

Personne d'abord ne comprit l'insinuation, puis le sens émergea, peu à peu, crûment, et Robert finit par hausser les épaules d'un air agacé : « Comme il te plaira. Donne tes ordres à ser Ilyn.

— Tu n'y penses pas, Robert ! » protesta Ned.

Mais le roi n'était pas d'humeur à discuter encore. « Suffit, Ned, pas un mot de plus. Les loups-garous sont des bêtes fauves. Tôt ou tard, celui-ci s'en prendrait à ta fille comme l'autre a fait à mon fils. Offre-lui un chien, elle en sera beaucoup plus heureuse. »

À ces mots, Sansa parut enfin comprendre, et ses yeux agrandis d'horreur consultèrent son père. « Ce n'est pas de Lady qu'il s'agit, n'est-ce pas ? » Il ne répondit pas, mais sa physionomie était éloquente. « Non, dit-elle, non, pas Lady. Lady n'a mordu personne, elle est gentille...

— Lady n'était pas là, cria Arya, furieuse, fichez-lui la paix !

— Empêchez-les, bredouilla Sansa, empêchez-les de faire ça, s'il vous plaît, s'il vous plaît ! Ce n'était pas Lady, c'était

Nymeria, Arya seule…, vous ne pouvez pas, ce n'était pas Lady, ne les laissez pas faire du mal à Lady, elle sera toujours gentille, je vous le promets, je vous le… » Et elle se mit à pleurer.

Réduit à la prendre dans ses bras et à l'y serrer pendant qu'elle sanglotait, Ned s'en remit du regard à Robert, son vieil ami, son plus que frère. « Je t'en prie, Robert, au nom de l'affection que tu me portes. Au nom de l'amour que tu éprouvais pour ma sœur. Je t'en prie. »

Le roi les considéra longuement puis, se tournant vers sa femme : « Le diable t'emporte, Cersei ! » dit-il avec dégoût.

Alors, Ned, repoussant doucement Sansa, se redressa, malgré la fatigue des quatre derniers jours qui, tout d'un coup, l'accablait. « Alors, fais-le de tes propres mains, Robert, articula-t-il d'une voix froide et tranchante comme l'acier. Aie au moins le courage de le faire de tes propres mains. »

Robert le regarda d'un regard vide et mort puis, sans un mot, quitta la salle à pas de plomb, tandis que le silence retombait.

« Où se trouve le loup ? » demanda Cersei sitôt qu'il eut disparu. À ses côtés, le prince Joffrey souriait.

« Enchaîné devant la conciergerie, Votre Grâce, répondit à contrecœur ser Barristan Selmy.

— Envoyez quérir Ilyn Payne.

— Non, dit Ned. Jory, raccompagne mes filles à leurs appartements et rapporte-moi Glace. » Chaque syllabe avait un goût de bile, mais il se forçait à la prononcer. « S'il faut vraiment le faire, je m'en chargerai. »

Cersei Lannister le scruta, soupçonneuse. « Vous, Stark ? Est-ce un stratagème ? Comment feriez-vous pareille besogne ? »

L'attention de tous se reporta sur lui, mais celle de Sansa le touchait à vif. « La bête vient du nord. Elle mérite mieux qu'un maquignon. »

Il sortit là-dessus, l'œil en feu, l'oreille encore pleine des gémissements de sa fille, et se rendit auprès de la petite louve. Un moment, il s'assit à ses côtés. « Lady », dit-il, tout à la saveur du nom. Il ne s'était guère soucié jusque-là des noms qu'avaient dénichés ses enfants mais, à l'aspect de la bête, maintenant, il trouvait pertinent le choix de Sansa. Lady était la plus menue de la portée, la plus jolie, la plus gracieuse et la plus docile. Son regard avait le chatoiement de l'or, pendant que Ned plongeait les doigts dans sa fourrure grise.

Peu après, Jory reparut, Glace aux mains.

La corvée terminée, Ned ordonna : « Choisis-moi quatre hommes pour la remporter dans le nord. Et qu'on l'enterre à Winterfell.

— Si loin ? s'étonna Jory.

— Si loin, confirma-t-il. La Lannister n'aura jamais *cette* peau. »

Il regagnait la tour pour enfin s'y abandonner au sommeil quand, retour de leur chasse, Sandor Clegane et ses coureurs franchirent la poterne à grand fracas.

Quelque chose ballottait en travers de son destrier. Une forme épaisse, enveloppée dans un manteau sanglant. « Pas trace de votre fille, Main, lui grinça le Limier, mais nous n'avons pas tout à fait perdu la journée. Nous avons eu son petit animal favori. » Il empoigna la chose, derrière lui, et, d'une poussée, l'envoya tomber devant Ned avec un bruit mou.

La gorge serrée à l'idée des mots qu'il lui faudrait trouver pour annoncer la nouvelle à Arya, Ned se pencha, écarta le tissu, mais Nymeria ne gisait pas dessous. C'était le garçon boucher, Mycah, baignant dans ses propres caillots. Un coup formidable l'avait quasiment partagé en deux depuis l'épaule jusqu'à la ceinture.

« Du haut de ton cheval », dit Ned.

Les yeux du Limier pétillèrent derrière le hideux mufle de chien de son heaume. « Il courait. » L'expression de Ned le fit éclater de rire. « Mais pas très vite. »

BRAN

Il lui semblait que sa chute durait depuis des années.

Vole, chuchotait une voix dans le noir, mais, ne sachant comment s'y prendre pour voler, il ne réussissait qu'à tomber.

Mestre Luwin façonnait un petit garçon de terre, l'enfournait jusqu'à ce qu'il devînt dur et cassant, le vêtait à la Bran, le jetait du haut d'un toit. Puis mille morceaux dans la cour, il s'en souvenait. « Mais je ne tombe jamais », disait-il en tombant.

Le sol, en dessous, se trouvait si loin, si loin qu'à peine pouvait-il le discerner, parmi les volutes de brume grise qui virevoltaient tout autour de lui, mais la vitesse ébouriffante de sa chute, il y était sensible, et il savait parfaitement ce qui l'attendait, tout en bas. On ne saurait tomber éternellement, même en rêve. Seulement, il se réveillerait juste avant de heurter le sol. On se réveille toujours juste avant de heurter le sol.

Et si tu ne te réveilles pas ? demandait la voix.

Le sol était plus proche, maintenant, oh, très très loin encore, à mille lieues, mais plus proche, et ce qu'il faisait froid, dans ce noir. Il n'y avait ni soleil ni étoiles, rien d'autre que le sol, le sol qui montait à sa rencontre pour l'écraser, le sol et la brume grise et la voix chuchotante. Il avait envie de pleurer.

Ne pleure pas. Vole.

« Je ne peux pas voler, répondait-il, je ne peux pas, je ne peux pas… »

Qu'en sais-tu ? As-tu jamais essayé ?

Une voix pointue, ténue. Il se tourna de tous côtés pour voir d'où elle provenait. Une corneille descendait en spirale, en même temps que lui, suivant sa chute, mais en demeurant tout juste hors de portée. « Aide-moi », lui dit Bran.

J'essaie. Tu as du blé, dis ?

Bran se fouilla, tandis que l'enveloppaient de noirs remous vertigineux, et, lorsqu'il retira la main de sa poche, des grains d'or lui ruisselaient entre les doigts, qui tombaient dans le vide avec lui.

L'oiseau se percha sur sa main et se mit à manger.

« Es-tu réellement une corneille ? » questionna Bran.

Es-tu réellement en train de tomber ?

« Ce n'est qu'un rêve. »

Tu crois ça ?

« Je me réveillerai en heurtant le sol. »

Tu mourras en heurtant le sol.

Comme la corneille se remettait à picorer, Bran jeta un coup d'œil vers le bas. Il distinguait maintenant des montagnes couronnées de neige et, tel un fil d'argent sur le sombre des bois, des rivières. Fermant les paupières, il se mit à pleurer.

Ça n'avance à rien. Je te l'ai dit, la solution est de voler, pas de pleurer. Où est la difficulté ? Je le fais bien, moi.

La corneille prit l'air et revint se poser sur la main de Bran.

« Toi, tu as des ailes ! »

Toi aussi, peut-être.

À l'aveuglette, Bran se tâta les épaules en quête de plumes.

Il existe des ailes de toutes sortes.

Bran examina ses bras, ses jambes et les découvrit effroyablement décharnés. La peau et les os. Avait-il toujours été si maigre ? Il essaya de se souvenir. Une figure lui apparut, émergea peu à peu de la brume grise, une figure qui, dans la lumière, brillait ainsi que de l'or. « Ce que me fait faire l'amour, quand même ! » dit-elle.

Bran poussa un cri, et la corneille s'envola en croassant.

Pas cela ! Oublie-le, tu n'en as que faire, à présent, mets-le de côté, repousse-le.

La corneille se percha sur son épaule et, d'un coup de bec, fit s'évanouir la figure d'or.

Bran tombait plus vite que jamais. Les volutes de brume grise environnaient de ululements son plongeon vers la terre. « Que me fais-tu là ? » demanda-t-il à la corneille, éploré.

Je t'enseigne à voler.

« Je ne peux pas voler ! »

N'empêche que tu es en train.

« En train de tomber ! »

Tout vol débute par une chute. Regarde vers le bas.

« J'ai peur… »

REGARDE VERS LE BAS !

Bran obéit, et ce qu'il vit liquéfia ses entrailles. À présent, le sol se ruait à sa rencontre. Le monde entier s'étendait sous lui, telle une tapisserie blanc, brun, vert, et chaque détail lui en apparaissait avec tant de netteté qu'un instant il omit sa peur. Il voyait l'ensemble du royaume et chacun de ses habitants.

Il vit Winterfell comme le voient les aigles, il vit ses hautes tours comme accroupies, tassées, ses remparts réduits à des rainures dans la poussière. Il vit, sur son balcon, mestre Luwin scruter les astres au moyen d'un tube de bronze poli, le vit, le front plissé, porter des notes sur un volume. Il vit Robb, plus grand, plus fort que dans ses souvenirs, s'entraîner pour de vrai dans la cour, avec une épée d'acier. Il vit Hodor, le palefrenier colossal et simplet, charrier sur l'épaule, avec autant d'aisance qu'un autre une botte de foin, une enclume destinée au forgeron Mikken. Au cœur du bois sacré, ses feuilles grelottant au vent, l'horrible barral blanc méditait son reflet dans l'étang. Le regard de Bran lui fit lever les yeux du sombre miroir et y répondre par un regard entendu.

Du côté de l'est, une galère cinglait les flots de la Morsure. À bord, assise dans une cabine, Mère contemplait un poignard sanglant posé devant elle et, tandis que souquaient ferme les rameurs, ser Rodrik cramponnait au bastingage les haut-le-cœur qui le convulsaient. Droit debout s'amoncelait à l'horizon noirci, lacéré d'éclairs, ébranlé de rugissements, une tempête encore invisible aux navigateurs.

Au sud se précipitaient, bleu-vert, les eaux du Trident. Les traits creusés par le chagrin, Père intercédait auprès du roi. Sansa pleurait à chaudes larmes, dans son lit, et Arya, l'œil fixe et les dents serrées, renfermait durement les secrets de son cœur. Des ombres les nimbaient toutes deux. L'une, d'un noir de cendre, avait l'aspect terrible d'un mufle de chien, l'autre la splendeur d'une armure aussi dorée que le soleil. Au-dessus d'elles s'esquissait un géant de pierre tout armé. Mais lorsqu'il releva sa visière, il se révéla creux, seulement empli de ténèbres et de noire sanie.

Au-delà du détroit se détachaient avec la même acuité les cités libres, l'intense pers de la mer Dothrak puis, encore au-delà, Vaes Dothrak au pied de sa montagne, et les contrées fabuleuses de la mer de Jade, et Asshai, sur les rives de la mer d'Ombre, où l'aurore assistait au réveil des dragons.

Vers le nord enfin, tel un cristal bleu, chatoyait le Mur. Solitaire y dormait sur un lit glacé son frère Jon, le bâtard, plus pâle et plus rude au fur et à mesure que l'abandonnait tout souvenir des chaleurs anciennes. Et, par-delà le Mur, par-delà les forêts emmitouflées de neiges incommensurables, par-delà le littoral gelé, par-delà s'ouvrait, parcourues de grands fleuves de glace blanc-bleu, l'immensité de steppes mortes où rien ne poussait, où ne vivait rien. Plus au nord encore, au nord du nord, Bran atteignit le rideau de lumière au-delà duquel s'interrompt le monde et, le traversant, pénétra si profondément au cœur de l'hiver que la terreur lui arracha un cri, tandis que des larmes incendiaient ses joues.

À présent, tu sais, chuchota la corneille en se nichant au creux de son épaule, *tu sais pourquoi tu dois vivre*.

« Pourquoi ? », demanda Bran sans comprendre et tombant, tombant.

Parce que l'hiver vient.

Bran regarda l'oiseau niché sur son épaule, et l'oiseau lui rendit son regard. Il avait trois yeux, et une science épouvantable habitait le troisième. Et en bas… ? En bas, il n'y avait rien, plus rien que neige et froid et mort, un désert gelé où des aiguilles déchiquetées de glace blanc-bleu guettaient l'instant de saisir leur proie, volaient vers elle, tels des javelots. Sur leurs pointes étaient déjà venues s'empaler des myriades d'autres rêveurs, dont ne subsistaient que les ossements. Tout angoisse et tout désespoir, Bran entendit au loin une petite voix, sa propre voix, qui disait :

« Est-ce qu'un homme peut être brave tout en ayant peur ? »

Père répondait : « L'heure de la mort est la seule où l'on puisse se montrer brave. »

C'est maintenant ou jamais, Bran, haleta la corneille, *qu'il te faut choisir : mourir ou voler.*

Dans un grand cri, la mort le happait déjà.

Alors, ouvrant les bras, il prit son essor.

Des ailes insoupçonnées prenaient le vent, s'en gorgeaient, qui le relevèrent vers le ciel. En bas reculaient les terribles aiguilles de glace. En haut s'ouvraient les nues. Et il montait, montait. C'était autrement bon que de grimper. C'était meilleur que tout. Là-bas, dessous, s'amenuisait le monde.

« Je vole ! » s'écria-t-il avec délices.

Première nouvelle, dit la corneille à trois yeux qui, prenant l'air, vint le gifler de ses rémiges, l'aveugler, freiner son ascension puis, se laissant chavirer sans cesser de lui battre les joues, se mit à lui becqueter violemment, tout à coup, le milieu du front, juste entre les yeux.

« Mais qu'est-ce qui te prend ? » glapit Bran, fou de douleur.

La corneille ouvrit le bec, émit un croassement, mais strident comme un cri d'effroi, et la brume grise frémit, parcourue de remous, se déchira, tel un voile, et, progressivement, l'oiseau se métamorphosa en femme, en une vraie femme, une servante aux longs cheveux noirs, et Bran se rappela l'avoir déjà vue quelque part, à Winterfell, oui, c'est ça, il se souvenait d'elle, à présent, et il comprit alors qu'il se trouvait à Winterfell, juché tout en haut d'un grand lit, dans une chambre de quelque tour glaciale, et la femme aux cheveux noirs, laissant tomber une cuvette qui se fracassa sur le sol, se ruait dans l'escalier en criant : « Il s'est réveillé ! Il s'est réveillé ! Il s'est réveillé ! »

Il se tâta le front, entre les yeux. L'emplacement des coups de bec demeurait cuisant mais ne saignait pas, ne portait trace d'aucune plaie. Tout faible et chancelant qu'il se sentait, Bran voulut sortir du lit mais ne put faire un mouvement.

Alors, quelque chose bougea, près du lit, quelque chose vint, d'un bond léger, se poser sur ses jambes, sans qu'il éprouvât la moindre sensation. Des yeux jaunes, aussi brillants que le soleil, se plongèrent dans les siens. La fenêtre était ouverte, et il faisait froid, dans la pièce, mais la chaleur qui émanait du loup le vivifia comme un bain bouillant. Son chiot… mais était-ce bien lui ? Il était si gros, à présent. Il avança la main pour le caresser, et sa main tremblait comme une feuille.

Quand Robb franchit le seuil en trombe, tout hors d'haleine d'avoir gravi l'escalier quatre à quatre, le loup-garou léchait ardemment la figure de Bran. Et Bran lui dit d'un air paisible : « Il s'appelle Été. »

CATELYN

« Nous toucherons à Port-Réal dans une heure environ. »

Se détournant du bastingage, Catelyn s'arracha un sourire. « Vos rameurs nous ont bien servis, capitaine. Chacun d'eux recevra un cerf d'or comme gage de ma gratitude. »

Le capitaine Moreo Tumitis la gratifia d'une demi-courbette. « Vous êtes infiniment trop généreuse, lady Stark. L'honneur de transporter une aussi grande dame suffit à les récompenser.

— Ils n'en accepteront pas moins. »

Tumitis sourit. « Pas moins. » Il parlait couramment la langue classique, non sans une pointe imperceptible d'accent tyroshi. Il avait, selon ses propres dires, pratiqué le détroit quarante ans, d'abord en qualité de rameur, puis de quartier-maître, enfin de capitaine sur l'une de ses propres galères marchandes. *La Cavalière des Tornades* était sa quatrième et, avec ses deux mâts et ses bancs pour soixante rameurs, la plus rapide.

Plus rapide, en tout cas, qu'aucun des bateaux disponibles à Blancport quand y étaient parvenus, au terme d'une course effrénée, Catelyn et ser Rodrik. Eu égard à la rapacité notoire des gens de Tyrosh, ce dernier préconisait de louer quelque cange aux pêcheurs des Trois Sœurs, mais elle-même n'avait pas démordu de sa préférence pour la galère et s'en félicitait. Les vents n'avaient cessé de se montrer contraires et, à la voile, on serait encore en train de tirer poussivement des bords, quelque part au large des Quatre Doigts, au lieu de cingler comme à présent vers le dénouement du voyage.

Si près, pensa-t-elle. Sous les bandages de lin, la morsure du poignard lui lancinait encore les doigts. Le fouet de la douleur comme antidote de l'oubli. Elle ne pouvait plus plier les deux derniers de la main gauche, et aucun des autres ne recouvrerait jamais sa dextérité. Une rançon bien faible, somme toute, auprès de la vie de Bran.

Sur ces entrefaites, ser Rodrik émergea de l'écoutille. « Mon bon ami ! s'exclama Moreo, du fond de sa barbe bifide et d'un vert cruel (il poussait jusque-là, tout comme ses concitoyens, la passion des couleurs violentes), quel bonheur de voir que vous allez mieux !

— Oui, grimaça Cassel, voilà près de deux jours que je n'appelle plus la mort », puis, s'inclinant devant Catelyn : « Madame. »

Il avait *vraiment* meilleure mine. Un soupçon plus maigre qu'à l'embarquement, mais de nouveau tel qu'en lui-même, ou presque. Peu charmé par les rafales du golfe de la Morsure et le rude ressac du détroit, il ne s'était laissé vaguement séduire, il est vrai cramponné vaille que vaille à un cordage, que par la tempête qui les surprit au large de Peyredragon, avant que trois marins ne viennent à sa rescousse et ne l'emportent en sûreté vers le ventre de la galère.

« Le capitaine me disait à l'instant que notre voyage touche à sa fin », dit-elle.

Il aménagea un sourire torve. « Déjà ? » La suppression de ses grands favoris blancs le faisait bizarrement paraître moins grand, moins indomptable et plus vieux de dix ans. Mais il avait bien fallu les livrer au rasoir, tant les avaries des nausées au vent s'y révélaient irréparables…

« Je vous laisse, si vous permettez », dit Moreo cérémonieusement.

Semblable à une libellule, avec ses rames qui se levaient et s'abaissaient dans un bel ensemble, la galère fendait cependant vivement les flots. Ser Rodrik empoigna le bordage et, l'œil fixé sur la côte qui défilait : « Je ne me suis pas montré d'une rare vaillance, comme protecteur...

— Nous arrivons, dit-elle en lui touchant le bras, sains et saufs. Voilà tout ce qui importe. » De ses doigts raides et maladroits, elle tâtonna sous sa cape. Le poignard s'y trouvait toujours. Il lui fallait de temps à autre s'en assurer pour se rasséréner. « Maintenant, nous devons joindre le maître d'armes du roi. Les dieux veuillent qu'il soit loyal.

— Ser Aron Santagar est un fat mais un honnête homme. » Il porta machinalement la main à ses favoris, dut, pour la centième fois, se rendre à l'évidence et parut tout désemparé. « Il se peut qu'il identifie l'arme, mais..., mais, madame, le danger débutera dès l'instant où nous débarquerons. Sans parler des gens de la Cour qui vous connaissent, au moins de vue. »

Une moue crispa la bouche de Catelyn. « Littlefinger », murmura-t-elle et, aussitôt, sa figure apparut, une figure de gamin, celle du gamin qu'il avait cessé d'être. Son père était mort depuis des années, lui léguant son titre de lord Baelish, mais tout le monde persistait à l'appeler Littlefinger. D'après le sobriquet dont l'avait affublé, jadis, Edmure, à Vivesaigues. Parce que les modestes domaines des Baelish se trouvaient dans le plus exigu des Quatre Doigts, et parce que Petyr demeurait chétif et fluet pour son âge.

Ser Rodrik s'éclaircit la gorge. « Ah, lord Baelish... » Son esprit s'abîma dans la quête scabreuse d'une formule polie.

Elle avait pour sa part franchi le cap des mignardises. « Il était le pupille de mon père. Nous avons grandi ensemble. Je le considérais comme un frère, mais il me portait une affection... plus que fraternelle. Quand on annonça que j'épouserais Brandon Stark, il prétendit lui disputer ma main en duel. De la folie pure. Brandon avait vingt ans, Petyr quinze à peine. Je dus prier Brandon de l'épargner, et Petyr s'en tira sans trop de dommage. Après quoi, mon père le congédia. Je ne l'ai pas revu depuis. » Elle tendit son visage aux embruns que dispersait la brise, comme pour leur laisser prendre ces souvenirs. « Il m'écrivit à Vivesaigues après le meurtre de Brandon, je brûlai sa lettre sans l'ouvrir. À l'époque, je savais que Ned m'épouserait aux lieu et place de son frère. »

Les doigts de ser Rodrik fouinèrent, une fois de plus, du côté des favoris absents. « Littlefinger siège désormais au Conseil restreint.

— Je savais qu'il s'élèverait haut. Tout jeune, il avait déjà l'esprit vif, mais intelligence et sagesse font deux. Je me demande ce que le temps aura fait de lui. »

Tout en haut des vergues, la vigie appelait à la manœuvre. Alors, tandis que, de son pas chaloupé, le capitaine Moreo parcourait en tous sens le pont, vociférant des ordres, et qu'une agitation fiévreuse embrasait *La Cavalière des Tornades*, apparut, perché sur ses trois collines, Port-Réal.

Et voilà trois cents ans, la forêt couvrait encore ces hauteurs…, songea Catelyn. À l'époque, une poignée tout au plus de pêcheurs occupait, juste à l'embouchure de cette torrentueuse Néra, quelques arpents de la rive nord. Et c'est en ces lieux qu'appareillant de Peyredragon vint débarquer Aegon le Conquérant, puis qu'il bâtit sommairement, de glaise et de bois, sa première redoute.

À présent, la ville s'étendait à perte de vue. Pêle-mêle entassés, manses et tonnelles et greniers, entrepôts de brique et pignons de bois, boutiques, auberges et tavernes, bordels, cimetières. Même de si loin se percevait le vacarme de la criée. Sur les avenues plantées d'arbres s'ouvraient ici des rues bossueuses au pas du flâneur, là des venelles trop resserrées pour deux hommes de front. Sur le mont Visenya, le grand septuaire de Baelor dressait ses sept tours de cristal et, sur le Rhaenys, de l'autre côté, s'allongeaient les murailles noircies de Fossedragon, dont l'énorme dôme tombait en ruine, et dont les portes de bronze demeuraient obstinément closes depuis un siècle. Entre eux filait d'un vol de flèche la rue des Sœurs et, au loin, se découpait l'impressionnante silhouette des remparts.

Sur les cent quais striant le front de mer, des galères marchandes dégorgeaient leurs cargaisons de produits originaires de Braavos, Pentos, Lys…, et le port grouillait de navires qui, caboteurs, hauturiers, coureurs de rivière, allaient et venaient, tandis que des bacs se traînaient sans cesse, à la gaffe, d'une berge à l'autre de la Néra. Cette frénésie générale n'empêcha pas Catelyn de repérer, amarré non loin d'un baleinier ventripotent d'Ibben à la coque noire de goudron, le bateau d'apparat de la reine. Vers l'amont, fines et dorées, somnolaient une douzaine de corvettes, voiles ferlées, rames en berne dans le clapotis.

Enfin, brochant sur le tout d'un air sourcilleux depuis le mont Aegon, le Donjon Rouge accroupissait, derrière ses sept tours trapues comme des tambours, son enceinte de fer et sa barbacane lugubre, ce prodigieux labyrinthe de salles voûtées, de ponts couverts et de casernes, d'oubliettes et de magasins, de bretèches truffées d'archères qui, entièrement taillé dans un grès rosâtre, fut entrepris sur ordre du Conquérant et achevé par son fils Maegor le Cruel. Lequel ne trouva dès lors rien de plus pressé que de faire décapiter tous ceux qui, terrassiers, maçons, charpentiers, couvreurs…, y avaient œuvré. Ainsi prétendait-il réserver au seul sang du dragon les secrets de la forteresse que les seigneurs du Dragon venaient de s'ériger.

En dépit de quoi les oriflammes qui flottaient sur le parapet étaient non plus noires mais brodées d'or. Et là où le dragon tricéphale naguère encore crachait le feu se pavanait désormais le cerf couronné des Baratheon.

Dans sa course à la côte, cependant, *La Cavalière des Tornades* croisait un grand voilier des îles d'Été qui, blanc de toute sa toile enflée par le vent, regagnait le large avec la majesté d'un cygne.

« Je n'ai eu que trop loisir, madame, reprit ser Rodrik, pendant que j'étais alité, de réfléchir à la meilleure manière de procéder. Vous ne devez pas entrer au château. Je m'y rendrai à votre place et vous amènerai ser Aron dans quelque asile sûr. »

La galère approchait d'un appontement. Moreo aboyait des ordres dans le valyrien bâtard des cités libres. Catelyn se tourna vers le vieux chevalier. « Vous courriez là autant de risques que moi-même.

— Je ne le crois pas, sourit-il. J'ai eu de la peine, tout à l'heure, à reconnaître mon propre reflet dans l'eau. Ma mère fut la dernière personne à me voir sans favoris, et voilà quarante ans qu'elle a disparu. Cela suffit, je pense, à garantir ma sécurité. »

Sur un hurlement de leur capitaine, soixante rames se relevèrent comme une seule puis, retombant de même, nagèrent à culer. Le bâtiment ralentit. Un nouvel aboiement, toutes se rencoquillèrent instantanément et, à la seconde même de l'accostage, des marins bondirent pour amarrer. Déjà Moreo, tout sourire, s'empressait auprès de ses passagers. « Vous voici à Port-Réal, madame, selon vos ordres, et jamais navire n'est allé plus vite ni plus sûrement. Souhaitez-vous quelque aide pour porter vos bagages au château ?

— Nous ne comptons pas nous y rendre. Auriez-vous l'obligeance de nous conseiller quelque auberge propre, confortable et peu distante de la rivière ? »

Il tripota sa barbe verte avec embarras. « Bien sûr. Je connais nombre d'établissements conformes à vos vœux. Toutefois, ceci soit dit sans vous froisser..., puis-je me permettre d'abord de vous réclamer le solde du prix convenu pour votre passage ? Sans parler, naturellement, des gratifications que vous eûtes l'extrême bonté de promettre, soit, si j'ai bonne mémoire, soixante cerfs, n'est-ce pas ?

— Pour les rameurs, rappela-t-elle.

— Oh, cela va sans dire ! s'écria-t-il. Encore que, peut-être, je ferais mieux de les garder par-devers moi jusqu'à notre retour à Tyrosh. Pour leurs femmes et leurs enfants. Si vous les leur donnez dès à présent, madame, ils les gaspilleront tout de suite aux dés, ou pour quelque plaisir nocturne…

— Ils pourraient le dépenser plus mal, intervint ser Rodrik. L'hiver vient.

— À chacun de suivre sa guise, dit Catelyn. Ils ont bien gagné cet argent. Leur façon de le dépenser ne me regarde pas.

— Aussi n'y saurais-je contredire, madame », se courba, souriant, Moreo.

Par prudence, elle récompensa néanmoins personnellement chaque homme d'équipage et y ajouta un pourboire pour les deux d'entre eux qui lui servirent de portefaix jusqu'à l'auberge recommandée par Tumitis. Sise passage de l'Anguille, à mi-pente du mont Visenya, cette vénérable maison s'égarait dans ses propres coins et recoins. Non contente d'inventorier de pied en cap ses nouveaux pensionnaires d'un air soupçonneux, la tenancière, une aigre vieillarde à l'œil fureteur, planta une dent défiante dans la pièce qu'ils lui tendaient. Ses chambres se révélèrent toutefois spacieuses et claires, et, à en croire Moreo, son ragoût de poisson n'avait pas de rival dans les Sept Couronnes. Mieux que tout, l'identité de ses clients ne l'intéressait pas.

« Mieux vaudrait éviter la salle commune, conseilla ser Rodrik, sitôt terminée leur installation. Même dans un endroit comme celui-ci, il peut y avoir des curieux. » Il avait enfilé par-dessus sa cotte de mailles, sa dague et son épée, un grand manteau sombre dont pouvait se rabattre le capuchon. « Je vous ramènerai ser Aron avant la tombée de la nuit, promit-il. D'ici là, reposez-vous, madame. »

De fait, elle était vannée. Le voyage, bien sûr, puis l'âge qui venait… Ses fenêtres donnaient sur la rue, les toits et, plus loin, sur la Néra. Elle regarda ser Rodrik sortir, se frayer de son pas alerte un passage à travers les chalands, se perdre enfin dans la cohue, et décida de suivre son conseil. Le matelas bourré de paille au lieu de plume ne l'empêcha pas de sombrer bientôt.

Des coups violents à sa porte la réveillèrent en sursaut et la dressèrent, vigilante, sur son séant.

Dehors, le crépuscule incendiait les toits. Elle avait donc dormi plus longtemps qu'elle ne croyait. À nouveau, un poing ébranla le vantail, et une voix cria : « Au nom du roi, ouvrez !

— Un instant ! » répondit-elle sur le même ton, tout en se drapant dans sa cape. Le poignard se trouvait sur la table de chevet. Elle le saisit avant de tirer le verrou.

Les hommes qui entrèrent portaient la cotte de mailles noire et les manteaux dorés du guet. À la vue de l'arme, leur chef sourit. « Vous n'en avez pas b'soin, m'dame. Nous devons vous mener au château.

— Sur ordre de qui ? »

Il exhiba un mandat dont le sceau de cire grise, un merle moqueur, coupa le souffle à Catelyn. « Petyr... » Déjà. Il avait dû arriver quelque chose à ser Rodrik. Elle toisa l'homme. « Savez-vous seulement qui je suis ?

— Non, m'dame. M'sire Littlefinger a simplement dit d'vous am'ner et d'vous traiter avec égards.

— Dans ce cas, répondit-elle en lui désignant la sortie, allez attendre que je me prépare. »

Après avoir baigné ses mains dans la cuvette, elle les banda de lin propre puis, malgré ses doigts gourds dont l'épaisseur des pansements aggravait la gaucherie, parvint à lacer son corset puis à nouer autour de son col un vaste manteau gris-brun. Comment Littlefinger pouvait-il savoir qu'elle se trouvait là ? Toujours pas par ser Rodrik. Si vieux fût-il, il poussait la ténacité et la loyauté jusqu'au vice. Arrivait-elle donc trop tard ? Les Lannister l'avaient-ils devancée ? Non, car alors Ned aussi serait dans la place, et il n'aurait pas manqué de venir la voir. Comment… ?

Moreo, pensa-t-elle brusquement. Le maudit ! Lui seul savait qui ils étaient, où ils étaient. Elle espéra qu'il avait du moins tiré un bon prix de sa délation.

On avait amené un cheval à son intention. Le long des rues qu'elle empruntait, telle une prisonnière, avec son escorte dorée, s'allumaient l'un après l'autre les réverbères, et elle sentait peser sur elle tous les regards de la ville. En parvenant au Donjon Rouge, ils trouvèrent la herse baissée, les portes closes pour la nuit mais, aux fenêtres, vacillaient nombre de lumières. Abandonnant les montures en dehors de l'enceinte, les gardes lui firent franchir une poterne étroite puis gravir l'interminable escalier d'une tour.

Il se trouvait seul, assis devant une table massive, écrivant dans le halo d'une lampe à huile, lorsqu'on introduisit Catelyn. Lâchant sa plume, il la regarda et, d'un ton paisible, dit : « Cat.

— Pourquoi m'amène-t-on ici et ainsi ? »

Il se leva, congédia les gardes d'un geste brusque : « Laissez-nous », puis, sitôt tête à tête : « On ne t'a pas manqué d'égards, je présume ? Mes ordres étaient stricts. » Il remarqua ses pansements. « Tes mains… »

Elle éluda la question implicite. « Je n'ai pas l'habitude que l'on me convoque comme une fille, dit-elle d'un ton glacial. Dans votre jeunesse, vous saviez encore ce que voulait dire "courtois".

— Je vous ai courroucée, madame… Telle n'était pas mon intention. » Il avait l'air sincèrement contrit, et cet air ravivait de vieux souvenirs… Ceux d'un enfant matois qui ne manquait jamais, son petit coup commis, d'avoir l'air sincèrement contrit. Un don qu'il avait. Le temps ne l'avait guère modifié. De garçon petit, il était devenu petit homme, plus petit qu'elle d'un pouce ou deux, tout en demeurant mince et prompt, tout en conservant les mêmes traits aigus que jadis, les mêmes yeux gris-vert rieurs. Mais il avait à présent une barbichette pointue et, quoiqu'il n'eût pas encore trente ans, quelques fils d'argent dans ses cheveux sombres. Lesquels faisaient bon ménage avec le moqueur d'argent qui agrafait son vêtement. Il avait de tout temps aimé son argent.

« D'où tenez-vous ma présence à Port-Réal ?

— Lord Varys sait tout, sourit Petyr d'un air malin. Il nous rejoindra sous peu, mais je désirais vous voir sans témoins d'abord. Cela fait trop longtemps, Cat. Combien d'années ? »

Elle ignora ces familiarités. Des sujets plus importants la préoccupaient. « Ainsi donc, c'est l'Araignée du Roi qui m'a découverte ? »

Il broncha, pour le coup. « Gardez-vous de l'appeler ainsi. Il est d'une telle susceptibilité ! Liée, j'imagine, à son état d'eunuque. Il ne se passe rien, en ville, que Varys ne soit au courant. Et, souvent, avant. Ses mouchards sont partout. Ses oisillons, comme il les appelle. L'un d'entre eux aura eu vent de votre visite. Heureusement, Varys est venu me voir en priorité.

— Pourquoi vous ? »

Il haussa les épaules. « Et pourquoi pas moi ? Je suis le Grand Argentier, le conseiller privé du roi. Selmy et lord Renly étant partis à la rencontre de Robert et lord Stannis pour Peyredragon, seuls demeuraient mestre Pycelle et moi. Mon choix s'imposait. J'ai toujours été l'ami de Lysa, Varys ne l'ignore pas.

— Est-ce qu'il sait que… ?

— Il sait tout, vous dis-je…, excepté pourquoi vous êtes venue. » Il dressa un sourcil. « Pourquoi êtes-vous ici ?

— Une épouse a le droit de se languir de son époux, que je sache, et une mère de ses filles. Qui pourrait le lui dénier ? »

Littlefinger éclata de rire. « Oh ! excellent, madame ! mais vous me permettrez de n'en rien croire. Je vous connais trop bien. Quelle est, déjà, la devise des Tully ? »

Elle se sentait la bouche sèche. « *Famille, Devoir, Honneur* », récita-t-elle d'un ton guindé. Il la connaissait également trop bien.

« Famille, Devoir, Honneur, reprit-il en écho. Tous trois exigeaient que vous restiez où vous laissa notre nouvelle Main, à Winterfell. Non, madame, il est arrivé quelque chose. Votre voyage précipité témoigne d'une urgence. Je vous en prie, laissez-vous aider. De bons vieux amis ne devraient jamais hésiter à se faire mutuellement confiance. » À cet instant, on frappa doucement à la porte. « Entrez ! » cria Littlefinger.

L'homme qui s'avança était grassouillet, parfumé, poudré et d'une calvitie d'œuf. Il portait par-dessus sa longue chemise flottante de soie pourpre une veste tissée de fil d'or et aux pieds des babouches pointues de velours douillet. « Lady Stark…, susurra-t-il en lui enfermant la main dans les siennes, c'est une telle joie que de vous revoir, après tant d'années ! » Il avait la chair onctueuse et moite, et son haleine embaumait le lilas. « Oh ! vos pauvres mains… Vous seriez-vous brûlée, chère dame ? C'est si délicat, les doigts… Notre excellent mestre Pycelle confectionne un baume miraculeux… En enverrai-je quérir un pot ?

— Trop aimable à vous, messire, dit-elle en se dégageant, mais mon propre médecin s'est déjà soucié de mes plaies. »

Varys branla longuement du chef. « L'accident de votre fils m'a navré jusqu'au fond du cœur. Et si jeune… Les dieux sont d'une cruauté.

— À cet égard, nous sommes bien d'accord, lord Varys. » Lié à ses fonctions de membre du Conseil, le titre était purement formel, Varys n'étant seigneur de rien d'autre que de sa toile d'araignée, maître de personne d'autre que de ses mouchards.

L'eunuque fit papillonner ses pattes onctueuses. « À bien d'autres aussi, j'espère, chère dame ? J'ai une estime immense pour votre époux, notre nouvelle Main, et nous adorons tous deux, je le sais, le roi Robert.

— Oui, dit-elle, contrainte et forcée. Voilà qui est sûr.

— Jamais roi n'aura été idolâtré comme notre Robert, ironisa Littlefinger avec son sourire malin. Du moins à entendre lord Varys.

— Bonne dame, enchaîna l'eunuque d'un air de profonde sollicitude, il se trouve, dans les cités libres, des guérisseurs aux pouvoirs proprement magiques. Dites un mot, et j'en mande un pour votre cher Bran.

— Luwin fait pour lui tout ce qui est humainement possible », répondit-elle. Elle ne voulait à aucun prix parler de Bran, en ces lieux, et avec ces individus. Ne se fiant guère en Littlefinger, en Varys du tout, elle n'allait pas leur laisser voir son deuil. « Si j'en dois croire lord Baelish, c'est vous qu'il me faut remercier de ma présence dans cette pièce. »

Il se mit à glousser comme une fillette. « Hé oui. Mais, à supposer que je sois coupable, vous aurez la bonté de me pardonner, dame, j'espère. » Prenant un siège, il s'y installa commodément, joignit les mains. « En toute franchise, cela vous ennuierait-il beaucoup de nous le montrer, ce poignard ? »

Aussi suffoquée qu'abasourdie, elle écarquilla ses yeux sur l'eunuque. Une araignée, songea-t-elle avec horreur, un sorcier, pire encore. Il savait des choses que personne ne pouvait savoir, à moins… « Qu'avez-vous fait de ser Rodrik ? demanda-t-elle d'un ton impérieux.

— J'ai l'impression que je me trouve, intervint Littlefinger, manifestement ahuri, dans la posture du chevalier que la bataille surprend désarmé ! De quel poignard parlons-nous donc ? Et qui est ser Rodrik ?

— Ser Rodrik Cassel, maître d'armes à Winterfell, expliqua Varys. Rassurez-vous, lady Stark, il ne lui est rien arrivé de fâcheux. Il s'est présenté cet après-midi au château puis, en compagnie de ser Aron Santagar, rendu à l'armurerie, et ils y ont parlé de certain poignard. Le jour déclinait lorsqu'ils sont partis de conserve, à pied, vers l'inqualifiable bouge qui vous tenait lieu de logis. Ils s'y trouvent toujours et, attablés devant un pichet dans la salle commune, attendent votre retour. Ser Rodrik s'est montré fort chagrin de votre départ.

— Comment pourriez-vous connaître tous ces détails ?

— Le gazouillis des oisillons…, dit-il, souriant. Je sais des tas de choses, chère dame. Mes fonctions l'impliquent. » Ses épaules se trémoussèrent. « Ce poignard, vous le portez sur vous, *n'est-ce pas ?* »

Tirant l'arme de sous son manteau, elle la déposa sur la table, devant lui. « Voici. Peut-être vos oisillons nous gazouilleront-ils le nom de son propriétaire ? »

Il le préleva d'un geste exagérément précieux, promena son pouce sur le tranchant. La vue du sang qui perlait lui arracha un piaillement strident, et il laissa retomber le poignard sur la table.

« Il coupe admirablement, n'est-ce pas ? dit Catelyn.

— Aucun acier ne conserve aussi bien son fil que celui de Valyria », commenta Littlefinger, tandis que Varys, tout en se suçant le pouce, stigmatisait d'un regard maussade l'humour incongru de lady Stark. À son tour, il saisit le poignard et, en expert, en estima la prise, le lança en l'air, le rattrapa de l'autre main. « Un chef-d'œuvre d'équilibre. Et c'est pour découvrir son propriétaire que vous êtes venue ? Vous n'aviez que faire de ser Aron pour cela, madame. Il suffisait de vous adresser à moi.

— Et, dans ce cas, que m'auriez-vous dit ?

— Je vous aurais dit qu'il n'existe pas deux poignards semblables, à Port-Réal. » Prenant la lame entre le pouce et l'index, il lança l'arme par-dessus son épaule comme d'une chiquenaude, et elle alla se ficher en vibrant dans la porte, à l'autre bout de la pièce. « Il est à moi.

— À *vous* ? » C'était absurde. Petyr n'avait pas mis les pieds à Winterfell.

« À moi. Il le fut du moins jusqu'au tournoi donné pour la fête du prince Joffrey, dit-il en allant le retirer du panneau de bois. À cette occasion, je misai, comme la moitié de la cour, sur ser Jaime. » Son sourire penaud ressuscitait presque l'adolescent de jadis. « Or, Loras Tyrell le démonta, et pas mal de monde y laissa des plumes. Ser Jaime perdit cent dragons d'or, la reine un pendentif d'émeraudes, et moi ceci. Sa Grâce récupéra le joyau, mais le gagnant garda le reste.

— *Qui ?* questionna Catelyn, la bouche sèche d'appréhension et les doigts cuisants d'une douleur renouvelée.

— Le Lutin, lâcha-t-il, tandis que lord Varys ne la quittait pas des yeux. Tyrion Lannister. »

JON

La cour résonnait du chant des épées.

Sous la laine noire, le cuir bouilli, la cotte de mailles lui dégoulinait la sueur, glacée, goutte à goutte, le long de la poitrine, tandis qu'il pressait plus vivement l'assaut. Grenn se défendait gauchement, reculait d'un pas mal assuré. Le voyant lever son arme, Jon lui décocha par en dessous un coup de biais qui, portant derrière sa jambe, le fit chanceler, puis répliqua à sa tentative pour le sabrer par une manchette qui lui cabossa le heaume et, lorsque Grenn essaya de tailler, prit sa lame en écharpe et lui claqua si violemment le torse de son avant-bras revêtu de fer que, perdant l'équilibre, celui-ci se retrouva, sonné, fesses dans la neige. Jon, alors, le désarma d'une botte au poignet qui lui arracha un cri de douleur.

« *Assez !* » cria ser Alliser Thorne, de sa voix tranchante comme acier valyrien.

Grenn se berçait la main. « Le bâtard m'a brisé le poignet.

— Le bâtard t'a simplement coupé le jarret, ouvert le crâne, mais il était vide ! et tranché la main. Félicite-toi que ces épées soient mouchetées. Et que la Garde ait autant besoin de palefreniers que de patrouilleurs. » D'un geste, il appela Jeren et Crapaud. « Remettez-moi l'Aurochs sur ses pieds. Son testament l'attend. »

Pendant que les autres relevaient Grenn, Jon retira son heaume. Le froid mordant du matin lui rafraîchit agréablement la figure. S'appuyant sur son arme, il prit une profonde inspiration et s'accorda une seconde pour savourer sa victoire.

« Ceci est une épée, pas une canne de vieillard ! grommela ser Alliser d'un ton acerbe. Vous avez mal aux jambes, lord Snow ? »

Jon détestait ce sobriquet. Ser Alliser l'en avait affublé dès le premier jour, les garçons s'en étaient immédiatement emparés et, maintenant, on l'en assommait partout. Il replaça l'épée dans son fourreau. « Non », dit-il.

En trois enjambées qui faisaient imperceptiblement crisser sa tenue de cuir, Thorne vint planter devant lui sa cinquantaine bâtie à chaux et à sable, ses cheveux noirs mêlés de gris, ses yeux d'onyx. « La vérité, exigea-t-il.

— Je suis fatigué », avoua Jon. Au repos, son bras se ressouvenait péniblement de la longueur et du poids de l'épée, sa chair des contusions du combat.

« Faiblard, voilà ce que tu es.

— J'ai gagné…

— Non. C'est l'Aurochs qui a perdu. »

L'un de ses camarades ricana, mais Jon préféra ne pas répliquer. Il avait vaincu l'un après l'autre tous les adversaires que lui opposait ser Alliser, mais en pure perte. Le maître d'armes ne servait que la dérision. Le haïssait, lui, personnellement. Haïssait d'ailleurs les autres encore davantage.

« Suffit pour aujourd'hui, leur déclara Thorne. Vous êtes trop nuls, j'ai ma claque. Si jamais les Autres viennent nous attaquer, les dieux veuillent qu'ils aient des archers. Vous ne méritez pas mieux qu'une flèche dans la paillasse. »

Sur ce viatique, le groupe se dirigea vers l'armurerie. Jon suivit, seul. Seul comme bien souvent. Des quelque vingt jeunes gens avec lesquels il s'entraînait, aucun n'était ce qui s'appelle un ami. La plupart avaient deux ou trois ans de plus que lui, aucun n'arrivait comme duelliste à la ceinture de Robb. Un Dareon était rapide, mais il redoutait les gnons. Un Pyp maniait l'épée comme un poignard, un Jeren vous avait des mollesses de fille, la lenteur d'un Grenn le disputait à sa gaucherie. Et si Halder pouvait vous porter des bottes très brutales, il se découvrait constamment. Plus Jon pratiquait cette clique, et plus il la méprisait.

Aussi persista-t-il à l'ignorer, pendant qu'il suspendait son arme à un crochet du mur, avant de dépouiller cotte de mailles, cuirs, lainages trempés de sueur. Malgré les quartiers de charbon qui brûlaient dans des braseros de fer aux deux extrémités de la salle, il grelottait. Où qu'il allât, le froid l'accompagnait en permanence. Quelques années, et il ne saurait même plus ce qu'était la sensation du chaud.

Comme il revêtait la tenue ordinaire de grosse bure noire, brusquement l'accabla le découragement. Il se laissa tomber sur un banc, les doigts empêtrés dans les attaches de son manteau. *Si froid*, songea-t-il, le cœur serré de nostalgie pour Winterfell et ses murs tièdes, irrigués comme un vaste corps par les eaux brûlantes. Mieux valait ne pas trop rêver de chaleur à Châteaunoir. Les murs y étaient froids, et plus froids encore les gens.

Personne ne l'avait prévenu de ce qui l'attendait réellement à la Garde de Nuit. Personne, sauf Tyrion Lannister. Mais l'avertissement était venu trop tard. Père se doutait-il, lui, de ce que serait l'existence, au Mur ? Probablement… Une blessure supplémentaire.

En ces lieux froids du bout du monde, Oncle Ben lui-même l'abandonnait. Le héros qui l'avait naguère tant ébloui devenait tout autre, ici. En sa qualité de chef des patrouilleurs, il passait ses jours et ses nuits dans la compagnie du commandant, lord Mormont, de mestre Aemon, de ses collègues de l'état-major, le laissant, lui, sous la férule rien moins que tendre de ser Alliser Thorne.

Trois jours après leur arrivée, la rumeur avait couru qu'à la tête d'une poignée d'hommes il pousserait une reconnaissance dans la forêt hantée. Le soir même, Jon allait le trouver, dans le vaste baraquement qui servait de salle commune, et le priait de l'emmener. Benjen refusa tout net. « Nous ne sommes plus à Winterfell, dit-il, sans même cesser de découper sa viande. Au Mur, on n'a que ce que l'on gagne. Tu n'es pas patrouilleur. Tu n'es qu'un bleu. Le parfum de l'été flotte encore sur ta personne. »

Jon fut assez stupide pour discuter. « J'aurai bientôt quinze ans ! Me voici presque adulte…

— Gamin tu es, répliqua Ben d'un air excédé, gamin tu restes jusqu'à ce que ser Alliser te déclare apte à entrer dans la Garde de Nuit. Si tu t'imaginais que le sang des Stark te vaudrait le moindre passe-droit, tu t'es diantrement trompé. En prononçant nos vœux, nous mettons au rancart nos augustes familles. Si ton père m'est cher à jamais, mes *véritables* frères, à présent, les voici. » De son coutelas, il désignait tous les hommes froids qui les entouraient, tous les rudes hommes vêtus de noir.

Le lendemain, Jon se leva dès l'aube pour assister au départ de son oncle. Gros et laid, l'un des patrouilleurs braillait, tout en sellant son bidet, des couplets obscènes qui l'enveloppaient de buée. Mais s'il regardait ce spectacle d'un air amusé, Ben Stark n'eut, en revanche, pas un sourire pour son neveu. « Combien de fois devrai-je te répéter que c'est non, Jon ? Nous causerons à mon retour. »

Tandis qu'il le regardait s'enfoncer dans le tunnel, menant son cheval par la bride, Jon se remémorait les propos de Tyrion Lannister et, tout à coup, son esprit lui représenta Ben Stark gisant, mort, dans la neige tout ensanglantée. Un vertige nauséeux le prit. Qu'était-il en train de devenir ? Alors, il courut retrouver la solitude de sa cellule et s'enfouit la face dans l'épaisse fourrure immaculée de Fantôme.

S'il était condamné à l'isolement, eh bien, il s'en forgerait une armure. À défaut de bois sacré, Châteaunoir possédait un petit septuaire où officiait un septon ivrogne, mais l'idée de prier quelques dieux que ce fût, anciens ou nouveaux, ne tentait pas Jon. S'ils existaient, se disait-il, l'implacable cruauté de l'hiver n'avait rien à leur envier...

Ses véritables frères lui manquaient. Petit Rickon, avec ses yeux brillants lorsqu'il quémandait une friandise. Robb, le rival et l'ami de cœur, le compagnon de chaque instant. Bran, l'inlassable fureteur, toujours et partout désireux de se joindre à eux. Puis les filles. Même Sansa qui, dès l'instant où lui fut devenu clair le sens du mot *bâtard*, ne l'avait plus appelé que « mon demi-frère ». Et Arya... Il se languissait d'Arya plus encore que de Robb. Si petiote chose maigrichonne qu'elle fût, toute en genoux écorchés, tignasse embroussaillée, nippes déchirées, si farouche et si volontaire. Jamais l'air d'être au diapason, lui-même non plus, d'ailleurs..., mais toujours prête à le faire sourire. Il eût tout donné pour être avec elle, à présent, pour lui rebiffer les cheveux, une fois de plus, la regarder faire la tête, l'entendre achever une phrase en même temps que lui.

« Tu m'as cassé le poignet, bâtard. »

La voix, revêche, le fit tressaillir. Debout devant lui se dressait Grenn, la nuque épaisse, la face rouge, suivi de trois de ses copains. Le premier d'entre eux, Todder, était si courtaud, si laid, doté d'un timbre si désagréable que toutes les recrues l'appelaient Crapaud. Le nom des deux autres, les violeurs amenés par Yoren, Jon ne s'en souvenait plus. Il ne leur adressait la parole qu'en cas de nécessité. Des brutes, des bravaches qui auraient été fort en peine d'emplir, à eux deux, un dé à coudre d'honneur.

Jon se leva. « Je me ferai un plaisir de te casser l'autre si tu le demandes gentiment. » Avec ses seize ans, Grenn le dominait d'une tête. Et il était, comme ses acolytes, plus large. Mais aucun des quatre ne l'inquiétait, il les avait tous terrassés, dans la cour.

« On pourrait bien te casser, nous, dit l'un des voyous.

— Chiche. » Il voulut reprendre son épée, mais un autre lui saisit le bras et le lui tordit derrière le dos.

« Tu nous donnes bonne mine…, gémit Crapaud.

— Vous aviez déjà bonne mine avant de me rencontrer », riposta Jon. Une violente secousse à son bras captif l'en récompensa mais, malgré la douleur, il se refusa à broncher.

Crapaud vint le lorgner sous le nez. « Visez-moi la gueule qu'y s' paye, not' noblaillon ! » Il avait des yeux de porc, minuscules et brillants. « C'est-y la gueule à ta maman, bâtard ? l'était quoi ? pute ? Dis-nous son nom… ? J' me la suis tapée, p't-êt', un ou deux coups ? » Il s'esclaffa bruyamment.

Se tortillant comme une anguille, Jon écrasa d'un coup de talon le cou-de-pied du garçon qui le maintenait. Un glapissement retentit, et il fut libre. Il fondit sur Crapaud, le renversa en travers du banc, se planta sur sa poitrine et, l'empoignant à la gorge, se mit à lui marteler le crâne contre la terre battue.

Les protégés de Yoren l'en arrachèrent de vive force et le jetèrent au sol, où Grenn entreprit de le bourrer de coups de pied. Il se laissait rouler sur lui-même pour s'y soustraire quand un ordre tonitruant cisailla la pénombre de l'armurerie : « ARRÊTEZ ! *SUR-LE-CHAMP !* »

Jon se releva. Donal Noye les dévisageait, menaçant. « Si vous voulez vous battre, dans la cour… Hors de mon armurerie, vos disputes, ou bien je les ferai *miennes*. Et vous n'aimerez pas. »

Crapaud s'assit par terre et, d'un air précautionneux, se palpa le cuir chevelu. « Il a essayé de me tuer, dit-il en montrant ses doigts rougis.

— C'est vrai, témoigna l'un des voyous, j'l'ai vu.

— Y m'a cassé l' poignet », reprit Grenn en le brandissant à l'intention de l'armurier.

Mais celui-ci n'y accorda que l'ombre d'un coup d'œil. « Broutille. Tout au plus foulé. Mestre Aemon te donnera une pommade. Vas-y aussi, Todder, faire examiner ta tête. Quant à vous, chacun dans sa cellule. Sauf toi, Snow. Tu restes. »

Sans égard aux regards lourds de promesses vindicatives que lui décochaient ses ennemis en se retirant, Jon se laissa pesamment tomber sur le banc. Son bras le lancinait.

« La Garde a un besoin vital de toutes ses recrues, dit Donal Noye, une fois seul à seul. Même des types comme Crapaud. Le tuer ne te vaudrait aucun honneur. »

La colère de Jon flamboya. « Il a dit que ma mère était…

— Une pute. J'ai entendu. Qu'en est-il ?

— Lord Eddard Stark n'est pas homme à avoir couché avec des putes, répondit-il d'un ton glacial. Son honneur…

— Ne l'a pas empêché d'engendrer un bâtard, si ? »

Une rage froide envahit Jon. « Je peux m'en aller ?

— Tu t'en iras quand je te dirai de t'en aller. »

D'un air maussade, Jon se mit à fixer la fumée qui montait du brasero. À la fin, Noye lui prit le menton entre ses gros doigts et le força à tourner la tête. « Regarde-moi quand je te parle, mon gars. »

Jon obéit. L'armurier avait une poitrine aussi impressionnante qu'un foudre à bière, une panse à l'avenant, un nez large, épaté, et toujours l'air de ne s'être pas rasé. La manche gauche de sa tunique de laine noire était agrafée à l'épaule par une fibule d'argent en forme de flamberge. « Les mots ne feront pas de ta mère une pute. Elle était ce qu'elle était, tout ce que dira Crapaud n'y changera rien. Puis, tu sais, des hommes dont les mères étaient *réellement* des putes, nous en avons, au Mur. »

Pas ma mère. Sans rien savoir d'elle, puisque Père n'en parlait jamais, Jon le pensait dur comme fer. Il rêvait d'elle si souvent qu'il finissait presque par la voir. Belle, grande dame, et des yeux tendres.

— Ça te paraît invivable, d'être le bâtard d'un grand seigneur ? Jeren a pour père un septon, et Cotter Pyke pour mère une fille d'auberge, mais sa basse extraction ne l'a pas empêché de s'élever : il commande actuellement Fort-Levant.

— Je m'en fiche, dit Jon. Je me fiche d'eux comme je me fiche de vous, de Thorne ou de Benjen Stark et de tous ces trucs. Je déteste ce bled. Il est trop..., il y fait froid.

— Oui. Froid, dur, misérable, tel est le Mur, ainsi que les hommes qui le hantent. Rien à voir avec les contes de ta nourrice ? Eh bien, pisse-leur dessus, aux contes, et ta nourrice, pisse-lui dessus. Ici, les choses sont ce qu'elles sont, et, comme nous tous, tu t'y trouves pour la vie.

— La vie », répéta Jon avec amertume. Il pouvait en parler, l'armurier, de la vie. Il en avait eu une, lui, n'ayant endossé la tenue noire qu'après la perte de son bras au siège d'Accalmie. Auparavant, il forgeait pour le compte de Stannis Baratheon, le frère du roi. Il avait parcouru de long en large les Sept Couronnes, banqueté, couru les bordels, livré cent batailles. On lui attribuait la masse d'armes fatale à Rhaegar, dans le gué du Trident. Bref, tout ce dont lui-même serait à jamais privé, Donal Noye s'en était gorgé jusqu'au jour où, déjà vieux, la trentaine largement sonnée, un formidable coup de hache puis la gangrène lui avaient valu son amputation. N'importait le Mur, bien sûr, une fois infirme et la vie derrière !

« Oui, la vie, reprit le vétéran. Brève ou longue, c'est ton affaire, Snow. Mais, vu la manière dont tu t'y prends, l'un de tes frères t'égorgera, une nuit ou l'autre...

— Ils ne sont pas mes frères ! aboya Jon. Ils me détestent parce que je suis meilleur qu'eux.

— Non. Ils te détestent parce que tu te comportes comme si tu étais meilleur qu'eux. Sais-tu ce qu'ils voient quand ils te regardent ? Un bâtard de château qui se prend pour un petit duc. » Il se pencha d'un air confidentiel. « Et tu n'es pas un petit duc. Souviens-toi de ça. Tu es un Snow, pas un Stark. Tu es un bâtard et un fanfaron.

— Un *fanfaron* ? » s'étrangla-t-il. L'iniquité du terme lui coupait le souffle. « Ceux qui m'ont attaqué, oui ! À quatre.

— Quatre que tu as humiliés dans la cour. Quatre qui ont peur de toi, probablement. Je t'ai regardé te battre. Contre toi, on ne s'entraîne pas. On serait réduit en chair à pâtée, si ton épée tranchait. Tu le sais, je le sais, ils le savent. Tu ne leur laisses aucune chance. Tu les couvres de honte. Ça te rend fier ? »

Jon hésita. Certes, il était fier de vaincre. Pourquoi ne le devrait-il pas ? Pourquoi lui dénier aussi cela ? Pourquoi le lui reprocher comme une vilenie ? « Ils sont tous plus âgés que moi, plaida-t-il.

— Plus âgés, plus gros, plus forts, c'est exact. Je gagerais que ton maître d'armes de Winterfell t'a formé à combattre précisément ce genre d'adversaires. Qui était-il ? Un vieux chevalier ?

— Ser Rodrik Cassel », répondit-il, sur ses gardes, flairant un piège, et un piège qui se refermait peu à peu sur lui.

Alors, Donal Noye lui lança, presque nez à nez : « Écoute-moi bien, mon gars. Aucun des autres n'a eu de maître d'armes avant ser Alliser. Leurs pères étaient fermiers, charretiers, braconniers, forgerons, mineurs, rameurs à bord de galères marchandes… En fait de combat, ce qu'ils savent, ils l'ont appris dans l'entrepont, dans les ruelles de Villevieille et de Port-Lannis, dans des bordels de bas étage et des tavernes de grand chemin. Peut-être ont-ils avant d'échouer ici fait sonner quelques coups de matraque, mais je te garantis qu'aucun des vingt n'a jamais eu les moyens de se payer de véritable épée. » Son regard se fit implacable. « Alors, toujours délectables, vos victoires sur eux, lord Snow ?

— Ne m'appelez pas comme ça ! » s'indigna Jon. Mais la colère ne le soutenait plus. Il se sentait mortifié, coupable. « Je n'avais jamais… Je ne pensais pas…

— Tu feras bien de te mettre à penser, conseilla Noye. Sinon, place un poignard à ton chevet. Et maintenant, file. »

Il était près de midi. Le soleil avait fini par percer les nuages. Jon lui tourna le dos et leva les yeux sur le Mur qui, dans la lumière, flamboyait d'un bleu cristallin. Il avait beau le voir depuis des semaines, il ne pouvait le regarder sans chair de poule. Des siècles de rafales poudreuses l'avaient cloqué, décapé, recouvert d'une espèce de pellicule qui, d'ordinaire, le faisait paraître du même gris pâle qu'un ciel couvert... mais, pour peu que le soleil daignât l'éclairer vivement, alors il se mettait à *briller*, à rayonner de sa vie propre, à dévorer, telle une colossale falaise blanc-bleu, la moitié du ciel.

« Le plus vaste ensemble jamais bâti de main d'homme », avait dit Oncle Ben lorsque, depuis la grand-route, ils le discernèrent à l'horizon. « Et, sans conteste, le plus inutile », ajouta Tyrion Lannister avec un sourire, avant de se laisser lui-même gagner par le mutisme général au fur et à mesure que l'on approchait. Il se voyait à des lieues et des lieues, pâle ligne bleue barrant tout le nord, courant vers l'est et l'ouest jusqu'à l'infini puis s'y évanouissant sans la moindre solution de continuité. Semblant proclamer : *Je marque le terme du monde.*

Lorsque se discernait enfin Châteaunoir, ses fortins de bois, ses tours de pierre faisaient, sous la gigantesque paroi de glace, l'effet d'une poignée de jouets éparpillés dans la neige. Par son aspect, la vieille forteresse des frères noirs n'offrait rien de comparable à Winterfell ni à un véritable château. Dépourvue de remparts, elle était sans défense tant au sud qu'à l'est et l'ouest, mais le nord seul intéressait la Garde de Nuit, et au nord se dressait le Mur. Haut de près de sept cents pieds, soit trois fois plus que la plus haute des tours du repaire qu'il protégeait. Sur son faîte, dit Oncle Ben, pouvaient chevaucher de front douze chevaliers en armes. La silhouette dégingandée des catapultes et des engins qui s'y tenaient en sentinelle évoquait des squelettes d'oiseaux monstrueux, et des fourmis noires celle des hommes affairés là-haut.

Pour avoir perdu de sa nouveauté, le spectacle en confondait Jon presque autant qu'au premier abord. C'était ça, le

Mur. Parfois, il parvenait presque à en oublier la présence, un peu comme on oublie celle du ciel sur sa tête ou, sous ses pieds, celle de la terre, mais il avait parfois aussi l'impression que rien d'autre n'existait au monde. Et quand, comme en cet instant, il le regardait de là, tout en bas, plus vieux que les Sept Couronnes, un vertige l'envahissait. Il sentait peser sur sa chair cette prodigieuse masse de glace avec autant d'acuité que si son écroulement l'eût directement menacé, il pressentait que son écroulement entraînerait l'écroulement du monde.

« Vous rend curieux de ce qu'il y a derrière », le fit sursauter une voix familière.

Il jeta un coup d'œil à la ronde. « Lannister. Je ne vous avais pas vu, je veux dire, je me croyais seul. »

Le Lutin était si emmitouflé de fourrures qu'il avait l'air d'un ours miniature. « Il y aurait fort à dire sur les avantages de l'improviste. On ne sait jamais ce qu'il peut vous apprendre.

— Vous n'apprendrez rien de moi », dit Jon, qui l'avait à peine entrevu depuis la fin de leur voyage. En tant que frère de la reine, la Garde de Nuit avait traité Tyrion Lannister en hôte de marque. Le commandant lui avait attribué des appartements dans la tour dite du Roi, bien qu'elle n'eût pas reçu de visite royale depuis un siècle, et le traitait à sa propre table. En outre, le nain passait ses jours à parcourir le Mur et ses nuits à boire en jouant aux dés avec ser Alliser, Bowen Marsh et les officiers de l'état-major.

« Détrompe-toi, j'apprends toujours quelque chose en quelque Heu que j'aille. » De sa canne de marche noire et noueuse, il désigna le Mur. « Pour en revenir à ce que je disais..., pourquoi faut-il que, si un homme construit un mur, aussitôt en survienne un second qui brûle de savoir ce qu'il y a derrière ? » Penchant la tête de côté, il guigna Jon de ses yeux vairons. « Hein, que tu désires savoir ce qui se trouve de l'autre côté, *non* ?

— Rien d'extraordinaire », dit Jon d'un air détaché. Il mourait d'envie d'accompagner Benjen Stark en expédition, de s'enfoncer au cœur même des mystères de la forêt hantée, d'affronter les sauvageons de Mance Rayder, de défendre le royaume contre les Autres, mais mieux valait garder ses vœux les plus chers pour soi. « Rien que des bois, des montagnes, des lacs gelés, selon les patrouilleurs, puis de la neige et de la glace en veux-tu en voilà.

— Puis les tarasques et puis les snarks… Ne les oublions pas, lord Snow, sinon ça sert à quoi, ce gros truc ?

— Ne m'appelez pas "lord Snow". »

Le nain dressa un sourcil. « Préférerais-tu le surnom de "Lutin" ? Laisse les sots voir que les mots te blessent, et leurs quolibets ne te lâcheront pas. S'il leur plaît de te donner un sobriquet, prends-le, approprie-le-toi. Dès lors, ils seront désarmés. » Il agita sa canne. « Viens, suis-moi. On doit bien servir de leur ragougnasse dans la salle commune, à cette heure-ci, j'en prendrais volontiers une écuellée chaude. »

Comme il avait également faim, Jon l'escorta, non sans adapter son pas au dandinement malaisé du nabot. Le vent se levait, qui faisait craquer à l'entour les vieilles baraques de bois et, au loin, battre par intermittence un lourd volet. Un pan de neige glissa d'un toit et vint s'abattre avec un *plouf* feutré.

« Au fait, je ne vois pas ton loup.

— Pendant l'entraînement, je l'enchaîne dans les vieilles écuries. Personne ne l'y tracasse, maintenant qu'on a mis tous les chevaux dans celles de l'est. Le reste du temps, je l'ai avec moi. Ma cellule se trouve dans la tour d'Hardin.

— Celle avec des créneaux en ruine, n'est-ce pas ? Des décombres au pied, dans la cour, et une inclinaison qui rappelle notre noble roi Robert au sortir d'une longue nuit de beuverie ? Je croyais ces bâtiments abandonnés. »

Jon haussa les épaules. « Nul n'a cure du lieu où l'on dort. La plupart des vieux fortins sont vides, on prend la cellule qu'on veut. » Les temps n'étaient plus où Châteaunoir logeait cinq mille combattants, leurs chevaux, leurs armes et leurs domestiques. Les effectifs étant désormais dix fois moindres, nombre des casernements croulaient peu à peu.

Un jet de vapeur accompagna le rire de Tyrion Lannister. « Il me faudra penser à avertir le seigneur ton père d'engager davantage de tailleurs de pierre pour empêcher ta tour de s'effondrer. »

La pique agaça Jon, mais il ne servait à rien de nier les choses. La Garde avait jadis édifié dix-neuf grandes forteresses le long du Mur et n'en occupait plus que trois : Fort-Levant, sur sa grève grise battue des vents, Tour Ombreuse, sous les montagnes auxquelles s'arrêtait le Mur, Châteaunoir enfin, à mi-chemin des précédentes, et où aboutissait la route royale. Désertées de longue date, les seize autres étaient des lieux désolés, hantés ; la bise y sifflait par les ouvertures béantes, et les spectres des morts en garnissaient les parapets.

« Il est préférable que je vive seul, dit-il d'un air buté. Fantôme fout la frousse aux autres.

— Prudent à eux, dit Lannister puis, sans transition : On trouve que ton oncle est absent depuis trop longtemps. »

Ces mots rappelèrent à Jon si brutalement le vœu qu'il avait fait, de rage, et la vision de Benjen Stark étendu dans la neige qu'il se détourna au plus vite. Le nain avait le don de flairer les choses, et il ne voulait pas laisser voir ses remords. « Il a dit qu'il serait de retour pour ma fête. » Le jour de sa fête était, à l'insu de tous, arrivé, passé, et ce depuis plus d'une quinzaine. « Il devait rechercher ser Waymar Royce, dont le père est un vassal de lord Arryn. Il a dit que cela pourrait le mener jusqu'à Tour Ombreuse. Une longue marche en terrain montagneux.

— J'ai entendu dire, reprit Lannister tandis qu'ils montaient l'escalier vers la salle commune, que pas mal de patrouilleurs avaient disparu sans laisser de traces, ces temps derniers. » Il grimaça un sourire et ouvrit la porte. « Les tarasques ont peut-être faim, cette année ? »

Ils pénétrèrent dans l'immense salle, glaciale en dépit du formidable feu qui rugissait dans l'âtre. Des corbeaux nichés dans sa charpente à nu se chamaillaient là-haut, tandis que Jon recevait des mains des cuistots de corvée son écuellée de ragoût avec un quignon de pain noir. Grenn, Crapaud et quelques autres occupaient déjà le banc le plus proche de la chaleur, et ils s'esclaffaient en s'invectivant mutuellement de leurs voix grossières. Un instant, Jon les lorgna, pensif. Puis il se décida pour l'autre extrémité de la salle, aussi loin que possible d'eux.

Tyrion Lannister s'assit en face de lui et se mit à humer la sauce d'une narine soupçonneuse. « Orge, oignon, carotte, marmonna-t-il. Quelqu'un pourrait dire aux coqs que le navet n'est pas de la viande.

— C'est du ragoût de mouton. » Jon retira ses gants et se réchauffa les mains à la buée qui montait de son écuelle. Le fumet lui mettait l'eau à la bouche.

« Snow ? »

Il reconnut la voix d'Alliser Thorne, mais y perçut une bizarre intonation, jusqu'alors inouïe. Il se retourna.

« Le commandant désire te voir. Tout de suite. »

Il demeura d'abord pétrifié. Pourquoi le commandant pouvait-il désirer le voir ? On devait avoir eu des nouvelles de Benjen, songea-t-il, horrifié, et il était mort, la vision s'était avérée. « Il s'agit de mon oncle ? balbutia-t-il, il est revenu ? sain et sauf ?

— Le commandant n'a pas l'habitude d'attendre, riposta le maître d'armes, et moi, je n'ai pas l'habitude de laisser les bâtards discuter mes ordres. »

Tyrion Lannister repoussa brusquement le banc, se leva. « Assez, Thorne. Vous terrifiez ce garçon.

— Et vous, Lannister, ne vous mêlez pas des affaires qui ne vous regardent pas. Vous n'avez pas votre place ici.

— Mais j'ai une place à la Cour, sourit le nain. Un seul mot dans la bonne oreille, et vous mourrez en vieillard aigri avant que l'on vous permette d'entraîner aucun autre gamin. Maintenant, veuillez dire à Snow pourquoi le Vieil Ours tient à le voir. A-t-on des nouvelles de son oncle ?

— Non. Il s'agit de tout autre chose. D'un oiseau arrivé ce matin même de Winterfell, avec un message concernant son frère. » Il rectifia spontanément : « Son demi-frère.

— Bran ! s'étrangla-t-il en se levant d'un bond, il est arrivé malheur à Bran ! »

Tyrion Lannister lui posa une main sur le bras. « Jon…, je suis désolé. »

Jon l'entendit à peine et, lui repoussant la main d'un geste presque machinal, traversa la salle si précipitamment qu'il courait déjà lorsqu'il se heurta à la porte et, une fois dans la cour, se mit à galoper, sans souci des flaques de neige pourrie, vers la résidence du commandant puis, sitôt que les gardes l'eurent laissé passer, gravit quatre à quatre l'escalier de la tour, si bien que lorsqu'il fit irruption, hors d'haleine, en présence de lord Mormont, il avait les bottes détrempées, l'œil fou. « Bran, haleta-t-il, que dit le message ? à propos de Bran ? »

Jeor Mormont, lord commandant de la Garde de Nuit, donnait pour lors du blé à picorer à un grand corbeau perché sur son bras. C'était un vieillard bourru dont la calvitie formidable s'achevait sur une barbe grise et hirsute. « On m'a dit que tu savais lire ? » D'une saccade, il fit s'envoler le corbeau qui, d'une aile molle, alla se poser sur la fenêtre et attendit, tout yeux, que son maître eût retiré de sa ceinture un rouleau de papier et l'eût tendu à Jon pour maugréer : « *Grain* », d'une voix rauque, « *grain, grain.* »

Dans la cire blanche du sceau rompu se distinguaient les contours du loup-garou Stark. La lettre était de la main de Robb, mais les caractères se chevauchaient, s'embrouillaient de manière si bizarre que Jon finit par percer ce mystère : il pleurait. Alors, peu à peu, à travers les larmes, émergea le sens du message. « Il s'est réveillé, balbutia-t-il à l'adresse de Mormont, les dieux nous l'ont rendu.

— Paralysé… Navré, mon garçon. Lis la suite. »

Il parcourut les mots, mais les trouva sans importance. Plus rien n'importait, hormis que Bran vivait, allait vivre. « Mon frère va vivre », dit-il. Le commandant acquiesça d'un signe ambigu puis, prélevant une poignée de grain, siffla son corbeau qui vint se jucher sur son épaule en criant : « *Vivre ! Vivre !* »

Un sourire aux lèvres et la lettre à la main, Jon redégringola les escaliers. « Mon frère va vivre ! » lança-t-il aux gardes, qui échangèrent un coup d'œil ahuri.

Dans la salle commune, Tyrion Lannister achevait son repas. Jon l'empoigna par les aisselles, l'arracha de son banc et le fit toupiller, gloussant : « *Bran va vivre !* » puis, le voyant ébahi, le reposa à terre et lui fourra la lettre entre les mains. « Ici, lisez ! »

Un cercle de curieux s'était formé, dans lequel Jon distingua Grenn, la main ensevelie dans d'épais bandages. D'un air gauche et dubitatif mais nullement menaçant, il s'avança vers lui, mais celui-ci eut un mouvement de recul, étendit les bras : « Loin de moi, bâtard ! » piailla-t-il.

Jon lui sourit. « Pardon, pour ton poignet. Un jour, Robb m'a porté le même coup, mais avec une épée de bois, et ça m'a fait diablement mal. Rien, j'imagine, à côté de toi. Écoute, si tu veux, je t'enseignerai la parade.

— Vous entendez ça ? grogna Thorne, lord Snow prétend me supplanter ! » Puis il ricana : « J'aurais moins de peine à faire jongler un loup que toi à former cet aurochs !

— Pari tenu, ser Alliser, répliqua Jon. J'aimerais fort voir jongler Fantôme. »

À ces mots, il entendit Grenn avaler sa glotte, suffoqué. Puis, du silence, émergèrent les gloussements de Tyrion Lannister, qu'imitèrent aussitôt trois frères noirs attablés non loin.

De proche en proche, l'hilarité gagna tous les bancs, puis les cuistots eux-mêmes, tandis que, dans la charpente, les oiseaux se joignaient au tapage et, finalement, Grenn à son tour se mit à pouffer.

Ser Alliser, quant à lui, fixait Jon. Et, plus déferlaient les rires, tout autour, plus s'assombrissait sa physionomie, plus son poing se crispait sur une garde imaginaire. « Une belle gaffe, lord Snow… », grinça-t-il enfin, du ton d'un ennemi mortel.

EDDARD

En franchissant à cheval les colossales portes de bronze du Donjon Rouge, Eddard Stark se sentait chagrin, fatigué, de méchante humeur et affamé. Or il se trouvait encore en selle, rêvant d'un long bain bouillant, de volaille rôtie, de sommeil douillet, quand l'intendant du roi l'avertit que le Grand Mestre Pycelle avait convoqué en session d'urgence le Conseil restreint et comptait que la Main daignerait honorer celui-ci de sa présence dès qu'elle le jugerait à sa convenance. « Ma convenance sera demain », dit-il d'un ton sec en mettant pied à terre.

L'homme s'inclina bien bas. « Je vais transmettre vos regrets à Leurs Excellences, monseigneur.

— Diantre non ! » s'écria Ned. Il eût été malséant d'offenser le Conseil avant même d'entrer en fonctions. « J'irai. Priez-les seulement de m'accorder le temps d'enfiler des vêtements plus décents.

— Bien, monseigneur. Nous vous avons donné les appartements qu'occupait lord Arryn dans la tour de la Main. S'ils sont à votre gré, j'y ferai porter vos affaires.

— Je vous remercie. » Ce disant, il retirait ses gants de route et les fourrait dans sa ceinture. Peu à peu, sa maisonnée envahissait la cour. Il y repéra Vayon Poole, son propre intendant, et le héla. « Le Conseil me requiert d'urgence. Veille à installer mes filles dans leurs chambres, et prie Jory de les y garder. Je ne veux pas qu'Arya parte en exploration. » Poole s'inclina, et Ned reprit, à l'adresse de l'homme du roi : « Mes chariots bringuebalent encore par les rues. Pourriez-vous me procurer de quoi m'habiller comme il sied ?

— Avec joie. »

Ainsi Ned fit-il son entrée dans la salle du Conseil titubant de fatigue et revêtu d'effets d'emprunt. Quatre membres du Conseil restreint l'y attendaient.

La pièce était luxueusement meublée. Des tapis de Myr en jonchaient le sol et, dans un angle, un paravent sculpté des îles d'Été faisait piaffer cent bêtes fabuleuses aux vives couleurs. Aux murs étaient suspendues des tapisseries de Norvos, de Qohor, de Lys. Deux sphinx valyriens flanquaient la porte, et dans leur figure de marbre noir luisaient comme braise des yeux de grenat.

Dès son arrivée, Ned se vit aborder par le conseiller qu'il appréciait le moins, Varys. « Les incidents de votre voyage m'ont effroyablement consterné, lord Stark. Nous nous sommes rendus au septuaire en corps constitué pour allumer des cierges en faveur du prince Joffrey. Je fais des prières pour qu'il recouvre la santé. » Ses doigts maculaient de poudre la manche de Ned, et il répandait une puanteur sirupeuse de gerbe funéraire.

« Vos dieux vous ont exaucé, répondit-il, froid mais poli, le prince se porte de mieux en mieux. » Puis, se dégageant des mains de l'eunuque, il traversa la pièce vers le paravent, auprès duquel lord Renly devisait d'un air paisible avec un petit bout d'homme, Littlefinger, forcément. Agé seulement de huit ans quand son frère avait accédé au trône, Renly s'était mis, depuis, à lui ressembler de manière si frappante que Ned n'en revenait pas. À chacune de leurs rencontres, il avait l'impression qu'aboli par enchantement le passé lui rendait le Robert fringant du Trident.

« Je vois que vous êtes arrivé sans encombres, lord Stark.

— Vous de même… Sauf votre respect, vous rappelez à s'y méprendre votre frère.

— Une pauvre copie, minauda Renly.

— Mais tellement plus richement vêtue que l'original, repartit Littlefinger. Lord Renly dépense pour sa parure plus que la moitié des dames de la cour. »

La remarque ne manquait pas de pertinence. Drapé de velours vert sombre, lord Renly portait un pourpoint tout rebrodé de cerfs d'or. Une courte cape de brocart lui nimbait nonchalamment l'épaule, où la retenait une broche d'émeraude. « Je sais plus grave, comme crime, dit-il en riant. Ne serait-ce que *votre* façon de vous habiller. »

Littlefinger ne releva pas. Il lorgnait Ned avec, aux lèvres, un sourire proche de l'insolence. « Voilà des années que j'espérais faire votre connaissance, lord Stark. Lady Catelyn vous a sûrement parlé de moi.

— En effet, répondit-il, ulcéré par l'impudence de l'insinuation, d'un ton plutôt réfrigérant. Vous connaissiez aussi mon frère Brandon, si j'ai bien compris. »

Renly Baratheon éclata de rire, et Varys vint à pas traînants prêter l'oreille.

« Plutôt trop, repartit Littlefinger. Je porte en permanence un gage de son estime. Vous aurait-il aussi parlé de moi ?

— Souvent, et non sans chaleur », répliqua Ned, dans l'espoir de mettre un point final à ce petit jeu – ce duel verbal – qui l'impatientait.

« Tiens donc ! s'exclama néanmoins l'autre, j'aurais cru que chaleur et Stark faisaient mauvais ménage… Ici, dans le sud, on prétend que vous êtes tous fabriqués de glace, et que vous fondez, en deçà du Neck.

— Il n'est pas dans mes projets, lord Baelish, de fondre de sitôt. Tenez-le pour sûr. » Sur ce, il s'approcha du bas bout de la table du Conseil et dit : « Vous allez bien, j'espère, mestre Pycelle. »

Le Grand Mestre sourit avec bonhomie du fond de son grand fauteuil. « Pas si mal, pour un homme de mon âge, monseigneur. À ceci près, hélas, que je me fatigue assez vite. » Les quelques mèches neigeuses qui folâtraient sur son vaste crâne chauve accentuaient le caractère aimable de ses traits. Au lieu d'être, comme celui de Luwin, un simple carcan de métal, son collier se composait de vingt-quatre lourdes chaînes torsadées en une seule et qui lui battait la poitrine. À chacun des maillons correspondait l'un des métaux humainement connus : fer noir, or rouge, cuivres jaune et rouge, plomb, acier, étain, argent, bronze, platine… Y étaient enchâssés grenats, perles noires, améthystes, ainsi que, de loin en loin, une émeraude ou un rubis. « Si nous ouvrions la séance ? proposa-t-il en joignant les deux mains sur sa large bedaine. Je crains de m'assoupir, à tarder davantage.

— Comme il vous plaira. » À l'autre bout de la table demeurait vide le fauteuil du roi, avec ses coussins brodés d'or à l'effigie du cerf couronné. Ned prit place à sa droite. « Messires, dit-il avec un soupçon d'emphase, je suis confus de vous avoir fait attendre.

— Vous êtes la Main du Roi, susurra Varys, nous sommes à la disposition de votre bon plaisir, lord Stark. »

Pendant que les autres prenaient leur place accoutumée, Ned éprouva brutalement le sentiment d'être étranger à tout et à tous, ici, dans cette pièce, avec ces hommes, et le souvenir l'assaillit des mots prononcés par Robert, dans la crypte de Winterfell. *Je suis entouré de flagorneurs et d'imbéciles.* Quels étaient les flagorneurs, autour de cette table, quels les imbéciles ? La réponse, il la connaissait déjà. « Nous ne sommes que cinq ? s'étonna-t-il.

— Lord Stannis s'est embarqué pour Peyredragon peu après le départ du roi pour le nord, expliqua Varys. Quant à notre vaillant ser Barristan, il doit être en train de parcourir les rues aux côtés du roi, comme il lui appartient en sa qualité de commandant suprême de la Garde.

— Peut-être, alors, devrions-nous attendre que tous deux viennent nous rejoindre ? » suggéra Ned.

Renly Baratheon éclata d'un rire bruyant : « Avant que mon frère ne condescende à nous accorder la grâce de sa royale présence, il peut s'écouler une éternité !

— Notre bon roi Robert est débordé, compatit l'eunuque. Il s'en remet à notre foi pour l'éclairer sur les affaires accessoires.

— Lord Varys entend par là tout le tintouin que mon royal frère trouve rasoir à sangloter : finances, récoltes et justice, reprit Renly. Ainsi nous incombe-t-il de gouverner le royaume. Tout au plus Robert nous adresse-t-il une mise en demeure, de-ci de-là. » Il tira de sa manche un petit rouleau et le déposa sur la table. « Ce matin même, il m'a par exemple intimé d'aller au triple galop sommer le Grand Mestre Pycelle de convoquer ce Conseil-ci toutes affaires cessantes pour cette affaire urgente-ci. »

Avec un sourire, Littlefinger tendit le message à Ned. D'un coup de pouce, celui-ci rompit le sceau royal et, déployant la pelure pour prendre connaissance de l'urgence en question, douta du témoignage de ses propres yeux. L'extravagance du roi n'avait donc pas de limites ? « Bonté divine ! » jura-t-il, outré de devoir au surplus apposer son propre nom au bas de cette turlupinade.

« En termes clairs, dit pompeusement Renly, lord Eddard est heureux de vous informer que Sa Majesté nous enjoint d'organiser un tournoi magnifique en l'honneur de sa nouvelle Main.

— Combien ? » demanda Littlefinger d'une voix suave.

Ned répondit en marmonnant les indications de la lettre : « Quarante mille dragons d'or pour le premier prix. Vingt mille pour le second, vingt autres mille au vainqueur de la mêlée, dix mille à celui du concours à l'arc.

— Quatre-vingt-dix mille pièces d'or, soupira Littlefinger, sans omettre les dépenses annexes. Et Robert va vouloir un faste inouï. Ce qui implique cuisiniers, charpentiers, filles de service, chanteurs, jongleurs, bouffons…

— Des bouffons, nous en avons à revendre », dit lord Renly.

Pycelle intervint : « Le Trésor peut-il supporter de telles prodigalités ?

— Quel Trésor ? riposta Littlefinger avec une moue torve, épargnez-moi ces pantalonnades, mestre ! Vous savez pertinemment que le Trésor est vide depuis des années. Il me faudra emprunter, voilà. Les Lannister se montreront sûrement coulants. Quand nous devons déjà trois millions de dragons à lord Tywin, cent mille de plus, que nous chaut ?

— Vous voulez dire…, bredouilla Ned, interloqué, que la Couronne est endettée de trois millions de pièces d'or ?

— De plus de six millions de pièces d'or, lord Stark. Si les Lannister sont ses plus gros créanciers, il y a aussi lord Tyrell, la Banque de Fer de Braavos et pas mal de cartels de Tyrosh. Nous avons même dû, dernièrement, recourir au Grand Septon. Et il est plus retors qu'un poissonnier de Dorne…

— Mais ! s'étrangla Ned, consterné, Aerys Targaryen avait laissé des… des montagnes d'or… Comment avez-vous pu laisser les choses en venir là ? »

Littlefinger haussa les épaules. « Le Grand Argentier se charge simplement de trouver l'argent que le roi et sa Main se chargent de dépenser.

— Vous ne me ferez pas croire que Jon Arryn ait jamais permis à Robert de réduire le royaume à la mendicité », rétorqua Ned avec ferveur.

Le Grand Mestre Pycelle fit tintinnabuler ses chaînes en hochant sa noble calvitie. « Lord Arryn était la circonspection même, mais je crains qu'il n'arrive à Sa Majesté de fermer l'oreille aux sages avis.

— Mon royal frère adore les tournois, les fêtes, et il exècre, comme il dit, “compter ses picaillons”.

— J'en parlerai avec Sa Majesté, s'obstina Ned. Ce tournoi est une folie que le royaume ne peut se permettre.

— Parlez-lui-en, si vous voulez, dit lord Renly, mais nous ferions mieux d'y aviser.

— Une autre fois », répliqua Ned. D'un ton trop tranchant, peut-être, à en juger par les regards qu'on lui décocha. Une leçon qu'il se promit de retenir. Il était non plus, comme à Winterfell, seul maître après le roi, mais premier de ses pairs. « Veuillez me pardonner, messires, reprit-il d'un ton radouci, je suis épuisé. Suspendons la séance pour aujourd'hui, nous la reprendrons sitôt reposés. » Et, là-dessus, il se leva brusquement sans leur demander son congé, leur adressa un signe de tête et gagna la porte.

À l'extérieur, chariots et cavaliers continuaient d'affluer par la poterne, et la cour n'était que bourbe, bêtes et gens. Le roi n'était pas encore arrivé, lui apprit-on. Depuis les crasses du Trident, les Stark et leur maisonnée n'avaient cessé de devancer le gros du cortège, afin de mieux empêcher tout contact avec les Lannister et de se soustraire à l'atmosphère de plus en plus tendue. Robert s'était à peine montré ; la rumeur voulait qu'il se trouvât désormais à bord de l'inénarrable carrosse, et le plus souvent fin saoul. Dans ce cas, il n'était pas près d'arriver. Toujours trop tôt, au gré de Ned, dont la pauvre figure de Sansa suffisait à ranimer la fureur noire. Les deux dernières semaines de route avaient été misérables. Sansa accablait sa sœur de reproches et lui répétait que Lady était morte à la place de Nymeria. Arya ne se remettait pas davantage de la fin sinistre du garçon boucher. Sansa pleurait à chaudes larmes toutes les nuits. Tout le jour, Arya ruminait en silence. Et leur père rêvait d'un enfer glacé réservé aux Stark de Winterfell.

Traversant la cour extérieure, il franchit le pont-levis qui donnait accès à la courtine intérieure et se dirigeait vers la tour présumée de la Main quand Littlefinger se dressa soudain devant lui. « Vous vous trompez de route, Stark. Je vous accompagne. »

Après un instant d'hésitation, Ned se résigna, et l'autre le mena dans une tour, lui fit descendre un escalier, traverser une courette encaissée, longer un interminable corridor désert que bordaient, en guise de sentinelles, des armures poussiéreuses, en acier noir, aux heaumes ciselés d'écailles de dragon, et reléguées dans l'oubli de la dynastie targaryenne. « Mais vous ne m'amenez pas à mes appartements, dit Ned.

— Ai-je dit le contraire ? En fait, je vous entraîne vers les oubliettes où je compte, après vous avoir tranché la gorge, maçonner votre cadavre dans une muraille, répliqua Littlefinger d'un ton sarcastique. Rassurez-vous, Stark, nous n'avons pas de temps à perdre à ces amusettes. Votre femme attend.

— Quelle est cette plaisanterie, Littlefinger ? Catelyn se trouve à Winterfell, à des centaines de lieues d'ici.

— Ah bon ? » Ses yeux gris-vert pétillèrent de malice. « Dans ce cas, la personne qui l'imite a des dons stupéfiants. Pour la dernière fois, venez. Ou ne venez pas, je la garderai pour moi seul. » Il dévala un escalier.

Ned le suivit sans précipitation. Cette maudite journée ne s'achèverait donc jamais ? N'éprouvant que dégoût pour l'intrigue, il commençait à s'apercevoir que son guide s'en délectait autant que de nectar et d'ambroisie.

Au bas des marches se dressait une lourde porte de chêne bardée de fer. Petyr Baelish retira la barre qui la bloquait, fit signe à Ned de passer devant, et, tout à coup, ils se retrouvèrent dans le crépuscule rougeoyant, sur un escarpement rocheux sous lequel coulait la Néra. « Nous sommes sortis du château, constata Ned.

— Il n'est pas facile de vous duper, Stark, le complimenta l'autre avec affectation. Est-ce le soleil qui vous l'a révélé, ou le ciel ? Suivez-moi. La roche est entaillée régulièrement, mais prenez garde de tomber, la chute serait mortelle, et Catelyn ne comprendrait jamais. » À ces mots, il aborda le flanc de la falaise et se mit à descendre avec une prestesse de singe.

Après examen des lieux, Ned le suivit sans l'imiter. La roche était bel et bien entaillée comme annoncé mais, à moins d'en connaître l'emplacement précis, les encoches, quoique profondes, devaient être invisibles depuis le bas. La seule vue de la rivière donnait le vertige. Ned se plaqua contre la paroi et s'efforça de ne regarder en dessous qu'en cas de nécessité.

Lorsqu'il atteignit enfin, au pied de la falaise, un sentier étroit et boueux qui longeait la berge, Littlefinger, adossé à un rocher, paressait en croquant une pomme. Il en était presque au trognon. « Hé bien, Stark, vous vous faites vieux, vous traînez. » D'un geste nonchalant, il jeta les restes du fruit dans le courant. « Mais n'importe, nous continuons à cheval. » Deux bêtes étaient là, en effet. Ned enfourcha la sienne et se mit à trotter sur les traces de Littlefinger. Le sentier les mena dans la ville.

Finalement, Baelish tira sur les rênes devant un bâtiment de trois étages, délabré, en bois, aux fenêtres tout illuminées, tandis que l'ombre s'épaississait. Des flonflons, des rires rauques s'en échappaient, qui semblaient stagner sur les eaux. Au montant de la porte pendait, au bout d'une grosse chaîne, une lampe à huile ouvragée et surmontée d'un globe de verre rouge à réseaux de plomb.

Hors de lui, Ned mit pied à terre. « Un bordel ! » Empoignant Littlefinger à l'épaule, il le fit pivoter, lui jeta : « Tout ce trajet pour m'amener dans un bordel !

— Votre femme s'y trouve. »

C'en était trop. « Brandon a eu tort de vous épargner ! » s'écria Ned en le plaquant brutalement contre un mur, son poignard dardé vers la barbichette.

« *Non*, monseigneur ! cria une voix suppliante, il dit vrai ! »

Sans lâcher son arme, Ned se retourna vivement. Un vieillard à cheveux blancs dévalait le perron, vêtu de bure brune et fanons ballants. « Mêlez-vous de vos oignons ! lança-t-il, puis la stupeur fit retomber son bras. *Ser Rodrik* ? »

Celui-ci acquiesça d'un signe. « Lady Catelyn vous attend en haut.

— Parce qu'elle est vraiment ici ? » Il tombait des nues. « Ce n'est donc pas un méchant tour de Littlefinger ? » Il rengaina.

« Que n'en est-ce un, Stark, dit ce dernier. Suivez-moi. Tâchez seulement de prendre un air un peu plus lubrique et un peu moins Main du Roi. Mieux vaut qu'on ne vous reconnaisse pas. Au passage, tripotez donc un ou deux nichons… ? »

Ils entrèrent dans une pièce bondée où ils durent jouer des coudes. Une femme grasse vociférait des chansons obscènes. De jolies filles en chemises de lin vaporeuses et déshabillés de soie rutilants se frottaient contre leurs partenaires, les câlinaient dans leur giron. Ned se faufila sans éveiller le moindre intérêt. Puis, tandis que ser Rodrik demeurait en bas, il se laissa conduire par Littlefinger au troisième étage puis introduire, au bout d'un corridor, dans une chambre.

En le voyant entrer, Catelyn poussa un cri de soulagement et courut se jeter dans ses bras.

« Ma dame, murmura-t-il, au comble de la stupeur.

— Les dieux soient loués, dit Littlefinger en refermant la porte, vous l'avez reconnue.

— Je craignais que vous n'arriviez jamais, mon seigneur, chuchota-t-elle en l'étreignant passionnément. Petyr me tenait informée. Je suis au courant, pour Arya et le prince. Comment vont mes filles ?

— Folles toutes les deux de chagrin et de colère, répondit-il. Mais je ne comprends pas, ma douce. Que fais-tu à Port-Réal ? Qu'est-il arrivé ? C'est Bran ? Il est… ? » Ses lèvres refusèrent de prononcer le mot.

« C'est bien Bran, mais pas dans le sens où tu l'entends.

— Mais alors, quoi ? demanda-t-il, décidément perdu. Pourquoi te trouves-tu ici, mon amour ? Quel lieu est ceci ?

— Conforme à l'évidence, dit Littlefinger en allant s'asseoir dans l'embrasure d'une fenêtre. Un bordel. Se peut-il plus invraisemblable pour une Catelyn Tully ? » Il sourit. « La chance a voulu que je fusse propriétaire de cet établissement singulier. Ce qui simplifiait singulièrement nos mesures de sécurité. Je ne voudrais pour rien au monde que les Lannister apprennent la présence à Port-Réal de Cat.

— Pourquoi ? » s'étonna Ned. Soudain, il remarqua les mains de sa femme, sa façon pataude de les tenir, leurs cicatrices rouge cru, la raideur des deux derniers doigts de la gauche. « Tu t'es blessée… » Il les prit dans les siennes, les retourna. « Bons dieux. Et profondes…, comme des entailles d'épée ou… Comment cela vous est-il arrivé, ma dame ? »

Elle tira un poignard de sous ses vêtements, le lui déposa sur la paume. « Il était censé trancher la gorge de Bran. »

Un haut-le-corps lui releva la tête. « Mais… qui ? Pourquoi voudrait-on… ? »

Elle lui posa un doigt sur les lèvres. « Laisse-moi raconter, mon amour. Nous irons plus vite. Écoute. »

Alors, elle lui conta tout, depuis l'incendie de la bibliothèque jusqu'à Varys, l'intervention des gardes et Littlefinger. Après quoi Eddard Stark demeura comme hébété, le poignard en main, la pensée confuse. Ainsi, Bran devait la vie à son loup. Au fait, qu'avait dit Jon, lors de la découverte des chiots dans la neige ? *Vos cinq enfants sont tout désignés pour recevoir chacun le sien.* Et voilà qu'il avait lui-même tué, de sa propre main, celui de Sansa. Et pourquoi ? Quel sentiment éprouvait-il maintenant ? Des remords ? La peur ? Si ces loups étaient un don des dieux, quelle folie n'avait-il pas commise ?

Non sans mal, il contraignit enfin son esprit à se reporter sur le poignard et ce qu'il signifiait. « Celui du Lutin », répéta-t-il. Insensé. Sa main s'enroula sur la poignée d'os de dragon, et il planta la lame dans la table, la sentit mordre le bois. L'air, ainsi, de se gausser de lui. « Pourquoi diable

Tyrion Lannister voudrait-il la mort de Bran ? Bran ne lui a causé aucun tort.

— N'auriez-vous donc que de la neige dans les oreilles, vous autres, Stark ? grogna Littlefinger. Le Lutin ne saurait avoir agi seul ! »

Ned se leva et se mit à marcher de long en large. « Si la reine joue un rôle dans cette affaire ou, les dieux nous préservent ! le roi lui-même…, non, cela, je ne puis l'admettre. » Or, tout en prononçant ces mots, l'assaillit le souvenir du matin frisquet où, dans la région des tertres, Robert parlait d'envoyer des sicaires assassiner la princesse targaryenne. Il revit le cadavre minuscule du fils de Rhaegar, sa tête en bouillie, et la manière dont Robert s'en détournait, tout comme le roi, ce n'était pas si vieux…, l'avait fait dans la salle d'audiences de Darry. Il entendait encore, à l'instar de celles de Lyanna, jadis, les supplications de Sansa.

« Il est plus que probable que le roi n'a rien su, dit Littlefinger. Ce ne serait pas une nouveauté. Notre bon Robert s'est fait une spécialité de fermer les yeux sur ce qu'il préfère ignorer. »

Que répliquer à cela ? Le spectre du garçon boucher quasiment tranché comme un porc apparut à Ned. Le roi s'était gardé d'y rien redire. De quoi perdre la raison…

D'un pas nonchalant, Littlefinger s'approcha de la table et en arracha le poignard. « De toute façon, l'accuser vous rendrait coupable de haute trahison. Essayez seulement, vous aurez à faire au sieur Ilyn Payne sans avoir pu proférer trois mots. Mais, pour ce qui est de la reine…, si vous parvenez à produire une preuve et si vous parvenez à rendre Robert attentif, il se peut qu'alors…

— La preuve, nous l'avons, dit Ned. Nous avons le poignard.

— Ça ? » Littlefinger feignit de l'examiner sous tous les angles. « Un joli morceau d'acier, mais à double tranchant, monseigneur. Le Lutin ne manquera pas de jurer ses grands dieux qu'il l'a perdu ou se l'est fait voler durant son séjour à Winterfell, et qui le démentirait, puisque son petit tueur à gages est mort ? » D'une pichenette, il le renvoya à Ned. « Le mieux à faire est, si vous m'en croyez, de le flanquer à la rivière et d'oublier qu'on l'ait jamais forgé. »

Un regard froid lui répondit. « Je suis un Stark de Winterfell, lord Baelish. Mon fils est infirme à vie, peut-être mourant. Il serait déjà mort, et Catelyn aussi, sans un louveteau ramassé dans la neige. Si vous croyez sincèrement que je puis oublier cela, vous êtes toujours aussi délirant qu'à l'époque où vous osiez défier Brandon.

— Je puis en effet délirer, Stark…, mais je suis encore de ce monde, alors que votre frère se délite dans sa tombe glacée depuis quatorze ans. Si le même sort vous tente, libre à vous, mais le partager, non merci.

— Vous êtes bien le dernier homme à qui je confierais la moindre part à rien, lord Baelish.

— Vous me blessez mortellement. » Il plaça la main sur son cœur. « En ce qui me concerne, j'ai toujours considéré les Stark comme un ramassis fastidieux, mais Catelyn semble s'être attachée à votre personne, pour des raisons qui m'échappent totalement. Par égards pour elle, je m'efforcerai de préserver vos jours. Une besogne délirante, admettons, mais je n'ai jamais rien pu refuser à votre femme.

— J'ai parlé à Petyr, intervint Catelyn, de nos soupçons quant à la mort de Jon Arryn. Il a promis de nous aider à découvrir la vérité. »

Ce genre de nouvelles n'était pas pour plaire à lord Stark mais, il devait en convenir, ils avaient besoin d'aide, et des liens quasi fraternels avaient jadis existé entre Catelyn et Littlefinger. Après tout, ce n'était pas la première fois qu'il ferait par force cause commune avec un homme qu'il méprisait… « Fort bien, dit-il en glissant le poignard dans sa ceinture. Mais vous avez nommé Varys. Il est au courant de tout ?

— Pas de mon fait, protesta Catelyn. Vous n'avez pas épousé une idiote, Eddard Stark. Mais il possède l'art de pénétrer les secrets les mieux gardés. Cela tient de la magie noire, je te jure, Ned.

— Il a simplement des espions, c'est archi-connu, riposta-t-il d'un ton catégorique.

— Tu minimises, insista-t-elle. L'entretien de ser Rodrik et de ser Aron s'est déroulé de la façon la plus confidentielle, et pourtant, je ne sais comment, l'Araignée connaissait sa teneur. Cet homme m'effare. »

Littlefinger se mit à sourire. « Abandonnez-moi lord Varys, douce dame… Si vous me permettez de parler cru (ces lieux s'y prêtent admirablement !), je lui tiens les couilles. » Son sourire s'accentua, tandis que ses doigts mimaient la prise. « Pure métaphore mais, voyez-vous, si j'entrouvre le pot aux roses, les oisillons se mettent à chanter, et Varys n'y tient nullement. À votre place, je m'inquiéterais davantage des Lannister et moins de l'eunuque. »

Cet avertissement-là, Ned n'en avait que faire. Il se remémorait précisément le jour où l'on avait retrouvé Arya, et l'expression suave et paisible de la reine disant : *« Mais nous avons un loup »...* Il se remémorait Mycah, et la mort subite de Jon Arryn, et la chute de Bran, et le cadavre du vieil Aerys le Dément baignant dans un sang qui, cependant, séchait sur une épée d'or… Il se tourna vers Catelyn. « Ma dame, dit-il, votre place n'est plus ici. Vous allez retourner sur-le-champ à Winterfell, je le veux. Le premier assassin pourrait avoir des successeurs. Quel qu'il soit, celui qui avait donné l'ordre de tuer Bran saura bien assez tôt qu'il est encore en vie.

— J'avais espéré voir les filles…

— Ce serait de la folie pure, intervint Littlefinger. Le Donjon Rouge foisonne d'yeux indiscrets, et des enfants bavardent.

— Il dit vrai, mon amour. » Il la prit dans ses bras. « Repars avec ser Rodrik. Je veillerai sur nos filles. Va veiller sur nos fils, toi.

— Soit, mon seigneur. » Elle leva le visage, et il l'embrassa. Avec une énergie farouche, elle lui emprisonna les épaules de ses mains estropiées, comme pour le préserver à jamais de tout mal.

« Monseigneur et madame souhaiteraient-ils une chambre à coucher ? demanda Littlefinger. Autant vous prévenir, Stark, la chose se paie, dans le coin.

— Un instant de tête-à-tête, voilà tout, dit Catelyn.

— Très bien. » Il gagna nonchalamment la porte. « N'abusez pas. Il n'est que temps pour Son Excellence la Main et moi-même de regagner le château, sans quoi l'on remarquerait notre absence. »

Catelyn vint à lui et lui prit les mains. « Je n'oublierai pas tes secours, Petyr. Quand tes hommes sont venus me chercher, j'ignorais s'ils m'emmenaient vers un ami ou un ennemi. J'ai trouvé en toi plus qu'un ami. J'ai retrouvé le frère que je croyais perdu. »

Baelish se mit à sourire. « Je suis un sentimental incurable, douce dame. Ce sous le sceau du secret, je vous prie. J'ai mis des années à convaincre la Cour que j'étais pervers et cruel, je détesterais voir tout ce labeur anéanti. »

Ned n'en croyait pas un traître mot, mais il prit sa voix la plus affable. « Je vous remercie moi-même de tout cœur, lord Baelish.

— Oh ! s'exclama l'autre en sortant, me voici *comblé* ! »

Après que la porte se fut refermée, Ned se tourna vers sa femme. « Une fois chez nous, envoie un mot scellé de mon sceau à Helman Tallhart et à Galbart Glover pour qu'ils lèvent chacun cent archers et aillent fortifier Moat Cailin. Deux cents archers déterminés tiendraient le Neck contre une armée. Avise lord Manderly d'avoir a renforcer et restaurer toutes les défenses de Blancport, et veille à les garnir le mieux possible. À compter d'aujourd'hui, je veux qu'on ait l'œil en permanence sur Theon Greyjoy. En cas de guerre, la flotte de son père serait vitale.

— *De guerre ?* » La peur se lisait sur ses traits.

« On n'en viendra pas là », affirma-t-il, priant à part lui que cela s'avérât. Puis il la reprit dans ses bras. « Les Lannister sont sans merci pour la faiblesse, Aerys Targaryen l'a appris pour sa peine, mais ils n'oseraient s'en prendre au nord sans avoir derrière eux toutes les forces du royaume, et ils ne les auront pas. Il me faut porter jusqu'au bout ma défroque d'idiot comme si tout marchait admirablement. Souviens-toi, mon amour, pourquoi je suis venu ici. Si je déniche la moindre preuve que les Lannister ont assassiné Jon Arryn… »

Catelyn s'était mise à trembler. De toute la force de ses pauvres mains, elle se cramponna à lui. « Si, souffla-t-elle, et, dans ce cas, mon amour, quoi ? »

Ce serait la partie la plus difficile du rôle, il le savait. « Toute justice découle du roi, dit-il. Quand je saurai la vérité, il me faudra m'adresser à Robert. » *Et les dieux veuillent qu'il soit bien l'homme que je le crois être*, acheva-t-il en son for, *et non l'homme que je le crains devenu.*

TYRION

« Êtes-vous certain de devoir nous quitter si vite ? demanda le commandant.

— Plus que certain, lord Mormont, répondit Tyrion. Mon frère doit se demander ce que je suis devenu. Il finirait par croire que vous m'avez persuadé de prendre la tenue noire.

— Que ne le puis-je ! » Mormont prit une pince de crabe et la broya dans son poing. Il avait toujours, malgré son âge, la force d'un ours. « Vous êtes un malin, Tyrion. Nous aurions besoin d'hommes tels que vous, sur le Mur.

— Dans ce cas, mon cher, sourit-il, je vais écumer les Sept Couronnes et vous expédier une cargaison de nains. » Pendant qu'on riait, il acheva de sucer une patte, se resservit. Arrivés de Fort-Levant le matin même dans un baril de neige, les crabes étaient succulents.

Seul de toute la tablée, Thorne n'esquissa pas l'ombre d'un sourire. « Lannister se fiche de nous.

— De vous exclusivement, ser Alliser », riposta Tyrion, sans déclencher cette fois qu'un rire embarrassé, nerveux.

Les yeux noirs du maître d'armes flambèrent de haine. « Vous avez la langue sacrément longue, pour un homme si court ! Que diriez-vous de m'accompagner dans la cour ?

— Pour quoi faire ? Les crabes sont ici... »

Voyant l'hilarité redoubler, ser Alliser se dressa, la bouche durcie. « Venez donc blaguer l'épée au poing. »

Tyrion se scruta la main droite d'un air goguenard. « Mais je l'ai déjà, ser Alliser, encore qu'on puisse la prendre pour une pince de crabe. Vous voulez un duel ? » D'un bond, il se jucha sur son siège et se mit à pousser des pointes avec son arme dérisoire vers la poitrine de Thorne. Un ouragan de rires secoua la tour, le commandant, n'y tenant plus, postillonnait des miettes de crabe, et son corbeau lui-même se joignit au tapage en croassant de toute sa voix, du haut de la fenêtre : « *Duel ! Duel ! Duel !* »

Alors ser Alliser quitta la pièce avec autant de raideur que s'il avait eu une lame dans le fondement.

Il fallut à Mormont un bon moment pour recouvrer son souffle. « Vous êtes démoniaque, tança-t-il, pour provoquer de la sorte notre ser Alliser. »

Tyrion se rassit, sirota un doigt de vin. « Si un homme se barbouille une cible sur le torse, il doit s'attendre que, tôt ou tard, quelqu'un y décoche une flèche. J'ai vu des cadavres plus spirituels que votre ser Alliser.

— Inexact, repartit le lord intendant, Bowen Marsh, homme vermeil et rond comme une grenade. La cocasserie des sobriquets qu'il donne à ses petits gars vous étonnerait. »

Ces sobriquets si cocasses, Tyrion en connaissait quelques-uns. « Je gage que ses petits gars ne sont pas en reste vis-à-vis de lui, dit-il. La glace vous obstrue les yeux, mes bons amis. Ser Alliser Thorne devrait décrotter vos écuries plutôt que d'entraîner vos bleus.

— La Garde ne manque pas de palefreniers, maugréa Mormont. À croire qu'on ne nous envoie plus que ça. Des palefreniers, des chapardeurs et des violeurs. Ser Alliser est un chevalier consacré, lui, et l'un des rares à avoir pris le noir depuis que j'exerce le commandement. Il s'est vaillamment battu, à Port-Réal.

— Sur le mauvais bord, commenta sèchement ser Jaremy Rykker. Je suis payé pour le savoir, je me trouvais à ses côtés, sur les remparts. Tywin Lannister nous a laissé l'embarras du choix : prendre le noir ou voir nos têtes orner des piques avant la tombée du soir. Soit dit sans vous offenser, Tyrion.

— Pas le moins du monde, ser Jaremy. Mon père a la passion des têtes empalées, surtout lorsqu'elles appartiennent à des gens qui, pour une raison ou une autre, le gênent. Et une physionomie aussi noble que la vôtre, eh bien, il l'eût trouvée des plus décorative au-dessus de la porte du Roi. Vous y auriez été fort impressionnant, j'avoue.

— Merci », sourit celui-ci, sarcastique.

Le commandant Mormont se racla la gorge. « Je serais parfois tenté d'admirer la perspicacité de ser Alliser, Tyrion. Vous vous fichez *franchement* de nous et de la noble tâche que nous assumons.

— Nous avons tous besoin qu'on se fiche de nous, deci de-là, lord Mormont, répliqua Tyrion avec un haussement d'épaules, ou nous ne tarderions guère à nous prendre trop au sérieux. » Il tendit sa coupe. « Un peu de vin, s'il vous plaît. »

Tandis que Rykker versait, Bowen Marsh jeta : « Bien grande soif, pour un si petit homme !

— Permettez, intervint mestre Aemon, depuis l'autre bout de la table, je pense, moi, que lord Tyrion est un homme d'une taille peu commune. » Il parlait sans hausser le ton, mais tous les officiers supérieurs de la Garde de Nuit se turent pour mieux entendre l'ancien. « Un géant, je pense, venu se mêler à nous, ici, au bout du monde.

— En fait de qualificatifs, messire, on m'a plutôt gâté, répondit gracieusement le nain, mais *géant* est une rareté.

— Et néanmoins, reprit mestre Aemon, tout en paraissant le sonder de ses prunelles laiteuses et voilées, je pense n'exprimer là que la vérité vraie. »

Pour une fois, Tyrion Lannister demeura pantois et dut se contenter d'un salut poli. « Trop aimable à vous, mestre Aemon. »

L'aveugle eut un sourire. Chauve et tout plissé, réduit à trois fois rien, il ployait si fort sous le faix de ses cent années que son collier de métaux multiples pendait à trois pouces de sa poitrine. « En fait de qualificatifs, messire, on m'a plutôt gâté, mais *aimable* est une rareté. » Pour le coup, Tyrion fut le premier à s'esbaudir.

Une fois expédiée l'affaire sérieuse de se restaurer et chacun reparti chez soi, Mormont offrit à Tyrion de siroter au coin du feu des alcools si raides et brûlants qu'on en avait les larmes aux yeux. « La grand-route n'est pas sans danger, par ici, l'avertit le commandant.

— J'ai Jyck et Morrec, répondit-il, et Yoren repart pour le sud.

— Yoren ne fait qu'un seul homme. La Garde vous escortera jusqu'à Winterfell, riposta Mormont d'un ton sans réplique. Trois hommes devraient suffire.

— Si vous insistez, messire… Mais, dans ce cas, ne pourriez-vous désigner le jeune Snow ? Cette occasion de revoir ses frères le rendrait heureux. »

Mormont fit une moue dans sa barbe grise. « Snow ? Ah…, le bâtard de Stark. Je ne pense pas. Nos jeunes gens doivent oublier ce qu'ils ont laissé derrière eux, mode de vie, frères, mère et tout ça. Une visite chez lui ne ferait que réveiller des sentiments désormais importuns. J'en connais un bout. Ma propre parenté… – ma sœur Maege – régit l'île aux Ours, depuis que mon fils s'est déshonoré. J'ai des nièces et ne les ai jamais vues. » Il avala sa salive. « Au surplus, Jon n'est qu'un gamin. Je préfère vous confier à trois épées éprouvées.

— Votre sollicitude me touche, lord Mormont. » Le terrible breuvage l'étourdissait, mais pas au point de méconnaître que son hôte désirait lui demander une faveur. « J'espère pouvoir un jour vous exprimer toute ma gratitude.

— Vous le pouvez, dit sans ambages le Vieil Ours. Votre sœur siège à la droite du roi, votre frère est un chevalier émérite, votre père est le plus puissant seigneur des Sept Couronnes. Parlez-leur en notre faveur. Dites-leur notre dénuement. Vous l'avez constaté de vos propres yeux, messire. La Garde de Nuit se meurt. Nos effectifs sont tombés à moins de mille hommes. Six cents ici, deux cents à Tour Ombreuse, moins encore à Fort-Levant, et un petit tiers seulement d'entre eux sont susceptibles de se battre. Le Mur a cent lieues de long. Rendez-vous compte. En cas d'agression, je dispose de trois défenseurs par mille.

— Trois un tiers », rectifia Tyrion dans un bâillement, sans que le vieux, les mains tendues vers le feu, parût l'entendre.

« J'ai envoyé Benjen Stark à la recherche du fils de Yohn Royce. Perdu dès sa première expédition. Un freluquet, aussi vert que du blé en herbe mais, en sa qualité de chevalier, il revendiquait comme un dû l'honneur de la diriger. J'y ai consenti pour ne pas désobliger son père, en lui donnant deux de mes meilleurs hommes. Trouvez plus fou.

— *Fou* », approuva le corbeau qui de son perchoir planta, tout en se lissant les plumes, son petit œil noir dans le regard agacé de Tyrion. « *Fou* », répéta-t-il. Mormont prendrait assurément très mal qu'on lui étrangle sa volaille. Consternant.

Sans prêter la moindre attention à l'horripilant oiseau, le commandant poursuivit : « À peine plus jeune mais plus ancien sur le Mur que moi, Gared semble s'être parjuré et enfui. Je ne m'y serais jamais attendu, de sa part mais, de Winterfell, lord Eddard m'a expédié sa tête. De Royce, aucune nouvelle. Un déserteur, deux disparus, et voilà que Ben Stark lui-même… » Il poussa un profond soupir. « Qui suis-je, moi, pour envoyer à sa recherche ? Dans deux ans, j'en aurai soixante-dix. Trop vieux, trop las pour porter le fardeau mais, si je m'en décharge, qui s'en chargera ? Alliser Thorne ? Bowen Marsh ? Il faudrait être aussi aveugle que mestre Aemon pour ne pas voir ce qu'ils *valent*. La Garde de Nuit est devenue une armée de vieillards exsangues et de petits vauriens. Mis à part mes hôtes de ce soir, je n'ai peut-être pas vingt hommes qui sachent lire, et je ne dis pas penser, dresser des plans, *mener*. Jadis, la Garde passait ses étés à construire, et chacun de ses commandants laissait le Mur plus haut qu'il ne l'avait trouvé. Nous en sommes, nous, réduits tout au plus à survivre. »

À le voir prendre les choses si mortellement à cœur, Tyrion finit par se laisser presque émouvoir. Lord Mormont avait consacré pas mal de sa vie au Mur, et il avait besoin de croire que ce long sacrifice aurait finalement un sens. « Je vous promets d'en faire aviser le roi, dit-il gravement, ainsi que d'en parler moi-même à mon père et à mon frère. » Et il tiendrait parole. En Tyrion Lannister qu'il était. Quitte, du reste, à savoir pertinemment que le roi Robert l'ignorerait, que lord Tywin le suspecterait de démence et que Jaime se contenterait de lui rire au nez… Mais il n'en souffla mot.

« Vous êtes tout jeune, Tyrion. Combien d'hivers avez-vous vus ? »

Il répondit par une moue dubitative. « Huit, neuf. Je ne me rappelle pas au juste.

— Et courts, tous.

— Effectivement, messire. » Il était né au plus mort de l'hiver, d'un hiver abominable qui, selon les mestres, avait duré près de trois années, mais ses tout premiers souvenirs portaient la marque du printemps.

« Quand j'étais gosse, on disait qu'un long été annonce un long hiver. Cet été-ci a duré près de *neuf ans*, Tyrion, et le dixième sera bientôt là. Songez-y.

— Quand j'étais gosse, ma nourrice m'a dit qu'un jour, si les hommes se montraient bons, les dieux accorderaient au monde un été perpétuel. Peut-être nous sommes-nous révélés meilleurs que nous ne pensions, s'épanouit-il, peut-être l'avons-nous finalement obtenu, l'Été Perpétuel ? »

Le commandant ne daigna pas se dérider. « Vous êtes trop fin pour le croire, messire. Déjà, les jours se raccourcissent. Il est impossible de s'y tromper, mestre Aemon a reçu de la Citadelle des lettres qui confirment de point en point ses propres découvertes. La fin de l'été nous fait front. » Il pressa doucement la main de Tyrion. « Vous devez le leur *faire* comprendre. Je vous le dis, messire, les ténèbres viennent. Les bois pullulent de choses sauvages, de loups-garous, de mammouths, d'ours blancs gros comme des aurochs, et j'ai vu en rêve des silhouettes plus sombres encore.

— En rêve », lui fit écho Tyrion, que tenaillait l'urgence d'une nouvelle lampée bien raide.

Mais Mormont demeura sourd à l'acération de son timbre. « Aux environs de Fort-Levant, les pêcheurs ont aperçu des blancheurs qui parcouraient la grève. »

À ces mots, Tyrion fut incapable de tenir sa langue : « Les pêcheurs de Port-Lannis passent leur temps à apercevoir des Tritons.

— Denys Mallister nous mande que les gens des montagnes font mouvement vers le sud et se faufilent, par-delà Tour Ombreuse, en bien plus grand nombre que jamais auparavant. Ils fuient, messire..., mais ils fuient *quoi* ? » Il s'approcha de la fenêtre et scruta la nuit. « Toute vieille qu'est ma carcasse, Lannister, eh bien, jamais elle n'a eu si froid. Dites-le au roi, je vous en supplie. L'hiver *vient*, et, lorsque tombera la Nuit Perpétuelle, seule la Garde de Nuit se dressera entre le royaume et les ténèbres qui accourent depuis le nord. Les dieux nous gardent de n'être pas prêts, alors.

— Les dieux *me* gardent de ne pas aller dormir un brin. Yoren entend se mettre en route aux premières lueurs du jour. » Aussi somnolent d'ivresse que saturé de salades funestes, il se leva. « Je ne saurais assez vous rendre grâces de vos bontés, lord Mormont.

— Dites-leur, Tyrion. Dites-leur et faites qu'ils entendent. C'est la seule grâce que je vous demande. » Sur un simple sifflement, le corbeau vint se percher sur son épaule, et telle fut la dernière image que Tyrion emporta de lui : celle d'un homme souriant qui, tirant du blé de sa poche, l'offrait à l'oiseau.

Il faisait, dehors, un froid mordant. Emmitouflé dans ses fourrures, Tyrion Lannister enfila ses gants et salua d'un signe les pauvres diables frigorifiés placés en sentinelle devant la Commanderie. Trottinant de toute la vitesse de ses courtes jambes, il traversa la cour en direction de la tour du Roi. Durcie par la nuit, la croûte des plaques de neige crissait sous ses bottes, et la buée de son haleine le précédait telle une bannière. Les mains blotties sous ses aisselles, il pressa le pas. Pourvu que Morrec n'eût pas oublié de lui bassiner le lit avec des briques… !

Derrière la tour étincelait sous la lune, gigantesque et mystérieux, le Mur. Un instant, Tyrion, les jambes endolories par la hâte et le froid, s'arrêta pour le contempler.

Soudain, une étrange lubie s'empara de lui, le désir impérieux de jeter un dernier regard sur l'au-delà du monde. Il n'en aurait plus l'occasion, songea-t-il, puisqu'il repartait pour le sud dès le lendemain, et qu'il était inimaginable que rien le rappelât jamais vers ces lieux de désolation. La tour du Roi se dressait devant lui, promettant chaleur, lit douillet, mais il la dépassa comme malgré lui, comme fasciné par la prodigieuse pâleur du Mur.

Ancré sur d'énormes poutres grossièrement équarries, implantées jusqu'au cœur de la glace et gelées sur place, un escalier de bois en gravissait la face sud, la zébrant d'un zigzag semblable à un éclair. Les frères noirs avaient beau jurer que sa fragilité n'était qu'apparente, l'emprunter ne tenta nullement Tyrion que martyrisaient ses crampes. Aussi se dirigea-t-il vers la cage de fer qui jouxtait le puits et, aussitôt dedans, tira par trois fois la corde de la cloche.

Debout, le dos au Mur, derrière ces barreaux, l'attente lui parut s'éterniser. Du moins fut-elle suffisamment longue pour qu'il en vînt à s'étonner de sa toquade, et il s'apprêtait à y renoncer pour gagner son lit quand une saccade l'en empêcha. L'ascension débutait.

D'abord lente et agrémentée de sursauts et de frottements, elle gagna peu à peu en régularité. Le sol se creusait sous la cage, et le tangage obligea Tyrion à embrasser les barreaux. Leur froid se percevait même à travers les gants. Dans sa chambre flambait un grand feu, nota-t-il, un bon point pour Morrec, mais nulle lumière aux fenêtres de la Commanderie. Apparemment, le Vieil Ours n'avait pas d'impulsions saugrenues, lui.

Toujours montant pouce après pouce, il dominait désormais les tours, et tout Châteaunoir gisait à ses pieds, buriné par le clair de lune et stupéfiant de force et de désolation, avec ses forts béants, ses murs éboulés, ses cours obstruées de pierres brisées. Dans le lointain se discernaient les lumières de Moleville, menue bourgade sur la grand-route, à une demi-lieue, et, çà et là, le brasillement de la lune sur le lit gelé des torrents. Hormis cela, le monde se présentait sous les dehors d'un immense désert de montagnes, de plaines, de collines fustigées par la bise, de rocailles maculées de neige.

Enfin, derrière lui, retentit une grosse voix : « Par les sept enfers, le nabot ! » et la cage s'immobilisa brusquement, en suspens sur le vide et tanguant doucement sur ses câbles grinçants.

« Amène-le, que diable ! » Non sans couinements et grognements ligneux, la cage glissa de côté, et Tyrion vit le Mur sous elle. Mais il attendit qu'elle eût cessé d'osciller pour en ouvrir la porte et sauter sur la glace. Une épaisse silhouette noire était inclinée sur le treuil, une autre maintenait la cage de sa main gantée. De leurs figures tout entortillées d'écharpes ne se distinguaient que les yeux, et les amoncellements noir sur noir de lainages et de cuirs leur donnaient l'allure de gros ballots. « Qu'est-ce que vous voulez, à cette heure-ci ? grommela celui du treuil.

— Jeter un dernier coup d'œil. »

Les deux hommes échangèrent un regard furieux. « Tant qu'il vous plaira, repartit le second. Seulement, faites gaffe de pas tomber, mon p'tit. Le Vieil Ours nous ferait la peau. »

Sous la grande grue se trouvait une hutte en bois dans laquelle Tyrion entrevit, lorsque les autres s'y réfugièrent précipitamment, le rougeoiement d'un brasero. Une brève bouffée de chaleur lui sauta au visage, et il se retrouva seul.

Il faisait là-haut un froid dévorant, le vent vous tiraillait les vêtements avec des ténacités de galant. Le faîte du Mur était plus large que la grand-route à nombre d'endroits ; aussi Tyrion ne redoutait-il nullement de tomber ; il le trouvait simplement trop lisse pour son goût. Les frères avaient beau répandre du gravillon sur les passages les plus fréquentés, l'incessant frottement des pieds faisait si bien fondre la glace dessous que celle-ci se reformait par-dessus, déglutissait les aspérités, rétablissait la patinoire, et il fallait recommencer.

Toutefois, il n'était aucune difficulté dont Tyrion ne parvînt à s'accommoder. À l'est comme à l'ouest, le Mur formait une vaste chaussée blanche sans début ni fin, bordée de sombres précipices. Sans raison précise, il se décida pour sa gauche et se mit à longer la sente la plus proche du rebord nord, dont le gravillon semblait en meilleur état.

Le froid lui pinçait les joues, les jambes lui faisaient de plus en plus mal, la bise l'enveloppait dans ses tourbillons, mais il affecta de l'ignorer, tout en écoutant le sol crisser sous ses semelles. Droit devant lui se déroulait l'invraisemblable ruban blanc, au gré des collines de plus en plus hautes, avant de se fondre sur l'horizon. Il dépassa une catapulte, aussi haute qu'un rempart de ville et qui, jadis déposée pour réparation puis oubliée là, gisait, à demi submergée par la glace, tel un énorme jouet brisé.

Au-delà le fit sursauter une apostrophe impérieuse, quoique emmitouflée : « Halte ! Qui va là ? »

Il s'immobilisa. « Si je fais une halte trop longue, je gèle sur place, Jon », dit-il en apercevant une silhouette pâle et touffue qui, se faufilant sans bruit, vint flairer ses fourrures. « Salut, Fantôme. »

Jon se rapprocha. Il semblait plus gros, plus pesant, dans ses cuirs, ses fourrures, et sous le capuchon rabattu. « Lannister, dit-il en relâchant son écharpe afin de découvrir sa bouche. Voilà bien le dernier endroit où je m'attendais à vous voir. » Il portait une lourde pique à pointe de fer, plus haute que lui, et une épée dans son fourreau de cuir lui battait la jambe. En travers de sa poitrine luisait un olifant noir cerclé d'argent.

« Et voilà bien le dernier endroit où je m'attendais à être vu, convint Tyrion. Un brusque caprice qui m'a attrapé. Si je touche Fantôme, il me déchiquette ?

— Moi présent, non. »

Tyrion grattouilla le loup derrière les oreilles. Les yeux rouges le dévisagèrent, impassibles. À présent, l'animal lui arrivait à la poitrine. Une année de plus, et il le *toiserait*. De quoi frémir, rien que d'y penser. « Mais *toi*, que fais-tu là, cette nuit ? En plus de te les geler…

— Le hasard du tirage. Une fois de plus. Ser Alliser s'est gracieusement débrouillé pour que le commandant du guet me porte un intérêt tout particulier. Il semble penser que, si l'on m'oblige à veiller la moitié de la nuit, je tomberai de sommeil à l'exercice, le matin. Je l'ai dépité, jusqu'ici.

— Et Fantôme, s'égaya Tyrion, il a appris à jongler ?

— Non, dit Jon avec un sourire, mais Grenn s'est bien défendu contre Halder, ce matin, et Pyp ne laisse plus choir son épée à tout bout de champ.

— Pyp ?

— Pypar, de son vrai nom. Le petit qui a de grandes oreilles. En me voyant travailler avec Grenn, il m'a demandé de l'aider aussi. Thorne ne lui avait même pas enseigné la bonne manière d'empoigner l'épée. » Il jeta un coup d'œil vers le nord. « J'ai un mille de Mur à garder. Vous m'accompagnez ?

— Si tu marches doucement.

— Le commandant du guet m'a dit de marcher pour empêcher mon sang de geler, mais il n'a pas spécifié à quelle vitesse. »

Ils se mirent en marche, Fantôme flanquant son maître, telle une ombre blanche. « Je pars demain, dit Tyrion.

— Je sais, dit Jon, d'un ton singulièrement triste.

— Je compte faire étape à Winterfell. Si tu souhaites que je transmette un message…

— Dites à Robb que je vais commander la Garde de Nuit et que j'assurerai si bien sa sécurité qu'il pourra se mettre aux travaux d'aiguille avec les filles et donner à Mikken son épée à fondre pour ferrer les chevaux.

— Ton frère est plus gros que moi, gloussa Tyrion. Je refuse de délivrer le moindre mot qui risque de me faire trucider.

— Rickon vous demandera quand je compte revenir. Si vous pouviez lui expliquer où je me trouve… Puis dites-lui qu'il peut disposer de mes affaires, pendant mon absence. Ça, il aimera. »

Décidément, songea Tyrion, les gens étaient en veine de requêtes, aujourd'hui… « Tu pourrais coucher tout ça par écrit, tu sais.

— Rickon ne sait pas lire encore. Bran… » Il s'arrêta subitement. « Je ne sais quel message lui adresser. Aidez-le, Tyrion.

— Comment le pourrais-je ? Je ne suis pas mestre, pour calmer ses douleurs. Je n'ai pas de charmes pour lui rendre ses jambes.

— Vous m'avez accordé votre aide, à moi, quand j'en avais besoin.

— Accordé rien du tout : des mots.

— Alors, accordez-lui aussi vos mots.

— Tu demandes à un boiteux d'enseigner la danse à un paralytique. Si sincère que soit la leçon, le résultat promet d'être grotesque. Toutefois, je sais ce que c'est que d'aimer un frère, lord Snow. Si peu que ce soit, je ferai tout mon possible pour aider Bran.

— Je vous remercie, messire Lannister. » Il se déganta, tendit sa main nue. « Ami. »

Tyrion en fut étrangement touché. « La plupart de mes parents sont des bâtards, dit-il en grimaçant un sourire, mais tu es le premier que j'aie pour ami. » Du bout des dents, il retira l'un de ses gants et, chair contre chair, lui serra la main. La poigne de Jon le frappa par sa force et sa fermeté.

Après s'être reganté, le garçon se détourna rudement et gagna le petit parapet de glace qui bordait la face nord. Par-delà son dos débutait l'à-pic, par-delà son dos l'empire fauve des ténèbres. Tyrion le rejoignit et, côte à côte, ils se tinrent sur le bord du monde.

La Garde de Nuit ne permettait pas à la forêt de trop approcher du Mur. On avait tout du long, des siècles auparavant, dépouillé de ses taillis, ferrugiers, chênes et vigiers une bande large d'un demi-mille où nul ennemi ne pourrait compter passer inaperçu. Tyrion avait entendu dire qu'ailleurs, dans les intervalles qui séparaient les trois dernières forteresses, la nature regagnait peu à peu le terrain depuis des décennies, que même, à certains endroits, vigiers gris-vert et barrals blêmes s'étaient enracinés dans l'ombre du Mur, mais Châteaunoir faisait preuve d'un appétit si prodigieux de bois de chauffage que, dans ses parages, la hache des frères noirs tenait encore la forêt à distance respectueuse.

Ce qui ne faisait pas bien loin. De son perchoir, Tyrion distinguait nettement, par-delà le terrain défriché, la noire confusion des arbres, tel un second mur bâti parallèlement au premier, un mur de nuit. La hache n'avait guère dû ébranler les échos de cette sombre jungle où la clarté de la lune elle-même ne parvenait pas à s'insinuer parmi l'inextricable fouillis de racines, d'épines et de branches immémoriales. De là émergeaient des arbres colossaux qui, au dire des patrouilleurs, ne connaissaient pas l'homme et semblaient ruminer des projets funestes. Rien d'étonnant que la Garde de Nuit nommât elle-même cela la forêt hantée.

Tandis qu'il se tenait là, scrutant ces ténèbres impénétrables où ne se voyait pas le moindre feu, où mugissait la bise et où le froid vous crevait les tripes comme un fer de lance, Tyrion Lannister en venait presque à trouver crédibles les sornettes concernant les Autres, l'ennemi tapi au creux de la nuit. Ses blagues sur les tarasques et les snarks ne lui semblaient plus aussi spirituelles.

« Mon oncle est là-dedans, dit doucement Jon Snow, appuyé sur sa pique et les yeux perdus dans le noir. La première fois que l'on m'a envoyé ici, j'ai pensé : Oncle Ben reviendra cette nuit, je le verrai le premier, c'est moi qui sonnerai du cor. Il n'est pas arrivé. Ni cette nuit-là ni aucune autre.

— Laisse-lui le temps », dit Tyrion.

Là-bas, au nord, un loup hurla. Un autre prit le relais, puis un autre. La tête dressée, Fantôme écoutait. « S'il ne revient pas, promit Jon Snow, Fantôme et moi, nous partirons le trouver. » Il posa sa main sur la tête du loup-garou.

« Je te crois », murmura Tyrion mais, au fond de lui-même, il pensait : *Et toi, qui partira te trouver ?* Et cela le fit frissonner.

ARYA

Père s'était encore disputé avec le Conseil… Cela se lisait sur sa figure lorsqu'il arriva, en retard comme tant de fois, pour se mettre à table. On avait déjà desservi le premier plat, une soupe onctueuse au potiron, dans la longue pièce voûtée dite la Petite Galerie, quoiqu'elle pût accueillir une centaine de convives, afin de la distinguer de la Grande, où les festins du roi en réunissaient jusqu'à mille.

En le voyant entrer, Jory se leva : « Monseigneur », et le reste des gardes l'imita. Tous portaient le nouveau manteau de grosse laine grise bordée de satin blanc dont une main d'argent agrafait les pans. Cinquante hommes en tout, de sorte que la moitié des bancs demeuraient vacants.

« Rasseyez-vous, dit Eddard Stark. Je vois que vous avez commencé sans moi. Je suis heureux de constater qu'il reste quelques gens sensés dans cette ville. » Sur un signe de lui, le repas reprit son cours, et les serviteurs apportèrent le plat suivant, une croustade de rognons à l'ail et aux herbes.

« Il paraît qu'on va donner un tournoi, monseigneur ? dit Jory en se rasseyant. À ce que prétend la rumeur, des chevaliers viendraient des quatre coins du royaume jouter et festoyer pour célébrer votre nomination. »

Père n'en était manifestement pas enchanté. « La rumeur ajoute-t-elle que c'est la dernière chose au monde que je désirais ? »

Les yeux de Sansa s'étaient agrandis comme des soucoupes. « Un *tournoi* », exhala-t-elle. Elle avait pris place entre septa Mordane et Jeyne Poole, aussi loin de sa sœur qu'elle le pouvait sans encourir les reproches de Père. « Aurons-nous la permission d'y assister, Père ?

— Tu connais mon sentiment, Sansa. Je suis, semble-t-il, tenu d'organiser les menus plaisirs de Robert et censé m'en trouver honoré pour l'amour de lui. Rien ne m'oblige pour autant à vous infliger ces bouffonneries.

— Oh ! *s'il vous plaît*..., j'ai envie de voir !

— La princesse Myrcella s'y trouvera, monseigneur, intervint Mordane, et elle est plus jeune que lady Sansa. Un événement de cette importance requiert la présence de toutes les dames de la cour, et comme ce tournoi se donne en votre honneur, l'absence de votre famille paraîtrait... bizarre. »

Père parut chagriné. « En effet. Eh bien, soit, Sansa, je te ferai réserver une place. » Puis, apercevant Arya : « Pour vous deux.

— Si je m'en fiche, de leur tournoi à la noix ! » s'écria-t-elle. Le prince Joffrey serait là, et elle exécrait le prince Joffrey.

Sansa se redressa. « Ce sera *splendide*. On se passera fort bien de toi. »

Père eut un éclair de colère. « *Assez*, Sansa ! ou je change d'avis. Vos escarmouches sempiternelles m'ennuient à mourir. Vous êtes sœurs, et je vous saurais gré de vous comporter en sœurs. Compris ? »

Sansa se mordit la lèvre et acquiesça d'un signe, tandis qu'Arya, d'un air maussade, s'abîmait dans la contemplation de son assiette. Des larmes lui piquaient les yeux. Elle les ravala rageusement. Non, elle ne pleurerait pas !

On n'entendait plus que le cliquetis des fourchettes et des couteaux. « Veuillez m'excuser, lança Père à la ronde, je n'ai guère faim, ce soir », et il quitta la pièce.

Après son départ, Sansa et Jeyne s'épanchèrent en chuchotements passionnés. Au bas de la table, une plaisanterie fit s'esclaffer Jory. Hullen se lança dans des querelles d'écurie. « Ton destrier, mon vieux, hé bien, c'est pas forcément l'idéal pour jouter. Pas du tout pareil, oh non, pas du tout pareil. » Des arguments cent fois rabâchés. Desmond, Jacks et son propre fils, Harwin, se mirent à le huer. Porther réclama du vin.

Personne n'adressait la parole à Arya. Elle s'en fichait. Elle aimait même assez. Elle aurait volontiers pris ses repas seule, dans sa chambre, si on le lui avait permis. Cela arrivait, parfois. Lorsque Père était contraint de dîner avec le roi, quelque grand seigneur ou les émissaires de ceci ou cela. Le reste du temps, ils les prenaient tous trois tête à tête sur la terrasse. Et c'est dans ces moments-là que ses frères lui manquaient le plus. Elle aurait taquiné Bran, joué avec Petit Rickon, joui des sourires de Robb. Jon l'aurait ébouriffée en l'appelant « sœurette » et en lui finissant ses phrases de connivence. Mais aucun d'eux n'était là. Seule lui restait Sansa, Sansa qui ne lui parlait que sur les injonctions de Père.

Quelle différence avec Winterfell… ! On y déjeunait presque à mi-temps dans la grande salle, Père répétant volontiers qu'un seigneur devait manger avec ses hommes, s'il tenait à leur fidélité. Elle l'entendait encore dire à Robb : « Connais ceux qui te suivent et fais-toi connaître d'eux. Ne leur demande pas de mourir pour un étranger. » À Winterfell, il réservait à sa propre table un siège supplémentaire, où il conviait chaque jour un homme différent. Tel soir y prenait place Vayon Poole, et l'on parlait gros sous, réserves de pain, serviteurs ; tel autre, Mikken, et Père l'écoutait deviser d'armes et d'armures, de chauffe idéale ou de la meilleure méthode pour tremper l'acier ; tel autre, Hullen, avec ses interminables histoires de chevaux, ou septon Chayle, et la conversation roulait sur la bibliothèque, ou Jory, ser Rodrik…, voire Vieille Nan, conteuse inépuisable.

Arya n'avait rien tant aimé que d'être assise là, tout ouïe. Elle adorait aussi tendre l'oreille, du côté des bancs, aux propos des francs-coureurs rêches comme cuir, des chevaliers courtois, des écuyers farauds, des hommes d'armes grisonnants. Elle leur décochait des boules de neige, fauchait pour eux dans les cuisines des morceaux de tourte, et leurs femmes lui donnaient du pain perdu, et elle trouvait des noms pour leurs nouveau-nés, et elle jouait à monstre-et-fillette, trésor caché, viens-dans-mon-castel avec leurs enfants. Gros Tom la surnommait « Arya Sous-mes-pieds », parce qu'il prétendait l'en voir toujours surgir à l'improviste. Autrement plus plaisant qu'« Arya Ganache ».

Hélas, Winterfell, elle en était au diable, et plus rien n'était pareil, maintenant. Pour la première fois depuis leur arrivée à Port-Réal, ils venaient de souper avec les hommes, et elle détestait ça. Maintenant, elle détestait le son de leurs voix, leur façon de rire, les balivernes qu'ils débitaient. Leur amitié d'autrefois ? Le sentiment de sécurité qu'ils lui inspiraient autrefois ? Mensonges. Ils avaient laissé la reine tuer Lady puis, comme si ce n'était pas assez horrible, le Limier tuer… Jeyne Poole racontait qu'il avait tellement charcuté Mycah qu'en ouvrant le sac de morceaux le pauvre boucher avait d'abord cru avoir à faire à un cochon. Et personne n'avait protesté, personne tiré l'épée ni *rien* ! Pas même ce tranche-montagne d'Halwin, pas même Alyn qu'on allait armer chevalier, pas même Jory, le capitaine de la garde. Même pas Père.

« Il était mon *ami* », chuchota-t-elle dans son assiette, si bas que nul ne pouvait l'entendre. Les rognons y traînaient, intacts, refroidis, dans leur sauce peu à peu figée. Cette vue lui soulevait le cœur, et elle voulut fuir la table.

« Où prétendez-vous aller, je vous prie, demoiselle ? demanda Mordane.

— Je n'ai pas faim. » Un effort surhumain lui restitua les formules de politesse. « Avec votre permission, s'il vous plaît, récita-t-elle en automate.

— Il ne me plaît pas. Vous n'avez presque rien mangé. Assise, et terminez-moi ça.

— Terminez vous-même ! » Avant que quiconque pût s'y opposer, elle se ruait vers la porte, au milieu de cinquante rires d'où émergeaient, de plus en plus stridents, les piaillements de la septa.

En faction devant la porte de la tour, Gros Tom s'écarquilla de la voir débouler, talonnée par les cris de Mordane. « Ici, petite, allons... », dit-il en écartant les bras, mais elle lui fila entre les jambes et, bondissant comme un cabri, se mit à grimper quatre à quatre le colimaçon de pierre sonore où le tapage de ses pieds se mêlait au souffle poussif de son poursuivant.

De tout Port-Réal, elle n'aimait qu'un seul lieu, sa chambre à coucher et, de celle-ci, rien tant que la porte, une porte massive et sombre de chêne bardé de fer noir. Sitôt qu'elle la claquait puis en faisait basculer la barre, plus personne ne pouvait entrer, ni septa Mordane ni Gros Tom ni Sansa ni Jory ni le Limier, *personne* ! Elle la claqua, abaissa la barre.

Assez tranquille, enfin, pour pouvoir pleurer.

Elle alla s'asseoir dans l'embrasure de la fenêtre, tout enchifrenée, les détestant tous, et elle-même plus que quiconque. Tout était de sa faute, tous les malheurs qui s'étaient produits. Sansa le disait assez, Jeyne aussi.

À la porte, Gros Tom cognait, cognait, « Petite Arya, que se passe-t-il ? » demandait : « Vous êtes là ?

— Non ! » hurla-t-elle enfin. Les coups s'arrêtèrent. Elle l'entendit s'éloigner au bout d'un moment. Rien de si aisé que d'abuser Gros Tom...

Au pied du lit, son coffre. Elle s'en approcha, s'agenouilla, releva le couvercle et, des deux mains, se mit à disperser tout autour d'elle, à pleines poignées, sur le sol, soieries, satins, velours, lainages. C'est tout au fond qu'elle l'avait dissimulée. Elle l'en retira avec des gestes presque tendres, la fit glisser hors du fourreau.

Aiguille.

Au ressouvenir de Mycah, ses yeux se remplirent de larmes. Sa faute, sa faute, sa faute. Sans ses demandes instantes de jouer à ferrailler avec lui, il…

La porte fut ébranlée par des coups plus violents que les précédents. « *Arya Stark, ouvrez ! Ouvrez tout de suite, vous m'entendez ?* »

Aiguille au poing, elle fit volte-face, avertit : « Gare à vous si vous entrez ! » fouetta l'air avec férocité.

« *Son Excellence en sera informée !* ragea Mordane.

— Je m'en fiche ! glapit Arya. Du large !

— *Vous vous repentirez de votre insolence, demoiselle, je vous le promets !* »

L'oreille aux aguets, la petite attendit que la septa se fût retirée pour retourner à la fenêtre. Sans lâcher l'épée, elle regarda la cour, en contrebas. Que ne savait-elle faire comme Bran ? Elle se laisserait glisser jusqu'au bas de la tour et quitterait ces lieux abominables, fuirait au loin, loin de Sansa, de septa Mordane, du prince Joffrey, loin d'eux tous. Faucherait aux cuisines quelques provisions, prendrait Aiguille, de bonnes bottes et un gros manteau. Retrouverait Nymeria dans les bois du Trident et retournerait avec elle à Winterfell, à moins de courir rejoindre Jon au Mur. Que n'était-il là, Jon ? Elle ne se sentirait pas si solitaire…

Un léger heurt à la porte la détourna de la fenêtre ainsi que de ses rêves d'évasion. « Arya. » La voix de Père. « Ouvre. Il faut que nous parlions. »

Elle traversa la chambre, releva la barre. Père était seul. Plus triste que mécontent, son air aggrava la détresse d'Arya. « Je peux entrer ? » Elle acquiesça d'un signe puis, honteuse, baissa le nez. Père referma la porte. « À qui appartient cette épée ?

— À moi. » Elle avait presque oublié qu'elle la tenait toujours.

« Donne. »

La lui rendrait-on jamais ? À contrecœur, elle obtempéra. Il fit jouer la lumière sur les deux côtés de la lame, en éprouva la pointe, du pouce, et, l'examen achevé, conclut : « Arme de spadassin… Toutefois, j'ai l'impression de connaître le tour de main. Celui de Mikken, n'est-ce pas ? »

Incapable de lui mentir, elle baissa les yeux. Il soupira : « À neuf ans, ma propre fille possède une épée forgée par mon propre armurier sans que j'en sache rien… La Main du Roi est censée gouverner les Sept Couronnes, et je ne suis même pas capable de diriger ma propre maisonnée. Comment se fait-il que tu aies une épée, Arya ? D'où la tiens-tu ? »

Elle se mordilla les lèvres sans répondre. Elle ne trahirait pas Jon. Même avec Père.

— Au bout d'un moment, il reprit : « Il n'importe guère, à la vérité. » Il contemplait pensivement l'épée. « Tout sauf un jouet. À plus forte raison pour une fille. Que dirait septa Mordane si elle savait que tu t'amuses avec ça ?

— Je ne *m'amusais* pas, grommela-t-elle. Je déteste septa Mordane.

— Il suffit. » Le ton s'était durci. « La septa ne fait que son devoir, et les dieux savent combien tu lui donnes de fil à retordre. Ta mère et moi lui avons confié la gageure de te donner des manières de dame.

— Je ne *veux* pas être une dame ! flamba-t-elle.

— Tu mériterais que je brise ce joujou sur mon genou. Cela mettrait un point final à toute cette absurdité.

— Aiguille ne se briserait pas, riposta-t-elle d'un air de défi que démentait son timbre anxieux.

— Ah…, parce qu'elle a un nom ? soupira-t-il. Oh, Arya, Arya, tu as du sauvage au corps, mon enfant. Ce que mon père appelait "le sang du loup". Lyanna en avait un brin, et Brandon plus qu'un brin. Ils n'y ont tous deux gagné qu'une fin prématurée. » Sa tristesse était perceptible. Il ne parlait pas volontiers de son père, de son frère et de sa sœur, tous morts avant qu'elle-même n'eût vu le jour. « Lyanna se serait ceinte d'une épée, si notre seigneur père l'y avait autorisée. Tu me la rappelles, parfois. Tu lui ressembles même.

— Mais Lyanna était belle… », s'ébahit Arya. Ce n'était qu'un cri là-dessus. Alors qu'à elle-même personne n'avait jamais appliqué pareille épithète.

« Oui, belle. Belle et opiniâtre et morte dans la fleur de l'âge. » Il leva l'épée, la brandit entre eux. « Arya, que pensais-tu faire avec cette… avec Aiguille ? Qui espérais-tu embrocher ? ta sœur ? septa Mordane ? Sais-tu le premier mot du maniement de l'épée ? »

La leçon de Jon fut tout ce qui lui vint à l'esprit. « Frapper d'estoc », laissa-t-elle tomber.

Père eut un rire de nez. « Voilà qui est essentiel, j'imagine. »

Une envie désespérée la tenaillait de s'expliquer, de faire qu'il comprît. « J'essayais d'apprendre, mais… » Ses yeux s'emplirent de larmes. « J'ai demandé à Mycah de s'entraîner avec moi. » D'un seul coup, tout son chagrin lui revint, qui la submergea. Elle se détourna, secouée de sanglots. « C'est moi qui lui ai demandé ! cria-t-elle, c'était ma faute, c'est moi qui… »

Les bras de Père se refermèrent soudain sur elle, la berçant tendrement, tandis qu'elle hoquetait contre sa poitrine. « Non, ma douce, non, murmura-t-il. Pleure ton ami, mais ne t'accuse pas. Tu n'as pas tué le garçon boucher. Ce meurtre n'est imputable qu'au Limier, à lui seul et à l'horrible femme qu'il sert.

— Je les hais ! renifla-t-elle, empourprée. Le Limier, la reine, le prince, le roi. Je les hais, tous tant qu'ils sont. Joffrey a *menti*, de bout en bout. Je hais Sansa aussi. Elle se souvenait *parfaitement*. Elle n'a menti que pour plaire à Joffrey.

— Nous mentons tous, dit-il. Tu t'es vraiment imaginé que je croyais à la fuite de Nymeria ? »

Elle rougit d'un air coupable. « Jory avait promis de se taire.

— Il t'a tenu parole, dit-il en souriant. Il est des choses qu'on n'a pas besoin de me révéler. Même un aveugle aurait vu qu'elle ne t'aurait jamais quittée de son propre gré.

— Il a fallu lui lancer des pierres, avoua-t-elle d'un ton navré. Je lui ai *ordonné* de fuir, de reprendre sa liberté, j'ai crié que je ne voulais plus la voir. Elle trouverait d'autres loups pour jouer, on les entendait hurler. Jory lui a dit que les bois étaient pleins de gibier, qu'elle pourrait chasser le daim. Mais elle s'entêtait à nous suivre, alors il a fallu lui lancer des pierres, et je l'ai touchée deux fois. Elle gémissait en me regardant, et j'avais tellement honte ! Mais il fallait bien, non ? La reine l'aurait tuée.

— Tu as bien fait, dit-il. Même mentir n'était pas... dépourvu de mérite. » Il reprit l'épée, se dirigea vers la fenêtre et y demeura un long moment, les yeux perdus du côté de la cour, avant de s'asseoir dans l'embrasure, tout songeur, Aiguille en travers de ses genoux. « Assieds-toi, Arya. Je voudrais t'expliquer des choses. »

Avec un regard anxieux, elle se posa sur le bord du lit. « Tu es trop jeune pour que je t'assomme de tous mes ennuis, reprit-il, mais tu es aussi une Stark de Winterfell. Tu connais notre devise.

— *L'hiver vient*, murmura-t-elle.

— Une époque effroyable... Nous en avons eu un avant-goût au Trident, ma fille, et avec la chute de Bran. Tu es née durant le grand été, le doux été, tu n'as rien connu d'autre, et voici que vient le véritable hiver. Souviens-toi de l'emblème de notre maison, Arya.

— Le loup-garou », dit-elle, avec une brusque pensée pour Nymeria. La peur la saisit, et elle replia ses genoux contre sa poitrine.

« Écoute ce que je vais te dire sur les loups, mon enfant. Lorsque la neige se met à tomber et la bise blanche à souffler, le loup solitaire meurt, mais la meute survit. La saison des querelles est l'été. L'hiver, il nous faut nous protéger les uns les autres, nous tenir chaud, mettre en commun toutes nos forces. S'il te faut haïr, Arya, hais donc ceux qui nous veulent vraiment du mal. Septa Mordane est une brave femme, et Sansa… Sansa est ta sœur. Que vous soyez aussi différentes que le soleil et la lune, il se peut, mais le même sang fait battre vos deux cœurs. Tu as autant besoin d'elle qu'elle de toi…, et moi, les dieux me préservent, moi, j'ai besoin de vous deux. »

Il parlait d'une voix si lasse qu'elle en fut bouleversée. « Je ne déteste pas Sansa, dit-elle. Pas vraiment. » Ce n'était qu'un demi-mensonge.

« Je n'ai aucune envie de t'effrayer, mais pas davantage de te tromper. Nous nous trouvons ici environnés de sombres périls. Nous ne sommes plus à Winterfell. Nous avons ici des ennemis mortels. Nous ne pouvons nous permettre de nous quereller. L'opiniâtreté, les fuites éperdues, les cris de colère et la désobéissance n'étaient…, chez nous, que des jeux d'été puérils. Ici, maintenant que l'hiver menace, il en va tout autrement. Il est temps de commencer à grandir, mon enfant.

— Je le ferai », promit-elle. Jamais elle ne l'avait tant aimé qu'en cet instant. « Je suis aussi capable de me montrer forte. Aussi forte que Robb. »

Il lui tendit Aiguille, garde en avant. « Tiens. »

N'en croyant pas ses yeux, elle n'osa d'abord la toucher, craignant que lever seulement le petit doigt ne la fit reculer, mais Père insista : « Prends, elle t'appartient », et elle l'eut de nouveau en main.

« Je puis la garder ? s'ébahit-elle, vrai de vrai ?

— Vrai de vrai. » Il sourit. « Si je te la retirais, je ne me donne pas quinze jours pour découvrir l'étoile du matin sous ton oreiller. Tâche tout de même de ne pas en percer ta sœur, dût-elle te provoquer…

— Juré. » Et, quand Père eut pris congé, elle étreignit l'arme contre son cœur.

Dès le lendemain matin, durant le déjeuner, elle présenta ses excuses à septa Mordane et lui demanda pardon. Mais si celle-ci sourcilla d'un air soupçonneux, Père approuva d'un signe.

Trois jours plus tard, sur le coup de midi, Vayon Poole expédiait Arya dans la Petite Galerie. Elle la trouva débarrassée de ses tables et de leurs tréteaux. Les bancs étaient rangés le long des murs. Les lieux semblaient déserts. Soudain retentit cependant une voix inconnue : « Tu es en retard, mon garçon. » Un petit bout d'homme, tout chauve et muni d'un formidable bec en guise de nez émergea de l'ombre. Il tenait deux minces épées de bois. « Je te veux demain à midi précis. » Il avait un accent chantant. Celui des cités libres. De Braavos, peut-être, ou de Myr.

« Qui êtes-vous ? demanda-t-elle.

— Ton maître à danser. » Il lui jeta l'une des épées. Elle tenta de l'attraper, la manqua, l'entendit tomber avec fracas. « Demain, tu la saisiras. Ramasse. »

Ce n'était pas un vulgaire bâton, mais la réplique exacte d'une véritable épée, avec poignée, garde et pommeau. Arya la prit fébrilement à deux mains, la tint levée droit devant elle, malgré son poids inattendu, très supérieur à celui d'Aiguille.

L'homme chauve cliqueta des dents. « Pas comme ça, mon garçon. Les deux mains ne sont nécessaires que pour les grandes épées. Celle-ci se tient d'une seule.

— Elle est trop lourde…

— Lourde comme il convient pour te donner des forces et un bon équilibre. Elle est plombée à l'intérieur, voilà tout. D'une seule main, maintenant. »

Elle détacha sa droite de la poignée et en essuya la paume moite sur ses culottes, tout en crispant la gauche sur l'arme. Il parut content.

« Bon, la gauche. Ça inverse tout, et l'adversaire y perd de son habileté. À présent, tu te tiens mal. Ton corps de face…, oui, voilà. Tu es aussi maigre qu'une pointe de pique, tu sais.

Ça aussi, c'est bon, la cible en est moindre. À présent, la poignée. Laisse voir. » Il s'approcha, lui examina la main, écarta ses doigts, les replaça correctement. « Exactement comme ça, oui. Ne te crispe pas tant, non, la prise doit être souple, délicate.

— Mais je vais lâcher mon arme…

— L'acier doit faire partie de ton bras, dit-il. Peux-tu lâcher une partie de ton bras ? Non. Syrio Forel a été première épée du Grand Amiral de Braavos pendant neuf ans, il sait de quoi il parle. Écoute-le, mon garçon. »

À force de s'entendre appeler ainsi, Arya crut bon d'objecter : « Je suis une fille.

— Garçon, fille…, répliqua Syrio Forel, tu es une épée, voilà tout. » Il cliqueta des dents. « Exactement comme ça, ça, c'est la bonne prise. Ce n'est pas une hache de guerre que tu tiens, mais une…

–… *aiguille*, acheva-t-elle à sa place, d'un ton farouche.

— Exactement. À présent, nous allons commencer la danse. Souviens-toi, petit, ce n'est pas la danse de Westeros que nous allons apprendre, ni la danse du chevalier, le hachis, le martelage, non. Voici la danse du spadassin, la danse de l'eau, vive et subite. Nous sommes tous faits d'eau, tu sais ça ? Hé bien, quand on met en perce, l'eau fuit, et l'homme trépasse. » Il recula d'un pas, leva sa propre épée de bois. « À présent, essaie de me frapper. »

Arya s'y employa. Elle s'y employa quatre heures durant, jusqu'à ce que le moindre de ses muscles fût peine et douleur, et, cependant, Syrio Forel cliquetait des dents et lui disait comment s'y prendre.

Le lendemain, ils commençaient le travail sérieux.

DAENERYS

« La mer Dothrak », lui dit ser Jorah Mormont en immobilisant sa monture auprès de la sienne au sommet de la crête.

À leurs pieds se déroulait la plaine, immense et plate et vide jusque par-delà l'horizon. Une mer, vraiment, cette prairie déserte, unie, sans reliefs ni villes ni routes, et dont le vent seul ridait, de-ci de-là, les hautes tiges, à l'infini. « Si verte…, dit-elle.

— Pour le moment du moins, reprit-il. À l'époque de la floraison, elle aurait tout d'une mer de sang. Mais que vienne la saison sèche, et le monde, ici, prend une patine de bronze ancien. Encore ne voyez-vous là que l'herbe dite *hranna*. Il en existe des centaines d'autres espèces, certaines jaune citron, certaines indigo, telles orange et telles bleues, d'autres irisées comme l'arc-en-ciel. Et l'on prétend qu'aux Contrées de l'Ombre, au-delà d'Asshai, se trouvent de véritables océans d'une variété nommée "revenante" qui, plus haute qu'un homme en selle et aussi blafarde que du lait caillé, tue toute autre plante, et qu'à la faveur des ténèbres font rougeoyer les âmes des damnés. Les Dothrakis sont convaincus qu'un jour elle recouvrira l'univers entier. Alors cessera toute vie. »

Cette perspective glaça Daenerys. « Changeons de sujet, je vous prie, dit-elle, la beauté de ces lieux me rend trop pénible l'idée que chaque chose pourrait mourir.

— Comme il vous plaira, *Khaleesi* », répondit-il d'un ton déférent.

Derrière eux se percevaient maintenant les voix confuses du cortège échelonné en contrebas. Encore embarrassé par la selle plate et les étriers courts du pays, Viserys offrait un contraste pitoyable avec le reste du *khas* de sa sœur et les allures de centaures des jeunes archers. Il n'aurait jamais dû venir, songea-t-elle. Mais les instances de maître Illyrio pour le retenir chez lui, à Pentos, s'étaient heurtées à son entêtement. Il refusait de patienter. Il préférait, tel un créancier, harceler Drogo jusqu'à la couronne promise. « Qu'il essaie seulement de me duper, avait-il juré, le poing crispé sur son épée d'emprunt, et il verra ce qu'il en coûte de réveiller le dragon ! » Sans même alors s'apercevoir de quel air matois Illyrio lui souhaitait bon vent…

Hé bien, les jérémiades de son frère, elle n'avait aucune envie, pour l'heure, de les essuyer. Le jour était trop parfait, le ciel d'un outremer trop pur, où planait en cercle un faucon presque imperceptible, la mer d'herbe ondulait avec des soupirs trop suaves au moindre souffle de la brise, il faisait trop bon tendre son visage au soleil, il faisait trop doux se sentir en paix. Elle n'allait pas laisser gâcher sa joie.

« Attendez-moi ici, dit-elle au chevalier. Dites à tous de m'attendre aussi. Et que c'est un ordre. »

Il se mit à sourire et, quoiqu'il n'eût rien d'un Adonis, avec sa nuque et ses épaules de taureau, avec la rude toison noire qui ne semblait s'être concentrée sur sa poitrine et ses bras que pour mieux délaisser son crâne, ses sourires avaient quelque chose de réconfortant. « Savez-vous que vous commencez à parler en reine, enfant ?

— Pas en reine, rectifia-t-elle, en *khaleesi*. » Puis, faisant volte-face, elle se lança au galop dans la pente.

Le terrain était abrupt et rocailleux, mais elle allait avec intrépidité, toute à la jubilation du danger qui lui emplissait le cœur de chansons. Viserys avait eu beau lui ressasser toujours : « Tu es une princesse », jamais le mot n'avait pris corps avant qu'elle n'eût monté sa jument d'argent.

Les choses, certes, n'avaient pas été faciles, au début. Dès le lendemain des noces, le *khalasar* leva le camp et marcha si bon train vers Vaes Dothrak qu'au bout de trois jours de selle Daenerys crut voir poindre sa dernière heure. Elle avait les fesses entamées jusqu'au sang, les cuisses à vif, les mains meurtries par les rênes, les jambes et le dos si douloureux qu'à peine pouvait-elle se tenir assise et qu'au crépuscule ses servantes durent la soutenir pour démonter.

La nuit, point de répit non plus. Ainsi qu'il l'avait fait durant les cérémonies nuptiales, le *khal* ignorait superbement sa femme aussi longtemps qu'on chevauchait ; puis il passait ses soirées à boire avec ses guerriers, ses sang-coureurs, à faire courir ses plus belles bêtes, à regarder danser des femmes et des hommes s'entre-tuer. Un mode d'existence qui réduisait Daenerys, incongrue toujours et partout, à dîner seule ou en compagnie de son frère et de ser Jorah, puis à s'assoupir à force de pleurs. Mais, peu avant l'aube, Drogo venait invariablement l'éveiller sous sa tente et la monter dans le noir avec aussi peu de relâche que son étalon durant la journée. Toutefois, comme il procédait selon l'usage de son peuple, du moins pouvait-elle, tout en étouffant ses cris dans les oreillers, celer ses larmes à son seigneur et maître. Et finalement, lorsqu'il se mettait, besogne achevée, à ronfler doucement, elle, à ses côtés, gisait trop brisée, trop endolorie pour se rendormir.

De jour en jour et de nuit en nuit vint ainsi l'heure où, faute de pouvoir supporter davantage l'insupportable, elle résolut, une nuit, d'en finir…

Or, la même nuit, vint la revisiter son rêve de dragon. Viserys, cette fois, n'y figurait pas. Elle seule, face au monstre. Dont les écailles, d'un noir de nuit, rutilaient, poisseuses de sang. *De mon sang*, devina-t-elle. Dont les yeux avaient l'incandescence de mares de magma. Dont la gueule, en s'ouvrant, crachait un jet de flammes rugissant. Et qui, pourtant, lui chantait un chant, à elle, personnellement. Alors, elle ouvrait les bras au feu, l'étreignait, s'y laissait entièrement sombrer, s'en laissait purifier, récurer, tremper. Elle sentait sa chair grésiller, noircir, tomber en lambeaux, elle sentait son sang bouillir et s'évaporer, mais par une opération indolore dont elle se sentait sortir énergique et vierge et farouche…

Il lui sembla, chose bizarre, souffrir moins, le matin suivant. Comme si les dieux s'étaient enfin laissé apitoyer. Les servantes s'y méprirent, même. « *Khaleesi*, s'inquiéta Jhiqui, qu'y a-t-il ? seriez-vous malade ?

— Je l'étais », répondit-elle, tout en considérant d'un regard perplexe les œufs de dragon d'Illyrio. Elle laissa courir un doigt sur la coquille du plus gros. *Écarlate et noir, comme le dragon de mon rêve*. Rêvait-elle encore ? La pierre semblait émettre une chaleur étrange… Elle en retira vivement la main.

Toujours est-il que, dorénavant, chacun de ses instants fut meilleur que le précédent. Ses jambes gagnaient en force, ses plaies se cicatrisaient, ses mains se tannaient, ses cuisses acquéraient la souplesse et la résistance du cuir.

Le *khal* avait spécialement chargé Irri de lui enseigner la monte dothrak ; mais son véritable professeur d'équitation fut la pouliche elle-même, qui pressentait et partageait ses humeurs avec la délicatesse d'un double, ne cessant par là de lui améliorer l'assise. Jamais Daenerys n'avait rien tant aimé que ce cheval et, néanmoins, elle ne l'appelait en pensée que « l'argenté », son peuple d'adoption étant de mœurs trop rudes et de caractère trop inapte à la sentimentalité pour envisager seulement de nommer les bêtes.

Au fur et à mesure que chevaucher cessait de lui être un supplice, ses yeux s'ouvraient sur la beauté des sites environnants. Et comme elle allait en tête du *khalasar*, avec Drogo et les sang-coureurs, chaque région nouvelle se présentait à elle dans sa primeur et sa virginité, lui riait à pleine verdure. Alors que, derrière, l'immense horde labourait les prés, embourbait les eaux, soulevait des nuées de poussière et suffoquait tout.

Ils traversèrent de la sorte les collines houleuses de Norvos où, de loin en loin, s'apercevaient des fermes en terrasses et des bourgades dont leur passage hérissait d'anxieux les murs de stuc blanc. Ils franchirent à gué trois fleuves placides puis une rivière aussi capricante que traîtresse, mine de rien, campèrent auprès d'une grande cascade bleue, contournèrent les décombres tumultueux d'une cité morte où, sous de vastes portiques de marbre incendiés, gémissaient, disait-on, des multitudes de fantômes. Ils empruntèrent des routes valyriennes vieilles de mille ans, droites comme un trait de flèche. Il leur fallut une demi-lune pour parcourir la forêt de Qohor, où, par son ampleur, chaque tronc faisait l'effet d'une poterne, où les frondaisons formaient, à une hauteur prodigieuse, comme un perpétuel dais d'or, où foisonnait, avec l'élan royal et le tigre moucheté, le lémure à fourrure de neige et prunelles pourpres…, mais l'approche du *khalasar* les rendit tous désespérément invisibles.

Ainsi s'estompait presque à chaque pas le souvenir de l'agonie qu'avaient été les tout premiers jours. Et si les longues journées de cheval persistaient à l'endolorir, Daenerys n'était pas sans trouver désormais le soir quelque charme à ses courbatures, et chaque matin la voyait bondir allégrement en selle, toute à l'impatience des merveilles que, là-bas, devant, lui promettait la route prochaine. Elle commençait même à moins redouter l'heure noire qui lui ramenait Drogo et où la souffrance n'était plus l'unique motif de ses cris.

Au pied de la crête où les hautes tiges souples ne tardèrent pas à l'enserrer, elle adopta le trot, se plut à se perdre par la plaine, à y prendre comme un bain béni de solitude verte. Au *khalasar*, elle n'était jamais seule. Si Drogo ne lui consacrait que les dernières heures de la nuit, ses sang-coureurs, pas plus que les hommes de son *khas* à elle, ne s'éloignaient guère de la tente qu'elle occupait, à la porte de laquelle dormaient, leur service accompli, ses femmes, et où, jour et nuit, risquait de se profiler l'ombre importune de Viserys. D'en haut, justement, les éclats coléreux de son frère contre ser Jorah l'incitèrent à se précipiter plus avant dans les flots soyeux de la mer Dothrak, et leur verdure la submergea.

L'air embaumait la végétation, l'humus et des senteurs inextricables de crin chaud, d'aisselle moite, de cheveu huilé. Le parfum même du pays dothrak. Exclusif, eût-on dit. Daenerys s'en gorgeait, rieuse, lorsqu'un désir subit de fouler ce terreau si dru, si noir et d'y enfouir ses orteils la fit prestement glisser de selle et, laissant brouter la pouliche, se débotter.

Alors fondit sur elle, avec la soudaineté d'un orage d'été, Viserys dont le cheval, brutalisé par le mors, se cabra. « De quel front, écuma-t-il, *oses*-tu… ! *oses*-tu me donner des ordres ? des ordres ! *à moi ? !* » La face cramoisie de rage, il bondit à terre, manqua tomber, reprit vaille que vaille son équilibre et, empoignant sa sœur, se mit à la secouer follement : « Tu oublies qui tu es ! mais regarde-toi ? *regarde-toi donc !* »

Elle n'avait que faire de regarder. Avec ses pieds nus, ses cheveux huilés, sa veste peinte et ses cuirs de cavalière, elle avait l'aspect typique des autochtones. Et que dire de lui, empêtré dans sa cotte de mailles et ses soieries de bourgeois crasseux ?

Il hurlait de plus belle. « Le dragon n'a pas d'ordres à recevoir *de toi*, comprends-tu ? Je suis le maître des Sept Couronnes, tu m'entends ? Pas le larbin d'une pute à seigneur du crottin ! » Et, tout en lui pinçant atrocement les seins, il martela de nouveau : « *Tu m'entends, oui ?* »

Or elle le repoussa sans ménagements.

Il en demeura médusé, d'abord. Jamais, jusqu'alors, elle n'avait osé le défier. Ni, moins encore, rendre coup pour coup. Puis l'incrédulité fit place, dans ses prunelles lilas, à une fureur qui, en un éclair, le défigura, promettant les pires sévices, sa sœur le savait.

Clac.

Avec un claquement sec, la mèche s'enroula autour de sa gorge et, le tirant violemment en arrière, l'envoya s'étaler dans l'herbe, abasourdi, suffoquant, sous les huées dont les Dothrakis saluaient chacun de ses efforts pour se libérer. Puis l'homme au fouet, le jeune Jhogo, aboya des mots que Daenerys ne put comprendre mais qu'Irri, survenant avec ser Jorah et le reste du *khas*, traduisit d'emblée : « Désirez-vous sa tête, *Khaleesi ?*

— Non ! protesta-t-elle, non… »

Jhogo parut comprendre, mais l'un de ses compagnons émit un commentaire qui déchaîna l'hilarité. « Quaro, reprit Irri, vous suggère de lui enseigner le respect en lui prélevant une oreille. »

Cependant, Viserys, à genoux, tentait, sans grand succès mais avec force piaulements inarticulés, de desserrer les lanières qui l'empêchaient de respirer.

« Je ne veux pas qu'on lui fasse de mal. Dis-le-leur », répliqua Daenerys.

Irri s'exécuta. Alors, d'une simple saccade à son fouet, Jhogo fit pirouetter Viserys comme un fantoche et l'envoya, libre enfin mais la gorge zébrée de rouge, à nouveau s'étaler pitoyablement.

« Je l'avais pourtant averti, madame, murmura Mormont, de vous obéir…

— Je sais. » Son frère gisait toujours à terre, telle une pauvre chose violacée, geignarde et hoqueteuse. La pauvre chose qu'il avait en somme toujours été. *Comment diable ne m'en suis-je pas avisée plus tôt ?* À la place de la terreur qu'il lui inspirait naguère encore ne restait rien d'autre qu'un vague sentiment de creux.

« Prenez son cheval », commanda-t-elle à ser Jorah. Viserys la dévisageait, stupide et doutant autant du témoignage de ses oreilles qu'elle-même de parler ainsi. Et pourtant, les mots succédaient aux mots. « Qu'il nous suive à pied jusqu'au *khalasar.* » C'était là cesser de le traiter en homme, lui infliger, aux yeux des Dothrakis, la peine la plus humiliante, la plus infamante de toutes. « Que chacun le voie tel qu'il est.

— *Non !* » hurla-t-il puis, s'adressant au chevalier dans la langue des Sept Couronnes, afin de n'être point compris des autres hommes : « Frappe-la, Mormont. Bats-la. Ton roi te l'ordonne. Tue-moi ces chiens dothrak pour lui apprendre. »

Le regard de l'exilé se porta de la sœur, nu-pieds, les orteils souillés d'humus, les cheveux gras d'huile, au frère, tout acier, tout soies, et Daenerys y pressentit le verdict. « Il marchera, *Khaleesi* », dit-il puis, tandis qu'elle réenfourchait son argenté, il s'empara du cheval du prince.

Toujours affalé à terre, Viserys le regarda faire puis disparaître avec sa sœur sans prononcer un mot, sans esquisser un geste, mais une haine folle empoisonnait ses yeux.

« Saura-t-il retrouver son chemin ? demanda Daenerys, bientôt alarmée que la végétation l'eût si vite englouti.

— Même un aveugle pourrait nous suivre à la trace.

— Avec son orgueil… Si la honte l'empêchait de revenir ?

— Pour aller où ? gloussa ser Jorah. S'il ne parvient pas à trouver le *khalasar*, le *khalasar*, lui, le trouvera sans faute. On ne se noie pas si facilement dans la mer Dothrak, enfant. »

Il parlait d'or, manifestement. Si le *khalasar* ressemblait à une ville en marche, il n'avançait pas à l'aveuglette pour autant. Des éclaireurs le précédaient en permanence ou couvraient ses flancs, à l'affût du moindre indice de gibier, de pillage ou d'hostilité, et aucun ne leur échappait, dans ces parages, tant étaient leur ce pays, leur l'immense plaine, indissociables de leur chair… *et de la mienne, maintenant.*

« Je l'ai frappé », reprit-elle, d'une voix où perçait comme une stupeur rétrospective. Il lui semblait presque l'avoir seulement rêvé. « Dites-moi, ser Jorah… » Elle frissonna. « Sa colère va être terrible, hein ? Je l'ai réveillé, le dragon, n'est-ce pas ? »

Il ricana. « Nul ne saurait réveiller les morts, petite. Le dernier dragon fut Rhaegar, votre frère, et il a péri au Trident. Viserys est tout au plus l'ombre d'un serpent, lui. »

Ces mots la cinglèrent comme une agression. Elle eut le sentiment qu'ils remettaient en cause tout ce en quoi elle avait toujours cru. « Mais vous… vous lui avez juré sur votre épée…

— Exact, petite, dit-il. Et s'il n'est que l'ombre d'un serpent – sa voix se chargea d'amertume –, que penser de ceux qui le servent ?

— Il n'en est pas moins le roi légitime. Il… »

Mormont immobilisa son cheval et, les yeux dans les yeux : « Sans mentir, à présent, vous aimeriez le voir accéder au trône ? »

Elle s'accorda un instant de réflexion. « Il ne ferait pas un très bon roi, n'est-ce pas ?

— Il y a eu pire…, mais pas souvent. » Des talons, il remit sa monture en mouvement.

« Cependant…, reprit Daenerys, sitôt qu'ils se retrouvèrent étrier contre étrier, le petit peuple attend son avènement. D'après maître Illyrio, il coud en secret des bannières au dragon, fait des prières en faveur de Viserys, voit en lui son libérateur.

— Dans ses prières, le petit peuple demande la pluie, des enfants sains et un été perpétuel. Et les querelles des grands pour le pouvoir ou la couronne, il s'en moque – mais éperdument ! – du moment qu'on le laisse en paix. » Il haussa les épaules. « Mais on ne l'y laisse jamais. »

Un long silence s'ensuivit, que Daenerys mit à profit pour méditer ce point de vue si contraire aux assertions constantes de son frère. Et combien, de fait, l'indifférence des humbles aux notions de souverain légitime ou d'usurpateur paraissait plus plausible…, à la réflexion !

« Et *vous*, ser Jorah, quel vœu formez-vous lorsque vous priez ?

— Rentrer chez moi, soupira-t-il d'un ton mélancolique.

— Moi aussi », dit-elle, de la meilleure foi du monde.

Il se mit à rire. « Il vous suffit alors d'un regard à l'entour, *Khaleesi*. »

Mais ce qu'elle vit était non pas la mer Dothrak mais Port-Réal, accroupi sous le Donjon Rouge édifié par le Conquérant. Mais Peyredragon où elle était née. Et son imagination les voyait embrasés de mille feux. Son imagination lui en montrait chaque fenêtre comme incendiée, et chaque porte rutilante.

« Mon frère ne reprendra jamais les Sept Couronnes », reprit-elle et, ce disant, elle s'aperçut qu'il s'agissait là d'une vieille conviction. D'une conviction aussi vieille qu'elle. D'une conviction qu'elle ne s'était jamais permis, voilà tout, de formuler, même tout bas. À présent, elle le faisait, à la face du monde autant que de ser Mormont.

Celui-ci la considéra d'un air circonspect. « Vous le pensez… ?

— Il serait incapable de mener une armée, dût mon seigneur et maître lui en donner une, expliqua-t-elle. Il n'a pas d'argent, et le seul chevalier qui le suive le traite de moins que serpent. Les Dothrakis se gaussent de sa faiblesse. Non, jamais il ne nous ramènera chez nous.

— Quelle sagesse, enfant ! sourit son compagnon.

— Je ne suis pas une enfant », s'insurgea-t-elle, enlevant au galop l'argenté d'un simple effleurement des flancs puis laissant déjà loin derrière, en sa course toujours plus rapide, Irri, Jorah, les autres, au seul profit du vent chaud dans sa chevelure et du crépuscule pourpre sur son visage.

Elle n'atteignit le camp qu'à la brune. On avait dressé sa tente auprès du bassin d'une source, et les voix rudes en provenance du palais d'herbe juché sur la hauteur y parvenaient distinctement. Sous peu retentiraient les éclats de rire saluant le récit par les hommes de son propre *khas* des mésaventures de Viserys. Et lorsque celui-ci les rejoindrait enfin, clopin-clopant, tous, hommes, femmes, enfants, seraient déjà au courant de sa *mise à pied*. Point de secrets, au *khalasar*…

Tandis que ses esclaves emmenaient l'argenté pour le panser, elle pénétra chez elle. Il faisait sombre et frais, sous la soie, mais, comme elle laissait retomber la portière sur ses talons, un dernier rayon du couchant vint, tel un doigt de flamme furtif, caresser les œufs de dragon et leur arracher, le temps d'un clin d'œil, mille étincelles écarlates aussitôt éteintes.

De la pierre, se dit-elle, *ils ne sont que pierre, Illyrio lui-même l'a dit. Les dragons sont morts.* Tous. Sa paume et ses doigts s'appliquèrent délicatement sur la courbure de l'œuf noir. De la pierre ? chaude. Presque brûlante. « Le soleil, souffla Daenerys. Le soleil les a échauffés tout au long de cette journée de route. »

Sur ce, elle réclama un bain et, pendant que Doreah s'affairait au feu, dehors, Irri et Jhiqui s'empressèrent d'aller quérir parmi les bagages le cuvier de cuivre offert en présent de noces puis de charrier l'eau nécessaire pour l'emplir. Enfin, lorsque la vapeur s'en éleva, Irri aida sa maîtresse à s'y plonger et l'y rejoignit.

« Avez-vous jamais vu un dragon ? » demanda Daenerys, tandis que celle-ci lui étrillait le dos et que Jhiqui lui démêlait la chevelure. Ayant ouï dire que les premiers étaient venus de l'orient, des Contrées de l'Ombre et des îles de la mer de Jade, elle supposait que peut-être en subsistait-il, là-bas, au-delà d'Asshai, dans des royaumes insolites et sauvages.

« Il n'y a plus de dragons, *Khaleesi*, dit l'une.

— Ils sont morts, confirma l'autre. Et depuis une éternité. »

Or, à en croire Viserys, les derniers dragons targaryens n'avaient disparu qu'un siècle et demi plus tôt, sous le règne d'Aegon III, dit Fléau-dragon… Tout sauf une éternité, aux yeux de Daenerys. « Partout ? insista-t-elle avec dépit. Même à l'est ? » À l'ouest, le merveilleux avait vécu, le jour où le Sort s'était appesanti sur Valyria et les Pays du Grand Été ; ni l'acier forgé par incantation ni les enchanteurs de tornades ni les dragons n'avaient été capables de l'y préserver. À l'est, en revanche, on ne cessait de le répéter, tout était différent. Les mantécores hantaient toujours, disait-on, l'archipel de Jade et, dans les jungles de Yi Ti pullulaient encore les basilics ; à Asshai, chanteurs de sorts, aéromants, suppôts passaient pour exercer leur art au grand jour, les ténèbres n'étant réservées qu'aux effroyables sortilèges des nécropurules et des mages-au-sang. De là à penser que des dragons… ?

« Non. Pas dragons, dit Irri. Braves les tuer, parce que dragon terrible méchant monstre. Tous sait ça.

— Tous sait, confirma Jhiqui.

Un négociant de Qarth m'a dit un jour que les dragons venaient de la lune », intervint Doreah la blonde, qui faisait chauffer des serviettes au-dessus du feu. Contrairement aux deux précédentes qui, sensiblement du même âge que Daenerys, avaient été réduites en esclavage après la destruction du *khalasar* de leur père par Drogo, elle était originaire de Lys, où Illyrio l'avait découverte dans une maison de plaisirs, et avait près de vingt ans.

« De la lune ? » s'émut Daenerys en se retournant vivement, l'œil allumé de curiosité derrière l'averse des mèches argentées.

« À l'en croire, la lune est un œuf, *Khaleesi*. Il y avait jadis deux lunes au firmament, mais l'une d'elles alla flâner trop près du soleil, la chaleur la fissura, et mille milliers de dragons se ruèrent boire le feu du soleil. De là vient qu'ils crachent des flammes. Un de ces jours, la seconde lune embrassera le soleil à son tour, se fissurera de même, et les dragons reparaîtront. »

Les deux petites Dothrakis pouffaient, se tordaient. « Folle esclave à tête de paille ! s'écria Irri, la lune pas œuf, la lune dieu, femme épouse de soleil. Tous sait ça.

— Tous sait », confirma Jhiqui.

Après que Daenerys eut émergé, rougissante et rose, du cuvier, Jhiqui entreprit de lui décaper les pores et de l'oindre par tout le corps, puis Irri l'aspergea d'épice-fleur et de cinnamome. Enfin, tandis que, sous la brosse de Doreah, sa chevelure recouvrait peu à peu son lustre métallique, elle s'abandonna à ses songes de lune et d'œufs et de dragons.

L'heure du dîner venue, on lui servit une simple collation de fruits, de frai, de fromages arrosée d'hydromel, et elle congédia ses femmes, à l'exception de Doreah.

« Tu dînes avec moi.

— Quel honneur, *Khaleesi.* »

Il ne s'agissait nullement d'honneur mais de service. Et la lune était dès longtemps levée que toutes deux devisaient encore.

En s'apercevant qu'il était attendu, cette même nuit, Drogo demeura un instant stupéfait, sur le seuil de la tente. Lentement, Daenerys se leva, dénoua ses soieries nocturnes et les laissa glisser au sol. « Sortons, mon seigneur. Il faut, cette fois, que le ciel soit notre témoin. »

Les clochettes de sa chevelure tintant doucement, le *khal* la suivit au-dehors. À quelques pas de là, baigné de clarté lunaire, se trouvait comme un lit d'herbe, et elle l'y attira. Mais lorsqu'il prétendit user d'elle à sa guise, elle le retint. « Non, souffla-t-elle, cette nuit, je veux regarder tes yeux. »

Il n'était point d'intimité qui vaille au cœur du *khalasar.* Elle sentait peser sur elle mille regards tandis qu'elle dévêtait Drogo, elle percevait les mille murmures qui commentaient chacun des gestes appris de Doreah. Mais elle n'en avait cure. N'était-elle pas *khaleesi* ? Seules importaient ses prunelles à lui, et, lorsqu'elle l'enfourcha, elle y vit poindre quelque chose qu'elle n'avait encore jamais vu. Puis elle le chevaucha avec autant d'impétuosité que l'argenté lui-même, et tant et si bien qu'à l'instant du plaisir Drogo, dans un cri, la nomma par son nom.

On atteignait la rive opposée de la mer Dothrak lorsque Jhiqui, lui caressant d'un revers des doigts le doux renflement de son sein, dit : « Vous être avec enfant, *Khaleesi*.

— Je sais », répondit-elle.

Le jour même de son quatorzième anniversaire.

BRAN

Depuis son siège près de la fenêtre, Bran regardait de tous ses yeux.

En bas, dans la cour, Rickon courait avec les loups et, de quelque côté qu'il prétendît aller, Vent Gris le rattrapait d'un bond, le devançait, lui coupait la route et, non sans lui arracher de grands cris de joie, le lançait éperdument dans d'autres directions. Broussaille, lui, se contentait de ne pas le lâcher d'une semelle et, pour peu que ses congénères en vinssent trop près, de toupiller, toutes dents dehors. Son poil s'était assombri jusqu'au noir total, et ses yeux avaient des flamboiements verts. Fourré d'argent fumé, plus petit que Vent Gris, plus circonspect, mais l'or de ses prunelles attentif à tout, Été suivait, bon dernier. Le plus futé de la portée, se félicita Bran, étrangement troublé cependant par les rires haletants du bambin qui, de toute la vitesse de ses courtes jambes, galopait sans trêve en tous sens.

Les yeux lui piquaient. Que n'était-il en bas lui-même à rire et courir. Agacé de sa nostalgie, il refoula vivement ses larmes. Pouvait-il encore, à huit ans bel et bien sonnés, presque un homme fait…, se permettre de pleurnicher ? Trop vieux, désormais !

« Ce n'était qu'un mensonge, dit-il, amer, je ne puis voler. Même pas courir.

— Les corneilles sont toutes des menteuses, acquiesça Vieille Nan, du fond du fauteuil où elle activait ses aiguilles. À propos de corneilles, justement, je sais une histoire…

— Assez d'histoires ! » coupa-t-il, mordant. Il aimait bien Vieille Nan et ses histoires, autrefois. Avant. Plus maintenant. Tout était différent, maintenant. Maintenant qu'elle avait la charge de veiller sur lui à longueur de jour, de le tenir propre, de le préserver de se sentir seul, elle empirait précisément les choses. « Tes histoires sont stupides, et je les déteste. »

Elle lui sourit de toutes ses gencives. « Mes histoires ? Ce ne sont pas mes histoires, mon mignon. Les histoires *sont*. Avant comme après moi, et avant toi aussi. »

Dans sa rancune, il la trouvait décidément hideuse, avec son crâne rose et tavelé, ses six cheveux blancs, ses rides et ses airs ratatinés, sa quasi-cécité, sa débilité qui lui interdisait les escaliers. Quel âge elle avait, nul ne savait au juste, et Père disait l'avoir lui-même toujours connue caduque et entendu nommer Vieille Nan. Elle était la plus vieille personne, en tout cas, de Winterfell, et peut-être des Sept Couronnes. On l'avait mandée au château comme nourrice d'un Brandon Stark dont la mère était morte en couches et qui devait être un frère aîné, ou puîné ? de lord Rickard, grand-père de Bran. Voire même du père de lord Rickard. Vieille Nan s'y perdait elle-même, qui disait tantôt l'un, tantôt l'autre, quitte à ne pas varier sur le fait que le nourrisson mourut, à trois ans, d'un refroidissement d'été. Demeurée néanmoins à Winterfell avec ses propres enfants, elle avait perdu ses deux fils durant la guerre qui devait porter Robert au trône et son petit-fils au siège de Pyk, lors de la rébellion de Balon Greyjoy. Mariées au loin, ses filles avaient disparu depuis longtemps, et il ne lui restait plus de son propre sang que Hodor, le palefrenier géant et simplet. Ce qui ne l'empêchait pas, elle, de grignoter l'existence jour après jour et, conteuse intarissable, de poursuivre ses travaux d'aiguille…

« Ça m'est bien égal de savoir qu'elles sont et de qui, répliqua-t-il. Je les déteste. » Des histoires, il n'en voulait pas. De Vieille Nan non plus. Il voulait Père, il voulait Mère. Il voulait courir et voir bondir Été à ses côtés. Il voulait escalader la tour en ruine et donner du blé aux corneilles. Il voulait à nouveau monter son poney, suivre ses frères dans leurs chevauchées. Il voulait que les choses redeviennent comme avant.

« Je connais l'histoire d'un garçon qui détestait les histoires », repartit Vieille Nan avec son stupide petit sourire, sans cesser, *clic clic clic clic*, de faire aller ses maudites aiguilles, au risque de le faire sortir de ses gonds.

Hélas, les choses ne reviendraient jamais comme avant. En l'incitant à voler, la corneille l'avait floué. Il s'était retrouvé rompu, à son réveil, et dans un monde méconnaissable. Abandonné de tous, de Père, de Mère, des filles, et même de Jon le bâtard. Du vent, la promesse de Père qu'il monterait un véritable cheval jusqu'à Port-Réal. Ils étaient partis, tous, et sans l'emmener. Et mestre Luwin avait eu beau dépêcher un oiseau voyageur à lord Eddard, un autre à Mère et un troisième à Jon, sur le Mur, aucune réponse n'était arrivée. « Il advient souvent que les oiseaux se perdent, enfant, expliquait-il. Tant de lieues nous séparent des destinataires, et tant de faucons..., les messages ont pu ne pas les toucher. » Mais non, il semblait à Bran qu'ils fussent tous morts pendant son sommeil – s'il n'était mort lui-même, et qu'ils ne l'eussent oublié ? Partis aussi, Jory et ser Rodrik et Vayon Poole, ainsi que Hullen, Harwin et Gros Tom et un quart des gardes.

Seuls Robb et Petit Rickon se trouvaient toujours là, mais Robb n'était plus le même. Il était à présent le maître de céans, ou du moins affectait de l'être. Ceint d'une véritable épée, il ne souriait plus et passait ses jours à ferrailler lui-même ou à faire manœuvrer la garde et, sous l'œil désolé de Bran, retentir la cour du fracas de l'acier puis, le soir, se renfermait avec mestre Luwin pour causer, compulser les livres de comptes. Il lui arrivait aussi de partir à cheval, en compagnie de Hallis Mollen, vers de lointains fortins dont l'inspection prenait plusieurs jours d'affilée, et chacune de ces absences un peu prolongées angoissait Rickon qui venait, tout en pleurs, demander à Bran : « Tu crois qu'il reviendra ? » Comme si lord Robb ne consacrait pas, lorsqu'il se trouvait à Winterfell, bien plus d'heures à Theon Greyjoy et à Mollen qu'à ses propres frères !

« Je pourrais te conter l'histoire de Brandon le Bâtisseur, insistait Vieille Nan. C'était toujours ta préférée. »

Des milliers d'années plus tôt, ce Brandon-là avait édifié Winterfell et, à en croire d'aucuns, le Mur. Son histoire, Bran la savait par cœur, mais sans lui avoir jamais accordé la moindre prédilection. Peut-être avait-elle enchanté quelque autre Brandon ? Peut-être le Brandon auquel Nounou, voilà des siècles, avait donné le sein ? La vieille radotait. Le confondait parfois, lui, Bran, avec le nouveau-né de jadis, parfois avec l'oncle assassiné, bien avant sa propre naissance, par le roi dément. « Tu comprends, disait Mère, elle vit depuis si longtemps que, dans sa tête, tous les Brandon Stark sont devenus un seul et même homme… »

« Ce n'est pas ma préférée, dit-il. Mes préférées, c'étaient les terrifiantes. » Un bruit bizarre, à l'extérieur, le ramena vers la fenêtre, et il vit Rickon se précipiter, talonné par les loups, vers la poterne. Mais comme, de sa place, il ne pouvait apercevoir ce qui se passait de ce côté-là, le dépit lui fit asséner sur sa cuisse un coup de poing rageur et insensible.

« Oh, mon tout doux mignon d'été, protesta paisiblement Vieille Nan, que sais-tu, toi, de la terreur ? La terreur est chose d'hiver, mon petit seigneur, elle vient par cent pieds de neige, et lorsqu'en hurlant se rue la bise glacée du nord. La terreur vient durant la longue nuit, quand le soleil cache sa face des années durant, quand les enfants viennent au monde et vivent et meurent dans les ténèbres interminables, pendant que la faim, la désolation ne cessent de tenailler les loups-garous, que les marcheurs blancs se faufilent dans la forêt.

— Tu veux dire les Autres, maugréa Bran.

— Oui, les Autres, confirma-t-elle. Voilà des milliers et des milliers d'années survint un hiver plus froid, plus rude et plus interminable que de mémoire d'homme. Et il amena une nuit qui dura toute une génération, et les rois grelottaient et mouraient aussi bien, au fond de leurs châteaux, que les porchers dans leurs masures. Plutôt que de les voir périr de faim, les femmes étouffaient leurs enfants en pleurant, et les larmes gelaient sur leurs joues. » Elle se tut, ses aiguilles aussi, puis, levant ses prunelles pâles et voilées sur Bran, elle demanda : « Est-ce là vraiment le genre d'histoires que tu aimes, enfant ?

— Eh bien, répondit-il à contrecœur, oui, ce genre-là seul… »

Elle hocha la tête. « C'est à la faveur de ces ténèbres que les Autres vinrent pour la première fois, dit-elle, tandis que ses aiguilles reprenaient leur *clic clic clic*. Ils étaient des choses froides, des choses mortes, et ils détestaient le fer, le feu, le contact du soleil et les créatures à sang chaud. Ils balayèrent les forts, les villes, les royaumes, ils abattaient les héros comme le vulgaire, à tour de bras, montés sur des cadavres de chevaux blêmes et menant des nuées de morts, et si l'épée de l'homme était impuissante à contenir leur progression, les vierges ni les nouveau-nés ne trouvaient grâce devant eux. Ils traquaient les premières, tel du gibier, parmi les forêts gelées, nourrissaient de la chair des seconds leurs serviteurs morts. »

La vieille avait peu à peu baissé la voix jusqu'à ne plus émettre qu'un murmure, et si faible que Bran devait s'incliner pour n'en perdre pas une miette.

« Or, cela se passait avant l'arrivée des Andals, et bien avant que, dans leur fuite, les femmes des cités de la Rhoyne ne fussent parvenues de ce côté-ci de la mer. Il existait cent royaumes, en ces temps lointains, et ces royaumes, les Premiers Hommes les avaient conquis sur les enfants de la forêt. Encore ceux-ci s'étaient-ils, çà et là, retranchés dans le profond des bois, et ils y occupaient toujours des villes d'arbres et des collines creuses sur lesquelles veillait le masque attentif des barrals, tandis que la mort et le froid ravageaient la terre. Ce que voyant, le dernier héros se résolut à les aller trouver, dans l'espoir que leurs sortilèges immémoriaux parviendraient à regagner le terrain perdu par les armées humaines. Ainsi s'enfonça-t-il à leur recherche dans les contrées mortes avec son épée, son cheval, son chien et une poignée de compagnons. Des années dura sa quête, et il finissait par désespérer de jamais dénicher les enfants de la forêt dans leurs secrets repaires. Un à un périrent ses amis, puis son cheval, puis son chien lui-même, et son épée gela si fort qu'un jour la lame s'en brisa. Alors, les Autres flairèrent le sang de ses veines, et ils entreprirent en silence de le traquer, et ils le suivaient à la piste avec des meutes d'araignées blêmes aussi grosses que des limiers, quand… »

Au même instant, la porte s'ouvrit avec un tel fracas que, saisi d'une terreur subite, le cœur de Bran ne fit qu'un bond jusqu'à sa gorge, mais l'agresseur n'était que mestre Luwin, derrière lequel se discernait, sur le palier, la silhouette du gigantesque Hodor. Lequel ne manqua pas de beugler, selon sa coutume : « Hodor ! » avec un énorme sourire à la ronde.

Mestre Luwin, lui, ne souriait pas. « Nous avons des visiteurs, dit-il, et ils vous réclament, Bran.

— J'étais en train d'écouter une histoire…, gémit celui-ci.

— Les histoires peuvent attendre, mon damoiseau, tu les trouveras là à ton retour, intervint Vieille Nan. Les visiteurs n'ont pas tant de patience, et leurs histoires à eux sont souvent de leur cru.

— C'est qui ? demanda Bran.

— Tyrion Lannister, avec des gens de la Garde de Nuit et un mot de Jon. Robb les reçoit en ce moment même. Hodor, aide Bran à descendre, veux-tu ?

— Hodor ! » jappa joyeusement Hodor, qui dut baisser sa tête embroussaillée pour franchir le seuil. Ses près de sept pieds rendaient inconcevable qu'il pût descendre de Vieille Nan. Se ratatinerait-il autant que son arrière-grand-mère, une fois vieux ? se demanda Bran. Cela paraissait hautement improbable, dût-il devenir millénaire.

Le colosse le soulevait cependant avec autant d'aisance qu'un simple fagot et le nichait contre sa puissante poitrine. Il sentait toujours un peu le cheval, mais cette odeur n'était point déplaisante, ni la toison brune qui tapissait ses bras noueux. « Hodor ! » répéta-t-il. S'il ne savait pas grand-chose, du moins connaissait-il sans conteste son propre nom, avait un jour commenté Greyjoy. Et Vieille Nan de glousser comme une volaille, à ce mot, non sans spécifier qu'il s'appelait de son vrai nom Walder, que nul ne savait d'où il tenait « Hodor », mais qu'à partir du jour où il avait commencé lui-même à le dire à tout bout de champ chacun l'avait affublé de ce sobriquet. L'unique mot qu'il prononçât, d'ailleurs.

Laissant Vieille Nan dans la tour avec ses aiguilles et ses souvenirs, ils descendirent l'escalier, traversèrent la galerie, sans que, malgré ses grandes enjambées, Hodor cessât de fredonner d'une voix discordante aux oreilles de son fardeau ni mestre Luwin, derrière, de trottiner dru pour éviter de se laisser distancer.

Vêtu de maille et de cuir bouilli, Robb occupait la cathèdre de Père et arborait sa physionomie sévère de lord-maître des lieux. Derrière lui se dressaient Mollen et Greyjoy, et sur la grisaille des murs que ponctuaient les fenêtres étroites se détachaient une douzaine de gardes. Debout au centre de la pièce avec ses serviteurs se tenait le nain, ainsi que quatre étrangers dont la tenue noire annonçait l'appartenance à la Garde de Nuit. Dès son entrée, Bran perçut l'ambiance coléreuse.

« Winterfell est heureux d'héberger aussi longtemps qu'il le désirera tout membre de la Garde de Nuit », articulait Robb au même instant, de sa voix seigneuriale. Son épée lui barrait les genoux, nue de manière que nul au monde n'en ignorât. Même Bran savait ce que signifiait d'accueillir un hôte avec de l'acier dégainé.

« Tout membre de la Garde de Nuit, répéta le nain, mais pas moi, si je t'entends bien, mon garçon ? »

Robb se leva et pointa sur lui son épée. « Le seigneur de ces lieux, en l'absence de mes père et mère, c'est moi, Lannister. Je ne suis pas votre garçon.

— Si tu es le seigneur, tu pourrais en apprendre la courtoisie, répliqua le petit homme, ignorant l'arme qui le menaçait. Ton frère bâtard a pris toutes les grâces de ton père, à ce qu'il semble.

— *Jon !* » hoqueta Bran, toujours dans les bras de Hodor.

Le nain se retourna pour le dévisager. « Ainsi, c'est vrai, le petit est vivant. Je pouvais à peine le croire. Vous avez la vie dure, vous autres, Stark.

— Vous feriez bien de vous en souvenir, vous autres, Lannister, grogna Robb en abaissant son épée. Hodor, amène ici mon frère.

— Hodor ! » s'épanouit Hodor en allant au trot déposer Bran dans la vaste cathèdre où, depuis l'époque où ils s'intitulaient rois du Nord, trônaient les sires de Winterfell. D'innombrables séants en avaient poli la pierre froide, et le petit infirme dut se cramponner aux gueules béantes de loups-garous qui en décoraient les bras pour compenser le ballant de ses jambes vaines. L'ampleur du siège lui donnait en outre l'impression d'être moins qu'un avorton.

Robb lui posa la main sur l'épaule. « Vous prétendiez devoir rencontrer Bran, Lannister ? Hé bien, le voici. »

Les yeux du nain mettaient l'enfant très mal à l'aise. L'un était noir et l'autre vert, mais tous deux le fixaient, l'étudiaient, le soupesaient. « À ce que l'on m'a conté, Bran, finit-il par dire, tu grimpais comme personne. Comment se fait-il que tu sois tombé, ce jour-là, dis-moi ?

— Je ne suis jamais tombé », répondit Bran, insistant sur *jamais*. Il ne l'était jamais, jamais, jamais !

« Il ne conserve aucun souvenir de sa chute ni de l'ascension qui l'a précédée, précisa Luwin, conciliant.

— Curieux, s'étonna Tyrion.

— Mon frère n'est pas là pour subir un interrogatoire, Lannister, dit Robb d'un ton sec. Allez droit au but puis filez.

— Je t'apporte un présent, mon petit, reprit le nain. Tu aimes monter à cheval ?

— Pardon, messire, intervint mestre Luwin, mais il a perdu l'usage de ses jambes, et…

— Bagatelle. Avec la selle adéquate et le cheval adéquat, même un estropié peut monter. »

Estropié… Le terme blessa Bran comme un coup de poignard et, malgré lui, ses yeux se remplirent de larmes.

« Je ne suis pas estropié !

— Dans ce cas, je ne suis pas nain. » Une grimace lui tordit la bouche. « Cette nouvelle ravira mon père. »

Theon crut opportun de s'esclaffer.

« Qu'entendez-vous au juste par selle et cheval adéquats ? repartit Luwin.

— D'abord un cheval docile, répondit Tyrion. Étant donné que le garçon ne peut utiliser ses jambes pour le diriger, vous devez adapter la bête au cavalier, lui apprendre à répondre aux rênes et à la voix. À votre place, je choisirais un poulain neuf, de manière qu'il n'ait pas de dressage à oublier. » Puis il tira de sa ceinture un rouleau de papier. « Pour ce qui est de la selle, votre sellier n'aura qu'à exécuter ce croquis. »

Avec une vivacité d'écureuil gris, le mestre s'empara du document, le déploya, l'examina. « Je vois. Vous avez un joli coup de crayon, messire. Ma foi, cela devrait marcher… Comment n'y ai-je pas pensé moi-même ?

— Je n'y ai guère de mérite, allez. Elle ne diffère pas énormément de celles dont je me sers.

— Et elle me permettra vraiment de monter ? » questionna Bran. Il ne demandait qu'à le croire mais redoutait de se laisser duper par un nouveau mensonge. Les promesses de la corneille l'avaient tellement échaudé…

« Oui, dit le nain. Et je te garantis qu'une fois à cheval tu seras aussi grand que n'importe qui. »

Robb se montrait abasourdi. « Que nous mijotez-vous, Lannister ? En quoi Bran vous concerne-t-il ? Pourquoi diable voudriez-vous l'aider ?

— Parce que votre frère Jon m'en a prié. Et parce que j'ai, grommela Tyrion, la main sur son cœur, un faible pour les infirmes et les bâtards et les choses brisées. »

Soudain, la porte de la cour s'ouvrit à la volée, le soleil inonda la salle, et Rickon surgit, hors d'haleine, avec les loups-garous. Mais s'il s'immobilisa près du seuil, écarquillé, ceux-ci le dépassèrent et, peut-être alertés par leur flair, repérèrent instantanément Lannister. Été se mit le premier à grogner, aussitôt imité par Vent Gris, et tous deux, l'un par la droite, l'autre par la gauche, avancèrent à pas de velours sur lui.

« Ils n'aiment pas votre odeur, messire, ironisa Theon.

— Sans doute est-il temps que je prenne congé », dit Tyrion. Or, à peine eut-il reculé d'un pas que, dans son dos, Broussaille émergeait de l'ombre en grondant, tandis qu'Été, de son côté, lui coupait d'un bond la retraite. Il pivota, titubant, et Vent Gris, d'un coup de dents, lui agrippa la manche et en détacha un bon pan.

« *Non !* hurla Bran, du haut de son siège, en voyant les gens de Tyrion dégainer. Ici, Été ! Été ! au pied ! »

Le loup l'entendit, le regarda, regarda de nouveau l'ennemi puis, rampant à reculons, alla s'allonger sous les pieds ballants de son maître.

Robb qui avait, lui, retenu jusque-là son souffle exhala un soupir puis appela : « Vent Gris. » D'un pas vif et feutré, la bête s'en fut sur-le-champ le rejoindre. Seul Broussaille, l'œil allumé d'une flamme verte et les babines retroussées, menaçait encore le petit homme. Mais Bran dut crier : « Rappelle-le, Rickon ! », pour que le bambin, reprenant enfin ses esprits, se mît à piailler : « Couché, Broussaille ! couché, maintenant ! » et que son loup noir, non sans un dernier grondement à l'adresse du nain, courût se faire étreindre passionnément.

Tyrion Lannister dénoua son écharpe et s'en épongea le front puis, d'un ton placide, déclara : « Palpitant.

— Comment vous sentez-vous, messire ? » lui demanda l'un de ses hommes, l'épée toujours au poing, et sans cesser de surveiller les terribles loups.

« Ma manche est fichue, ma culotte plus trempée que je ne saurais dire, mais le reste est sauf, hors ma dignité. »

Robb lui-même semblait sous le choc. « Les loups… Je ne sais ce qui leur a pris…

— Ils m'ont sans le moindre doute pris pour leur pâtée. » Il gratifia Bran d'une révérence raide. « Merci de les avoir rappelés, jeune chevalier. Ils m'auraient, sur ma foi, trouvé fort indigeste. À présent, je *compte* vous quitter, vraiment.

— Un instant, messire », pria mestre Luwin, avant d'aller chuchoter avec Robb, mais trop bas pour que Bran pût saisir un seul mot de leur conversation.

Seulement son frère, à la fin, remit l'épée au fourreau et bredouilla : « Je… Je crains de vous avoir inconsidérément… rudoyé, Lannister. Votre amabilité vis-à-vis de Bran, heu, bon… » Il tâcha de récupérer un semblant de sang-froid. « Si vous daignez agréer l'hospitalité de Winterfell, vous…

— Épargne-moi tes simagrées, mon gars. Tu me détestes et tu ne veux pas de moi dans ces murs. J'ai aperçu une auberge, dehors, en ville, où l'on me donnera un lit. Nous n'en dormirons que mieux tous les deux. Il se peut même que, pour quelques sols, une fille accorte accepte de chauffer mes draps. » Puis, se tournant vers l'un des frères noirs, un vieillard tordu et à barbe hirsute : « Yoren, dit-il, nous partirons au point du jour. Vous nous rattraperez en route, je présume. » Et, là-dessus, il chaloupa de ses pattes courtes vers la sortie, dépassa Rickon et disparut, suivi de ses gens.

Alors, Robb se tourna gauchement vers les quatre hommes de la Garde de Nuit. « J'ai fait préparer vos chambres. Vous y trouverez suffisance d'eau chaude pour vous décrasser de la route. J'espère que vous honorerez notre table, ce soir. » Et il prononça ces sottes phrases avec tant d'embarras que Bran les suspecta d'être un discours appris. On n'y percevait aucune cordialité, mais les frères noirs exprimèrent leur gratitude sur le même ton.

Là-haut, dans la tour, ils découvrirent Vieille Nan assoupie au fond de son fauteuil. Sitôt Bran déposé sur son lit, sous l'œil vigilant d'Été, Hodor gloussa : « Hodor ! » et, soulevant son arrière-grand-mère qui ronflait doucement, l'emporta, tel un fétu, sans qu'elle se fût seulement réveillée, tandis que le gamin reposait, songeur. Il dînerait dans la grande salle avec les hommes du Mur, Robb le lui avait promis. « Été ? » souffla-t-il. Été bondit sur le lit, et il l'étreignit avec tant de fougue que le loup haletait un peu, tout contre sa joue. « Je vais pouvoir monter, lui murmura-t-il. Patience, et tu verras, nous irons sous peu chasser dans les bois, tous les deux. » Un instant plus tard, il dormait.

… Il grimpait à nouveau, pouce après pouce, vers le sommet d'une vieille tour aveugle. Ses doigts se frayaient une prise entre les pierres noircies, ses pieds cherchaient des points d'appui. Il s'élevait plus haut, toujours plus haut, s'élevait au travers des nuages dans le ciel nocturne, et toujours la tour se dressait devant lui. Comme il marquait une pause et regardait vers le bas, la tête lui tourna, il sentit déraper ses doigts, poussa un cri en se cramponnant au désir de vivre. À des centaines de lieues, là-bas dessous, la terre, et il ne savait pas voler. *Il ne pouvait pas voler.* Il attendit que se fût calmée l'horrible chamade et, dès qu'il put librement respirer, reprit son ascension. Point d'autre issue que par en haut. Là-haut, très loin, se découpaient, lui semblait-il, contre la pâleur lunaire, des silhouettes de gargouilles. Ses bras lui faisaient mal, mais il n'osait prendre de repos, s'évertuait même à grimper plus vite. Les gargouilles l'observaient venir d'un regard de braise. Jadis des lions, peut-être, à présent réduites à des figures torturées, grotesques, elles se chuchotaient distinctement des choses inaudibles, et leur timbre de pierre avait une terrifiante douceur. Mais il ne fallait à aucun prix les écouter, se disait-il, les entendre pour rien au monde tant qu'elles ne le déclareraient pas tiré d'affaire. Mais quand, s'affranchissant de la muraille, les gargouilles trottèrent à pas de loup vers lui, force lui fut de douter encore de son salut. « Je n'ai pas entendu, sanglota-t-il tandis qu'elles se rapprochaient inexorablement, rien ! rien ! »

Il s'éveilla en sursaut et, dans le noir où il s'égarait, discerna une ombre colossale qui menaçait de l'envelopper. « Je n'ai pas entendu », protesta-t-il dans un souffle, affolé, mais l'ombre, alors, pouffa : « Hodor ! » et, en voyant s'allumer la chandelle, à son chevet, Bran poussa un soupir de soulagement.

Il était trempé de sueur. Muni d'une serviette humide et tiède, Hodor l'épongea puis le vêtit avec autant de dextérité que de délicatesse et, l'heure venue, l'emporta dans la grande salle où l'on avait dressé les tréteaux près du feu. Au haut bout de la table, le siège seigneurial demeurait vacant, mais Robb en occupait la droite, et Bran lui faisait face. Au menu figuraient ce soir-là du cochon de lait, des pigeons en croûte, des navets au beurre et, en guise de dessert, le cuisinier laissait espérer un gâteau de miel. Assis près de Bran, Été happait les lichettes que celui-ci lui distribuait, tandis que, dans un coin, Broussaille et Vent Gris se disputaient un os. Depuis quelque temps, les chiens de Winterfell ne s'aventuraient plus dans les parages, et Bran lui-même avait cessé de s'en étonner.

Comme Yoren était le doyen des frères noirs, l'intendant l'avait placé entre Robb et mestre Luwin, au risque de les incommoder tous deux, car il exhalait une puanteur aigrelette de vétusté mêlée de crasse invétérée. Il déchiquetait la viande à pleines dents, broyait les os pour en aspirer bruyamment la moelle, et la mention de Jon Snow lui secoua les épaules. « Le fléau de ser Alliser », éructa-t-il, déchaînant par là l'hilarité incompréhensible de ses compagnons. Mais un silence lugubre tomba lorsque Robb s'enquit d'Oncle Ben.

« Qu'y a-t-il donc ? » s'alarma Bran.

Yoren se torcha les doigts sur sa veste. « Il y a, messires, que c'est cruel de payer son écot avec des nouvelles pénibles, mais celui qu'accable une question se doit de porter la réponse. Stark a disparu. »

L'un des frères ajouta : « Le Vieil Ours l'a envoyé à la recherche de Waymar Royce, et il tarde à revenir.

— Beaucoup trop, reprit Yoren. Il doit être mort.

— Mon oncle n'est pas mort ! explosa Robb d'un ton où perçait la colère en se levant brusquement, la main à l'épée. Entendez-vous ? *Mon oncle n'est pas mort !* » Sa voix résonna si durement contre les murs de pierre que, tout à coup, Bran fut pris de panique.

Le vieux puant, lui, ne s'émut pas pour si peu. « Vous avez beau dire, m'sire. » Et il se mit à suçoter ses dents engorgées.

Le plus jeune des frères noirs se tortillait sur son siège. « Y a personne, au Mur, qui connaît mieux que Benjen Stark la forêt hantée. Y finira par s'y retrouver.

— Peut-être, repartit Yoren, et peut-être pas. Pas ça qui manque, les types doués qui se sont fourrés là-dedans et qui n'en sont jamais ressortis. »

Bran demeura d'abord pétrifié. L'histoire de Vieille Nan l'obsédait. Il revoyait le dernier héros poursuivi par les Autres, traqué par leurs piqueux morts et par leurs araignées aussi grosses que des limiers. Puis il se souvint du dénouement. « Les enfants l'aideront, balbutia-t-il, les enfants de la forêt ! »

Theon Greyjoy ricana sous cape, et mestre Luwin murmura : « Voyons, Bran, les enfants de la forêt sont morts et enterrés depuis des milliers d'années. D'eux ne subsiste que la face sculptée des barrals.

— Par ici, vous avez peut-être raison, mestre, dit Yoren, mais, dans le nord, au-delà du Mur, qui pourrait dire ? La frontière entre la mort et la vie, là-bas… »

Après qu'on eut desservi, cette nuit-là, Robb remonta lui-même Bran dans sa chambre. Vent Gris lui servait d'éclaireur, Été le talonnait. Si fort qu'il fût pour son âge, et léger le fardeau, les marches étaient si abruptes et si sombres qu'en atteignant le palier supérieur il soufflait comme une forge. Il mit son frère au lit, lui remonta les couvertures jusqu'au menton, souffla la chandelle et, dans le noir, s'assit quelques minutes à son chevet. Bran brûlait de lui parler, mais il ne savait que lui dire. Enfin, Robb chuchota : « On va te trouver un cheval, promis.

— Est-ce qu'ils reviendront un jour ?

— Oui, répondit Robb, et d'une voix si lourde d'espérance que le petit, cette fois, reconnut le frère et non plus le petit seigneur affecté. Mère sera bientôt là. Et qui sait si nous ne pourrons pas aller au-devant d'elle, à cheval ? Quelle surprise elle aurait de te voir en selle, hein ? » Malgré l'obscurité, Bran devina qu'il souriait. « Et, après, nous irons voir le Mur. Nous ne préviendrons surtout pas Jon de notre venue et, un beau jour, nous lui tomberons dessus, là, toi et moi. Quelle aventure, n'est-ce pas ?

— Quelle aventure… ! » songea Bran en écho, tandis que son frère laissait échapper un sanglot. Alors, comme il faisait trop sombre pour voir ses pleurs, il tendit la main, à tâtons, vers la sienne, et leurs doigts s'unirent.

EDDARD

« La disparition de lord Arryn nous a tous profondément affligés, monseigneur, déclara Pycelle, et c'est trop volontiers que je vous ferai, dans la faible mesure de mes moyens, le récit de son agonie. Veuillez vous asseoir. Souhaiteriez-vous quelque rafraîchissement ? Des dattes, peut-être ? J'ai aussi d'excellents kakis. Le vin, hélas, me contrarie la digestion, maintenant, mais je puis vous offrir du lait glacé, je le sucre au miel, et je ne sache rien de si rafraîchissant, par ces chaleurs. »

Comment nier celles-ci, quand elles lui plaquaient sa tunique de soie contre la poitrine ? Une atmosphère épaisse et moite engonçait la ville à la manière d'une couverture de laine humide, et toute la police du monde n'eût pu empêcher de grouiller les berges de la rivière, vu que les pauvres y fuyaient en quête d'air leurs taudis fétides et brûlants, se disputaient le moindre pouce de terre où dormir et jouir du moindre soupçon de vent. « Trop aimable à vous », dit Ned en prenant un siège.

Le Grand Mestre saisit entre le pouce et l'index une minuscule clochette d'argent dont le tintement clair fit accourir sur la terrasse une servante jeune et svelte. « Du lait glacé pour la Main du Roi et moi-même, s'il te plaît, petite. Bien sucré. »

Tandis qu'elle allait exécuter ses ordres, il se croisa les mains, les mit au repos sur son ventre. « Le petit peuple prétend que la dernière année d'été est toujours la plus torride.

Il n'en est évidemment rien, mais c'est une sensation que l'on éprouve fréquemment, n'est-ce pas ? Quant à moi, les jours comme aujourd'hui, je vous envie vos neiges d'été septentrionales. » La lourde chaîne sertie de joyaux cliquetait à chacun de ses mouvements. « En tout cas, l'été du roi Maekar fut plus torride que celui-ci, et presque aussi long. Et il se trouva desgens assez farfelus, même à l'intérieur de la Citadelle, pour y voir la preuve que l'Été Suprême, l'été qui n'aura pas de terme, était enfin là, ce qui ne l'empêcha pas, six ans plus tard, de nous lâcher subitement pour un bref automne et un hiver épouvantablement long. Au surplus, il fut d'une chaleur atroce tout du long. Le jour, la vieille ville exhalait des vapeurs suffocantes d'étuve et ne revivait qu'à la nuit. Nous partions flâner dans les jardins qui bordaient la rivière, et les dieux faisaient les frais de nos discussions. Il me semble encore sentir l'odeur complexe de ces nuits-là, monseigneur. Le parfum, la sueur, le melon mûr à éclater, la pêche et la pomme grenade, l'ombre noire et la lune en fleurs. J'étais jeune, à l'époque, je forgeais encore ma chaîne, la canicule ne m'épuisait pas comme à présent. » Ses paupières bouffies d'œdème lui donnaient l'air de somnoler. « Mais je vous demande pardon, lord Eddard. Vous n'êtes pas venu pour que je vous assomme avec mes radotages sur un été dont plus personne déjà ne se souvenait à la naissance de votre propre père. N'accusez de tous ces méandres, je vous prie, que l'âge. Les esprits sont, hélas, comme les épées. Le temps les rouille et les émousse. Mais voici notre lait ! » Pendant que la servante disposait le plateau entre eux, il lui adressa un sourire. « Ma mignonne. » Il prit une coupe, goûta, hocha. « Merci. Va, maintenant. »

Quand elle se fut esquivée, les yeux pâles et chassieux de Pycelle se reportèrent vers son hôte. « Où en étions-nous ? ah, oui… Vous m'interrogiez à propos de lord Arryn…

— C'est cela. » Par politesse, il prit une gorgée du breuvage, en savoura le froid, mais le trouva trop sirupeux.

« Pour dire la vérité, il n'était plus dans son assiette, depuis quelque temps, reprit Pycelle. Nous avions siégé, lui et moi, tant d'années ensemble au Conseil que j'avais bien vu les symptômes, mais je mettais tout sur le compte de tous les tracas qu'il supportait avec constance depuis si longtemps. Ses larges épaules ployaient sous le faix du royaume, entre autres. Un fils unique valétudinaire et une épouse tellement anxieuse de le perdre qu'elle tolérait à peine de ne pas avoir en permanence l'enfant sous ses yeux, il y avait déjà là de quoi accabler l'homme le plus vigoureux, et lord Jon n'était pas de première jeunesse. Fallait-il vraiment s'étonner qu'il parût mélancolique et fatigué ? Sur le moment, j'ai pensé que non. Maintenant… » Il branla pesamment du chef. « Je serais plus circonspect, maintenant.

— Parlez-moi du mal qui l'a emporté. »

Le Grand Mestre ouvrit les mains en signe d'impuissance et de désolation. « Un jour, il vint s'enquérir de certain livre, et je lui trouvai bon pied bon œil comme d'habitude. J'eus seulement l'impression que quelque chose le tourmentait, un problème grave. Le lendemain matin, il se tordait de douleur, trop malade pour quitter le lit. Mestre Colemon crut diagnostiquer des coliques dues au froid. Il avait effectivement fait une chaleur terrible, et lord Jon mettait volontiers de la glace dans son vin, procédé susceptible de bouleverser la digestion. Puis, comme il ne cessait de s'affaiblir, je me rendis en personne à son chevet, mais les dieux ne m'accordèrent pas la grâce de le sauver.

— On m'a dit que vous aviez congédié mestre Colemon. »

Le Grand Mestre acquiesça d'abord d'un signe dont la lenteur implacable évoquait l'avance d'un glacier. « C'est exact, et je crains que lady Lysa ne me le pardonne jamais. J'ai pu me tromper, mais j'ai cru agir pour le mieux. Je considère mestre Colemon comme un fils, j'estime plus que quiconque ses capacités, mais il est jeune, et les jeunes gens se méprennent fréquemment sur la fragilité des organismes plus âgés. Il administrait à lord Arryn, pour le purger, des potions formidables et du jus de poivre qui, à mes yeux, risquaient de le tuer.

— Lord Arryn ne vous a rien dit, au cours des heures qui précédèrent sa mort ? »

Un pli barra le front de Pycelle. « Au dernier stade de sa fièvre, il appela *Robert* à maintes reprises, mais je ne saurais dire qui il réclamait, de son fils ou du roi. Par peur de la contagion, lady Lysa interdisait à l'enfant l'accès de la chambre. Le roi vint, lui, voir lord Jon et passa des heures à lui parler sur un ton plaisant des jours anciens, dans l'espoir que les souvenirs communs le ranimeraient. Le spectacle de sa tendresse était bouleversant.

— À part cela, rien ? Pas de dernières volontés ?

— Lorsque je compris qu'il n'y avait plus d'espoir, je lui fis absorber du lait de pavot pour l'empêcher de souffrir. Juste avant de fermer définitivement les yeux, il murmura quelque chose à l'adresse de sa femme et du roi, une bénédiction concernant son fils. Il dit : "*La graine est vigoureuse*." Il n'articulait plus suffisamment, à la fin, pour qu'on pût comprendre. La mort ne le prit que le matin suivant, mais il demeura paisible jusque-là. Sans avoir repris la parole. »

Ned avala une nouvelle gorgée de lait, tout en s'efforçant d'en omettre l'écœurement. « Rien ne vous a paru anormal, dans sa mort ?

— Anormal ? » La voix du vieux mestre se réduisait à un souffle. « Non, je ne dirais rien de tel. Désolant, certes. Encore que la mort soit, somme toute, la chose la plus normale du monde, lord Eddard. Jon Arryn repose en paix, maintenant. Délivré enfin de tous ses ennuis.

— Le mal qui l'a emporté, insista Ned, vous l'aviez observé sur d'autres patients ?

— Voilà quarante années que je suis Grand Mestre des Sept Couronnes, répondit Pycelle. Sous notre bon roi Robert et sous son prédécesseur, Aerys Targaryen, sous le prédécesseur de celui-ci, son père, Jaehaerys II, et même, durant quelques mois, sous le père de ce dernier, Aegon le Fortuné, cinquième du nom. La maladie, j'en ai vu bien plus de variantes que je n'ai cure de me souvenir, monseigneur, mais je vais vous dire une chose : chaque cas diffère, tous sont similaires. La mort de lord Jon ne fut pas plus bizarre qu'aucune autre.

— Sa femme a pensé le contraire… »

Le Grand Mestre hocha la tête. « Je me rappelle, à présent. La veuve est sœur de votre noble épouse. S'il est permis à un vieillard de parler crûment, laissez-moi vous dire que le chagrin peut déranger les têtes les plus solides et les mieux en ordre, toutes qualités dont lady Lysa n'a jamais pu se targuer. Depuis sa dernière fausse couche, elle voit des ennemis derrière chaque ombre, et la disparition de son mari l'a littéralement pulvérisée.

— Ainsi affirmeriez-vous en conscience que Jon Arryn est mort d'une maladie foudroyante ?

— Oui, répondit gravement Pycelle. Si ce n'était de maladie, cher seigneur, de quoi d'autre, je vous prie ?

— Empoisonné », suggéra Ned d'un ton placide.

Les paupières assoupies s'animèrent d'un battement, le vieillard s'agita, mal à l'aise. « Qu'allez-vous… ? Nous ne sommes pas dans les cités libres, où cette pratique est courante. Le Grand Mestre Aethelmure a eu beau écrire que le meurtre gît, latent, dans tous les cœurs, l'empoisonneur n'en demeurerait pas moins indigne même de mépris. » Il s'abîma dans un long silence songeur. « Sans être irrecevable, monseigneur, votre hypothèse me paraît dénuée de vraisemblance. Le dernier des mesures connaît les poisons ordinaires, et lord Arryn ne présentait aucun des symptômes habituels. Et, en tant que Main, tout le monde le chérissait. Quel genre de monstre à figure humaine aurait pu perpétrer pareille ignominie ?

— Je me suis laissé dire que le poison était l'arme des femmes. »

Pycelle caressa pensivement sa barbe. « On le prétend. Des femmes, des couards et… des eunuques. » Il se racla longuement la gorge et finit par expectorer des glaires bien grasses dont il honora la jonchée. Un choucas claironna, depuis la roukerie, juste au-dessus d'eux, son croassement. « Notre lord Varys est né dans les fers à Lys, saviez-vous ? Défiez-vous des araignées, monseigneur. »

Cette mise en garde n'était pas absolument indispensable. Quelque chose en Varys donnait la chair de poule à Ned. « Je m'en souviendrai, mestre. Et merci de votre aide. J'ai abusé de votre temps. » Il se leva.

Pycelle s'extirpa poussivement de son fauteuil et l'escorta jusqu'à la porte. « J'espère avoir, si peu que ce soit, contribué à votre tranquillité d'esprit. Si je puis vous rendre le moindre service, veuillez seulement disposer de moi.

— Une chose, dit Ned. Je serais curieux d'examiner le volume que Jon vint vous emprunter la veille du jour où il tomba malade.

— Je crains qu'il ne vous intéresse guère… Il s'agissait de la pesante somme consacrée par le Grand Mestre Malleon aux généalogies des grandes maisons.

— N'importe. J'aimerais le voir. »

Le vieux ouvrit la porte. « Comme il vous plaira. Je l'ai dans quelque coin. Dès que je le retrouve, je vous le fais porter.

— Vous êtes vraiment trop aimable, dit Ned, avant de reprendre, comme si une idée venait de le traverser : Une dernière question, si vous me permettez. Vous m'avez bien dit que le roi se trouvait à son chevet, quand lord Arryn a rendu le dernier soupir, mais la reine ? la reine n'y était pas ?

— Non. C'est que, voyez-vous, la reine était en route, avec son père et ses enfants, pour Castral Roc. Lord Tywin était venu en grand arroi assister au tournoi donné pour la fête du prince Joffrey et à l'issue duquel il escomptait voir triompher son fils Jaime (en quoi, par parenthèse, il se trouva étrangement marri). C'est à moi qu'échut la tâche de mander la mort subite d'Arryn à la reine, et jamais de ma vie je ne lâchai d'oiseau plus à contrecœur.

— Ailes noires, noires nouvelles », murmura Ned. Un proverbe enseigné jadis par Vieille Nan.

« Le dicton des femmes de pêcheurs, acquiesça Pycelle, mais nous le savons abusif. Lorsque nous parvint l'oiseau de mestre Luwin, les nouvelles qu'il apportait de votre petit Bran ont bel et bien réjoui tous les cœurs sincères du château, n'est-ce pas ?

— Ce n'est pas moi qui vous contredirai, mestre.

— Les dieux sont miséricordieux. » Sa tête s'inclina. « Venez me voir aussi souvent que vous le souhaiterez, lord Eddard. Je suis en ces lieux pour servir. »

Oui, songea Ned tandis que la porte se refermait, mais *qui* ?

Il regagnait ses appartements dans la tour de la Main quand il tomba, au détour de l'escalier à vis, sur le spectacle inopiné d'Arya qui, moulinant des deux bras, tâchait de tenir en équilibre sur une seule jambe. Avec le succès manifeste d'avoir écorché ses pieds nus aux aspérités de la pierre. Il s'immobilisa, bouche bée. « Que diantre fais-tu là, ma fille ?

— Syrio assure qu'un danseur d'eau peut demeurer des heures entières sur un seul orteil. »

Il ne put s'empêcher de sourire et taquina : « Bon, mais lequel ?

— Sur *n'importe* lequel », répliqua-t-elle, hérissée par la question. D'un saut, elle changea de pointe et tangua périlleusement, le temps de récupérer son assiette.

« Est-il absolument nécessaire que tu t'y exerces ici ? La chute sera rude, si tu dévales…

— Syrio assure qu'un danseur d'eau ne tombe *jamais*. » Elle reprit la position normale. « Est-ce que Bran va venir nous rejoindre, à présent, Père ?

— Pas de sitôt, ma douce. Il lui faut recouvrer ses forces. »

Elle se mordit la lèvre. « Que fera-t-il, quand il sera grand ? »

Il s'agenouilla devant elle. « Il a des années devant lui pour trouver la réponse, Arya. Contentons-nous, pour l'heure, de savoir qu'il va vivre. » Le soir où était arrivé l'oiseau de Winterfell, Stark avait emmené ses filles dans le bois sacré du château, un acre planté d'ormes, d'aulnes et de cotonneux noirs qui surplombait le fleuve. L'arbre-cœur en était un chêne colossal dont la ramure disparaissait presque sous des courtines de fumevigne et au pied duquel, à genoux comme devant un barral, ils adressèrent aux dieux, tous trois, leurs actions de grâces. Le sommeil emporta Sansa comme la lune se levait, Arya bien plus tard, pelotonnée dans l'herbe sous le manteau de son père. Dès lors, il avait poursuivi seul sa veille, sans défaillance, jusqu'à ce que, déchirant les ténèbres par-dessus la ville, l'aurore lui montrât ses filles allongées parmi la floraison sanglante de souffle-dragons. « J'ai rêvé de Bran, lui avait ensuite chuchoté Sansa. Et il souriait. »

« Il voulait devenir chevalier, disait à présent Arya. Chevalier de la Garde. Il peut encore ?

— Non », dit-il. À quoi bon mentir ? « Mais rien ne s'oppose à ce qu'un jour il tienne une place forte importante et siège au Conseil du roi. Ou bien construise des châteaux, à l'instar de Brandon le Bâtisseur ; ou bien fasse, à bord d'un vaisseau, la traversée des mers du Crépuscule ; ou encore adopte la religion de Mère et accède à la dignité de Grand Septon. » *Mais, plus jamais*, songeait-il avec une tristesse indicible, *il ne courra aux côtés de son loup, jamais il n'étreindra de femme, jamais il ne prendra dans ses bras un fils de sa propre chair.*

Arya pencha la tête de côté. « Et moi ? je pourrais être conseiller du roi, bâtir des châteaux, devenir Grand Septon ?

— Toi, dit-il en lui posant un petit baiser sur le front, tu épouseras un roi, tu régneras sur son château, et tes enfants seront chevaliers, princes, seigneurs, voire, oui, l'un d'eux, peut-être, Grand Septon. »

Le visage d'Arya se ferma. « Non, dit-elle, tout ça, c'est *Sansa.* » Et comme là-dessus, elle repliait sa jambe droite et reprenait son entraînement, Ned, avec un soupir, la planta là.

Aussitôt dans sa chambre, il se dépouilla de ses vêtements détrempés puis, s'inclinant sur la cuvette disposée près du lit, s'inonda la tête d'eau froide. Et il était en train de s'éponger lorsqu'Alyn entrebâilla la porte. « Monseigneur, lord Baelish est là, qui demande audience.

— Conduis-le dans la loggia, répondit-il, tout en cherchant du linge frais, du lin le plus léger possible. Je suis à lui dans un instant. »

Juché sur la banquette de la baie, Littlefinger regardait attentivement les chevaliers de la Garde s'exercer dans la cour, en contrebas, lorsque son hôte le rejoignit. « Quel dommage, grogna-t-il, que la cervelle de notre vieux Selmy ne soit pas aussi leste que sa lame ! Les séances du Conseil seraient autrement vivantes…

— Ser Barristan n'a rien à envier à personne, à Port-Réal, pour la vaillance et le sens de l'honneur. » Maintenant qu'il le connaissait mieux, Ned vouait une espèce de vénération au commandant suprême de la Garde.

« Ni pour l'ennui, ajouta Littlefinger, mais je suis prêt à parier qu'il fera merveille, lors du tournoi. Il a démonté le Limier, l'an passé, et son dernier triomphe ne date que de quatre ans. »

La question du vainqueur éventuel était le dernier souci de lord Stark. « Est-ce là ce qui motive votre visite, lord Petyr, ou bien simplement le plaisir de la vue que l'on a d'ici ? »

Le visiteur sourit. « J'ai promis à Cat de vous aider dans votre enquête, et je m'y emploie. »

La réponse prit Ned à contre-pied. Promesse ou non, il éprouvait une défiance viscérale à l'endroit de Baelish, ne pouvait se défendre de lui trouver une intelligence fort excessive.

« Quelque chose pour moi ?

— Quelqu'*un*, rectifia l'autre. Quatre personnes, pour être exact. Avez-vous songé à interroger les serviteurs de la Main ? »

Ned fronça le sourcil. « Que ne le puis-je ! Lady Arryn a remmené aux Eyrié toute sa maisonnée. » Elle ne lui avait pas facilité la tâche, à cet égard. Tous les intimes de son mari, tout son entourage immédiat s'étaient éclipsés avec elle : le mestre personnel de Jon, son intendant, le capitaine de sa garde, ses chevaliers, ses gens…

« *La plupart* de sa maisonnée, insista Littlefinger, pas toute. Il en reste. Une fille de cuisine enceinte qu'on a précipitamment mariée à un valet d'écurie de lord Renly, un aide-palefrenier passé dans le guet, un échanson renvoyé pour vol, et l'écuyer de lord Arryn.

— Son écuyer ? » Une bonne surprise, en l'occurrence. Nul n'était mieux renseigné qu'un écuyer sur les allées et venues de son maître…

« Ser Hugh du Val, susurra Petyr. Le roi l'a fait chevalier, après la mort de lord Arryn.

— Je vais le faire venir, dit Ned. Ainsi que les autres. »

Littlefinger ébaucha une grimace bizarre. « Faites-moi la grâce, monseigneur, d'approcher de la baie.

— Pourquoi donc ?

— Venez, que je vous montre, monseigneur… »

Ned s'exécuta, maussade, et Baelish, d'un geste désinvolte, lui désigna la cour. « Là-bas, de l'autre côté, à la porte de l'arsenal, le garçon accroupi près des marches…, vous voyez ? oui, celui qui fourbit son épée…

— Eh bien ?

— Une mouche de Varys. Votre personne, chacun de vos faits et gestes intéressent prodigieusement l'Araignée. » Il modifia sa position. « Un coup d'œil au rempart, maintenant. Plus à l'ouest, au-dessus des écuries. Le garde qui se penche au créneau…

— Encore un homme de l'eunuque ?

— Non. Celui-ci appartient à la reine. Vous remarquerez que, de sa place, il jouit d'une vue imprenable sur la porte de cette tour-ci, la meilleure, en fait, pour identifier tous vos visiteurs. D'autres vous épient de même, beaucoup d'autres, inconnus jusque de moi. Les yeux pullulent, dans le Donjon Rouge. Aurais-je, sans cela, caché Cat dans un bordel ? »

Eddard Stark abhorrait tant ces manigances qu'il ne put réprimer son indignation. « Par les sept enfers ! » jura-t-il. Il avait maintenant l'impression que l'individu du rempart le guignait. Le malaise le fit s'écarter vivement de la baie. « Chacun serait-il l'indic de quelqu'un, dans cette cité maudite ?

— À quelques exceptions près, dit Littlefinger, se mettant à compter sur les doigts d'une main. Eh bien, vous, moi, le roi, quoique..., vous ferez bien d'y songer, le roi se montre beaucoup trop bavard avec la reine, et vous-même ne m'inspirez qu'une sécurité très relative. » Il se leva. « Avez-vous à votre service un homme en qui vous ayez une confiance totale, absolue ?

— Oui.

— Dans ce cas, je possède, à Valyria, un palais délicieux que je serais enchanté de vous vendre, riposta Littlefinger avec un sourire narquois. Vous eussiez été plus avisé de répondre *non*, monseigneur, mais tant pis. Dépêchez votre parangon de loyauté à ser Hugh et aux autres. Vos moindres mouvements sont repérés d'avance, mais Varys l'Araignée lui-même ne saurait tenir à l'œil chacun de vos gens et à chaque heure de la journée. » Il se dirigea vers la porte.

« Lord Petyr ? le rappela Ned. Je... je vous sais gré de votre aide. Peut-être avais-je tort de me garder de vous. »

Littlefinger affina la pointe de sa barbiche. « Vous êtes lent à apprendre, lord Eddard. Vous n'avez rien fait de si pertinent, depuis que vous avez mis pied à terre en ces lieux, que de vous garder de moi. »

JON

Lorsque la nouvelle recrue pénétra dans la cour d'entraînement, Jon était en train de montrer à Dareon la meilleure manière d'assener un coup latéral. « Tes pieds, beaucoup plus écartés ! lui intimait-il. Tu ne tiens pas à perdre l'équilibre, si ? Voilà. À présent, pivote et, tout en frappant, porte tout ton poids derrière la lame. »

Soudain, Dareon s'immobilisa et, relevant sa visière, « Par les sept dieux ! murmura-t-il, regarde-moi ça, Jon… »

Jon se retourna. Dans la lucarne de son heaume se découpait, debout sur le seuil de l'armurerie, le garçon le plus gras qu'il eût jamais vu. Dans les deux cent cinquante livres, à vue de nez. Le col de fourrure de son surcot brodé disparaissait sous l'avalanche des fanons. Des yeux délavés s'effaraient dans sa face lunaire, et il torchait sans trêve les boudins moites qui lui tenaient lieu de doigts sur le velours de son pourpoint. « On… on m'a dit de venir ici pour m'en… m'entraîner, bafouilla-t-il à la cantonade.

— Un hobereau, souffla Pyp à Jon. Du sud. Je gagerais des environs de Hautjardin. » Pour avoir parcouru les Sept Couronnes avec une troupe de baladins, Pyp se faisait fort d'identifier la provenance et le milieu des gens rien qu'au son de leur voix.

Un chasseur écarlate foulait à grands pas l'énorme poitrine du nouveau venu. Un blason inconnu de Jon. Ser Alliser

Thorne jeta un regard dédaigneux sur son futur élève et grommela : « Il semblerait qu'on soit à court de voleurs et de braconniers, dans le sud. Voilà qu'on nous livre des porcs pour garnir le Mur. Fourrure et velours… ! votre conception de l'armure, seigneur Jambonneau ? »

À la vérité, le malheureux avait apporté son fourniment complet : doublet molletonné, cuir bouilli, cotte de mailles à plates, heaume, rien n'y manquait, pas même un superbe écu de bois et de cuir, frappé du fameux chasseur écarlate, mais rien n'était noir. Aussi ser Alliser l'expédia-t-il proprement se rééquiper à l'armurerie. La moitié de la matinée y passa. La circonférence du poitrail obligea Donald Noye à défaire un haubert de mailles et à le remonter muni de panneaux de cuir latéraux. Pour le heaume, il fallut détacher la visière. Quant aux surtouts de cuir, ils engonçaient si bien l'obèse aux jambes et aux aisselles qu'il pouvait à peine se mouvoir. Une fois paré pour la lutte, il avait l'air prêt à éclater d'un saucisson trop cuit. « Reste à espérer que tu sois moins minable que ta dégaine, l'encouragea ser Alliser. Halder, montre-nous voir ce que sait faire ser Goret. »

Jon se crispa. Né dans une carrière où il avait fait son apprentissage de tailleur de pierre, Halder était, à seize ans, aussi grand que musclé, et il assenait les coups les plus rudes que Jon eût jamais reçus. « Ça va être plus moche qu'un cul de pute », maugréa Pyp, et ce le fut.

En moins d'une minute, l'obèse gisait à terre, tout secoué de tremblements gélatineux. Du sang giclait de son heaume fracassé, ses doigts bouffis ruisselaient de sang, et il glapissait : « Grâce ! je me rends ! ça suffit ! je me rends ! ne me frappe plus ! » à la grande joie de Rast et de quelques autres.

Ser Alliser n'en avait cependant pas son soûl, qui gueulait : « Debout, ser Goret ! ramasse ton épée ! » Puis, voyant que le garçon ne se relevait pas, il gesticula à l'adresse de Halder : « Fais-le tâter du plat de ton épée, jusqu'à ce qu'il trouve ses pieds. » À titre d'essai, Halder lui claqua les joues. « Vas-y plus fort », ricana Thorne. Empoignant alors sa flamberge à deux mains, Halder l'assena avec tant de brutalité que, quoique à plat, le coup déchira le cuir, non sans arracher des cris de douleur au nouveau.

Jon fit un pas en avant mais, de son gantelet de mailles, le petit Pyp lui étreignit le bras. « *Non*, Jon, souffla-t-il, avec un regard anxieux du côté de ser Alliser Thorne.

— Debout ! » répéta ce dernier. L'obèse se démena pour obtempérer, glissa, retomba pesamment. « Ser Goret commence à saisir, commenta Thorne. Seconde leçon. »

Halder brandit à nouveau l'épée. « Tailles-y-nous un jambon ! » rigola Rast.

Jon repoussa la main de Pyp. « *Suffit*, Halder. »

Du regard, Halder consulta ser Alliser.

« Le Bâtard parle, et les rustres tremblent, dit le maître d'armes, du ton âpre et froid qui n'était qu'à lui. Je vous rappelle, lord Snow, que le maître d'armes, ici, c'est moi.

— Regarde-le, Halder, reprit Jon, impérieux, tout en affectant de son mieux d'ignorer Thorne. Quel honneur y a-t-il à frapper un adversaire à terre ? Il s'est rendu. » Il s'agenouilla auprès du vaincu.

Halder laissa retomber son épée. « Il s'est rendu », fit-il en écho.

La hargne embrasa l'œil de ser Alliser. « Notre Bâtard serait-il amoureux ? lança-t-il en le voyant aider l'obèse à se relever. Montrez-moi donc ce que vaut votre acier, lord Snow... »

Quasiment d'instinct, Jon dégaina. Mais, ce faisant, il se rendit compte, avec un frisson, que, s'il n'avait jusqu'alors osé défier ser Alliser que jusqu'à un certain point, ce point venait d'être, et de loin..., dépassé.

Thorne s'épanouit. « Puisque le Bâtard désire défendre la dame de ses pensées, soit, nous profiterons de son vœu pour nous entraîner. Rat, Pustule, venez seconder le cher Cap-de-roc. » Rast et Albett se placèrent aux côtés de Halder. « À vous trois, vous parviendrez bien à faire piauler dame Truie, je pense ? Il vous suffira de passer sur le corps du Bâtard.

— Mets-toi derrière moi », dit Jon à l'obèse. Ser Alliser l'avait maintes fois opposé à deux adversaires, mais jamais à trois. Aussi s'attendait-il à devoir encaisser force plaies et bosses. Il se concentrait néanmoins pour bien tenir tête quand Pyp, brusquement, vint se ranger auprès de lui. « La partie sera plus plaisante, à trois contre deux », dit-il, avec une bravoure qu'on n'eût guère attendue de son exiguïté. Puis il abaissa sa visière et dégaina, tandis que, sans même laisser à Jon le loisir d'envisager de protester, Grenn venait faire le troisième.

Un silence de mort était tombé sur la cour, et Jon sentait s'appesantir le regard de ser Alliser. « Hé bien, qu'attendez-vous ? » demanda-t-il à ses champions, d'une voix qui se voulait mielleuse. C'est néanmoins Jon qui ouvrit les hostilités, et Halder eut tout juste le temps de se mettre en garde.

En se montrant sans relâche offensif et en lui imposant son propre rythme, Jon compensait la différence d'âge et le forçait à reculer. *Connais ton adversaire*, lui avait jadis enseigné ser Rodrik. Halder, il le connaissait, brutal et puissant mais trop fougueux pour supporter longtemps la défensive. Il suffirait de le frustrer pour l'amener à se découvrir, aussi sûr et certain que le soleil se couche.

Les autres étant à leur tour, tout autour, entrés dans la danse, la cour tout entière retentissait du fracas de l'acier. Jon para une taillade à la tête si sauvage que le seul choc des épées lui fit brandir le bras pour assener un revers qui atteignit Halder en plein dans les côtes, lui arrachant un grognement sourd, mais sans empêcher sa réplique de porter durement à l'épaule et d'y déchiqueter la maille. Malgré la douleur qui le lancinait jusqu'à la nuque, Jon entrevit son adversaire déstabilisé et, lui fauchant le jarret gauche, l'envoya mordre la neige dans un vacarme de ferraille et de jurons désarticulés.

Pour sa part, Grenn se montrait son digne disciple en malmenant Albett tant et plus, mais Pyp peinait, lui, Rast ayant l'avantage de l'âge – deux ans de plus – et du poids – une bonne quarantaine de livres. Prenant le violeur à revers, Jon fit sonner son heaume comme une cloche, et Pyp profita de son désarroi pour se faufiler sous sa garde, le renverser puis lui pointer sa lame vers la gorge. Entre-temps, Jon s'était porté sur Albett qui, peu soucieux d'affronter deux adversaires, battit en retraite en criant : « Je me rends ! »

Ser Alliser contemplait la scène d'un air écœuré. « Assez de pantalonnades pour aujourd'hui. » Il tourna les talons. La séance était achevée.

Après que Dareon l'eut aidé à se remettre sur pied, Halder arracha violemment son heaume et le balança à travers la cour. « J'ai bien cru, pendant une seconde, que je finirais par t'avoir, Snow.

— Tu as bien failli, pendant une seconde », répliqua Jon. Son épaule élançait, sous la maille et le cuir. Il rengaina puis entreprit de retirer son heaume mais, dès qu'il leva le bras, la douleur le fit grincer des dents.

« Laisse », dit une voix. Des mains boudinées détachèrent le heaume du gorgeret, le soulevèrent délicatement. « Il t'a blessé ?

— J'en ai vu d'autres. » Il tâta son épaule, grimaça. La cour se vidait peu à peu.

Du sang maculait le cuir chevelu de l'obèse. « Samwell Tarly, de Cor... », se présenta-t-il. Il s'interrompit, se lécha les lèvres. « Je veux dire, j'étais de Corcolline avant de... d'en partir. Je suis venu prendre la tenue noire. Mon père, lord Randyll, est un banneret des Tyrell de Hautjardin. Je devais lui succéder. Seulement... » Il n'acheva pas.

« Jon Snow, bâtard d'Eddard Stark, de Winterfell. »

L'autre hocha la tête. « Je... Si tu veux, tu m'appelles Sam. Ma mère m'appelle Sam.

– *Lui*, tu peux l'appeler lord Snow, intervint Pyp qui les rejoignait. Tu t'en fiches, comment sa mère l'appelle.

— Ces deux-là, dit Jon en les désignant tour à tour, sont Pypar et Grenn.

— Grenn l'affreux, dit Pyp.

— Moins affreux que toi ! protesta Grenn en le regardant de travers. Avec tes oreilles de pipistrelle…

— Merci à vous tous, reprit gravement Tarly.

— Pourquoi tu t'es pas levé pour te battre ? interrogea Grenn.

— Je voulais vraiment. Mais je… je n'ai pas pu. Il m'aurait encore frappé. » Il se mit à fixer le sol. « Je… j'ai peur d'être un lâche. Père n'arrête pas de me le reprocher. »

L'aveu médusa Grenn, et Pyp lui-même en eut le sifflet coupé, lui que rien n'empêchait de jaser. Quel homme fallait-il être pour s'accuser soi-même de lâcheté ?

Il dut lire sur leurs figures ce qu'ils éprouvaient car, en rencontrant ceux de Jon, ses yeux se dérobèrent aussi promptement que des animaux affolés. « Je… je suis désolé, balbutia-t-il, je ne fais pas exprès de… d'être comme ça. » D'un pas pesant, il se dirigeait déjà vers l'armurerie quand Jon le héla. « Tu étais blessé, dit-il. Tu t'en tireras mieux demain. »

Sam le regarda d'un air lugubre par-dessus l'épaule. « Non, dit-il en refoulant ses larmes, jamais. »

Quand il eut disparu, Grenn fit la moue. « C'est imbuvable, les poltrons. » On le sentait tout barbouillé. « Je regrette qu'on l'ait aidé. Manquerait plus que les autres nous prennent aussi pour des poltrons.

— T'es trop bête pour être poltron, lui décocha Pyp.

— C'est pas vrai ! râla Grenn.

— Si fait. Qu'un ours t'attaque dans les bois et, bête comme t'es, tu penseras même pas à t'enfuir.

— C'est pas vrai ! s'enferra Grenn. Même que tu pourrais courir pour me rattraper ! » L'œil pétillant de Pyp lui révéla soudain l'aveu qu'il venait de faire et le laissa pantois, tandis que s'empourprait sa nuque de taureau buté. Quant à Jon, il les laissa à leur querelle et, pénétrant dans l'armurerie, suspendit son épée et entreprit de se désarmer.

À Châteaunoir, l'emploi du temps était immuable : on consacrait les matinées à l'exercice, les après-midi au travail. Les frères noirs affectaient les nouvelles recrues à toutes sortes de besognes qui permettaient de repérer les talents de chacun. Jon prisait par-dessus tout les heures où on l'expédiait en compagnie de Fantôme prendre du gibier pour la table du commandant, mais la rançon de ces chasses heureuses consistait en une douzaine de journées qu'il passait confiné dans l'armurerie, à faire tourner la pierre pour permettre au manchot de réaffûter les haches émoussées par l'usage, ou bien à manier le soufflet pendant que Noye martelait une épée nouvelle. Autrement, il portait des messages, montait la garde, nettoyait les écuries, empennait des flèches, assistait mestre Aemon pour soigner les oiseaux ou Bowen Marsh pour ses inventaires et sa comptabilité.

Cet après-midi-là, le chef de la garde lui confia la tâche d'escorter dans le monte-charge quatre barils de gravillon puis d'aller répandre celui-ci sur les passages verglacés au sommet du Mur. La présence même de Fantôme n'empêchait pas qu'il ne s'agît d'une véritable corvée mais, à sa propre surprise, Jon n'en avait cure. Ni la monotonie des gestes ni la solitude ne lui pesaient. Par temps clair, on voyait de là-haut la moitié du monde, et il y faisait toujours un froid tonique. Ici, il pouvait penser et, nouvelle surprise, penser à Samwell Tarly…, ainsi, bizarrement, qu'à Tyrion Lannister. Il se demandait ce que le second aurait fait du premier. *La plupart des hommes aiment mieux nier les vérités dures que de les affronter*, avait dit le nain en souriant. La terre fourmillant de pleutres à poses de héros, confesser sa pleutrerie, comme l'avait fait Samwell, requérait une espèce de courage, une espèce, quoique singulière.

À cause de l'épaule meurtrie, la besogne n'avançait guère, et il n'eut achevé qu'à l'extrême fin de l'après-midi. Il s'attarda toutefois en haut pour contempler le crépuscule ensanglanter le ciel, à l'occident, et attendit que les ténèbres s'appesantissent au nord pour rouler les barils vides dans la cage et se faire treuiller jusqu'en bas.

Le repas du soir s'achevait lorsque, flanqué de Fantôme, il pénétra dans la salle commune. Déjà, près de l'âtre, une poignée de frères noirs jouaient aux dés en sirotant du vin chaud. Groupés sur le banc le plus proche du mur ouest, ses amis écoutaient en s'esclaffant Pyp débiter l'une de ses blagues. À ses dons de frimeur et son enfance au sein d'histrions, le freluquet tout en oreilles devait la faculté d'imiter tour à tour cent voix et, tout en contant, de se prendre si bien à son jeu, de si bien mimer chaque rôle, tantôt le roi puis, sans transition, le porcher, qu'il semblait avoir véritablement vécu ses fables. Incarnait-il une princesse virginale ou une fille de brasserie, son fausset pointu faisait rire aux larmes, et ses eunuques vous flanquaient des frissons, tant ils caricaturaient à s'y méprendre ser Alliser. Bien qu'il se divertît autant que quiconque de ces bouffonneries, Jon, ce soir-là, préféra s'abstenir et aller s'installer tout au bout, où Tarly se tenait le plus possible à l'écart, seul.

Celui-ci mastiquait ses dernières bouchées de porc en croûte lorsqu'il prit place en face de lui. Et ses yeux s'agrandirent à la vue de Fantôme. « C'est un loup ?

— Un loup-garou. Son nom est Fantôme. Le loup-garou sert d'emblème à la maison de mon père.

— Le nôtre est un chasseur en marche, dit l'obèse.

— Tu aimes la chasse ? »

Il se révulsa. « Je la déteste. » Il semblait à nouveau sur le point de pleurer.

« Qu'y a-t-il ? demanda Jon. Pourquoi cet air constamment terrifié ? »

Sam baissa le nez sur son écuelle presque vide et, incapable de piper mot, se contenta de branler piteusement du chef. Au même instant retentirent des éclats de rire tonitruants, parmi lesquels Jon perçut le registre suraigu de Pyp. Il se leva brusquement. « Sortons. »

Une mine soupçonneuse épata la face de lune. « Sortir ? pour faire quoi ?

— Causer, répondit-il. Tu as vu le Mur ?

— Je suis adipeux, pas aveugle, répliqua Tarly. Sûr que je l'ai vu, il a sept cents pieds de haut. » Il se souleva néanmoins, jeta sur ses épaules un manteau fourré et lui emboîta le pas, mais sans entrain, comme si la nuit lui réservait quelque méchant tour. Fantôme trottait à leurs côtés. « Je n'avais jamais imaginé que ça serait comme ça », reprit-il tout en marchant dans le froid où se condensait son haleine. L'effort qu'il faisait pour ne pas flancher l'essoufflait déjà. « Tout tombe en ruine, et il fait si… si…

— Froid ? » Il gelait dur, par les avenues du château, et les bottes faisaient sensiblement crisser les touffes d'herbe grise.

Sam hocha la tête d'un air misérable. « Je déteste le froid, dit-il. La nuit dernière, je me suis réveillé tout à coup dans le noir, le feu s'était éteint, et j'ai su avec certitude qu'au matin je serais mort gelé.

— Il devait faire plus chaud, là d'où tu viens.

— J'ai découvert la neige voilà un mois. Nous traversions la région des tertres, moi et les hommes choisis par mon père pour le délivrer de ma vue, quand des machins blancs se sont mis à tomber comme une pluie douce. D'abord, ça m'a émerveillé, c'était si beau, ces espèces de plumes que le ciel déversait sur nous, puis ça a continué, continué, continué jusqu'à me geler les moelles. Les hommes en avaient la barbe encroûtée, les épaules comme capitonnées, et ça continuait de tomber sans relâche. J'avais peur que ça ne cesse plus jamais. »

Jon sourit.

Devant eux scintillait, dans l'obscure clarté d'une demi-lune, la silhouette blafarde du Mur. Au firmament flamboyaient des étoiles aiguës. « On me fera monter jusque là-haut ? » demanda Sam. La seule vue de l'escalier de bois qui zigzaguait vers le sommet lui caillait la face comme du vieux lait. « S'il me faut escalader tout ça, j'en crève.

— Il y a le treuil, dit Jon, l'index pointé. On pourrait te hisser à bord de la cage. »

Un reniflement d'horreur lui répondit. « Je déteste les trucs si hauts. »

Il passait la mesure, là ! Jon fronça le sourcil, incrédule. « Aurais-tu la frousse de *tout* ? demanda-t-il. Je ne comprends pas. Si tu es véritablement si poltron, que viens-tu diable faire ici ? Pourquoi vouloir t'engager dans la Garde de Nuit ? »

Longuement, Samwell Tarly le dévisagea et, peu à peu, sa face ronde sembla se recroqueviller sur elle-même. Puis, sans mot dire, il s'affaissa sur le sol gelé et, secoué d'énormes sanglots, se mit à pleurer toutes les larmes de son corps flasque, sous l'œil impuissant de Jon Snow. À l'instar des chutes de neige parmi les tertres, on eût dit que ses pleurs ne cesseraient jamais.

Fantôme, lui, trouva la solution. Aussi silencieux qu'une ombre, il s'approcha du misérable et, à grands coups de langue, entreprit de le débarbouiller. Le temps de pousser un cri de surprise et d'esquisser un geste de recul, Sam hoquetait, mais cette fois de rire.

Jon l'imita puis finit par s'asseoir lui-même et, une fois qu'ils se furent soigneusement emmitouflés dans leurs manteaux, se mit, Fantôme entre eux, à conter comment Robb avait, en sa compagnie, découvert les chiots dans la neige, l'été précédent. L'été précédent… Il semblait depuis s'être écoulé mille ans. Peu après, il se surprenait à évoquer Winterfell.

« Il m'arrive d'en rêver, dit-il. J'en parcours de bout en bout la grand-salle. Vide. J'appelle, et ma voix éveille mille échos à la ronde mais, comme nul ne répond, je presse le pas, je pousse des portes, je crie des noms. Je ne sais même pas qui je suis en train de chercher. La plupart des nuits, c'est Père, mais parfois c'est Robb, ou Arya, ma petite sœur, ou mon oncle. » La simple mention de Benjen Stark l'attrista soudain. Toujours porté disparu. Le Vieil Ours avait cependant envoyé des hommes à sa recherche et ser Jaremy Rykker mené deux patrouilles de ratissage, tandis que Quorin Halfhand opérait une sortie depuis Tour Ombreuse, mais sans rien découvrir, hormis, çà et là, des encoches pratiquées sur les troncs par Ben afin de marquer sa route. Et celles-ci s'interrompaient subitement dans les hautes terres pierreuses du nord-est. Au-delà, néant…

« Et, dans ton rêve, tu finis par croiser quelqu'un ? » questionna Sam.

Jon fit un geste de dénégation. « Jamais personne. Le château est toujours désert. » Il en parlait pour la première fois et s'étonnait de rompre son silence en faveur de Sam, mais il en éprouvait une sorte de soulagement. « Les corneilles ont elles-mêmes abandonné la roukerie, et les écuries sont peuplées d'ossements. Ces détails me bouleversent chaque fois, et je me mets à courir comme un fou, à faire battre les portes, à grimper quatre à quatre l'escalier des tours, je réclame à grands cris quelqu'un, peu importe qui. Puis je finis par me retrouver devant l'entrée des cryptes : une bouche d'ombre où je discerne des marches en spirale. Je pressens confusément que je dois descendre, mais je m'y refuse. J'ai peur de ce qui risque de m'y attendre. Les vieux rois de l'Hiver sont là, assis sur leurs trônes, l'épée de fer en travers du giron, les loups de pierre à leurs pieds, mais ce n'est pas d'eux que j'ai peur. Et j'ai beau crier : “Je ne suis pas un Stark ! ce n'est pas ma place !” rien à faire, il me faut y aller quand même. Aussi, je commence à descendre, à tâtons, les mains contre les murs, sans torche pour m'éclairer la voie. Et, comme les ténèbres ne cessent de s'épaissir, mon angoisse… » Il s'arrêta, gêné. « Je m'éveille toujours à ce moment-là. » Tout inondé de sueurs froides et grelottant, dans sa cellule noyée de nuit. Alors, Fantôme venait s'allonger près de lui, tiède et réconfortant comme le point du jour, et il se rendormait, la figure enfouie dans la douce fourrure blanche. « Et toi, tu rêves de Corcolline ?

— Non. » La bouche de Sam s'étrécit, durcit. « Je détestais Corcolline. » Il grattouilla Fantôme derrière l'oreille, brusquement songeur, et Jon laissa le silence trouver son souffle. Au bout d'un long moment, Sam Tarly reprit la parole, et Jon l'écouta sans l'interrompre expliquer comment il se faisait qu'un couard avoué se retrouvât au Mur.

Bannerets vassaux de Mace Tyrell, sire de Hautjardin et gouverneur du Sud, les Tarly descendaient d'une longue lignée de gens d'honneur. En tant que fils aîné de lord Randyll, Samwell était censé hériter du titre et des riches domaines y afférents, d'une place forte considérable et de Corvenin, la fameuse épée d'acier valyrien qui se transmettait de génération en génération depuis près de cinq siècles.

Or, si vain qu'il eût d'abord été de sa paternité, lord Randyll ne tarda guère à déchanter : seuls prospéraient du rejeton l'embonpoint, la mollesse et la balourdise. Passionné de musique, Sam composait ses propres chansons, ne supportait que les velours moelleux, se complaisait à tous les jeux qui le rapprochaient des cuisines où se griser d'opulents fumets, faucher tartes aux prunelles et gâteaux citronnés. Il raffolait aussi de lire, de peloter des chatons et, tout pataud qu'il était, de danser. La vue du sang le rendait malade, et il fondait en pleurs si l'on saignait un vulgaire poulet sous ses yeux. Dix maîtres d'armes se succédèrent en pure perte à Corcolline pour opérer sa métamorphose en un chevalier conforme aux vœux paternels. On n'y épargna pourtant ni les malédictions, ni la bastonnade, ni les claques, ni le pain sec ; tel, sous couleur de l'aguerrir, l'obligea à dormir revêtu de maille ; tel autre, escomptant le viriliser par vergogne, l'exhiba sous toutes les coutures, affublé des nippes maternelles, aux quolibets de la courtine ; pareils sévices n'aboutirent qu'à décupler sa frousse et son empâtement, tandis que le dépit de Randyll Tarly se changeait en rage et en exécration. « Une fois, rapporta Sam dans un murmure presque inaudible, deux hommes arrivèrent au château, des sorciers de Qarth, avec la peau blanche et les lèvres bleues. Ils égorgèrent un aurochs et me plongèrent dans le sang chaud mais, contrairement à leurs assertions, ce traitement, loin de me donner du cœur, me fit seulement vomir tripes et boyaux. Le fouet récompensa ces charlatans. »

Enfin, lady Tarly, qui n'était entre-temps parvenue à mettre au monde que trois filles, accoucha d'un second fils ; et, dorénavant, lord Randyll préféra ignorer son aîné pour se vouer exclusivement au cadet, dont lui agréaient bien davantage la robustesse et la brutalité. Grâce à quoi Sam avait joui paisiblement, plusieurs années durant, de ses livres et de ses partitions.

Jusqu'à l'aube, en fait, de son quinzième anniversaire où on le réveilla pour lui annoncer que son cheval l'attendait, harnaché, sellé. Trois hommes d'armes le conduisirent, non loin, dans une clairière. Son père s'y trouvait, en train d'écorcher un daim. « Te voilà presque un homme fait, maintenant, dit-il, sans interrompre le va-et-vient de son coutelas le long de la carcasse, et tu es mon héritier. Si tu ne m'as donné nul sujet de te déposséder, je ne saurais toutefois te laisser hériter des terres et du titre que je destine à Dickon. Corvenin doit aller à un homme assez fort pour la manier, et tu n'es pas digne d'en toucher seulement la garde. Aussi ai-je décidé que tu annonceras aujourd'hui même ton intention de prendre la tenue noire et de renoncer à toute prétention sur ma succession. Tu partiras pour le nord dès avant le soir. Si tu n'y consens, demain aura lieu une chasse au cours de laquelle, quelque part, dans ces mêmes bois, trébuchera ton cheval, et tu auras fait une chute mortelle… ou, du moins, c'est ce que je dirai à ta mère. Les ressources de son cœur de femme lui permettent de chérir même un être de ton acabit, et je ne tiens pour rien au monde à la peiner. Ne va pas pour autant te figurer que, s'il te prenait fantaisie de me défier, tu t'en tirerais sans dommage. Rien ne me procurerait autant de plaisir que de te traquer pour te trancher la gorge, en porc que tu es. » Le sang rougissait ses bras jusqu'au coude quand il déposa son couteau à viande. « Voilà. Tu choisis. La Garde de Nuit, ou bien… – il farfouilla dans la carcasse, y arracha le cœur et le lui brandit sous le nez, pourpre, dégouttant – ou bien ça. »

Sam venait de raconter la scène d'une voix calme, atone, et comme s'il se fût agi de l'aventure de quelqu'un d'autre. Et, chose étrange, Jon en fut frappé, sans avoir, fût-ce une seconde, pleurniché. Dans le silence retombé, ils demeurèrent là, côte à côte, à écouter un moment le vent. Aucun autre bruit ne troublait le monde.

Enfin, Jon suggéra : « Il faudrait regagner la salle commune.

— Pour quoi faire ? »

Jon haussa les épaules. « Boire du cidre chaud ou, si tu préfères, du vin épicé. Certains soirs où l'humeur l'en prend, Dareon nous chante quelque chose. Il était chanteur, avant…, enfin, pas tout à fait mais presque, apprenti chanteur.

— Comment a-t-il échoué ici ?

— Lord Rowan de Boisdoré l'a surpris dans le lit de sa fille. Elle avait deux ans de plus que lui, et il jure qu'elle l'introduisait par sa fenêtre, mais elle a si bien glapi au viol pour se disculper qu'il a écopé du Mur… Après l'avoir entendu chanter, mestre Aemon a qualifié sa voix de foudre enrobée de miel. » Il sourit. « Parfois aussi, c'est Crapaud qui chante, si on peut appeler ça chanter. Des chansons à boire qu'il a apprises dans la cambuse de son papa. Pyp qualifie sa voix de vesse enrobée de pisse. » Le mot les fit éclater de rire simultanément.

« J'aimerais bien les entendre tous les deux, dit Sam d'un air piteux, mais ils ne voudraient pas de moi. » Puis, subitement rembruni : « Il va encore m'obliger à me battre, demain, n'est-ce pas ?

— Oui », dut répondre Jon.

Sam se remit gauchement sur ses pieds. « Mieux vaut que j'aille essayer de dormir. » Il s'engonça dans son manteau et se mit en marche d'un pas pesant.

Ses compagnons se trouvaient encore dans la salle commune quand Jon reparut, suivi de Fantôme. « Où es-*tu* allé ? demanda Pyp.

— Bavarder avec Sam.

— Vraiment le dernier des lâches ! déclara Grenn. Y avait des tas de places libres à notre banc, tout à l'heure, mais il avait une telle trouille qu'il est allé se planquer dans un coin.

— Sire Jambonneau nous trouve simplement indignes de sa compagnie, observa Jeren.

— L'auriez vu s'empiffrer de porc en croûte, le cochon..., minauda Crapaud. Le gênait pas, de bouffer son frère ! ajouta-t-il en se mettant à renifler, grogner.

— *Ta gueule !* » aboya Jon.

Interloqué par sa virulence, tout se tut. « Écoutez », reprit-il et, dans un silence attentif, il indiqua la démarche à suivre désormais. Comme prévu, Pyp abonda dans son sens puis, contre toute attente, Halder, ce qui le ravit. Grenn balançait encore, lui, mais il sut le toucher. Après quoi, il persuada ceux-ci, cajola ceux-là, flétrit tel et tel autres, menaça quand il le fallait, et tous, un à un, finirent par se rallier. Tous sauf Rast.

« Libre à vous, fillettes, conclut-il en ricanant au nez de Jon, mais moi, pas question. Si Thorne me jette sur dame Truie, je m'y taille mes tranches de lard. » Et, sur ce, il les planta là.

Tout dormait, à Châteaunoir, lorsque, bien plus tard, trois d'entre eux firent irruption dans sa cellule, et Grenn lui immobilisa les bras, Pyp les jambes en s'asseyant dessus. Mais le halètement du captif s'accéléra de façon fort nette quand, couché sur sa poitrine et l'œil rutilant, Fantôme lui mordilla juste assez le tendre du gosier pour y faire perler le sang. « N'oublie pas, dit Jon d'une voix suave, que nous connaissons ta niche. »

Au matin, Rast le divertit sous cape en expliquant à Albett et Crapaud que la lame de son rasoir avait dérapé.

À dater de ce jour, en tout cas, ni lui ni aucun des autres ne se soucia de tourmenter Tarly. Ser Alliser le leur opposait-il, chacun se cantonnait dans la défensive et parait à loisir ses bottes balourdes. Le maître d'armes hurlait-il d'attaquer, ils entraient dans la danse en se contentant d'assener des pichenettes aux plates de poitrine, au heaume ou aux jambières. Et ser Alliser avait beau tempêter, menacer, les traiter tous de pleutres, de femmelettes ou pis, Sam n'en demeurait pas moins intact. Un soir, enfin, cédant aux instances de Jon, il prit part, assis près de Halder, aux agapes communes. Et s'il lui fallut encore une quinzaine pour oser se joindre aux conversations, il ne tarda dès lors plus guère à déguster franchement les simagrées de Pyp ni à taquiner Grenn à qui mieux mieux.

Si gros, gauche et froussard qu'il fût, il n'avait rien d'un sot. Il vint, une nuit, rendre visite à Jon dans sa cellule. « J'ignore ce que tu as fait, dit-il, mais je sais que tu l'as fait. » Il se détourna, par timidité. « Je n'avais jamais eu d'ami.

— Nous ne sommes pas amis, répondit Jon en lui posant la main sur le gras de l'épaule. Nous sommes frères. »

Oui, frères, songea-t-il une fois seul. Robb, Bran, Rickon étaient les fils de Père mais, malgré l'affection qu'il leur conservait, il savait désormais qu'il n'avait jamais été véritablement des leurs. Catelyn Stark y avait farouchement veillé. Et les murs gris de Winterfell auraient beau persister à le hanter en rêve, à présent, Châteaunoir incarnait sa vie, une vie où ses frères s'appelaient Sam et Grenn et Halder et Pyp, où ses frères étaient les proscrits et les marginaux qui portaient le noir de la Garde de Nuit.

« Mon oncle disait vrai », souffla-t-il à Fantôme. Reverrait-il jamais Benjen Stark, pour lui faire le même aveu ?

EDDARD

« Le tournoi de la Main est à l'origine de tous ces désordres, messires, gémissait le commandant du guet devant le Conseil.

— Le tournoi du roi, rectifia Ned d'un ton agacé. J'insiste sur ce point, la Main n'y est pour rien.

— Appelez-le comme il vous plaira, monseigneur. Les chevaliers affluent des quatre coins du royaume, et chacun d'entre eux nous vaut deux francs-coureurs, trois artisans, six hommes d'armes, une douzaine de mercantis, deux douzaines de putains et plus de tire-laine que je n'ose l'évaluer. Déjà que cette maudite chaleur avait flanqué la bougeotte à la moitié de la ville, tous ces visiteurs, maintenant… Rien que la nuit dernière, nous avons eu une noyade, une émeute d'estaminet, trois bagarres au couteau, un viol, deux incendies, d'innombrables vols qualifiés, une course d'ivrognes à cheval jusqu'au bas de la rue des Sœurs. La nuit précédente, on avait découvert au Grand Septuaire, flottant sur l'étang de l'Arc-en-ciel, une tête de femme dont nul ne sait ni comment elle est arrivée là ni à qui elle appartenait.

— Quelle horreur », murmura Varys avec un frisson.

Lord Renly Baratheon se montra moins compatissant. « Si vous êtes incapable de maintenir la paix du roi, Janos, il conviendrait de remettre le commandement du guet à plus compétent. »

Empourpré de toute sa calvitie, Janos Slynt, à pleine panse et pleines bajoues, se dégonfla de son air comme une grenouille en furie. « Aegon le Dragon en personne ne parviendrait pas à maintenir la paix, lord Renly. Il me faut davantage d'hommes.

— Combien ? » demanda Ned en se penchant vers lui. Comme à son habitude, Robert avait décliné l'ennui de se déranger et délégué ses pouvoirs à la Main.

« Autant que possible, seigneur Main.

— Engagez-en cinquante. Lord Baelish veillera à vous faire tenir de quoi les solder.

— Moi ? dit Litdefinger.

— Vous. Puisque vous avez su trouver quarante mille dragons d'or pour financer la joute, vous nous gratterez bien, je pense, les trois sous nécessaires pour maintenir la paix du roi. » Puis revenant à Janos : « Je prélèverai également vingt fines lames sur ma propre maisonnée pour vous les donner. Elles seconderont le guet jusqu'au départ de la cohue.

— Mille mercis, monseigneur, s'inclina Slynt en prenant congé. Je vous donne ma parole de n'en user qu'à bon escient. »

Eddard Stark se tourna alors vers ses collègues. « Plus tôt nous en aurons fini avec cette pitrerie, mieux je me porterai. » Il ne décolérait pas d'entendre le premier venu jacasser du « tournoi de la Main », comme si celui-ci lui était le moins du monde imputable, et comme si les folles dépenses et la pagaille qui en découlaient ne lui compliquaient pas suffisamment la tâche. Le « tournoi de la Main » ! c'était par trop retourner le couteau dans la plaie. Sans parler de Robert qui semblait, en son âme et conscience, convaincu mériter une gratitude éternelle… !

« La prospérité du royaume est attachée à ce genre d'événements, monseigneur, susurra Pycelle. Les grands y trouvent une occasion de gloire, les petits une récréation à leurs infortunes.

— Et ils emplissent pas mal de poches, ajouta Littlefinger. En ville, toutes les auberges affichent complet, et si les putains ne marchent plus que cuisses écartées, du moins est-ce d'un pas sonnant et trébuchant. »

Lord Renly se mit à glousser. « Heureusement que mon Stannis de frère n'est pas des nôtres ! Vous souvenez, la fois où il a proposé d'interdire les bordels ? le roi lui a demandé s'il ne souhaitait pas, tant qu'il y était, interdire de bouffer, chier, respirer ! Pour parler franc, je me demande souvent comment Stannis a jamais pu fabriquer son laideron de fille… Il doit aborder le lit conjugal de l'air lugubre du type qui marche au combat, bien résolu à remplir son devoir. »

Au lieu de se joindre aux rieurs, Ned grogna : « Stannis ne m'intrigue pas moins. Quand compte-t-il donc quitter Peyredragon et reprendre enfin sa place au Conseil ?

— Dès que ses flagelles auront flanqué toutes les putes à l'eau, je présume, répliqua Littlefinger, trop aise d'amuser encore la galerie.

— Vos putes, j'en ai ma claque pour aujourd'hui, dit Ned en se levant. À demain. »

Harwin était en faction devant l'entrée lorsqu'il atteignit la tour de la Main. « Va dire à Jory de me rejoindre dans mes appartements, lui intima-t-il d'un ton teigneux, et que ton père selle mon cheval.

— Bien, monseigneur. »

Oui, teigneux, songea-t-il en montant l'escalier. Décidément, le Donjon Rouge et le « tournoi de la Main », tout ça lui rebroussait le poil. Il n'aspirait qu'à se blottir entre les bras de Catelyn, qu'à percevoir le cliquetis des épées de Robb et de Jon s'exerçant dans la cour, et la nostalgie le poignait des jours frisquets, des nuits froides du nord.

Sitôt rendu chez lui, il se défit des soieries mondaines que lui imposaient ses fonctions et, en attendant Jory, s'assit, le volume du Grand Mestre Malleon en main. *La Généalogie et l'histoire des grandes maisons des Sept Couronnes. Avec le portrait de maint puissant seigneur, mainte noble dame et de leurs enfants.* Aussi rébarbatif qu'annoncé. Mais si lord Arryn l'avait emprunté, ce n'était sûrement pas à la légère. Ces grands feuillets jaunes et cassants devaient recéler quelque chose, un détail à coup sûr révélateur, mais de quoi ? comment le repérer sous ce fatras ? L'ouvrage datait d'un bon siècle. Des gens nés à l'époque où l'auteur avait compilé ses listes fastidieuses de naissances, d'unions, de morts, un tout au plus pouvait vivre encore…

Pour la centième fois, il se reporta au chapitre qui concernait les Lannister et le feuilleta lentement, dans l'espoir d'y découvrir soudain, contre tout espoir, une dissonance. Les origines des Lannister avaient beau se perdre dans la nuit des temps, ils prétendaient nonobstant descendre d'un franc coquin des âges héroïques, Lann le Futé, non moins mythique, assurément, que Bran le Bâtisseur, mais beaucoup plus cher aux conteurs et autres rhapsodes. Dans les chansons, compère Lann expulsait de Castral Roc les Castral authentiques, et ce non par les armes mais à force de roublardise, avant de dérober l'or du soleil pour en fourbir chaque bouclette de sa tignasse. Que n'était-il là, maintenant, le bougre, pour expulser la vérité de ce maudit grimoire !

Un coup sec à la porte annonça Cassel. Après avoir refermé l'inepte Malleon, Ned le fit entrer. « J'ai promis vingt des nôtres pour appuyer le guet jusqu'au lendemain du tournoi, dit-il. À toi de les choisir, je te fais confiance. Mets Alyn à leur tête, et veille à ce que tous comprennent qu'ils doivent empêcher les bagarres, pas les déclencher. » Il se leva pour ouvrir un coffre en bois de cèdre d'où il retira une légère sous-tunique en lin. « Tu as retrouvé le palefrenier ?

— Garde, monseigneur, sauf votre respect, corrigea Jory. Il jure ses grands dieux qu'il ne touchera plus de cheval.

— Qu'avait-il à dire ?

— Il se targue d'avoir bien connu lord Arryn. Amis comme le doigt et l'ongle, qu'ils étaient. » Il eut un reniflement de mépris. « La Main donnait la pièce aux valets le jour de leur fête, qu'il dit. Avait un truc pour les chevaux. Les montait jamais trop dur, et leur apportait des carottes et des pommes : comme ça, z'étaient toujours contents de le voir.

— Des carottes et des pommes… », répéta Ned, comme si ces mots sonnaient le glas de ses espérances. Un témoignage encore plus nul que les précédents. Et c'était le dernier des quatre qu'avait fait miroiter Litdefinger. Jory les avait recueillis un par un.

Sa mauvaise grâce ne le disputant qu'à la platitude de ses réponses, ser Hugh le prit d'aussi haut que seul peut le faire un chevalier tout neuf. Si la Main désirait l'entretenir, il serait heureux de la recevoir mais n'admettait pas qu'un simple capitaine des gardes eût le front de l'interroger…, dût ledit capitaine être son aîné de dix ans et le valoir cent fois à l'épée.

La servante, elle, se montra affable. À l'entendre, lord Jon lisait plus que de raison pour sa propre santé, celle de son fils contribuait à l'assombrir, et il se montrait revêche avec son épouse.

À présent cordonnier, l'échanson, sans avoir jamais échangé fût-ce l'ombre d'un mot avec son maître, se révéla farci de ragots de cuisine : lord Jon s'était disputé avec le roi ; à table, lord Jon picorait ; lord Jon allait expédier son fils à Peyredragon chez un père adoptif ; lord Jon se passionnait pour l'élevage des chiens de chasse ; lord Jon s'était rendu chez un maître armurier pour lui commander une nouvelle armure de plates toute en argent, avec, sur la poitrine, un émerillon bleu tout en jaspe et une lune toute en nacre ; même que le propre frère du roi l'avait accompagné pour l'aider à choisir le motif ; non, pas lord Renly, l'autre, lord Stannis.

« Notre garde du guet, puisque garde il y a, ne s'est rappelé aucun autre détail palpitant ?

— Il proteste que lord Jon avait la vigueur d'un homme de trente ans. Partait souvent à cheval avec lord Stannis, qu'il dit. »

De nouveau, Stannis... La chose était d'autant plus curieuse qu'en dépit de rapports cordiaux, lord Jon et lui n'étaient pas liés d'amitié. Et pourquoi diantre, alors que Robert était en route pour Winterfell, Stannis avait-il fait voile pour Peyredragon, l'île targaryenne conquise par lui, jadis, au nom de son frère ? Et sans avoir, depuis, indiqué d'aucune manière l'époque éventuelle de son retour… « Et pour quelle destination ?

— Le garçon dit qu'ils se rendaient dans un bordel.

— Un bordel ? s'étrangla Ned. Le seigneur des Eyrié, Main du Roi, se rendait dans un bordel en compagnie de *Stannis Baratheon* ? » Il secoua la tête, au comble de l'incrédulité. Comment réagirait lord Renly, si lui tombait sous la dent pareille friandise ? La lubricité de Robert, tout le royaume la chansonnait en termes paillards, mais Stannis… Stannis était d'une tout autre espèce que son aîné. Avec tout juste un an de moins, il semblait son exact contraire, austère, dépourvu d'humour, inexorable, homme de devoir à vous en dégoûter.

« Le garçon maintient que c'est la vérité. Il précise même que la Main se faisait escorter de trois de ses propres gardes, lesquels en faisaient assez de gorges chaudes pour sa gouverne quand ils lui ramenaient les bêtes, après coup.

— Quel bordel ?

— Il ne sait pas. Les gardes, oui.

— Quel gâchis que Lysa les ait emmenés ! grommela Ned. Les dieux nous sont décidément contraires. Lady Lysa, mestre Colemon, lord Stannis…, tous ceux qui, le cas échéant, savent à quoi s'en tenir sur la mort de Jon Arryn se trouvent à mille lieues d'ici.

— Mais si vous faisiez revenir lord Stannis ?

— Pas encore, dit Ned. Pas avant de savoir où il niche et d'avoir un peu démêlé tout cet embrouillamini. » Cent questions le tarabustaient. Pourquoi ce départ subit ? Stannis avait-il joué un rôle, et quel, dans le meurtre de Jon Arryn ? Ou bien fallait-il invoquer la peur ? Peur, Stannis Baratheon ?

la chose semblait impensable, de la part d'un homme qui, réduit à manger des rats et du cuir de bottes tandis que Tyrell et Redwyne festoyaient à son nez et à sa barbe, avait, jadis, soutenu toute une année le siège d'Accalmie…

« Mon doublet, veux-tu ? Le gris, frappé du loup-garou. Que cet armurier sache qui je suis. Cela le rendra, j'espère, plus communicatif. »

Tout en fouillant dans la garde-robe, Jory observa : « Et lord Renly ? il est tout autant le frère de lord Stannis que du roi…

— N'empêche que, semble-t-il, on ne le conviait pas à ces parties fines. » Ned ne savait au juste que penser du personnage, quelque amical, tout sourires et facile qu'il se montrât. Peu de jours auparavant, celui-ci l'avait pris à part pour lui montrer un ravissant médaillon d'or rose. À l'intérieur, une miniature dont la vivacité trahissait l'école de Myr figurait une adorable jouvencelle aux yeux de biche, à la chevelure d'un brun soyeux. Apparemment, Renly brûlait de l'entendre dire qu'elle lui rappelait quelqu'un, mais Ned le désappointa fort en haussant simplement les épaules. « C'est la sœur de Loras Tyrell, Margaery, insista Renly. Mais d'aucuns prétendent qu'elle ressemble à ta sœur Lyanna.

— Du tout », avait rétorqué Ned, ébahi. Se pouvait-il que, réplique frappante de Robert jeune, lord Renly se fût entiché de la jeune fille par désir de voir en elle une seconde Lyanna ? Toujours y avait-il là quelque chose de plus troublant qu'une toquade passagère…

Pendant que Jory lui présentait les manches du doublet de manière à ce qu'il n'eût plus qu'à les enfiler, il reprit : « Peut-être reviendra-t-il pour le tournoi du roi ?

— Serait du pot », estima Jory, tout en le laçant dans le dos.

Ned se ceignit d'une épée. « En d'autres termes, fichtrement improbable », sourit-il sombrement.

Jory lui enveloppa les épaules d'un manteau qu'il lui agrafa sur la gorge avec l'insigne de la Main. « L'armurier loge au-dessus de l'échoppe. Une grande maison en haut de la rue d'Acier. Varly connaît le chemin, monseigneur. »

Ned hocha la tête. « Si notre petit échanson s'amuse à me faire courir derrière des chimères, gare à sa peau ! » La piste était des plus ténue, mais le Jon Arryn qu'avait connu Ned n'était pas homme à s'embijouter et s'armer d'argent. À ses yeux, l'acier était l'acier, une protection, pas des affûtiaux. Certes, il avait pu changer d'avis. Il n'eût pas été le premier que la vie de cour amène à porter sur les choses, en quelques années, un regard différent..., mais la métamorphose était en l'espèce trop radicale pour ne pas laisser songeur.

« Autre chose pour votre service ?

— L'idéal serait, je présume, que tu entreprennes ta tournée des bordels.

— Un foutu boulot, monseigneur, pétilla Jory. Les hommes ne demandent qu'à coopérer. Porther s'y est déjà bravement attelé. »

Au pied de la tour piaffait, sellé, le cheval favori de Ned. Il l'enfourcha et traversa la cour, aussitôt flanqué de Varly et Jacks. Sous la camisole de mailles et le morion d'acier, les deux hommes devaient être en nage, mais ils s'abstinrent de toute plainte. Au moment d'emprunter la porte du Roi puis de plonger d'emblée dans la puanteur de la ville, Stark se vit épié par tant d'yeux qu'il mit sa monture au trot. Dans son dos flottaient, gris soutaché de blanc, les vastes plis de son manteau. Ses gardes suivirent.

Tout en se frayant un passage dans les rues populeuses, il se retournait fréquemment. Car la précaution d'envoyer dès le petit matin Desmond et Tomard prendre position sur l'itinéraire qu'il emprunterait et contrôler si on le filait ne le rassurait que médiocrement. La hantise de l'Araignée du roi et de ses oisillons le taraudait et, telle une vierge à l'approche de sa nuit de noces, tout l'effarouchait.

La rue d'Acier partait de la place du marché, tout près de la porte que le plan de la ville appelait « du Fleuve » et le bon peuple « de la Gadoue ». Avançant à longues foulées parmi la cohue titubait ici, tel un insecte dégingandé, un cabot monté sur des échasses que harcelaient de leurs huées des hordes de petits va-nu-pieds. Là, deux gosses dépenaillés pas plus hauts que Bran ferraillaient, armés de bâtons, dans un tintamarre inouï d'encouragements frénétiques et de malédictions furibondes. Une vieille termina la lutte en se penchant à sa fenêtre pour déverser un baquet d'eaux grasses sur la tête des combattants. Debout dans l'ombre du rempart près de leurs carrioles, des fermiers aboyaient qui : « Pommes ! pommes à point-ne coûte ! les meilleures ! », qui : « Sang-melons ! Doux comme du miel ! », qui : « Par ici, raves oignons navets, navets raves oignons, par ici ! »

La porte de la Gadoue béait. Sous la herse se tenait, nonchalamment appuyée sur ses piques, une escouade de gardes du guet drapés d'or. Tout à coup, comme surgissait de l'ouest une colonne de cavaliers, la scène s'anima, des ordres fusèrent et, comme par miracle, charrettes et piétons se rangèrent de part et d'autre pour laisser passage au chevalier qui entrait avec son escorte, précédé d'une longue bannière noire. La soie se mouvait au vent, comme dotée d'une vie propre, et révélait un ciel nocturne zébré d'un éclair vermeil. « Place à lord Béric ! » clamait le porte-enseigne, « Place à lord Béric ! » Juste derrière lui venait, monté sur un coursier noir, le damoiseau, superbe avec ses cheveux blond-roux et son manteau de satin noir constellé d'étoiles. « Vous venez prendre part au tournoi de la Main, messire ? » lui demanda l'un des gardes. « Je viens *remporter* le tournoi de la Main ! » riposta-t-il à pleine gorge, afin de mieux déchaîner les vivats de la foule.

Au coin de la place, Ned tourna dans la rue d'Acier qui gravissait, sinueuse, une longue colline, et dépassa des forges où l'on voyait s'affairer l'artisan, des francs-coureurs qui marchandaient des pièces de mailles, des ferrailleurs ambulants qui pleurnichaient pour vous refiler des rasoirs et des épées vétustes. Plus il grimpait, plus imposants devenaient les immeubles. L'homme qu'il venait voir habitait, tout au bout, une vaste demeure à colombages dont la hauteur jurait avec l'étroitesse de la rue. Une scène de chasse en marqueterie d'ébène et de barral ornait les deux vantaux de sa porte. Revêtus d'armures fantasques en acier rouge qui leur conféraient l'aspect de la licorne et du griffon, deux chevaliers de pierre en sentinelle flanquaient son seuil. Confiant son cheval à Jacks, Ned joua des épaules et pénétra dans la boutique.

La gamine qui servait repéra instantanément l'emblème des Stark et l'insigne de la Main, et son maître en personne se précipita, tout sourires et l'échine ployée. « Du vin pour la Main du Roi, ordonna-t-il, tout en désignant à son visiteur un divan. Tobho Mott, monseigneur, pour vous servir, je vous en prie, je vous en prie, que Votre Excellence daigne se mettre à l'aise. » Brodés en fil d'argent, des marteaux ornaient les manches de son pourpoint de velours noir. Une lourde chaîne d'argent d'où pendait un saphir gros comme un œuf de pigeon lui ceignait le col. « Si vous désirez porter de nouvelles armes, lors du tournoi de la Main – Ned se garda de broncher –, vous avez eu raison de recourir à moi. Je pratique des prix élevés, mais je ne m'en défends pas, monseigneur. » Tout en parlant, il remplissait deux gobelets d'argent. « Nulle part dans les Sept Couronnes, vous ne trouverez, je vous jure, d'œuvres comparables à celles qui sortent de mes mains. Visitez tous les ateliers de Port-Réal, et vous verrez la différence. N'importe quel charron de village peut fabriquer des cottes de mailles ; moi, je réalise des objets d'art. »

Ned sirotait et le laissait courir et se rengorger. Le chevalier des Fleurs, tenez, s'était équipé de pied en cap chez lui, ainsi que maint grand seigneur, tous connaisseurs en matière d'acier fin, lord Renly soi-même, eh oui, rien moins que le propre frère du roi. Peut-être Son Excellence avait-Elle vu la dernière armure de lord Renly, la verte, avec des andouillers d'or ? Aucun autre armurier de la ville n'eût été capable d'obtenir un vert de cette profondeur, mais lui, lui, il savait le secret pour colorer les aciers dans la masse ; la peinture, l'émail, bah, des béquilles pour tâcheron ! À moins que la Main ne souhaitât une épée ? Tout enfant, Tobho s'était initié au travail de l'acier valyrien dans les forges de Qohor. Impossible à qui ne connaissait les formules magiques de reforger, n'est-ce pas ? les armes anciennes… « Le loup-garou est bien l'emblème des Stark, si je ne me trompe ? Hé bien, je me fais fort de vous ciseler un heaume au loup-garou d'un réalisme si saisissant que vous épouvanteriez les enfants, dans la rue ! »

Ned se mit à sourire. « Comme l'émerillon réalisé pour lord Arryn ? »

Tobho Mott tarda à répondre. Enfin, il repoussa son gobelet. « La Main vint effectivement me rendre visite, en compagnie de lord Stannis, le frère du roi. Mais je suis au regret de confesser qu'ils ne m'honorèrent pas de leur clientèle. »

Ned posa sur lui un regard paisible et, sans mot dire, attendit. L'expérience le lui avait appris, le silence est parfois plus efficace que les questions. Et tel fut le cas.

« Comme ils voulaient voir le garçon, dit l'armurier, je les emmenai à la forge.

— Le garçon », fit Ned en écho. De qui pouvait-il bien s'agir ? « Moi aussi, j'aimerais le voir. »

Tobho Mott lui décocha un coup d'œil froidement scrutateur. « Soit, monseigneur », dit-il, d'un ton qui n'avait plus la moindre onctuosité. Il lui fit franchir une porte, sur les arrières, traverser une cour étroite, et le mena jusqu'à l'espèce de grange creusée dans le roc où s'effectuait le travail. Quand il en ouvrit la porte, le souffle embrasé qui sauta au visage de Ned lui donna l'impression de pénétrer dans la gueule d'un dragon. À l'intérieur flamboyait dans chaque angle une forge, le soufre et la fumée empuantissaient l'atmosphère. Les hommes de peine ne délaissèrent marteaux et pincettes pour regarder les arrivants que le temps de s'éponger le front, tandis que les apprentis continuaient d'activer les soufflets.

Le maître aborda un grand diable, aux bras et à la poitrine musculeux, qui devait avoir à peu près l'âge de Robb. « Lord Stark, nouvelle Main du Roi », lui dit-il, tandis que le garçon, tout en repoussant en arrière ses mèches empoissées de sueur, examinait Ned sans aménité. Il avait les yeux bleus, les cheveux drus, broussailleux, crasseux et d'un noir d'encre. Une ombre de barbe lui charbonnait le menton. « Gendry, monseigneur. Très costaud, pour son âge, et il travaille dur. Montre à Son Excellence le heaume que tu as réalisé, mon garçon. » Comme à contrecœur, Gendry les conduisit à son banc et en retira un heaume en forme de chef de taureau aux cornes incurvées.

Ned tourna, retourna l'œuvre. L'acier, brut encore, en attendait le polissage mais, telle quelle, elle révélait un remarquable savoir-faire. « Du beau travail. Je serais heureux que tu consentes à me le céder. »

Gendry le lui arracha des mains. « Il n'est pas à vendre. »

Scandalisé, Tobho Mott le rabroua : « Enfin, mon garçon ! oublies-tu que tu parles à la Main du Roi ? Si Son Excellence désire ce heaume, fais-lui en présent. Elle t'honore en le demandant.

— Je l'ai forgé pour moi, s'entêta Gendry.

— Veuillez l'excuser, monseigneur, reprit précipitamment son maître. Il est aussi brut que de l'acier neuf et, comme l'acier neuf, il suffira de le battre un peu pour l'améliorer. Quant à ce heaume, il est tout au plus l'œuvre d'un manouvrier. Pardonnez-lui, et je vous promets de vous ciseler un heaume tel que vous n'en aurez jamais vu.

— Mais je n'ai rien à lui pardonner, dit Ned. Dis-moi, Gendry, lorsque lord Arryn est venu te voir, de quoi avez-vous parlé ?

— Il m'a seulement posé des questions, m'seigneur.

— Quel genre de questions ? »

Le garçon haussa les épaules. « Ben…, comment j'allais, est-ce que j'étais bien traité, si j'aimais mon travail, et des tas de trucs sur ma mère. Qui elle était, à quoi elle ressemblait, et tout et tout.

— Que lui as-tu répondu ? »

Il rejeta de son front la mèche noire qui venait de le lui barrer. « Elle est morte quand j'étais petit. Elle avait des cheveux jaunes et, quelquefois, elle chantait pour moi, je me souviens. Elle travaillait comme serveuse dans une brasserie.

— Et lord Stannis ? il t'a interrogé aussi ?

— Le chauve ? Non, pas lui. Il a pas dit un mot. Juste y me regardait d'un air furieux, comme si j'y avais violé sa fille.

— Veux-tu bien surveiller ta langue, s'indigna son maître, quand tu t'adresses à la Main du Roi en personne ! » Le garçon baissa le nez, penaud. « Brave garçon, mais d'un têtu ! Ce heaume, tenez…, c'est parce que les autres l'appellent tête de taureau. Il le leur a lancé dans les gencives. »

Ned toucha la tête incriminée, plongea les doigts dans sa toison noire. « Regarde-moi, Gendry. » L'apprenti releva les yeux. Ned, alors, étudia la forme de la mâchoire, le regard bleu de glace. *Oui*, pensa-t-il, *vu.* « Retourne à ton travail, mon garçon. Désolé de t'avoir dérangé. »

Comme il regagnait la boutique en compagnie du maître, il demanda soudain, d'un ton léger : « Qui donc payait son apprentissage ? »

Mott prit un air chagrin. « Vous l'avez vu. Un malabar. Les mains qu'il a. Ça le destinait à manier le marteau. Il promettait tellement. Je l'ai accepté gratis.

— Assez finassé, dit Ned d'un ton sec. Les malabars, ça court les rues. Le jour où vous accepterez un apprenti gratis verra l'effondrement du Mur. Qui payait ?

— Un seigneur, avoua le maître, de mauvaise grâce. Il ne disait pas son nom, ne portait pas d'emblème sur son vêtement. Il réglait en or, deux fois plus cher qu'il n'est coutume, l'une, disait-il, pour le gosse, l'autre pour que je me taise.

— Décrivez-le-moi.

— Corpulent, rond d'épaules, moins grand que vous. Barbe brune, mais mêlée d'un soupçon de roux, j'en jurerais. Richement vêtu. De gros velours violet, pour autant que je me rappelle, broché d'argent. Mais le capuchon de son manteau était rabattu, je n'ai jamais pu voir distinctement ses traits. » Il hésita un moment, puis : « Je ne veux pas avoir d'histoires, monseigneur.

— Aucun de nous n'en veut, mais je crains fort que nous ne vivions en des temps troublés, maître Mott. Vous savez qui est le garçon.

— Je suis un simple armurier, monseigneur. Je ne sais que ce qu'on me dit.

— Vous savez qui est le garçon, répéta-t-il patiemment. Et ce n'est pas une question.

— Le garçon est mon apprenti. » Il regarda Ned dans les yeux, mais d'un air, cette fois, inébranlable. « Qui il était avant de m'arriver n'est pas mon affaire. »

Ned hocha la tête. Décidément, ce Tobho Mott, maître armurier, lui plaisait. « S'il advenait jamais que Gendry préfère manier l'épée plutôt que d'en forger, veuillez me l'envoyer. Il a l'allure d'un guerrier. D'ici là, soyez assuré, maître Mott, de ma gratitude et de ma parole. S'il me prend fantaisie d'un heaume à effarer les enfants, ma première visite sera pour vous. »

Comme il sautait en selle, Jacks lui demanda : « Vous avez trouvé quelque chose, monseigneur ?

— Oui », répondit-il, perplexe. Que diable lord Arryn comptait-il faire d'un bâtard de roi, et pourquoi cela lui avait-il coûté la vie ?

CATELYN

« Vous devriez vous couvrir, madame, lui dit-il, tandis que leurs chevaux progressaient laborieusement vers le nord, vous allez prendre froid.

— Ce n'est que de l'eau, ser Rodrik », répliqua-t-elle. Alourdis par l'humidité, ses cheveux pendaient, lamentables, une tresse dénouée se plaquait à son front mais, toute consciente qu'elle était de sa dégaine hirsute, peu lui importait pour l'heure. Cette pluie du sud lui faisait l'effet de caresses tièdes, et elle se plaisait à sentir, comme autant de baisers maternels, le doux clapotis de chaque goutte sur sa figure. Ainsi renaissaient les longues journées grises de son enfance à Vivesaigues. Elle revoyait les frondaisons appesanties du bois sacré, entendait, comme jadis, fuser le rire d'Edmure la faisant fuir sous l'averse des feuilles agitées. Elle se revoyait faisant, avec Lysa, des pâtés de glaise, en éprouvait comme jadis le poids, la sensation gluante et, comme jadis, s'en maculait de brun l'intervalle des doigts. Elle se revoyait les servir en pouffant à Littlefinger, et lui s'en bourrer au point de se rendre malade pour une semaine. Avoir été si jeunes, tous… !

L'afflux des souvenirs lui avait presque fait oublier sa destination. Dans le nord, la pluie tombait froide, hargneuse, et virait à la glace, parfois, le soir. À se demander quel but elle poursuivait, tuer les récoltes ou les abreuver. L'homme fait la fuyait pour l'abri le plus proche. Rien d'un jeu de fillette, cette pluie-là.

« Je suis trempé, gémit ser Rodrik. Jusqu'a ma carcasse qui tourne en eau. » Les bois les pressaient de toutes parts, et la monotone succion des sabots s'arrachant l'un après l'autre de la boue faisait seule contrepoint au martèlement continu de la pluie sur les feuilles. « Il nous faudra du feu, cette nuit, madame, et un repas chaud ne messiérait pas.

— Il y a une auberge, au carrefour, plus loin », dit-elle. Elle y avait maintes fois couché, autrefois, lors de tournées avec son père. À la fleur de son âge, lord Hoster Tully ne tenait pas en place, il lui fallait toujours être par monts et par vaux. Catelyn se souvenait encore de l'aubergiste, une grosse femme nommée Masha Heddle qui, tout en mâchouillant de la surelle à longueur de jour et de nuit, semblait avoir un stock inépuisable de sourires et de friandises pour les enfants. Ces dernières ruisselaient de miel et vous engluaient le bec délicieusement, mais les premiers, dieux ! vous fichaient une de ces frousses… C'est qu'en teignant de rouge les dents de Masha, la surelle transformait ses grâces en rictus de goule sanglante.

« Une auberge, repartit ser Rodrik, tout rêveur, ce serait trop beau… Mais si nous voulons garder l'incognito, mieux vaudrait, je crains, chercher quelque obscur fortin où… » Il s'interrompit pour prêter l'oreille. Des éclaboussures, un cliquetis de mailles, le hennissement d'un cheval. Cela venait à leur rencontre. « Des cavaliers », dit-il en laissant retomber sa main sur la poignée de son épée. Même sur la grand-route, l'excès de prudence n'était pas un mal.

Peu à peu, le bruit se précisait, mais il leur fallut encore parcourir un grand méandre parmi les arbres avant d'apercevoir une colonne de gens d'armes qui, à grand tapage, traversait à gué un ruisseau en crue. Catelyn immobilisa sa monture pour leur céder le passage. La bannière que brandissait le cavalier de tête pendouillait, morne, sous l'ondée mais, drapés de capes indigo, les survenants arboraient à l'épaule les armes de Salvemer, un aigle aux ailes déployées. « Mallister, crut devoir spécifier ser Rodrik dans un souffle. Vaudrait mieux rabattre votre capuchon, madame. »

Catelyn demeura impavide. Chevauchant étrier contre étrier avec son fils Patrek, lord Jason Mallister en personne approchait, cependant, parmi ses chevaliers que talonnaient leurs écuyers respectifs. Tous se rendaient à Port-Réal, elle le savait, pour le tournoi dit « de la Main ». Depuis une semaine, les voyageurs s'étaient mis à pulluler telles des mouches, sur la grand-route ; chevaliers, francs-coureurs, chanteurs munis de harpes et de tambours, charretiers menant leurs tombereaux lourdement chargés de blé, de houblon, de miel en jarres, camelots, artisans, putains, tout cela dégoulinait, mêlé, vers le sud.

Hardiment, elle dévisagea lord Jason. La dernière image qu'elle en conservait – plaisantant avec son oncle – datait de son mariage, à l'occasion duquel il l'avait, en qualité de banneret vassal des Tully, singulièrement gâtée. Et voici qu'elle le retrouvait décharné, buriné par les ans, poivre et sel, l'orgueil intact, au demeurant. Il montait en homme que rien ne saurait effrayer. En cela, comme elle l'enviait, elle qui, désormais, vivait en permanence dans la peur ! Au passage, lord Jon la gratifia bien d'un salut hâtif, mais c'était là pure courtoisie de grand seigneur envers l'étranger de rencontre. Dans son regard hautain ne se lut pas l'ombre de reconnaissance. Le fils, quant à lui, dédaigna même de l'apercevoir.

« Il ne vous a pas reconnue..., s'étonna ser Rodrik, peu après.

— Il a seulement vu, sur le bas-côté, deux voyageurs crottés, trempés, vannés. Comment le soupçon l'effleurerait-il que je suis la fille de son suzerain ? Nous serons en sécurité à l'auberge, ser Rodrik. »

Le jour déclinait déjà lorsqu'ils atteignirent, au sud du confluent principal du Trident, le carrefour où elle se dressait.

Plus grise et plus grasse que dans les souvenirs de Catelyn, Masha Heddle mâchouillait toujours sa surelle mais ne leur consentit qu'un demi-coup d'œil et pas un soupçon de son hideux sourire purpurin. « Deux chambres en haut, tout c' qu'y a, dit-elle sans interrompre sa manducation. Juste sous le campanile, vous raterez pas les repas, quoiqu'y a des gens que la cloche, trouvent ça bruyant. Peut rien contre. On est pleins ou presque, se discute pas. Ça ou la route. »

Ce fut *ça*. Deux soupentes basses et douteuses au bout d'un escalier qui tenait de l'échelle. « Laissez vos bottes en bas, dit Masha, tout en empochant son dû. Que le garçon vous les nettoie. Veux pas qu'on me crotte mes marches. Attention la cloche. Rien à manger, les retardataires. » Il ne fut question ni de risettes ni de friandises.

Après avoir passé des vêtements secs, Catelyn s'assit près de la lucarne et regarda les gouttes ruisseler le long des vitres. Au-delà du verre parsemé de bulles et d'un aspect laiteux s'opiniâtrait, noirâtre, la pluie. À peine se discernait encore le croisement bourbeux des deux grandes routes.

La vision vague du carrefour la faisait hésiter, soudain. En tournant à l'ouest, ce n'était plus qu'une balade jusqu'à Vivesaigues… Père s'était toujours, dans les circonstances cruciales, montré d'excellent conseil, et elle brûlait de lui parler, de l'avertir que l'orage s'amoncelait. Si Winterfell avait besoin de ramasser toutes ses forces en prévision d'une guerre, combien davantage le devait Vivesaigues, tellement plus à portée de Port-Réal et, sur son flanc ouest, si fort menacé par la silhouette formidable de Castral Roc… ! Hélas, à quoi bon tenter l'aventure ? Père n'était plus que l'ombre de lui-même. Alors que, depuis deux ans, sa santé forçait Hoster Tully à garder le lit, Catelyn répugnait à lui imposer cette épreuve supplémentaire.

Vers l'est, plus sauvage, infiniment plus dangereuse aussi, la route grimpait à travers contreforts rocheux et forêts presque impénétrables vers le massif de la Lune et, après en avoir franchi les cols, plongeait vertigineusement vers le Val d'Arryn et, au-delà, menait aux Quatre Doigts. Au-dessus du Val, la citadelle des Eyrié dressait contre le ciel ses tours inexpugnables. Elle y trouverait sa sœur et, qui sait ? certaines des réponses que cherchait Ned… Assurément, Lysa en savait bien plus qu'elle n'avait osé le dire dans sa lettre. Elle devait détenir précisément la preuve nécessaire à Ned pour consommer la ruine des Lannister. Et, en cas de guerre, les forces combinées des Arryn et de leurs vassaux ne seraient pas non plus de trop, à l'est.

Mais que de périls, avant d'y parvenir ! Outre les lynx et les avalanches de pierres, trop communs dans les défilés, la montagne était hantée de clans sans foi ni loi qui, depuis leurs aires, fondaient sur le Val perpétrer des razzias sanguinaires et s'évanouissaient comme neige au soleil dès que les chevaliers d'Arryn se lançaient à leurs trousses. Même un lord Jon, pourtant le plus prestigieux des maîtres qu'eussent jamais eu les Eyrié, ne s'y aventurait qu'en nombre. Avec pour toute escorte la loyauté, certes à toute épreuve, d'un vétéran, folie même que d'y seulement songer.

Oui…, il fallait remettre à plus tard Vivesaigues et les Eyrié. Sa route à elle était celle du nord, celle de Winterfell où l'attendaient ses fils, où la rappelait son devoir. Sitôt franchi le Neck, elle aurait toute liberté de s'adresser à l'un des bannerets de Ned et de lui faire expédier par estafettes l'ordre de surveiller tout du long la route royale.

Malgré l'obscurité croissante et la pluie qui noyaient la campagne immédiate, la mémoire restituait l'image assez nette des lieux. Le foirail, juste en face, et, à moins d'une demi-lieue, le village, une cinquantaine de chaumières blanches blotties autour de leur modeste septuaire de granit. Sans doute davantage, à présent, grâce au long été paisible des années passées. Au nord, la route courait les rives de la Verfurque au travers de plaines fertiles, de vallonnements boisés, de villes florissantes et desservait les forts massifs et les châteaux des seigneurs riverains.

Ces derniers, Catelyn les connaissait tous. Les Blackwood et les Bracken, ennemis jurés dont Père était sans trêve forcé d'arbitrer les querelles ; lady Whent qui, dernière de sa lignée, hantait avec ses spectres les voûtes caverneuses de Harrenhal ; l'irascible lord Frey, qui avait tué sept femmes sous lui, surpeuplant ses deux castels d'enfants, petits-enfants et arrière-petits-enfants, sans compter bâtards et petits-bâtards. Tous vassaux des Tully, tous épées liges de Vivesaigues. Mais y suffiraient-ils, si la guerre éclatait ? Étant l'incarnation même du dévouement, Père ne manquerait pas de convoquer son ban…, mais le ban répondrait-il à l'appel ? Tout liés par serment qu'ils étaient au sire de Vivesaigues, des Darry, Ryger, Mooton n'en avaient pas moins combattu dans les rangs de Rhaegar Targaryen, au Trident. Et un Frey était accouru si fort après la bataille… Comment savoir quelle armée il comptait grossir, quelques assurances solennelles qu'il eût données – ultérieurement – aux vainqueurs ? Père, en tout cas, ne l'appelait plus, depuis lors, que lord Tardif Frey…

Elle en était là de ses réflexions quand battit la cloche, manquant l'assourdir.

Non, non, surtout pas de guerre. La guerre, il fallait l'éviter coûte que coûte. On devait l'empêcher.

L'air vibrait encore de la dernière volée quand ser Rodrik parut. « Il faut se dépêcher, si nous voulons dîner ce soir, madame.

— Tant que nous nous trouvons en deçà du Neck, mieux vaudrait pour notre sécurité abdiquer nos titres, lui dit-elle, nous attirerons moins l'attention. Que diriez-vous d'un père et d'une fille voyageant pour une quelconque affaire de famille ?

— Qu'il en soit selon votre bon plaisir, madame, approuva-t-il avant de se mettre à rire. Ce qu'elles ont la vie dure, les vieilles formules de courtoisie, ma… ma fille ! » Sa main se porta d'elle-même vers les favoris perdus, et il exhala un soupir furieux.

« Venez, Père, dit-elle. Vous trouverez bonne, je pense, la table de Masha Heddle mais, par pitié, gardez-vous de l'en complimenter, vous risqueriez de la faire sourire. »

Parcourue de vents coulis, la salle commune s'étirait entre une rangée d'énormes barriques et l'âtre. Un serveur s'y démenait, chargé de brochettes de viande, tandis que Masha tirait de la bière tout en mâchouillant sa surette.

Sur les bancs déjà bondés voisinaient au petit bonheur citadins, fermiers, voyageurs de tous genres. Le carrefour favorisant les coudoiements bizarres, des teinturiers aux mains pourpres ou noires partageaient le banc de pêcheurs empestant l'écaille, les muscles mastoc d'un forgeron s'écrabouillaient contre un vieux septon racorni, des négociants paisibles et rondouillards échangeaient comme à tu et à toi les dernières nouvelles avec des spadassins recuits.

Au gré de Catelyn, l'assistance comprenait un peu trop d'épées. Trois de celles-ci, près du feu, portaient l'étalon de gueules Bracken ; d'autres, en nombre, cotte de mailles d'acier bleu et cape gris argent, les tours jumelles, non moins familières, Frey. À mieux les examiner, cependant, elle se rassura : tous étaient trop jeunes pour l'avoir connue ; leur aîné devait avoir l'âge de Bran lorsqu'elle était partie pour Winterfell.

Ser Rodrik leur dénicha des places sur un banc proche des cuisines. Vis-à-vis d'eux, un beau jeune homme d'environ dix-huit ans laissait errer ses doigts sur sa harpe. « Soyez sept fois bénis, bonnes gens », leur dit-il comme ils s'asseyaient. Devant lui, une coupe à vin, vide.

« Vous aussi, chanteur », répondit Catelyn, pendant que ser Rodrik, d'un ton qui sentait un peu trop le *presto*, commandait du pain, de la viande et de la bière. Le chanteur, l'œil hardi, les interrogea sur leur destination, leur provenance, les rumeurs qu'ils en rapportaient, décochant ses questions, coup sur coup, comme autant de flèches et sans attendre la riposte. « Nous avons quitté Port-Réal voilà quinze jours, répondit enfin Catelyn, privilégiant délibérément le sujet le plus neutre.

— C'est précisément là que je vais », dit-il. Elle l'avait subodoré, se raconter l'intéressait infiniment plus que subir les récits d'autrui. Les chanteurs n'aimaient rien tant que le son de leur propre voix. « Le tournoi de la Main signifie grands seigneurs et bourses garnies. À l'issue du dernier, j'avais gagné plus d'argent que je n'en pouvais porter… – aurais pu, car j'ai tout perdu en misant sur le Régicide.

— À la vue du joueur se renfrognent les dieux », énonça ser Rodrik, sentencieux. Natif du nord, il partageait la répugnance d'Eddard Stark à l'endroit des joutes.

« Alors, je les ai renfrognés, dit l'autre. Vos dieux cruels et le chevalier des Fleurs m'ont ratiboisé.

— Cela vous aura servi de leçon, j'espère ? reprit ser Rodrik.

— Et comment ! Ce coup-ci, je parie tout sur ser Loras. »

La main de ser Rodrik voulut tripoter les favoris perdus, mais il n'eut pas le loisir de formuler sa réprobation : le serveur survenait au galop, déposait sur la table des tranchoirs de pain, les emplissait de morceaux rissolés prestement débrochés, juteux, chauds à point, que rejoignirent par la même voie grelots, piments, champignons… Et le bon chevalier attaqua bravement, tandis que le garçon courait chercher la bière.

« Je m'appelle Marillion, reprit le chanteur en pinçant une corde de son instrument. Vous m'avez déjà entendu jouer, j'imagine ? »

Tant de candeur et de présomption firent sourire Catelyn. Fort peu de chanteurs ambulants s'aventuraient jusqu'à Winterfell mais, dans sa jeunesse, elle avait vu maintes fois le pareil. « Je crains que non. »

Il égrena un accord plaintif. « J'en suis au regret pour vous, dit-il. Quel est le meilleur chanteur que vous ayez ouï ?

— Alia de Bravoos, répondit tout de go ser Rodrik.

— Oh ! je suis *infiniment* supérieur à cette vieille perruque, dit-il. Si vous avez de l'argent pour une chanson, je vous montrerai de grand cœur.

— Il se peut que j'aie une ou deux piécettes de cuivre, mais j'aimerais mieux les flanquer dans un puits que de payer pour vous écouter piailler », bougonna Rodrik. L'aversion que lui inspiraient les rhapsodes n'était un secret pour personne ; la musique était un truc charmant pour les filles, mais qu'un gaillard pétant de santé s'encombrât les mains d'une harpe au lieu de brandir une bonne épée, cela passait son entendement.

« Votre grand-père est bien grincheux…, dit Marillion en se tournant vers Catelyn. Je désirais vous honorer, voilà tout. En hommage à votre beauté. Quoique, au vrai, je sois fait pour charmer les rois et les grands seigneurs.

— Oh, je le vois bien, susurra-t-elle. Lord Tully adore les chansons, paraît-il. Vous devez connaître Vivesaigues ?

— J'y suis allé cent fois, fit-il avec désinvolture. J'y ai ma chambre en permanence, et le jeune lord me traite en frère. »

Elle sourit à cette idée. Edmure serait enchanté d'apprendre la nouvelle, lui qui abominait l'engeance sans exception, depuis qu'un cytharède lui avait soufflé une gueuse qu'il convoitait ! « Et Winterfell ? demanda-t-elle, avez-vous voyagé dans le nord ?

— Qu'irais-je m'y perdre ? se rengorgea-t-il. Tout ça, c'est blizzards et peaux d'ours, et les Stark ne connaissent, en guise de musique, que le hurlement des loups. » Au même instant, Catelyn entendit la porte, à l'autre bout de la salle, s'ouvrir à grand fracas.

« Holà, l'aubergiste ! cria derrière elle un valet, des stalles pour nos chevaux, une chambre et un bain pour messire Lannister !

— Bons dieux ! » s'exclama ser Rodrik avant que, lui étreignant l'avant-bras, les doigts de Catelyn eussent pu lui imposer silence.

Masha, cependant, se ployait, souriant de son hideux sourire. « Je suis désolée, m'seigneur, vraiment désolée, nous sommes complets, tout est pris. »

Ils étaient quatre en tout, vit Catelyn. Un vieillard de la Garde de Nuit, tout de noir vêtu, deux valets et… lui, debout, là, nabot, arrogant. « Mes hommes coucheront à l'écurie. Quant à moi, bon, vous pouvez constater par vous-même, une *petite* chambre me suffit. » Il ébaucha une grimace goguenarde. « Dans la mesure où l'on m'offre une bonne flambée et de la paille pas trop infestée de punaises, je m'estime heureux. »

Complètement affolée, Masha Heddle bredouilla : « Mais, m'seigneur, y a rien, c'est l'tournoi, pas moyen… oh… »

Tirant une pièce de sa bourse, Tyrion la fit voltiger pardessus sa tête, la rattrapa, la lança de nouveau, miroitante… Même de la place qu'occupait Catelyn, il était impossible de s'y méprendre : c'était de l'or.

Un franc-coureur au manteau d'un bleu délavé bondit aussitôt sur ses pieds. « Bienvenue dans ma chambre, m'sire.

— Enfin quelqu'un d'intelligent », dit Lannister en expédiant virevolter la pièce à travers la salle. L'homme la saisit au vol. « Et preste, de surcroît. » Puis, se tournant vers Masha Heddle : « Vous pourrez nous donner à dîner, n'est-ce pas ?

— Tout c' que vous voudrez, m'seigneur, 'bsolument tout », promit-elle. *Puisse-t-il en crever !* pensa Catelyn, mais c'est l'image de Bran baignant dans son sang, moribond que lui présenta son esprit.

Lannister jeta un regard sur les tables. « Mes hommes se contenteront de ce que vous servez à ces gens. Double ration, la journée a été rude. Pour moi, une volaille rôtie, poulet, canard, pigeon, n'importe. Et une fiasque de votre meilleur vin. Vous dînez avec moi, Yoren ?

— Volontiers, m'sire. »

Le nain n'avait pas été sans porter les yeux vers le fond de la salle, et Catelyn bénissait les dieux d'avoir interposé tant de monde entre elle et lui quand, soudain, Marillion se dressa, criant : « *Monseigneur Lannister !* » à plein gosier. « Je serais heureux d'agrémenter votre repas. Daignez me permettre de vous chanter le lai consacré à la grande victoire que remporta le seigneur votre père à Port-Réal !

— Rien ne serait plus susceptible de me couper l'appétit », répliqua sèchement Tyrion. Sans s'attarder sur le chanteur, son regard vairon s'écartait déjà lorsque…, tombant sur Catelyn, il se fixa sur elle., médusé. Elle se détourna vivement. Trop tard, le nain s'épanouissait « Lady Stark ! quelle heureuse surprise…, dit-il. J'étais navré de vous manquer, à Winterfell. »

Marillion s'écarquilla, et la honte fit place au chagrin lorsqu'il vit Catelyn se lever lentement. Elle entendit ser Rodrik jurer, pensa : *Si seulement il s'était attardé au Mur, si seulement…*

« Lady… Stark ? bafouilla Masha.

— La dernière fois que j'ai couché chez vous, j'étais encore Catelyn Tully », dit-elle, défaillante au sein des chuchotements, des regards de la salle entière. Elle jeta un coup d'œil circulaire, entrevit la physionomie floue de chevaliers, de lames-liges, prit une profonde inspiration pour essayer de ralentir sa folle chamade. Oserait-elle risquer cela ? Elle n'eut pas le temps d'y réfléchir que le son de sa propre voix retentissait à ses oreilles. « Vous, dans le coin, dit-elle à un homme d'âge qu'elle n'avait pas remarqué jusque-là. Est-ce bien la chauvesouris noire que je vois brodée sur votre surcot, messer ? »

L'homme se dressa. « Oui, madame.

— Et lady Whent, est-elle une amie sincère et loyale de mon père, lord Hoster Tully de Vivesaigues ?

— Elle l'est », répondit-il sans hésiter.

Sans se départir de son calme, ser Rodrik se mit à son tour debout, dégaina. Le nain les regardait tour à tour, blême, en papillotant, ses prunelles dépareillées pleines d'effarement.

« L'étalon de gueules a toujours été le bienvenu à Vivesaigues, dit-elle au trio près du feu. Mon père compte Jonos Bracken parmi ses plus fidèles et anciens bannerets, n'est-ce pas ? »

Les trois hommes d'armes échangèrent un regard perplexe. « Notre maître est respecté pour son sens du devoir, bredouilla finalement l'un d'eux.

— J'envie à votre père tant de bons amis, grinça Lannister, mais j'avoue ne pas voir à quoi rime ceci, lady Stark. »

Dédaignant son intervention, elle se tourna vers le groupe vêtu de bleu et de gris. Elle les avait réservés pour la bonne bouche, vu qu'ils étaient plus d'une vingtaine. « Je connais votre emblème aussi : les tours jumelles Frey. Comment se porte votre bon seigneur, messers ? »

Le capitaine se leva. « Lord Walder va bien, madame. Il compte se remarier le jour de son quatre-vingt-dixième anniversaire et a prié messire votre père d'honorer les noces de sa présence. »

Au ricanement qu'exhala Tyrion Lannister, Catelyn sut qu'il était à elle. « Cet homme est venu en hôte dans ma demeure et y a tramé le meurtre de mon fils, âgé de sept ans », proclama-t-elle à la cantonade en le désignant. Ser Rodrik vint se placer près d'elle, l'épée au poing. « Au nom du roi Robert et des nobles seigneurs que vous servez, je vous ordonne de vous saisir de sa personne et de m'aider à le ramener à Winterfell, où il attendra que s'exerce la justice du roi. »

Alors elle ne sut ce qu'elle savourait le plus, du bruit que faisaient une douzaine d'épées dégainées d'un même élan, ou de la mine déconfite de Tyrion Lannister.

SANSA

Accompagnée de septa Mordane et de Jeyne Poole, Sansa se rendit au tournoi de la Main à bord d'une litière fermée, mais aux rideaux de soie jaune si fins que, par transparence, elle apercevait nimbé d'or le monde extérieur. Cent pavillons se dressaient, hors les murs, sur les berges de la Néra, les gens du commun affluaient par milliers pour assister aux joutes. Et le spectacle était d'une splendeur telle que Sansa en avait le souffle coupé ; les armures étincelantes, les puissants destriers caparaçonnés d'or et d'argent, les vivats de la foule, les bannières claquant au vent…, les chevaliers eux-mêmes, tout la fascinait, les chevaliers surtout.

« C'est encore plus beau que dans les chansons », murmura-t-elle, après qu'elles eurent trouvé, parmi les grands seigneurs et les grandes dames, les places promises par Père. La magnifique robe verte qu'elle arborait pour l'occasion rehaussait sa chevelure auburn, et elle savourait en toute modestie la vanité de captiver les aigreurs comme les sourires.

Sous ses yeux cavalcadaient les héros d'innombrables chansons, chacun plus fabuleux que son prédécesseur. Revêtus d'armures en écailles d'un blanc laiteux, les sept chevaliers de la Garde royale entrèrent en lice, tous drapés dans leurs manteaux de neige. Ser Jaime se distinguait d'eux, cependant, par une armure d'or, un heaume d'or en mufle de lion et une épée d'or. Ser Gregor Clegane, la Montagne-à-Cheval, les dépassa en trombe, telle une avalanche. Sansa reconnut lord Yohn Royce, hôte des Stark, à Winterfell, deux ans plus tôt. « Vieux de milliers et de milliers d'années, le bronze de son armure, chuchota-t-elle à Jeyne, est gravé de runes magiques qui le rendent invulnérable. » Septa Mordane attira leur attention sur lord Jason Mallister, en indigo repoussé d'argent, et sur les ailes d'aigle de son heaume. « Au Trident, il a abattu trois bannerets de Rhaegar. » Et, comme les petites se récriaient à la vue de Thoros de Myr, prêtre guerrier des plus remarquable, avec ses robes rouges flottantes et sa tête rasée, elle spécifia qu'il avait jadis escaladé les murs de Pyk, une épée enflammée au poing.

D'autres cavaliers étaient inconnus de Sansa ; chevaliers obscurs venus des Quatre Doigts, de Hautjardin ou descendus des montagnes de Dorne, francs-coureurs et nouveaux écuyers qu'ignoraient les chansons, cadets de grands seigneurs, aînés de minces hobereaux… Tous jeunes gens dont la plupart ne s'étaient encore illustrés par aucun exploit, mais les deux gamines en tombèrent d'accord : tôt ou tard, l'éclat de leurs noms retentirait d'un bout à l'autre des Sept Couronnes. Ser Balon Swann. Lord Bryce Caron des Marches. L'héritier de Yohn le Bronzé, ser Andar Royce, ainsi que son jeune frère, ser Robar, dont les armures de plates en acier argenté portaient en filigranes de bronze les runes antiques déjà mentionnées. Les jumeaux ser Horas et ser Hobber, aux écus frappés, violacé sur bleu, du pampre Redwyne. Patrek Mallister, fils de lord Jason. Les six Frey du Conflans, ser Jared, ser Hosteen, ser Danwell, ser Emmon, ser Theo, ser Perwyn, respectivement fils et petits-fils de lord Walder Frey, ainsi que son bâtard Martyn Rivers.

À peine Jeyne Poole avait-elle confessé l'effroi que lui inspirait l'aspect de Jalabhar Xho qui, prince proscrit des îles d'Été, portait à même sa peau noire comme la nuit une cape de plumes écarlates et vertes, qu'émerveillée par les cheveux d'or rouge et le bouclier noir zébré par la foudre du jeune lord Béric Dondarrion elle déclara vouloir l'épouser sur-le-champ.

Le Limier entra à son tour en lice, de même que le propre frère du roi, l'irrésistible lord Renly d'Accalmie. Jory, Alyn et Harwin représentaient Winterfell et le nord. « Jory a l'air d'un mendiant, par comparaison », renifla Mordane en le voyant, et force fut à Sansa d'en convenir. Aucune devise, aucun ornement ne relevait son armure de plates gris-bleu, et son maigre manteau gris lui pendait aux épaules comme un torchon sale. Il ne s'en tira pas moins bien, lors de la première joute, en démontant Horas Redwyne et, lors de la deuxième, l'un des Frey. La troisième l'opposa à Lothor Brune, franc-coureur dont l'armure n'était pas plus fraîche, et ils coururent trois passes sans vider les étriers l'un ni l'autre. Toutefois, comme Brune ajustait mieux ses coups, d'une lance plus ferme, c'est lui que Robert proclama vainqueur. Alyn et Harwin eurent moins de succès, qui mordirent la poussière dès le premier tour, l'un contre ser Meryn, de la Garde royale, et l'autre contre ser Balon Swann.

Tandis que les heures succédaient aux heures et les joutes aux joutes, le galop dévastateur des grands destriers donnait aux lices l'aspect de champs labourés. De loin en loin, le fracas de rencontres où les lances volaient en éclats faisait s'exclamer de conserve Jeyne et Sansa, pendant que le vulgaire ovationnait ses favoris, mais si la première se couvrait les yeux, telle une oiselle effarouchée, chaque fois qu'un homme tombait, la seconde révélait une tout autre étoffe et se contentait, en grande dame, de ciller. Tant de tenue satisfit Mordane elle-même qui branlait du chef pour marquer son approbation.

Le Régicide se montra brillant. Il renversa coup sur coup ser Andar Royce et lord Bryce Caron avec autant d'aisance que s'il eût couru la bague puis, au terme d'un âpre combat, triompha de Barristan Selmy, que ses cheveux blancs n'avaient pas empêché de terrasser ses deux premiers adversaires, plus jeunes de trente et quarante ans.

Dans leur propre registre, la férocité, Sandor Clegane et son gigantesque frère, ser Gregor la Montagne, parurent non moins irrésistibles, face à leurs concurrents successifs. Mais la palme de l'horreur échut au second, ce jour-là, quand, au cours de sa deuxième rencontre, sa lance atteignit avec tant de violence un jeune chevalier du Val sous le gorgeret qu'elle lui trancha le gosier, l'atterrant, raide mort, à moins de dix pieds de Sansa. Le fer meurtrier ressortait par la nuque, et le sang s'épanchait de la plaie par lentes pulsations, lentes, lentes, de plus en plus lentes. À l'évidence, la victime étrennait une armure flambant neuve. Sur son bras comme désarticulé courait une traînée de feu qu'éteignit brusquement le passage d'un nuage devant le soleil. Bordé de croissants de lune et céruléen comme un matin d'été, son manteau devenait bleu sombre au fur et à mesure que, tout en rougissant un à un les croissants de lune, l'imbibait le sang.

Jeyne Poole s'était mise à hoqueter de manière si hystérique qu'à la fin septa Mordane dut l'emmener se refaire une contenance décente, laissant Sansa, sagement assise et mains croisées sur les genoux, contempler, comme hypnotisée, ce cruel spectacle. Elle assistait à la mort d'un homme pour la première fois. Elle aurait dû, se disait-elle, pleurer aussi, mais les larmes ne lui venaient pas. Peut-être les avait-elle toutes versées pour Lady et Bran ? Non, se rassura-t-elle, elle en trouverait s'il s'agissait de Jory, de ser Rodrik ou de Père. Le jeune chevalier en bleu ne lui était rien, rien de plus ni de mieux qu'un étranger venu du Val d'Arryn. Tellement rien qu'elle avait oublié son nom sitôt qu'entendu. À présent, le monde allait l'oublier de même, songea-t-elle, et les chanteurs ne le chanteraient pas. Attristant.

Après qu'on eut emporté le corps survint à toutes jambes un gars armé d'une pelle qui s'empressa de recouvrir de terre la flaque de sang. Et, là-dessus, les jeux reprirent.

Ser Balon Swann dut à son tour s'incliner devant Gregor. Quant au Limier, il démonta lord Renly d'un coup si rude qu'il l'envoya littéralement voler, jambes en l'air, tête la première, et que la foule pétrifiée perçut distinctement un *crac* ! à l'atterrissage, qui se révéla, par bonheur, résulter d'une simple avarie du heaume. Sous les acclamations frénétiques de la plèbe dont il était l'un des favoris, le vaincu se releva en effet d'un bond pour tendre à son vainqueur, avec une révérence gracieuse, un andouiller rompu. Le Limier saisit le cor d'or et, d'un air de mépris suprême, le lança dans la foule, y suscitant une folle bagarre de griffes et de poings qui ne cessa que sur l'intervention personnelle de lord Renly. Entretemps, Mordane était revenue, seule. Jeyne, expliqua-t-elle, s'était décidément sentie trop mal, il avait fallu la reconduire au château. Jeyne ? Pour un peu, Sansa l'oubliait…

L'heure tournait. Un chevalier minable en manteau à carreaux fut déclaré forfait pour avoir tué le cheval de Béric Dondarrion, mais celui-ci n'eut pas plus tôt changé de monture que Thoros de Myr le désarçonnait. Ser Aron Santagar et Lothor Brune se ruèrent à trois reprises l'un sus à l'autre sans parvenir à se départager, mais ils trouvèrent ensuite respectivement leur maître en la personne de lord Jason Mallister et de Robar Royce.

Il ne resta plus finalement que quatre hommes en lice : le Limier, son monstrueux frère, le Régicide et ser Loras Tyrell, plus connu sous le nom de chevalier des Fleurs.

Dernier-né des fils de Mace Tyrell, sire de Hautjardin et gouverneur du Sud, celui-ci était, à seize ans, le benjamin du tournoi. Il ne s'en était pas moins illustré, le matin même, en démontant tour à tour trois des gardes personnels du roi, et il bénéficiait en outre, aux yeux de Sansa, d'un physique absolument incomparable. Les plates émaillées de son armure étaient agencées de manière à figurer des myriades de fleurs différentes, et des roses blanches et rouges tapissaient le caparaçon de son cheval de neige. Après chacune de ses victoires, il retirait son heaume et, mettant sa monture au pas, faisait lentement le tour de l'enceinte et, à la fin, prélevait une rose blanche du caparaçon pour la lancer à quelque beauté dans la foule.

Sa dernière compétition l'avait opposé au cadet des Royce. Mais les runes ancestrales ne garantirent guère celui-ci, car ser Loras lui défonça l'écu et lui fit vider la selle et mordre le sol dans un formidable fracas de ferraille puis, peu soucieux de l'écouter geindre, entreprit sa petite tournée des belles. Cependant, ser Robar ne se relevant pas, on finit par mander une civière qui l'emporta, inerte, hébété, vers sa tente, mais Sansa n'en vit rien, Sansa n'avait d'yeux que pour ser Loras. Et elle crut bien que son cœur allait éclater lorsque le destrier blanc s'immobilisa devant elle.

Aux autres, il n'avait donné que des roses blanches, mais c'est une rouge qu'il choisit pour elle. « Douce dame, dit-il, aucune victoire ne vaut seulement la moitié de vos charmes. » Trop émue par le compliment pour articuler la moindre réponse, elle reçut la fleur d'une main timide. Il avait des yeux d'or liquide, et la masse de ses cheveux bruns bouclait paresseusement. Elle respira le parfum suave de la rose, et ser Loras s'était retiré dès longtemps qu'elle la contemplait encore.

Lorsqu'elle releva les yeux, un homme, debout, s'inclinait vers elle et la dévisageait. Il était petit, barbichu, vaguement poivre et sel, à peu près de l'âge de Père. « Vous devez être l'une de ses filles », dit-il. Sa bouche souriait, mais pas son regard gris-vert. « Vous avez tout d'une Tully.

— Je suis Sansa Stark », balbutia-t-elle, mal à l'aise. L'individu portait un lourd manteau à col de fourrure qu'agrafait un moqueur d'argent, il avait les manières aisées d'un grand seigneur, mais elle ne le connaissait pas. « Je n'ai pas eu l'honneur, messire. »

Septa Mordane lui prit vivement la main. « Lord Petyr Baelish, ma douce, membre du Conseil restreint.

— Votre mère était ma reine de beauté, jadis », reprit-il posément. Son haleine sentait la menthe. « Vous avez ses cheveux. » Or, à peine eut-elle senti que, rebiffant une mèche auburn, les doigts de Littlefinger lui effleuraient la joue que, de la façon la plus cavalière, il avait tourné les talons et s'en était allé.

Déjà haut dans le ciel, maintenant, la lune avérait crûment la lassitude des spectateurs, et le roi décréta le report des finales au lendemain matin, avant l'épreuve de la mêlée. Pendant que le peuple entreprenait de regagner ses pénates en discutant des joutes du jour et de la victoire en suspens, la Cour fit mouvement vers les rives où devait avoir lieu le festin. Depuis des heures y tournaient lentement, embrochés sur des piques de bois, six aurochs colossaux dont on arrosait constamment de beurre aux herbes la chair grésillante. Dressées en plein air, les tables flanquées de bancs croulaient sous des monceaux de doucette, de fraises, de pain frais.

Sansa et septa Mordane se virent attribuer des places d'honneur, à la gauche de l'estrade réservée au roi et à la reine. En voyant le prince Joffrey prendre place à sa droite, la petite sentit sa gorge se serrer. Il ne lui avait pas adressé la parole depuis leur funeste équipée du Trident, et elle n'avait pas osé faire le premier pas. Après s'être d'abord persuadée qu'il méritait seulement sa haine, pour avoir trempé dans l'assassinat de Lady, elle avait fini, une fois séché son chagrin, par se dire qu'il n'en était pas coupable, pas vraiment. La faute en était à la reine, et c'est la reine qu'il fallait haïr, la reine et Arya. Sans Arya, rien ne serait arrivé.

Non, ce soir, elle ne pouvait le haïr. Il était trop beau pour qu'elle le haïsse. Il portait un pourpoint bleu sombre que rehaussait un double rang de mufles de lions d'or, et ses cheveux brillaient du même éclat que le bandeau d'or et de saphirs qui lui ceignait le front. Aussi pantelait-elle intérieurement qu'il ne l'ignorât ou, pire, ne l'assurât derechef de sa haine et ne la contraignît à s'enfuir de table, éplorée.

Au lieu de cela, Joffrey sourit, lui baisa la main et, plus beau, plus galant qu'aucun prince jamais chanté, dit : « Ser Loras est un fin gourmet de beauté, douce dame.

— Il s'est montré par trop indulgent, objecta-t-elle, affectant de son mieux un maintien modeste et un air paisible, en dépit de son cœur battant. Ser Loras est un preux. Pensez-vous, prince, qu'il vaincra, demain ?

— Non, dit-il. Mon chien va le déconfire, ou bien mon oncle Jaime. Et, dans quelques années, lorsque j'aurai l'âge d'entrer en lice, ils trouveront tous leur maître. » D'un geste, il réclama un carafon de vin frappé, la servit de sa propre main. Elle jeta un coup d'œil inquiet vers Mordane, mais déjà le prince s'inclinait pour emplir également la coupe de la septa qui, loin de s'insurger, branla du chef son approbation et se répandit en formules de gratitude.

Toute la nuit, les serviteurs veillèrent à ne jamais laisser les coupes demeurer vides, mais Sansa ne devait conserver aucun souvenir d'avoir seulement trempé ses lèvres dans le vin. Du vin, elle n'avait que faire. Ce qui l'enivrait, c'était la magie de la nuit, ce qui l'étourdissait, une espèce de sortilège, ce qui la transportait de ravissement, l'excès de splendeur dont elle avait toujours rêvé sans oser même envisager y accéder jamais. Installés devant le dais royal, les rhapsodes enchantaient la pénombre de leurs mélodies. Un jongleur faisait voltiger des cascades de torches enflammées. Perché sur des échasses et vêtu d'habits bigarrés, Lunarion, le fou privé du roi, mimait des pas de danse et, l'air nigaud, brocardait un chacun de sa face en tourte avec tant de pertinence et de cruauté que Sansa finit par douter de sa niaiserie. Il désarma jusqu'à septa Mordane et la fit tellement rire en poussant une chansonnette sur le Grand Septon qu'elle s'inonda de vin.

Puis Joffrey…, Joffrey qui était la courtoisie faite homme. Il ne cessa, la nuit durant, d'entretenir Sansa, de l'accabler de compliments, de l'égayer, de la régaler de ragots de cour, de lui expliquer chacun des quolibets de Lunarion, la captiva tant et si bien qu'omettant presque la politesse élémentaire elle en vint à négliger, sur sa gauche, septa Mordane.

Cependant, les plats se succédaient sans trêve. Potage d'orge et venaison. Salade mêlée de doucette, d'épinards, de prunes et de noix pilées. Escargots à l'ail et au miel. Comme Sansa n'en avait encore jamais dégusté, Joffrey lui apprit à les retirer de leur coquille et, de sa propre main, lui donna la becquée du premier. De même l'aida-t-il, lorsqu'on apporta des truites cuites à l'étouffée dans la glaise, à briser la carapace qui recélait leur chair blanche et comme feuilletée. Survint le rôt, il tint à la servir lui-même, trancha près de l'os une portion de reine et, souriant, la lui déposa dans l'assiette. À la manière dont il s'y prenait, elle s'aperçut que son bras droit le faisait encore souffrir et, néanmoins, il ne prononça pas un mot de récrimination.

Puis ce furent des ris, des pigeons en croûte, des pommes au four qui embaumaient le cinname, des gâteaux au citron tout givrés de glaçure blanche, mais, bien qu'elle raffolât de ceux-ci, Sansa, menacée par la réplétion, n'en put grignoter que deux. Elle s'interrogeait toutefois sur l'éventualité d'un troisième quand, brusquement, le roi se mit à vociférer.

De plat en plat, Robert n'avait cessé de hausser la voix. À plusieurs reprises, Sansa l'avait entendu, par-dessus la musique et le tintamarre de la vaisselle et des couverts, s'esclaffer, rugir des ordres, mais la distance empêchait de saisir les mots.

À présent, tout le monde entendait distinctement. « *Non !* » tonnait-il d'un ton qui submergea le tohu-bohu des conversations. À son grand scandale, Sansa le vit debout, cramoisi, titubant, le poing crispé sur une timbale sertie de pierres, et plus saoul que le dernier pochard. « Tu n'as pas à me dire ce que je dois faire, femme ! hurla-t-il à la reine Cersei. Le roi, ici, c'est moi, compris ? C'est moi qui décide, ici, et si je dis que *je combattrai*, demain, c'est que *je combattrai* ! »

L'assistance était médusée. Sansa, pour sa part, s'étonna que personne, ni ser Barristan, ni Renly, ni le petit homme qui lui avait tenu des propos si bizarres et touché les cheveux, personne n'esquissât un geste pour s'interposer. La reine avait l'air de porter un masque, tant ses traits exsangues semblaient sculptés dans la neige. À son tour, elle se leva, rassembla sa traîne et, sans un mot, opéra une sortie tempétueuse, suivie de ses gens.

Jaime Lannister posa une main sur l'épaule du roi, mais il essuya une rebuffade si virulente qu'il trébucha, tomba. Robert partit d'un rire gras. « Le grand chevalier que voilà ! Je peux encore te flanquer par terre…, souviens-toi de ça, Régicide ! » Du poing qui tenait la timbale, il se frappa la poitrine, aspergeant de vin toute sa tunique de satin. « Qu'on me donne seulement ma masse, et pas un seul de mes sujets ne me résistera ! »

Jaime Lannister se releva, s'épousseta. « Nul n'y contredit, Sire », dit-il d'un ton roide.

Lord Renly s'avança, souriant. « Tu as renversé ton vin, Robert. Daigne me permettre de t'en resservir. »

Sansa tressaillit en sentant sur son bras la main de Joffrey. « Il se fait tard, dit-il avec une expression singulière, un peu comme s'il ne la voyait pas. Faut-il que l'on vous escorte jusqu'au château ?

— Non », commença-t-elle, cherchant septa Mordane du regard, mais, à sa stupéfaction, celle-ci dormait, la tête effondrée sur la table, et ronflait à petit bruit, d'un ronflement très « dame ». « Je voulais dire… oui, je vous remercie, ce serait fort aimable. Je suis si lasse, et le chemin si sombre. J'accepterais de bon cœur quelque protection. »

Joffrey appela : « *Chien !* »

Instantanément parut, telle une émanation subite de la nuit, Sandor Clegane. Il avait troqué son armure contre une tunique de laine rouge où un empiècement de cuir figurait un profil canin. La lumière des torches animait sa face brûlée de reflets violâtres. « Prince ?

— Ramène au château ma fiancée, et veille à ce qu'il ne lui arrive rien », lui dit le prince d'un ton sec avant de s'éloigner, sans même un mot d'adieux, la laissant seule avec Clegane.

Elle en *sentait* le regard sur elle. « Tu t'imaginais peut-être que Joff t'accompagnerait en personne ? » Il se mit à rire. « Pas demain la veille. » Elle se laissa relever. « Viens, tu n'es pas la seule à tomber de sommeil. J'ai trop bu, et il me faudra peut-être tuer mon frère, demain. » Et il éclata de rire, à nouveau.

Subitement terrorisée, Sansa secoua l'épaule de septa Mordane, espérant la réveiller, mais la vieille en ronfla seulement plus fort. Le roi Robert s'était déjà retiré, chancelant, la moitié des bancs brusquement vidée. Terminée, la fête et, avec elle, évanoui le rêve.

Le Limier s'empara d'une torche pour éclairer leur marche, et Sansa se plaça près de lui. Le terrain était caillouteux, inégal, les vacillations de la flamme aggravaient le sentiment qu'il se dérobait sous les pas. Aussi n'avançait-elle que les yeux baissés, attentive à placer sûrement ses pieds. Ils allèrent ainsi, parmi les pavillons que distinguaient à l'extérieur leurs bannières et leurs armoiries respectives, tandis que, peu à peu, s'appesantissait le silence. Sansa ne supportait pas la vue de son guide, il l'effrayait trop, mais son éducation l'avait policée à l'extrême. Une vraie dame, se dit-elle, ne remarquerait même pas son aspect repoussant. « Vous avez jouté en galant homme, aujourd'hui, ser Sandor », se força-t-elle à dire.

Un grognement lui répondit. « Épargne-moi tes petits compliments creux, fillette... et tes *ser*. Je ne suis pas chevalier. Les chevaliers et leurs serments, moi, je crache dessus. Mon frère est chevalier, lui. Tu l'as vu courir ?

— Oui, murmura-t-elle en tremblant. Il a été...

— Galant ? » suggéra-t-il.

Elle comprit qu'il la raillait. « Irrésistible », rectifia-t-elle au bout d'un instant, pas peu fière que sa trouvaille exprimât la stricte vérité.

Soudain, Clegane s'immobilisa au beau milieu d'un champ désert cerné de ténèbres et, par force, elle fit de même. « Quelque septa t'aura dressée, toi… ! Tu sais à quoi tu ressembles ? aux petits oiseaux des îles d'Été, si tu vois… Un de ces jolis petits oiseaux jaseurs qui rabâchent à l'envi les jolis petits mots qu'on leur a serinés.

— Ce n'est pas gentil ! » Son cœur battait à grands coups. « Vous me faites peur. Je veux rentrer.

— *Irrésistible… !* éructa-t-il. Pas si faux. Jamais personne n'a résisté à Gregor. Aujourd'hui, tiens, ce jouvenceau…, sa deuxième joute, çà ! Çà, c'était du joli boulot… Tu l'as vu, hein ? Mais aussi, que venait ficher là ce foutriquet ? Cette armure, et pas d'argent, pas d'écuyer, personne pour l'aider à la boucler… Mal lacé qu'il était, son gorgeret. Et tu te figures, hein, que Gregor l'a pas remarqué ? Tu te figures que la lance de ser Gregor a joué de malchance, hein ? joli petit museau jaseur, tu crois ça ? t'as vraiment pas plus de cervelle qu'un oiseau ! La lance de Gregor va pile où il veut qu'elle aille. Regarde-moi. *Regarde-moi !* » Il lui prit le menton dans son énorme main et la força à relever la tête puis, s'accroupissant, rapprocha la torche. « Tu veux du joli ? En voilà ! Savoure à loisir. Pas ça que tu voulais, peut-être ? Cent fois, j'ai surpris ton regard, en route, et, vite vite, tu te détournais. Pisse là-dessus, maintenant, regarde, un bon coup… ? »

Ses doigts lui emprisonnaient la mâchoire comme dans un étau de fer, ses yeux se plongeaient dans les siens. Des yeux imbibés d'alcool et ivres de fureur. Elle fut contrainte de regarder.

Le côté droit du mufle, décharné, montrait une pommette aiguë, une prunelle grise, un sourcil épais. Le nez s'épatait, crochu, sous des mèches noires, clairsemées, mais qu'il portait longues pour les rabattre vers le côté gauche, *l'autre*, où plus un cheveu ne poussait.

Ce n'étaient que ruines, de ce côté-là. Le feu en avait calciné l'oreille, réduite à un trou béant. L'œil avait survécu, mais dans un chaos de cicatrices immondes, de chairs noirâtres, ici lisses et durcies comme du cuir, là creusées de cratères, sillonnées de fissures atroces où le moindre mouvement mettait des reflets rougeâtres, suintants. Au bas de la mâchoire s'apercevait, dénudé, l'os.

Sansa se mit à pleurer. Alors, il la relâcha pour éteindre la torche dans la terre. « Pas de jolis mots pour ça, fillette ? Aucun petit compliment seriné par la bonne septa ? » N'obtenant pas de réponse, il reprit : « Les gens croient, la plupart, que ça me vient d'une bataille. Un siège, une tour en flammes, la torche d'un ennemi… Même qu'un imbécile m'a demandé si c'était pas le souffle d'un dragon ! » Pour avoir moins d'éclat, son rire n'était pas moins âpre. « Je vais te dire, moi, fillette, ce qui s'est passé », souffla-t-il d'une voix de nuit, d'une voix d'ombre, mais si proche, désormais, que Sansa sentait l'aigreur vineuse de son haleine. « J'étais plus jeune que toi, six ou sept ans, quand un vieil ébéniste vint s'installer dans le village, au pied des murs de mon père, et prétendit acheter sa faveur par des présents. Il fabriquait des jouets merveilleux. Lequel j'obtins, j'ai oublié, mais je me rappelle que je convoitais celui de Gregor. Un chevalier de bois, peint de pied en cap et dont des ficelles permettaient si bien de mouvoir chaque articulation qu'on pouvait lui faire mimer un combat. Comme Gregor est mon aîné de cinq ans, qu'il n'avait cure du pantin, qu'il était déjà écuyer, qu'il avait près de six pieds de haut et des muscles de bœuf, je lui subtilisai son chevalier mais, je te jure ! sans y trouver de joie. Je mourais de peur tout le temps et, comme trop prévisible, il me découvrit avec mon larcin. Un brasero se trouvait dans la pièce. Sans un mot, Gregor me saisit par un bras et, malgré mes hurlements, me coucha la figure sur les charbons ardents, je hurlais toujours, l'y maintint. Tu as vu comme il est puissant ? Eh bien, à l'époque, il fallut trois hommes pour m'arracher de ses mains. Les septons peuvent bien prêcher à perdre haleine sur les sept enfers ! qu'est-ce qu'ils en savent ? Seul un homme passé par l'épreuve du feu sait vraiment à quoi ça ressemble, l'enfer.

« Mon père dit à qui voulait l'entendre que mon lit avait pris feu, et notre mestre me prodigua ses onguents. Des *onguents* ! Gregor eut aussi les siens… Quatre ans plus tard, on l'oignait des sept huiles, il prononçait ses vœux de chevalier, Rhaegar lui tapait sur l'épaule en disant : "Relevez-vous, ser Gregor" ! »

La voix râpeuse s'éteignit. Toujours accroupi devant Sansa, Clegane n'était, dans le grand silence, qu'une vague masse un peu plus noire que la nuit, qu'un souffle comme disloqué. Elle se surprit à le plaindre et, dans un sens, à le craindre moins.

Le silence s'éternisait, s'éternisait tant qu'elle sentit la peur l'envahir à nouveau, mais une peur pour lui, pas pour elle-même. À tâtons, sa main trouva l'épaule trapue. « Il n'est pas un vrai chevalier », murmura-t-elle.

Le Limier rejeta sa tête en arrière et poussa un rugissement. D'un bond, Sansa s'écarta de lui, mais il lui attrapa le bras. « Non, petit oiseau, non, grogna-t-il à son adresse, il n'est pas un vrai chevalier. »

Jusqu'au moment où ils pénétrèrent dans la ville, il ne desserra plus les dents. Une fois parvenu où stationnaient des voituriers, il ordonna à l'un d'eux de les ramener au Donjon Rouge et grimpa derrière elle dans le véhicule. Toujours en silence, ils franchirent la porte du Roi puis escaladèrent les rues éclairées de torches. Après qu'on leur eut ouvert la porte de la poterne, il la mena, l'œil lugubre et sa face brûlée ravagée de crispations nerveuses, dans le dédale de la citadelle, ne s'effaçant qu'au pied de l'escalier de la Main, et il l'escorta jusque devant la porte de sa chambre.

« Merci, messire », dit-elle de sa plus douce voix.

Le Limier lui reprit le bras et, à demi-ployé pour lui parler au plus près, dit : « Ce que je t'ai raconté, cette nuit... » Sa voix était encore plus rugueuse qu'à l'ordinaire. « Si tu en jases avec Joffrey..., ta sœur, ton père..., aucun d'eux...

— Je me tairai, souffla-t-elle. Je vous le promets. »

Mais la liste n'était pas close. « Si tu en jases avec *qui que ce soit*, acheva-t-il, tu m'entends ? je te tue. »

EDDARD

« C'est moi qui ai monté la veillée funèbre, dit ser Barristan Selmy, comme ils contemplaient le corps, déposé à l'arrière de la carriole. Il n'avait personne. Hormis sa mère, dans le Val, paraît-il. »

Dans la pâleur de l'aube, le jeune chevalier semblait seulement endormi. Il n'était pas beau, mais la mort avait adouci ses traits taillés à la serpe, et les sœurs du Silence lui avaient passé son meilleur vêtement : une tunique de velours dont le haut col dissimulait l'horrible plaie ouverte par la lance.

Devant le visage si juvénile, Eddard Stark s'interrogeait. N'était-ce pas pour lui qu'était mort ce garçon ? Fallait-il déplorer une simple coïncidence dans le fait qu'un banneret des Lannister l'avait tué avant que lui-même pût l'entretenir ? il ne le saurait sans doute jamais…

« Il avait été l'écuyer de Jon Arryn pendant quatre ans, poursuivait Selmy. C'est en souvenir de Jon que, juste avant de partir pour le nord, le roi l'a fait chevalier. Pauvre gosse, son vœu le plus cher… Il n'était pas prêt, j'en ai peur. »

Ned avait mal dormi, la nuit précédente, et il se sentait las comme un grand vieillard. « Nul d'entre nous ne l'est jamais, dit-il.

— À devenir chevalier ?

— À mourir. » D'une main délicate, il recouvrit le corps du manteau bleu ciel à croissants de lune maculé de sang. Et lorsque sa mère demandera pourquoi il est mort, songea-t-il avec amertume, on lui répondra : « Pour honorer la Main du Roi, Eddard Stark… » « Une mort si vaine ! La guerre ne devrait pas être un amusement. » Il se retourna vers la femme debout près de la carriole et dont les longs voiles gris ne laissaient discerner que les yeux. Les sœurs du Silence étaient vouées à la toilette des cadavres, et regarder la mort en face porte malheur. « Vous renverrez l'armure au Val. La mère voudra sans doute la conserver.

— Elle représente pas mal d'argent, dit ser Barristan. Il l'avait fait forger exprès pour le tournoi. Du travail simple mais de qualité. J'ignore s'il avait fini de payer l'artisan.

— Il a payé hier, messer, et payé cher, rétorqua Ned, avant de dire à la sœur : Renvoyez l'armure à la mère. Je me charge du forgeron. » Elle s'inclina.

Là-dessus, les deux hommes gagnèrent, à pied, le pavillon du roi. Le camp commençait à s'agiter. Sur des tournebroches grésillaient de grosses saucisses, épiçant l'air de poivre et d'ail. Tandis qu'à peine réveillés leurs maîtres accueillaient le jour en s'étirant, bâillant à se décrocher la mâchoire, de jeunes écuyers faisaient en toute hâte les commissions. En apercevant Ned et son compagnon, un valet qui se hâtait, une oie sous le bras, ploya le genou. « Z'Excellences », marmonna-t-il, pendant que le volatile cacardait en lui pinçant les doigts. Disposés autour de chaque tente, les écus en identifiaient l'occupant : aigle d'argent Salvemer, rossignols Caron, pampre Redwyne, sanglier moucheté, bœuf roux, chêne en feu, bélier blanc, triple spirale, licorne pourpre, almée, vipère noire, tours jumelles, chouette à cornes et, bon dernier, blanc pur de la Garde royale, aussi éblouissant que l'aube.

« Aujourd'hui, le roi veut prendre part à la mêlée », dit ser Barristan comme ils dépassaient l'écu de ser Meryn, dont l'état piteux clamait la victoire, la veille, de ser Loras Tyrell.

« Oui », grogna Ned. En pleine nuit, Jory l'avait réveillé pour l'en informer. Pas facile, après ça, de dormir paisible… !

Ser Barristan semblait préoccupé. « À ce qu'on dit, les splendeurs de la nuit s'évanouissent au jour, et la lumière du matin désavoue souvent les enfants du vin.

— On le dit, acquiesça Ned, mais pas de Robert. » Un autre, à la rigueur, renierait ses fanfaronnades d'après boire, Robert Baratheon, non ; il se souviendrait des siennes et, s'en souvenant, n'en démordrait jamais.

Le pavillon du roi se trouvant tout au bord de l'eau, les vapeurs qu'exhalait la Néra l'enveloppaient de volutes grises. Entièrement drapé de soie d'or, il écrasait de sa masse et de sa hauteur l'ensemble du camp. À sa porte était exposée la masse d'armes de Robert, ainsi qu'un gigantesque écu de fer frappé du cerf couronné.

Ned escomptait surprendre le roi toujours plongé dans le semi-coma de ses intempérances, mais la chance était décidément contre lui. Une corne à bière au poing, le roi s'était déjà remis à boire, et il agonisait d'invectives tonitruantes les deux écuyers qui s'échinaient à boucler son armure. « Mais, Sire, protestait l'un, à deux doigts de pleurer, elle est trop étroite, ça n'ira pas… ! » Le gorgeret qu'il tâchait d'ajuster d'une main fébrile à la nuque épaisse du roi lui échappa, tomba.

« *Par les sept enfers !* hurla Robert, me faut-il le faire moi-même ? Les diables vous pissent au cul, vous deux ! Ramasse-moi ça, Lancel, au lieu de rester bouche bée, *ramasse !* »

Le garçon se précipita, tandis que le roi voyait enfin les visiteurs. « Vise-moi ces godiches, Ned ! Ma femme me les a imposés, et ils sont en dessous de tout… Même pas capables d'armer proprement ! Des écuyers, ça ? des gardeurs de pourceaux, je dis, *moi*, dans des chausses en soie ! »

D'un simple coup d'œil, Ned comprit le problème. « Ils n'y sont pour rien, dit-il, c'est toi qui es trop gras, Robert. »

Sur une longue goulée supplémentaire, Robert Baratheon balança la corne sur les fourrures de son couchage et, se torchant la bouche d'un revers de main, grogna, renfrogné :

« Gras ? *Gras*, n'est-ce pas ? Voilà dans quels termes tu t'adresses à ton roi ? » Il laissa fuser un rire inopiné comme un typhon. « Ah, Ned ! le diable t'emporte ! tu ne pourrais pas te tromper, parfois ? »

Un pauvre rictus se dessinait à peine sur les lèvres des écuyers que le regard du roi les pétrifia derechef. « Vous. Oui, vous deux. Le roi est trop gras pour son armure. Allez chez ser Santagar. Il me faut un pectoral de plates plus ample. Allez ! que ça saute ! *Vous avez besoin d'un dessin ?* »

Pendant que les malheureux butaient l'un sur l'autre, dans leur hâte de s'éclipser, il s'efforça de se composer un visage plus digne. Mais, dès qu'ils eurent disparu, il s'effondra dans un fauteuil et lâcha la bride à son hilarité.

Ser Barristan gloussa de conserve, et Ned lui-même, en dépit des sombres pensées qui le harcelaient, ne put réprimer un sourire. L'aspect des deux écuyers l'avait néanmoins frappé, malgré lui. Beaux, élégants, bien faits. Le premier, de l'âge de Sansa, longues boucles d'or ; le second, quinze ans peu ou prou, blond roux, une ombre de moustache, l'œil du même vert émeraude que la reine.

« Ah, la tête que va faire Santagar…, j'aimerais voir ça ! pouffait Robert. J'espère qu'il aura la présence d'esprit de les envoyer trouver quelqu'un d'autre… Ça les ferait galoper toute la journée !

— Qui sont-ils ? demanda Ned. Des Lannister ? »

Robert acquiesça d'un signe, tout en s'essuyant les yeux. « Des cousins. Neveux de lord Tywin. Fils de l'un de ses défunts frères. Ou du survivant, maintenant que j'y pense. Me rappelle pas. Sont si nombreux, dans la famille de ma femme… »

Une famille dévorée d'ambition, songea Ned. Il n'avait rien contre les écuyers, mais voir Robert littéralement investi, durant son sommeil comme à son réveil, par la parentèle de

Cersei lui causait une espèce d'angoisse. L'appétit des Lannister pour les places, les honneurs semblait insatiable, décidément. « Il paraît que la reine et toi vous êtes disputés, la nuit dernière ? »

Une malice égaya les traits du roi. « La pécore prétendait m'empêcher de prendre part à la mêlée d'aujourd'hui. Elle fait la gueule, au château, maintenant, mais le diable l'emporte ! Jamais ta sœur ne m'aurait humilié comme ça…

— Je connaissais Lyanna beaucoup mieux que toi, Robert, dit Ned. Sa beauté t'empêchait de voir le fer sous-jacent. Elle t'aurait dit que tu n'as rien à faire dans la mêlée.

— Si tu t'y mets aussi ! s'assombrit le roi. Vous n'êtes plus qu'acides, Eddard Stark. Un trop long séjour dans le nord, tous les sucs de votre être s'y sont gelés. Les miens, *eux*, circulent encore, sachez-le. » Il se frappa le poitrail comme pour l'attester.

« Vous êtes le roi, lui rappela Ned.

— J'occupe ce maudit trône de fer lorsque je le dois. Cela me dispense-t-il des faims d'un chacun ? D'un coup de vin de-ci de-là, d'une fille qui jouit sous moi ou d'un cheval entre mes cuisses ? Par les sept enfers, Ned, j'ai envie de *cogner* quelqu'un… !

— Votre Majesté ne saurait, intervint ser Barristan Selmy. La simple bienséance interdit au roi de se lancer dans la mêlée. Sa seule présence fausserait le jeu. Qui oserait le frapper ? »

L'argument parut ébranler la probité du roi. « Hé bien, tous, tubleu ! maugréa-t-il. S'ils peuvent. Et le dernier demeuré en selle…

–… sera toi », acheva Ned, trop heureux que Selmy eût marqué le point. Robert n'avait envisagé que le plaisir du risque, il fallait toucher sa fierté. « Ser Barristan dit vrai. Il n'est pas un seul homme dans les Sept Couronnes qui oserait encourir ton déplaisir en te portant un coup. »

Le roi se leva d'un bond, cramoisi. « Qu'insinuez-vous là ? Que tous ces pleutres à ronds-de-jambes me *laisseraient* gagner ?

— Sans l'ombre d'un doute », riposta Ned, tandis que Selmy l'approuvait de hochements tacites.

Pendant un moment, la fureur empêcha Robert de piper. Il arpentait la tente à grands pas colères, allait, venait, pirouettait, l'air buté, repartait. Il finit cependant par happer le pectoral qui gisait à terre et, avec une rage muette, le jeta à la face de ser Barristan puis, le voyant esquiver : « Dehors, dit-il, glacial, dehors, ou je vous étrangle. »

Selmy ne se le fit pas dire à deux fois, et Ned s'apprêtait à le suivre quand le roi grinça : « Pas toi. »

Déjà, il reprenait sa corne à boire, l'emplissait de bière à même un fût disposé dans l'angle, la brandit vers Ned. « Bois, dit-il, abrupt.

— Je n'ai pas soif, et…

— Bois. Ton roi te l'ordonne. »

Ned prit la corne et obéit. L'âcreté de la bière noire lui piqua les yeux.

Robert se rassit. « Maudit sois-tu, Ned Stark. Toi et Jon Arryn, je vous aimais. Et vous m'avez tous deux joué un vilain tour. C'est lui ou toi qui auriez dû écoper du trône.

— Votre Majesté y avait de meilleurs titres.

— Je t'ai dit de boire, pas de disputer. Puisque tu m'as fait roi, tu pourrais avoir au moins, crebleu, la politesse de m'écouter. Regarde-moi, Ned. Regarde un peu ton œuvre. Dieux de dieux, trop gras pour mon armure…, quelle déchéance ! et par quel miracle, s'il te plaît ?

— Robert…

— Bois et tais-toi, le roi parle. Je te jure ! jamais je ne me suis senti si vivant qu'à l'époque où je conquérais la couronne, jamais si mort que depuis qu'il me faut la porter. Et Cersei…, je suis redevable d'elle au cher Jon. Je n'avais pas la moindre envie de me marier, après que le sort m'eut ravi

Lyanna, mais Jon me tannait pour que le royaume ait un héritier. Cersei Lannister serait un excellent parti, disait-il, elle me vaudrait l'alliance de lord Tywin, si Viserys Targaryen se mêlait jamais de prétendre au trône de son père. » Il secoua la tête. « Combien je l'aimais, les dieux m'en sont témoins, mais tu veux que je te dise, maintenant ? Eh bien, il était cent fois plus fol que Lunarion ! Oh, Cersei, pour le coup d'œil, rien à redire, mais pour la chose..., d'un froid ! rien qu'à la manière dont elle se couve le con, tu jurerais qu'elle y a foutu tout l'or de Castral Roc... ! Tiens, passe-moi la bière, si tu n'en veux pas. » Il saisit la corne, la vida d'un trait, rota, se torcha la bouche. « Désolé pour ta fille, Ned. Vraiment. Je veux dire son loup. Mon fils mentait, j'en aurais mis mon âme au feu. Mon fils... Tu aimes tes enfants, n'est-ce pas ?

— De tout mon cœur.

— Laisse-moi te dire un secret, Ned. Cent fois, j'ai rêvé d'abdiquer. M'embarquer pour les cités libres avec ma masse et mon cheval, ne plus me consacrer qu'aux deux choses pour quoi je suis fait : la guerre et les gueuses. Le roi soudard, de quoi ravir les rhapsodes. Tu sais ce qui m'arrête ? La seule pensée de Joffrey sur le trône, avec Cersei debout, derrière, à lui chuchoter mille manigances dans le tuyau de l'oreille. Mon fils. Comment diable ai-je pu engendrer pareil rejeton, Ned ?

— Il n'est qu'un gamin, protesta gauchement Ned, beaucoup plus sensible à la détresse de Robert qu'aux talents du prince Jofirey. Aurais-tu oublié quel enfant terrible tu étais, à son âge ?

— Je le verrais terrible que je m'en soucierais comme d'une guigne, Ned. Tu ne le connais pas comme moi... » Il soupira, hocha la tête. « Bah, peut-être as-tu raison ? J'ai eu beau désespérer Jon plus qu'à mon tour, je n'en fais pas moins un bon roi. » Son assertion tombant dans le silence, il regarda Ned de travers. « Tu pourrais peut-être en convenir, non ?

— Votre Majesté… », débuta Ned, circonspect.

Robert lui décocha une bourrade. « Hé ! meilleur quand même qu'Aerys, et n'en parlons plus. Vous ne sauriez mentir, hein, Ned Stark, fût-ce par amour ou respect ? bon. Je suis encore jeune et, maintenant que je t'ai près de moi, les choses vont changer. Nous ferons de mon règne un règne digne d'être chanté, dussent les sept enfers engloutir tous les Lannister. Tu sens ce fumet de lard ? Qui sera le champion du jour, selon toi ? Tu as vu le fils de Mace Tyrell, celui qu'on appelle le chevalier des Fleurs ? Voilà, pour le coup, un gosse dont on serait fier. Lala, tu aurais vu la mine de Cersei, lors du dernier tournoi, quand il t'a flanqué le Régicide sur son cul doré ! Tordante, j'en avais mal aux côtes. Et Renly dit qu'il a une sœur, quatorze ans, belle comme l'aurore… »

Attablés sur la berge, ils déjeunèrent de pain noir, d'œufs d'oie à la coque et de poisson frit avec du lard et des oignons. Avec les brumes du matin s'était dissipée l'humeur noire de Robert qui, tout en dévorant une orange, s'attendrissait sur l'adolescence commune aux Eyrié. « … avait envoyé à Jon, te rappelles ? une caisse d'oranges. Les garces, toutes pourries ! Alors je balance la mienne, à travers la table, et pan ! Dacks, en plein pif, mais si, tu te rappelles, l'écuyer de Redfort, des cloques partout. Alors il riposte, et Jon n'a pas le temps de péter que les oranges volent de tous les côtés dans la grande salle ! » Tandis qu'un rire énorme le secouait, Ned, ému par le souvenir, se dérida lui-même.

Il retrouvait bien là l'adolescent de son adolescence, le Robert Baratheon connu jadis et tendrement aimé. S'il pouvait seulement prouver que les Lannister avaient commandité l'attentat perpétré contre Bran et l'assassinat de Jon Arryn, ce Robert-ci l'écouterait. Et Cersei tomberait, et le Régicide avec elle. Et si lord Tywin osait soulever l'ouest, le roi l'écraserait comme il avait écrasé Rhaegar Targaryen au Trident. Tout cela clair comme de l'eau de roche…

Clair au point que Ned dégustait ce déjeuner avec un plaisir oublié depuis trop longtemps et qu'il se surprit à sourire plus spontanément et plus volontiers jusqu'à l'heure où reprit le tournoi.

Il accompagna le roi jusqu'à la lice puis, jouant des épaules dans la cohue, rejoignit Sansa en compagnie de qui il avait promis d'assister aux finales. Septa Mordane se sentait souffrante, et la petite désirait si passionnément n'en pas perdre une miette… Déjà sonnaient les trompes lorsqu'il s'installa près d'elle, presque à son insu, tant elle n'avait d'yeux que pour le spectacle. Mais lui remarqua sur-le-champ la place vacante aux côtés du roi. Cersei avait donc préféré s'abstenir ? Cela aussi parut à Ned de bon augure.

Le premier cavalier à se présenter fut Sandor Clegane. Le manteau vert olive qui flottait sur son armure fuligineuse était, avec le heaume à tête de limier, sa seule concession au décorum.

« Cent dragons d'or sur le Régicide ! » clama Littlefinger, comme apparaissait Jaime Lannister, éblouissant d'ors, sur un élégant destrier bai rouge caparaçonné de maille dorée, sa lance elle-même en bois d'or des îles d'Été.

« Pari tenu ! cria lord Renly. Le Limier a son regard famélique des grands jours.

— Aucun chien, si affamé soit-il, ne se soucie de mordre la main qui lui distribue la pâtée », riposta Littlefinger avec hauteur.

D'un geste retentissant, Clegane abaissa sa visière et alla prendre position. Ser Jaime n'abaissa, posément, la sienne qu'après avoir envoyé un baiser vers quelque fille du commun, puis gagna l'extrémité opposée. Les deux hommes couchèrent leur lance.

Si le vœu le plus cher de Ned était de les voir perdre l'un et l'autre, Sansa s'exaltait, elle, l'œil mouillé. Le galop des chevaux ébranla les tribunes légères. Tout en courant sus, le Limier se pencha sur l'encolure, sa lance ferme comme un roc mais, juste avant l'impact, Jaime eut l'habileté de changer d'assise, si bien que son coup porta carrément, tandis que la pointe de son adversaire déviait sans dommage contre l'écu d'or frappé du lion, et que, dans un fracas de bois brisé, Clegane, à l'effroi de Sansa, chancelait, luttait pour demeurer en selle, sous les ovations clairsemées du vulgaire.

« Comment diable vais-je dépenser votre argent, Renly ? » railla Littlefinger.

Au même instant, le Limier recouvrait enfin son assiette et, tournant durement bride, regagnait son poste à l'extrémité de la lice en vue de la prochaine passe, pendant que Lannister jetait sa lance rompue pour empoigner d'un air badin celle que lui tendait son écuyer puis éperonnait sa monture en voyant le Limier se lancer dans un galop furieux. Mais à peine, cette fois, ser Jaime eut-il modifié sa position que, Clegane ayant procédé de même, les deux lances volèrent en éclats dans un vacarme indescriptible, et que celui-ci, sitôt dissipé, révéla, trottinant vers quelques touffes d'herbe, un bai rouge sans cavalier. À terre avait roulé, cabossé, doré, ser Jaime Lannister.

« Je savais que le Limier l'emporterait », dit Sansa.

Ce qu'entendant, Littlefinger lui jeta : « Si vous savez aussi qui gagnera la prochaine, avisez-m'en tout de suite, ou lord Renly va me ratiboiser ! » Ned sourit.

« Dommage que le Lutin ne soit pas des nôtres, repartit Renly, j'aurais touché deux fois plus… »

Lannister s'était relevé, mais sa chute avait tellement déformé son heaume à mufle de lion qu'il ne parvenait plus à s'en défaire. La populace trépignait, huait, les beaux seigneurs et gentes dames tentaient, mais en vain, d'étouffer leur gaieté, et Ned percevait nettement, brochant sur le tohu-bohu, le rire énorme de Robert. Lequel redoubla lorsque force fut enfin d'emmener le Lion Lannister, aveuglé, titubant, chez un forgeron.

Entre-temps, ser Gregor Clegane avait pris position, gigantesque au point que Ned n'avait jamais vu le pareil. Tout colossaux qu'étaient Robert Baratheon, ses frères ou le Limier..., sans parler du palefrenier simplet de Winterfell, Hodor, auprès duquel ceux-ci paraissaient des gnomes, il devait confesser que ce chevalier-là méritait amplement son surnom de « Montagne-à-cheval ». Outre plus de sept pieds, plutôt huit, de haut, il avait des épaules et des bras massifs comme des troncs d'arbre et, entre ses cuisses blindées de fer, son cheval semblait un poney. Quant à sa lance, on l'eût prise, en son poing, pour un simple brin de bruyère.

Contrairement à son frère, ser Gregor ne fréquentait pas la Cour. En solitaire forcené, il ne quittait guère ses terres que pour la guerre ou les tournois. La prise de Port-Réal l'avait vu, chevalier frais émoulu de dix-sept ans, se distinguer non seulement par sa taille, aux côtés de lord Tywin, mais par son implacable férocité. C'est lui qui, selon certains témoins, avait fracassé contre un mur la tête du dauphin, Aegon Targaryen, puis, se chuchotait-il, car nul n'eût osé vanter devant lui de si beaux exploits, violé la mère, la princesse Elia de Dorne, avant de la passer au fil de l'épée.

Pour autant qu'il se souvînt, Ned ne lui avait jamais adressé la parole, quoique Gregor eût contribué, mais entre des milliers d'autres, à mater la rébellion de Balon Greyjoy. En tout cas, sa seule vue lui causait un irrépressible malaise. Si peu de crédit qu'il accordât d'ordinaire aux ragots, ceux qui couraient sur cet individu le tourmentaient outre mesure. Ser Gregor allait incessamment se marier pour la troisième fois, et de sombres rumeurs circulaient quant à la mort de ses deux premières épouses. On murmurait que sa sinistre forteresse était le théâtre d'inexplicables disparitions, que les chiens eux-mêmes répugnaient à y pénétrer. Et que penser de la sœur morte toute jeune dans des circonstances pour le moins bizarres ? du feu qui avait défiguré le frère ? de la partie de chasse au cours de laquelle avait péri le père, accidentellement… ? Comment s'expliquer que le jour même où Gregor héritait du donjon, de l'or et des domaines familiaux, le même jour, Sandor entrait comme mercenaire au service des Lannister et, de ce jour, s'il fallait en croire les mauvaises langues, n'avait plus jamais, fût-ce pour une banale visite, remis les pieds dans sa maison natale ?

À l'entrée du chevalier des Fleurs, un frémissement parcourut toute l'assistance, et Ned entendit sa fille, éperdue de ferveur, souffler : « Dieux, qu'il est beau… ! » Mince comme un jonc, ser Loras arborait en ce jour une fabuleuse armure sur l'argent poli, chatoyant au point d'aveugler de laquelle se discernaient comme en filigrane des entrelacs de pampres noirs et de minuscules myosotis. Et lorsque le vulgaire, au même instant que Ned, s'aperçut que le bleu de chaque corolle était fait d'autant de saphirs, des milliers de gorges exhalèrent un même récri d'émotion. Jeté en travers des épaules du jeune homme plombait un manteau de lainage épais, lui-même émaillé de centaines de myosotis, mais de myosotis véritables et tout frais cueillis.

Aussi svelte que lui, son coursier, une superbe jument grise, se révélait taillée pour la vitesse. Dès qu'il la flaira, l'énorme étalon de ser Gregor claironna un hennissement. D'une simple pression des jambes, le jouvenceau de Hautjardin fit caracoler de côté sa monture avec des grâces de danseuse, et Sansa étreignit le bras de Ned. « Père, empêche ser Gregor de lui faire du mal ! » le conjura-t-elle. Alors, il s'aperçut qu'elle portait la rose reçue la veille et dont Jory lui avait également parlé.

« Les lances qu'on utilise pour les tournois, la rassura-t-il, sont conçues pour se briser sous la violence de l'impact. Aussi sont-elles inoffensives. » Mais comme il revoyait, ce disant, le cadavre dans la carriole et les croissants de lune noircis de sang, chaque mot lui écorchait la gorge.

Ser Gregor éprouvait, cependant, quelque peine à maîtriser son étalon qui, tout en poussant des hennissements stridents, piaffait, encensait. Alors, il lui décocha dans le flanc un si sauvage coup d'éperon que la bête se cabra, manquant le désarçonner.

Après avoir salué le roi, le chevalier des Fleurs gagna son poste à l'extrémité de la lice et, pour se signifier prêt, coucha sa lance. Au risque de lui meurtrir la bouche, ser Gregor ramena son cheval en ligne, et la joute débuta soudain. Démarrant des quatre fers, l'étalon prit un galop formidable, et la jument, de son allure souple et fluide comme de la soie, chargea. Sans cesser de lutter pour imposer le cap à sa monture indisciplinée, ser Gregor, tel un jongleur, affermissait sa lance et brandissait son bouclier quand, tout à coup, fut sur lui ser Loras, lance en arrêt juste au point requis, et, en un clin d'œil s'écroulait la Montagne, si monstrueuse que sa chute entraîna celle du destrier, dans un invraisemblable chaos de fer et de chair.

Alors, pour le coup, par-dessus la tempête d'applaudissements, d'ovations, de cris hystériques, de sifflets, par-dessus le délire unanime, Ned entendit un rire rauque et râpeux, le rire du Limier. Au petit trot, le chevalier des Fleurs, et lance intacte, regagnait le bout de l'arène. Ses saphirs s'irisèrent au soleil quand il releva sa visière, et son visage souriant acheva d'en faire l'idole acclamée du peuple tout entier.

Au milieu du champ, ser Gregor Clegane acheva de se dépêtrer et, bouillant de rage, se remit sur pied, arracha brutalement son heaume et, la face convulsée sous la tignasse qui lui retombait sur les yeux, le jeta à terre. « Mon épée ! » cria-t-il à son écuyer, tandis qu'à force de ruades l'étalon lui-même se relevait.

L'arme apportée, le géant tua la bête d'un coup, d'un seul, mais si formidable qu'il lui trancha l'encolure à demi. Instantanément, l'enthousiasme se mua en clameurs aiguës, tandis que l'étalon tombait à genoux, sur un hennissement lugubre d'agonie. Mais, déjà, ser Gregor, son épée sanglante au poing, s'avançait à grandes enjambées vers Loras Tyrell. « *Arrêtez-le !* » hurla Ned, mais son hurlement, tout comme les sanglots de Sansa, se perdit parmi les rugissements de la foule unanime.

En un éclair, tout fut consommé. Le chevalier des Fleurs réclamait à grands cris sa propre épée, tandis que Clegane, renversant d'une bourrade son écuyer, cherchait à saisir la jument par la bride. Laquelle, affolée par l'odeur du sang, se cabra, sans démonter, mais de justesse, son cavalier auquel Gregor, brandissant son arme à deux mains, porta un tel coup à la poitrine qu'il acheva de le désarçonner. La bête, éperdue, prit du champ. Son maître gisait à terre, étourdi, et l'adversaire allait lui porter le coup de grâce quand une voix rugueuse tonna : « *Laisse-le !* » et qu'une main gantée de fer l'écartait sans ménagements du jeune homme.

Fou de fureur, Gregor la Montagne pivota, tout en faisant décrire à sa lame une parabole meurtrière appuyée de toute sa taille et de tout son poids, mais le Limier para la botte en y répliquant, et l'affrontement forcené des deux frères se martelant l'un l'autre sembla durer une éternité avant que l'on n'eût emporté et mis en sécurité ser Loras, toujours hébété. À trois reprises, Ned surprit ser Gregor à viser férocement le heaume à museau de chien, alors que, pas une seule fois, Sandor ne tenta d'atteindre la tête découverte de son aîné.

C'est la voix du roi qui, finalement, termina l'affaire, sa voix… secondée par vingt lames. Le cher Jon Arryn répétait volontiers qu'un chef doit posséder un organe que tous entendent dans la bataille, et le précepte s'était avéré au Trident. À nouveau, Robert le prouva, qui intimait : « *ARRÊTEZ CES FOLIES !* » couvrant le vacarme, « *AU NOM DE VOTRE ROI !* »

Aussitôt, le Limier mit un genou en terre, et son frère fendit seulement le vide avant de reprendre enfin suffisamment ses sens pour jeter son arme, regarder Robert qu'entouraient sa

Garde et une douzaine de chevaliers et de gens du guet puis, sans un mot, tourner les talons et quitter la place à longues foulées. Comme il passait à portée de ser Barristan, « Laissez-le aller », reprit Robert. Tout s'était joué en quelques instants.

« Va-t-on proclamer le Limier vainqueur ? demanda Sansa.

— Pas encore, dit Ned. Il lui faut d'abord remporter la dernière joute sur le chevalier des Fleurs. »

L'événement le démentit. Au bout d'un moment reparut ser Loras Tyrell qui, simplement vêtu d'un doublet de lin, dit à Sandor Clegane : « Je vous dois la vie. Ce jour vous appartient, messer.

— Je ne suis pas *ser* », riposta le Limier, tout en acceptant la victoire avec la bourse y afférente et, pour la première fois peut-être de son existence, le culte des bonnes gens. Lesquelles l'ovationnèrent jusqu'à ce qu'il eût regagné sa tente.

Comme Ned et Sansa gagnaient de conserve le champ de tir, Littlefinger, lord Renly et quelques autres les croisèrent à l'improviste. « Tyrell devait savoir que sa bête était en chaleur, disait le premier. Ma main à couper qu'il a mijoté l'embrouille de bout en bout. Surtout qu'est notoire la passion de Gregor pour les étalons rétifs, énormes et moins futés qu'impétueux ! » L'idée semblait extrêmement le divertir.

Elle indignait en revanche ser Barristan. « Il n'y a guère d'honneur à tricher ! rétorqua-t-il avec roideur.

— Guère d'honneur, sourit lord Renly d'un air fin, mais quarante mille pièces d'or... »

L'après-midi vit triompher au concours à l'arc un certain Anguy, des marches de Dorne, un garçon de peu, sans blason, qui, à deux cents pas, surclassa Balon Swann et Jalabhar Xho, après que les autres tireurs eurent, sur moindres distances, échoué aux épreuves éliminatoires. Ned dépêcha Alyn lui proposer un poste dans sa propre garde mais, aussi ébouriffé par sa fortune inespérée qu'ivre de vin et de vanité, le godelureau refusa.

La mêlée dura trois heures. Y prirent part, munis d'armes mouchetées, une quarantaine d'hommes, tant chevaliers obscurs que francs-coureurs ou qu'écuyers de fraîche date, tous en quête d'illustration et qui, dans un tourbillon de bourbe et de sang, s'affrontèrent par petits groupes, au hasard d'alliances bientôt dénouées, renversées..., jusqu'à ce qu'un seul demeurât debout, maître du terrain. La victoire, en l'occurrence, échut à un fou, le prêtre rouge au crâne rasé Thoros de Myr. Il avait déjà remporté plusieurs fois l'épreuve grâce à son épée de flammes, qui effarouchait les montures de ses concurrents, et à sa totale intrépidité.

Au bilan global, trois membres fracturés, une clavicule en charpie, une douzaine écrasée de doigts, deux chevaux qu'il fallut abattre, et trop de plaies, de bosses et de contusions pour que quiconque eût cure de les dénombrer..., et pour que Ned ne se félicitât cent fois de l'abstention finale de Robert.

Et, de fait, au cours du festin qui suivit, Eddard Stark eut l'impression de redécouvrir un goût perdu depuis bien longtemps, celui de l'espoir. Robert se montrait d'excellente humeur, on ne voyait pas trace des Lannister, et les deux petites elles-mêmes se comportaient à merveille ! Amenée par Jory, Arya avait condescendu à se joindre à eux, et Sansa lui parlait gentiment. « Le tournoi était d'une *magnificence* ! soupirait-elle, tu aurais vraiment dû venir... Ton cours de danse s'est bien passé ?

— J'en ai mal partout ! » s'exclama Arya, tout heureuse et fière d'exhiber sa jambe qu'embellissait une énorme ecchymose violacée.

« Tu dois faire une redoutable danseuse... », dit Sansa, d'un air médiocrement convaincu.

Tandis qu'elle s'abîmait dans l'écoute de la *Danse des Dragons*, cycle de ballades fort enchevêtrées qu'exécutait toute une troupe de chanteurs, Ned tint à examiner en personne la jambe amochée. « J'espère que Forel ne te malmène pas trop ? » s'inquiéta-t-il.

Arya se jucha sur un pied. Son équilibre était nettement meilleur. « Il assure que chaque coup douloureux vaut une leçon, et que chaque leçon se solde par un progrès. »

Ned fronça le sourcil. On lui avait chaudement recommandé ce Syrio Forel comme un maître éminent dont le style braavien flamboyant conviendrait mieux que nul autre à la mince lame de sa fille, et… Déjà, quelques jours plus tôt, il l'avait trouvée errant en cercle, un bandeau de soie noire noué sur les yeux. « Syrio m'enseigne à voir, avait-elle expliqué, avec mes oreilles, mon nez, ma peau ! » Et, auparavant, il lui faisait faire des pirouettes et des sauts périlleux… « Arya, tu es sûre que tu souhaites persévérer ? »

Elle acquiesça d'un signe : « Demain, nous allons attraper des chats.

— Des chats…, soupira-t-il, accablé. J'ai peut-être eu tort d'engager ce Braavien. Si tu veux, je prierai Jory de prendre la relève… Je pourrais même pressentir ser Barristan. Dans sa jeunesse, il était la plus fine lame des Sept Couronnes.

— Je ne veux pas d'eux, s'obstina-t-elle. Je veux Syrio. »

De plus en plus perplexe, Ned se passa la main dans les cheveux. Quand sa fille apprendrait de n'importe quel maître d'armes correct les rudiments botte-parade, à quoi rimaient toutes ces salades de bandeau, de roue, de pied de grue ? Mais il la connaissait trop bien pour s'y méprendre : dès qu'elle affichait cette moue…, inutile de discuter. « Comme tu voudras, dit-il, persuadé qu'elle en aurait bientôt son saoul. Mais sois prudente, s'il te plaît ?

— Je le serai », promit-elle d'un ton solennel, tout en enchaînant sans le moindre accroc du cloche-pied droit sur le gauche.

Il était fort tard lorsque, ayant couché bien au chaud tout son petit monde, l'une avec ses rêves et l'autre ses contusions, Ned regagna ses appartements personnels, au sommet de la tour. La journée torride avait confiné dans la loggia une atmosphère suffocante. Aussi n'eut-il rien de plus pressé que d'en déboucler les pesants volets, dans l'espoir qu'entrerait un rien de fraîcheur nocturne. De l'autre côté de la grande cour vacillait, aux fenêtres de Littlefinger, la lueur de quelque chandelle. La mi-nuit largement passée devait seulement voir, là-bas, au bord de la rivière, dépérir et mourir peu à peu les ripailles.

Il alla prendre la dague et l'examina. La propriété de Littlefinger. Échue à Tyrion Lannister par suite d'un pari. Puis mise entre les mains de l'assassin de Bran. *Pourquoi ?* Pourquoi le nain désirait-il la mort de Bran ? Pourquoi *qui que ce fût* désirait-il la mort de Bran ?

Le poignard, l'accident de Bran, tout était, d'une manière ou d'une autre, lié au meurtre de Jon Arryn, il en avait l'intime conviction. Et, cependant, le mystère autour de la mort de Jon lui demeurait aussi opaque qu'au premier jour. Le tournoi n'avait pas ramené lord Stannis à Port-Réal. Retranchée derrière les remparts des Eyrié, Lysa demeurait muette. Et l'écuyer ne risquait plus de parler. Et Jory poursuivait en vain la tournée des bordels. Hormis le bâtard de Robert, rien. Rien de consistant.

Que le maussade apprenti de l'armurier fût le fils du roi, nul doute. Les yeux, la mâchoire, ces cheveux si noirs, autant d'estampilles Baratheon. Renly ? trop jeune pour avoir un fils de cet âge. Stannis ? trop froid, trop engoncé dans son honneur. On ne pouvait imputer Gendry qu'à Robert.

Soit. Mais en quoi ce genre de certitude l'avançait-il ? Des enfants illégitimes, le roi en avait semé bien d'autres dans les Sept Couronnes. Et reconnu publiquement l'un d'eux. Un garçon de l'âge de Bran, né d'une femme de haut parage, et que devait incessamment prendre pour pupille l'homme qui gouvernait la place d'Accalmie au nom de Renly.

Ned se souvenait également des premières armes de Robert, tout gamin, dans le Val. Une fille en était issue, une jolie petite fille en faveur de qui il avait constitué une dot. Qu'il allait voir et amuser chaque jour, lors même que la mère avait dès longtemps cessé de l'intéresser. « Il m'y a bien assez traîné ! songea Ned, pour s'épargner les tête-à-tête… » À présent, la fille devait avoir dans les dix-sept ou dix-huit ans. Plus que son père à l'époque où il l'engendrait. À laisser songeur…

Que Cersei n'eût guère goûté les coups fourrés de son seigneur et maître, il se pouvait, mais, au bout du compte, peu importait qu'il eût un bâtard ou une centaine. La loi, les usages accordaient peu de droits aux fruits du ruisseau. Ni Gendry, ni la fille du Val, ni le gosse d'Accalmie, ni aucun autre ne menaçaient la descendance légitime…

Il en était là de ses ruminations quand un coup discret à la porte le fit tressaillir. « Un homme qui souhaite vous voir, monseigneur. » La voix de Harwin. « Il refuse de se nommer.

— Fais entrer », dit Ned, dont l'étonnement le disputait à la curiosité. Botté de boue craquelée, rondouillard d'allure, le visiteur portait une robe brune en bure des plus grossière et dont la coule rabattue dissimulait ses traits. D'amples manches engloutissaient ses mains.

« Qui êtes-vous ? demanda Ned.

— Un ami, dit l'homme, tout bas, d'une voix étrange. Je dois vous parler seul à seul, lord Stark. »

La curiosité l'emportant sur la prudence, Ned congédia Harwin. Mais l'inconnu attendit que la porte se fût dûment refermée pour se montrer à visage découvert.

« *Lord Varys !* dit Ned, abasourdi.

— En personne, lord Stark, répondit l'autre d'un ton suave en prenant un siège. Serait-ce abuser que de vous demander à boire ? »

Ned emplit deux coupes de vin d'été, lui en tendit une. « J'aurais pu passer à un pied de vous sans vous reconnaître », dit-il, n'en croyant toujours pas ses yeux. Il n'avait jamais vu l'eunuque autrement accoutré que de soieries, de velours et de somptueux damas, et cet homme-ci fleurait la sueur au lieu de puer le lilas…

« Dans ce cas, mon attente est comblée, répliqua Varys. Il serait désastreux que certaines personnes eussent vent de notre entretien. La reine a les yeux constamment sur vous. Ce vin est un vrai délice. Merci.

— Mais comment mes propres gardes ont-ils bien pu vous laisser passer ? » s'étonna Ned. Porther et Cayn étaient de faction à l'entrée de la tour, Alyn dans l'escalier.

« Il est, dans le Donjon Rouge, des voies connues des seuls fantômes et des araignées. » Varys sourit d'un air penaud. « Et des choses qu'il vous incombe de savoir. Vous êtes la Main du Roi, et le roi est un imbécile. » C'en était fini des petites mines écœurantes, il parlait désormais d'une voix sèche et acerbe comme une lanière de fouet. « Votre ami, je sais, mais un imbécile…, et perdu si vous ne le sauvez. Il s'en est fallu de rien, aujourd'hui. On espérait bien le tuer, à la faveur de la mêlée. »

Ned demeura un bon moment interloqué. « *Qui ?* »

Varys sirota voluptueusement son vin. « S'il me faut vraiment vous le dire, alors, vous êtes encore plus imbécile que Robert et, moi, je me trompe de camp.

— Les Lannister, maugréa Ned. La reine…, non, je ne veux pas croire cela, même de la part de Cersei. Elle l'avait d'ailleurs prié de ne pas se battre !

— Elle lui avait *interdit* de se battre, et ce au vu et au su de son frère, de ses chevaliers et de la moitié de sa cour. Franchement, je vous le demande, se pouvait-il plus sûr moyen de lancer le roi Robert dans la mêlée ? »

Ned se révulsa de tout son être. L'eunuque venait de mettre dans le mille. Indiquer simplement à Robert qu'il ne pouvait ou ne devait pas faire une chose, la chose était d'avance résolue, autant dire faite. « S'y fût-il risqué, qui aurait osé porter la main sur lui ? »

Varys haussa les épaules. « Ils étaient quarante cavaliers à participer. Les Lannister ont beaucoup d'amis. Au sein d'un tel capharnaüm de hennissements, de ferraille et d'os malmenés, de bêtes et d'hommes, avec, gigotant là-dessus, Thoros de Myr et son absurde épée de flammes, qui, je vous prie, aurait parlé de meurtre, si d'aventure avait succombé Sa Majesté ? » Il alla prendre la carafe et se resservit sans façons. « Son forfait perpétré, l'assassin n'aurait pas manqué de nous assourdir de son deuil. Il me semble presque entendre ses pleurnicheries. Tellement navré. Tellement, je gage, qu'avec ses grâces et sa compassion coutumières, la veuve se laisserait, à la longue, attendrir et, relevant le pauvre infortuné, le bénirait sous les espèces d'un baiser miséricordieux. » Il se tapota la joue. « À moins que Cersei ne préfère livrer le coupable à ser Ilyn. Risque moindre pour les Lannister, et surprise des plus amère pour leur cher ami. »

Ce ton grinçant finissait par horripiler Ned. « Vous étiez au courant, et vous n'avez rien fait.

— J'ai sous mes ordres des mouchards et non des guerriers.

— Vous auriez pu m'en aviser plus tôt.

— Oh, oui, je le confesse…, et vous auriez de ce pas couru trouver le roi, non ? Et une fois au courant, qu'aurait fait Robert ? Simple question. »

Vu sous cet angle, évidemment… « Il les aurait tous envoyés au diable et ne s'en serait pas moins battu, pour leur prouver qu'il ne les craignait pas. »

Varys étendit ses mains. « Maintenant, une autre confession, lord Eddard J'étais curieux de voir ce que vous feriez. *Pourquoi n'être pas venu me trouver ?* m'avez-vous demandé, en substance, et je vous dois une réponse : *Hé bien, parce que je n'avais pas confiance en vous, monseigneur.*

— *Vous*, pas confiance en *moi* ? lâcha Ned, sincèrement estomaqué.

— Le Donjon Rouge abrite deux sortes de gens, lord Eddard, expliqua Varys. Ceux qui sont entièrement dévoués au royaume et ceux qui ne le sont qu'à leur propre personne.

Jusqu'à ce matin, j'ignorais de quel côté vous ranger… Aussi attendais-je de voir… Maintenant, le doute ne m'est plus permis. » Il sourit d'un petit sourire si rondouillard et si finaud que son masque public et sa physionomie privée se superposèrent un instant. « Je commence à comprendre pourquoi la reine vous redoute tant. Oh, oui, je commence !

— Elle ferait mieux de vous redouter, vous.

— Non. Je suis ce que je suis. Le roi m'utilise, mais il en rougit. Un soudard entre tous puissant, voilà ce qu'est notre Robert, et un homme d'un tel acabit ne porte guère dans son cœur les cafards, les mouches et les eunuques. Qu'il prenne un jour fantaisie à Cersei de susurrer : "Tue-le", Ilyn Payne me fait sauter la tête en un clin d'œil, et qui pleurera le pauvre Varys, je vous prie ? Ni dans le nord ni dans le sud ne se chantent les araignées. » Il tendit la main et, d'un doigt léger, toucha la poitrine de Ned. « Alors que vous, lord Stark…, je crois…, non, je *sais* qu'il ne vous tuerait pas, dût sa reine l'en conjurer, et là pourrait bien résider notre meilleure chance de salut. »

De toutes parts, l'accablement… Un moment, Ned n'eut qu'un désir, partir ! regagner Winterfell, retrouver la vie simple et propre d'un nord où l'on n'avait pour ennemis que l'hiver et, au-delà du Mur, les sauvageons… « Des amis loyaux, Robert en a sûrement d'autres, protesta-t-il. Ses frères, sa…

— … femme ? acheva Varys avec un sourire acéré. Ses frères exècrent les Lannister, je vous l'accorde, mais haïr la reine et chérir le roi font deux, n'est-ce pas ? Ser Barristan aime son honneur, mestre Pycelle ses fonctions, et Littlefinger idolâtre Litdefinger.

— La Garde…

— Un bouclier de papier, trancha l'eunuque. *Essayez* donc de celer votre scandale, allons, lord Stark… ! Jaime Lannister lui-même est frère lige de la Blanche Épée, et nul n'ignore quel crédit mérite *sa* foi jurée. Poussière et chansons que les temps bénis où le manteau blanc s'honorait d'hommes de la trempe de Ryam Redwyne ou du prince Aemon Chevalier-Dragon. Des sept actuels, seul est fait d'authentique acier ser Barristan Selmy, mais Selmy est *vieux*. Ser Boros et ser Meryn sont jusqu'à l'os des créatures de la reine, et je n'ai que trop lieu de suspecter les autres. Non, monseigneur, non, lorsqu'on tirera les épées au clair, Robert Baratheon ne trouvera pas d'autre ami véritable que vous.

— Il faut l'en avertir, insista Ned. Si ce que vous dites est vrai, fût-ce même en partie, le roi doit le savoir, dans son propre intérêt.

— Et quelle preuve lui fournirons-nous ? Ma parole contre la leur ? Mes oisillons contre la reine et le Régicide, contre ses propres frères et contre son Conseil, contre les gouverneurs de l'Est et de l'Ouest, contre la puissance de Castral Roc ? Dans ce cas, de grâce, mandez ser Ilyn d'emblée, ce sera autant de temps économisé. Je sais où mène cette route-là.

— Mais, en admettant que vous disiez vrai, ils vont simplement ronger leur frein jusqu'à la prochaine !

— Sans l'ombre d'un doute, dit Varys, et, je le crains, plus tôt que tard. Vous les mettez sur des charbons ardents, lord Eddard. Seulement, mes oisillons vont tendre l'oreille et, à nous deux, nous pourrions bien, vous et moi, coiffer toute cette clique sur le poteau. » Sur ces mots, il se leva, rabattit son capuchon. « Merci pour le vin. Nous aurons d'autres entretiens. Mais n'omettez pas, lors du prochain Conseil, de me régaler de vos dédains habituels. Vous devriez y parvenir sans peine. »

Il atteignait déjà la porte quand Ned le rappela : « *Varys ?* » L'eunuque se retourna. « De quoi est mort Jon Arryn ?

— Je me demandais quand vous remettriez ça sur le tapis.

— Parlez.

— D'un poison qu'on appelle les larmes de Lys. Une denrée rare et coûteuse, aussi limpide et douce que de l'eau, et qui ne laisse aucune trace. J'avais prié lord Arryn de faire goûter tous ses mets avant d'y toucher, je l'en ai prié ici même, dans cette pièce, il n'a jamais voulu en entendre parler. Il fallait être moins qu'un homme, me répondit-il, pour envisager de tels procédés. »

Il fallait savoir le reste, coûte que coûte. « Qui administra le poison ?

— Quelqu'un, je gage, des tendres et bons amis qui venaient fréquemment s'asseoir à sa table. Oh, lequel… ? Il y en avait tant ! Lord Arryn était la bonté, la confiance mêmes. » Il soupira. « Il y *avait* un garçon. Tout ce qu'il était, il le devait à Jon Arryn et, pourtant, quand la veuve s'enfuit aux Eyrié, suivie de toute sa maisonnée, lui demeura à Port-Réal et y prospéra. Voir s'élever dans le monde les jeunes gens me réchauffe toujours le cœur. » Le fouet sifflait à nouveau dans sa voix, et chaque terme faisait mouche. « Il devait faire galante mine, au tournoi, le mignon, dans son armure toute neuve, et avec ces croissants de lune sur son manteau. Dommage qu'il soit mort si prématurément, sa conversation vous eût édifié… »

Ned chancelait, comme empoisonné lui-même. « L'écuyer, dit-il. Ser Hugh. » Des rouages à l'intérieur de rouages à l'intérieur de rouages. Il en avait la tête concassée. « Pourquoi ? Pourquoi maintenant ? Jon Arryn était la Main depuis quatorze ans… Que faisait-il donc pour qu'il faille l'assassiner ?

— Il posait des questions », dit Varys en se glissant vers l'extérieur.

TYRION

Tout en regardant, debout dans le grand froid du tout petit matin, Chiggen dépecer son cheval, Tyrion Lannister allongeait d'un nouveau crédit son ardoise vis-à-vis des Stark. À croupetons, le reître ouvrit d'un seul coup de couteau le ventre de la bête, et un nuage de vapeur monta des viscères tièdes. Les mains allaient, venaient, prestes et adroites, sans jamais gâcher la besogne, et il fallait d'autant plus se hâter pourtant que l'odeur du sang ne manquerait pas d'attirer les lynx tapis sur les hauteurs.

« Nul d'entre nous n'aura faim, ce soir, dit Bronn, guère plus qu'une ombre toute en os dans l'ombre, avec ses yeux noirs, ses cheveux noirs et son ombre de barbe.

— Pas si sûr, dit Tyrion. La viande de cheval, je n'en suis pas fou. À plus forte raison quand il s'agit de *mon* cheval.

— La viande est la viande, répliqua Bronn avec un haussement d'épaules. Les Dothrakis préfèrent le cheval au bœuf ou au porc.

— Vous me prenez pour un Dothraki ? » riposta vertement Tyrion. Certes, les Dothrakis mangeaient du cheval, mais ils abandonnaient aussi leurs enfants contrefaits en pâture aux chiens sauvages qui couraient derrière les *khalasars*. Les coutumes des Dothrakis l'affriandaient médiocrement.

Chiggen détacha de la carcasse une lichette sanguinolente et la brandit vers l'assistance. « Veux goûter, nabot ?

— Mon frère Jaime m'avait offert cette jument pour mon trente-troisième anniversaire, dit Tyrion d'un ton morne.

— Alors, tu le remercieras pour nous. Si tu le revois jamais. » Avec un grand sourire qui lui découvrit toutes ses dents jaunes, Chiggen goba la viande en deux bouchées. « Saveur de bête bien nourrie.

— Pas plus mal, frit avec des oignons », déclara Bronn.

Sans un mot, Tyrion s'éloigna, clopinant. Le froid s'était comme à demeure installé dans ses os, les jambes lui faisaient si mal qu'à peine pouvait-il marcher. Des deux, la veinarde était peut-être la jument. *Lui* devrait encore galoper des heures et des heures avant d'avaler un morceau, de dormir, trop peu, mal, à même ce sol si dur, puis de se taper une autre nuit semblable, et une autre, et une autre, et les dieux seuls savaient quoi pour finir, au bout… « La garce ! marmonna-t-il, tout en remontant, cahin-caha, la chaussée pour rejoindre, perclus de ressouvenir, le gros de ses ravisseurs, maudite soit-elle, et maudits tous les Stark ! »

Avoir pu – l'amertume l'en tenaillait encore –, avoir pu commander son souper et, dans la seconde, se retrouver seul face à quinze hommes armés, seul avec Jyck prêt à dégainer, tandis que la grosse piaulait : « Pas d'épées, pas *ici*, par pitié, m'seigneurs ! » la dégringolade…

Il s'était empressé de retenir la main de Jyck, ou les autres les taillaient en pièces. « Et ta courtoisie, mon petit ami ? Notre bonne hôtesse a dit : pas d'épées, obéis, veux-tu. » Et de s'arracher, là-dessus, un sourire qui, à en juger par ce qu'il coûta de tranchées, devait être à vomir. « Votre erreur m'afflige, lady Stark. Je ne suis pour rien dans l'attentat perpétré contre votre fils. Sur mon honneur, je…

— L'honneur des Lannister… ! » dit-elle simplement. Puis, levant les mains pour en repaître toute la salle : « Les marques de son poignard. De celui-là même qui devait égorger mon fils. »

Alimentée par le joli spectacle qu'offrait la Stark, il sentait s'épaissir et fumer l'animosité, tout autour. « Tuez-le ! » sifflèrent des ivrognesses affalées derrière et, avec une promptitude inimaginable, d'autres voix reprirent l'antienne : « Tuez-le ! » Rien que des inconnus, des inconnus plutôt cordiaux la minute avant, et qui, maintenant, réclamaient son sang comme une meute à la curée.

Tout en s'efforçant d'empêcher sa voix de trembler, il haussa le ton : « Si lady Stark croit devoir m'imputer ce crime, je la suivrai pour en répondre. »

Il n'y avait pas d'autre solution. Tenter de fuir les inciterait seulement au carnage. Une bonne douzaine d'épées avaient répondu à l'appel de la Stark : l'homme de Harrenhal, les trois Bracken, deux reîtres patibulaires dont la mine proclamait assez qu'ils le tueraient le temps de cracher, et quelques rustres trop bornés pour concevoir leur propre geste... De quoi disposait-il, là contre ? De la dague enfilée dans sa ceinture et de deux hommes – Jyck, assez bon bretteur, et Morrec, qui comptait quasiment pour rien : partie palefrenier, partie cuisinier, partie camérier, point soldat. Quant à Yoren, quels que fussent ses sentiments, son serment de frère noir lui interdisait toute part dans les bisbilles du royaume. Yoren ne lèverait pas le petit doigt.

Et, de fait, Yoren se contenta de faire un pas de côté, sans mot dire, lorsque le vieux chevalier qui flanquait la Stark commanda : « Désarmez-les », puis que Bronn s'avança pour les soulager qui de son épée, qui de leurs poignards. « Bien, approuva le vétéran, tandis que, dans la pièce, se relâchait de manière quasiment palpable la tension, excellent. » Au timbre bourru, Tyrion reconnut soudain le maître d'armes de Winterfell – amputé de ses favoris.

« Ne le tuez pas ici, m'dame ! implora l'aubergiste en une volée de postillons sanglants.

— Le tuez nulle part ! objecta Tyrion.

— Aut' part, n'importe où, emm'nez-le, mais pas ici, pas d'sang ici, m'dame..., les bagarres d'seigneurs, j'en veux pas, m'dame...

— Nous allons le remmener à Winterfell. »

Oh oh, voire..., songea Tyrion, qu'un simple coup d'œil circulaire avait entre-temps mieux renseigné sur la situation et passablement ragaillardi. Oh, la Stark n'était pas idiote, loin de là ! Contraindre ces hommes à confirmer publiquement les serments d'allégeance prêtés par leurs maîtres à son père puis les sommer de la secourir, elle, pauvre femme, oui, joli tour, mais. Mais son succès n'était pas le triomphe escompté. Ils étaient une cinquantaine, à vue de nez, dans la salle, et pas plus de douze ne s'étaient dressés à son appel ; les autres se montraient frileux, maussades ou embarrassés. De tous les Frey, deux seulement s'étaient levés, mais pour se rasseoir presque aussi vite, leur capitaine n'ayant pas bougé. De quoi sourire, s'il l'eût osé.

« Va pour Winterfell, alors », préféra-t-il dire. Une si longue chevauchée, et il en savait quelque chose, pour l'avoir tout juste faite en sens inverse, que bien des événements pouvaient survenir en route... « Mon père va se demander ce qu'il est advenu de moi... », ajouta-t-il, les yeux dans les yeux du spadassin qui avait accepté de lui donner sa chambre. « Il saura grassement récompenser quiconque l'informera de ce qui s'est passé ici. » Lord Tywin ne ferait rien de tel, naturellement ! mais Tyrion n'y manquerait pas, lui, s'il recouvrait la liberté.

Ser Rodrik consulta sa dame du regard et prit un air on ne peut plus soucieux. « Ses gens viennent aussi, annonça-t-il. Quant à vous, nous vous saurons gré de vous tenir cois sur toute cette histoire. »

Pour le coup, Tyrion ne parvint qu'à ne pas s'esclaffer. *Cois !* Vieux niais. À moins d'emmener toute la gargote, la nouvelle commencerait à se répandre dès qu'il aurait tourné le dos. Pièce d'or en poche, le franc-coureur allait filer comme une flèche à Castral Roc. Lui ou un autre. Yoren la propagerait vers le sud. Ce corniaud de chanteur y verrait, pourquoi pas ? l'occasion d'un lai. Les Frey se dépêcheraient d'alerter lord Walder, et les dieux savaient de quoi il était capable ! Ses beaux serments d'allégeance à Vivesaigues ne l'empêchaient pas d'être un homme des plus cauteleux, et il n'avait si longtemps vécu qu'en s'assurant de se trouver toujours aux côtés du vainqueur. À tout le moins expédierait-il ses oiseaux croasser jusqu'à Port-Réal, voire, témérité sans risque aidant, n'est-ce pas… ? !

En tout cas, la Stark ne lambinait pas. « Nous devons partir sur-le-champ. Il nous faut des montures fraîches et des provisions pour la route. Sachez, quant à vous, messers, que la gratitude de la maison Stark vous est à jamais acquise. Une belle récompense attend ceux d'entre vous qui décideront de nous aider à garder nos prisonniers et à les mener sains et saufs à Winterfell. Vous avez ma parole. » Concis, précis, parfait pour que se ruent les imbéciles ! Tyrion enregistra soigneusement les traits de chaque volontaire. Oh, oui, leur récompense serait belle, mais pas forcément comme ils l'imaginaient…, se promit-il.

Aussi, lors même qu'ils le jetaient dehors, sous la pluie battante, sellaient les chevaux, lui liaient les mains avec un bout de corde rêche, Tyrion Lannister n'avait-il pas vraiment peur. Jamais on n'atteindrait Winterfell, il l'eût parié sur son âme. Dès le lendemain, des cavaliers se lanceraient à leurs trousses, des oiseaux prendraient leur essor, et tel ou tel des seigneurs riverains ne manquerait pas de succomber à la convoitise des faveurs Lannister en intervenant… Bref, il se félicitait déjà de sa rouerie quand quelqu'un lui enfila la tête dans un sac et l'empoigna pour le mettre en selle.

S'ensuivit une galopade si effrénée sous la pluie qu'il ne tarda guère à éprouver des crampes affreuses aux cuisses et des élancements dans le fondement. Du coup, même après que, se considérant suffisamment loin de l'auberge pour leur sécurité, la Stark eut fait adopter le trot, la souffrance jointe au terrain raboteux transformèrent pour lui cette étape en calvaire, et en un calvaire empiré par la cécité. Le moindre écart, le moindre changement de direction le mettaient en péril de tomber. Le sac étouffait si bien les sons qu'il ne pouvait rien saisir de ce qui se disait autour de lui, et l'averse en détrempait si bien la toile en la collant contre son visage que même respirer devenait une lutte de tous les instants. Non contente de lui scier les poignets, la corde semblait entrer de plus en plus avant dans leur chair, et la nuit n'en finissait pas. *J'étais sur le point de m'attabler, près d'un bon feu, devant une bonne volaille, et il a fallu que ce maudit chanteur ouvre sa grande gueule !* se désolait-il. Le maudit chanteur les accompagnait. « Il y a une merveilleuse chanson à tirer de notre aventure, et moi seul puis la composer. » Ses propres termes en annonçant à la Stark son intention de se joindre à eux pour voir de ses propres yeux comment se terminerait cette « geste splendide ». La trouverait-il toujours aussi splendide, cette geste, une fois que les cavaliers Lannister les auraient rattrapés ? Pas si sûr…

La pluie cessait enfin de battre, et les premières lueurs de l'aube se devinaient à travers le tissu détrempé quand la Stark ordonna de mettre pied à terre. Des poignes rudes le démontèrent, lui délièrent les poignets, arrachèrent le sac. Il se trouvait sur une route étroite et rocailleuse, encaissée dans les contreforts de hautes collines désertes à perte de vue. Au loin, des pics déchiquetés que la neige encapuchonnait. À ce spectacle, tout espoir abandonna brusquement Tyrion. « Mais nous ne sommes pas sur la route royale ! suffoqua-t-il, avec un regard accusateur vers la Stark. Nous suivons la route *de l'est.* Vous aviez prétendu que nous allions à Winterfell ! »

Elle le gratifia de son sourire le plus économe. « Même affirmé cent fois pour une et le plus fort possible, convint-elle. Ainsi vos amis nous poursuivront-ils de ce côté-là. Je leur souhaite bon vent. »

Rien que d'y penser, maintenant encore, de longs jours après, il en écumait. Lui qui, toute sa vie, s'était enorgueilli du seul don que les dieux eussent jugé bon de lui accorder : l'astuce, voilà que cette chienne sept fois damnée de Stark l'avait de bout en bout leurré ! Une humiliation autrement plus cuisante que celle de l'enlèvement...

La halte ne dura que le temps strictement nécessaire pour faire boire et manger les chevaux, puis on repartit. Tyrion se vit épargner le sac. On lui laissa les mains libres le lendemain, et à peine s'embarrassa-t-on, une fois dans les hauts, de le surveiller. On ne redoutait plus, semblait-il, qu'il s'échappe. À trop juste titre, d'ailleurs... Dans ces parages âpres et sauvages, la « grand-route » faisait quasiment figure de sentier pierreux. S'enfuir ? il n'irait pas bien loin, seul et sans vivres. Les lynx ne feraient qu'une bouchée de lui, et les clans familiers de ces montagnes ne sortaient de leurs tanières que pour piller, tuer, ne reconnaissaient d'autre loi que le fer et le feu.

Et, cependant, la Stark allait de l'avant, sans répit ni trêve. Tyrion savait leur destination. Il l'avait sue dès l'instant où on lui avait retiré le sac. Ces montagnes étaient l'apanage de la maison Arryn, et la veuve de la Main précédente une Tully, la sœur de la Stark... et pas une amie des Lannister. Il avait vaguement coudoyé la dame Lysa, lorsqu'elle habitait Port-Réal, et la perspective de renouer connaissance ne l'enchantait pas précisément.

Pour l'heure, ses ravisseurs étaient groupés près d'un torrent, en contrebas de la grand-route. Ayant bu tout leur soûl d'eau glacée, les chevaux broutaient les touffes d'herbe brune qui poussaient dans les failles du roc. Pelotonnés côte à côte, Jyck et Morrec avaient piètre mine. Mohor les dominait de toute sa hauteur, appuyé sur sa pique, la tête coiffée d'un casque de fer qui lui donnait l'air de porter un bol. Assis non loin, Marillion graissait les cordes de sa harpe en geignant contre les méfaits de l'humidité.

« Il nous faut prendre un peu de repos, madame », disait, quand il s'approcha, l'interlope ser Willis Wode, au service de lady Whent. Balourd et de nuque épaisse, il s'était levé le premier, dans l'auberge.

« Ser Willis dit vrai, madame, intervint ser Rodrik. C'est le troisième cheval que nous perdons, et...

— Nous perdrons plus que des chevaux, si les Lannister nous rattrapent », leur rappela-t-elle. Tout amaigris, brûlés de vent qu'étaient ses traits, ils conservaient intacte leur expression résolue.

« Peu probable, par ici, riposta Tyrion.

— La dame te demande pas ton avis, nabot ! » jappa Kurleket, un grand diable de godiche gras, quasi tondu, à groin de porc, au service, lui, de lord Jonos Bracken. Tyrion s'était tout spécialement échiné à retenir les noms de ce joli monde, afin de mieux être à même de remercier chacun, plus tard, au prorata de ses gros câlins. Un Lannister paie toujours ses dettes. Kurleket l'apprendrait quelque jour, ainsi que ses copains Lharys et Mohor, et le bon ser Willis, et les reîtres Bronn et Chiggen. Tyrion mijotait aussi une leçon d'une douceur particulière à l'intention du Marillion à la harpe et à la suave voix de ténor qui se démenait si vaillamment pour rimailler *lutin, mâtin, clopin* et immortaliser l'insulte.

« Laissez-le parler », commanda la Stark.

Tyrion s'assit sur un rocher. « À l'heure qu'il est, nos poursuivants traversent, selon toute probabilité, le Neck, traquant votre mensonge sur la voie royale... Ce, en admettant que poursuite il y ait, ce qui n'est nullement certain. Oh, je ne doute pas que le message n'ait atteint mon père..., mais mon père n'a pas de passion pour moi, et je ne suis pas sûr du tout qu'il se soucie de s'activer. » Ce n'était là qu'un demi-mensonge ; lord Tywin Lannister se fichait pas mal de son gnome de fils, mais sur les égards dus à sa maison, là, il ne badinait pas. « Nous nous trouvons dans un pays cruel, lady Stark. Vous n'en pouvez attendre aucun secours jusqu'à votre arrivée au Val, et chaque monture que vous perdez aggrave d'autant plus le fardeau des autres. Pire, vous risquez de me perdre. Je suis petit, fragile et, si je meurs, à quoi rime tout cela ? » Là, c'était la stricte vérité ; lui-même se demandait combien de temps encore il pourrait supporter ce train forcené.

« On pourrait répondre que cela rime à votre mort, Lannister, répliqua-t-elle.

— Je n'en crois rien. Si vous aviez voulu ma mort, il vous suffisait de prononcer un mot, et l'un des braves amis que vous avez là se fût fait un plaisir de me gratifier d'un sourire rouge. » Il dévisagea Kurleket, mais le bonhomme était trop débile pour goûter la plaisanterie.

« Les Stark n'assassinent pas les gens dans leur lit.

— Moi non plus. Je vous le répète, je ne suis pour rien dans la tentative contre votre fils.

— La main de l'assassin tenait votre poignard.

— Ce poignard ne m'appartenait pas ! » Elle commençait à lui échauffer les oreilles. « Combien de fois devrai-je encore en jurer ? Écoutez, lady Stark..., quelque opinion que vous ayez de moi, reconnaissez-le, je ne suis pas stupide. Il faudrait être le dernier des ânes pour armer de sa propre lame un vulgaire tueur à gages ! »

Une seconde, il crut la voir ciller, mais elle répliqua du tac au tac : « Pourquoi Petyr m'aurait-il menti ?

— Pourquoi l'ours chie-t-il dans les bois ? riposta-t-il. Parce que telle est sa nature. Un type comme Littlefinger ment comme il respire. Vous devriez le savoir, vous, et mieux que quiconque. »

Elle avança d'un pas sur lui, le visage crispé. « Que signifie, Lannister ? »

Il lui décocha un regard de biais. « Hé ! qu'il n'est pas un homme, à la Cour, qui ne l'ait entendu conter comment il prit votre pucelage, madame.

— *C'est une infamie !* s'écria-t-elle.

— Oh, se scandalisa Marillion, le mâtin de petit lutin ! »

Kurleket brandissait déjà sa dague, un truc vicelard de fer noir. « Un mot, m'dame, et z'avez sa langue de vipère à vos pieds ! » La friandise de la chose humectait ses yeux de goret.

Catelyn Stark se contenta de dévisager Tyrion. Jamais il n'avait essuyé regard plus glacial. « Petyr Baelish m'a aimée, jadis. Il n'était qu'un gamin. Sa passion fut un drame pour nous tous, mais elle était sincère, pure et ne prêtait nullement au sarcasme. Il voulait obtenir ma main. Voilà la vérité. Vous êtes vraiment diabolique, Lannister.

— Et vous vraiment nigaude, lady Stark. Littlefinger n'a jamais aimé que Littlefinger et, je vous le jure, ce n'est pas de votre *main* qu'il se gargarise, mais de vos somptueux nichons, de vos lèvres pulpeuses et de la ferveur de vos miches. »

Avec sa brutalité coutumière, Kurleket l'empoigna aux cheveux et lui rejeta la tête en arrière, dénudant sa gorge. Tyrion sentit le baiser froid du métal sur sa peau. « J' vous l' saigne, m'dame ?

— Me tuer, c'est tuer la vérité, hoqueta Tyrion.

— Laissez-le parler », ordonna la Stark.

Non sans une bourrade de dépit, Kurleket le lâcha.

Le nain prit une longue goulée d'air puis : « Comment Littlefinger prétend-il que je me suis approprié son poignard ? Répondez.

— Grâce à un pari gagné contre lui, lors du tournoi donné pour l'anniversaire du prince Joffrey.

— Celui où mon frère Jaime fut démonté par le chevalier des Fleurs, c'est ça, son histoire, hein ?

— Oui », admit-elle. Un pli lui creusait le front.

« *Des cavaliers !* »

Le cri provenait de la corniche ciselée par l'érosion, juste au-dessus de leurs têtes, où ser Rodrik avait fait grimper Lharys afin de surveiller la route pendant qu'on se reposait.

Une bonne seconde s'écoula sans que personne esquissât un geste. Catelyn Stark réagit la première. « Ser Rodrik, ser Willis, à cheval ! cria-t-elle. Les autres chevaux, derrière nous ! Mohor, gardez les prisonniers.

— Armez-nous plutôt ! » Tyrion avait bondi, lui empoignait le bras. « Chaque épée va compter ! »

Il avait raison, et elle s'en rendait compte, manifestement. Les inimitiés des grandes familles, les clans du coin n'en avaient cure ; ils égorgeraient aussi volontiers du Stark que du Lannister, et sans plus de façons que pour s'entre-égorger eux-mêmes. À la rigueur, ils l'épargneraient, elle, parce qu'elle pouvait encore enfanter. Elle hésitait, pourtant.

« *Je les entends !* » cria ser Rodrik. Tyrion tendit l'oreille et perçut à son tour un martèlement de sabots. Une bonne douzaine de bêtes, au moins, et qui se rapprochaient dangereusement. Du coup, chacun se démena, qui prenant des armes, qui courant sauter en selle.

Une pluie de pierraille, tout autour d'eux, précéda Lharys qui, par bonds successifs, dégringolait de sa corniche. Il reprit terre, hors d'haleine, en face de lady Stark, et, comme empêtré de sa longue dégaine coiffée d'un casque conique d'où fusaient des mèches roussâtres, haleta : « Vingt hommes… ! p't' êt' vingt-cinq… Orvets ou Sélènes, au pif… Doiv' avoir des guetteurs, m'dame… embusqués quèqu' part… Sav' qu'on est là. »

Ser Rodrik Cassel était déjà en selle et l'épée au poing. Mohor s'accroupit derrière un rocher, les deux poings serrés sur sa pique et un poignard entre les dents. « Hé, le chanteur ! héla ser Willis, viens m'ajuster mon pectoral ! » Blême de trouille et pétrifié, Marillion étreignit seulement sa harpe plus étroitement, mais le valet de Tyrion, Morrec, se précipita pour boucler l'armure du chevalier.

Tyrion n'avait pas lâché, lui, le bras de Catelyn. « Vous n'avez pas le choix, dit-il. Nous trois, plus un homme gaspillé à nous garder…, quatre, qui peuvent faire la différence entre la vie et la mort, ici, maintenant !

— Donnez-moi votre parole que vous rendrez vos armes, après…

— Ma parole ? » Le bruit des sabots s'amplifiait. Il la régala d'un sourire torve. « Oh, vous l'avez, madame…, et c'est celle d'un Lannister. »

Il crut un instant qu'elle allait lui cracher au visage, mais elle jappa seulement : « Armez-les », puis le planta là. Après avoir jeté à Jyck lame et fourreau, ser Rodrik fit volte-face pour affronter l'ennemi. Aussitôt équipé d'un arc et d'un carquois (il était plus habile au tir qu'à l'épée), Morrec alla s'agenouiller près de la route. Enfin, du haut de son cheval, Bronn tendit à Tyrion une hache à double tranchant.

« Je n'en ai jamais manié… » Cette arme le déconcertait, le rendait tout gauche, avec son manche court et sa tête pesante que surmontait un vilain crampon.

« T'as qu'à te dire que tu fends des bûches », répliqua Bronn, tout en tirant du baudrier qui lui barrait le dos sa longue flamberge. Puis, sur un beau glaviot, il s'en fut au trot prendre position aux côtés de Chiggen et de ser Rodrik. Ser Willis enfourcha sa bête et, tout en s'efforçant d'arrimer son heaume, une espèce de pot de fer juste fissuré à hauteur des yeux et d'où pendouillait une longue plume de soie noire, alla les rejoindre à son tour.

« Les bûches, ça ne saigne pas », riposta Tyrion sans s'adresser à un quelconque interlocuteur. Sans armure, il se sentait nu. D'un coup d'œil circulaire, il chercha l'abri d'un rocher et courut vers celui derrière lequel s'était caché Marillion. « Pousse-toi.

— Allez-vous-en ! glapit le garçon. Je suis chanteur, un point c'est tout, et je ne veux pas qu'on me mêle au combat !

— Tiens donc, perdu ton goût de l'aventure ? » Il le bourra de coups de pied pour conquérir l'espace où se faufiler, et il n'était que temps. Une seconde après, les cavaliers fondaient sur eux.

Il n'y eut ni hérauts, ni bannières, ni cors, ni tambours, rien d'autre que le claquement sec des cordes sur le bois des arcs, lorsque Morrec et Lharys décochèrent leur première flèche en voyant soudain surgir en trombe de la grisaille les agresseurs, maigres silhouettes sombres et sans visages de cuir bouilli, d'armures dépareillées, de heaumes en treillis dont les poings gantés brandissaient toutes sortes d'armes : flamberges et lances et faux affûtées, épieux et poignards et maillets de fer… À leur tête chevauchait un grand diable drapé dans un manteau tigré de lynx et armé d'un estramaçon.

Flanqué de Bronn et de Chiggen qui glapissaient un cri de guerre inarticulé, ser Rodrik fonça sus en hurlant « *Winterfell !* » Ser Willis Wode suivait, qui, tout en faisant tournoyer par-dessus sa tête une plommée barbelée de pointes au bout de sa chaîne, psalmodiait : « *Harrenhal ! Harrenhal !* » Ce qu'entendant, Tyrion, se laissant emporter par une brusque frénésie, bondit de son trou, brandit sa hache et mugit : « *Castral Roc !* » mais son accès de folie fit long feu, et il se raccroupit bien vite, plus bas que jamais.

Des hennissements de bêtes affolées précédèrent de peu les fracas du métal. L'épée de Chiggen pourfendit la face à découvert d'un cavalier de mailles et, tel un ouragan, Bronn plongea au cœur du clan, ferraillant de droite et de gauche. Ser Rodrik martelait, lui, le grand diable au manteau de lynx qui rendait coup pour coup, tandis que leurs chevaux dansaient une ronde sur place éperdue. Un bond propulsa Jyck en selle, et Tyrion le vit s'enfoncer au triple galop, dos nu, dans la mêlée, pendant qu'une flèche fleurissait soudain la gorge du chef ennemi et qu'en guise de cri la bouche béante de celui-ci vomissait une bolée de sang ; et il n'était pas tombé que ser Rodrik affrontait déjà un autre adversaire.

Avec un piaillement strident, Marillion se pelotonna tout à coup sous sa harpe, un cheval bondissait par-dessus leur niche, et à peine Tyrion eut-il le temps de se jucher sur pied que le cavalier tournait bride et chargeait, balançant une masse hérissée de piques. Des deux mains, il abattit sa hache qui, d'un choc écœurant, charnu, s'enfonça dans le poitrail de l'animal lancé pour sauter, et il faillit bien lâcher prise quand celui-ci s'abattit, hennissant. Il parvint néanmoins à dégager son arme et, vaille que vaille, à s'écarter d'une embardée. Marillion n'eut pas tant de chance, sur qui vinrent sans ménagements s'écraser cheval et cavalier. Alors, profitant de ce que le brigand se débattait pour dégager sa jambe encore prise sous la bête, Tyrion tricota sur ses courtes pattes et lui planta la hache dans le cou, juste au défaut de l'épaulière.

Comme il se démenait pour retirer le fer, il entendit Marillion geindre : « À l'aide, quelqu'un… », sous les cadavres, et larmoyer : « Au nom des dieux, pitié…, je *saigne*… !

— M'est avis que c'est du sang de cheval », dit le nain. La main du chanteur émergea en rampant de sous la bête morte, tâtonnant, griffant la terre comme une araignée à cinq pattes. Du talon, Tyrion l'écrasa lentement, tout à la satisfaction de la sentir craquer, jointure après jointure. « Et maintenant, ferme les yeux, dis-toi que tu es mort », conseilla-t-il avant de s'éloigner, hache au poing.

Les choses, ensuite, allèrent toutes seules. Comme engluée par l'odeur du sang, l'aube retentissait de cris de colère, de cris de douleur, le monde avait viré au chaos. Avec un sifflement, des flèches lui frôlaient l'oreille avant d'aller se fracasser contre les rochers. Il aperçut Bronn qui, démonté, maniait deux épées simultanément. Lui-même demeurait sur la lisière des combats, se faufilant de roc en roc et n'émergeant de l'ombre propice que pour trancher les jambes des chevaux qui passaient à portée. Il découvrit un brigand blessé, l'acheva, le dépouilla de son armet, s'en coiffa. Il y avait un peu trop ses aises, mais la seule idée d'être protégé l'égaya. Jyck fut abattu par-derrière alors qu'il taillait des croupières à l'homme qu'il affrontait, et, peu après, Tyrion trébucha sur le cadavre de

Kurleket : écrabouillé par un coup de masse, le groin de porc était méconnaissable mais, en se penchant pour l'en délester, Tyrion reconnut la dague à laquelle persistaient à s'agripper les doigts. Il la glissait enfin dans sa ceinture quand il entendit une femme appeler à l'aide.

Trois hommes avaient acculé la Stark contre une paroi rocheuse, l'un toujours monté, les deux autres à pied. Ses doigts estropiés brandissaient tant bien que mal un poignard, mais elle ne pouvait plus reculer, désormais, et l'agresseur lui bloquait toutes les issues. *Hé, qu'ils la prennent, cette chienne !* songea-t-il, *et grand bien lui fasse*..., tout en faisant néanmoins mouvement. Dès avant qu'ils ne se fussent avisés seulement de sa présence, il frappa le premier des hommes à la saignée du genou, et la lourde cognée réduisit en charpie comme du bois pourri et la viande et l'os. *Des bûches qui saignent*, cette inanité lui traversa l'esprit comme le deuxième avançait sur lui. Plongeant sous l'épée, il fouailla l'air à grands coups de hache, forçant l'autre à battre en retraite... et la Stark survint, qui, par derrière, lui trancha la gorge. Ce que voyant, le cavalier dut se remémorer quelque rendez-vous urgent, car il décampa illico sans demander son reste.

Un coup d'œil à l'entour renseigna Tyrion : l'ennemi était soit vaincu, soit évaporé, la bataille était terminée. Il avait dû avoir une seconde d'inadvertance. De toutes parts gisaient des chevaux mourants, des hommes blessés qui hurlaient, geignaient. Et l'idée qu'il n'était pas du nombre le sidéra si fort qu'il ouvrit les doigts et laissa, *plof*, tomber la hache. Le sang lui engluait les mains. Il eût juré que la bataille avait duré des heures et, pourtant, le soleil semblait n'avoir pas bougé.

« Ta première ? » lui demanda Bronn quelques instants plus tard, tout en s'échinant à soulager Jyck de ses bottes. De bonnes bottes, dignes en tout point d'un homme de lord Tywin, cuir épais mais souple et graissé, puis bien plus belles que ses actuelles.

Tyrion fit un signe affirmatif. « Mon père en sera *tellement* fier », dit-il. Il souffrait de crampes si violentes aux jambes qu'il tenait à peine debout. Et ce, chose bizarre, alors qu'il n'avait pas eu la moindre conscience d'aucune douleur durant le combat…

« Faut une femme, là-dessus », reprit Bronn, une étincelle dans ses yeux noirs. Il fourra les bottes dans ses fontes. « Quand on a saigné un type, rien vaut une femme, après, parole. »

Entre deux cadavres à détrousser, Chiggen s'accorda le loisir de se lécher les babines en reniflant.

« De grand cœur, si elle est d'accord », dit Tyrion, lorgnant du côté où la Stark pansait les plaies de ser Rodrik. Et, comme les deux francs-coureurs s'esclaffaient, *Bon début…*, songea-t-il, avec un grand sourire.

Sur ces entrefaites, il alla s'agenouiller au bord du torrent glacé pour se débarbouiller du sang qui l'empoissait jusqu'aux sourcils puis, tout en clopinant pour rejoindre ses compagnons, examina derechef le charnier. Les brigands morts étaient maigres, loqueteux, leurs chevaux, chétifs et malingres, exhibaient chacune de leurs côtes, et aucune des armes dédaignées par Bronn et Chiggen n'avait rien de bien terrifiant : des maillets, des épieux, une faux… L'image du grand diable au manteau de lynx brandissant à deux mains son formidable estramaçon contre ser Rodrik lui traversa brusquement l'esprit. Mais, lorsqu'il le découvrit enfin, recroquevillé parmi la caillasse, l'homme n'était pas si grand que ça, somme toute. Son manteau avait disparu, sa rapière était singulièrement ébréchée, d'acier fort médiocre et maculé de rouille. Guère étonnant que de tels bandits eussent perdu neuf hommes, après tout…

Eux-mêmes ne déploraient que trois morts ; deux des hommes d'armes de lord Bracken – Kurleket et Mohor –, et ce téméraire de Jyck. Mais aussi, charger comme ça… *Bête jusqu'au bout*, songea Tyrion.

« Permettez-moi d'insister, lady Stark, il nous faut décamper, et vite ! » disait ser Willis Wode. Par la fente du heaume, ses yeux inquiets ne cessaient de scruter les hauteurs. « Nous avons eu beau les repousser, ils ne seront pas allés bien loin.

— Nous devons ensevelir nos morts, ser Willis, dit-elle. C'étaient des braves. Je ne veux pas les abandonner aux lynx et aux corbeaux.

— Le sol est trop rocheux pour qu'on creuse une fosse, répliqua-t-il.

— Eh bien, nous nous contenterons d'élever des cairns.

— Ramassez toutes les pierres qu'il vous plaira, riposta Bronn, mais comptez pas sur moi ou Chiggen. Y a mieux à faire que d'empiler des cailloux sur des morts…, s'en tirer, par exemple. » Il provoqua du regard les autres rescapés. « Si vous tenez à garder votre peau jusqu'à ce soir, en selle.

— Je crains, madame, qu'il ne dise vrai », dit ser Rodrik d'un ton las. Il avait, au cours de la lutte, écopé d'une profonde entaille au bras gauche, un coup de pique lui avait écorché l'échine, et il trahissait brusquement son âge. « Si nous nous attardons dans le coin, ils ne manqueront pas de nous retomber sur le râble, et nous risquons de succomber, cette fois. »

Malgré la colère qui, d'évidence, la travaillait, la Stark comprit qu'elle n'avait pas le choix. « Puissent les dieux nous pardonner, alors. En route. »

On ne manquait plus de chevaux, désormais. Tyrion transféra sa selle au hongre moucheté de Jyck, qui semblait en état de tenir encore au moins trois ou quatre jours, et il s'apprêtait à l'enfourcher quand Lharys intervint : « Ton poignard, nabot !

— Laissez-le-lui. » La Stark les toisait du haut de son cheval. « Et rendez-lui sa hache, aussi. Elle peut nous être utile, en cas de nouvelle attaque.

— Agréez mes remerciements, dame, dit Tyrion, tout en se hissant en selle.

— Économisez-les, riposta-t-elle d'un ton cassant. Je ne vous fais pas plus confiance maintenant qu'avant. » Et elle détala sans lui laisser le loisir de répliquer.

Il coiffa son heaume d'emprunt, saisit la hache que lui tendait Bronn. Tout bien réfléchi, s'il repensait à la manière dont il avait commencé l'équipée, mains liées et un sac sur la tête, son sort s'était nettement amélioré. Libre à la Stark de garder sa confiance par-devers elle ; dans la mesure où il conservait ses armes, libre à lui de se considérer comme toujours en course.

Ser Willis Wode menait le train, Bronn fermait le ban et, flanquée de son ombre, ser Rodrik, la Stark occupait le centre, moins exposé. Quant à Marillion, il ne cessait de darder des regards sinistres à Lannister. Bien que sa journée se soldât par la fracture de plusieurs côtes, de quatre doigts des plus précieux, sur la harpe, et par la ruine de son instrument, il ne l'avait pas totalement perdue, puisqu'il s'était dégoté quelque part un somptueux manteau de lynx, bien douillet, bien noir, bien tigré de blanc, dont les vastes plis l'emmitouflaient, muet. Car, une fois n'étant pas coutume, il n'avait rien à dire…

À peine avaient-ils parcouru un demi-mille qu'ils entendirent, sur leurs arrières, retentir le sombre grondement des lynx et, peu après, des miaulements féroces. Déjà les fauves se disputaient les cadavres abandonnés. Voyant Marillion devenir livide, Tyrion prit le trot pour se porter à sa hauteur. « Une jolie rime à *couard*, dit-il, *charognard* », puis, poussant son cheval, il le dépassa et remonta la file jusqu'à ser Rodrik et la Stark.

Elle le regarda, les lèvres serrées.

« Ainsi que j'étais en train de vous le dire lorsque nous fûmes si rudement interrompus, débuta-t-il, la fable de Littlefinger comporte un vice rédhibitoire. Quelque opinion que vous ayez de moi, lady Stark, daignez m'en croire sur un point : *jamais* je ne mise contre ma famille. »

ARYA

Le matou borgne arqua son dos noir et cracha dans sa direction. À pas feutrés, elle remonta l'impasse et, tout en s'appliquant à surveiller le rythme de ses pulsations, ce non sans s'astreindre à inspirer, largement…, souffler, posément…, oscilla imperceptiblement sur la demi-pointe de ses pieds nus. *Silencieux comme une ombre*, se répétait-elle, et *léger comme une plume*. L'œil aux aguets, le matou la regardait venir.

Rude tâche que d'attraper des chats… Elle en avait les mains couvertes d'égratignures mal cicatrisées et, par suite de maintes culbutes, les deux genoux couronnés de croûtes. Au début, même l'énorme chose obèse de la cuisine parvenait à lui échapper, mais Syrio n'avait pas transigé : nuit et jour ! qui, la voyant accourir tout ensanglantée, disait : « Tu lambines ! plus vite, petite, ou tes ennemis t'écorcheront bien pis. » Il lui tamponnait ses blessures avec du feu de Myr, et l'onguent la brûlait si cruellement qu'elle devait se mordre les lèvres pour ne pas crier, puis Syrio, jamais rassasié, la relançait à la chasse aux chats.

Le Donjon Rouge en était *plein* : vieux minous fainéants somnolant au soleil, souriciers patients, queue fébrile et prunelles froides, chatons prestes aux griffes acérées, dames chattes archi-brossées, câlines, spectres pelés furtifs, pilleurs de détritus. Un par un, elle les avait tous traqués, happés, rapportés, toute fière, à Syrio Forel, tous…, hormis celui-ci, ce diable noir de matou borgne. « C'est lui le vrai souverain de ces lieux, avait dit l'un des manteaux d'or. Plus vieux que le péché, et deux fois plus vicieux. Même qu'une fois où le roi festoyait le père de sa reine, il a sauté sur la table, ce bâtard noir, et hop ! envolée, la caille que tenait Tywin ! Que Robert en a ri à se péter la sous-ventrière. Tiens-toi loin de çui-là, petite… »

Elle à ses trousses, il avait traversé la moitié du château, fait deux fois le tour de la tour de la Main, franchi l'enceinte intérieure, parcouru les écuries, dévalé l'escalier tortueux qui, par-delà les petites cuisines et la porcherie et les baraquements des manteaux d'or, aboutissait au bas du rempart donnant sur la Néra, regrimpé des tas de marches tournicotantes, emprunté l'allée du Traître et, redescendant, passé une porte, contourné un puits, visité puis quitté des bâtiments bizarres, enfin tant rôdé qu'Arya ne savait plus du tout où elle se trouvait.

Mais, maintenant, elle le tenait. De part et d'autre du boyau, de hautes murailles ; une paroi rocheuse blafarde et aveugle, au fond. *Silencieux comme une ombre*, se répéta-t-elle en glissant de l'avant, *léger comme une plume*.

Elle était à trois pas quand le matou tenta de déguerpir. À gauche puis à droite il se porta, mais à droite puis à gauche se portait Arya, lui bloquant l'issue. Il cracha derechef, tenta de lui filer entre les jambes mais, tout en songeant : *preste comme un serpent*, elle l'empoigna au passage et, le plaquant contre sa poitrine, virevolta, secouée de grands éclats de rire, tandis que, de ses griffes, il lui lacérait le cuir de son justaucorps. Quant à elle, toujours aussi leste, elle lui planta un baiser entre les deux yeux et se rejeta en arrière juste avant que le coup de patte ne l'atteignît. Le matou miaula et cracha.

« Que fait-il à ce chat ? »

De saisissement, Arya laissa tomber sa proie, pivota vers la voix, le matou s'évanouit d'un bond. À l'entrée de l'impasse se tenait une fille toute bouclée d'or et aussi mignonne qu'une poupée, dans sa robe de satin bleu. Près d'elle, un petit blondin grassouillet qui, à sa ceinture, arborait une épée miniature et, brodé en perles sur son doublet, un cerf fringant. *La princesse Myrcella et le prince Tommen...* Les dominait de toute sa masse une septa au poitrail de cheval de trait. Derrière, deux malabars à manteau cramoisi – des gardes Lannister.

« Que faisais-tu à ce chat ? » insista Myrcella d'une voix sévère. Puis, se penchant vers son frère : « Est-il loqueteux ! regarde-moi ça..., pouffa-t-elle.

— Un sale petit loqueteux puant », approuva Tommen.

Ils ne me reconnaissent pas ! comprit-elle alors. *Ils ne savent même pas que je suis une fille.* Rien là de bien surprenant ; pieds nus, crasseuse, échevelée par sa longue course à travers le château, sanglée dans son justaucorps de cuir strié de griffures, elle portait en outre des culottes de bure brune toutes déchirées qui révélaient des genoux scabieux. On ne revêt pas batistes et soieries pour aller attraper des chats. Vite vite, elle baissa la tête et mit un genou en terre. Peut-être *préféreraient*-ils ne pas la reconnaître. Mais s'ils la reconnaissaient, elle n'avait pas fini de se l'entendre reprocher. Septa Mordane serait mortifiée, et la honte empêcherait Sansa de lui adresser plus jamais la parole...

L'énorme vieille s'avança. « Comment es-tu venu ici, toi ? Tu n'as rien à faire dans cette partie du château.

— Allez empêcher d'entrer cette engeance-là, dit un manteau rouge. Aussi facile qu'avec des rats.

— À qui appartiens-tu, mon gars ? reprit la septa. Réponds. Qu'est-ce qui ne va pas ? Tu es muet ? »

À la seule idée d'émettre un son, Arya sentait sa voix se prendre dans sa gorge. Aussitôt, Tommen et Myrcella l'identifieraient.

« Amenez-le-moi, Godwyn », dit la vieille. Le plus grand des gardes se mit en marche.

Telle une main de géant, la panique acheva d'étrangler Arya. Dût sa vie en dépendre, elle n'aurait pu proférer un mot. *Calme comme l'eau qui dort*, se récita-t-elle tacitement. Il allait l'empoigner quand elle – *Preste comme un serpent* – réagit, s'inclina vers la gauche et, se laissant à peine effleurer, le tournait – *Souple comme soie d'été* –, fusait vers l'issue tandis qu'il pivotait, ahuri, se faufilait – *Vite comme un daim* – entre les poteaux blêmes de la septa piaulant telle une orfraie, redressait d'un bond, boulait sur le prince Tommen et le sautait pendant qu'il tombait rudement sur les fesses avec un « Hou ! » piteux, esquivait l'autre garde et, tout obstacle aboli, détalait au triple galop.

Dans son dos, ça glapissait dru, des bottes ébranlaient le sol, qui la talonnaient dangereusement. Elle se laissa choir, rouler, le manteau rouge cingla le vide, tituba, tandis que, rebondissant sur ses pieds, elle avisait, juste au-dessus de sa tête, une ouverture à peine plus large qu'une archère et s'élançait, agrippait l'appui, se hissait, s'insinuait – *Souple comme une anguille* – en retenant son souffle et se laissait glisser au sol… pour se retrouver nez à nez avec la brosse et la serpillière abasourdies d'une bonne femme. Debout d'un nouveau bond, elle s'épousseta vaguement, se rua vers la porte, enfila une longue salle, dégringola un escalier, traversa une cour intérieure, tourna un coin, franchit un mur, se coula par une espèce de soupirail dans une cave noire comme la poix. Le tapage qu'avait suscité son passage s'atténuait peu à peu, s'éloignait…

Elle était hors d'haleine et perdue au-delà de toute espérance. Dans de beaux draps, toujours, s'ils l'avaient reconnue, mais c'était improbable, avec le train d'enfer qu'elle leur avait mené. *Vite comme un daim.*

Elle se laissa affaler contre une paroi de pierre poisseuse d'humidité et tendit l'oreille mais ne perçut que sa propre chamade et, à une distance indéfinissable, un suintement goutte à goutte. *Silencieux comme une ombre*, s'enjoignit-elle.

Où pouvait-elle bien se trouver ? Lors de son arrivée à Port-Réal, le cauchemar l'avait tourmentée qu'elle s'égarait dans le château. Et Père avait beau répéter que le Donjon Rouge était moins vaste que Winterfell, ses rêves le lui représentaient sous les espèces immenses et inextricables d'un dédale sans fin de murs qui, sur ses talons, changeaient incessamment de place et d'aspect. Elle se voyait errant, de salle en salle, dans une atmosphère glauque, au long de tapisseries délavées, descendant d'interminables escaliers à vis, traversant d'un trait des cours bizarres, empruntant parfois des ponts jetés sur le vide où l'écho de ses appels demeurait sans réponse. À certains endroits, la pierre rougeâtre des murs semblait dégoutter de sang, et nulle part ne s'ouvrait la moindre fenêtre. Il arrivait aussi qu'elle entendît la voix de Père, mais toujours loin, loin… ! et, si fort qu'elle courût pour le rattraper, toujours s'éloignait sa voix, s'éloignait, s'éloignait, s'éteignait enfin, l'abandonnant à sa solitude en pleines ténèbres.

Il faisait vraiment très noir, ici, s'aperçut-elle subitement. Toute grelottante, elle remonta ses genoux découverts contre sa poitrine. Du calme. Elle allait attendre en comptant jusqu'à dix mille. Elle pourrait alors se risquer sans dommage hors de son trou et tâcher de retrouver sa route.

Elle était à quatre-vingt-sept quand, ses yeux s'accoutumant à l'obscurité, les lieux se laissèrent entr'apercevoir et, peu à peu, s'esquissèrent des formes. Du fond de la pénombre la dévoraient du regard d'énormes yeux vides, et elle devina la silhouette déchiquetée de longs crocs. Fermant aussitôt les paupières, elle se mordit les lèvres et repoussa la peur. Lorsqu'elle regarderait à nouveau, les monstres auraient disparu. N'auraient jamais existé. Elle se dit que Syrio se trouvait là, près d'elle, et lui chuchotait ses secrets. *Calme comme l'eau qui dort*, se récita-t-elle. *Fort comme un ours. Intrépide comme une louve.* Elle rouvrit les yeux.

Les monstres étaient toujours là, mais la peur s'était envolée.

Sans bruit, sans hâte, elle se leva. Les gueules la cernaient. De vraies gueules ? La curiosité l'emportant, elle en effleura une, du bout des doigts, frôla sa puissante mâchoire. La *sensation* était assez crédible. Sous la paume, l'os se révéla lisse, froid, dur. Les doigts dévalèrent une dent noire, aiguë comme un poignard forgé dans un morceau de nuit. Cette idée la fit frissonner.

« Il est mort, dit-elle à voix haute. Ce n'est qu'un crâne. Inoffensif. » Seulement, le monstre avait l'air sensible à sa présence. Elle sentait son regard vide la dévisager dans l'obscurité, elle sentait monter de la caverne obscure une espèce d'hostilité générale. Elle s'écarta vivement du crâne et alla donner du dos contre un deuxième, plus énorme, et dont, une seconde, elle sentit les crocs plantés dans son épaule comme pour y prélever un lambeau de chair. Elle pirouetta, sentit le cuir de son justaucorps résister, craquer, se déchirer sous la morsure affreuse et se mit à courir. Un troisième crâne lui faisait face, le plus gigantesque de toute la bande, mais, sans même ralentir, elle bondit par-dessus des canines noires aussi hautes que des épées, se rua parmi des mâchoires affamées et se jeta contre la porte.

Ses mains affolées finirent par découvrir un pesant anneau de fer scellé dans le bois, le tirèrent, le vantail résista, céda peu à peu, mais avec un tel grincement que la ville entière devait l'entendre, et, dès qu'il fut suffisamment entrebâillé pour lui livrer passage, Arya se précipita au-dehors.

Si ténébreuse était la pièce aux monstres, le corridor qui y aboutissait se révéla, lui, le plus ténébreux des conduits du septuple enfer. *Calme comme l'eau qui dort*, s'enjoignit-elle, mais, même en s'accordant le temps d'accommoder, on n'y voyait goutte, hormis le vague contour grisâtre de la porte qu'elle venait juste de franchir. Elle agita ses doigts sous son nez, perçut le mouvement de l'air, ne discerna rien. Comme aveugle. *Un danseur d'eau voit avec tous ses sens*, se rappela-t-elle. Elle ferma les yeux, raffermit son souffle, un, deux, trois, s'imprégna de silence et, les mains en avant, se mit à tâtonner le vide. Sur sa gauche, enfin, ses doigts effleurèrent de la pierre brute. À petites palpations prudentes, elle suivit le mur, tout en prenant garde de n'avancer qu'à menus pas glissés. *Tous les corridors mènent quelque part. Toute entrée implique l'existence d'une sortie. La peur est plus tranchante qu'aucune épée.* Il ne fallait pas avoir peur. Au terme d'une progression qui lui parut interminable, le mur s'interrompit, brusquement, et un courant d'air froid lui caressa la joue. Les cheveux follets frissonnaient sur sa nuque.

De quelque part, à ses pieds, montaient des bruits lointains. Le craquement de bottes, une rumeur de voix. Une vague lueur, presque imperceptible, grimpa, vacillante, le long du mur, et Arya vit qu'elle se tenait sur le bord d'un prodigieux puits noir qui, large d'une vingtaine de pieds, se creusait vertigineusement. Scellées sur le pourtour en guise de marches, d'énormes pierres descendaient en spirale à perte de vue, tout aussi sombres que celles de l'enfer si souvent décrites par Vieille Nan. Et *quelque chose* montait, montait des ténèbres et des entrailles de la terre…

Elle se pencha sur le gouffre, qui lui souffla au visage son haleine noire et glacée, et elle discerna la flamme d'une torche, mais si lointaine qu'on eût dit celle d'une bougie. Ils étaient deux, deux hommes. Leurs silhouettes se convulsaient, gigantesques, sur les parois, et elle percevait, répercutées par la gueule d'ombre, certaines de leurs paroles.

« … trouvé un bâtard, dit l'un. Le reste ne tardera pas. Un jour, deux jours, une quinzaine…

— Et quand il saura la vérité, que fera-t-il ? » Le second avait l'accent fluide des cités libres.

« Les dieux seuls le savent. » La torche exhala un bouchon de fumée grisâtre qui s'évapora en se tordant comme un serpent.

« Ces imbéciles ont essayé de liquider son fils et, pour comble, en ont fait une pantalonnade. Il n'est pas homme à passer l'éponge là-dessus. Je vous préviens, le loup et le lion ne vont pas tarder à s'entre-égorger, que nous le voulions ou non.

— Trop tôt, trop tôt…, gémit l'homme à l'accent. À quoi bon la guerre, *maintenant* ? Nous ne sommes pas prêts. Ajournez.

— Autant m'ordonner d'arrêter le temps. Vous me prenez pour un magicien ?

— Parfaitement ! » ricana l'autre. Les flammes léchaient l'air froid. Les ombres colossales planeraient bientôt sur elle. Arya s'empressa de ramper à l'écart et, à plat ventre, de se plaquer au plus près du mur. Un instant plus tard, en effet, l'homme à la torche apparaissait, flanqué de son acolyte. Elle retint son souffle comme ils gravissaient les dernières marches.

« Que voulez-vous que je fasse ? » demanda le premier, gros gaillard à cape de cuir. Quoique chaussés de lourdes bottes, ses pieds semblaient flotter sans un bruit sur le sol. Sous la coiffe d'acier se montrait une face ronde toute balafrée, hérissée de poil noir, une cotte de mailles était enfilée sur des cuirs bouillis, et il portait à la ceinture dague et braquemart. Tout cela donnait à Arya une impression singulière de déjà vu…

« Une Main est bien morte, pourquoi pas deux ? répliqua l'étranger, du fond d'une barbe jaune fourchue. Vous avez déjà dansé cette danse-là, mon cher ! » Lui, elle le voyait pour la première fois, sûr et certain. Il marchait, en dépit de son obésité, avec une légèreté surprenante, charriait sa graisse sur des demi-pointes dignes d'un danseur d'eau. La flamme de la torche faisait scintiller ses bagues d'or rouge et d'argent serties de rubis, de saphirs, moirées d'œils-de-tigre. Chacun de ses doigts en portait une, certains deux.

« Naguère n'est pas maintenant, et cette Main-ci n'est pas la précédente », répliqua le balafré comme ils prenaient pied dans la pièce. *Inerte comme un rocher*, se dit-elle, *silencieux comme une ombre*. Éblouis par l'éclat de leur torche, ils ne l'aperçurent pas, plaquée contre la pierre, à deux pas d'eux, pourtant.

« Il se peut, ripostait la barbe fourchue, s'immobilisant pour reprendre haleine après cette longue ascension. Nous n'en devons pas moins gagner du temps. La princesse est grosse. Le *khal* ne bougera pas avant la naissance de son fils. Vous les connaissez, ces barbares… » Au même moment, l'autre poussa quelque chose, un grondement caverneux retentit, et, comme ensanglantée par la lumière de la torche, une énorme dalle de pierre se détacha de la voûte avec un fracas si assourdissant qu'Arya faillit pousser un cri d'effroi, et vint s'appliquer si exactement sur l'entrée du puits que l'on aurait pu se croire, après coup, le jouet d'une hallucination.

« S'il ne bouge en personne bientôt, peut-être sera-t-il trop tard, insista l'homme armé. La partie ne se joue plus à deux, si tant est que tel fut jamais le cas. Stannis Baratheon et Lysa Arryn se sont réfugiés hors de ma portée, et la rumeur court qu'ils massent des épées. Dans les lettres qu'il adresse à Hautjardin, le chevalier des Fleurs presse instamment Tyrell d'envoyer sa fille à la Cour. À quatorze ans, la donzelle est douce, belle, vierge, traitable, et lord Renly comme ser Loras entendent que Robert la baise, l'épouse et en fasse la nouvelle reine. Littlefinger…, seul l'enfer sait ce que mijote Littlefinger. Et cependant, l'homme qui trouble mon sommeil, c'est lord Stark. Il tient le bâtard, il tient le livre, il tiendra la vérité sous peu. Et voilà que maintenant sa femme a, grâce aux manigances de Littlefinger, enlevé Tyrion Lannister. Lord Tywin va prendre la chose comme un outrage, et Jaime voue à son Lutin de frère une affection bizarre. Que les Lannister fassent mouvement vers le nord, et les Tully se trouvent impliqués à leur tour. *Ajournez*, dites-vous ? je réplique :

hâtez-vous. Le plus adroit des jongleurs lui-même ne saurait maintenir éternellement cent balles en l'air.

— Vous êtes mieux qu'un jongleur, mon vieux..., vous êtes un véritable sorcier. Je ne vous demande qu'une chose, c'est de prolonger encore vos sortilèges. » Ils s'éloignèrent dans la direction qu'elle avait prise pour venir en s'échappant de la cave aux monstres.

« Je ferai tout mon possible, repartit l'autre d'un ton doux. Il me faut de l'or, et cinquante oiseaux supplémentaires. »

Arya leur laissa prendre pas mal de champ puis, l'échine ployée, les suivit. *Silencieux comme une ombre*.

« Tant que ça ? » Les propos devenaient moins distincts au fur et à mesure que s'atténuait la lumière. « Ceux dont vous avez besoin ne se trouvent pas sous le pas d'un cheval... si jeunes, pour savoir lire... plus vieux, peut-être... meurent pas si facilement...

— Non. Plus jeunes, plus sûrs... les maltraitez pas...

–... tenaient seulement leurs langues...

–... le risque... »

Bien après que leurs voix se furent éteintes, Arya distinguait encore la torche qui, telle une étoile fumante, lui permettait de tenir la piste. À deux reprises, la lumière sembla s'évanouir mais, en continuant tout droit, la petite se retrouva chaque fois en haut de marches abruptes, étroites tout en bas desquelles vacillait une vague lueur. Pressant l'allure, elle descendit, descendit, descendit tant et si bien que, lorsqu'une saillie de la roche la fit trébucher et se cogner contre le mur, sa main reconnut de la terre crue étayée par des pans de bois. Auparavant, les parois étaient revêtues de pierres taillées.

Elle avait dû traquer les deux hommes des lieues durant mais si, au bout du compte, ils s'étaient esquivés, le tunnel la forçait à continuer. Elle suivit donc le mur en aveugle, à nouveau, et, pour se sentir moins perdue, se persuada que Nymeria trottinait à ses côtés dans le noir. Elle finit par se retrouver barbotant jusqu'au genou dans des liquides nauséabonds. Que ne pouvait-elle danser dessus, comme eût fait Syrio… ! Reverrait-elle jamais seulement le jour ?

Il faisait nuit noire quand elle émergea, enfin, à l'air libre.

Au débouché d'un égout dans la Néra. Et elle puait si fort qu'elle se dévêtit sur-le-champ, laissant tomber l'un après l'autre à même le sol ses vêtements souillés, avant de plonger dans les eaux de poix. Elle y nagea jusqu'à se sentir décrassée puis, claquant des dents, rampa sur la berge. Quelques cavaliers passèrent sur la route, au-dessus, tandis qu'elle lessivait ses effets, mais s'ils remarquèrent, à la faveur du clair de lune, sa nudité de fillette maigrichonne et son étrange occupation, du moins n'en eurent-ils cure.

Le château se trouvait au diable mais comme, dans quelque coin de Port-Réal que l'on s'aventurât, il suffisait de lever les yeux pour apercevoir sa masse rouge sur la colline d'Aegon, elle ne risquait pas de se perdre. Elle était presque sèche quand elle en atteignit l'entrée. Comme la herse était abaissée et les portes closes, elle se dirigea vers la poterne, sur le côté. Seulement, les manteaux d'or en faction se gaussèrent lorsqu'elle demanda qu'on la laisse passer. « Tire-toi ! dit l'un. Les détritus de la cuisine sont déjà partis, et nous n'acceptons plus les mendiants après le crépuscule.

— Mais je ne mendie pas ! s'insurgea-t-elle, j'habite ici.

— J'ai dit : *tire-toi !* Te faut une beigne pour piger, peut-être ?

— Je veux voir mon père. »

Les gardes échangèrent un coup d'œil. « Et moi, je veux niquer la reine, répliqua le plus jeune, pour mon plus grand plaisir. »

L'aîné fronça le sourcil. « Et c'est qui, ton père, mon gars ? Le ratier municipal ?

— La Main du Roi », dit-elle.

Les deux hommes s'esclaffèrent d'abord puis, à l'improviste, le plus vieux lui balança son poing, comme pour assommer un chien, mais elle l'avait vu venir dès avant qu'il ne fût parti et, d'un entrechat, l'esquiva. « Je ne suis pas un garçon ! cracha-t-elle. Je suis Arya Stark de Winterfell. Touchez un seul de mes cheveux, et le seigneur mon père fera empaler vos têtes sur une pique. Si vous ne me croyez pas, faites venir de la tour de la Main Jory Cassel ou Vayon Poole. » Et, posant ses poings sur ses hanches : « Allez-vous m'ouvrir, maintenant, ou vous faut-il des beignes pour piger ? »

Père se trouvait seul dans sa loggia, quand Gros Tom et Harwin introduisirent la petite. Accoudé dans le halo d'une lampe à huile, il étudiait le plus gros livre qu'elle eût jamais vu, un grand volume épais dont les pages jaunes toutes craquelées, couvertes de pattes de mouche, étaient reliées de cuir fané, mais il le referma pour écouter le rapport de Harwin. Après qu'il eut congédié les deux hommes en les remerciant, son visage se fit sévère.

« Te rends-tu compte que j'ai lancé la moitié de ma garde à ta recherche ? demanda-t-il, sitôt la porte refermée. La peur a rendu folle septa Mordane. Elle est en train de prier dans le septuaire pour que tu nous reviennes saine et sauve. Tu le *sais* pourtant, Arya, tu ne dois à aucun prix franchir les portes du château sans ma permission.

— Je ne les ai pas franchies…, se trahit-elle. Enfin, pas exprès. J'étais en bas, dans les oubliettes, et c'est devenu ce tunnel. Il faisait si noir, et je n'avais rien pour voir, pas de torche ou de chandelle, il m'a fallu suivre. Je ne pouvais pas revenir comme à l'aller, à cause des monstres. Oh, Père, ils parlaient de vous *tuer* ! Pas les monstres, les deux hommes. Ils ne m'ont pas vue, je me tenais inerte comme un rocher, silencieuse comme une ombre, mais je les ai entendus. Ils disaient que vous teniez un livre et un bâtard et si une Main a pu mourir, pourquoi pas l'autre ? C'est ça, le livre ? Jon est le bâtard, je parie.

— Jon ? Enfin, Arya, que me chantes-tu là ? Qui disait cela ?

— *Eux… !* Un gras plein de bagues avec une barbe jaune fourchue, l'autre vêtu de mailles avec une coiffe d'acier, et le gras disait qu'on devait ajourner, mais l'autre lui disait qu'il ne pouvait pas continuer à jongler et que le loup et le lion allaient se dévorer et que c'était une pantalonnade. » Elle essayait de rassembler ses souvenirs, mais elle n'avait pas tout compris, loin de là, et, maintenant, les propos surpris s'embrouillaient dans sa cervelle. « Le gras disait que la princesse est grosse. Le coiffé d'acier, il avait une torche, il disait qu'il fallait se dépêcher. C'était un magicien, je crois.

— Un magicien, répéta Ned, froidement. Avait-il une longue barbe blanche et un grand chapeau pointu constellé d'étoiles ?

— Mais non ! Rien à voir avec les contes de Vieille Nan. Il n'avait pas *l'air* d'un magicien, mais le gras lui a dit qu'il l'était.

— Arya ! je te préviens…, si tu cherches à m'embobiner…

— Non ! je vous l'ai *dit*…, j'étais dans les oubliettes, près de l'endroit au mur secret. Je chassais des chats, et puis… » Sa physionomie se ferma. Si elle avouait avoir renversé le prince Tommen, il se mettrait *vraiment* en colère… « … bon, je suis passée par cette fenêtre. C'est là que j'ai trouvé les monstres.

— Des monstres *et* des magiciens, dit-il. Une véritable épopée, paraît-il. Et ces hommes que tu as entendus parlaient, disais-tu, de pantalonnade et de jongleries ?

— Oui, maintint-elle, seulement…

— C'étaient des baladins, Arya, coupa-t-il. Il doit y avoir à Port-Réal en ce moment une bonne douzaine de troupes, attirées par la foule du tournoi et l'espoir d'y ratisser un peu d'argent. Je ne vois pas bien ce que tes deux hommes fabriquaient dans l'enceinte du château, mais peut-être le roi leur avait-il demandé de donner une représentation.

— Non. » Elle secoua la tête d'un air buté. « Ce n'étaient pas des…

— En tout cas, tu n'as pas à suivre les gens pour les espionner. Il me répugne également d'imaginer ma propre fille en train d'escalader d'étranges fenêtres à la poursuite de chats de gouttière. Regarde-toi un peu, ma douce. Ces bras tout égratignés. La plaisanterie n'a que trop duré. Tu vas dire à Syrio que je lui demande un mot d'entretien, et... »

Un *toc toc* sec l'interrompit. « Veuillez m'excuser, lord Eddard, dit Desmond en entrebâillant la porte, mais il y a là un frère noir qui réclame audience. Il dit que c'est pour une affaire urgente. J'ai pensé que vous souhaiteriez en être informé.

— Ma porte est toujours ouverte à la Garde de Nuit », répondit lord Stark.

Desmond introduisit l'homme, un vieillard bossu qu'en dépit de sa laideur, de sa barbe hirsute et de ses habits crasseux Père accueillit d'un air affable en lui demandant son nom.

« Yoren, pour vous servir, m'seigneur. J' m'esscus' pour l'heure. » Puis, s'inclinant devant Arya : « Vot' fils, j' présume. Y vous r'ssemb'.

— Je suis une *fille* ! » protesta-t-elle, hérissée. S'il venait du Mur, il avait dû passer par Winterfell. « Vous connaissez mes frères ? enchaîna-t-elle avec fébrilité. Ron et Bran sont à Winterfell, Jon au Mur, Jon Snow, il est de la Garde de Nuit, lui aussi, vous devez bien savoir, il a un loup-garou, un loup-garou blanc avec des yeux rouges ! il est déjà patrouilleur, Jon ? je suis Arya Stark. » Le vieux malodorant la regardait d'un drôle d'air, mais elle ne pouvait s'arrêter de jaser. « Quand vous repartirez pour le Mur, je pourrais vous charger d'une lettre pour Jon, le cas échéant ? » Que ne se trouvait-il là, Jon, pour l'heure ! *lui* la croirait, quand elle parlait des oubliettes et du gras à barbe fourchue et du magicien coiffé d'acier...

« Ma fille omet trop volontiers les politesses élémentaires, dit Eddard Stark avec un léger sourire qui atténuait la réprimande. Je vous prie de lui pardonner, Yoren. C'est mon frère qui vous envoie ?

— Personne d'aut' m'a envoyé, m'seigneur, que l'vieux Mormont. J' suis v'nu chercher des hommes pour le Mur et, dès la prochaine audience qu' donn'ra Robert, j'irai y crier not' détresse à deux g'noux, dans l'espoir que lui et sa Main s'ront trop heureux d's' défaire en not' faveur d'quèqu' gibier d'potence. Quoiqu'y s'agit aussi d' Benjen Stark. Pasqu' son sang est d'venu noir, m'seigneur. Fait d'lui mon frère autant qu' l'vôt'. Pour lui qu' j'viens. Et au trip' galop, çà ! qu' j'ai presqu 'tué ma bêt' sous moi, m'n' empêch', les aut' sont loin derrière.

— Les autres ? »

Yoren cracha. « Reîtres, francs-coureurs et même racaille. C't' auberge en était bourrée, mais j' les ai vus prend' le vent. L' vent du sang, l'vent d'l'or, tout comme, au bout du compte. Z'ont pas tous filé sur Port-Réal, aussi. À bride abattue, certains, sur Castral Roc, et l' Roc est plus près… Lord Tywin la sait, la nouvelle, main'nant, comptez-y. »

Père se rembrunit. « Mais quelle nouvelle ? »

Yoren jeta un coup d'œil du côté d'Arya. « Faudrait mieux sans témoins, m'seigneur, j'm'esscuse…

— Soit. Desmond ? Raccompagne ma fille à ses appartements. » Il l'embrassa sur le front. « Nous reprendrons demain notre conversation. »

Elle ne bougea pas plus qu'une souche. « Il n'est rien arrivé à Jon, au moins ? demanda-t-elle. Ni à Oncle Benjen ?

— Ben, pour Stark, j' saurais pas dire… Le gars Snow allait assez bien quand j'ai quitté l' Mur. C' qui m'inquièt', c' pas tant eux. »

Desmond la prit par la main. « Venez, madame. Vous avez entendu votre seigneur père. »

Elle fut bien obligée de le suivre. Il n'était, hélas, pas si facile à duper que Gros Tom. Avec Tom, elle aurait inventé n'importe quel prétexte pour traîner dans les parages de la porte et tendre l'oreille. Tandis que Desmond était la discipline faite homme. « De combien de gardes dispose Père ? lui demanda-t-elle, tandis qu'ils descendaient.

— Ici, à Port-Réal ? Cinquante.

— Vous ne laisseriez personne le tuer, n'est-ce pas ? » reprit-elle.

Il se mit à rire. « Rien à craindre de ce côté-là, damoiselle. Lord Eddard est gardé nuit et jour. Il ne lui arrivera aucun mal.

— Les Lannister ont plus de cinquante hommes, objecta-t-elle.

— Certes, mais chaque épée du nord en vaut dix de cette bougraille du sud. Vous pouvez dormir sur vos deux oreilles.

— Mais…, mais si on envoyait un magicien pour le tuer ?

— Hé bien, dans ce cas… – Desmond tira sa longue épée –, les magiciens meurent comme tout le monde. Il suffit de leur trancher la tête. »

EDDARD

« Robert, je t'en conjure, rends-toi compte de ce que tu dis. Tu parles d'assassiner une enfant.

— *La garce est grosse !* » Le poing du roi s'abattit sur la table du Conseil avec un bruit de tonnerre. « Je t'avais prévenu que ça arriverait, Ned. Dans le coin des tertres, je t'ai prévenu, mais tu n'as pas voulu m'entendre. Eh bien, tu vas le faire, maintenant. Je les veux morts, la mère et l'enfant, tous les deux, et ce crétin de Viserys aussi. Est-ce assez clair, désormais ? *Je les veux morts.* »

Les autres membres du Conseil affectaient de leur mieux, avec un bel ensemble, de se trouver ailleurs. En quoi ils se montraient assurément plus avisés que lui. Rarement Eddard Stark s'était senti aussi effroyablement seul. « Un pareil forfait te déshonorera pour jamais.

— Que la honte en retombe sur ma tête, alors, pourvu qu'il s'accomplisse. Je ne suis pas aveugle au point de ne pas voir l'ombre de la hache brandie sur ma nuque.

— Il n'y a pas de hache, répliqua Ned. Seulement l'ombre d'une ombre estompée depuis quinze ans..., si tant est même qu'elle existe.

— *Si ?* demanda Varys d'un ton doux, tout en frottant ses mains poudrées. Votre Excellence me désoblige... Régalerais-je de mensonges le roi et son Conseil ? »

Ned lui jeta un regard froid. « Vous nous régalez des ragots d'un traître qui se trouve au diable vauvert, messire. Mormont peut faire erreur. Ou tenter de nous y induire.

— Ser Jorah n'oserait me tromper, sourit Varys d'un air fin. N'en doutez pas, monseigneur, la princesse est grosse.

— Du moins l'affirmez-vous. Si vous vous trompez, nous n'avons rien à craindre. Si la donzelle fait une fausse couche, nous n'avons rien à craindre. Si elle met au monde une fille au lieu d'un garçon, nous n'avons rien à craindre. Si l'enfant meurt en bas âge, nous n'avons rien à craindre.

— Et si c'est un *fils* ? insista Robert. S'il *vit* ?

— Le détroit nous séparerait encore. Je craindrai les Dothrakis le jour où leurs chevaux sauront galoper sur les flots. »

Sur une lampée de vin, le roi lui décocha par-dessus la table un regard mauvais. « Ainsi, tu me déconseillerais d'intervenir avant que le frai du dragon ne débarque sur mes côtes avec son armée, c'est bien ça ?

— Ton' frai du dragon' gît dans le ventre de sa mère, répliqua Ned. Aegon lui-même n'entreprit sa conquête qu'une fois sevré.

— *Bons dieux !* tu es aussi buté qu'un aurochs, Stark. » Il promena un regard circulaire sur l'assistance. « Et vous ? Auriez-vous tous égaré vos langues ? Pas un pour faire entendre raison à cette face gelée d'idiot ? »

Varys lui répondit par un mielleux sourire avant de poser une main câline sur la manche de Ned. « Je conçois vos répugnances, lord Eddard, oui, sincèrement. Je n'étais pas ravi, croyez-le, d'apporter au Conseil cette nouvelle des plus alarmante. Et nous voici contraints d'affronter sans détours une chose effroyable, une chose *vile*. Cependant, si nous prétendons gouverner pour le bien du royaume, il est telles vilenies qu'il nous faut assumer, quelque horreur qu'elles nous inspirent. »

Lord Renly haussa les épaules. « L'affaire me paraît assez simple, à moi. Nous aurions dû faire tuer Viserys et sa sœur voilà des années, mais Sa Majesté mon frère a commis la faute d'écouter Jon Arryn.

— Miséricorde n'est jamais faute, lord Renly, rétorqua Ned. Au Trident, ser Barristan ici présent abattit dix ou douze braves de nos amis, à Robert et moi. Quand on nous l'apporta, grièvement blessé et quasi mourant, Roose Bolton nous pressa de lui trancher la gorge, mais votre frère riposta : "Je ne tuerai pas un homme pour le châtier de sa loyauté et de sa bravoure", et il dépêcha son propre mestre pour brider les plaies. » Il attacha un long regard froid sur le roi. « Puisse un si noble cœur se trouver des nôtres, aujourd'hui. »

Robert en avait assez pour rougir. « Ce n'était pas pareil, gémit-il. Ser Barristan appartenait à la Garde royale.

— Tandis que Daenerys est une fillette de quatorze ans. » Il était parfaitement conscient d'outrepasser les bornes de la prudence, mais il ne pouvait s'en taire. « Je te le demande, Robert, dans quel but nous sommes-nous dressés contre Aerys Targaryen, sinon pour mettre un terme au meurtre des enfants ?

— Pour mettre un terme aux *Targaryens* ! gronda Robert.

— Tiens. J'ignorais que Votre Majesté eût jamais eu peur de Rhaegar. » Il tâcha d'effacer tout mépris de sa voix, mais en vain. « Les années vous auraient-elles amolli au point de trembler devant l'ombre d'un enfant à naître ? »

Robert s'empourpra. « Plus un mot, Ned ! prévint-il, l'index menaçant. Plus un seul. As-tu oublié qui est le roi, ici ?

— Non, Sire. Et vous ?

— *Assez !* aboya le roi. Je suis écœuré de parlotes ! Que je sois damné si cette affaire n'est pas entendue. Je vous écoute, vous autres.

— Il faut la tuer, opina lord Renly.

— Nous n'avons pas le choix, susurra Varys. Malheureusement, malheureusement… »

Ser Barristan Selmy détacha ses yeux bleu pâle de la table et articula : « S'il est honorable d'affronter son ennemi sur le champ de bataille, il ne l'est nullement de l'assassiner dans le sein de sa mère. Que Votre Majesté me pardonne, je dois appuyer lord Stark. »

La tâche de s'éclaircir la gorge parut absorber quelques minutes le Grand Mestre Pycelle. « Mon ordre sert le royaume et non son chef. Ayant jadis conseillé le roi Aerys avec autant de loyauté que je fais maintenant le roi Robert, je ne veux personnellement aucun mal à sa damoiselle de fille. Je poserai toutefois la question suivante : si la guerre éclate à nouveau, combien va-t-il périr de soldats ? Combien va-t-il brûler de villes ? Combien se verra-t-il d'enfants arrachés aux bras de leurs mères pour aboutir à la pointe d'une pique ? » Il caressa sa longue barbe blanche d'un air infiniment triste, infiniment dolent. « N'est-il pas en conséquence plus sage et, je prétends, plus *humain* que Daenerys Targaryen meure aujourd'hui pour préserver demain des milliers de vies ?

— Plus humain, approuva Varys. Oh, c'est parler d'or et sans fard, mestre. D'une telle véracité. Qu'il prenne seulement caprice aux dieux d'accorder un fils à Daenerys Targaryen, et le royaume saignera… »

Restait Littlefinger. Qui, sous les yeux de Ned, étouffa un bâillement. « Quand vous couchez avec un laideron, le mieux à faire est de clore les paupières et de pousser la besogne, déclara-t-il. Attendre ne la rendra pas plus jolie. Baisez-la, et bien le bonjour.

— *Baisez-la ?* répéta ser Barristan, sidéré.

— Un baiser d'acier », expliqua lord Petyr.

Robert se tourna vers sa Main. « Hé bien, voilà, Ned. Vous êtes seuls de votre avis, toi et Selmy. La seule question pendante est : à qui nous adresser pour l'exécution ?

— Mormont implore que tu lui pardonnes, rappela Renly.

— Désespérément, confirma Varys, mais ses jours lui sont plus chers encore. Actuellement, la princesse approche de Vaes Dothrak, où il est interdit de dégainer, sous peine de mort. Si je vous disais quel supplice les Dothrakis réservent au malheureux qui poignarderait une *khaleesi*, vous ne fermeriez pas l'œil de la nuit. » Il flatta ses bajoues fardées. « Tandis qu'un poison..., les larmes de Lys, par exemple, Khal Drogo ne saurait jamais qu'il ne s'agit pas de mort naturelle. »

Les paupières somnolentes de Pycelle papillotèrent brusquement, et il loucha vers l'eunuque d'un air soupçonneux.

« Le poison est l'arme des lâches », gémit Robert.

C'en fut trop pour Ned. « Quand tu envoies des tueurs à gages assassiner une gamine de quatorze ans, tu chicanes encore sur l'honneur ? » Il repoussa brutalement son siège et se dressa. « Fais-le toi-même, Robert. Que celui qui condamne manie l'épée. Regarde-la dans les yeux avant de la tuer. Vois ses larmes, écoute ses derniers mots. C'est bien le moins que tu lui doives.

— *Tudieu !* » jura Robert, dans une explosion de consonnes gravement révélatrice de sa fureur latente. « Et il le pense, le maudit... » Il empoigna le flacon, près de son coude, et, le découvrant vide, l'envoya se fracasser contre un mur. « Plus de vin, et je suis à bout. Suffit, maintenant. Fais le nécessaire.

— Je ne tremperai pas dans ce meurtre, Robert. Agis à ta guise, mais ne me demande pas d'y apposer mon sceau. »

Le roi parut d'abord n'avoir pas compris. La bravade était un plat qu'on ne lui servait guère. Puis, petit à petit, son expression se modifia, ses yeux se rétrécirent, une rougeur enflamma sa nuque par-dessus le col de velours. Il pointa sur Ned un index frénétique. « Vous êtes la Main du Roi, lord Stark. Vous ferez ce que je vous ordonne, ou bien je me trouverai une Main docile.

— Mes vœux l'accompagnent. » Posément, Ned dégrafa le pesant insigne d'argent qui joignait les pans de son manteau et, tout chagriné par le souvenir de l'homme qui l'y avait épinglé de sa propre main, de l'ami si tendrement aimé, le déposa sur la table, devant le roi. « Je te croyais plus de cœur, Robert. Je croyais que nous avions porté au trône un plus noble souverain. »

Robert devint violet. « *Dehors !* coassa-t-il, écumant de rage. *Dehors*, maudit, je t'ai assez vu. Qu'attends-tu ? Va, retourne vite à Winterfell. Et ne t'avise pas de jamais reparaître sous mes yeux, ou je te jure que je fais empaler ta tête ! »

Ned s'inclina et, sans un mot, gagna la porte, sous le regard haineux de Robert. Tandis qu'il se retirait, la discussion reprit presque sur-le-champ. « Il y a, à Braavos, une société dite des Sans-Visage, proposait le Grand Mestre Pycelle.

— Avez-vous la moindre idée de ce que *coûtent* leurs services ? pleurnicha Littlefinger. On pourrait, pour moitié moins cher, solder toute une armée de vulgaires reîtres…, et ce tarif est le prix d'un marchand ! Je n'ose imaginer ce qu'ils demanderaient pour une princesse. »

La fermeture de la porte sur ses talons préserva Ned de subir la suite. Drapé pour sa faction devant l'entrée du Conseil dans le long manteau blanc de la Garde et revêtu de son armure, ser Boros Blount lui décocha du coin de l'œil un regard curieux mais ne posa pas de question.

L'atmosphère était poisseuse, oppressante quand il retraversa la courtine pour rejoindre la tour de la Main. La pluie menaçait, manifestement. Il l'aurait accueillie volontiers. Pour l'illusion de se sentir un peu moins souillé. Aussitôt chez lui, il convoqua Vayon Poole qui se présenta sans retard. « Votre Excellence a souhaité me voir ?

— Plus d'Excellence, s'il te plaît, lui dit-il. Je me suis disputé avec le roi. Nous retournons à Winterfell.

— Je vais tout de suite m'occuper des préparatifs, messire. D'ici deux semaines, tout sera fin prêt pour notre départ.

— Nous ne pouvons nous attarder deux semaines. Pas même un seul jour. Le roi m'a plus ou moins menacé d'exposer ma tête sur une pique. » Un pli pensif lui barra le front. Le roi ne s'abaisserait probablement pas jusqu'aux voies de fait. Pas Robert. Si furieux fût-il pour l'heure, sa fureur ne manquerait pas, dès que Ned se serait éloigné, sain et sauf, de se refroidir. Comme toujours.

Toujours ? L'exemple de Rhaegar Targaryen malmena brusquement sa sécurité. *Quinze ans qu'il est mort, et Robert l'exècre plus que jamais.* Il y avait déjà là de quoi vous désarçonner…, et l'autre histoire, tout ce barouf autour de Catelyn et du nain rapporté la veille par Yoren, allait encore empirer la situation. Aussi sûr que le jour se lève, le scandale éclaterait sous peu et, dans l'état de fureur noire où se trouvait le roi… Robert avait beau se soucier de Tyrion comme d'une guigne, son orgueil n'en prendrait pas moins le rapt pour un outrage personnel, et mieux valait ne pas imaginer comment réagirait la reine.

« Le plus sûr est que je prenne les devants, dit-il à Poole. J'emmènerai mes filles et une poignée de gardes. Vous autres, vous suivrez quand vous serez prêts. Informes-en Jory, mais personne d'autre, et ne mets rien en train tant que les petites et moi ne nous serons pas esquivés. Le château pullule d'oreilles et d'yeux, je préférerais garder mes projets secrets.

— Vous serez obéi, messire. »

Une fois seul, Eddard Stark alla s'asseoir près de la baie, ruminant de sombres pensées. Robert ne lui avait décidément pas laissé l'embarras du choix. Cela méritait presque des remerciements. Quel bonheur que de retrouver Winterfell. Et quelle folie que de l'avoir quitté. Ses fils l'y attendaient. Catelyn et lui pourraient en avoir un autre, ils n'étaient pas encore si vieux. Puis il s'était dernièrement surpris maintes fois à rêver de neige – et du profond silence qui régnait, la nuit, dans le Bois-aux-Loups…

Chose étrange, l'idée de partir l'irritait aussi, néanmoins. Tant d'entreprises à laisser en plan. À présent que nul n'y mettrait plus obstacle, Robert et son Conseil de pleutres et de flagorneurs réduiraient le royaume à la mendicité… ou, pire, le céderaient aux Lannister pour les rembourser de leurs prêts. Quant à la mort de Jon Arryn, le mystère demeurait entier. Oh, les rares pièces découvertes suffisaient à le convaincre qu'il s'agissait bel et bien d'un meurtre, mais que valaient de pareils indices ? Autant que des crottes dans les fourrés. Sans avoir encore aperçu le fauve, il le flairait à l'affût, tapi non loin, perfide.

Subitement, l'inspiration lui vint de regagner Winterfell par mer. Il n'était certes pas marin et, en temps ordinaire, eût cent fois préféré la voie de terre, mais prendre un bateau lui permettrait de faire escale à Peyredragon et d'y rencontrer Stannis Baratheon. Pycelle avait expédié l'une de ses corneilles y porter l'invitation courtoise de Ned à revenir siéger au Conseil restreint, mais sans réponse à ce jour, et ce silence obstiné confirmait trop bien ce qu'il avait subodoré : Stannis détenait sans le moindre doute les clefs du secret que Jon avait payé de sa vie. L'insaisissable vérité l'attendait peut-être dans l'antique forteresse insulaire des Targaryens…

Et quand tu la tiendras, qu'en feras-tu ? Il est des secrets que mieux vaut ne pas révéler. Des secrets que l'on ne saurait partager impunément, fût-ce avec les gens que l'on aime et en qui l'on se fie. Ned prit à sa ceinture le poignard que lui avait apporté Catelyn et le tira de sa gaine. Le poignard du Lutin. Pourquoi le nain voulait-il la mort de Bran ? Pour le faire taire, à coup sûr. Encore un secret. Ou simplement un autre fil de la même trame ?

Se pouvait-il que *Robert* eût trempé là-dedans ? Il aurait juré naguère du contraire, mais tout comme il aurait juré que Robert n'ordonnerait jamais d'assassiner des femmes et des enfants… Catelyn avait bien tenté de le mettre en garde. *Tu connaissais l'homme, le roi t'est un étranger.* Plus vite il aurait quitté Port-Réal, mieux il se porterait. Si un navire appareillait pour le nord, demain, l'idéal serait d'être à bord.

Il convoqua derechef Vayon Poole et l'envoya, toutes affaires cessantes, s'informer discrètement au port. « Ce qu'il me faut, c'est un bateau rapide et un capitaine chevronné, lui dit-il. La taille des cabines ou le confort des équipements, je m'en moque, du moment qu'on me garantit vitesse et sécurité. Je désire partir immédiatement. »

Poole s'était à peine retiré que Tomard annonça : « Lord Baelish, m'seigneur. »

D'abord passablement tenté de faire éconduire le visiteur, Ned se ravisa. Il n'était pas encore libre ; il lui fallait d'ici là jouer le jeu de la clique. « Introduis-le, Tom. »

Lord Petyr entra d'un pas aussi désinvolte que si rien de grave ne fût arrivé, ce matin-là. Il portait un pourpoint de velours crème à crevés d'argent, un manteau de soie grise bordé de renard noir et, brochant sur le tout, sa goguenardise ordinaire.

Ned l'accueillit fraîchement. « Qu'est-ce qui me vaut l'honneur, lord Baelish ?

— Je ne vous retiendrai pas longuement, je vais dîner avec lady Tanda. Pâté de lamproie et cochon de lait. Comme elle s'est mis en tête de me faire épouser sa fille cadette, sa table conspire à me stupéfier constamment. À la vérité, je me donnerais au cochon plutôt que d'y consentir, mais ne m'en trahissez pas. J'adore le pâté de lamproie.

— Permettez que je ne vous détourne guère de vos anguilles, messire, dit Ned avec un mépris glacial. En ce moment, je ne vois personne dont la compagnie me tente moins que la vôtre.

— Oh, tout bien réfléchi, vous trouveriez quelques autres noms. Varys, disons. Cersei. Ou Robert. Sa Majesté est des plus courroucée, savez-vous ? Elle a passablement abondé sur votre personne, après que vous nous eûtes quittés, et, si ma mémoire ne m'abuse, les termes d'*insolence* et d'*ingratitude* étaient au refrain. »

Ned ne lui fit pas l'honneur de répliquer. Ni même de lui offrir un siège, mais Littlefinger en prit un de toutes façons. « Après votre départ tempétueux m'échut la tâche de les convaincre de ne point recourir aux bons offices des Sans-Visage, poursuivit-il d'un ton jovial. À la place, Varys propagera, mine de rien, l'assurance que celui, quel qu'il puisse être, qui réglera son compte à la petite Targaryen se verra anoblir.

— Ainsi, nous récompensons désormais le meurtre par des titres… », fit Ned, écœuré.

Littlefinger haussa les épaules. « Les titres sont bon marché, les Sans-Visage hors de prix. Et, pour parler franc, la petite Targaryen devra une plus fière chandelle à mon intervention qu'à tous vos beaux discours. *Libre* à quelque reître altéré de blason de courir le lièvre, je lui prédis, moi, un fiasco. Et les Dothrakis se tiendront dès lors sur leurs gardes. Alors que si nous avions envoyé l'un des Sans-Visage, la donzelle était autant dire morte et enterrée. »

Ned sourcilla, pour le coup. « Du fond de votre siège, au Conseil, vous nous avez parlé de laiderons et de baisers d'acier, et, à présent, vous comptez me voir gober vos prétendues tentatives pour sauver cette enfant ? Vous me prenez donc pour un gros benêt ?

— Ma foi…, pour un benêt colossal, en l'espèce ! riposta Littlefinger en s'esclaffant.

— Trouvez-vous toujours le meurtre si divertissant, lord Baelish ?

— Ce n'est pas le meurtre qui me divertit, lord Stark, mais vous-même. Vous gouvernez à la manière d'un homme qui danserait sur la glace pourrie. Vous allez faire un noble *plouf*, si vous m'en croyez. Il me semble avoir perçu ce matin le premier craquement.

— Le premier et le dernier, dit Ned. J'ai eu mon content.

— Quand envisagez-vous de repartir pour Winterfell, messire ?

— Le plus tôt possible. En quoi cela vous concerne-t-il ?

— En rien…, mais si, d'aventure, vous vous trouviez encore ici vers la tombée du jour, je me ferais un plaisir de vous mener dans ce bordel que votre Jory cherche en vain depuis si longtemps. » Il se mit à sourire. « Et je n'en soufflerai pas même un mot à notre chère lady Catelyn. »

CATELYN

« Vous auriez dû nous annoncer votre venue, madame, dit ser Donnel Waynwood tandis que leurs chevaux gravissaient le col. Nous vous aurions envoyé une escorte. Pour un petit groupe comme le vôtre, la grand-route n'est plus aussi sûre que par le passé.

— Nous l'avons appris à nos cruels dépens, ser Donnel », répondit-elle. Il lui semblait par moments que son cœur s'était pétrifié. Six braves avaient péri pour la mener jusqu'aux portes du Val d'Arryn, et elle ne trouvait pas même en son for la ressource de les pleurer. Jusqu'à leurs noms qui s'estompaient de sa mémoire. « Les clans nous ont harcelés jour et nuit. Nous avons perdu trois hommes au cours de la première escarmouche, deux autres à la suivante, et le valet de Lannister a succombé lorsque ses plaies se sont infectées. En vous entendant approcher, j'ai bien cru notre dernière heure venue. » Ils s'étaient de fait préparés à périr, l'épée au poing et le dos au rocher. Déjà, le nain affûtait sa hache, tout en blaguant, comme à l'accoutumée, de façon mordante quand Bronn avait repéré, sur la bannière qui précédait les cavaliers, lune-et-faucon, bleu ciel et blanc, de la maison Arryn. Jamais Catelyn n'avait rien vu de si bienvenu.

« Les clans se montrent d'une arrogance, depuis la mort de lord Jon… ! » s'insurgea ser Donnel avec toute la fougue de ses vingt ans. D'aspect trapu, il avait un visage sérieux et commun, le nez épaté sous des taillis de cheveux bruns. « S'il n'était que de moi, j'emmènerais dans les montagnes une centaine d'hommes pour vous dénicher ces gens-là de leurs aires, et je leur donnerais quelques bonnes leçons, mais votre sœur s'y oppose formellement. Elle n'a pas même permis à ses chevaliers de se produire au tournoi de la Main. Elle veut garder toutes nos épées à portée pour défendre le Val… contre quoi ? mystère. Contre des ombres, disent certains. » Il lui jeta un regard inquiet, comme s'il se souvenait tout à coup de la parenté. « J'espère que je ne vous ai pas froissée, madame. Je n'avais nullement l'intention…

— La franchise ne me froisse jamais, ser Donnel. » Elle savait bien ce que redoutait sa sœur. *Pas des ombres, les Lannister*, se dit-elle en lançant derrière elle un coup d'œil au nain, flanqué de l'éternel Bronn. Ils étaient devenus copains comme coquins depuis la disparition de Chiggen, et Tyrion était plus malin qu'elle n'eût souhaité. À leur entrée dans les montagnes, il était bel et bien son captif, sans recours possible. À présent… ? Son captif toujours, certes, mais un poignard à la ceinture, une hache plantée dans l'arçon, les épaules ceintes du manteau de lynx gagné aux dés contre Marillion, et la poitrine protégée par le haubert de mailles récupéré sur le cadavre de Chiggen. Une quarantaine d'hommes, tant chevaliers que francs-coureurs au service de Lysa et du jeune Robert Arryn, avaient beau encadrer les rescapés de la pitoyable équipée, Tyrion ne s'en montrait pas pour autant le moins alarmé du monde. *Me serais-je trompée ?* se demanda-t-elle – et ce n'était pas la première fois. Se pouvait-il qu'il fût véritablement innocent, pour Bran, pour Jon Arryn et pour tout le reste ? Et, s'il l'était, comment qualifier son propre comportement ? Six hommes avaient péri pour lui garder sa proie…

Elle écarta résolument ses doutes. « Quand nous atteindrons le fort, je vous saurais infiniment gré d'envoyer quérir sur-le-champ mestre Colemon. Ser Rodrik a une fièvre de cheval. » L'idée que le vieux chevalier n'en réchappe pas ne cessait de la tenailler. Au terme du voyage, il ne tenait plus en selle que par miracle, et seule l'opposition farouche de Catelyn aux instances répétées de Bronn avait empêché qu'on ne l'abandonne à son sort. En revanche, il avait fallu l'encorder sur sa bête et charger Marillion de veiller constamment sur lui.

Après un instant d'hésitation, ser Donnel repartit : « Lady Lysa a défendu au mestre de s'éloigner une seconde des Eyrié. Elle le veut en permanence auprès de lord Robert… Toutefois, reprit-il, nous avons, à la Porte, un septon qui panse nos propres blessés. Il saura visiter les plaies de votre homme. »

Catelyn ajoutait plus de foi au savoir des mestres qu'aux patenôtres des septons, et elle ouvrait la bouche pour le déclarer sans ambages quand lui apparurent, de part et d'autre de la route et construits de la pierre même de la montagne, les longs parapets de fortifications. À l'endroit où le col s'étranglait en un défilé juste assez large pour quatre cavaliers de front se cramponnaient aux parois rocheuses deux échauguettes reliées entre elles par l'arche d'un pont grisaillé par les siècles. Des silhouettes silencieuses peuplaient chaque meurtrière du fort, des tours de guet, du pont, et lorsqu'ils eurent presque atteint le sommet du col, un cavalier vint au-devant d'eux. Gris était son cheval, grise son armure, mais sur son manteau chatoyait le rouge-et-bleu de Vivesaigues, et un silure d'obsidienne et d'or lui en agrafait les pans à l'épaule. « Qui demande à franchir la porte Sanglante ? cria-t-il.

— Ser Donnel Waynwood, avec Sa Seigneurie lady Stark et ses compagnons. »

Le chevalier de la Porte releva sa visière. « Il me semblait bien que la dame m'était familière… ! Te voilà bien loin de chez toi, ma petite Cat.

— Comme vous, mon oncle », dit-elle en souriant, malgré les rudes épreuves qu'elle venait de subir. Le simple son de ce timbre rauque et voilé lui ressuscitait sa verte jeunesse, vingt ans plus tôt.

« Chez moi, c'est juste derrière, répliqua-t-il d'un ton bourru.

— Vous êtes chez vous dans mon cœur, dit-elle. Retirez votre heaume, que je vous revoie.

— Les ans ne m'auront pas embelli, je crains », maugréa Brynden Tully, mais, dès qu'elle le vit à visage découvert, Catelyn en eut le démenti. Certes, ses traits s'étaient accusés et comme érodés, l'âge avait dépouillé ses cheveux de leur teinte auburn au profit du gris, mais son sourire demeurait le même, ainsi que ses sourcils, toujours aussi broussailleux et drus que des chenilles, et que l'outremer rieur de ses yeux. « Lysa est au courant de ton arrivée ?

— Je n'ai pas eu le loisir de la prévenir », dit-elle. Peu à peu, les autres arrivaient, derrière. « Nous précédons de peu la tornade, Oncle, je crains.

— Puis-je entrer dans le Val ? » demanda ser Donnel. La passion des Waynwood pour les formalités pompeuses se perdait dans la nuit des temps.

« Au nom de Robert Arryn, seigneur des Eyrié, Protecteur du Val, Véritable Gouverneur de l'Est, je vous invite à y pénétrer librement, à charge pour vous d'en observer la paix, répliqua ser Brynden. Allez. »

Ainsi s'engouffra-t-elle à sa suite dans l'obscurité de la Porte Sanglante où une douzaine d'armées s'étaient taillées en pièces à l'Age des Héros. Au-delà, les montagnes s'ouvraient brusquement sur un panorama d'azur, de verdure et de cimes enneigées qui lui coupa le souffle. Le Val d'Arryn baignait dans l'éclat du matin.

Il s'étendait à leurs pieds, vers l'est, jusqu'à l'horizon vaporeux, paisible contrée de riche humus noir où se prélassaient de larges rivières, où miroitaient sous le soleil des centaines de petits lacs, à l'abri de son cirque hérissé de pics. Dans ses champs croissaient haut les blés, les orges, les avoines, et ses potirons n'avaient rien à envier ni pour la taille ni pour la douceur à ceux-là mêmes de Hautjardin. Du promontoire occidental où ils se tenaient, la grand-route entreprenait sa longue descente en zigzag jusqu'au piémont, près d'une lieue plus bas. De ce côté-là, le Val n'était guère large, à peine une demi-journée de cheval, et les massifs du nord semblaient tellement proches que, pour un peu, Catelyn eût tendu la main pour les caresser. Les surplombait tous de sa pointe déchiquetée la Lance-du-Géant, une montagne si prodigieuse que les montagnes les plus altières avaient l'air accroupies pour la regarder ; son sommet se perdait dans des brumes de glace, à quelque vingt mille pieds des terres arables ; de sa massive épaule, à l'ouest, dégringolait le torrent fantôme des Larmes d'Alyssa dont, malgré la distance, se discernait, tel un fil d'argent, le scintillement contre la roche noire.

En la voyant immobilisée, son oncle ramena son cheval près d'elle et tendit le doigt : « Là-bas, juste à côté des Larmes d'Alyssa. Tout ce que tu peux en distinguer, d'ici, et à condition que tu regardes intensément et que le soleil en frappe les murs sous l'angle requis, c'est comme une étincelle blanche intermittente. »

Sept tours immaculées, lui avait dit Ned, *enfoncées telles des dagues dans le ventre du ciel et si hautes que, depuis leur sommet, tu plonges sur les nuages.* « À combien d'heures de cheval ? demanda-t-elle.

— Nous pouvons atteindre le pied de la montagne à la tombée du jour, mais l'ascension en prendra un autre.

— Madame… ? » De derrière s'élevait la voix de ser Rodrik. « Je crains de ne pouvoir aller plus loin, aujourd'hui. » Entre les picots de ses favoris renaissants, sa pauvre figure penchait de côté, et d'un air si las que Catelyn craignit de le voir tomber de cheval.

« Et vous n'en ferez rien, dit-elle. Vous avez satisfait à toutes mes exigences, et cent fois plus. Mon oncle m'escortera jusqu'aux Eyrié. Lannister doit me suivre, mais rien ne justifierait que vous et les autres renonciez à rester ici pour vous reposer et recouvrer vos forces.

— C'est un honneur pour nous que de les accueillir », énonça ser Donnel avec la gravité cérémonieuse de son âge. Outre ser Rodrik, seuls demeuraient, du groupe formé à l'auberge de la mère Masha, Bronn, ser Willis Wode et le rhapsode Marillion.

« Daignez me permettre, madame, dit ce dernier en poussant son cheval en avant, de vous accompagner aux Eyrié pour assister au dénouement de cette geste dont j'ai eu le privilège de voir les scènes initiales. » Sa voix trahissait un bizarre mélange d'égarement et de détermination, une lueur fiévreuse allumait ses prunelles.

S'il était venu jusque-là, ce n'était certes pas à la requête de Catelyn, mais de son propre mouvement ; et qu'il eût survécu, lui, quand tant d'hommes autrement courageux jonchaient la route, sans sépulture, tenait du prodige. Il ne s'en dressait pas moins devant elle, avec un soupçon de barbe qui le rendait presque viril. Elle crut lui devoir une espèce de récompense, au terme d'un si long voyage. « Fort bien.

— Je viens également », annonça Bronn.

Elle prisa la chose beaucoup moins. Sans cet individu, certes, elle n'eût jamais atteint le Val et le savait pertinemment ; elle devait compter le reître au nombre des plus redoutables combattants qu'il lu' eût été donné de voir, et son épée n'avait pas peu contribué au succès de l'équipée, mais. Mais, ces qualités reconnues, il lui déplaisait souverainement. Du courage, il en avait, et de l'énergie, mais pas l'once de bonté, et de loyauté guère. Puis elle en avait assez de le voir chevaucher étrier contre étrier avec Lannister, plus qu'assez de leurs apartés à voix basse, de leurs blagues à deux, de leurs éclats de rire connivents. Elle aurait préféré les séparer une bonne fois pour toutes, mais comment, sans goujaterie, refuser à un Bronn la faveur qu'elle venait précisément d'accorder à un Marillion ? « Comme vous voudrez », dit-elle, ayant du reste bien remarqué qu'il s'était abstenu de lui en demander l'autorisation.

On abandonnerait donc ser Rodrik et ser Willis Wode au verbe onctueux et aux mains diligentes du septon local. Les montures aussi, pauvres haridelles vannées. Pendant que les écuries en fournissaient de fraîches, toutes pelucheuses et de sabot montagnard, ser Donnel promit d'envoyer des oiseaux prévenir les Portes-de-la-Lune et les Eyrié de l'arrivée des visiteurs. Moins d'une heure plus tard, on était reparti et l'on abordait la descente vers la vallée. Catelyn chevauchait aux côtés de son oncle. Derrière venaient Bronn, Tyrion Lannister, Marillion et six des hommes de Brynden.

Ce dernier attendit d'avoir accompli le premier tiers de la descente et de se trouver assez en avant des oreilles indiscrètes pour se tourner vers sa nièce. « Alors, enfant, si tu me parlais de cette fameuse tornade ?

— Voilà des années que je ne suis plus une enfant, Oncle », rectifia-t-elle avant de vider son sac, nonobstant. La lettre de Lysa, l'accident de Bran, la tentative d'assassinat, le poignard, Littlefinger, la rencontre fortuite avec Lannister dans l'auberge du carrefour…, le récit de toutes ces péripéties lui prit plus de temps que prévu.

L'œil de plus en plus sombre au fur et à mesure que s'accentuait le froncement de ses lourds sourcils, Brynden l'écoutait sans l'interrompre. Brynden Tully avait toujours su écouter les autres…, Père excepté. Il avait cinq ans de moins que lord Hoster mais, pour autant qu'elle se souvînt, les deux frères s'étaient toujours affrontés. De ses huit ans lui restait encore dans l'oreille l'une de leurs disputes les plus retentissantes. « Tu es la brebis noire du troupeau Tully ! » s'indignait Père. À quoi Brynden, hilare, rétorquait : « Le troupeau…, tiens donc. Si l'emblème de notre maison est bien une truite au bond, c'est de *poisson* noir du banc Tully qu'il siérait de me qualifier ! » De cet instant datait l'adoption de ses armoiries personnelles.

Leur guerre n'avait cessé qu'avec les noces des deux filles. En plein festin, Brynden lançait à son frère qu'il allait quitter Riverrun pour entrer au service de Lysa et de son nouveau seigneur et maître, Jon Arryn. Depuis lors, Père n'avait plus jamais prononcé le nom de son cadet, s'il fallait en croire, du moins, les lettres passablement rares d'Edmure…

Il n'empêchait que, durant toute la prime jeunesse de Catelyn, c'est à Brynden le Silure que les enfants de lord Hoster couraient porter leurs larmes et leurs histoires, Père étant débordé, Mère trop malade. Edmure, Lysa, elle-même et…, mais oui, Petyr Baelish aussi, comme pupille des Tully…, il les avait tous écoutés patiemment, comme il écoutait à présent, heureux de leurs triomphes et compatissant à leurs déconfitures puériles.

Quand elle eut achevé, il demeura longtemps silencieux, comme absorbé par la manière dont son cheval négociait la pente raide et le terrain rocheux. « Il faut avertir ton père, dit-il enfin. Si les Lannister se mettent en marche, son éloignement préserve Winterfell et son massif montagneux le Val, mais Vivesaigues se trouve juste sur leur passage.

— J'en suis obsédée moi-même, admit-elle. Dès notre arrivée aux Eyrié, je compte prier mestre Colemon de lui dépêcher un oiseau. » Il lui faudrait d'ailleurs envoyer nombre d'autres messages, notamment pour transmettre aux bannerets les ordres de Ned, relatifs au renforcement des défenses du nord. « Et l'humeur, dans le Val ? demanda-t-elle.

— Colère, dit-il. Lord Jon était très aimé, et la nomination par le roi de Jaime Lannister à un poste que les Arryn occupaient depuis près de trois siècles a fait l'effet d'un sanglant outrage. Et Lysa a beau nous ordonner d'appeler son fils *Véritable* Gouverneur de l'Est, nul n'est dupe. Au surplus, ta sœur n'est pas seule à s'interroger sur la disparition subite de la Main. On n'ose pas dire, ouvertement du moins, que Jon est mort assassiné, mais l'ombre du soupçon ne cesse de s'étendre. » Il jeta un coup d'œil vers elle, et sa bouche s'amincit. « Puis il y a le gosse.

— Le gosse ? Il ne va pas ? » Une saillie du rocher l'obligea à baisser la tête comme ils abordaient un virage en épingle.

« Lord Robert, soupira son oncle d'un ton trouble. Six ans, souffreteux, pleurnichant dès que tu lui retires ses poupées. L'héritier légitime de Jon Arryn, au regard des dieux, mais que d'aucuns trouvent vraiment trop malingre pour remplir le siège paternel. Jusqu'à sa majorité, nombre de gens murmurent que Nestor Royce devrait continuer de gouverner, comme il l'a fait durant les quatorze années qu'a duré le service de Jon à Port-Réal. D'autres pensent que Lysa ferait mieux de se remarier, et vite. Déjà, les prétendants se bousculent comme des corbeaux sur un champ de bataille. Ils pullulent, aux Eyrié.

— J'aurais pu m'y attendre… », dit Catelyn. Rien là de bien surprenant, en effet. Lysa était encore jeune, et la couronne de la Montagne et du Val faisait une corbeille de noces des plus coquette. « Prendra-t-elle un second mari ?

— Oui, à l'en croire, pourvu qu'elle en trouve un à son gré, répondit-il, mais elle a déjà rebuté lord Nestor et une douzaine d'autres partis agréables. Elle affirme vouloir choisir *elle-même*, cette fois, son seigneur et maître.

— Vous seriez plus mal venu que personne de l'en blâmer, non ? » Il renifla. « Et je n'en fais rien, mais… mais il me semble qu'elle se laisse courtiser par pure malice. La compétition l'amuse mais, à mon avis, elle entend exercer la régence effective jusqu'à ce que le gosse ait l'âge requis pour cumuler son titre actuel de sire des Eyrié et les pouvoirs y afférents.

— Une femme peut gouverner avec autant de sagesse qu'un homme.

— La femme de *tête*, assurément, répliqua-t-il avec un coup d'œil en coin. Mais ne t'y trompe pas, Cat, Lysa n'est pas toi. » Il hésita un moment. « Tu veux le fond de ma pensée ? J'ai peur que tu ne trouves pas ta sœur aussi… secourable que tu le voudrais. »

Elle demeura saisie. « Ce qui veut dire ?

— La Lysa qui nous est revenue de Port-Réal n'a plus rien à voir avec la jouvencelle qui partit pour le sud quand son mari fut nommé Main. Toutes ces années l'ont rudement éprouvée. Tu dois savoir. Lord Arryn avait beau être un époux exact à ses devoirs, leur mariage était politique et non passionnel.

— Comme le mien.

— Les débuts furent similaires, mais ta sœur s'en est tirée de manière beaucoup moins heureuse que toi. Deux enfants mort-nés, quatre fausses couches, la mort de Jon… Les dieux ne lui ont donné, Catelyn, que ce fils unique, et elle ne vit que pour lui, maintenant, pauvre gosse. Rien d'étonnant qu'elle ait pris la fuite, plutôt que de le voir remettre aux Lannister. Ta sœur est *apeurée*, enfant, et les Lannister sont ce qu'elle redoute le plus au monde. Elle s'est ruée vers le Val en quittant le Donjon Rouge à la dérobée, de nuit, comme une voleuse, et tout cela pourquoi ? pour arracher son fils de la gueule du lion…, et voilà que ce même lion, tu le lui amènes à sa porte.

— Enchaîné », riposta-t-elle. À droite béait une crevasse, à pic sur les ténèbres. Elle retint son cheval et, pas après pas, lui fit longer le passage scabreux.

« Ah bon ? » Il jeta un regard en arrière, où Tyrion opérait sa lente descente avec les autres. « Je vois une hache dans son arçon, un poignard à sa ceinture et un reître qui le talonne d'aussi près qu'une ombre affamée. Où sont-elles, ses chaînes, mon cœur ? »

Catelyn se vit sur la sellette et se défendit de son mieux : « Le nain n'en est pas moins là, contraint et forcé. Chaînes ou pas, je le tiens. Lysa sera aussi aise que moi de l'entendre répondre de ses crimes. C'est tout de même son propre mari qu'ont assassiné les Lannister, et tout de même sa propre lettre qui nous a d'abord mis la puce à l'oreille à leur encontre. »

Il lui adressa un sourire las. « J'espère que tu aies raison, petite », soupira-t-il d'un ton terriblement dubitatif.

Le soleil penchait nettement vers l'ouest lorsque les chevaux commencèrent à fouler un sol moins accidenté. La route s'élargit pour filer tout droit, et Catelyn eut tout loisir enfin de remarquer les fleurs sauvages et la végétation. Une fois au niveau de la vallée, leur allure s'accéléra, et c'est au petit galop qu'ils traversèrent bois verdoyants et hameaux somnolents, soufflèrent vergers et champs de blé d'or, franchirent dans des gerbes d'éclaboussures une douzaine de gués éblouis de soleil. Devant eux flottait, brandie par l'un des hommes de Brynden, la double bannière qui superposait l'emblème Arryn, lune-et-faucon, au silure du cadet Tully. Ainsi les charrettes rustiques et les carrioles des commerçants se rangeaient-elles, ainsi que les cavaliers de moindre extrace, afin de leur céder le pas.

Il faisait néanmoins nuit noire lorsqu'ils parvinrent en vue du château gaillard campé droit dessous la Lance-du-Géant. Sur le faîte de ses remparts tremblotaient des torches, et la lune cornue dansait sur les eaux noires de ses douves. Le pont-levis était déjà dressé, la herse abaissée, mais Catelyn distingua des lumières dans le corps de garde et, derrière, de vagues lueurs au fenestrage des tours carrées.

« Les Portes-de-la-Lune », lui dit son oncle, tandis que leur petite troupe s'immobilisait et que l'enseigne se portait jusqu'au bord du fossé pour héler les gens de la conciergerie. « Le siège de lord Nestor. Il doit nous attendre. Regarde, là-haut. »

Elle leva les yeux, les leva plus haut, plus haut, plus haut, mais ne discerna d'abord rien d'autre que de la pierre et des arbres, la masse confuse de l'immense montagne noyée de nuit et plus noire qu'un ciel sans étoiles. Puis elle aperçut, très très haut, le halo de feux presque imperceptibles : une tour fortifiée, bâtie carrément sur l'à-pic, et à qui les prunelles orange de ses ouvertures donnaient un air de toiser son monde. Beaucoup plus haut s'en trouvait une autre puis, toujours plus haut, en clignotait une troisième, pas plus grande qu'une étincelle sur le firmament. Enfin, tout en haut tout en haut, dans les parages où les faucons prennent leur essor, comme une éclaboussure de blancheur dans la clarté lunaire. À la seule vue des tours pâles juchées tout là-haut, si haut… ! un vertige submergea Catelyn.

« Les Eyrié », entendit-elle Marillion murmurer, mi-fascination, mi-panique.

Au même moment retentit la voix corrosive de Tyrion Lannister. « Les Arryn n'ont décidément pas un faible excessif pour la compagnie. Si vous comptez me faire escalader cette montagne dans le noir, autant me tuer tout de suite.

— Nous couchons ici, cette nuit, lui dit Brynden. Nous ne ferons l'ascension que demain.

— Je brûle d'impatience, répliqua le nain. Comment grimpe-t-on jusque-là ? Je n'ai jamais monté de chèvres, je vous préviens.

À dos de mulet, dit Brynden avec un sourire.

— Il y a des marches taillées tout du long », repartit Catelyn. Ned lui en avait si souvent parlé, lorsqu'il évoquait sa jeunesse en compagnie de Robert Baratheon, sous la houlette de Jon Arryn…

Son oncle confirma d'un signe de tête. « Il fait trop noir pour qu'on les aperçoive, mais elles existent bel et bien. Trop étroites et raides pour des chevaux, mais les mulets s'en accommodent presque jusqu'au bout. Les trois forts qui gardent le passage se nomment respectivement Pierre, Neige et Ciel. Les mulets vous portent jusqu'à ce dernier. »

Tyrion se démancha le col avec une grimace impayable. « Et au-delà ? »

Le sourire de Brynden s'élargit. « Au-delà, l'escalier est trop raide même pour des mulets. Il faut terminer à pied. À moins que, d'aventure, vous ne préfériez enfourcher un couffin. Les Eyrié se trouvent exactement à l'aplomb de Ciel, et ils possèdent six énormes treuils équipés de chaînes de fer qui permettent de hisser directement dans les caves tout ce que de besoin. Si vous le souhaitez, messire Lannister, je me fais fort de vous obtenir une place parmi les miches, la bière et les pommes. »

Le nain éclata de rire. « Que ne suis-je un potiron ! dit-il. Hélas, mon seigneur de père serait effroyablement contristé d'apprendre que son digne Lannister de fils fût allé au-devant de son destin funeste tel un chargement de navets. Si vous montez à pied, je crains que mon devoir ne m'impose d'en faire autant. Nous autres, Lannister, avons notre fierté.

— Fierté ? jappa Catelyn, exaspérée par tant d'aisance et de goguenardise. Arrogance serait plus approprié. Arrogance et goût du lucre et passion du pouvoir.

— Arrogant, mon frère l'est indéniablement, riposta Tyrion. Mon père est le goût du lucre incarné. Quant à mon exquise sœur Cersei, elle respire par tous les pores de sa conscience la passion du pouvoir. Moi, en revanche, je suis innocent comme l'agnelet. Bêlerai-je pour vous le prouver ? » Il se fendit jusqu'aux oreilles.

Avant qu'elle ne pût rétorquer, le pont-levis s'abaissait en grinçant, et, dans un couinement de chaînes graissées, la herse se relevait. Des hommes d'armes s'avancèrent, des brandons enflammés au poing, pour leur éclairer la voie et, Brynden Tully à leur tête, les cavaliers franchirent les douves. Ainsi que l'impliquaient ses titres de surintendant du Val et de gardien des Portes-de-la-Lune, lord Nestor Royce, entouré de ses chevaliers, attendait ses hôtes dans la cour pour les accueillir.

« Lady Stark », dit-il en s'inclinant pour une révérence balourde, imputable à sa seule masse et au baril de sa bedaine.

Catelyn mit pied à terre pour lui répondre avec plus de grâce. « Lord Nestor. » Elle ne le connaissait que de réputation. Cousin de Yohn le Bronzé et issu d'une branche secondaire de la maison Royce, il n'en était pas moins, à ses propres yeux, un très haut et très puissant seigneur. « Nous avons fait un voyage aussi long qu'éprouvant. Je vous saurais infiniment gré, si je puis me permettre, de nous accorder cette nuit l'hospitalité de votre toit.

— Mon toit est le vôtre, madame, répondit-il d'un ton bourru, mais ma dame votre sœur, lady Lysa, nous a mandé, depuis les Eyrié, qu'elle désirait vous voir sur-le-champ. Vos compagnons seront hébergés ici et monteront vous rejoindre dès le point du jour. »

Oncle ne fit qu'un bond de sa selle à terre. « À quoi rime cette extravagance ? » s'emporta-t-il crûment. Il n'avait jamais été homme à moucheter l'expression de son sentiment. « Une ascension de nuit, quand la lune n'est même pas pleine ? Même Lysa devrait le savoir, c'est inviter les gens à se rompre le cou !

— Les mulets connaissent le chemin, ser Brynden. » Une jeune fille de dix-sept à dix-huit ans vint se placer aux côtés de lord Nestor. D'allure vive et nerveuse, elle avait des cheveux sombres taillés court et comme au bol, portait des culottes de cheval en cuir et une légère chemise de mailles argentée. Elle adressa à Catelyn une révérence plus élégante que celle de son seigneur. « Sur ma foi, madame, il ne vous arrivera rien de fâcheux. Ce serait pour moi un honneur que de vous mener. J'ai fait cent fois la montée de nuit, et Mychel prétend que mon père devait être un chamois. »

Son petit ton effronté arracha un sourire à Catelyn. « Comment t'appelle-t-on, petite ?

— Mya Stone, madame, pour vous être agréable. »

Le désagrément fut tel, au contraire, que Catelyn éprouva la plus grande peine à conserver un masque affable. Dans le Val, *Stone* était un sobriquet de bâtard, tout comme *Snow*, dans le nord, ou *Flowers*, à Hautjardin ; dans chacune des Sept Couronnes, la coutume en avait façonné un pour désigner les enfants nés de pères anonymes. Sans éprouver la moindre animosité personnelle contre la jeune fille, Catelyn s'était brusquement souvenue du bâtard de Ned, là-bas, sur le Mur, avec un malaise d'autant plus pénible que le remords le disputait à l'antipathie. Et, cependant, son esprit se débattait en vain pour assembler une formule de politesse.

Par chance, lord Nestor se chargea de meubler le silence. « Si Mya se fait fort de vous conduire en toute sécurité auprès de lady Lysa, je suis tranquille. Je réponds de son adresse. Elle ne m'a jamais déçu.

— Dans ce cas, je me remets entre tes mains, Mya Stone, dit Catelyn. Je vous prierai seulement, messire, de faire étroitement veiller sur mon prisonnier.

— Et je vous prierai seulement, moi, de faire servir audit prisonnier une coupe de vin et un chapon bien croustillant avant qu'il ne meure d'inanition, stipula Tyrion. Une garce serait aussi la très bienvenue, mais je présume que c'est là vous demander trop. » Le reître Bronn s'esclaffa grassement.

Lord Nestor préféra ignorer l'impertinence. « Vous pouvez y compter, madame. » Puis, affectant de découvrir seulement l'existence du nain. « Emmenez notre sire Lannister dans sa cellule et donnez-lui à boire et à manger. »

Sur ces entrefaites, Catelyn prit congé de son oncle et de l'assistance et, pendant qu'on entraînait Tyrion, suivit la bâtarde dans le dédale du château. Sur la courtine supérieure piaffaient deux mulets, harnachés, sellés. Mya l'aida à en enfourcher un, tandis qu'un garde à manteau bleu ciel déverrouillait l'étroite porte de la poterne. Au-delà se pressait, contre la paroi noire de la montagne, une futaie drue de pins et de sapins, mais les marches étaient là, qui, profondément taillées dans la roche, escaladaient le firmament. « Il y a des gens qui trouvent l'ascension plus facile les yeux fermés, dit Mya au moment d'aborder la noirceur des bois. Quand la peur les prend, ou le vertige, ils se cramponnent trop fort aux bêtes, et elles n'aiment pas ça.

— Je suis née Tully, et j'ai épousé un Stark, riposta Catelyn. Il en faut beaucoup pour m'effaroucher. Tu comptes allumer une torche ? » Des ténèbres de poix noyaient l'escalier.

La fille grimaça. « Les torches, ça ne fait que vous aveugler. La lune et les étoiles suffisent, par une nuit claire comme celle-ci. Mychel prétend que j'ai des yeux de chouette. » Elle enfourcha son mulet et lui fit avaler la première marche. Celui de Catelyn suivit spontanément.

« Tu as déjà mentionné ce Mychel, reprit Catelyn, fort satisfaite du pas lent mais ferme de sa monture

— C'est mon amoureux, expliqua Mya. Mychel Redfort. Il est écuyer de ser Lyn Corbray. Nous nous marierons dès qu'on l'aura fait chevalier, l'année prochaine ou celle d'après. »

Sa façon de parler rappelait incroyablement Sansa, si heureuse et candide avec ses rêves. Cela fit sourire Catelyn, mais d'un sourire teinté de tristesse. Les Redfort étaient une vieille famille du Val ; dans leurs veines coulait le sang des Premiers Hommes. Le Mychel pouvait bien être son amoureux, jamais un Redfort n'épouserait une bâtarde. Les siens lui trouveraient un parti plus séant, quelque Corbray, Waynwood ou Royce, voire, hors du Val, une fille de plus grande maison. Qu'un Mychel Redfort envisageât seulement de s'établir avec la petite était impensable, sous peine de déroger.

L'ascension se révélait plus aisée que Catelyn n'eût osé l'espérer. Comme les arbres bordaient étroitement le sentier, que leurs frondaisons bruissantes lui faisaient une voûte si drue que la lune elle-même ne la perçait pas, on avait l'impression de suivre un interminable tunnel d'encre, mais Mya Stone semblait véritablement nyctalope, et les mulets allaient d'un pied sûr et infatigable. Et l'on se hissait d'une marche à l'autre, en zigzaguant contre le flanc de la montagne au gré des méandres et des virages de l'escalier. Un épais tapis d'aiguilles sèches feutrait si bien la roche qu'à peine percevait-on le martèlement des sabots comme une rengaine des plus soyeuse. Comme amollie par le silence et par le doux tangage régulier qui la berçait sur sa selle, Catelyn ne tarda guère à lutter contre le sommeil.

Peut-être même y avait-elle un instant succombé car, soudain, lui apparut la silhouette floue d'une énorme porte bardée de fer. « Pierre », annonça Mya d'un ton guilleret tout en mettant pied à terre. Des piques de fer hérissaient le faîte de formidables remparts, et deux grosses tours rondes dominaient le tout. À l'appel de la jeune fille, un battant s'ouvrit, et le chevalier de belle prestance qui commandait la place la salua par son nom avant de leur offrir des brochettes bien chaudes de viande et d'oignon grillés. Ce que voyant, Catelyn s'aperçut brusquement qu'elle était affamée. Aussi dévora-t-elle, debout dans la cour, tandis que des palefreniers transféraient les selles à des mulets frais. Le jus brûlant lui dégoulinait le long du menton et dégouttait sur son manteau, mais son ventre criait trop famine pour qu'elle eût cure des apparences.

Une fois en selle, l'ascension reprit à la clarté des astres. Cette deuxième étape parut plus traîtresse à Catelyn. Le sentier était plus abrupt encore, les marches plus usées et, de-ci de-là, jonchées de pierraille et de morceaux de roc. À cinq ou six reprises, Mya dut même démonter pour déblayer la voie. « À ces hauteurs-là, dit-elle, on n'a pas envie de voir son mulet se casser la jambe. » Catelyn ne fut pas tentée de la démentir. L'altitude était devenue plus sensible. Les arbres se clairsemaient, et le vent soufflait avec plus d'énergie, d'aigres bourrasques qui vous saccadaient les vêtements et vous balayaient les cheveux dans les yeux. De loin en loin, les marches se repliaient sur elles-mêmes, et l'on discernait

Pierre, en dessous, puis, beaucoup beaucoup plus bas, pas plus brillantes que des chandelles, les torches des Portes-de-la-Lune.

Plus petit que Pierre, Neige ne comportait qu'une seule tour fortifiée, un baraquement de bois et des écuries dissimulées derrière un muret de pierres sèches. Il n'en était pas moins niché sur la paroi de la Lance-du-Géant de manière à commander entièrement la portion de l'escalier qui le reliait au fort inférieur. Tout assaillant des Eyrié parti de Pierre devrait conquérir chaque pouce de terrain sous l'avalanche de roches et de flèches des défenseurs de Neige. Le commandant de la place, un jeune chevalier à l'air anxieux et à la figure grêlée, leur offrit du fromage et du pain, tout en leur proposant l'aubaine de se réchauffer au coin de son feu, mais Mya déclina l'invite. « Nous ferions mieux de continuer, madame, dit-elle. S'il vous agrée. » Catelyn acquiesça d'un signe.

On leur donna de nouveaux mulets. Le sien était blanc. Mya sourit en le voyant. « C'est un bon, ce Blanchot, madame. Sûr, même sur la glace, mais soyez prudente, il décoche des coups de pied quand on lui déplaît. »

Apparemment, Catelyn lui plut, il ne rua pas, grâce aux dieux. Et, comme il n'y avait pas de glace non plus, elle redoubla de bénédictions. « Ma mère raconte qu'ici commençait la neige, voilà des centaines d'années, reprit Mya. C'était toujours blanc, au-dessus, et la glace ne fondait jamais. » Elle haussa les épaules. « Moi, je ne me rappelle pas avoir jamais vu de neige aussi bas, mais autrefois, dans l'ancien temps, peut-être… ? »

Si jeune, songea Catelyn en fouillant dans ses propres souvenirs, *ai-je jamais été comme elle ?* La petite avait vécu la moitié de sa vie en été, et elle ne connaissait que cela. *L'hiver vient, petite,* eut-elle envie de la prévenir. Les mots étaient sur ses lèvres, il s'en fallut de rien qu'elle les proférât. Peut-être était-elle en passe de devenir une Stark, à la fin.

Au-dessus de Neige, le vent se fit une créature vivante, il hurlait autour d'elles comme un loup dans le désert puis tombait à néant comme pour les induire en vanité. À cette hauteur, les étoiles semblaient plus brillantes, et si proches qu'il lui suffisait de tendre la main pour les capturer, la lune cornue paraissait colossale sur le noir lumineux du ciel. Tout en grimpant, Catelyn s'aperçut qu'il valait mieux lever que baisser les yeux. Des siècles de gel, de dégel, le va-et-vient d'innombrables mulets avaient rompu, fissuré les marches et, même dans le noir, la profondeur du gouffre lui remontait le cœur dans la gorge. Comme elles atteignaient une espèce de col lancé entre deux aiguilles rocheuses, Mya mit pied à terre. « Il est préférable de mener les bêtes par la bride, expliqua-t-elle. Dans ce coin, le vent risque d'être un peu trop vilain, madame. »

Catelyn émergea de l'ombre, roidie d'avance, et examina le terrain, devant : le passage scabreux avait près de trois pieds de large et une vingtaine seulement de long, mais il se trouvait entre deux précipices, et le vent mugissait. D'un pas léger, Mya se remit en marche, suivie de son mulet, placide comme pour traverser la plus vaste courtine. Arriva le tour de Catelyn. Mais à peine eut-elle esquissé le premier pas que la peur l'enserra dans son étau. Elle *sentait* le vide et les immenses abysses d'air noir bâiller tout autour. Elle s'immobilisa, tremblante et trop effarée pour bouger. Le vent lui criait des injures et martyrisait son manteau pour la jeter par-dessus bord. Elle recula son pied pour le plus timide des pas, mais le mulet la talonnait, qui lui coupait toute retraite. *Je vais mourir ici*, se dit-elle, pleinement consciente des sueurs froides qui lui suintaient tout le long du dos.

« Madame… ? » appela Mya de l'autre bord. Sa voix semblait à des milliers de lieues. « Ça va ? »

Catelyn Tully Stark ravala ce qui lui restait d'orgueil. « Je… Je ne peux pas, petite…, pas ça ! cria-t-elle.

— Mais si, vous pouvez, dit la bâtarde. Je sais, moi, que vous pouvez. Regardez comme c'est large… !

— Je… je ne veux pas regarder ! » Tout autour, le monde tourbillonnait, la montagne et le ciel et les mulets, tournait en se dandinant comme une toupie de marmot. Elle haletait, ferma les yeux dans l'espoir de raffermir sa respiration.

« Je reviens vous chercher, dit Mya. Ne bougez pas, madame. »

Bouger ? C'était la dernière chose qu'elle risquât de faire. Les rafales lui emplissaient la cervelle, et le claquement du cuir contre le rocher. Et puis, Mya fut là, qui lui prit gentiment la main. « Gardez les yeux fermés, si vous aimez mieux. Vous pouvez lâcher la bride, Blanchot saura se débrouiller tout seul. Donnez-moi un pas, maintenant. Voilà, bougez votre pied, glissez-le seulement de l'avant. Vous voyez. Un autre ? Facile. Vous pourriez traverser en courant. Encore un autre, allons. Oui… » Et ainsi, pied à pied, pas après pas, la bâtarde l'amena jusqu'au bord opposé, aveugle, éperdue, tandis que le mulet blanc les suivait, impavide.

Le fortin nommé Ciel n'était guère qu'un haut rempart de pierres sèches élevé en forme de croissant contre le flanc de la montagne, mais la splendeur même des tours infinies de Valyria n'eût pas davantage émerveillé Catelyn Stark. Là débutait la couronne de neige, la gelée givrait l'antique appareil des murs et, au-dessus, pendaient au moindre épaulement de longues aiguilles de glace.

L'est commençait à s'éclaircir quand Mya Stone, d'un *houhou*, réclama l'entrée. Au-delà des portes ne se trouvaient qu'une nouvelle série de rampes et un prodigieux chaos de blocs, de parpaings de toutes les tailles. Rien de si enfantin, sans doute, que de déclencher leur dégringolade… Juste en face d'elles béait, à même la roche, une vaste gueule. « Les écuries et les baraquements, dit la petite. Le reste du trajet s'effectue par les entrailles de la montagne. C'est un rien sombre, mais du moins s'y trouve-t-on à l'abri du vent. Les mulets ne vont pas au-delà. Parce qu'au-delà, bon, ça tient plutôt de la cheminée, de l'échelle plutôt que de l'escalier, mais pas si terrible que ça. Une heure encore, et nous serons arrivées. »

Catelyn leva les yeux. Juste au-dessus d'elle s'apercevaient, pâles dans l'aube naissante, les fondations des Eyrié. À quelque six cents pieds plus haut, pas davantage. Vu du bas, cela ressemblait à un petit rayon de miel blanc. Alors, elle se souvint qu'Oncle avait parlé de treuils et de couffins. « Les Lannister peuvent bien avoir leur fierté, dit-elle à sa compagne, les Tully naissent avec davantage de bon sens. J'ai déjà chevauché un jour et une nuit. Demande-leur d'abaisser un panier. J'achèverai la course avec les navets. »

Le soleil flamboyait fort au-dessus des montagnes quand elle atteignit enfin les Eyrié. Un homme à cheveux d'argent l'aida à s'extirper de sa corbeille. Courtaud dans son manteau bleu ciel, ser Vardis Egen, capitaine de la garde personnelle de Jon Arryn, arborait lune-et-faucon sur son pectoral de plates. « Lady Stark, dit-il, notre plaisir est à la hauteur de notre surprise. » À ses côtés se tenait, maigre et fébrile, mestre Colemon, avec trop peu de cheveux emmanchés sur un trop long cou. Il dodelina vivement son approbation. « Il n'est que trop vrai, madame, il n'est que trop vrai. J'ai fait avertir votre sœur. Elle avait ordonné qu'on la réveille dès votre arrivée.

J'espère qu'elle a passé une excellente nuit », repartit-elle avec une pointe d'aigreur que ses vis-à-vis semblèrent ne point remarquer.

Ils la firent sortir de la cave aux treuils par un escalier en colimaçon. Eu égard aux critères des demeures de grandes familles, les Eyrié n'étaient qu'un castel : sept minces tours blanches aussi pressées l'une contre l'autre que des flèches dans un carquois sur un ressaut de l'immense montagne. Leur position les dispensait de posséder chenils, écuries ou forges, mais Ned assurait que leurs greniers étaient aussi vastes que ceux de Winterfell, et que leurs tours pouvaient abriter cinq cents hommes. Catelyn n'en fut que plus frappée par l'air étrangement désert des lieux et par l'écho qu'éveillaient leurs pas dans les salles blafardes et vides qu'ils traversèrent successivement.

Encore parée de ses déshabillés, Lysa l'attendait, seule, dans sa loggia. Sa longue chevelure auburn cascadait librement sur ses blanches épaules et jusqu'au bas des reins. Debout derrière elle, une camérière la lui démêlait mais, dès l'entrée de Catelyn, sa sœur se leva, tout sourires. « Cat, dit-elle. Oh, Cat, comme c'est bon de te revoir. Chère sœurette. » Elle traversa la pièce en courant et l'enveloppa dans ses embrassements. « Cela fait si longtemps, murmura-t-elle. Oh, tellement longtemps. »

Cinq ans, en fait ; mais cinq années cruelles pour Lysa. Et qui avaient prélevé leur péage. Quoique sa cadette de deux ans, elle avait l'air, maintenant, d'être son aînée. Plus petite qu'elle, elle s'était singulièrement épaissie ; son visage était blême, soufflé. Des Tully, elle avait les yeux bleus, mais d'un bleu clair et liquide, toujours agité. Sa bouche menue n'exprimait plus que la susceptibilité. Tout en l'étreignant, Catelyn revoyait, la taille svelte et la gorge altière, l'adolescente qui se tenait près d'elle, ce jour-là, dans le septuaire de Vivesaigues. Que restait-il de cet être adorable, palpitant d'espoir et de son éclatante beauté ? Rien d'autre que cette opulente chevelure auburn.

« Je te trouve superbe, mentit-elle, mais… l'air fatigué. »

Avec un rien de brusquerie, Lysa la désenlaça. « Fatiguée. Oui. Oh, oui. » Elle parut s'apercevoir tout à coup de la présence des autres : sa camérière, mestre Colemon, ser Vardis. « Laissez-nous, dit-elle. Je veux parler seule à seule avec ma sœur. » Elle lui prit la main pendant qu'ils se retiraient…

… et la lâcha dès l'instant où la porte se fut refermée sur eux. Catelyn la vit changer d'expression. Aussi subitement que lorsqu'un nuage voile la face du soleil. « Aurais-tu perdu le *sens* ? jappa-t-elle. L'amener *ici*, sans me demander ma permission, sans même m'avertir, nous embarquer dans tes querelles avec les Lannister…

— *Mes* querelles ? » Elle n'en croyait pas ses oreilles. Un grand feu brûlait dans l'âtre, mais il n'y avait pas la moindre trace de chaleur dans la voix de Lysa. « Ce furent d'abord les tiennes, ma sœur. C'est quand même toi qui m'as envoyé cette maudite lettre, toi qui écrivais que les Lannister avaient assassiné ton mari.

— Pour te mettre en garde ! pour que tu t'en tiennes à l'écart ! mais les *combattre*…, jamais je n'y ai songé ! mais, bons dieux, Cat, tu te rends compte, un peu, de ce que tu as *fait* ?!

— Mère ? » demanda une petite voix. Dans un maelström de falbalas, Lysa pivota. Robert Arryn, seigneur des Eyrié, se tenait sur le seuil, tripotant une poupée de chiffons crasseuse et les considérant d'un œil écarquillé. C'était un pitoyable marmouset chétif, petit pour son âge, constamment souffrant et qui, par intermittence, grelottait de la tête aux pieds. Les mestres consultés parlaient de « mal trembleur ». « J'ai entendu du bruit. »

Rien de surprenant, songea Catelyn, avec la façon de hurler qu'a sa mère… Lysa ne lui en jetait pas moins des regards furibonds. « Voici ta tante Catelyn, mon bébé. Ma sœur, lady Stark. Tu te rappelles ? »

L'enfant la dévisagea d'un regard absent. « Je crois bien », dit-il en papillotant. Il avait moins d'un an lors de leur dernière rencontre…

Lysa s'en fut s'asseoir auprès du feu et dit : « Viens voir Maman, mon petit chéri. » Elle lui rajusta ses vêtements de nuit puis mignota ses fins cheveux bruns. « N'est-ce pas qu'il est beau ? Et fort, aussi, ne crois pas ce que les gens disent. Jon le savait bien. *La graine est vigoureuse*, il m'a dit. Ses derniers mots. Il n'arrêtait pas de répéter le nom de Robert, et il me serrait le bras si fort qu'il y laissait des marques. *Dis-le-leur, que la graine est vigoureuse.* Sa graine. Il voulait que chacun sache quel bon garçon gaillard allait devenir mon bébé.

— Lysa…, intervint Catelyn, si tu ne t'abuses, à propos des Lannister, nous devons agir d'autant plus vite. Nous…

— Pas devant mon *bébé* ! protesta Lysa. Il est d'une nature trop délicate, n'est-ce pas, mon chéri à moi ?

— Ton fils est seigneur des Eyrié et Défenseur du Val, lui rememora Catelyn, et l'heure n'est plus aux délicatesses. Ned croit que la guerre risque d'éclater.

— *La ferme !* aboya Lysa. Tu terrorises mon bébé ! » L'enfant s'empressa de lorgner furtivement par-dessus son épaule et se mit à trembler. « N'aie pas peur, mon bébé chéri, lui chuchota-t-elle. Maman est là, il ne peut rien t'arriver de mal. » Ouvrant son déshabillé, elle en extirpa un lourd sein blafard à bout rouge, le marmot s'en saisit avec avidité et, la face enfouie contre la poitrine de sa mère, se mit à téter, pendant qu'elle lui caressait les cheveux.

Catelyn en était pantoise. *Le fils de Jon Arryn…*, pensait-elle, incrédule. Elle se rappela son propre dernier-né, Rickon, qui se montrait, du haut de ses trois ans, soit deux fois plus jeune que celui-ci, dix fois plus vaillant. Rien d'étonnant si les seigneurs du Val rechignaient. À présent, elle comprenait que le roi eût tenté de retirer l'enfant à sa mère pour le placer sous la tutelle des Lannister…

« Ici, nous ne risquons rien », disait Lysa. À son intention ou à celle du petit, Catelyn ne savait au juste.

« Ne sois pas idiote, dit-elle, au bord d'exploser. Personne n'est à l'abri. Si tu te figures qu'il te suffira de te cacher ici pour te faire oublier des Lannister, tu te trompes sinistrement. »

Lysa couvrit de sa main l'oreille de l'enfant. « Même s'ils parvenaient à franchir les montagnes puis la Porte Sanglante avec une armée, les Eyrié sont imprenables. Tu as pu le constater par toi-même. Jamais aucun ennemi ne pourra nous atteindre ici. »

Catelyn l'eût volontiers giflée. Oncle Brynden l'avait bien prévenue, songea-t-elle. « Il n'existe pas de château imprenable.

— Celui-ci l'est, maintint Lysa. Tout le monde en convient. La seule chose qui me tracasse est de savoir ce que je vais bien pouvoir faire du Lutin que tu m'as amené…

— C'est un vilain ? » demanda le sire des Eyrié en clappant du bec. Le sein retomba, le bout rouge et baveux.

« Très très vilain, répondit Lysa en se recouvrant, mais Maman ne le laissera pas faire de mal à mon petit bébé joli.

— Fais-le voler ! » s'écria Robert, l'œil allumé de convoitise.

Elle lui caressa les cheveux. « Peut-être bien, murmura-t-elle. C'est peut-être exactement ce que nous ferons… »

EDDARD

Il retrouva Littlefinger badinant, dans le salon du bordel, avec une grande créature élégante dont la peau, d'un noir d'encre, transparaissait sous un déshabillé de plumes. Près de l'âtre, Heward jouait aux gages avec l'une des pensionnaires. Ses affaires étaient visiblement fort avancées, puisqu'il avait déjà perdu sa ceinture, son manteau, sa chemise de mailles et sa botte droite, alors que la fille n'avait encore dû se déboutonner que jusqu'à la taille. Debout, adossé près d'une croisée raturée de pluie, Jory Cassel se contentait de jouir du spectacle, en grimaçant un sourire à chaque domino que son compère retournait.

Ned s'arrêta au pied de l'escalier pour enfiler ses gants. « L'heure est venue de prendre congé. J'en ai terminé avec ma besogne. Plus rien ne nous retient ici. »

Bondissant sur ses pieds, Heward rassembla au plus vite ses effets. « À vos ordres, messire, dit Jory en gagnant la porte. Je vais aider Wyl à récupérer les chevaux. »

Littlefinger prit tout son temps, lui, pour faire ses adieux. Il baisa la main de la négresse, lui murmura quelque gaudriole qui la fit s'esclaffer puis, nonchalamment, s'avança vers Ned. « Votre besogne, persifla-t-il, ou celle de Robert ? Si le dicton veut que la Main rêve les rêves du roi, parle avec la voix du roi, gouverne avec l'épée du roi, implique-t-il aussi qu'elle foute avec sa…

— Lord Baelish, coupa Ned, vous passez les bornes. Je ne suis pas sans vous savoir gré de votre aide. Sans vous, nous aurions mis des années à découvrir ce bordel. Mais je n'entends pas pour autant tolérer vos brocards. Et je ne suis plus Main du Roi.

— Le loup-garou tient apparemment du porc-épic », riposta Littlefinger avec une moue pointue.

Ils gagnèrent les écuries sous la pluie chaude que versait à seaux la noirceur opaque des nues. Comme Ned s'encapuchonnait, Jory lui amena son cheval. Le jeune Wyl le talonnait, menant d'une main la jument de Littlefinger et, de l'autre, se débattant entre sa ceinture et le laçage de ses culottes. Le museau tendu hors du porche, une putain nu-pieds pouffait.

« Rentrons-nous directement au château, messire ? » demanda Jory. Ned acquiesça d'un signe et sauta en selle. Littlefinger fit de même et vint se placer à sa hauteur. Les autres suivirent.

« L'établissement que dirige cette Chataya est de tout premier ordre, dit Littlefinger, une fois en route. Je songe plus ou moins à l'acheter. Les bordels sont un investissement bien plus rentable que les bateaux, j'ai découvert. Les putains coulent rarement, et lorsque des pirates montent à l'abordage, hé bien, ils casquent comme tout le monde, en bel et bon argent. » Sa blague le fit glousser de satisfaction.

Voyant que Ned le laissait papoter, il finit par se taire, et ils poursuivirent en silence. Les rues de Port-Réal étaient sombres et désertes. La pluie les avait vidées. Chaude comme du sang, opiniâtre comme de vieux remords, elle battait la tête de Ned et gouttait à grosses gouttes sur son visage.

« Robert ne se contentera jamais d'une seule couche », lui avait confié Lyanna, le soir même du jour, déjà si lointain…, où leur père avait accordé sa main au jeune seigneur d'Accalmie. « Il a eu, je le sais, un enfant d'une fille du Val. » Pour avoir en personne tenu le nouveau-né dans ses bras, il ne se souciait pas de la démentir, ni de lui mentir, d'ailleurs, mais il n'en avait pas moins protesté : les passades antérieures aux fiançailles ne comptaient pas ; Robert était bon, loyal, il l'aimerait de tout son cœur… Elle avait souri. « L'amour est une douce chose, Ned de mon cœur, mais il ne saurait modifier le tempérament. »

La fille était si jeune qu'il n'avait pas osé lui demander son âge. Et probablement vierge quand Robert l'avait eue. À condition d'y mettre le prix, ces bordels de luxe vous en procuraient toujours une. Elle avait des cheveux d'un roux clair et le nez tout saupoudré de taches de rousseur, le sein aussi, qu'elle avait extrait de son corsage pour allaiter l'enfant. « Je l'ai nommée Barra, dit-elle en la contemplant téter. C'est fou, ce qu'elle lui ressemble, n'est-ce pas, monseigneur ? Son nez, ses cheveux…

— C'est vrai. » Il se revoyait touchant les fins cheveux sombres qui lui coulaient entre les doigts comme de la soie noire. Tout comme la première-née de Robert, si sa mémoire était bonne.

« Dites-le-lui, s'il… s'il vous plaît, monseigneur, quand vous le verrez. Dites-lui comme elle est belle.

— Je le ferai », avait-il promis. Sa malédiction personnelle… Alors que ses serments d'amour éternel, Robert les oubliait sitôt proférés, sa parole, lui la tenait toujours. Il les avait assez cher payées, pourtant, les promesses arrachées par Lyanna sur son lit de mort…

« Et, dites-le-lui, je n'ai été avec personne d'autre. Non, monseigneur, avec personne d'autre, les dieux m'en sont témoins, tous, les vieux et les nouveaux. Chataya m'a accordé un congé de six mois pour nourrir la petite et… et l'espoir qu'il reviendra. Vous le lui direz, dites, que je l'attends ? Je ne veux pas de bijoux ni rien, juste lui. Il a toujours été si bon pour moi, vraiment. »

Bon pour toi… ! songeait Ned, pris de vertige. « Je le lui dirai, petite, et je te promets que Barra ne manquera de rien. »

Elle avait alors souri, d'un sourire si frêle et si tendre ! à cœur fendre. Tout en chevauchant à travers la pluie et la nuit, Ned vit se dessiner devant lui, telle une version juvénile de ses propres traits, le visage de son Jon Snow. Mais pourquoi, se dit-il tristement, pourquoi faut-il que les dieux nous saturent de concupiscence, s'ils réprouvent si fort les bâtards ?

« Lord Baelish, que savez-vous des bâtards de Robert ?

— Hé bien, d'abord qu'il en a plus que vous.

— Combien ? »

Littlefinger haussa les épaules. Des ruisselets lui sinuaient tout le long du dos. « Quelle importance ? Si vous couchez avec assez de femmes, il en est qui vous font forcément des cadeaux, et comme, à cet égard, Sa Majesté n'a jamais été timorée... Je sais qu'il a reconnu le gosse qu'il a engendré, pendant la nuit de noces de lord Stannis, à Accalmie, mais il lui était difficile de faire autrement. Née Florent, la mère était la propre nièce de lady Selyse et l'une de ses dames d'atours. À en croire Renly, Robert l'aurait charriée à l'étage pendant le festin et fracturée sur le lit nuptial pendant que les épousés du jour gambillaient encore. Stannis semble avoir pris la chose comme un outrage à la maison de sa femme, car il a expédié par bateau, sitôt après l'accouchement, le fruit du forfait à Renly. » Il jeta vers Ned un regard de biais. « On chuchote également que Robert a fait, voilà trois ans, lors du tournoi donné par lord Tywin, des jumeaux à une fille d'auberge de Castral Roc. Cersei les aurait fait tuer et vendu la mère à un marchand d'esclaves de passage. Pareil affront, et sur leurs propres terres, c'en était trop pour la fierté des Lannister. »

Stark grimaça. Des vilains contes de ce genre, il en courait sur chaque grand seigneur du royaume. Mais, s'il avait tendance à croire Cersei Lannister à peu près capable de tout..., le roi aurait-il laissé perpétrer sans sourciller pareille ignominie ? Pas le Robert qu'il avait connu, mais le Robert qu'il avait connu n'était pas l'actuel, si expert à fermer les yeux sur tout ce qu'il préférait ne pas voir. « Qu'est-ce qui a pu susciter le brusque intérêt de Jon Arryn pour les enfants illégitimes du roi ? »

Le petit homme s'ébroua sous l'ondée. « Il était la Main du Roi. Sans doute Robert l'a-t-il prié de s'assurer qu'ils étaient bien pourvus. »

Ned était trempé jusqu'aux os, et son âme grelottait. « Cela ne suffirait pas à expliquer son assassinat. »

Littlefinger secoua ses cheveux dégoulinants et se mit à rire. « Maintenant, je vois. Lord Arryn aura appris que Sa Majesté avait farci le ventre de quelques putains et poissardes, et il a bien fallu le faire taire. Rendez-vous compte. Laisser vivre un type pareil, c'était s'exposer à le voir ensuite trahir le secret que le soleil se lève à l'est. »

Cette fine saillie ne méritant pas de riposte, Ned se contenta de froncer le sourcil. Pour la première fois depuis des années, il se surprit à repenser au dernier Targaryen. Rhaegar avait-il hanté les bordels ? Non, conclut-il, sans trop savoir pourquoi.

La pluie redoublait, picotant les yeux, tambourinant au sol. De véritables torrents d'eau noire dévalaient la colline quand Jory cria : « *Messire !* » d'une voix qu'enrouait l'angoisse. Au même instant, la rue fut pleine de soldats.

En un clin d'œil, Ned embrassa les cottes de mailles et le cuir, les gantelets et les jambières, les heaumes d'acier faîtés de lions d'or, les manteaux détrempés qui pendaient dans les dos. Il n'eut pas le temps de compter, mais ils étaient une bonne dizaine en ligne, à pied, bloquant la rue, rapières et piques à pointe de fer au poing. Au cri de Wyl : « *Derrière !* » il fit volter son cheval et en aperçut d'autres, encore plus nombreux, qui coupaient leur retraite. L'épée de Jory sortit en chantant du fourreau. « Place, ou vous êtes morts !

— Les loups hurlent… » dit le chef des autres. Ned voyait la pluie lui ruisseler sur la figure. « Si maigre bande, pourtant ! »

À tout petits pas, Littlefinger se porta de l'avant. « Que signifie ? Cet homme est la Main du Roi !

— *Était* la Main du Roi. » La boue gantait les sabots de l'étalon bai rouge. La ligne s'ouvrit devant lui. Sur le pectoral de plates d'or, le lion Lannister rugissait de défi. « Ce qu'il est à présent, j'ignore, pour ne rien celer.

— C'est de la folie, Lannister, protesta Littlefinger. Laissez-nous passer. Nous sommes attendus, au château. Vous rendez-vous compte de votre attitude ?

— Il sait ce qu'il fait », dit Ned, calmement.

Jaime Lannister sourit. « Parfaitement. Je suis à la recherche de mon frère. Vous vous souvenez de mon frère, n'est-ce pas, lord Stark ? Il était des nôtres, à Winterfell. Blond, des yeux vairons, la langue bien pendue. Plutôt petit.

— Je me le rappelle fort bien.

— Il semblerait qu'on lui ait cherché noise, sur la route. Mon père en est extrêmement fâché. Vous n'auriez pas, par hasard, une vague idée quant à l'identité de ceux qui voudraient du mal à mon frère ?

— Il a été capturé sur mes ordres, afin de répondre de ses crimes. »

Litttlefinger grommela, consterné : « Messires… »

Ser Jaime dégaina sa rapière et poussa l'étalon. « Montrez voir votre acier, lord Eddard. Je vous abattrai comme Aerys, si vous m'y forcez, mais j'aimerais autant vous voir mourir l'épée à la main. » Puis, toisant Littlefinger d'un long regard de mépris glacé : « Si j'étais vous, lord Baelish, je prendrais au plus vite congé, de peur que du sang ne tache mes précieux atours. »

Littlefinger n'avait que faire de l'invite. « Je ramène le guet », promit-il à Ned. Les gens de Lannister s'écartèrent pour le laisser passer, se reformèrent derrière lui tandis que, piquant des deux, il s'évanouissait au premier coin de rue.

Les hommes de Ned avaient tiré l'épée, mais ils étaient trois contre une trentaine. Toutes les fenêtres et les portes du voisinage guignaient, mais personne n'interviendrait. Eux quatre étaient montés, l'adversaire, exception faite de ser Jaime, à pied. Une charge avait quelque chance de réussir, mais Eddard Stark crut devoir opter pour une tactique plus sûre, ou moins aventureuse. « Tuez-moi, prévint-il le Régicide, et Catelyn fera exécuter Tyrion. »

De la pointe de l'épée dorée qui s'était gorgée du sang du dernier roi-dragon, Lannister lui titilla la poitrine. « Vraiment ? La noble Catelyn Tully de Vivesaigues, assassiner un otage ? Ma foi..., non. » Il soupira. « Mais les femmes et leur sens de l'honneur..., je ne veux pas jouer la vie de mon frère en misant là-dessus. » Il rengaina l'épée dorée. « Allez donc vous précipiter aux pieds de Robert pour lui conter quelle trouille je vous ai flanquée. Je doute qu'il en ait cure. » Il repoussa en arrière ses cheveux trempés, fit volter son cheval et, une fois derrière la ligne de ses bretteurs, jeta par-dessus l'épaule à leur capitaine : « Tregar ? veillez qu'il n'arrive aucun mal à lord Stark.

— Bien, messire.

— Toutefois..., comme nous ne saurions lui concéder ici d'impunité *totale*, hé bien... – à travers la pluie et la nuit se discerna l'éclatante blancheur d'un sourire –, tuez-lui ses hommes.

— *Non !* » hurla Ned, agrippant son épée. Jaime dévalait déjà la rue au petit galop quand il entendit Wyl crier. Les deux mâchoires de l'étau se refermaient. Ned se rua sur l'une d'elles en taillant de droite et de gauche des spectres à manteau rouge qui se dérobaient devant lui. Jory Cassel piqua des deux, chargea. Un sabot ferré d'acier frappa l'un des Lannister en pleine figure avec un craquement sinistre, un second garde se vit envoyer bouler en tournoyant et, un instant, Jory se retrouva libre. Wyl se débattait en jurant tandis qu'on le jetait à bas de sa monture moribonde, les épées fustigeaient la pluie. Au galop, Ned se précipita à sa rescousse et abattit son arme avec une telle violence sur le heaume de Tregar que l'impact le fit grincer des dents. Tregar s'affaissa sur les genoux, son cimier léonin fendu par le milieu, la face inondée de sang. Heward tailladait les mains qui s'étaient saisies de sa bride quand un coup de pique lui creva le ventre. Et, soudain, Jory fut de retour dans la mêlée, la lame toute dégouttante de pluie rougie. « *Non !* cria Ned, *file !* » mais, au même instant, son cheval bronchait sous lui et s'abattait pesamment dans la boue. Une douleur atroce l'aveugla quelque temps, le goût du sang lui emplit la bouche.

Il les vit cependant trancher les jarrets de la monture de Jory, le traîner à terre, il vit leurs épées se lever, s'abattre, et la meute l'enserrer comme pour la curée. Quand son propre cheval fut parvenu à se relever, il tenta lui-même de se dresser, retomba aussitôt, les dents serrées sur un hurlement. Il eut juste le temps d'apercevoir l'os brisé poindre de son mollet puis ne vit plus rien. La pluie persistait à tomber, tomber, tomber.

Quand il reprit connaissance, lord Eddard Stark gisait seul parmi les cadavres. Son cheval se rapprocha mais, effaré par l'âcre odeur du sang, finit par s'enfuir au triple galop. Les mâchoires bloquées sur les mille morts que lui causait sa jambe, Ned entreprit de se traîner à travers la boue, et cela lui prit des années. Des faces attentives se montraient aux fenêtres éclairées, des gens commençaient à surgir des ruelles et des seuils, mais nul ne venait à l'aide.

Littlefinger et le guet le découvrirent là, dans la rue, berçant dans ses bras Jory Cassel inanimé.

Les manteaux d'or finirent par dénicher une litière, mais le retour au château fut un cauchemar d'agonie, et il s'évanouit plus d'une fois. Sa mémoire enregistra seulement l'apparition floue du Donjon Rouge, droit devant, dans la lueur grisâtre d'une aube sale. La pluie avait assombri le rose pâle des murs massifs, la pierre avait la couleur du sang.

À présent, le Grand Mestre Pycelle s'inclinait sur lui dans la brume, tenant une coupe et susurrant : « Buvez, messire.

Là. Du lait de pavot, pour vous empêcher de souffrir. » Il eut encore conscience qu'il avalait, que Pycelle ordonnait à quelqu'un de chauffer le vin jusqu'à ébullition puis d'aller lui chercher une serviette de soie propre et, là-dessus, il sombra définitivement.

DAENERYS

Deux gigantesques étalons de bronze cabrés dont les sabots se joignaient en ogive à cent pieds au-dessus de la route formaient la porte du Cheval de Vaes Dothrak. Une porte, à quoi bon ? s'interrogeait vainement Daenerys, puisqu'aussi bien la cité présumée n'avait pas de remparts… ni, apparemment, d'*édifices*. La porte ne s'en dressait pas moins là. Aussi belle qu'impressionnante, avec ses coursiers sous lesquels s'encadraient les montagnes pourpres de l'horizon, et dont les ombres prodigieuses roulaient sur la houle verte de la mer Dothrak, tandis qu'à la tête du *khalasar*, Khal Drogo, ses sang-coureurs à ses côtés, pénétrait dans la ville absente.

À nouveau monté, Viserys suivait, escortant sa sœur et ser Jorah Mormont. Depuis le jour où il s'était vu contraint de rejoindre à pied le *khalasar*, les Dothrakis l'avaient affublé du surnom dérisoire de *Khal Rhae Mhar*, « le roi claudicant ». Le lendemain, son ignorance obstinée lui fit accepter l'offre de prendre place dans une carriole, alors qu'on réservait ce genre de véhicules aux eunuques, aux infirmes, aux femmes en couches, aux grands vieillards et aux tout-petits. Il y gagna simplement le sobriquet supplémentaire de *Khal Rhaggat*, « le roi charrié ». Loin de se douter néanmoins qu'il se gaussait de lui, il se persuada que Drogo s'excusait par ce biais des avanies infligées par Daenerys. Cette dernière l'ayant prié d'épargner à son frère la honte de la vérité, ser Jorah s'inclina…, non sans observer qu'un rien de vergogne serait bienvenu. Mais, pour vaincre ensuite la répugnance du *khal* à laisser Viserys recouvrer son rang dans le cortège, elle avait dû maintes fois plaider, tout en prodiguant chacun des secrets d'alcôve appris de Doreah.

« Où est donc *la ville* ? » s'étonna-t-elle, comme on franchissait l'arche de bronze. Bordée d'antiques rapportés de toutes les contrées pillées au cours des siècles par les Dothrakis, la route plongeait dans les vagues vertes sans révéler le moindre habitat ni la moindre population.

« Plus loin, répondit ser Jorah. Au bas de la montagne. »

Par-delà la porte se discernaient, de part et d'autre, héros dérobés, dieux ravis. Les divinités oubliées de cités défuntes brandissaient vers le ciel leurs foudres mutilées. Du haut de leur trône, des rois de pierre aux traits tavelés, rongés, que la nuit des temps condamnait à l'anonymat regardaient passer la *khaleesi* sur son argenté. Aux linteaux de marbre dansaient toujours de gracieuses vierges, mais les urnes des choéphores ne déversaient plus que le vent. De-ci de-là se dressaient des monstres, à même l'herbe : noirs dragons de fer à l'orbite sertie de joyaux, griffons rugissants, mantricores tous dards dehors, et cent autres fauves innommables. De certaines statues émanait un charme inouï, d'autres se signalaient par une si terrifiante hideur qu'à peine le regard osait-il s'y poser. Selon ser Jorah, les secondes devaient provenir des Contrées de l'Ombre, au-delà d'Asshai.

« Tant de monuments, s'émerveilla Daenerys, tandis que sa pouliche ondoyait au pas, et de tant de pays… » Son frère se voulait moins impressionné. « Babioles de cités mortes », ricana-t-il. Bien qu'il exprimât prudemment ses mépris dans l'idiome des Sept Couronnes, incompréhensible à la plupart des Dothrakis, Daenerys se surprit à décocher un coup d'œil furtif vers les gens de son *khas*, derrière, afin de s'assurer que nul n'ait entendu. Il reprit, goguenard : « Le seul art dans lequel ces sauvages excellent est celui de dépouiller les peuples plus civilisés… et de tuer. » Il se mit à rire. « Ça, pour tuer, ils savent s'y prendre. Et c'est le seul intérêt qu'ils aient à mes yeux.

— Ils sont mon peuple, désormais, protesta-t-elle. Tu ne devrais pas les qualifier de sauvages, frère.

— Le dragon parle comme il veut », répliqua-t-il, toujours dans la même langue. Puis, lorgnant par-dessus l'épaule Aggo et Rakharo qui les talonnaient, il leur adressa un sourire narquois. « Tu vois ? des sauvages ! même pas capables de comprendre le langage des êtres civilisés. » Sur le bas-côté, il avisa d'un air maussade un monolithe rouillé de lichens et haut de cinquante pieds. « Nous faudra-t-il encore longtemps bringuebaler parmi ces ruines avant que Drogo me donne mon armée ? Je commence à en avoir assez d'attendre !

— Il doit d'abord présenter la princesse au *dosh khaleen* et…

— Leur rond de commères, je sais ! coupa Viserys, puis la pitrerie des prophéties sur le marmot, vous m'avez dit ça. Mais qu'en ai-je à fiche, moi ? Moi, j'en ai marre de bouffer du cheval, et la puanteur de ces sauvages me lève le cœur ! » Il renifla la large manche flottante de sa tunique où il avait imaginé de dissimuler un sachet de senteur. Piètre subterfuge, en l'occurrence, vu la crasse de son vêtement… Toutes les soieries, tous les gros lainages qu'il traînait sur lui depuis Pentos, le rude voyage les avait souillés, la sueur pourris.

« Le marché de l'Ouest fournira des mets plus au gré de Votre Majesté, dit ser Jorah d'un ton conciliant. Les négociants des cités libres y viennent vendre leurs produits. Quant au *khal*, il vous tiendra parole à son heure.

— Il y a tout intérêt, maugréa Viserys. La couronne qui m'est promise, j'entends l'obtenir. On ne moque pas le dragon. » Apercevant une espèce de figure féminine obscène équipée de six mamelles et d'une tête de furet, il s'écarta de la chaussée pour aller l'examiner de plus près.

Malgré le soulagement que lui procura cette absence momentanée, Daenerys n'en demeurait pas moins anxieuse. « Les dieux veuillent, reprit-elle dès qu'il se fut suffisamment éloigné, que le soleil étoilé de ma vie ne le fasse pas trop languir. Je ne cesse de les en prier. »

Une moue sceptique lui répliqua. « Votre frère eût été mieux inspiré de rester à Pentos pour ronger son frein. Il n'a pas sa place au *khalasar.* Illyrio l'en avait bien prévenu, pourtant...

— Il repartira dès l'instant où il tiendra ses dix mille hommes. Mon seigneur et maître lui a promis une couronne d'or. »

Ser Jorah fit entendre un grognement. « Certes, *Khaleesi*..., mais les Dothrakis conçoivent ce genre de choses tout autrement que nous autres, gens de l'ouest. Je m'échine à l'en avertir, tout comme l'a fait Illyrio, mais il refuse d'écouter. Les seigneurs du cheval sont tout sauf des commerçants. Du moment qu'il vous a vendue, Viserys croit pouvoir exiger d'ores et déjà qu'on lui paie le prix convenu. Or Khal Drogo, lui, vous considère comme un cadeau. Il ne manquera pas de répliquer par un cadeau, sûr et certain..., mais, je le répète, à son heure. D'un *khal*, nul ne saurait *exiger* de cadeau. Rien ne se réclame à un *khal*.

— Il n'est pas juste de le lanterner. » Elle prenait, sans savoir pourquoi, le parti de son frère. « Il se fait fort de balayer les Sept Couronnes avec dix mille “gueulards” dothrak. »

Un reniflement de dédain salua l'assertion. « Eût-il dix mille balais de bruyère qu'il ne balaierait pas même une étable. »

Daenerys ne se soucia pas d'affecter la surprise. « Cependant, dit-elle, que se passerait-il si un autre que lui les menait ? quelqu'un de... – de plus énergique ? Les Dothrakis seraient-ils alors vraiment capables de reconquérir le royaume ? »

Tandis que leurs chevaux remontaient côte à côte l'avenue aux déités, la réflexion fronça les traits de ser Jorah. « Dans les premiers temps de mon exil, je ne voyais en eux que des barbares à demi nus, aussi frustes que leurs montures. Vous m'auriez posé la même question à cette époque-là, princesse, je vous aurais dit qu'un millier de bons chevaliers suffiraient à en mettre en fuite cent mille.

— Et aujourd'hui ?

— Aujourd'hui, je me montrerais moins affirmatif. Ils sont meilleurs cavaliers qu'aucun des nôtres, ne connaissent littéralement pas la peur, et nos arcs sont inférieurs aux leurs. Dans les Sept Couronnes, la plupart des archers combattent à pied, retranchés derrière un mur de boucliers ou une palissade de pieux acérés. Les Dothrakis sont montés, eux ; qu'ils chargent ou retraitent n'y change rien, leurs traits demeurent aussi funestes… Et puis, ils sont *tellement* nombreux, madame ! Songez que le seul *khalasar* de Drogo peut aligner quarante mille guerriers en selle…

— Et c'est véritablement beaucoup ?

— Votre frère disposait sans doute d'autant d'hommes au Trident, convint-il, mais un sur dix tout au plus d'entre eux était chevalier. Le reste de son armée se composait de francs-coureurs, d'archers, de fantassins armés de lances et de piques. En voyant Rhaegar tomber, beaucoup lâchèrent leurs armes afin de mieux prendre leurs jambes à leur cou. Je vous en fais juge : combien de temps pareille racaille résisterait-elle à l'assaut de quarante mille "gueulards" altérés de sang ? Que lui serviraient ses hauberts de mailles et ses justaucorps de cuir bouilli quand de toutes parts grêleraient les flèches ?

— Guère, dit-elle, et pas à grand-chose. »

Il acquiesça du menton. « Remarquez toutefois, princesse, que, si les dieux ont seulement doté d'autant d'esprit que les oisons leurs seigneuries des Sept Couronnes, on n'en viendra jamais là. Les cavaliers d'ici ne se sentent aucun goût pour la guerre de siège. Ils ne prendraient pas, m'est avis, le plus faible de nos châteaux. Mais si Robert Baratheon était assez niais pour leur livrer bataille, alors…

— L'est-il ? demanda-t-elle. Je veux dire “niais” ? »

Il se garda de répondre à l'étourdie. « Il aurait dû naître en pays dothrak, dit-il enfin. Khal Drogo vous affirmerait qu'à moins d'être le dernier des lâches, on ne se réfugie pas derrière des remparts de pierre au lieu d'affronter l'adversaire l'épée au poing. L'Usurpateur en serait d'accord. Joignant la bravoure à la force physique, il est bien suffisamment… téméraire pour affronter les hordes dothrak en terrain découvert. Mais les gens de son entourage, enfin, les meneurs du bal, ne l'entendraient pas de cette oreille. Ni son frère, Stannis, ni Tywin Lannister, ni… – il cracha – Eddard Stark.

— Vous l'exécrez décidément, ce lord Stark, dit-elle.

— Il m'a dépouillé de tout ce que j'aimais, et pourquoi, je vous prie ? Pour une poignée de braconniers pouilleux ! le prix de son précieux honneur… ! » Son amertume disait assez qu'il n'était toujours pas remis de ses pertes. Il changea promptement de sujet. « Tenez, reprit-il, l'index tendu, là-bas. Vaes Dothrak. La cité des seigneurs du cheval. »

Toujours flanqué de ses sang-coureurs, Khal Drogo leur fit traverser le grand bazar du marché de l'Ouest puis emprunter d'immenses avenues. Tout écarquillée qu'elle était par la bizarrerie du spectacle environnant, Daenerys ne se laissait pas distancer. Vaes Dothrak était tout à la fois la plus vaste et la plus minuscule cité qu'elle eût jamais vue. Dix fois plus étendue, semblait-il, que Pentos, mais dépourvue de remparts comme de limites, elle avait l'air d'un simple prolongement du désert, avec ses larges rues ventées que se partageaient la poussière et l'herbe et qu'émaillaient les fleurs des champs. Autant, dans les cités libres, tours, hôtels particuliers, taudis, ponts, boutiques, édifices publics se pressaient, chevauchaient, mêlaient, autant l'antique Vaes Dothrak se prélassait langoureusement au soleil, lumineuse, arrogante et vide.

Jusqu'aux bâtiments qui étaient d'une étrangeté... ! Ici s'élevaient des pavillons de pierre ciselée, là des manoirs d'herbe aussi gigantesques que des châteaux, là des tours de bois rachitiques, ailleurs, tapissées de marbre, des pyramides à degrés, plus loin la charpente d'énormes halles ouvertes sur le ciel. « Il n'y en a pas deux de semblables..., dit-elle.

— Votre frère voit en partie juste, admit ser Jorah. Les Dothrakis ne construisent pas. Leur habitat, voilà quelque mille ans, se réduisait à un trou creusé dans la terre et recouvert d'herbe nattée. Les bâtiments que vous voyez furent édifiés par des esclaves qui, ramenés de razzias lointaines, ont tous procédé selon les usages de leurs nations respectives. »

La plupart des halles – principales incluses – offraient un aspect désert. « Mais où sont donc les habitants ? » demanda Daenerys. Une fois dépassé le bazar, bondé de jeux, de cris, de courses, de remue-ménage, elle avait seulement aperçu, de loin en loin, quelque eunuque vaquant à ses affaires.

« Seules résident en permanence dans la cité sacrée, avec leurs esclaves et leurs serviteurs, les reines douairières du *dosh khaleen*, expliqua Mormont. Vaes Dothrak est toutefois suffisamment vaste pour héberger chacun des membres de chaque *khalasar*, dussent tous les *khals* regagner un jour simultanément le sein de la Mère, ainsi que l'ont dès longtemps prophétisé les veuves royales. Tout y est conçu dans la perspective de cette prodigieuse réunion. »

Khal Drogo fit enfin halte, non loin du marché de l'Est où aboutissaient les caravanes marchandes en provenance de Yi Ti, d'Asshai et des Contrées de l'Ombre, au pied même de l'impressionnante Mère des Montagnes, et Daenerys ne put réprimer un sourire en se rappelant les caquets de la petite favorite de maître Illyrio. Le fameux « palais » aux deux cents pièces et aux portes d'argent massif ? une salle des fêtes caverneuse en bois. Grossièrement équarris, ses murs avaient tout au plus quarante pieds de haut. Un velum de soie palpitant leur tenait lieu de toiture, et de toiture mobile puisqu'on pouvait aussi bien l'abaisser si, chose rare, survenait la pluie que le relever pour accueillir l'azur indéfini. Tout autour se voyaient, clôturées de haies, de grasses pâtures pour les chevaux, ainsi que des centaines de monticules bien ronds tout tapissés d'herbe : des maisons de terre.

Drogo s'était fait précéder par un bataillon d'esclaves auxquels, sitôt qu'il sautait de selle, chaque cavalier remettait son *arakh* et ses autres armes. L'interdiction formelle et de porter la moindre lame dans la ville et de verser le sang d'un homme libre ne souffrait nulle exception de rang. En présence de la Mère des Montagnes, les *khalasars* ennemis devaient eux-mêmes, selon ser Jorah, déposer leurs querelles et banqueter en bonne intelligence. Un décret du *dosh khaleen* stipulait qu'à Vaes Dothrak les Dothrakis n'étaient plus qu'un seul sang, un seul *khalasar*, une seule harde.

Comme Irri et Jhiqui l'aidaient à mettre pied à terre, Daenerys vit venir à elle le doyen des trois sang-coureurs de Drogo, Cohollo. Trapu, chauve, crochu de profil, il avait la bouche hérissée de dents déchiquetées par un coup de masse reçu, vingt ans plus tôt, en volant au secours du jeune *khalakka* cerné par des spadassins qui comptaient le vendre à des *khals* rivaux de son père. De fait, son existence propre avait cessé dès la naissance de Drogo. Leurs jours étaient indissociables.

Chaque *khal* possédait de même ses sang-coureurs. Au premier abord, Daenerys avait pris ceux-ci pour des espèces de gardes attachés sous serment à la personne du souverain, mais Jhiqui ne tarda pas à la détromper : bien plus que de simples gardes du corps, ils étaient pour le *khal* d'authentiques frères, son ombre même et ses plus farouches amis. Drogo les appelait « Sang de mon sang », et ce n'était pas un vain mot, car ils vivaient d'une même vie. Les traditions immémoriales des seigneurs du cheval voulaient qu'à la mort du *khal* ses sang-coureurs aussi périssent afin d'escorter sa chevauchée dans les contrées nocturnes. Succombait-il aux coups de quelque ennemi, ils ne survivaient que le temps de le venger puis le rejoignaient avec joie dans la tombe. Il était même, à en croire Jhiqui, des *khalasars* où les sang-coureurs partageaient tout avec leur *khal*, vin, tente et femmes, tout, hormis son cheval. La monture d'un homme est et demeure son apanage exclusif.

Daenerys se félicitait que Drogo ne sacrifiât point à ces usages archaïques. Le partage ne la tentait pas. Au surplus, si le vieux Cohollo la traitait plutôt gentiment, les deux autres la terrifiaient. Haggo par sa masse taciturne et sa manière menaçante de la dévisager comme une inconnue. Qhoto par ses yeux féroces et la prestesse de ses mains sadiques : pour peu qu'il la touchât, la douce peau blanche de Doreah se talait de bleus, et sa brutalité faisait parfois, la nuit, sangloter Irri. Ses chevaux eux-mêmes semblaient le craindre.

Tous trois n'en étant pas moins liés à son seigneur et maître à la vie à la mort, Daenerys devait vaille que vaille s'accommoder d'eux. Il lui arrivait même, d'ailleurs, de déplorer que son père n'eût pas disposé d'hommes de cette trempe. Car les chansons avaient beau vanter sans relâche les blancs chevaliers de la Garde comme des parangons de noblesse, de bravoure et de loyauté, le roi Aerys était bel et bien tombé sous les coups d'un des leurs, le jouvenceau superbe désormais flétri par le surnom de « Régicide », et un autre, ser Barristan le Hardi, n'avait pas craint de rallier l'Usurpateur… Et elle en venait à se demander si la félonie ne corrompait pas tous les cœurs, dans les Sept Couronnes, et à se promettre, en tout cas, de doter son fils, dès qu'il remonterait sur le Trône de Fer, de sang-coureurs qui le protégeraient contre la trahison de ses propres gardes.

« *Khaleesi*, disait cependant Cohollo dans sa propre langue, le sang de mon sang m'ordonne de vous avertir qu'il doit se rendre, cette nuit, au sommet de la Mère des Montagnes afin de rendre grâces aux dieux de son heureux retour par un sacrifice. »

Seuls les mâles, elle le savait, pouvaient se permettre de fouler le sol de la Mère. Escorté de ses sang-coureurs, le *khal* reviendrait à l'aube. « Assurez le soleil étoilé de mes jours, répondit-elle d'un air gracieux, que mes rêves l'accompagnent dans l'impatience des retrouvailles. » À dire vrai, la perspective d'une vraie nuit de repos la ravissait. Car si sa grossesse la fatiguait de plus en plus, le désir de Drogo n'en paraissait que plus insatiable, et leurs dernières étreintes l'avaient éreintée.

Doreah la mena vers le tertre creux qu'on avait préparé pour elle et son *khal*. Sous ce dais de terre régnait une obscure fraîcheur. « Un bain, s'il te plaît, Jhiqui », commanda-t-elle aussitôt, tant il lui tardait d'éliminer la poussière de la longue route et de délasser ses membres engourdis. Puis quel bonheur que de se dire : nous allons séjourner ici quelque temps, demain je ne serai pas forcée de remonter en selle… !

L'eau était bouillante, comme elle l'aimait. « Je donnerai dès ce soir ses cadeaux à mon frère, décida-t-elle, tandis que Jhiqui lui lavait les cheveux. Il faut qu'il ait l'allure d'un roi dans la cité sacrée. Cours à sa recherche, Doreah, et invite-le à dîner en ma compagnie. » Était-ce en souvenir des ébats permis à Pentos par maître Illyrio ? Viserys se montrait moins maussade avec la jeune Lysienne qu'avec les deux servantes dothrak. « Quant à toi, Irri, va vite au bazar acheter de la viande – mais tout sauf du cheval – et des fruits.

— Cheval meilleur, objecta Irri, cheval fait mâles vigoureux.

— Il déteste ça.

— Comme voudra *Khaleesi*. »

Et, de fait, elle lui rapporta bientôt un cuissot de chèvre et une corbeille de légumes, de melons, de pommes-granates, de prunes et de fruits orientaux bizarres aux noms inconnus. Puis, tandis que ses femmes apprêtaient le repas, rôtissaient la viande avec des herbes et des piments tout en la laquant régulièrement de miel, elle étala le costume qu'elle avait fait tailler sous le sceau du secret aux mesures de Viserys : une tunique et des houseaux en crépon de lin blanc, des sandales de cuir lacées jusqu'au genou, une lourde chaîne à médaillons de bronze en guise de ceinture et une veste en peau, peinte de dragons qui crachaient le feu. Les Dothrakis le respecteraient davantage, espérait-elle, une fois qu'il aurait l'air moins gueux, et peut-être même lui pardonnerait-il, à elle, de l'avoir naguère humilié ? Sans compter qu'il demeurait, après tout, son roi – et son frère... N'étaient-ils pas tous deux le sang du dragon ?

Elle achevait de disposer ses présents – un manteau de soie sauvage, d'un vert d'herbe, avec un liséré gris pâle élu pour mettre en valeur la blondeur platine de Viserys – quand celui-ci fit irruption, traînant par le bras Doreah dont la pommette se violaçait d'une ecchymose. « Comment *oses*-tu, glapit-il en jetant brutalement la messagère à terre, me mander tes ordres par cette putain ? »

Sidérée par sa virulence, Daenerys bredouilla : « Mais ! je souhaitais seulement... Qu'as-tu dit, Doreah ?

— Veuillez me pardonner, *Khaleesi*, je..., je suis désolée, je suis allée simplement le trouver, comme vous me l'aviez commandé, et j'ai dit que... que vous comptiez sur lui ce soir...

— On ne convoque pas le dragon ! gronda-t-il. *Je suis ton roi !* J'aurais dû te renvoyer sa tête ! »

Voyant sa servante affolée, Daenerys la rassura d'une caresse. « N'aie pas peur, il ne te fera aucun mal. Quant à toi, cher frère, de grâce, pardonne-lui cet écart de langage. Je l'avais envoyée te *prier* de dîner avec moi, s'il plaisait à Ta Majesté. » Le prenant par la main, elle le mena vers le fond de la pièce. « Regarde. C'est pour toi. »

Il se renfrogna, soupçonneux. « Qu'est-ce là ?

— De quoi t'habiller de neuf. Je l'ai fait exécuter spécialement pour toi », dit-elle avec un sourire timide.

Il la dévisagea d'un air hautain. « Des guenilles dothrak. Et tu t'imagines m'accoutrer de ça.

— Je t'en prie… Ils sont plus frais, plus agréables à porter, puis je me suis dit que…, que si tu t'habillais comme eux, peut-être que les Dothrakis… » Elle n'acheva pas, de crainte de réveiller le dragon par un mot maladroit.

« Et il me faudra me tresser les cheveux, je suppose, ensuite ?

— Oh ! jamais je… » Pourquoi se montrait-il si cruel, toujours ? Elle n'avait aspiré qu'à l'aider… « D'ailleurs, la tresse se mérite par des victoires, tu sais bien. »

La dernière des choses à dire. Les prunelles lilas flambèrent de fureur. Mais il n'osa la frapper. Ni en présence des suivantes ni, à plus forte raison, quand, devant l'entrée, les guerriers du *khas* montaient la garde. Aussi se contenta-t-il de prélever le manteau pour le porter à ses narines. « Il pue le fumier. Mais comme couverture de cheval, peut-être… ?

— Doreah l'avait cousu sur mes ordres à ton intention, dit-elle, blessée. Des vêtements dignes d'un *khal*.

— À ce détail près que je suis le maître des Sept Couronnes et non l'un de tes sauvages barbouillés d'herbe et tout sonnaillants de clarines, cracha-t-il en lui empoignant le bras. Tu t'oublies, salope. Qu'est-ce que tu crois ? Que ton ventre ballonné suffira à te préserver, si tu réveilles le dragon ? »

Ses doigts s'incrustaient si méchamment dans la chair qu'un instant Daenerys redevint la petite fille effarée de naguère, la peur lui fit saisir le premier objet que rencontra sa main libre, la ceinture qu'elle avait si fort désiré offrir à son frère, et elle l'en cingla de toutes ses forces en pleine figure.

De stupeur, il la relâcha. La tranche d'un médaillon lui avait profondément entaillé la joue, le sang ruisselait. « C'est toi qui t'oublies, dit-elle. Ta mésaventure de la mer Dothrak ne t'aurait-elle *rien* appris ? Va-t'en, maintenant, vite, ou je te fais expulser par mon *khas*. Et les dieux te gardent que Khal Drogo n'apprenne ton comportement. Il t'éventrerait pour te faire avaler tes propres entrailles. »

Viserys recula précipitamment. « Le jour où je rentrerai dans mon royaume, tu me paieras ça, salope ! » jura-t-il en se retirant, la main plaquée sur sa joue blessée.

Des gouttes de son sang avaient maculé le beau manteau de soie sauvage. Toute chamboulée, Daenerys en appliqua machinalement le tissu moelleux contre son visage et s'assit en tailleur parmi ses dons abandonnés.

« Le dîner est prêt, *Khaleesi*, annonça soudain Jhiqui.

— Je n'ai pas faim », répondit-elle avec tristesse. Elle se sentait brusquement épuisée. « Portez à ser Jorah de quoi se restaurer puis partagez-vous le reste. »

Au bout d'un moment, elle reprit : « Donnez-moi, s'il vous plaît, l'un des œufs de dragon. »

Entre les mains menues d'Irri, la coquille aux écailles vert sombre se moira de chatoiements bronze. Se pelotonnant sur le flanc, Daenerys repoussa de côté le manteau de soie pour loger l'œuf dans le nid que formaient ses petits seins sensibles et son giron renflé. Elle aimait les bercer ainsi. À cause de leur splendeur. Et parce que, parfois, leur simple contact lui procurait l'impression d'être plus forte, plus brave. Un peu comme si les dragons pétrifiés à l'intérieur lui communiquaient leur propre énergie.

Elle reposait là, blottie sur son œuf, quand elle sentit l'enfant s'agiter dans son sein…, et elle eût juré qu'il tendait la main, de frère à frère, de sang à sang. « C'est *toi*, le dragon, murmura-t-elle, le *vrai* dragon. Je le sais. Je le sais. » Un sourire lui vint aux lèvres, et elle s'endormit en rêvant du beau royaume des Sept Couronnes.

BRAN

Des flocons épars tombaient qui, au contact de son visage, fondaient telle une bruine des plus agréable. Bravement campé sur son cheval, il regardait se relever la herse de fer et s'évertuait de son mieux à feindre le calme, en dépit des battements fébriles de son cœur.

« Es-tu prêt ? » demanda Robb.

De peur de révéler son appréhension, il acquiesça d'un simple hochement. C'était la première fois qu'il sortait de Winterfell depuis son accident, mais il entendait monter aussi fièrement que le plus fier des chevaliers.

« Alors, en route. » Robb pressa les flancs de son grand hongre pommelé, et l'animal s'engagea vers le pont-levis.

« Va », souffla Bran à sa propre monture, tout en lui flattant l'encolure, et la petite pouliche bai brun se mit en mouvement. Il l'avait baptisée Danseuse, elle avait seulement deux ans, et Joseth la disait plus docile qu'il n'était permis à ses congénères. On l'avait spécialement dressée pour répondre aux rênes, à la voix et à la caresse. Jusque-là, cependant, Bran ne l'avait montée que tout autour de la cour, d'abord tenue à la longe par Hodor ou Joseth, afin qu'il s'accoutume à la selle conçue par Tyrion, puis sans aide depuis quinze jours, la faisant trotter en cercle et, de tour en tour, conquérant davantage d'assurance et d'autorité.

Dès que l'on eut franchi l'enceinte extérieure, Broussaille, Été prirent le vent. Derrière venait Theon Greyjoy qui, équipé de son grand arc et d'un carquois bourré de matras, nourrissait de son propre aveu le projet de tuer un daim. Coiffés et vêtus de maille, quatre gardes suivaient, précédant Joseth, le palefrenier sec comme une trique promu par Robb maître d'écurie en l'absence de Hullen. Monté sur un bourricot, mestre Luwin fermait le ban. Bran eût cent fois préféré partir avec son frère, seul à seul, mais Hal Mollen, aussitôt appuyé par Luwin, s'y était formellement opposé. Qu'il fît une chute ou se blessât, le mestre entendait se trouver à même de le soigner sur-le-champ.

Au-delà des portes s'ouvrait la place du marché, déserte pour l'heure, avec ses baraques de bois. Ils descendirent les rues fangeuses du village, dépassèrent les alignements de petites maisons proprettes construites en pierres sèches et en baliveaux. Pour le moment, moins d'un cinquième d'entre elles étaient habitées, comme l'attestait le mince filet de fumée qui montait en spirales de leurs cheminées. Les autres se rempliraient peu à peu avec l'aggravation du froid. Aux premières chutes importantes de neige, aux premières rafales glacées du nord, Vieille Nan ne manquait pas de le ressasser, les fermiers délaisseraient leurs champs gelés, les fortins à l'écart de tout, chargeraient leurs charrois pour se replier sur la ville d'hiver qui, dès lors, reprendrait vie. Ce phénomène-là, Bran n'y avait jamais assisté, mais mestre Luwin en personne le prédisait plus imminent de jour en jour. Le long été s'achèverait incessamment. *L'hiver vient.*

Sur le passage de la cavalcade, certains villageois ne purent réprimer quelque angoisse à la vue des deux loups-garous, et le mouvement de recul effaré que ceux-ci suscitèrent fit choir les fagots d'un manant, mais la plupart des habitants y étaient déjà familiarisés, qui plièrent le genou devant les deux jeunes Stark, Robb les gratifiant un par un d'un signe de tête des plus seigneurial.

Compte tenu de ses jambes inertes, Bran éprouva d'abord un rien de malaise au léger tangage de sa monture, mais comme le pommeau surélevé de sa grande selle et son haut dossier lui faisaient un berceau douillet, comme le harnais qui lui ceignait la poitrine et les cuisses lui interdisait de tomber, il ne tarda guère à trouver le mouvement presque naturel, son appréhension s'estompa et, tout crispé qu'il demeurait encore, un sourire lui fleurit les lèvres.

Deux filles d'auberge se tenaient sous l'enseigne de *La Bûche qui fume*, la brasserie du coin. La plus jeune s'empourpra et se couvrit la face quand Theon les interpella puis, poussant son cheval à la hauteur de Robb, gloussa : « Cette chère Kyra ! Ça se trémousse au pieu comme une belette, mais dis-lui un mot dans la rue, des pudeurs de vierge… Je t'ai raconté le soir où elle et Bessa…

— Pas devant mon frère, veux-tu ? » coupa-t-il avec un regard de biais vers Bran.

Affectant n'avoir rien entendu, Bran détourna les yeux, mais il sentait ceux de Greyjoy peser sur ses épaules. Avec un sourire, naturellement… Ce sourire dont il abusait quelque peu, comme pour vous signifier que le monde était une blague occulte et que lui seul s'était montré assez futé pour la percer à jour. Si Robb semblait admirer le pupille de Père et se plaire en sa compagnie, Bran, lui, ne le portait guère dans son cœur.

Robb se rapprocha. « Tu t'en tires bien, Bran.

— J'ai envie de presser l'allure…

— À ta guise », sourit son aîné en prenant le trot, aussitôt imité par les loups. Bran fit claquer les rênes, Danseuse obéit instantanément, et, sur un cri de Greyjoy, le martèlement des sabots s'accéléra dans son sillage.

Le vent de la course enflait son manteau, le ployait, déployait telle une voile, la neige se précipitait pour lui fustiger le visage, et Robb, déjà loin devant, se retournait à demi, de temps à autre, pour s'assurer que le petit suivait, ainsi que les autres. Un nouveau claquement des rênes, et Danseuse adopta un galop soyeux qui ne tarda guère à réduire l'écart, tout en distançant le reste de l'escorte. À quelque deux milles du bourg d'hiver, Bran rejoignit son frère sur la lisière du Bois-aux-Loups et, tout heureux, lui lança : « Je peux ! » Monter lui semblait presque aussi délicieux que voler.

« Je te proposerais bien une compétition, blagua Robb d'un ton léger, mais tu serais capable de gagner ! »

Bran se garda de relever le défi. Sous le sourire de son frère, il percevait trop nettement une appréhension sourde. « Je n'ai pas envie, dit-il, tout en scrutant les fourrés dans lesquels s'étaient évanouis les loups. As-tu remarqué de quelle manière Été hurlait, la nuit dernière ?

— Vent Gris non plus ne tenait pas en place », répliqua Robb. Ses cheveux auburn avaient beaucoup poussé sans qu'il en prît soin, et le poil rougeâtre qui commençait de lui ombrager la mâchoire démentait déjà ses quinze ans. « Parfois, je me dis qu'ils savent des choses…, pressentent des choses… » Il soupira. « Et moi, je ne sais jamais jusqu'à quel point je puis te parler, Bran. Que n'es-tu plus âgé…

— Mais j'ai huit ans, désormais ! protesta-t-il. De huit à quinze, la différence n'est pas si grande, et Winterfell me revient, après toi.

— C'est vrai. » À sa tristesse se mêlait un rien d'effroi. « J'ai une nouvelle à t'annoncer, Bran. Un oiseau est arrivé, cette nuit. Mestre Luwin a dû me réveiller. »

À ces mots, la panique envahit le petit. *Noires ailes, nouvelles noires*, radotait sans trêve Vieille Nan, et le proverbe n'avait cessé de s'avérer, depuis peu. Interrogé sur le sort d'Oncle Ben, le lord commandant de la Garde de Nuit en confirmait la mystérieuse disparition. Le message envoyé par Mère depuis les Eyrié n'était pas moins alarmant : sans préciser quand elle comptait revenir, il évoquait simplement la capture du Lutin. Dans un certain sens, Bran éprouvait quelque sympathie pour le nain, mais le seul nom de *Lannister* lui faisait froid dans le dos. Il avait quelque chose à voir avec les Lannister, quelque chose de personnel et qu'il aurait dû se rappeler, mais, lorsqu'il s'efforçait de définir *quoi*, un vertige s'emparait de lui, qui lui pétrifiait les entrailles. Et l'on avait eu beau le laisser dans l'ignorance des tenants et aboutissants de l'affaire Tyrion, comment méconnaître la gravité de la situation ? Robb s'était, ce jour-là, enfermé à triples verrous, des heures durant, avec mestre Luwin, Theon Greyjoy et Hallis Mollen, avant de dépêcher les plus rapides de ses estafettes porter des ordres aux quatre coins du nord. Et il avait même été question de Moat Cailin, l'antique forteresse en ruine édifiée par les Premiers Hommes au débouché du Neck… Tout cela présageait des événements dramatiques.

Et, là-dessus, nouveau corbeau, nouveau message… Désespérément, Bran voulut néanmoins espérer. « C'est Mère qui l'a expédié ? Elle va revenir ?

— Non, c'est Alyn. De Port-Réal. Jory Cassel est mort. Et Wyl, et Heward aussi. Assassinés par le Régicide. » Robb livra son visage à la neige, qui fondait comme larmes en touchant ses joues. « Puissent les dieux leur accorder de reposer en paix. »

Le souffle coupé comme par un choc en pleine poitrine, Bran demeura sans voix. Il n'était pas né que Jory commandait déjà la garde, à Winterfell. Il revivait, bouleversé, chacune des fois où celui-ci le traquait, là-haut, sur les toits du château. « Assassiner Jory ? » Il le revoyait, vêtu de maille et de plate, traverser la courtine à longues foulées, il le revoyait, installé à sa place accoutumée dans la grande salle, plaisanter pendant le dîner. « Mais qui pouvait vouloir sa mort ? Pourquoi ? »

Sans dissimuler son chagrin, Robb hocha la tête d'un air accablé. « Je l'ignore, mais…, mais il y a pire, Bran. Pendant le combat, Père s'est trouvé pris sous son cheval et fracassé la jambe… Mestre Pycelle lui a administré du lait de pavot, mais on ne sait quand…, quand il… » Comme Theon et les autres se rapprochaient, il s'empressa d'achever : « Quand il reprendra connaissance. » Sa main se porta sur la poignée de son épée et, du ton pompeux qu'il affectait lorsqu'il redevenait lord Robb, il articula : « Quoi qu'il advienne, Bran, rien de tout cela ne sera oublié, je te le promets. »

Loin de le réconforter, pareille fermeté redoubla l'anxiété du petit. « Que comptes-tu donc faire ? demanda-t-il comme Greyjoy se portait à leur hauteur.

— Theon me conseille de convoquer le ban.

— Sang pour sang », déclara ce dernier sans sourire, pour une fois. Derrière les mèches noires qui balayaient sa physionomie sombre et osseuse étincelait un regard de fauve affamé.

« Il n'appartient qu'au suzerain de convoquer le ban, objecta Bran, tandis que la neige les enveloppait dans ses tourbillons.

— Si ton père meurt, répliqua Theon, la responsabilité de Winterfell échoit à Robb.

— Mais Père ne mourra pas ! » s'insurgea Bran dans un sanglot.

Robb lui saisit la main. « Non, il ne mourra pas. Pas Père, dit-il avec calme. Toutefois..., l'honneur du nord repose pour l'heure entre mes mains. À son départ, le seigneur notre père m'a ordonné de faire preuve d'énergie pour toi, pour Rickon. Me voici presque un homme fait, Bran. »

Le petit ne put réprimer un frisson. « Je voudrais tant que Mère soit de retour ! » s'exclama-t-il douloureusement. Un coup d'œil circulaire affolé lui révéla que l'âne de mestre Luwin peinait, loin derrière, à gravir la pente d'une colline. « Et mestre Luwin ? Lui aussi préconise de convoquer le ban ?

— Lui ? il est aussi timoré qu'une vieille femme ! dit Theon, dédaigneux.

— Père n'en prisait pas moins ses avis, rappela Bran à son frère. Tout comme Mère.

— Je les écoute également, affirma Robb. J'écoute tous ceux qu'on me donne. »

Tout le bonheur que Bran s'était promis de cette première sortie s'était évaporé, précaire comme les flocons qui lui picotaient la figure et, l'un après l'autre, fondaient. Naguère encore, la seule pensée de Robb convoquant ses vassaux l'eût enthousiasmé. Elle le terrifiait, maintenant. « Si nous rentrions ? proposa-t-il. J'ai froid. »

Robb jeta un regard à l'entour. « Il nous faut retrouver les loups. Peux-tu tenir encore un peu ?

— Autant que toi. » Quoique mestre Luwin, craignant que la selle ne le blessât, eût déconseillé une trop longue promenade, Bran ne voulait pour rien au monde admettre sa faiblesse devant son frère. La sollicitude universelle dont il était l'objet lui levait le cœur, et il ne supportait plus de s'entendre à tout bout de champ demander comment il allait.

« À la chasse aux chasseurs, alors », conclut Robb, et, poussant leurs montures, ils abandonnèrent la route royale pour s'enfoncer côte à côte dans le taillis, tandis que Theon, leur laissant prendre les devants, s'attardait à badiner avec les gardes.

Sous le charme de la futaie, Bran maintenait Danseuse au pas d'une rêne légère afin de mieux jouir du spectacle en flânant. Quelque familiers que lui fussent les bois, il avait si longtemps vécu confiné à Winterfell qu'il lui semblait les voir pour la première fois. L'arôme de résine et d'aiguilles fraîchement tombées, le parfum de feuilles mortes, d'humus et de fermentation, les effluves de fumet fauve et de feux lointains, tant de senteurs indécises et mêlées lui dilataient les narines avec volupté. La toile argentée d'une araignée-césar l'émerveilla plusieurs secondes à l'instar d'une découverte et, dans les branches d'un chêne alourdies de neige, apparut, disparut le panache d'un écureuil noir.

Derrière se perdaient peu à peu puis s'éteignirent enfin les voix des autres. Devant se percevait le vague murmure d'eaux bondissantes dont chaque pas précisait l'éclat. En atteignant les rives du torrent, l'enfant sentit des larmes lui piquer les yeux.

« Bran…, s'inquiéta Robb, qu'y a-t-il ?

— Un souvenir, simplement, répondit-il en secouant la tête. Jory nous a amenés ici, une fois, toi, moi, Jon, pour pêcher la truite. Tu te rappelles ?

— Je me rappelle, acquiesça Robb à mi-voix d'un ton monocorde. – Comme j'allais rentrer bredouille à Winterfell, Jon me donna celles qu'il avait prises. Le reverrons-nous jamais, dis ?

— Nous avons bien revu Oncle Ben lors de la visite du roi, rétorqua son frère. Jon aussi nous arrivera un jour ou l'autre, tu verras. »

Le torrent roulant des flots perfides et véhéments, Robb mit pied à terre pour le franchir. Au plus fort du courant, l'eau lui montait à mi-cuisse. Une fois parvenu sur la berge opposée, il attacha son cheval à un arbre et retraversa pour mener Bran et Danseuse parmi les remous écumants que suscitaient souches et rochers. Sous les embruns qui l'éclaboussaient, le petit infirme se prit à sourire, à rêver qu'il avait recouvré ses forces et son intégrité physique et, renversant la tête vers les frondaisons, s'imagina grimper jusqu'au faîte des plus hauts arbres et, de là, contempler, tout autour, la forêt sous lui.

Ils venaient d'aborder la terre ferme quand s'éleva, telle une longue bourrasque de bise mobile et plaintive parmi les troncs, le hurlement. Et Bran, prêtant l'oreille, avait tout juste prononcé : « Été », qu'à la première se joignit une seconde voix.

« Ils ont tué quelque chose, déclara Robb en remontant en selle. Autant que j'aille à leur recherche. Attends-moi ici, Theon et les autres ne vont pas tarder.

— Je t'accompagne.

— Seul, je les retrouverai plus vite. » Déjà, il éperonnait son hongre et disparaissait.

Aussitôt, Bran eut l'impression que la forêt se refermait sur lui. La neige tombait désormais plus dru. Et si elle persistait à fondre dès qu'elle touchait le sol, chaque racine et chaque pierre et chaque branche peu à peu se fourraient de blanc. Réduit à patienter, l'enfant découvrit tout le malaise de sa position. Si ses jambes étaient insensibles, elles pendaient, inutiles, dans les étriers, et le harnais qui lui ceignait la poitrine entrait dans sa chair, l'oppressait, ses gants détrempés lui glaçaient les mains. Puis où pouvaient bien se trouver mestre Luwin, Theon, Joseth et leurs compagnons… ?

En entendant enfin le froissement de feuilles qui présageait leur survenue, il fit pivoter Danseuse, mais les hommes en loques qui émergèrent successivement sur la rive étaient inconnus de lui.

« Bonjour », dit-il nerveusement. Un coup d'œil lui avait suffi pour s'apercevoir qu'il ne s'agissait ni de fermiers ni de bûcherons, et il prit brusquement conscience du luxe vestimentaire que constituaient sa tunique flambant neuve de laine gris sombre à boutons d'argent, sa pelisse fixée aux épaules par une lourde fibule du même métal, ses bottes et ses gants fourrés.

« Tout seul, comme ça ? dit le plus grand de la bande, un chauve aux traits bestiaux et tannés par le vent. Perdu dans le Bois-aux-loups, pôv' p'tiot…

— Pas perdu du tout », répliqua Bran, à qui déplaisait la manière dont les étrangers le dévisageaient. Quatre, à première vue, mais un bref regard en arrière lui en révéla deux de plus. « Mon frère vient à peine de me quitter, et mes gardes seront là sous peu.

— Tes gardes, ah bon ? » dit un autre. Des picots grisâtres hérissaient sa face décharnée. « Et pour garder quoi, mon p'tit seigneur ? L'éping' d'ton manteau, p't'-êt' ?

— Jolie… » Le timbre était celui d'une femme, à défaut de l'aspect. Grande, maigre, avec une physionomie aussi avenante que ses compères et les cheveux dissimulés sous un bassinet de fer, elle tenait une pique en chêne noir longue de huit pieds, à pointe d'acier rouillé.

« Voyons voir », reprit le grand chauve.

À mieux l'examiner s'aggrava l'angoisse de Bran. L'individu portait des vêtements crasseux, presque en haillons, grossièrement rapiécés ici de marron, là de bleu, de vert sombre ailleurs, et qui partout tendaient vers le gris pisseux, mais son manteau, jadis, avait dû être noir. Et noires aussi, les hardes du barbu lugubre, nota tout à coup l'enfant, horrifié. En un éclair, il revit le parjure d'antan, revécut son supplice, le jour même de la découverte des louveteaux ; celui-là aussi avait porté le noir, celui-là aussi déserté la Garde de Nuit… Et les mots de Père lui revinrent en mémoire. *Rien de si dangereux qu'un déserteur. Se sachant perdu, en cas de capture, il ne recule devant aucun crime, aucune vilenie.*

« L'épingle, mon mignon, dit le chauve en tendant la main.

— Le ch'val aussi », reprit un de ses acolytes – une femme, plus trapue que Robb, à la face épatée sous des mèches filasse. « À terre, et magne-toi. » De sa manche jaillit un couteau dentelé comme une scie.

« Non, se trahit Bran, je ne peux pas… »

Il n'eut pas même le loisir de songer à faire volter Danseuse et fuir au galop que le grand malandrin saisissait la bride. « Si, tu peux, mon prince…, et tu le feras, t'as tout intérêt.

— Vise un peu, Stiv, intervint la première femme, comme il est ficelé… » Un geste de sa pique appuyait ses dires. « Ça se pourrait qu'y mente pas.

— Ficelé ? tiens tiens ! riposta l'autre en tirant un poignard de sa ceinture. Y a un truc, contre les ficelles.

— T'es infirme, ou quoi ? demanda la courtaude.

— Je suis Brandon Stark de Winterfell, flamba-t-il, et vous ferez bien de lâcher mon cheval, ou gare à vos têtes ! »

L'efflanqué barbu se mit à glousser. « Ça, c'est bien d'un Stark ! Y a qu'eux d'assez dingues pour vous menacer, quand un malin vous supplierait…

— Coupes-y la quéquette et bourres-y-en le bec, suggéra la petite femme, y la bouclera, comme ça.

— T'es aussi bête que t'es moche, Hali, repartit sa compagne hommasse. Mort, y vaut pas un sou, mais vivant… Le propre sang de Benjen Stark en otage, Mance donnerait gros.

— Au diable, Mance ! jura le chauve. T'as envie de retourner là-bas, Osha ? toi qui délires, oui… S'y s'en foutraient, les marcheurs blancs, que t'aies ou que t'aies pas d'otage ! » Et, d'un geste colère, il trancha la lanière de cuir qui maintenait la cuisse de Bran.

Brutalement assené au hasard, le coup avait entamé profondément la chair. En se penchant, l'enfant entrevit la déchirure de ses chausses, un pan de peau blafard, puis le sang gicla. Avec une stupeur où entrait une espèce de détachement singulier, il regardait s'élargir la tache écarlate ; il n'avait rien éprouvé, pas l'ombre d'une souffrance, même pas le choc. Non moins ébahi, son agresseur émit un grognement idiot.

« Bas les armes ! » Sous l'énergie de la sommation perçait un tremblement d'angoisse.

La voix de Robb. Soudain tiré de son désespoir stupide par un espoir fou, Bran releva la tête. Robb était là, bel et bien. La dépouille sanglante d'un daim jetée en travers de sa monture. Et l'épée au poing.

« Le frère, dit le barbu.

— Puis l'air féroce, ah mais ! ricana celle que les autres appelaient Hali. Tu comptes te battre avec nous, mon gars ?

— Fais pas l'idiot, avertit l'autre, Osha, en braquant sa pique. On est six contre un. Descends de cheval et jette l'épée. On te remerciera gentiment pour la bête et pour le gibier, et tu pourras partir avec ton frère. »

Il répondit par un sifflement, et l'on entendit vaguement crisser les feuilles mortes sous des pas moelleux, puis les branches basses se soulagèrent de leur faix neigeux, les fourrés s'ouvrirent, Été et Vent Gris parurent, Été huma l'air et se mit à gronder.

« Des loups… ! hoqueta Hali.

— Loups-garous », rectifia Bran, dûment initié par mestre Luwin et le maître-piqueux Farlen sur ce chapitre. Pour n'avoir encore atteint que la moitié de leur taille définitive, ils étaient déjà aussi grands qu'aucun loup commun, et nul œil exercé ne pouvait les confondre avec l'un de ceux-ci. Ils avaient, proportionnellement, les pattes plus longues, la tête plus forte, la truffe et la mâchoire incomparablement plus fines et plus prononcées. Enfin, quelque chose de farouche dans leur attitude, là, sous la valse lente des flocons si blancs, vous inspirait une terreur sourde. Les babines de Vent Gris dégouttaient de sang frais.

« Des chiens, déclara le grand chauve d'un air de souverain mépris. Mais je me suis laissé dire qu'y a rien de plus chaud, la nuit, qu'une peau de loup. » Il fit un geste sec. « Attrapez-moi ça.

— *Winterfell* ! » cria Robb en piquant des deux, et le hongre dévala la berge sus à la bande qui se regroupait. Un homme armé d'une hache se précipita en vociférant, et mal lui en prit, l'épée le cingla en pleine figure, lui écrabouillant les pommettes et le nez dans un geyser vermeil. Le barbu tenta d'agripper la bride, y parvint… mais, au même instant, Vent Gris fondait sur lui, qui le projeta à la renverse dans le torrent. Une gerbe d'éclaboussures étouffa son cri, sa tête disparut, sa main seule émergeait, serrée sur son poignard, mais le loup plongea à son tour, et l'écume blanche se teignit de rouge dans le courant qui les emportait.

Au milieu du lit, Osha affrontait Robb à son tour et, de sa longue pique analogue à un serpent à tête d'acier, le visait sans relâche à la poitrine, mais il parait toujours, une fois, deux fois, trois, en détournant la terrible pointe. À sa quatrième ou cinquième tentative, cependant, elle se plaça si bien en surextension qu'une seconde à peine elle manqua perdre l'équilibre, et il en profita pour charger et lui passer sur le corps.

À quelques pas de là, Été s'était rué pour mordre Hali, mais le couteau le blessa au flanc. Avec un grondement, il se déroba, repartit à l'attaque et, cette fois, ses crocs s'arrimèrent dans le mollet de l'adversaire. Brandissant son arme à deux mains, celle-ci frappa derechef, mais le loup-garou dut sentir venir le coup, car il l'esquiva d'un bond, la gueule pleine de cuir, d'étoffe et de chair sanglante, puis, comme la femme chancelait, s'affaissait, aussitôt il se jeta sur elle et, la plaquant sur le dos, entreprit de lui fouailler les tripes.

Au vu du carnage, l'un des brigands préféra s'enfuir mais, comme il escaladait la rive opposée, Vent Gris reparut, ruisselant, et, le temps de s'ébrouer, se lançait à ses trousses, lui tranchait le jarret d'un simple coup de dents puis cherchait sa gorge, tandis qu'avec un cri d'épouvante l'homme, lentement, glissait, recroquevillé, vers les flots.

Seul demeurait désormais le grand chauve, Stiv. Tranchant vivement le harnais de Bran, il l'empoigna par le bras, tira, le fit rouler à terre, ses jambes emmêlées sous lui, un pied ballant, insensible, dans le torrent glacial, et lui appliqua son poignard sur la gorge. La lame était froide. « Arrière ! cria-t-il, ou j'ouvre le gosier du gosse ! »

Aussitôt, Robb immobilisa son cheval et, haletant, laissa retomber son bras. La furie qui l'animait jusque-là fit place à l'appréhension.

À cet instant, le regard de Bran enregistra le moindre détail de la scène. Été qui ravageait Hali, lui tirant du ventre de longs serpents à reflets bleus. Elle qui, les yeux grands ouverts, le contemplait faire. Vivante ? morte ? impossible à dire. Le barbu et l'homme à la hache qui gisaient, inertes. Osha qui, à genoux, elle, se traînait pour récupérer sa pique. Et Vent Gris qui, tout détrempé, s'approchait d'elle à pas feutrés. « Rappelle-le ! glapit l'homme. Rappelle-les tous les deux, ou le gosse est mort !

— Ici, Vent Gris. Été, ici », dit Robb.

Les loups se détournèrent instantanément vers lui. Mais si Vent Gris vint le rejoindre d'un trot nonchalant, Été ne bougea pas d'un pouce. Le museau barbouillé de rouge gluant, ses yeux flamboyaient, éperdument fixés sur Bran et sur l'homme qui le menaçait.

Osha, cependant, se relevait en s'appuyant pesamment sur le talon de sa hampe. La blessure que lui avait faite Robb au bas de l'épaule saignait pas mal. À la sueur qui lui dégoulinait sur le mufle, Bran comprit que Stiv n'était pas moins terrifié que lui. « Stark, grommela le chauve, putains de Stark. » Il éleva la voix. « Tue les loups, Osha, et prends son épée.

— Tue-les toi-même, répliqua-t-elle. 'cune envie, moi, d'approcher ces monstres. »

Un instant, Stiv demeura perplexe. Il tremblait si fort que Bran sentit son sang perler sous la vibration du poignard. Et l'odeur infecte qu'il répandait ne trompait pas non plus, il puait la peur. « Hé, toi, apostropha-t-il Robb, t'as bien un nom ?

— Je suis Robb Stark, l'héritier de Winterfell.

— Et çui-là, c' ton frère ?

— Oui.

— S'tu veux qu' vive, fais ce que j' dis. Démonte. »

Une seconde, Robb hésita puis, posément, se résolut à mettre pied à terre et attendit, l'épée au poing.

« À présent, tue ces maudites bêtes. »

Robb ne bougea pas.

« Tue-les. C'est eux ou le gosse.

— *Non !* » s'écria Bran, persuadé qu'une fois les loups morts Stiv les tuerait à leur tour tous deux.

De sa main libre, celui-ci l'empoigna par les cheveux et les lui tordit jusqu'à le faire sangloter. « La ferme, estropié, t'entends ? » Il accentua la torsion. « *T'entends ?* »

Une espèce de *pincement* grave, derrière, dans les fourrés, et Stiv émit un hoquet soufflé, tandis qu'un bon pan de dard acéré lui crevait, devant, la poitrine. Une flèche. D'un rouge aussi éclatant que si on l'avait peinte.

Et le poignard cessa d'oppresser la gorge de Bran, pendant que le chauve titubait quelques secondes avant de s'effondrer, face la première, dans le torrent qui, sous les yeux agrandis de l'enfant, emporta au fil capricieux du courant les débris de la flèche et des bulles de vie.

En voyant les gardes émerger du couvert, l'épée dégainée, Osha lança à l'entour un regard affolé puis, jetant sa pique, « Grâce, messire », dit-elle à Robb.

Les hommes de Père firent une drôle de tête en découvrant le spectacle. Ils n'osaient trop regarder les loups, et, lorsqu'Été se réattabla devant le cadavre de Hali, Joseth laissa choir son arme et, d'un pas chancelant, gagna le sous-bois pour vomir. En émergeant de derrière un arbre, mestre Luwin lui-même sembla révulsé, du moins quelques secondes, et puis, branlant du chef, il pataugea péniblement jusqu'auprès de Bran. « Tu es blessé ?

— À la jambe, mais je n'ai rien senti. »

Comme le vieux s'agenouillait pour examiner la plaie, le petit tourna la tête et aperçut Theon Greyjoy qui, debout sous un vigier, souriait, son arc à la main. Ce sourire sempiternel... Une demi-douzaine de flèches gisait à ses pieds, sur le sol moussu, mais une seule avait suffi. « Beau à voir, énonça-t-il, un ennemi mort.

— Jon le disait toujours, que tu es un con ! riposta Robb à pleine voix. Je devrais t'enchaîner dans la cour et laisser Bran un peu s'entraîner à tirer sur *toi*.

— J'escomptais plutôt des remerciements pour l'avoir sauvé.

— Et si tu avais raté ta cible ? Si tu l'avais seulement blessé, ce salaud ? fait sauter sa main ? ou touché mon frère, à sa place ? Il aurait pu porter un haubert de plates, à ton insu ! tu ne voyais que le dos de son manteau... Que serait-il arrivé, alors ? Y as-tu songé, ne fût-ce qu'un instant, Greyjoy ? »

À présent, Theon ne souriait plus. Il haussa les épaules d'un air maussade et se mit à ramasser ses flèches, une à une.

Robb se tourna vers les gardes. « Et vous, où étiez-vous ? les interpella-t-il. J'avais tout lieu de vous croire sur nos talons. »

Ils échangèrent des regards piteux. « On y était, m'sire, plaida Quent, le plus jeune, dont la barbe brune avait des frisotis soyeux. Seulement…, d'abord on a dû attendre mestre Luwin et son âne, sauf son respect, puis, bon, ensuite, hé bien, comme il y avait… » Il lança un coup d'œil furtif du côté de Theon et se détourna vivement, gêné.

« J'ai aperçu un coq de bruyère, bafouilla Theon, très embarrassé. Mais aussi, comment j'aurais su que tu laisserais le petit ? »

Une fois encore, Robb le dévisagea d'un air furibond que jamais Bran ne lui avait vu, mais il ne dit mot et, finalement, vint s'accroupir près du mestre. « C'est grave ?

— Simple estafilade. » Il trempa un linge dans le torrent pour nettoyer la plaie puis, tout en opérant : « Deux d'entre eux portaient le noir… »

Robb jeta un coup d'œil du côté où gisait Stiv, incessamment ballotté par le courant, dans son manteau pisseux. « Déserteurs de la Garde de Nuit, dit-il sombrement. De fameux corniauds, pour s'aventurer si près de Winterfell.

— Il est souvent malaisé de faire le partage entre la bêtise et le désespoir, marmonna mestre Luwin.

— On les enterre, m'sire ? demanda Quent.

— Ils ne l'auraient pas fait pour nous, répondit Robb. Coupe-leur la tête, on la renverra au Mur. Le reste, aux charognards.

— Et elle ? » souffla Quent en agitant son pouce vers Osha.

Robb s'approcha d'elle et, quoiqu'elle le dominât d'une bonne tête, elle tomba à ses genoux. « Épargnez-moi, m'sire Stark, et chuis à vous.

— À moi ? qu'aurais-je à faire d'une parjure ?

— Mais j'ai pas violé de serment ! Stiv et Wallen se sont enfuis du Mur, moi non. Y a pas de femmes, chez les corbeaux noirs… »

Theon Greyjoy s'amena de son petit air désinvolte. « Donne-la aux loups », conseilla-t-il. Furtivement, les yeux de la femme se portèrent sur ce qui restait de Hali et s'en détournèrent aussi vite. Elle se mit à grelotter. Même les gardes en semblaient malades.

« C'est une femme, dit Robb.

— Une sauvageonne, précisa Bran. Elle a dit qu'il fallait me garder en vie pour me livrer à Mance Rayder.

— Tu t'appelles comment ? la questionna Robb.

— Osha, pour servir Vot' Seigneurie », bredouilla-t-elle de sa voix rugueuse.

Mestre Luwin se redressa. « Il serait bon de l'interroger… »

Le soulagement visible de son frère frappa Bran. « Vous avez raison, mestre. Wayn. Attache-lui les mains. Elle nous accompagne à Winterfell et… vivra ou mourra, selon la véracité de ses révélations. »

TYRION

« Veux manger ? » demanda Mord d'un air mauvais. Sa grosse patte boudinée faisait miroiter la platée de haricots bouillis.

Si affamé fût-il, Tyrion Lannister refusait de s'en laisser imposer par cette sombre brute. « Du gigot d'agneau serait le bienvenu, dit-il sans quitter la litière de paille infecte où il marinait dans un angle de sa cellule. Ou bien… des pois à l'oignon, tiens, avec du pain tout chaud, du beurre, et une fiasque de vin bien épicé – brûlant, s'il te plaît – pour la descente. Ou de la bière, si ça doit te faciliter le service. Je m'en voudrais d'abuser de ta sollicitude.

— C' des fayots, grommela l'autre. Tiens. » Il tendit l'écuelle.

Tyrion poussa un soupir. Avec ses chicots brunâtres et ses prunelles de verrat, le geôlier jaugeait allégrement ses deux cent cinquante livres bon poids de crétinerie crasse. Un coup de hache lui avait jadis, sans parvenir à l'embellir que d'une cicatrice, emporté l'oreille gauche et un pan du groin, et ses manières étaient aussi délicates que son minois. Mais Tyrion avait décidément très très faim. Il avança les doigts vers la pitance.

D'un geste vif, Mord la retira, tout sourires. « Tiens », dit-il en la tenant soigneusement hors de portée.

Tout courbatu qu'il était de partout, le nain parvint à se lever, non sans maugréer : « Le même petit jeu stupide à chaque repas…, est-ce vraiment indispensable ? » À nouveau, il tenta d'attraper son bien mais, cette fois, Mord recula en traînant la savate et découvrant toute sa denture pourrie. « Tiens, nabot, là. » Il tenait maintenant l'écuelle à bout de bras, juste à l'endroit où la cellule ouvrait sur le vide, en plein ciel. « Tu veux pas manger ? Tiens…, t'as qu'à venir prendre… »

Depuis sa place, Tyrion avait les bras trop courts pour happer l'appât. Quant à s'approcher tellement du bord, il n'y songeait pas. Une brusque poussée de l'énorme bedaine, et il ne serait plus qu'une éclaboussure, en bas, sur les rochers de Ciel, comme tant d'autres prisonniers des Eyrié au cours des siècles – trois fois rien de bouillie rouge. « Bah, tout bien réfléchi, je manque d'appétit », déclara-t-il en se retirant dans son coin.

Avec un grognement, Mord ouvrit les doigts, l'écuelle tangua dans la bourrasque et disparut, larguant aux rafales une poignée de haricots dont fut aspergée la corniche, à l'intense ébaudissement du geôlier. Sa panse en soubresautait comme du gruau.

La colère submergea Tyrion. « Bougre de fils de conne vérolée ! s'exclama-t-il, puisses-tu crever de tes règles ! »

Sur le point de sortir, Mord l'en récompensa d'un bon coup de botte ferrée dans les côtes qui l'envoya bouler dans la paille, hoquetant : « Tu me le paieras ! je te tuerai de mes propres mains…, juré ! » La lourde porte bardée de fer se referma en claquant, les clés ferraillèrent dans la serrure, et le silence retomba.

Une véritable malédiction que d'avoir une si grande gueule quand on est si petit, rumina-t-il, tout en rampant vers l'angle de la tanière que les Arryn appelaient si pompeusement leur cachot, puis en se coulant sous la maigre couverture qui résumait la literie. La seule vue de l'azur désert où se découpait, au loin, la silhouette enchevêtrée de montagnes sans fin ni cesse lui faisait déplorer la perte de la pelisse gagnée contre

Marillion. La dépouille du chef de brigands pouvait bien puer le sang, le chanci, du moins était-elle douillette et chaude. Seulement, Mord l'avait repérée d'emblée…

De ses griffes aigres, la bise tirait sans trêve sur la couverture, vu l'exiguïté pitoyable de la cellule, même pour un nain. À moins de cinq pieds de la porte, là où aurait dû se trouver un mur, là où se serait trouvé un mur dans un véritable cachot, rien, le vide, les nues. Oh, pour le bon air, le soleil, la lune et les étoiles, rien à redire, à foison ! mais Tyrion n'eût pas hésité une seconde à troquer tous ces avantages pour la plus noire, la plus lugubre des oubliettes enfouies dans les entrailles de Castral Roc.

« Tu voleras, nabot ! l'avait prévenu Mord en lui faisant les honneurs du lieu. Vingt jours ou trente, au mieux cinquante, et, hop ! tu voleras… »

Les Arryn possédaient l'unique prison du royaume d'où les captifs fussent gracieusement conviés à s'évader. Après avoir, des heures durant, rassemblé son courage, Tyrion s'était, le premier jour, traîné à plat ventre jusqu'à l'extrême bord de la corniche pour aventurer sa tête au-dehors et jeter un œil vers l'abîme. Six cents pieds plus bas, sans autre obstacle que le vide. En se démanchant le col, on discernait, à droite, à gauche, au-dessus, des cellules analogues. Bref, on était là telle une abeille dans une ruche de pierre. Mais une abeille aux ailes arrachées par quelque main perverse.

Une abeille glacée par la bise qui geignait, gueulait nuit et jour. Le pire étant pourtant le sol en pente. En pente douce, assurément, très douce. Bien assez. Bien trop. Tyrion vivait dans la terreur de fermer les yeux, dans la terreur de se laisser rouler durant son sommeil et de ne se réveiller, terrifié, qu'au moment même où il basculerait. Rien d'étonnant si, dans ces cellules célestes, les prisonniers devenaient fous…

Les dieux me préservent ! avait gribouillé sur la paroi l'un des occupants précédents, d'une encre excessivement similaire à du sang, *l'azur fascine*… Avec son incurable curiosité,

Tyrion s'était d'abord interrogé sur cet homme et son sort, mais il ne tarda guère à privilégier l'ignorance.

Que n'avait-il fermé sa grande gueule !

La première faute à ce maudit marmot qui le toisait, depuis un trône de barral sculpté sous les bannières lune-et-faucon. Qu'on le toisât, certes, Tyrion Lannister n'avait eu que trop loisir, depuis sa naissance et jour après jour, de s'y accoutumer, mais se laisser toiser par cet écarquillé chassieux de six ans dont les fesses avaient besoin de piles de poufs pour se jucher à hauteur d'homme, ça, c'était une rareté ! « C'est lui, le vilain ? avait demandé le mouflet, tout empêtré dans sa poupée.

— Vvvoui…, lui avait susurré la lady Lysa, du fond du moindre trône qu'elle occupait à ses côtés, tout accoutrée de bleu, toute poudrée, toute parfumée pour aguicher les prétendants qui peuplaient sa cour.

— Il est tellement *petit* ! pouffa le sire des Eyrié.

— Je te présente Tyrion le Lutin, de la maison Lannister, qui a assassiné ton père. » Puis, haussant le ton de manière à étourdir de fond en comble les murs crémeux, les piliers sveltes de la grande salle des Eyrié et à y percer le moindre des tympans, elle glapit : « *Voici le meurtrier de la Main du Roi !*

— Oh ! s'exclama étourdiment Tyrion, parce que je l'ai lui aussi tué ? »

Juste au moment où il eût mieux fait de la boucler, sa grande gueule, et de s'incliner humblement. Une évidence, à présent. Une évidence qui l'avait d'ailleurs, par les sept enfers ! frappé sur-le-champ… Si vaste et austère que fût la grande salle des Arryn, avec la froideur sinistre de ses marbres blêmes veinés de bleu, bien autrement glaciales et renfrognées s'étaient faites les dégaines, tout autour. Il était au diable, dans le Val, au diable de Castral Roc et de sa puissance, et les Lannister n'y comptaient pas d'amis. Rien ne l'eût mieux défendu que le silence et la soumission.

Et voilà où l'avait mené l'excès d'humiliation : jusqu'à lui troubler la jugeote… Tout cela pour n'avoir pu faire les derniers pas de l'interminable escalade jusqu'aux Eyrié ; parce que ses jambes torses refusaient le moindre effort supplémentaire ; et que Bron avait dû le porter, à la fin. Et voici que la fierté blessée versait de l'huile, encore et encore, sur les flammes de la colère. « À vous en croire, avait-il repris d'un ton sarcastique, je fus un petit bonhomme fort affairé ! » Et de ricaner : « Rien qu'à penser que j'ai trouvé le temps de perpétrer tant de meurtres et tant d'attentats, je n'en reviens pas ! »

Au lieu de se rappeler à qui il avait à faire… La Lysa Arryn et son demi-débile d'avorton n'avaient pourtant pas à la Cour une telle réputation d'humour, surtout quand l'esprit les prenait pour cibles !

« Lutin, riposta-t-elle froidement, vous retiendrez votre langue maligne et vous adresserez poliment à mon fils, ou, croyez-m'en, je vous donnerai sujet de le regretter. Souvenez-vous que vous vous trouvez aux Eyrié. Et en présence de chevaliers du Val, d'hommes loyaux qui chérissaient Jon Arryn. Ils sont tous prêts à mourir pour moi.

— Et vous, lady Arryn, souvenez-vous que, s'il m'arrive le moindre mal, mon frère Jaime sera trop heureux qu'ils s'exécutent. » Au moment même où il crachait ces mots, il savait pertinemment commettre une folie.

« Sauriez-vous voler, messire Lannister ? minauda-t-elle. Les nains auraient-ils des ailes ? Dans le cas contraire, vous seriez plus avisé de ravaler la prochaine menace qui vous traversera la cervelle.

— Je n'ai pas menacé, répliqua-t-il, c'était une promesse. »

À ces mots, le petit lord Robert bondit sur ses pieds, si bouleversé qu'il laissa tomber sa poupée. « Vous ne pouvez nous faire aucun mal ! piaula-t-il. Ici, personne ne peut nous faire du mal. Dites-lui, Mère, dites-lui qu'il ne peut pas nous faire du mal, ici ! » Ses spasmes nerveux annonçaient la crise.

« Les Eyrié sont inexpugnables », affirma-t-elle paisiblement. Elle attira son fils contre elle et l'enferma, bien à l'abri, dans le cercle blanc de ses bras pulpeux. « Le Lutin veut simplement nous effrayer, mon bébé joli. Les Lannister ne sont que des menteurs. Personne ne fera de mal à mon bébé joli. »

En quoi elle voyait probablement juste, la garce ! Il suffisait à Tyrion de se rappeler le calvaire de la montée pour imaginer ce que serait celui d'un chevalier contraint d'affronter, pied à pied, tout engoncé dans son armure, et jusqu'au sommet, des adversaires résolus, et ce sous une avalanche de pierres et de traits… Un cauchemar. Encore le terme était-il trop faible. Comment s'étonner, quand on les avait vus, que les Eyrié n'eussent jamais été pris ?

Néanmoins, Tyrion ne put s'empêcher de taquiner. « Inexpugnables, non, simplement malaisés d'accès. »

Du coup, le marmot entra en transe et, l'index tendu, convulsif, vers lui, s'égosilla : « Menteur ! vous êtes un *menteur* ! Faites-le voler, Mère ! je veux le voir voler ! » Aussitôt, deux gardes en manteau bleu ciel empoignèrent Tyrion par les bras, et ses pieds quittèrent le sol.

Alors, les dieux savaient ce qui serait advenu de lui si ne s'était interposée lady Stark. « Ma sœur, protesta-t-elle, depuis la place où elle se tenait, au bas des trônes, je me permets de te rappeler que cet homme est *mon* prisonnier. Je ne veux pas qu'on le maltraite. »

Après avoir fixé sur elle un long regard glacé, la Lysa se leva et, balayant les marches de ses jupes à traîne, fonça sur Tyrion mais, au lieu de le frapper, comme il le redouta un instant, commanda de le lâcher. Seulement, les hommes s'exécutèrent avec une telle brusquerie qu'en heurtant le sol ses jambes se dérobèrent sous lui, et il s'aplatit à leurs pieds.

La grande salle des Arryn salua l'exploit par une explosion tonitruante d'hilarité.

Assurément, il devait offrir un spectacle burlesque, comme il gigotait pour rassembler ses genoux et qu'une crampe atroce au mollet droit le contraignait à un surcroît de reptations vaines…

« Le petit hôte de lady Stark est trop las pour se tenir droit, commenta la garce Arryn à la cantonade. Ser Vardis ? veuillez le descendre aux cachots. Un rien de repos dans une cellule céleste lui fera le plus grand bien. »

À nouveau, les gardes l'empoignèrent sous les aisselles. Tyrion Lannister pendouillait entre eux, rouge de honte, tel un pantin secoué de spasmes dérisoires. « J'ai bonne mémoire… ! » les prévint-il tandis qu'ils l'emportaient.

Excellente, même. Mais pour quel profit ?

À titre de consolation, il s'était d'abord persuadé que son emprisonnement ne durerait point. La Lysa voulait simplement le mortifier. Puis elle le referait comparaître, et sous peu. À défaut d'elle, Catelyn Stark du moins désirerait l'interroger. Et il se promettait, alors, de surveiller sa langue plus étroitement. Quant à le tuer sans autre forme de procès, on n'oserait : il demeurait, envers et contre tout, un Lannister de Castral Roc ; verser son sang vaudrait déclaration de guerre. Il passait en tout cas son temps à se l'affirmer.

Seulement, le doute commençait à le tenailler, maintenant.

Peut-être ses ravisseurs entendaient-ils seulement le laisser pourrir là, mais il craignait de n'avoir pas la force d'y pourrir longtemps. Il s'affaiblissait de jour en jour et, dût le geôlier ne pas le faire périr de diète d'ici là, la brutalité des sévices le rendrait tôt ou tard sérieusement malade. Encore quelques nuits à grelotter de faim et de froid, et il ne manquerait pas, au surplus, de se laisser à son tour fasciner par l'azur…

L'obsédait aussi l'ignorance de ce qui se passait au-delà des murs (tant pis pour le terme impropre !) de sa cellule. Dès l'annonce de sa capture, son père avait sûrement dépêché des estafettes. Peut-être son frère menait-il même, dès à présent, des troupes dans les montagnes de la Lune ? À moins qu'il ne marchât plutôt contre Winterfell… Hormis les gens du Val, quiconque soupçonnait-il seulement où Catelyn Stark l'avait emmené ? Et comment Cersei réagirait-elle en l'apprenant ? Le roi pouvait exiger sa libération, mais quel cas ferait-il des avis de sa femme ? Tyrion connaissait trop bien les sentiments de Robert à l'endroit de sa sœur pour se bercer de la moindre illusion. Surtout avec l'actuelle Main… !

Cependant, si Cersei parvenait à conserver une once de sang-froid, elle saurait exiger de son mari qu'il le juge en personne, et Eddard Stark lui-même n'y pourrait rien redire sans compromettre l'honneur du roi. Un pareil procès, Tyrion se fût réjoui d'en courir les risques. Les Stark pouvaient bien déposer sur son seuil tous les crimes du monde, encore devraient-ils prouver leurs allégations, et ils en seraient fort en peine, apparemment ! Libre à eux de porter l'affaire devant le Trône de Fer et l'assemblée des lords, ils courraient à leur perte, voilà tout. Mais Cersei serait-elle assez futée pour le comprendre ? Ça…

Tyrion Lannister poussa un soupir accablé. Sans être dépourvue totalement d'astuce, d'une espèce d'astuce médiocre, sa sœur se laissait toujours obnubiler par sa vanité. Quitte à ressentir violemment l'outrage, elle n'en saisirait pas l'aubaine. Quant à Jaime…, Jaime était encore pire, avec sa violence, son esprit buté, sa folle irascibilité. À quoi bon dénouer ce qu'il pouvait trancher d'un coup d'épée, n'est-ce pas ?

Cela dit, lequel d'entre eux pouvait bien avoir expédié le sbire pour faire taire le petit Stark ? Et avaient-ils véritablement trempé dans la mort de lord Arryn ? En admettant l'assassinat de ce dernier, la chose, autant en convenir, avait été finement, rondement menée : des gens de cet âge, il en mourait impromptu chaque jour. Mais armer le dernier des rustres d'un poignard volé contre Brandon Stark, là, c'était d'une balourdise qui passait l'entendement.

Justement. Tout bien pesé, la singularité ne résidait-elle pas dans le *contraste*... ?

Un frisson lui parcourut l'échine. Il tenait *là* un sale soupçon. Celui que, dans cette jungle, il y avait d'autres fauves que le lion et le loup-garou. Et que, sauf erreur, quelqu'un le manipulait, lui, l'utilisait pour couvrir ses griffes. Tout ce que Tyrion Lannister pouvait exécrer.

Il lui fallait sortir d'ici, et vite. Et comme ses chances de maîtriser physiquement Mord étaient nulles, qu'il ne pouvait non plus compter sur personne pour lui procurer une échelle de corde de six cents pieds, sa liberté, la parole seule la lui rendrait. Puisque sa grande gueule l'avait fourré là, du diable si elle n'était pas capable de l'en tirer... !

Ignorant de son mieux l'inclinaison du sol et ses invites si sournoises à l'appel du vide, il se hissa debout pour marteler le guichet. « *Mord !* appela-t-il, *Mord ! à moi !* » Malgré tout son tapage, une bonne dizaine de minutes s'écoula avant qu'il ne perçût des traînements de pieds. Les gonds couinèrent, il recula d'un pas.

« Du boucan ? » grogna le geôlier, l'œil injecté de sang. Nouée autour de son poing monstrueux pendait une courroie de cuir.

Ne jamais montrer qu'on a peur, s'enjoignit Tyrion. « Ça te dirait, de devenir riche ? » demanda-t-il.

Aussitôt, Mord frappa. D'un revers somme toute indolent, mais le cuir n'en cingla pas moins assez cruellement Tyrion au bras pour le faire grincer des dents. « Boucle-la, nabot, intima-t-il d'un ton menaçant.

— De l'or, dit Tyrion, jouant les affables, il y a des monceaux d'or, à Castral Roc... » Abattue d'un coup droit, cette fois, de plein fouet, la courroie l'atteignit en sifflant si violemment aux reins, « *Aïïïeee*... ! » qu'il se retrouva à genoux, prostré. « Aussi riche que les Lannister, Mord..., haleta-t-il, le dicton, tu... »

Avec un grondement, la brute assena, cette fois, le coup en pleine figure, et la douleur fut telle qu'en rouvrant les yeux Tyrion se découvrit gisant à terre. Il ne gardait aucun souvenir de sa chute, mais ses oreilles bourdonnaient encore, et il avait la bouche pleine de sang. À tâtons, il chercha un point d'appui pour se redresser, et ses doigts agrippèrent… le vide. Il retira sa main aussi vite que s'il s'était ébouillanté, retint son souffle autant que possible. Il était tombé sur l'extrême bord de la corniche, à quelques pouces de l'azur.

« T' chose à dire ? » À deux mains, Mord fit claquer malicieusement la courroie et, le voyant sursauter, s'esclaffa.

Il n'osera pas me flanquer par-dessus bord, tâcha désespérément de se persuader Tyrion, tout en rampant à reculons, *Catelyn Stark me veut vivant, il n'osera pas me tuer.* D'un revers de manche, il torcha le sang qui maculait ses lèvres, sourit et dit : « Rude, celui-là, Mord. » L'autre loucha, perplexe. Était-ce de l'ironie ? « Je saurais utiliser, moi, un homme de ta force… » Instantanément, la courroie vola vers lui, mais il fut à même de l'esquiver, cette fois, suffisamment du moins pour qu'elle porte à faux, voilà tout, sur l'épaule. « De l'or, répéta-t-il, poursuivant sa retraite en crabe, plus d'or que tu n'en verras jamais ici de ta vie. Assez d'or pour acheter des terres, des femmes, des chevaux…, pour devenir un seigneur. Lord Mord. » Il se racla la gorge et cracha dans le ciel un gros caillot de sang et de mucosités.

« T'as pas d'or », souffla le geôlier.

Mais c'est qu'il écoute… ! songea Tyrion. « On m'a allégé de ma bourse, lors de ma capture, mais cet or m'appartient toujours. Si Catelyn Stark ne rechigne pas à faire un prisonnier, jamais elle ne s'abaisserait à le dépouiller. L'honneur s'y oppose. Aide-moi, tout l'or est à toi. » La courroie vint à nouveau le pourlécher, mais sans grande conviction, comme d'une lippe un peu moqueuse, un peu dédaigneuse, alanguie. Il la saisit, l'immobilisa. « Et tu ne courras aucun risque. Je te demande simplement de délivrer un message… »

D'une saccade, Mord libéra son fouet. « Message ? » répéta-t-il, comme s'il se trouvait en présence d'un terme inconnu. La défiance ravinait profondément son front.

« Tu m'as bien entendu, lord Mord. Un message. Pour ta maîtresse. Il suffit de le lui transmettre. De lui dire... » *Lui dire quoi, au fait ? Qu'est-ce qui pourrait bien amener la Lysa à résipiscence ?* Il eut une brusque inspiration. « ... lui dire que je souhaiterais confesser mes crimes. »

Devant la courroie de nouveau brandie, il se pelotonna pour encaisser la volée suivante, mais Mord ne se décidait pas à frapper. Le doute et la convoitise se disputaient son regard obtus. L'or, il le voulait, mais il redoutait une duperie. En homme manifestement dupé plus qu'à son tour. « Mensonge, grommela-t-il sombrement. Tu cherches à m'entuber, nabot.

— Je m'engagerai noir sur blanc à te tenir parole », jura Tyrion.

Un risque à courir. Certains illettrés méprisaient l'écrit ; d'autres, en revanche, éprouvaient pour lui une espèce de vénération superstitieuse, un peu comme pour une formule magique... Par bonheur, Mord était des seconds. La courroie retomba, flasque. « Noir sur blanc, l'or. Beaucoup d'or.

— Oh, *beaucoup beaucoup* d'or, promit Tyrion. La bourse n'est qu'un avant-goût, mon ami. Tu sais que mon frère porte une armure d'or massif ? » Tout bonnement d'acier doré, mais ce gros benêt n'y verrait que du feu.

Perdu dans ses pensées, le gros benêt tripotait son cuir. Il finit cependant par se raviser et sortit chercher de l'encre et du papier. Une fois le contrat rédigé, il le tourna, le retourna d'un air soupçonneux, mais Tyrion se fit pressant : « Va porter mon message, maintenant. »

Il dormait, grelottant, quand on vint enfin le chercher, tard dans la soirée. Sans souffler mot, Mord ouvrit la porte, et, de la pointe de sa botte, ser Vardis Egen titilla les côtes du captif. « Debout, Lutin. Ma dame veut te voir. »

Tout en se frottant vigoureusement les yeux, Tyrion mima une grimace fort étrangère à ses véritables sentiments. « Je conçois sans peine son désir, mais qu'est-ce qui vous fait croire que je le partage ? » Ser Vardis se renfrogna. Pour l'avoir maintes fois croisé, du temps où, capitaine de la garde personnelle de la Main, celui-ci résidait à Port-Réal, Tyrion savait que sous sa face plate et carrée, ses cheveux blancs, sa forte carrure, se dissimulait une totale absence d'humour. « Tes désirs sont le dernier de mes soucis, nabot. Lève-toi, ou je te fais porter. »

Vaille que vaille, Tyrion se jucha sur ses pieds puis, mine de rien, observa : « Frisquet, cette nuit..., et votre grande salle, comme royaume des courants d'air, merci, aucune envie de m'enrhumer. Veux-tu être assez bon, Mord, pour m'aller quérir ma pelisse ? »

Tout rembruni par un regain de soupçons, la brute loucha, stupide.

« Ma *pelisse*, insista-t-il. Tu te souviens bien ? la fourrure de lynx que tu m'as prise pour qu'elle ne s'abîme pas...

— Apporte-lui son maudit manteau », maugréa ser Vardis.

Sans oser regimber mais non sans gratifier son prisonnier d'un regard qui jurait vengeance, Mord obtempéra. Et un sourire des plus gracieux le récompensa lorsqu'il se mit en devoir d'emmitoufler Tyrion. « Trop aimable à toi. À chaque instant où je la porterai, j'aurai pour toi une pensée émue. » La fourrure étant trop longue, il en drapa les pans sur son épaule droite et, tout à la volupté de ne plus grelotter, commanda : « Montrez-moi le chemin, ser Vardis. »

Fichées le long des murs dans des candélabres, cinquante torches embrasaient la grande salle des Arryn. La poitrine constellée de perles à l'emblème lune-et-faucon, la lady Lysa s'était affublée de soie noire, et comme elle n'était pas précisément du genre à se laisser tenter par la Garde de Nuit, Tyrion la suspecta d'avoir opté pour le grand deuil à seule fin de rehausser la solennité des aveux publics. Elle avait néanmoins sacrifié à la coquetterie d'une coiffure des plus compliquée qui s'achevait en torsade sur son sein gauche. À ses côtés, le grand trône demeurait vacant. Le petit sire des Eyrié devait roupiller dans ses convulsions. Toujours ça de gagné…

Après une profonde révérence, Tyrion s'accorda le loisir d'un bon examen circulaire. Ainsi qu'escompté, la dame avait convoqué pour la cérémonie ses chevaliers et sa maisonnée. Les traits burinés de ser Brynden Tully jouxtaient la morgue de lord Nestor Royce. Auprès de ce dernier se tenaient de farouches rouflaquettes noires qui ne pouvaient appartenir qu'à son héritier, ser Albar. La plupart des grandes maisons du Val étaient représentées. Mince comme une lame, ser Corbray. Le podagre lord Hunter. La veuve Waynwood et ses rejetons. Nombre d'autres, mais dont les armoiries lui étaient inconnues. Lance brisée, vipère verte, tour en flammes, calice ailé…

Parmi eux se trouvaient aussi plusieurs de ses compagnons d'aventure : encore mal remis, pâlot, ser Rodrik, flanqué de ser Willis Wode. Et Marillion, qui s'était déniché une harpe neuve. À cette vue, Tyrion se prit à sourire. Quoi qu'il advînt ici, cette nuit, le secret, grâces aux dieux, n'en serait pas gardé. Rien de tel qu'un de ces rhapsodes pour répandre de proche en proche et jusqu'au diable le dernier caquet.

Dans le fond, Bronn se dandinait contre un pilier, la main posée nonchalamment sur le pommeau de son épée, et ses yeux de jais ne lâchaient pas Tyrion. Celui-ci le fixa longuement. Au cas où… ?

Catelyn Stark ouvrit les hostilités. « À ce que l'on prétend, vous souhaitez confesser vos crimes ?

— Oui, madame », répondit-il.

La Lysa sourit, triomphante, à sa sœur. « Quand je te disais que, pour s'amender, les cellules célestes sont souveraines. On s'y trouve sous le regard des dieux, sans le moindre coin d'ombre où se tapir…

— Il ne me paraît guère amendé », riposta la première.

L'autre ne tint nul compte de l'observation. « À vous la parole », ordonna-t-elle à Tyrion.

Et maintenant, bien lancer les dés, songea-t-il tout en décochant à Bronn, par-dessus l'épaule, un nouveau regard furtif. « Par où débuter ? Je suis un petit bout d'homme ignoble, je le confesse. J'ai commis des crimes et des fautes innombrables, mes dames et messers. J'ai forniqué avec des putes, et pas une fois, des centaines ! J'ai désiré de tout mon cœur mille morts à mon propre seigneur de père, ainsi qu'à ma sœur, notre gracieuse souveraine. » Dans son dos, quelqu'un pouffa. « Je n'ai pas toujours bien traité mes serviteurs. J'ai joué. Il m'est même arrivé, je l'avoue à ma courte honte, arrivé de tricher. J'ai trop souvent brocardé méchamment les nobles seigneurs et les gentes dames de la Cour. » La saillie déclencha cette fois un rire éclatant. « Un jour, je…

— *Silence !* » La face poupine et pâle de la Lysa s'était empourprée. « Qu'es-tu en train de nous débiter là, Lutin ? »

Il inclina la tête, l'œil arrondi. « Mais ! ce sont mes crimes que je confesse, madame… »

Catelyn Stark avança d'un pas. « Vous êtes accusé d'avoir soudoyé un sbire pour assassiner mon fils Bran dans son lit et d'avoir tramé le meurtre de lord Jon Arryn, Main du Roi. »

Il haussa les épaules d'un air accablé. « Ces crimes-là, pardonnez-moi, je ne saurais m'en accuser. J'ignore tout de ces deux meurtres, absolument tout. »

La lady Lysa bondit de son trône de barral sculpté. « Je ne tolérerai pas tes sarcasmes un instant de plus ! Tu as fait ton petit numéro, Lutin, je présume que tu es content. Ser Vardis, redescendez-le au cachot…, mais trouvez-lui une cellule plus petite et nettement plus pentue.

— Est-ce *ainsi* qu'on rend la justice dans le Val ? rugit Tyrion d'une voix si tonitruante qu'un instant ser Vardis en fut pétrifié. Le sens de l'honneur y cesserait-il dès qu'on a franchi la Porte Sanglante ? Parce que je nie avoir trempé dans les crimes dont vous m'accusez, vous me condamnez à périr de froid et de faim dans une cellule à ciel ouvert ? » Il se redressa fièrement, pour que chacun pût contempler sur sa figure les traces de coups. « Où est la justice du roi ? Les Eyrié ne feraient-ils plus partie des Sept Couronnes ? Je me trouve en posture d'accusé, dites-vous. Fort bien. *J'exige un procès !* Laissez-moi parler, je veux que l'on juge ouvertement, sous le regard des dieux et le regard des hommes, si je mens ou si je dis la vérité ! »

Au murmure qui, peu à peu, envahissait la grande salle, Tyrion se vit partie gagnée. Il était de haute naissance, il était le fils du plus puissant seigneur de tout le royaume, il était le frère de la reine. On ne pouvait lui refuser un procès en bonne et due forme. Alors que les gardes en manteau bleu ciel s'avançaient déjà pour l'emmener, ser Vardis les avait arrêtés d'un geste et, du regard, consultait lady Arryn.

Laquelle tordit sa bouche en cul-de-poule en un sourire exaspéré. « Les lois du roi sont formelles : celui qui, traduit en justice, est reconnu coupable des crimes dont on l'accuse, celui-là doit payer de son sang. Nous n'entretenons pas de bourreau aux Eyrié, messire Lannister. Faites ouvrir la porte de la Lune, ser Vardis. »

À ces mots, la presse s'écarta comme par enchantement devant un vantail étroit qui, sis entre deux colonnettes de marbre, arborait, ciselé dans la blancheur du bois de barral, un croissant lunaire. Et ceux des spectateurs qui s'en trouvaient le plus près reculèrent encore lorsque deux gardes s'engouffrèrent dans la brèche humaine. Après que l'un de ces derniers eut retiré les lourdes barres de bronze qui le bloquaient, l'autre l'ouvrit vers l'intérieur. Aussitôt, le vent se rua sur leurs manteaux bleu ciel, les happa en hurlant comme pour les leur arracher. Au-delà béait, vertigineux, le firmament nocturne, clouté çà et là d'étoiles glacées, dédaigneuses.

« Voici la justice du roi », déclara la lady Arryn. Fustigée par le courant d'air, la flamme des torches flottait le long des murs et se déployait à la manière de banderoles. Par intermittence en dégouttait la poix.

« Si tu m'en crois, Lysa, intervint Catelyn, parmi les tourbillons de la bise noire, c'est de la folie. »

Sa sœur l'ignora. « Vous réclamez donc un procès, messire Lannister ? un procès vous aurez, soit. Mon fils va écouter ce que vous tenez à dire pour votre défense, et vous entendrez son verdict. Alors, vous serez libre de prendre congé… par l'une ou l'autre de ces portes. »

Elle respirait la satisfaction, remarqua Tyrion, qui n'eut garde de s'en étonner. Avec son débile de fils pour juge, qu'avait-elle à craindre d'un pareil procès ? Il jeta un coup d'œil vers leur maudite porte de la Lune. *Je veux le voir voler, Mère*, avait dit le gosse. À combien d'hommes ce sale morveux avait-il déjà fait prendre leur essor par là ?

« Je vous remercie, bonne dame, dit-il poliment, mais je ne vois pas qu'il soit indispensable de déranger lord Robert. Les dieux sont témoins de mon innocence. Je m'en remets à leur équité plutôt qu'au jugement des hommes. Qu'un combat singulier tranche le différend. »

Un éclat de rire unanime salua sa réclamation. La grande salle des Arryn en était secouée depuis les voûtes jusqu'aux fondations. Lord Nestor suffoquait, reniflait, ser Willis s'étranglait, ser Lyn Corbray gloussait, les autres se tordaient, s'époumonaient à gorge déployée, sanglotaient sans retenir leurs larmes. De ses doigts brisés, Marillion pinçait au petit bonheur sur sa harpe neuve des accords hilares. Dès qu'elles franchissaient la porte de la Lune, les bourrasques de bise elles-mêmes semblaient métamorphoser leurs mugissements en sifflets goguenards.

Le regard liquide de la Lysa s'était troublé, cependant. Tyrion l'avait bel et bien prise à contre-pied. « C'est assurément votre droit », reconnut-elle.

Le jeune chevalier dont le surcot portait la vipère verte s'avança sur ce, mit genou en terre. « Daignez m'accorder la faveur, madame, d'être votre champion.

— L'honneur m'en devrait échoir, s'interposa lord Hunter. Eu égard à l'affection que je portais à lord Arryn, permettez-moi de venger sa mort.

— En tant que grand intendant du Val, se précipita ser Albar Royce à son tour, mon père a servi loyalement lord Jon. Accordez-moi la même grâce en faveur de son fils.

— Les dieux ont beau seconder le défenseur des justes causes, intervint ser Lyn, il advient souvent toutefois que la fortune penche au profit de la plus fine lame. Et nul n'ignore, ici, se rengorgea-t-il, modeste, qui est celle-ci. »

Sur-le-champ s'en récrièrent une douzaine d'autres, à qui mieux mieux, dans l'espoir de se faire entendre. Dont fut fort déconfit Tyrion. Comment tant d'étrangers pouvaient-ils avec tant d'ardeur désirer le tuer, lui, lui qu'ils n'avaient jamais vu ? Son plan serait-il, après tout, beaucoup moins malin qu'escompté ?

La Lysa leva la main pour imposer silence à tous. « Soyez remerciés par ma voix, messires, aussi chaleureusement que par mon fils lui-même s'il était des nôtres. Les Sept Couronnes seraient fort en peine de fournir un seul chevalier aussi brave et loyal que tous ceux du Val. Que ne puis-je en ceci vous satisfaire tous. Hélas, il me faut choisir. » Elle fit un geste. « Ser Vardis Egen, mon mari vous considérait à juste titre comme son bras droit. C'est vous qui serez notre champion. »

Il s'était bizarrement abstenu jusqu'alors. « Madame, dit-il d'un ton grave en ployant le genou, veuillez m'épargner. La besogne ne me tente pas. Cet homme n'est pas un guerrier. Regardez-le. Un nain, qui m'arrive à peine à la ceinture, et mal assuré sur ses jambes. Je me déshonorerais en l'assassinant et en nommant cela "justice". »

Oh, succulent ! songea Tyrion. « Bien vu », approuva-t-il.

La Lysa le considéra fixement. « Vous réclamiez un combat singulier…

— Certes. Et je réclame un champion, tout comme vous vous en êtes adjugé un. Mon frère se fera un plaisir de prendre mon parti, j'en réponds.

— Votre inestimable Régicide se trouve à des centaines de lieues, jappa-t-elle.

— Expédiez-lui un oiseau. Je me ferai un plaisir d'attendre l'arrivée de Jaime.

— Vous affronterez ser Vardis. Dès demain.

— Toi, chanteur, répliqua-t-il en se tournant vers Marillion, veille à bien spécifier, dans la ballade que vont t'inspirer ces événements, par quel stratagème lady Arryn dénia au nain le droit de choisir un champion et le contraignit, bancal, inapte et bleu de coups, à combattre la fleur de ses chevaliers.

— Mais je ne te dénie *rien* ! s'emporta la lady Lysa d'une voix suraiguë. Nomme ton champion, Lutin…, si tu crois quiconque, ici, susceptible de mourir pour toi.

— Vous jouez sur le velours, dame. J'aurais plus tôt fait de trouver quelqu'un pour me tuer, ici. » Il promena son regard par toute la salle. Nul n'esquissa l'ombre d'un geste en sa faveur. Et il commençait à se demander sérieusement s'il n'avait pas commis là la pire des gaffes quand, enfin, vers l'arrière, se produisit comme une bousculade.

« J'assumerai la défense du nain ! » clama Bronn.

EDDARD

Un vieux rêve le hantait, un rêve où s'enchevêtraient les manteaux blancs de trois chevaliers, la couche de Lyanna, sanglante, une tour depuis longtemps ruinée.

À ses côtés chevauchaient dans son rêve, ainsi qu'ils avaient fait dans la réalité, ses amis. Le fier Martyn Cassel, père de Jory ; le fidèle Theo Wull ; l'écuyer de feu Brandon Stark, Ethan Glover ; ser Mark Ryswell, aussi modéré de langage que courtois de cœur ; le pontonnier Howland Reed ; lord Dustin, sur son puissant étalon rouge. Mais quoique leurs visages lui fussent, à l'époque, aussi familiers que le sien propre, il n'est jusqu'aux souvenirs que l'on s'était juré de n'oublier jamais qui ne s'estompent au fil des ans. Et tous ces hommes tendrement aimés se réduisaient dans son rêve à de simples ombres, à des spectres brumeux montés sur des chevaux de brume.

Le rêve n'en ressuscitait pas moins le réel enfui. À sept contre trois, mais trois tout sauf ordinaires. Campés devant la tour ronde à qui les montagnes violettes de Dorne servaient de décor, ils attendaient, dans leurs blancs manteaux que gonflait le vent. Et Ned revoyait leurs traits, non point flous, eux, mais clairs et nets comme au premier jour.

Ser Arthur Dayne, l'Épée du Matin, avec aux lèvres un petit sourire attristé. Avec la garde d'Aube, son estramaçon, qui dépassait son épaule droite.

Oswell Whent qui, genou en terre, passait et repassait la pierre sur sa lame. L'émail blanc de son heaume au sommet duquel se déployaient les ailes noires de la chauve-souris familiale.

Et, entre eux, debout dans une attitude de défi, le vieux ser Gerold Hightower, le Taureau Blanc, grand maître de la Garde.

« Je vous ai vainement cherchés, au Trident, disait Ned.

— Nous n'y étions pas, répondait ser Gerold.

— Sans quoi il en eût cuit à l'Usurpateur, ajoutait ser Oswell.

— À la chute de Port-Réal, tandis que ser Jaime tuait votre roi avec une épée d'or, je me demandais, moi, où vous vous trouviez.

— Loin, très loin, ripostait ser Gerold. Sans quoi Aerys occuperait toujours le Trône de Fer, et notre félon de frère se tordrait déjà dans les flammes des sept enfers.

— De là, j'ai gagné Accalmie pour en faire lever le siège, reprenait Ned. Messires Tyrell et Redwyne ont abaissé leurs bannières, et leurs chevaliers nous ont tous, genou en terre, juré fidélité. Je comptais vous trouver des leurs.

— Nos genoux ne sont pas si souples, rétorquait ser Arthur Dayne.

— Ser Willem Darry s'est enfui à Peyredragon, avec votre reine et le prince Viserys. Je m'attendais que vous eussiez fait voile de conserve.

— Nous respectons la bravoure et la loyauté de ser Willem, disait ser Oswell.

— Mais il n'appartient pas à la Garde, précisait ser Gerold. La Garde ne s'enfuit pas.

— Pas plus aujourd'hui qu'hier, insistait ser Arthur en coiffant son heaume.

— Nous en avons fait le serment », expliquait le vieux ser Gerold.

Alors, les six spectres se portaient aux côtés de Ned, spectres d'épées au poing. Et cela faisait sept contre trois.

« C'est maintenant que tout commence », disait ser Arthur Dayne, l'Épée du Matin. Il dégainait Aube et la saisissait à deux mains. Elle avait une pâleur laiteuse, et la lumière l'animait des palpitations de la vie.

« Non, rectifiait Ned d'une voix quelque peu navrée, c'est maintenant que tout s'achève. » Et, comme s'ensuivait une mêlée furieuse de brume et d'acier, soudain retentissait la voix éplorée de Lyanna. « *Eddard* ! » criait-elle. Une rafale de pétales roses traversait un ciel sillonné de sang et bleu du bleu des yeux de la mort.

« Lord Eddard ! hélait à nouveau la voix de Lyanna.

— Promis, murmurait-il, ma Lya, promis…

— Lord Eddard », reprit en écho une voix d'homme, du fond de la nuit.

Avec un grognement de douleur, Eddard Stark ouvrit les yeux. À travers les baies de la Tour de la Main filtrait la clarté lunaire.

« Lord Eddard ? » Un spectre s'inclinait sur lui.

« Combien… – combien de temps ? » Sur les draps enchevêtrés reposait sa jambe, dans un carcan de plâtre. Un élancement pénible lui traversa le flanc.

« Six jours et sept nuits. » La voix était celle de Vayon Poole. L'intendant lui approcha des lèvres une coupe. « Buvez, messire.

— Quoi… ?

— Simplement de l'eau. Mestre Pycelle a dit que vous auriez soif. »

Il avala une gorgée. Il avait les lèvres sèches et gercées comme du parchemin. L'eau lui parut d'une douceur de miel.

« Le roi a laissé des ordres, reprit Vayon Poole, une fois la coupe vidée. Il veut s'entretenir avec vous, messire.

— Demain, dit-il. Quand j'aurai repris quelque force. » Il n'avait pas celle d'affronter Robert sur-le-champ. Le rêve l'avait laissé faible comme un chaton.

« Pardonnez-moi, messire, insista Poole, mais il a commandé que l'on vous mène devant lui dès l'instant où vous rouvririez les yeux. » Déjà, il s'affairait pour allumer une chandelle de chevet.

Ned lâcha, tout bas, un juron. La réputation de patience ne menaçait pas Robert. « Dis-lui que je suis trop las pour l'aller trouver. S'il désire m'entretenir, je le recevrai volontiers. Puisses-tu le tirer d'un sommeil de plomb. Fais-moi venir… » Il allait dire *Jory*, se souvint. « … le capitaine de ma garde. »

À peine le régisseur se fut-il retiré qu'Alyn pénétrait dans la chambre. « Messire ?

— Poole me dit que cela fait six jours, souffla Ned. Il me faut savoir ce qui s'est passé entre-temps.

— Le Régicide a pris la fuite. Le bruit court qu'il est allé d'une seule traite rejoindre son père à Castral Roc. La capture du Lutin par lady Catelyn défraie les conversations. J'ai fait doubler les factions, sauf votre respect.

— Excellente initiative. Mes filles ?

— À votre chevet chaque jour, messire. Sansa se contente de prier, mais Arya… » Il hésita. « Elle n'a pas prononcé un mot depuis qu'on vous a rapporté. Un vrai petit fauve, messire. Jamais je n'ai vu pareille colère chez une gamine.

— Quoi qu'il advienne, reprit Ned, et ceci n'est, je crains, qu'un début, je veux qu'elles soient en sécurité.

— Il ne leur arrivera rien, lord Eddard. Je vous réponds d'elles sur ma propre tête.

— Jory et les autres…

— J'ai chargé les sœurs du Silence de les convoyer jusqu'à Winterfell. Il m'a paru que Jory serait heureux de reposer auprès de son grand-père. »

De son grand-père seulement, puisqu'aussi bien son père avait été enterré là-bas, dans le sud… Martyn Cassel y avait péri, tout comme la plupart des combattants. La tour jetée bas, Ned en avait utilisé les moellons sanglants pour édifier huit cairns, sur la colline. À ce qu'on prétendait, Rhaegar nommait tour de la Joie l'édifice abattu. Ned n'y rattachait, lui, que de l'amertume. Pour s'être battus à sept contre trois, il n'y avait eu que deux survivants, lui-même et le petit pontonnier, Howland Reed. Comment voir un heureux présage dans le fait que, tant d'années après, l'eût revisité ce rêve obsédant ? « Je te félicite, Alyn », disait-il lorsque Vayon Poole reparut et, s'inclinant bien bas, déclara : « Sa Majesté est dans l'antichambre, messire ; la reine l'accompagne. »

Avec une grimace de douleur, Ned se hissa sur ses oreillers. La visite de Cersei le prenait au dépourvu. Il la trouvait elle aussi de fâcheux augure. « Introduis-les puis laisse-nous. Ce que nous avons à nous dire ne doit pas sortir de ces quatre murs. » Poole se retira sans broncher.

Robert avait pris le temps de s'habiller. Outre un pourpoint de velours noir brodé d'or au cerf couronné des Baratheon, il portait une cape d'or et un long manteau à damier noir et or. Ses doigts étreignaient le goulot d'un flacon de vin, et sa figure enluminée trahissait qu'il avait déjà bu. Cersei Lannister le suivait, coiffée d'une tiare étincelante de joyaux.

« Sire, dit Ned, veuillez m'excuser. Je ne puis me lever.

— Rien à fiche, dit le roi d'un ton bourru. Une goutte ? Vient de La Treille. Bon millésime.

— Juste une, alors, dit Ned. J'ai encore la tête lourde. Le lait de pavot.

— À votre place, un autre se réjouirait de l'avoir encore sur les épaules, attaqua la reine.

— Paix, femme ! » aboya Robert. Il tendit à Ned une coupe. « Ta jambe ? toujours douloureuse ?

— Pas mal. » La tête lui tournait passablement, mais l'avouer ne désarmerait nullement Cersei, loin de là.

« Pycelle jure ses grands dieux qu'elle va très bien se ressouder. » Puis, le sourcil froncé : « Je présume que, pour Catelyn, tu es au courant ?

— Oui. » Il prit une petite lampée de vin. « Ma femme n'a rien à se reprocher, Sire. Elle a tout bonnement exécuté mes ordres.

— Je ne suis pas content, Ned, maugréa le roi.

— Et de quel droit osez-vous porter la main sur mon sang ? s'insurgea Cersei. Pour qui vous prenez-vous donc ?

— Pour la Main du Roi, répliqua-t-il d'un ton de courtoisie glaciale. Pour l'homme chargé par le seigneur et maître de Votre Grâce de veiller à la paix du roi et d'exécuter la justice du roi.

— Vous *étiez* sa Main, corrigea-t-elle, mais, à présent…

— *Silence !* rugit le roi. Tu as posé une question, il t'a répondu. » Elle se tut, mais ivre de colère, et il revint à Ned. « Veiller à la paix du roi, dis-tu. Est-ce une façon de veiller à ma paix, sept morts… ?

— Huit, rectifia la reine. Tregar a succombé ce matin à la blessure reçue de la main de lord Stark.

— Des enlèvements sur mes routes et, dans mes rues, des carnages d'ivrognes, Ned, je ne tolérerai pas cela.

— Catelyn avait une bonne raison pour s'emparer du Lutin, Sire, et…

— J'ai dit : je ne le tolérerai *pas* ! Au diable, elle et ses raisons. Tu vas lui commander de relâcher le nain sur-le-champ et faire la paix avec Jaime.

— Trois de mes hommes ont été massacrés sous mes yeux, et pourquoi ? parce que Jaime Lannister a eu la fantaisie de me *châtier*. Tu me demandes d'oublier cela ?

— Mon frère n'est pour rien dans cette histoire, dit Cersei. Au sortir d'un bordel, lord Stark était soûl. Ses gens se sont jetés sur Jaime et ses gardes aussi follement que sa femme sur Tyrion dans l'auberge du carrefour.

— Tu me connais trop pour croire ces assertions, Robert. Et si tu doutes de ma parole, interroge lord Baelish. Il se trouvait là.

— Je lui ai parlé. Il proteste être, dès avant le début du combat, parti à bride abattue chercher le guet mais confesse que vous reveniez de je ne sais quelle maison de catins.

— De *tu ne sais quelle* maison de catins ? Ne t'en prends qu'à tes yeux, Robert ! de celle où j'étais simplement allé voir ta propre fille. Sa mère l'a nommée Barra, et elle ressemble étonnamment à la première que tu engendras, dans le Val de notre adolescence commune. » Tout en parlant, il lorgnait la physionomie de la reine qui, toujours pâle, toujours impassible, ne broncha pas plus qu'un masque, ne trahit aucune émotion.

Robert, lui, s'empourpra. « Barra..., grogna-t-il. Pour me faire plaisir, je suppose ? Le diable l'emporte ! Je la croyais quand même plus sensée...

— Quinze ans tout au plus et putain, quel genre de *bon sens* attendais-tu d'elle ? », s'ébahit Ned, incrédule. Sa jambe commençait à le tourmenter rudement. Il avait grand mal à garder son sang-froid. « Cette pauvre gourde est amoureuse de toi, Robert. »

Le roi jeta un coup d'œil à Cersei. « Voilà un sujet malséant. En présence de la reine...

— Sa Grâce risque de trouver non moins malséant tout ce que j'ai à dire, riposta Ned. On m'assure que le Régicide s'est enfui. Permets-moi de le ramener devant ta justice. »

D'un air pensif, Robert faisait tournoyer le vin dans sa coupe. Puis il siffla une bonne lampée. « Non, dit-il enfin. Je ne veux plus qu'on me parle de cette histoire. Jaime t'a tué trois hommes, et toi cinq des siens. Affaire classée.

— Est-ce là ta conception de la justice ? s'indigna Ned. Dans ce cas, je suis bien aise de n'être plus ta Main. »

La reine se mit à considérer son mari. « Si personne avait eu le front de parler à un Targaryen comme il vient de te parler...

— Me prends-tu pour Aerys ? l'interrompit-il.

— Je te prends pour un *roi*. Les lois du mariage et les nœuds qui nous lient font de Jaime comme de Tyrion tes propres frères. Les Stark ont capturé l'un et contraint l'autre à s'exiler. Cet homme te déshonore comme il respire, et cela ne t'empêche pas de te tenir là, à sa botte, et de lui demander : "Ta jambe te fait mal ? T'offrirai-je une goutte de vin ?" »

La fureur violaça Robert. « Combien de fois encore me faudra-t-il te dire de tenir ta langue, femme ? »

Un mépris des mieux étudié parut sur les traits de Cersei. « Ha ! les dieux se sont bien gaussés de nous deux, dit-elle. En bonne logique, c'est toi qui devrais porter les jupes, et moi le haubert. »

À ces mots, Robert, ne se tenant plus, répliqua sans préavis par une gifle formidable qui l'envoya, sans un cri, baller contre la table et s'écrouler au sol. Plus impavide et pâle que jamais, Cersei Lannister se palpa délicatement la joue. Une rougeur la marquait déjà, qui promettait, sous peu, de s'élargir à tout le côté du visage. « J'arborerai cela comme une preuve de distinction, promit-elle.

— Arbore, arbore, mais en silence, ou je te distingue à nouveau, la prévint-il, avant de vociférer : Garde ! » Aussitôt se présenta, longue silhouette sombre dans son armure immaculée, ser Meryn Trant. « La reine est fatiguée. Reconduis-la à ses appartements. » Sans piper mot, le chevalier aida Cersei à se relever, s'effaça devant elle, et la porte se referma.

Empoignant le flacon, Robert se versa une nouvelle coupe. « Tu vois comment elle me traite, Ned. » Il s'installa dans un fauteuil et, tout en chambrant doucement son vin : « Mon épouse aimante. La mère de mes enfants. » Sa colère était retombée. Dans son regard fixe se lisait comme une tristesse mêlée d'embarras. « Je n'aurais pas dû la frapper. Ce n'était pas... – ce n'était pas *royal*. » Il se mit à examiner ses mains, stupide comme s'il les découvrait à l'instant. « J'ai toujours été d'une telle force... Personne ne peut me tenir tête, personne. Et comment veux-tu te battre, si tu n'as pas le droit de frapper ? » La vergogne le fit longuement branler du chef. « Rhaegar…, c'est Rhaegar qui a *gagné*, le diable l'emporte. J'ai eu beau le tuer, Ned, j'ai eu beau l'achever en lui enfonçant ma masse, au travers de sa maudite armure noire, dans son maudit cœur noir, il a eu beau crever à mes pieds, on a eu beau chansonner sur tous les modes mon exploit, le vainqueur, c'est encore lui, dans un sens. À lui Lyanna, maintenant, à moi *elle*. » Il vida sa coupe d'un trait.

« Sire, intervint Ned, il faut que nous parlions… »

Robert se pressa les tempes à deux mains. « Parler… Les parlotes, j'en suis malade à mourir. Dès demain, je pars chasser dans le Bois-du-Roi. Quoi que tu aies à me dire, ça peut bien attendre jusqu'à mon retour.

— Si les dieux daignent m'exaucer, je ne serai plus là quand tu reviendras. Tu m'as ordonné de regagner Winterfell – tu l'oublies ? »

Non sans devoir s'aider d'un montant du lit, Robert se remit sur pied. « Les dieux ne nous exaucent guère, Ned. Tiens, ceci t'appartient. » L'extirpant d'une poche dissimulée dans la doublure de son manteau, il jeta sur le lit le pesant insigne à la main d'argent.

« Que ça te plaise ou non, tu es ma Main, maudit sois-tu. Je t'interdis de partir. »

Les doigts de Ned se refermèrent sur la broche. Apparemment, il n'avait pas le choix. Sa jambe le lancinait, et il se sentait aussi démuni qu'un nouveau-né. « La petite targaryenne… »

Un grognement l'interrompit. « Par les sept enfers, tu ne vas pas remettre ça ! Affaire réglée. Pas un mot de plus là-dessus.

— Pourquoi t'obstiner à me vouloir pour Main, si tu refuses même de m'écouter ?

— Pourquoi ? » Il éclata de rire. « Pourquoi pas ? Il faut bien que quelqu'un gouverne ce foutu royaume ! Agrafe-toi ce putain de truc, Ned. Il te va comme un gant. Et si tu t'avises jamais de me le balancer à la gueule une fois de plus, parole…, je l'épingle à Jaime Lannister ! »

CATELYN

Comme explosaient les premiers rayons du soleil sur les cimes du Val d'Arryn, l'orient se teignit de rose et d'or. Les mains abandonnées sur la balustrade de pierre délicatement ciselée du balcon, Catelyn contemplait la marche inexorable du jour. Tout en bas, le monde passait insensiblement du noir à l'indigo, le vert clair des champs, sombre des forêts suivait pas à pas l'invasion lente de l'aurore. Du côté des Larmes d'Alyssa s'élevaient, planaient, là où le torrent fantôme éclaboussait l'épaule de la montagne avant d'entreprendre sa vertigineuse dégringolade le long de la Lance-du-Géant, des lambeaux de brume pâlots. D'imperceptibles embruns frôlaient le visage de Catelyn.

Pour avoir vu, sans jamais verser de son vivant le moindre pleur, tuer son mari, ses frères et tous ses enfants, Alyssa Arryn s'était, à sa mort, retrouvée condamnée par les dieux à pleurer sans trêve, aussi longtemps que ses pleurs n'arroseraient pas l'humus noir du Val dans lequel reposaient ceux qu'elle avait aimés. Et six millénaires avaient eu beau s'écouler depuis sa disparition, pas une goutte encore de son chagrin n'avait atteint le fond de la vallée. À quel torrent de larmes serai-je moi-même réduite, songeait Catelyn, quand mes yeux se fermeront enfin ? « Et puis ? dit-elle, sans se retourner.

— Le Régicide est en train de masser des troupes à Castral Roc, reprit ser Rodrik. Votre frère écrit qu'il y a dépêché des estafettes pour prier lord Tywin de préciser ses intentions. Sans réponse à ce jour. Edmure a également ordonné aux lords Vance et Piper de garder la passe au bas de la Dent d'Or. Il ne cédera pas, jure-t-il, un pouce de terre Tully sans l'avoir imbibé de sang Lannister. »

Catelyn se détourna du soleil levant. Si splendide fût-il, le spectacle ne l'apaisait guère ; il avait au contraire une espèce de cruauté. Comment l'aube pouvait-elle afficher tant de suavité, quand elle annonçait un crépuscule si méphitique ? « Edmure envoie des estafettes, Edmure fait mille serments, dit-elle, mais Edmure n'est pas le maître de Vivesaigues. Qu'en est-il du seigneur mon père ?

— Le message ne mentionne pas lord Hoster, madame. » Il tripota ses favoris tout neufs. Durant sa convalescence, ils avaient repoussé, aussi blancs que neige et drus qu'un roncier, le rendant vaille que vaille identique à lui-même.

« À moins de se trouver au plus mal, Père ne se serait pas déchargé sur Edmure de la défense de Vivesaigues, dit-elle, soucieuse. On aurait dû me réveiller dès l'arrivée de l'oiseau.

— À ce que prétend mestre Colemon, votre sœur a jugé préférable de vous laisser dormir.

— On aurait dû me réveiller, insista-t-elle.

— Toujours selon lui, lady Lysa se proposait de vous en parler après le combat.

— Parce qu'elle compte encore nous imposer cette sinistre farce ? » Elle grimaça. « Elle a sonné sous les doigts du nain comme un jeu d'orgues, et elle est trop sourde pour entendre l'air. Quoi qu'il arrive ce matin, ser Rodrik, nous n'avons que trop tardé à prendre congé. Ma place est à Winterfell, auprès de mes fils. Si vous vous sentez assez bien pour entreprendre ce voyage, je prierai Lysa de nous faire escorter jusqu'à Goëville. Nous y dénicherons bien un bateau…

— Un bateau ? » La seule perspective d'un nouveau périple le rendait verdâtre. Il se maîtrisa néanmoins. « Comme il vous plaira, madame. »

Sur ce, comme elle mandait les femmes de chambre que lui avait affectées sa sœur, il se retira discrètement dans le vestibule. S'il m'était possible de l'entretenir avant le duel, songea-t-elle pendant qu'on l'habillait, Lysa, peut-être, se raviserait ? Ses humeurs lui dictent sa politique, et elle change incessamment d'humeur… Qu'était devenue la jeune fille timide de Vivesaigues ? une femme tour à tour féroce, arrogante, timorée, frivole, affolée, chimérique, obstinée, vaine et, par-dessus tout, *lunatique*.

Quand cet ignoble geôlier s'était présenté, l'échine basse, pour leur transmettre le prétendu souhait de Tyrion, Catelyn avait eu beau prier, conjurer de n'accorder au nain qu'une audience à huis clos, peine perdue, il avait absolument fallu que Lysa l'exhibe devant la moitié du Val. Et maintenant, cette pitrerie…

« Lannister est mon prisonnier », dit-elle à ser Rodrik, tandis qu'une fois parvenus au bas de la tour ils s'engageaient côte à côte dans le dédale blanc, glacé des Eyrié. Seule une ceinture argentée rehaussait sa robe de laine grise unie. « Je dois coûte que coûte le rappeler à ma sœur. »

Sur le seuil des appartements de lady Arryn, ils se heurtèrent à Brynden Tully qui sortait en trombe. « Vas prendre part à ce carnaval ? jappa-t-il. Te conseillerais volontiers de claquer ta sotte de sœur, si je croyais que ça puisse lui mettre un peu de plomb dans la cervelle, mais tu t'esquinterais la main pour rien !

— Il est arrivé un oiseau, de Vivesaigues, commença-t-elle, avec une lettre d'Edmure…

— Je sais, fillette. » Sa seule concession à la parure était le silure qui agrafait son manteau. « Le comble étant que je le tiens de mestre Colemon. J'ai supplié Lysa de me laisser partir au plus vite avec un millier de saisonniers, et devine ce qu'elle a osé me répondre ? "*Le Val ne saurait gaspiller ni mille épées ni une. Quant à vous, mon oncle, en tant que chevalier de la Porte, votre place est ici.*" » Par les battants ouverts dans son dos leur parvenaient des bouffées d'éclats puérils. Il décocha par-dessus l'épaule un regard noir. « Alors, je lui ai dit de me chercher un successeur, zut. Silure ou pas, je demeure un Tully. Je pars pour Vivesaigues dès ce soir. »

Catelyn en fut médiocrement surprise. « Seul ? objecta-t-elle uniquement. Vous savez aussi bien que moi ce qu'est la grand-route. Vous ne pourrez pas passer. Ser Rodrik et moi rentrons à Winterfell. Accompagnez-nous, et je vous les donnerai, moi, vos mille hommes. Vivesaigues ne se battra pas seul, Oncle. »

Après un moment de réflexion, il acquiesça subitement d'un signe. « Soit. Ça fait un fameux détour, mais ça me donne quelques chances d'arriver chez moi. Je vous attendrai en bas. » Et il partit à grandes enjambées, dans une envolée furieuse de son manteau.

Catelyn échangea un regard avec ser Rodrik, et ils se décidèrent à franchir le seuil vers les piaillements suraigus de marmot.

Les appartements de Lysa donnaient sur un bout de jardin gazonné qu'égayaient des corolles bleues et que, de toutes parts, dominaient les sveltes tours blanches. Les bâtisseurs l'avaient à l'origine conçu pour abriter un bois sacré, mais comme la forteresse se dressait directement sur la roche, on eut beau hisser depuis le Val d'invraisemblables quantités d'humus, jamais on n'obtint qu'un barral s'enracinât là. Aussi les sires des Eyrié finirent-ils par se résigner à semer de statues leur pelouse émaillée d'arbustes à fleurs. C'est en ce lieu que les deux champions devaient se combattre et remettre leur vie, ainsi que celle de Tyrion Lannister, entre les mains des dieux.

Toute récurée de frais, toute froufroutante de velours crème, et son col laiteux tout embijouté de saphirs et de pierres-de-lune, Lysa tenait sa cour, assiégée par ses domestiques, ses chevaliers, ses grands et petits vassaux, sur la terrasse dominant la lice. La plupart de ces derniers se flattaient encore de l'épouser, de partager sa couche et le trône du Val d'Arryn. Un mirage, pour autant que les yeux de Catelyn ne l'eussent point trompée, durant son séjour.

Afin d'exhausser le siège du petit Robert, on avait bricolé une estrade de bois. Juché là-dessus, le sire des Eyrié s'esclaffait et battait des mains, tout aux coups d'estoc et de taille que s'assenaient deux chevaliers de bois manipulés par un marionnettiste bossu bigarré de bleu et de blanc. Sur des tables étaient disposés des pichets de crème, des corbeilles de mûres. Les hôtes sirotaient un vin à l'orange dans des coupes d'argent ciselé. *Ce carnaval*, le mot d'Oncle Brynden… Amplement mérité.

Au cœur de ses poursuivants, Lysa riait comme une folle de quelque bon mot de lord Hunter, tout en prélevant d'un bec distingué la mûre qu'à la pointe de sa dague lui présentait ser Lyn Corbray. Ses deux grands favoris… du jour, en tout cas. Quant à choisir entre eux, fâcheux embarras. Encore plus vieux que feu Jon Arryn, Eon Hunter était goutteux, quasi infirme et, pour comble de séduction, lesté de trois fils plus querelleurs et plus cupides l'un que l'autre. Ser Lyn disposait d'atouts non moins ébouriffants : héritier d'une maison dont l'ancienneté n'avait d'égale que la dèche, il était mince et bel homme mais vaniteux, coléreux, futile… et, chuchotait-on, notoirement indifférent aux charmes cachés des dames.

Dès qu'elle aperçut Catelyn, Lysa l'enlaça de bras fraternels et lui mouilla la joue d'un bon gros baiser. « Quelle matinée radieuse, n'est-ce pas ? Les dieux nous sourient, ma douce. Un doigt de vin, si si, lord Hunter a eu l'extrême obligeance de nous le faire monter de ses propres celliers.

— Non merci. Nous devons parler.

— Après, promit Lysa, déjà détournée à demi.

— Maintenant, martela Catelyn, plus haut qu'elle n'eût souhaité, attirant par là des regards curieux. Cette comédie n'a que trop duré, Lysa. Vivant, le Lutin a de la valeur. Mort, il est tout juste bon pour nourrir les corbeaux. Et si son champion l'emportait…

— Ses chances sont des plus minces, madame, affirma lord Hunter en lui flattant l'épaule de sa main tavelée de vieillard bilieux. Le preux ser Vardis ne va faire qu'une bouchée de ce reître.

— Vraiment, messire ? dit-elle froidement. J'en doute. » Elle avait vu Bronn à l'œuvre, sur la grand-route. Qu'il eût survécu, quand périssaient tant d'autres, le hasard n'y était pour rien. Il avait l'allure souple d'une panthère, et, pour vilaine qu'elle fût, son épée semblait faire partie intégrante de son bras.

Tels des bourdons au parfum du nectar s'agglutinaient tout autour les prétendants aux faveurs de Lysa. « En telle matière, les femmes n'entendent goutte, intervint ser Morton Waynwood. Ser Vardis est un chevalier, chère dame. Tandis que l'autre, bon, racaille et compagnie, c'est tout pleutre, cette engeance-là. Utile, en bataille rangée, soit, parce que ça coudoie là son pareil au même par milliers, mais flanquez-les tout seuls, et ça trempe aussitôt ses chausses.

— Admettons donc que vous déteniez la vérité, répondit-elle d'un ton gracieux qui lui brûla les lèvres, mais que gagnerons-nous à la mort du nain ? Vous figurez-vous que Jaime Lannister nous saura gré d'avoir accordé à son frère un *procès* avant de le balancer dans le vide ?

— Qu'on le décapite, suggéra ser Lyn Corbray. En recevant la tête du Lutin, le Régicide comprendra l'avertissement. »

Lysa signifia son agacement en secouant son interminable crinière auburn. « Lord Robert veut le voir voler, décréta-t-elle, comme si la lubie du bambin résolvait le cas. Et le Lutin ne peut s'en prendre qu'à lui-même. C'est lui qui a réclamé ce duel judiciaire.

— Lady Lysa ne pouvait sans déshonneur, l'eût-elle souhaité, lui dénier ce droit », abonda lord Hunter, pontifiant.

Ignorant cette clique de flagorneurs, Catelyn reporta toutes ses forces contre sa sœur. « Je te rappelle que Tyrion Lannister est *mon* prisonnier.

— Et je te rappelle, *moi*, qu'il a assassiné mon mari. » Sa voix se fit perçante. « Puisqu'il a empoisonné la Main du Roi et fait de mon pauvre bébé un orphelin, qu'il paye, à présent ! » Et, là-dessus, toutes jupes endiablées dehors, elle cingla vers le centre de la terrasse, tandis que, prenant congé d'un hochement distant, ser Morton, ser Lyn et le reste des soupirants virevoltaient dans son sillage.

« Le croyez-vous vraiment coupable ? demanda doucement ser Rodrik quand ils se retrouvèrent tête à tête. Je veux dire du meurtre de lord Jon ? Il ne cesse de le nier, et si farouchement…

— La culpabilité des Lannister ne fait à cet égard aucun doute pour moi, dit-elle. Mais quant à l'attribuer à Tyrion, Jaime, la reine ou à tous les trois, je me garderais de rien affirmer. » Dans sa lettre à Winterfell, Lysa dénonçait nommément Cersei, et voici qu'elle affichait la même certitude à l'encontre du seul Tyrion…, parce qu'elle avait celui-ci sous la main, peut-être ? alors que celle-là se trouvait bien à l'abri, là-bas, dans le sud, derrière les remparts du Donjon Rouge, aux cent diables.

Oh, la maudite lettre ! que ne l'avait-elle réduite en cendres *avant* de la lire…

De plus en plus songeur, ser Rodrik se mit à tripoter ses favoris. « Du poison, oui…, cela pourrait indiquer le nain, ma foi. Ou Cersei. On dit que c'est l'arme des femmes, sans vous offenser, madame. Quant au Régicide…, si peu d'estime que j'aie pour lui, non, pas son genre. L'émoustille trop, la vue du sang sur sa belle épée d'or. Mais était-ce bien du poison, madame ? »

Elle se rembrunit, vaguement mal à l'aise. « Vous voyez mieux, pour que la mort paraisse naturelle ? » Dans son dos, lord Robert piaillait de plus belle. Coupé en deux par son rival, l'un des chevaliers de bois répandait au sol des flots de sciure rouge. À la vue de son neveu, elle soupira : « Pauvre gosse. Aucune espèce de discipline. À moins qu'on ne le retire à sa mère pendant quelque temps, jamais il n'aura l'énergie nécessaire pour gouverner.

— Le seigneur son père partageait votre point de vue », dit une voix près de son coude. Elle découvrit alors mestre Colemon, coupe en main. « Il projetait d'expédier son fils à Peyredragon pour qu'on l'y… l'y adopte, voyez-vous ? mais, oh ! je jase à… tort et à travers ! » Sa pomme d'Adam se démenait anxieusement par-dessus sa chaîne. « Je crains d'avoir a… busé de – du vin de lord Hunter…, fameux ! Puis la perspective du sang versé qui me… me met les nerfs en pe…

— Vous vous trompez, mestre, dit Catelyn. Il était question de Castral Roc, pas de Peyredragon, et ces tractations intervinrent, et sans l'aval de ma sœur, après le décès de la Main. »

En signe de dénégation, la tête du mestre se démena si vigoureusement, tout au bout de son long cou grotesque, qu'elle lui conféra quelque parenté avec les fantoches du marionnettiste. « Non non, je vous demande bien pardon, madame, mais c'est lord Jon qui… »

Du bas de la terrasse les étourdit une volée de cloches. D'un même mouvement, servantes et puissants seigneurs délaissèrent leurs occupations pour se précipiter vers la balustrade. Dans le jardin, deux gardes en manteau bleu ciel amenaient Tyrion Lannister. Le septon grassouillet des Eyrié les escorta jusqu'à la statue qui se dressait au centre des platesbandes. Une espèce de créature éplorée qui, sculptée dans un marbre blanc sillonné de veines, prétendait représenter sans doute Alyssa.

« Le vilain petit homme ! glapit lord Robert, hilare. Je peux le faire voler, Mère ? Je veux le voir voler !

— Plus tard, mon bébé joli, promit-elle.

— Le procès d'abord, expliqua ser Lyn Corbray d'une voix languide, *ensuite* l'exécution. »

On introduisit un instant plus tard les champions, chacun par une extrémité opposée. Deux écuyers assistaient le chevalier, le maître d'armes des Eyrié le reître.

Vêtu d'acier de pied en cap, ser Vardis Egen avait endossé, par-dessus maille et surcot matelassé, sa pesante armure de plates. De vastes spallières en rondelles, émaillées de crème et de bleu à l'emblème lune-et-faucon, le protégeaient à la jointure vulnérable des bras et du torse. Une gonnelle à l'écrevisse l'enserrait depuis la taille jusqu'à mi-cuisses, un gorgeret massif lui couvrait le col. Aux tempes de son heaume en forme de bec crochu se déployaient des ailes de rapace, et une fente étroite assurait la vision.

Face à lui, Bronn avait l'air nu. Il ne portait, sur ses cuirs bouillis, qu'un haubert noir de mailles huilées, n'était coiffé que d'un camail et d'un demi-casque à nasal. De hautes bottes de cuir et des jambières de métal préservaient tant bien que mal le bas de son corps, et des disques de fer noir cousus entre les doigts renforçaient ses gants. Néanmoins, et Catelyn le remarqua d'emblée, le reître était d'une demi-paume plus grand que son adversaire, avec le bénéfice de l'extension et, pour autant qu'elle en fût juge, n'est-ce pas… ? l'avantage d'avoir quinze ans de moins.

Face à face, Lannister entre eux, tous deux s'agenouillèrent dans l'herbe aux pieds de la femme en pleurs. Le septon tira de la bourse de soie nouée à sa ceinture un globe de cristal taillé à facettes et l'éleva au-dessus de sa tête en pleine lumière, y suscitant mille irisations qui, tels des arcs-en-ciel, se mirent à folâtrer sur le visage du Lutin. Puis, d'une voix forte, solennelle et monocorde, il implora les dieux de daigner abaisser leurs regards et servir de témoins, de sonder l'âme de l'accusé et de lui décerner en conséquence la vie et la liberté s'il était innocent, la mort s'il était coupable. L'écho des tours environnantes répercutait des bribes de psalmodie.

Après que la dernière vibration s'en fut éteinte, le septon s'empressa de fourrer le globe dans son étui pour filer plus vite, et Tyrion s'inclina pour chuchoter quelque chose à l'oreille de Bronn avant de se laisser entraîner par les gardes. Fort égayé, le reître se releva et, d'un revers de main, balaya un brin d'herbe sur son genou.

Robert Arryn, seigneur des Eyrié, Défenseur du Val, manifestait cependant la plus vive impatience en trépignant sur son perchoir et serinait : « Quand c'est qu'ils vont se battre ? » d'un ton geignard.

L'un de ses écuyers aida ser Vardis à se redresser. L'autre approcha, muni d'un bouclier triangulaire, en chêne massif, tout clouté de fer, de près de quatre pieds de haut, et lui en sangla le bras gauche. Mais quand le maître d'armes du château tendit l'équivalent à Bronn, celui-ci l'écarta d'un geste avec un crachat dégoûté. Si trois jours de poil noir hérissaient sa mâchoire et ses joues, ce n'était pourtant pas faute de rasoir, car le fil de son épée présentait le redoutable éclat de l'acier qu'on a repassé durant des heures, chaque jour, jusqu'à ce qu'il blesse au moindre contact.

Ser Vardis tendit sa main bardée d'un gantelet, et l'écuyer y plaça une somptueuse rapière à double tranchant. Des niellures d'argent d'un travail exquis évoquaient sur la lame les fluctuations de ciels montagnards ; le pommeau figurait un chef de faucon, la garde, des ailes. « Je l'avais fait réaliser pour Jon, à Port-Réal, dit Lysa à ses hôtes d'un air faraud, tandis que le chevalier testait l'arme. Il l'arborait chaque fois qu'il occupait le Trône de Fer pour suppléer le roi Robert. N'est-elle pas ravissante ? Il m'a semblé des plus délicat de faire venger Jon avec sa propre épée. »

C'était là, sans conteste, un chef-d'œuvre, mais Catelyn ne pouvait s'empêcher de penser que ser Vardis eût manié son épée personnelle avec plus d'aisance. Elle garda néanmoins sa réflexion pour elle. Autant s'épargner ces prises de bec stériles avec son étourneau de sœur.

« Mais qu'ils se battent ! » piailla lord Robert.

Ser Vardis fit face au sire des Eyrié, leva son arme en guise de salut. « Pour les Eyrié et le Val ! »

On avait installé Tyrion Lannister, sous bonne garde, à un balcon qui surplombait la lice, et c'est à sa personne que Bronn adressa un salut fugace.

« Ils n'attendent plus que tes ordres, glissa Lysa au seigneur son fils.

— *Battez-vous !* » piaula le petit, les mains tellement tremblantes qu'il dut tâtonner pour agripper les bras de son fauteuil.

Haussant son lourd bouclier, ser Vardis pivota, de même que Bronn, et leurs épées sonnèrent, une fois, deux, à titre d'essai. Le reître recula d'un pas, le chevalier, protégé par son rempart de bois, progressa d'autant, tenta de tailler, mais un saut en arrière mit Bronn hors de portée de la lame d'argent qui ne fendit que l'air. Bronn se mit à tourner vers sa droite. Vardis suivit le mouvement et, non sans interposer toujours son bouclier, se fit plus pressant, tout en plaçant soigneusement chacun de ses pas sur le sol inégal. Un imperceptible sourire aux lèvres, Bronn prit du champ. Vardis attaqua en taillant de droite et de gauche, Bronn lui échappa d'un bond léger par-dessus la saillie moussue d'un rocher, puis se mit à tracer des cercles vers la gauche, sur le flanc vulnérable de son adversaire, mal couvert là par le bouclier. Vardis essaya de lui cisailler les jambes, mais sans succès, vu l'intervalle. Bronn alla danser plus à gauche, Vardis tournicota sur place.

« Un pleutre, déclara lord Hunter. En garde, et combats, maraud ! » Des voix indignées se joignirent à la sienne.

Du regard, Catelyn consulta ser Rodrik. Lequel branla sèchement du chef. « Il veut simplement se faire poursuivre. Le poids de l'armure et de l'écu finit par épuiser l'homme le plus vigoureux. »

Depuis sa naissance, elle avait vu presque chaque jour des hommes s'entraîner, assisté jadis à une bonne cinquantaine de tournois, mais cette danse-ci était toute différente et, au moindre faux pas, fatalement mortelle… Du coup revint l'assaillir, brusquement, vivace comme de la veille, le souvenir d'un autre duel, à une tout autre époque.

… La rencontre a lieu sur la courtine inférieure de Vivesaigues. En voyant Petyr ne porter qu'un heaume, une cotte de mailles et un pectoral de plates, Brandon se désarme presque entièrement. Elle a refusé à Baelish ce qu'elle a accordé à Stark, son promis : la faveur d'arborer ses couleurs. Sous les espèces d'un mouchoir bleu pâle où elle a, de ses propres mains, brodé la truite au bond Tully. En le lui remettant, elle a plaidé la cause du rival. « Ce n'est qu'un béjaune, mais je le chéris comme un frère. Sa mort me ferait grand peine. » Alors, il a posé sur elle ses prunelles grises et froides d'homme du nord et promis d'épargner le soupirant transi.

Et voici que la lutte s'achève, à peine commencée. En homme fait, Brandon a forcé Littlefinger à parcourir la cour dans toute sa largeur, à descendre l'escalier d'eau, à subir à chaque pas, titubant, saignant de toutes parts, une averse d'acier. Il a crié : « Demande grâce ! » et à maintes reprises, mais, chaque fois, Petyr, dents serrées, multipliait les signes de dénégation, s'obstinait à résister, farouche. Alors, Brandon, dont déjà la rivière baigne les chevilles, décide d'en finir et, d'un effroyable revers, tranche au bas des reins cuir, maille, entamant si profond la chair que, Catelyn en jurerait, la blessure doit être mortelle. Les yeux sur elle, le gamin tombe, murmure : « Cat », le sang ruisselle, écarlate, entre ses doigts gantés…

Des images si nettes, alors qu'on s'imagine avoir tout oublié… !

Les dernières qu'elle eut de lui… jusqu'à ce qu'il se la fasse amener, au Donjon Rouge, par le guet.

Quinze jours passèrent avant qu'il ne fût en état de quitter Vivesaigues, mais quinze jours durant lesquels Père avait formellement interdit qu'elle se rendît à son chevet. Lysa joignait ses soins à ceux du mestre. Si douce et timide, à l'époque ! Edmure aussi s'était déplacé pour le voir, mais Petyr l'avait éconduit, ne lui pardonnant pas d'avoir servi d'écuyer, lors de la rencontre, à Brandon. Et puis, et puis, sitôt qu'il le sut transportable, lord Hoster le réexpédia chez lui dans une litière fermée. Purger sa convalescence sur le petit doigt de roc battu par les vents qui l'avait vu naître.

Le fracas de l'acier sur l'acier pulvérisa les songes anciens. Aussi offensif du bouclier que de l'épée, ser Vardis menait la vie dure à Bronn. Sans un instant cesser de le tenir à l'œil, celui-ci battait constamment en retraite, pied à pied, parait, jamais en défaut pour déjouer l'embûche, racine ou pierre, du terrain. À l'évidence, il était plus prompt ; et s'il maintenait à distance, invariablement, l'arme élégante du chevalier, sa vilaine lame grisâtre avait déjà su taillader la plate d'épaule.

À peine commencée finit la vivacité de l'assaut, car Bronn, d'un pas de biais, se faufila derrière la statue présumée d'Alyssa et, en poussant une botte directe où il aurait dû le trouver, Vardis n'endommagea que la cuisse en marbre.

« Ils ne se battent pas pour de bon. Mère…, pleurnicha le sire des Eyrié. Je veux les voir *se battre* !

— Ils vont le faire, mon bébé mignon, le consola-t-elle. Le reître ne pourra courir toute la journée. »

Certains des seigneurs plantés là se répandaient en insultes et en quolibets, tout en lampant sec, mais, à l'autre bout du jardin, les yeux vairons de Tyrion Lannister ne lâchaient pas plus le ballet des champions que si rien d'autre au monde n'eût existé.

Aussi prompt que la foudre et toujours par la gauche, Bronn ne rejaillit auprès de l'effigie que pour assaillir, à deux mains, le flanc découvert de son adversaire qui bloqua le coup, mais si gauchement que la lame grise fusa vers sa tête et, lui faisant sonner le heaume, envoya s'écraser au diable une aile de faucon. Dans l'espoir de se ressaisir, Vardis retraita d'un pouce, bouclier brandi, sous les coups redoublés de Bronn qu'environnaient des copeaux de chêne puis auquel un nouveau pas vers la gauche entrebâilla la brèche juste assez pour frapper au ventre. L'estoc acéré mordit dans la plate, y pratiquant une encoche rutilante.

Ser Vardis n'en reprit pas moins son équilibre en avançant un pied, tandis que son épée d'argent décrivait une parabole sauvage que Bronn dévia, tout en se rejetant hors d'atteinte, par un entrechat, contre la statue, qui en tituba sur son socle. Passablement secoué, le chevalier recula, et la rotation saccadée de sa tête indiquait assez que l'étroitesse de la visière lui compliquait la recherche de l'adversaire.

« Derrière vous, ser ! » hurla lord Hunter. Trop tard. Bronn, à deux mains, abattait son arme et atteignait Vardis en plein coude droit, y écrabouillant la fragile articulation de métal. Avec un grognement de douleur, Vardis fit front, brandissant sa lame, sans que, cette fois, Bronn se dérobât. Les épées volèrent l'une vers l'autre, et le chant de l'acier, repris en écho par les blanches tours, peupla le jardin des Eyrié.

« Vardis est blessé », commenta gravement ser Rodrik.

Précision superflue. Catelyn avait des yeux pour voir, et elle voyait. Le filet de sang qui dégoulinait sur l'avant-bras. Le reflet gluant, même pas suspect, à l'intérieur de la cubitière. Et chaque parade du chevalier se faisait un rien plus lente, un rien plus basse que la précédente. Il avait beau tâcher de compenser à l'aide de son bouclier, de présenter le moins possible son flanc découvert, Bronn le déjouait toujours, par son mouvement circulaire et sa prestesse féline à s'insinuer, Bronn semblait sans cesse redoubler de force. Et ses coups laissaient des traces, désormais. Un peu partout, sur l'armure du chevalier, miroitait leur marque. Sur la cuisse droite, sur le bec du heaume, en travers du pectoral de plates, tout du long sur la face antérieure du gorgeret. Proprement sectionnée en deux, la rondelle lune-et-faucon de l'épaule droite ballottait au bout de son attache. Et trop distinctement se percevait, au travers des prises d'air et de la visière, un halètement rauque.

Tout aveuglés qu'ils étaient par leur morgue, les chevaliers et les seigneurs du Val se rendaient compte eux-mêmes du tour que prenaient les choses, mais Lysa point. « Assez joué, ser Vardis ! cria-t-elle de tout son haut, finissez-le-moi, maintenant, mon bébé commence à être fatigué ! »

Alors, il faut le porter à son crédit, le preux ser Vardis Egen puisa dans sa loyauté l'énergie d'obéir aux ordres de sa dame, dussent-ils être les derniers reçus. L'instant d'avant le voyait reculer, à demi pelotonné derrière son bouclier lacéré, l'instant d'après le vit foncer. Cette charge inopinée de taureau prit Bronn à contre-pied. Ser Vardis vint s'écraser sur lui, lui balançant à la volée son bouclier dans la figure, et il s'en fallut de rien, *de rien*, qu'il n'en fût renversé…, chancela vers l'arrière d'un pas, deux, buta contre une saillie du rocher, dut s'agripper à la statue pour ne pas tomber. Déjà, rejetant de côté son bouclier, ser Vardis se ruait sur lui. Depuis le coude jusqu'au bout des doigts, son bras droit n'était plus à présent que sang, ce qui l'obligeait à recourir à ses deux mains pour lever l'épée, mais l'énergie de son désespoir eût fendu Bronn jusqu'au nombril…, si Bronn se fût soucié d'encaisser le coup.

Or Bronn bondit hors de portée. La belle épée niellée d'argent de Jon Arryn flamboya contre le coude blanc de la pleureuse et s'y rompit net. De l'épaule, Bronn poussa l'antique effigie d'Alyssa Arryn qui oscilla pesamment puis, dans un vacarme assourdissant, renversa sous elle ser Vardis Egen.

En un clin d'œil, Bronn était sur lui et, d'un coup de pied, rejetait de côté la spallière démantibulée pour mettre à nu le défaut de l'épaule et du pectoral de plates. Immobilisé par le torse de marbre brisé, le vaincu gisait sur le flanc. Catelyn l'entendit grogner lorsque le reître empoigna son épée à deux mains et, pesant dessus de tout son poids, la lui enfonça sous l'aisselle puis dans les reins. Quelques spasmes, et ser Vardis Egen s'immobilisa.

Le silence avait pétrifié les Eyrié. Bronn retira sa coiffe et la laissa choir dans l'herbe, à ses pieds. Vilainement tuméfiée par le bouclier, sa lèvre saignait, la sueur collait ses cheveux charbonneux. Il cracha une dent cassée.

« C'est terminé, Mère ? » demanda le sire des Eyrié.

Non, lui eût volontiers répondu Catelyn, *cela ne fait que débuter.*

« Oui », dit Lysa d'un air revêche, mais d'une voix aussi froide et morte que le capitaine de sa garde.

« Je peux faire voler le petit homme, maintenant ? »

À l'autre bout du jardin, Tyrion se leva. « Pas ce petit homme-*ci*, dit-il. Ce petit homme-ci va redescendre dans la corbeille aux navets, merci mille fois.

— Vous présumez…, commença Lysa.

— Je présume que la maison Arryn se souvient de sa propre devise : *Aussi haute qu'Honneur.*

— Vous m'aviez promis que je le ferais voler… ! » couina le sire des Eyrié. Ses tremblements le reprenaient déjà.

La colère empourprait sa mère. « Les dieux ont trouvé malin de proclamer son innocence, mon enfant. Cela nous oblige à le relâcher. » Elle força le ton. « Gardes ! emmenez messire Lannister et son… acolyte hors de ma vue. Escortez-les à la Porte Sanglante et libérez-les. Veillez à ce qu'on leur fournisse suffisamment de chevaux et de provisions pour atteindre le Trident, et assurez-vous qu'on leur restitue ponctuellement leurs armes et leurs biens. Ils en auront le plus grand besoin, sur la grand-route.

— La grand-route… », répéta Tyrion Lannister.

Lysa s'accorda l'ombre d'un sourire de satisfaction. Elle venait de prononcer là, comprit soudain Catelyn, une espèce inédite d'arrêt de mort. Le Lutin ne pouvait non plus s'y méprendre. Il gratifia néanmoins lady Arryn d'une révérence narquoise. « À vos ordres, madame, dit-il. Le trajet, si je ne m'abuse, nous est familier. »

JON

« De ma vie je n'ai entraîné des zéros pareils ! proclama ser Alliser Thorne quand ils se furent tous rassemblés dans la cour. Vos pattes méritaient tout au plus la pelle, pas l'épée, et, n'était que de moi, vous iriez tous tant que vous êtes garder les pourceaux. Mais j'ai appris, la nuit dernière, que Gueren est en route avec cinq nouveaux. Ça fera jamais, quoi, qu'un ou deux culs dignes que j'y pisse, mais faut de la place. J'ai décidé de refiler huit d'entre vous au lord Commandant. Pour quoi foutre, ses oignons. » Et, là-dessus, d'appeler : « Crapaud. Cap-de-roc. Aurochs. Galantin. Pustule. Ouistiti. Ser Butor. » Enfin, il se tourna vers Jon. « Et le Bâtard. »

Comme Pyp lançait son épée en l'air avec un *ouahouou !* retentissant, il fixa sur lui un regard vipérin. « On vous décernera dorénavant le titre d'hommes de la Garde de Nuit, mais vous seriez encore plus stupides que ce pitre de Ouistiti si vous croyiez que c'est arrivé. Vous n'êtes encore que des morveux, vous puez le vert et l'été, vous crèverez comme des mouches, l'hiver venu. »

Sur ce viatique, ser Alliser Thorne prit congé d'eux en tournant les talons.

Les garçons qui demeuraient sous sa férule entourèrent les huit élus pour les féliciter parmi les rires et les jurons. Du plat de son épée, Halder flanquait des claques aux fesses de Crapaud, vociférant : « Crapaud, de la Garde de Nuit ! » En hennissant qu'un frère noir avait forcément un coursier, Pyp enfourcha Grenn aux épaules, et ils roulèrent à terre avec force tonneaux, bourrades, ululements. Dareon s'était précipité dans l'armurerie, d'où il ressortit brandissant une gourde de gros rouge. Or, tandis qu'une béatitude des plus comique accueillait la tournée du vin, Jon remarqua soudain que, debout sous un arbre mort, dans l'angle de la cour, Samwell Tarly s'était isolé. « Une gorgée ? » dit-il en tendant la gourde.

L'obèse secoua la tête. « Non merci, Jon.

— Ça ne va pas ?

— Si si, très bien, vraiment, feignit-il. Je suis si content pour vous. » Il se contraignait à sourire, et son faciès lunaire avait quelque chose de gélatineux. « Tu deviendras chef de patrouille, un jour. Comme était ton oncle.

— *Est* », rectifia Jon. La seule idée que Ben Stark fût mort le révulsait. Il n'eut pas le temps de poursuivre, Halder criait : « Hé là, vous deux ! vous n'allez pas tout boire seuls ? » Au même instant, Pyp happait la gourde et, dans un éclat de rire, s'esbignait déjà quand Grenn lui saisit le bras. À quoi il répliqua par une pression du cuir si bien ajustée qu'une longue giclée vermeille atteignit Jon en pleine figure. « Ce gâchis ! hurla Halder, un si bon vin ! » Suffoqué, Jon bafouilla, fonça, cependant que Matthar et Jeren, courant se jucher sur un mur, entreprenaient de bombarder indistinctement la mêlée de boules de neige.

Le temps que Snow parvînt à se dégager, les cheveux saupoudrés de blanc, le surcot maculé de pourpre, Samwell Tarly avait disparu.

Quand Jon survint, ce soir-là, dans la salle commune, le lord Commandant le mena en personne au banc près du feu, tandis que les vétérans le saluaient au passage d'une tape au bras. Quant à Hobb Trois-Doigts, il célébra la promotion des huit par un menu spécial et les régala d'un carré d'agneau en croûte qui embaumait l'ail, les herbes et la menthe, ainsi que d'une purée de rutabagas nageant dans le beurre. « De la propre table de lord Mormont », spécifia Bowen Marsh. Suivit une salade d'épinards, de fanes de navet, de pois chiches et, pour finir, des jattes de myrtilles rafraîchies nappées de crème onctueuse.

Ils banquetaient joyeusement quand Pyp s'inquiéta : « Vous croyez qu'on va nous laisser ensemble ? »

Crapaud fit une grimace. « J'espère bien que non..., tes oreilles, j'en ai soupé !

— Ça alors ! riposta Pyp, le corbeau qui trouve noire la corneille ! Toi, Crapaud, t'es bon pour la patrouille. On va t'expédier le plus loin possible, et dare-dare. Un conseil, mon vieux : si Mance Rayder attaque, lève ta visière, ta gueule le fera détaler en hurlant. »

Seul Grenn ne s'esbaudit pas. « Patrouilleur, moi, j'espère bien...

— Pas que toi, dit Matthar, nous tous. » En prenant le noir, chacun s'engageait à arpenter le Mur et à le défendre les armes à la main, mais le corps des patrouilleurs représentait l'élite combattante de la Garde de Nuit. Lui seul osait chevaucher au-delà, lui seul ratisser la forêt hantée, tout comme les hauteurs glaciales, à l'ouest de Tour Ombreuse, lui seul affronter les géants, les sauvageons, les monstrueux ours blancs.

« Tous, non, dit Halder. Moi, c'est le Génie. Si le Mur s'écroulait, à quoi serviraient les patrouilles ? »

Le corps du Génie incluait les maçons et les charpentiers chargés d'entretenir et de restaurer les forts et les tours, les sapeurs qui creusaient les tunnels et broyaient la pierre destinée aux chaussées et aux chemins de ronde, les bûcherons qui maintenaient l'envahissante jungle à distance respectueuse. C'est lui qui, jadis, avait, contait-on, équarri dans des lacs perdus au fin fond de la forêt hantée les blocs de glace énormes, puis les avait charriés à bord de traîneaux vers le sud afin que le Mur ne cessât de s'élever plus haut, toujours plus haut. Mais des siècles s'étaient écoulés depuis lors. À présent, le Génie en était réduit à parcourir le Mur tout du long, de Tour Ombreuse à Fort-Levant, pour y repérer les indices de fusion, les failles et colmater vaille que vaille.

« Le Vieil Ours n'est pas fou, opina Dareon. Sûr et certain qu'il te versera au Génie comme Jon aux patrouilles. De nous tous, le meilleur à l'épée, le meilleur cavalier, c'est Jon, et son oncle était premier patrouilleur avant de... » Sa phrase s'effilocha quand il s'aperçut de la gaffe imminente.

« Benjen Stark est toujours premier patrouilleur », rectifia néanmoins Snow, jouant du doigt avec son bol de myrtilles. Tant pis si les autres avaient abandonné tout espoir, lui non. Il repoussa les fruits presque intacts et se leva.

« Tu ne les manges pas ? demanda Crapaud.

— Vas-y. » Il n'avait pour ainsi dire pas touché au festin. « Je serais incapable d'avaler une bouchée de plus. » Il décrocha son manteau pendu près de la porte et chaloupa vers la sortie.

Pyp le suivit. « Qu'y a-t-il, Jon ?

— Sam. Il n'était pas à table, ce soir.

— Pas son genre, rater un repas..., admit Pyp, songeur. Malade, tu crois ?

— De peur. Il va nous perdre. » Le souvenir l'assaillait du jour où lui-même avait, sur des adieux doux-amers, quitté Winterfell. Bran sur son lit de douleurs. Les cheveux de Robb sous la neige. Arya et son averse de baisers en recevant Aiguille. « Une fois que nous aurons prêté serment, des tâches diverses nous incomberont. Il se peut qu'on détache certains d'entre nous à Tour Ombreuse ou Fort-Levant. Sam va devoir continuer à s'entraîner, en compagnie de sales types comme Rast et Cuger. Sans parler des bleus qu'on amène... Les dieux seuls savent comment ils seront, mais tu peux parier que ser Alliser ne ratera pas la première occasion de le leur faire assommer. »

Pyp grimaça. « Tu as fait tout ton possible.

— Avoir fait tout son possible est insuffisant, pour le coup. »

Tenaillé de pensées funèbres, il alla rechercher Fantôme à la tour de Hardin puis, en sa compagnie, gagna les écuries. Le naseau dilaté, l'œil fou, les plus ombrageux des chevaux ruèrent dans les stalles à leur entrée. Il sella sa jument, se mit en selle et, dans des flaques de lune, s'éloigna de Châteaunoir en direction du sud. En trois bonds, le loup-garou prit les devants, le distança, se perdit de vue. La chasse étant une exigence de sa nature, Jon le laissa aller.

Il ne se proposait quant à lui nul objectif particulier, sinon de chevaucher pour chevaucher. Aussi longea-t-il le torrent quelque temps, bercé par le bruissement des eaux à demi gelées sur la roche, avant de rejoindre, à travers champs, la grand-route qui s'étirait, droit devant, pierreuse, étroite, échevelée de mauvaise herbe, et qui, pour ne rien promettre de spécial, n'éveillait que davantage de nostalgie. Elle menait, là-bas, à Winterfell, et à Vivesaigues, au-delà, Port-Réal, aux Eyrié, menait à tant d'autres lieux…, Castral Roc, l'Île-aux-Faces, les montagnes pourpres de Dorne, les cent îles de Braavos, les ruines incessamment fumantes de Valyria. À tant et tant de lieux qu'il ne verrait jamais. Au bout de cette route s'ouvrait le monde…, et lui se trouvait ici.

Dès qu'il aurait prononcé ses vœux, le Mur, à jamais, pour unique foyer. À jamais. Jusqu'à son extrême vieillesse, comme mestre Aemon. « Je n'ai pas encore juré », marmonna-t-il. N'étant pas un hors-la-loi, n'ayant aucun crime à expier, rien ne l'obligeait à prendre le noir, rien. Venu librement, il pouvait repartir librement… Aussi longtemps du moins qu'il n'aurait pas prêté serment. Jusque-là, il suffisait de prendre son cheval. Tout planter là. Et, dès la prochaine pleine lune, retrouver Winterfell, retrouver ses frères…

Tes demi-frères, lui rappela une voix insidieuse. *Et, pour t'accueillir, lady Stark*. Il n'y avait pas de place à Winterfell pour lui. Ni à Port-Réal. Pas plus qu'il n'en avait eu dans le cœur de sa propre mère. La seule pensée de cette dernière acheva de l'affliger. Qui pouvait-elle avoir été ? Comment se la figurer ? Et pourquoi Père l'avait-il abandonnée ? *Parce qu'elle était une putain. Ou bien une femme adultère, idiot. Une créature obscure et déshonorante. Seul l'excès de honte explique le mutisme absolu de lord Eddard.*

Se détournant de la grand-route, il reporta son regard vers l'arrière. Une colline lui dissimulait les feux de Châteaunoir, mais le Mur se voyait tout du long, pâle sous la lune, le Mur qui courait d'un bout à l'autre de l'horizon.

Jon Snow fit volter son cheval et prit le chemin du retour.

Du haut d'une crête, il distinguait, au loin, le faible éclat de la lampe allumée dans la chambre de lord Mormont quand Fantôme le rallia, le mufle barbouillé de rouge, et adopta le trot de la monture. Alors, Jon se reprit à ruminer si bien le cas de Samwell Tarly qu'en mettant pied à terre il savait comment agir pour le régler.

Mestre Aemon logeait, juste en dessous de la roukerie, dans une grosse tour de bois. Il y avait pour compagnons, vu son grand âge et sa santé précaire, deux hommes qui veillaient jalousement sur lui, le secondaient dans ses tâches, et dont les frères noirs brocardaient volontiers les appas. Il était, disait-on, impossible de trouver mieux dans toute la Garde de Nuit, et le mestre devait bénir, en l'occurrence, sa cécité. Courtaud, chauve et dépourvu de menton, Clydas avait d'imperceptibles prunelles roses : une taupe. Le col agrémenté d'une loupe grosse comme un œuf de pigeon, Chett devait peut-être à sa seule face violacée, cloquée, pustuleuse, son air constamment colère.

C'est ce dernier qui vint ouvrir. « Il me faut parler à mestre Aemon, dit Jon.

— Il est couché, et tu ferais mieux de l'être aussi. Reviens demain. Nous verrons alors s'il consent à te recevoir. »

Déjà l'huis se refermait, la botte de Jon s'y inséra. « Il me faut lui parler tout de suite. Demain, il sera trop tard. »

L'autre le regarda de travers. « Le mestre n'a pas l'habitude de se laisser réveiller en pleine nuit. Te rends-tu compte de l'âge qu'il a ?

— Je le sais précisément d'âge à traiter ses visiteurs plus poliment que tu ne fais, répliqua Jon. Va lui présenter mes excuses en l'assurant que je ne me permettrais pas de troubler son repos s'il ne s'agissait d'une affaire importante.

— Et si je refuse ? »

La botte était solidement ancrée dans l'entrebâillement. « Je me verrai dans l'obligation d'attendre ici toute la nuit. »

Avec un clappement de répulsion, le cerbère noir écarta le vantail pour le laisser entrer. « Dans la bibliothèque. Tu y trouveras du bois. Allume un bon feu. Que le mestre n'attrape pas froid pour tes beaux yeux. »

Les bûches crépitaient gaiement quand Chett introduisit le mestre, simplement vêtu de sa robe de chambre mais, comme il seyait, puisqu'il devait la porter même au lit, la chaîne de son ordre au cou. « Le fauteuil près du feu me fera grand plaisir », dit-il, éclairé par une bouffée de chaleur. Après l'y avoir installé commodément, Chett lui couvrit les jambes avec une fourrure et alla se camper près de la porte.

« Je suis confus de vous avoir fait réveiller, mestre, dit Jon.

— Je ne dormais pas, l'apaisa son hôte. Plus j'avance en âge, moins j'ai besoin de sommeil, et je suis si vieux… Je passe la moitié de mes nuits à ressusciter des fantômes, à me rappeler, comme d'hier, des choses abolies depuis cinquante ans. Aussi le mystère d'une visite en pleine nuit me fait-il l'effet d'une heureuse diversion. Dis-moi donc, Snow, ce qui t'amène à cette heure indue ?

— Je viens vous prier de demander que l'on retire Samwell Tarly de l'entraînement pour l'intégrer à la Garde de Nuit.

— Cette affaire n'intéresse pas mestre Aemon, protesta Chett, grognon.

— Notre lord commandant a remis l'entraînement entre les mains de ser Alliser Thorne, objecta le mestre d'un ton doux, lui, et ce dernier seul, tu ne l'ignores pas, décide si les recrues sont prêtes ou non à prononcer leurs vœux. Pourquoi, dès lors, recourir à moi ?

— Parce que vous avez l'oreille du lord commandant, répondit Jon, et que les malades et les blessés de la Garde de Nuit sont de votre ressort.

— Ton copain Samwell serait-il malade ou blessé ?

— Il ne manquera pas de l'être si vous n'intercédez pour lui. »

Sur ce, il déballa toute l'histoire sans en rien celer, pas même la part prise par Fantôme à la capitulation de Rast. Ses prunelles aveugles fixées sur les flammes, mestre Aemon écoutait en silence mais, à chaque nouveau détail, Chett achevait de se renfrogner. « À présent que nous autres ne serons plus là pour le protéger, Sam est condamné, conclut Jon. À l'épée, mieux vaut désespérer de lui. Ma petite sœur Arya le taillerait en pièces, et elle n'a même pas dix ans. Si ser Alliser l'oblige à se battre, tôt ou tard il se fera rosser, si ce n'est tuer. »

Chett ne put davantage se contenir. « Ton gros tas, je l'ai aperçu dans la salle commune, dit-il. Un porc. Et un porc, à t'en croire, doublé d'un pleutre irrécupérable.

— Admettons, répliqua le mestre, mais dis-moi, Chett, ce qu'il nous faut faire de lui…

— Le laisser où il est. Le Mur n'a que faire de débiles. Le laisser s'entraîner jusqu'à ce qu'il soit prêt, n'importe si cela prend des années. Pour le reste, à la grâce des dieux. Libre à ser Alliser d'en faire un homme ou de le tuer.

— C'est *stupide* ! s'emporta Jon, qui dut prendre une profonde inspiration pour recouvrer son sang-froid. Un jour, je me souviens, j'ai demandé à mestre Luwin pourquoi il portait une chaîne autour du cou. »

Les doigts osseux de mestre Aemon se portèrent comme machinalement aux lourds anneaux qui formaient la sienne. « Et alors ?

— Alors, il m'a expliqué que les chaînons de son collier de mestre étaient censés lui rappeler en permanence le serment prêté de servir. Et comme je m'étonnais de la diversité des métaux qui le composaient, quand de l'argent seul eût été tellement plus élégant avec le gris de sa robe, il se mit à rire. "Un mestre, me dit-il ensuite, forge sa propre chaîne à force d'étude. Chacun des métaux représente un savoir distinct, l'or celui du compte et des monnaies, l'argent celui de guérir, le fer celui des arts de la guerre, et ainsi de suite. Ce entre autres significations. Car leur ensemble vise également, par exemple, à lui remémorer chacune des composantes, vois-tu ? du royaume qu'il sert. Si les lords en sont l'or et les chevaliers l'acier, ils ne sauraient à eux seuls constituer de chaîne. Pour exister, celle-ci réclame l'argent, le fer, le cuivre rouge et le cuivre jaune, l'étain, le plomb, le bronze et tous les autres métaux, lesquels incarnent qui les fermiers, qui les charrons, qui les marchands, chacun sa corporation. Ainsi, point de chaîne qui vaille, à défaut de métaux divers, point d'État qui vaille, à défaut des divers États."

— D'où tu déduis ? s'enquit le mestre avec un sourire.

— Que la Garde de Nuit a aussi besoin de toutes sortes d'hommes. Pourquoi verser, sinon, ceux-ci dans les patrouilles ou le Génie, ceux-là dans l'Intendance ? Quand lord Randyll en personne échouerait à métamorphoser Sam en guerrier, ser Alliser n'y réussira pas non plus. On a beau marteler l'étain, si fort qu'on s'y prenne, on n'en fera jamais du fer, mais il n'en a pas moins son utilité. Pourquoi ne pas affecter Sam à l'Intendance ? »

Le minois de Chett s'en révulsa d'indignation. « Comme moi, c'est ça ? Nous faisons peut-être un boulot pépère, hein ? à la portée du dernier des lâches ? hé bien, non, morveux ! Si la Garde survit, c'est grâce à notre corps. Nous sommes chasseurs et fermiers, nous dressons les chevaux, nous trayons les vaches, stockons le bois de chauffage, faisons la cuisine…, et tes vêtements, dis, qui les coupe et les coud ? nous ! Qui convoie, depuis le sud, toutes les fournitures nécessaires ? Nous ! »

Mestre Aemon se montra moins intransigeant. « Il chasse, ton ami ?

— Il déteste chasser, dut avouer Jon.

— Sait-il labourer ? reprit le mestre. Pourrait-il mener un tombereau ? Conduire un bateau ? Abattre un bœuf ?

— Non. »

Chett éclata d'un rire venimeux. « Ces petits seigneurs délicats, j'ai déjà trop vu ce qu'ils donnent, pour peu qu'on les mette au travail ! Faites-leur baratter du beurre, et ils ont des ampoules, leurs mains saignotent. Donnez-leur une hache pour fendre du bois, et leur pied y passe. Envoyez-les…

— Je sais une tâche, coupa Jon, qu'il accomplirait mieux que quiconque.

— Oui ? » l'encouragea mestre Aemon.

Snow lança un regard furtif du côté de Chett qui, debout dans son coin, voyait rouge de tous ses furoncles. « Vous aider, dit-il et, tout d'une haleine : Il connaît le calcul, sait écrire – contrairement à Chett –, lire – alors que Clydas a la vue basse –, et il a dévoré toute la bibliothèque de son père. Il serait aussi précieux avec les corbeaux. Les bêtes ont l'air de l'aimer. Fantôme lui-même l'a adopté d'emblée. Exception faite de la chasse, Sam pourrait rendre encore mille autres services. Enfin, la Garde de Nuit est-elle en état de gaspiller les hommes ? Au lieu d'en faire périr un pour rien, qu'elle utilise ses compétences. »

Mestre Aemon avait fermé les yeux. Un instant, Jon craignit qu'il ne se fût assoupi, mais il fut bientôt détrompé. « Mestre Luwin t'a bien enseigné, Jon Snow. À ce qu'il semble, ton intelligence vaut ta lame, pour la vivacité.

— Cela signifie-t-il que Sam… ?

— Cela signifie simplement, répliqua le mestre d'un ton ferme, que je vais réfléchir à ce que tu m'as dit. Pour l'heure, je me crois tout prêt au sommeil. Reconduis notre jeune frère, Chett. »

TYRION

Ils s'étaient abrités, tout près de la grand-route, sous un hallier de trembles et, tandis que leurs chevaux s'abreuvaient au torrent, Tyrion ramassait du bois mort. Il se baissa pour cueillir une branche épineuse et fit une moue perplexe. « Cela conviendra-t-il ? Le feu n'est pas mon fort. Morrec me dispensait de ces besognes-là.

— Du *feu* ? grommela Bronn en crachant. Tu es si pressé de mourir ou quoi, nabot ? Du feu… ! Tu perds la tête ? Tu veux peut-être que nous rappliquent toutes les tribus sur des lieues à la ronde ? Tiens-le-toi pour dit, Lannister, ce guêpier, moi, j'entends m'en sortir vivant !

— Et tu comptes t'y prendre comment ? » demanda doucement Tyrion. La branche coincée sous l'aisselle, il poursuivait sa quête, incliné, l'œil aux aguets de la moindre brindille, parmi les maigres broussailles, en dépit des courbatures qui lui déchiraient l'échine depuis qu'au crépuscule ser Lyn Corbray les avait expulsés par la Porte Sanglante et, d'un air glacé, sommés d'éviter désormais le Val.

« L'épreuve de force ne nous laisserait aucune chance de nous en tirer, reprit Bronn, mais on va plus vite à deux qu'à dix, et on attire moins l'attention. Moins nous lambinerons dans ces montagnes, plus nous pourrons présumer atteindre le Trident. Forcer le train, voilà l'idée. Chevaucher la nuit, se terrer le jour, éviter la route le plus possible, ne faire aucun bruit – et se garder surtout d'allumer du feu !

— Mes compliments, soupira Tyrion. Libre à toi, Bronn, de réaliser ce plan mirifique… mais, pardon d'avance, je ne flânerai pas pour t'ensevelir.

— Parce que tu te figures me survivre, nabot ? » ricana le reître. À la place de l'incisive cassée net par le bouclier de ser Vardis Egen, son rictus s'ornait d'une brèche noire.

Tyrion haussa les épaules. « Rien de tel que tes marches forcées la nuit pour dégringoler dans un précipice et se fracasser le crâne. Je préfère, quant à moi, poursuivre mon petit bonhomme de chemin peinard. Si nous crevons nos montures sous nous, tu as beau, je le sais, priser la viande de cheval, Bronn, il ne nous restera plus qu'à essayer de seller des lynx… Enfin, pour parler franc, je doute fort que tes subterfuges empêchent les tribus de nous dénicher. On nous épie déjà de toutes parts. » Sa main gantée balaya d'un geste nonchalant les reliefs tourmentés qui les encerclaient.

« Dans ce cas, grimaça Bronn, nous sommes foutus, Lannister.

— Alors, autant que j'aie mes aises pour mourir, rétorqua Tyrion. Vivement du feu. Les nuits sont froides, dans ces parages, et un repas chaud nous réconfortera les tripes comme l'humeur. Crois-tu qu'on puisse tuer du gibier ? Bien que, dans son extrême générosité, l'obligeante lady Lysa nous ait prodigué, quel festin ! bœuf salé, pain rassis, fromage coriace, l'idée de me rompre une dent si loin du premier mestre m'est odieuse.

— La viande, je peux en trouver. » Sous les mèches noires, le regard sombre brillait de méfiance. « Je devrais vous planter là, plutôt, toi et ton feu stupide. En te piquant ton cheval, j'aurais deux fois plus de chances d'en réchapper. Que ferais-tu dès lors, nabot ?

— Je mourrais, très probablement. » Il se courba pour grossir son pauvre fagot.

« Tu n'envisages pas que j'y pourvoie moi-même ?

— Tu y pourvoirais sur-le-champ, s'il s'agissait de sauver ta peau. Quand ton copain Chiggen a pris sa flèche en plein ventre, tu n'as guère barguigné pour le faire taire. » Il lui avait effectivement tranché proprement la gorge d'une oreille à l'autre en le tirant par les cheveux. Quitte à le prétendre, après, mort de sa blessure…

« Il était perdu, de toute façon, grogna Bronn, et ses glapissements risquaient de nous mettre à dos toute la région. Il aurait agi de même envers moi…, puis ce n'était pas mon copain. On faisait route ensemble, et rien d'autre. T'y trompe pas, nabot. J'ai combattu pour toi, mais je ne t'aime pas.

— J'avais besoin de ton épée, répliqua Tyrion, pas de ton amour. » Il laissa choir au sol sa brassée de bois.

« Faut te reconnaître au moins ça, gloussa Bronn, t'as autant de culot que le dernier des sbires ! Comment savais-tu que j'allais prendre ton parti ?

— Savais ? » Tyrion s'accroupit gauchement sur ses pattes torses pour échafauder le foyer. « Simple coup de dés. Vous avez secondé ma capture, à l'auberge, toi et Chiggen. Pourquoi ? Les autres y voyaient un devoir, ils s'y croyaient tenus par l'honneur de leurs maîtres, pas vous deux. N'ayant ni maître, ni devoir, et d'honneur…, passons, pourquoi vous embringuer dans tout ce micmac ? » Tirant son couteau, il se mit à tailler dans l'un des bâtons qu'il avait rassemblés de menus copeaux en guise de sarments. « Eh bien, pour le seul motif qui guide les reîtres, invariablement : l'or, l'appât de l'or. Vous vous étiez dit que lady Catelyn vous récompenserait, peut-être même qu'elle irait jusqu'à vous prendre à son service… Bon, voilà qui devrait aller, j'espère. Tu as un briquet ? »

Glissant deux doigts dans son aumônière, Bronn en extirpa un silex et le lui jeta. Tyrion l'attrapa au vol.

« Merci, dit-il. Le hic est que vous ne connaissiez pas les Stark. Si foncièrement fier, honnête et chatouilleux sur l'honneur que soit lord Eddard, son épouse est pire. Oh, certes, elle se fût fouillée d'une pièce ou deux et vous les eût plantées, l'affaire achevée, dans la paume avec un mot de grâces et une mine dégoûtée, mais quant à vous allouer mieux, bernique. Des gens qu'ils élisent pour les servir, les Stark requièrent courage, loyauté, probité sans faille, et qu'étiez-vous, Chiggen et toi ? de la racaille de bas étage, pour ne rien farder. » Il entrechoquait cependant la pierre et sa dague afin d'en tirer une étincelle. Vainement.

« Gare à ta langue, demi-portion, renifla Bronn, ou, tôt ou tard, un ombrageux te la fera bouffer.

— Refrain connu. » Il releva les yeux. « Je t'ai vexé ? Mille pardons, mais… racaille tu es, Bronn, ne t'y méprends pas. Devoir, honneur, amitié, que signifie cela pour toi ? Holà ! pas la peine que tu te tracasses, nous savons la réponse tous deux. Cela dit, tu n'es pas bouché. Dès notre arrivée dans le Val, lady Stark n'avait plus que faire de toi…, moi si, et l'unique chose dont les Lannister n'aient jamais manqué, c'est l'or. Le moment venu de lancer les dés, je t'ai escompté suffisamment futé pour saisir d'emblée le parti le plus rentable. Et tu l'as fait, par bonheur pour moi. » Il fit à nouveau sonner la pierre contre l'acier. Sans plus de succès.

« Donnez », dit Bronn en s'accroupissant à son tour. Il lui prit des mains le silex et l'arme et, dès le premier essai, fit jaillir une gerbe d'étincelles. Aussitôt s'éleva une mince volute de fumée.

« Bravo, dit Tyrion. Racaille il se peut, mais utile, indiscutablement. Et, l'épée au poing, presque aussi brillant que mon frère. Que souhaites-tu, Bronn ? De l'or ? Des terres ? Des femmes ? Veille sur ma vie, tu auras tout ça. »

Comme Bronn soufflait doucement sur les premières braises, des flammes commencèrent à lécher le bois. « Et si vous mourez quand même ?

— Hé bien, je serai pleuré d'au moins un cœur sincère, sourit Tyrion. Moi disparu, envolé l'or. »

Le feu flambait d'un air gaillard. Bronn se leva, remit le silex dans sa bourse, lança son couteau à Tyrion. « Marché correct, dit-il. Vous pouvez compter sur mon épée…, mais n'espérez pas que je me prosterne en vous donnant du *monseigneur* à chaque crotte que vous ferez. Pas mon truc, et avec quiconque, l'obséquiosité.

— Ni l'amitié, et avec personne, je sais. Je sais aussi que tu me renierais aussi vite que lady Stark si tu y voyais le moindre profit. Mais si, un jour, tu étais tenté de me vendre, n'oublie pas ceci, Bronn : quelle que soit l'offre, je surenchéris. Pour la bonne et simple raison que *j'aime* la vie. À présent, te fais-tu fort de nous procurer à dîner ?

— Soignez les chevaux », répondit simplement le reître et, dégainant déjà le long coutelas plaqué contre sa hanche, il s'enfonça dans le fourré.

Une heure plus tard, les montures, dûment pansées, digéraient leur picotin, le feu pétillait gaiement, un cuissot de chevreau tournait par-dessus, grésillant, jutant d'aimables sifflotis. « Il ne faudrait, pour l'arroser, qu'un doigt de bon vin…, déplora Tyrion.

— Plus une femme et dix ou douze fines lames », déclara Bronn qui, assis en tailleur près des flammes, passait, repassait la pierre à aiguiser le long de sa flamberge. Et il y avait quelque chose d'étrangement réconfortant dans le crissement de l'une sous l'autre. « La nuit sera bientôt close, signala-t-il. Je monterai la première veille…, si tant est que ça serve. Il serait peut-être plus délicat de les laisser nous égorger durant notre sommeil.

— Oh, j'imagine qu'ils seront ici bien avant l'heure du coucher », lâcha Tyrion. Le fumet de la viande en train de rôtir humectait ses papilles.

Bronn le dévisagea, par-dessus le feu. « Vous avez un plan, dit-il du ton d'un simple constat, tandis que la pierre crissait sur l'acier.

— Dis plutôt un espoir, rectifia Tyrion. Sur un nouveau coup de dés.

— Dont nos vies sont l'enjeu, c'est ça ? »

Tyrion se trémoussa. « Avons-nous le choix ? » S'inclinant sur les flammes, il découpa une lichette de chevreau. « Hmmmm ! grogna-t-il d'un air d'extase, le menton tout luisant de gras. Un brin coriace, pour mon goût, sans parler du défaut d'épices, mais trêve de jérémiades. Aux Eyrié, je gambillerais au bord du précipice en rêvant de fayots bouillis.

— Vous avez néanmoins couvert d'or le geôlier…

— Un Lannister paie toujours ses dettes. »

Il avait estomaqué Mord lui-même en lui lançant la bourse de cuir. Et quels yeux, quand le bougre, les doigts empêtrés dans les cordons, entrevit les reflets de l'or ! deux éteufs de paume… « J'ai gardé l'argent, précisa Tyrion d'un sourire oblique, mais, comme promis, voici l'or. » Plus d'or que de sa vie n'en pouvait espérer extorquer un tortionnaire comme Mord à la misère de ses détenus… « Et rappelle-toi, ceci n'est jamais qu'un hors-d'œuvre. Si l'écœurement te prenait de servir ta lady Arryn, frappe à Castral Roc, et je te verserai le solde. » Lors, les mains ruisselantes de dragons d'or, le bougre était tombé à deux genoux, jurant ses grands dieux de n'y point manquer !

Pendant que Tyrion évidait en guise d'assiettes deux rouelles de pain rassis, Bronn retira la viande du feu et se mit en devoir d'y tailler de fortes tranches croustillantes au plus près de l'os. « Si nous atteignons le Trident, dit-il ce faisant, que comptez-vous faire, ensuite ?

— Hou ! m'offrir d'abord une pute, un plumard et un bon coup de vin, répondit le nain en tendant son pain pour le faire remplir de viande. Puis me rendre à Castral Roc ou à Port-Réal. Il m'y faut absolument poser un petit nombre de questions qui ne sauraient demeurer sans réponse. À propos de certain poignard. »

Le reître acheva posément de mastiquer, déglutit. « Vous disiez donc la vérité ? Il ne vous appartenait pas ? »

L'ombre d'un sourire effleura le mufle de Tyrion. « Me prendrais-tu pour un menteur ? »

Quand ils se furent rassasiés, les étoiles scintillaient, la lune poussait une corne au-dessus des cimes. Tyrion déploya sur le sol sa pelisse de lynx et s'y blottit, la tête calée sur sa selle. « Nos amis musardent…

— À leur place, je redouterais quelque traquenard, dit Bronn. Pourquoi nous afficher de la sorte, sinon pour les y attirer ? »

Un rire sous cape lui fit écho. « Alors, autant chanter, ça les terrifiera. » Et il se mit à siffler un air guilleret.

« Vous êtes cinglé, dit Bronn, tout en se dégraissant les ongles avec la pointe de son coutelas.

— Tu n'aimes plus la musique, Bronn ?

— S'il vous fallait de la musique, c'est Marillion qu'il fallait choisir pour champion. »

Tyrion se fendit jusqu'aux oreilles. « Ç'aurait été fort divertissant. Je le vois d'ici, harpe au poing, terrasser ser Vardis. » Il se remit à siffler. « Tu la connais, cette chanson ?

— On l'entend çà et là, dans les gargotes et les bordels.

— Chanson de Myr. “Les saisons de ma mie.” Douce et triste, pour qui comprend les paroles. La première fille avec qui j'ai couché la fredonnait sans cesse, et je n'ai jamais pu l'extraire de ma cervelle. » Il plongea son regard dans le firmament. Par cette nuit limpide et froide, les astres dardaient sur les montagnes enténébrées des rayons aussi vifs et impitoyables que la vérité. « Je la connus par une nuit semblable à celle-ci, s'entendit-il narrer. Jaime et moi rentrions de Port-Lannis quand retentirent soudain des cris, et elle survint, courant sur la route, effarée, deux types à ses trousses, et qui gueulaient comme des possédés. Mon frère dégaina et s'élança sur eux, moi, je démontai secourir leur victime. Elle avait à peine un an de plus que moi, des cheveux sombres, elle était frêle, et sa figure vous brisait le cœur. Elle brisa du moins le mien. Née du ruisseau, malingre et malpropre mais… adorable. Comme ils avaient mis en pièces ses pauvres hardes, je l'enveloppai dans mon propre manteau puis, pendant que Jaime traquait ces salauds dans les bois, parvins à lui arracher un nom, une histoire. Fille d'un petit fermier, seule au monde depuis qu'il était mort des fièvres, elle se rendait à…, bah, nulle part, en fait.

« Lorsqu'il nous rejoignit, au petit trot, Jaime écumait de n'avoir pu saisir ses proies. Si près de chez nous, les malandrins ne s'aventuraient guère à dépouiller les voyageurs, et cette agression l'ulcérait comme un camouflet personnel. Toutefois, la fille était trop affolée pour repartir seule. Aussi proposai-je de la mener se restaurer dans la première auberge, tandis que lui-même filerait au Roc chercher des auxiliaires.

« Pour ce qui est d'elle, jamais je n'aurais cru qu'on pût avoir si faim. Tout en devisant, nous engloutîmes à nous deux près de trois poulets, vidâmes un flacon, et le vin – je n'avais que treize ans – m'échauffa le crâne, je crains. Tant et si bien que, sans savoir comment, je me retrouvai partageant son lit. Toute timide qu'elle était, je l'étais autrement plus qu'elle. Où je puisai le courage, en tout cas, mystère éternel. Elle se mit à pleurnicher quand je brisai son pucelage et, l'instant d'après, m'embrassait, me chantonnait si gentiment sa petite chanson qu'au matin j'étais amoureux.

— *Vous* ? » Rieuse était la voix de Bronn.

« Burlesque, hein ? » Tyrion siffla quelques mesures de la rengaine. « Et je l'épousai, confessa-t-il enfin.

— Un Lannister de Castral Roc, épouser la fille d'un petit fermier ? s'ébahit Bronn. Pas dû être facile facile…

— Oh, les miracles de gamin, vois-tu, quelques gros mensonges, une poignée de piécettes et un septon saoul suffisent à les opérer… N'osant pas installer ma moitié au Roc, je lui fis présent d'un cottage où, quinze jours durant, nous jouâmes à petite femme et petit mari. Sur ce, le septon dessoûlé ne trouva rien de plus pressé que d'aller révéler le pot-aux-roses au seigneur mon père. » À sa propre stupeur, il découvrait à quel point le navrait encore, après tant d'années, l'évocation de sa mésaventure. Devait-il en incriminer la fatigue, tout bonnement ? « Ainsi sombra notre ménage. » Il se mit sur son séant, ixa les flammes agonisantes. Leur maigre éclat le faisait clignoter.

« Il chassa la fille ?

— Il fit bien mieux. D'abord, il obligea mon frère à me dire la vérité. La fille était une putain, mon vieux. Jaime avait tout combiné de a à z, Port-Lannis, le retour, les bandits, tout. Il n'était que temps, selon lui, de me dépuceler. Double tarif pour une vierge, attendu que je débutais.

« Après les aveux de Jaime, lord Tywin jugea bon d'édifier toute sa maisonnée. Il fit enlever ma femme et la livra à ses gardes. On ne la paya pas trop mal. Une pièce d'argent par homme, tu connais beaucoup de putains qui réclament aussi cher ? Il me fit asseoir dans l'angle du quartier, m'ordonna de bien regarder. À la fin, elle avait tant gagné d'argent que les pièces lui glissaient des doigts, roulaient tout autour d'elle, à terre, et elle… » La fumée lui piquait les yeux. Il s'éclaircit la gorge et se détourna, sondant les ténèbres. « Lord Tywin m'avait réservé pour la fin, dit-il d'une voix paisible. Et il me donna une pièce d'or pour payer. Parce qu'en tant que Lannister, je valais davantage. »

Au bout d'un moment, il perçut à nouveau le crissement de la pierre contre l'acier. Bronn affûtait sa lame. « À treize ans comme à trente ou à trois, moi, je tuais l'homme qui m'aurait fait ça. »

Tyrion se retourna vivement et, les yeux dans les yeux : « L'occasion peut s'en présenter tôt ou tard. Je t'ai dit, souviens-toi : un Lannister paie toujours ses dettes. D'ici là – il se mit à bâiller –, m'est avis que je vais tâcher de dormir. Tu me réveilles s'il faut mourir. »

Il s'enroula dans sa pelisse, ferma les paupières. Le sol était froid, rocailleux. Au bout d'un moment, néanmoins, Tyrion Lannister dormait. Il rêvait de son cachot céleste. À ceci près qu'il était le geôlier, cette fois, pas le prisonnier, *grand, très grand*, et qu'un fouet au poing il cinglait son père et, pied à pied, le forçait à reculer, pied à pied, vers l'abîme…

« *Tyrion* ! » souffla Bronn d'un ton pressant. En un clin d'œil, Tyrion recouvra toute sa vigilance. Le feu n'était plus que braises parmi les cendres et, tout autour, des ombres avançaient en rampant. Dressé sur un genou, Bronn serrait dans une main son épée, son poignard dans l'autre. D'un geste muet, Tyrion lui signifia : *du calme*. Puis, aux ombres sournoises, il cria : « Venez donc partager notre feu ! On caille, cette nuit ! » ajoutant : « Nous n'avons pas, hélas, de vin à vous offrir, mais, pour notre chevreau, soyez les bienvenus. »

Tout mouvement s'était interrompu, mais on discernait le reflet de la lune sur le métal. « C'est notre montagne ! protesta depuis le couvert une voix caverneuse, rude, inamicale. Notre chevreau !

— Votre chevreau, soit, acquiesça Tyrion. Qui êtes-vous donc ?

— Quand tu verras tes dieux, riposta quelqu'un d'autre, dis-leur que c'est Gunthor, fils de Gurn, de la tribu des Freux, qui t'envoie ! » Des craquements de feuilles mortes, et il apparut. Maigre, casqué d'un heaume à cornes, armé d'un grand coutelas.

« Et Shagga, fils de Dolf. » La voix caverneuse, agressive. Un bloc erratique se déplaça, sur la gauche, s'érigea, prit peu à peu figure humaine. D'aspect lent et aussi massif que puissant, entièrement vêtu de peaux, un gourdin au poing droit, dans l'autre une hache, et les entrechoquant tandis qu'il s'approchait.

D'autres voix, cependant, lançaient d'autres noms : Conn et Torrek et Jaggot et... Tyrion les oubliait au fur et à mesure. Une bonne dizaine. Quelques-uns munis d'épées et de poignards. La plupart brandissant des faux, des fourches ou des piques de bois. Il attendit qu'ils eussent fini de glapir leur identité pour se présenter à son tour. « Et moi, je suis Tyrion, fils de Tywin, du clan Lannister, les lions du Roc. Nous vous paierons volontiers le chevreau.

— Que peux-tu nous donner, Tyrion, fils de Tywin ? demanda celui qui s'était dit Gunthor leur chef, apparemment.

— L'argent que contient ma bourse, répondit Tyrion. Si mon haubert est trop grand pour moi, il irait à Conn comme un gant, et ma hache de guerre siérait infiniment mieux à la poigne de Shagga que son outil de bûcheron.

— Monnaie de singe, avorton, tout ça, dit Conn.

— Conn a raison, reprit Gunthor. À nous, ton argent. À nous, tes chevaux. Comme ton haubert, ta hache de guerre et ce poignard, à ta ceinture, à nous, tout ça. À part vos vies, tu peux rien nous donner. Comment veux-tu mourir, Tyrion, fils de Tywin ?

— Dans mon lit, le ventre plein de vin, ma queue dans la bouche d'une pucelle, et à quatre-vingts ans. »

À ces mots, le géant, Shagga, partit d'un rire gigantesque. Ses compagnons semblaient moins doués d'humour. « Prends leurs chevaux, Conn, ordonna Gunthor. Vous, tuez l'autre et capturez-moi l'avorton. Il doit pouvoir traire les chèvres et servir aux femmes de bouffon. »

Bronn bondit sur ses pieds. « Qui meurt le premier ?

— *Suffit !* dit sèchement Tyrion. Et toi, Gunthor, fils de Gurn, écoute. La puissance de ma maison ne le cède qu'à son opulence. Si les Freux nous mènent sains et saufs à travers ces montagnes, le seigneur mon père les couvrira d'or.

— Que vaut l'or d'un seigneur des plaines ? Aussi peu que les promesses d'un avorton ! répliqua Gunthor.

— Tout avorton que je puis être, rétorqua le nain, du moins ai-je le courage de faire front devant l'ennemi. Tandis que les Freux, que savent-ils faire, hormis se tapir derrière des rochers et trembler de frousse quand les chevaliers du Val viennent à passer ? »

Avec un rugissement de colère, Shagga fit sonner sa hache contre son gourdin. Jaggot darda sous le nez de l'insolent la pointe de sa pique durcie au feu. Mais Tyrion s'interdit de flancher. « Sont-ce là les meilleures armes que vous puissiez vous acheter ? lança-t-il. Assez bonnes pour égorger des moutons, peut-être…, à condition que les moutons ne se défendent pas. Les forgerons de mon père vous chieraient de meilleur acier.

— Rigole, marmot ! rugit Shagga, tu te foutras moins de ma hache quand elle t'aura coupé l'engin pour en nourrir les chèvres ! »

Mais Gunthor éleva la main. « Laisse-le parler. Les mères ont faim, et l'acier nourrit plus de bouches que l'or. Que nous donnerais-tu contre vos vies sauves, Tyrion, fils de Tywin ? Des épées ? Des lances ? Des cottes de mailles ?

— Tout ça et bien plus, Gunthor, fils de Gurn, repartit Tyrion Lannister avec un grand sourire. Car je vous donnerai en outre le Val d'Arryn. »

EDDARD

Au Donjon Rouge, la sinistre salle du Trône ne prenait jour que par de longues meurtrières, et les feux du crépuscule qui en maculaient le dallage zébraient de traînées vineuses les parois jadis ornées par les crânes de dragons. Et des tapisseries de chasse en verdures avaient beau, désormais, camoufler gaiement la pourpre lugubre du grès, Ned Stark ne pouvait se défendre de l'impression que l'édifice entier barbotait dans le sang.

Et le monstrueux siège d'Aegon le Conquérant lui en offrait une vue plongeante. Immense, hérissé de pointes et de lames acérées, tordues, déchiquetées comme à plaisir, enchevêtrées de façon grotesque, il était aussi, conformément aux dires de Robert, d'une démoniaque incommodité. Et maintenant plus que jamais, avec cette maudite jambe et ses élancements qui ne cessaient d'empirer de seconde en seconde. Surtout qu'à la longue toute la ferraille vous donnait un avant-goût du pal. Et, derrière, ces crocs d'acier : impossible de s'adosser ! *Un roi qui siège doit ignorer l'aise*, le mot d'Aegon commandant à ses armuriers de lui forger ce trône monumental avec les épées de la reddition… *Maudits soient-ils, lui et son arrogance !* songea Ned, amer, *et maudits tout autant Robert et ses parties de chasse !*

« Êtes-vous absolument certains qu'il ne s'agissait pas simplement de brigands ? » s'enquit sous lui, depuis la table du

Conseil, Varys, d'un ton melliflue. À ses côtés se trémoussait, nerveux, le Grand Mestre Pycelle. Et Littlefinger jouant, lui, avec une plume. Eux seuls participaient à l'audience. On avait en effet signalé la présence d'un cerf blanc dans le Bois-du-Roi, et lord Renly comme ser Barristan s'étaient joints à la chasse que suivaient aussi le prince Joffrey, Sandor Clegane, Balon Swann et la cohue des courtisans. Grâce à quoi Ned devait suppléer Robert sur ce charmant Trône de Fer…

Moindre mal encore. Il était *assis*. Tandis que, conseillers à part, le reste de l'assistance se voyait obligé de rester debout, humblement, ou de s'agenouiller. Les solliciteurs massés près des hautes portes, les chevaliers, gentes dames et puissants seigneurs le long des murs, sous les tapisseries, dans les tribunes les simples curieux, les gardes à leurs postes, revêtus de maille et distingués par l'or ou le gris de leurs manteaux, tous étaient debout.

À deux genoux, les villageois. Hommes, femmes, enfants. Déguenillés, sanglants, les traits ravagés par la peur. Derrière eux se dressaient les trois chevaliers qui les avaient amenés témoigner.

« De *simples brigands*, lord Varys ? hoqueta ser Raymun Darry d'une voix qui suait le mépris. Oh, sans l'ombre d'un doute, des brigands purs et simples ! Des brigands Lannister. »

Du seigneur au valet, tout tendait l'oreille, et le malaise général devenait palpable. Affecter la surprise, Ned n'y songeait pas. Depuis l'enlèvement de Tyrion Lannister, l'ouest était en ébullition. Castral Roc avait, de même que Vivesaigues, convoqué le ban, des armées se massaient au col de la Dent d'Or. Dans ces conditions, comment douter que les premières effusions de sang n'eussent été qu'une question de temps ? Seule demeurait pendante celle d'étancher la blessure au mieux…

D'un regard et d'un geste navrés, ser Karyl Vance, dont le beau visage était gâté par une tache lie-de-vin, désigna les pauvres suppliants. « Voilà, dit-il, les seuls rescapés du fort de Sherrer, lord Eddard. Les autres ont péri, tout comme les gens de Warbourg et du Gué-Cabot.

— Levez-vous, leur dit Ned, qui répugnait à croire quiconque en pareille posture. Debout, tous. »

Par couples ou un à un, les malheureux s'exécutèrent. Il fallut aider un vieillard. Seule une fillette à la robe maculée de sang demeura à genoux, médusée qu'elle était par ser Arys du Rouvre qui, fièrement campé au pied du trône en son armure immaculée de la Garde, avait l'air tout prêt à faire un rempart de son corps au roi…, voire à sa Main, conjectura Ned.

« Joss, dit ser Raymun Darry à un tablier de brasseur rondouillard et passablement déplumé, dis à Son Excellence ce qui s'est passé à Sherrer. »

L'homme acquiesça d'un signe. « Que Votre Majesté daigne…

— Sa Majesté, l'interrompit Ned, assez ébahi que l'on pût passer sa vie entière à quelques journées équestres du Donjon Rouge et ignorer jusqu'à l'aspect de son propre roi. Sa Majesté chasse sur l'autre rive de la Néra. » D'autant plus ébahi qu'il portait lui-même un doublet de lin blanc frappé du loup-garou gris et, au col de son manteau de lainage noir, la main d'argent de ses fonctions… Noir, blanc, gris, les nuances de la vérité. « Je ne suis que la Main du Roi, lord Eddard Stark. Dis-moi qui tu es et ce que tu sais de ces pillards.

« Je tiens… – je *tenais*… – je tenais un débit de bière à Sherrer, m' seigneur, près du pont de pierre. La meilleure bière au sud du Neck, tout le monde dit, sauf votre respect, m'seigneur. En fumée, tout ça, maintenant, comme tout le reste, m'seigneur. Y sont venus, z'ont bu tout leur soûl, répandu le reste par terre puis flanqué le feu, et m'auraient aussi répandu le sang si z'auraient m'attrapé, m'seigneur. Voilà.

— Nous ont tout brûlé, enchaîna un fermier qui se tenait à ses côtés. Sont montés du sud, à cheval, la nuit, et z'ont incendié les champs, les maisons, pareil, et tué ceusses qu'essayaient d'empêcher. Mais c'était pas des pillards, m'seigneur, m'esscuse. Z'en avaient pas après not' bétail, eux donc, à preuv' qu'y m'ont massacré ma vache, là, su' l' pré, pis laissée aux mouches et aux corbeaux.

— M'ont écrabouillé l'apprenti, moi », dit un trapu à muscles de charron, la tête bandée. Bien qu'il eût endossé ses plus beaux habits pour se présenter à la Cour, ses braies étaient rapetassées, la boue crottait sa pèlerine. « Z'y ont donné la chasse à travers champs, y z'y jetaient leurs lances comme à un lapin, et s'y s' marraient qu'y trébuche et gueule, jusqu'à temps que le gros l'a transpercé net… ! »

La fillette à genoux dut se démancher le col pour regarder Ned, là-haut, sur son trône. « Y z'ont tué ma mère aussi, Votre Majesté. Et pis y…, y… » Sa voix se perdit là-dessus, comme si elle avait oublié ce qu'elle comptait dire, et elle se mit à sangloter.

Ser Raymun Darry prit alors le relais. « À Warbourg, les habitants ont cherché refuge à la citadelle, mais comme elle était en bois, ces bandits ont empilé de la paille pour les griller vifs. Et quand les gens ont ouvert les portes pour s'ensauver, des volées de flèches les abattaient dès qu'ils se ruaient dehors. Tous, même les femmes et leurs nourrissons.

— Mais c'est abominable ! susurra Varys. Comment peut-on se montrer si féroce ?

— Y nous auraient traités pareil, dit Joss, mais, à Sherrer, c'est de la pierre. Certains voulaient nous enfumer, mais le gros leur a dit : "Y a un fruit plus mûr, en amont", et y z'ont filé sur le Gué-Cabot. »

Plus la compassion l'inclinait vers tant de misère, plus Ned se sentait pénétré par le froid de l'acier. Entre chacun de ses doigts posés sur les bras du trône émergeaient, crochues comme des serres, des pointes d'épées tordues, contournées, mais d'aucunes toujours tranchantes, trois siècles après. Le Trône de Fer tendait force pièges à l'inadvertance. Il avait fallu, d'après les chansons, mille épées pour le forger, mille épées chauffées à blanc par le seul souffle de la Terreur Noire, Balerion, et cinquante-neuf jours de martelage. Ni plus ni moins. Et pour parvenir à cette énorme bête noire agrémentée de lames de rasoir, de barbelures et de faveurs de métal mortel, à ce hideux fauteuil capable de tuer et qui, à en croire les chroniqueurs, ne s'en était pas privé…

Ce qu'il pouvait bien ficher là-dessus, Eddard Stark ne cessait de se le demander, mais il ne s'y trouvait pas moins juché, bien en vue, et ces gens-là comptaient sur sa justice. « Quelle preuve avez-vous que vos agresseurs étaient des Lannister ? demanda-t-il, roidi contre sa fureur. Portaient-ils des manteaux écarlates ? Arboraient-ils la bannière au lion ?

— Les Lannister eux-mêmes ne sont pas stupides à ce point », jappa ser Marq Piper, dressé sur ses ergots comme un coquelet. Au gré de Ned trop jeune et par trop fougueux, il n'en était que mieux l'ami intime d'Edmure Tully.

« Ils étaient tous montés et vêtus de maille, monseigneur, expliqua d'un ton calme ser Karyl. Et leur armement comportait des lances à pointe d'acier, de longues épées, des haches de guerre. Tout ce qu'il y a de plus meurtrier. » Puis, pointant son index sur l'un des survivants : « Toi. Oui, toi. Personne ne te veut de mal. Répète à la Main ce que tu m'as dit. »

Le vieux se mit à dodeliner. « Ben…, rapport à leurs chevaux, bredouilla-t-il. C'est des destriers qu'ils montaient. J'ai assez longtemps travaillé dans les écuries du vieux ser Willum, la différence, je la fais. Alors, que les dieux me confondent si une seule de ces bêtes avait jamais vu la charrue.

— Des brigands si brillamment montés…, observa Littlefinger. Peut-être avaient-ils volé ces chevaux lors d'une razzia précédente.

— Combien d'hommes comprenait leur troupe ? demanda Ned.

— Une bonne centaine », répondit Joss, tandis qu'au même instant le charron bandé avançait : « Cinquante », et une mémé, derrière : « Des miyers, m'seigneur, une armée qu'z'étaient !

— Vous ne croyez pas si bien dire, ma bonne, commenta Ned. Pas de bannières, n'est-ce pas ? Mais leur armure, vous pouvez décrire ? L'un de vous a-t-il repéré quelque ornement ? un motif décoratif ? des devises de heaume ou de bouclier ? »

Le brasseur secoua la tête. « Désolé, m'seigneur, mais non, ce qu'on a pu voir des armures était uni. Seulement…, le type qui les conduisait, leur chef, comme qui dirait, hé bien, il était armé comme tous les autres, bon, mais on pouvait pas le confondre, ça non. À cause de sa taille, m'seigneur. Ceusses qui disent, les géants sont morts, y en a plus, ma foi, z'ont pas vu çui-là, parole. Gros comme un bœuf, et une voix…, une voix rocailleuse comme une carrière !

— *La Montagne !* s'exclama ser Marq. Comment en douter ? Cette boucherie, c'est du Gregor Clegane tout cru. »

Du fond de la salle comme des bas-côtés montèrent des murmures, et les tribunes elles-mêmes frémissaient de rumeurs. Pas plus que le grand seigneur, l'homme du peuple ne se méprenait sur la portée de l'allégation. Nommer ser Gregor Clegane revenait à insinuer la responsabilité de son suzerain, lord Tywin Lannister.

La panique des villageois faisait peine à voir. Leur attitude craintive, jusqu'alors, s'expliquait trop bien. Ils avaient précisément redouté cela. Que leurs chevaliers les eussent amenés là (de gré, ou de force ?), devant un roi qui était son beau-fils, à seule fin d'impliquer nommément lord Tywin dans ce bain de sang.

Avec une pesanteur qui fit tintinnabuler sa chaîne de grand mestre, Pycelle se leva. « Sans vous offenser, ser Marq, comment pouvez-vous affirmer l'identité de ser Gregor et de ce bandit ? Les colosses abondent, dans le royaume…

— Aussi colossaux que la Montagne-en-marche ? répliqua ser Karyl. Aucun, que je sache.

— Ni personne ici, approuva ser Raymun, péremptoire. À côté, son frère Sandor lui-même a l'air d'un chiot. Ouvrez donc les yeux, messire. Devait-il apposer son sceau sur les cadavres pour votre édification ? C'était bel et bien Gregor.

— Pourquoi ser Gregor se transformerait-il en brigand ? demanda Pycelle. Il tient en propre des gracieuses mains de son suzerain place forte et terres. Il est chevalier oint.

— Chevalier postiche ! s'indigna ser Marq. Dogue enragé de lord Tywin, oui.

— J'en appelle à vous, seigneur Main, protesta sèchement Pycelle, pour rappeler à ce *bon* chevalier que lord Tywin Lannister est le père de notre gracieuse reine.

— Soyez remercié, Grand Mestre, dit Ned, de le préciser. Nous risquions de l'oublier, sans votre intervention. »

Depuis son perchoir, il surprit des ombres qui, furtivement, s'esquivaient par le fond. Des lièvres courant se terrer, probablement… – ou des rats grignoter leur bout de fromage chez Cersei. Un coup d'œil vers les tribunes lui donna une bouffée de colère. Parmi les badauds se trouvaient septa Mordane et Sansa. Quel spectacle, pour une enfant ! Mais la nonne, évidemment, ne pouvait savoir que l'audience du jour comporterait tout autre chose que le menu fastidieux de la veille et du lendemain : pétitions banales, bisbilles de hameaux rivaux, mesquins différends de bornage…

À la table du Conseil, en bas, Petyr Baelish, blasé, semblait-il, de tripoter sa plume, tendit le col. « Dites-moi, ser Marq, ser Karyl, ser Raymun…, si je puis me permettre une question ? Tous ces forts, vous étiez bien chargés de les protéger ? Où vous trouviez-vous donc pendant que se perpétraient tous ces meurtres et tous ces incendies ?

— Je secondais le seigneur mon père au col de la Dent d'Or, répondit Karyl Vance, et ser Marq le sien. En apprenant ce qui se passait, ser Edmure Tully nous manda d'aller avec quelques troupes en quête du plus possible de survivants et d'amener ceux-ci au roi. »

Ser Raymun Darry ajouta : « Quant à moi, ser Edmure m'avait expédié devant Vivesaigues avec toutes mes forces. J'avais établi mon camp sur la rive opposée aux murs quand me parvint la nouvelle de ces forfaits. Le temps que je regagne mes propres domaines, Clegane et ses canailles avaient repassé la Ruffurque et galopaient vers les collines Lannister. »

D'un air songeur, Littlefinger se titilla la barbichette. « Et s'ils tournent bride, ser ?

— Qu'ils s'avisent de tourner bride, et leur sang irriguera la terre qu'ils ont brûlée ! s'écria ser Marq.

— Ser Edmure a garni d'hommes chaque village et chaque fort situé à moins d'une journée équestre de la frontière, indiqua ser Karyl. Le premier pillard qui s'y risquera ne l'aura pas si belle. »

Exactement ce que pourrait bien souhaiter lord Tywin, se dit Ned à part lui. *Saigner Vivesaigues en incitant ce godelureau d'Edmure à éparpiller ses épées.* Emporté par la fougue de la jeunesse, le frère de Catelyn se montrait là plus chevaleresque qu'avisé. Il allait tenter de garder chaque pouce de terre, de protéger chaque homme, chaque femme, chaque enfant qui l'appelaient « messire », et Tywin Lannister était assez sagace pour l'escompter…

« Mais alors, objectait lord Baelish au même instant, si vos domaines et vos places fortes n'ont plus rien à craindre, qu'attendez-vous du trône ?

— Les seigneurs du Trident maintiennent la paix du roi, riposta ser Raymun, et les Lannister l'ont rompue. Nous réclamons la permission de leur en demander raison, acier pour acier. Nous réclamons justice pour les bonnes gens de Sherrer, de Warbourg et du Gué-Cabot.

— Edmure pense comme nous. Nous devons rendre à Gregor Clegane la monnaie de sa pièce rouge, ajouta ser Marq, mais lord Hoster nous a imposé de demander d'abord son aval au roi. »

Ce brave vieil Hoster…, les dieux soient loués de son initiative ! Tywin Lannister était aussi renard que lion. S'il avait véritablement – et Ned n'en doutait pas le moins du monde – lâché ser Gregor pour semer la désolation, il avait toutefois pris la précaution de ne le découpler qu'à la faveur de la nuit, sans collier ni bannières, tel un vulgaire coupe-jarrets. Que Vivesaigues rende coup pour coup, Cersei et son père ne manqueraient pas de rejeter sur les Tully la rupture de la paix du roi et de piailler à l'innocence des Lannister. Et le ciel seul savait quelle version préférerait Robert…

À nouveau, Pycelle se hissait sur ses pieds. « Seigneur Main, si ces braves gens croient de bonne foi que ser Gregor a pu enfreindre ses vœux sacrés jusqu'à tuer, saccager, violer, daignez les renvoyer plaider leur cause devant son seigneur et maître. Ces crimes ne sont pas du ressort du trône. C'est à lord Tywin qu'il incombe d'en juger.

— Chez lui comme ailleurs, articula Ned, tout relève de la justice du roi. Au nord, au sud, à l'est, à l'ouest, nous ne prononçons aucune sentence qu'au nom de Robert.

— De la justice *du roi*, repartit Pycelle, effectivement. Aussi devrions-nous différer cette affaire jusqu'à ce que le roi…

— Le roi est parti chasser, coupa Ned, et il peut ne pas revenir de sitôt. Il m'a ordonné de siéger ici comme il le ferait, d'y être ses propres oreilles, sa propre voix. J'entends m'y employer avec exactitude…, non sans l'informer comme il sied, je n'en disconviens pas. » Au bas des tapisseries se détachait une figure familière. « Ser Robar Royce ? »

Celui-ci fit un pas en avant, s'inclina. « Monseigneur ?

— Votre père chasse avec le roi, je crois. Puis-je vous prier d'aller leur conter ce qui s'est dit et résolu ici, aujourd'hui ?

— J'y vais de ce pas, monseigneur.

— Alors, intervint Marq Piper, vous nous autorisez à tirer vengeance de ser Gregor ?

— Vengeance ? riposta lord Stark. Nous parlions de justice, croyais-je… À quoi servirait de mettre à feu et à sang les terres de Clegane ? À laver votre orgueil outragé, pas à restaurer la paix du roi. » Sans laisser à la véhémence du jeune chevalier le loisir de se répandre en invectives, il se tourna vers les villageois. « Gens de Sherrer, je ne saurais pas plus vous restituer vos maisons, vos récoltes, votre bétail que ressusciter vos morts mais, au nom de notre roi, Robert, j'espère être en mesure de vous accorder un rien de justice à titre de compensation. »

Les yeux fixés sur lui, l'assistance entière retenait son souffle. Lentement, rassemblant toute la vigueur de ses bras pour s'extraire du trône, au mépris des cris de sa jambe, tétanisée dans sa gangue, il se releva, roidi contre la souffrance. La souffrance, il lui fallait coûte que coûte l'ignorer. Ce n'était assurément pas le moment de laisser transparaître sa faiblesse. « Les Premiers Hommes étaient d'avis que le juge qui condamne à mort devait en personne manier l'épée. Ce principe, nous l'appliquons encore, dans le nord. Il me déplaît de me décharger sur un autre du soin de l'exécution…, mais les circonstances actuelles – il désigna son plâtre – ne me laissent guère le choix.

— *Lord Eddard !* » Parti du bas-côté ouest, l'appel attira son attention sur un beau brin de jouvenceau qui s'avançait, plein d'assurance, à longues foulées. Une fois désarmé, ser Loras Tyrell ne paraissait même plus ses seize ans. Vêtu de soie bleu pâle, il portait à sa ceinture une chaîne dont les roses d'or rappelaient l'emblème de sa maison. « Daignez m'accorder l'honneur de vous remplacer. Accordez-le-moi, monseigneur, et jamais, j'en fais serment, je ne vous faudrai.

— Voyons, ser Loras..., pouffa Littlefinger, si nous vous envoyions affronter seul la Montagne, elle nous renverrait par retour votre joli chef la bouche farcie d'une prune ! Ser Gregor n'est pas homme à tendre de plein gré son col à la justice de quiconque...

— Gregor Clegane ne me fait pas peur », répliqua ser Loras avec hauteur.

Après s'être doucement laissé retomber sur l'abominable trône biscornu d'Aegon, Ned scrutait un à un les assistants rangés le long des murs. « Lord Béric ? appela-t-il enfin, Thoros de Myr ? ser Gladden ? lord Lothar ? » Tous quatre s'avancèrent successivement. « Que chacun de vous prenne vingt hommes. Vous vous rendrez à la forteresse de Gregor et lui signifierez ma sentence. Vingt de mes propres gardes se joindront à vous. Eu égard à votre rang, lord Béric, vous exercerez le commandement. »

Le jeune Dondarrion inclina sa toison d'or rouge. « À vos ordres, lord Eddard. »

Alors, Ned éleva la voix de manière à se faire entendre de la salle entière. « Au nom de Robert, de la maison Baratheon, premier du nom, roi des Andals, de la Rhoyne et des Premiers Hommes, seigneur et maître des Sept Couronnes, protecteur du royaume, je vous charge, moi, Eddard, de la maison Stark, sa Main, de gagner à bride abattue les contrées de l'ouest, de franchir la Ruffurque du Trident sous l'étendard royal et d'appesantir la justice du roi sur le prétendu chevalier Gregor Clegane et sur chacun de ses complices. Je le répudie, le flétris, le dégrade de tous ses rang et titres, le dépossède de tous ses domaines, revenus, tenures et le condamne à mort. Puissent les dieux prendre en pitié son âme. »

Après que se fut éteint, dans un silence impressionnant, le dernier écho du sombre anathème, le chevalier des Fleurs demanda d'une voix timide : « Et moi, lord Eddard ? » Il semblait perdu.

Ned posa son regard sur lui. Vu d'en haut, Loras Tyrell paraissait du même âge que Robb. « Nul ne conteste votre valeur, ser Loras, mais c'est de justice qu'il s'agit ici, et vous ne brûlez que de vous venger. » Puis, revenant à lord Béric : « Partez dès le point du jour. En telles matières, la diligence est essentielle. » Sur ce, il brandit la main. « La séance est levée. Le trône n'entendra plus de suppliques, en ce jour. »

Alyn et Porther gravirent l'abrupte estrade de fer pour l'aider à en redescendre et comme, marche après marche, ils le soutenaient, chacun de son côté, le regard maussade de Loras Tyrell s'appesantissait sur lui. En atteignant finalement le niveau de la salle, Ned constata néanmoins que l'adolescent s'était retiré.

Littlefinger et le Grand Mestre également. Seul encore à la table du Conseil, Varys affectait de manier des paperasses. « Vous avez plus d'audace que moi, monseigneur, dit-il d'une voix sucrée.

— Comment cela ? » répliqua-t-il sèchement. Sa jambe le lancinait, et il n'était pas d'humeur à jouer sur les mots.

« Me fussé-je trouvé là-haut, j'envoyais ser Loras. Il en avait tellement envie… Sans compter que, lorsqu'on a les Lannister pour ennemis, mieux vaudrait se concilier l'amitié des Tyrell.

— Ser Loras a la vie devant lui. Il saura bien surmonter son dépit.

— Et ser Ilyn ? » L'eunuque flatta l'une de ses bajoues poudrées. « Il incarne, après tout, la justice du roi. Confier à d'autres la tâche que lui confèrent ses fonctions…, d'aucuns ne vont-ils pas l'interpréter comme un outrage délibéré ?

— Tout sauf délibéré. » Il se défiait, à la vérité, du chevalier muet, mais peut-être uniquement par aversion viscérale à l'endroit des bourreaux. « Dois-je au surplus vous le rappeler ? les Payne sont bannerets des Lannister. J'ai cru préférable de désigner des hommes que ne liait à lord Tywin aucun serment de féauté.

— Très prudent à vous, j'en conviens, susurra Varys. Il se trouve néanmoins que j'ai, par le plus grand des hasards, aperçu ser Ilyn tout au fond de la salle et, à la manière dont nous dévisageaient les prunelles pâles que vous savez, je me crois fondé à déduire qu'il ne jubilait guère, encore que, pour être sûr de rien, avec cet éternel silencieux, n'est-ce pas… ? J'espère de tout mon cœur qu'il saura lui aussi surmonter son dépit. Mais il aime si *passionnément* sa besogne… »

SANSA

« Il a refusé d'envoyer ser Loras », confia-t-elle sous la lampe à Jeyne, venue ce soir-là partager avec elle une assiette froide. Pour mieux reposer sa jambe, Père avait dîné dans sa chambre en compagnie d'Alyn, de Harwin et de Vayon Poole. Vannée par leur interminable station dans les tribunes, septa Mordane s'était excusée sur l'enflure de ses pieds. Quant à Arya, sa leçon de danse s'éternisait, naturellement…

« À cause de sa jambe, je crois, soupira-t-elle.

— De sa jambe ? s'ébahit Jeyne, mignonne comme un cœur sous ses cheveux sombres. Ser Loras s'est blessé la jambe ?

— Pas *la sienne*, bécasse, dit Sansa, tout en grignotant d'une dent distinguée son pilon de poulet. La jambe de *Père*. Elle s'entête à le tourmenter si fort ! Ça le rend irascible. Il aurait envoyé ser Loras, j'en suis convaincue, sinon. »

Elle demeurait sidérée de ce refus. Dès les premiers mots de son cher chevalier des Fleurs, elle s'était persuadée qu'elle allait assister pour de vrai à l'un des contes de Vieille Nan, voir la féerie se réaliser, sous ses yeux. Ser Gregor y jouait le monstre qu'en vrai héros ser Loras ne manquerait pas de tuer. Il n'était jusqu'à son *aspect* qui n'avérât ser Loras tel. Il était si beau, si mince, les roses d'or soulignaient si galamment la finesse de sa taille, son opulente chevelure brune lui retombait avec tant de grâce dans les yeux… Et, là-dessus,

Père le *refusait* ! Elle en avait été bouleversée au-delà de toute expression. Tellement bouleversée qu'elle n'avait cessé d'exprimer son désarroi, dans les escaliers des tribunes, à septa Mordane, et pour s'entendre riposter quoi, je vous prie ? Simplement qu'une demoiselle digne de ce nom ne discutait pas les arrêts du seigneur son père.

C'est là qu'était intervenu lord Baelish. « Je serais moins affirmatif que vous, septa. Certains arrêts du seigneur son père mériteraient un brin de discussion. La sagesse de la demoiselle n'a d'égale que ses appas. » Et il balaya le sol d'une révérence d'une telle solennité qu'encore à présent Sansa doutait si c'était hommage ou dérision.

Toujours est-il que septa Mordane s'était montrée très très choquée que lord Baelish eût surpris leur conversation. « La petite ne faisait que jaser, messire. À l'étourdie, sans male intention. Des propos en l'air… »

Il tripota sa barbichette. « En l'air ? voire… Dis-moi, mignonne, pourquoi tu aurais envoyé ser Loras, toi ? »

Prise au dépourvu, Sansa ne put esquiver de justifier son choix par héros et monstres interposés. Le conseiller du roi sourit. « Je n'aurais certes pas invoqué ces motifs, mais… » Du pouce, il lui flatta légèrement la joue, suivant la courbe de la pommette. « La vie n'est pas une chanson, ma douce. Tu risques de l'apprendre un jour à tes cruels dépens. »

Tous ces détails-là, Sansa répugnait à les livrer à sa confidente. Rien que d'y penser la chavirait trop.

« Lord Eddard ne pouvait envoyer ser Loras, déclara sentencieusement Jeyne. Mais il aurait dû envoyer ser Ilyn. »

À ce seul nom, Sansa frissonna. La vue de ser Ilyn Payne la faisait invariablement grelotter. Elle avait l'impression que sur sa peau nue traînassait une limace morte. « Il a tout d'un second monstre. Je me félicite que Père ne l'ait pas choisi.

— Comme héros, toujours, lord Béric vaut bien ser Loras. Il est aussi brave que chevaleresque.

— Je présume », dit Sansa, sceptique. Sans être précisément mal de sa personne, non, Béric Dondarrion était abominablement vieux – près de vingt-deux ans ! Tout sauf un rival pour l'incomparable chevalier des Fleurs. Il est sûr que son coup de foudre pour lord Béric aveuglait cette pauvre idiote. Elle perdait la tête, aussi ! Oubliait-elle ce qu'était son père, un simple intendant ? Elle pouvait soupirer tout son soûl, la petite Poole… N'eût-il pas déjà le double de son âge, jamais lord Béric ne jetterait les yeux si bas !

Comme il eût été discourtois, néanmoins, de la désabuser, Sansa sirota trois gouttes de lait et changea de sujet. « J'ai rêvé que l'honneur de prendre le cerf blanc revenait à Joffrey », dit-elle. Il s'agissait plus exactement d'un vœu, mais « rêve » sonnait mieux, nul n'ignorant que les rêves sont prophétiques et que l'extrême rareté des cerfs blancs les fait réputer magiciens. Le cœur de Sansa, d'ailleurs, l'éclairait outre mesure quant à l'écrasante supériorité de son galant prince sur son royal ivrogne de père.

« Rêvé ? vraiment ? Et alors ? Est-ce que le prince Joffrey n'avait qu'à l'aborder, le toucher à main nue, sans lui faire le moindre mal ? – Non, décida Sansa. Il l'abattait d'une flèche d'or et le rapportait à mon intention. » Dans les chansons, les chevaliers ne tuaient jamais les animaux magiques, ils se contentaient de les aborder, de les toucher à main nue, sans leur faire le moindre mal, mais elle connaissait la passion du prince pour la chasse, pour la mise à mort, notamment. Uniquement celle des bêtes, il allait de soi. Car elle était convaincue que son prince était innocent du meurtre de Jory et de ses pauvres compagnons. Le coupable, c'était son oncle, le diabolique Régicide. Quelque vive que demeurât la rancœur de Père, il n'était pas juste de blâmer Joffrey. Aussi peu juste que de la blâmer, elle, pour une faute qu'aurait par exemple commise Arya.

« J'ai vu ta sœur, cet après-midi, lâcha brusquement Jeyne, comme si elle avait lu dans ses pensées. Dans les écuries. Elle marchait sur les mains. Pourquoi fait-elle des trucs pareils ?

— S'il est une chose dont je suis sûre, c'est de ne jamais savoir les raisons d'aucun de ses agissements. » Son aversion décidée pour les écuries, cloaques puants de mouches et de fumier, l'empêchait d'y pénétrer lors même qu'elle devait monter. Aussi attendait-elle de préférence au-dehors qu'on selle son cheval et le lui amène. « Ça te fait plaisir, que je te parle de l'audience du Trône, ou non ?

— Au contraire…

— Un frère noir s'y est présenté, qui réclamait des hommes pour le Mur, seulement il était du genre vieux, puis il empestait. » Elle n'avait pas aimé ça du tout, mais du tout. Elle se figurait jusque-là les gens de la Garde de Nuit sous les espèces d'Oncle Benjen et parés du beau titre de « ténébreux chevaliers du Mur » que leur décernaient les chansons. Or tout suggérait que ce Yoren, non content d'être hideux, bossu, nourrissait des poux. Si la Garde de Nuit ressemblait véritablement à ça, pauvre Jon ! « Père a demandé s'il se trouvait dans la salle des chevaliers soucieux d'honorer leur maison en prenant le noir, mais il n'y eut pas de volontaires, alors Père lui attribua la fine fleur des prisons du roi puis le congédia. Et après, il est venu ces deux francs-coureurs des marches de Dorne, deux frères, pour vouer leurs épées au service du roi, et Père a reçu leurs serments… »

Dans un bâillement, Jeyne demanda : « Il n'y a pas de gâteaux au citron ? »

Sansa n'appréciait guère qu'on l'interrompît, mais force lui fut d'admettre que « gâteaux au citron » rendait un son plus affriolant que la plupart des événements survenus durant la séance. « Allons voir », dit-elle.

La cuisine ne recélait pas l'ombre de gâteaux au citron, mais elle finit par trahir une moitié de tarte aux fraises, et c'était en somme presque aussi bon. Elles la dégustèrent à même l'escalier, caquetant, pouffant, s'entre-chuchotant de si grands secrets qu'en se fourrant au lit Sansa se sentait presque aussi friponne qu'Arya.

Elle se réveilla dès avant le point du jour et, en somnambule, gagna sa croisée pour regarder lord Béric agencer sa troupe. L'aurore blanchissait à peine les toits quand derrière les étendards s'ébranlèrent les cavaliers, et c'était merveilleux, cette venue au monde d'une chanson... ! Le cerf couronné du roi flottait haut sur sa longue hampe, le loup-garou Stark et l'éclair fourchu Dondarrion sur des hampes de moindre taille, les épées cliquetaient, les torches vacillaient, les bannières claquaient au vent, les coursiers piaffaient, hennissants, les rayons d'or d'un soleil tout neuf filtraient au travers de la noire herse qui se relevait en grinçant, dans leur grand manteau gris et leur maille d'argent se distinguaient pour la superbe les Winterfell. Sansa ne se tint plus d'orgueil lorsqu'elle vit Alyn, portant l'enseigne de leur maison, se porter à la hauteur de lord Béric pour quelques mots d'échange et, d'enthousiasme, elle le décréta plus beau que n'avait jamais été Jory. Il serait chevalier, tôt ou tard...

La tour de la Main lui parut si vide après qu'ils se furent évanouis que la réjouit même la venue de sa sœur pour le déjeuner. « Où sont les autres ? s'enquit Arya, tout en épluchant une orange sanguine. Père les a-t-il expédiés aux trousses du Régicide ? »

Sansa exhala un galant soupir. « Lord Béric les a emmenés trancher le chef de Gregor Clegane. » Puis, se tournant vers septa Mordane qui, armée d'une cuiller de bois, se gavait de bouillie d'avoine : « D'après vous, septa, que va faire lord Béric ? empaler la tête de ser Gregor au-dessus de sa propre porte ou la rapporter ici pour le roi ? » Elle et Jeyne s'en étaient longuement disputées la veille.

La nonne manqua s'étrangler. « Sansa ! une dame ne mêle pas semblables horreurs à sa bouillie d'avoine ! Où sont vos manières, Sansa ? Ma parole ! depuis quelque temps, vous deviendriez presque aussi grossière que votre sœur...

— Qu'a donc fait Gregor ? demanda Arya.

— Incendié une forteresse et assassiné des tas de gens, même des femmes et des enfants. »

Arya se tordit le museau en une grimace écœurée. « Jaime Lannister a assassiné et Jory, et Heward, et Wyl, et le Limier assassiné Mycah. C'est *ces deux-là* qu'on aurait dû décapiter.

— Ce n'est pas pareil, dit Sansa. Le Limier est le bouclier lige de Joffrey. Puis ton boucher d'ami s'en était pris au prince.

— Menteuse ! riposta Arya, le poing si violemment crispé sur son orange que le jus rouge lui giclait entre les doigts.

— Va, va…, décocha Sansa d'un air désinvolte, donne-moi tous les noms que tu veux, tu n'oseras plus quand je serai l'épouse de Joffrey. Il te faudra me faire la révérence et me dire “Votre Grâce”. » Un cri pointu lui échappa quand l'orange, traversant la table, vint avec un *floc* visqueux la frapper en plein front puis s'effondra dans son giron.

« Votre Grâce a du jus sur son auguste face », avertit Arya.

D'une serviette exaspérée, sa sœur épongea la pulpe qui lui piquait les yeux, lui dégoulinait le long du nez, mais les dégâts causés à sa belle robe de soie ivoire lui arrachèrent un nouveau cri d'indignation. « Tu es *horrible* ! piailla-t-elle. Ce n'est pas Lady, c'est toi qu'il fallait abattre ! »

Le scandale propulsa debout la septa. « Son Excellence en sera avisée. Dans vos chambres, ouste. *Ouste !*

— Même moi ? » Les yeux de Sansa se mouillèrent. « Ce n'est pas juste…

— J'en suis seul juge. Allez ! »

Sansa se retira la tête haute. Le sort l'appelait à régner, et une reine ne pleure pas. Du moins en présence de témoins. Une fois rentrée dans ses appartements, elle s'y verrouilla, se dévêtit. La sanguine avait maculé de rouge tout le devant. « Je la *hais* ! » glapit-elle puis, mettant la robe en boule, elle la jeta sur les cendres refroidies de l'âtre. Mais quand elle s'aperçut que l'orange avait également souillé sa chemise, elle ne parvint plus à réprimer ses sanglots, se dénuda avec fureur et, se ruant dans son lit, le baigna de larmes si voluptueuses qu'elle finit par se rendormir.

Il était midi quand septa Mordane heurta à la porte. « Sansa ! Votre seigneur père vous attend. »

Elle se dressa sur son séant. « Lady », murmura-t-elle. Une seconde, elle eut l'illusion que la louve se trouvait là, dans la chambre, et, d'un air triste et sagace, la dévisageait de ses prunelles d'or. Un rêve, hélas, elle avait seulement rêvé. Elles étaient en train de gambader, toutes deux, et..., et... rien. Malgré tous ses efforts pour s'en souvenir, la suite se dérobait comme entre les doigts se dérobent les gouttes de pluie. Le rêve s'estompant, la mort recouvra Lady.

« Sansa ! » Les heurts reprirent, sèchement. « M'entendez-vous ?

— Oui, septa ! cria-t-elle. Auriez-vous l'obligeance de m'accorder un instant ? Je m'habille... » Les larmes avaient rougi ses yeux, mais elle se fit belle de son mieux.

Lorsque septa Mordane l'introduisit, parée d'une délicieuse douillette vert pâle et d'un air contrit, dans la loggia, Sansa trouva lord Eddard abîmé dans l'examen d'un immense volume relié de cuir. « Approche », dit-il, d'un ton moins sévère que redouté, dès que la nonne fut ressortie. Sa jambe plâtrée reposait, raide, sous la table. « Assieds-toi, là, près de moi. » Il referma le livre.

Déjà, Mordane reparaissait, traînant Arya qui, vêtue comme au déjeuner de sa bure et de ses cuirs miteux, se tortillait comme un chat sauvage pour se libérer. « Et voici la seconde, annonça la nonne.

— Je vous remercie, dit-il. Maintenant, j'aimerais parler seul à seul à mes filles, si vous permettez. »

Elle s'inclina et s'en fut.

« C'est Arya qui a commencé, jeta vivement Sansa, soucieuse d'avoir le premier mot. Elle m'a traitée de menteuse et lancé une orange et gâté ma robe, celle en soie, l'ivoire que m'avait donnée la reine Cersei pour mes fiançailles avec le prince Joffrey. Ça l'étouffe que j'épouse le prince. Elle ne pense qu'à *tout* salir, Père, elle déteste tout ce qui est beau, joli, magnifique.

— *Suffit*, Sansa ! » s'impatienta-t-il d'un ton qui ne souffrait pas de réplique.

Arya releva le nez. « Je suis désolée, Père. J'ai eu tort, et je prie ma sœur de bien vouloir me pardonner. »

De stupeur, Sansa demeura un instant sans voix. Mais elle ne tarda pas à se reprendre. « Et ma robe ?

— On…, je pourrais la laver, non ? suggéra la petite, sans trop de conviction.

— La laver ne servirait à rien, trancha Sansa. Dusses-tu frotter nuit et jour, la soie est *ruinée*.

— Eh bien, je… t'en ferai une neuve.

— *Toi* ? » Son menton pointa, dédaigneux. « Tu ne serais même pas capable de coudre une serpillière à cochons ! »

Père soupira. « Ce n'est pas pour parler chiffons que je vous ai fait venir. Je vous renvoie à Winterfell. »

Pour la seconde fois, Sansa demeura stupide. Il lui sembla que sa vue se brouillait à nouveau.

« Vous ne *pouvez* faire cela, dit Arya.

— S'il vous plaît…, Père, parvint enfin à bredouiller Sansa, s'il vous plaît, non. »

Il les gratifia toutes deux d'un sourire las. « Vous voici tout de même un terrain d'entente…

— Je n'ai rien fait de mal, moi, plaida Sansa. Je ne veux pas repartir. » Elle adorait Port-Réal, la pompe de la Cour, le velours, la soie, les joyaux de ses dames et de ses seigneurs, les rues si populeuses de la grand ville. Si les joutes avaient marqué l'apogée magique de son existence, il lui restait encore tant de choses à voir ! Les fêtes de la moisson, les bals masqués, les spectacles de pantomime… L'idée de perdre tout cela lui était intolérable. « Renvoyez Arya, c'est elle qui a commencé, Père, je le jure ! Moi, je serai douce et docile, vous verrez, laissez-moi seulement rester, je vous promets d'être aussi noble, aussi affable et distinguée que la reine… »

Une moue bizarre tordit la bouche de Père. « Écoute un peu, Sansa. Si je vous renvoie, ce n'est pas pour vous être crêpé le chignon, bien que vos querelles incessantes m'assomment, les dieux le savent ! mais uniquement pour assurer votre sécurité. Alors qu'on m'a tué comme des chiens trois de mes hommes à deux pas d'ici, comment Robert réagit-il, je vous prie ? en partant *chasser* ! »

Selon sa manie répugnante, Arya se mâchouillait la lèvre. « Pourrons-nous emmener Syrio ?

— Si on s'en fiche, de ton absurde *maître à danser* ! explosa Sansa puis, comme illuminée : Mais, Père, à présent que j'y songe…, je ne *saurais* m'en aller, puisque je dois épouser le prince Joffrey ! » Tant bien que mal, elle se façonna un sourire héroïque. « Je l'aime, Père, vraiment, je l'aime, oh, je l'aime autant que la reine Naerys aimait le prince Aemon Chevalier-Dragon, autant que Jonquil aimait ser Florian…, je veux devenir sa reine et puis lui faire ses bébés !

— Écoute un instant, ma douce, dit-il gentiment. Quand tu seras grande, nous te fiancerons à un grand seigneur digne en tous points de toi – fort, brave, magnanime et tout et tout. Jamais je n'aurais dû te promettre à Joffrey. Il n'a rien, crois-moi, de ton prince Aemon.

— Si, *tout* ! insista-t-elle, et c'est *lui* que je veux, pas quelqu'un de brave et de magnanime. Ensemble, nous serons tellement heureux, toujours, vous verrez, heureux comme dans les chansons… Et je lui donnerai un fils aux cheveux d'or et qui sera roi, un jour, de tout le royaume, le plus grand roi qui fut jamais, vaillant comme le loup-garou et fier comme le lion ! »

Arya grimaça. « Avec Joffrey pour père, sûrement pas ! c'est un menteur et un couard… Puis c'est un cerf, pas un lion. »

Les yeux de Sansa s'emplirent à nouveau de larmes. « *Faux* ! s'insurgea-t-elle et, emportée par son chagrin : Il n'a rien, tu m'entends ? rien de ce vieil ivrogne de roi !

— *Bons dieux* ! grommela Père, l'air comme abasourdi,… de la bouche des bambins… » Là-dessus, il héla Mordane puis dit à ses filles : « Une galère marchande vous ramènera chez nous. C'est le moyen le plus rapide, et, de nos jours, la grand-route est moins sûre que la mer. Le temps que je trouve le bon bâtiment, et vous embarquez, avec septa Mordane et des gardes comme auxiliaires…, ah, oui, ainsi que Syrio Forel, s'il y consent, naturellement. Mais ne soufflez mot de cela. Mieux vaut que personne n'ait vent de nos plans. Nous en reparlerons demain. »

Tout en redescendant sous la houlette de septa Mordane, Sansa pleurait à chaudes larmes la fin de son conte de fées. Fini les tournois, fini la Cour, fini son prince et tous les rêves, on allait tout lui retirer, tout, tout, on allait la renfermer dans ce lugubre Winterfell grisâtre et l'y emmurer pour jamais. Son existence s'achevait dès avant d'avoir débuté.

« Arrêtez donc de pleurnicher ! intima la nonne d'un ton sévère. Votre seigneur père sait pertinemment situer votre intérêt le mieux compris.

— Ce n'est pas si grave, Sansa, voulut la consoler sa sœur. Nous allons prendre une galère… – toute une aventure ! et puis nous retrouverons Bran et Robb, et Vieille Nan, et Hodor, et les autres… » Elle lui prit doucement le bras.

« *Hodor* ! ricana Sansa, Hodor… – tu devrais l'épouser, tiens ! Hirsute et bête et laide comme je te vois, vous serez parfaitement assortis ! » Se dégageant brutalement, sur ces entrefaites, elle se précipita dans sa chambre et s'y barricada.

EDDARD

« La souffrance est un don des dieux, lord Eddard, lui assena le Grand Mestre Pycelle. Elle indique que l'os se ressoude et que la chair se cicatrise. Rendez grâces.

— Je rendrai grâces lorsqu'elle cessera de me lanciner. »

Le vieillard déposa sur la table de chevet un flacon bouché. « Du lait de pavot, pour le cas où elle passerait les limites du tolérable.

— Je dors déjà beaucoup trop.

— Le sommeil est le meilleur des médecins.

— J'eusse préféré vous décerner la palme. »

Un pâle sourire accueillit la pointe. « Je me félicite de vous voir en si belle humeur, monseigneur. »

Ployant l'échine pour se rapprocher, il lui glissa en confidence : « Il est survenu un corbeau, ce matin. Avec une lettre adressée à la reine par le seigneur son père. Mieux vaut, je pense, que vous le sachiez.

— Noires ailes, nouvelles noires, s'assombrit Ned. Eh bien ?

— Votre décision d'envoyer des hommes contre ser Gregor a grandement courroucé lord Tywin, murmura Pycelle, ainsi que je l'appréhendais. Vous me rendrez cette justice que je n'ai cessé, durant l'audience, de mettre en garde le Conseil…

— Libre à lui de se courroucer », répliqua Ned. Chaque élancement de sa jambe lui remémorait l'odieux sourire de Jaime Lannister et Jory mort entre ses bras. « Libre à lui d'écrire à la reine autant de lettres qu'il voudra. Libre à lui, quand lord Béric chevauche sous la bannière personnelle du roi, de s'essayer à entraver la marche de la justice, il en devra dès lors répondre à Robert. Le seul passe-temps que Sa Majesté prise plus haut que la chasse est de guerroyer contre qui bafoue son autorité. »

Comme le Grand Mestre s'écartait, sa chaîne cliqueta d'un ton réprobateur. « Soit. Je reviendrai vous visiter demain. » Rien qu'à le voir rassembler ses affaires d'une main fébrile et se hâter de prendre congé, Ned ne douta guère qu'il ne se rendît de ce pas chuchoter chez la reine. *Mieux vaut, je pense, que vous le sachiez*… Voire. Comme si Cersei ne l'avait pas précisément chargé de transmettre, mine de rien, les menaces de son cher père ! La réplique, espérait-il, la ferait grincer de toutes ses superbes dents. Certes, il se fiait en Robert infiniment moins qu'il ne l'affichait, mais il ne discernait pas la moindre nécessité d'en informer la reine.

Sitôt délivré de Pycelle, il réclama une coupe d'hydromel. Pour vous embrumer aussi la cervelle, ce breuvage-là n'était pas si nocif, et Ned entendait conserver sa lucidité. Une question le taraudait : qu'aurait fait Jon Arryn, s'il avait assez vécu pour agir, une fois au courant ? À moins qu'il ne fût mort pour *avoir agi*…

À y ressonger, quelle bizarrerie que la vie. Comment se pouvait-il qu'en dépit de sa candeur l'enfance distinguât parfois ce sur quoi, malgré son expérience, s'aveuglait la maturité ? Lorsque Sansa serait adulte, se promit-il, il lui conterait de quelle manière elle l'avait brusquement dessillé. Il avait suffi qu'à l'étourdie, sous le coup de la colère, elle déclarât : *Il n'a rien, tu m'entends ? rien de ce vieil ivrogne de roi !* pour qu'en lui s'insinuât, d'emblée, glacée comme la mort, la vérité si longuement cherchée. *La voilà, l'épée qui tua Jon*

Arryn, comprit-il alors, *et elle fera périr également Robert, d'une mort plus lente mais non moins sûre.* Une jambe cassée se remet, à la longue, mais il est telles trahisons qui suppurent et putréfient l'âme.

Une heure après le départ de Pycelle se présenta Littlefinger, en manteau à rayures blanc et noir, doublet prune brodé d'un moqueur de jais. « Je ne serai pas long, monseigneur, annonça-t-il, lady Tanda m'attend pour un déjeuner tête à tête, et je la soupçonne de me rôtir quelque veau gras. S'il l'est autant que sa douce fille, je ne vois d'autre issue que de crever d'apoplexie. À propos, votre jambe ?

— En feu, douloureuse, et des démangeaisons qui me rendent fou. »

L'autre dressa un sourcil. « Tâchez donc, à l'avenir, de ne plus laisser tomber de cheval dessus. Je venais vous conjurer de guérir au plus tôt. Le royaume s'énerve. Varys a surpris des rumeurs alarmantes du côté de l'ouest. Castral Roc voit affluer reîtres et francs-coureurs, et ce n'est toujours pas l'étincelante conversation de lord Tywin qui les y peut attraire...

— Des nouvelles du roi ? demanda Ned. Seulement combien de temps il compte chasser ?

— Vu ses prédilections, je présume que la forêt le retiendrait volontiers jusqu'à ce que la reine et vous-même soyez morts de vieillesse, répliqua Petyr avec un demi-sourire. Faute de quoi, nous le reverrons dès qu'il aura tué quelque chose. Pour autant que je sache, on a débuché le cerf blanc..., ses restes, du moins. Des loups l'avaient découvert les premiers, n'en laissant guère plus à Sa Majesté qu'une ramure et un sabot. Robert n'a recouvré un semblant de sang-froid qu'en s'entendant promettre un monstre de sanglier au plus profond des bois. Dès lors, le monde peut crouler : il le lui faut. Joffrey nous est revenu ce matin, avec les Royce, ser Balon Swann et une vingtaine d'autres. Le restant suit toujours le roi.

— Le Limier ? » s'inquiéta Ned, le sourcil froncé. De la clique Lannister tout entière, Sandor Clegane lui semblait le plus redoutable, à présent que ser Jaime s'était réfugié auprès de son père.

« Oh, rentré sur les talons du prince, puis droit chez la reine. » Il sourit. « J'aurais de bon cœur donné cent cerfs d'argent pour être un brin de paille dans le foin quand il a appris que lord Béric était en route afin de lui décoller son frère.

— Même un aveugle s'apercevrait qu'il exècre Gregor.

— À ce détail près, holà ! qu'il lui *appartenait* d'exécrer Gregor, et pas à vous de le tuer… Certes, une fois que Dondarrion nous aura écimé cette bonne Montagne, les terres et les biens Clegane écherront à Sandor, mais quant à me retenir de pisser jusqu'à ce qu'il éructe un merci, bonjour, pas son genre. Et maintenant, vous ne m'en voudrez pas, je cours rejoindre lady Tanda et ses veaux gras. »

En gagnant la porte, il aperçut, posée sur la table, la somme du Grand Mestre Malleon et, d'un doigt nonchalant, l'ouvrit : « *La Généalogie et l'histoire des grandes maisons des Sept Couronnes. Avec le portrait de maint puissant seigneur, mainte noble dame et de leurs enfants*, lut-il, hoho ! Mais ce doit être palpitant. Un somnifère, monseigneur ? »

Une brève seconde, Ned envisagea de tout lui révéler, mais l'ironie sempiternelle de Littlefinger ne laissait pas que de l'indisposer. Il le trouvait par trop retors, avec ses petits sourires toujours près d'éclore. « Jon Arryn en faisait son étude quand il tomba malade », dit-il d'un ton neutre, à seule fin de tâter le terrain.

Mais le terrain, comme accoutumé, se déroba : « Dans ce cas, il dut accueillir le trépas comme une délivrance ! » Lord Petyr Baelish s'inclina et, fort de sa boutade, s'éclipsa.

En guise d'exutoire, Eddard Stark s'offrit *a parte* la satisfaction d'un juron. Exception faite de ses propres gens, il ne pouvait, dans cette maudite ville, se reposer sur personne.

Littlefinger avait eu beau le seconder dans son enquête et cacher Catelyn, sa promptitude à sauver sa précieuse peau lors du guet-apens, Ned ne la digérait pas. Varys ? pis encore. Pour en savoir tant et agir si peu, bien la peine de multiplier les protestations de loyauté ! Le Grand Mestre, lui, se montrait davantage de jour en jour la créature de Cersei. Quant à ser Barristan, que conseillerait-il, vieux et rigide comme il l'était ? d'accomplir son devoir…

Et les échéances se rapprochaient dangereusement. Sous peu, le roi rentrerait de ses chasses, et l'honneur obligerait Ned à l'aller trouver, tout lui révéler. Dans trois jours, *la Charmeuse du Vent* prendrait le large avec, à son bord, grâce à Vayon Poole, Sansa et Arya. Elles atteindraient Winterfell avant la moisson. Et il ne pourrait plus, elles parties, invoquer le soin de leur sécurité pour se justifier ses propres moratoires.

Son cauchemar de la nuit passée le hantait, cependant. Lord Tywin avait fait déposer au pied du Trône de Fer, drapés dans les manteaux écarlates de sa garde privée, les cadavres des enfants de Rhaegar. Un subterfuge très malin. Le sang jurait moins, sous ce somptueux déploiement de rouge. Là-dessous gisaient la jeune princesse, encore en chemise, nu-pieds, et le petit… – le petit… !

Pareille chose ne devait pas se reproduire. Qu'advînt, avec un second roi fou, un second ballet de meurtre et de vengeance, et le royaume sombrerait. Il fallait coûte que coûte trouver un moyen de sauver les enfants.

Robert savait se montrer clément. Ser Barristan n'était nullement le seul bénéficiaire de son pardon. Pycelle, Varys ou lord Balon Greyjoy avaient jadis compté parmi ses ennemis, et il les avait néanmoins admis à son amitié et même, sous réserve qu'ils lui jurent fidélité, confirmés dans leurs honneurs et dans leurs charges. Dans la mesure où il avait affaire à la bravoure et la probité, Robert honorait et respectait dûment ses adversaires.

Mais, en l'occurrence, tout différait : c'est à percer l'âme que, tel un poison ténébreux, s'était acharné le poignard. Et cela, Robert ne le pardonnerait jamais, pas plus qu'il n'avait pardonné à Rhaegar. *Il les tuera tous*, frémit Ned.

Garder le silence, alors ? Impossible aussi. Il avait des devoirs vis-à-vis de Robert, du royaume, de l'ombre de Jon Arryn… et de Bran, qui sans nul doute avait trébuché sur un pan de la vérité. Pourquoi aurait-on, sinon, tenté de le faire assassiner ?

En fin d'après-midi, Ned manda celui de ses hommes qu'en raison de sa corpulence les enfants appelaient Gros Tom et qui, de son vrai nom Tomard, s'était vu appeler, du fait de la mort de Jory et du départ d'Alyn, au commandement de la garde privée. Cette promotion n'allait pas sans inquiéter vaguement lord Stark. Non que le balourd aux favoris rouges ne fût aussi solide et loyal qu'amène et infatigable, ni qu'il fût absolument dépourvu de capacités, mais il avait près de cinquante ans et s'était, même en son jeune âge, illustré par son peu d'énergie. Du coup, Ned se demandait s'il n'aurait pas dû réfléchir à deux fois avant d'expédier la moitié de ses gens – et ses meilleures lames, comme par hasard… – aux trousses de Gregor Clegane.

« J'ai besoin de ton aide, dit-il lorsque, de l'air un peu craintif qu'il prenait toujours quand son maître le convoquait, se présenta devant lui Tomard. Mène-moi dans le bois sacré.

— Est-ce bien prudent, lord Eddard ? Avec votre jambe et le reste ?

— Peut-être pas. Mais indispensable. »

Tomard appela Varly, et Ned, les bras passés autour de leurs épaules respectives, entreprit de descendre le rude escalier puis, à cloche-pied, de franchir la courtine. « Tu doubleras la garde de la tour, dit-il à Gros Tom. Que personne n'y entre ou n'en sorte sans ma permission. »

Tom papillota. « C'est qu'on est d'jà pas mal débordés, m'seigneur, 'vec Alyn et les aut' pus là…

— Quelque temps seulement. Tu n'as qu'à rallonger les quarts.

— Bien, m'seigneur. » Il hésita. « Puis-je m'permett' d' vous d'mander pourquoi…

— Mieux vaut pas », coupa Ned, sèchement.

Le bois sacré était désert, comme toujours, ici, dans cette citadelle vouée à leurs dieux du sud. Ned sentit hurler sa jambe quand ses compagnons l'aidèrent à s'étendre dans l'herbe, auprès de l'arbre-cœur. « Je vous remercie. » Il tira de sa manche un pli scellé du loup-garou. « Va remettre ceci tout de suite, je te prie. »

Après un coup d'œil à l'adresse, Tomard se pourlécha nerveusement les lèvres. « Mais, m'seigneur…

— Obéis, Tom. »

Combien dura son attente, dans le silence du bois sacré, il n'aurait su dire. Tout était si paisible, ici. L'épaisseur des murs étouffait si bien l'éternel tapage du château que, sans même tendre l'oreille, on entendait le doux ramage des oiseaux, le crissement timide des grillons, le bruissement des feuilles sous la brise. Quoique l'arbre-cœur fût un vulgaire chêne au tronc brun, sans face sculptée, Ned percevait distinctement la présence de ses dieux à lui. Il lui semblait même que sa jambe le tourmentait moins.

Le crépuscule empourprait les nuages, au-dessus des tours et des murs violacés, quand elle parut, seule, ainsi qu'il l'en avait priée, et, pour une fois, vêtue sans afféterie : verts de chasse et bottes de cuir, manteau brun. Une fois repoussé le capuchon se révéla l'ampleur de l'ecchymose. Non plus d'un prune virulent mais tendant au jaune, et l'œdème s'était résorbé, mais nul ne pouvait se méprendre sur son origine.

« Pourquoi ici ? demanda-t-elle de son haut.

— Pour que les dieux en soient témoins. »

Elle prit place sur l'herbe à côté de lui. La grâce animait ses moindres mouvements. Ses prunelles avaient le ton des frondaisons d'été, la brise folâtrait avec ses boucles d'or. Et sa beauté, qu'il avait dès longtemps cessé de remarquer, le frappait à présent. « Je sais, dit-il, la vérité quant à la mort de Jon Arryn.

— Ah bon ? » Elle le dévisagea, circonspecte comme une chatte. « Et c'est pour me le confier que vous m'avez dérangée, lord Stark ? Est-ce une charade ? Ou bien projetez-vous de vous emparer de ma personne, comme votre épouse s'est emparée de mon frère ?

— Eussiez-vous cru cela, vous ne seriez pas venue. » Il lui effleura la joue. « Il vous avait déjà frappée ?

— Une ou deux fois, dit-elle en s'écartant un peu. Mais pas au visage. Jaime l'aurait tué, fût-ce au péril de sa propre vie. » Son regard se chargea de défi. « Mon frère en vaut cent comme votre ami.

— Votre frère ? souffla-t-il, ou votre amant ?

— Les deux. » Elle revendiquait les choses sans broncher. « Depuis notre plus tendre enfance. Et pourquoi non ? Trois siècles durant, les Targaryens ont bien préservé la pureté de leur sang par des mariages entre frère et sœur. Jaime et moi sommes d'ailleurs plus que frère et sœur. Nous ne formons qu'un seul être en deux corps. Dès le sein, nous partagions tout. Au dire de notre vieux mestre, Jaime tenait mon pied quand il vint au monde. Quand il est en moi, je me sens… entière. » L'ombre d'un sourire effleura ses lèvres.

« Mon fils Bran… »

À son crédit, Cersei ne se détourna pas. « Il nous vit. Vous aimez vos enfants, n'est-ce pas ? »

La même question que Robert, le jour de la mêlée… La réponse fut identique : « De tout mon cœur.

— Je n'aime pas moins les miens. »

Confronté à pareil dilemme, songea-t-il en un éclair, *la vie d'un gosse inconnu contre celle de Robb, de Sansa, d'Arya, de Bran et de Rickon, comment me comporterais-je ? Et, pis encore, comment se comporterait Catelyn, s'il lui fallait choisir entre Jon et la chair de sa chair ?* Il l'ignorait. Suppliait de toute son âme de l'ignorer toujours.

« Tous les trois sont de Jaime », reprit-il. Ce n'était pas une question.

« Dieux merci. »

La graine est vigoureuse, avait, et à juste titre, protesté Jon Arryn jusque dans l'agonie. Tous ces bâtards, des cheveux noirs, d'un noir de nuit, tous sans exception. Comme lors de la dernière union, quelque quatre-vingt-dix ans plus tôt, du cerf et du lion. De Tya Lannister et de Gowen Baratheon, troisième fils du lord en titre, était seulement issu un garçon mort en bas âge. Muet sur son nom, le Grand Mestre Malleon le décrivait toutefois comme *un gros et vif rejeton mâle, né chevelu de tous ses cheveux noirs*. Trente ans auparavant, l'épouse, née Baratheon, d'un Lannister lui avait donné trois filles et un fils, tous à cheveux noirs. Et, si loin qu'il eût remonté le fil des pages jaunies, Ned avait invariablement noté le même phénomène : l'or le cédait au jais.

Pantois d'ailleurs qu'un chacun se fût, le nez en permanence sur l'évidence, et quelle ! criante : les traits, l'aspect des trois petits princes, tout..., abusé, comme lui-même, tout ce temps.

« Douze années, reprit-il. Comment se fait-il que vous n'ayez pas eu d'enfants du roi ? »

Elle dressa le col d'un air provocant. « Votre Robert m'a bien engrossée, une fois, dit-elle avec un souverain mépris, mais une femme dénichée par Jaime sut me récurer. Il ne s'en est même pas douté. Pour parler sans fard, je tolère à peine ses attouchements, et voilà des années que je m'épargne son étreinte. Sa jouissance, je la lui procure par des expédients, lorsque d'aventure il délaisse assez longuement ses putes pour tituber jusqu'à mon lit. N'importe au reste la manière, il est d'ordinaire tellement soûl qu'il n'en conserve aucun souvenir au réveil. »

Au moins le mérite de la franchise…, nausées à la clef. « Je le revois comme d'hier, le jour de son accession au trône, enchaîna-t-il néanmoins d'un ton placide, je revois sa mine, royale de pied en cap. Tel qu'il était pour lors, des milliers d'autres femmes l'auraient aimé, passionnément aimé. Que vous a-t-il donc fait, que vous le haïssiez d'une telle haine, vous ? »

Dans la pénombre flamboyèrent les prunelles vertes. Une vraie lionne, ainsi que l'indiquait son sceau. « Je l'ai haï dès le premier instant de notre nuit de noces. Quand, me chevauchant et me besognant, l'haleine vineuse, il me souffla au nez : *Lyanna* – le nom de votre sœur ! »

À ces mots, Ned Stark entrevit une pluie de pétales de roses bleu pâle et fut, un instant, tenté de pleurer. « Je ne sais lequel de vous deux plaindre davantage. »

La reine prit un air narquois. « Gardez pour vous votre pitié, lord Stark. Moi, je n'en ai cure.

— Vous savez ce que je *dois* faire.

— Dois ? » Sa main vint se poser sur la jambe valide, juste au-dessus du genou. « Un homme digne de ce nom fait ce qu'il veut, non ce qu'il doit. » En guise de promesses on ne peut plus câlines, ses doigts lui flattaient imperceptiblement la cuisse. « Le royaume a besoin d'une Main de fer. Joff n'aura l'âge que dans des années. Nul n'aspire à la guerre, moi moins que quiconque. » Sa main lui frôla le visage, les cheveux. « Si les amis peuvent devenir ennemis, les ennemis peuvent devenir amis, Ned. Ta femme est à mille lieues d'ici, mon frère a pris la fuite. Sois bon pour moi, Ned, et je te jure que tu n'auras pas à le regretter.

— Avez-vous fait la même offre à Jon Arryn ? »

Elle le gifla.

« Je porterai ce soufflet, dit-il sans s'émouvoir, comme un signe d'honneur.

— *L'honneur !* cracha-t-elle. Comment osez-vous me jouer, à moi, les nobles seigneurs ? Pour qui me prenez-vous ?

Vous avez vous-même un bâtard, je l'ai même vu de mes propres yeux. Qui était la mère, je vous prie ? Une paysanne de Dorne, violée pendant que brûlait sa chaumière ? Une catin ? Ou bien cette affligée de sœur, la lady Ashara qui, m'a-t-on dit, se précipita dans la mer ? Pourquoi, dites-moi ? Pour son frère tué, pour son enfant volé ? Dites-moi donc en quoi, mon très *honorable* lord Eddard, vous différeriez de Robert, de moi ou de Jaime ?

— En ceci pour le moins que je ne tue pas les enfants. Vous feriez bien de m'écouter, madame, je ne me répéterai pas. Quand le roi reviendra de sa chasse, j'irai de ce pas lui révéler la vérité. Vous serez alors loin, si vous m'en croyez. Vous-même et vos enfants, les trois, et pas à Castral Roc. À votre place, je m'embarquerais pour les cités libres ou même pour une destination plus lointaine, les îles d'Été ou le port d'Ibben. Aussi loin que pourra vous pousser le vent.

— L'exil, dit-elle. Une coupe bien amère à boire…

— Une coupe autrement plus douce que celle que votre père servit aux enfants de Rhaegar… et plus généreuse que vous ne le méritez. Vos père et frères auront tout intérêt à vous accompagner. Tout l'or de lord Tywin ne sera pas de trop pour vous assurer une existence confortable – et louer des épées, sans quoi point de sécurité. Car, n'en doutez pas, la fureur de Robert vous traquera sans relâche, en quelque lieu que vous cherchiez refuge, et jusque dans l'au-delà, s'il le faut. »

La reine se leva. « Et de ma propre fureur, lord Stark, demanda-t-elle d'un ton doux, pas un mot ? Que ne vous êtes-vous emparé jadis de la couronne ? elle était à prendre… Jaime m'a conté comment, l'ayant trouvé juché sur le Trône de Fer, le jour de la prise de Port-Réal, vous l'aviez contraint d'en descendre. Il vous suffisait de gravir les marches et de vous asseoir. Quelle erreur navrante.

— Vous ne sauriez vous figurer combien d'erreurs j'ai pu commettre, répliqua-t-il, mais je récuse celle-ci.

— Et pourtant, c'était une erreur, messire, insista Cersei. Lorsqu'on s'amuse au jeu des trônes, il faut vaincre ou périr, il n'y a pas de moyen terme. »

Elle rabattit son capuchon pour dissimuler l'outrage fait à son visage et, sans autre forme de procès, planta Ned là, dans les ténèbres du chêne-cœur et le grand silence du bois sacré, sous un firmament d'indigo. Une à une émergeaient les premières étoiles.

DAENERYS

Le cœur fumait dans la fraîcheur du soir, quand, les bras rougis jusqu'au coude, Khal Drogo vint le déposer, cru et sanguinolent, devant elle. À quelques pas derrière, auprès de la dépouille de l'étalon sauvage, étaient agenouillés dans le sable les sang-coureurs, poignards de pierre au poing. À la lueur mouvante, orangée des torches qui cernaient la haute margelle crayeuse du puits, le sang de l'animal faisait comme une mare de bitume.

Daenerys palpa la tendre enflure de son sein. La sueur qui lui emperlait la peau dégoulinait, goutte à goutte, le long de son front. Elle sentait attaché sur elle le regard des vieilles, des douairières devineresses de Vaes Dothrak qui, du fond de leurs faces ratatinées, dardaient de sombres prunelles, aussi brillantes que silex poli. Il ne fallait pas flancher, pas montrer d'effroi. *Je suis le sang du dragon*, se dit-elle comme, prenant à deux mains le cœur, elle le portait à ses lèvres et, *le sang du dragon !* mordait à belles dents dans la chair élastique et fibreuse.

Le sang tiède lui emplit la bouche et ruissela sur son menton. Le goût…, le goût la menaçait de nausées, mais elle se força de mastiquer, déglutir. À condition toutefois que la mère le mangeât intégralement, le cœur d'étalon était, aux yeux du moins des Dothrakis, censé procurer au fils vigueur, promptitude et intrépidité. Mais qu'elle répugnât au sang ou vomît la viande, et les présages en étaient moins fastes : l'enfant risquait de venir au monde soit mort-né, soit débile, ou monstrueux, voire de sexe féminin.

Bien qu'au cours des deux dernières lunes sa grossesse l'eût passablement barbouillée, Daenerys s'était, sur les conseils d'Irri, préparée de son mieux pour la cérémonie en ingurgitant, soir après soir, afin de s'accoutumer vaille que vaille à la saveur, des bolées de sang semi-caillé, ainsi qu'en mâchant jusqu'à la névralgie des lichettes de cheval séché. Enfin, dans l'espoir que la faim lui faciliterait l'ingestion puis la rétention de la viande crue, elle s'était depuis la veille imposé de jeûner.

De par la compacité même de sa texture, le cœur de l'étalon sauvage se prêtait mal à la morsure comme à la section, il fallait s'acharner pour le déchiqueter, puis chaque bouchée nécessitait une interminable rumination. Et comme l'acier se trouvait strictement interdit dans le périmètre sacré de Vaes Dothrak que définissait l'ombre de la Mère des Montagnes, force était de s'y employer bec et ongles. L'estomac soulevé, houleux, Daenerys poursuivait néanmoins, barbouillée jusqu'aux yeux du sang qui, de-ci de-là, regiclait en geysers tiédasses.

Aussi rigide et impassible devant ces agapes qu'un bouclier de bronze, la dominait de toute sa stature Khal Drogo. Sa longue tresse noire rutilait d'huile. Des anneaux d'or paraient sa moustache, des clochettes d'or sa coiffure et des médaillons d'or massif sa ceinture, mais il avait le torse nu. Pour peu qu'elle se sentît près de défaillir, Daenerys, les yeux cramponnés sur lui, agrippés à lui, mordait, mastiquait, déglutissait, mordait, mastiquait, déglutissait, mordait, mastiquait, déglutissait. Si bien que, vers la fin du festin macabre, elle crut surprendre dans les sombres yeux en amande, mais comment en jurer ? le visage du *khal* ne trahissait guère ses pensées ni ses sentiments…, une étincelle noire de fierté.

Le terme advint enfin, l'ultime bouchée se fraya passage, convulsivement. Alors seulement Daenerys, doigts et joues poisseux, reporta son regard vers les vieilles, les devineresses du *dosh khaleen.*

« *Khalakka dothrae mr'anha !* » proclama-t-elle avec son plus bel accent, *un prince chevauche en mon sein !* Jour après jour, elle avait répété la formule sous la direction de Jhiqui.

La doyenne des douairières, une espèce de sarment tordu, fripé, borgne à l'œil charbonneux, brandit au ciel ses bras noueux. « *Khalakka dothrae !* glapit-elle d'une voix stridente, *le prince chevauche !*

— *Il chevauche !* lui firent écho ses commères. *Rakh ! Rakh ! Rakh haj !* » proclamèrent-elles, *un mâle ! un mâle ! un solide mâle !*

Telle une volière de gosiers de bronze éclata soudain la clameur des cloches, une trompe de guerre entonna sa sombre note à pleine gorge, et les vieilles se mirent à chanter. Sous leurs vestes de cuir bariolé ballaient, luisantes d'huile et de sueur, leurs mamelles arides. Les eunuques à leur service jetèrent dans un grand brasero de bronze des brassées d'herbes sèches, et des volutes épaisses montèrent embaumer la lune et les étoiles. La foi dothrak célébrait en effet dans la course nocturne des constellations l'innombrable galop de chevaux de feu.

Comme la fumée s'élevait, peu à peu moururent les chants et, pour mieux lire dans l'avenir, la doyenne des devineresses abaissa sa paupière unique. Le silence se fit, total. Au loin, Daenerys percevait, par-dessus l'infime clapotis du lac et le grésillement résineux des torches, l'appel intermittent des oiseaux de nuit. Quasiment réduits à des orbites ténébreuses concentrées sur elle, les Dothrakis retenaient leur souffle.

Drogo lui posa la main sur le bras. À la seule crispation des doigts, elle devina de quel effroi le *khal* lui-même, en dépit de toute sa puissance, pouvait se trouver saisi lorsque le *dosh khaleen* plongeait ses regards dans les fumées de l'avenir. Derrière elle, ses deux servantes ne se tenaient plus d'anxiété.

La devineresse finit enfin par rouvrir son œil et leva les bras. « J'ai vu ses traits, déclara-t-elle d'une voix presque imperceptible et tremblante, j'ai entendu le tonnerre de ses sabots.

— Le tonnerre de ses sabots ! reprirent en chœur ses commères.

— Il chevauche aussi prompt que le vent et, dans son sillage, son *khalasar* inonde la terre, des myriades d'hommes, avec au poing des *arakhs* aussi étincelants que la lame des faux. Farouche comme une tornade sera ce prince. Ses ennemis trembleront devant lui, leurs femmes verseront des larmes de sang et, la chair en deuil, s'abandonneront. Les clochettes de sa chevelure sonneront l'annonce de sa venue et, à son seul nom frémiront sous leurs tentes en pierre les faces-de-lait. » Secouée de spasmes, elle fixait sur Daenerys un regard comme épouvanté. « Le prince chevauche, et c'est lui, l'étalon qui montera le monde.

— *L'étalon qui montera le monde !* » lui firent écho toutes les voix de l'assistance, en une clameur d'enthousiasme à fracasser la nuit.

La sorcière borgne vrilla Daenerys d'un regard aigu. « De quel nom l'appellera-t-on, l'étalon qui monte le monde ? »

Elle se leva pour répondre. « On l'appellera Rhaego », dit-elle, usant pour ce faire des termes enseignés par Jhiqui. D'un geste instinctif, ses mains se portèrent à son ventre pour le protéger, lorsque les Dothrakis poussèrent un tonitruant : « *Rhaego !* », rugirent au firmament : « *Rhaego ! Rhaego ! Rhaego !* »

Elle en était encore tout étourdie lorsque, suivi de ses sang-coureurs, Drogo vint la retirer du puits. La foule leur fit cortège sur la voie des dieux qui, de la Porte des Chevaux, menait à la Mère des Montagnes via le cœur même de Vaes Dothrak. En tête avançaient, escortées de leurs eunuques et de leurs esclaves, les sorcières du *dosh khaleen*. Passablement branlantes sur leurs vieilles jambes, certaines soutenaient leur marche à l'aide de longues cannes sculptées, d'autres allaient d'un port aussi majestueux qu'aucun des seigneurs du cheval. Chacune d'entre elles avait été *khaleesi*, jadis ou naguère. Mais la mort de son seigneur et maître avait entraîné l'accession d'un nouveau *khal* à la tête des cavaliers, d'une *khaleesi* nouvelle à ses côtés, et l'ancienne était, comme ses semblables, venue là régner collectivement sur la vaste nation dothrak. Mais s'il n'était *khal*, si puissant fût-il, qui ne s'inclinât devant la science et l'autorité du *dosh khaleen*, la simple idée d'en faire un jour partie, de gré ou de force, n'en donnait pas moins la chair de poule à Daenerys.

Après ces douairières venaient les autres : Khal Ogo et son fils, le *khalakka* Fogo, Khal Jommo et ses femmes, les principaux chefs du *khalasar* de Drogo, les servantes de Daenerys, les serviteurs et les esclaves du *khal*, toute une cohue d'inconnus. Les cloches sonnaient, les tambours battaient cependant tout du long sur un rythme pompeux. Les héros, les dieux dérobés aux peuples disparus n'étaient plus, sur les bas-côtés, que des ombres furtives dans les ténèbres. Aux flancs du cortège couraient d'un pas léger, torche au poing, des esclaves, et la mobilité des flammes vacillantes animait tour à tour statues et monuments bizarres d'un semblant de vie.

« Le sens, quoi, Rhaego ? » lui demanda tout à coup Drogo, rassemblant le peu d'éléments de la langue des Sept Couronnes qu'elle avait tâché de lui inculquer à leurs moments perdus. Il apprenait vite, d'ailleurs, quand il s'appliquait, mais sa prononciation demeurait si confuse et barbare que ser Jorah pas plus que Viserys ne comprenaient un traître mot de ses propos.

« Rhaegar, mon frère, était un farouche guerrier, expliqua-t-elle, soleil étoilé de ma vie. Sa mort précéda ma naissance, et ser Jorah dit qu'il fut le dernier dragon. »

Il abaissa son regard vers elle. Son visage cuivré avait l'air d'un masque, mais elle eut l'impression que la longue moustache alourdie d'anneaux d'or dissimulait l'amorce d'un sourire. « Nom bon, Dan Arès femme, lune de mes jours », dit-il.

Ils chevauchèrent jusqu'au lac paisible et frangé de roseaux que les Dothrakis nommaient le Nombril du Monde. De ses profondeurs avait émergé, contait Jhiqui, le premier homme, montant le premier cheval.

Le cortège s'immobilisa sur la berge herbeuse, tandis que, se dévêtant, Daenerys laissait choir une à une à terre ses soieries souillées puis, nue, pénétrait à pas comptés dans le lac qui, affirmait Irri, n'avait pas de fond. Mais elle sentit, comme elle avançait parmi la haute roselière, céder sous ses orteils un limon moelleux. Sur les eaux noires et calmes flottait la lune, incessamment éparpillée, reformée au gré des rides que suscitait le moindre geste de l'intruse, elle-même hérissée de toute sa chair pâle par la lente progression du froid vers le haut des cuisses et l'appréhension du baiser qu'il allait plaquer sur leurs lèvres intimes. Sur le pourtour de sa bouche comme sur ses mains, le sang de l'étalon formait désormais une croûte. Joignant ses doigts en coupe, elle éleva les eaux sacrées au-dessus de sa tête et, sous les yeux du *khal* et de la foule, les y laissa ruisseler, en guise de lustration pour elle-même et pour l'enfant à naître. Elle entendait chuchoter dans son dos les vieilles du *dosh khaleen*. Que pouvaient-elles bien se dire ?

À sa sortie du bain, elle claquait des dents. Doreah se précipitait pour lui enfiler une robe de soie peinte quand, d'un geste, Khal Drogo l'arrêta. Avec une espèce de complaisance, il promenait son regard de la gorge arrondie au délicat renflement du sein et, sous les pesants médaillons d'or qui lui ceignaient la taille, ses culottes en peau de cheval trahissaient l'urgence de son désir. Daenerys vint à sa rencontre, l'aida à se délacer. La prenant aux hanches, il la souleva aussi aisément qu'il eût fait d'un enfant. Les clochettes de sa chevelure tintèrent comme en confidence. Sa peau sentait encore le sang de cheval.

Tandis qu'elle lui jetait les bras autour des épaules et enfouissait son visage au creux de son cou, il s'insérait en elle. Trois vives saccades et, murmurant d'une voix rauque : « *L'étalon qui montera le monde !* », il la mordait durement à la gorge et, tout en se dégageant, répandait sa semence en elle et le long de ses cuisses. Alors seulement, Doreah fut admise à draper sa maîtresse de soie capiteuse, Irri à lui enfiler ses sandales.

Pendant qu'il se relaçait, Khal Drogo jeta un ordre, et on amena les chevaux sur les bords du lac. À Cohollo revint l'honneur d'aider la *khaleesi* à enfourcher l'argenté. Éperonnant son étalon, Drogo s'élança au triple galop sur la voie des dieux que nimbait d'un éclat laiteux la lune sertie d'étoiles. Montée comme elle l'était, Daenerys le suivit sans peine.

On avait, ce soir-là, roulé le velum de soie qui servait de toiture à la grande salle du *khal*, si bien qu'à leur entrée la clarté lunaire y pleuvait à verse comme au-dehors. Du fond de trois brasiers cernés de pierre s'élevaient des flammes hautes de dix pieds. Le fumet des viandes rôties, l'odeur aigrelette du lait de jument fermenté, le vacarme et la presse rendaient l'atmosphère suffocante. Les lieux étaient déjà bondés. Pêle-mêle s'y entassaient les hôtes à coussins comme ceux à qui ni leur nom ni leur rang n'avaient permis de prendre part à la cérémonie. Tous les yeux se fixèrent sur Daenerys lorsque, ayant franchi le vaste portique d'accès, elle entreprit de remonter au pas l'allée centrale. De toutes parts fusaient des commentaires sur ses seins, son ventre, des ovations saluaient la vie qui s'y incarnait. Sans trop comprendre ce qu'on lui criait, elle finit néanmoins par saisir, mugi par mille voix, les mots familiers : « *L'étalon qui montera le monde !* »

Le martèlement des tambours et l'appel des cors s'enlaçaient vers le firmament. Des femmes à demi vêtues dansaient en tournoyant sur des tables basses où s'amoncelaient pièces de viande et pyramides colorées de prunes, dattes, pommes-granates. Nombre des convives avaient déjà abusé du kéfir, mais Daenerys n'en avait cure. Ici, dans la cité sacrée, ne pouvait retentir le fracas des *arakhs*. Le sang ne coulerait pas.

Mettant pied à terre, Khal Drogo gagna sa place sur l'estrade. Les *khals* Jommo et Ogo qui, à la tête de leurs *khalasars* respectifs, l'avaient précédé à Vaes Dothrak se virent décerner l'honneur de siéger l'un à sa droite, l'autre à sa gauche. Leurs sang-coureurs à tous trois s'installèrent juste au-dessous d'eux et, un degré plus bas, les quatre épouses de Jommo.

À son tour, Daenerys démonta, tendit à un esclave la bride de l'argenté puis, tandis qu'Irri et Doreah disposaient ses coussins, s'inquiéta de ne pas voir son frère. Si comble et longue que fût la salle, elle l'eût immédiatement repéré, avec sa pâleur, l'argent de sa chevelure et sa défroque de mendiant.

Elle parcourut du regard les tablées populeuses qui longeaient les murs. Assis en tailleur autour des victuailles y banquetaient, qui sur des nattes éculées, qui sur de banales galettes, des guerriers à tresse encore plus courte que leur virilité. Mais il n'y avait là que faces de cuivre et prunelles noires. Vers le centre de la salle, elle distingua, non loin du brasier médian, ser Jorah Mormont. Une place qui, pour être relativement modeste, traduisait le respect qu'inspirait aux Dothrakis la prouesse de son épée. Mandé par l'intermédiaire de Jhiqui, il arriva sur-le-champ, ploya le genou devant elle. « Pour vous servir, *Khaleesi* », dit-il.

Elle tapota le coussin mafflu vacant à ses côtés. « Asseyez-vous et causons, voulez-vous ?

— C'est un honneur que vous me faites », répondit-il en s'y installant, jambes croisées. Aussitôt, un esclave vint lui présenter, à deux genoux, un plateau de figues fraîches. Une, mûre à point, le tenta, qu'il se mit à déguster.

« Où donc est passé mon frère ? demanda Daenerys. Il devrait être déjà là…

— J'ai aperçu Son Altesse ce matin même. Elle m'a dit se rendre au marché de l'Ouest pour tenter de trouver du vin.

— Du vin ? » s'étonna-t-elle. Contrairement aux Dothrakis, Viserys ne pouvait souffrir, elle le savait, le goût du kéfir. C'était donc pour boire autre chose qu'il fréquentait si volontiers depuis quelque temps les caravaniers des bazars ? pour boire qu'il semblait plus friand de leur compagnie que de la sienne ?

« Oui, du vin, confirma Mormont. Sans compter qu'il mijote de recruter pour sa future armée parmi les spadassins qui escortent les caravanes. » Une servante déposa devant lui un pâté de sang. Le prenant à deux mains, il l'attaqua d'emblée.

« Est-ce bien prudent ? s'alarma-t-elle. Il n'a pas d'or pour les solder. Et s'ils le trahissent ? » Les notions d'honneur, de fidélité n'embarrassaient guère ce genre d'hommes, et l'Usurpateur ne manquerait pas de donner un bon prix de la tête du prétendant… « Vous auriez dû l'accompagner pour veiller sur lui. N'êtes-vous pas son épée lige ?

— Nous nous trouvons à Vaes Dothrak, rappela-t-il. Pas plus question, ici, de porter d'acier que de verser le sang humain.

— On n'en meurt pas moins. Jhogo me l'a dit. Certains négociants se font escorter d'eunuques colossaux qui étranglent en un tournemain les voleurs avec quelques brins de soie.

— Espérons qu'alors votre frère aura suffisamment de jugeote pour ne rien voler. » D'un revers de main, il essuya sa bouche graisseuse puis, se penchant vers Daenerys, grommela : « Il s'était mis en tête de vous chiper les œufs de dragon, mais je l'ai prévenu que je lui trancherais la main s'il osait seulement les toucher. »

Un instant trop suffoquée pour trouver ses mots, elle finit par bredouiller : « Les œufs…, mais ! ils sont… ils sont à moi ! maître Illyrio me les a offerts…, en présent de noces…, et pourquoi Viserys… ? de simples pierres…

— Au même titre, enfant, que des rubis, des diamants, des opales de feu…, mais à ceci près que les œufs de dragon sont infiniment plus rares. Les négociants avec lesquels il s'amuse à boire troqueraient volontiers leur membre viril contre ne fût-ce qu'une seule de ces pierres-là. En possession des trois, Viserys serait à même de se payer tous les ruffians du monde. »

Loin de la connaître, elle n'avait jusqu'alors pas même soupçonné leur valeur. « Dans ce cas…, elles lui reviendraient de plein droit. Pourquoi les voler ? Il n'a qu'à les demander. Il est, après tout, mon frère…, et mon roi légitime.

— Votre frère, incontestablement.

— Vous ne comprenez pas ma position, ser, protesta-t-elle. Ma mère est morte en me donnant le jour, mon père, mon frère Rhaegar lui-même l'avaient précédée dans la tombe. Sans Viserys pour me parler d'eux, j'ignorerais jusqu'à leurs noms. Il était l'unique survivant. L'unique. Je n'ai que lui.

— Vous n'*aviez* que lui, rectifia ser Jorah. Ce temps-là n'est plus, *Khaleesi*. À présent, vous appartenez à la nation dothrak. Vous portez l'étalon qui montera le monde. » Il tendit sa coupe, et un esclave la lui emplit de kéfir. Une odeur sure de fermentation s'exhala du laitage épaissi de grumeaux.

Daenerys la chassa de la main. Elle en éprouvait des nausées, et le risque de restituer le cœur qu'elle avait eu tant de peine à ingurgiter ne la tentait pas. « De quoi s'agit-il ? demanda-t-elle, ce fameux étalon ? Ils m'en ont rompu les oreilles sans que je comprenne… !

— L'étalon en question est le "*khal* des *khals*" annoncé depuis des siècles et des siècles par les prophéties. Réunis sous son sceptre en un seul *khalasar*, les Dothrakis chevaucheront, à ce qu'elles prétendent, jusqu'aux confins du monde, et tous les peuples seront son troupeau.

— Oh ! s'exclama-t-elle d'une voix menue, tandis que sa main se portait à son ventre en une caresse instinctive. Je l'ai appelé Rhaego. – Un nom propre à glacer le sang de l'Usurpateur. »

Soudain, Doreah secoua le coude de sa maîtresse. « *Madame !* chuchota-t-elle d'un ton pressant, votre frère... »

Les yeux de Daenerys se portèrent vivement vers le bas bout de l'immense salle à ciel ouvert et y découvrirent Viserys, avançant dans sa direction. Sa démarche indiquait assez que, du vin, il en avait trouvé..., ainsi qu'un simulacre de courage.

Il portait toujours ses soies écarlates maculées, crottées de la route, un manteau, des gants de velours jadis noir et tout décoloré par le soleil, des bottes éculées, craquelées. La crasse qui collait ses cheveux hirsutes amortissait leur blondeur platine. À sa ceinture s'affichait, dans son fourreau de cuir, une interminable rapière qui, sur son passage, aimantait tous les yeux et suscitait, telle une marée sans cesse croissante, un murmure orageux de jurons, de menaces, de malédictions. La musique se tut sur un roulement frénétique de percussions.

Daenerys eut l'impression que la peur lui broyait le cœur. « Allez à lui, haleta-t-elle à l'intention du chevalier qui se leva aussitôt, arrêtez-le, amenez-le-moi, dites-lui pour les œufs, il les aura, si c'est ce qu'il veut. »

Mais déjà, d'une voix avinée, Viserys beuglait : « Où est ma sœur ? Elle m'invite, je prends la peine de venir, et vous... – vous osez commencer sans moi ? de quel droit ? – nul ne mange avant le roi ! Où est-elle ? elle a intérêt, la garce, à se terrer ! le dra... dragon... »

S'immobilisant auprès du plus vaste des trois brasiers, il jeta un regard circulaire sur les Dothrakis. Des cinq mille hommes qui se trouvaient là, une poignée tout au plus pouvaient comprendre ses paroles. Mais il n'était pas nécessaire de parler sa langue pour s'apercevoir instantanément qu'il était ivre.

Mormont accourait, cependant, qui lui chuchota quelques mots à l'oreille, le prit par le bras, mais Viserys se dégagea. « Bas les pattes ! on ne touche pas le dragon sans sa permission ! »

Daenerys jeta un coup d'œil anxieux vers le haut de l'estrade. Drogo disait quelque chose aux *khals* qui le flanquaient. Jommo eut un grand sourire, Ogo s'esclaffa carrément.

Les éclats de rire attirèrent l'attention de Viserys. « Khal Drogo, bafouilla-t-il d'un ton qui pouvait passer pour poli, me voici pour le festin. » Plantant là ser Jorah, il fit mine de monter rejoindre les trois *khals*, mais Drogo se dressa et, en dothrak, éructa dix ou douze mots trop rapides pour Daenerys, pointa l'index. « Il dit que votre place n'est pas sur l'estrade, traduisit Mormont à Viserys, mais là-bas. »

Viserys regarda dans la direction indiquée. Tout au fond, dans un angle sombre à souhait pour en épargner le spectacle à l'élite des cavaliers, croupissait la lie de la lie : bleusaille en panne de sang versé, vieillards à glaucomes et rhumatismes, arriérés mentaux, stropiats. Loin des mets, plus loin de la moindre espérance d'égards. « Ce n'est pas la place d'un roi ! s'insurgea-t-il.

— Place, si, répliqua Drogo dans son âpre sabir, pour va-nu-pieds roi. » Il claqua dans ses mains. « Carriole ! Amenez carriole pour *Khal Rhaggat* ! »

Au seul rappel de l'infâme sobriquet se déployèrent si instantanément l'hilarité, les huées de cinq mille gorges que Daenerys eut beau voir ser Jorah hurler quelque chose dans l'oreille de Viserys, l'hystérie collective lui interdit d'en rien percevoir, pas plus que des invectives qui défigurèrent son frère avant que les deux hommes n'en vinssent aux mains et que, d'un coup de poing, Mormont n'expédiât l'adversaire à terre.

Qui dégaina.

Les flammes du foyer voisin firent flamber l'acier nu de reflets sanglants. « *Arrière !* » siffla Viserys. Il se remit cahin-caha sur pied, tandis que ser Jorah reculait d'un pas, puis, brandissant, sans seulement s'aviser que la salle entière, indignée, l'abreuvait d'imprécations, l'épée d'emprunt censée devoir à Pentos, naguère, lui conférer des dehors d'altesse plus souveraine, effectua par-dessus sa tête de pitoyables moulinets. Et tout autour s'exaspérait la fureur de la foule…

Terrifiée, Daenerys poussa un cri inarticulé. Si son frère ignorait à quel châtiment l'exposait son geste, elle le savait, elle, et inéluctable.

Viserys l'entendit, la chercha des yeux, finit par la découvrir. « Ah…, mais la voilà ! » dit-il avec un rictus, avant de tituber vers elle, tout en ferraillant comme afin de se frayer passage parmi des cohues d'ennemis, quoique nul ne tentât de lui barrer la route.

« L'épée…, supplia-t-elle, éperdue, s'il te plaît… ! Viserys, il ne faut pas…, c'est interdit ! Jette-la, viens t'asseoir près de moi, là, sur ces coussins… Tu veux boire, manger ? je… Ou les œufs de dragon ? tu les auras, mais jette seulement l'épée… !

— Écoute-la donc, bougre d'imbécile ! pesta ser Jorah, tu préfères nous faire écharper ? »

Viserys éclata de rire. « Ils ne peuvent pas ! Dans leur sacrée cité, personne n'a le droit de verser le sang, personne…, excepté *moi.* » De la pointe de sa rapière, il piqua la gorge de Daenerys, glissa lentement vers le ventre bombé. « J'exige, dit-il, ce que je suis venu réclamer. J'exige la couronne promise par ton Drogo. Il t'a achetée mais toujours pas payée. Dis-lui que j'exige le prix convenu, sans quoi rien de fait, je t'emmène. Toi et les œufs. Mais pas son putain de bâtard, ça non, qu'il le garde, je le lui laisse. Même que je vais… » La lame atteignit le nombril et, creusant les soieries, accrut sa pression. Non sans stupeur, Daenerys se rendit compte, brusquement, que son frère, cet étranger qu'elle avait du moins si longtemps tenu pour son frère, pleurait. Pleurait et riait, simultanément.

De loin, très très loin, lui parvinrent aussi les sanglots de Jhiqui, affolée d'avoir à traduire, hoquetant que le *khal* ne manquerait pas de la faire lier à la queue de son cheval et traîner jusqu'au sommet de la montagne. « Ne crains rien, dit-elle en l'enlaçant, c'est moi qui vais m'en charger. »

Or, après qu'elle s'y fut risquée, sans trop savoir si ses connaissances de la langue lui permettraient de se faire entendre, Khal Drogo prononça quelques phrases dont la sécheresse prouvait à l'envi qu'il avait compris puis entreprit de quitter l'estrade. « Qu'a-t-il dit ? » s'alarma, déjà flageolant, l'étranger qu'elle avait eu pour frère tant d'années durant.

Les convives observaient désormais un silence si unanime qu'à chaque pas de Drogo tintaient aussi distinctement qu'un glas les clochettes de sa chevelure. Telles des ombres de cuivre le talonnaient ses sang-coureurs. Un froid mortel saisit Daenerys de la tête aux pieds. « Il te promet une couronne d'or dont la magnificence fera frémir quiconque la contemplera. »

Le soleil étoilé de sa vie l'ayant entre-temps rejointe, elle lui glissa un bras autour de la taille et, sur un mot de lui, les sang-coureurs se découplèrent. Qotho saisit les bras de l'étranger qu'était devenu Viserys pour sa sœur, Haggo lui brisa le poignet d'une simple torsion de ses mains énormes, et Cohollo n'eut plus qu'à cueillir l'épée entre les doigts flasques. Sa posture des plus fâcheuse n'éclairait toujours pas Viserys qui piailla : « Non ! vous ne pouvez pas me toucher ! je suis le dragon ! *le dragon*, vous entendez ? et je vais être *couronné* ! »

Alors, Drogo déboucla sa ceinture. Les médaillons en étaient d'or pur, et chacun d'eux, ciselé dans la masse, avait la grosseur d'un poing d'homme. Sur ordre du *khal*, des esclaves accoururent, qui retirèrent un grand chaudron du feu et, après en avoir déversé le ragoût à même le sol, le replacèrent sur les braises. Drogo y jeta sa ceinture et, d'un air impassible, en regarda les médaillons virer au rouge et perdre peu à peu leur forme. Dans ses prunelles d'obsidienne chatoyaient et dansaient les flammes. Enfin, il enfila posément, sans accorder ne fût-ce qu'un clin d'œil à l'étranger, d'épaisses mitaines d'équitation que lui tendait l'un des serviteurs.

Et, soudain, s'éleva le hurlement suraigu, bestial qu'arrache au lâche le face à face avec sa propre mort. Mais Viserys pouvait bien hurler, ruer, se tordre, pleurnicher comme un chiot, pleurer comme un marmot, les trois Dothrakis le maintenaient bel et bien captif. Ser Jorah s'était, quant à lui, glissé près de Daenerys. Il lui mit la main sur l'épaule.

« Détournez-vous, princesse, par pitié !

— Non. » Elle reploya seulement ses bras autour de son ventre lorsque Viserys, jugeant bon de la prendre pour dernier recours, haleta : « S'il te plaît…, dis-leur…, Daenerys ! fais qu'ils… – sœurette… »

Quand l'or fut parvenu à un point de fusion suffisant, Drogo tendit les bras par-dessus les flammes, saisit le chaudron, rugit : « Couronne voici ! Couronne pour roi-carriole ! » et le renversa d'un coup sur la tête de l'étranger que Daenerys avait eu pour frère.

Le son qu'émit Viserys Targaryen lorsque le coiffa cet abominable heaume de fer, ce son n'avait rien d'humain. Ses pieds trépignèrent frénétiquement la terre battue, s'alanguirent, s'immobilisèrent. Sur sa poitrine dégoulinaient peu à peu d'énormes larmes d'or qui, en se figeant, consumaient le tissu de soie écarlate…, mais sans qu'eût seulement perlé la plus infime goutte de sang.

Il n'était pas le dragon, songea Daenerys avec un bizarre détachement. *Le feu ne tue pas un dragon.*

EDDARD

Il se trouvait, comme tant d'autres fois auparavant, déambuler dans les cryptes de Winterfell. Les rois de l'Hiver le regardaient passer de leurs yeux de glace, et les loups-garous couchés à leurs pieds grondaient, le museau pointé. Et il parvenait de la sorte, enfin, devant la tombe où reposait son père, flanqué de Brandon et de Lyanna. « *Promets-moi, Ned* », chuchotait l'effigie de sa sœur. Parée de guirlandes de roses bleu pâle, elle versait des pleurs de sang.

Le cœur battant, Eddard Stark se dressa brusquement, tout entortillé dans ses couvertures. Une noirceur de poix lui dérobait la chambre, et quelqu'un cognait à la porte. « Lord Eddard ! appelait-on sans ménagements.

— Un instant. » Trop comateux encore pour se soucier de sa nudité, il tituba de meuble en meuble, à tâtons, finit par ouvrir. Sur le seuil se tenaient Tomard, un poing en l'air, prêt à insister, Cayn, avec un bougeoir, et, entre eux, l'intendant personnel du roi.

Les traits de ce dernier se gardaient si bien de rien exprimer qu'on les eût pris sans dommage pour de la pierre. « Seigneur Main, déclara-t-il, Sa Majesté réclame votre présence. Sur-le-champ. »

Ainsi donc, Robert était revenu de sa chasse ? Pas trop tôt… « Juste le temps nécessaire pour m'habiller. » Laissant l'émissaire attendre à l'extérieur, il se fit aider de Cayn pour enfiler une tunique de lin blanc, des culottes fendues du côté du plâtre, couvrir ses épaules d'un manteau gris que vint agrafer l'insigne de sa fonction, se ceignit enfin les reins d'une lourde chaîne d'argent où, anodin dans sa gaine, il glissa le poignard valyrien.

Tout n'était qu'ombre et silence dans le Donjon Rouge lorsque, appuyé sur Cayn et Tomard, il traversa la courtine intérieure. Presque au ras des créneaux mûrissait, pleine bientôt, la lune. Un garde en manteau d'or arpentait le chemin de ronde.

Les appartements royaux se trouvaient retranchés, derrière une douve sèche hérissée de piques et des murs épais de douze pieds, dans le quadrilatère trapu de la citadelle de Maegor, château dans le château niché au cœur même du formidable ensemble fortifié. Au bout du pont-levis qui commandait l'accès se tenait, tel un spectre armé d'acier blanc dans la lueur lunaire, ser Boros Blount. Au-delà campaient deux autres chevaliers de la Garde : ser Preston Greenfield au bas de l'escalier, ser Barristan devant l'entrée de la chambre du roi. *Trois hommes en manteaux blancs*, se souvint Ned, non sans un étrange frisson. La pâleur de ser Barristan le disputait à celle de son armure. Elle indiquait suffisamment qu'il se passait un événement de la dernière gravité. L'intendant de Robert ouvrit, annonça : « Lord Eddard Stark, Main du Roi.

— Amène-le-moi », commanda Robert, d'une voix bizarrement pâteuse.

Des feux flambaient dans les cheminées jumelles qui se faisaient face aux deux extrémités, barbouillant les murs, les dalles, le plafond de rougeoiements sinistres, et la chaleur vous suffoquait. Au chevet de Robert, couché sous son baldaquin, rôdait le Grand Mestre Pycelle. Lord Renly allait et venait sans trêve devant les fenêtres aux volets fermés. Des serviteurs s'affairaient en tous sens, portant des bûches ou faisant bouillir du vin. Assise au bord du lit, Cersei Lannister, ébouriffée comme à l'arraché du sommeil, mais l'œil on ne pouvait moins assoupi – vrillé sur les survenants. Appuyé sur ses gens, Ned semblait cependant n'avancer qu'avec une extrême lenteur, en homme encore perdu dans ses rêves.

On n'avait même pas débotté le roi. La courtepointe jetée sur lui laissait ses pieds à découvert. De la boue séchée, des brins d'herbe maculaient le cuir. À terre gisait, éventré, déchiqueté, un doublet vert. Des taches brun rouge encroûtaient le tissu. L'atmosphère empestait la fumée, le sang, la mort.

« Ned… », murmura le roi dès qu'il l'aperçut. Il était livide. « Approche… Plus près. »

Toujours secondé par ses hommes, Ned obtempéra de son mieux, s'agrippa d'une main au montant du lit. Un regard lui suffit pour juger l'état désespéré du roi. « Que s'est-il… ? » La question s'étrangla dans sa gorge.

« Un sanglier. » Lord Renly portait encore sa tenue de chasse et un manteau éclaboussé de sang.

« Un démon, exhala Robert. Ma faute. Enfers et damnation. Trop de vin. Raté mon coup.

— Et vous autres, où étiez-vous tous ? » Ned interpellait lord Renly. « Où étaient ser Barristan et la Garde ? »

La bouche du jeune homme se contracta. « Mon frère nous avait commandé de rester à l'écart et de le laisser forcer la bête seul. »

Ned souleva la couverture.

On avait fait l'impossible pour brider la plaie, mais elle persistait à béer de toutes parts. Pour avoir à ce point dévasté l'adversaire de l'aine au nombril, le sanglier devait être équipé d'un boutoir vraiment phénoménal. Déjà noirs de caillots, les pansements imbibés de vin qu'avait appliqués le Grand Mestre dégageaient une odeur infecte. Le cœur au bord des lèvres, Ned laissa retomber sa main.

« Pue, dit Robert. Puanteur de mort. Va pas croire que je la sens pas. M'a bien eu, le salopard, hein ? Me l'a… payé, n'empêche, Ned. » Le sourire était aussi insoutenable que la blessure, pourpres les dents. « En plein dans l'œil, mon coutelas. Demande-leur si c'est pas vrai. 'mande-leur.

— C'est vrai, murmura lord Renly. Nous avons rapporté la dépouille, comme il l'exigeait.

— Pour le festin, souffla Robert. À présent, laissez-nous. Tous. Il me faut parler avec Ned.

— Mais, mon cher seigneur..., commença Cersei.

— J'ai dit : *dehors*, rétorqua-t-il d'un ton bougon qui rappelait vaguement son ancienne irascibilité. Qu'y a-t-il là qui passe ta cervelle, femme ? »

Rassemblant ses jupes avec sa dignité, elle se dirigea vers la porte, aussitôt imitée par Renly et consorts. Seul musarda Pycelle qui, d'une main tremblante, affecta d'offrir au mourant une coupe emplie d'une liqueur blanche. « Du lait de pavot, Sire, crut-il judicieux d'expliquer. Buvez. Contre la douleur. »

D'un revers de main, Robert balaya la coupe. « Au diable, tes potions, vieil âne ! Je dormirai bien assez tôt. Va-t'en. »

En se retirant, le Grand Mestre gratifia Ned d'une moue navrée.

« La peste soit de toi, Robert ! » jura Ned, quand ils se retrouvèrent tête à tête. Sa jambe le mettait à si rude épreuve qu'il en voyait trouble. À moins que le chagrin ne lui embuât l'œil. Il se laissa choir sur le lit, tout près de l'ami. « Pourquoi te montrer toujours tellement têtu ?

— Ah, va te faire foutre, Ned ! riposta crûment le roi. Je l'ai tué, ce salaud, non ? » Une lourde mèche de cheveux noirs lui barrait les yeux. « Dû faire pareil avec toi. Vous permets même pas de chasser tranquille. Dans mes pattes, ton ser Robar. La tête de Gregor. Très affriolant. Rien dit au Limier. Laissé Cersei lui faire la surprise. » Son rire s'acheva sur un grognement de douleur. « Les dieux me pardonnent, maugréa-t-il en ravalant son agonie. Pour la petite. Daenerys. Qu'une gosse, tu avais raison... Et voilà... La petite, le sanglier. Les dieux..., pour me punir... » Une quinte de toux le prit, qui poissa de rouge la barbe noire. « Tort, eu tort, je… – qu'une gosse… Littlefinger, Varys et même mon frère…, bons à rien… personne pour me dire non, sauf toi, Ned…, que toi… » Sa main se leva, esquissa péniblement un geste – l'ombre d'un geste –, retomba. « Encre, papier. Là, sur la table. Écris ce que je vais dicter. »

Ned étala la feuille sur son genou, saisit la plume. « À vos ordres, Sire.

— “Ceci est le testament par lequel moi, Robert, de la maison Baratheon, premier du nom, roi des Andals” et cætera – flanque-moi tous ces maudits titres, tu sais ça sur le bout du doigt – “commande à Eddard, de la maison Stark, seigneur de Winterfell, Main du Roi, d'assumer, à ma… – ma mort, les fonctions de régent et de Protecteur du royaume…, de gouverner en mes… lieu et place, jusqu'à ce que mon fils Joffrey ait atteint l'âge de régner.”

— Robert… » Il voulait dire : *Joffrey n'est pas ton fils*, mais les mots refusèrent de sortir. Sur les traits de Robert se lisait trop nettement la mort pour qu'il trouvât la force de lui infliger ce surcroît d'agonie terrible. Aussi se contenta-t-il, tête à nouveau baissée, de substituer à « mon fils Joffrey » les termes « mon héritier », falsification qui lui fit aussitôt l'effet d'une souillure indélébile. *Que de mensonges nous fait proférer l'amour*, songea-t-il. *Veuillent les dieux me pardonner.* « Et puis ?

— Et puis…, tout le baratin nécessaire. Protéger, défendre les nouveaux dieux et les anciens, tu connais toutes les formules. Rédige. Je signerai. Tu l'exhiberas au Conseil après ma disparition.

— Robert…, s'étrangla-t-il, tu ne dois pas mourir, il ne faut pas m'imposer cela. Le royaume a besoin de toi. »

Le roi lui prit la main, l'étreignit à la broyer. « Quel… – quel sale menteur tu fais, Ned Stark, articula-t-il dans une grimace de douleur. Le royaume… ! le royaume sait… quel roi exemplaire je fus. Aussi détestable qu'Aerys. L'indulgence des dieux ne sera pas de trop.

— Non, protesta Ned, pas détestable comme lui, Sire. Bien moins détestable, et de loin. »

Robert s'extirpa l'ébauche d'un sourire rouge. « Au moins dira-t-on que mon dernier acte..., je l'ai accompli convenablement. Tu ne te déroberas pas. Tu vas gouverner, désormais. Tu détesteras ça plus encore que je ne faisais..., mais tu t'en tireras très bien. Terminés, tes gribouillages ?

— Oui, Sire. » Il lui tendit le document. Le roi y traça son paraphe à l'aveuglette et le lui rendit barbouillé de sang. « Il faudrait des témoins, pour l'apposé du sceau.

— Sers le sanglier, lors du banquet funèbre, graillonna le roi. Avec une pomme dans la gueule. La peau croustillante. Bouffe ce salaud. M'en branle, si tu le dégueules. Promets-moi, Ned. »

Promets-moi, Ned, reprit en écho la voix de Lyanna.

« Promis.

— La petite..., Daenerys. Qu'elle vive. Si tu peux, si... – s'il n'est pas trop tard... Dis-leur... Varys, Littlefinger..., les laisse pas la tuer. Et assiste mon fils, Ned. Rends-le... meilleur que moi. » Un spasme le crispa. « Les dieux m'aient en compassion.

— Ils le feront, vieux, affirma Ned, ils le feront. »

Le roi ferma les yeux, parut se détendre. « Tué par un cochon, ronchonna-t-il. À crever de rire, mais ça fait trop mal. »

Rire ne tentait pas Ned. « Je les rappelle ? »

Un vague signe de tête, puis : « À ta guise. Dieux de dieux, pourquoi fait-il si *froid*, ici ? »

Aussitôt mandés, les serviteurs se hâtèrent de charger le feu. La reine était partie. Un léger poids de moins..., à défaut de mieux. Que Cersei possédât une once de bon sens et, dès avant l'aube, elle aurait filé avec sa marmaille. Elle n'avait déjà que trop tardé.

Sans paraître la regretter, le roi Robert assigna le rôle de témoins à son frère et au Grand Mestre pendant qu'il imprimait son sceau dans la cire jaune versée par Ned sur ses dernières volontés. « À présent, donnez-moi de quoi cesser de souffrir et laissez-moi mourir. »

Pycelle s'empressa de lui apprêter une nouvelle mixture et, cette fois, le roi but si goulûment que, lorsqu'il repoussa la coupe, des gouttelettes blanches achevaient de lui engluer la noirceur du poil. « Vais-je rêver ? »

La réponse lui vint de Ned. « Oui, Sire.

— Bon ! sourit-il. J'embrasserai Lyanna de ta part, Ned. Charge-toi de mes enfants, toi. »

Ned eut l'impression qu'on lui retournait un couteau dans le ventre. Cette prière le laissait sans voix pour mentir. Puis il se souvint des bâtards : la petite Barra, tétant à en perdre le souffle, et Mya, dans le Val, et Gendry, à sa forge, et les autres, tous… Et il finit par ânonner : « Je… – je veillerai sur eux comme s'ils étaient les miens. »

Robert approuva d'un signe et ferma les paupières. Peu à peu, sa tête creusait les coussins, ses traits s'apaisaient sous l'influence du lait de pavot. Le sommeil l'engloutit enfin.

Un léger tintement de chaînes tira Ned de son hébétude. Le Grand Mestre Pycelle se rapprochait. « Je ferai de mon mieux, monseigneur, mais la gangrène s'y est mise. Il leur a fallu deux jours pour le ramener. Quand j'ai visité la plaie, il était trop tard. Je puis atténuer les souffrances de Sa Majesté, mais les dieux seuls pourraient la guérir, désormais.

— Le délai, combien ? demanda Ned.

— Un autre serait déjà mort. Jamais je n'ai vu personne se cramponner si farouchement à la vie.

— Mon frère a toujours fait preuve d'une exceptionnelle vigueur, intervint lord Renly. Peut-être pas de sagacité, mais de vigueur, oui. » Son front luisait, moite, tant la touffeur rendait irrespirable l'atmosphère. Mais tel qu'il était, là, debout, si beau, si brun, si jeune, on l'aurait pris pour le fantôme de Robert. « Le sanglier, il l'a zigouillé. Les tripes lui sortaient du ventre, et il s'est quand même arrangé pour le zigouiller, le sanglier. » Sa voix vibrait d'admiration.

« Robert n'a jamais été homme à quitter le champ de bataille tant que s'y dressait la silhouette d'un ennemi », confirma Ned.

À l'extérieur, ser Barristan Selmy continuait à monter la garde sur le palier. « Mestre Pycelle vient d'administrer le lait du pavot, lui dit-il. Le roi repose. Sauf autorisation expresse de ma part, que personne ne l'importune.

— Bien, monseigneur. » En deux jours, il avait pris cent ans. « J'ai manqué à la foi jurée…

— Si loyal soit-il, aucun chevalier ne saurait protéger un roi contre soi, déclara Ned. Robert adorait chasser le sanglier. Je l'en ai vu tuer des centaines. » Sans jamais lâcher pied, reculer d'un pouce, le jarret bandé, les deux poings serrés sur la lance, et vomissant, pendant que celui-ci chargeait, des flots d'invectives au fauve, attendant l'ultime fraction de seconde, attendant de le voir quasiment sur lui pour l'abattre, d'un coup, d'un seul, stupéfiant de force et d'efficacité… « Nul ne pouvait se douter que ce sanglier serait le dernier.

— C'est généreux à vous, lord Eddard, de parler ainsi.

— Je ne fais que reprendre les propos du roi. Il a incriminé le vin. »

Le chevalier hocha sa tête chenue d'un air accablé. « Sa Majesté chancelait en selle, effectivement, lorsqu'on délogea le verrat de sa bauge. Elle tint néanmoins à l'affronter seule.

— Au fait, ser Barristan, susurra Varys, impressionnant de calme, ce fameux vin, qui le lui servait ? »

L'eunuque s'était approché si doucement que sa voix fit tressaillir Ned. Vêtu d'une robe de velours noir dont les pans balayaient le sol, il était tout poudré de frais.

« Le roi buvait à même sa propre gourde, affirma ser Barristan.

— Une seule gourde ? La chasse donne tellement soif…

— Je n'ai pas compté. Plus d'une, en tout cas. Son écuyer les renouvelait au fur et à mesure qu'il le demandait.

— Tant de zèle à s'assurer, reprit Varys, que Sa Majesté soit toujours en mesure de se rafraîchir, n'est-ce pas touchant ? »

La bouche brusquement amère, Ned se souvint des deux blondinets houspillés, le jour de la mêlée, pour la cuirasse trop étroite. Et de Robert contant la scène, le soir même, en se tenant les côtes.

« Lequel des écuyers ?

— L'aîné, dit ser Barristan, Lancel.

— Je vois je vois, reprit Varys, doucereux. Un garçon robuste. Fils de ser Kevan Lannister, neveu de lord Tywin et cousin de la reine. Espérons que le cher enfant ne se reproche rien. On est tellement vulnérable, à cet âge innocent, tellement. Si je me rappelle… ! »

Jeune, il avait dû l'être, forcément. Mais innocent, ça…

« À propos d'enfants, dit Ned, Daenerys Targaryen. En ce qui la concerne, Robert a changé de sentiment. Quelques mesures que vous ayez prises, annulez, je le veux. Immédiatement.

— Hélas, soupira Varys, immédiatement risque fort de signifier trop tard. Je crains que les oiseaux ne soient déjà en l'air. Mais je ferai tout mon possible, monseigneur. Daignez m'excuser. » Il s'inclina, s'évanouit dans l'escalier. À peine entendait-on le murmure feutré de ses sandales sur la pierre, de marche en marche.

Appuyé sur Tomard et Cayn, Ned retraversait le pont-levis quand lord Renly, surgissant à son tour de la lugubre citadelle de Maegor, le héla : « Lord Eddard ! Auriez-vous l'obligeance de m'accorder un instant ? »

Ned s'arrêta. « Volontiers. »

Renly se porta à sa hauteur. « Congédiez vos gens. » Ils se trouvaient au milieu du tablier, surplombant la douve. Le clair de lune argentait la forêt de piques qui la hérissait.

Sur un simple geste de Ned, Tomard et Cayn courbèrent l'échine et se retirèrent à distance respectueuse, tandis que Renly contrôlait d'un coup d'œil furtif qu'aux deux extrémités ser Boros, devant, ser Preston, derrière, ne pouvaient entendre. « Ce document. » Il se pencha, chuchota : « C'est pour la régence ? Mon frère vous y désigne comme Protecteur ? » Puis, sans attendre la réponse : « J'ai à ma disposition, monseigneur, en plus des trente hommes de ma garde personnelle, des amis sûrs, tant chevaliers que seigneurs. D'ici une heure, je me fais fort de vous procurer cent épées.

— Et qu'aurais-je à faire de cent épées, messire ?

— *Frapper !* Tout de suite, tant que le château dort. » Après avoir, à nouveau, lorgné du côté de ser Boros, il haleta, plus bas encore : « Il faut séparer Joffrey de sa mère, il faut s'emparer de lui. Protecteur ou pas, l'homme qui tient le roi tient aussi le royaume. Nous prendrions aussi Tommen et Myrcella. Une fois ses enfants en nos mains, Cersei n'osera plus rien contre nous. Le Conseil vous confirmera comme Protecteur et vous confiera la tutelle de Joffrey. »

Ned le dévisagea froidement. « Robert n'est pas mort, pas encore. Les dieux peuvent l'épargner. Dans le cas contraire, je convoquerai le Conseil pour qu'il prenne connaissance du testament et avise à la succession. Mais je ne déshonorerai pas les dernières heures de votre frère en versant le sang dans ses propres appartements et en arrachant de leurs lits des enfants terrifiés. »

Roidi comme une corde d'arc, lord Renly recula d'un pas. « Chaque seconde que vous perdez en atermoiements, Cersei la gagne pour ses propres préparatifs. Au moment où Robert mourra, peut-être sera-t-il trop tard... pour nous deux.

— Prions donc qu'il ne meure pas.

— Gageure.

— Il arrive que les dieux se montrent compatissants.

— Pas les Lannister. » Sur ces mots, il tourna les talons pour regagner la tour où se mourait son frère.

En retrouvant ses propres appartements, Ned se sentait vanné, navré, mais il n'était pas question de chercher à se rendormir, surtout pas. *Lorsqu'on s'amuse au jeu des trônes,* avait conclu Cersei, lors de l'entrevue dans le bois sacré, *il faut vaincre ou périr…* Ne venait-il pas de commettre une faute, en refusant l'offre de lord Renly ? Certes, toutes ces intrigues lui répugnaient, certes, on se déshonorait, à menacer des enfants, mais… Mais si Cersei préférait la lutte à la fuite, il risquait, lui, d'en avoir le plus grand besoin, des cent épées – entre autres… – de Renly.

« Va me chercher Littlefinger, dit-il à Cayn. S'il n'est chez lui, prends autant d'hommes qu'il faudra et fouillez tous les cabarets, tous les bordels de Port-Réal pour le retrouver et me l'amener avant le point du jour. » Cet ordre donné, il se tourna vers Tomard. « *La Charmeuse du Vent* lève l'ancre à la marée, ce soir. Tu as choisi l'escorte ?

— Dix hommes, Porther à leur tête.

— Vingt, et sous ton commandement. » Sachant Porther brave mais fort en gueule, il préférait confier ses filles à quelqu'un de plus souple et de plus solide.

« Bien, m' seigneur, dit Tom, sans pouvoir s'empêcher d'ajouter : Dirai pas qu'chuis fâché d'quitter c' pat'lin, ça… Commençais à languir la femme !

— En remontant vers le nord, vous passerez non loin de Peyredragon. Tu y délivreras un message de ma part. »

L'inquiétude écarquilla Tom, qui bafouilla : « A… – à Peyredragon, m'seigneur ? » L'ancien berceau de la maison Targaryen jouissait d'une sinistre réputation.

« Dis au capitaine Qos de hisser mes couleurs dès qu'il sera en vue de l'île. On doit s'y défier des visiteurs inopinés. S'il se montre récalcitrant, demande-lui son prix et paie sans marchander. Ma lettre, tu la remettras en mains propres à lord Stannis Baratheon. À personne d'autre. Ni son intendant, ni son capitaine des gardes, ni même sa femme. Lord Stannis en personne et lui seul.

— Bien, m'seigneur. »

Une fois seul, lord Eddard Stark s'affaissa sur un siège, comme fasciné par la flamme de la bougie qui brûlait près de lui sur la table. Pendant un moment, le chagrin le submergea. Il n'aspirait à rien tant que d'aller se réfugier dans le bois sacré, s'y agenouiller devant l'arbre-cœur et prier, prier pour les jours de Robert, son plus que frère de jadis. Tôt ou tard, on murmurerait qu'il avait, lui, Eddard Stark, trahi son ami, son roi en déshéritant ses enfants… Il en était réduit à espérer que les dieux se montrent plus perspicaces, et que Robert sache exactement à quoi s'en tenir, là-bas, dans le pays par-delà la tombe.

Il reprit en main l'ultime message du roi. Un simple rouleau, crissant sous les doigts, de parchemin blanc scellé de cire dorée, quelques mots rapides, des traînées de sang. Était-elle mince, la différence entre victoire et défaite, entre vie et mort !

Il saisit une feuille vierge, trempa la plume dans l'encrier. *À Sa Majesté Stannis, de la maison Baratheon, inscrivit-il. À l'heure où vous parviendra cette lettre, votre frère, Robert, notre roi durant ces quinze dernières années, sera mort. Il chassait dans le Bois-du-Roi quand un sanglier…*

Au fur et à mesure que la main rampait vers le point final, choisissant chaque terme avec soin, les signes déjà tracés semblaient, sur la page, se tordre et se gondoler. Lord Tywin et ser Jaime n'étaient hommes ni l'un ni l'autre à souffrir leur disgrâce sans regimber ; ils préféreraient la lutte à la fuite. Quelque circonspect que l'eût, d'évidence, rendu le meurtre de Jon Arryn, lord Stannis devait absolument regagner Port-Réal, et d'urgence, avec toutes ses forces, avant que les Lannister ne fussent à même de marcher.

Sa tâche achevée, il signa *Eddard Stark, seigneur de Winterfell, Main du Roi, Protecteur du royaume*, sécha le papier, le plia en quatre, fit fondre à la flamme la cire à sceller.

Sa régence ne durerait guère, réfléchit-il, tandis que la cire s'amollissait. Le nouveau roi désignerait une Main à son gré, le laissant enfin libre de rentrer chez lui. À l'idée de Winterfell, un pâle sourire lui vint aux lèvres. Le désir le tenaillait d'entendre à nouveau résonner le rire de Bran, d'emmener Robb, faucon au poing, d'observer les jeux de Rickon. De plonger dans un sommeil sans rêves, au creux de son propre lit, les bras noués autour de sa dame, oh, Catelyn…

Il appliquait le loup-garou dans la cire blanche quand reparut Cayn. Desmond l'accompagnait. Littlefinger se trouvait entre eux. Ned les remercia puis les congédia.

Sous sa cape d'argent parsemée de moqueurs, lord Baelish portait une tunique à manches bouffantes de velours bleu. « Je suppose que des félicitations s'imposent », lâcha-t-il, tout en s'asseyant.

Ned lui décocha un regard de travers. « Le roi est blessé. Il se meurt.

— Je sais. Et je n'ignore pas non plus qu'il vous a nommé Protecteur du royaume.

— Et d'où tenez-vous cette belle nouvelle, messire ? » demanda-t-il, non sans avoir, malgré lui, vérifié d'un coup d'œil que le testament posé près de lui, sur la table, était toujours scellé.

« Varys l'insinue pas mal, et vous venez juste de m'en fournir la confirmation.

— Les diables emportent Varys et ses oisillons ! s'exclama-t-il, la bouche tordue de colère. Catelyn voyait juste, il pratique la magie noire. Je n'ai aucune confiance en lui.

— Merveilleux. Vous faites des progrès. » Il se pencha en avant. « Toutefois, je gage que vous ne m'avez point fait traîner jusqu'ici, au plus noir de la nuit, pour m'entretenir de l'eunuque.

— Non, admit Ned. J'ai pénétré le secret pour lequel Jon Arryn fut assassiné. Robert ne laissera pas d'enfants légitimes. Joffrey, Tommen sont des bâtards. La reine les a eus de ses relations incestueuses avec Jaime Lannister. »

Littlefinger dressa un sourcil. « Choquant, dit-il d'un ton propre à suggérer qu'il n'était nullement choqué. La fille aussi ? Sans doute. De sorte qu'à la mort du roi…

— Le trône échoit de droit à l'aîné des frères de Robert, Stannis. »

D'un air méditatif, Petyr se mit à tripoter sa barbichette. « Selon toute apparence, effectivement. À moins…

— *À moins*, messire ? Il n'y a pas là d'*apparence*. Stannis est l'héritier. De fait, indiscutable, et rien…

— Stannis ne saurait, sans votre aide, s'emparer du trône. Vous feriez sagement d'appuyer Joffrey. »

Un regard lapidaire accueillit le conseil. « N'avez-vous pas un brin d'honneur ?

— Oh, un *brin*…, sûrement, riposta-t-il nonchalamment. Écoutez-moi jusqu'au bout, maintenant. Stannis n'est pas de vos amis – ni des miens. Ses frères eux-mêmes ne peuvent le blairer. Il est en fer, dur, inflexible. Il ne manquera pas de nous donner une Main nouvelle, un Conseil nouveau. Tendez-lui la couronne et, certes, il vous remerciera, mais il ne vous aimera pas pour autant. Et son avènement signifiera guerre. Il ne connaîtra pas un instant de repos sur son trône avant que Cersei et ses bâtards soient morts. Croyez-vous donc que lord Tywin va se prélasser, pendant que l'on forgera sur mesures la pique destinée à la tête de sa propre fille ? Castral Roc se soulèvera, et pas seul. Robert a su puiser en lui-même la force de pardonner aux partisans d'Aerys dans la mesure où ils lui juraient loyauté. Stannis n'est pas si clément. Il n'aura pas plus oublié le siège d'Accalmie que n'osent l'espérer les sires Tyrell et Redwyne. Tout homme qui s'est battu sous la bannière du dragon ou insurgé avec Balon Greyjoy n'aura que trop motif d'alarme. Juchez Stannis sur le Trône de Fer et, garanti, le royaume entier saignera.

« Examinez à présent le revers de la pièce. Joffrey n'a que douze ans, monseigneur, et Robert vous a conféré la régence. En tant que Main du Roi, Protecteur du royaume, le pouvoir est à vous, lord Stark. Vous n'avez qu'un geste à faire pour le conquérir. Faites la paix avec les Lannister. Relâchez le Lutin. Mariez Joffrey à Sansa. Mariez votre cadette à Tommen, à Myrcella votre héritier. Joffrey n'atteindra l'âge de régner que dans quatre ans. Et si, d'ici là, il ne vous considère comme un second père, hé bien…, quatre années font un fameux bail, monseigneur… Amplement suffisant pour disposer de lord Stannis. Et qu'entre-temps Joffrey se révèle un fauteur de troubles, qui nous empêcherait de divulguer son petit secret et de porter lord Renly au trône ?

— *Nous ?* » hoqueta Ned en écho.

Un haussement d'épaules désinvolte le lui confirma. « Vous aurez forcément besoin d'un quidam qui vous soulage de l'excès des charges. Mes prix, je vous jure, seraient modiques.

— Vos prix. » Sa voix se chargea d'un mépris glacial. « Ce que vous suggérez porte un nom, lord Baelish : trahison.

— Uniquement en cas d'échec.

— Vous oubliez, répliqua Ned. Vous oubliez Jon Arryn. Vous oubliez Jory Cassel. Et vous oubliez ceci. » Dégainant le poignard, il le posa bien en vue sur la table, entre eux. Un pan d'os de dragon et d'acier valyrien, aussi effilé que la frontière entre bien et mal, vrai et faux, vie et mort. « Ils ont envoyé un sbire égorger mon fils, lord Baelish. »

Celui-ci poussa un soupir contrit. « Je crains en effet d'avoir oublié, monseigneur. Veuillez me pardonner. Pendant un moment, j'ai omis de me souvenir que je m'adressais à un Stark. » Une moue équivoque effleura ses lèvres. « Ainsi, ce sera Stannis, et la guerre ?

— L'héritier, c'est lui. La question du choix ne se pose pas.

— Loin de moi l'idée d'en démentir le Protecteur. Qu'attendez-vous de moi, dès lors ? Pas mes sages avis, en tout cas.

— Je m'efforcerai de mon mieux d'oublier votre… – vos sages avis, dit Ned, sans dissimuler son dégoût. Je vous ai fait venir pour vous demander l'aide promise à Catelyn. À l'heure qu'il est, nous nous trouvons tous en danger. Robert m'a nommé Protecteur, soit, mais, aux yeux du monde, Joffrey n'en demeure pas moins son fils et son héritier. La reine dispose d'une douzaine de chevaliers et d'une centaine d'hommes d'armes prêts à lui obéir, quoi qu'elle ordonne, aveuglément… Ils suffiraient à submerger le peu qui me reste de ma propre garde. Pour autant que je sache, en outre, son frère Jaime se mettrait en route à l'instant même pour Port-Réal, suivi de troupes Lannister.

— Et vous-même n'avez pas d'armée. » Il s'amusait, du bout du doigt, à faire tourner lentement le poignard sur la table. « On peut considérer comme insignifiant l'intervalle câlin qui sépare lord Renly et les Lannister. Royce le Bronzé, ser Balon Swann, ser Loras, lady Tanda, les jumeaux Redwyne…, autant de gens qui possèdent ici, à la Cour, une suite d'épées liges et de chevaliers.

— La garde personnelle de Renly comprend seulement trente hommes, et ses amis sont encore moins bien pourvus. C'est trop peu, fussé-je assuré que tous se résolvent à me rallier. Il me faut coûte que coûte les manteaux d'or. Le guet comporte deux mille hommes, et qui ont juré de défendre le château, la ville et la paix du roi.

— Hoho ! mais quand la reine proclame un roi et la Main un autre, duquel des deux sont-ils censés garantir la paix ? » D'une pichenette, il fit pirouetter le poignard sur place. Après des tours et des tours qui l'animaient d'une espèce de dandinement, la lame perdit peu à peu son élan, lambina, finit par s'arrêter, pointée vers la poitrine de Littlefinger. « Voilà, vous la tenez, votre réponse ! sourit-il. Ils suivent qui les paie. » Il se rejeta en arrière et, de ses yeux gris-vert où pétillait la raillerie, le dévisagea effrontément. « Vous portez votre honneur comme on porte une armure, Stark. Vous vous figurez à l'abri, dedans, alors qu'il ne sert qu'à vous alourdir et à rendre pénible chacun de vos gestes. Regardez-vous en face, un bon coup. Vous savez pourquoi vous m'avez convoqué. Vous savez de quelle besogne vous voulez me voir me charger. Vous savez qu'il faut en passer par là…, mais comme la chose n'est pas *honorable*, les mots vous restent en travers du gosier. »

La nuque nouée de colère, Ned ne parvint qu'à contenir les paroles irrémédiables qui le suffoquaient.

À la fin, Petyr se mit à rire. « Ah ! votre requête, je devrais vous contraindre à la formuler, mais je n'aurai pas cette cruauté…, remettez-vous, mon bon seigneur, allons. Au nom de l'amour que je porte à Cat, j'irai de ce pas trouver Janos Slynt et vous ourdir la possession du guet. Six mille pièces d'or y devraient suffire. Un tiers pour le commandant, un tiers pour les officiers, un tiers pour la troupe. Il serait évidemment possible de les avoir pour moitié moins, mais je préfère ne rien risquer. » Il se fendit d'un grand sourire et, saisissant délicatement le poignard entre index et pouce, le lui tendit, garde en avant.

JON

Il déjeunait de gâteaux aux pommes et de boudin quand Samwell Tarly vint s'affaler auprès de lui. « On me convoque au septuaire ! souffla-t-il d'un ton transporté. Qui l'aurait cru ? on me retire de l'entraînement ! je vais prêter serment en même temps que vous !

— Non… ! vraiment ?

— Vraiment. Je seconderai mestre Aemon pour la bibliothèque, les oiseaux. Il avait justement besoin de quelqu'un qui sache lire et écrire.

— Exactement ton rayon, dit Jon avec un sourire.

— Il faut y aller, non ? s'inquiéta Sam. Si j'étais en retard et qu'ils changent d'avis… »

En traversant la cour parsemée d'herbes folles, il bondissait presque d'exaltation. Par cette journée tiède et ensoleillée, les flancs du Mur suintaient goutte à goutte en menus ruisselets, si bien que la glace en miroitait, toute scintillante.

À l'intérieur du septuaire, le globe de cristal taillé captait les flots de lumière que déversait la baie méridionale et les éparpillait sur l'autel en éclaboussures irisées. En apercevant Sam, la bouche de Pyp s'affaissa, béante, et Crapaud bourra les reins de Grenn, mais nul n'osa piper. Le septon Celladar paraissait lui-même, contre sa coutume, à jeun, son encensoir allait et venait sans à-coups, et la fragrance qui, peu à peu, saturait l'atmosphère évoqua pour Jon l'oratoire de lady Stark et, par ce biais, le spectre aimé de Winterfell.

Les officiers supérieurs se présentèrent en corps : mestre Aemon, soutenu par Clydas ; ser Alliser, plus revêche et glacé que jamais ; le lord commandant Mormont, magnifique dans un pourpoint de laine noire à fermoirs de griffes d'ours argentées. Sur leurs talons marchaient les doyens des trois ordres : rubicond, le lord intendant, Bowen Marsh, et le bâtisseur en chef, Othell Yarwick, et ser Jaremy Rykker qui, en son absence, suppléait Benjen Stark à la tête des patrouilleurs.

Mormont vint se planter devant l'autel. Sur sa puissante calvitie folâtrait l'arc-en-ciel. « Vous êtes venus à nous, débuta-t-il, hors-la-loi, qui braconnier, qui débiteur, qui voleur, violeur ou assassin. Vous êtes venus à nous enfants. Vous êtes venus à nous solitaires, enchaînés, sans amis, sans honneur. Vous êtes venus à nous riches, et vous êtes venus à nous pauvres. Certains d'entre vous portent le nom d'orgueilleuses maisons, d'autres des noms de bâtards, et d'autres pas de nom du tout. Cela n'a aucune importance. Cela relève d'un temps révolu, désormais. Sur le Mur, nous formons tous une seule maison.

« Ce soir, à l'heure où le soleil couchant confronte chacun d'entre nous au regroupement des ténèbres, vous aurez à prononcer vos vœux. Dès l'instant où vous l'aurez fait, vous vous retrouverez frères jurés de la Garde de Nuit. Vos crimes seront effacés, vos dettes épongées. Mais vous serez également tenus de répudier vos engagements antérieurs, tenus d'oublier vos rancunes antérieures, d'oublier indistinctement torts anciens et amours anciennes. Ici, vous repartez à neuf.

« Le membre de la Garde de Nuit voue son existence au royaume. Pas à un roi, ni à un suzerain, ni à l'honneur de telle ou telle maison, ni à l'or, la gloire ou l'amour d'une femme – au *royaume*, et à ses habitants, tous ses habitants. Le membre de la Garde de Nuit ne prend pas d'épouse, pas plus qu'il n'engendre de fils. Notre épouse est devoir, notre amante honneur. Et vous êtes les seuls fils que nous aurons jamais.

« *On vous* a appris les termes de vos vœux. Méditez-les sérieusement avant de les prononcer car, une fois que vous aurez pris le noir, vous ne pourrez plus revenir sur vos pas. La désertion est punie de mort. » Le Vieil Ours marqua une pause avant de lancer : « S'il en est, parmi vous, qui souhaitent quitter notre compagnie, qu'ils le fassent, maintenant, qu'ils partent, personne ne les blâmera. »

Nul ne bougea.

« Voilà qui est bel et bon, reprit-il. Vous pourrez prononcer vos vœux ici même, au crépuscule, en présence de septon Celladar et du chef de votre ordre. Est-il dans vos rangs un adepte des anciens dieux ? »

Jon se leva. « Moi, messire.

— Je suppose, alors, qu'à l'instar de ton oncle tu désires prêter ton serment devant un arbre-cœur ?

— Oui, messire. » Les dieux du septuaire ne lui étaient rien. Le sang des Premiers Hommes coulait toujours dans les veines des Stark.

Dans son dos, il entendit Grenn chuchoter : « Y a pas de bois sacré, ici, si ? J'en ai jamais vu.

— 'videmment ! lui chuchota Pyp en retour. Tu verrais pas un troupeau d'aurochs sur la neige avant qu'y t'aient piétiné dedans !

— Si fait que je l'verrais ! s'embourba Grenn, et même de vach'ment loin. »

Au même instant, Mormont en personne lui confirmait sa pertinence. « Châteaunoir n'a que faire d'un bois sacré, puisqu'au-delà du Mur se dresse la forêt hantée, telle qu'elle était à l'aube des temps, bien avant que les Andals ne nous apportent les Sept, depuis le continent. À une demi-lieue d'ici, tu trouveras un bosquet de barrals et, pourquoi non ? tes dieux.

— Messire… » Ébahi, Jon se retourna. Samwell Tarly, debout, torchait convulsivement ses paumes moites sur sa tunique. « Est-ce que je pourrais…, moi aussi…, y aller ? Pour prêter mon serment à cet… arbre-cœur ?

— La maison Tarly vénère aussi les anciens dieux ?

— Non, messire », bredouilla Sam d'une petite voix saccadée. Les officiers supérieurs l'effaraient, Jon le savait, et le Vieil Ours plus que quiconque. « J'ai reçu mon nom, comme mon père et son père et tous les Tarly depuis mille ans, dans la lumière des Sept, au septuaire de Corcolline.

— Et pourquoi diable voudrais-tu abjurer les dieux de ton père et de ta maison ? s'étrangla ser Jaremy Rykker.

— La Garde de Nuit est dorénavant ma maison, dit Sam. Les Sept n'ont jamais exaucé mes prières. Peut-être les anciens dieux les exauceront-ils.

— Hé bien, à ton aise, mon garçon », dit Mormont, avant d'enchaîner, sitôt que Sam se fut rassis, Jon également : « Nous avons affecté chacun d'entre vous, compte tenu de nos besoins, à celui des ordres qui convient le mieux à ses aptitudes et ses forces. » Bowen Marsh s'avança, lui tendit une feuille qu'il déroula pour annoncer finalement : « Halder, génie. » Halder acquiesça d'un hochement guindé. « Grenn, patrouilles. Albett, génie. Pypar, patrouilles. » Pyp battit des oreilles à l'adresse de Jon. « Samwell, intendance. » Un gros ouf, et Sam s'épongea le front avec un chiffon de soie. « Matthar, patrouilles. Dareon, intendance. Todder, patrouilles. Jon, intendance. »

Intendance ? Un moment, Jon demeura stupide. Mormont devait avoir lu de travers. Et, déjà, il esquissait le geste de se lever, bouche ouverte pour dénoncer l'erreur…, quand il comprit : scrutant d'un air gourmand sa physionomie brillaient, telles des billes aiguës de jais, les prunelles de ser Alliser.

Le Vieil Ours reploya la liste. « Vos chefs respectifs vous informeront des tâches qui vous incombent. Puissent tous les dieux vous préserver, frères. » Il les gratifia d'un petit salut et se retira. Ser Alliser le suivit, presque souriant. Jamais Jon ne lui avait vu d'expression si proche du contentement.

« À moi, les patrouilleurs », appela sur ce ser Jaremy Rykker. Sans lâcher Jon du regard, Pyp se leva lentement. Ses oreilles étaient écarlates. Un large sourire aux lèvres, Grenn semblait n'avoir pas compris qu'un détail clochait. Matt et Crapaud les rejoignirent, et ser Jaremy les précéda tous quatre vers la sortie.

« Ingénieurs », clamèrent les joues creuses d'Othell Yarwick. Halder et Albett s'en furent dans son sillage.

Alors, Jon traîna sur l'entour un regard malade d'incrédulité. Sur mestre Aemon, dont la face aveugle se tendait vers la lumière qu'il ne pouvait voir. Sur le septon, tripotant à l'autel ses verroteries. Sur Sam et Dareon, toujours à leur banc. Un obèse, un chanteur… *et moi.*

Le lord intendant Bowen Marsh croisa ses doigts grassouillets. « Samwell, tu seconderas mestre Aemon à la bibliothèque et la roukerie. Comme Chett part servir d'auxiliaire aux chenils, tu occuperas sa cellule, afin que le mestre t'ait nuit et jour sous la main. Tu prendras le plus grand soin de lui. Eu égard à son âge, et parce qu'il nous est infiniment précieux.

« Toi, Dareon, j'ai ouï dire que tu as maintes fois chanté à la table de puissants seigneurs qui t'accordaient le gîte et le couvert. Nous t'envoyons à Fort-Levant. Ton gosier n'y sera peut-être pas inutile à Cotter Pyke lors de ses tractations avec les galères marchandes. Nous payons un prix exorbitant pour le bœuf salé comme pour le poisson mariné, et l'huile d'olive qu'on nous expédie est franchement infecte. Va te présenter dès ton arrivée à Borcas, il saura t'occuper entre deux bateaux. »

Son sourire, enfin, se porta sur Jon. « Notre lord commandant t'a expressément requis pour son service personnel, Jon. Une cellule t'attend dans sa tour, juste en dessous de ses appartements.

— Et en quoi consisteront mes occupations ? demanda-t-il d'un ton acerbe. À lui passer les plats ? À lui attacher ses culottes ? À trimballer de l'eau bouillante pour son bain ?

— Certes. » Tant d'insolence l'avait renfrogné. « À porter ses messages, également, entretenir son feu, changer chaque jour ses draps et ses couvertures, exécuter enfin chacun de ses ordres et te plier à ses moindres désirs.

— Me prenez-vous pour un larbin ?

— Non », dit mestre Aemon, depuis le fond du septuaire. Clydas l'aida à se lever. « Nous t'avons pris pour l'un des nôtres… Nous nous sommes peut-être abusés. »

Faute de mieux, Jon réprima une furieuse envie de partir en claquant la porte. Comptait-on donc qu'il passerait le restant de ses jours à baratter du beurre et à faufiler des doublets, comme une gonzesse ? « Me permettez-vous de me retirer ? demanda-t-il sèchement.

— À ta guise », répondit Bowen Marsh.

Escorté de Sam et Dareon, il regagna, muet, la cour. Sous le beau soleil, étincelait, du faîte au pied, le Mur. La fonte de la glace en sillonnait le flanc d'innombrables griffures fluides. Mais Jon était si ulcéré qu'il eût volontiers écrabouillé, là, tout de suite, le colosse et envoyé aux cent diables l'univers entier.

« Jon ! l'apostropha soudain Sam, comme enthousiasmé. Minute ! ne vois-tu pas ce qui t'arrive ? »

Jon faillit lui sauter à la gorge. « Ce qui m'arrive ? Un coup fourré de ce salopard d'Alliser ! Voilà ce que je vois ! Il voulait m'humilier, c'est fait. »

Dareon le considéra furtivement. « L'intendance, c'est idéal pour nos pareils, Sam, mais pas pour lord Snow.

— Je suis meilleur bretteur et meilleur cavalier qu'aucun d'entre vous ! fulmina Jon, ce n'est pas *juste* !

— Juste ? renifla Dareon. La garce m'attendait, à poil comme à sa naissance, elle me tirait, dans l'embrasure de sa fenêtre…, et tu me parles de *justice* ? » Il s'éloigna à grandes enjambées.

« L'intendance n'a rien de honteux, reprit Sam.

— Parce que tu crois que je rêve de passer ma vie à laver des caleçons de vieux ?

— Ce vieux est le lord commandant de la Garde de Nuit, lui rappela Sam. Tu seras nuit et jour en sa compagnie. Oui, tu lui verseras son vin, oui, tu lui referas son lit, mais tu seras aussi son secrétaire privé, son adjoint lors des réunions, son écuyer sur le champ de bataille, tu seras partout comme son ombre, à ses côtés. Tu sauras tout, tu prendras part à tout…, et le lord intendant l'a bien spécifié, c'est Mormont *en personne* qui t'a réclamé !

« Quand j'étais petit, mon père exigeait ma présence à ses côtés, chaque fois qu'il tenait sa cour dans la salle d'audiences. Et je l'accompagnai de même à Hautjardin, lorsqu'il alla ployer le genou devant lord Tyrell. Mais, par la suite, il commença d'emmener Dickon, m'abandonnant à la maison, et, dans la mesure où mon petit frère y siégeait, ne se soucia plus de me faire subir ses interminables séances. C'est son *héritier* qu'il voulait près de lui, vois-tu ? Pour l'éduquer par son exemple, pour lui apprendre à écouter, regarder. Et voilà pourquoi, tu paries ? Mormont t'a choisi, Jon. Quel autre motif pourrait-il avoir ? Il veut te bichonner en vue du *commandement* ! »

Que répondre à cela ? À Winterfell, effectivement, lord Eddard associait volontiers Robb à tous les débats. Sam aurait-il raison ? Même un bâtard, prétendait-on, pouvait s'élever jusqu'aux postes clés, dans la Garde de Nuit… Il objecta néanmoins, buté : « Je n'ai jamais demandé ça.

— Nul d'entre nous n'est là pour *demander* », lui serina Sam.

Le comble de l'humiliation.

Couard ou non, ce gros veau de Sam s'était inventé le courage d'assumer en homme son sort. *Au Mur, on n'a que ce que l'on gagne*, lui avait vertement répliqué Oncle Ben, lors de leur ultime entrevue. *Tu n'es pas patrouilleur. Tu n'es qu'un bleu. Le parfum de l'été flotte encore sur ta personne.* S'il était vrai que les bâtards fussent, ainsi qu'on le ressassait, plus précoces, ailleurs, que les gosses ordinaires, au Mur, en revanche, le même dilemme : grandir ou mourir, s'imposait à tous.

« Tu fais bien de me le rappeler, soupira-t-il, confus. Je me comportais en enfant gâté.

— Tu restes, alors ? Nous prononcerons ensemble nos vœux ? »

Il se contraignit à sourire. « Comment décevoir l'attente des dieux anciens ? »

Ils se mirent en route à la tombée du jour. Le Mur ne possédant de portes au sens strict ni à Châteaunoir ni sur aucun point de ses quelque cent quarante lieues, ils entraînèrent leurs montures le long de l'étroit tunnel qui, percé à même la glace, sinuait dans le noir vers la face nord. Embrelicoquées de lourdes chaînes, trois grilles de fer barraient successivement le passage et, pendant que Bowen Marsh les décadenassait, il fallut chaque fois patienter. Sans trop penser, de préférence, à la masse en suspens… Le silence et le froid de la tombe, mais en plus frileux, plus assourdissant. Si bien qu'en apercevant, au-delà, soudain, les dernières lueurs du crépuscule sur l'inconnu, Jon ne put se défendre d'éprouver un soulagement singulier.

Tout autre fut la réaction de Sam. Il épia les entours, angoissé. « Les sau… – sauvageons, dis ? Ils… n'oseraient jamais… venir si près ? Si près du Mur – si… ?

— Aucun risque. » Jon se mit en selle et, lorsqu'il y vit à leur tour le lord intendant et l'escorte de patrouilleurs, glissa deux doigts dans sa bouche et siffla. Fantôme, aussitôt, déboula du tunnel.

« Tu comptes emmener ce fauve ? s'irrita Bowen Marsh, qu'un brusque écart de son bourrin avait manqué désarçonner.

— Oui, messire. » Museau pointé, le loup-garou prenait le vent, s'élançait. Le temps de le dire, il avait traversé la large bande de terrain plus ou moins défriché que barbelaient de folles herbes et disparu sous le couvert.

Sitôt franchie l'orée débutait un monde différent. Pour y être allé maintes fois chasser en compagnie de Père, de Jory, de Robb, Jon connaissait aussi bien que personne le Bois-aux-Loups qui cernait Winterfell. Identique était en tout point la forêt hantée. Seulement, l'impression qu'elle suscitait n'avait pas grand-chose de familier.

Fallait-il exclusivement l'imputer au fait que l'on se savait désormais de l'autre côté du monde ? Cela changeait tout, dans un sens. La moindre ombre paraissait plus sombre, plus lourd de présages le moindre bruit. La densité des fûts, des frondaisons tuait les feux du crépuscule. Au lieu de crisser sous les sabots, la maigre croûte de neige émettait des craquements d'os. Le vent se mêlait-il d'agiter les feuilles, leur bruissement vous courait le long de l'échine comme un doigt gelé. Maintenant qu'on avait le Mur non plus devant soi mais derrière, les dieux seuls savaient ce que réserverait le prochain pas – ou le suivant…

Le soleil se noyait peu à peu sous les arbres lorsqu'ils atteignirent leur destination : une menue clairière au plus profond des bois. Neuf barrals y formaient un cercle approximatif. Soufflé lui-même, Jon vit Sam Tarly s'écarquiller. Même dans le Bois-aux-Loups ne s'en rencontraient jamais groupés plus de deux ou trois. Un bosquet de neuf était proprement inouï. Sanguinolent à l'endroit, noirâtre à l'envers, un épais tapis de feuilles mortes jonchait la ronde de ces géants blêmes et lisses comme des squelettes, et leurs neuf effigies, saignantes de sève caillée, se dévisageaient mutuellement, l'œil rutilant d'un rouge de rubis. Bowen Marsh commanda de laisser les chevaux à l'extérieur du cercle. « Ce lieu-ci est sacré. Ne le profanons pas. »

Après y avoir pénétré, Samwell Tarly pivota lentement sur place afin d'examiner tour à tour chacune des faces. Il n'y en avait pas deux de semblables. « Les anciens dieux, murmura-t-il. Ils nous observent.

— Oui. » Jon s'agenouilla. Sam s'agenouilla près de lui. Et, tandis que, vers l'ouest, s'estompait une vague rougeur, qu'à la grisaille succédait le noir, ils prononcèrent ensemble leurs vœux.

« Oyez mes paroles et soyez témoins de mon serment, récitèrent-ils, emplissant d'une même voix l'obscurité croissante du bois sacré. La nuit se regroupe, et voici que débute ma garde. Jusqu'à ma mort, je la monterai. Je ne prendrai femme, ne tiendrai terres, n'engendrerai. Je ne porterai de couronne, n'acquerrai de gloire. Je vivrai et mourrai à mon poste. Je suis l'épée dans les ténèbres. Je suis le veilleur au rempart. Je suis le feu qui flambe contre le froid, la lumière qui rallume l'aube, le cor qui secoue les dormeurs, le bouclier protecteur des royaumes humains. Je voue mon existence et mon honneur à la Garde de Nuit, je les lui voue pour cette nuit-ci comme pour toutes les nuits à venir. »

La forêt reforma tout autour le silence.

« Vous vous étiez agenouillés enfants, proclama Bowen Marsh d'un ton solennel, à présent, relevez-vous hommes de la Garde de Nuit. » Jon tendit la main à Sam pour l'aider à se redresser, et les patrouilleurs les entourèrent, la bouche fleurie de sourires et de félicitations. Seul s'abstint ce vieux machin raboteux de forestier, Dywen. « Faudrait mieux r'partir, m'sire, bougonna-t-il à l'adresse du lord intendant. V'là qu'y fait noir, et y a comme une odeur, c'te nuit, qu' j'aim' point… »

Au même instant reparut, sans un bruit, Fantôme, entre deux barrals. *Fourrure blanche et prunelles rouges*, s'aperçut Jon, avec une bouffée d'angoisse. *Comme les arbres*…

Dans sa gueule, le loup-garou charriait quelque chose. Quelque chose de noir. « Qu'a-t-il dégoté là ? grimaça Bowen Marsh.

— Ici, Fantôme. » Jon s'agenouilla. « Apporte. »

Or, comme le loup trottinait sagement vers lui, il entendit Sam inspirer comme un qui suffoque.

« Bonté divine ! s'étrangla Dywen, une main… »

EDDARD

L'aube grisaillait à peine la fenêtre quand un fracas de sabots tira lord Eddard du sommeil qui l'avait brièvement terrassé à même sa table. Relevant la tête, il jeta un œil vers la cour. Vêtus de maille et de cuir, des hommes en manteaux écarlates y faisaient en cercle, à grand cliquetis d'épées, leur exercice matinal et galopaient sus à des mannequins bourrés de paille. À son tour, Sandor Clegane ébranla la terre battue en fonçant comme un furieux, lance à pointe d'acier au poing, contre un simulacre de tête qui explosa littéralement, sous les ovations et les blagues de toute la clique Lannister.

Serait-ce pour ma gouverne que se donne cette brave exhibition ? Dans ce cas, Cersei était encore plus cinglée qu'il ne l'imaginait. *Le diable soit d'elle ! Pourquoi ne s'être pas enfuie ? Je lui laissais toutes ses chances, et au-delà…*

Temps bouché, matinée lugubre. Lors du déjeuner, Sansa, jouant toujours les inconsolables, bouda, refusa de rien avaler, mais Arya dévorait avec un appétit d'ogre. « Syrio dit qu'avant d'embarquer, ce soir, nous avons largement le temps d'une dernière leçon, dit-elle. Puis-je, Père ? Tous mes bagages sont bouclés.

— Une courte, alors. Et qui te laisse le temps, je te prie, de te baigner et te changer. Je veux que tu sois prête pour midi, compris ?

— Pour midi, promis. »

Sansa leva le nez de son assiette. « Si vous lui permettez, à elle, de prendre une leçon de danse, pourquoi m'interdire, à moi, d'aller faire mes adieux au prince Joffrey ?

— Je l'accompagnerais volontiers, lord Eddard, proposa Mordane. Ainsi ne risquerait-elle pas de manquer le bateau.

— Il serait imprudent, maintenant, d'y aller, Sansa. Désolé. »

Les yeux de la petite s'emplirent de larmes. « Mais *pourquoi* ?

— Votre seigneur père sait ce qui convient, Sansa, morigéna la septa. Vous n'avez pas à discuter ses décisions.

— Ce n'est pas *juste* ! » S'écartant de la table avec emportement, elle renversa sa chaise et, tout en pleurs, quitta la loggia en courant.

Septa Mordane se dressa, mais Ned la fit rasseoir d'un signe. « Laissez. J'essaierai de lui faire comprendre les choses quand nous aurons tous regagné Winterfell sains et saufs. » Elle obtempéra, déférente, et se remit à mastiquer.

Une heure plus tard se présentait le Grand Mestre Pycelle, l'échine affaissée comme si les chaînes de son état lui étaient soudain devenues trop lourdes. « Monseigneur, dit-il, le roi Robert n'est plus. Veuillent les dieux lui accorder le repos éternel.

— Non, riposta Ned. Il abominait le repos. Veuillent les dieux lui accorder les amours et les rires, avec la joie de justes batailles. » Il éprouvait un sentiment de vide étrange. Bien qu'il s'attendît à pareille visite, les formules de circonstance venaient de tuer quelque chose en lui. Il aurait de bon cœur donné tous ses titres pour la liberté de pleurer..., mais il était la Main de Robert, et l'heure tant redoutée venait de sonner. « Soyez assez bon pour mander nos collègues ici même. » Gardée par un Tomard équipé de consignes strictes, la tour de la Main pouvait offrir quelque garantie de sécurité. Il n'eût pas tant juré des chambres du Conseil...

« Sur l'heure, monseigneur ? clignota Pycelle. Les affaires du royaume n'ont rien de si urgent que, demain, la première douleur passée...

— Sur l'heure, maintint-il d'un ton calme mais inflexible. C'est indispensable. »

Le vieillard s'inclina. « Si tel est le bon plaisir de Votre Excellence. » Il appela ses serviteurs et, après les avoir dépêchés, se complut à prendre le fauteuil et la coupe de bière au miel qu'on lui proposait.

D'une blancheur éblouissante en son armure d'écailles émaillées, sa cape immaculée se présenta le premier ser Barristan Selmy. « Messires, dit-il, ma place est désormais auprès du jeune roi. Daignez me permettre d'aller l'occuper.

— Votre place est ici, ser », répliqua Ned.

Là-dessus survint, toujours vêtu de velours bleu, toujours drapé d'argent rehaussé de moqueurs mais les bottes poudreuses, Littlefinger. « Messires... » Il minauda un sourire sans destinataires, se tourna vers Ned. « Pour la modeste mission que vous m'aviez confiée, soyez sans crainte, lord Eddard. »

Une nuée de lavande annonça l'entrée plus feutrée que jamais de Varys, à point rosi par un bon bain, récuré, poudré dans ses moindres plis et replis. « Les oisillons chantent en ce jour une chanson chagrine, émit-il tout en s'asseyant. Le royaume pleure. Nous commençons ?

— Dès que lord Renly sera là », dit Ned.

Varys le régala d'une œillade éplorée. « Je crains que lord Renly n'ait quitté la ville.

— Quitté la ville ? » C'était là perdre un allié.

« Une heure avant l'aube. En empruntant, pour prendre congé, l'une des portes de derrière. Avec ser Loras Tyrell. Quelque cinquante de leurs gens les accompagnaient. » L'eunuque soupira. « Aux dernières nouvelles, ils galopaient assez vivement vers le sud. À destination d'Accalmie, sans doute, ou de Hautjardin. »

Renly et ses cent épées, point final. Il exhalait de cette défection une odeur pour le moins fâcheuse, mais qu'y faire ? Il exhiba le testament. « Le roi m'a appelé, la nuit dernière, à son chevet pour me dicter ses dernières volontés. Lord Renly et le Grand Mestre servaient de témoins lorsque Robert y apposa son sceau. À charge au Conseil d'en prendre connaissance à titre posthume. Auriez-vous l'obligeance, ser Barristan ? »

Le Grand Maître de la Garde examina le document. « Le sceau du roi Robert, intact. » Il le rompit, lut, résuma : « Par les présentes, lord Eddard Stark est nommé Protecteur du royaume. Il assurera les fonctions de régent jusqu'à ce que l'héritier ait atteint l'âge requis. »

Et, de fait, il l'a, songea Ned, mais en se gardant d'en aviser les autres. Il se défiait par trop de Pycelle et de Varys. Quant à ser Barristan, comme il était engagé d'honneur à défendre et protéger celui qu'il tenait pour son nouveau roi, il ne lâcherait pas volontiers le parti de Joffrey. De quelque amertume que le recrût la nécessité de ruser, Ned se savait non moins obligé à des douceurs diplomatiques et à un imperturbable sang-froid, bref tenu de jouer le jeu tant que la régence ne lui serait pas assurée de manière claire, nette et définitive. Le problème de la succession, il serait toujours temps de le régler, une fois les filles repliées à Winterfell et lord Stannis de retour en force à Port-Réal.

« Je saurais donc gré au Conseil d'entériner le vœu de Robert et de confirmer ma désignation comme Protecteur du royaume », dit-il en scrutant les physionomies à l'entour. Quelles pensées pouvaient bien dissimuler les paupières à demi closes de Pycelle ? Le petit sourire nonchalant de Littlefinger ? Le papillonnement fiévreux des pattes de Varys ?

À cet instant, la porte s'ouvrit, Gros Tom aventura son nez. « Excusez, messires, mais l'intendant du roi… »

Sans le laisser achever, ce dernier força le passage, s'inclina. « Vos Honneurs… Sa Majesté commande au

Conseil privé de la rejoindre incontinent dans la salle du trône. »

S'attendant que Cersei frapperait promptement, Ned répliqua sans s'émouvoir : « Sa Majesté n'est plus. Nous vous accompagnerons néanmoins. Une escorte, Tom, je te prie. »

Littlefinger lui offrit un bras secourable dans l'escalier. Varys, Pycelle et ser Barristan les suivaient de près. À l'extérieur les attendaient déjà, formés sur deux rangs, des hommes d'armes vêtus de maille et coiffés d'acier – huit, en tout et pour tout – dont le vent cinglait les manteaux gris. Dans la cour ne s'apercevait point d'écarlate Lannister mais, meilleur augure, l'or du guet abondait aux portes et aux créneaux.

Devant l'entrée de la salle du trône plantonnait au demeurant Janos Slynt qui, armé de plate noire filetée d'or et son heaume à haut cimier coincé sous l'aisselle, les favorisa d'une courbette roide, avant de faire ouvrir devant eux les vantaux de chêne hauts de vingt pieds et bardés de bronze.

L'intendant pénétra le premier, psalmodiant : « Hommage et salut à Sa Majesté, Joffrey, des maisons Baratheon et Lannister, premier du nom, roi des Andals, de Rhoynar et des Premiers Hommes, suzerain des Sept Couronnes et Protecteur du royaume ! »

À l'autre bout, là-bas, au diable, Joffrey, juché sur le Trône de Fer. Soutenu par Littlefinger et suivi de ses compagnons, lord Eddard Stark, à cloche-pied, clopina cahin-caha vers ce mioche qui, de son propre chef, se proclamait roi. Ce même trajet, il l'avait jadis, pour la première fois, effectué à cheval et l'épée au poing, afin de forcer, sous l'œil attentif des dragons targaryens, Jaime Lannister à décamper. Joffrey s'y résignerait-il aussi aisément… ?

Cinq chevaliers de la Garde – les cinq disponibles, en l'absence de ser Jaime et ser Barristan – étaient rangés en demi-cercle au bas du trône. De pied en cap armés d'acier émaillé sous leur long manteau pâle, et le bras gauche dissimulé par la blancheur éblouissante du bouclier. Flanquée de ses deux cadets, Cersei Lannister se tenait derrière ser Boros et ser Meryn. Des dentelles de Myr, aussi mousseuses que de l'écume, agrémentaient sa robe vert de mer. À l'annulaire, une bague d'or, sertie d'une émeraude grosse comme un œuf de pigeon. Tiare assortie.

Brochant sur le tout, là-haut, parmi les barbelures de ferraille tarabiscotées, le prince Joffrey, doublet de brocart d'or, cape écarlate de satin. Un degré plus bas, Sandor Clegane, bombant le torse. Maille et plate fuligineuses, heaume au limier hargneux.

En arrière du trône, vingt gardes Lannister, ceints de leurs épées, manteaux écarlates, cimiers au lion.

Littlefinger avait toutefois tenu parole. Le long des murs, devant les chasses et les batailles tissées pour Robert, se pressaient, rigides et vigilants, doigts crispés sur la hampe de lances à pointes de fer noir et longues de cinq coudées, les rangs dorés du guet. À cinq contre un, face aux Lannister.

Lorsqu'enfin Ned s'immobilisa, les élancements de sa jambe le suppliciaient si sauvagement que force lui fut de rester cramponné à l'épaule de Littlefinger.

Joffrey se dressa. Rebrodée d'or, sa cape écarlate arborait d'un côté cinquante lions rugissants, cinquante cerfs cabrés de l'autre. « Plaise au Conseil, clama-t-il, de prendre toutes dispositions que se doit en vue de mon couronnement, lequel aura lieu, je le veux, sous quinzaine. Pour l'heure, loyaux conseillers, mon bon plaisir sera d'accueillir vos serments de fidélité. »

Ned exhiba le testament. « Puis-je vous prier, lord Varys, de montrer ceci à Sa Grâce, dame Lannister ? »

L'eunuque s'empressa, Cersei parcourut le document. « Protecteur du royaume, lut-elle. Serait-ce là votre bouclier, messire ? Un chiffon de papier ? » Elle le déchira en deux, puis en quatre, en huit, le laissa dédaigneusement choir, voleter, s'éparpiller au sol.

« C'étaient les volontés du roi… ! protesta ser Barristan, scandalisé.

— Nous avons un nouveau roi, répliqua-t-elle. Lors de notre dernier entretien, lord Eddard, vous m'avez donné un conseil. Permettez-moi de vous rendre la politesse. Ployez le genou, messire. Ployez le genou et jurez fidélité à mon fils, et nous vous autoriserons à vous démettre, en tant que Main, pour aller achever paisiblement vos jours dans les grisailles du désert que vous nommez votre demeure.

— Que ne le puis-je », riposta-t-il d'un air navré. À vouloir coûte que coûte, ici, maintenant, forcer le succès, elle ne lui laissait pas le choix. « Votre fils n'a aucun droit au trône qu'il occupe. Le seul héritier légitime de Robert est lord Stannis.

— *Menteur !* glapit Joffrey, pourpre de fureur.

— Que veut-il dire, Mère ? geignit la princesse Myrcella. N'est-ce pas Joff, maintenant, le roi ?

— Vous vous condamnez vous-même par de tels propos, lord Stark, décréta Cersei. Saisissez-vous de ce félon, ser Barristan. »

Le Grand Maître de la Garde hésita. En un clin d'œil, les Stark le cernèrent, acier nu dans leurs gantelets de maille.

« Après les mots, les actes, reprit Cersei, félonie caractérisée. » Puis, insidieuse : « Vous figureriez-vous, messire, que ser Barristan soit l'unique obstacle ? » Un crissement métallique des plus alarmant appuya ses dires : le Limier venait de dégainer. Les cinq chevaliers de la Garde et les vingt Lannister se groupèrent à ses côtés.

« *Tuez-le !* vociféra le roitelet du haut de son trône. *Tuez-les tous ! Je vous l'ordonne !*

— Vous m'y contraignez…, dit Ned à Cersei, avant de se tourner vers Janos Slynt. Arrêtez la reine et ses enfants, commandant. Qu'il ne leur soit fait aucun mal, mais qu'on les ramène sous bonne escorte à leurs appartements pour y être étroitement gardés.

— Hommes du guet ! » appela Slynt en coiffant son heaume. Cent manteaux d'or accoururent, lances brandies.

« Je ne veux pas de sang versé, repartit Ned à l'adresse de Cersei. Dites à vos gens de déposer leurs armes, et personne… »

D'une brusque poussée, le manteau d'or le plus proche venait d'enfoncer sa lance dans le dos de Tomard, dont les doigts soudain flasques lâchèrent l'épée, tandis qu'émergeait de son ventre, à travers cuir et maille, un pan de fer rouge et luisant. Avant que sa lame n'eût touché terre, Gros Tom était mort.

Ned hurla, mais trop tard. Janos Slynt en personne avait déjà tranché la gorge de Varly. Cayn pirouetta dans un éclair d'acier, débanda sous une volée de coups son adversaire immédiat, parut, une seconde, sur le point de se frayer passage…, et le Limier se jeta sur lui, qui lui trancha d'abord le poignet droit puis le mit à genoux, fendu de l'épaule au sternum.

Tandis qu'on massacrait les Stark, tout autour, Littlefinger préleva délicatement dans son fourreau le poignard de Ned et l'en piqua sous le menton. « Ce n'est *pourtant* pas faute de vous avoir prévenu…, sourit-il, et d'un sourire merveilleusement contrit, qu'il ne fallait pas vous fier à moi. »

ARYA

« Haut ? » jeta Sylvio Forel en taillant vers la tête, et *clac* ! firent les épées de bois.

« Gauche ! » et sa lame siffla, celle d'Arya surgit en trombe, *clac* !, il cliqueta des dents.

« Droit ! » dit-il, puis, pressant l'attaque : « Bas ! gauche ! gauche ! » à nouveau : « Gauche ! » de plus en plus vite, plus agressif, et elle reculait pied à pied, parait coup sur coup.

« Botte ! » prévint-il, et elle, comme il se fendait, bondit de côté, balaya l'assaut, tailla vers l'épaule et faillit, *faillit* si bien faire mouche, oh, d'un poil ! qu'un sourire lui échappa, sous la mèche en sueur qui lui battait les yeux.

« Gauche ! » fredonnait cependant sans répit Syrio, « bas ! gauche ! gauche ! » son épée n'étant que vapeur dans la Petite Galerie, *clac ! clac ! clac ! clac !* saturée d'échos, « haut ! gauche ! droit ! gauche ! bas ! *gauche ! ! !* »

La latte l'atteignit en haut de la poitrine, et d'une piqûre d'autant plus douloureuse et plus foudroyante qu'elle avait surgi mieux à contre-pied. « *Ouille !* » cria-t-elle. Un fameux bleu en perspective, à l'heure du coucher, quelque part, au large. *Chaque gnon vaut une leçon*, se récita-t-elle, *chaque leçon se solde par un progrès*.

Syrio recula. « Te voilà mort. »

Elle fit une moue boudeuse, s'emporta : « Vous avez triché ! Dit "gauche" et frappé à droite.

— Exact. Et te voilà une fille morte.

— Mais vous avez *menti* !

— Ma langue, oui. Mais mon bras, mes yeux criaient la vérité. Seulement, tu n'y voyais goutte.

— Si fait. Je ne vous ai pas quitté du regard !

— Regarder n'est pas voir, fille morte. Le danseur d'eau voit, lui. Viens, pose l'épée… Voici venu le moment d'écouter. »

Elle le suivit jusqu'à la banquette du mur où il s'installa. « Sylvio Forel était première épée du Grand Amiral de Braavos, tu le sais, mais sais-tu comment il parvint à le devenir ?

— Vous étiez la plus fine lame de la ville.

— Exact, mais en quoi ? Alors que les autres étaient plus forts, plus vites, plus jeunes, en quoi Sylvio Forel les surclassa-t-il tous ? Je vais te le dire. » Du bout du doigt, il se tapota doucement la paupière. « Le coup d'œil, le coup d'œil authentique, le voilà, le cœur du sujet.

« Écoute un peu. Les bateaux de Braavos font voile, aussi loin que souffle le vent, jusqu'en des contrées baroques et fabuleuses d'où leurs capitaines ramènent des bêtes extravagantes pour la ménagerie du Grand Amiral. Des bêtes comme tu n'en as jamais vu : et des chevaux zébrés, et d'immenses machins tapissés de taches, à col d'échassier, et des cobayes poilus gros comme des vaches, et des mantécores venimeuses, et des tigres équipés de poches pour leurs petits, et d'effroyables lézards debout, aux mâchoires garnies de faux… Sylvio Forel les a vus, tous ces trucs.

« Or, le jour en question, sa première épée venant de mourir, le Grand Amiral me mande chez lui. Nombre de bretteurs m'y ont précédé, qu'il a tous éconduits sans qu'on sût pourquoi. Moi, je me présente et le trouve assis, un gros chat jaune sur les genoux. "Un de mes capitaines, dit-il tout de go, me l'a rapporté d'une île au-delà du soleil levant. As-tu jamais vu *sa pareille* ?"

« Et moi, je réponds : “Des milliers, chaque nuit, dans les venelles de Braavos.” Du coup, il se met à rire et, le jour même, je suis nommé première épée. »

Arya tordit le nez. « Je ne comprends pas. »

Il cliqueta des dents. « La prétendue merveille était un chat vulgaire, ni plus ni moins. Mes compétiteurs s'attendaient tellement à quelque animal faramineux qu'ils s'y sont abusés. “De cette taille… !” s'ébahissaient-ils, bien que rien ne le différenciât du commun de ses congénères, hormis la graisse, car, nourri à la table de son maître, il paressait comme un pacha. “Et ces oreilles minuscules, c'est inouï !” Il les avait seulement perdues en combats de gouttière. Bref, le dernier des matous, mais comme le Grand Amiral disait “elle”, les autres n'y virent que du feu. Tu saisis ? »

Elle prit le temps de la réflexion. « Et vous voyiez, vous, l'évidence.

— Exact. La seule chose à faire est d'ouvrir les yeux. Le cœur ment, la tête joue cent tours, les yeux seuls voient juste. Regarde avec tes yeux. Écoute avec tes oreilles. Goûte avec tes papilles. Flaire avec ton nez. Sens avec ta peau. Que la pensée *suive*, au lieu de précéder, et dès lors advient la connaissance de la vérité.

— Exact », dit-elle, épanouie.

Il s'accorda un sourire. « M'est avis qu'à notre arrivée dans ton sacré Winterfell, l'heure sera venue de te mettre l'aiguille en main.

— Oui ! s'enflamma-t-elle. Il me tarde tellement de montrer à Jon que… »

Dans son dos venaient de s'ouvrir à la volée les grandes portes de bois. Le fracas la fit pirouetter.

Sous l'arceau du seuil se dressait, cinq Lannister derrière lui, l'un des chevaliers de la Garde, armé de pied en cap mais la visière relevée. Aux favoris rouges, à l'œil flasque, Arya reconnut leur hôte, à Winterfell, lors de la visite royale, ser Meryn Trant. Sous les manteaux rouges à morions d'acier léonins se discernaient hauberts de mailles et cuir bouilli. « Arya Stark, dit Trant, viens avec nous, petite. »

Elle se mâchouilla la lèvre, indécise. « Que me voulez-vous ?

— Ton père désire te voir. »

Elle avança d'un pas, Syrio Forel la retint par le bras. « Et pourquoi lord Eddard envoie-t-il des Lannister au lieu de ses propres gens ? C'est curieux…

— Garde ton rang, maître à danser, rétorqua l'autre. Ceci ne te concerne pas.

— Ce n'est pas *vous* qu'enverrait mon père », dit Arya, ressaisissant son épée de bois. Dont gloussèrent les Lannister.

« Repose le bâton, petite. Je suis frère juré de la Blanche-Épée.

— Comme le Régicide quand il tua le vieil Aerys, riposta-t-elle. Je n'ai pas à vous accompagner si je ne veux pas. »

La réplique le fit sortir de ses gonds. « Emparez-vous d'elle », ordonna-t-il, avant d'abaisser sa visière.

Dans un cliquetis soyeux de maille, trois de ses hommes se mirent en mouvement. Brusquement affolée, Arya se récita : *La peur est plus tranchante qu'aucune épée*, pour tenter d'apaiser son cœur.

Syrio Forel s'interposa, sur ces entrefaites, latte tapotant sa botte. « Pas un pas de plus. Êtes-vous des hommes ou des chiens, pour menacer un gosse ?

— Tire-toi, le vieux », grogna un Lannister.

Le bâton siffla, fit sonner le heaume. « Je suis Syrio Forel, et je vais t'enseigner le respect.

— De quoi, bâtard chauve ? » L'homme dégaina, le bâton reprit son vol à une vitesse aveuglante, et Arya perçut simultanément, sur un crac formidable, un quincaillement sur les dalles et un beuglement : « Ma *main* ! »

L'insolent pouponnait ses cinq doigts brisés.

« Rapide, pour un maître à danser, commenta Meryn.

— Lambin, pour un chevalier, repartit Syrio.

— Tuez-le, dit l'autre, et amenez la fille. »

Les quatre Lannister intacts dégainèrent, et le blessé, de la main gauche, tira un poignard en crachant.

Cliquetant de toutes ses dents, Syrio Forel se laissa glisser en posture de danseur d'eau pour ne s'offrir à l'adversaire que de profil. « Petite Arya, déclara-t-il sans lui accorder un regard ni cesser une seconde d'épier les autres, nous voici bons pour danser, aujourd'hui. Mieux vaut t'en aller, maintenant. Cours vite retrouver ton père. »

À contrecœur, et uniquement parce qu'il lui avait appris à obéir aveuglément, « *Prompt comme un daim*, murmura-t-elle.

— Exact », dit-il, tandis que se resserrait l'étau Lannister.

Le poing fermement serré sur sa propre latte, elle entreprit de battre en retraite. À le regarder, maintenant, elle comprenait qu'il s'était jusque-là, lors de leurs duels, contenté de badiner. Les Lannister et leur acier l'enveloppaient sur trois côtés. De la maille couvrait leur torse et leurs bras, des braguettes d'acier leur doublaient les chausses, mais du simple cuir les gainait aux jambes. Ils avaient les mains nues, leurs heaumes un nasal mais point de visière.

Sans attendre qu'ils fussent sur lui, Syrio volta sur la gauche à une vitesse qu'Arya n'eût jamais crue possible, contra une épée, tourbillonna pour en esquiver une autre, et comme son deuxième adversaire, déséquilibré, boulait dans le premier, lui botta le train : tous deux s'affalèrent. Un troisième les enjamba pour tailler à la tête du danseur d'eau, mais celui-ci plongea sous la lame en frappant d'estoc vers le haut, et l'homme s'écroula en hurlant : le sang giclait à flots du trou rouge qu'avait occupé jusqu'alors l'œil gauche.

Voyant se relever les précédents, Syrio taillada la face de l'un et décoiffa l'autre. L'homme au poignard abattit son arme, mais le heaume seul encaissa le coup, tandis que le bâton volait écrabouiller une genouillère. Avec un juron, le dernier manteau chargea, cisaillant à deux mains l'espace et, grâce à une cabriole à droite de Syrio, prit au défaut de l'épaule son copain nu-tête alors qu'il se démenait pour s'agenouiller, lui ravageant dans un cri strident et maille et cuir et chair, mais il n'eut pas le temps de libérer la lame que Syrio Forel lui faisait avaler sa glotte. Un cri rauque, et, s'étreignant le col, il basculait en arrière. Sa face, déjà, se marbrait de noir.

Des ennemis, cinq gisaient, blessés ou morts ou moribonds, quand Arya atteignit la porte qui desservait les cuisines, à l'arrière, et qu'avec un juron, « Bougres de corniauds ! » défourailla ser Meryn Trant.

Syrio Forel reprit la posture, cliqueta des dents. « Petite Arya, déclara-t-il, sans lui accorder un regard, va-t'en, maintenant. »

Il avait dit : *Regarde avec tes yeux*... Elle vit : le chevalier, blanc de pied en cap, les jambes et la gorge et les mains cuirassées de fer, l'œil à l'abri sous son névé de heaume, et redoutable acier au poing. Là-contre, épée de bois, justaucorps de cuir. « Syrio, cria-t-elle, *fuyez* !

— La première épée de Braavos ne fuit pas », fredonna-t-il comme ser Meryn taillait dans sa direction. Il esquiva d'un entrechat, son bâton se fit moins que brume et, en un clin d'œil, eut martelé l'adversaire à la tempe, au coude, au gosier, bois sourd contre métal clinquant du heaume, de la cubitière, du gorgeret. Arya, médusée, demeurait. Ser Meryn avança, Syrio recula, contra le premier assaut, bondit à l'écart du deuxième, dévia le troisième.

Le quatrième trancha la latte, en éparpilla mille échardes, entra dans le cœur de plomb.

Pivotant à même un sanglot, Arya prit ses jambes à son cou.

En trombe, elle traversa la cuisine et l'office, s'y faufilant, malgré la panique qui l'aveuglait, parmi les cuistots et les marmitons, se trouva brusquement devant une mitronne chargée d'un plateau, la culbuta sous une ondée capiteuse de miches chaudes et, talonnée par des vociférations, balança vivement, face à un boucher colossal qui, rougi jusqu'aux coudes, exorbité, lui barrait la route, dépeçoir en main, finit par le tourner.

En un éclair affluaient dans sa cervelle toutes les leçons reçues de Syrio Forel. *Vite comme un daim. Silencieux comme une ombre. La peur est plus tranchante qu'aucune épée. Preste comme un serpent. Calme comme l'eau qui dort. La peur est plus tranchante qu'aucune épée. Fort comme un ours. Intrépide comme une louve. La peur est plus tranchante qu'aucune épée. Qui a peur de perdre a déjà perdu. La peur est plus tranchante qu'aucune épée. La peur est plus tranchante qu'aucune épée.* La poignée de sa latte était gluante de sueur lorsqu'elle atteignit, hors d'haleine, le palier de la tourelle et, une seconde, s'y pétrifia : haut ? bas ? Grimper menait, par le pont couvert qui enjambait la petite cour, droit à la tour de la Main, mais on compterait précisément qu'elle eût emprunté cet itinéraire. *Ne jamais faire le geste escompté.* Elle dévala quatre à quatre le colimaçon qui, à force de tournicoter, débouchait sur l'antre d'un cellier. Empilés sur une hauteur de vingt pieds, des fûts de bière s'y discernaient, panse à panse, à la faveur de la maigre lumière qu'au ras de la voûte diffusaient d'étroits soupiraux.

Cul-de-sac. Point d'autre issue que par la voie d'accès... Mais elle n'osait pas remonter, ne pouvait pas non plus demeurer là. Il lui fallait retrouver Père et l'aviser du guet-apens. Père la protégerait.

Fourrant la latte dans sa ceinture, elle entreprit d'escalader les futailles et, par bonds successifs, se rapprocha d'un soupirail vers lequel, agrippée des deux mains aux aspérités de la pierre, elle se hissa. Percée dans un mur épais de trois pieds, l'ouverture formait une espèce de tunnel pentu. Arya s'y inséra, se tortilla vers la blancheur du jour et, une fois parvenue au niveau du sol, lorgna, par-delà la courtine, la tour de la Main.

Défoncée, rompue comme à coups de hache, la lourde porte pendait sur ses gonds. En travers des marches gisait, face contre terre, un cadavre aux épaules rougies sous la maille. Enchevêtré sous lui, son manteau. Un manteau de laine grise à bordure de satin blanc, découvrit-elle avec horreur. Qui ?

« *Oh non…* », souffla-t-elle. Que se passait-il donc ? Où donc était Père ? Pourquoi les manteaux rouges étaient-ils donc venus la chercher ? Elle se souvint brusquement des propos de la barbe jaune, le jour où elle avait découvert les monstres : *Une Main est bien morte, pourquoi pas deux ?* Des larmes lui vinrent aux yeux. Elle arrêta de respirer pour tendre l'oreille. Et depuis la tour de la Main lui parvinrent, parmi le tohu-bohu de combats, le fracas de l'acier contre l'acier, des éclats de voix, des gémissements. Impossible de retourner là. Père…

Trop effrayée d'abord pour esquisser un geste, elle ferma les yeux. On avait tué Jory, Wyl, Heward, on avait tué – qui n'importait guère… – le garde du perron, là, on tuerait peut-être aussi Père, on la tuerait elle-même, si on l'attrapait. « *La peur est plus tranchante qu'aucune épée* », dit-elle à haute voix, mais la conjuration n'opéra point. Bien joli que de se prétendre danseur d'eau, quand Syrio Forel, authentique danseur d'eau, lui, le chevalier blanc l'avait probablement tué, qu'elle n'était, de toute façon, rien d'autre qu'une fillette éperdue, seule, et dérisoire avec son bâton.

Elle finit néanmoins par se couler dehors et, l'œil aux aguets, se redressa. Le château semblait désert. Semblait. *Jamais* le Donjon Rouge n'était désert. Ses habitants devaient se terrer, simplement, portes verrouillées. Après un regard nostalgique aux fenêtres, là-haut, de sa chambre, Arya, collée contre le mur et glissant d'ombre en ombre, s'éloigna de la tour de la Main. Elle essaya de se convaincre qu'elle partait chasser des chats…, seulement, le chat, c'était elle, à présent, et, en cas de capture, la mort assurée.

Parmi les édifices elle s'insinua, franchit des murs, attentive à se préserver de toute surprise sur ses arrières en se plaquant le plus possible au grès. Elle abordait la courtine intérieure quand y surgirent à toutes jambes une douzaine de manteaux d'or équipés de maille et de plate, mais elle préféra, faute de savoir à quel bord ils appartenaient, se pelotonner dans l'ombre et attendre qu'ils fussent passés. Et, sans autre encombre, elle parvint aux écuries.

Près de la porte, elle trouva Hullen, leur grand écuyer de toujours, à Winterfell, recroquevillé dans une mare de sang. On l'avait si sauvagement massacré que sa tunique avait l'air constellée de fleurs écarlates. À pas de loup, elle s'approcha, persuadée qu'il était mort, mais il ouvrit les yeux, chuchota : « Arya Sous-mes-pieds… Il faut… il faut… » Un caillot mousseux lui souilla la bouche. Une à une y crevaient des bulles. « … avertir ton… le seigneur ton père… » Ses paupières se refermèrent, il ne dit plus rien.

À l'intérieur, des cadavres encore. Un palefrenier qu'elle avait eu pour compagnon de jeux. Trois autres des gardes de Père. Abandonné près de l'entrée, un fourgon chargé de coffres et de ballots. L'attaque avait dû se produire alors que les victimes s'affairaient en vue du départ vers les docks. Quelques pas furtifs, et elle reconnut Desmond. Qui, naguère, se faisait si fort, main sur le pommeau, de protéger Père… Couché sur le dos, il fixait le plafond d'un regard aveugle où nageaient les mouches. À ses côtés gisait un manteau rouge sous son heaume à mufle de lion. Mort, bien mort. Mais rien qu'un. *Chaque épée du nord en vaut dix de cette bougraille du sud*, prétendait Desmond. « Espèce de *menteur* ! » grogna-t-elle et, prise de fureur, elle lui donna un coup de pied.

Affolées dans leurs stalles par l'odeur du sang, les bêtes hennissaient, bronchaient, renâclaient. Arya n'avait qu'une idée en tête, en prendre une et filer, quitter ce château, quitter cette ville. Ensuite, il lui suffirait de suivre la grand-route pour aboutir à Winterfell. Elle décrocha du râtelier selle, bride, harnais.

Comme elle s'avançait, ainsi lestée, derrière le fourgon, un coffre tombé à terre lui attira l'œil. Heurté durant le combat ou brusquement lâché lors du chargement, il s'était fracassé, son couvercle ouvert, et son contenu répandu. Reconnaissant là les soieries, satins et velours qu'elle refusait d'endosser, elle songea que pour son voyage, des vêtements chauds, quoique..., et puis, mais oui...

Elle s'agenouilla dans la crotte et, parmi les parures éparpillées, découvrit un gros manteau de laine, une jupe de velours et une tunique de soie, quelques sous-vêtements, une robe brodée par Mère expressément pour elle et, souvenir de sa petite enfance, une gourmette en argent qu'elle pourrait vendre puis, rejetant de côté le couvercle à demi disloqué, tâtonna dans le coffre en quête d'Aiguille. Elle l'y avait cachée tout au fond, sous les piles de vêtements, mais la chute avait si bien chamboulé toutes choses qu'elle commençait à craindre que quelqu'un n'eût volé l'épée quand ses doigts en éprouvèrent la rigidité sous un tas de chiffons soyeux.

« La *v'là* ! » chuinta quelqu'un derrière elle.

Elle sursauta, pivota. À deux pas se dressait, souriant d'un air fourbe, un jeune palefrenier vêtu d'un justaucorps souillé d'où dépassait un pan de chemise pisseux. Ses bottes étaient couvertes de fumier, et il maniait une fourche. « Qui êtes-vous ? demanda-t-elle.

— A'm'connaît point, mais j'la connaissons, moué, mêm' ben. La fille au loup.

— Aidez-moi à seller un cheval, pria-t-elle en farfouillant de nouveau dans le coffre pour saisir Aiguille. Mon père est la Main du Roi. Il vous récompensera.

— Ton père ? 'l est *mort*, dit-il, savatant vers elle. C'la reine qu'a m'récompens'ront. Par ici, p'tiot'.

— *Bas les pattes !* » Sa main se referma sur la garde d'Aiguille.

« *Par ici*, j' 'vons dit. » Et il lui empoigna brutalement le bras.

Aussitôt furent oubliées toutes les leçons de Syrio Forel, et la terreur n'en suscita qu'une, celle de Jon Snow, la toute première.

Avec une force hystérique, elle frappa d'estoc, de bas en haut.

Aiguille traversa le justaucorps de cuir, la viande blanchâtre du ventre et ressortit entre les omoplates de l'individu qui, lâchant sa fourche, émit un petit son bizarre, à mi-chemin du soupir et du hoquet. Ses mains se refermèrent sur la lame. « Dieux d'dieux…, geignit-il, tandis que s'empourprait le pan de sa chemise, r'tir' moué ça. » Et il mourut lorsqu'elle retira ça.

Les chevaux menaient un tapage d'enfer. Épouvantée par le spectacle de la mort, Arya contemplait, sans un mot, le corps. En s'effondrant, le type avait dégueulé du sang, le sang coulait à gros bouillons de ses tripes ouvertes, et il barbotait dans le sang. Ses paumes étaient deux plaies sanglantes. Elle recula lentement, Aiguille toute rouge au poing. Il fallait partir. Partir loin d'ici. N'importe où. Quelque part où ne l'atteindrait plus l'air accusateur de ces yeux.

Rattrapant précipitamment le harnachement, elle courut vers sa jument mais, sur le point de la seller, ses bras retombèrent, accablés du désespoir brutal que seraient fermées les portes du château. Celles de l'arrière ? Sous bonne garde, vraisemblablement. Peut-être les gardes ne la reconnaîtraient-ils pas ? S'ils la prenaient pour un garçon, peut-être la laisseraient-ils… ? non. Ils auraient pour consigne de ne laisser sortir *personne*. Qu'ils la connaissent ou pas n'y changerait rien.

Restait une autre issue par où s'échapper…

La selle lui glissa des mains, toucha terre avec un bruit sourd et une bouffée de poussière. Le caveau des monstres…

Encore fallait-il le retrouver. Saurait-elle ? Rien de moins sûr, mais elle devait essayer.

De retour à ses nippes, elle enfila le manteau dont les vastes plis camoufleraient Aiguille, noua le reste en saucisson, le fourra sous son bras, gagna d'un pas furtif le fond de l'écurie et, entrebâillant la porte, examina les alentours. Au loin se percevait un cliquetis d'épées. Le cri d'un blessé, quelque part, lui glaça les moelles. Descendre, là-bas, l'escalier sinueux, longer les petites cuisines et la porcherie, voilà ce qu'il fallait refaire, comme l'autre fois, sur les traces du matou noir, seulement… Seulement, ce chemin-là menait droit devant les casernes des manteaux d'or. Impraticable. Elle s'efforça d'en concevoir un autre. En passant par l'autre côté du château, il lui serait possible de se couler le long des murs surplombant la Néra puis, à travers le bois sacré…, oui, mais. Mais d'abord, il y avait la cour à traverser, au nez et à la barbe des sentinelles du rempart.

Et jamais elle n'y en avait tant vu. Des manteaux d'or, pour la plupart, équipés de piques. Certains la connaissaient de vue. Comment réagiraient-ils s'ils la voyaient traverser en courant, minuscule de là-haut ? Seraient-ils capables de l'identifier ? S'en soucieraient-ils ?

Il fallait partir, *et tout de suite*, se disait-elle, mais, au moment de s'élancer, la panique la paralysait.

Calme comme l'eau qui dort, chuchota contre son oreille une voix flûtée. De saisissement, elle manqua laisser choir ses frusques. Elle regarda vivement tout autour, mais il n'y avait personne d'autre dans l'écurie qu'elle, les chevaux, les morts.

Silencieux comme une ombre, entendit-elle. Sa propre voix, ou celle de Syrio ? Elle n'eût su dire, mais cela calma bizarrement ses transes.

Et elle sortit.

Le risque le plus fou qu'elle eût pris de sa vie. Alors qu'elle mourait d'envie de courir se tapir, elle s'obligea à *marcher*, à traverser posément la cour, pas après pas, comme un qui a tout son temps et rien à craindre de quiconque. Elle eût juré sentir fourmiller, telles des punaises, les yeux sous ses vêtements, à même sa peau, mais pas une fois ne leva les siens. Qu'elle vît leurs regards, et son courage l'abandonnerait, elle le savait, et elle lâcherait son paquet, se mettrait à courir, en larmes, comme un bambin, et là, ils l'auraient. Aussi ne cessa-t-elle de fixer le sol, et si, lorsqu'elle atteignit enfin, de l'autre côté, l'ombre du septuaire royal, elle était en nage et glacée, aucun haro du moins n'avait retenti, ni le moindre appel.

Elle trouva le septuaire ouvert et désert. Seuls y brûlaient, au sein d'un capiteux silence, une cinquantaine de cierges dévots. Deux de plus ou de moins…, se persuada-t-elle, les dieux ne lui en voudraient pas. Après les avoir enfouis dans ses manches, elle s'esbigna par une fenêtre. Se faufiler jusqu'à l'impasse où elle avait acculé le matou lui fut dès lors un jeu d'enfant, mais ensuite elle s'égara. Pendant plus d'une heure, elle erra, n'enfilant fenêtre après fenêtre que pour s'en extirper aussitôt après, sautant des murs et, silencieuse comme une ombre, cherchant sa voie de cave en cave. Elle entendit pleurer une femme, une fois. Finalement se profila tout de même l'étroit soupirail qui plongeait vers les oubliettes où, dans le noir, les monstres guettaient sa venue.

Après y avoir balancé le balluchon, elle courut la chance de repartir en vitesse rallumer un cierge à un feu entr'aperçu durant ses vagabondages. De fait, celui-ci tombait en cendres et, tandis qu'elle soufflait sur les braises, des voix se rapprochaient dangereusement. À peine s'éclipsait-elle par la fenêtre, les doigts reployés autour d'une flamme précaire, que s'ouvrait la porte, mais elle n'eut cure de savoir sur qui.

Cette fois, les monstres la laissèrent froide. Quasiment l'air de vieux copains. Elle éleva la lumière au-dessus de sa tête. Chacun de ses pas faisait mouvoir leurs ombres sur les parois comme s'ils se tournaient pour la regarder passer. « *Des dragons* », chuchota-t-elle en tirant Aiguille de sous son manteau. La lame paraissait bien frêle et les dragons bien gros, mais le contact de l'acier lui procura un certain mieux-être.

L'interminable corridor aveugle, au-delà du seuil, se révéla aussi ténébreux qu'elle se le rappelait. Sa main gauche – la bonne – étreignait Aiguille, sa droite le cierge. Entre ses phalanges dégouttait la cire chaude. L'accès au puits se trouvant à gauche, elle prit à droite. Quelque chose en elle était tenté par le triple galop, mais le risque de souffler la flamme l'effrayait par trop. Elle entendait couiner des rats, discerna même, à la lisière de la lumière, deux minuscules rougeoiements, mais les rats, elle s'en fichait. Pas du reste. Il était si facile, par ici, de se cacher. De se cacher, comme elle du barbu bifide et du magicien… Peu s'en fallait qu'elle ne vît, debout contre le mur, là, les doigts recourbés en griffes et les paumes encore sanguinolentes, le palefrenier qu'elle avait tué. Il pouvait, tapi dans un angle, attendre, prêt à bondir. Il la verrait venir de loin, la flamme vacillante… Ne valait-il pas mieux, tout compte fait, l'éteindre ?

La peur est plus tranchante qu'aucune épée, chuchota la petite voix intérieure, et Arya, tout à coup, se remémora les cryptes de Winterfell. Bien autrement lugubres que ces lieux-ci, se dit-elle. Elle y était descendue pour la première fois tout enfant. Robb les menait, elle et Sansa et Bran, alors pas plus grand que maintenant Rickon. Une seule chandelle les éclairait tous, et les yeux du petit s'élargirent à la vue des rois de l'Hiver, de leurs physionomies de pierre, des loups lovés à leurs pieds, des épées de fer leur barrant le giron.

Robb les conduisit jusqu'au fin fond, par-delà Grand-Père et Brandon et Lyanna, pour leur montrer leurs propres tombes. Terrifiée à l'idée qu'elle pourrait s'éteindre, Sansa ne lâchait pas des yeux la grosse chandelle qui s'amenuisait. Vieille Nan lui avait en effet conté que l'araignée pullulait là, et le rat gros comme un limier. Son appréhension fit sourire Robb. « Bagatelle, ici, que tes rats et tes araignées. » Il chuchota :

« Nous nous trouvons sur la promenade des morts, et… » À cet instant précis s'exhala, funèbre à vous flanquer la chair de poule, une espèce de râle caverneux. Bran empoigna la main d'Arya.

Alors, du caveau béant, pas à pas, émergea, livide, ululant sa soif de sang, le spectre, et, pendant qu'avec des piaillements stridents Sansa se ruait vers l'escalier, que Bran cramponnait ses hoquets à la jambe de Robb, elle-même, loin de décamper, boxait l'apparition – tout bonnement Jon, barbouillé de farine – en clamant : « Espèce d'idiot ! Terrifier ce petit… », sans autre succès qu'un concours de fous rires si inextinguible des deux aînés qu'en moins de rien leurs benjamins s'étouffaient de même.

Ce vieux souvenir fit sourire Arya et, dès lors, les ténèbres ne recélèrent plus de terreurs. Le palefrenier ? mort, bel et bien, tué par elle, et elle le tuerait de nouveau s'il s'avisait de lui sauter dessus. Elle rentrait à la maison, là. À la maison, tout irait mieux. Le granit gris de Winterfell la mettrait à l'abri, là.

Elle plongea résolument vers le fond des ténèbres où là-bas, loin, loin, la précédait l'écho mat de ses propres pas.

SANSA

Ils vinrent prendre Sansa le surlendemain.

Elle élut une simple robe en laine gris sombre et de coupe sage qu'agrémentaient toutefois, au col et aux poignets, de riches broderies. Ce fut toute une affaire que d'en agrafer, sans camérières, les fermoirs d'argent. Ses doigts lui semblaient gauches et boudinés. Et Jeyne Poole avait beau partager sa réclusion, pas question de compter sur Jeyne. Déjà bouffie d'avoir tant pleuré son père, elle n'était capable que de sangloter.

« Je suis sûre que ton père va bien, déclara Sansa, une fois dûment boutonnée. Je prierai la reine de te le laisser visiter. » Tant de bienveillance devait, n'est-ce pas, suffire à réconforter Jeyne ? hé bien non, Jeyne se contenta d'exhiber ses yeux rouges et gonflés avant de pleurer de plus belle. Tellement *enfant*... !

Bon, elle avait elle-même versé des larmes, le premier jour. Même renfermée, porte close et à triple verrou, derrière les puissantes murailles de la citadelle de Maegor, comment n'être pas terrifiée, je vous prie, lorsque le carnage avait débuté ? Elle avait grandi, certes, au son de l'acier dans la cour, et il ne s'était guère écoulé de jour depuis sa naissance où le fracas des épées n'eût frappé son ouïe, mais savoir les combats devenus réels modifiait les choses du tout au tout, dans un sens. De sorte que ce qu'elle entendait ne ressemblait à rien de connu, pas plus que ce concert, littéralement inouï, d'imprécations rageuses et de grognements de douleur, d'appels à l'aide et de râles et de cris d'agonie. Dans les chansons, les chevaliers ne glapissaient point ni n'imploraient merci – jamais.

Et voilà pourquoi elle avait tant versé de pleurs, le premier jour, tant conjuré, à travers la porte, qu'on lui dise au moins ce qui se passait, tant réclamé Père et septa Mordane et le roi et son prince charmant. À ses requêtes, s'ils les perçurent, les hommes qui la gardaient opposèrent un silence farouche. La porte ne s'ouvrit qu'une fois, tard dans la soirée, et seulement pour propulser dans la pièce, bleue de coups, tremblante, Jeyne qui, d'emblée, piailla : « *Ils sont en train de tuer tout le monde !* » avant de déballer longuement son sac. Sa porte fracassée à la masse de guerre par le Limier. L'escalier de la tour de la Main jonché de cadavres. Les marches poisseuses de sang… Bref, tant et si bien que force fut à Sansa de sécher ses yeux pour tenter d'étancher ceux de son amie, et qu'elles finirent par s'endormir dans le même lit, se berçant embrassées l'une l'autre comme deux sœurs.

Pire encore fut le lendemain. Le réduit qui leur servait de geôle se trouvait tout en haut de la plus haute tour de la citadelle de Maegor. De là, Sansa distinguait la conciergerie de cette dernière. Abaissée, l'énorme herse de fer. Relevé, le pont jeté sur la douve sèche qui, au cœur même du château, faisait de la forteresse un bastion retranché. Équipés de piques et d'arbalètes rôdaient sur les remparts des gardes Lannister. On ne se battait plus. Un silence funèbre s'appesantissait sur le Donjon Rouge. Seule l'agrémentait de ses hoquets et pleurnicheries l'intarissable Jeyne Poole.

On les nourrissait, cependant : lait, pain frais, fromage pour le déjeuner, poulet rôti, légumes verts à midi et, tard dans la soirée, ragoût de bœuf et d'orge, mais sans daigner répondre à aucune question de Sansa. Et si, le même soir, des femmes vinrent de la tour de la Main lui apporter sa garde-robe, avec quelques-uns des effets de Jeyne, elles avaient l'air presque aussi terrifiées que cette dernière et, au premier mot qu'elle leur adressa, la fuirent comme une pestiférée. Quant aux factionnaires, ils s'obstinaient à lui interdire de mettre le nez dehors.

« S'il vous plaît…, les suppliait-elle avec autant d'instance qu'elle devait entreprendre chacun toute la journée, il faut absolument que je revoie la reine ! j'ai à lui parler… Elle voudra bien, je sais qu'elle voudra bien. Dites-lui que je souhaite la voir…, s'il vous plaît ! Ou, à défaut d'elle, vous m'obligeriez infiniment…, au prince Joffrey ? Nous devons nous marier, quand nous serons plus grands… »

La nuit venait quand se mit à battre un gros bourdon. À son timbre sombre et vibrant qu'aggravait la lenteur de ses pulsations, l'horreur envahit Sansa. Puis, comme il sonnait, sonnait, sonnait, d'autres cloches lui firent écho, depuis le Grand Septuaire de Baelor, sur la colline de Visenya. Et leur rumeur sinistre roulait sur la ville, à l'instar du tonnerre annonçant l'imminence de la tempête.

« Qu'y a-t-il ? demanda Jeyne en se bouchant les oreilles. Pourquoi sonne-t-on les cloches ?

— Le roi est mort. » Sansa n'eût pu dire comment elle le savait, et pourtant elle le savait. La pesanteur des voix de bronze et leur résonance qui, sans trêve ni répit ni cesse, obsédait la pièce étaient lugubres comme un chant de deuil. Quelque ennemi s'était-il abattu sur le Donjon Rouge et avait-il assassiné Robert ? Cela eût expliqué les affrontements de la veille.

De question en question, elle avait fini par sombrer dans un sommeil agité, perplexe, effaré. Son beau Joffrey régnait-il désormais ? L'avait-on tué, lui aussi ? Elle tremblait pour lui, elle tremblait pour Père. Si seulement on lui disait de quoi il retournait… !

Joffrey lui apparut en songe sur le trône. Assise à ses côtés, vêtue de brocart d'or et couronne en tête, elle voyait tous les gens de sa connaissance venir à elle et lui rendre hommage, le genou ployé.

Enfin, le matin suivant, ser Boros Blount venait en personne la prendre pour la mener devant la reine.

Avec ses pattes courtes et arquées qu'écrasait un torse démesuré, son nez camus, ses joues pochées de bajoues, sa tignasse d'étoupe grise, il n'était pas précisément joli, ser Boros. Mais il appartenait à la Garde royale et, ce jour-là, portait du velours blanc. Au col de son manteau de neige chatoyait enfin l'or d'un mufle de lion. Deux rubis figuraient les prunelles. « Vous êtes superbe, ce matin, ser Boros, et d'une magnificence ! » s'extasia-t-elle. Une dame se doit d'être gracieuse en toutes circonstances, et elle entendait se comporter coûte que coûte en dame.

« Vous de même, madame, répliqua-t-il d'un ton neutre. Sa Grâce attend. Venez. »

Sur le palier se tenaient des gardes. Des Lannister en manteau rouge et heaume au lion. Sansa se contraignit à leur souhaiter le bonjour au passage et à leur sourire gracieusement. C'était la première fois qu'on lui permettait de sortir depuis que, l'avant-veille, ser Arys du Rouvre l'avait menée là. « Pour te mettre à l'abri, ma douce, avait dit Cersei. S'il advenait le moindre mal à son trésor, Joffrey ne me pardonnerait jamais. »

Contre son attente, ser Boros la conduisit non pas vers les appartements royaux mais à l'extérieur de la citadelle de Maegor. Sur le pont-levis rabaissé, des ouvriers faisaient descendre au fond des douves un homme encordé. Un simple coup d'œil édifia Sansa : sur les formidables piques de fer était empalé un corps. Elle se détourna vivement, de peur de rien demander, de peur d'en trop voir, de peur d'identifier le malheureux.

L'œil étrangement mort, un autre membre de la Garde, ser Mandon, les introduisit dans la salle du Conseil. La reine s'y trouvait, assise au haut bout d'une longue table jonchée de paperasses, de bougies, de pains de cire à cacheter. Jamais Sansa n'avait vu d'ameublement si somptueux. Le paravent sculpté, les deux sphinx de l'entrée la laissèrent notamment pantoise.

« Votre Grâce, dit ser Boros, voici la petite. »

Pour s'être bercée que Joffrey se trouverait avec sa mère, Sansa dut encore déchanter. Mais, si son prince n'était pas là, trois des conseillers du roi y étaient : lord Baelish siégeait à la gauche de la reine, le Grand Mestre Pycelle vis-à-vis d'elle, et là-dessus papillonnait lord Varys, odorant comme un massif de fleurs. Tous trois étaient habillés de noir. Un frisson glacé parcourut Sansa. Vêtements de deuil…

Parée d'une robe de soie noire montante au corsage constellé de sombres rubis dont la taille, en gouttelettes, évoquait autant de larmes de sang, Cersei lui adressa un sourire qu'elle ne manqua pas de trouver on ne pouvait plus suave et plus affligé. « Sansa, ma douce, dit-elle, j'ai su que tu demandais à me voir. Je suis navrée de n'avoir pu, faute de loisir, accéder à ton vœu plus tôt. Il y a tant à faire pour rétablir l'ordre… J'espère seulement que mes gens ont pris grand soin de toi ?

— Je ne saurais trop me louer de leur délicatesse et de leurs attentions, répondit-elle en dame des plus gracieuse, ni me montrer suffisamment touchée que Votre Grâce daigne s'en inquiéter. Toutefois, s'il m'est permis de le déplorer, tous refusent de nous parler, de nous informer de ce qui s'est passé…

— *Nous ?* » Cersei semblait sidérée.

« Nous avons mis avec elle la fille de l'intendant, expliqua ser Boros. Nous ne savions qu'en faire. »

La reine fronça le sourcil. « La prochaine fois, demandez. » Sa voix s'était durcie. « Les dieux savent de quels racontars elle aura farci la cervelle de Sansa !

— Oh non, protesta Sansa, Jeyne meurt de peur. Elle n'arrête pas de pleurer. Ne pourrait-on la laisser voir son père ? Je lui ai promis de le demander… »

Le Grand Mestre Pycelle affala ses lourdes paupières.

« Il va bien, n'est-ce pas ? » s'alarma-t-elle. On avait beau s'être battu, qui pouvait s'en prendre à un simple intendant ? Vayon Poole ne portait seulement pas d'épée…

La reine considéra tour à tour chacun des conseillers. « Je ne tolérerai pas que l'on tourmente Sansa pour rien. Qu'allons-nous faire de sa jeune amie, messires ? »

Littlefinger se poussa le col d'un air confidentiel. « Je la caserai.

— Pas en ville, exigea la reine.

— Me prenez-vous pour un idiot ? »

Elle ne releva pas. « Ser Boros ? Menez cette fille chez lord Baelish et dites à ses gens de la garder jusqu'à ce qu'il vienne la prendre. Dites-lui, à elle, qu'il l'emmènera voir son père. Cela devrait la calmer. Je veux qu'elle ait disparu avant le retour de Sansa.

— Votre Grâce peut y compter », dit le chevalier qui, s'inclinant très bas, prit congé sur-le-champ dans un déploiement de blancheur superbe.

De plus en plus déconcertée, Sansa balbutia : « Je… je ne comprends pas… Où se trouve le père de Jeyne ? Pourquoi ne pas charger ser Boros de la mener directement auprès de lui ? Pourquoi s'en remettre à lord Baelish ? » Après s'être juré de se conduire en dame, d'imiter les façons nobles de la reine et l'énergie de Mère, voilà que, brusquement, la submergeait à nouveau l'effroi. Elle faillit, une seconde, éclater en sanglots. « Où l'envoyez-vous ? Elle est si gentille ! elle n'a rien à se reprocher…

— Sauf de t'avoir bouleversée, répliqua la reine d'un air câlin. Nous ne saurions admettre cela. Assez là-dessus, maintenant. Lord Baelish veillera personnellement à ce que Jeyne soit traitée au mieux, je te le garantis. » Elle tapota le siège à ses côtés. « Assieds-toi, Sansa. J'ai à te parler. »

Comme elle prenait place, un nouveau sourire engageant de Cersei ne parvint pas le moins du monde à la rasséréner. Moins l'angoissaient la manière onctueuse qu'avait Varys de nouer, dénouer ses doigts ou l'obstination de Pycelle à fixer d'un œil somnolent les paperasses placées sous son nez que l'impudence avec laquelle Littlefinger la dévisageait, lui donnant l'impression d'être entièrement nue. Elle en avait la chair de poule.

« Tant de douceur, reprit la reine en lui posant une main soyeuse sur le poignet. Et tant de beauté. Tu sais, j'espère, combien nous t'aimons, Joffrey et moi.

— *Vraiment ?* » Elle en avait le souffle coupé. En oublia Littlefinger. Son prince l'aimait. Rien d'autre ne comptait.

La reine se reprit à sourire. « Moi, je te considère presque comme ma propre fille. Et je sais quel amour tu portes à Joffrey. » Elle hocha la tête d'un air accablé. « Il nous faut, hélas, t'annoncer de graves nouvelles. À propos du seigneur ton père. Tu dois te montrer brave, enfant. »

Prononcés d'un ton calme, ces mots glacèrent d'autant mieux Sansa. « Qu'y a-t-il ?

— Votre père est un félon, ma chère », lâcha lord Varys.

Le Grand Mestre leva sa vénérable tête. « De mes propres oreilles, j'ai entendu lord Eddard promettre à Robert, notre roi bien-aimé, qu'il protégerait les jeunes princes à l'instar de ses propres enfants. Et pourtant, sitôt celui-ci disparu, il réunit le Conseil restreint pour dépouiller le prince Joffrey de ses droits au trône.

— Non ! s'insurgea Sansa. Il n'a pas fait cela ! Il ne *l'a pas fait !* »

La reine prit une lettre, une lettre toute déchirée, tout encroûtée de sang, mais dont le sceau rompu était bel et bien celui de Père, le loup-garou nettement imprimé sur la cire blanche. « Nous l'avons trouvée sur le capitaine de vos gardes, Sansa. Elle est adressée au frère de feu mon époux, Stannis, et l'invite à prendre la couronne.

— S'il vous plaît, Votre Grâce, il ne peut s'agir que d'une méprise…, hoqueta Sansa, défaillante et terrorisée, s'il vous plaît ! Faites venir Père, et il vous dira, lui, cette lettre n'est pas de lui…, le roi était son ami !

— Robert le croyait, du moins, dit la reine. Cette trahison lui eût brisé le cœur. Rendons grâces aux dieux, qu'il n'ait pas vécu pour en être témoin… » Elle soupira. « Enfin, tu vois, Sansa ma douce, dans quelle horrible situation ceci nous a plongés. Tu es innocente de ces forfaits, nous le savons tous, mais il n'empêche que tu es la fille d'un félon. Comment pourrais-je te laisser épouser mon fils ?

— Mais je l'*aime* ! » gémit-elle, aussi désemparée que folle de peur. Qu'allait-on lui faire ? Qu'avait-on fait de Père ? Les choses n'étaient pas censées se passer ainsi ! Elle devait épouser Joffrey, on les avait promis l'un à l'autre, ils étaient fiancés, elle en avait même rêvé… Il n'était pas juste de la priver de lui en raison de ceci ou cela que Père avait pu faire ou non.

« Je ne le sais que trop, enfant, reprit Cersei, tellement, tellement aimable, et de sa voix la plus veloutée. Serais-tu venue me voir et me révéler que ton père projetait de t'enlever à nous si l'amour ne t'avait guidée ?

— C'était bien par amour ! confirma-t-elle avec élan. Père me refusait même la permission de vous dire adieu… » Bien qu'elle fût la facilité même, l'obéissance même et tout et tout, la fille en or, une furie, ce matin-là, une furie digne d'Arya, pour échapper à septa Mordane et braver son seigneur et père. Jamais elle n'avait rien fait de si téméraire et jamais ne s'y fût risquée sans son amour extrême pour Joffrey. « Il allait me ramener à Winterfell et me marier à je ne sais quel obscur chevalier. Et j'avais beau dire : “C'est Joff que je veux”, il faisait la sourde oreille. » Alors, elle n'avait plus rien espéré que du roi. Le roi, lui, *commanderait* à Père de la laisser à

Port-Réal et de la marier au prince Joffrey. Il en avait le pouvoir, elle le savait, mais il lui faisait affreusement peur. Parce qu'il parlait toujours si fort, et d'une voix si rocailleuse ! parce qu'il était ivre presque tout le temps. Et, si tant est d'ailleurs qu'on la laissât le voir, il se contenterait probablement de la renvoyer à lord Eddard. Aussi se rendit-elle droit chez la reine afin de lui ouvrir son cœur. Et, non contente de l'écouter, de la remercier gentiment…, la reine avait prié ser Boros de l'escorter de ce pas à la citadelle de Maegor et de l'y faire étroitement garder. Quelques heures plus tard débutaient les combats, dehors. « S'il vous plaît…, conclut-elle, il *faut* me permettre d'épouser Joffrey, vous verrez quelle bonne épouse je serai pour lui, toujours ! et quelle reine aussi…, je le jure ! juste comme vous… »

Cersei jeta un regard à la ronde. « Messires du Conseil, que vous dit de son plaidoyer ?

— Pauvre petite…, susurra Varys. Un amour si candide et si vrai. Il serait cruel, Votre Grâce, de le rebuter…, mais que faire ? son père est un criminel… » Ses mains douillettes esquissaient, en signe d'impuissance et de consternation, le geste de se savonner.

« Tôt ou tard, la graine de félon donne spontanément de la félonie, opina Pycelle. Cette enfant n'est encore que douceur mais, d'ici dix ans, qui sait quelles traîtrises elle tramera ?

— *Non !* protesta Sansa, horrifiée. Pas moi ! jamais je… je ne saurais trahir Joffrey, je l'aime ! j'en fais serment, je l'aime vraiment !

— Oh…, bouleversant, commenta Varys. Et, néanmoins, le dicton : “Bon sang ne saurait mentir” est d'une effroyable véracité.

— Elle me rappelle sa mère et non pas son père, déclara paisiblement lord Petyr Baelish. Regardez-la. Les cheveux, les yeux. On jurerait Cat au même âge. »

La reine la dévisagea d'un air chagrin qui n'empêcha pas Sansa de discerner de la bonté dans le vert limpide de ses prunelles. « Vois-tu, mon enfant, dit-elle, si je pouvais absolument te croire différente de ton père, eh bien, rien ne me ferait plus de plaisir que de te voir épouser mon Joffrey. Je sais qu'il t'aime de tout son cœur. » Elle soupira. « Je crains, hélas, que lord Varys et le Grand Mestre n'aient raison. Le sang parlera. Il me suffit de ressonger à la manière dont ta sœur a lancé son loup sur mon fils.

— Je ne suis pas comme Arya, répliqua-t-elle étourdiment. Elle a le sang du traître, moi pas. Moi, je suis bonne, demandez à septa Mordane, elle vous dira, je n'ai qu'un seul désir, être la femme aimante et loyale de Joffrey. »

Sur son visage s'appesantit de manière quasi tactile le regard scrutateur de Cersei. « Je suis certaine que tu penses ce que tu dis. » Elle se tourna vers les assistants. « Il me semble, messires, que, si le reste de sa parentèle devait demeurer loyal, ce serait un grand pas de fait pour notre tranquillité. »

Les doigts perdus dans sa vaste barbe, le Grand Mestre Pycelle plissa son vaste front d'un air méditatif. « Lord Eddard a trois fils…

— Des gosses, dit lord Baelish avec un haussement d'épaules. Lady Catelyn et les Tully m'inquiéteraient davantage. »

La reine prit la main de Sansa entre les deux siennes. « Tu sais écrire, n'est-ce pas ? »

Sansa acquiesça d'un signe énergique. Désespérément nulle en calcul, elle écrivait et lisait en revanche mieux qu'aucun de ses frères.

« J'en suis fort aise. Peut-être y aura-t-il encore moyen de vous unir, Joffrey et toi…

— Que devrais-je faire ?

— Écrire à madame ta mère et à ton frère, l'aîné…, comment se nomme-t-il, déjà ?

— Robb.

— Robb, voilà. La nouvelle de la trahison de ton père ne manquera pas de leur parvenir sous peu. Mieux vaudrait la leur mander toi-même. Il te faut leur conter de quelle manière lord Eddard a trahi son roi. »

Si follement qu'elle désirât obtenir Joffrey, Sansa ne se sentait pas le courage de satisfaire le vœu de Cersei. « Mais jamais il… je ne… Je ne saurais que dire, Votre Grâce… »

La reine lui tapota la main. « Nous te le dicterons, enfant. L'essentiel est que tu presses lady Catelyn et ton frère d'observer la paix du roi.

— Il leur en cuirait d'y manquer, ajouta Pycelle. Au nom de l'amour que tu leur portes, tu dois les presser d'emprunter les voies de la sagesse.

— Madame ta mère va être abominablement inquiète, reprit Cersei, tu dois la rassurer, lui dire que tu te portes comme un charme, que nous veillons sur toi, que nous te traitons bien, que nous sommes à tes petits soins. Puis tu les prieras de venir à Port-Réal jurer fidélité à Joffrey lorsqu'il montera sur le trône. S'ils acceptent…, hé bien, nous saurons alors qu'il n'y a pas de tare dans ton sang, et quand fleurira ta féminité, tu épouseras le roi dans le Grand Septuaire de Baelor, à la face des dieux et des hommes… »

…épouseras le roi… À ces mots s'accéléra le souffle de Sansa, mais elle hésitait encore. « Peut-être que… S'il m'était permis de voir mon père, de lui parler de…

— Trahison ? suggéra lord Varys.

— Tu me déçois, Sansa, dit la reine, avec un regard d'une dureté minérale. Nous t'avons informée des crimes de ton père. Si tu es aussi loyale que tu le prétends, pourquoi désirer le revoir ?

— Je… je voulais seulement dire… » Ses yeux s'humectaient. « Il n'est pas… s'il vous plaît ! il n'a pas été… blessé ou… ou…

— On ne lui a fait aucun mal.

— Mais… que va-t-il advenir de lui ?

— Il appartient au roi d'en décider », pontifia le Grand Mestre.

Au roi ! D'un battement de paupières, Sansa refoula ses larmes. Ainsi, Joffrey était roi, à présent ? Quelque forfait qu'eût perpétré Père, non, son prince charmant ne lui toucherait pas un cheveu. Elle en était sûre, il lui suffirait d'aller trouver Joff, d'implorer sa miséricorde, et il l'écouterait. Il *devait* l'écouter, il l'aimait, de l'aveu même de la reine. Bien sûr, il serait forcé de punir Père, les seigneurs comptaient là-dessus, mais peut-être le renverrait-il simplement à Winterfell, s'il ne l'exilait plutôt dans l'une des cités libres, au-delà du détroit. Quelques années tout au plus. Entre-temps, elle et Joffrey seraient mari et femme. Et, une fois reine, elle saurait persuader Joff de rappeler Père et de lui accorder son pardon.

Seulement..., si Mère ou bien Robb commettaient quelque acte séditieux, convoquer le ban, par exemple, ou refuser de faire allégeance, ou *n'importe quoi*, tout irait mal. Son Joffrey était bon, généreux, elle le savait dans son cœur, mais un roi ne peut transiger avec des rebelles. Elle devait le leur faire comprendre, elle le *devait* !

« Je... j'écrirai la lettre », dit-elle.

Alors, aussi radieuse qu'une belle aurore, Cersei Lannister s'inclina et l'embrassa gentiment sur la joue. « Je savais que tu le ferais. Joffrey sera tellement fier, quand je lui apprendrai de quelle bravoure et de quelle intelligence tu as fait preuve aujourd'hui. »

Finalement, on lui dicta quatre lettres : une pour Mère, une pour ses frères, à Winterfell, une pour son grand-père, lord Hoster Tully, à Vivesaigues, et une pour sa tante, lady Lysa, aux Eyrié. La tâche achevée, des crampes paralysaient ses doigts, l'encre les maculait et les empoissait. Varys exhiba le sceau de Père. Elle fit chauffer la cire blanche à la flamme d'une chandelle, la versa soigneusement, et l'eunuque y imprima lui-même le loup-garou de la maison Stark.

Jeyne Poole avait disparu avec toutes ses affaires quand, escortée de ser Mandon Moore, Sansa retrouva la citadelle de Maegor. Fini les pleurnicheries, songea-t-elle avec gratitude. Néanmoins, le départ de son amie jetait comme un froid dans la chambre, et le feu qu'elle alluma ne le dissipa point. Elle attira un siège au plus près de l'âtre, prit l'un de ses livres favoris, et se perdit dans les aventures de Jonquil et Florian, de lady Shella et du chevalier Arc-en-Ciel, et dans les amours réprouvées du vaillant prince Aemon pour la reine du roi son frère.

Et ce n'est qu'à une heure avancée de la nuit que, sur le point de se laisser sombrer dans le sommeil, Sansa s'aperçut qu'elle avait omis de s'enquérir du sort d'Arya, sa sœur.

JON

« Othor, grommela ser Jaremy Rykker. Pas l'ombre d'un doute. Et Jafer Flowers. » Du pied, il retourna le cadavre, dont la face plâtreuse darda vers le ciel assombri des prunelles bleues, très bleues. « Ils accompagnaient Ben Stark. Tous les deux. »

Des hommes d'Oncle, songea Jon. De sa cervelle engourdie remontaient pêle-mêle son désir de partir avec eux, ses adjurations. *Bons dieux. Quel bleu je faisais. S'il avait accepté de m'emmener, ce pourrait être moi, ça...*

L'avant-bras droit de Jafer s'achevait, à hauteur du poignet, par une bouillie de barbaque et d'esquilles hideuse. À présent, la main cisaillée par les crocs de Fantôme flottait dans un bocal de vinaigre, chez mestre Aemon. L'autre, la gauche, intacte, était aussi noire que le manteau du mort.

« Miséricorde ! » marmonna le Vieil Ours. Sautant à bas de son bidet, il en tendit les rênes à Jon. Il faisait une chaleur si anormale, ce matin-là, qu'emperlé d'énormes gouttes de sueur son vaste crâne avait tout d'un melon scintillant de rosée. Comme le cheval, épouvanté par la proximité des cadavres, culait à rompre sa bride et, l'œil fou, menaçait de se cabrer, Jon dut à toute force l'entraîner à l'écart. Ses congénères éprouvaient d'ailleurs une répugnance flagrante pour ces parages, et le bâtard la concevait trop bien.

Plus invincible était celle des chiens. La meute s'était révélée inutilisable. Il avait suffi que Bass, le maître piqueux, prétende leur faire flairer la main sectionnée pour que, pris de démence et le poil hérissé, les limiers se mettent à hurler, se démènent pour fuir. Et, maintenant encore, ils grognaient, geignaient tour à tour, tiraient à rebours sur leur laisse, au grand dam de Chett qui fulminait en vain contre leur couardise.

Fantôme n'avait, lui, pas demandé mieux que de servir de guide.

Un bois, voilà tout, se répétait Jon, *et des morts, voilà tout.* Enfin, quoi, il en avait déjà vu, des morts… !

La nuit précédente, son rêve de Winterfell était revenu le hanter. Il errait dans le château désert à la recherche de Père, parvenait aux cryptes et, pour la première fois, s'y aventurait. Alerté dans les ténèbres par le raclement de la pierre contre la pierre, il se retournait et voyait s'ouvrir, un à un, noirs, glacés, les caveaux. Et les rois morts en émergeaient, titubants, quand il s'éveilla, nuit de poix, le cœur déchaîné. Et Fantôme eut beau, d'un bond, venir le rejoindre et lui fourrer sa truffe par tout le visage, la terreur persistait, tenace, irrépressible. Alors, n'osant se rendormir, il avait préféré gagner le faîte du Mur et y marcher, marcher, marcher jusqu'à ce que poignent, à l'est, les premières lueurs de l'aube. *Un rêve, voilà tout. Je suis frère de la Garde de Nuit, maintenant, pas un bambin perclus d'effroi.*

À demi dissimulée derrière les chevaux se tassait, sous le couvert, la masse de Samwell Tarly. Le suif de sa face lunaire était blanchâtre et grumeleux comme lait caillé. Sans s'être encore jeté dans le premier fourré pour dégueuler tripes et boyaux, du moins n'avait-il eu garde d'accorder fût-ce un seul coup d'œil aux charognes. « Peux pas voir ça, chuchota-t-il lamentablement.

— Tu dois, lui souffla Jon tout bas, de manière que nul n'entende. Mestre Aemon t'a bien envoyé pour être ses yeux, non ? À quoi riment des yeux, s'ils sont clos ?

— À rien, mais… – mais je suis si lâche, Jon ! »

Jon lui posa une main sur l'épaule. « Nous avons avec nous une escouade de patrouilleurs, et les chiens, sans compter Fantôme. Tu ne risques absolument rien, Sam. Vas-y, là, regarde. C'est le premier regard qui coûte. »

Sam acquiesça d'un hochement gélatineux. Vaille que vaille, il rassemblait manifestement le peu de courage qu'il pouvait avoir. Lentement, lentement, sa tête pivota. Ses yeux s'agrandirent, mais Jon le tenait d'une main ferme pour l'empêcher de se détourner.

« Dites donc, ser Jaremy, bougonna brusquement le Vieil Ours, Ben Stark avait bien emmené six hommes ? Où sont passés les autres ?

— Je serais bien aise de le savoir », répliqua Rykker en branlant du chef.

Ce qui n'eut à l'évidence pas l'heur de plaire à Mormont. « Deux de nos frères massacrés presque en vue du Mur…, et vos patrouilleurs n'ont rien entendu, rien vu ? La Garde de Nuit serait-elle tombée si bas ? Ne ratisserait-elle plus ces bois ?

— Si, messire, mais…

— Ne monte-t-elle plus de factions ?

— Si, mais…

— Ce type – il désignait la dépouille d'Othor – porte un cor de chasse. Me faut-il présumer qu'il soit mort sans en avoir sonné ? Ou que vos hommes sont tous atteints de surdité comme de cécité ? »

Les traits crispés par la colère, Rykker regimba : « Aucun cor n'a sonné, messire, mes patrouilleurs l'auraient entendu. Je manque d'hommes pour multiplier les sorties à mon gré…, et c'est sur vos propres ordres que, depuis la disparition de Benjen, nous nous cramponnons au Mur bien plus étroitement que par le passé. »

Le Vieil Ours grommela. « Mouais. Bien. Advienne que pourra. » Il fit un geste d'impatience. « Sont morts de quoi ? »

Ser Jaremy s'accroupit près de celui qu'il avait identifié comme Jafer Flowers et l'empoigna par les cheveux. Cassants comme de la paille, ceux-ci lui restèrent dans la main. Avec un juron, le chevalier administra une pichenette à la face. Béante comme un four apparut, en travers du cou, une plaie boursouflée de caillots séchés. La tête ne tenait plus au corps que par quelques faisceaux de tendons blafards. « Coup de hache.

— Ouais, maugréa le bûcheron Dywen. Probablement celle que portait Othor, messire. »

Les dents déjà serrées pour réprimer l'émeute de son déjeuner, Jon se força tout de même à examiner le second cadavre. Apparemment, la hache avait disparu. Mais si le sieur Othor avait été gros et moche de son vivant, la mort ne l'améliorait pas. Jon se souvenait parfaitement de lui, beuglant des couplets obscènes le jour du départ. Révolu, son temps de chanter. De la bidoche blême, à l'exception des mains. Noires. Comme celles de Jafer. Des croûtes craquelées fleurissaient chacune des plaies qui, telles des cloques, lui constellaient torse, bas-ventre, gorge. Et ses yeux, grands ouverts, bleus d'un bleu de saphir, fixaient obstinément le ciel.

Ser Jaremy se releva. « Les sauvageons aussi possèdent des haches. – Parce que vous croyez, l'apostropha Mormont, que c'est du boulot de Mance Rayder ? Si près du Mur ?

— Qui d'autre, sinon, messire ? »

Jon aurait pu le lui dire. Il savait qui, tous savaient qui, mais aucun d'entre eux ne voulait prononcer ce nom. *Les Autres ? une fable, voilà tout, une fable tout juste bonne à faire trembler les marmots. À supposer qu'ils aient jamais vécu, ils n'étaient plus depuis huit mille ans.* Il se sentait grotesque que d'y simplement songer. Il était un homme, à présent, un frère noir de la Garde de Nuit, que diable, et non plus le gamin qui, jadis, se blottissait aux pieds de Vieille Nan avec Bran, Robb et Arya !

Le lord commandant, cependant, ne se tenait pas pour battu, qui renifla : « Si Ben Stark avait essuyé une attaque des sauvageons à une demi-journée équestre de Châteaunoir, il serait venu chercher des renforts pour traquer les tueurs aux cent diables et m'en rapporter les têtes.

— À moins qu'ils ne l'aient eu également », objecta Rykker du tac au tac.

Comme un coup de couteau, ces mots, toujours et encore. Il semblait stupide, après tant de temps, de se raccrocher à l'espoir qu'Oncle Ben vivait, mais Jon Snow n'avait pas pour vertu première l'aisance à se résigner.

« Ça fait près de six mois qu'il nous a quittés, messire, poursuivait ser Jaremy. Vu l'immensité de la forêt, les sauvageons ont pu lui tomber dessus n'importe où. Je parierais que, seuls survivants du groupe, ces deux-ci regagnaient dare-dare l'abri du Mur..., mais l'ennemi les a interceptés. Hier au plus tard, les cadavres sont encore frais...

— *Non* », couina Samwell Tarly.

Qui fut sidéré, c'est Jon. Ce timbre énervé, pointu, était bien le dernier qu'il s'attendît d'entendre. La seule vue des officiers paralysait l'obèse, et la patience n'entrait pour rien dans la réputation de Rykker. Qui cingla, glacial : « Je ne t'ai pas demandé ton avis, mon gars.

— Laissez-le parler, ser », intervint Jon, machinalement.

Les yeux de Mormont voltigèrent de Sam à Jon et de Jon à Sam. « S'il a vraiment quelque chose à dire, soit. Viens par ici, garçon. À peine si on te voit, derrière ces chevaux. »

Aussitôt inondé de sueur, Sam se débusqua néanmoins. « Messire, c'est... ce n'est pas d'hier ou... regardez... le sang...

— Oui, et alors ? grogna Mormont, horripilé, quoi, le sang ?

— Plein sa culotte, qu'à y zyeuter ! » s'exclama Chett, et tous les patrouilleurs de se tenir les côtes.

Sam s'épongea le front. « Vous... vous voyez, là où Fantôme... le loup-garou de Jon... où il a arraché la... la main ? hé bien le... le moignon n'a pas saigné... regardez... » Il battit l'air, bizarrement. « Mon père..., l-l-lord Randyll, il m'ob... je l'ai pas mal de fois regardé écorcher les bêtes, quand..., après... » Comme affectée d'un fort roulis, sa tête ballottait sur un flan de fanons. Maintenant qu'il avait regardé les corps, il semblait incapable de s'en détourner. « Quand c'est... frais, le sang coule encore, messires. Plus tard..., plus tard, il se coagule comme une... une gelée, épaisse et... et... » Il verdissait à vue d'œil. « Cet homme..., regardez son poing, que des... *croustillant*... sec... comme... »

Et Jon comprit tout à coup. Dans la tranche blême du poignet déchiqueté, les veines se tordaient comme des vers de fer. Le sang s'y résolvait en une poudre noire. Mais ser Jaremy demeura sceptique. « S'ils étaient morts depuis plus d'un jour, mon gars, ils commenceraient à se décomposer. Ils ne sentent même pas. »

Fier de son flair au point de se targuer de prédire infailliblement la venue de la neige, le vieux Dywen se coula plus près des cadavres et huma. « Bon, c' pas des jasmins mais..., m'sire a raison, bernique, c' pue pas la carne.

— Ils... ils ne pourrissent pas. » Sam les désigna d'un index boudiné qui tremblait à peine. « Regardez, il n'y a pas... pas de vermine ou de... d'asticots ni rien... Ils sont restés là, dans les bois, par terre, et les... les bêtes n'y ont pas touché..., sauf Fantôme. À part ça, ils sont... ils sont...

— Intacts, acheva Jon en douce. Et Fantôme est un cas spécial. Les chiens et les chevaux refusent, eux, de s'en approcher. »

L'évidence, pour un chacun. La patrouille échangeait des regards anxieux. Les sourcils froncés, Mormont lorgnait les cadavres, lorgnait la meute. « Amène, Chett. »

Chett s'y employa, mais il eut beau tirer sur les laisses, tempêter, jurer, distribuer des coups de botte, rien n'y fit, les limiers s'arc-boutaient des quatre pieds en gémissant lamentablement. Il tenta de n'en forcer qu'un, une lice, elle résista, babines retroussées sur un grondement, se démena comme pour retirer son collier, finit par se jeter sur Chett qui, lâchant prise, tomba à la renverse, et, d'un bond par-dessus, détala ventre à terre dans le taillis.

« Tout... tout ça est faux de bout en bout », reprit Tarly, consciencieusement. « Le sang..., il y a bien des taches de sang sur leurs vêtements et sur... sur leur chair, du sang séché, durci, mais... il n'y en a pas une goutte par terre ni... nulle part. Avec ces... ces... ces... » Il s'efforça de déglutir, prit une longue goulée d'air. « Avec ces *plaies*... plaies terribles..., il devrait y avoir du sang de tous les côtés. Non ? »

D'une bonne succion, Dywen déblaya ses molaires en bois. « S' pourrait qu'y sont pas morts ici. 'n a pu l's apporter là pour nous, 'ne 'spèce d'avertiss'ment. » Puis, les yeux baissés d'un air méfiant. « Chuis p't-êt' couillon, mais j' sais pas qu' l'Othor, avant, l'avait l's yeux bleus. »

Rykker s'ébahit, pour le coup. « Ni Flowers... », lâcha-t-il en se tournant vivement pour l'examiner.

Un silence de plomb tomba sur les bois. Seules l'émaillaient, mêlées au souffle poussif de Samwell Tarly, les succions juteuses de Dywen. Jon s'accroupit près de Fantôme.

« *Brûlez-les* », chuchota finalement quelqu'un. L'un des patrouilleurs, mais lequel ? « Ouais, brûlez-les », haleta un autre.

Le Vieil Ours branla une vigoureuse dénégation. « Pas encore. Je veux que mestre Aemon puisse se rendre compte. Nous les ramenons au Mur. »

Seulement, il est des ordres plus faciles à donner qu'à exécuter. On enveloppa bien les dépouilles dans des manteaux, mais lorsque Hake et Dywen prétendirent en ficeler une sur un cheval, la bête s'emballa, hennit, rua, se cabra, mordit même Ketter accouru à la rescousse, et l'on ne fut pas plus heureux avec les autres : la plus placide devenait folle dès qu'on tentait de lui imposer ce faix-là. Tant et si bien que force fut de couper des branches, d'improviser des brancards rudimentaires et de les charrier à pied. Et il était midi largement sonné quand put débuter le retour.

« Vous allez me fouiller ces bois, commanda Mormont à Rykker comme s'ébranlait le convoi. Chaque arbre, chaque rocher, chaque fourré, chaque pouce d'humus sur une étendue de dix lieues. Mettez-y tous vos hommes et, s'ils n'y suffisent, empruntez à l'intendance des chasseurs et des forestiers. Si Ben et ses compagnons sont par là, morts ou vifs, je veux qu'on me les retrouve. Et s'il s'y niche n'importe qui *d'autre*, je veux le savoir. Pistez-le, prenez-le, vivant si possible. Compris ?

— Compris, messire. On va s'y atteler. »

Là-dessus, Mormont se mit à ruminer, muet. Conformément à ses attributions, Jon ne le lâchait pas d'un sabot. Il faisait un temps gris, couvert et moite, le genre de temps à vous faire désirer la pluie. Pas un souffle ne faisait frissonner les feuilles et, dans cette atmosphère de buanderie, les vêtements vous collaient à la peau. Quelle chaleur. Excessive. Le Mur larmoyait à force, il le faisait depuis des jours et des jours. À se demander, parfois, s'il ne rétrécissait pas…

Les vieux appelaient *été des esprits* ce type de canicule ; à les entendre, la saison larguait, tout compte fait, ses spectres, et le froid ne tarderait pas à prendre la relève, un long hiver succédant forcément à un long été. Et cet été-ci durait depuis dix ans. Il avait débuté quand Jon marchait à peine.

Après avoir quelque temps trotté à leurs côtés, Fantôme finit par s'évanouir au fond de la futaie. Sans lui, Jon se sentait comme dévêtu. La moindre ombre entrevue éveillait un malaise et, malgré lui, les rabâchages de Vieille Nan revinrent l'assaillir, il entendait presque distinctement l'intarissable marmottement ponctué par le sempiternel *clic clic clic* du tricot. *Des ténèbres, à cheval, surgirent alors les Autres. Ils étaient froids, ils étaient morts, ils exécraient le fer, le feu, le contact du soleil et toutes les créatures vivantes à sang chaud. Comme ils progressaient vers le sud, montés sur leurs cadavres de chevaux livides et menant les hordes d'assassinés, devant eux tombèrent un à un les places fortes et les villes et les royaumes des humains. Ils nourrissaient leurs serviteurs défunts avec la chair des enfants des hommes...*

Lorsqu'enfin se profila le Mur, là-bas, vague silhouette encore à l'horizon sur les frondaisons torturées d'un chêne séculaire, Jon éprouva un soulagement indicible. Soudain, Mormont tira sur les rênes et, se retournant sur sa selle, aboya : « Tarly ? ici ! »

Sam poussa sa jument mais, à lire l'effroi de sa physionomie, nul doute qu'il ne s'attendît à quelque réprimande. « Si gras que tu sois, tu ne manques pas de jugeote, mon garçon, gronda le Vieil Ours. Du bon boulot, là-bas. Toi aussi, Snow. »

À voir Sam virer du vert à l'écarlate et s'empêtrer vainement la langue à bafouiller des politesses, Jon ne put réprimer un sourire.

Dès qu'ils eurent atteint l'orée, Mormont éperonna son rude bourrin pour le mettre au trot. Au même instant, Fantôme débouchait en trombe à leur rencontre, les babines rouges et se pourléchant. Là-haut, sur le Mur, les sentinelles saluèrent l'approche de la colonne au son lugubre et graillonneux du cor. Une seule note tenue qui, sur des milles et des milles, ébouriffa la forêt, que la paroi de glace répercuta – HouOuOuOuOuOuOuoooooooooooooooooooooooooo... – dont peu à peu s'éteignirent les vibrations. Une seule note. En code : retour de patrouille. *Au moins j'aurai été patrouilleur pendant une journée*, songea Jon. *Et nul ne pourra, quoi qu'il advienne, me le dénier.*

La figure congestionnée, Bowen Marsh les attendait, fébrile, à la première grille du boyau de glace. « Il est arrivé un oiseau, messire, haleta-t-il tout en la décadenassant, il vous faut venir, vite !

— Qu'y a-t-il encore ? » se hérissa le Vieil Ours.

Avant de répondre, Marsh décocha un regard torve du côté de Jon. « C'est mestre Aemon qui a la lettre. Vous le trouverez dans votre loggia.

– Bien. Jon ? Occupe-toi de mon cheval. Et dis à ser Jaremy d'entreposer les corps dans un magasin jusqu'à la visite du mestre. » Et il s'en fut à longues enjambées farcies de grommellements.

Pendant qu'ils ramenaient les bêtes aux écuries, Jon se sentit avec un profond malaise la cible de tous les regards. Tout affairé qu'il fût à malmener ses recrues, dans la cour, ser Alliser Thorne s'interrompit lui-même, un demi-sourire aux lèvres, pour le dévisager. Planté sur le seuil de l'armurerie, Donal Noye le manchot lança, lui : « Les dieux te gardent, Snow ! »

Sent mauvais, se dit-il. *Très mauvais.*

On transporta les cadavres dans l'une des cambuses noires qui, creusées dans la glace à la base même du Mur, servaient à conserver la viande, le grain, voire la bière, quelquefois. Avant de panser le sien, Jon contrôla que, dûment étrillé, abreuvé, le cheval de Mormont disposait d'une mangeoire pleine et, sa tâche achevée, se mit en quête de ses amis. Grenn et Crapaud montaient la garde, mais il découvrit Pyp dans la salle commune. « Que se passe-t-il ?

— Le roi est mort », chuchota Pyp.

La nouvelle l'abasourdit. Si vieux et gras que lui eût paru Robert Baratheon, lors de sa visite à Winterfell, il l'avait trouvé passablement gaillard encore et, depuis lors, nulle rumeur de maladie n'avait circulé. « Tu tiens ça d'où ?

— Un garde a entendu Clydas lire la lettre à mestre Aemon. » Il se pencha d'un air confidentiel. « Désolé, Jon. Il était l'ami de ton père, n'est-ce pas ?

— Aussi proche qu'un frère, autrefois. » Une question le tarabustait : Joffrey garderait-il Père comme Main ? Probablement pas. Dans ce cas, lord Eddard regagnerait Winterfell, et les filles aussi. Peut-être lord Mormont lui accorderait-il la permission de leur rendre visite, alors ? Quel bonheur ce serait que de revoir Arya, de causer avec Père ! *Je l'interrogerai sur ma mère*, résolut-il. *Maintenant que je suis un homme, il n'est que temps d'apprendre la vérité. Fût-elle une pute, je m'en contrefiche, je veux savoir.*

« Hake prétend que les morts étaient des hommes de ton oncle, c'est vrai ?

— Oui. Deux des six qui l'accompagnaient. Un bon bout de temps qu'ils sont morts, seulement… les corps sont bizarroïdes.

— Bizarroïdes ? » Pyp brûlait de curiosité. « Comment ça, bizarroïdes ?

— Sam te dira. » Il n'avait aucune envie d'en parler. « Il me faut aller voir si le Vieil Ours a besoin de moi. »

En gagnant, seul, la tour de la Commanderie, une sourde appréhension le travaillait au point que, dans les yeux des frères en faction, il crut lire une exagération de solennité. « Le Vieil Ours est dans sa loggia, lui dit l'un. Il te réclamait. »

Jon acquiesça d'un hochement. Un peu contrit de n'être pas venu directement, il se hâta jusqu'à l'étage, non sans se répéter : *Il veut du vin, ou du feu dans sa cheminée, voilà tout.*

Le corbeau salua son entrée en criant : « *Grain !* » d'un ton courroucé, « *grain ! grain ! grain !* »

« N'en crois rien, maugréa Mormont, je viens juste de lui en donner. » Assis près de la fenêtre, il lisait une lettre. « Sers-moi une coupe de vin et emplis-en une pour toi.

— Pour moi, messire ? »

Mormont leva les yeux vers lui. D'un air compatissant, impossible de s'y méprendre. « Tu as bien entendu. »

Nullement dupe qu'il repoussait ainsi l'échéance, Jon se mit à verser avec un excès de soin mais, la chose faite – et elle le fut bien trop tôt –, plus moyen de se dérober. « Assieds-toi, mon garçon, commanda Mormont. Bois. »

Jon demeura debout. « C'est de mon père qu'il s'agit, n'est-ce pas ? » Le Vieil Ours tapota la lettre du doigt. « De ton père et du roi, grogna-t-il. Je ne vais pas te mentir, c'est grave. Du diable si je m'attendais, à mon âge, à jamais voir un nouveau roi, quand Robert était deux fois moins vieux que moi et fort comme un taureau. » Il sirota une gorgée. « Il avait la passion de la chasse, à ce qu'il paraît. Nos passions nous détruisent toujours, petit. Rappelle-toi ça. Mon fils était fou de son tendron de femme. Une écervelée. Sans elle, jamais il n'aurait seulement songé à vendre ces braconniers. »

À tout cela, Jon n'entendait goutte. « Je ne comprends pas, messire. Qu'est-il arrivé à mon père ?

— Je t'ai dit de t'asseoir », éructa Mormont. « *T'asseoir !* » glapit le corbeau. « Et de boire, crebleu. C'est un ordre, Snow. »

Jon prit un siège et trempa ses lèvres.

« Lord Eddard a été jeté en prison. On l'accuse de trahison. Il aurait comploté avec les frères de Robert pour écarter le prince Joffrey du trône.

— Non ! s'emporta Jon. Cela ne se peut. Jamais Père ne trahirait le roi.

— Vrai ou faux, je n'ai pas à me prononcer. Ni toi.

— Mais c'est un *mensonge* ! » s'enferra Jon. Comment pouvait-on ? Accuser Père de traîtrise…, étaient-ils tous devenus fous ? Comme si lord Eddard Stark pouvait jamais se déshonorer ! Comme…

Il a procréé un bâtard, insinua une petite voix. *Quel honneur y avait-il là ? Et ta mère, dis ? Il n'en prononçait même pas le nom…*

« Et maintenant, messire ? On va l'exécuter ?

— Ça, je l'ignore… Je compte envoyer une lettre. Dans le temps, j'ai connu certains des conseillers du roi : le vieux Pycelle, lord Stannis, ser Barristan… De quelque crime que soit coupable ou innocent ton père, il est un grand seigneur. On doit lui accorder licence de prendre le noir pour se joindre à nous. Les dieux savent à quel point nous manquons d'hommes de sa trempe. »

Effectivement, des grâces de cet ordre avaient été prononcées pour des cas similaires, par le passé… Pourquoi lord Eddard n'en bénéficierait-il pas ? Père ici ! L'idée faisait un drôle d'effet. Et un effet drôlement désagréable. Dépouiller Père de Winterfell ? le contraindre à endosser le noir ? mais cela serait monstrueux, tellement inique ! À moins que telle fût sa seule chance de salut…

Joffrey l'accorderait-il seulement ? Son outrecuidance à l'endroit de Robb et de ser Rodrik, dans la cour de Winterfell, n'annonçait guère de mansuétude. La présence de Jon ? bien beau déjà s'il l'avait remarquée, les bâtards ne méritant pas même l'hommage de ses mépris. « Le roi daignera-t-il vous écouter, messire ? »

Le Vieil Ours haussa les épaules. « Un roitelet… Je veux croire qu'il écoutera sa mère. Si seulement le nain se trouvait près d'eux ! Il est l'oncle du gosse, et son séjour ici lui a permis de mesurer notre dénuement. Une catastrophe, vois-tu ? qu'il soit prisonnier de madame ta mère.

— Lady Stark n'est pas ma mère ! » rappela-t-il vertement. Il n'avait eu personnellement qu'à se louer de Tyrion Lannister. Un véritable ami. Quant à elle… S'il arrivait malheur à lord Eddard, on pourrait autant le reprocher à Catelyn Tully qu'à Cersei Lannister. « Et mes sœurs, messire ? Arya et Sansa ? elles se trouvaient avec Père. Sauriez-vous… ?

— Pycelle ne les mentionne pas, mais il est impossible qu'on ne les traite pas avec égards. Je m'enquerrai d'elles dans ma lettre. » Il hocha longuement la tête. « Voilà qui nous tombe dessus au pire moment. Juste quand le royaume risque d'avoir le plus pressant besoin d'un roi à poigne… Cela nous promet des jours sombres et des nuits glacées, toute ma carcasse m'en avertit… » Puis, appesantissant sur Jon un regard aigu : « Et toi, garde-toi bien de faire une sottise, s'il te plaît. »

Il s'agit quand même de mon père ! avait-il envie de gueuler, mais à quoi bon ? Cet argument-là, Mormont se refuserait à l'admettre. Il se sentait la gorge sèche, s'imposa de boire une gorgée de plus.

« Ton devoir est ici, désormais, lui rappela son chef. Ton ancienne existence s'est achevée le jour où tu as pris la tenue noire.

— *Noire !* » lui fit écho, d'une voix rauque, son corbeau, mais il poursuivit, impavide : « Ce qu'ils feront à Port-Réal ne nous concerne nullement. » Faute de réponse, il termina son vin et reprit : « Tu peux t'en aller. Je n'aurai plus besoin de toi aujourd'hui. Demain, je compte que tu m'aideras à rédiger cette fichue lettre. »

Sans même s'en apercevoir, Jon se leva, quitta la loggia. Il ne reprit conscience que dans l'escalier, sur la pensée : Il s'agit de mon père, *il s'agit de mes sœurs, et cela ne me concernerait nullement ?*

L'un des gardes, dehors, lui dit avec un bon regard : « Courage, mon gars, les dieux sont cruels. »

Ils sont au courant, saisit-il. « Mon père n'est pas un traître ! » s'étrangla-t-il. Au fond de sa gorge, les mots eux-mêmes semblaient conspirer à le suffoquer. Le vent se levait, le froid, dans la cour, reprenait ses droits. L'été des esprits tirait à sa fin.

Le reste de l'après-midi s'écoula comme dans un rêve. Ses allées et venues, ses faits et gestes, ses paroles ou ses interlocuteurs, Jon eût été fort en peine d'en rendre compte. Il ne percevait nettement que la présence constante et muette de Fantôme à ses côtés. Elle le réconfortait. *Les filles n'ont même plus ça*, songeait-il. *Leurs loups pouvaient les sauvegarder, mais Lady est morte et Nymeria perdue. Les voilà toutes seules au monde.*

Vers le soir, le vent tourna carrément au nord, virulent. On l'entendait couiner contre le Mur et fustiger les parapets quand Jon pénétra dans la salle commune pour le dîner. Hobb avait concocté un civet de venaison riche de carottes, d'orge et d'oignons. Rien qu'à s'en voir servir une double portion et attribuer le quignon croustillant, Jon sut à quoi s'en tenir. *Il est au courant.* Un regard circulaire, et les têtes se détournèrent vivement, les yeux s'esquivèrent avec discrétion. *Ils sont tous au courant.*

Ses amis l'investirent, eux. « Nous avons demandé au septon d'allumer un cierge à l'intention de ton père », annonça Matthar. Et Pyp de carillonner : « C'est un mensonge, nous savons tous que c'est un mensonge, *même* Grenn sait que c'est un mensonge. » Grenn confirma d'un hochement convaincu. Sam lui étreignit la main. « Puisque tu es mon frère, maintenant, il est mon père, à moi aussi. Si tu veux ressortir prier les anciens dieux parmi les barrals, je t'accompagne. »

Une offre vraiment stupéfiante, de la part d'un Sam. Et sincère, partie du cœur. *Ils sont mes frères. Autant que Robb, Bran et Rickon...*

Un rire explosa, là-dessus, un rire aussi cinglant et cruel qu'un fouet, celui de ser Alliser Thorne qui lança à la cantonade : « Pas qu'un bâtard, holà ! un bâtard de *traître* ! »

Mais déjà Jon avait bondi sur la table, poignard au poing et, comme Pyp se cramponnait à sa jambe, la dégageait, dévalait entre les convives et envoyait valser le bol que tenait l'ennemi. Le civet vola de toutes parts, éclaboussant les frères. Thorne recula. On beuglait, autour, mais Jon n'entendait rien, qui, d'un coup direct à la face, en eût crevé les maudits yeux glacés si Sam ne s'était interposé à temps, tandis que, tel un singe, Pyp se cramponnait à ses épaules, que Grenn lui maintenait le bras et que Crapaud lui arrachait l'arme des doigts.

Plus tard, bien plus tard, après qu'on l'eut ramené sous bonne escorte à sa cellule, Mormont, son corbeau sur l'épaule, descendit le voir. « Je t'avais pourtant prévenu : pas de sottises, mon gars… !

— *Gars !* » fit chorus l'oiseau.

Mormont secoua la tête d'un air écœuré. « Quand je pense… Et je fondais tant d'espoirs sur toi. »

Il lui fit retirer son poignard, son épée, puis le consigna dans sa cellule jusqu'à ce qu'un conseil de guerre statue sur son sort, et, peu soucieux d'être désobéi, ordonna d'en garder la porte, interdit toutes visites mais, afin d'épargner au reclus le tourment d'une solitude trop rigoureuse, lui concéda Fantôme pour compagnie.

« Mon père n'est pas un félon », dit Jon au loup, après qu'on les eut laissés tête à tête. Les yeux sur lui, le loup, muet, ne cilla. Jon se laissa glisser à terre, le dos au mur et, les bras autour des genoux, se mit à fixer la chandelle placée sur la table près de son grabat. La flamme oscillait, vacillait, mobilisait l'ombre à l'entour, le froid semblait s'aggraver, l'obscurité s'accentuer. *Je ne fermerai pas l'œil, cette nuit*, songea-t-il.

Il dut s'assoupir néanmoins, car il s'aperçut brusquement que la chandelle s'était consumée, qu'il avait les jambes engourdies et nouées de crampes. Dressé sur ses pattes arrière, Fantôme grattait à la porte. Fou, ce qu'il avait grandi. « Qu'y a-t-il, Fantôme ? » appela-t-il tout bas. Le loup tourna la tête, le toisa, les crocs découverts sur un grondement silencieux. *Il est fou ?!* « Fantôme…, c'est moi », murmura-t-il, le plus paisiblement qu'il put. Il tremblait, cependant, des tremblements irrépressibles. Depuis quand faisait-il si froid ?

Fantôme s'écarta de la porte. Ses griffes en avaient profondément entaillé le bois. Jon le regarda, de plus en plus anxieux. « Quelqu'un dehors, là, n'est-ce pas ? » chuchota-t-il. Aplati au sol, le loup rampait à reculons, l'échine hérissée. Le garde. *Le garde qu'on a laissé sur le seuil. Fantôme le sent à travers la porte, voilà tout, rien d'autre.*

Lentement, il se mit sur pied. Il grelottait sans y pouvoir mais déplorait de n'avoir plus d'épée. Trois pas rapides le menèrent jusqu'à la porte. Il saisit la poignée, tira sans ambages, le couinement des gonds faillit de peu le faire bondir.

Recroquevillé comme un pantin de son sur les marches étroites, le garde le dévisageait. Le dévisageait, oui, encore qu'à plat ventre. Mais sa tête était à l'envers.

Impossible. Impossible à la tour de la Commanderie. Gardée nuit et jour. Impossible. C'est un cauchemar. Je suis en train de faire un cauchemar.

Mais Fantôme se faufila dehors, grimpa quelques marches, s'arrêta pour regarder Jon qui, soudain, entendit la chose : un imperceptible crissement de botte contre la pierre, le bruit d'un loquet qu'on tourne. Cela provenait de l'étage au-dessus. Des appartements du lord commandant.

Un cauchemar ? sans doute, mais éveillé.

L'épée du garde se trouvait encore au fourreau. Jon s'agenouilla pour la dégainer. La solidité de l'acier dans son poing lui rendit un rien de hardiesse, et il commença à monter derrière Fantôme et ses pas feutrés. À chaque détour du colimaçon l'épiaient en tapinois des ombres. Aussi progressait-il avec circonspection, tâtant d'estoc chaque obscurité suspecte.

Tout à coup retentit, strident, le croassement du corbeau de Mormont. « *Grain !* piaillait-il, *grain ! grain ! grain ! grain ! grain ! grain !* » Fantôme ne fit qu'un bond, Jon le suivit à quatre pattes. La porte de la loggia béait, grande ouverte, le loup s'y précipita, mais Jon, lame en main, s'immobilisa sur le seuil, le temps d'accommoder. Les lourds rideaux tirés sur les fenêtres entretenaient dans la pièce des ténèbres d'encre. « *Qui va là ?* » cria-t-il.

Alors, il discerna la chose, ombre au sein des ombres, qui se glissait vers la porte de la cellule où couchait Mormont, la chose, une forme humaine vêtue de noir, manteau noir et capuchon noir…, mais dont les yeux, sous le capuchon, brûlaient d'un feu glacé, bleu, si bleu… !

Fantôme bondit. L'homme et le loup tombèrent, enchevêtrés, sans un cri, sans un grognement, roulèrent au sol en écrasant un siège, renversèrent une table chargée de papiers, tandis que le corbeau, dans des battements d'ailes affolés, persistait à piailler : « *Grain ! grain ! grain ! grain !* », et qu'avec l'impression d'être aussi aveugle que mestre Aemon, Jon se glissait, le dos au mur, vers la première baie pour en arracher le rideau. Alors, à la faveur du clair de lune qui, d'un coup, inonda la loggia, il distingua des mains noires enfouies dans la fourrure blanche, de sombres doigts boursouflés qui serraient son loup à la gorge, et Fantôme avait beau claquer des mâchoires, se tortiller, flageller l'air de ses quatre pattes, il ne parvenait pas à se libérer.

Jon n'eut même pas le loisir d'une quelconque peur. Il se rua en hurlant et, de toutes ses forces, de tout son poids, abattit son arme. Mais si l'acier trancha bel et bien manche et peau et os, cela rendit un son si *faux*, l'odeur qu'exhala la chose était si puissante et si froide, si extravagante que Jon faillit en dégobiller. Surtout que le bras gisait bien au sol mais, dans une flaque de lune, les doigts noirs persistaient à se démener. Fantôme, enfin, parvint à dénouer l'étreinte de l'autre main et, toute langue hors, à ramper à l'écart.

Comme la chose au capuchon levait une face blême, Jon l'y frappa sans hésitation. L'épée fracassa la pommette et, arrachant la moitié du nez, fendit la joue suivante au ras des yeux, de ces yeux…, de ces yeux… qui persistaient à flamboyer d'un bleu si bleu, d'un bleu minéral, d'un bleu d'astre. Et, soudain, Jon le reconnut et recula épouvanté. *Othor, bons dieux. Il est mort, il est mort. J'ai vu son cadavre. Vu, vu, vu, de mes propres yeux.*

Il sentit quelque chose agripper sa cheville. Des doigts noirs se crispèrent sur son mollet. Le bras lui escaladait prestement la jambe en griffant la laine et la chair. Avec un cri de dégoût sauvage, Jon inséra vivement la pointe de l'épée entre sa cuisse et l'horrible bête et, d'une pesée, l'envoya baller. Elle persista à se convulser, les doigts à s'ouvrir et se refermer.

Une embardée propulsa le cadavre. Il ne saignait pas. Ne souffrait apparemment pas de son amputation ni de sa figure quasiment sectionnée en deux. Jon brandit à nouveau son arme. « Au large ! » ordonna-t-il, mais d'une voix devenue perçante. « *Grain !* piaillait le corbeau, *grain ! grain !* » À terre, tel un serpent blême à tête en forme de doigts noirs, le bras coupé gigotait toujours comme pour s'extirper de la manche en loques. Fantôme s'abattit dessus, y planta ses dents, les phalanges craquèrent, tandis que Jon, frappant le cadavre au col, sentait l'acier mordre et pénétrer à fond.

Alors, le mort se jeta sur lui si brutalement qu'il le culbuta.

La table renversée le cueillit entre les épaules, et le choc lui coupa le souffle. L'épée ? où était l'épée ? maudite épée ! il l'avait perdue... Sa bouche s'ouvrit sur un hurlement, la chose y engouffra ses doigts de charogne, et il eut beau, tout en dégueulant, tenter de se dégager, la chose était trop lourde, et la main ne cessait de s'enfoncer, glaciale, vers l'arrière-gorge, parmi les glaires, s'enfonçait à force, et la face hideuse se plaquait contre sa figure, emplissait le monde. Du givre couvrait ses yeux, des paillettes bleues. Les ongles de Jon éraflaient une chair glaciale, ses pieds ruaient en vain contre des jambes insensibles, et il mordait en vain, cognait en vain, cherchait l'air en vain...

... quand, tout à coup, plus de poids sur lui, et les doigts battaient en retraite, mais il ne parvint qu'à se laisser rouler sur le côté, dégueulant, tremblant. Fantôme avait pris le relais. Il regarda le loup enfouir ses crocs dans les tripes de la chose, les tirer, les déchiqueter, il regarda cette horreur pendant une éternité sans trop comprendre, à demi conscient, finit par se rappeler qu'il devait chercher son épée et vit lord Mormont qui, nu comme un ver, encore assommé de sommeil, se tenait sur le seuil avec une lampe à huile, et, au sol, le bras qui, tout mutilé, rongé qu'il était, tressautait spasmodiquement en direction de ses orteils.

Il voulut jeter un cri d'alarme, il n'avait plus de voix. Il se releva en chancelant, repoussa le bras d'un coup de pied et arracha si brusquement la lampe à Mormont que la flamme manqua s'éteindre. « *Brûle !* croassa le corbeau, *brûle ! brûle ! brûle !* »

Une pirouette, et Jon repéra le rideau abandonné sur le plancher. À deux mains, il y projeta la lampe. Le métal se creva, le verre explosa, l'huile se répandit, le tissu imbibé s'embrasa tout d'une pièce avec un somptueux vrombissement. Et plus douce qu'aucun baiser jamais reçu parut à Jon la chaleur qui lui rôtissait le visage. « Fantôme ! » cria-t-il.

Aussitôt, le loup lâcha sa proie pour le rejoindre, et comme la chose déjà se démenait pour se redresser, malgré les serpents noirs que déversait son ventre, Jon plongea sa main dans la fournaise, y saisit une bonne poignée d'étoffe enflammée et en parsema le cadavre. *Faites qu'il brûle, ô dieux*, priait-il ce faisant, *pitié, pitié, faites qu'il brûle !*

BRAN

Les Karstark arrivèrent par un matin venteux, frisquet. De leur château de Karhold, ils amenaient trois cents cavaliers et près de deux mille fantassins, dont la pâleur du soleil levant faisait au loin scintiller les piques. Un tambour les précédait, qui, sur une caisse plus grosse que lui, martelait, *boum boum boum boum*, une marche lente et caverneuse.

Juché sur les épaules d'Hodor, Bran lorgnait leur approche, depuis une échauguette du rempart, à travers la longue-vue de bronze de mestre Luwin. En tête venait, sous les bannières nocturnes frappées de la blanche échappée radieuse, lord Rickard en personne. À ses côtés caracolaient ses fils, Harrion, Eddard et Torrhen. Ils avaient du sang Stark dans les veines, à en croire Vieille Nan, depuis des centaines d'années, mais il n'y paraissait pas, trouva-t-il, avec leur aspect massif, leur mine farouche, la barbe drue qui leur dévorait le visage, les cheveux qui leur pendaient plus bas que la clavicule et leurs pelisses de peaux d'ours, de phoque ou de loup.

Avec eux, le ban serait au complet. Escortés chacun de ses propres troupes, les autres seigneurs se trouvaient déjà là. Bran mourait d'envie de se joindre à leurs chevauchées, d'aller voir de près les maisons d'hiver, désormais pleines à craquer, d'aller coudoyer la cohue qui, désormais, déferlait, le matin, sur la place du marché, bondait les rues défoncées par les roues, durcies par les sabots…, mais Robb lui avait interdit de quitter le château. « Nous ne pouvons gaspiller d'hommes pour assurer ta sécurité.

— J'emmènerais Été…

— Ne fais pas ton gosse avec moi. Tu sais trop à quoi t'en tenir. Avant-hier encore, l'un des hommes de lord Bolton a poignardé l'un de ceux de lord Cerwyn à *La Bûche qui fume*. Mère ferait mégisser ma peau si je te laissais prendre le moindre risque. » Et comme, pour ce dire, il avait adopté le ton péremptoire du Robb seigneurial, affaire classée, point d'appel…

La mésaventure du Bois-aux-Loups motivait cette intransigeance, comment s'y tromper, lui qu'elle obsédait encore durant son sommeil ? Elle l'avait révélé démuni comme un nouveau-né, aussi incapable de se défendre que Rickon…, sauf que Rickon aurait au moins donné des coups de pied. Quelle humiliation. Robb étant presque un homme, lui-même l'était, vu le peu d'années d'intervalle entre eux. Il aurait dû pouvoir se protéger par ses propres moyens.

Voilà seulement un an – *avant* –, il l'aurait visitée, la ville d'hiver, quitte à s'esbigner, tout seul, en escaladant les remparts. À l'époque, rien ne l'empêchait de dégringoler quatre à quatre les escaliers, d'enfourcher son poney pas plus que de sauter de selle, ni de manier suffisamment bien son épée de bois pour faire mordre la poussière au prince Tommen. Et voici qu'il en était réduit à regarder, passivement, réduit à utiliser la lorgnette de mestre Luwin. Celui-ci lui avait appris à identifier chacune des bannières : Glover, le poing ganté de mailles, argent sur champ de gueules, et Mormont, l'ours noir, et Bolton de Fort-Terreur, l'écorché hideux, et Corbois, l'orignac, et Cerwyn, la hache de guerre, et Tallhart, les trois vigiers, et Omble, l'effroyable rugissement du titan aux chaînes brisées…

Quant aux têtes des lords, de leurs fils et de leur escorte de chevaliers, il eut tout loisir de se les assimiler durant les banquets de Winterfell. Comme la grand-salle elle-même n'était pas assez vaste pour accueillir tous les bannerets à la fois, Robb les traitait à tour de rôle et lui attribuait invariablement le siège placé à sa droite, honneur qui ne manquait pas de lui valoir, de-ci de-là, des regards de travers. De quel droit, s'il vous plaît, prenait-il le pas sur nos seigneuries, ce mioche, et infirme, en plus ?

« Ça en fait combien, maintenant ? demanda-t-il à mestre Luwin pendant que lord Karstark et les siens s'engageaient sous les portes d'enceinte.

— Douze mille hommes, ou peu s'en faut.

— Et de chevaliers ?

— Guère, dit le mestre avec une pointe d'agacement. On ne saurait être chevalier sans avoir d'abord monté la veille dans le septuaire puis reçu l'onction des sept huiles destinée à consacrer les vœux. Dans le nord, rares sont les grandes maisons qui adorent les Sept. La plupart persistent à honorer les anciens dieux et ne désignent pas de chevaliers…, mais ces seigneurs ni leurs enfants ni leurs lames liges n'en sont pour autant moins susceptibles de bravoure, d'honneur et de loyauté. Qu'un ser précède son nom ne préjuge pas de la valeur d'un homme, je te l'ai déjà dit et répété cent fois.

— Cependant, insista Bran, combien de chevaliers ? »

Le vieux soupira. « Trois cents, peut-être quatre…, contre trois mille lances d'armes qui ne sont pas ointes.

— Lord Karstark est le dernier, reprit Bran d'un air songeur. Robb va l'inviter, ce soir.

— Assurément.

— Et ils… ils partiront dans combien de temps ?

— Il faut que ce soit bientôt ou jamais. La ville d'hiver est archi-bourrée de soudards, et le pays finira dévoré si tout ce joli monde-là ne décampe incessamment. Afin d'opérer leur jonction avec Robb, d'autres – hobereaux des Tertres et gens des paluds, lord Manderly, lord Flint – stationnent déjà tout au long de la route royale. Les hostilités sont déjà ouvertes dans le Conflans, et le Conflans n'est pas la porte à côté, sais-tu ?

— Je sais... », dit Bran d'un ton presque aussi misérable que ses sentiments, tout en retournant le tube de bronze contre son interlocuteur. Fou, ce que le haut de son crâne s'était clairsemé. La peau transparaissait, rose. Ça faisait un effet bizarre, voir Luwin d'en haut quand vous l'aviez depuis toujours regardé d'en bas mais, avec Hodor pour monture, après tout, vous toisiez l'univers entier. « J'en ai assez de regarder. Remmène-moi au château, Hodor.

— Hodor ! » fit Hodor.

La manche de mestre Luwin engloutit la lunette. « Le seigneur ton frère n'aura pas de temps à te consacrer, Bran. Il lui faut accueillir lord Karstark et ses fils et leur souhaiter la bienvenue.

— Je ne compte pas le déranger. Je veux aller dans le bois sacré. » Il posa la main sur l'épaule d'Hodor. « Hodor ? »

Creusées à même le granit, des encoches tenaient lieu d'échelle à l'intérieur de l'échauguette. Sans cesser pour si peu de fredonner ses rengaines monocordes, Hodor entreprit gaillardement la descente, au risque de donner quelque vague à l'âme au gamin, calé sur son dos dans un siège d'osier. Pour confectionner celui-ci, mestre Luwin s'était inspiré de la hotte où les bonnes femmes charrient leurs fagots, et où il avait suffi de pratiquer des ouvertures pour les jambes, tout en renforçant le harnais de manière à répartir au mieux le poids de l'enfant. Pour avoir moins d'agrément que de monter Danseuse – mais Danseuse ne pouvait accéder partout –, ce moyen de locomotion vous mortifiait tout de même moins que d'être, comme un poupon... ! porté dans les bras. Hodor aussi semblait l'apprécier mais, avec Hodor, comment affirmer quoi que ce soit ? Le seul tintouin restait le passage des portes, car il arrivait à Hodor de vous *oublier*, et il s'y engouffrait à vous fracasser le crâne contre le linteau.

Depuis près de quinze jours que ne cessaient les allées et venues, les deux herses demeuraient relevées, sur ordre de Robb, et abaissé entre elles, même au plus fort de la nuit, le pont-levis qui les desservait. Une longue colonne de lanciers d'armes coiffés de morions de fer noir et drapés dans des manteaux de laine noire à la blanche échappée des Karstark franchissait les douves et pénétrait dans le château lorsque Bran atteignit le niveau de la cour. Avec un sourire béat qui ne s'adressait qu'à lui-même ou au tapage de ses bottes sur les madriers, Hodor la longea au trot, sans se soucier des regards torves des cavaliers. L'un d'eux s'esclaffa, mais Bran refusa de s'en formaliser. « Tu vas attirer les regards..., l'avait averti mestre Luwin lors de sa première sortie en tel équipage. On va te lorgner, jaser, certains se moquer. » *Qu'ils se moquent*, songea-t-il. Dans sa chambre, certes, les moqueries lui étaient épargnées, mais il n'allait pas passer sa vie au lit, non ?

Au moment de s'engager sous la voûte, il se fourra deux doigts dans la bouche, siffla, et son loup vint ventre à terre à sa rencontre, jetant la panique parmi les bêtes des lanciers. Un étalon qui se cabra en hennissant, l'œil fou, manqua même de désarçonner son maître dans un concert de cris et d'imprécations. À moins d'être accoutumés à l'odeur des fauves, les chevaux étaient tous pris de frénésie quand ils la flairaient, mais, bah, ceux-ci se calmeraient comme les autres, une fois Été disparu. « Au bois sacré », rappela-t-il à Hodor.

Une indescriptible cohue bouleversait Winterfell lui-même. La cour retentissait du fracas des haches et des épées, du roulement des fourgons, d'aboiements de chiens. De sa vie, Bran n'avait vu tant d'étrangers, pas même lors de la visite du roi Robert. Dans l'antre béant de l'armurerie, il entraperçut Mikken qui, le torse luisant de sueur, forgeait à grands coups sonores de frappe-devant.

Après avoir tâché de ne point trop broncher lorsqu'Hodor avala de son trot allègre un seuil scabreux, il se retrouva suivre une longue venelle à peine éclairée. Quitte à soutenir sans peine l'allure, Été levait par intermittence vers lui ses prunelles d'or fluide, mais le moyen, dites, de le caresser, depuis le faîte du colosse ? partie remise…

Au sein du chaos tapageur qu'était devenu le château, le bois sacré formait comme un îlot de paix dans la tempête. Hodor se faufila de fût en fût parmi le dru des vigiers, des chênes, des ferrugiers jusqu'à l'étang de l'arbre-cœur et, toujours fredonnant, s'immobilisa sous les branches noueuses de ce dernier. À deux mains, Bran en saisit une pour se hisser hors de la hotte, en extraire ses jambes mortes, et il demeura dans cette posture, oscillant en suspens, la face enfouie dans la lie des feuilles, jusqu'à ce qu'Hodor s'avisât de l'en tirer pour le déposer sur la pierre lisse, tout au bord de l'eau. « Je veux rester seul un moment, dit-il alors. Va te tremper, va.

— Hodor ! » acquiesça Hodor avant de s'évanouir dans l'ombre vers la lisière où, juste sous la façade de l'hostellerie qu'elle tapissait de mousse, fumait nuit et jour une source chaude assez abondante pour alimenter trois réservoirs. Or, si Hodor haïssait l'eau froide, si la menace du savon le rendait agressif comme un chat sauvage acculé, rien ne l'enchantait comme de s'immerger dans le plus bouillant des bassins, d'y trôner des heures durant, non sans offrir à la moindre bulle venue des fonds vert noir cloquer à la surface l'écho de rots tonitruants.

Quant à Été qui, une fois désaltéré, s'était allongé près de lui, Bran se mit à le grattouiller sous la mâchoire, et tous deux goûtèrent de conserve un moment de sérénité. Ces lieux, Bran les avait toujours chéris, même *avant*, mais il éprouvait de plus en plus d'attrait pour eux. Le barral lui-même avait cessé de l'effrayer, et, tout obsédant qu'il demeurait, le regard sanglant de sa face blême lui procurait désormais une espèce de réconfort. Les dieux veillaient sur sa personne, se disait-il. Les anciens dieux, les dieux des Stark, des Premiers Hommes et des enfants de la forêt, les dieux de *Père*. Il puisait dans leur vue un sentiment de sécurité totale, et le silence absolu du bois favorisait l'essor de sa pensée. Il n'avait jamais tant pensé que depuis sa chute, tant pensé, tant rêvé, tant conversé avec les dieux.

« Faites que Robb ne parte pas », pria-t-il tout bas. Sa main songeuse balayait l'eau froide, ses yeux songeurs admiraient s'élargir les rides jusqu'à l'autre bord. « Faites qu'il reste. Ou, s'il faut vraiment qu'il s'en aille, faites qu'il nous revienne sain et sauf, ainsi que Mère et Père et les filles. Et faites..., oh, faites que Rickon comprenne. »

Depuis qu'il avait appris le départ incessant de Robb pour la guerre, le benjamin s'était ensauvagé comme orage hivernal, abattu tantôt, tantôt furibond. Après avoir refusé toute nourriture et, non content de pleurer, sangloter à longueur de nuit, fini par boxer Vieille Nan lorsqu'elle avait prétendu l'assoupir par une berceuse, le lendemain, il disparaissait. De sorte qu'il fallut mobiliser la moitié du château pour le retrouver, non sans mal, terré dans les cryptes. Encore voulut-il, armé d'une épée rouillée subtilisée à l'un des feus rois, tailler des croupières à ses libérateurs. Les assaillit également, tel un démon vomi par les ténèbres et aussi détraqué que son maître, Broussaille qui, babine baveuse, œil sulfureux, mordit Gage au bras, Mikken à la cuisse, et que seule l'intervention conjointe de Robb et Vent Gris réduisit à merci. Depuis lors, Farlen le tenait enchaîné au chenil, et Rickon, inconsolable de sa solitude, en profitait pour pleurer tant et plus...

Dans ces conditions, mestre Luwin déconseillait à Robb de quitter Winterfell, et Bran plaidait dans le même sens, tant pour lui-même que pour Rickon, mais peine perdue, Robb hochait seulement la tête et répétait, buté : « Je ne tiens pas à partir. Je le *dois*. »

Ce n'était pas entièrement faux. Quelqu'un devait effectivement aller tenir le Neck et appuyer les Tully contre les Lannister, Bran en convenait, mais ce quelqu'un n'était pas *forcément* Robb. Son frère aurait pu confier le commandement à Hal Mollen ou Theon Greyjoy ou l'un des principaux bannerets. Mestre Luwin l'en pressait du reste instamment, mais Robb ne l'entendait pas de cette oreille. « Jamais le seigneur mon père ne tolérerait d'envoyer des hommes à la mort en restant lui-même blotti comme un pleutre entre les murs de Winterfell. » Le ton, la pose, tout, Son Excellence Robb le lord.

Il lui semblait d'ailleurs presque un étranger, maintenant, métamorphosé, lord pour de vrai, quoiqu'il n'eût pas encore seize ans révolus. Même les vassaux de Père y paraissaient sensibles, qui, chacun à sa manière, le mettaient à l'épreuve : Roose Bolton et Robett Glover en revendiquant tous deux, l'un tout sourire et blagueur, l'autre d'un ton brusque, l'honneur de diriger les hostilités ; la corpulente Maege Mormont en lui rappelant vertement, forte de ses cheveux gris et de sa cotte de mailles virile, qu'il pouvait être son petit-fils, qu'elle n'avait pas d'ordre à recevoir de lui…, mais il se trouva qu'équipée d'une petite-fille elle eût été trop heureuse de la lui donner. De verbe onctueux, lui, lord Cerwyn s'était comme par hasard fait escorter de sa fille, accorte et dodue jouvencelle de trente printemps qui, toujours assise à la gauche de son papa, jamais ne détachait les yeux de son assiette. À défaut de donzelles à caser, le jovial lord Corbois se fendait en présents : un cheval tel jour, un cuissot de venaison tel autre, une trompe de chasse en argent repoussé le lendemain, cela sans rien réclamer en retour…, strictement rien, hormis, s'il vous plaît, messire, certain fortin pris à son grand-père et le privilège de giboyer au nord de certaine crête et la permission de barrer le cours de la Blanchedague.

À chacun, Robb répondait avec une courtoisie légèrement distante qui, digne à tous égards de Père, ployait les désirs à sa volonté.

Et lorsque lord Omble, que ses hommes surnommaient Lard-Jon, parce qu'aussi grand qu'Hodor il avait deux fois son ampleur, menaça de retirer ses forces s'il se retrouvait marcher derrière les Cerwyn ou les Corbois, « Vous auriez tort de vous en priver, répliqua Robb, avant d'ajouter, tout en grattant Vent Gris derrière les oreilles : Nous nous ferons un plaisir, sitôt débarrassés des Lannister, de remonter vers le nord vous débusquer de votre forteresse et de vous pendre comme parjure. » Hors de lui, Lard-Jon balança un pichet de bière dans l'âtre et, entre autres aménités, beugla qu'un bleu pareil devait pisser des myosotis puis, comme Hallis Mollen tentait de s'interposer, il le jeta à terre d'un coup de poing, renversa une table d'un coup de pied et dégaina la plus énorme et la plus laide des épées que Bran eût jamais contemplée, tandis que comme un seul homme se dressaient le long des bancs, prêts à l'imiter, ses fils, frères et lames liges.

Or, sans s'émouvoir pour si peu, Robb n'eut qu'un mot à dire et, le temps d'un clin d'œil et d'un grondement, lord Omble s'étalait à terre, son arme valsait à trois pieds de lui, deux doigts manquaient à sa main sanglante. « Le seigneur mon père, commenta Robb, m'a appris que dénuder l'acier contre son suzerain se payait de mort, mais sans doute vous proposiez-vous simplement de me couper ma viande ? » Les tripes liquéfiées, Bran regarda le colosse qui, vaille que vaille, se relevait, la lippe rougie de sucer ses moignons..., mais sa stupeur ne connut plus de bornes en l'entendant partir d'un rire colossal et rugir : « Ta viande... ! » entre deux hoquets, « bigrement *coriace*, ta viande ! »

Et de devenir, là-dessus, le bras droit de Robb, son champion le plus intraitable, et de clamer à tous échos que ce mouflet de seigneur-là, parole, c'était du pur Stark, que diable ! et qu'il serait avisé de plier les genoux devant, si l'on n'avait une furieuse envie de se les faire boulotter...

Triomphe inespéré mais triomphe coûteux. Le soir même, après que les feux s'étaient consumés dans la grande salle, Bran voyait survenir dans sa chambre un Robb blême et défait. « J'ai cru qu'il allait me tuer, confessa-t-il. Rien qu'à sa manière d'envoyer Mollen bouler comme il aurait fait de Rickon, hein ? bons dieux, je crevais de frousse ! Et il n'est pas le plus dangereux…, seulement le plus fort en gueule. Sais-tu ce qui m'obsède exclusivement quand, sans jamais piper mot, lord Roose se contente de me fixer ? l'idée de la pièce où, à Fort-Terreur, les Bolton suspendent la peau de leurs ennemis.

— Ce n'est qu'une fable de Vieille Nan ! » protesta Bran. Mais sa voix manquait quelque peu d'assurance. « Non ?

— J'ignore. » Il secoua la tête d'un air accablé. « Lord Cerwyn prétend emmener sa fille dans le sud. Pour n'être pas privé de ses petits plats, dit-il. Theon affirme que je la trouverai dans mon paquetage, une nuit. Et moi, je voudrais tellement… tellement que Père soit là… ! »

Le seul point sur lequel ils fussent entièrement d'accord, Bran comme Rickon et comme Robb le lord. Une même nostalgie de Père. Mais lord Eddard se trouvait à des milliers de lieues, captif en quelque cul-de-basse-fosse, ou traqué, fuyant au péril de ses jours, voire mort, déjà. Apparemment, nul ne savait au juste, chaque nouveau voyageur déballait sa version, de préférence plus horrible que la précédente. Empalées sur des piques, les têtes des gardes de Père pourrissaient aux créneaux du Donjon Rouge. Le roi Robert avait péri de la main même de lord Eddard. Les Baratheon assiégeaient Port-Réal. Lord Eddard s'était réfugié dans le sud avec cette canaille de Renly. Arya et Sansa avaient été assassinées par le Limier. Mère avait trucidé le Lutin et pendu son cadavre aux murs de Vivesaigues. Lord Tywin Lannister marchait sur les Eyrié, brûlant et massacrant tout sur son passage. Un soûlard allait jusqu'à claironner partout que, revenu d'entre les morts, Rhaegar Targaryen recrutait à Peyredragon une armée prodigieuse de héros mythiques pour revendiquer le trône de ses pères.

Et ni moins cruelle ni plus crédible ne parut la réalité lorsqu'un corbeau survint, chargé d'une lettre scellée du sceau personnel de Père et cependant rédigée de la main de Sansa. « Elle dit qu'avec ses complices, les frères du roi, il s'est rendu coupable de félonie… » La mine de Robb devant cet infâme torchon, jamais, jamais Bran ne l'oublierait. « Le roi Robert n'est plus. Mère et moi nous voyons sommés d'aller là-bas jurer fidélité à Joffrey. Sansa dit que nous devons nous montrer loyaux. Qu'elle se fait fort, lorsqu'elle aura épousé Joffrey, d'obtenir de lui la grâce de notre père. » Son poing se referma sur la lettre, en fit une boule. « Et elle ne dit rien d'Arya, rien, ne fût-ce qu'un mot, rien. Maudite soit-elle ! Elle est folle, ou quoi ? »

En son for, Bran se sentait glacé. « Elle a perdu son loup », dit-il, sans forces face au ressouvenir du jour où quatre des Stark avaient rapporté du sud les restes de Lady et où, dès avant qu'ils n'eussent franchi le pont-levis, Été, Broussaille et Vent Gris s'étaient mis ensemble à hurler, hurler, hurler d'une voix tendue, désolée… À l'ombre du premier donjon s'étendait, ses stèles mouchetées de pâles lichens, le cimetière où, durant des éternités, les sires de l'Hiver avaient déposé leurs serviteurs fidèles, et c'est là qu'on ensevelit Lady, pendant qu'erraient, telles des ombres inapaisées, ses frères loups parmi les tombes. Elle était partie pour le sud, et voilà, seuls revenaient ses os.

Tout comme Grand-Père, le vieux lord Rickard, et l'oncle Brandon, son fils, et deux cents de ses meilleurs hommes. On n'en avait revu aucun. Et Père à son tour, parti pour le sud, avec Arya et Sansa et Jory et Hullen et Gros Tom et les autres. Et puis Mère avec ser Rodrik, et *eux* non plus n'étaient toujours pas revenus… Et voilà que Robb voulait partir aussi. Bon, pas pour Port-Réal, pas pour aller jurer fidélité, mais pour Vivesaigues, et l'épée au poing. Sous peine, sûr et certain, de faire exécuter Père, s'il était vraiment prisonnier. Une perspective qui terrifiait Bran au-delà de toute expression. « S'il faut absolument que mon frère parte, veillez sur lui, adjura-t-il les anciens dieux dont les yeux rouges ne le lâchaient pas, et veillez aussi sur ses hommes, sur Hal, sur Quent et sur leurs compagnons, sur lord Omble, sur lady Mormont et sur tous leurs pairs. Sur Theon, je suppose, également. Ô dieux, veillez sur eux, je vous en supplie, gardez-les de tout mal. Aidez-les à battre les Lannister, sauvez Père et ramenez-les tous à la maison. »

Un soupir de brise émut le bosquet, les feuilles sanglantes bruirent, chuchotèrent. Été découvrit ses crocs. « Les entends, mon gars ? »

La voix fit tressaillir Bran. Sur la rive opposée se dressait, à l'ombre d'un vieux chêne qui dissimulait quelque peu ses traits, l'imposante Osha. Malgré les fers qui l'entravaient, la démarche de la sauvageonne savait demeurer aussi silencieuse que celle d'un chat. Contournant l'étang, Été vint la flairer. Elle eut un geste de recul.

« Ici, Été », appela Bran et, non sans la humer une dernière fois, le loup-garou bondit le rejoindre et se fourrer entre ses bras. « Que viens-tu faire ici, *toi* ? » Il ne l'avait pas revue depuis sa capture et savait seulement qu'elle travaillait aux cuisines.

« Ce sont aussi mes dieux, dit-elle. Il n'y en a pas d'autres, au-delà du Mur. » Déjà plus longs, châtains, touffus, ses cheveux lui donnaient, tout comme la vulgaire robe de bure brune qui avait supplanté la maille et le cuir, un air moins hommasse. « Gage me laisse parfois faire mes prières, quand le besoin m'en prend, et moi, je le laisse faire sous ma jupe, quand le besoin l'en prend. Ça compte pas, pour moi. J'aime bien l'odeur de la farine sur ses mains, puis il est pas brutal comme Stiv. » Elle esquissa une vilaine révérence. « Bon, je te quitte. Y a des chaudrons à récurer.

— Non, reste, commanda-t-il. Explique-moi ce que tu voulais dire avec “entendre les dieux”. »

Elle le scruta. « Tu demandais, ils répondaient. Ouvre tes oreilles, écoute, tu entendras. »

Il s'exécuta. « Ce n'est que le vent, reprit-il, sceptique, au bout d'un moment. Les feuilles qui frissonnent.

— Et c'est qui qu'envoie le vent, tu crois, si c'est pas les dieux ? » Un imperceptible cliquetis de fer, elle s'assit sur l'autre rive, en face de lui. Fixés par Mikken et reliés par une lourde chaîne, des anneaux de métal cerclaient ses chevilles ; à condition de mesurer ses pas, elle pouvait marcher mais dans aucun cas courir ni grimper ni monter à cheval. « Ils te voient, mon gars. Ils t'entendent parler. Ton frisson de feuilles, c'est quand ils répondent.

— Et ils disent quoi ?

— Ils sont tristes. Le seigneur ton frère, ils pourront rien pour lui, là où il va. Les anciens dieux n'ont aucun pouvoir, dans le sud. On a coupé tous les barrals, là-bas, depuis des milliers d'années. Comment veux-tu qu'ils veillent sur ton frère quand ils n'ont plus d'yeux ? »

Il n'avait pas envisagé les choses sous cet angle et en fut effrayé. Si les dieux eux-mêmes étaient impuissants à secourir son frère, de quel espoir se bercer, dès lors ? À moins qu'Osha n'entendît de travers… Il dressa l'oreille et, à nouveau, tâcha d'écouter. La tristesse, oui, peut-être, mais rien de plus.

Le frisson des feuilles s'amplifia, suivi de foulées feutrées, d'un fredonnement sourd, et Hodor émergea des arbres au petit bonheur, nu, hilare. « Hodor !

— Nos voix qui ont dû l'attirer, dit Bran. Tu as oublié de te rhabiller, Hodor.

— Hodor ! » acquiesça Hodor. Il ruisselait du col aux pieds, fumait dans l'air frais. La toison brune et drue qui couvrait son corps lui faisait comme une fourrure. Entre ses jambes dodelinait, copieuse, sa virilité.

Osha le jaugea d'un sourire acide. « Hé ben, ça, c'est du gros calibre ! S'il a pas du sang de géant, moi, je suis la reine.

— Des géants, mestre Luwin affirme qu'il n'y en a plus. Qu'ils sont tous morts, de même que les enfants de la forêt.

Qu'à part les vieux os que les charrues déterrent par-ci par-là il n'en reste rien.

— Qu'il aille faire un tour au-delà du Mur, ton mestre Luwin, riposta-t-elle, et il en trouvera, ou eux le trouveront. Mon frère en a tué une. Dix pieds de haut qu'elle avait, et qu'une chétive, encore. On en a su de douze et treize pieds. De fameux trucs, eux aussi, tout poil tout dents, que les femmes ont des barbes comme les maris, va faire un peu la différence. Elles prennent pour amants des mâles humains, et c'est de là que viennent les sang-mêlés. Avec nous, c'est beaucoup plus dur. Leurs hommes sont tellement gros qu'avant de lui faire un gosse ils t'ont fendu la fille en deux. » Elle lui sourit. « Mais tu sais pas de quoi je cause, hein, mon gars ?

— Si fait ! » protesta-t-il avec véhémence. L'accouplement, il connaissait, pour avoir vu cent fois les chiens, dans la cour, et regardé un étalon saillir une jument. Mais en parler lui causait un profond malaise. Il se retourna vers Hodor. « Retourne prendre tes vêtements, Hodor. Va t'habiller.

— Hodor ! » Empruntant le même chemin qu'à l'aller, Hodor se coula parmi les branches basses dans le taillis.

Il est décidément *de taille monstrueuse*, songea Bran en le regardant s'éloigner. « Il y a vraiment des géants, au-delà du Mur ? demanda-t-il, à demi convaincu.

— Des géants, et pire que les géants, mon petit seigneur. J'ai tenté d'avertir ton frère quand il m'interrogeait, lui et ton mestre et votre goguenard de Greyjoy. Les vents froids se lèvent, et les hommes qui s'éloignent de leurs feux ne reviennent pas… ou, s'ils reviennent, ils ne sont plus des *hommes*, seulement des choses animées, avec des yeux bleus et des mains noires et glacées. Pourquoi crois-tu que je filais vers le sud avec Stiv et Hali et cette bande d'imbéciles ? Et ce brave doux dingue entêté de Mance qui se figure qu'il va tenir…, comme si les marcheurs blancs, c'était comme vos patrouilles, il en sait quoi ? Libre à lui, si ça l'amuse, de se titrer roi-d'au-delà-du-Mur, qu'est-ce qu'il est ? rien qu'une vieille corneille noire de plus évadée de votre Tour Ombreuse. Il n'a jamais goûté l'hiver. Tandis que moi, mon petit, j'y suis *née*, là-bas, comme ma mère et sa mère et la mère de sa mère, on en est, nous, du Peuple Libre, et on se souvient. » Elle se leva dans un cliquetis de ferraille. « Ton petit seigneur de frère, j'ai bien tenté de l'avertir, et hier encore, dans la cour. “M'sire Stark ?”, j'ai appelé, polie, déférente et tout, tu crois qu'il m'a vue ? transparente ! et cette andouille en sueur de Lard-Jon Omble me gargouille : “Pousse-toi !” Tant pis, je dis. Je vais traîner mes fers et fermer ma gueule, là. Pas pires sourds que ceux qu'écoutent pas.

— *À moi*, dis-le ? Robb m'écoutera, je le sais.

— Maintenant ? Verrons… Dis-lui toujours ceci, petit, dis-lui qu'il part du mauvais côté. C'est au *nord* qu'il devrait mener ses épées. Au nord, tu entends ? pas au sud. »

Bran hocha du chef. « Je le lui dirai. »

Mais Robb, ce soir-là, ne présidait pas le banquet dans la grande salle. Afin de mettre la dernière main aux plans de la longue marche à venir, il recevait à dîner dans la loggia lord Rickard, lord Omble et la fine fleur des bannerets. À Bran échut donc la tâche de le suppléer au haut bout de la table et d'y traiter les fils de lord Karstark et des amis triés sur le volet. Tous occupaient déjà leur place quand Hodor l'apporta à la sienne et s'agenouilla près de la cathèdre afin de permettre à deux serviteurs de l'extirper de sa hotte. Le silence s'était fait instantanément, l'assistance entière faite un seul regard des plus éprouvant quand Hallis Mollen annonça : « Brandon Stark de Winterfell, messires.

— Soyez les bienvenus dans nos foyers, dit Bran avec quelque raideur, et permettez-moi de vous offrir le pain et le vin en l'honneur de notre amitié. »

L'aîné des Karstark, Harrion, s'inclina, ses frères l'imitèrent, mais, comme ils se rasseyaient, Bran saisit, par-dessus le vacarme des coupes à vin, de cruelles bribes des propos qu'échangeaient à voix basse les deux cadets. « … mourir que vivre comme ça », marmonna l'homonyme de Père, Eddard, et Torrhen : « … bablement brisé dedans comme dehors, et trop lâche pour en finir. »

Brisé, songea-t-il avec amertume en prenant son couteau. N'était-il plus à présent que cela, brisé ? Bran le Brisé ? « Je refuse d'être brisé, chuchota-t-il d'un ton farouche à mestre Luwin, assis à sa droite. Je veux être chevalier.

— On appelle parfois mon ordre “les chevaliers de l'esprit”, répliqua Luwin. Tu es d'une intelligence hors norme quand tu t'y emploies, Bran. N'as-tu jamais envisagé l'éventualité de porter une chaîne de mestre ? Tu as des moyens d'apprendre illimités.

— C'est la *magie* que je veux apprendre. La corneille m'a promis que je volerais. »

Le vieillard soupira. « Je puis t'enseigner l'histoire, l'art de guérir, la botanique, je puis t'enseigner la langue des corbeaux, la manière de bâtir un château ou de diriger un bateau d'après les étoiles, je puis t'enseigner à marquer les saisons, mesurer les jours, et l'on pourrait t'enseigner mille autres choses encore à la citadelle de Villevieille. Quant à la magie, Bran, aucun homme ne serait en mesure de te l'enseigner.

— Les enfants, si ! protesta Bran. Les enfants de la forêt. » Cela lui remémora la promesse faite à Osha, et il informa Luwin de leur conversation dans le bois sacré.

Le mestre écouta poliment avant de déclarer : « Ta sauvageonne devrait donner à Vieille Nan des leçons de contes à dormir debout. Je lui reparlerai, si tu le désires, mais il vaudrait mieux ne pas ennuyer ton frère avec ces inepties. Bien assez de tourments l'accablent sans qu'il se ronge à propos de géants et de cadavres coureurs de bois. Ce sont les Lannister qui détiennent le seigneur ton père, Bran, pas les enfants de la forêt. » Il lui posa gentiment sa main sur le bras. « Songes-y sérieusement, enfant. »

Aussi, deux jours plus tard, Bran se retrouva-t-il, bien campé sur Danseuse grâce à ses harnais, faire dans la cour, sous les murs de la conciergerie, ses adieux à Robb, alors que l'aurore empourprait les nues fouettées par la bise.

« Te voici dorénavant le seigneur et maître de Winterfell », lui dit celui-ci. Il montait un étalon tout bourru de gris dont son écu gris et blanc de bois bardé de fer et frappé d'un mufle agressif de loup-garou barrait le flanc. Ceint d'une épée et d'un poignard, il portait, sous sa vaste pelisse, une cotte de mailles grise enfilée sur des cuirs blanchis. « À toi d'occuper ma place, comme j'ai fait celle de Père, en attendant notre retour.

— Je sais », répliqua Bran du fond de sa misère. Jamais il ne s'était senti si petit, si seul, si terrorisé. Il ignorait comment s'y prendre pour être lord.

« Suis les avis de mestre Luwin et prends soin de Rickon. Dis-lui bien que je reviendrai, sitôt achevée la guerre. »

Le petit avait refusé de descendre. Une flamme de défi dans ses yeux rougis, il campait dans sa chambre, là-haut. « *Non !* avait-il opposé aux prières de Bran, *PAS d'adieux !* »

« Je l'ai fait, gémit Bran, mais il répond que personne ne reviendra.

— Il ne peut tout de même pas rester éternellement un bambin. Il est un Stark, enfin, soupira Robb, et il aura bientôt quatre ans... ! De toute façon, Mère sera là sous peu. Et je ramènerai Père, promis. »

Sur ces mots, il fit volte-face et s'en fut au trot, flanqué de Vent Gris, sous la voûte sombre où les précédait Hallis Mollen avec la blanche enseigne de la maison Stark flottant tout en haut d'un grand étendard cendré. À sa droite et sa gauche chevauchaient Lard-Jon et Theon Greyjoy, derrière venaient en double file leurs chevaliers, et l'acier des lances étincelait dès l'orée de l'ombre et du soleil.

Bran, cependant, ruminait les propos d'Osha. *Il part du mauvais côté*, songeait-il avec un malaise accru. Une seconde, il eut envie de galoper à ses trousses pour crier gare, mais cette seconde d'hésitation permit à son frère de franchir la herse et de disparaître, il était trop tard.

De là-bas, derrière les remparts du château, monta, confuse, une clameur. Celle, il devina, des vivats par lesquels citadins et fantassins saluaient le passage de Robb ; saluaient lord Stark, saluaient le sire de Winterfell, sur son gigantesque étalon, dans sa longue pelisse enflée par le vent, le saluaient, lui et Vent Gris courant à ses côtés… *Jamais, non, jamais ils ne me salueront de la sorte, moi, ne m'acclameront de la sorte*, comprit-il avec désespoir. Le départ de Père, le départ de Robb pouvaient bien lui valoir le titre, jusqu'à leur retour, de seigneur et maître de Winterfell, il n'en demeurait pas moins Bran le Brisé. Même pas capable de descendre seul de sa propre selle. À moins de tomber.

Après que les acclamations lointaines se furent peu à peu éteintes dans le silence, après que le dernier homme eut quitté la cour, Winterfell prit un air de mort, un air d'abandon. D'un simple coup d'œil, Bran examina ce qu'il lui restait d'entourage. Des femmes, des enfants, des vieux et… Hodor. Hodor qui, malgré sa masse impressionnante, avait une mine égarée de gosse épouvanté. Qui demanda tristement : « Hodor ?

— Hodor », acquiesça Bran – mais ça signifiait quoi ?

DAENERYS

Son plaisir pris, Drogo délaissa la couche de nattes et se redressa de toute sa hauteur. À la lueur rougeâtre du brasero, sa peau prenait le sombre éclat du bronze, et sur son torse se discernait vaguement le tracé de cicatrices anciennes. Ses cheveux d'encre dénoués cascadaient librement le long de ses épaules et, dans son dos, beaucoup plus bas que la ceinture. Sur sa virilité palpitait un reflet des braises. Une moue dédaigneuse anima la moustache du *khal*. « L'étalon qui monte le monde n'a que faire de sièges en fer. »

Daenerys s'accouda pour mieux admirer sa fière prestance et sa beauté. Elle éprouvait une tendresse particulière pour sa chevelure intacte d'éternel vainqueur. « Les prophéties disent que l'étalon galopera jusqu'aux confins de la terre, dit-elle.

— La terre s'achève aux noirceurs de la mer salée », riposta-t-il du tac au tac. Puis, tout en humectant dans une cuvette d'eau chaude une serviette pour éponger la sueur et l'huile de sa peau : « Aucun cheval ne peut franchir l'eau vénéneuse.

— Il y a dans les cités libres des nuées de bateaux, lui dit-elle, sans craindre de ressasser. Des chevaux de bois munis de cent jambes et qui volent à travers les flots sur des ailes gonflées de vent. »

Mais Drogo coupa court. « Assez parlé de sièges de fer et de chevaux de bois. » Il laissa choir la serviette et commença de s'habiller. « Aujourd'hui, j'irai fourrager et chasser, femme, annonça-t-il enfin, une fois enfilée sa veste peinte, et comme il bouclait sa large ceinture alourdie de médaillons d'argent, de bronze et d'or.

— Très bien, approuva-t-elle, soleil étoilé de ma vie. » Il emmènerait ses sang-coureurs et chevaucherait des heures et des heures en quête de quelque *hrakkar*, le grand lion blanc des plaines environnantes, et, en cas de victoire, rentrerait si fier et de si bonne humeur que peut-être accepterait-il tout de même d'entendre raison… ?

Des fauves il n'avait pas peur, ni d'aucun homme qui eût jamais respiré au monde, mais la mer était une autre affaire. Aux yeux des Dothrakis, toute eau dont ne peut s'abreuver le cheval avait quelque chose de méphitique, voire démoniaque, et le gris-vert sans trêve en mouvement des plaines océanes les emplissait d'une répugnance superstitieuse. À maints égards, elle l'avait constaté, Drogo surpassait en audace de cent coudées les autres seigneurs du cheval…, mais à celui-ci, non. Si seulement elle parvenait à lui faire poser le pied sur un bateau…

Après que le *khal* et ses compagnons se furent mis en route, armés de leurs arcs, elle manda ses servantes. Elle se sentait si grasse et si gauche, à présent, qu'elle s'en remettait à la vigueur et la dextérité de leurs soins plus volontiers que naguère encore, où l'embarrassaient pas mal leurs privautés babillardes et papillonnantes, et, une fois astiquée, récurée, polie, parée de soieries flottantes, envoya Jhiqui quérir ser Jorah pendant que Doreah la coiffait.

Mormont s'empressa d'accourir. Sa tenue de cheval, culotte de crin, veste peinte, révélait la rude toison noire qui tapissait son large torse et ses bras musculeux. « Que puis-je pour votre service, ma princesse ?

— Parler à mon seigneur et maître. Tout en prétendant que l'étalon qui monte le monde gouvernera la terre entière, il se refuse à passer la mer. Il envisage de mener son *khalasar*, dès après la naissance de Rhaego, piller les contrées de la mer de Jade. À l'est.

— C'est qu'il n'a jamais vu les Sept Couronnes..., dit-il d'un air préoccupé. Elles ne lui sont rien. S'il lui arrive seulement d'y penser, sans doute se représente-t-il des îles, une poignée de bourgades agrippées au rocher, telles Lorath ou Lys, et battues de flots déchaînés. Moyennant quoi, l'opulence orientale a de tout autres séductions.

— Mais c'est vers *l'ouest* qu'il doit marcher ! se désola-t-elle. Aidez-moi, s'il vous plaît, à le lui faire entendre... » Elle avait beau n'avoir jamais vu non plus les Sept Couronnes, il lui semblait néanmoins les connaître : Viserys l'en avait tellement bassinée ! Viserys lui avait si souvent promis de l'y ramener ! Mais Viserys était mort, à présent, et mortes avec lui ses promesses...

« Les Dothrakis n'agissent qu'à leur heure et qu'en fonction de leurs propres motifs, répondit-il. Prenez patience, princesse. Ne commettez pas l'erreur de votre frère. Nous rentrerons tôt ou tard chez nous, je vous le garantis. »

Chez nous ? L'expression la consterna, soudain. Il avait son Île-aux-Ours, ser Jorah, mais elle, elle ? En quoi consistait son chez soi ? Quelques fables, des noms déclinés avec autant de solennité que les termes d'une prière, le souvenir de plus en plus flou d'une porte rouge... Lui faudrait-il, en définitive, considérer Vaes Dothrak comme sa maison ? à jamais ? et les vieillardes du *dosh khaleen* comme une préfiguration de son propre avenir ?

Ser Jorah dut lire sa détresse sur son visage, car il reprit : « Une grande caravane est arrivée la nuit dernière, *Khaleesi*. Quatre cents chevaux en provenance de Pentos, via Norvos et Qohor, sous les ordres du capitaine-marchand Byan Votyris. Peut-être aura-t-il une lettre d'Illyrio. Que diriez-vous d'une visite au marché de l'Ouest ? »

Elle secoua son marasme. « Oui... Volontiers. » La survenue d'une caravane y suscitait toujours une espèce de résurrection.

Vous ne saviez jamais quelles merveilles on offrirait cette fois à vos convoitises, et puis quel bonheur que d'entendre à nouveau parler valyrien, fût-ce à la manière des cités libres ! « Demande ma litière, Irri.

— J'avertis votre *khas* », dit Mormont en se retirant.

En compagnie de Khal Drogo, elle eût monté son argenté. Comme les femmes enceintes, chez les Dothrakis, ne mettaient quasiment pied à terre que sur le point d'accoucher, confesser sa faiblesse en présence de son mari lui répugnait. Mais puisqu'il était à la chasse, elle n'allait pas se refuser le plaisir de se prélasser sur des coussins moelleux, bien à l'abri du soleil derrière ses rideaux de soie rouge, alors que les porteurs parcourraient le désert de Vaes Dothrak. Ser Jorah se mit en selle pour l'escorter, ainsi que ses trois servantes et les quatre hommes de son *khas*.

Le temps était chaud, le ciel sans nuages et d'un bleu profond, la brise embaumait par intermittence l'herbe et l'humus, la lumière et l'ombre alternaient dans la litière au fur et à mesure qu'elle atteignait, passait les monuments volés. Tout en se laissant bercer par le balancement, Daenerys scrutait ces physionomies de rois oubliés, de héros devenus poussière, ou se demandait si ces dieux de villes incendiées conservaient le pouvoir d'exaucer les vœux.

Si je n'étais le sang du dragon, songea-t-elle avec mélancolie, *ceci pourrait être chez moi*. Elle était *khaleesi*, possédait un homme vigoureux, un cheval rapide, des femmes pour la servir, des guerriers pour assurer sa sécurité, une place de choix lui serait, l'âge venu, réservée au sein du *dosh khaleen*..., et dans son ventre prospérait un fils appelé à enfourcher le monde. De quoi satisfaire la plus exigeante..., mais pas le dragon. Viserys mort, elle était le dernier, le tout dernier. Et, comme l'enfant qu'elle portait, la semence de rois et de conquérants. Elle se devait de ne pas oublier cela.

Cerné de clapiers de brique, de parcs à bétail, de guinguettes blanchies à la chaux, le marché de l'Ouest n'était qu'un vaste quadrilatère de terre battue sur la lisière duquel émergeaient, telles des croupes de monstres infernaux, des monticules dont la gueule noire ouvrait sur les ténèbres et la fraîcheur de caves servant d'entrepôts. À l'intérieur de l'espace ainsi délimité s'enchevêtrait un labyrinthe d'échoppes et d'allées bossueuses qu'ombrageaient des velums en herbe tissée.

S'ils découvrirent, à leur arrivée, une centaine de négociants et de camelots affairés qui à déballer ses denrées, qui à installer sa boutique, le marché n'en parut pas moins vide et morne à Daenerys, dont la tête bourdonnait encore au souvenir des bazars grouillants de Pentos et autres cités libres. En fait, avait expliqué ser Jorah, les caravanes de l'est et de l'ouest passaient moins par Vaes Dothrak pour vendre à ses habitants que pour s'échanger leurs marchandises respectives. Dans la mesure où elles respectaient la paix de la cité sacrée, ne profanaient point la Mère des Montagnes ou le Nombril du Monde et sacrifiaient à la tradition d'offrir aux commères du *dosh khaleen* les présents honorifiques de grain, de sel et d'argent, les Dothrakis les laissaient aller et venir sans les molester – ni, en vérité, trop comprendre à quoi pouvaient bien rimer toutes ces salades de vente et d'achat.

L'étrangeté du marché de l'Est, où tout vous déconcertait, les images, les odeurs, les bruits, attirait aussi Daenerys, et elle y passait souvent des matinées entières à grignoter des œufs d'arbre ou du pâté de locuste ou des nouilles vertes, à écouter ululer d'une voix perchée les jeteurs de charmes, à bader devant la cage d'argent des mantécores, le gigantisme des éléphants gris, les rayures blanc et noir des cavales du Jogos Nhai, et tout autant la divertissaient les gens : sombres et pompeux Asshai'i, Qartheens blêmes et dégingandés, Yi Tiyens pétillants sous leurs bibis à queue de singe, vierges guerrières aux tétons percés d'anneaux de fer et aux joues serties de rubis de Bayasabhad, Shamyriana et Kayakayanaya, rien ne la rebutait, pas même l'aspect terrifiant des Hommes de l'Ombre, avec leurs tatouages sur tout le corps et leurs faces masquées. Oui, le mirage et la magie étaient bien là au rendez-vous, mais…

Mais le marché de l'Ouest exhalait un parfum de chez-soi.

Comme Irri et Jhiqui l'aidaient à descendre de sa litière, ses narines se dilatèrent en reconnaissant les senteurs violentes et si familières, autrefois, dans les ruelles de Tyrosh, de Myr : le poivre et l'ail…, qu'elle en eut un sourire ému. Là-dessous stagnaient les entêtants patchoulis de Lys. Des esclaves passèrent, avec des carreaux de dentelles compliquées, des coupons de lainages aux vives couleurs : tout Myr derechef. Par les allées rôdaient, casque de cuivre et tunique mi-longue en coton piqué bouton d'or, ceinture de cuir tressé, fourreau vide leur battant la cuisse, les gardes de caravane. Planté derrière son étal, un armurier présentait des corselets d'acier damasquinés d'or et d'argent, des heaumes en forme d'animaux fantastiques. Sa voisine immédiate, un joli brin de femme, proposait les ors ciselés de Port-Lannis : bagues, broches, torques d'un travail exquis, médaillons de rêve pour les ceintures, sous la protection d'un eunuque énorme, glabre et muet qui, suant à tremper ses velours, fripait un mufle de molosse dès qu'on s'approchait. En face, un drapier adipeux de Yi Ti débattait avec un homme de Pentos le prix d'une teinture verte, et la queue de singe de son chapeau singeait chacun de ses hochements.

« Quand j'étais petite, conta Daenerys à ser Jorah tandis qu'ils poursuivaient leur déambulation d'échoppe en échoppe dans la pénombre, j'adorais jouer dans le bazar. C'était si *vivant*, cette cohue, ces cris, ces rires, et toutes ces merveilles, oh, à regarder…, nous n'avions guère les moyens de rien nous offrir…, sauf, à la rigueur, une saucisse, de-ci de-là, ou des doigts d'épices… On en trouve, dans les Sept Couronnes, des doigts d'épices ? du genre qu'on fait à Tyrosh ?

— Ce sont des gâteaux, n'est-ce pas ? Je ne saurais dire, princesse. » Il s'inclina. « Voulez-vous m'excuser un instant ?

Je vais chercher le capitaine pour lui demander s'il n'aurait pas de lettres à notre adresse.

— Très bien. Je vous accompagne…

— Inutile de vous déranger. » Il se détourna d'un air agacé. « Amusez-vous. Je vous rejoins dès que j'ai terminé. »

Bizarre, songea-t-elle en le regardant s'éloigner en jouant des coudes parmi les badauds. Pourquoi ne voulait-il pas d'elle ? Il désirait peut-être simplement lever une femme après l'entrevue invoquée… Des putains escortaient souvent les caravanes, puis certains hommes avaient, quant au déduit, d'étranges pudibonderies. Elle haussa les épaules. « Allons », dit-elle à sa suite.

Pendant que ses filles flânaient, elle s'arrêta tout à coup. « Oh, regarde ! s'écria-t-elle à l'intention de Doreah, voilà justement les saucisses dont je parlais ! » Elle indiquait l'appentis où une petite vieille ratatinée faisait griller sur une pierre à feu de la viande et des oignons. « On y met tout plein d'ail et de piment rouge. » Dans son ravissement, ellc insista pour que les autres en dégustent une aussi. Mais si ses servantes, tout sourires et tout gloussements, n'en firent qu'une bouchée, les hommes de son *khas* reniflèrent d'abord la leur d'un nez soupçonneux. « Elles n'ont pas le goût de mes souvenirs, dit Daenerys après quelques coups de dents.

— C'est qu'à Pentos je les fais au porc, s'excusa la vieille, mais tous mes cochons sont morts pendant la traversée de la mer Dothrak. J'ai dû y mettre du cheval, *Khaleesi*, mais les épices sont bien les mêmes.

— Ah… » Elle en était toute désappointée, mais Quaro, du coup, trouva ça si bon qu'il en voulut une seconde, et Rakharo, piqué au vif, en ingurgita trois de plus pour le surpasser, ce qui le fit roter si fort que Daenerys, enfin, pouffa du meilleur gré du monde.

« Vous n'aviez pas ri depuis le couronnement du *Khal Rhaggat* votre frère, dit Irri. C'est plaisant à voir, *Khaleesi*. »

Cette remarque lui arracha un sourire presque confus. Il était doux de rire, oui, *vraiment*. Comme une fillette redevenue.

Au cours de leur promenade, qui occupa la moitié de la matinée, elle remarqua un magnifique manteau de plumes des îles d'Été et en accepta le présent, quitte à offrir en retour au marchand un médaillon d'argent de sa ceinture. On procédait de la sorte, en pays dothrak. Un oiseleur la fit à nouveau rire en faisant prononcer son nom par un perroquet rouge et vert, mais elle refusa de se laisser tenter. Que ferait-elle, dans un *khalasar*, d'un perroquet rouge et vert, je vous prie ? Mais elle prit une douzaine de flacons d'huiles parfumées ; elles embaumaient sa petite enfance ; il lui suffisait de les respirer pour revoir instantanément la grosse maison à la porte rouge. Et, voyant Doreah fascinée par une amulette de fertilité sur l'étal d'un magicien, elle la prit aussi pour la lui donner. Restait maintenant à trouver quelque chose pour Irri et Jhiqui…

En tournant un coin, ils tombèrent sur un marchand de vins qui présentait aux passants des coupes guère plus grandes qu'un dé à coudre de ses divers crus. « Mes rouges moelleux ! criait-il tout d'une haleine en un dothrak parfait, tastez de mes rouges moelleux de Lys, de Volantis, de La Treille ! de mes blancs de Lys, ma poire de Tyrosh, mon vin de feu, mon vin poivré, mes nectars vert pâle de Myr ! et des bruns de fumeplant, tastez-moi ça, des surets d'Andal, j'en ai, j'ai de tout, tastez ! » Mince, menu, mignon, boucleté d'un blond capiteux d'arômes à la façon de Lys, il s'inclina bien bas devant Daenerys. « Une larme pour la *khaleesi* ? J'ai un rouge moelleux de Dorne, madame…, hm ! le chant suave de la prune et de la cerise sur une basse somptueuse de chêne noir ! Un baril, une coupe, un soupçon ? Une larme, et vous donnerez mon nom à votre enfant ! »

Elle sourit. « Bien que mon fils ait déjà un nom, je goûterai volontiers votre vin d'été, répondit-elle en valyrien – dans l'espèce de valyrien que pratiquaient les cités libres, et y recourir avait, si longtemps après, une saveur étrange. Mais juste un soupçon, je vous prie. »

Il avait dû la prendre pour une Dothraki, au vu de ses vêtements, de ses cheveux huilés, de son teint hâlé, car, à l'entendre parler, il s'écarquilla. « Native de… Tyrosh, madame ? Se peut-il ?

— J'ai beau parler la langue de Tyrosh et porter le costume dothrak, je suis originaire de Westeros, des royaumes du Crépuscule. »

Doreah se porta près d'elle. « Vous avez l'honneur de parler à Daenerys Targaryen, Daenerys du Typhon, *khaleesi* des cavaliers dothrak et princesse des Sept Couronnes. »

Il tomba à genoux. « Princesse, dit-il, l'échine ployée.

— Relevez-vous, commanda-t-elle. J'ai toujours envie de goûter votre fameux vin d'été. »

Debout d'un bond, il s'écria : « Ça ? piquette de Dorne ! indigne d'une princesse. J'ai un rouge sec de La Treille d'un craquant, d'une succulence ! Daignez me permettre de vous en offrir un baril… »

Durant ses séjours dans les cités libres, Khal Drogo s'était entiché de vins fins. Un si noble cru ne manquerait pas de lui agréer. « Vous m'en voyez confuse, messire, c'est trop d'honneur, murmura-t-elle gracieusement.

— Tout l'honneur est pour moi. » Il fourragea dans ses réserves et y dénicha un tonnelet de chêne, l'exhiba. Gravé au fer rouge y figurait un pampre. « Le sceau Redwyne, indiqua-t-il. Tout droit de La Treille. Incomparable.

— Nous le dégusterons ensemble, Khal Drogo et moi. Aggo ? Porte-le à ma litière, veux-tu ? » Le marchand regarda, radieux, le Dothraki le soupeser.

Daenerys ne s'aperçut de la présence de ser Jorah qu'en l'entendant dire : « *Non.* » D'un ton inaccoutumé, cassant. « Repose-moi ça, Aggo. »

Le jeune homme la consulta du regard. Elle avoua d'un signe sa perplexité. « Quelque chose qui ne va pas, ser ?

— Une petite soif que j'ai. Mets en perce, toi. »

Le marchand se rembrunit. « C'est un vin pour la *khaleesi*, pas pour les gens de votre acabit, mon bon. »

Mormont se colla contre l'éventaire. « Si tu ne le mets pas en perce sur-le-champ, c'est ton crâne qui va l'ouvrir. » Il ne portait évidemment pas d'armes, mais ses mains lui en tenaient suffisamment lieu, de fortes mains, dures, dangereuses, aux phalanges hérissées de poils noirs. Après une seconde d'hésitation, le marchand saisit son maillet, fit sauter la bonde.

« Verse », ordonna ser Jorah. Leurs yeux en amandes allumés d'une flamme noire, les quatre guerriers du *khas* se déployèrent sur ses arrières, vigilants.

« Ce serait un crime que de boire un cru de cette qualité sans le laisser respirer », protesta l'homme. Il n'avait pas reposé son maillet. La main de Jhogo se porta vers le fouet coincé dans sa ceinture mais Daenerys, du bout des doigts, arrêta son geste. « Faites ce que dit ser Jorah », dit-elle. On s'attroupait, autour.

Il lui décocha un coup d'œil maussade. « Comme il vous plaira, princesse. » Et, forcé de lâcher son maillet pour soulever le tonnelet, il emplit deux de ses coupes minuscules, et ce avec tant d'adresse que pas une goutte ne s'en perdit.

Ser Jorah en préleva une et la huma, plus sombre que jamais.

« Quel bouquet, non ? questionna l'homme avec un sourire. Sentez-vous ce fruité, ser ? L'arôme de La Treille. Tâtez-en, messire, et dites-moi si ce vin n'est pas le plus riche et le plus délicat qu'ait jamais connu votre palais. »

Ser Jorah le lui tendit. « Tu goûtes d'abord.

— Moi ? » Il se mit à rire. « Je ne suis pas digne d'un tel cru, messire. Et il faut être le dernier des marchands de vins pour siffler ses propres articles. » Le sourire demeurait affable, mais le front luisait de sueur.

« Vous *boirez*, dit-elle d'un ton glacial. Videz la coupe, ou je dis à mes hommes de vous tenir pendant que ser Jorah vous ingurgite tout le baril. »

Il haussa les épaules, tendit la main mais, au lieu de saisir la coupe, attrapa le tonnelet et, à deux mains, le lança sur elle. D'une bourrade, ser Jorah la jeta sans ménagements de côté, encaissa lui-même à l'épaule le projectile qui acheva sa trajectoire en s'éventrant au sol, tandis que Daenerys trébuchait, perdait l'équilibre en criant : « *Non !* » les mains tendues pour amortir la chute… et que Doreah, lui empoignant le bras au vol, la retenait si fermement qu'elle tomba non sur le ventre mais sur ses jambes repliées.

L'homme, cependant, ne faisait qu'un bond par-dessus son étal, filait comme un dard entre Aggo et Rakharo, bouscula Quaro qui, d'instinct, cherchait à dégainer son *arakh* absent, dévala l'allée, mais déjà sifflait le fouet de Jhogo, déjà la lanière se déroulait, qui s'enroula autour de la jambe du fugitif, l'envoyant bouler tête la première dans la poussière.

Une douzaine de gardes en jaune étaient accourus. Avec eux se trouvait le maître en personne de la caravane, le capitaine marchand Byan Votyris, minuscule natif de Norvos à la peau tannée comme du vieux cuir, au visage barré d'une oreille à l'autre par des bacchantes du plus beau bleu. Sans que quiconque eût prononcé un mot, il parut savoir ce qui s'était passé. « Emmenez-moi cet individu ! commanda-t-il avec un geste méprisant. Le bon plaisir du *khal* disposera de lui. » Puis, tandis que deux de ses hommes replantaient celui-ci sur ses pieds : « Ses biens vous reviennent aussi, princesse, veuillez en accepter le don. En gage trop faible de mes regrets que l'un des miens ait osé commettre pareil forfait. »

Doreah et Jhiqui aidèrent leur maîtresse à se relever. La terre buvait goulûment le vin empoisonné. « Comment saviez-vous ? demanda-t-elle, toute tremblante, à ser Jorah. *Comment ?*

— Je ne savais pas, *Khaleesi*. Je l'ai su quand il a refusé de boire, et parce que la lettre de maître Illyrio me faisait tout craindre. » Ses yeux sombres balayèrent l'assistance. Que des étrangers. « Venez. Mieux vaut ne pas en parler ici. »

Tout au long du retour, Daenerys lutta contre les larmes. Cette amertume qui lui asséchait la gorge, elle n'avait que trop lieu de l'identifier : la peur. Des années durant, elle avait vécu dans la peur de Viserys, dans la peur affreuse de réveiller le dragon. Et une peur bien pire la tenaillait maintenant. Ce n'était plus seulement pour elle qu'elle avait peur, mais pour son enfant. Et cette peur, il devait y être sensible, car il s'agitait sans répit. Dans l'espoir de l'arraisonner, l'apaiser, de l'encourager, elle flattait doucement l'orbe de son sein, murmurait : « Tu es le sang du dragon, gros benêt », dans le balancement de la litière, tous rideaux tirés, « tu es le sang du dragon, et rien ne saurait effrayer le dragon. »

Une fois rendue sous le tertre herbeux qui lui tenait lieu de demeure, à Vaes Dothrak, elle congédia tout son monde, à l'exception de ser Jorah. « À présent, parlez, lui intima-t-elle en s'allongeant sur ses coussins. L'Usurpateur ?

— Oui. » Il produisit un parchemin roulé. « Une lettre de maître Illyrio à l'adresse de Viserys. Robert Baratheon offre terres et titres à qui le débarrassera de vous ou de votre frère.

— Ou de mon frère ? hoqueta-t-elle en un sanglot mâtiné d'un éclat de rire, il n'est donc pas encore au courant ? Il se doit d'anoblir Drogo ! » Son rire était cette fois mâtiné d'un sanglot. « Et de moi, dites-vous ? De moi seule ?

— De vous et de votre enfant, confessa-t-il, penaud.

— Hé bien non. Il n'aura pas mon fils. » Elle n'allait pas se mettre à pleurer. Elle n'allait pas se mettre à grelotter. *Voilà*, se dit-elle, *l'Usurpateur a réveillé le dragon*. Et ses yeux se portèrent sur les œufs de dragon, nichés dans leur sombre écrin de velours. Les sautes d'humeur de la lampe en faisaient scintiller tour à tour les écailles et les environnaient d'une aura moirée de particules écarlate, or, bronze. Des souverains au milieu de leurs courtisans.

À quoi céda-t-elle, soudain ? à un accès de démence issu de la peur ? ou à quelque étrange prescience enfouie dans son sang ? Mystère total… Toujours est-il qu'elle entendit sa propre voix dire à ser Jorah : « Allumez le brasero.

— Pardon, *Khaleesi* ? » Il la regardait d'un drôle d'air. « Il fait si chaud ! Vous êtes sûre que… ? »

Sûre comme jamais. « Oui. Je… j'ai comme un frisson. Allumez le brasero. »

Il s'inclina. « Puisque vous le souhaitez. »

Dès que les charbons eurent pris, elle le renvoya. Il lui fallait être seule pour accomplir ce qu'elle devait accomplir. *C'est de la folie*, se dit-elle en retirant de son nid douillet l'œuf écarlate et noir. *De la folie pure. Il va seulement se craqueler, brûler, et il est si beau... Ser Jorah me traitera d'idiote si je le détruis*, et pourtant, pourtant…

Dans le berceau de ses deux paumes, elle le porta jusqu'au feu et le projeta au milieu des braises incandescentes. Était-ce une hallucination ? Comme altérées de chaleur, les noires écailles émettaient, sous les petits coups de langue pressés des flammes, un vague et sombre rougeoiement. L'un après l'autre, les deux autres œufs vinrent prendre place auprès du premier, puis Daenerys se recula, suffocante d'appréhension.

Et elle attendit, fascinée, que les charbons ne fussent plus que cendres. Par le trou de fumée s'élevaient en virevoltant, s'échappaient des étincelles aériennes. Les vagues de chaleur enrobaient les œufs de halos mouvants. Et c'était là tout.

Rhaegar, votre frère, fut le dernier dragon, l'avait avertie ser Jorah. Elle contemplait tristement les œufs. Qu'avait-elle donc escompté ? Vivants voilà mille et mille années, de jolis cailloux, voilà ce qu'ils étaient désormais, sans plus. Ils ne pouvaient produire de dragon. Un dragon se composait d'air et de feu. De chair en vie, pas de pierre morte.

Les cendres étaient dès longtemps refroidies lorsque reparut Khal Drogo. Cohollo menait un cheval de somme en travers duquel pendait la dépouille d'un grand lion blanc. Dans un éclat de rire, le *khal* bondit à bas de son étalon pour faire admirer plus vite à Daenerys sa jambe zébrée par les griffes du *hrakkar* au travers des guêtres. « Je te ferai faire un manteau de sa peau, lune de mes jours », promit-il. Mais après qu'elle lui eut conté l'incident du marché, sa belle humeur s'évanouit, et il sombra dans un profond silence.

« Cet empoisonneur était le premier, l'avertit ser Jorah, il ne sera pas le dernier. L'appât d'un titre va déchaîner les témérités. »

Au bout d'un moment, Drogo sortit enfin de son mutisme. « Ce vendeur de poisons a voulu fuir la lune de mes jours. Il a mérité de courir derrière elle, et il le fera. À toi, Jhogo, et à toi, Jorah l'Andal, à chacun d'entre vous je dis : choisissez n'importe quel cheval de mes troupeaux, il vous appartient. N'importe lequel, hormis mon rouge et l'argenté que j'ai offert en présent de noces à la lune de mes jours. C'est ma gratitude qui vous fait ce cadeau.

« Et à Rhaego, fils de Drogo, l'étalon qui montera le monde, à lui aussi je garantis un don. À lui, je donnerai ce siège de fer qu'occupait le père de sa mère. Je lui donnerai les Sept Couronnes. Moi, Drogo, je m'y engage, sur ma foi de *khal*. » Il brandit le poing vers le ciel et clama : « J'emmènerai mon *khalasar* vers l'ouest jusqu'au rebord du monde et je ferai ce qu'aucun *khal* n'a jamais fait, je monterai les chevaux de bois sur les flots noirs de la mer salée. Je tuerai les hommes vêtus de fer et jetterai bas leurs maisons de pierre. Je violerai leurs femmes, j'emmènerai leurs enfants comme esclaves et je rapporterai leurs dieux brisés à Vaes Dothrak, afin qu'ils se prosternent aux pieds de la Mère des Montagnes. Cela, j'en fais serment, moi, Drogo, fils de Bhargo. Devant la Mère des Montagnes, je le jure, et que les astres m'en soient témoins. »

Dès le surlendemain, le *khalasar* quittait Vaes Dothrak et cinglait cap au sud et à l'ouest par les vastes plaines. Khal Drogo marchait en tête, monté sur son grand étalon rouge, Daenerys près de lui sur son argenté. Juste derrière et enchaîné à celui-ci par la gorge et par les poignets titubait, nu et nu-pieds, le marchand de vins. Il trotterait, si Daenerys adoptait le trot, galoperait si elle adoptait le galop. On ne lui ferait aucun mal…, aussi longtemps qu'il tiendrait le coup.

CATELYN

Si la distance et les nappes de brouillard empêchaient de les distinguer nettement, les bannières se révélaient néanmoins blanches, à la faveur d'effilochures et de brèves trouées, blanches et frappées en leur centre d'une tache sombre qui ne pouvait être que le loup-garou Stark, gris sur son champ de glace. Sans plus douter du témoignage de ses propres yeux, Catelyn immobilisa sa monture et se recueillit sur une fervente action de grâces. Les dieux étaient bons. Elle arrivait à temps.

« Ils nous ont attendus, madame, dit ser Wylis Manderly, conformément aux promesses du seigneur mon père.

— N'abusons pas de leur patience, ser. » Brynden Tully éperonna son cheval et partit au grand trot, sa nièce à ses côtés.

Ser Wylis et son frère, ser Wendel, suivirent, à la tête de leur troupe, dans les quinze cents hommes : quelque vingt chevaliers, autant d'écuyers, deux cents lanciers, bretteurs et francs-coureurs montés, le reste à pied, muni de tridents, de piques, de pertuisanes. Eu égard à son âge, près de soixante ans, et à sa corpulence, qui lui interdisait de monter, lord Wyman était demeuré en arrière pour assurer la défense de Blancport. « Si je m'étais jamais attendu à revoir éclater la guerre, j'aurais boulotté un peu moins d'anguilles, avait-il dit à Catelyn en l'accueillant au débarqué, panse en avant, claques à deux mains, doigts aussi gras que des saucisses. Mais n'ayez crainte, mes garçons vous amèneront saine et sauve auprès de votre fils. »

Les « garçons » étaient en l'occurrence plus âgés qu'elle, et ils avaient à ses yeux le fâcheux mérite de tenir un peu trop du papa. Il ne manquait à ser Wylis qu'une poignée d'anguilles pour ne plus pouvoir enfourcher son cheval, et c'était tant pis pour la pauvre bête. Quant à ser Wendel, le cadet, elle l'eût décrété son plus bel obèse sans la concurrence hélas vérifiée de ses père et frère. Néanmoins, si Wylis se montrait taciturne et gourmé, Wendel gueulard et turbulent, force était de leur concéder à tous deux le bénéfice ostentatoire de crânes aussi pelés qu'aucun fessier de nouveau-né par-dessus des moustaches de morse, et de sembler ne posséder ni l'un ni l'autre un seul vêtement que n'agrémentassent des traces de gloutonnerie. À ces détails près, d'assez bonnes gens, et qu'elle aimait bien. Elle allait, grâce à eux et comme leur père l'avait promis, revoir Robb, rien d'autre ne comptait.

Elle remarqua avec satisfaction que son fils avait, même à l'est, dépêché des guetteurs. Les Lannister auraient beau, s'ils venaient, arriver du sud, cet excès de prudence était un bon point. *Mon fils mène une armée à la bataille*, se dit-elle, à demi incrédule encore. Si fort qu'elle craignît pour lui et pour Winterfell, elle ne pouvait se défendre d'en éprouver quelque fierté. Mais, simple adolescent l'année précédente, qu'était-il à présent ?

En reconnaissant les Manderly à leurs armoiries – la sirène blanche émergeant, trident au poing, d'une mer bleu-vert –, des estafettes les saluèrent avec chaleur, avant de les mener sur une éminence suffisamment sèche pour dresser le camp. Ser Wylis ordonna la halte et, pendant qu'il mettait pied à terre afin de veiller à l'établissement des feux et au pansage des bêtes, son frère poursuivit, en compagnie de

Catelyn et de son oncle, afin d'aller transmettre l'hommage de son père à leur suzerain.

Moelleux et humide sous les sabots, le terrain s'abaissait doucement devant eux, parsemé de fosses d'où s'exhalaient de lentes volutes bleuâtres, biffé de chevaux en lignes, encombré de fourgons que bossuaient quartiers de bœuf salé et pains de munition. Sur un escarpement rocailleux qui dominait les collines environnantes se dressait un pavillon tendu de toile à voile et au-dessus duquel flottait, familier, l'orignac Corbois, brun sur champ tango.

Juste au-delà, les échappées de brouillard trahissaient par instants les murs et les tours de Moat Cailin..., enfin, leurs vestiges. D'énormes blocs noirs de basalte qui, chacun de la taille d'une métairie, gisaient éparpillés, culbutés tels des cubes de bois par un caprice d'enfant gâté, certains à demi enfouis dans la tourbe du marécage. Tout ce qui subsistait, en définitive, d'une enceinte jadis aussi majestueuse que celle de Winterfell. Quant au donjon de bois, pourri depuis un bon millier d'années, plus rien, pas même une poutre, n'indiquait son emplacement. De l'énorme forteresse des Premiers Hommes, seules se dressaient encore en tout et pour tout trois tours..., trois des vingt qu'à en croire les conteurs elle comportait initialement.

La tour du Concierge conservait un air assez gaillard, épaulée qu'elle demeurait par deux pans du rempart. Campée dans les fondrières à l'ancien point de jonction des murs ouest et sud, la tour du Pochard penchait comme un homme en train d'alimenter le caniveau. Et l'élégante et hautaine tour des Enfants, où la légende voulait que les enfants de la forêt eussent imploré leurs dieux sans nom d'ouvrir les vannes du déluge, avait perdu la moitié de son couronnement : on eût dit que quelque bête phénoménale avait mordu dans les créneaux puis postillonné les moellons vers les vasières d'alentour. Ces trois spectres étaient verts de mousse et, enraciné sur le flanc nord de la tour du Concierge, un arbre tordait ses branches empêtrées dans les linceuls blêmes et visqueux de la fantomaire.

« Miséricorde ! s'écria ser Brynden à l'aspect des lieux. C'est ça, Moat Cailin ? mais ce n'est qu'un piège à…

–… morts, termina Catelyn. Je conçois d'autant mieux votre réaction, mon oncle, que ce fut la mienne, la première fois, mais Ned me démontra que, malgré ses dehors, *ce ramas de ruines* était tout sauf bénin. Ses trois dernières tours verrouillent intégralement les accès. L'ennemi, d'où qu'il vienne, se voit forcé de passer entre elles. Le marais qu'elles commandent est impraticable : la tourbe et les sables mouvants conspirent à vous y engloutir, et il pullule de serpents. Pour attaquer l'une d'elles, une armée devrait s'embourber jusqu'à la ceinture avant de franchir une douve infestée de lézards-lions puis d'escalader des murs gluants de mousse, et ce constamment sous le tir des archers postés dans les deux autres. » Elle régala Brynden d'un souris lugubre. « Et dès la tombée de la nuit, dit-on, rôdent des esprits vengeurs, lémures et larves glacés du nord, assoiffés de sang du midi. »

Il pouffa sous cape. « Fais-moi souvenir de ne point m'attarder. Aux dernières nouvelles, j'étais un méridional. »

Des étendards claquaient au sommet des tours : à celle du Pochard l'échappée Karstark, sous le loup-garou, de même que le titan Omble à celle des Enfants ; mais celle du Concierge arborait les seules armes Stark : c'est là que Robb avait établi ses quartiers. Catelyn s'y rendit, suivie de ses deux compagnons, par l'espèce de caillebotis de bûches et de madriers qui, jeté au travers des champs de fange vert et noir, contraignait leurs montures à tâtonner sans cesse.

Elle trouva Robb, entouré des bannerets de son père, dans une salle où les vents coulis ne privaient pas un feu de tourbe, au fond d'un âtre bitumeux, de vous enfumer. Assis à une table de pierre massive, devant un monceau de cartes et de paperasses, il devisait d'un air attentif avec Roose Bolton et Lard-Jon. S'il ne remarqua pas d'abord l'entrée de sa mère, son loup le fit, qui, allongé près du foyer, dressa instantanément la tête et darda ses prunelles d'or dans celles de Catelyn, qui le trouva décidément plus gros qu'il n'était permis. Une à une cependant se taisaient les voix, et ce silence inopiné ne manqua pas d'alerter Robb qui leva les yeux. « *Mère !* » s'étrangla-t-il, vaincu par l'émotion.

Elle brûlait de courir à lui, de baiser son cher front, de l'embrasser, de l'étreindre si étroitement qu'il ne risquerait jamais rien…, mais la présence de tant de témoins la retint, elle n'osa pas. Le rôle d'homme qu'il tenait à présent, elle ne voulait pas l'en déposséder. Aussi demeura-t-elle au bas bout du bloc de basalte qui servait de table, tandis qu'à pas feutrés Vent Gris venait lui flairer la main. « Tu as de la barbe », dit-elle à Robb.

Il se massa la mâchoire avec une soudaine gaucherie. « Oui. » Il avait le poil plus flamboyant que les cheveux.

« J'aime bien. » Elle caressa doucement la tête du loup. « Elle te fait ressembler à ton oncle Edmure. » Par jeu. Vent Gris lui mordilla les doigts puis regagna sa place au coin du feu.

Ser Helman Tallhart eut le premier la présence d'esprit de lui succéder auprès d'elle en venant offrir ses respects et, s'agenouillant, pressa le front contre sa main. « Vous êtes plus belle que jamais, lady Catelyn. Une vision bienvenue, en ces temps troublés… » Les Glover l'imitèrent, Galbart puis Robett, suivis de lord Omble et de chacun des autres tour à tour. Theon Greyjoy fut le dernier. « Je n'aurais pas espéré de vous voir en ces lieux, madame, dit-il en s'agenouillant.

— Je n'avais pas envisagé d'y venir avant de débarquer à Blancport et d'apprendre, de la bouche de lord Manderly, que Robb avait convoqué le ban. Vous connaissez son fils, ser Wendel. » Celui-ci s'avança et s'inclina aussi bas que son volume l'y autorisait. « Et mon oncle, ser Brynden, qui a quitté le service de ma sœur pour le mien.

— Le Silure…, dit Robb. Merci de vous joindre à nous, ser. Nous avons besoin de braves de votre trempe. Quant à vous, ser Wendel, je suis heureux de vous compter des nôtres. Et ser Rodrik, Mère ? Il m'a manqué.

— Il est en route pour le nord. Je l'ai nommé gouverneur et chargé de tenir Winterfell jusqu'à notre retour. Tout précieux qu'est mestre Luwin comme conseiller, l'art de la guerre lui est étranger.

— Craignez rien de ce côté-là, lady Stark, intervint Lard-Jon de sa basse tonitruante. Winterfell risque rien. Nous lui foutrons bientôt notre épée dans le trou du truc, sauf votre respect, au Tywin Lannister, le Donjon Rouge a déjà plus qu'à libérer Ned.

— Une question, madame, si vous permettez. » Roose Bolton, sire de Fort-Terreur, ne disposait que d'un faible organe mais, quand il parlait, les gros bras faisaient silence pour écouter. Et ses yeux d'une pâleur bizarre, presque incolores, avaient un regard des plus dérangeant. « On prétend que vous détenez le fils de lord Tywin, le nain… L'avez-vous amené ? On tirerait un bon parti, selon moi, d'un pareil otage…

— Je détenais effectivement Tyrion Lannister, mais il n'est plus en mon pouvoir. » L'aveu suscita un brouhaha de consternation. « Je le déplore autant que vous, messires, les dieux ont jugé bon de le libérer, non sans que ma sotte de sœur leur donne un sérieux coup de pouce. » Si déplacé qu'il fût d'afficher ses dédains, la rancœur du départ des Eyrié la taraudait trop. Comme elle offrait d'emmener lord Robert à Winterfell et de l'y garder quelques années comme fils adoptif, osant arguer que la compagnie d'autres garçons lui serait bénéfique, Lysa était entrée en transes. « Essaie seulement de me voler mon bébé…, et je te préviens que, sœur ou pas, c'est par la porte de la Lune que tu sortiras ! » Folle à lier. Inutile, après cela, d'ajouter un mot.

Le désir de la questionner plus avant se lisait sur tous les visages. Elle coupa court en levant la main. « Assez sur ce chapitre, nous aurons bien assez le temps d'y revenir. Mon voyage m'a éreintée. J'aimerais causer tête à tête avec mon fils. Vous voudrez bien me pardonner, messires. »

Sur ce congé sans réplique, lord Corbois sut s'incliner en parangon de civilité, et tous se retirèrent à sa suite. « Vous aussi, Theon », spécifia-t-elle en voyant le peu d'empressement de Greyjoy. Il sourit et sortit.

De la bière et du fromage traînaient sur la table. Catelyn emplit une corne, s'assit, but une gorgée et examina son fils. Elle le trouva grandi, son bouchon de barbe le vieillissait. « Edmure avait seize ans quand lui poussèrent ses premiers favoris.

— Je vais sur mes seize ans.

— Mais tu en as quinze. Quinze, et te voici à la tête d'une armée. Conçois-tu que je m'en inquiète, Robb ? »

Il prit un air buté. « Il n'y avait personne d'autre.

— Personne ? Qui sont donc les hommes que je viens de voir, s'il te plaît ? Roose Bolton, Rickard Karstark, Galbart et Robett Glover, le Lard-Jon, Hellman Tallhart…, tu pouvais confier le commandement à *n'importe lequel* d'entre eux. Bonté divine ! tu pouvais même envoyer Theon, encore que ma préférence personnelle n'irait pas à lui.

— Ils ne sont pas des Stark.

— Ils sont des *hommes*, Robb, et des *hommes* aguerris. Voilà moins d'un an, tu maniais une épée de bois. »

Une lueur de colère alluma ses yeux pour s'éteindre aussi vite, et il redevint un gamin, tout à coup. « Je sais, dit-il d'un air désemparé. Allez-vous me… me renvoyer à Winterfell ? »

Elle soupira. « Il le faudrait. Tu n'aurais jamais dû partir. Mais je n'ose pas, pas maintenant. Tu t'es trop avancé. Un jour, ces seigneurs te considéreront comme leur suzerain. Si je te réexpédiais, à présent, comme un marmot qu'on envoie au lit sans dîner, ils ne manqueraient pas de s'en souvenir et de se gausser dans leurs coupes. Or, l'heure viendra où tu devras t'en faire respecter, voire craindre un brin, et le ridicule empoisonne la crainte. Si fort que je désire te préserver, je ne te jouerai pas ce tour-là.

— Soyez-en remerciée, Mère. » Sous la formule guindée perçait un énorme soulagement.

Tendant la main par-dessus la table, elle lui toucha les cheveux. « Tu es mon premier-né, Robb. Il me suffit de te regarder pour me rappeler le jour où tu vins au monde, cramoisi de cris. »

Manifestement gêné du contact, il se leva, s'approcha de l'âtre. Vent Gris se frotta la tête contre sa jambe. « Vous savez… pour Père ?

— Oui. » La mort subite de Robert et la chute de Ned l'avaient terrifiée au-delà de toute expression, mais elle préféra n'en rien laisser paraître. « Lord Manderly m'en a informée dès mon arrivée à Blancport. Des nouvelles de tes sœurs ?

— J'ai reçu une lettre, dit-il, tout en flattant la gorge du loup. Une autre vous était adressée par la même occasion, mais à Winterfell. » Retournant à la table, il fourragea parmi les documents qui l'encombraient, finit par en extraire une pièce toute chiffonnée. « Voici celle que m'a écrite Sansa. Je n'ai naturellement pas emporté la vôtre. »

Percevant dans le ton une réticence alarmante, elle lissa les pliures, se mit à lire, et sur sa physionomie se succédèrent sans transition l'anxiété, la stupeur, la colère et, finalement, l'effroi. « C'est de Cersei, pas de ta sœur, dit-elle, une fois au bout. Le véritable message est dans ce que tait Sansa. Sous ce papotage à propos de la gentillesse et de la délicatesse des Lannister…, j'entends, moi, tout susurré qu'il est, le son d'une menace. Ils la retiennent en otage et entendent bien la garder.

— Et pas un mot d'Arya…, signala-t-il, anéanti.

— Non. » Ce que cela signifiait, elle n'y voulait pas songer, pas encore, pas en ce lieu.

« J'avais espéré… qu'avec le Lutin…, un échange… » Il récupéra la lettre et, à la manière dont il la froissa dans son poing, Catelyn comprit que ce n'était pas la seconde fois. « Quelles nouvelles des Eyrié ? J'ai écrit à tante Lysa pour réclamer son aide. A-t-elle convoqué le ban du Val ? Les chevaliers d'Arryn vont-ils se joindre à nous ?

— Un seul. Le meilleur, mon oncle…, mais en tant que Tully. Ma sœur n'est pas près de s'aventurer au-delà de sa Porte Sanglante. »

Il accusa le coup. « Que *faire*, Mère ? J'ai beau avoir concentré toute cette armée, dix-huit mille hommes, je… je ne suis pas sûr… » Il l'interrogeait du regard, l'œil trop brillant. En un instant s'évapora le jeune lord si fier, en un instant reparut l'enfant, un gamin de quinze ans quémandant des réponses auprès de sa mère.

Pas de ça !

« De quoi as-tu si peur, Robb ? demanda-t-elle d'une voix douce.

— Je… » Il se détourna pour lui dérober la première larme. « Si nous marchons…, dussions-nous vaincre…, les Lannister détiennent Sansa – et Père. Ils les tueront, non ?

— Ils veulent nous le faire croire.

— Vous voulez dire qu'ils mentent ?

— Je l'ignore, Robb. Je ne sais qu'une chose, tu n'as pas le choix. Si tu te rends à Port-Réal pour faire allégeance, on ne te permettra jamais d'en repartir. Si tu regagnes Winterfell la queue entre les jambes, tes vassaux en profiteront pour te mépriser, quelques-uns même pour passer, peut-être, aux Lannister et, débarrassée de ce sujet de crainte, la reine aura les mains libres en ce qui concerne ses prisonniers. Notre meilleur espoir, notre *seul* espoir véritable, est que tu parviennes à battre l'adversaire en rase campagne. Et si, par bonheur, tu t'emparais de lord Tywin ou du Régicide, eh bien, là, ton idée d'échange aurait de fortes chances d'aboutir, mais tel n'est pas le point crucial. Aussi longtemps que ta puissance les forcera de te redouter, ils ne toucheront pas un cheveu de Ned ou de ta sœur. Cersei est assez maligne pour comprendre de quel levier elle disposerait pour obtenir la paix, si la guerre en venait à tourner contre elle.

— Et si la guerre ne tourne *pas* contre elle ? Si elle tourne contre nous ? »

Elle lui prit la main. « Robb…, je ne vais pas te maquiller la vérité. Si tu perds, nous sommes tous perdus sans retour. Ce n'est pas en l'air que l'on dit : "Rien que de la pierre au cœur de Castral Roc." Souviens-toi des enfants de Rhaegar. »

Dans les yeux juvéniles, elle lut la peur, mais aussi la résolution. « Dans ce cas, je ne perdrai pas ! protesta-t-il.

— Dis-moi ce que tu sais des combats du Conflans, reprit-elle, afin de sonder s'il était bien prêt.

— Voilà moins de quinze jours s'est déroulée une bataille dans les collines au pied de la Dent d'Or. Oncle Edmure avait envoyé lord Vance et lord Piper tenir le col, mais le Régicide a fondu sur eux et les a mis en fuite. Lord Vance a été tué. Aux dernières nouvelles, lord Piper se repliait, talonné par le Régicide, sur Vivesaigues afin d'opérer sa jonction avec votre frère et le reste des bannerets. Mais il y a pire. Pendant qu'ils se battaient au col, lord Tywin les tournait par le sud avec une seconde armée. On la dit plus importante encore que celle de Jaime.

« Père devait être au courant, car il a dépêché contre elle, sous la bannière personnelle du roi, un petit contingent dont il a confié le commandement à un petit seigneur du sud, lord Erik, Derik ou quelque chose d'approchant, non sans le faire accompagner, entre autres chevaliers, par ser Raymun Darry et, à en croire la lettre, appuyer par une partie de ses propres gardes. Seulement, il s'agissait d'un traquenard. À peine lord Erik eut-il traversé la Néra que les Lannister lui tombaient dessus, du diable les couleurs royales ! et Gregor Clegane le prit à revers lorsqu'il voulut battre en retraite par le Gué-Cabot. Il se peut que ce lord Erik et quelques autres en aient réchappé, nul ne sait au juste, mais ser Raymun y a péri, ainsi que la plupart de nos hommes de Winterfell. Il paraîtrait que lord Tywin a bouclé la route royale et marche à présent plein nord sur Harrenhal, incendiant tout sur son passage. »

De mal en pis, songea Catelyn. La gravité de la situation passait ses plus sombres prévisions. « Tu comptes l'affronter ici ? demanda-t-elle.

— S'il se risque aussi loin, mais personne n'y croit. J'ai néanmoins averti le vieil ami de Père, Howland Reed, à Griseaux. Si les Lannister s'aventurent dans le Neck, ils se feront saigner à chaque pas par les gens des paluds, mais Galbart Glover dit lord Tywin trop fin renard pour commettre cette bévue, et Roose Bolton en est d'accord. Il collera au Trident, selon eux, et prendra un par un les châteaux des seigneurs riverains jusqu'à ce que se retrouve isolé Vivesaigues. Il nous faut donc descendre à sa rencontre. »

Cette seule idée la glaça jusqu'aux moelles. Quelle chance de succès avait-il, à quinze ans, contre des chefs de guerre aussi chevronnés que Jaime et Tywin Lannister ? « Est-ce bien prudent ? Ici, tu te trouves en position de force. On assure qu'à Moat Cailin les vieux rois du Nord repoussèrent victorieusement des forces dix fois supérieures aux leurs.

— Certes, mais nos stocks de fournitures et de provisions fondent comme neige au soleil, et il serait malaisé de vivre sur un pays pareil. Nous attendions lord Manderly, ses fils sont là, il faut nous mettre en route. »

Par son truchement, c'est la voix des bannerets qu'elle entendait, convint-elle. Au fil des ans, elle avait hébergé nombre d'entre eux à Winterfell et, en compagnie de Ned, chauffé ses mains à leur foyer, pris place à leur table. Elle savait, elle, quels hommes ils étaient, chacun dans son genre. Mais Robb s'en doutait-il, lui ?

Leurs avis, du reste, ne manquaient pas de bon sens. Les forces assemblées là par son fils ne ressemblaient en rien aux armées permanentes qu'entretenaient les cités libres ni aux escouades du guet soldées en bel et bon argent. La pâte qui les composait provenait pour la plus grande part de gens du petit peuple : métayers, journaliers, pêcheurs, bergers, fils d'aubergistes, de tanneurs ou de boutiquiers, et une once de francs-coureurs et de reîtres avides de rapine servait de levain. Ils répondaient à l'appel des seigneurs..., mais à titre fort provisoire. « Se mettre en route est très joli, riposta-t-elle, mais *pour où* ? et dans quel dessein ? Que projettes-tu ? »

Il hésita. « Lard-Jon pense qu'il faut imposer la bataille à lord Tywin en le prenant au dépourvu, mais les Glover et les Karstark trouveraient plus sage de le tourner pour aller renforcer Oncle Edmure face au Régicide. » D'un air malheureux, il plongea ses doigts dans la masse auburn de sa chevelure. « Ce qui me tracasse, c'est de penser que, lorsque nous atteindrons Vivesaigues... Je ne suis pas certain...

— Sois certain, lui dit-elle, ou rentre à la maison et reprends ton épée de bois. Tu ne peux te permettre ces airs indécis sous le nez d'hommes comme Roose Bolton et Rickard Karstark. Ne t'y méprends pas, Robb, ils sont tes bannerets, pas tes amis. Tu t'es désigné pour commander ? *Commande.* »

Manifestement estomaqué, il parvint à bredouiller, finalement : « Bien, Mère.

— Je repose ma question : que projettes-*tu* ? »

En travers de la table, il étala une vieille carte de cuir aux tons passés et quelque peu loqueteuse d'avoir été roulée, déroulée, mata le reploiement maniaque du bord supérieur en y déposant son poignard. « Les deux plans qu'on me suggère ont des qualités, mais..., voyez. Si nous essayons de tourner lord Tywin, nous risquons d'être pris en tenaille par le Régicide. Quant à l'attaquer..., nos indicateurs sont unanimes, il possède plus de fantassins et de cavaliers que moi. Et Lard-Jon a beau prétendre que peu importe, si nous le prenons au déculotté, moi, je doute qu'avec toute son expérience le vieux Lannister baisse jamais ses braies.

— Bravo », dit-elle. Assis, là, perplexe devant sa carte, il avait certaines des intonations de Ned. « Continue.

— Je serais tenté, moi, de laisser à Moat Cailin une petite garnison composée pour l'essentiel d'archers, d'emmener le gros de mes forces par la grand-route et, au-delà du Neck, de les diviser. L'infanterie poursuivrait, pendant que la cavalerie franchirait la Verfurque aux Jumeaux. » Son doigt marquait l'itinéraire. « En apprenant que nous avons fait mouvement vers le sud, lord Tywin se portera au nord pour affronter notre principale armée, manœuvre qui laissera la seconde libre de galoper sur la rive gauche jusqu'à Vivesaigues. » Sans aller jusqu'à sourire, il se rejeta contre le dossier de son siège, point trop mécontent de lui-même mais affamé d'un bout d'éloge.

Les yeux attachés à la carte, elle fronça le sourcil. « Tu mettrais une rivière entre tes deux armées…

— *Et* entre Jaime et Tywin ! » s'enflamma-t-il. Et, sans plus réprimer son sourire : « Après le gué des Rubis, la Verfurque est infranchissable tout du long vers l'amont jusqu'au pont des Jumeaux, mais c'est lord Frey qui le contrôle…, et il est vassal de Grand-Père, non ? »

Lord Frey le Tardif, songea-t-elle. « Oui…, mais mon père s'est toujours défié de lui. Fais de même.

— Je n'y manquerai pas, promit-il. Mais dites-moi votre sentiment… ? »

Elle était impressionnée, malgré qu'elle en eût. *Il a l'allure d'un Tully, mais il n'en est pas moins le fils de son père, et Ned l'a bien formé.* « Quelle armée commanderais-tu ?

— La seconde », répondit-il sans l'ombre d'une hésitation. Tout son père, à nouveau. Ned ne manquait jamais d'assumer la tâche la plus périlleuse.

« Et la première ?

— Lard-Jon ne cesse de répéter qu'il faut écrabouiller Tywin. Je pensais lui en laisser l'honneur. »

Son premier faux pas. Mais comment le lui signaler sans blesser sa sécurité de béjaune ? « Ton père m'a dit un jour n'avoir jamais connu d'homme plus intrépide. »

Il s'épanouit. « Vent Gris lui a dévoré deux doigts, et ça l'a fait *rire* ! Donc, vous m'approuvez ?

— Ton père n'est pas intrépide, insinua-t-elle, il se contente d'être brave, c'est très différent... »

Il médita la chose un moment. « L'armée de l'est constituera le seul obstacle entre Tywin et Winterfell, dit-il, tout pensif. Enfin..., le seul avec ce que je laisserai d'archers à Moat Cailin. Ainsi, pas d'intrépide, c'est cela ?

— C'est cela. Il faut à ce poste du sang-froid, selon moi, de la rouerie, pas de la témérité.

— Roose Bolton..., grommela-t-il aussitôt. Ce type me fait froid dans le dos.

— Hé bien, prions qu'il fasse le même effet à lord Tywin. »

Robb acquiesça d'un signe et entreprit d'enrouler la carte. « Le temps de donner mes ordres, et je vous compose une escorte pour regagner Winterfell. »

Jusque-là, Catelyn s'était fouetté les flancs pour ne pas flancher, par amour pour Ned, par amour pour ce bougre de brave opiniâtre qu'était son fils. Elle avait jusque-là repoussé son désespoir, sa peur, tels des vêtements importuns..., et voilà, brusquement, qu'elle s'apercevait n'avoir cessé de les porter quand même.

« Je ne vais pas à Winterfell, s'entendit-elle annoncer, non moins déconcertée par l'afflux des larmes qui sans préavis brouillaient sa vision. Père est peut-être à l'agonie, derrière les remparts de Vivesaigues. Mon frère est assailli de toutes parts. Je dois me rendre auprès d'eux. »

TYRION

C'est Chella, fille de Cheyk, de la tribu des Oreilles Noires, qui, partie en éclaireur, rapporta la nouvelle qu'une armée campait au carrefour. « Je dirais forte de vingt mille hommes, d'après les feux. Les bannières sont rouges, avec un lion d'or.

— Votre père ? demanda Bronn.

— Ou mon frère. Nous ne tarderons pas à savoir. » Il examina sa bande de brigands dépenaillés : près de trois cents Sélénites, Oreilles Noires, Faces Brûlées, Freux, simple embryon de l'armée qu'il espérait former. Les autres clans, Gunthor, fils de Gurn, s'attachait pour l'heure à les soulever. Au fait, que ferait le sire Lannister, son seigneur et père, de cette racaille accoutrée de peaux de bêtes et armée de bricoles d'acier volées ? Il ne savait à vrai dire qu'en faire lui-même. Qu'était-il au juste, leur chef ou leur prisonnier ? Un peu des deux, la plupart du temps… « Mieux vaut, je pense, que j'y aille seul.

— Mieux pour Tyrion, fils de Tywin », riposta Ulf, au nom des Sélénites.

Passablement terrible à voir, Shagga surgit à son tour. « Shagga, fils de Dolf, n'aime pas ça. Shagga ira avec le bout d'homme, et si le bout d'homme ment, Shagga lui coupera l'en…

— Oui oui, pour nourrir les chèvres, acheva Tyrion d'un ton las. Je t'en donne ma parole de Lannister, je reviendrai, Shagga.

— Pourquoi devrions-nous te croire sur parole ? » Petite et sèche et plate comme un garçon, Chella n'était pas idiote. « Les seigneurs des basses-terres ont déjà cent fois menti aux clans.

— Tu me blesses, Chella. Je nous croyais si bons amis, maintenant... Mais comme tu voudras. Tu m'accompagnes, ainsi que Conn et Shagga pour les Freux, Ulf pour les Sélénites et Timett, fils de Timett, pour les Faces Brûlées. » Au fur et à mesure qu'il les nommait, les leurs échangeaient des regards défiants. « Vous autres, attendez ici que je vous envoie chercher. Et, pendant mon absence, *tâchez* donc de ne vous point trop entre-tuer ni entre-estropier. »

Sur ce, il éperonna sa monture et partit au trot, sans offrir d'autre choix que de suivre ou de se laisser distancer, toutes choses égales d'ailleurs à ses yeux, du moment qu'on ne lui imposait pas d'en *débattre* le cul par terre trente-six heures d'affilée. La barbe, avec les clans, était cette foutaise que lors des palabres il fallait essuyer le caquet de chaque imbécile, grâce à quoi se discutait le moindre *truc*, et à l'infini. Même les bonnes femmes avaient le droit de jacasser. Et étonnez-vous, après ça, que la plus sérieuse menace qu'ils aient fait peser depuis des siècles sur le Val n'excède pas un petit raid minable de-ci de-là ! Il entendait rectifier le tir.

Bronn chevauchait à ses côtés. Derrière s'étaient décidés vite vite – non sans un bout de piapia grognon – les cinq élus, sur leurs bidets chétifs, dégaine de poneys mais sabot de chamois.

Les Freux allaient de conserve, Ulf et Chella de même, eu égard aux liens étroits de leurs deux tribus, mais Timett, fils de Timett, caracolait seul. Ce n'était qu'un cri, dans les montagnes de la Lune, pour redouter les Faces Brûlées qui, non contents de mortifier leur chair au fer rouge, passaient pour agrémenter leurs festins de bébés rôtis. Et, au sein même de son propre clan, Timett s'était rendu redoutable dès l'adolescence en se faisant sauter l'œil gauche avec la pointe incandescente de son poignard. De quoi rester songeur quand la coutume, avait appris Tyrion, se contentait d'un téton, d'un doigt, voire, au mieux (pour les plus braves, ou les plus tordus), d'une simple oreille. Bref, l'exploit de Timett avait si fort intimidé ses délicieux potes qu'ils s'étaient dépêchés de le nommer « main rouge » – quelque chose, apparemment, comme premier couteau.

« J'aimerais bien savoir ce que s'est fait grésiller leur roi », avait dit Tyrion à Bronn en apprenant la chose, et Bronn, rigolard, s'était empoigné la culotte... mais, s'agissant de Timett, Bronn lui-même tenait sa langue en respect. Qu'un homme fût assez dément pour se mutiler de la sorte, sa clémence envers l'ennemi, on imaginait.

Postés au sommet de tours de pierres sèches, des guetteurs les repérèrent comme ils abordaient le piémont, et Tyrion vit même un corbeau prendre son essor. À un détour de la grand-route, entre deux promontoires rocheux, lui apparut le premier barrage : un remblai de terre haut de quatre pieds. À flanc de falaise, une douzaine d'arbalétriers. Il fit arrêter ses compagnons hors de portée et s'avança, seul. « Qui commande, ici ? » cria-t-il.

L'homme ne tarda guère à se montrer, et moins encore à lui procurer une escorte en le reconnaissant. Au trot, ils longèrent des champs incendiés, des ruines de fortins noircies, dévalèrent de colline en colline vers le Conflans et la Verfurque du Trident. Tyrion ne vit pas de cadavres, mais des vols de corneilles et de corbeaux charognards infestaient le ciel. On s'était battu, dans le coin, et récemment.

À une demi-lieue du carrefour se dressait une barricade hérissée d'épieux et tenue par un peloton d'arcs et de piques. Au-delà, le camp, à perte de vue. Des centaines de feux brandissaient un doigt de fumée vers les nues. Adossés à des troncs, des hommes revêtus de maille aiguisaient leur lame. En bout de hampes implantées dans le sol bourbeux flottaient les bannières si familières.

Un groupe de cavaliers fonça les intercepter comme ils approchaient de la redoute. Le chevalier de tête portait une armure d'argent sertie d'améthystes et un manteau à rayures pourpre et argent. Une licorne figurait sur son bouclier, et de son heaume à tête de cheval jaillissait un cône en spirale long de deux pieds. Tyrion s'immobilisa pour le saluer. « Ser Flement. »

Ser Flement Brax releva sa visière. « Tyrion ! s'ébahit-il. Nous craignions tous que vous ne soyez mort, messire, ou… » Il jeta un regard perplexe du côté des cinq brutes. « Ces… gens qui vous accompagnent…

— Des amis de cœur, doublés de serviteurs loyaux. Où trouverai-je le seigneur mon père ?

— Il a pris ses quartiers à l'auberge du carrefour. »

Tyrion se mit à rire. Tiens donc ! Tout compte fait, les dieux savaient peut-être se montrer justes… « Je veux le voir immédiatement.

— Bien, messire. » Il fit volter son cheval, jeta des ordres d'une voix brève. On retira trois rangées d'épieux pour pratiquer une chicane où Tyrion s'engouffra, suivi de ses gens.

Le camp de lord Tywin couvrait des lieues et des lieues. Peu ou prou les vingt mille hommes estimés par Chella. Le commun campait à la belle étoile, mais des tentes abritaient les chevaliers, et quelques puissants seigneurs s'étaient fait dresser des pavillons aussi vastes que des maisons. Tyrion remarqua le bœuf rouge Prester, le sanglier moucheté Crakehall, l'arbre embrasé Marpheux, le blaireau Lydden. Des chevaliers le hélaient au passage, des hommes d'armes demeuraient bouche bée devant son équipage.

Shagga ne badait pas moins. Il n'avait à coup sûr vu de toute sa vie tant de soldats, d'armes, de chevaux. Pour garder nettement mieux la face, les autres chenapans n'étaient assurément pas moins époustouflés. De mieux en mieux. Plus les impressionnerait la puissance des Lannister, plus dociles ils se montreraient.

S'il ne subsistait guère plus du village que de vagues monceaux de gravats et des fondations calcinées, l'auberge et ses écuries coïncidaient grosso modo avec le souvenir. Sauf qu'on avait érigé un gibet dans la cour, et qu'un cadavre s'y balançait, couvert de corneilles. L'arrivée de Tyrion les fit décoller dans un beau chahut de couacs rauques et de plumes noires. Il mit pied à terre et leva les yeux vers les reliefs de la dépouille. Les oiseaux lui avaient becqueté les orbites, le gras des joues, les lèvres, dénudant les dents écarlates en un hideux sourire. « Le gîte, le couvert et un pichet de vin, voilà tout ce que je désirais... », lui rappela-t-il avec un soupir de reproche.

Des palefreniers se risquèrent d'un pas frileux vers les arrivants. Shagga refusa de leur confier son cheval. « Ils ne te voleront pas ta rosse, affirma Tyrion. Tout ce qu'ils veulent, c'est l'étriller, lui donner de l'avoine et de l'eau. » Il n'eût pas été superflu non plus d'étriller Shagga, mais le signaler pouvait paraître un défaut de tact. « Tu as ma parole qu'on ne lui fera que du bien. »

Non sans un regard furibond, Shagga consentit à lâcher les rênes. « Ce cheval appartient à Shagga, fils de Dolf ! rugit-il à l'adresse du palefrenier qui le lui prenait.

— S'il ne te le rend pas, tu lui couperas son engin pour nourrir les chèvres, promit Tyrion. Si tu parviens à en trouver. »

Une couple de gardes en manteau rouge et heaume à mufle de lion se tenaient sous l'enseigne, de part et d'autre du seuil. Il reconnut leur capitaine. « Mon père ?

— Dans la salle commune, messire.

— À boire et à manger pour mes gens. Veille qu'on n'y manque pas. » Sur ces mots, il pénétra dans l'auberge et y tomba effectivement sur Père.

Tywin Lannister, sire de Castral Roc et gouverneur de l'Ouest, conservait, en dépit de ses quelque cinquante-cinq ans, la verdeur d'un homme de vingt. La jambe longue, l'épaule large et le ventre plat, il était, même assis, d'une stature impressionnante. Frappait non moins la sécheresse musculeuse de ses bras. Du jour où il avait vu son opulente chevelure d'or menacer de battre en retraite, il s'était fait tondre le crâne : jamais de demi-mesures. Il rasa de même lèvre et menton mais, en guise de favoris, préserva le rude roncier doré qui, de l'oreille à la mâchoire, lui dévorait la plus grande partie de la joue. Des pépites d'or roulaient dans ses yeux vert pâle. Aussi un fol plus fol qu'il n'est commun s'était-il jadis amusé à dire que même la merde de lord Tywin avait des chatoiements d'or. D'aucuns prétendaient l'impudent toujours en vie, quelque part au fin fond des entrailles de Castral Roc.

Lord Tywin partageait avec l'unique frère qui lui restât, ser Kevan, un pichet de bière quand entra Tyrion. Massif, demi-chauve et barbu d'une éteule jaune qui soulignait ses fortes mandibules, le chevalier fut le premier à l'apercevoir. « Tyrion ? s'étonna-t-il.

— Mon oncle, s'inclina le nain. Et le seigneur mon père. Quelle joie de vous trouver ici. »

Sans broncher de son siège, lord Tywin lui infligea un long regard scrutateur. « Ainsi donc, le bruit de ton décès était infondé.

— Navré de vous désappointer, Père. Surtout, ne me sautez pas au cou, j'aurais scrupule à vous coûter le moindre effort. » Avec une conscience aiguë du roulis dont, pas après pas, ses pattes torses affligeaient sa démarche, il traversa la pièce vers leur table. Pour peu que son père condescendît à baisser son regard jusqu'à lui, invariablement le torturait le sentiment global et détaillé de ses tares et de sa difformité. « Aimable à vous de partir en guerre pour ma personne, reprit-il en escaladant un siège avant de s'emplir une chope au pichet paternel.

— C'est à toi que nous devons l'ouverture des hostilités, que je sache, répliqua lord Tywin. Jamais ton frère Jaime ne se serait de si bonne grâce laissé capturer par une simple femme.

— En quoi nous différons, lui et moi. Sans compter qu'il est plus grand, peut-être l'aurez-vous remarqué. »

Son père ignora le quolibet. « L'honneur de notre maison était en jeu. Je ne pouvais que sauter en selle. Nul ne verse impunément le sang Lannister.

— *Je rugis* », rayonna Tyrion. Leur devise. « Pour parler vrai, on n'a versé aucune goutte du mien, encore qu'une ou deux fois il s'en soit fallu d'un cheveu. Morrec et Jyck ont été tués.

— Tu vas me réclamer de quoi les remplacer, je présume.

— Soyez sans inquiétude, Père, je m'en suis procuré par moi-même une poignée. » Il avala une gorgée de bière, pour goûter. Brune, puissamment fermentée, d'une épaisseur à vous donner presque envie de mastiquer. Excellente, en somme. À déplorer que Père ait pendu l'aubergiste. « Comment marchent vos opérations ?

— Assez bien, en l'occurrence, intervint son oncle. Ser Edmure avait éparpillé des troupes sur la frontière pour interrompre nos incursions. Ce qui nous a permis de les anéantir pour la plupart l'une après l'autre, ton père et moi, avant qu'elles ne parviennent à se regrouper.

— Ton frère s'est couvert de gloire. Il a écrasé les lords Vance et Piper à la Dent d'Or et battu à plate couture le gros des Tully sous les remparts de Vivesaigues. Les seigneurs du Conflans se sont débandés, et il a fait prisonniers ser Edmure et nombre de ses chevaliers et bannerets. Avec les rares rescapés, lord Nerbosc s'est replié sur Vivesaigues, et Jaime les y assiège. Le reste est allé se terrer chacun dans sa place forte.

— Ton père et moi marchions alternativement. Grâce à la retraite de Nerbosc, la chute de Raventree n'a pas fait un pli, et lady Whent a rendu Harrenhal, faute d'hommes pour le défendre. Ser Gregor a brûlé les Piper, les Bracken et…

— Plus d'adversaires, alors ?

— Pas tout à fait. Les Mallister tiennent toujours Salvemer, et Walder Frey concentre ses troupes aux Jumeaux.

— Bagatelle, trancha lord Tywin. Frey n'entre jamais en campagne qu'il n'ait d'abord subodoré les effluves de la victoire, et il ne flaire actuellement que décombres. Quant à Jason Mallister, il n'a pas les moyens de se battre seul. Que Jaime s'empare de Vivesaigues, et ils n'auront tous deux rien de plus pressé que de ployer le jarret. À moins que les Stark et les Arryn n'interviennent contre nous, je considère d'ores et déjà la guerre comme gagnée.

— Si j'étais vous, glissa Tyrion, je ne m'inquiéterais pas outre mesure des Arryn. Les Stark seraient autrement coriaces. Lord Eddard…

— … est notre otage, acheva son père. Tant qu'il pourrit dans son cachot du Donjon Rouge, il ne risque pas de nous opposer d'armée.

— Certes, approuva ser Kevan, mais son fils a convoqué le ban, et il campe à Moat Cailin avec des troupes conséquentes.

— Avant la trempe, il n'est pas d'épée redoutable, déclara lord Tywin. Le petit Stark n'est qu'un marmot. Nul doute qu'il ne soit grisé par le mugissement des cors de guerre et l'ondulation des bannières au vent, mais il faut tôt ou tard en venir à la boucherie et, là, m'est avis qu'il manque d'estomac. »

Fou, se disait Tyrion, ce que les choses étaient devenues intéressantes, durant son absence. « Et que fiche donc notre bravache de monarque pendant que s'accomplit cette “boucherie” ? s'enquit-il. Par quels arguments décisifs mon adorable sœur l'a-t-elle entortillé pour qu'il consente à l'incarcération de son Ned favori ?

— Robert Baratheon est mort, l'avisa son père. Ton neveu règne à Port-Réal. »

Tyrion manqua d'air, pour le coup. « Cersei, voulez-vous dire. » Il s'envoya une nouvelle lampée de bière. Avec Cersei gouvernant aux lieu et place de son mari, le royaume pouvait s'attendre à pas mal de chamboulements.

« Si tu envisages si peu que ce soit de te rendre utile, j'ai du travail pour toi. Marq Piper et Karyl Vance vadrouillent sur nos arrières et asticotent nos terres, en amont de la Ruffurque. »

Tyrion émit un *tt tt* rétif. « Contre-attaquer..., les petits fielleux ! En temps ordinaire, Père, je me ferais une joie de châtier tant de goujaterie mais, voyez-vous, je suis requis ailleurs par une affaire urgente.

— Ah bon ? » Lord Tywin n'en semblait pas autrement frappé. « Nous avons aussi deux arrérages de Ned Stark qui jouent les nuisibles en harcelant nos fourrageurs. Ce hobereau de Béric Dondarrion, un freluquet qui se prend pour un preux, et son compère, ce charlatan de prêtre adipeux qui cabotine avec un brandon d'épée. Tu ne serais pas capable de me régler ça, des fois, pendant que tu déguerpis ? Sans trop saboter la besogne ? »

D'un revers de main, Tyrion s'essuya les lèvres puis s'illumina. « Ah, Père, voilà qui me réchauffe le cœur ! Penser que vous iriez jusqu'à me confier..., quoi, vingt hommes ? cinquante ? Êtes-vous sûr de pouvoir en gâcher autant ? Enfin, n'importe. S'il m'advient de croiser Thoros et lord Béric, je leur flanque une fessée. » Il dégringola de son siège et, en canard, approcha d'un buffet où, parmi des fruits, trônait une forme de fromage d'un blanc marbré. « Toutefois, j'ai d'abord à tenir un certain nombre d'engagements personnels, poursuivit-il tout en se taillant une tranche. Il me faut, en plus de trois mille heaumes et autant de hauberts, des épées, des piques, des pointes de lance en acier, des masses et des haches de guerre, des gantelets, des gorgerets, des jambières, des corselets de plates, des fourgons pour transporter le tout... »

Derrière lui, la porte s'ouvrit avec un tel fracas qu'il manqua laisser tomber son fromage, tandis que ser Kevan bondissait en jurant, et que le capitaine de faction volait littéralement à travers la pièce s'écraser contre la cheminée, et il s'affaissait à peine dans les cendres froides, son heaume à mufle de lion de biais, que, sur son genou large comme un tronc d'arbre, Shagga lui brisait en deux son épée, en jetait les morceaux et pénétrait dans la salle à pas d'éléphant, non sans s'y faire précéder de sa puanteur, plus avancée que celle du fromage et sans rivale entre quatre murs. « Et tiens-toi ça pour dit, chaperon rouge, gronda-t-il, la prochaine fois que tu dégaines contre Shagga, fils de Dolf, Shagga te coupe ton engin et le fait rôtir !

— Tiens ! pas de chèvres ? » dit Tyrion en mordant dans son fromage.

Les quatre autres entrèrent à leur tour, ainsi que Bronn, lequel adressa au nain un haussement d'épaules consterné.

« Qu'est-ce que c'est que ça ? demanda lord Tywin, froid comme neige.

— Ils m'escortaient à la maison, Père. Puis-je les garder ? Ils ne mangent guère. »

Personne ne sourit. « De quel droit osez-vous, espèces de sauvages, faire irruption dans nos conseils ? demanda ser Kevan, altier.

— Sauvages, bouseux ? » Conn aurait pu être beau, une fois lavé. « Nous sommes des hommes libres, et les hommes libres siègent de droit aux conseils de guerre.

— Lequel est le seigneur-lion ? interrogea Chella.

— Deux vieux… », lâcha Timett, fils de Timett, du haut de ses moins de vingt ans.

La main de ser Kevan se porta à la garde de son épée, deux doigts de lord Tywin suffirent à lui immobiliser le poignet. Il conservait sa mine imperturbable. « Aurais-tu oublié les bonnes manières, Tyrion ? Tu serais aimable de nous présenter nos… charmants invités. »

Tyrion se lécha les doigts. « Volontiers. Gente damoiselle Chella, fille de Cheyk, des Oreilles Noires.

— Je ne suis pas damoiselle, protesta-t-elle. Mes fils ont déjà totalisé cinquante oreilles.

— Puissent-ils en trancher cinquante de plus. » Il se dandina vers les suivants. « Conn, fils de Coratt, et Shagga, fils de Dolf – Castral Roc en chevelu, ne trouvez-vous pas ? –, Freux tous deux. Ulf, fils d'Umar, des Sélénites. Timett, fils de Timett, main rouge des Faces Brûlées. Enfin, voici Bronn, reître sans affidation décidée. Il a déjà changé deux fois de camp depuis le peu de temps que j'ai le privilège de le connaître, vous devriez vous entendre tous deux comme larrons en foire, Père. » Puis, aux susnommés : « Permettez-moi de vous présenter mon seigneur de père, Tywin, fils de Tytos, de la maison Lannister, sire de Castral Roc, gouverneur de l'Ouest, bouclier de Port-Lannis, ancienne et future Main du Roi. »

Lord Tywin se leva, compassé, correct. « La réputation de bravoure des clans guerriers des montagnes de la Lune a retenti jusque dans l'ouest. Quel bon vent vous a fait descendre de vos forteresses, messires ?

— Chevaux, dit Shagga.

— Promesse de soie et d'acier », dit Timett, fils de Timett.

Tyrion allait se mettre en devoir d'exposer au seigneur son père comment il comptait transfigurer le Val d'Arryn en un désert fumant, l'occasion lui en fut ravie, la porte s'ouvrait derechef à la volée sur un messager qui, non sans un coup d'œil de travers aux jolis compagnons de Tyrion, vint ployer le genou devant lord Tywin. « Ser Addam m'envoie vous avertir, messire. L'ost des Stark s'est mis en mouvement par la grand-route. »

Lord Tywin Lannister ne daigna pas sourire, lord Tywin Lannister ne souriait *jamais*, mais Tyrion n'en savait pas moins lire l'expression du plaisir sur sa physionomie, et le plaisir s'y lisait bel et bien. « Ainsi, le louveteau quitte sa tanière pour venir folâtrer parmi les lions…, dit-il d'un ton tranquille et satisfait. Splendide. Va dire à ser Addam de se replier. Pas d'affrontement avant notre arrivée, mais du harcèlement sur les flancs. Je veux qu'il me l'attire plus au sud.

— À vos ordres. » L'estafette se retira.

« Notre position est bonne, ici, signala ser Kevan. Proches du gué, environnés de fosses et de pointes. Puisqu'ils descendent, je dis : laisse-les venir et se briser d'eux-mêmes contre nous.

— Et si le marmot barguigne ? S'il se dégonfle à la vue du nombre ? répliqua lord Tywin. Plus vite je serai débarrassé des Stark, plus tôt j'aurai les mains libres pour régler son compte à Stannis Baratheon. Fais battre la générale et avertis Jaime que je marche contre Robb Stark.

— À ta guise. »

Fasciné, mais d'une fascination noire, Tyrion regarda son père se retourner vers les demi-sauvages. « Les montagnards des clans passent pour des guerriers sans peur.

— Et c'est la vérité, répondit Conn le Freux.

— Leurs femmes aussi, précisa Chella.

— Accompagnez-moi contre mes ennemis, et vous aurez tout ce que vous a promis mon fils, et davantage encore.

— Vous voudriez nous payer avec notre argent ! riposta Ulf, fils d'Umar. Quel besoin avons-nous des promesses du père quand nous avons celles du fils ?

— Qui parle de *besoin* ? Mon offre était de pure courtoisie. Rien ne vous oblige à vous joindre à nous. Simplement, les hommes de l'hiver sont faits de glace et de fer, et mes plus braves chevaliers eux-mêmes ont peur de les affronter. »

Oh, le madré ! pensa Tyrion avec un sourire crochu.

« Les Faces Brûlées n'ont peur de rien. Timett, fils de Timett, accompagnera les lions.

— Où vont les Faces Brûlées, toujours les précèdent les Freux ! s'enflamma Conn. Nous marchons aussi.

— Shagga, fils de Dolf, leur coupera l'engin pour nourrir les corbeaux.

— Nous viendrons, seigneur-lion, acquiesça Chella, fille de Cheyk, mais à condition que le bout d'homme votre fils vienne aussi. Il a acheté sa vie avec des promesses. Aussi longtemps que nous ne tiendrons pas l'acier de sa rançon, sa vie continue de nous appartenir. » Lord Tywin jeta sur son fils ses yeux pailletés d'or.

« Joie », dit Tyrion avec un sourire de résignation.

SANSA

La salle du Trône était nue. On avait décroché les chasses chères au roi Robert, et elles gisaient dans un coin, sommairement amoncelées.

Ser Mandon Moore alla rejoindre, au bas du trône, deux de ses collègues de la Garde. Abandonnée à elle-même, pour une fois, Sansa musait dans les parages de la porte. Sa complaisance avait eu beau lui mériter de la reine une totale liberté de mouvements dans l'enceinte du château, elle n'en était pas moins partout sous bonne escorte. Et quoique Cersei parât cette dernière de l'appellation flatteuse « garde d'honneur pour ma future bru », Sansa ne s'en trouvait guère honorée ni flattée.

« Libre dans l'enceinte du château » lui permettait certes d'aller et venir à sa guise dans le Donjon Rouge, mais sous parole de n'en point sortir, parole du reste aussi extorquée que donnée de grand cœur. Franchir les murs ? impossible. Les manteaux d'or de Janos Slynt veillaient aux portes nuit et jour, et non moindre était la vigilance des manteaux rouges Lannister. Puis où aller, si tant est qu'elle pût s'esquiver ? Déjà bien beau qu'on la laissât parcourir la cour, cueillir des fleurs dans le jardin de Myrcella, se rendre au septuaire et y prier pour Père, parfois même dans le bois sacré, puisqu'aussi bien les Stark demeuraient fidèles aux anciens dieux.

Comme Joffrey devait, en ce jour, accorder l'audience inaugurale de son règne, elle observait chaque chose d'un œil anxieux. Sous les baies de l'ouest, une ligne de Lannister, une ligne de soldats du guet sous celles de l'est. Pas trace de petites gens ni de gens du commun mais, sous la tribune, un groupe de seigneurs, grands et petits, sans cesse en mouvement. Pas plus de vingt, quand ils auraient été une centaine, les jours ordinaires, du temps de Robert.

Afin de voir le mieux possible, elle se glissa parmi eux, saluant d'un murmure chacun de ceux qu'elle reconnaissait : Jalabhar Xho et sa peau d'ébène, le morne ser Aron Santagar, les jumeaux Redwyne – alias l'Horreur et le Baveux – mais aucun ne parut la reconnaître, *elle*. Ou, s'ils le firent, ce fut avec l'espèce de recul que suscite l'aspect d'un lépreux. En la voyant approcher, lord Gyles enfouit son visage dans ses mains d'un air de souffrance et affecta une quinte de toux. Et lorsque ce jovial poivrot de ser Dontos ouvrit la bouche pour un bonjour, aussitôt ser Balon Swann lui chuchota à l'oreille, et il se détourna.

Que d'absents, d'ailleurs... ! Où donc étaient-ils passés ? Pas un seul visage amical. Tous les regards fuyaient le sien. Ou la traversaient comme un fantôme, une morte prématurée.

Assis seul à la table du Conseil, mains jointes dans sa barbe, le Grand Mestre Pycelle semblait assoupi. À pas aussi pressés que silencieux, lord Varys parut à son tour et, un instant plus tard, lord Baelish franchissait, le sourire aux lèvres, les grandes portes du fond. À le voir, au passage, échanger quelques mots affables avec ser Balon et ser Dontos, Sansa eut soudain l'impression qu'une nuée de papillons folâtraient dans son ventre. *Peur ? de quoi ? je n'ai aucune raison d'avoir peur, tout finira bien, Joffrey m'aime, et la reine aussi, elle l'a bien dit.*

La voix d'un héraut retentit : « Sa Majesté Joffrey Baratheon Lannister, premier du nom, roi des Andals, de Rhoynar et des Premiers Hommes, seigneur et maître des Sept Couronnes.

Sa Grâce madame sa mère, Cersei Lannister, reine régente, Lumière de l'Ouest, Protecteur du royaume. »

Étourdissant de blancheur dans une armure à plates, ser Barristan Selmy les introduisit. Ser Arys du Rouvre escortait la reine, ser Boros Blount, Joffrey. Ainsi les compagnons de la Blanche Épée se retrouvaient-ils – en l'absence de ser Jaime – au complet. Le prince charmant de Sansa (non, son *roi*, maintenant !) grimpa deux à deux les marches du trône, pendant que Cersei allait s'installer auprès du Conseil. Par-dessus son pourpoint de panne noire à crevés cramoisis, Joff portait une éblouissante cape montante de brocart d'or, et sur sa tête étincelait une couronne d'or sertie de rubis et de diamants noirs.

Son œil toisa la salle et croisa ceux de Sansa. Il sourit, s'assit et prit la parole. « Le devoir d'un roi consiste autant à châtier les félons qu'à récompenser les féaux. Grand Mestre Pycelle, veuillez faire lecture de mes décrets. »

Celui-ci se leva pesamment. Un col d'hermine et des attaches d'or rehaussaient sa somptueuse robe de gros velours rouge. De l'une de ses vastes manches alourdies de broderies d'or, il retira un parchemin, le déroula et se mit à décliner une longue liste de personnes sommées, au nom du roi et du Conseil, de comparaître et de jurer fidélité à Joffrey. Faute de quoi elles se verraient convaincues de traîtrise et privées de leurs terres et titres au profit du trône.

Tandis qu'il les énonçait une à une, Sansa retenait son souffle. Lord Stannis Baratheon, sa femme et sa fille. Lord Renly Baratheon. Lord Royce et ses fils. Ser Loras Tyrell. Lord Mace Tyrell, ses frères, oncles et fils. Le prêtre rouge Thoros de Myr. Lord Béric Dondarrion. Lady Lysa Arryn et son fils, lord Robert. Lord Hoster Tully, son frère, ser Brynden, et son fils, ser Edmure. Lord Jason Mallister. Lord Bryce Caron des Marches. Lord Tytos Nerbosc. Lord Walder Frey et son héritier, ser Stevron. Lord Karyl Vance. Lord Jonos Bracken. Lady Shella Whent. Doran Martell, prince de Dorne, et tous ses fils… *Tant de gens*, pensa-t-elle, pendant que Pycelle poursuivait l'interminable litanie, *il va falloir une myriade de corbeaux pour transmettre tous ces mandements*.

Enfin retentirent, presque en dernier, les noms que Sansa redoutait d'entendre depuis le début. Lady Catelyn Stark. Robb Stark. Brandon Stark. Rickon Stark. Arya Stark. À celui-ci, Sansa s'étrangla. Arya. S'ils l'assignaient à se présenter pour prêter serment…, cela signifiait qu'Arya s'était enfuie, à bord de la galère… et qu'elle devait, maintenant, se trouver, saine et sauve, à Winterfell…

Le Grand Mestre enroula la liste et, après l'avoir engloutie dans sa manche gauche, en extirpa une autre de sa manche droite, s'éclaircit la gorge et reprit : « En lieu et place du traître Eddard Stark, le bon plaisir de Sa Majesté est que Tywin Lannister, sire de Castral Roc et gouverneur de l'Ouest, assume désormais les fonctions de Main du Roi et, en tant que tel, parle avec sa voix, mène ses armées contre ses ennemis, soit l'exécuteur de son royal vouloir. Ainsi en a décidé le roi. Le Conseil restreint opine dans le même sens.

« En lieu et place du traître Stannis Baratheon, le bon plaisir de Sa Majesté est que Sa Grâce madame sa mère, la reine régente Cersei Lannister, qui s'est toujours montrée son plus ferme soutien, siège en son Conseil restreint pour l'aider à gouverner en toute sagesse et toute justice. Ainsi en a décidé le roi. Le Conseil restreint opine dans le même sens. »

Parmi les seigneurs qui l'entouraient, Sansa perçut un léger murmure, mais qui s'éteignit presque instantanément. Pycelle poursuivait déjà.

« Le bon plaisir de Sa Majesté est aussi que son loyal serviteur Janos Slynt, commandant du guet de Port-Réal, soit dès à présent élevé à la dignité de lord et fieffé de la ci-devant résidence de Harrenhal et des domaines et privilèges y afférents, ce à titre perpétuel pour ses descendants. Sa Majesté ordonne en outre à *lord* Slynt de prendre place toutes affaires cessantes au Conseil restreint pour aider celui-ci à régir le royaume. Ainsi en a décidé le roi. Le Conseil restreint opine dans le même sens. »

Du coin de l'œil, elle aperçut un mouvement du côté de l'entrée : Janos Slynt venait d'apparaître, accueilli par un murmure nettement plus fort et plus indigné, cette fois. Et les seigneurs dont l'altière ascendance se perdait dans l'aube des temps ne s'écartèrent qu'avec répugnance devant le manant et sa bouille de batracien déplumé. Cousues sur son doublet de velours noir, des écailles dorées quincaillaient sourdement à chacun de ses pas sous son manteau de satin à damiers or et noir. Deux vilains têtards qui devaient être sa progéniture le précédaient, titubant sous un bouclier de métal plus grand qu'eux. Il avait adopté pour blason, d'or sur champ nocturne, une pertuisane sanglante dont le seul aspect donna la chair de poule aux bras de Sansa.

Une fois lord Slynt attablé près de lui, Pycelle reprit : « Vu, enfin, qu'en ces temps d'émeute et de félonie inaugurés si récemment, hélas, par le décès brutal de notre bien-aimé Robert, les jours et la sécurité du roi Joffrey sont d'une importance vitale pour le royaume, le Conseil opine que… » Il se troubla, se tourna vers la reine.

Elle se dressa. « Ser Barristan Selmy, veuillez avancer. »

Debout jusqu'alors au pied du trône et impassible comme une statue, ser Barristan mit un genou en terre et s'inclina très bas. « Je suis aux ordres de Votre Grâce.

— Levez-vous, ser Barristan, dit-elle. Vous pouvez retirer votre heaume.

— Madame ? » Au comble de la stupeur, le vieux chevalier obtempéra.

« Vous avez si longtemps servi le royaume et avec une si constante fidélité, ser, qu'il n'est personne, homme ou femme, dans les Sept Couronnes qui ne vous doive des remerciements. Je crains malheureusement que l'heure de la retraite n'ait à présent sonné. Le bon plaisir du roi et du Conseil est que vous déposiez ce pesant fardeau.

— Ce… fardeau ? Je crains de… Je ne… »

Le tout nouveau lord Slynt intervint d'une voix sèche et péremptoire : « Sa Grâce vous en informerait-elle avec trop de ménagements ? Vous êtes relevé du commandement de la Garde. »

Debout, là, le souffle court sous ses cheveux blancs, l'imposant chevalier parut se rétrécir. « Mais, Votre Grâce, dit-il enfin, la Garde se compose de frères jurés… Nos vœux nous engagent à vie. La mort seule peut relever le Grand Maître de sa charge inviolable.

— La mort de qui, ser Barristan ? » Toute soyeuse qu'elle était, la voix de Cersei Lannister portait jusqu'au fond de la salle. « La vôtre ou celle de votre roi ?

— Vous avez laissé tuer mon père ! accusa Joffrey du haut du Trône de Fer. Vous êtes trop vieux pour protéger quiconque. »

Comme le chevalier levait les yeux vers son nouveau roi, Sansa trouva pour la première fois qu'il trahissait son âge. « Sire, dit-il, j'avais vingt-deux ans lorsqu'on fit choix de moi pour la Blanche Épée. On exauçait là mon unique rêve, ma seule ambition depuis mon premier contact avec une épée. Je renonçai à toute prétention sur la demeure de mes ancêtres. La jeune fille qui devait devenir ma femme épousa mon cousin, je n'avais cure de terres ou de fils, ma vie entière serait exclusivement consacrée au royaume. C'est Gerold Hightower en personne qui me fit prononcer mes vœux… de garder le roi de toutes mes forces…, de donner mon sang pour le sien… J'ai combattu aux côtés du Taureau Blanc et du prince Lewyn de Dorne…, aux côtés de ser Arthur Dayne, l'Épée du Matin. Avant de servir votre père, j'ai été l'un des boucliers du roi Aerys et, auparavant, de son père, Jaehaerys… Trois rois…

— Tous morts, précisa Littlefinger.

— Vous avez fait votre temps, conclut Cersei Lannister. Autour de sa personne, Joffrey veut des hommes jeunes et vigoureux. Le Conseil a décidé que ser Jaime Lannister vous succéderait comme Grand Maître des Frères Jurés de la Blanche Épée.

— Le Régicide…, déclara ser Barristan d'un ton de souverain mépris. Le faux chevalier qui a profané sa lame dans le sang du roi qu'il avait juré de défendre.

— Veuillez mesurer vos propos, ser, menaça la reine. C'est de notre frère bien-aimé que vous parlez, du sang même de votre roi. »

D'un ton plus doux que les précédents, lord Varys prit la parole à son tour : « Nous ne sommes pas des ingrats, ser. Avec sa générosité coutumière, lord Tywin Lannister consent à vous accorder un vaste et beau domaine au nord de Port-Lannis, en bordure de mer, de l'or et des gens à suffisance pour vous bâtir une puissante résidence, et des serviteurs pour veiller à combler vos moindres désirs. »

Les yeux de ser Barristan flambèrent durement. « Une pièce où crever, des larbins pour me flanquer au trou, grand merci, messires…, je crache sur votre pitié ! » Levant les mains, il défit les agrafes de son manteau, et le lourd vêtement blanc glissa de ses épaules et s'affaissa pli sur pli au sol. L'y suivit, avec un *boum*, son heaume. « Je suis chevalier », les avisa-t-il. Il ouvrit les clapets d'argent de son corselet, le laissa choir de même. « Je mourrai chevalier.

— Chevalier à poil, m'est avis… », railla Littlefinger.

Tous éclatèrent de rire, Joffrey sur son trône comme les seigneurs, debout, de l'assistance, Janos Slynt comme Cersei et Sandor Clegane, tous, même les autres membres de la Garde, ses cinq frères encore l'instant d'avant. *Sûrement ce qui doit le blesser le plus*, songea Sansa. Son cœur à elle bondissait vers le noble vieillard qui se tenait là, pourpre d'humiliation, trop colère pour répliquer. Qui, finalement, dégaina.

Dans le coin de Sansa, quelqu'un avala sa glotte. Ser Boros et ser Meryn s'avançaient, menaçants, ser Barristan les cloua d'un regard hautain. « N'ayez pas peur, messers, votre roi s'en tirera indemne..., et pas grâce à vous. Je serais encore capable, et sans peine, comme dans du beurre, de vous massacrer, tous les cinq. Allez, allez vous aplatir sous le Régicide, aucun de vous n'est digne de porter le blanc. » Il jeta son épée au pied du Trône de Fer. « Tiens, mon gars. Fais-la fondre et joins-la aux autres, si ça te chante. Tu en auras plus de jouissance que des cinq autres dans ces mains-là. Il se pourrait un jour que lord Stannis l'honore de son séant. »

D'un pas pesant qui sonnait sur les dalles et que répercutait la nudité des murs, il entreprit de gagner la sortie, là-bas, loin, loin. Seigneurs et dames s'écartèrent sur son passage, dans un silence qui ne cessa qu'après que les pages eurent refermé sur lui les grands vantaux de chêne bardé de bronze. Alors seulement, Sansa perçut à nouveau quelques vagues bruits : des chuchotements, des remous gênés, le froissement de quelque papier du côté du Conseil. « Il m'a appelé *mon gars*..., pleurnicha Joffrey d'une voix de bambin. Il a aussi parlé d'Oncle Stannis...

— Propos en l'air, minimisa Varys. Insignifiants...

— Mais s'il était du complot ? complice de mes oncles ? je veux qu'on l'arrête ! qu'on le mette à la question ! » Personne ne bougeant, il haussa le ton : « J'ai dit : "*Je veux qu'on l'arrête !*" »

À la table du Conseil, Janos Slynt se leva. « Mes manteaux d'or vont s'en occuper, Sire.

— Bon », dit le roi Joffrey. À grandes enjambées, *lord* Janos se dirigea vers la porte, suivi de ses deux affreux qui, forcés de doubler le pas, cahotaient sous les armoiries démesurées de la *maison* Slynt.

« Sire, intervint Littlefinger, si nous reprenions, avec votre permission ? Les sept ne sont plus que six. Il nous faut une nouvelle épée pour compléter votre Garde... »

Joffrey retrouva le sourire. « Mère, dites-leur.

— Le roi et son Conseil sont tombés d'accord qu'il n'est aucun homme, dans les Sept Couronnes, plus à même de garder et protéger Sa Majesté que son bouclier lige Sandor Clegane.

— Que te dit, Chien ? » demanda le roi Joffrey.

Bien fin qui fût parvenu à rien lire sur les traits dévastés du Limier. Il réfléchit un long moment. « Pourquoi pas ? Je n'ai ni terres ni épouse à renoncer, puis, dans le cas contraire, qui s'en soucierait ? » La partie calcinée de sa bouche se gondola. « Mais je vous préviens, je ne prononcerai pas les vœux de chevalier.

— Les Frères Jurés de la Garde ont toujours été chevaliers, déclara ser Boros d'un ton ferme.

— Jusqu'à présent », rétorqua le Limier, plus rauque et râpeux que jamais, et ser Boros n'eut garde d'insister.

En voyant s'avancer le héraut, Sansa comprit qu'arrivait son heure. D'une main fébrile, elle lissa sa jupe. Malgré le deuil qu'elle portait par déférence pour la mémoire du défunt roi, elle s'était tout spécialement souciée de mettre en valeur sa beauté. Elle portait la robe de soie ivoire que lui avait offerte la reine et ruinée Arya mais qui, teinte en noir, ne montrait plus trace de tache et, après des heures de perplexité devant sa cassette, s'était finalement décidée pour l'élégance toute simple d'une simple chaîne d'argent.

Déjà, le héraut clamait : « S'il est quiconque, en ce lieu, qui souhaite soumettre d'autres sujets à Sa Majesté, qu'il parle, à présent, ou qu'il se retire en silence. »

Elle se sentit défaillir, s'intima : *Maintenant, je dois le faire maintenant. Puissent les dieux m'en donner le courage.* Elle fit un pas puis un autre. Devant elle s'écartaient en silence seigneurs et chevaliers, tous les regards pesaient sur ses épaules. *Je dois être aussi forte que dame ma mère.* « Sire », appela-t-elle d'une voix fluette et tremblante.

La position dominante du Trône de Fer offrait à Joffrey un point de vue incomparable sur toute la salle. Aussi fut-il le premier à la voir. « Approchez, madame », dit-il en souriant.

Encouragée par ce sourire, elle se sentit belle, elle se sentit forte. *Il m'aime, oui, il m'aime.* La tête haute, enfin, elle s'avança, sans excès de lenteur ni excès de hâte. Elle ne devait pas leur laisser voir, surtout, son excès d'angoisse.

« Lady Sansa, de la maison Stark ! » proclama le héraut.

Elle s'immobilisa sous le trône à l'endroit précis où gisaient en tas le corselet, le heaume et le grand manteau blanc de ser Barristan. « Avez-vous quelque chose à dire au roi et au Conseil, Sansa ? demanda la reine depuis sa place.

— Oui, Votre Grâce. » De peur d'abîmer sa robe, elle s'agenouilla sur le manteau puis leva les yeux vers son prince, là-haut, sur son effroyable trône. « Plaise à Votre Majesté, Sire, de m'accorder miséricorde pour mon père, lord Eddard Stark, naguère encore Main du Roi. » Elle avait répété la formule cent fois.

La reine soupira. « Sansa, vous me décevez. Que vous ai-je dit sur le sang des traîtres ?

— Votre père s'est rendu coupable des plus grands crimes, madame, fit chorus le Grand Mestre Pycelle.

— Oh, pauvre petite…, s'apitoya Varys. Un agnelet, messires, elle ne sait ce qu'elle demande… »

Mais elle n'avait d'yeux que pour Joffrey. *Il doit m'entendre, il doit !* Le roi se tortilla sur son séant. « Laissez-la parler, ordonna-t-il. Je veux entendre sa requête.

— Soyez-en remercié, Sire. » Elle sourit, mais d'un sourire timide et secret, dédié à lui seul. Il écoutait. Exactement comme escompté.

« La trahison est une mauvaise herbe, pontifia Pycelle. À moins de l'extirper, d'anéantir racine et tige et graine, il en poussera dans tous les fossés.

— Nieriez-vous le crime de votre père ? insinua lord Baelish.

— Non, messires. » Pas si sotte. « Je sais qu'il mérite un châtiment. Je ne demande que miséricorde. Je sais que le seigneur mon père doit être accablé de remords. Il était l'ami du roi Robert, il l'aimait, vous le savez tous, il l'aimait. Il ne voulait pas être Main. Il n'a cédé qu'aux instances du roi. On a dû le tromper, lui mentir. Lord Renly ou lord Stannis ou… ou *quelqu'un*. Il a fallu qu'on lui mente, sans quoi… »

Les mains agrippées aux bras de son trône, le roi Joffrey se pencha en avant. Entre ses doigts saillaient des pointes d'épées brisées. « Il a dit que je n'étais pas le roi. Pourquoi l'a-t-il fait ?

— Il avait la jambe cassée ! répliqua-t-elle passionnément. Elle lui faisait tellement mal…, mestre Pycelle lui donnait du lait de pavot, et on dit que le lait de pavot emplit la tête de nuages. Il n'aurait jamais dit cela, sinon.

— Une foi d'enfant…, s'émerveilla Varys. Tant de douceur et de candeur… Mais ne dit-on pas, au fait, que la sagesse sort souvent de la bouche des innocents ?

— La trahison est la trahison », riposta Pycelle du tac au tac.

Au-dessus, Joffrey ne cessait de se balancer. « Mère ? »

Cersei Lannister considéra Sansa d'un air pensif. « Si lord Eddard consentait à confesser son crime, dit-elle enfin, nous ne douterions plus de son repentir. »

Joffrey se hissa sur pied. *Par pitié*, le conjura mentalement Sansa, *par pitié, montrez-vous le roi que vous êtes, je le sais, bon, généreux, noble, par pitié.*

« Avez-vous rien d'autre à ajouter ? demanda-t-il.

— Seulement que…, puisque vous m'aimez, vous m'accorderez cette faveur, mon prince. »

Il la détailla de pied en cap. « Vos douces paroles m'ont touché, dit-il d'un ton galant, non sans hocher la tête comme pour signifier que tout irait bien. Je ferai ce que vous demandez…, mais que votre père avoue, d'abord. Qu'il avoue et me reconnaisse pour roi, ou point de miséricorde pour lui.

— Il le fera ! protesta-t-elle, le cœur envolé de joie, oh, je suis sûre qu'il le fera ! »

EDDARD

La paille puait la pisse. Le cachot ne possédait ni soupirail ni lit ni même de tinette. Une porte grise de bois noueux, épais de cinq pouces et renforcé de fer, des murs de grès rougeâtre encroûtés de salpêtre, voilà tout ce qu'il s'en rappelait, pour l'avoir entrevu quand on l'y jetait. Une fois la porte claquée sur lui, plus rien de visible, ténèbres absolues, cécité totale. À douter de n'être pas aveugle.

Ou mort. Enterré avec le roi. « Ah, Robert, Robert », murmura-t-il en persistant, malgré la douleur qui lancinait sa jambe au moindre geste, à tâtonner la pierre froide. Lui revint en mémoire la grosse blague de Robert, en bas, dans les cryptes de Winterfell, sous l'œil réprobateur des vieux rois de l'Hiver. *Ce que le roi bouffe, la Main s'en farcit la merde.* Et de rire, de rire. Pourtant faux, mon vieux. *Le roi meurt, enterrée, la Main.*

Le cachot se trouvait sous le Donjon Rouge, à des profondeurs que n'osait concevoir son imagination. Il se remémorait les vieilles histoires courant sur Maegor le Cruel faisant mettre à mort tous les ouvriers du château pour empêcher qu'ils n'en révèlent les secrets.

Maudits fussent-ils, tous ! Et Littlefinger et Slynt et ses manteaux d'or et Cersei et le Régicide et Pycelle et Varys et Barristan, tous ! y compris Renly, le propre sang du roi, pour s'être esbigné à l'heure où l'on avait le plus besoin de lui !

Puis il finissait par s'en prendre à lui-même. « *Imbécile !* criait-il dans le noir, triple bougre d'imbécile aveugle ! »

Sous son nez, dans le noir, flottait le beau visage de Cersei Lannister. Le soleil se perdait dans sa chevelure, elle souriait d'un sourire imperceptiblement railleur. « Quand on s'amuse au jeu des trônes, chuchotait-elle, on gagne ou on meurt. » Il avait joué, il avait perdu, et ses hommes avaient payé de leur sang le prix de son inconsistance.

En pensant à ses filles, il eût de bon cœur sangloté, mais les larmes se refusaient. Il demeurait encore et toujours un Stark de Winterfell, sa rage et son chagrin gelaient à cœur fendre en son for, voilà tout.

S'il se tenait tout à fait immobile, sa jambe le torturait moins. Aussi s'efforçait-il de rester le plus longtemps possible couché sans un mouvement. Combien de temps ? Impossible à dire, sans soleil ni lune. Puis il aurait fallu voir pour encocher le mur. Il fermait les yeux, les rouvrait : nulle différence. Il dormait, s'éveillait, dormait à nouveau. Du sommeil, du réveil, quel était le pire, il ne savait. S'assoupissait-il, les rêves affluaient, des rêves sombres, abominables, des rêves de sang, de parjures. S'éveillait-il, que faire d'autre que penser ? et ses pensées conscientes étaient plus noires encore que ses cauchemars. Celle de Catelyn était aussi douillette qu'un lit d'orties. Où se trouvait-elle ? Que faisait-elle ? Et la reverrait-il jamais ?

Les heures se faisaient jours, à son sentiment du moins. Une douleur sourde élançait sa jambe, et cela démangeait, sous le plâtre. Sa cuisse était brûlante. Pas un bruit, hormis sa propre respiration. Au bout d'un temps indéterminable, il se mit à parler tout haut, à seule fin d'entendre une voix. De peur de céder à la folie, il échafaudait des plans, se bâtissait dans le noir des châteaux d'espoir. Il pouvait compter sur le monde extérieur. À Peyredragon, Accalmie, les frères de Robert, libres, eux, de leurs mouvements, levaient des armées. Alyn et Harwin regagneraient Port-Réal avec ses autres gardes dès qu'ils en auraient terminé avec Gregor. À la première nouvelle de son arrestation, Catelyn soulèverait le nord, et les seigneurs du Conflans, ceux de la montagne et du Val voleraient se joindre à elle.

Le souvenir de Robert le travaillait de plus en plus. Il le revoyait tel qu'en sa fleur, superbe et svelte sous son heaume aux amples andouillers, masse au poing, campé sur son destrier comme un dieu cornu. Il entendait son rire dans les ténèbres, il voyait ses yeux, deux lacs de montagne lumineux et bleus. « Vise-nous un peu, Ned ! disait-il. En être venus là, bons dieux ! toi dans ce trou, moi saigné par un porc…, quand nous avions conquis un trône, comment se peut-il ? »

Je t'ai manqué, Robert, répondit-il à part lui. Il ne pouvait prononcer les mots. *Je t'ai menti, je t'ai caché la vérité. Je les ai laissés te tuer.*

Le roi l'entendit pourtant. « Bougre d'imbécile, avec ta raideur d'échine ! maugréait-il, ton maudit orgueil et sa surdité ! Ça nourrit son homme, la fierté, Stark ? Ça les protégera, tes enfants, l'honneur ? » Sa face se craquela peu à peu, des fissures la labourèrent, il leva la main et, brusquement, arracha le masque. C'était non pas Robert, derrière, loin de là, mais Littlefinger, avec son sourire goguenard. Et, lorsqu'il ouvrit la bouche, ses mensonges prirent leur essor, métamorphosés en teignes grisâtres.

Ned somnolait quand il entendit des pas dans le couloir, et il crut d'abord les rêver. Cela faisait si longtemps qu'il en était réduit au son de sa propre voix. Puis il se sentait si fiévreux, sa jambe le mettait à un tel supplice. Ses lèvres avaient la sécheresse du vieux parchemin. Quand la lourde porte grinça sur ses gonds, l'irruption brutale de la lumière lui blessa les yeux.

Un geôlier lui fourra dans les mains une cruche. Frais était le contact de l'argile tout embuée, fraîche l'eau dont il se gorgeait si avidement qu'il en ruisselait dans sa barbe. Et il but, il but jusqu'au moment où l'arrêta l'idée qu'il allait se rendre malade. « Depuis combien de temps… ? » demanda-t-il d'une voix faible.

Avec son museau de rat, son poil élimé, son haubert de mailles et sa demi-cape de cuir, l'homme avait tout l'air d'un épouvantail. « Pas parler ! grogna-t-il en lui arrachant la cruche.

— S'il te plaît…, mes filles… » Mais déjà la porte couinait. Tout ébloui par les ténèbres refermées, il baissa la tête sur sa poitrine et se pelotonna dans la litière. Elle ne puait plus la pisse et la merde. Ne sentait plus rien du tout.

Plus de différence non plus entre la veille et le sommeil. Du fond des ténèbres rampaient vers lui des souvenirs aussi vivaces que des cauchemars.

À nouveau, il avait dix-huit ans, en cette année du printemps perfide, et il descendait des Eyrié pour le tournoi de Harrenhal. Verte était l'herbe, d'un vert intense, la brise embaumait le pollen. Chaudes journées, nuits fraîches et saveur exquise du vin. Il entendait retentir, intact, le rire si particulier de Brandon pendant que Robert accomplissait des prouesses folles dans la mêlée, son rire à le voir démonter les cavaliers de droite et de gauche. Il revoyait Jaime Lannister, si blond, si jeune en sa blanche armure d'écailles, s'agenouiller dans l'herbe, face au pavillon royal, et prononcer son serment de défendre et protéger Aerys le Fol. Et il revoyait ensuite comme d'hier ser Oswell Whent aider l'adolescent à se relever, et ser Gerold Hightower en personne, le Taureau Blanc, Grand Maître de la Garde, lui agrafer aux épaules le manteau de neige. Et les six épées blanches se trouvaient là pour accueillir leur nouveau frère.

Il revoyait les joutes et le triomphe que s'y tailla Rhaegar Targaryen. Le prince héritier portait précisément la même armure qu'à son dernier jour. Des plates noires miroitantes où scintillait le fameux dragon de rubis tricéphale. Une plume de soie écarlate flottait dans son sillage au rythme de son coursier, et aucune lance ne semblait capable de le toucher. Il culbuta Brandon, culbuta Yohn Royce le Bronzé, culbuta même le splendide ser Arthur Dayne, l'Épée du Matin.

Il revoyait Robert et Jon Arryn et le vieux lord Hunter badiner pendant que le prince, après avoir culbuté de même ser Barristan lors de l'ultime épreuve, faisait à cheval le tour de la lice, et il revoyait le moment où tous les sourires étaient morts parce que Rhaegar, dépassant sa femme, Elia Martell, princesse de Dorne, venait de déposer la couronne de beauté dans le giron de Lyanna : une couronne, la revoyait-il ! de roses d'hiver, bleues d'un bleu de givre.

Ned Stark tendit vivement la main pour s'en saisir, mais sous les pâles pétales bleutés se dissimulaient force épines. Il les sentit, cruelles, acérées, griffer sa peau, il vit le sang dégoutter lentement le long de ses doigts et…, et il s'éveilla, tremblant, dans le noir.

Promets-moi, Ned, avait chuchoté sa sœur de son lit sanglant. Pour avoir aimé le parfum des roses d'hiver.

« Pitié ! hoqueta-t-il, je deviens fou… »

Les dieux dédaignèrent l'appel.

À chaque visite du geôlier, il se disait : un jour de plus. D'abord, il avait tenté d'en obtenir un mot, quelque nouvelle de ses filles et du monde extérieur, mais sans autre succès que des grognements et des coups de pied, puis, les crampes de la faim aidant, s'était contenté de réclamer à manger. Non moins vainement. Pas de nourriture. Les Lannister comptaient sans doute le faire périr d'inanition. « Non », se dit-il. Si Cersei avait voulu sa mort, elle l'aurait fait massacrer comme ses hommes dans la salle du trône. Elle le voulait vivant. Au désespoir, harassé, mais vivant. Avec son frère aux mains de Catelyn, elle n'oserait le tuer. Trop dangereux pour le Lutin.

Du dehors lui parvint un raclement de chaînes, la porte grinça. Appuyé d'une main à la paroi humide, il se tendit vaille que vaille vers la lumière. L'éclat d'une torche le fit loucher. « Du pain… ! s'enroua-t-il.

— Du vin », répondit une voix qui n'était pas celle du rat. Plus râblé, courtaud, l'homme portait néanmoins la même demi-cape de cuir, un morion d'acier surmonté d'une pointe le coiffait. « Buvez, lord Eddard. » Il lui poussa une gourde entre les doigts.

Bien que le timbre lui parût singulièrement familier, Ned mit un moment à l'identifier. « *Varys ?* » douta-t-il enfin, suffoqué. Il toucha la figure du visiteur. « Non, je..., ce n'est pas un rêve. Vous êtes bien là. » Des picots de poil noir, rêches sous la main, hérissaient les grosses joues molles de l'eunuque. Métamorphosé en geôlier poivre et sel, Varys empestait la sueur, la vinasse. « Comment avez-vous... ? Quelle sorte de magicien êtes-vous... ?

— Soiffard, dit Varys. Buvez, messire. »

Les doigts de Ned pétririent le cuir velu. « Le même poison que pour tuer Robert ?

— Vous m'offensez, s'affligea-t-il. Personne n'aime les eunuques, décidément... Donnez. » Il s'envoya une giclée qui macula d'un filet rouge un coin de ses lèvres mafflues. « Sans égaler le cru que vous me fîtes déguster le soir du tournoi, pas plus vénéneux que le tout-venant, conclut-il en se torchant la bouche d'un revers de manche. Tenez. »

Ned tâta d'une gorgée. « De la lie. » Il se crut sur le point de tout restituer.

« Le sort commun, déglutir l'aigre avec le doux. Les grands seigneurs comme les eunuques. Votre heure a sonné, messire.

— Mes filles... ?

— La cadette a échappé à ser Meryn et filé. J'ai été incapable de la retrouver. Les Lannister aussi. Une bénédiction, là, car notre nouveau roi ne la porte pas dans son cœur. L'aînée est encore promise à Joffrey. Cersei la serre de près. Elle est venue l'autre jour à l'audience prier que l'on vous épargne. Dommage que vous n'ayez pas été là, elle vous aurait ému. » Il prit un air penché. « Vous n'ignorez pas, je présume, que vous êtes un homme mort, lord Eddard ?

— La reine ne me tuera pas », dit-il. La tête lui tournait. Le vin était fort, et il tombait dans un estomac vide depuis trop longtemps. « Catelyn… Catelyn tient son frère…

— *Pas le bon*, soupira Varys. Sans compter qu'il lui a glissé entre les doigts. Il a dû mourir depuis, selon moi, quelque part dans les montagnes de la Lune.

— S'il en est ainsi, tranchez-moi la gorge, qu'on en finisse. » Sonné par le vin, il se sentait à bout, nauséeux.

« Votre sang est le dernier de mes désirs. »

Ned se renfrogna. « Pendant qu'on massacrait ma garde, vous vous teniez près de la reine, tout yeux mais muet comme une carpe.

— Et j'agirais de même aujourd'hui. Si ma mémoire est bonne, je me trouvais là sans armes, sans armure et cerné d'épées Lannister. » Il le considéra d'un air curieux, encensa du chef. « Quand j'étais jeune et encore entier, je courais les cités libres avec une troupe de comédiens. Ils m'enseignèrent que tout homme a un rôle à jouer, dans l'existence comme sur les tréteaux. Il en va de même à la Cour. La justice du roi se doit d'être redoutable, le Grand Argentier frugal, le Grand Maître de la Garde brave… et le patron des mouchards obséquieux, cauteleux, dénué de scrupules. Un indicateur courageux serait d'aussi piètre usage qu'un chevalier couard. » Il empoigna de nouveau la gourde et s'accorda une lampée.

Après avoir longuement scruté sa physionomie dans l'espoir de dénicher une once de véracité sous la bosse du cabotinage et les attributs postiches de la virilité, Ned reprit une goulée de vin qui, cette fois, descendit à peu près sans heurt. « Pouvez-vous me tirer de ce trou ?

— Je pourrais, mais de là à *vouloir*… Non. On se poserait des questions, et les réponses mèneraient à moi. »

Ned n'escomptait pas davantage. « Votre impudence vous honore.

— Un eunuque n'a pas d'honneur, et une araignée ne saurait s'offrir le luxe des scrupules, monseigneur.

— Accepteriez-vous au moins de transmettre un message ?

— Cela dépendrait du message. Je vous procurerai volontiers de l'encre et du papier, si vous le souhaitez. Et quand vous aurez écrit la lettre à votre guise, je la prendrai, la lirai et la délivrerai ou non, au mieux de mes propres buts et de mes intérêts.

— Vos propres buts. Et quels sont-ils, lord Varys ?

— La paix, répliqua celui-ci sans hésiter. S'il se trouvait à Port-Réal une âme qui désespérait sincèrement de préserver les jours de Robert Baratheon, je fus cette âme-là. » Il soupira. « Durant quinze ans, je l'ai protégé contre ses ennemis, mais contre ses amis j'étais impuissant. Quelle folle crise d'extravagance a pu vous pousser à informer la reine que vous saviez la vérité sur la naissance de Joffrey ?

— Une folle crise de compassion.

— Ah. Bien sûr. Vous êtes un honnête homme et un homme d'honneur, lord Eddard. J'ai souvent tendance à l'oublier. J'en ai croisé si peu. » Il jeta un regard circulaire sur le cachot. « Je comprends pourquoi, quand je vois ce que vous ont valu l'honneur et l'honnêteté. »

Ned renversa sa tête contre la pierre humide et ferma les yeux. Sa jambe refaisait des siennes. « Le vin du roi…, vous avez interrogé Lancel ?

— Mais naturellement. Les gourdes venaient de Cersei, qui avait précisé : "Le cru favori de Robert." » Il haussa les épaules. « L'existence du chasseur est un défi permanent au danger. Si le sanglier ne l'avait eu, Robert aurait fait une chute de cheval, une vipère l'aurait mordu, une flèche perdue frappé…, la forêt est l'abattoir des dieux. Ce n'est pas le vin qui a tué le roi, c'est votre *compassion*. »

La confirmation que Ned appréhendait par-dessus tout. « Que les dieux me pardonnent.

— S'il en est, je veux croire qu'ils le feront. De toute manière, la reine n'aurait pas tardé à agir. Robert était en passe de se rebiffer, elle devait s'en défaire afin d'avoir les coudées franches à l'encontre de ses beaux-frères. Stannis et

Renly, les deux font la paire. Le gantelet de fer et le gant de velours. » Du dos de la main, il s'épongea les lèvres. « Vous vous êtes conduit de façon stupide, mon bon. Que n'avez-vous écouté Littlefinger quand il vous pressait de soutenir Joffrey !

— Comment… comment diable êtes-vous au courant ? »

Varys se mit à sourire. « Je le suis, comment ne vous regarde pas. Et je sais aussi que, demain, la reine viendra vous voir. »

Ned souleva lentement ses paupières. « Pour quoi faire ?

— Cersei vous redoute, messire…, mais elle a d'autres ennemis qu'elle redoute davantage encore. Son bien-aimé Jaime est déjà aux prises avec les seigneurs riverains. En ses Eyrié de roche et d'acier, Lysa Arryn campe sur le qui-vive, et ce n'est pas la tendresse qu'elles se portent mutuellement qui les ruinera. À Dorne, les Martell ruminent toujours le meurtre d'Elia et de ses enfants. Et voici qu'à la tête d'une armée du nord votre fils traverse le Neck.

— Robb n'est qu'un gamin ! se récria Ned, consterné.

— Un gamin suivi d'une armée. Mais qu'un gamin, je vous l'accorde. Ses nuits blanches, Cersei les doit surtout aux frères du roi…, lord Stannis notamment. Il est l'unique prétendant légitime, sa réputation de stratège n'est plus à faire, et nul ne l'ignore inaccessible à la pitié. Le dernier des monstres est ici-bas moitié moins terrifiant qu'un homme éperdu d'équité. Personne ne sait ce qu'a fabriqué Stannis à Peyredragon, mais je suis prêt à parier qu'il y collectait plus d'épées que de coquillages. La hantise de Cersei est de se dire : “Et s'il débarque, pendant que mes père et frère s'échinent à battre les Stark et les Tully ? s'il se proclame roi ?” Elle vit dans la hantise de voir valser la jolie tête blonde de Joffrey… et de perdre la sienne, par-dessus le marché, mais c'est avant tout pour son fils qu'elle craint, j'en suis convaincu.

— Stannis Baratheon est l'authentique héritier de Robert. Le trône lui revient de droit. J'applaudirais à son avènement.

— Ttt ttt. Voilà qui ne serait pas du goût de Cersei… Il se peut que Stannis conquière la couronne, mais si vous n'apprenez à tenir votre maudite langue, il ne restera de vous pour l'ovationner qu'un crâne en putréfaction. Allez-vous tout flanquer par terre, alors que Sansa a su plaider votre cause avec tant de suavité ? Vous auriez tort de refuser la grâce que l'on s'apprête à vous offrir. Cersei n'est pas idiote, un loup domestiqué lui serait autrement utile qu'un loup mort.

— Vous voudriez me voir *servir* la femme qui a tué mon roi, massacré mes hommes et estropié mon fils ? balbutia Ned, encore plus abasourdi qu'indigné.

— Je voudrais vous voir servir le royaume. Dites à la reine que vous confesserez vos noirs forfaits, dites-lui que vous ordonnerez à votre fils de déposer les armes et proclamerez la légitimité de Joffrey. Offrez de dénoncer Stannis et Renly comme usurpateurs et comme félons. Notre lionne aux yeux verts vous sait homme d'honneur. Si vous lui concédez la paix qui lui faut et le loisir de régler son compte à Stannis, si vous lui jurez d'emporter son secret dans la tombe, elle vous accordera, m'est avis, de prendre le noir et d'aller paisiblement finir vos jours sur le Mur, auprès de votre frère et de l'espèce de fils que vous y avez. »

À l'entendre évoquer Jon, la vergogne submergea Ned, et un chagrin inexprimable. Oh, le revoir, lui parler, posément… ! La douleur fulgura sous le plâtre immonde, irradia, le fit grimacer, ses doigts s'ouvrirent et se refermèrent malgré lui convulsivement. « Est-ce là votre conception personnelle des choses, haleta-t-il, ou êtes-vous de mèche avec Littlefinger ? »

La question parut impayable à l'eunuque. « Plutôt épouser le Bouc Noir de Qohor ! En fait d'intrigues tortueuses, Littlefinger vient bon second dans les Sept Couronnes. Oh, je lui donne à becqueter de-ci de-là des tuyaux friands, mais juste assez pour qu'il me *croie* son homme..., exactement comme j'autorise Cersei à se le figurer aussi.

— Et exactement comme vous m'invitez moi-même à me l'imaginer. Dites-moi, lord Varys, qui servez-vous véritablement ? »

Il sourit d'un air fin. « Mais le royaume, mon cher seigneur, vous serait-il possible d'en douter ? J'en fais serment sur ma virilité perdue, je sers le royaume, et le royaume a besoin de paix. » Il acheva de vider la gourde, la jeta de côté. « Bref, votre réponse, lord Eddard ? Promettez-moi de dire à la reine ce qu'elle brûle d'entendre durant sa visite.

— Si je m'abaissais jusque-là, c'est que ma parole sonnerait aussi creux qu'une armure vide. La vie ne m'est pas précieuse à ce point.

— Tant pis. » L'eunuque se leva. « Et celle de votre fille, messire ? À quel prix l'estimez-vous ? »

Un frisson glacé lui perça le cœur. « Ma fille...

— Vous ne me faisiez pas l'injure de croire que j'avais oublié votre charmante enfant, n'est-ce pas ? Eh bien, soyez tranquille, la reine s'en souvient aussi.

— *Pas ça... !* s'étrangla Ned. Au nom des dieux, Varys, disposez de moi comme vous l'entendrez, mais laissez ma fille en dehors de vos manigances. Sansa n'est qu'une fillette...

— Tout comme Rhaenys, rappelez-vous, la fille de Rhaegar... Un petit bijou d'enfant, plus jeune encore que les deux vôtres. Elle avait un petit chaton noir qu'elle appelait Balerion, vous saviez cela ? Je me suis toujours demandé ce qu'il était advenu de lui. Elle aimait à se persuader qu'il était le véritable Balerion, la Terreur Noire de jadis, mais je suppose que les Lannister ont eu tôt fait de lui apprendre la différence entre un chaton et un dragon, le jour où ils ont fracassé sa porte. » Il poussa un long soupir vanné, le soupir de qui charrierait dans un sac sur ses frêles épaules toutes les misères du monde. « Le Grand Septon m'a dit un jour : “Plus nous péchons, plus nous souffrons.” Si cela est vrai, lord Eddard, dites-moi…, pourquoi la pire souffrance échoit-elle toujours aux innocents quand vous autres, grands seigneurs, vous amusez au jeu des trônes ? Méditez cela, voulez-vous, en attendant la reine. Non sans réserver une petite place à la pensée suivante : la prochaine personne que vous verrez vous apportera de deux choses l’une, ou bien du lait de pavot pour atténuer vos douleurs et du pain, du fromage… ou bien la tête de Sansa.

« Le choix, cher seigneur et Main, dépend de vous, de vous *seul*. »

CATELYN

Comme l'ost, agglutiné sur la route entre les noires fondrières du Neck, marquait le pas avant de se déverser peu à peu vers le Conflans, l'anxiété de Catelyn s'exacerbait. Elle avait beau les dissimuler derrière un masque sévère et serein, ses craintes ne la taraudaient pas moins, qui empiraient lieue après lieue. Éreintée par ses jours d'angoisse et ses nuits troublées, elle serrait les dents au moindre corbeau qui la survolait.

Elle craignait pour le seigneur son père et augurait le pire de son silence. Elle craignait pour son frère et conjurait les dieux de le préserver d'aventure s'il lui fallait affronter le Régicide en rase campagne. Elle craignait pour Ned et pour ses filles, elle craignait pour ses benjamins abandonnés à Winterfell. Et cependant, réduite qu'elle était à ne rien pouvoir pour aucun, elle se débattait pour éviter le plus possible de songer à eux. *Tu dois préserver ton énergie pour Robb, se morigénait-elle. Il est le seul que tu puisses aider. Tu dois te montrer aussi farouche, aussi inflexible que le nord, Catelyn Tully. Fini de jouer à la Stark, maintenant, tu dois être Stark autant que ton propre fils.*

Robb chevauchait en tête, sous la blanche bannière battante de Winterfell. Chaque jour, il priait l'un ou l'autre de ses vassaux de l'y venir joindre afin de deviser tout en marchant ; il honorait chacun de même, évitait de favoriser quiconque, écoutait comme savait écouter le seigneur son père et, comme lui, mesurait les avis de l'un à l'aune des avis de l'autre. *Fou, ce qu'il a appris de Ned*, se disait-elle en l'épiant, *mais aura-t-il appris suffisamment ?*

Escorté d'une centaine de piques et d'autant de chevau-légers, le Silure avait pris les devants pour éclairer les mouvements et sonder le terrain. Les rapports de ses estafettes ne la rassuraient guère. Si lord Tywin se trouvait encore à pas mal de journées au sud, le sire du Pont, Walder Frey, Walder le Tardif… avait concentré près de quatre mille hommes dans ses citadelles de la Verfurque.

« Tardif, une fois de plus », murmura Catelyn en l'apprenant. Il refaisait le coup du Trident, le maudit ! Tout tenu qu'il était de répondre à la convocation du ban en ralliant à Vivesaigues les forces Tully, bernique, planqué dans son coin.

« Quatre mille hommes…, répéta Robb, d'un ton moins irrité que perplexe, à l'intention de Robett Glover, son compagnon du jour. Lord Frey ne peut se flatter de combattre les Lannister seul. Il compte assurément joindre ses forces aux nôtres…

— Assurément ? glissa Catelyn, qui s'était portée à leur hauteur, distançant quelque peu l'avant-garde qui, telle une forêt de lances, d'étendards, de piques, se déployait progressivement dans la plaine. Je serais moins affirmative. Ne présume rien de sa part, tu t'épargneras toute déconvenue.

— Votre père est son suzerain…

— Il est des gens, Robb, qui transigent plus volontiers que d'autres sur leurs serments. Les relations de lord Walder avec Castral Roc ont toujours été trop cordiales, au gré de mon père. L'un de ses fils a épousé la sœur de lord Tywin. En soi, la chose n'a guère de portée, bien sûr. Vu la tripotée d'enfants qu'il a procréés tout au long de sa longue vie, lord Walder s'est trouvé fort en peine de leur procurer des partis à tous. Néanmoins…

— Vous lui supposez l'intention de nous trahir en faveur des Lannister, madame ? » demanda gravement Glover.

Elle soupira. « Pour parler franc, je doute même que lord Frey sache à quoi s'en tenir sur les intentions de lord Frey. Il combine la cautèle de son grand âge à un appétit juvénile, et l'astuce ne lui a jamais fait défaut.

— Il nous faut coûte que coûte les Jumeaux, Mère ! s'enflamma Robb. On ne peut franchir la rivière que là, vous le savez.

— Oui. Et Walder Frey l'ignore moins que quiconque. »

Ils campèrent ce soir-là sur la lisière méridionale du marécage, à mi-distance de la route royale et de la Verfurque. Theon Greyjoy leur y apporta des nouvelles circonstanciées. « Ser Brynden me prie de vous mander sa première escarmouche avec les Lannister. Une douzaine d'éclaireurs qui n'iront pas de sitôt éclairer la chandelle de lord Tywin. » Il souligna d'un sourire son jeu de mots. « Ser Addam Marpheux, qui commande leur détachement, se replie vers le sud en pratiquant la tactique de la terre brûlée. Il sait plus ou moins où nous nous trouvons, mais le Silure garantit qu'il ignorera notre division en deux corps.

— À moins que ne l'en avise lord Frey, riposta sèchement Catelyn. Veuillez avertir mon oncle dès votre arrivée, Theon, d'avoir à poster ses meilleurs archers, nuit et jour, autour des Jumeaux et à leur faire abattre tout corbeau qui s'en envolerait. Je ne veux pas que lord Tywin soit informé des mouvements de mon fils.

— Ser Brynden y a déjà paré, madame, répondit Theon avec un sourire penché. Quelques oiseaux de plus, et nous tiendrons un bon pâté. Je vous réserverai leurs plumes pour un chapeau. »

Elle aurait dû s'attendre que son oncle la devancerait d'une bonne tête. « La réaction des Frey, pendant qu'on incendie leurs champs et pille leurs places ?

— Les gens de lord Walder et ceux de ser Addam se sont déjà battus de-ci de-là. À moins d'une journée de cheval d'ici, nous avons découvert deux patrouilleurs Lannister pendus haut et court qui servaient de pâture aux corneilles. Toutefois, le gros des troupes de lord Walder demeure massé aux Jumeaux. »

Le sceau typique du Tardif, songea-t-elle avec rancœur. Se réserver, patienter, guetter, ne prendre aucun risque, à moins de s'y trouver contraint.

« S'il n'a pas esquivé la confrontation, c'est peut-être qu'il envisage de tenir ses engagements », dit Robb.

Elle persista dans son scepticisme. « Défendre ses domaines est une chose, ouvrir les hostilités contre lord Tywin une tout autre. »

Son fils se retourna vers Theon. « Le Silure a-t-il découvert un passage guéable, ailleurs ? »

Un signe de tête négatif lui répondit. « La rivière est grosse, le courant rapide. Ser Brynden est formel, pas question de franchir à gué, du moins si au nord.

— Il me *faut* la franchir, pourtant ! s'emporta Robb. Oh, j'imagine qu'à la nage nos chevaux y parviendraient, mais pas avec des cavaliers en armes. Il nous faudrait fabriquer des radeaux pour transporter sur l'autre rive tout notre barda d'acier, heaumes, maille, lances…, et nous n'avons pas les arbres nécessaires. Ou pas le loisir, avec lord Tywin en marche vers le nord… » Son poing martela le vide.

« Il serait stupide à lord Frey de tenter de nous barrer la route, reprit Theon avec sa légèreté coutumière de jeune fat. Nous sommes cinq fois plus nombreux. Au besoin, nous prendrons les Jumeaux, Robb.

— Pas sans peine, avertit Catelyn, et pas d'un seul coup. Et, pendant que vous monteriez votre siège, lord Tywin viendrait vous prendre à revers. »

D'un coup d'œil, Robb les consulta l'une et l'autre comme s'ils pouvaient être dépositaires de la solution, et cette candeur anxieuse lui donna un instant l'air de n'avoir même plus quinze ans, malgré flamberge, haubert et joues bouchonnées de barbe. « Que ferait le seigneur mon père ? la questionna-t-il.

— Il trouverait un moyen de passer, dit-elle. À tout prix. »

Le matin suivant, c'est Brynden en personne qui se présenta. Si le silure d'obsidienne agrafait toujours son manteau, il s'était défait de son pesant harnachement de chevalier de la Porte en faveur d'une tenue maille et cuir plus commode de simple estafette.

Il sauta toutefois à bas de sa monture d'un air tout sauf alerte. « On s'est battu sous les remparts de Vivesaigues, annonça-t-il, la bouche amère. Nous tenons la chose d'un prisonnier. Le Régicide a écrasé l'armée d'Edmure et mis en déroute les sires du Conflans. »

Une main glacée broya le cœur de Catelyn. « Mon frère ?

— Blessé, capturé. Lord Nerbosc et les survivants se sont réfugiés dans le château, et Jaime les y a investis de toutes parts. »

Les traits de Robb s'étaient creusés. « Mais il nous faut dare-dare franchir cette damnée rivière, si nous voulons conserver le moindre espoir de les secourir à temps !

— Pas facile à réaliser…, objecta son oncle. Lord Frey a retiré toutes ses forces derrière ses murs, et ses portes sont archi-closes et archi-verrouillées.

— Le diable l'emporte ! s'exclama Robb. Si ce vieil imbécile ne se ravise et ne m'accorde le passage, je me verrai réduit à faire un bonnet d'âne de ses Jumeaux, pour l'y engoncer jusqu'aux oreilles, et tant pis pour lui s'il n'apprécie pas !

— Assez trépigné, veux-tu ? C'est puéril, intervint Catelyn d'un ton sec. En présence d'un obstacle, passe pour un gosse de ne songer que bourrades et ruades, un seigneur, lui, doit apprendre à obtenir parfois de la diplomatie ce que ne garantit la force. »

La rebuffade l'empourpra jusqu'à la nuque. « Daignez m'expliquer votre pensée, Mère, dit-il humblement.

— Les Frey contrôlent le passage depuis six siècles et, en six siècles, ils n'ont jamais failli à faire valoir leur droit de péage.

— Qu'est-ce à dire ? Que *veut*-il de nous ? »

Elle sourit. « Mystère. À nous de le découvrir.

— Et si je préfère ne point acquitter le péage ?

— Alors, autant battre en retraite sur Moat Cailin, risquer la bataille rangée contre lord Tywin… ou te faire pousser des ailes. Je ne vois que ces trois solutions. » Sur ces mots, elle talonna sa monture et planta là son fils, l'abandonnant à ses réflexions. Il eût été malvenu à sa mère de le froisser en ayant l'air, au moment décisif, de le supplanter. *Lui as-tu enseigné la prudence au même titre que la bravoure, Ned ?* interrogeait-elle l'absent. *Lui as-tu enseigné l'art de s'agenouiller ?* Tant de braves peuplaient les cimetières des Sept Couronnes pour avoir dédaigné les mérites de la souplesse…

Midi approchait quand leur avant-garde parvint en vue des Jumeaux, résidence et siège des sires du Pont.

Si preste et profonde que fût en ce lieu la Verfurque, les Frey l'avaient enjambée des siècles auparavant et s'étaient enrichis en percevant péage d'un chacun. Porté sur une arche massive de pierre grise, le tablier était assez large pour permettre à deux charrettes de se croiser. En son milieu, la tour de l'Eau commandait tant la rivière que la route par le jeu de ses meurtrières, de ses archères et de ses herses. L'ensemble de l'ouvrage avait requis les soins de trois générations. Après quoi, les Frey l'avaient flanqué à chaque extrémité, pour en interdire l'accès sans leur permission, d'un puissant donjon de bois, bientôt rebâti en pierre.

Ainsi se présentaient les Jumeaux depuis des centaines d'années : de part et d'autre de la tour de l'Eau, deux châteaux identiques en tout point, d'aspect trapu, formidable et rébarbatif, retranchés derrière un haut rempart doublé de douves et percé d'énormes portes de chêne et de fer, couvraient les deux culées du pont, lesquelles aboutissaient elles-mêmes à l'intérieur d'une seconde enceinte copieusement fortifiée, avec herse et barbacane.

Pas besoin d'être grand clerc pour comprendre au premier coup d'œil l'inanité des présomptions de Robb. Et d'autant plus qu'épées, piques et scorpions hérissaient les murs, que s'apercevaient des archers à la moindre archère, au moindre créneau, que la herse était abaissée, les portes closes et barricadées.

En voyant comment on les accueillait, le Lard-Jon se mit à jurer, blasphémer, lord Rickard Karstark s'assombrit, muet, Roose Bolton énonça simplement : « Il serait vain de tenter l'assaut, messires.

— Tout comme de tenter le siège sans une autre armée pour bloquer le château de la rive opposée », commenta, lugubre, Helman Tallhart. Au-delà des eaux vertes et torrentueuses, le jumeau de l'ouest se dressait comme l'exact reflet de celui de l'est. « En eussions-nous même le temps. Ce qui n'est certes pas le cas. »

Comme les seigneurs du nord se perdaient à détailler les fortifications, une poterne en saillie s'ouvrit, une passerelle s'abattit par-dessus la douve, et une douzaine de chevaliers montés vinrent vers eux, menés par quatre des innombrables rejetons de lord Walder, sous la bannière aux tours jumelles, bleu sombre sur gris argenté. Ser Stevnon Frey, l'héritier présomptif, prit la parole. Si ses frères avaient tous des museaux de belette, il bénéficiait, lui, à soixante ans passés (il était plusieurs fois grand-père), d'un museau de belette très vieille et très fatiguée. Il se montra néanmoins passablement poli.

« Le seigneur mon père vous salue et vous demande qui conduit cette puissante armée.

— Moi. » D'un coup d'éperon, Robb se détacha du groupe. Il était armé de pied en cap, l'écu frappé du loup-garou battait contre sa selle, et Vent Gris l'escortait.

Quelque mal qu'il eût à maîtriser les écarts et les piaffements rétifs de son hongre effrayé par la proximité du loup, Catelyn discerna une lueur malicieuse dans les yeux gris glauque du vieux chevalier. « Le seigneur mon père tiendrait à honneur de vous recevoir à sa table et de savoir ce qui lui vaut votre visite. »

La formule fit parmi les bannerets l'effet ravageur d'un projectile de catapulte. Ce ne fut qu'un cri pour désapprouver, jurer, contester, grommeler, huer.

« Gardez-vous d'accepter, messire, conseilla Galbart Glover, il faut vous défier de lord Walder. »

Roose Bolton acquiesça d'un signe. « Entrez là-dedans, vous êtes à sa merci. Rien ne l'empêchera de vous vendre aux Lannister, de vous jeter dans un cul-de-basse-fosse ou de vous trancher la gorge, s'il lui prend fantaisie.

— S'il souhaite nous parler, qu'il ouvre ses portes, et nous serons *tous* volontiers ses hôtes, déclara ser Wendel Manderly.

— Ou bien qu'il sorte et vienne ici même négocier avec Robb, ouvertement, au vu de ses hommes et des nôtres », suggéra son frère, ser Wylis.

Catelyn avait beau partager leurs réserves, la mine de ser Stevron la persuadait outre mesure qu'il n'était pas satisfait de pareils propos. Quelques mots de plus, et la cause serait perdue. Elle devait agir, et vite. « *C'est moi qui irai*, dit-elle d'une voix forte.

— Vous, madame ? » Tout le front de Lard-Jon se plissa.

« Mère, êtes-vous sûre ? » À l'évidence, Robb ne l'était pas.

« Parfaitement, bluffa-t-elle avec effronterie. Lord Walder est banneret de mon père. Je le connais depuis ma naissance.

Il ne saurait me vouloir que du bien. » *À moins que son intérêt ne lui dicte l'inverse*, compléta-t-elle en son for, mais si proférer certains mensonges s'imposait, certaines vérités ne supportaient que le silence.

« Le seigneur mon père sera ravi de s'entretenir avec lady Catelyn, affirma ser Stevron. Pour gage de nos dispositions amicales, le plus jeune de mes frères ici présents, ser Perwyn, demeurera des vôtres jusqu'à la fin de l'entrevue.

— Nous le traiterons en hôte de marque, dit Robb, tandis que ce dernier démontait et tendait les rênes à l'un des siens. Ayez seulement l'obligeance de ramener madame ma mère avant la tombée du jour. Je n'entends pas m'attarder ici.

— Bien, messire », acquiesça ser Stevron avec un hochement poli. Aussitôt, Catelyn pressa son cheval et, sans un regard en arrière, se laissa envelopper par les émissaires et les gens de lord Frey.

Au dire de Père, le Tardif était le seul seigneur des Sept Couronnes susceptible de mettre en campagne une armée tirée de ses aiguillettes. Et, de fait, elle ne mesura pleinement la justesse de la réflexion qu'en se voyant accueillie, dans la grand-salle du château de l'est, par vingt fils survivants (ser Perwyn eût fait le vingt et unième) de celui-ci, trente-six petits-fils, dix-neuf arrière-petits-fils et une flopée de filles, petites-filles, bâtards et petits-bâtards.

À quatre-vingt-dix ans, le bonhomme se présentait, sous sa calvitie tavelée, comme un résidu de belette rose, trop podagre pour tenir debout sans étais. Sa toute nouvelle épouse – la huitième –, un tendron de seize ans, frêle et pâle, marchait à côté de la civière sur laquelle il fit son entrée.

« Quelle joie que de vous revoir après tant d'années, messire », dit Catelyn.

Il loucha vers elle d'un air méfiant. « Ça, j'en doute. Épargnez-moi vos gracieusetés, lady Catelyn, j'ai passé l'âge de les gober. Qu'est-ce qui vous amène ? Votre fils est-il trop fier pour se présenter lui-même devant moi ? Qu'ai-je affaire à *vous* ? »

Catelyn n'était encore qu'une fillette lors de sa dernière visite aux Jumeaux mais, à l'époque, lord Walder se distinguait déjà par son caractère irascible, une langue acérée, des manières de malotru. Les ans s'étant, apparemment, complu à l'empirer, elle devrait peser ses moindres mots et se cramponner pour ne point s'offenser de chaque rebuffade.

« Père, intervint ser Stevron d'un ton de reproche, vous vous oubliez. Lady Stark est ici sur votre invitation.

— Je te *cause*, toi ? Tu n'es pas encore lord Frey, que je sache ! je suis encore en vie… J'ai l'air mort, peut-être ? J'ai besoin de tes avis, peut-être ?

— Il est malséant de parler de la sorte en présence de notre noble invitée, Père, insista l'un des plus jeunes fils.

— Et voilà mes bâtards qui se mêleraient de m'apprendre la courtoisie…, geignit lord Walder. Le diable vous emporte, je parlerai comme je l'entends ! Quand j'ai reçu sous mon toit trois rois et autant de reines, tu te figures que les leçons de tes pareils, Ryger, me sont nécessaires ? Ta mère trayait des chèvres, la première fois où je lui fis don de ma semence. » Après avoir parfait l'outrage en congédiant le jeune homme, pourpre de honte, d'un claquement de doigts, il gesticula vers deux autres de ses rejetons. « Danwell ! Whalen ! veux m'asseoir. »

Tous deux le soulevèrent du brancard et l'emportèrent jusqu'au siège des Frey, vaste cathèdre de chêne noir au dossier sculpté en forme de tours reliées par un pont. À pas timides, lady Frey vint lui envelopper les jambes d'une couverture, et, lorsqu'il se vit dûment installé, le vieillard somma Catelyn d'avancer et lui planta sur la main un baiser revêche et parcheminé. « Là ! conclut-il, maintenant que me voici quitte des galanteries, mes fils me feront peut-être la grâce de fermer leurs gueules. À quoi dois-je celle de votre visite, madame ?

— Je viens vous prier, messire, d'ouvrir vos portes, répondit-elle avec civilité. Mon fils et les seigneurs de son ban n'ont pas de désir plus ardent que de franchir la Verfurque et de poursuivre leur chemin.

— Sur Vivesaigues ? » Il ricana doucement. « Oh, pas besoin de pérorer, pas besoin. Je ne suis pas encore aveugle. Ni sénile. Je sais encore lire une carte.

— Sur Vivesaigues », confirma-t-elle. Il ne servait à rien de le nier. « Où, je le confesse, je m'attendais à vous trouver. Vous êtes bien toujours banneret de mon père, n'est-ce pas ?

— *Hé !* souffla-t-il d'une manière équivoque à souhait, mi-rire de gorge mi-grognement. J'ai d'ailleurs convoqué mes épées, ça oui, même qu'elles sont ici, vous les avez vues au rempart. Et bien résolu à marcher sitôt que mes forces seraient au complet. Enfin..., à envoyer mes fils. Voilà longtemps que moi, je ne marche plus, lady Catelyn. » À la ronde, il chercha un témoin à décharge, pointa l'index vers un grand diable voûté d'une cinquantaine d'années. « Ça, bien résolu, dis-lui, Jared, dis-lui.

— Effectivement, madame, confirma ce fils du second lit. Sur mon honneur.

— Est-ce ma faute, reprit le père, si votre benêt de frère s'est fait rosser avant même que nous n'ayons pu nous mettre en route ? » Il se laissa retomber en arrière sur ses coussins et, l'œil en biais, feignit de la défier de contester sa version des choses. « Le Régicide, à ce qu'on m'a dit, lui est entré dedans comme une hache dans du beurre. Pourquoi mes garçons devraient-ils courir dans le sud au-devant de la mort ? Tous les gens qui s'y sont risqués remontent à bride abattue vers le nord, maintenant. »

À l'entendre déblatérer sur ce mode maussade et pleurard, Catelyn l'eût de grand cœur embroché et mis à rôtir, mais une autre urgence la requérait : l'accès au pont, qu'elle devait négocier coûte que coûte avant la soirée. Elle affecta le plus grand sang-froid. « Raison de plus. Nous devons atteindre

Vivesaigues, et sans délais. Où pourrions-nous aller parler, messire ?

— Mais nous sommes en train de parler… », gémit-il, non sans pointer déjà son museau rose et tavelé de tous côtés pour mordre. « Pas fini de lorgner, vous autres ? glapit-il à sa descendance, dehors, tous ! Lady Stark souhaite m'entretenir en privé. Peut-être a-t-elle des visées sur ma personne, *hé !* Dehors, tous, allez donc chercher à vous rendre utiles, pour une fois. Oui, femme, toi aussi. Zou, zou, *zou !* » Tandis que s'écoulaient vers la sortie ses fils, petits-fils, filles, bâtards, neveux, nièces, il se pencha vers elle et, en confidence : « Ils n'attendent qu'une chose, ma mort. Stevron s'impatiente depuis quarante ans, mais je persiste à le désappointer. *Hé !* Mourir juste pour qu'il me succède, à quoi bon, je vous le demande ? Je m'en garderai.

— Vous promettez de vivre centenaire, m'est avis.

— Sûr que *ça* les mettrait hors d'eux. Oh, sûr sûr. Maintenant, parlez, que désirez-vous ?

— Nous désirons passer.

— Oh, *vraiment* ? Vous n'y allez pas par quatre chemins. Et pourquoi devrais-je vous l'accorder ? »

Une seconde, la colère la submergea. « Si vous étiez assez vigoureux pour monter à vos propres créneaux, lord Frey, vous seriez en mesure de constater que mon fils a vingt mille hommes sous vos murs.

— Ce qui fera vingt mille cadavres tout frais à l'arrivée de lord Tywin, riposta-t-il vertement. Si vous voulez m'effrayer, vous perdez votre temps, madame. Votre mari croupit dans un cachot de traître sous le Donjon Rouge, votre père est malade, peut-être à la mort, et Jaime Lannister tient votre frère aux fers. Qu'ai-je à redouter de vous ? Ce fils dont vous faites si grand état ? Si je vous oppose fils pour fils, madame, il m'en restera dix-huit encore quand tous les vôtres seront morts.

— Vous avez juré fidélité à mon père », rappela-t-elle.

Il dodelina, souriant. « Oh, oui, j'ai prononcé quelques paroles de ce genre, mais j'ai aussi juré fidélité à la Couronne, il me semble. Avec l'accès de Joffrey au trône, vous voici, vous, votre fils et cette bande de nigauds, dehors, des rebelles, ni plus ni mieux. Eussé-je seulement l'once de bon sens que les dieux concèdent au dernier des poissons, j'apporterais mon aide aux Lannister pour vous ecrabouiller.

— Pourquoi vous abstenir ? » le défia-t-elle.

Il émit un reniflement dédaigneux. « Lord Tywin le fier et le splendide, gouverneur de l'Ouest, Main du Roi, holà ! le grand homme que *ça* nous fait, *lui* et son or ceci et son or cela, ses lions ci et ses lions là ! Vous pariez ? s'il bouffe trop de fayots, il pète juste comme moi mais, *lui*, pas question qu'il l'admette jamais, oh, non. Qu'a-t-il donc fait, lui, pour étaler toujours et partout pareille bouffissure ? Rien que deux fils, dont un petit monstre tout biscornu ! Si je lui oppose, à *lui*, fils pour fils, il m'en restera dix-neuf encore, dix-neuf et *demi* quand les siens seront morts ! » Il se mit à glousser. « Si lord Tywin souhaite mon aide, il peut foutrement me la *demander.* »

Juste l'ouverture qu'attendait Catelyn. « Moi, je vous demande votre aide, messire, dit-elle humblement. Et, par ma voix, ce sont mon père et mon frère et mon mari et mes fils qui vous la demandent. »

Il lui brandit au nez un index osseux. « Gardez vos paroles sucrées, madame. Les paroles sucrées, ma femme me les prodigue à mon gré. Vous l'avez vue ? seize ans, la fleurette, et tout miel pour moi seul. J'aurai un fils d'elle, l'année prochaine, à pareille époque, ou je me trompe fort. Et si je le désignais, *lui*, pour mon héritier, dites, voilà-t-y pas qui mettrait les autres gentiment hors d'eux ?

— Elle vous en donnera beaucoup, j'en suis persuadée. »

Il hocha du chef. « Le seigneur votre père s'est abstenu de paraître à mon mariage. Injurieux, je dis. Fût-il mourant. Il n'avait pas davantage assisté au précédent. Il m'appelle lord

Frey le Tardif, vous savez. Me croit-il mort ? Je ne suis pas mort, et je lui survivrai comme j'ai survécu à son père. Votre famille m'a toujours pissé dessus, pas la peine de le nier ni de mentir, vous le savez pertinemment. Voilà des années, j'allai trouver votre père et lui suggérai d'unir son fils à ma fille. Pourquoi non ? J'en avais une en tête, du gâteau, juste un peu plus âgée qu'Edmure, quelques années, mais j'étais prêt, si elle le laissait froid, à lui en proposer plein d'autres, des vieilles, des jeunes, des vierges, des veuves, enfin, n'importe quoi, pour lui complaire. Eh bien non, lord Hoster a fait la sourde oreille. En me régalant de paroles sucrées, d'échappatoires, quand tout ce que je *voulais*, moi, c'était me débarrasser d'une fille.

« Et votre sœur, ah, celle-là..., même engeance. Il y a quoi ? un an, pas davantage, Jon Arryn était encore Main du Roi, je suis allé en ville voir jouter mes fils. Pas Stevron et Jared, ils sont trop vieux, maintenant, mais Danwell et Hosteen, Perwyn aussi, du reste, et deux de mes bâtards tâtaient de la mêlée. Si je m'étais attendu qu'ils me couvrent à ce point de honte, croyez-moi, jamais je ne me serais imposé le tintouin d'un pareil voyage. Qu'avais-je à faire, je vous prie, de courir les routes pour voir Hosteen démonté par ce garnement de Tyrell ? Un morveux, ser Marguerite ou Capucine qu'on l'appelle, un truc comme ça, la moitié de son âge... Et Danwell, culbuté par un chevalier trois fois rien ! Ces deux-là, je me demande, certains jours, s'ils sont bien de moi. Ma troisième était une Crakehall, et toutes les Crakehall sont des garces. Enfin..., baste, elle est morte que vous n'étiez même pas née, vous vous en fichez, hein ?

« Je parlais de votre sœur. J'ai offert à lord et lady Arryn de prendre pour pupilles à la cour deux de mes petits-fils et de me confier leur lardon ici, aux Jumeaux. Ils auraient déparé la cour, peut-être, mes petits-fils ? Du gâteau, tous les deux, pas tapageurs, polis. Walder est le fils de Merrett, Walder comme moi, et le second..., *hé !* comment, déjà... ? Walder aussi, peut-être, on les appelle toujours Walder pour leur attirer mes faveurs, mais son père… ? C'était qui, son père, déjà ? » Son museau se fripa. « Bon, n'importe, de toute façon lord Arryn n'a voulu ni de l'un ni de l'autre, et ça, par la faute de madame votre sœur. Un glaçon, comme si j'avais suggéré de vendre son gosse à un batteur d'estrade ou d'en faire un eunuque, et quand lord Arryn a dit qu'il allait l'envoyer chez lord Stannis à Peyredragon, sortie en trombe, sans un mot de regrets ! et la Main n'a plus eu à m'offrir que de plates excuses… Belle jambe, des excuses, non ? »

Catelyn se crispa, mal à l'aise. « J'avais cru comprendre que le fils de Lysa, c'est lord Tywin qui devait le prendre pour pupille ?

— Non. Lord Stannis, répliqua-t-il, hérissé. Vous pensez peut-être que je confonds lord Stannis et lord Tywin ? Ils ont beau être deux trous du cul et se croire tous les deux trop nobles pour chier, je suis encore capable de les distinguer ! Si vieux que vous me trouviez, madame, pardon, j'ai toute ma tête, toute ma mémoire ! Même que je sais toujours par quel bout se prennent les femmes, ah mais ! Vous verrez, vous verrez si mon actuelle ne m'a pas donné un fils d'ici un an… Ou une fille, et alors tant pis. Mais, garçon ou fille, bien braillard, bien ridé, bien rouge, et tel qu'elle n'aura pas l'embarras du choix : Walder ou Walda ! »

Le soin de régler judicieusement cette question-là, Catelyn le laissait sans trop de peine à lady Frey. « Ainsi, Jon Arryn allait confier son fils à lord Stannis, vous en êtes sûr et certain ?

— Oui, oui, oui. Quelle importance, puisqu'il est mort ? Et vous, vous dites que vous désirez traverser ?

— Oui.

— Eh bien, pas moyen ! crissa-t-il. À moins que je ne le permette, et pourquoi devrais-je ? Les Tully et les Stark n'ont jamais été de mes amis. » Avec un sourire coquet qui réclamait une réponse, il se rejeta contre le dossier, se croisa les bras.

Il ne s'agissait plus que de marchander.

Au ras des collines de l'ouest se boursouflait un soleil saignant quand s'ouvrirent les portes du château. Le pont-levis s'abaissa en grinçant, la herse se releva, et lady Catelyn Stark la franchit pour rejoindre Robb et ses bannerets. Dans son sillage, ser Jared Frey, ser Hosteen Frey, ser Danwell Frey et le bâtard de lord Walder, Ron Rivers, menant une longue colonne d'hommes équipés de piques et vêtus de maille d'acier bleue, drapés de manteaux gris argenté, qui, dans un ordre impeccable, ébranlèrent les madriers d'un piétinement sourd.

Au galop, son fils vint au-devant d'elle, escorté de Vent Gris. « C'est fait, dit-elle. Lord Walder consent à te laisser passer. Il t'accorde aussi ses épées, sauf quatre centaines qu'il se réserve pour tenir les Jumeaux. Si tu m'en crois, tu lui confieras autant de tes propres hommes – tant archers que spadassins – pour renforcer sa garnison…, mais donne-leur pour chef quelqu'un dont tu sois absolument sûr. Pour rafraîchir, en cas de défaillance, la mémoire de lord Frey.

— Bien, Mère, acquiesça-t-il, l'œil attaché sur les rangs de piques. Il me semble… Que vous dirait de ser Helman Tallhart ?

— Pertinent.

— Et lui…, qu'a-t-il exigé de nous, lui ?

— S'il t'est possible de t'en priver, j'aurais besoin de quelques hommes pour escorter à Winterfell deux de ses petits-fils. J'en ai accepté la tutelle. Deux gamins, huit et sept ans. Walder et Walder, semble-t-il. Bran ne sera pas mécontent, je pense, d'avoir des compagnons à peu près de son âge.

— Et c'est tout ? Deux pupilles ? Plutôt bon marché pour…

— Le fils de lord Frey, Olyvar, nous accompagnera, coupa-t-elle. Il te tiendra lieu d'écuyer personnel. Son père aimerait le voir fait chevalier, le moment venu.

— Écuyer... » Il haussa les épaules. « Bon, parfait. S'il est...

— Il est également entendu qu'au cas où ta sœur Arya nous reviendrait saine et sauve, elle épouserait le dernier fils de lord Walder, Elmar, dès l'âge requis. »

Il ne dissimula pas son désarroi. « Arya n'aimera pas ça du tout...

— Et toi, tu dois épouser l'une de ses filles dès la fin des hostilités, conclut-elle. Sa Seigneurie daigne te laisser choisir n'importe laquelle. Dans le tas, paraît-il, tu ne manqueras pas de trouver de quoi te chausser. »

Il eut le cran de ne pas flancher. « Je vois.

— Tu consens ?

— Puis-je me permettre de refuser ?

— Pas si tu veux passer le pont.

— Je consens », dit-il d'un ton solennel. Jamais elle ne l'avait trouvé si viril qu'en cet instant-là. Si le dernier des gosses était susceptible de tripoter l'épée, il fallait être un seigneur pour conclure, et en pleine connaissance de cause..., un pacte matrimonial.

La nuit tombait lorsqu'ils traversèrent, une lune cornue flottait sur la rivière. En double file, tel un gigantesque serpent d'acier, l'armée s'engouffrait par la porte du château de l'est, franchissait la cour, contournait le donjon, passait le pont, s'insinuait dans le château de l'ouest et débordait enfin sur la rive droite.

Catelyn chevauchait en tête, en compagnie de son fils, de son oncle et de ser Stevron. Derrière eux, neuf dizaines de cavaliers, chevaliers, lanciers, francs-coureurs et archers montés. Le transbordement général prit des heures. De tout cela, sa mémoire ne restitua guère que le martèlement d'innombrables sabots sur les ponts-levis et de brèves images : lord Frey qui, depuis sa litière, contemplait l'interminable défilé ; les prunelles attentives qui constellaient les permis de la voûte, sous la tour de l'Eau.

Comme prévu, la majeure partie de l'ost : piques, archers, multitude surtout de fantassins, demeura néanmoins sur la rive gauche, sous les ordres de Roose Bolton. Robb lui avait commandé de poursuivre vers le sud et d'y affronter la puissante armée de lord Tywin.

Pour le meilleur ou pour le pire, les dés en étaient lancés.

JON

« Comment va, Snow ? demanda lord Mormont, grincheux.

— *Va !* croassa son corbeau, *va !*

— Bien, messire, mentit Jon…, haut et fort, comme pour étoffer ses dires d'un semblant de véracité. Et vous ? »

Mormont se rembrunit d'un cran. « Comme un homme qu'un mort a tenté de mer. Le moyen de se sentir en forme, après ça ? » Il se gratta sous le menton. Les flammes ayant endommagé sa barbe broussailleuse, il avait dû la sacrifier. De vagues touffes repoussaient, qui lui donnaient l'air d'un vieillard minable et mauvais coucheur. « Tu n'as pas bonne mine. Ta main ?

— En voie de guérison. » Pour preuve, il ploya, déploya ses doigts emmaillotés. En fait, les bandages de soie montaient à mi-hauteur de son avant-bras droit mais, durant sa macabre besogne, il ne s'était pas seulement douté qu'il se brûlait si sévèrement. Sur le moment, rien, la douleur – royale… – n'était survenue qu'après. De la peau cramoisie, craquelée, cloquée suintaient des humeurs et, grosses comme des gardons, des pustules hideuses, gonflées de sang noir, boursouflaient l'intérieur des doigts. « Sauf que j'en garderai les cicatrices, aucune séquelle, affirme le mestre.

— Va pour les cicatrices. On porte constamment des gants, au Mur.

— Il n'est que trop vrai, messire. » Ce n'étaient pas les cicatrices qui tracassaient Jon mais leur contexte, leurs implications. Il avait d'abord souffert mille morts, malgré le lait de pavot que lui prodiguait mestre Aemon. Sa main lui donnait l'impression d'être toujours en flammes, de brûler nuit et jour. Il n'éprouvait quelque soulagement qu'en la plongeant dans des cuvettes de neige et de glace pilée. Grâces aux dieux, personne, hormis Fantôme, ne l'avait vu se tordre et entendu geindre comme un possédé. Et bagatelle encore que cela, comparé à ce qui l'assaillait depuis qu'il avait enfin recouvré le sommeil. Un cauchemar abominable où il combattait un cadavre aux mains noires, aux yeux bleus… et qui avait les traits de Père. Impossible, *cela*, de le dire au Vieil Ours.

« Hake et Dywen sont revenus hier soir, reprit celui-ci. Aussi bredouilles, quant à ton oncle, que leurs devanciers.

— Je sais. » Il s'était traîné jusqu'à la salle commune pour souper avec ses amis, et le chou blanc de la patrouille y défrayait chaque conversation.

« Tu sais, maugréa le vieux. Comment se fait-il que tout le monde soit toujours au courant de tout, par ici ? » Il ne se souciait manifestement pas d'obtenir de réponse. « Il semblerait qu'à part ces deux…, disons *créatures*, mais sûrement pas hommes, de toute manière, bref, il n'en rôdait pas d'autres. Les dieux soient loués pour cela. Davantage, et…, bon, intolérable, rien que d'y penser. Quoique, davantage, il en viendra, tôt ou tard. Ma vieille carcasse me le prédit, et mestre Aemon confirme. Les bises se lèvent, l'été s'achève, et l'hiver vient, un hiver comme ce monde-ci n'en a jamais vu de pareil. »

L'hiver vient. Jamais la devise des Stark n'avait rendu son si lugubre et si prophétique aux oreilles de Jon. « On prétend aussi, messire…, balbutia-t-il, qu'il est arrivé un oiseau, hier soir…

— En effet. Et alors ?

— J'avais espéré des… un mot de mon père.

— *Père !* ricana l'antique corbeau tout en arpentant l'échine de son maître avec des hochements narquois, *Père !* »

Par-dessus l'épaule, lord Mormont tenta de lui clouer le bec, mais la damnée bestiole se jucha d'un bond sur son crâne et, battant des ailes, s'en fut à travers la pièce se poser au ras du plafond. « Deuil et boucan, grommela Mormont, tout le mérite des corbeaux. Et j'endure cette vermine… Si j'avais reçu des nouvelles de lord Eddard, tu te figures que je ne t'aurais pas envoyé chercher ? Bâtard ou pas, tu es et demeures son sang. Il s'agissait de ser Barristan Selmy. On l'a renvoyé de la Garde, apparemment. Pour donner sa place à ce mâtin fou de Clegane. Et, maintenant, on le recherche comme traître. Ces imbéciles ont envoyé le guet s'emparer de lui, mais il leur a zigouillé deux types avant de s'enfuir. » Le reniflement qui suivit ne laissait pas l'ombre d'un doute sur l'estime que lui inspiraient les gens capables de recourir aux services des manteaux d'or contre un chevalier fameux comme Barristan le Hardi. « Des ombres blanches hantent nos bois, des morts inapaisés parcourent nos demeures, et un mioche occupe le Trône de Fer », éructa-t-il avec dégoût.

Le corbeau éclata d'un rire strident. « *Mioche ! mioche ! mioche ! mioche !* »

Le Vieil Ours, se souvint Jon, avait fondé le meilleur de ses espérances sur ser Barristan. Celui-ci tombé, qui prêterait la moindre attention à l'appel au secours de la Garde de Nuit ? Il serra le poing. La douleur fusa de ses doigts brûlés. « Rien sur mes sœurs ?

— Le message ne mentionnait ni elles ni lord Eddard. » Il haussa les épaules en homme excédé. « Ils n'ont peut-être même pas reçu ma lettre. Le mestre l'a bien envoyée en double exemplaire, et par ses meilleurs oiseaux, mais va donc savoir ! Le plus probable est que Pycelle n'a pas daigné répondre. Ni la première ni la dernière fois. Nous comptons pour rien, j'ai peur, à Port-Réal, moins que rien. Ils ne nous disent que ce qu'ils veulent bien nous laisser savoir, et ce n'est pas grand-chose… »

Et toi, songea Jon avec rancœur, *tu ne me dis que ce que tu veux bien me laisser savoir, et c'est moins encore.* Que Robb eût convoqué le ban et fût descendu guerroyer dans le sud, pas un mot, pas l'ombre… Il n'en avait eu vent que par Samwell Tarly qui, non sans ressasser jusqu'à plus soif : « Je ne devrais pas, je ne devrais pas », lui avait, la veille, révélé en catimini la teneur de la lettre adressée à mestre Aemon. On devait considérer que les opérations de son frère ne le regardaient pas ? Eh bien, si, désolé, elles le touchaient au-delà de toute expression. Robb partait se battre, et lui non. Si souvent qu'il se répétât : « Ma place est ici, maintenant, sur le Mur, parmi mes nouveaux frères », peine perdue, le remords persistait, sa place était là-bas, vacante. Une lâcheté.

« *Grain !* glapissait cependant le corbeau, *grain ! grain !*

— Oh…, la ferme ! intima le Vieil Ours. Quand auras-tu récupéré le plein usage de ta main, Snow ?

— Bientôt, paraît-il.

— Bon. » Sur la table qui les séparait, lord Mormont déposa une grande épée gainée de métal noir relevé d'argent. « Là. Tu seras fin prêt, dès lors. »

D'un vol mou, le corbeau redescendit se poser sur la table et s'y pavana, la tête inclinée vers l'épée, l'œil arrondi de curiosité. Jon hésita. Que diable signifiaient ces propos sibyllins ? « Messire ?

— Les flammes avaient fait fondre l'argent du pommeau, calciné la garde et la poignée. Cuir caduc, vieux bois, rien que de banal, hein ? Quant à la lame, bah…, la lame, il faudrait des flammes cent fois plus ardentes pour l'endommager. » D'une poussée, il fit glisser le fourreau sur les rudes planches de chêne. « J'ai fait rénover le reste. Prends.

— *Prends !* reprit en écho le corbeau, rengorgé, *prends ! prends !* »

Non sans gaucherie, Jon prit l'épée en main. Dans sa main *gauche*, la droite demeurant trop à vif et maladroite sous ses pansements. Puis il dégaina pieusement et l'éleva à hauteur de ses yeux.

Taillé dans une pierre pâle lestée de plomb pour compenser la longueur de la lame, le pommeau figurait un mufle de loup menaçant dans les orbites duquel étaient sertis des éclats de grenat. Vierge encore de toute trace de sueur et de sang, du cuir noir et lisse garnissait la poignée. D'un bon demi-pied plus long que ceux dont Jon s'était jusqu'alors servi, le fer lui-même, effilé pour l'estoc autant que pour la taille, était incisé de trois onglets profonds. Tandis qu'en véritable estramaçon Glace se maniait à deux mains, cette épée-ci ressortissait au genre intermédiaire des une-et-demie dites « bâtardes ». Mais on avait, à la manipuler, l'impression, malgré ses dimensions, d'une légèreté proprement inédite. L'examen de profil révélait le grain feuilleté du métal et la manière inimitable de le forger, reforger, pli selon pli, incessamment. « C'est de l'acier valyrien, messire », s'émerveilla Jon. Père lui avait suffisamment fait les honneurs de Glace pour qu'il reconnût la sensation, l'aspect.

« En effet. Elle appartenait à mon père, et à son père avant lui. Les Mormont l'ont portée cinq siècles durant, et je l'avais moi-même transmise à mon fils quand je pris le noir. »

Il me donne l'épée de son fils, se dit Jon, au comble de l'incrédulité. Elle possédait un équilibre exquis. Ses tranchants luisaient sous la lumière d'un éclat troublant. « Votre fils…

— Mon fils a couvert d'opprobre la maison Mormont. Du moins a-t-il eu l'élégance de laisser l'épée quand il s'est enfui. Ma sœur me l'a renvoyée, mais sa seule vue me remémorait trop cruellement l'infamie de Jorah, j'ai préféré la mettre de côté, l'oublier. Et ne m'en suis de fait ressouvenu qu'après qu'on l'eut trouvée dans les décombres de ma chambre. Son pommeau d'origine – une tête d'ours, mais méconnaissable à force d'usure – était en argent. J'ai pensé qu'un loup blanc t'irait mieux. Et comme le Génie comprenait un lapidaire distingué… »

Vers l'âge de Bran, Jon avait comme tous les gosses rêvé d'accomplir d'insignes exploits. D'un songe à l'autre, les détails changeaient, mais un leitmotiv y reparaissait fréquemment : il se voyait sauvant Père de la mort. Et, là-dessus, lord Eddard l'avouait pour Stark en plaçant Glace dans sa main. Une chimère puérile… dont, même à l'époque, il n'était pas dupe. Espérer brandir pour de bon l'épée de son père, aucun bâtard ne s'en pouvait seulement bercer. Quel homme abject faudrait-il être pour déposséder son propre frère de privilèges innés ? *Je n'ai pas plus de droits à celle-ci*, se dit-il, *qu'à Glace*. Une crispation brusque de ses doigts brûlés fit fulgurer la douleur jusqu'au fond de sa chair. « Vous me faites là grand honneur, messire, mais…

— Épargne-moi tes *mais*, mon gars, l'interrompit Mormont. Sans ta bête et toi, je n'aurais pas les fesses calées sur ce siège. Tu t'es bravement battu et, mieux encore…, as su penser prompt. *Le feu !* Oui, parbleu, nous aurions dû le savoir. Nous aurions dû nous en *souvenir*. Ce n'est pourtant pas la première fois qu'arrive la Longue Nuit. Oh, évidemment, ça fait un bail, huit mille ans, tu parles…, mais si la Garde de Nuit ne se souvient pas, qui le fera ?

— *Kilfra !* claironna l'éternel jaseur, *kilfra !* »

En vérité, les dieux avaient bel et bien entendu la prière de Jon, cette nuit-là ; en s'attachant à ses vêtements, le feu avait consumé le mort comme si sa chair n'était que cire à chandelle et ses os que sarments séchés. Il suffisait à Snow de fermer les yeux pour revoir la chose tituber dans la loggia, buter dans les meubles et s'effondrer une fois de plus, se démener contre les flammes. Le plus obsédant restant la figure nimbée d'un halo ardent dont les cheveux brasillaient comme de la paille et dont la chair fondait, s'affaissait peu à peu, bourbeuse, révélant pan après pan le rictus blanchâtre et pulvérulent des pommettes, méplats, de la denture, des maxillaires…

De quelque force démoniaque que l'horrible chose issue d'Othor fût possédée, le feu en avait eu raison, ne laissant subsister que des cendres banales et de vagues vestiges carbonisés. Et, néanmoins, Jon l'affrontait encore et encore, dans ses cauchemars…, sauf que, désormais, c'étaient les traits de lord Eddard que ravageait le feu, c'était la peau de Père qui grésillait, se fissurait, noircissait, c'étaient les yeux de Père qui se liquéfiaient en larmes gélatineuses le long de ses joues. Et, sans comprendre d'où provenait ni à quoi rimait cette métamorphose, Jon en éprouvait une épouvante indicible.

« C'est peu payer la vie que donner une épée, conclut Mormont. Prends-la, et plus un mot là-dessus, compris ?

— Oui, messire. » Sous ses doigts, le cuir cédait doucement, comme si l'arme entreprenait d'elle-même, déjà, de se façonner à la poigne de son nouveau maître. Lequel devait se sentir honoré, savait le devoir et l'était, mais…

Vous n'êtes pas mon père, vous. À son corps défendant, son esprit sécrétait les objections muettes. *Mon père est lord Eddard Stark. Et l'on pourrait me donner cent épées que je ne l'oublierais pas, lui.* De là, toutefois, à dire à lord Mormont : « C'est de l'épée d'un autre que je rêve… »

« Et pas de politesses non plus, reprenait le Vieil Ours. Ravale-moi tes remerciements. L'acier s'honore de faits, non de mots. »

Jon acquiesça d'un hochement. « Porte-t-elle un nom, messire ?

— Elle en portait un, jadis. On l'appelait Grand-Griffe.

— *Griffe !* clama le corbeau, *griffe !*

— Grand-Griffe lui sied. » Il fit un bout d'essai, tailla dans le vide, et quoiqu'avec sa main gauche il se sentît passablement déconcerté, pataud, néanmoins l'acier lui fit l'effet de voler, comme doté d'une volonté propre, dans son véritable élément. « Les loups ont des griffes, tout comme les ours. »

La réflexion parut du goût de Mormont. « Sans doute. Il te faudra probablement la porter à l'épaule. Au moins jusqu'à ce que tu aies grandi de quelques pouces. Et t'exercer aussi à la manier à deux mains. Quand tu seras tout à fait remis, ser Endrew t'initiera, si tu veux.

— Ser Endrew ? » Le nom lui était inconnu.

« Ser Endrew Torth. Un brave type. Il va nous arriver incessamment de Tour Ombreuse. Notre nouveau maître d'armes. Ser Alliser Thorne est parti hier matin pour Fort-Levant. »

Jon abaissa l'épée. « Et pourquoi ? » questionna-t-il sottement.

Mormont s'ébroua. « Qu'est-ce que tu crois ? tout bonnement parce que je l'y ai *expédié*. Avec la main de Jafer Flowers. À charge pour lui de s'embarquer pour Port-Réal et d'aller la mettre sous le nez du mioche royal. Ça devrait tout de même l'impressionner, le jeune Joffrey… puis, avec son titre de chevalier consacré, sa haute naissance, les vieux amis qu'il possède à la Cour, Thorne se laissera moins facilement ignorer, je présume, que le plus glorieux de nos freux.

— *Freux !* glapit le corbeau non sans, pensa Jon, une pointe confraternelle d'indignation.

— Cette mission, poursuivit Mormont, imperturbable, présente en outre l'avantage d'interposer mille lieues entre lui et toi sans que personne y voie une sanction. » Il brandit sur Jon un index sévère. « Mais ne va pas pour autant te figurer que j'approuve ta couillonnade de l'autre jour. La bravoure a beau racheter pas mal de bourdes, l'âge n'excuse rien, tu n'es plus un gosse. L'épée que tu tiens est une épée d'homme, c'est un homme que va réclamer son maniement. J'entends que tu te conduises en homme, dorénavant.

— Oui, messire. » Il la réinséra dans le fourreau bagué d'argent. Qu'elle ne fût pas celle qu'il eût choisie ne l'empêchait pas d'être un noble présent, et plus noble encore était la manière dont il se voyait délivré de la malfaisance de ser Alliser.

Le Vieil Ours se gratta le menton. « J'avais oublié combien ça démange en poussant, la barbe, dit-il. Qu'à le subir, de toute façon. Tu te sens suffisamment bien pour reprendre tes fonctions ?

— Oui, messire.

— Bon. Va faire froid, cette nuit, je prendrais volontiers du vin chaud. Trouve-moi un rouge pas trop acide, et ne mégote pas sur les épices. Et préviens Hobb que, s'il s'avise de me redonner du mouton bouilli, c'est *lui* que je ferai bouillir. Son dernier gigot était gris. Même l'oiseau n'en a pas voulu. » Du pouce, il lui caressa le crâne, déclenchant un graillon rauque de satisfaction. « Va, maintenant. J'ai à travailler. »

Du fond de leurs niches, les gardes sourirent en voyant Jon dévaler l'escalier, l'épée dans sa bonne main. « Joli joujou », dit l'un, « Pas volé, Snow », un autre. Il leur sourit en retour, mais le cœur n'y était pas. Il aurait dû être content, se le répétait, n'y parvenait pas. Sa main lui faisait mal, il avait la bouche mauvaise de colère, mais de colère contre qui ? pourquoi ? il n'en savait rien.

Planqués non loin de la tour du Roi, nouvelle résidence du lord commandant, cinq ou six de ses amis guettaient sa sortie. Ils avaient eu beau suspendre une cible aux portes de la grange à blé, ils avaient beau faire semblant de parfaire leur talent d'archers, leur feinte ne le trompa pas. À peine débouchait-il, d'ailleurs, que Pyp le hélait : « Holà ! ramène-toi par ici, qu'on y jette un œil…

— À quoi ? » demanda-t-il.

Déjà, Crapaud se rabattait sur lui. « À tes miches, mon mignon, pardi !

— L'épée, lâcha Grenn, montre voir un peu. »

Jon les toisa d'un regard noir. « Vous saviez… ! »

Pyp eut un sourire finaud. « On est pas tous si bouchés que Grenn.

— Tu parles ! renchérit celui-ci. Plus bouchés, oui. »

Halder haussa les épaules pour se disculper. « J'ai assisté Pate pour sculpter le pommeau, et c'est ton cher Sam qui est allé à La Mole acheter les grenats.

— Quoiqu'on le savait même avant, gaffa Grenn derechef. Rudge aidait Donal Noye à la forge quand le Vieil Ours y a apporté l'épée.

— *L'épée !* » réclama Matt. Les autres reprirent en chœur : « *L'épée ! l'épée ! l'épée* ! »

Jon dégaina Grand-Griffe et leur fit admirer sous toutes les coutures sa lame bâtarde où le soleil pâlichon traînassait des luisances fatales et sombres. « Acier valyrien, déclara-t-il d'un ton pompeux pour tenter de paraître aussi fier et ravi qu'il aurait dû l'être.

— On m'a causé d'un type qui possédait un rasoir d'acier valyrien, dit Crapaud. 'l a voulu s'en servir et s'est décapité.

— Bien que la Garde de Nuit existe depuis des milliers d'années, glissa Pyp de son air le plus malicieux, on parie que lord Snow est le premier frère jamais honoré pour avoir anéanti la tour de la Commanderie ? »

Dans l'hilarité générale, Jon lui-même ébaucha un sourire. Si l'incendie déclenché par lui n'avait à vrai dire nullement anéanti la formidable tour de pierre, il en avait fameusement décarcassé les deux étages supérieurs, ceux-là mêmes où logeait Mormont. Mais nul ne s'en affligeait outre mesure, puisqu'il avait également détruit le cadavre meurtrier d'Othor.

Quant à l'autre spectre, le manchot ci-devant nommé Jafer Flowers, une douzaine d'épées l'avaient finalement déchiqueté aussi…, mais non sans qu'il eût d'abord assassiné cinq hommes, dont ser Jaremy Rykker qui venait de le raccourcir et s'en croyait quitte quand l'autre, tirant son propre poignard, tout décapité qu'il était, le lui avait plongé dans le ventre. Ni la force ni le courage ne pouvaient prévaloir contre des adversaires invulnérables, puisque déjà morts, et dont ne protégeaient guère ni les armes ni les armures.

Cette pensée lugubre acheva d'assombrir l'humeur de Jon. « Il me faut aller voir Hobb pour le souper du Vieil Ours », dit-il d'un ton brusque en replaçant Grand-Griffe dans son fourreau. Si bien intentionnés fussent-ils, ses amis ne comprenaient rien. Comment, pour être honnête, l'auraient-ils pu, d'ailleurs ? Ils ne s'étaient pas trouvés face à face avec Othor, eux, ils n'avaient pas dû affronter la lueur bleuâtre de ses prunelles mortes, ils n'avaient pas éprouvé le contact glacial de ses phalanges noires. Et ils ignoraient aussi qu'on se battait dans le Conflans. Oui, comment auraient-ils rien pu comprendre, dans ces conditions ? Il les planta là sèchement, s'en fut à grands pas maussades et affecta même de ne pas entendre Pyp l'appeler.

Comme on l'avait réinstallé dans son ancienne cellule depuis l'incendie, c'est vers la tour à demi ruinée de Hardin qu'il se dirigea. Pelotonné près de la porte, Fantôme dormait, mais il leva la tête en reconnaissant le bruit familier des bottes. Dans le rouge de ses yeux, plus sombres que des grenats, se lisait plus de perspicacité que dans ceux des hommes. Jon s'agenouilla, lui grattouilla l'oreille et, lui montrant le pommeau : « Regarde ! c'est toi… »

Le loup flaira son effigie de pierre et lui dédia un bref coup de langue qui rendit à Jon l'ombre d'un sourire. « C'est toi qu'on devrait honorer », lui dit-il… et, soudain, les circonstances dans lesquelles il l'avait découvert, ce fameux jour enneigé d'été, lui revinrent en mémoire. Déjà, on repartait avec les autres chiots quand il perçut, lui, comme un vagissement, tourna bride et le trouva, là, menu flocon de fourrure presque invisible, blanc sur blanc. *Tout seul, à l'écart du reste de la portée. Ils l'avaient repoussé parce qu'il était différent.*

« Jon ? »

Il leva les yeux. Devant lui, Samwell Tarly se dandinait avec embarras, tout rouge et emmitouflé dans une pelisse tellement copieuse qu'il avait tout d'une marmotte prête à hiberner.

« Sam. » Il se leva. « Qu'y a-t-il ? Tu veux voir l'épée ? » Il était sûrement au courant, puisque les autres l'avaient été.

L'obèse déclina d'un signe véhément. « Je devais hériter de l'épée de mon père, dans le temps. Corvenin. Lord Randyll me la laissait tenir, de-ci de-là, j'en étais malade chaque fois. De l'acier valyrien, superbe, mais si coupant ! j'avais peur de blesser l'une de mes sœurs. Elle reviendra à Dickon, désormais. » Il épongea ses paumes moites sur son manteau. « Je... Euh... Mestre Aemon souhaite te voir. »

Ce n'était pas l'heure du pansement. Subodorant un coup fourré, Jon fronça le sourcil. « Me voir ? » La mine piteuse de Sam valait un discours. « Tu as dégoisé, c'est ça ? reprit-il, rageur. Tu lui as dit que tu m'avais dit !

— Je..., c'est lui..., je ne voulais pas, Jon..., il m'a demandé..., c'est-à-dire..., je crois qu'il savait, il voit des choses qu'on ne voit pas, nous, personne...

— Il est *aveugle* ! s'emporta Jon, écœuré. Je connais le chemin, merci. » Et il lui tourna le dos, le laissant bouche bée, pantelant.

Il trouva mestre Aemon occupé à nourrir ses oiseaux dans la roukerie. Clydas l'escortait de cage en cage avec un baquet de barbaque en vrac. « Vous vouliez me voir, paraît-il ? »

Le mestre hocha la tête. « Il ne paraît pas. Donne-lui le baquet, Clydas. Il aura peut-être la bonté de daigner m'aider. » Sans un mot, l'albinos bossu transmit son fardeau et dévala l'échelle. « Jette-leur simplement la viande à travers les barreaux, reprit Aemon, le reste, ils s'en chargeront. »

Le baquet coincé sous son bras droit, Jon plongea sa main gauche dans le tas saignant. Aussitôt, les corbeaux, dans un vacarme assourdissant d'ailes noires et de cris stridents, vinrent battre la claire-voie de métal. On avait découpé leur pâture en lichettes longues d'un tiers de doigt. Il en prit une bonne poignée, la jeta dans la première cage, et le tapage s'exacerba de *croâ* rauques et de chamailleries. Deux des plus gros oiseaux se disputant un morceau de choix dans un tourbillon de plumes envolées, il s'empressa de distribuer une poignée supplémentaire. « Celui de lord Mormont aime les fruits, le blé…

— Une rareté. La plupart de ses congénères mangent volontiers du grain, mais ils préfèrent nettement la viande. Elle les rend forts, et je les soupçonne de priser la saveur du sang. Comme les hommes, à cet égard…, et tous dissemblables, comme les hommes. »

Ne trouvant rien à répliquer, Jon continua de jeter la viande, mais non sans se perdre en conjectures. Pourquoi l'avoir convoqué ? La réponse ne manquerait pas de venir, mais à l'heure de mestre Aemon, et mestre Aemon n'était pas homme à se bousculer.

« S'il est également possible d'entraîner les ramiers et autres pigeons à porter des messages, reprit-il effectivement, le corbeau les surclasse en force, en taille, en hardiesse, il est incomparablement plus intelligent, mieux à même de se défendre contre les faucons, mais… sa noirceur et son penchant pour les cadavres le font abhorrer de certains dévots. Baelor le Vénérable a pourtant essayé de replacer toute l'espèce de pair avec les colombes, tu savais cela ? » Avec un sourire, ses prunelles laiteuses se posèrent sur Jon. « La Garde de Nuit aime mieux les corbeaux. »

Barbouillée de rouge jusqu'au poignet, la main de Jon s'immobilisa dans le baquet. « Les sauvageons nous traitent de corneilles, à ce que prétend Dywen, dit-il, mal à l'aise.

— La corneille est le parent pauvre du corbeau. Mais ils sont tous deux des mendiants en noir, haïs, méconnus. »

Mais enfin, de quoi parlait-on, et dans quel but ? se demandait Jon, de plus en plus perplexe. En quoi cette compote de colombes et de corbeaux le concernait-elle, lui ? Si le vieil homme avait quelque chose à lui dire, pourquoi ne pas le faire sans détour ?

« Dis-moi, Jon… T'es-tu jamais demandé *pourquoi* les hommes de la Garde de Nuit ne prennent pas femme et ne procréent pas ? »

Jon haussa les épaules. « Non. » Il reprit sa tâche, les doigts de la main gauche poisseux de sang, la droite lancinée par le poids du baquet.

« C'est pour ne pas aimer, décréta mestre Aemon, parce que l'amour bannit l'honneur et tue le devoir. »

Tout abasourdi qu'il fut de cette assertion, Jon ne souffla mot de son désaccord. Le mestre étant centenaire et officier supérieur de la Garde de Nuit, comment se permettre de le contredire ?

Mais le vieillard parut percevoir ses réserves. « Dis-moi, Jon ? S'il advenait par malheur que le seigneur ton père dût choisir entre l'honneur, d'une part, et les êtres qu'il chérit, de l'autre, que ferait-il ? »

Ce qu'il… ? Sur le point d'affirmer que jamais lord Eddard, fût-ce par amour, ne consentirait à se déshonorer, il hésita. La sournoise petite voix s'était mise à chuchoter : *Engendrer un bâtard, où était l'honneur, là-dedans ? Et ses devoirs vis-à-vis de ta mère, qu'en a-t-il fait ? Il ne prononçait même pas son nom…* « Il agirait selon sa conscience, répondit-il…, et d'un ton d'autant plus péremptoire qu'il désirait davantage rattraper son atermoiement. Oui, coûte que coûte.

— Alors, lord Eddard constitue l'exception sur dix mille. La plupart d'entre nous ne possédons pas tant de force d'âme. Que pèse l'honneur, contre l'amour d'une femme ? Que pèse le devoir, contre un nouveau-né qu'on étreint…, ou contre le souvenir d'un frère qui sourit ? Du vent, des mots. Des mots, du vent. Nous ne sommes que des créatures humaines, et les dieux nous ont créées en vue de l'amour. C'est là notre auguste gloire, là notre auguste tragédie.

« Les hommes qui fondèrent la Garde de Nuit savaient que seul leur courage protégerait le royaume, au nord, contre les ténèbres. Pleinement conscients que toute divergence interne de fidélité minerait la détermination commune, ils renoncèrent solennellement au mariage et à la paternité.

« Ils n'en avaient pas moins des frères et des sœurs. Des mères ne leur en avaient pas moins donné le jour, des pères leurs noms. Ils n'en provenaient pas moins d'une centaine de royaumes querelleurs. Trop justement persuadés que, si les temps sont susceptibles de changer, l'homme est immuable, ils jurèrent solennellement que la Garde de Nuit ne prendrait jamais de parti dans les batailles intestines d'une patrie dont sa vocation l'appelait à préserver l'intégrité.

« Ils tinrent parole. Lorsqu'Aegon se proclama roi sur la dépouille d'Harren le Noir, le frère de celui-ci disposait, en tant que lord commandant du Mur, de dix mille épées. Il ne bougea pas. À l'époque où les Sept Couronnes n'étaient pas un vain mot, il ne se passait pas de génération sans que trois ou quatre d'entre elles ne s'entredéchirent. La Garde ne s'en mêla pas. Quand, franchissant le détroit, les Andals balayèrent les royaumes des Premiers Hommes, les fils des souverains déchus demeurèrent à leur poste, conformément à leur serment. Et il en fut toujours ainsi, de quelque côté que l'on sonde la nuit des temps. Telle est la rançon de l'honneur.

« Un lâche peut être aussi brave que quiconque, en l'absence de tout danger. Et chacun remplit ses devoirs quand les devoirs ne coûtent rien. Avec quelle aisance se suit, dans ces conditions, le chemin de l'honneur ! Mais tôt ou tard vient pour tout homme l'heure où cesse l'aisance, l'heure inéluctable des choix contraignants. »

Quelques corbeaux se gobergeaient encore. De longs filaments de barbaque leur pendaient au bec. Les autres semblaient n'avoir d'yeux que pour Jon. Des dizaines de petits yeux noirs pesants comme des crampons. « Et mon heure est venue…, c'est cela que vous voulez dire ? »

Mestre Aemon se tourna vers lui et, de ses prunelles mortes et blanchâtres, le *scruta*. Sous ce regard inconcevable qui le perçait à jour jusqu'au fond du cœur, Jon se sentait démuni, nu. Empoignant le baquet à deux mains, il en balança tout le fond, bribes de bidoche, jus sanguinolent, à travers les barreaux, en éclaboussant même les corbeaux qui s'envolèrent à grands cris furieux. Les plus prompts se curaient l'aile, happaient, gobaient avec voracité. Il laissa tomber bruyamment le baquet.

Le vieil homme lui posa sur l'épaule une main décharnée, tavelée. « Dur, hein, mon garçon ? dit-il doucement. Oh, oui. C'est toujours si dur…, choisir. Hier comme demain, toujours. Je sais.

— Vous ne savez *pas* ! répliqua Jon avec amertume. Personne ne sait. Tout bâtard que je suis, il demeure mon *père…* »

Aemon soupira. « N'as-tu rien entendu de ce que j'ai dit, Jon ? Tu te crois le premier ? » Il secoua sa tête chenue d'un air indiciblement las. « Les dieux ont jugé bon, par trois fois, d'éprouver mes vœux. La première quand j'étais gosse, la deuxième au plus fort de mon âge viril, la troisième dans ma vieillesse, quand ma vigueur s'était enfuie, ma vue affaiblie, mais, le croiras-tu ? ce dernier choix me déchira autant que le premier. Mes corbeaux apportaient les nouvelles du sud, des nouvelles plus noires que leurs noires ailes, la ruine de ma maison, la mort de ma race, la disgrâce, la désolation. Qu'aurais-je pu faire là contre, aveugle, décrépit, débile ? Hé bien, tout réduit que j'étais à une impuissance de nourrisson, le deuil me poignait de rester dans mon coin d'oubli, là, pendant qu'on massacrait le malheureux petit-fils de mon frère et son propre fils et même, même les bambins… »

Ses yeux brillants de larmes déconcertaient Jon. « Qui êtes-vous donc ? » demanda-t-il froidement, malgré l'espèce d'épouvante qui sourdait en lui.

Un sourire édenté fit trembloter les vieilles lèvres. « Rien d'autre qu'un mestre de la Citadelle, attaché au service de

Châteaunoir et de la Garde de Nuit. Dans mon ordre, on répudie son nom de famille le jour où l'on prononce ses vœux et prend le collier. » Il toucha la chaîne de mestre qui pendouillait à son col maigre et flétri. « Mon père était Maekar, premier du nom, mon frère Aegon lui succéda à ma place. Mon grand-père m'appela Aemon en l'honneur du prince Chevalier-Dragon, son oncle ou son père, selon qu'on ajoute foi à telle ou telle tradition. Oui, Aemon…

— Aemon… *Targaryen* ? s'étrangla Jon, presque incrédule.

— Avant, dit le vieil homme. Avant. Ainsi, tu vois, Jon, je sais… et, sachant, je me garderai de te dire : "*Reste*" ou "*Va-t'en*." À toi seul de choisir et de vivre ton choix jusqu'à ton dernier souffle. Comme je l'ai fait. » Sa voix se réduisit à un murmure. « Comme je l'ai fait… »

DAENERYS

La bataille achevée, Daenerys poussa l'argenté dans les champs de mort. Ses servantes et les hommes de son *khas* suivaient, la bouche fleurie de blagues joviales.

Les sabots dothrak avaient littéralement labouré la campagne, y enfouissant seigles et lentilles, tandis que flèches et *arakhs* irriguaient de sang ces sillons d'un nouveau genre. Des chevaux à l'agonie tordaient l'encolure en hennissant sur son passage. Des blessés geignaient, suppliaient, leurs adjurations s'éteignaient au fur et à mesure que progressait le *jaqqa rhan*, l'escouade des miséricordes, qui, hache d'armes au poing, moissonnait indistinctement têtes de morts et têtes de vivants. Derrière, arrachant aux cadavres les dards meurtriers pour en emplir leurs hottes, bourdonnaient des essaims de fillettes. Bons derniers enfin, les chiens faméliques, efflanqués qui, par bandes à demi sauvages, traînaient constamment dans le sillage du *khalasar*.

Noires de mouches, hérissées de traits, des milliers de charognes jonchaient les parages : les moutons, premières victimes de l'affreux carnage opéré d'abord par les hommes de Khal Ogo. Une folie sanguinaire que ne se fût permise aucun de ceux de Drogo, Daenerys le savait. À quoi rimait, s'il vous plaît, de gaspiller ses munitions contre des brebis tant qu'il restait des pâtres à massacrer ?

De la ville incendiée montaient, roulaient sans trêve à gros bouillons puis s'effilochaient vers les nues d'un bleu minéral des panaches de fumée noire. Au bas des remparts de torchis effondrés galopaient en tous sens des cavaliers qui, à grands coups de fouet, chassaient des décombres fumants les hardes de survivants. Mais si les femmes et les enfants du *khalasar* d'Ogo affichaient, malgré la défaite et la captivité, malgré l'esclavage auquel ils étaient promis, des dehors intrépides et une fierté farouche, tout autre était l'attitude des citadins, et Daenerys conservait un souvenir trop aigu de ses propres peurs pour ne pas s'apitoyer sur leur sort. Des mères, pour la plupart, qui, livides et l'œil fixe, allaient d'un pas chancelant, tirant par la main des marmots en larmes. Peu d'hommes, et seulement des vieux, des lâches, des infirmes.

Il s'agissait là, selon ser Jorah, de Lhazaréens, surnommés Agnelets par les Dothrakis. Avec leur teint cuivré, leurs yeux en amande, ils ne différaient pourtant guère, à première vue, de ceux-ci, mais un examen moins superficiel révélait, sous leurs cheveux noirs tondus au plus près du crâne, des figures plates aux traits épatés. Issus du sud du méandre, assurait Khal Drogo, pasteurs et végétariens, ils profanaient les nobles herbages de la mer Dothrak en y menant paître du mouton trivial.

Un gamin prétendit déguerpir et gagner le fleuve, un cavalier le tourna, le rabattit sur ses poursuivants qui, l'enfermant dans leur cercle, se le renvoyèrent comme une balle en le cinglant au visage, éperdu ; tel, au galop, le talonna, lui zébrant les cuisses de traînées sanglantes, tel, de sa lanière, lui emprisonna la cheville, l'envoya mordre la poussière et l'y réduisit à de si piteuses reptations que, la partie finissant par perdre tout intérêt, une bonne flèche entre les épaules la termina.

Daenerys retrouva ser Jorah non loin des portes fracassées. Il avait enfilé sur sa cotte de mailles un surcot vert sombre et portait des gantelets, des jambières et un heaume nu d'acier gris anthracite. Quitte à s'être fort esclaffés de sa couardise en le voyant endosser son armure, la première fois, les Dothrakis avaient tôt fait de ravaler leurs quolibets et de changer d'avis lorsque, épée contre *arakh*, le plus bruyant des goguenards se fut en moins de rien vidé de sa dernière goutte de sang.

En se portant au-devant d'elle, il releva sa visière. « Votre seigneur et maître vous attend dans la ville.

— Il n'est pas blessé, au moins ?

— Des égratignures, rien de sérieux. Il a tué deux *khals* en ce jour. Ogo, d'abord, puis son fils et successeur Fogo. Maintenant que ses sang-coureurs ont paré sa chevelure des clochettes qui ornaient jusqu'alors celle des vaincus, chaque pas de Khal Drogo tinte plus glorieusement que par le passé. »

Ogo et Fogo… Ceux-là mêmes qui occupaient la place d'honneur aux côtés du soleil étoilé de sa vie le jour du couronnement de Viserys. Mais cela se passait à Vaes Dothrak, au pied de la Mère des Montagnes, dans la cité sainte où, rivalités abolies, tous les cavaliers se retrouvaient frères. Dans l'herbe, hors de là, les inimitiés recouvraient leurs droits. Le *khalasar* d'Ogo assiégeait déjà la ville quand il s'était vu attaquer par celui de Drogo. Les Agnelets s'étaient-ils bercés de quelque espérance en apercevant, du haut de leurs murs, le nuage de poussière soulevé par la seconde horde ? Certains, peut-être, les plus jeunes ou les plus naïfs. Les malheureux assez niais pour persister à croire qu'exauçant leurs supplications les dieux leur envoyaient des libérateurs…

Jetée à plat ventre, au bord de la route, sur un monceau de cadavres par l'un de ses libérateurs, une jeune fille – *mon âge à peu près…* – sanglotait sur une longue note suraiguë tandis qu'il l'écartelait et que, mettant pied à terre, de nouveaux cavaliers s'attroupaient pour prendre la relève. Telle était la variété de libération promise aux Agnelets par les Dothrakis.

Je suis le sang du dragon, s'invectiva-t-elle en se détournant, dents serrées contre les haut-le-cœur de la compassion.

« La plupart des guerriers d'Ogo se sont enfuis, disait cependant ser Jorah. Nous n'en avons pas moins fait quelque dix mille prisonniers. »

Esclaves, songea-t-elle. Khal Drogo les emmènerait vers l'aval dans quelqu'un des ports de la Baie des Serfs. Elle en aurait pleuré mais devait se montrer forte et se répétait : *C'est cela, la guerre, la guerre ressemble à cela et, sans cela, point de Trône de Fer.*

« J'ai conseillé au *khal* de se rendre à Meeren, reprit le chevalier. Il les y négociera plus avantageusement qu'avec une caravane de négriers. Comme une épidémie a ravagé la ville l'an dernier, m'écrit Illyrio, les bordels paient deux fois plus cher les jouvencelles en bon état, et trois fois les garçons de moins de dix ans. S'il en survit un assez grand nombre au voyage, nous pourrons nous offrir autant de bateaux qu'il en faut, plus les équipages pour les manœuvrer. »

Dans leur dos, la fille qu'on violait se mit à émettre un son déchirant qui tenait de la plainte animale et, entremêlé de hoquets humains, montait, montait, montait sans répit, pathétique et inexorable. Du coup, la main de Daenerys se crispa violemment sur les rênes, obligeant l'argenté à virer sur place. « Dites-leur d'arrêter, commanda-t-elle.

— Pardon, *Khaleesi* ? s'étonna Mormont.

— Vous avez très bien entendu. Faites cesser cela. » Puis, en dothrak des plus rauque, elle intima aux hommes de son *khas* : « Jhogo, Quaro, Aggo, Rakharo, secondez ser Jorah. Pas de viols. »

Ils échangèrent un coup d'œil ahuri.

Le chevalier poussa son cheval près d'elle. « Princesse, souffla-t-il, votre humanité vous honore, mais vous vous méprenez. Il en a été ainsi de tout temps. Ces hommes ont versé le sang pour le *khal*. Ils ne réclament à présent que leur récompense. »

De l'autre côté de la route, la fille poursuivait toujours son intolérable et bouleversante litanie stridente. Un second guerrier avait pris la place du premier.

« C'est une Agnelet, dit Quaro dans sa rude langue. Elle n'est rien, *Khaleesi*. Elle doit s'estimer honorée par les cavaliers. Les hommes de son peuple couchent avec les moutons, c'est connu.

— C'est connu, confirma Irri en écho.

— C'est connu, acquiesça Jhogo, depuis le grand étalon gris qu'il avait reçu de Drogo. Mais si ses cris offusquent votre oreille, *Khaleesi*, Jhogo va vous apporter sa langue. » Il tira son *arakh*.

« Je ne veux pas qu'on lui fasse de mal, répliqua-t-elle. Je la revendique. Exécutez mes ordres, ou Khal Drogo vous en demandera raison.

— *Ai, Khaleesi* », s'inclina Jhogo en poussant sa monture. Quaro et les autres suivirent, carillonnant de toute leur chevelure.

« Accompagnez-les, ordonna-t-elle à ser Jorah.

— Comme il vous plaira. » Il lui décocha un regard bizarre. « Vous êtes bien la sœur de votre frère, en tout cas.

— De Viserys ? s'étonna-t-elle, interdite.

— Non. De Rhaegar. » Et il s'en fut au galop.

À l'interpellation brutale du jeune *khashi* répondit d'abord un concert rigolard des violeurs, puis un homme se mit à vociférer, dont en un éclair l'*arakh* de Jhogo fit voler la tête, et les malédictions succédaient à l'hilarité, les mains se tendaient vers les armes quand Aggo, Quaro et Rakharo survinrent à leur tour. Le premier la désigna du doigt, là-bas, sur son argenté. Les cavaliers la toisèrent d'un regard noir. L'un d'eux cracha par terre, mais les autres, non sans murmures, se dispersèrent vers leurs montures.

Entre-temps, celui qui chevauchait la fille avait poursuivi sa besogne, apparemment trop occupé à en jouir pour s'apercevoir seulement de la scène qui se déroulait à deux pas. Ser

Jorah le rappela brusquement sur terre en l'empoignant d'une main de fer et en l'envoyant rouler dans la boue, mais le Dothraki rebondissait déjà sur ses pieds, un poignard au poing, quand Aggo lui perça la gorge d'une flèche. Alors, Mormont releva la fille d'entre les cadavres et, l'enveloppant dans son propre manteau barbouillé de rouge, la mena vers Daenerys. « Que faut-il en faire ? »

L'œil agrandi sur un regard vide, les cheveux empoissés de sang, la misérable tremblait de tous ses membres. « Panse ses blessures, Doreah. Ton aspect physique devrait lui paraître moins redoutable que celui de nos gens. Les autres, avec moi. » Et elle poussa son cheval dans la ville.

Le spectacle y était bien pire. Nombre de maisons flambaient encore, et la funèbre miséricorde du *jaqqa rhan* avait jonché les rues et ruelles tortueuses de cadavres décapités. De toutes parts sévissait le viol. À chaque nouvelle scène de ce genre, Daenerys immobilisait sa monture et dépêchait les *khashis t*erminer l'affaire en revendiquant la victime pour son esclave. Mais si l'une d'elles, une femme mûre, trapue, camuse, lui en bafouilla vaille que vaille en valyrien des bénédictions, elle n'obtint des autres qu'un coup d'œil noir et inexpressif. « Elles se défient de moi », songea-t-elle, attristée. Puis n'était-ce pas empirer leur sort que de les sauver ?

« Nous ne pouvons les réclamer toutes, enfant, sermonna Mormont après que les guerriers du *khas* en eurent pris une quatrième sous leur protection.

— Je suis la *khaleesi*, lui rappela-t-elle, l'héritière des Sept Couronnes et le sang du dragon. Il ne vous appartient pas de me dicter ce que je puis faire ou non. » Un geyser de flammes et de fumée leur signifia, là-bas, quelque part, l'effondrement d'un édifice, et ils discernèrent, à travers le vacarme ambiant, des appels terrifiés, des plaintes, des vagissements.

Ils découvrirent enfin Khal Drogo assis face à l'entrée d'un temple de torchis cubique et massif dont les murs aveugles étaient coiffés d'un énorme dôme bulbeux comme un oignon brun. À ses côtés se dressait, plus haute que lui, une pyramide de têtes. Fichée dans le gras de son bras qu'elle traversait de part en part se voyait l'une des courtes flèches en usage chez les Agnelets. Le sang qui couvrait en outre son flanc gauche faisait sur sa poitrine nue l'effet d'une éclaboussure de peinture crue. Ses trois sang-coureurs lui tenaient compagnie.

De plus en plus épaissie par sa grossesse, Daenerys démonta pesamment, aidée de Jhiqui, et vint s'agenouiller devant le *khal.* « Tu es blessé, soleil étoilé de ma vie. » Sans avoir pénétré bien profondément, l'*arakh* avait emporté le sein gauche, et un pan de chair et de peau sanglante pendait sur le torse à la manière d'un chiffon trempé.

« Qu'une écorchure, lune de mes jours, répondit-il en valyrien. Un sang-coureur de Khal Ogo. Pour ça, je le tue, et Ogo aussi. » D'un mouvement de tête, il fit sonnailler ses clochettes. « Ogo, tu entends ? et Fogo, son *khalakka*, puis *khal* après que je le tue.

— Aucun homme ne peut tenir tête au soleil étoilé de ma vie, dit-elle, au père de l'étalon qui montera le monde. »

À cet instant surgit un cavalier qui, d'un bond, fut à terre et, s'adressant à Haggo, soulagea sa bile de façon si torrentueuse que Daenerys ne comprit pas un mot. Mais le géant la foudroya d'un regard torve avant de se tourner vers son *khal.* « Cet homme est Mago, du *khas* de Ko Jhaquo. Il accuse la *khaleesi* de lui avoir dérobé sa proie, une fille agnelet dont la monte lui revenait. »

Drogo demeura impassible, mais une lueur de curiosité animait ses prunelles noires quand il les reporta sur Daenerys. « Dis-moi ce qu'il en est, lune de mes jours », commanda-t-il en dothrak.

Elle s'en expliqua dans la même langue, en termes simples et directs, afin de se faire mieux comprendre de lui, mais elle ne parvint finalement qu'à le rembrunir. « La guerre le veut ainsi, grommela-t-il. Ces femmes étant nos esclaves, désormais, nous sommes libres d'en disposer à notre guise.

— Ma guise à moi est de les préserver, riposta-t-elle, non sans s'alarmer de cet excès d'audace. Si tes guerriers veulent les monter, qu'ont-ils besoin de les brutaliser ? Fais qu'ils les gardent pour épouses, fais qu'elles prennent place dans le *khalasar* et portent vos enfants. »

Des sang-coureurs, Qotho s'était toujours montré le plus hostile. Il éclata de rire. « Le cheval procrée-t-il avec la brebis ? »

Quelque chose dans l'intonation lui rappelant Viserys, elle se tourna vers lui, folle de colère. « Le dragon se repaît de cheval comme de brebis. »

Drogo ne put réprimer un sourire. « Devient-elle agressive, hein ! s'exclama-t-il. C'est mon fils, l'étalon qui montera le monde, qui l'embrase de son propre feu. Doucement, Qotho… Si la mère ne te réduit en cendres sur-le-champ, le fils te foulera dans la poussière. Quant à toi, Mago, tiens ta langue et cherche pour monture une autre Agnelet. Celles que voici appartiennent à ma *khaleesi*. » Il voulut flatter la main de Daenerys, mais le geste esquissé lui arracha une grimace si irrépressible qu'il préféra se détourner.

Elle eut l'impression que sa douleur à lui irradiait, presque aussi violente, jusqu'en elle-même. Les blessures étaient plus graves que ne l'avait laissé entendre ser Jorah. « Où sont les guérisseurs ? » demanda-t-elle d'un ton impérieux. Le *khalasar* en possédait de deux sortes : femmes stériles et esclaves eunuques. Les premières concoctaient des potions de simples et prononçaient des incantations, les seconds maniaient le couteau, l'aiguille et les cautères. « Pourquoi ne viennent-ils pas soigner le *khal* ?

— C'est le *khal* en personne qui a renvoyé les imberbes, *Khaleesi* », l'informa le vieux Cohollo. Elle s'aperçut alors que lui-même arborait une profonde entaille à l'épaule gauche.

« Nous avons pas mal de blessés, grogna Drogo d'un air buté. Il faut les panser en priorité. Cette flèche-ci n'est qu'une piqûre de mouche, et cette petite plaie-ci rien de plus qu'une cicatrice supplémentaire dont m'enorgueillir aux yeux de mon fils. »

Mais des spasmes convulsaient les muscles dénudés par l'*arakh*, le sang ruisselait tout le long du bras. « Ce n'est pas à Khal Drogo d'attendre, protesta-t-elle. Va nous chercher ces eunuques, Jhogo, et ramène-les au plus tôt.

— Dame Argentée, dit une voix de femme derrière elle, je me fais fort de soigner le Grand Cavalier, moi. »

L'offre émanait de l'esclave mûre, trapue, camuse, qui, seule, avait exprimé sa gratitude.

« Le *khal* n'a que faire des soins de femmes qui couchent avec les moutons ! jappa Qotho. Tranche-lui la langue, Aggo. »

Aggo l'empoignait déjà aux cheveux pour s'exécuter, poignard en main, quand Daenerys l'arrêta d'un geste. « Non. Elle m'appartient. Laisse-la parler. »

Après avoir furtivement scruté les antagonistes, il abaissa son arme.

« Je n'y entendais pas malice, fiers cavaliers », reprit la femme. Elle parlait couramment le dothrak. Si lacérées qu'elles fussent, encroûtées maintenant de fange et de sang, ses robes, taillées dans des tissus de laine des plus délicats et rehaussées de broderies, attestaient un rang fastueux. Malgré ses efforts pour les recouvrir, ses seins lourds débordaient son corsage en loques. « Je ne suis pas tout à fait ignare en l'art de guérir.

— Qui es-tu ? demanda Daenerys.

— Je m'appelle Mirri Maz Duur. J'ai épousé le dieu du temple que vous voyez là.

— *Maegi* », grommela Haggo, tripotant son *arakh*. À son regard sombre, Daenerys se rappela le sens du terme et une histoire abominable contée par Jhiqui, un soir, au coin du feu. Créatures abjectes, sans âme et maléficieuses, les *maegis* passaient pour forniquer avec les démons, pratiquer la plus noire des sorcelleries, se glisser près des hommes au plus fort de la nuit pour leur pomper à mort l'énergie vitale.

« Guérisseuse, simplement, rétorqua Mirri Maz Duur.

— Guérisseuse de moutons ! ricana Qotho. Tue cette *maegi*, sang de mon sang, je dis, en attendant l'arrivée des imberbes. »

Daenerys dédaigna son intervention. À ses yeux à elle, la matrone, banale et mafflue, n'avait rien d'une *maegi*. « D'où tiens-tu ta science, Mirri Maz Duur ?

— D'abord de ma mère, épouse divine avant moi. Elle m'enseigna tous les charmes et les incantations le mieux propres à séduire le Pâtre Suprême, ainsi que les recettes d'onguents et de fumigations à base de feuilles, de racines et de baies. Puis, jeune et belle encore, je me rendis en caravane à Asshai pour étudier auprès des mages. Comme des bateaux de maints pays abordent aux contrées de l'Ombre, j'y passai de longues années à apprendre les méthodes curatives de peuples lointains. Une chantelune de Jogos Nhai me dota de ses berceuses de parturition, une femme de votre propre nation des sortilèges d'herbe, de grain, de cheval, et un mestre des terres du Crépuscule ouvrit un corps à mon intention pour me révéler les arcanes dissimulés sous la peau.

— Un mestre ? interrogea ser Jorah.

— Il se nommait Marwyn, précisa-t-elle, en valyrien, cette fois. Il venait de par-delà la mer. Des Sept Pays, à ce qu'il disait. Ceux du Crépuscule, où les hommes sont vêtus de fer et où gouvernent les dragons. C'est grâce à lui que j'en connais la langue.

— Un mestre à Asshai… ! s'ébahit Mormont. Dis-moi donc, épouse divine, ce que ce Marwyn portait au cou.

— Une chaîne composée de toutes sortes de métaux, messire de Fer, et si étroite qu'on l'eût dite conçue pour l'étrangler. »

Il se tourna vers Daenerys. « Seuls en portent de semblables les mestres initiés dans la citadelle de Villevieille, et ils sont experts en l'art de guérir.

— Soit, mais pourquoi désirerait-elle secourir mon *khal* ?

— Parce que l'humanité ne forme, nous a-t-on appris, qu'un seul et unique troupeau, répliqua Mirri. Le Pâtre Suprême m'a envoyée sur terre afin de soigner ses agneaux, en quelque lieu que je les rencontre. »

Qotho lui administra une gifle retentissante. « Nous ne sommes pas des moutons, *maegi* !

— Assez ! s'enflamma Daenerys. Elle m'appartient. Je ne tolérerai pas qu'on la maltraite. »

Khal Drogo grogna. « Il faut bien extirper la flèche, Qotho.

— Oui, Grand Cavalier, confirma la femme, tout en massant sa joue contusionnée. Et, à moins de la nettoyer et de la recoudre, la plaie de votre poitrine s'infectera.

— Dans ce cas, vas-y, commanda-t-il.

— Mes instruments et mes potions se trouvent à l'intérieur du temple, Grand Cavalier. C'est là qu'ils opèrent avec le plus d'efficacité.

— Je vais t'y porter, sang de mon sang », proposa Haggo.

Drogo l'écarta d'un geste. « Besoin d'aucun homme », ronchonna-t-il d'un ton farouche, et il se dressa, superbe et dominateur, sans même sembler s'aviser du sang qui jaillissait de sa plaie rouverte. Daenerys se précipita. « Je ne suis, moi, qu'une femme, murmura-t-elle. Aussi peux-tu t'appuyer sur moi. » Il lui posa son énorme main sur l'épaule et, à peine soutenu de la sorte, pénétra dans le sanctuaire, suivi de ses sang-coureurs, tandis que, sur un ordre d'elle, ser Jorah et les guerriers du *khas* en gardaient l'entrée pour prévenir tout incendie jusqu'à la fin de l'intervention.

Après avoir franchi des enfilades de vestibules, ils parvinrent dans la haute salle que surplombait la coupole. Des ouvertures invisibles y diffusaient d'en haut un semblant de jour. Plantées de loin en loin dans des appliques le long des parois, des torches se consumaient en flammes fuligineuses. Des peaux de mouton jonchaient le sol de terre battue. « Là », dit Mirri Maz Duur, désignant le bloc de pierre veinée de bleu qui tenait lieu d'autel et autour duquel se discernaient en bas-relief des scènes pastorales. Après que Khal Drogo s'y fut étendu, la guérisseuse jeta dans un brasero une poignée de feuilles sèches d'où s'élevèrent instantanément des bouffées de fumée capiteuse. « Vous feriez mieux d'attendre à l'extérieur, dit-elle aux assistants.

— Nous sommes le sang de son sang, répliqua Cohollo. Nous attendrons ici. »

Qotho s'approcha d'elle à la toucher. « Sache-le, femme du dieu Agneau, cause le moindre tort au *khal*, et tu le paieras au centuple. » Il dégaina son dépeçoir et lui en fit admirer le fil.

« Elle ne lui en causera aucun », affirma Daenerys. L'âge de Mirri, sa face épatée, son nez plat lui inspiraient une confiance aveugle. Puis ne l'avait-elle pas elle-même, en outre, arrachée de vive force aux griffes des violeurs ?

« S'il vous faut rester, alors aidez-moi, reprit la femme à l'adresse des sang-coureurs. Le Grand Cavalier est trop fort pour moi. Maintenez-le pendant que je retirerai la flèche. » Laissant retomber jusqu'à sa ceinture les lambeaux de tissu qui lui voilaient tant bien que mal le buste, elle ouvrit un buffet sculpté, se mit à fourrager parmi des fioles, des coffrets, des rasoirs, des aiguilles et, une fois parée, brisa le fer barbelé de la flèche puis tira sur le bois tout en psalmodiant dans sa propre langue une mélopée monotone. Ensuite, elle versa sur les plaies du vin mis à bouillir sur le brasero, sans que *Khal* Drogo, quitte à la cribler d'invectives, esquissât le moindre mouvement. Après avoir pansé la plaie du bras avec un emplâtre de feuilles humides, elle en vint à celle de la poitrine et l'enduisit d'un baume verdâtre avant d'y rabattre le pan sanglant jusqu'alors en berne. Le *khal* grinça des dents, ravala un cri, tandis qu'armée d'une aiguille d'argent et d'une bobine de fil de soie elle entreprenait de brider la chair. Enfin, cela fait, elle barbouilla toute la zone d'un onguent pourpre, la tapissa d'une bonne couche de feuilles et enserra le tout dans un bandage en peau d'agneau. « Vous devrez absolument dire les prières que je vous indiquerai et garder le pansement tel quel dix jours et dix nuits, dit-elle, quelques fièvre et démangeaisons que vous éprouviez. Et vous conserverez, au bout du compte, une fameuse cicatrice. »

Drogo se rassit, toutes clochettes tintinnabulant. « Les cicatrices sont mon dernier souci, femme brebis. » La flexion de son bras lui arracha une vilaine grimace.

« Ne buvez ni vin ni lait du pavot, prévint-elle. Si pénible que soit la douleur, il faut que le corps garde intacte sa vigueur pour combattre les esprits putrides.

— En ma qualité de *khal*, objecta-t-il, je méprise la douleur et bois ce que je veux. Cohollo ? ma veste. » Le vétéran s'empressa.

« Tout à l'heure, dit Daenerys à l'affreuse Lhazaréenne, tu as parlé de berceuses de parturition…

— Aucun secret de la couche sanglante ne m'est inconnu, Dame Argentée, et de ma vie je n'ai perdu de nouveau-né.

— Mon temps approche. Je souhaiterais que tu m'assistes, le moment venu, si cela t'agrée. »

Khal Drogo se mit à rire. « Avec les esclaves, lune de mes jours, commande, au lieu de prier. Elle obéira. » Il sauta à bas de l'autel. « Venez, mon sang. Les étalons piaffent, la place est en cendres, il est temps de partir. »

Haggo lui emboîta le pas, mais Qotho s'attarda le temps de planter un regard mauvais dans les yeux de Mirri Maz Duur. « Souviens-toi, *maegi*, la santé du *khal*, ou il t'en cuira.

— Comme il te plaira, cavalier, répliqua-t-elle tout en rassemblant ses pots et ses fioles. Le Pâtre Suprême veille en permanence sur ses ouailles. »

TYRION

En haut d'une colline qui dominait la route royale s'élevait le pavillon de lord Tywin. Au-dessus flottait fièrement sur sa hampe le grand étendard écarlate et or. Non loin, à l'ombre d'un orme, avait été dressée sur des tréteaux une longue table de pin brut que recouvrait une nappe d'or. Là dînait, en compagnie de ses principaux bannerets et chevaliers, le sire de Castral Roc lorsque se présenta Tyrion.

Il arrivait tard, éreinté par tant d'heures en selle, d'humeur aigre, et d'autant plus cruellement conscient du spectacle cocasse que devait offrir sa pauvre démarche chaloupée le long de la pente au bout de laquelle affronter son seigneur de père. Aussi, du fond de sa détresse exténuée, se prit-il à penser que pour se refaire, cette nuit-là, rien ne vaudrait une bonne cuite. Le crépuscule brunissait, où, tel un ballet d'étincelles, s'entrecroisait le fusement fugace des lucioles.

On servait déjà les viandes : cinq cochons de lait croustillants à point, chacun le museau farci de fruits différents, dont le fumet lui mit l'eau à la bouche. « Veuillez m'excuser, dit-il en prenant place aux côtés de son oncle.

— Peut-être ferais-je mieux de t'affecter à l'enterrement de nos morts, Tyrion, observa lord Tywin. Si tu te montres aussi ponctuel au combat qu'aux repas, tout sera terminé quand tu daigneras survenir.

— Oh, Père, vous me mettrez bien de côté un paysan ou deux, rétorqua-t-il. Pas davantage, j'aurais trop scrupule à vous sembler glouton. » Il se versa une coupe de vin et reporta toute son attention sur le rôti qu'on découpait. La couenne grillée crissait sous le couteau, la chair juteuse suintait. Rien de si friand n'avait frappé ses yeux depuis une éternité.

« D'après les estafettes de ser Addam, les troupes des Stark ont fait mouvement vers le sud à partir des Jumeaux, reprit son père, une fois son tranchoir empli de viande. Ils ne doivent plus guère se trouver qu'à une journée de marche d'ici.

— Par pitié, Père, je suis sur le point de manger.

— La perspective d'en venir aux prises avec le petit Stark te couperait-elle l'appétit, Tyrion ? Elle décuplerait celui de ton frère Jaime.

— J'aimerais mieux en venir aux prises avec ce cochon. Il est au moins deux fois plus tendre, et Robb Stark n'a jamais exhalé fumet si suave. »

L'acariâtre oiseau qui, sous le nom de lord Lefford, assurait l'intendance des fournitures et munitions, tendit le col. « J'espère que vos sauvages ne partagent pas vos répugnances, ou nous aurions bien gaspillé notre bon acier.

— Mes sauvages feront le meilleur usage de votre bon acier, messire », riposta-t-il. À la mine que tirait l'autre en s'entendant réclamer des armes et des armures pour les trois cents diables qu'Ulf avait ramenés en piémont, vous eussiez juré qu'on le sommait de leur fourguer le pucelage de ses filles.

Lord Lefford se renfrogna plus avant. « J'ai aperçu, aujourd'hui encore, le grand chevelu, celui qui a exigé *deux* haches de guerre, les noires, à double fer convexe, en acier.

— Shagga a un faible, il aime tuer des deux mains…, confessa Tyrion, tandis qu'on déposait enfin devant lui un tranchoir plein de viande fumante.

— Il portait toujours, ficelée dans le dos, sa hache à bois.

— Le drame de Shagga est de penser que trois haches, hélas, valent mieux que deux. » Avançant le pouce et l'index à travers la table, il préleva dans la salière une bonne pincée dont il saupoudra généreusement sa portion.

Ser Kevan se pencha à son tour. « Nous avions idée de te placer, toi et tes charmants barbares, à l'avant-garde, quand la bataille débutera. »

« Avoir idée » n'advenait guère à ser Kevan que lord Tywin ne l'eût devancé. Tyrion, qui venait tout juste de piquer une lichette sur la pointe de son poignard et qui s'apprêtait à l'insérer dans sa bouche, laissa retomber sa main. « L'avant-garde ? » répéta-t-il d'un ton dubitatif. Ou bien son seigneur de père éprouvait un respect tout neuf à l'endroit de ses capacités, ou bien il sautait là sur l'occasion de se débarrasser de son encombrante personne à point ne coûte. Des deux hypothèses, quelle était la bonne, Tyrion croyait plus ou moins le savoir.

« Ils ont un air assez féroce..., insista ser Kevan.

— Féroce ? » Comme un serin, s'aperçut-il, son oncle étant la serinette. Alors que Père le jaugeait, jugeait, soupesait le moindre de ses mots. « Pas seulement l'air, avec votre permission. La nuit dernière, un Sélénite a poignardé un Freux pour une saucisse. Aussi, tout à l'heure, pendant qu'on installait le camp, trois Freux lui ont-ils sauté dessus et ouvert proprement la gorge. À seule fin de récupérer la saucisse, il se peut, j'ignore. Bronn est parvenu à empêcher Shagga de châtrer le mort, une veine ! mais Ulf persiste à réclamer la rançon du sang, et Conn et Shagga s'entêtent à refuser de la lui payer.

— L'indiscipline de la soldatesque incombe toujours à son chef », proféra lord Tywin.

Oui, Jaime était un meneur-né, les hommes le suivaient d'enthousiasme et, s'il le fallait, prêts à mourir pour lui. Non, ce don-là, lui-même ne le possédait pas. Les loyautés, il les achetait à prix d'or, et il invoquait son nom pour se faire obéir. « Si je comprends bien, messire, n'est-ce pas, un homme *de taille* saurait s'en faire redouter ? »

Lord Tywin se tourna vers son frère. « Si les ordres qu'il donne à ses hommes doivent rester lettre morte, l'avant-garde n'est peut-être pas sa place. Il se sentirait sans doute plus à son aise à l'arrière. Si nous le préposions à la garde du train ?

— Épargnez-moi ces gentillesses, Père, fuma-t-il. Si vous n'avez pas d'autre commandement à m'offrir, je conduirai votre avant-garde. »

Son père le dévisagea. « Je n'ai pas parlé de commandement. Tu serviras sous ser Gregor. »

Tyrion prit une bouchée de porc, la mastiqua, finit par la recracher rageusement.

« Décidément, je n'ai pas faim, conclut-il en se laissant choir sans grâce à bas du banc. Veuillez m'excuser, messires. »

Après que son père lui eut condescendu une inclination de tête en guise de congé, il tourna les talons et s'en fut, cible ulcérée de tous les regards. Comme il tanguait, roulait dans la descente, une salve de rires explosa dans son dos, mais il affecta l'ignorer. Pussent-ils, tous tant qu'ils étaient, crever étouffés par leurs cochons de lait !

À la faveur de la nuit close, les bannières avaient noirci. Le camp Lannister s'étendait sur des lieues entre la route et la rivière. Dans cette pagaille d'hommes, d'arbres, de chevaux, rien de si aisé que se perdre, et Tyrion s'y perdit. Il dépassa une douzaine de grands pavillons, une centaine de feux où mitonnaient des mets divers. Parmi les tentes filaient toujours les lucioles, telles d'infimes météorites. Des bouffées de saucisse à l'ail lui dilataient les narines, de-ci de-là, si tentantes, si savoureuses, si chargées d'épices que son ventre vide en grouillait d'émoi. Au loin, des voix entonnaient quelque refrain obscène. Gloussant comme une volaille passa en courant, nue sous son manteau d'ombre, une femme dont le poursuivant trébuchait, ivre mort, de racine en souche. Au-delà, deux lanciers, face à face de part et d'autre d'un ruisselet, s'exerçaient, le torse luisant de sueur dans la pénombre glauque, à frapper-parer.

Nul ne prenait garde à lui. Nul ne lui adressait la parole. Nul n'avait cure de sa personne. Une immense armée l'entourait, vingt mille hommes à la botte ou la solde de la maison Lannister, et il était seul.

Soudain, le sombre rire de Shagga fracassa les ténèbres, et il se guida sur ses grondements pour rallier les Freux dans leur encoignure de nuit. Conn, fils de Coratt, agita dans sa direction une chope de bière. « Tyrion Bout-d'Homme ! par ici ! bienvenue au foyer des Freux ! nous avons un bœuf !

— Première nouvelle…, Conn, fils de Coratt. » L'énorme carcasse rouge crevait les yeux, embrochée qu'elle était sur un formidable brasier par un épieu gros comme un petit arbre. Un *véritable* petit arbre, en fait. La graisse et le sang dégouttaient de la bête que faisaient tourner lentement deux Freux. « Merci de l'invitation. Fais-moi avertir quand il sera cuit. » Un événement qui, à vue de nez, avait une maigre chance de survenir avant le début des hostilités. Là-dessus, il reprit sa marche.

Chaque clan cuisinait à l'écart des autres. Les Oreilles Noires ne mangeaient pas avec les Freux, les Freux ne mangeaient pas avec les Sélénites, et personne ne mangeait avec les Faces Brûlées. La modeste tente que Tyrion était arrivé à soustraire à la lésine de lord Lefford avait été plantée au centre des quatre feux. Il y trouva ses nouveaux serviteurs affairés à vider une outre de vin avec Bronn. Non content de lui dépêcher pour veiller à ses moindres besoins un palefrenier et un valet de chambre, lord Tywin avait poussé la sollicitude jusqu'à lui enjoindre de prendre un écuyer. Tous faisaient cercle autour d'un petit tas de braises. Une fille leur tenait compagnie. Mince, brune et, semblait-il, pas plus de dix-huit ans. Un moment, Tyrion détailla ses traits, puis il repéra des arêtes parmi les cendres. « Qu'avez-vous mangé ?

— Des truites, m'sire, dit le palefrenier. Attrapées par Bronn. »

Truites, songea-t-il. *Cochons de lait. Maudit soit mon père.* La vue des arêtes lui mettait l'âme en deuil et les tripes en ébullition.

Son écuyer, un garçon qui, pour son malheur, portait le nom de Podrick Payne, ravala un bredouillis stupide. Lointain cousin de ser Ilyn, le bourreau royal, il était presque aussi taciturne…, mais pas pour le même motif. Tyrion lui avait d'emblée fait tirer la langue, pour s'en assurer. « C'en est bien une, pas d'erreur. Il te faudra seulement apprendre, un de ces jours, à t'en servir. »

Pour l'heure, il ne se sentait pas la patience de l'essorer pour tenter d'en tirer un semblant de pensée. Se voir infliger un pareil nigaud… Subodorant là quelque raffinement de vilenie maligne, il préféra se consacrer à la donzelle. « C'est elle ? » demanda-t-il à Bronn.

Elle se leva, gracieuse, mais, du haut de ses cinq pieds, voire davantage, semblait le toiser. « Oui, m'sire, et capable de causer sans intermédiaire, sauf votre respect. »

Il pencha la tête de côté. « Tyrion, de la maison Lannister. Les hommes m'appellent le Lutin.

— Ma mère m'a nommée Shae. Les hommes m'appellent… fréquemment. »

Bronn éclata de rire, Tyrion se contenta de sourire. « Dans la tente, Shae, si ce n'est pas trop exiger. » Il lui souleva la portière, s'effaça pour la laisser passer et, une fois à l'intérieur, s'agenouilla pour allumer une chandelle.

Si dure fût-elle, la vie de soldat n'allait pas, au fond, sans compensations. Partout où l'on trouve un camp ne manquent pas de se trouver les satellites des armées. Fort de ce beau principe, Tyrion avait, dès le débotté, expédié Bronn en quête d'un brin de putain. « L'idéal serait une jeunesse raisonnable et un minois aussi joli que possible. Si elle s'est lavée de temps à autre dans l'année, je m'estimerai comblé. Sinon, lave-la. Surtout n'omets ni de lui dire qui je suis ni de la prévenir *de quoi* j'ai l'air. » Feu Jyck négligeait souvent ce dernier détail, et le regard qu'avaient parfois les filles en découvrant le grand seigneur qui se plaisait à louer leurs charmes..., ce regard-là, Tyrion ne tenait guère à l'essuyer une nouvelle fois.

Élevant la chandelle, il l'examina plus précisément. Bronn ne s'était pas si mal débrouillé. Svelte avec de petits nichons fermes et des yeux de biche, elle avait un sourire tour à tour timide, insolent, canaille. Ce qui n'était pas pour déplaire à Tyrion. « Je m' déshabille, m'sire ?

— Un moment. Tu es vierge, Shae ?

— Comme il vous plaira, m'sire, dit-elle d'un air virginal.

— La vérité, petite, voilà ce qui me plairait.

— Va v' coûter deux fois plus... »

Ils allaient s'entendre à merveille ! « Je ne suis pas un Lannister pour rien. L'or, j'en ai des masses, et je suis généreux, tu verras, mais... mais je compte exiger de toi beaucoup plus que ton entrecuisse, encore que ton entrecuisse je la veuille aussi. Il te faudra partager ma tente, me verser mon vin, trouver désopilantes mes plaisanteries, frictionner mes pauvres guibolles après chaque journée de chevauchée et..., que je te garde un jour ou un an, bref aussi longtemps que nous serons ensemble, n'accueillir aucun autre homme dans ton pieu.

— Marché conclu. » Elle empoigna le bas de sa robe de bure légère, la remonta d'un mouvement moelleux par-dessus sa tête, la jeta de côté. Rien, dessous, rien d'autre que Shae. « S'y pose pas c'te chandelle, m'sire finira par s' brûler les doigts. »

Il la posa donc, prit la main de Shae dans la sienne et l'attira doucement à lui. Elle se pencha, l'embrassa. Sa bouche avait un goût de miel et de girofle, à tâtons ses mains expertes dégrafaient sans hésitation ni excès de hâte.

Elle s'ouvrit pour l'accueillir avec des mots tendres, chuchotés à souhait, des frissons, de menus râles de plaisir. Sans doute feignait-elle, mais quelle importance ? elle feignait à la perfection. À cet égard, le souci de la vérité vraie ne le tourmentait point.

Quel besoin il avait eu d'elle, il en prit ensuite brusquement conscience, tandis qu'elle reposait dans ses bras. D'elle ou d'une autre similaire. Cela faisait en somme près d'un an qu'il n'avait pas couché avec une femme. Depuis avant son départ pour Winterfell en compagnie de Jaime et du roi Robert. La mort pouvait l'emporter le lendemain, ou le surlendemain, et, dans ce cas, plutôt descendre dans la tombe avec l'image de Shae qu'avec celle du seigneur son père, de Lysa Arryn ou de lady Catelyn Stark.

Le contact soyeux du sein pressé contre son flanc, voilà qui était plaisant, très plaisant. Une chanson trotta dans sa cervelle. Paisiblement, tout bas, il se mit à la siffloter.

« C'est quoi, m'sire ? murmura Shae dans son cou.

— Rien. Rien de plus qu'une rengaine d'adolescence. Dors, ma douce. »

Quand elle eut refermé les paupières et que sa respiration fut redevenue bien calme, bien régulière, il se dégagea d'elle peu à peu, tendrement, de peur de troubler son sommeil, et, nu comme un ver, se glissa au-dehors, enjamba l'écuyer, contourna la tente pour lâcher de l'eau.

Assis en tailleur sous un châtaignier, non loin de l'endroit où ils avaient attaché leurs chevaux, Bronn, pas même somnolent, repassait le fil de son épée. Le sommeil commun semblait inconnu de lui. « Où l'as-tu trouvée ? demanda Tyrion tout en soulageant sa vessie.

— Piquée à un chevalier. Il rechignait d'abord à s'en séparer, mais votre nom l'a fait changer quelque peu d'avis…, ça et mon poignard sous son menton.

— Mes compliments ! répliqua-t-il d'un ton acerbe, tout en se secouant vigoureusement. Je pensais t'avoir dit : *Trouve-moi une pute, et sans me faire d'ennemi.*

— Les mignonnes étaient toutes débordées. Mais si vous préférez vraiment une maritorne édentée, je me ferai un plaisir d'aller la restituer. »

Tyrion se rapprocha en clopinant. « Le seigneur mon père taxerait cela d'insolence et t'en récompenserait par un séjour au fond de la mine.

— Heureux pour moi que vous ne soyez pas votre père, riposta Bronn. Une autre avait plein de pustules autour du pif. Vous séduirait-elle ?

— Moi, te briser le cœur ? répliqua-t-il du tac au tac. Tant pis, je garderai Shae… Mais aurais-tu, d'aventure, noté le *nom* du chevalier à qui tu l'as prise ? J'aimerais autant, durant la bataille, ne l'avoir pas pour voisin. »

Avec une vivacité de félin et des grâces félines, Bronn rebondit sur ses pieds, fit miroiter sa lame. « Durant la bataille, c'est moi que tu auras pour voisin, nabot. »

Tyrion hocha la tête. Sur sa peau nue passait le souffle tiède de la nuit. « Veille que j'en réchappe, et tu pourras dire ton prix. »

Bronn fit sauter sa flamberge de la main droite dans la gauche et fouetta le vide. « Qui pourrait souhaiter tuer un type de ton acabit ?

— Le seigneur mon père, et d'un. Il m'a flanqué à l'avant-garde.

— J'en ferais autant. Un petit homme avec un grand bouclier…, tu vas damner les archers.

— Je te trouve singulièrement spirituel, déclara Tyrion. Je dois être dingue. »

Bronn glissa l'épée dans son fourreau. « Sans l'ombre d'un doute. »

Quand Tyrion eut regagné la tente, Shae se laissa rouler sur un coude et chuchota d'une voix pâteuse : « M' suis réveillée, m'sire était parti.

— M'sire est de retour. » Il se glissa près d'elle.

Elle lui faufila sa main entre les cuisses, et l'examen fut concluant. « Oui oui », souffla-t-elle en le flattant.

Interrogée sur l'homme à qui Bronn l'avait prise, elle nomma le plus infime des vassaux d'un hobereau infinitésimal. « T'as rien à craindre de c' typ'-là, m'sire, assura-t-elle sans cesser de le besogner. C'est un petit homme…

— Et moi, que suis-je, s'il te plaît ? Un géant ?

— Oh, oui…, ronronna-t-elle, mon géant Lannister à moi. » Sur ce, elle l'enfourcha et, durant un certain temps, faillit presque l'en persuader. Si bien qu'il sombra le sourire aux lèvres…

… et se réveilla en sursaut dans les ténèbres. Des trompes mugissaient, Shae lui secouait l'épaule. « M'sire ! hoquetait-elle, m'sire ! faut t' réveiller ! J'ai peur…, qu' c' qui s' passe ? »

Complètement sonné, il se dressa sur son séant, repoussa la couverture. Les cors beuglaient dans la nuit des appels sauvages et pressants, haletaient : Vite ! vite ! vite ! parmi des vociférations, des hennissements, mais rien, pas même le fracas des piques, rien ne lui parlait encore de combat. « Les sonneries de mon père, dit-il. Branlebas. Je croyais Stark à une journée de marche… »

Shae secoua la tête d'un air égaré, la pupille dilatée, l'œil blanc.

En maugréant, Tyrion se mit sur pied d'une embardée, se propulsa cahin-caha vers l'extérieur en hélant l'écuyer. Des plaques de brume pâle stagnaient dans le noir, des griffes blêmes s'appesantissaient au-dessus de la rivière, des fantômes de bêtes et d'hommes s'affrontaient à tâtons, s'enchevêtraient en plein bitume frisquet, l'aube se gardait de poindre, et l'on sellait ici, chargeait des fourgons là, ailleurs éteignait les feux. À nouveau, les cuivres s'époumonèrent :

Vite ! vite ! vite ! Des chevaliers enfourchaient d'un bond les destriers qui renâclaient, des hommes d'armes achevaient en courant de boucler leurs baudriers. En travers du seuil, Pod, lui, ronflotait posément De l'orteil, Tyrion lui botta les reins. « Mon armure ! hurla-t-il, et sans lambiner ! » Du brouillard émergea Bronn, au trot, déjà tout armé, déjà monté, déjà coiffé de son demi-heaume cabossé. « Tu sais ce qui se passe ? questionna Tyrion.

— Le petit Stark nous a filoutés d'une marche. Il a profité de la nuit pour descendre en catimini la grand-route et, à moins d'un mille au nord, maintenant, son armée se range en ordre de bataille. »

Vite ! haletaient les trompes, *vite ! vite ! vite !*

« Veille à ce que nos gens des clans soient fin prêts. » Il se coula dans la tente. « Où sont mes affaires ? jappa-t-il à Shae. Là. Non ! le cuir, que diable… Oui. Mes bottes ! »

Le temps de s'habiller, et l'écuyer lui exhibait l'armure, ou ce qui devait passer pour tel. Certes, Tyrion en possédait une, et de plate, et en bel et bon acier massif, et artistement taillée au plus juste de son corps difforme, mais elle était demeurée, contrairement à lui, bien peinarde, elle, à Castral Roc. Ce qui l'avait contraint à s'accommoder de la quincaille hétéroclite dénichée dans les réserves de lord Lefford : haubert et coiffe de mailles, gorgeret d'un chevalier mort, gantelets et jambières à écailles, poulaines d'acier, ceci décoré, cela nu, rien d'assorti, tout inajustable et bringuebalant. Si le corselet désirait un torse plus ample, on n'avait trouvé pour le crâne démesuré qu'un coquin de heaume en forme de cuvier surmonté d'une pique triangulaire haute d'un bon pied.

Pendant que Shae secondait Pod au bouclage, agrafage, verrouillage de l'accoutrement, Tyrion lui dit : « Si je meurs, pleure-moi.

— Qu'en sauras-tu ? tu s'ras mort…

— Je le saurai.

— M'étonnerait pas, d'ta part. » Elle lui enfonça jusqu'aux épaules le coquin de heaume, et Pod le fixa au gorgeret. Tyrion boucla lui-même sa ceinture qu'alourdissaient poignard et braquemart. Entre-temps, le palefrenier lui avait amené sa monture, un formidable bai brun non moins pesamment caparaçonné que lui-même. Il fallut l'aider à se mettre en selle. Il avait l'impression de peser des tonnes. Pod lui tendit ensuite son bouclier, dense bille de ferrugier bardée d'acier comme à plaisir, et enfin sa hache d'armes. Alors, Shae prit du recul pour l'admirer. « M'sire a un' dégaine terrib.

— M'sire a la dégaine d'un nabot fagoté dans une armure dépareillée, riposta-t-il aigrement, mais merci quand même pour la gentillesse. Si la bataille tourne mal, Podrick, reconduis madame saine et sauve à la maison. » Il la salua de sa hache, fit volter son cheval et partit au trot, l'estomac tellement noué que c'en était pénible, tandis que, derrière, ses serviteurs se hâtaient de plier la tente. À l'est, l'horizon rosissait vaguement aux premiers rayons du soleil encore invisible. À l'ouest, encore indigo, le ciel demeurait piqueté d'étoiles. Était-ce là sa dernière aurore ?... et un indice de couardise que de se le demander ? Est-ce qu'avant une bataille Jaime contemplait jamais la mort ?

Un cor, au loin, lança une longue note lugubre qui vous glaçait les moelles. Tout en enfourchant leurs petits bourrins, les montagnards gueulaient à tue-tête, échangeaient jurons et quolibets. Nombre d'entre eux titubaient, ivres, et le soleil levant dissipait les derniers bouchons de brouillard quand Tyrion parvint à entraîner son monde. Devant, le peu d'herbe qu'avaient épargné les chevaux flanchait à l'infini sous la rosée, comme si quelque dieu flâneur avait d'une main négligente parsemé la terre entière de diamants. Derrière venait, clan par clan, chacun suivant ses propres meneurs, la cohue sauvage.

Et peu à peu s'épanouissait à la lueur de l'aube, telle une gigantesque rose de fer aux épines ardentes, l'armée de lord Tywin Lannister.

Chargé du centre, ser Kevan avait brandi ses étendards à même la route royale. De part et d'autre se disposèrent sur trois longues lignes les archers à pied qui, debout, carquois à la ceinture, entreprirent de bander calmement leurs arcs. Dans les intervalles, les piques formaient le carré. Derrière, en rangs pressés, les hommes d'armes, équipés de lances, d'épées, de haches. Trois cents chevaux de charge entouraient ser Kevan, les lords bannerets Lefford, Lydden, Serrett et tous leurs vassaux.

Exclusivement composée de cavalerie, l'aile droite comptait quelque quatre mille hommes lourdement revêtus d'armures. Plus des trois quarts des chevaliers se trouvaient là, massés de manière à constituer comme un formidable poing d'acier. Ser Addam Marpheux en avait le commandement. Son étendard se déploya, brandi par un porte-enseigne, sous les yeux mêmes de Tyrion : un arbre embrasé, couleur d'orange et de fumée. Derrière flottaient déjà, parmi bien d'autres, l'unicorne violet de ser Flement, le sanglier moucheté Crakehall, le coq de combat Swyft…

Le seigneur son père vint, quant à lui, prendre place sur la colline de la veille avec la réserve : une puissante force mixte de cinq mille hommes. Son commandement de prédilection. Parce qu'il lui permettait de tenir invariablement le haut du pavé, de regarder la bataille se dérouler à ses pieds, d'engager ses troupes où et quand il l'estimait le plus opportun.

Il vous éblouissait, même de si loin, le seigneur son père. L'armure de bataille de Tywin Lannister enfonçait, et comme ! les dorures de son fils Jaime. Piqué, surpiqué d'innombrables strates de brocart d'or, son manteau plombait si superbement qu'à peine frissonnait-il, fût-ce au plus furieux de la charge, et il avait une telle ampleur qu'en selle il dissimulait presque entièrement l'arrière-train de l'étalon. Et comme, évidemment, nulle agrafe ordinaire n'eût suffi à le maintenir, une mignonne paire de lionnes ramassées pour bondir le fixaient aux épaules. Leur pareil, un mâle à crinière ébouriffante, rugissait, griffes fouettant l'air, à plat ventre au sommet du heaume. Et, naturellement, ces trois fauves étaient d'or, avec des prunelles de rubis. Quant à l'armure elle-même, de plates en acier massif émaillé d'écarlate sombre, gantelets et jambières en étaient rehaussés d'arabesques damasquinées d'or ; ses rondelles affectaient la forme d'échappées de soleil dorées, dorées étaient toutes ses attaches, et l'acier rouge avait été si merveilleusement poli qu'il semblait flamber à la barbe de l'astre levant.

À présent, Tyrion distinguait le roulement sourd des tambours adverses. Cela lui remémora la dernière image qu'il eût conservée de Robb Stark : assis dans la cathèdre de son père, à Winterfell, dans la grande salle, avec au poing une épée nue qui miroitait. Puis la manière dont les loups-garous avaient surgi de l'ombre, convergeant vers lui. Et il les revit en un éclair, lui faisant face et grondant, claquant des dents, babines retroussées. Le garçon s'en faisait-il accompagner pour guerroyer aussi ? L'idée le troubla.

L'armée du nord devait être épuisée, après cette marche forcée… Qu'avait bien pu projeter le garçon ? De les surprendre pendant qu'ils dormaient ? Probablement pas. Si critiquable qu'on le trouvât sur d'autres chapitres, Tyrion Lannister se voulait tout sauf un imbécile.

L'avant-garde se massait sur la gauche. Il repéra d'abord l'étendard : trois chiens, noirs sur champ jonquille. Juste au-dessous, ser Gregor, monté sur l'étalon le plus colossal qu'eût jamais vu Tyrion. Bronn lui jeta un coup d'œil, grimaça un sourire. « À talonner toujours durant une bataille. »

Tyrion le scruta d'un regard aigu. « Et pourquoi cela ?

— Des cibles magnifiques. Sur le terrain, ce type, il attirera l'œil de tous les archers. »

Avec un éclat de rire, Tyrion considéra la Montagne sous ce nouvel angle. « Je n'y avais jamais songé, je confesse. »

En tout cas, Clegane ne se souciait pas d'éblouir, lui ; d'acier brut et d'un gris de suie, son armure de plates avouait un usage intensif mais n'arborait ni fanfreluches ni blason. Pour désigner leurs positions respectives aux hommes, il pointait son épée, un estramaçon qu'il branlait d'une seule main comme s'il se fût agi d'une menue badine. « Le premier qui détale, je l'abats moi-même ! hurlait-il lorsqu'il aperçut Tyrion. Lutin ! À vous la gauche. Tenez la rivière. Si vous pouvez. »

La gauche de la gauche… Pour le tourner, il faudrait aux Stark des chevaux capables de courir sur l'eau. Il mena ses hommes vers la berge. « Regardez ! cria-t-il en tendant sa hache. La rivière. » Un édredon de brume pâlot couvrait encore le lit des flots, mais on les voyait, par-dessous, tourbillonner, d'un vert vénéneux. Les bords étaient bourbeux, envahis de roseaux. « La rivière est à nous. Quoi qu'il advienne, collez à la rive. Ne la perdez jamais de vue. Ne laissez passer aucun ennemi entre elle et nous. S'ils osent salir nos eaux, tranchez-leur l'engin pour nourrir les poissons. »

Une hache dans chaque main, Shagga les choqua l'une contre l'autre comme des cymbales et tonna : « *Bout-d'Homme !* » D'autres Freux reprirent le cri, bientôt imités par les Sélénites et les Oreilles Noires, puis tous scandèrent d'une seule voix, tandis que les Faces Brûlées compensaient leur propre mutisme en transformant épées et piques en crécelles : « *Bout-d'Homme ! Bout-d'Homme ! Bout-d'Homme !* »

Tyrion fit parcourir tout un cercle à son cheval pour mieux examiner les lieux. Onduleux et inégal ici, le terrain se révéla uni mais fangeux le long de la rivière, en pente douce jusqu'à la grand-route, caillouteux et accidenté au-delà, vers l'est. Et si quelques arbres ponctuaient le flanc des collines, la campagne, à peu près partout défrichée, était dévolue aux cultures. Son cœur martelait sa poitrine au rythme des tambours, une sueur froide lui glaçait le front sous l'épaisse coiffe de cuir et d'acier. Ser Gregor ne cessait de galoper le long des lignes en gueulant et gesticulant. Pas plus que la précédente, son aile ne comprenait de fantassins, mais, au lieu de se composer de chevaliers et de lanciers lourds, elle intégrait comme avant-garde toutes les raclures de l'ouest : archers montés en justaucorps de cuir, essaims confus de francs-coureurs et de reîtres indociles, rustres ballottés sur des bêtes de labour et armés de la flambe à papa, rouillée, de fourches et de faux, semi-bleus racolés dans les bouges de Port-Lannis…, plus lui-même et ses malotrus.

« Pâture à corbeaux », marmonna Bronn, formulant crûment les réticences de Tyrion. Lequel put seulement acquiescer d'un signe. Son seigneur de père avait-il perdu la tête ? Pas de piques, trop peu d'archers, trois fois rien de chevaliers de rien – les mal-armés, les sans-armure –, et tout ça sous les ordres d'une brute épaisse à qui la rage tenait lieu d'esprit…, comment diable son père pouvait-il escompter que cette caricature de bataillon tiendrait sa gauche ?

Il n'eut pas le loisir d'approfondir la question. Les tambours s'étaient tellement rapprochés que leur battement courait sous sa peau et flanquait la tremblote à ses mains. Bronn dégaina et, tout à coup, l'ennemi parut, mit en ébullition le faîte des collines et, à pas comptés, déborda, frangé d'un mur de piques et de boucliers.

Sacrebleu ! vise-moi tout ça..., s'écarquilla Tyrion, fort impressionné, bien que l'avantage du nombre revînt à son père, il le savait. En tête venaient les capitaines, sur leurs destriers cuirassés d'acier, tout du long chevauchaient des porte-enseigne avec leurs étendards. En un éclair, il identifia l'orignac Corbois, l'échappée Karstark, la hache Cerwyn… et les tours jumelles Frey, bleu sur gris. Autant pour le seigneur son père, si péremptoire à vous assener que lord Walder ne bougerait mie. De toutes parts flottait le blanc de la maison Stark, partout galopaient, bondissaient les loups-garous gris, selon qu'en bout de hampe les bannières claquaient ou se déployaient. *Où est donc le garçon ?* se demanda Tyrion.

Un cor sonna. *Haroooooooooooooooooooooooo*, hurlait-il, et l'interminable tenue lugubre de sa voix vous faisait grelotter comme les ululements de la grande bise du nord. Les trompes Lannister eurent beau répliquer par un *ta-RA ta-RA rata TAAAAAAA* d'airain provocant, Tyrion ne put s'empêcher de leur trouver quelque chose de chétif, d'anxieux. Il sentit barboter dans ses tripes une espèce de gargouillis vaguement liquide qui lui souleva le cœur, et sa seule espérance fut de ne pas mourir dans ses déjections.

Comme s'éteignaient les fanfares, un chuintement siffla sur sa droite, là où stationnaient les archers, et une nuée de flèches décrivit entre la route et lui sa sombre parabole. L'ost du nord prit le pas de course en hurlant, mais les traits Lannister qui grêlaient par centaines, par milliers sur lui transformèrent en plaintes les glapissements de ceux qui titubaient, tombaient, pendant qu'une deuxième volée prenait son essor et qu'une troisième s'encochait déjà sur les cordes.

Les trompes claironnèrent à nouveau *ta-TAAA ta-TAAA ta-RA ta-RA ta-TAAAAAA*, ser Gregor fit mouliner son énorme épée, rugit un ordre, des milliers de gorges répondirent par une clameur à laquelle Tyrion mêla sa propre voix tout en éperonnant sa monture, et l'avant-garde se rua. « La rivière ! cria-t-il à ses hommes, souvenez-vous, collez à la rivière ! » Toujours à leur tête quand ils adoptèrent le petit galop, il se vit coup sur coup dépassé en trombe par Chella, braillarde à vous cailler les sangs, et les ululements furieux de Shagga, puis tout chargea dans leur sillage, le laissant, lui, dans un nuage de poussière.

Là-bas devant s'était formé en arc de cercle pour les attendre de pied ferme un double hérisson de piques et d'acier retranché derrière un rempart d'écus frappés de l'échappée Karstark. Placé en pointe d'un coin de vétérans lourdement armés, Gregor Clegane s'y heurta le premier mais, au dernier moment, la moitié des chevaux refusèrent l'obstacle et se débandèrent. Les autres, enferrés au poitrail, s'effondrèrent, et Tyrion vit s'abattre une douzaine d'hommes tandis que, l'encolure éraflée par une pique barbelée, l'étalon de la Montagne se cabrait, lui, battant l'air de ses sabots ferrés, puis, éperdu, fonçait dans les rangs et, quoique frappé de toutes parts, crevait le mur de boucliers par sa seule masse. Les affres de son agonie furibonde forcèrent l'adversaire à s'écarter tant bien que mal et, lorsqu'il s'écroula enfin, les naseaux rougis, ruant et mordant jusqu'à son dernier râle ensanglanté, Gregor bondit, intact, brandissant son irrésistible estramaçon.

Alors que, talonné par une tornade de Freux, Shagga se précipitait dans la brèche ainsi ouverte avant qu'elle n'eût pu se refermer, Tyrion se surprit à piauler : « Faces Brûlées ! Sélénites ! Suivez-moi ! », ce qui était plutôt cocasse, car la plupart le *précédaient*. Il entr'aperçut Timett, fils de Timett, bondir en pleine course à bas de son bourrin frappé à mort, discerna un Sélénite empalé sur une lance Karstark, vit le cheval de Conn ruer dans les reins d'un homme, une pluie de flèches s'abattre sur la mêlée – qui les décochait ? impossible à dire, mais elles pleuvaient indistinctement sur les Stark et les Lannister, rebondissant sur l'acier ou crevant la viande… Levant son bouclier, Tyrion se dissimula derrière, de son mieux.

Le hérisson se défaisait, les fantassins du nord reculaient sous l'assaut des cavaliers du sud. Tyrion vit Shagga prendre en pleine poitrine un lancier qui lui courait follement sus, il vit progresser sa hache à travers maille et cuir et muscles et côtes et poumons, seul en dépassait le manche, et le cadavre, à droite, demeurait debout, pendant qu'à gauche, avec sa seconde hache, Shagga fendait en deux un bouclier, le cadavre oscillait, titubait, finissait, comme invertébré, par s'affaler quand Shagga, rugissant, fit sonner ses deux haches en les entrechoquant.

Là-dessus, c'est lui-même qu'il vit enveloppé par l'ennemi, et sa bataille s'étriqua dès lors aux quelques pouces de terrain que foulait sa propre monture. Un homme d'armes le visant au torse, il repoussa la pique en abattant sa hache puis, comme l'homme battait un entrechat de recul afin de récidiver, piqua des deux droit dessus. Assailli cependant par trois adversaires à la fois, Bronn décapitait le plus pressant et, d'un revers, atteignait l'un des autres en pleine figure.

Dardée sur Tyrion depuis la gauche, une lance vint en vrombissant se ficher dans le bois de son bouclier avec un *boum* bizarre. Il volta pour se précipiter sur l'agresseur, mais il eut beau pivoter tout autour, celui-ci s'était déjà couvert de son propre écu, la grêle de coups de hache ne faisait voler que des copeaux de chêne, et lorsque l'homme glissa, perdit pied et tomba à la renverse, toujours comme une tortue sous sa carapace, il se retrouva hors d'atteinte et, peu soucieux de démonter, Tyrion le planta là en faveur d'un dos sur lequel il abattit de biais son arme avec une violence dont le contrecoup le fulgura jusqu'à l'épaule. Du moins y gagna-t-il une seconde de répit qu'il mit à profit pour tirer sur les rênes et s'inquiéter de la rivière. Et il finit par la trouver, mais loin sur sa droite. Il s'était bel et bien laissé tourner.

Affalé sur son cheval le dépassa l'un des Faces Brûlées, le ventre crevé par une pique qui lui ressortait au niveau des reins. On ne pouvait plus rien pour lui mais, voyant l'un des gens du nord accourir dans l'espoir d'empoigner la bride, Tyrion chargea.

L'homme fit face, épée brandie. Sec et de haute taille, il portait un long haubert de mailles et des gantelets articulés d'acier, mais il avait perdu son heaume, et une vaste entaille au front lui barbouillait les yeux de traînées sanglantes. Tyrion le visa au visage, mais le grand diable détourna le coup en s'écriant : « Tu vas mourir, nabot ! » et se mit à pivoter sur place au centre du cercle où l'enfermait Tyrion tout en le hachant sans relâche à la tête et aux épaules, mais l'acier toujours sonnait contre l'acier, et ce dernier ne tarda guère à comprendre qu'il avait affaire à plus rapide et vigoureux que lui. Où diable était donc ce coquin de Bronn ? « Meurs ! » grogna l'homme en lui assenant une botte féroce, et à peine Tyrion eut-il le temps de relever son bouclier que celui-ci lui explosait au nez et lui échappait des mains, fracassé. « *Meurs !* » aboya le spadassin qui, le pressant de plus près encore, lui porta, cette fois à la tempe, une volée si retentissante qu'il crut sa cervelle envahie de cloches, tandis qu'en se retirant pour frapper derechef l'épée farcissait le heaume d'affreux raclements. Or, l'homme arborait un sourire triomphal quand sa bouche béa sur un hurlement… Preste comme un aspic, le destrier venait de mordre, emportant la joue jusqu'à l'os. Enfouissant alors sa hache en plein milieu du crâne, « À *toi* de mourir », dit Tyrion, et l'autre obtempéra.

Il tâchait de libérer son fer quand « *Eddard !* » vociféra quelqu'un, « Pour *Eddard et pour Winterfell !* » Tel un bolide fondait sur lui un chevalier qui, par-dessus sa tête, faisait tournoyer une plommée hérissée de pointes, et les destriers se heurtèrent de plein fouet avant que Tyrion pût ne fût-ce qu'ouvrir le bec pour appeler Bronn, et il eut l'horrible impression qu'en écrabouillant la pièce fragile qui le protégeait les pointes pulvérisaient son coude gauche. La hache ? plus de hache. Il tenta d'agripper son épée, mais la plommée tournoyait à nouveau, droit sur son visage. Un *crac !* abominable, et ce fut la chute. De la rencontre avec le sol, aucun souvenir lorsqu'il rouvrit les yeux. Au-dessus, le ciel et rien d'autre. Il se laissa rouler sur le flanc, voulut se relever, la douleur lancina chacune de ses fibres, l'univers souffrit mille morts. Le chevalier qui l'avait abattu le dominait de toute la hauteur de son destrier. « Tyrion le Lutin ! mugit-il. Tu es à ma merci. Te rends-tu, Lannister ? »

Oui, songea-t-il, mais sans parvenir à le proférer. Puis, tandis que sa gorge émettait une espèce de coassement, il se débattit pour s'agenouiller, tâtonna en quête d'une arme, épée, poignard, n'importe quoi…

« Te rends-tu ? » Vus d'en bas dans leur carapace d'acier comme au travers d'une vapeur, le cheval et le cavalier semblaient colossaux. Au bout de sa chaîne, la plommée décrivait un orbe alangui. Les mains gourdes et le fourreau vide, le regard brouillé, Tyrion entendit : « Rends-toi ou meurs », discerna le fléau d'armes qui tournoyait de plus en plus vite.

Sautant sur ses pieds, il piqua du heaume dans le ventre du cheval. Avec un ignoble hennissement, l'animal se cabra, tenta de se dégager de la mort, tandis que ses entrailles sanglantes suffoquaient Tyrion, s'écroula d'un bloc comme une avalanche. Les premières sensations de Tyrion furent que des matières fétides encombraient sa visière et que quelque chose lui écrasait un pied. Il gigota pour se libérer, la gorge si nouée qu'à peine réussit-il à gargouiller : « … rends… », d'un ton mourant.

« Oui », geignit une voix qu'étranglait l'agonie.

Il débarbouilla sa visière des immondices qui l'aveuglaient. Le cheval gisait à un pas de là. La jambe emprisonnée dessous, le chevalier répéta : « Oui. » Le bras qu'il avait utilisé pour tenter d'amortir sa chute reposait selon un angle extravagant. Sa main valide farfouilla dans les parages de la ceinture, dégaina une épée, la lança aux pieds de Tyrion. « Je me rends, messire. »

Abasourdi, le nain s'agenouilla, ramassa l'arme. Son coude en profita vilainement pour se rappeler à son bon souvenir. Apparemment, la bataille s'était déplacée au loin. Sur cette partie-ci du terrain, plus personne, hormis d'innombrables cadavres. Déjà les corbeaux resserraient leur vol circulaire et se posaient pour becqueter. Ser Kevan avait déporté son centre à la rescousse de l'avant-garde, et sa puissante armada de piques rejeté les gens du nord contre les collines. Elle se heurtait désormais le long des versants contre un nouveau mur de boucliers, cette fois ovales et renforcés de cabochons de fer. Mais là-dessus survint une nuée de flèches meurtrières qui creusa de larges brèches dans la palissade improvisée. « M'est avis que vous prenez la déculottée, ser », dit-il au chevalier captif sous sa bête. L'homme ne souffla mot.

Le martèlement de sabots grimpant la pente dans son dos fit pirouetter Tyrion, bien que le supplice de son coude l'empêchât quasiment de soulever l'épée. Bronn tira sur les rênes en le toisant de pied en cap.

« Tu t'es révélé d'un piètre secours, lâcha Tyrion.

— Vous ne vous en êtes pas si mal tiré par vos seuls moyens, semble-t-il. Sauf que vous avez paumé la pointe de votre heaume… »

Machinalement, Tyrion tâta le faîte de son couvre-chef et le trouva écimé net. « Je ne l'ai point *paumée*. Je sais pertinemment où elle se trouve. Tu vois mon cheval, quelque part ? »

Le temps de retrouver celui-ci, et la réserve de lord Tywin vint, annoncée par une sonnerie de trompes, ratisser la berge. Tyrion regarda son père traverser le champ de bataille à bride abattue sous l'étendard écarlate et or. Cinq cents chevaliers l'entouraient, dont le soleil faisait pétiller les lances, et dont la charge éparpilla comme éclats de verre les vestiges des lignes Stark.

Vu l'enflure de son coude qui, sévèrement comprimé par l'armure, élançait rageusement, Tyrion n'essaya même pas de se joindre au carnage mais, en compagnie de Bronn, partit en quête de ses propres hommes. Nombre d'entre eux gisaient parmi les morts. Amputé d'un bras, Ulf, fils d'Umar, baignait dans une mare de sang, parmi une douzaine de ses Sélénites. Shagga s'était effondré sous un arbre, criblé de flèches, et la tête de Conn au creux de son giron. Tyrion les crut morts tous deux mais, lorsqu'il démonta, les yeux de Shagga se rouvrirent. « Ils ont tué Conn, fils de Coratt. » La mort avait épargné la beauté de Conn, affectée seulement d'un trou vermeil en pleine poitrine. Il fallut que Bronn l'aidât à se relever pour que Shagga parût enfin s'apercevoir des flèches qui le hérissaient et qu'il arracha une à une avec une invective pour chaque avarie qu'elles avaient causée à sa tenue de maille et de cuir et des miaulements de nouveau-né lorsque d'aventure elles s'étaient enfoncées dans la chair et qu'il fallait d'une secousse les en extirper. Chella, fille de Cheyk, les surprit dans cette occupation et leur exhiba son trophée personnel : quatre oreilles. Enfin, ils trouvèrent Timett et ses Faces Brûlées affairés à dépouiller des cadavres. Des quelque trois cents hommes qu'avait menés à la bataille Tyrion Lannister, la moitié tout au plus avaient survécu.

Laissant les morts aux bons soins des vivants, il expédia Bronn prendre livraison du chevalier captif et partit lui-même à la recherche de son père. Assis au bord de la rivière, lord Tywin sirotait du vin dans une coupe enrichie de gemmes, tandis que son écuyer le débarrassait de son pectoral de plates. « Une belle victoire, dit ser Kevan en apercevant son neveu. Tes barbares se sont bien battus. »

D'un vert glauque pailleté d'or et si froides qu'elles vous fichaient des frissons, les prunelles du seigneur son père pesaient sur le nain. « Fut-ce une surprise pour vous, Père ? demanda-t-il. Cela bouleversa-t-il vos plans ? Car nous étions bien censés nous laisser massacrer, n'est-ce pas ? »

Lord Tywin vida sa coupe d'un air impassible. « J'avais disposé les hommes les moins disciplinés sur la gauche, en effet. J'escomptais qu'ils lâcheraient pied. En bleu qu'il est, Robb Stark devait se montrer plus brave qu'avisé. J'avais donc espéré qu'en voyant notre gauche enfoncée, il se précipiterait follement dans la faille, sous couleur de nous débander. Après l'avoir laissé s'enferrer jusqu'à la garde, ser Kevan aurait pivoté pour le prendre de flanc et le rejeter dans la rivière pendant que je donnais moi-même la réserve.

— Et il vous parut des plus judicieux non seulement de me placer au cœur de cette belle boucherie mais de me tenir dans l'ignorance de vos brillants projets.

— Une déroute factice est non seulement moins convaincante, rétorqua son père, mais je n'incline guère à confier mes projets à un homme qui s'acoquine avec des reîtres et des sauvages.

— Dommage que mes sauvages aient amoché votre ballet. » Il retira son gantelet d'acier et, non sans tressaillir, tant la douleur de son bras s'apparentait à des coups de poignard, le laissa choir à terre.

« Le petit Stark s'est révélé d'une prudence supérieure à son âge et à mon attente, convint lord Tywin, mais une victoire est une victoire. Tu es blessé, semble-t-il. »

Le bras droit de Tyrion était empoissé de sang. « Trop aimable à vous d'y prendre garde, Père, grommela-t-il entre ses dents crispées. Serait-ce abuser que de requérir les soins de l'un de vos mestres ? À moins toutefois que ne vous séduise par trop l'idée d'avoir pour fils un nain *manchot...*

— *Lord Tywin !* » Le ton pressant de l'appel fit que son père se retourna avant d'avoir pu répondre et se dressa en voyant ser Addam Marpheux sauter vivement de selle et mettre un genou en terre. La robe du cheval était blanche d'écume, sa bouche saignait. Du genre exigu sous ses cheveux roux sombre qui lui descendaient à l'épaule, ser Addam portait une armure d'acier bronzé sur le pectoral de laquelle était gravé en noir l'arbre embrasé de sa maison. « Nous avons fait prisonniers un certain nombre de leurs chefs, messire. Lord Cerwyn, ser Wylis Manderly, Harrion Karstark, quatre des Frey. Lord Corbois est mort, mais je crains que Roose Bolton ne nous ait échappé.

— Et le gamin ? » demanda lord Tywin.

L'autre hésita. « Il ne se trouvait pas avec eux, messire. On dit qu'il a traversé aux Jumeaux avec la plus grande partie de sa cavalerie et qu'il fonce à toute allure sur Vivesaigues. »

Un bleu, se souvint Tyrion, qui, *en bleu qu'il est, devait se montrer plus brave qu'avisé...* N'eût-il si fort souffert qu'il se fût esclaffé de grand cœur.

CATELYN

Les bois foisonnaient de murmures.

Au creux de la vallée, la lune éclaboussait d'œillades les flots bondissants du torrent sur son lit rocheux. Les destriers, sous le couvert, renâclaient sourdement en frappant du sabot l'humus spongieux tapissé de feuilles, les hommes trompaient fébrilement leur impatience en blaguant tout bas. Et en permanence tintaient des piques, cliquetait la maille, mais sans produire elles-mêmes guère plus qu'un froufrou feutré.

« Cela ne devrait plus tarder, madame », chuchota Hallis Mollen. Il avait revendiqué l'honneur de la protéger, durant la bataille prochaine, et cet honneur lui revenant de droit en tant que capitaine des gardes de Winterfell, Robb avait consenti. Elle avait autour d'elle trente hommes chargés de veiller à sa sécurité et, au cas où les choses tourneraient mal, de la ramener saine et sauve à Winterfell. Son fils aurait souhaité en détacher cinquante, elle s'y était opposée, dix suffiraient, n'avait-il pas besoin de toutes ses épées ? Leur paix s'était faite à trente, mais de mauvais gré mutuel.

« Cela viendra à son heure », souffla-t-elle. Et, cela venu, la mort serait au rendez-vous. Celle de Hal, peut-être… ou sa propre mort, ou celle de Robb. Nul n'était à l'abri, nul assuré de vivre. Elle se contentait d'attendre, de tendre l'oreille aux murmures des bois par-dessus la rengaine étouffée du torrent, de laisser se jouer la brise tiède dans ses cheveux.

Attendre ? son lot de toujours, après tout. Elle avait passé sa vie à attendre ses hommes. « Guette mon retour, chaton », le refrain de Père à chacun de ses départs pour la Cour, la foire ou la guerre. Et elle guettait déjà, patiemment, là-haut, sur les remparts de Vivesaigues au bas desquels coulaient, coulaient, coulaient les flots mêlés de la Ruffurque et de la Culbute. Et il ne revenait pas toujours au jour dit, et les jours passaient, passaient bien souvent sans qu'elle cessât de monter sa veille aux créneaux, d'épier par les meurtrières jusqu'à la seconde où lui apparaissait, trottant là-bas le long des rives, lord Hoster sur son vieux hongre brun. « M'as-tu guetté ? demandait-il en se penchant pour l'étreindre, bien guetté, chaton ? »

Brandon Stark l'avait à son tour priée de l'attendre. « Je ne serai pas long, ma dame, avait-il promis. Et l'on nous mariera dès mon retour. » Et, finalement, le jour venu, c'est son frère, Eddard, qui se tenait près d'elle dans le septuaire…

Ned. Qui, au bout d'une petite quinzaine, l'avait lui aussi quittée, les lèvres fleuries de serments, pour aller guerroyer. La laissant néanmoins mieux que sur des paroles, la laissant attendre leur fils. Neuf lunes avaient crû, décru, et Robb était né, à Vivesaigues, alors que son père ferraillait encore dans le sud. Incertaine si Ned le verrait jamais, elle l'avait enfanté dans la douleur et le sang. Son fils, son fils à elle. Un si petit être, à l'époque…

Et voilà qu'elle l'attendait à nouveau, Robb…, qu'elle l'attendait à son tour, lui, lui et Jaime Lannister, le chevalier doré dont chacun s'accordait à dire qu'il n'avait jamais su s'imposer d'attendre, fût-ce un seul instant. Ser Brynden lui-même ayant décrit le Régicide comme « un fébrile, un irascible tout feu tout flammes », Robb s'était résolu à miser leurs vies et leur meilleur espoir de victoire sur la véracité de cette assertion.

Avait-il peur ? elle n'en décelait rien. Il circulait parmi les hommes, frappant l'épaule de celui-ci, plaisantant avec celui-là, aidant un troisième à calmer sa monture nerveuse. À chacun de ses mouvements tintait doucement son armure. Seule sa tête était nue. En épiant folâtrer la brise dans les mèches auburn si semblables aux siennes, sa mère s'étonnait de le retrouver soudain si grandi. Quinze ans, et déjà presque de sa taille à elle…

Faites qu'il grandisse encore davantage, implora-t-elle les dieux. *Faites qu'il célèbre ses seize ans, ses vingt ans, ses cinquante. Faites qu'il devienne aussi grand que son père, faites qu'il serre un jour son propre fils dans ses propres bras. Je vous en prie, je vous en supplie, je vous en conjure.* Et plus elle regardait ce grand jeune homme tout barbu de neuf que talonnait un loup-garou, plus elle s'abîmait à le contempler, moins elle pouvait s'empêcher de le revoir tel qu'il était à Vivesaigues, tant d'années plus tôt, minuscule et blotti contre sa poitrine.

À la seule pensée de Vivesaigues, elle frissonna, malgré la tiédeur de la nuit. *Où sont-ils ?* s'alarma-t-elle. Se pouvait-il qu'Oncle Brynden se fût abusé ? Tant de choses dépendaient de la pertinence de ses avis… ! Parti en éclaireur avec trois cents piques, il était revenu convaincu que Jaime ne se doutait de rien. « Ma tête à couper, là-dessus. Aucun oiseau ne lui est parvenu, mes archers s'y sont employés. Nous avons aperçu quelques-uns de ses patrouilleurs, mais ceux qui nous ont vus n'iront plus le lui rapporter. Il aurait dû se montrer moins ladre. Il n'est manifestement pas au courant.

— L'importance de son armée ? s'enquit Robb.

— Douze mille fantassins, mais éparpillés en trois camps autour du château, chacun coupé des autres par les rivières, répondit le Silure, avec le sourire en creux des vertes années. Le siège en règle de Vivesaigues exige ce dispositif, mais il va les perdre, soyez tranquilles. Deux ou trois mille cavaliers.

— Ce qui fait encore trois contre un…, observa Galbart Glover.

— Exact, mais ser Jaime a une lacune.

— À savoir ? demanda Robb.

— La patience. »

Leurs propres troupes s'étaient renforcées depuis le départ des Jumeaux. Lord Jason Mallister était venu de Salvemer les grossir des siennes à la hauteur des sources de la Bleufurque, et la chevauchée forcenée vers le sud avait tout du long rameuté de nouvelles recrues, chevaliers obscurs, hobereaux, soudards sans maître relancés naguère vers le nord par la cinglante débâcle d'Edmure sous les remparts de Vivesaigues. Et l'on avait brûlé les étapes, sans autre souci que de ne pas crever les chevaux, sans autre espoir que d'atteindre la place à l'insu de Jaime Lannister, de l'atteindre avant qu'il ne fût averti. Sous peu, maintenant, sonnerait l'heure décisive.

Sous l'œil de Catelyn, Robb se mit en selle. De deux ans plus âgé que lui, de dix plus jeune et plus anxieux, le fils de lord Frey, Olyvar, lui tenait la bride et, après avoir dûment arrimé le bouclier, lui tendit son heaume. Une fois celui-ci abaissé sur les traits bien-aimés, un grand chevalier campé sur un étalon gris supplanta l'enfant de sa chair. Il faisait sombre, sous les arbres, le clair de lune ne perçait guère les frondaisons. Aussi ne discerna-t-elle sous la visière, lorsque Robb se tourna de son côté, que du noir. « Il me faut parcourir les lignes. Mère. Père dit que l'on doit se montrer à ses hommes, avant la bataille.

— Alors, va, dit-elle. Qu'ils te voient.

— Pour leur donner du cœur au ventre », précisa-t-il.

Et qui me donnera du cœur au ventre, à moi ? se demanda-t-elle mais, sans mot dire, elle s'arracha un sourire pour lui. Le grand étalon gris pivota et, au pas, peu à peu, se détacha d'elle, Vent Gris dans son ombre, et, derrière, la garde rapprochée s'ébranla, se referma. En finissant par accepter les trente protecteurs qu'il lui imposait, elle avait insisté pour qu'il se fit protéger de même et obtenu l'approbation des bannerets. Sur ce, nombre de leurs fils réclamèrent l'honneur d'escorter celui qu'ils s'étaient pris à nommer le Jeune Loup. Des trente compagnons faisaient partie Torrhen Karstark et son frère, Eddard,

Patrek Mallister et P'tit-Jon Omble, Daryn Corbois, Theon Greyjoy et rien moins que cinq des innombrables descendants de lord Walder Frey, ainsi que des hommes plus mûrs, tels Robin Flint et ser Wendel Manderly, et même une femme, Dacey Mormont, fille aînée de lady Maege et future dame de l'Île-aux-Ours, grand échalas de six bons pieds qui s'était, à l'âge où la plupart des filles se voient offrir des poupées, vu affubler d'une masse d'armes. Le choix de tel ou tel de préférence à eux-mêmes ou aux leurs ne manqua pas d'aigrir certains seigneurs, mais Catelyn avait balayé leurs doléances. « L'en-jeu est non pas le mérite de vos maisons respectives mais la vie et l'intégrité de mon fils. »

Non sans se redire *a parte* jusqu'à l'obsession : *Et si l'on en vient là, trente y suffiront-ils ? Six mille y suffiront-ils ?*

Un oiseau, quelque part, au loin, lança l'appel timide mais aigu d'un trille si vibrant qu'elle le sentit courir comme une main gelée le long de son échine. Un autre y répondit, puis un troisième, un quatrième, et cet appel, toutes ses années de Winterfell le lui avaient bien assez rendu familier… Grièches des neiges. Au plus fort de l'hiver, parfois, vous les apercevez, quand sur le bois sacré s'appesantissaient blancheur et silence. Des oiseaux septentrionaux.

Ils viennent, songea-t-elle.

« Ils viennent, madame », chuchota Hal Mollen. Sa spécialité, vous assener les évidences. « Les dieux soient avec nous. »

Elle acquiesça d'un signe. Autour d'eux se reformait la poignante paix des bois. Elle entendait, dans le mutisme universel, avancer pas à pas, là-bas mais de plus en plus proche, l'inexorable, sous les espèces d'un piétinement nombreux de chevaux, d'un cliquetis d'armures, d'épées, de piques, d'une rumeur de voix humaines d'où fusait tantôt un rire, tantôt une imprécation.

Des éternités s'écoulèrent, sombrèrent successivement. Les bruits se faisaient plus distincts. Elle perçut davantage d'esclaffements, un rugissement impérieux, les gerbes d'éclaboussures du torrent que l'on traversait puis retraversait. Un cheval s'ébroua. Un homme jura. Et puis elle le vit enfin, lui..., ne fit que l'entrevoir, une infime fraction de seconde, à travers les branches, en bas, dans la vallée, mais elle sut que c'était lui. Impossible, même à distance, de confondre avec quiconque ser Jaime Lannister, bien que le clair de lune argentât les dorures de son armure et l'or de sa chevelure tout en noircissant l'écarlate de son manteau. Il ne portait pas de heaume.

Le temps de paraître, et il avait, tel un mirage éclatant, disparu, éteint, ravalé par l'ombre des arbres. D'autres le suivaient, de longues colonnes de chevaliers, de lames liges, de francs-coureurs. Quelque trois quarts de sa cavalerie.

« Il n'est pas homme à camper sous sa tente en attendant que ses charpentiers bâtissent des tours de siège, avait affirmé ser Brynden. Il a déjà conduit trois excursions de chevaliers pour détruire un fortin rétif et traquer les bandes qui l'asticotent. »

Avec un geste d'assentiment, Robb s'était penché sur les cartes dressées par Oncle à son intention. Ned lui avait appris à les étudier. « Alors, vous allez me l'asticoter *là*, dit-il, l'index planté sur l'une d'elles. Quelques centaines d'hommes, pas davantage. Bannières Tully. Quand il se sera jeté à vos trousses, nous, nous l'attendrons – son doigt se déplaça d'un pouce vers la gauche – *ici*. »

Ici. Un nid de silence bien feutré de feuilles et juché dans la nuit, le clair de lune et l'ombre en haut de versants bien touffus, bien drus qui, tout en s'éclaircissant peu à peu, dévalaient mollement jusqu'au bord des berges.

Ici, d'où son fils, bien en selle sur l'étalon gris, se retournait vers elle une dernière fois et, en guise de salut, levait son épée.

Ici, où, de l'amont, à l'est, leur parvenait à présent, roulant le long de la vallée, la longue sonnerie grave de cor par laquelle Maege Mormont leur signalait le refermement de la trappe sur les derniers cavaliers de Jaime Lannister.

Et Vent Gris, la tête rejetée en arrière, se mit à hurler.

D'un hurlement qui frappa si violemment Catelyn Stark qu'elle se prit à grelotter. D'un hurlement d'autant plus terrible et terrifiant qu'il recélait une authentique musicalité. Un instant, elle éprouva quelque chose comme un semblant de compassion pour les Lannister, en bas. *Ainsi donc, voilà comment cela sonne, la mort*, se dit-elle.

HAArooooooooooooooooooooooooooooo, répondit, depuis la colline opposée, le cor de Lard-Jon. À l'est et l'ouest, les trompes Mallister et Frey claironnèrent à leur tour vengeance. Du côté du nord, à l'endroit où, se resserrant, la vallée formait un coude presque à angle droit, celles de lord Karstark joignirent leurs voix graves et lugubres à ce sombre concert, tandis que du torrent montaient des ruades et des vociférations.

Or les bois murmurants parurent exhaler tout leur souffle d'une seule haleine lorsque les archers cachés par Robb sous les frondaisons décochèrent leurs flèches et que des ténèbres jaillit une éruption de cris d'hommes et de chevaux. Autour de Catelyn, les lances se levèrent et, la terre et les feuilles cessant d'en camoufler les cruelles pointes, l'acier se mit à miroiter crûment. Sur un nouveau soupir des flèches, elle entendit Robb clamer : « *Winterfell !* » et, à la tête de ses hommes, s'élancer dans la pente, au trot, loin d'elle.

Alors, immobile en selle au cœur de sa garde et Hal Mollen à ses côtés, Catelyn attendit, attendit comme elle avait toujours attendu, attendu Père, attendu Brandon, attendu Ned. De son poste, presque en haut de la crête, elle ne pouvait, à cause des arbres, quasiment rien voir de ce qui se passait en contrebas. Le temps d'un, deux, quatre battements de cœur, et les bois semblèrent ne plus renfermer qu'elle-même et ses protecteurs. La verdure avait absorbé tous leurs compagnons.

En regardant toutefois juste en face, elle aperçut les cavaliers de Lard-Jon émerger du ténébreux couvert. Ils formaient une longue ligne, une ligne sans fin, mais réduite, et durant quoi ? moins d'une seconde, au flamboiement furtif des lances dans le clair de lune, un peu comme si des myriades de brins de saule panachés d'argent s'étaient échappés de la lisière vers le cours d'eau.

Elle cligna des paupières et, non, c'étaient là seulement des hommes se précipitant tuer, tuer ou mourir.

Après quoi, la bataille proprement dite, elle n'y assista point, n'en eut, répercuté par la vallée, que le spectre sonore. Le *crac !* d'une lance brisée, le fracas des épées, les clameurs « Lannister ! », « Winterfell ! », « Tully ! », « Vivesaigues et Tully ! ». Aussi préféra-t-elle, après s'être vainement écarquillée, clore les paupières afin d'écouter mieux, et les combats se firent, dès lors, aussi vivants que s'ils se fussent déroulés à l'entour immédiat. Les sabots labouraient le sol juste à ses côtés, juste à ses côtés rejaillissait l'eau des gués sous les bottes de fer, elle percevait avec une effroyable netteté le vacarme ligneux des lames heurtant les boucliers, le crissement de l'acier sur l'acier, le sifflement des flèches, le grondement des tambours, la terreur panique de mille chevaux. C'est à ses pieds mêmes que des hommes vociféraient, sacraient, imploraient merci et l'obtenaient – ou pas –, vivaient – ou mouraient. Les crêtes environnantes semblaient se complaire en combinaisons bizarres de bruits et d'échos fallacieux. Une fois, elle entendit, aussi distinctement que s'il s'était trouvé à deux pas d'elle, la voix de Robb appelant : « À moi ! À moi ! » Et elle entendit Vent Gris grogner, gronder, elle entendit ses longs crocs happer une chair et la déchirer, tandis qu'une bête et son cavalier mêlaient leurs cris de douleur et d'horreur. N'y avait-il qu'un seul loup ? difficile de l'affirmer…

Peu à peu cependant s'amenuisait le vacarme et, lorsqu'il s'éteignit enfin, le loup semblait seul maître du terrain, qui se reprit à hurler comme l'aurore empourprait peu à peu l'orient.

Quand reparut Robb, il montait non plus son étalon gris mais un hongre pie. Sur son bouclier, l'effigie du loup se révélait passablement déchiquetée. Mais si de profondes entailles avaient mis à nu le cœur du chêne, Robb lui-même paraissait intact. De plus près, toutefois, Catelyn repéra le sang noir qui maculait son gantelet de mailles et la manche de son surcot. « Tu es blessé… »

Il leva la main, ouvrit, reploya les doigts. « Non, dit-il. C'est… le sang de Torrhen, peut-être, ou… » Il secoua la tête. « J'ignore au juste. »

Derrière lui remontaient, crasseux, cabossés, contents, des tas et des tas d'hommes. À leur tête cheminaient Theon et le Lard-Jon, traînant entre eux ser Jaime Lannister qu'ils jetèrent aux pieds du cheval de Catelyn Stark. « Le Régicide », crut devoir spécifier Hal.

Lannister releva la tête. « Lady Stark », dit-il à deux genoux. D'une balafre en travers du crâne dégoulinait le sang sur l'une de ses joues, mais les premières lueurs de l'aube suffisaient à redorer l'or de sa chevelure. « Je vous offrirais volontiers mon épée, mais je l'ai, semble-t-il, égarée.

— Ce n'est pas votre épée que je veux, ser. Donnez-moi mon frère. Donnez-moi mes filles. Donnez-moi mon seigneur et maître.

— Je crains de les avoir également égarés.

— Dommage, répliqua-t-elle froidement.

— Tue-le, Robb, intervint Greyjoy d'un ton pressant. Fais sauter sa tête.

— Non, trancha celui-ci tout en retirant son gant ensanglanté. Il nous est plus utile vivant que mort. Et le seigneur mon père a toujours réprouvé le meurtre des captifs après la bataille.

— Ce qui est d'un sage, approuva ser Jaime, et d'un homme d'honneur.

— Emmenez-le et mettez-le aux fers, proféra Catelyn.

— Faites comme le dit dame ma mère, ordonna Robb, et assurez-vous qu'il soit fortement gardé. Lord Karstark va souhaiter voir sa tête sur une pique.

— Et comment ! tonitrua le Lard-Jon en gesticulant, pendant que l'on emmenait panser puis enchaîner Lannister.

— Et pourquoi lord Karstark voudrait-il sa mort ? » s'informa Catelyn.

Le regard de Robb se perdit du côté des bois. Un regard sombre et méditatif qu'il tenait de Ned. « Il... il les a tués de sa main...

— Les fils de lord Karstark, expliqua Galbart Glover.

— Les deux, reprit Robb. Eddard et Torrhen. Ainsi que Daryn Corbois.

— Nul ne saurait contester sa bravoure ou la lui reprocher, déclara Glover. Quand il s'est vu perdu, il a rallié ses gens pour remonter coûte que coûte vers le nord et, si possible, atteindre lord Robb et le jeter bas. Il a bien failli, d'ailleurs...

— Son épée, il l'a *égarée* dans la nuque d'Eddard Karstark, après avoir tranché la main de Torrhen et fendu le crâne à Daryn Corbois, dit Robb. Et il ne cessait, entre-temps, de hurler mon nom. Si tous trois n'avaient tenté de l'arrêter...

— ... c'est moi qui pleurerais, et non lord Karstark, acheva sa mère. Tes hommes ont tenu leur serment, Robb. Ils sont morts en protégeant leur suzerain. Porte leur deuil. Rends hommage à leur valeur. Mais pas maintenant. Le loisir te manque pour t'affliger. Tu as eu beau trancher la tête du serpent, les trois quarts de son corps persistent à étrangler le château de mon père. Nous avons gagné une bataille, pas la guerre.

— Mais *quelle* bataille, madame ! s'embrasa Theon Greyjoy. Le royaume n'a pas vu de victoire comparable depuis celle du Champ de Feu. Parole ! Les Lannister ont perdu dix fois plus d'hommes que nous, ce matin. Nous avons fait prisonniers près d'une centaine de chevaliers et dix ou douze bannerets, dont lord Westerling, lord Banefort, ser Garth Verchamps, lord Estren, Mallor le Dornien, ser Tytos Brax... et, madame, *et !* en plus de Jaime, trois Lannister, les propres neveux de lord Tywin, deux des fils de sa sœur et un de l'un de ses défunts frères, n'est-ce...

— Et lord Tywin ? coupa Catelyn, auriez-vous d'aventure pris lord Tywin, Theon ?

— Non, confessa-t-il, pris de court.

— Alors, la guerre est loin d'être terminée. »

Robb releva la tête, repoussa les mèches qui lui tombaient sur les yeux. « Ma mère a raison. Vivesaigues nous attend toujours. »

DAENERYS

Une épouvante sourde envahissait Daenerys rien qu'à percevoir le bourdonnement monotone et presque inaudible des mouches et à les voir resserrer lentement leur ronde autour de Khal Drogo.

Pour avoir déjà dépassé le zénith, le soleil se montrait encore impitoyable. Du faîte rocheux des mamelons environnants s'exhalaient des bouffées bouillantes. Et la sueur ruisselait goutte à goutte entre les seins gonflés de la *khaleesi*. Pas un bruit, hormis le *clop clop* cadencé des sabots, le tintement rythmique des clochettes dans la chevelure de Drogo, et la rumeur sourde, à l'arrière, du khalasar en marche.

Les mouches la fascinaient.

Des mouches aussi grosses que des abeilles, et grasses, violacées, luisantes. Des *mouches-à-sang*, comme on les nommait en dothrak. Des *mouches* à demeure dans les marécages et les eaux stagnantes et qui, non contentes de sucer le sang des hommes autant que des chevaux, pondaient leurs œufs dans les morts et les moribonds. Drogo les exécrait. Pour peu que l'une approchât de lui, sa main se détendait avec autant de promptitude qu'un serpent pour mordre et la happait au vol. Jamais il ne ratait son coup. Il la tenait ensuite enfermée suffisamment de temps dans son énorme poing pour en savourer les bourdonnements frénétiques. Enfin, ses doigts se crispaient et, lorsqu'il les rouvrait, sa paume ne contenait plus qu'une bouillie rouge.

Pour l'heure, l'une d'elles batifolait sur la croupe de l'étalon. Un furieux battement de queue l'en chassa. Les autres folâtraient dans les parages de Drogo, plus près, de plus en plus près. Sans qu'il réagît. Ses yeux demeuraient fixés sur les collines brunes, à l'horizon, ses mains laissaient pendouiller les rênes. Sous sa veste peinte se discernait, couverte d'un emplâtre en feuilles de figuier, toute craquelée, la boue bleue qui tapissait sa plaie. Un pansement confectionné tout spécialement par les femmes-aux-herbes. Faute de supporter les brûlures et les démangeaisons de celui de Mirri Maz Duur, il l'avait arraché six jours plus tôt, non sans la maudire et la qualifier de *maegi*. La boue l'apaisait davantage, ainsi que le vin opiacé que les femmes-aux-herbes lui donnaient à boire. Et, depuis trois jours, il buvait plus que de raison, du kéfir ou de la bière au poivre quand ce n'était pas du vin opiacé.

Mais à peine touchait-il à sa nourriture, il passait ses nuits à s'agiter, geindre, se débattre, et, bien assez consternée déjà par l'émaciation criante de ses traits, Daenerys achevait de s'alarmer en constatant que les exploits mêmes de Rhaego – il la tourmentait sans relâche et lui meurtrissait le sein par des ruades d'étalon – ne parvenaient plus à le tirer de son apathie. Et son visage, au réveil, elle le découvrait, matin après matin, creusé de quelque nouveau sillon de souffrance. Et ce mutisme, maintenant… Elle s'en affola. Depuis leur départ, à l'aube, il n'avait pas prononcé un mot. Lui adressait-elle la parole, il ne répondait que par un grognement. Et, depuis midi, même plus cela.

Une mouche-à-sang se posa sur l'épaule nue du *khal*. Une autre, en tournoyant, finit par atterrir au coin de la mâchoire et, d'une allure saccadée, rampa vers la commissure des lèvres. Comme assoupi par le pas régulier de son étalon, Khal Drogo se contenta d'osciller vaguement dans le tintement des clochettes.

Daenerys pressa les flancs de l'argenté pour se rapprocher. « Messire ? appela-t-elle d'une voix douce. Drogo ? Soleil étoilé de ma vie… ? »

Il parut ne pas entendre. La mouche-à-sang se coula sous un pan de moustache, escalada la joue, prit ses aises au creux du pli de chair, non loin de la narine. Daenerys s'étrangla : « *Drogo !* » leva gauchement la main, lui toucha le bras.

Il chancela, bascula comme au ralenti, tomba lourdement de selle. Les mouches s'éparpillèrent une seconde puis reprirent posément leur ronde, prêtes à s'abattre, au-dessus du corps inanimé.

« Non ! » s'écria Daenerys en tirant sur les rênes et, sans se préoccuper de son ventre, pour une fois, elle sauta à terre et courut le secourir.

Il gisait sur un maigre tapis d'herbe brunie par la canicule et, quand elle s'agenouilla près de lui, poussa un cri de douleur. De sa gorge montait un halètement rauque, et il la regardait sans la reconnaître. Il hoqueta : « Mon cheval. » Elle chassa les mouches de sa poitrine, en écrasa même une comme il l'aurait fait. Sa peau, sous les doigts, semblait en feu.

Quelque peu en arrière, elle entendit les sang-coureurs du *khal* prendre le galop sur un cri de Haggo et, un instant plus tard, Cohollo bondissait à bas de sa monture. « Sang de mon sang », dit-il en tombant à deux genoux. Les deux autres demeurèrent en selle.

« Non… ! grogna Khal Drogo en se démenant dans les bras de Daenerys. Dois monter. Chevaucher. Non !

— Il est tombé de cheval », déclara Haggo, l'œil fixe, du haut du sien. Sa large face était impassible, mais sa voix avait la pesanteur du plomb.

« Il ne faut pas dire cela ! protesta Daenerys. Nous avons bien assez marché pour aujourd'hui. Nous camperons ici.

— Ici ? » Haggo jeta un regard à l'entour. La région était brune, aride, inhospitalière. « Le pire endroit possible pour camper.

— Ce n'est pas à une femme de nous ordonner la halte, grommela Qotho. Dût-elle être une *khaleesi*.

— Nous campons ici, répéta-t-elle. Haggo, va les avertir que c'est un ordre de Khal Drogo. Si l'on te demande pourquoi, réponds que mon heure approche et que je ne saurais poursuivre. Cohollo, ramène les esclaves pour dresser la tente du *khal*. Immédiatement. Qotho…

— Je n'ai pas d'ordres à recevoir de vous, *Khaleesi*, riposta-t-il.

— Va me chercher Mirri Maz Duur », acheva-t-elle néanmoins. L'épouse divine devait se trouver dans la longue file d'Agnelets réduits en servage. « Ramène-la avec son coffre. »

Il la toisa d'un œil acéré comme du silex. « La *maegi* ! » Il cracha. « Je n'en ferai rien.

— Si, répliqua-t-elle. Ou, à son réveil, Drogo saura comment et pourquoi tu m'as défiée. »

Écumant de rage, il tourna la tête de son cheval et le lança dans un galop furieux…, mais elle savait qu'il lui ramènerait Mirri Maz Duur, quelque déplaisir qu'il en éprouvât. Entre-temps, les esclaves dressèrent la tente de Khal Drogo sous un ressaut déchiqueté de roches noires dont l'ombre apportait un semblant de relâche à l'infernale chaleur de l'après-midi. On n'en suffoquait pas moins, sous le voile de soie, quand, aidée d'Irri et de Doreah, Daenerys y transporta Drogo. On avait, conformément à ses instructions, jonché le sol d'épais tapis bariolés, capitonné les angles avec des piles de coussins, et Eroeh, la jeune fille effarouchée qu'elle avait secourue sous les murs de la ville prise, s'affairait à un brasero. Elles déposèrent Drogo sur une natte tressée. « Non, marmonnait-il en valyrien, non, non. » C'était tout ce qu'il disait, tout ce qu'il semblait capable de dire.

Doreah lui retira tour à tour sa ceinture de médaillons, sa veste et ses culottes, pendant que Jhiqui s'agenouillait pour lui délacer ses sandales de monte. Irri voulait quant à elle nouer les portières afin de laisser entrer un peu d'air, mais sa maîtresse le lui interdit. L'idée d'exhiber aux yeux de quiconque l'état de faiblesse et de délire où se trouvait le *khal* lui était odieuse. Aussi posta-t-elle en outre son khas en faction devant l'entrée. « N'introduis personne sans ma permission, intima-t-elle à Jhogo. Personne. »

Eroeh contemplait le malade d'un air effaré. « Il se meurt », murmura-t-elle.

Daenerys la gifla. « Le *khal* ne peut mourir. Il est le père de l'étalon qui montera le monde. Il n'a jamais coupé sa chevelure. Il porte toujours les clochettes que lui donna son père.

— Mais il est tombé de cheval, *Khaleesi*... », objecta Jhiqui.

Les yeux emplis brusquement de larmes, Daenerys se détourna, tremblante. *Tombé de cheval !* Oui, il était tombé, oui, elle l'avait vu, de ses propres yeux, tout comme les sang-coureurs et, sans doute, ses servantes à elle et les hommes de son *khas*. Tout comme combien d'autres encore ? Le secret n'en serait pas gardé, et elle savait ce qu'il en coûtait, de tomber de cheval. Un *khal* qui ne pouvait monter ne pouvait gouverner, et Drogo était tombé de son cheval.

« Il faut lui donner un bain », s'obstina-t-elle. Elle refusait de s'abandonner au désespoir, ne le devait pas. « Fais apporter la baignoire tout de suite, Irri. Doreah ? Eroeh ? Trouvez-moi de l'eau, de l'eau fraîche, il est tellement brûlant. » Du feu sous une peau d'homme...

Les esclaves installèrent le pesant cuvier de cuivre rouge dans un coin de la tente, et lorsque Doreah reparut avec la première jarre, Daenerys y trempa un lé de soie pour tamponner le front bouillant de Drogo. Ses yeux la regardaient, grands ouverts, mais il ne la vit pas. Et ses lèvres eurent beau s'entrouvrir, remuer, elles ne lâchèrent finalement qu'un gémissement. « Mais où est donc Mirri Maz Duur ? s'emporta-t-elle, à bout de patience à force de peur.

— Qotho va la trouver », dit Irri.

Comme l'eau tiédasse que versaient les femmes dans la baignoire empestait le soufre, elles l'adoucirent en y mêlant de l'huile amère et des poignées de menthe écrasée. Pendant ces préparatifs, Daenerys s'était agenouillée tant bien que mal auprès de son seigneur et maître et s'appliquait, malgré l'embarras de son ventre et l'irrépressible fébrilité de ses mains, à lui dénouer sa tresse, ainsi qu'elle avait fait avant leur première étreinte, sous les étoiles. Une à une, elle en déposait les clochettes côte à côte et avec d'autant plus de soin qu'elle tenait davantage à se persuader qu'il les réclamerait, sitôt convalescent.

« *Khaleesi ?* » Précédée d'un soupçon de vent coulis, la tête d'Aggo se risquait entre les pans de soie. « L'Andal vous prie de le recevoir. »

Ser Jorah… « Bien, dit-elle en se relevant pesamment, introduisez-le. » En lui, elle avait confiance. Il saurait mieux que quiconque la conseiller, le cas échéant.

En se coulant dans la pénombre de la tente, Mormont eut besoin de quelques secondes pour s'accoutumer au brusque changement de luminosité. L'intolérable chaleur du sud l'avait contraint d'adopter les culottes bouffantes en soie chinée et les sandales de monte ouvertes lacées jusqu'au genou. Une torsade en crin nouée autour des reins lui servait à ceindre son fourreau. Torse nu sous une veste d'un blanc douteux, il avait la peau rougie de soleil. « La rumeur court le *khalasar* de bouche à oreille, dit-il enfin, que Khal Drogo serait tombé de son cheval.

— Aidez-le…, supplia-t-elle. Au nom de l'affection que vous prétendez me porter, aidez-le. »

Il se mit à genoux pour examiner Drogo, le considéra longuement, sans complaisance, puis, se tournant vers elle : « Congédiez vos femmes. »

Sans un mot, la gorge nouée d'appréhension, elle leur indiqua sa volonté. Aussitôt, Irri poussa les autres vers la sortie.

Alors, ser Jorah dégaina son poignard et, avec une dextérité, une délicatesse qu'on n'eût guère attendues de sa corpulence, entreprit de retirer le pansement de Drogo, les feuilles noircies d'abord, une à une, puis l'amalgame qu'elles formaient avec la boue bleue. Cette dernière avait séché, durci autant que les murs de torchis de la ville des Agnelets et, craquelée comme eux, cédait sous la lame, par plaques, aisément, sans trop soulever la chair tuméfiée. De la plaie déblayée se dégageait une puanteur douceâtre et tellement compacte que Daenerys manqua défaillir. Les résidus d'emplâtre et de feuilles barbotaient, croûteux, dans une mare fangeuse de pus et de sang que cernait l'auréole noire et luisante de la chair en putréfaction.

« Non ! suffoqua Daenerys, inondée de larmes, non, par pitié, dieux, *non*… ! »

Aux prises avec quelque adversaire invisible, Khal Drogo se débattit. De sa blessure découlait un flux semi-coagulé de sang corrompu.

« Votre *khal* est autant dire un homme mort, princesse.

— Non, non ! il ne peut pas mourir, il ne *doit* pas, ce n'est rien, rien qu'une écorchure… ! » Elle saisit l'énorme main calleuse entre ses mains minuscules, l'étreignit follement. « Je ne lui permettrai pas de mourir… »

Un ricanement amer lui répondit. « Qe vous soyez reine ou *khaleesi*, vous ne sauriez le lui interdire. Épargnez vos larmes, enfant. Pleurez-le demain, pleurez-le dans un an, pour l'heure, nous n'avons pas le temps de nous affliger. Il faut partir, et vite, avant qu'il ne meure. »

Elle bafouilla, éperdue : « Partir ? Pour où ?

— Asshai, selon moi. Asshai se trouve au diable, vers le sud, aux confins du monde connu, mais c'est un grand port, dit-on. Nous y trouverons un bateau pour regagner Pentos. Un fameux voyage…, ne vous y méprenez pas. Avez-vous confiance en votre *khas* ? Acceptera-t-il de nous accompagner ?

— Khal Drogo lui a commandé de veiller sur moi, mais… – elle hésita –, mais s'il meurt… » Elle se palpa nerveusement le ventre. « Je ne comprends pas. Pourquoi nous enfuir ? Rien ne nous y force… Je suis *khaleesi*, je porte l'héritier de Drogo. Il sera *khal* à la mort de Drogo… »

Ser Jorah se rembrunit. « Écoutez-moi, princesse. Les Dothrakis ne suivront jamais un nourrisson. Ils s'inclinaient devant la force de Drogo, mais devant elle seule. Lui disparu, Jhaqo, Pono et les autres *kos* vont se battre pour sa succession, et ce *khalasar* se dévorera lui-même. Le vainqueur ne tolérera plus de rivaux virtuels. Votre fils, il vous l'ôtera dès sa naissance et le donnera aux chiens. »

Elle s'étreignit à pleins bras. « Mais *pourquoi* ? s'écria-t-elle. Pourquoi tuerait-il un innocent nouveau-né ?

— Parce que c'est le fils de Drogo. Parce que les devineresses ont vu en lui l'étalon qui montera le monde, le héros que promettent les prophéties. Mieux vaut le mettre à mort que de risquer sa rage quand il atteindra l'âge viril. »

Dans son sein, comme s'il avait entendu, Rhaego rua, lui rappelant brusquement l'histoire jadis contée par Viserys quant au sort réservé par les chiens de l'Usurpateur aux enfants de Rhaegar. Le fils aussi de ce dernier n'était qu'un bébé, et pourtant les tueurs l'avaient arraché des bras de sa mère pour lui fracasser la tête contre un mur… Ainsi se comportaient les hommes. « Je ne veux pas qu'on touche à mon fils ! cria-t-elle, éplorée. Je donnerai l'ordre à mon *khas* de le préserver, et les sang-coureurs de Drogo le… »

Elle n'acheva pas. Ser Jorah l'avait empoignée aux épaules et martelait : « Un sang-coureur meurt avec son *khal*, enfant, vous le savez pertinemment ! Ils vous emmèneront à Vaes Dothrak pour vous remettre à ces sorcières ! leur dernier devoir vis-à-vis de lui…, et, cela fait, partiront le rejoindre aux contrées nocturnes. »

Bien qu'elle ne voulût à aucun prix retourner à Vaes Dothrak et passer le restant de ses jours parmi ces horribles vieilles, elle devait reconnaître qu'il disait vrai. Mais, plus encore que le soleil étoilé de sa vie, Drogo s'était révélé son inébranlable bouclier. « Je ne l'abandonnerai pas, s'opiniâtra-t-elle d'un ton misérable tout en lui reprenant la main. Jamais. »

Le battement de la portière détourna son attention. Mirri Maz Duur entrait en boitillant, plongeait une profonde révérence. Les journées de marche à la traîne du *khalasar* l'avaient fourbue, comme en témoignaient à l'envi ses yeux cernés, sa mine hagarde, les ampoules de ses pieds en sang. Qotho et Haggo la suivaient, charriant son coffre, et, de saisissement, quand ils aperçurent la plaie de Drogo, l'un lâcha prise, et son fardeau heurta bruyamment le sol, l'autre poussa un juron tellement infect que la fétidité même de l'atmosphère en parut fanée par comparaison.

Sans paraître s'émouvoir autrement, Mirri Maz Duur considérait, elle, Drogo d'un œil morne. « La plaie s'est infectée.

— C'est ton œuvre, *maegi* ! » éructa Qotho. Avec un bruit mou, le poing de Haggo s'écrasa sur la joue de l'épouse divine qui roula au sol, où il la roua de coups de pied.

« *Arrête !* » hurla Daenerys.

Tout en saisissant son compère à bras-le-corps, Qotho gronda : « Une *maegi* mérite mieux que des coups de pied. Emmenons-la dehors. Nous la clouerons au sol pour qu'elle serve de monture à tous les passants. Et aux chiens, après. En attendant que les belettes lui fouillent les entrailles, que les corbeaux charognards festoient de ses yeux, que les mouches-à-sang viennent pondre entre ses cuisses et se gorger du pus de ses mamelles en ruine… » Là-dessus, il empoigna d'une main de fer l'aisselle tendre et fragile de la femme, la remit rudement sur pied.

« Non, intervint Daenerys. Je vous défends de la blesser. »

La lippe de Qotho se retroussa sur ses sombres canines en un sourire d'effroyable dérision. « Non ? Tu me dis non, à moi ? Tu serais mieux inspirée de nous supplier de ne pas te clouer dehors près de ta *maegi.* Tu es aussi coupable qu'elle de tout ça. »

Ser Jorah s'interposa, l'épée dégainée à demi. « Gare à ta langue, sang-coureur. La princesse est encore ta *khaleesi.*

— Aussi longtemps du moins que respire le sang de mon sang, rétorqua Qotho. À sa mort, elle n'est plus rien. »

Elle sentit quelque chose se raidir en elle. « Avant d'être *khaleesi,* j'étais le sang du dragon. Appelez mon *khas*, ser Jorah.

— Inutile, dit Qotho. Nous nous retirons. Provisoirement..., *Khaleesi.* » D'un air non moins menaçant, Haggo lui emboîta le pas.

« Ce bougre-là ne vous porte pas dans son cœur, princesse, souligna Mormont. Vous connaissez le dicton dothrak : "Une seule vie pour le chef et ses sang-coureurs" ? Qotho voit nettement le terme, et un homme mort n'a plus rien à craindre...

— La mort n'a encore frappé personne, riposta-t-elle froidement, quoiqu'elle fût bien plus effrayée qu'elle n'osait en convenir, même à part elle. Mais il se pourrait que j'aie besoin de votre épée, ser Jorah. Mieux vaudrait revêtir votre armure. »

Il s'inclina : « À vos ordres », et sortit.

Elle se tourna vers Mirri Maz Duur qui soupira, d'un ton las comme son regard : « Ainsi, vous m'avez sauvée, une fois de plus...

— Et tu dois le sauver, à présent. Je t'en prie.

— Vous n'avez pas à prier une esclave, dit-elle sèchement. Commandez. » Elle s'approcha de Drogo qui se consumait sur sa natte et examina longuement sa plaie. « Prier ni commander n'y changeront rien. Son état passe les pouvoirs d'une guérisseuse. » Il avait les yeux clos. Elle lui entrouvrit une paupière. « Il a pris du lait de pavot comme sédatif.

— Oui, confessa Daenerys.

— Et le cataplasme de cosse-foc et de ne-pue-pas que je lui avais appliqué sous un bandage en peau d'agneau ?

— Ça brûlait, disait-il. Il l'a arraché, et les femmes-aux-herbes lui en ont apprêté un autre, humide et lénifiant.

— Ça brûlait, oui. Le feu recèle d'immenses vertus curatives, même vos imberbes savent cela.

— Refais-lui un de tes cataplasmes, supplia-t-elle, et, cette fois-ci, je m'assurerai qu'il le garde.

— Il est trop tard maintenant, madame. Je ne saurais désormais que lui aplanir les voies sombres et lui permettre de chevaucher en paix jusqu'aux contrées nocturnes. Demain matin, il ne sera plus. »

En Daenerys, ces mots se plantèrent comme un poignard. Quel forfait, quel crime, avait-elle donc perpétré pour que les dieux se montrent si cruels ? Elle était enfin parvenue à trouver une place à elle, un havre, enfin parvenue à goûter l'amour et l'espérance, elle était enfin sur le point de rentrer chez elle…, et il fallait perdre tout cela, d'un coup ? « Non ! protesta-t-elle, sauve-le, sauve-le, et je t'affranchirai, je le jure. Tu sais sûrement un moyen…, un recours magique, un… »

Mirri Maz Duur s'accroupit sur ses talons et, de ses yeux noirs comme les ténèbres, scruta Daenerys. « Il existe une incantation, dit-elle tout bas, d'une voix presque imperceptible. Mais elle est rude, dame, et sombre. Il est des gens qui trouvent la mort plus propre. Moi, je l'ai apprise à Asshai, et je l'ai payée cher, très cher. Mon maître était un sang-mage des Contrées de l'Ombre. »

Daenerys se sentit brusquement glacée. « Alors, tu es vraiment une *maegi*… ?

— Le suis-je ? » Mirri Maz Duur se mit à sourire. « Seule une maegi peut à présent sauver votre cavalier, dame Argentée.

— Et il n'y a pas d'autre voie ?

— Pas d'autre. »

Khal Drogo s'étrangla, frissonnant.

« Vas-y », lâcha Daenerys. La peur était indigne d'elle, d'elle, le sang du dragon. « Sauve-le.

— Il faut payer le prix, l'avertit l'épouse divine.

— Tu auras de l'or, des chevaux, tout ce que tu voudras.

— Il ne s'agit pas d'or ou de chevaux, dame, quand on parle de sang-magie. Seule la mort peut acheter la vie.

— La mort ? » Instinctivement, ses bras se portèrent autour de son ventre, et elle oscilla d'avant en arrière sur ses talons. « Ma mort ? » Elle se dit qu'elle était prête à mourir pour lui, s'il le fallait. Elle était le sang du dragon, elle n'aurait pas peur. Rhaegar, son frère, n'était-il pas mort pour la femme qu'il aimait ?

Le soulagement la fit pourtant grelotter quand Mirri Maz Duur affirma : « Non. Pas la vôtre, *Khaleesi*.

— Vas-y », répéta-t-elle.

La *maegi* acquiesça d'un signe solennel. « Qu'il en soit selon votre volonté. Appelez vos gens. »

Comme Rakharo et Quaro le plongeaient dans le bain, Khal Drogo s'agita faiblement. « Non, grommela-t-il, non. Dois monter. » Néanmoins, aussitôt dans l'eau, toute énergie sembla l'abandonner.

« Amenez son cheval », ordonna Mirri Maz Duur, et ainsi fut fait. Mais lorsque, conduit par Jhogo, le grand étalon rouge pénétra sous la tente, l'odeur de la mort lui dilata les naseaux, il hennit, se cabra, l'œil exorbité, et il fallut trois hommes pour le maîtriser.

« Que comptes-tu faire ? demanda Daenerys.

— Il faut le sang pour procéder. »

Aussi rieur qu'intrépide et, avec ses seize ans, mince comme un fouet, la lèvre supérieure ornée d'une ombre de moustache, Jhogo recula de biais, la main à l'*arakh*, puis, se laissant choir à genoux, supplia : « Il ne faut pas, *Khaleesi*, pas ça ! Laissez-moi tuer cette *maegi*.

— La tuer, c'est tuer ton *khal*, dit-elle.

— C'est de la sang-magie ! protesta-t-il, c'est interdit !

— Hé bien, en tant que k*haleesi*, je déclare, moi, que ce n'est pas interdit. À Vaes Dothrak, Khal Drogo a tué un étalon dont j'ai mangé le cœur pour doter mon fils de force et de courage. C'est pareil. *Pareil.* »

L'étalon rua, se cabra lorsque Rakharo, Quaro et Aggo prétendirent l'entraîner vers la baignoire où, tel un homme déjà mort, le pus et le sang suintant de sa plaie, souillant l'eau, marinait le *khal*, tandis que, dans une langue inconnue de Daenerys, Mirri Maz Duur fredonnait des formules magiques et qu'un coutelas, tout à coup, paraissait en son poing. D'où provenait-il ? mystère. De bronze rouge martelé, il semblait fort ancien, avec sa forme de feuille et sa lame couverte de glyphes immémoriaux. La *maegi* le plongea dans la gorge de l'étalon, juste à la jointure de sa noble tête, et il eut beau crier, se démener, le flot pourpre de sa vie giclait à force dans la baignoire. Il se serait effondré si les hommes du *khas* ne l'avaient fermement tenu. « Va, va, vigueur du cheval, va, passe dans le cavalier, chantonna Mirri, tandis que le sang brouillait de volutes le bain de Drogo, va, va, vigueur de la bête, passe dans l'homme, va. »

Tout en s'arc-boutant contre la masse de l'étalon, Jhogo manifestait une terreur sans nom par l'expression de sa physionomie, terreur de *cela*, terreur de toucher la chair morte, terreur aussi de la laisser tomber. *Un simple cheval*, songea Daenerys. Pour payer la vie de Drogo, qu'était-ce que la mort d'un simple cheval ? Elle aurait volontiers donné mille fois plus cher.

Quand les hommes lâchèrent enfin la bête, l'eau du bain s'était colorée d'une pourpre si sombre que de Drogo, visage à part, ne se discernait strictement plus rien. Mirri Maz Duur n'ayant que faire de la carcasse, Daenerys ordonna de l'emporter et de la brûler. Tel était l'usage, elle le savait. Un homme mourait-il, on tuait sa monture et, sur le bûcher funèbre, on la plaçait sous lui pour qu'elle le porte aux contrées nocturnes. Le *khas* traîna l'étalon dehors. À l'intérieur, tout était inondé de sang. Il n'était jusqu'aux parois de soie qui ne fussent éclaboussées d'écarlate, et les tapis, noircis, chuintaient sous le pied.

Une fois allumés les braseros, Mirri Maz Duur jeta sur les charbons une poudre rouge d'où s'exhalèrent des fumerolles aux senteurs épicées, plutôt agréables, mais en voyant Eroeh s'enfuir en sanglotant, Daenerys fut prise de panique. Revenir en arrière ? elle s'était trop avancée… Elle se contenta de congédier ses femmes. « Partez aussi, dame Argentée, conseilla Mirri Maz Duur.

— Je resterai, dit-elle. Il m'a prise sous les étoiles, l'enfant que je porte est le sien, je ne veux pas le quitter.

— Il le faut. Dès que je commencerai à chanter, plus personne ne doit entrer. Mes incantations vont réveiller de vieilles puissances noires. Ici danseront les morts, cette nuit. Aucun vivant ne doit les voir. »

Daenerys s'inclina, vaincue. « Personne n'entrera. » Elle se pencha au-dessus de la baignoire où Drogo gisait dans son bain de sang, le baisa au front d'un baiser léger. « *Rends-le-moi* », chuchota-t-elle à Mirri Maz Duur avant de s'esquiver.

Bas sur l'horizon, le soleil, et un ciel d'un rouge meurtri. Le *khalasar* avait dressé le camp. À perte de vue, de toutes parts, des tentes et des nattes. Un vent brûlant soufflait. Jhogo et Aggo creusaient la fosse où incinérer l'étalon. Une foule s'était amassée, qui dévisageait Daenerys avec des prunelles d'un noir minéral et des visages qui semblaient autant de masques en cuivre repoussé. Elle aperçut ser Jorah Mormont qui, vêtu désormais de maille et de cuir, son large front dégarni baigné de sueur, se frayait un passage entre les Dothrakis pour se porter à ses côtés. Mais, quand il vit les empreintes écarlates laissées par ses bottes devant la tente, il blêmit sous son hâle. « Qu'avez-vous fait, petite sotte ? l'apostropha-t-il.

— Je devais le sauver.

— Vous pouviez encore vous enfuir. Je vous aurais menée saine et sauve à Asshai, princesse. Bien la peine que…

— Suis-je vraiment votre princesse ? demanda-t-elle.

— Vous l'êtes, vous le savez. Puissent les dieux nous sauver tous deux.

— Alors, aidez-moi. »

Il grimaça. « Si seulement je savais comment ! »

À cet instant, la voix de Mirri Maz Duur s'éleva en une psalmodie plaintive, un ululement suraigu qui fit courir une sueur froide le long de l'échine de Daenerys. Au sein de l'assistance s'esquissa comme une houle de murmures mêlée de reflux. La flamme rougeâtre des braseros conférait à la tente une espèce de translucidité glauque, et l'on discernait, au travers de la soie mouchetée de sang, des ombres mouvantes. Mirri Maz Duur dansait, et pas seule.

La peur, à présent, se lisait ouvertement sur les faces des Dothrakis. « Ceci *ne doit pas être !* » tonna Qotho.

Il était revenu sans que Daenerys s'en fût avisée. Haggo et Cohollo le flanquaient. Ils avaient rameuté les imberbes, les eunuques experts dans le maniement du scalpel, de l'aiguille et du feu.

« Ceci *sera*, rétorqua-t-elle.

— *Maegi !* » gronda Haggo. Et Cohollo lui-même, Cohollo qui, dès la naissance de Drogo, lui avait voué sa vie, Cohollo qui toujours s'était montré plein de bienveillance vis-à-vis d'elle, Cohollo lui cracha à la figure.

« Tu mourras, *maegi*, promit Qotho, mais l'autre doit mourir avant. » Tirant son *arakh*, il s'avança sur la tente.

« Non ! cria-t-elle, il ne *faut* pas ! » Elle le saisit par l'épaule, mais il l'écarta sans ménagements, et elle tomba à genoux, les bras croisés pour protéger son ventre. « Arrêtez-le, commanda-t-elle à son *khas*, tuez-le. »

Rakharo et Quaro se tenaient de part et d'autre de la portière. Quaro fit un pas en avant, mais ses doigts se refermaient à peine sur le manche de son fouet que Qotho, pivotant avec des grâces de danseur, brandissait son arme, l'abattait. Avec un flamboiement funeste de rasoir, la lame courbe atteignit le jeune homme au flanc, lacéra le cuir, la peau, le muscle, les os du bassin, s'abreuva dans une fontaine de sang. Quaro hoqueta, stupide, recula, libérant l'*arakh*.

« *Cavalier !* » Mormont dégaina vivement. « Viens çà te frotter à moi ! »

Qotho pirouetta en jurant, et son *arakh* rougi s'envola si vite contre l'adversaire que, telle une ondée fustigée par le sirocco, s'en éparpilla le sang de Quaro en une vapeur d'embruns, mais l'épée le cueillit à un pied de la face de ser Jorah, l'y maintint un instant, vibrant, tandis que Qotho fulminait sa rage. Revêtu de maille, les mains et les jambes protégées d'écrevisse d'acier, la gorge d'un gorgeret massif, le chevalier avait en effet omis de coiffer son heaume.

Qotho battit quelques pas de retrait, tout en multipliant par-dessus sa tête d'étincelants moulinets qui semblaient l'auréoler d'éclairs et rendaient périlleux chaque nouvel assaut. Ser Jorah parait de son mieux, mais Daenerys eût juré que le sang-coureur maniait quatre *arakhs* et disposait d'autant de bras, tant ses attaques étaient rapides. Elle entendit l'acier mordre dans la maille, vit des étincelles jaillir d'un gantelet, et, soudain, ce fut Mormont qui reculait, chancelant, Qotho qui menait l'offensive. Le côté gauche du visage ruisselant de sang, la maille entamée à hauteur de la hanche, le chevalier boitait, sous les quolibets de Qotho qui le traitait de lâche, de femmelette, d'eunuque en fer-blanc. « Tu vas mourir ! promit-il, l'*arakh* frémissant aux reflets rouges du crépuscule, et maintenant ! » Une ruade sauvage déchira le ventre de Daenerys quand, se faufilant sous l'épée, la longue lame courbe retrouva la brèche déjà pratiquée dans la maille et s'enfonça profondément dans la hanche du chevalier.

Mormont poussa un grognement, tituba. Une douleur aiguë lancina le ventre de Daenerys, quelque chose lui mouilla les cuisses. Qotho poussa un cri de triomphe, mais son *arakh* avait buté contre l'os et, le temps d'un clin d'œil, s'y trouva pris.

La plaisanterie avait assez duré. Ser Jorah abattit son épée de toutes ses forces et de tout son poids, ravagea si bien la chair et l'os que l'avant-bras de Qotho ballotta en berne, oscillant au bout d'un lambeau de peau tendineux. Le coup suivant prit le Dothraki à l'oreille, si virulent que toute sa face sembla exploser.

Dans le tumulte indescriptible qui s'ensuivit et où, pardessus les vociférations de la foule en furie, persistait à monter le chant inhumain de Mirri Maz Duur, sous-tendu par le râle et les plaintes de Quaro : « De l'eau..., de l'eau... », Daenerys eut beau appeler à l'aide, nul ne l'entendit. Rakharo affrontait Haggo, *arakh* contre *arakh*, et leur danse ne s'interrompit que lorsque, en sifflant, le fouet de Jhogo vint s'enrouler autour de la gorge du sang-coureur. Une saccade, et celui-ci tituba à la renverse, perdit l'équilibre ainsi que son arme. Avec un rugissement de fauve, Rakharo ne fit qu'un bond et, à deux mains, lui fendit le crâne jusqu'aux yeux. Entre les orbites agrandies pointait la lame, comme agitée d'un fou rire sanglant. Quelqu'un décocha une pierre, et Daenerys, éperdue, s'aperçut que son épaule saignait. « Non ! sanglota-t-elle, non, par pitié..., arrêtez, arrêtez ! c'est trop cher payé ! trop cher... » Une grêle de pierres lui répliqua. Elle essaya de ramper vers la tente, mais Cohollo l'empoigna aux cheveux, lui rejeta la tête en arrière, et elle sentait déjà le froid de l'acier sur sa gorge quand son cri : « Mon enfant ! », fut peut-être entendu des dieux, car, au même instant, Cohollo s'effondrait, mort. Une flèche d'Aggo venait de lui percer l'aisselle, les poumons, le cœur.

Quand, à la longue, elle retrouva la force de lever la tête, la foule se dispersait en silence, les Dothrakis regagnaient furtivement qui sa natte, qui sa tente. Certains sellaient leurs chevaux et prenaient le large. Le soleil s'était couché. De par le *khalasar* brasillaient de grands feux dont les flammes orangées crépitaient avec rage en crachant des escarbilles aux nues. Elle tenta de se lever, des douleurs atroces la tenaillèrent, qui la broyaient comme un poing géant, suffoqua ; tout juste réussissait-elle à happer de brèves goulées d'air. La voix de Mirri Maz Duur sonnait funèbre comme un glas. Et à l'intérieur de la tente s'enlaçaient des tourbillons d'ombres.

Un bras se glissa sous sa taille, celui de ser Jorah qui la remettait sur ses pieds. Il avait la figure poisseuse de sang, et elle s'aperçut qu'il lui manquait la moitié d'une oreille. Puis la douleur la reprit, qui la convulsa contre lui, et elle l'entendit appeler les servantes à l'aide. *Auraient-ils tous tellement peur ?* Elle connaissait la réponse. Un nouveau spasme la plia en deux, et elle se mordit les lèvres pour ne pas hurler. Il lui semblait qu'un couteau dans chaque main son fils la hachait menu pour s'ouvrir passage. « Crebleu, Doreah ! beugla ser Jorah, vas-tu venir, à la fin ? File chercher les sages-femmes !

— Elles ne viendront pas. Elles la disent endiablée.

— Elles viendront, ou j'aurai leurs têtes !

— Elles sont parties, messire..., pleurnicha-t-elle.

— La *maegi* », dit quelqu'un d'autre – Aggo ? « La *maegi* saura. »

Non ! voulut crier Daenerys, *non, non, pas ça, il ne faut pas !* mais, lorsqu'elle ouvrit la bouche, il n'en sortit qu'un long gémissement de douleur, et une sueur l'inonda de la tête aux pieds. *Mais qu'est-ce qu'ils ont ? Comment ne voient-ils pas ?* À l'intérieur de la tente dansaient les ombres, les ombres menaient la ronde autour du brasero et du bain de sang, des ombres sombres contre les parois de soie, des ombres dont certaines n'avaient rien d'humain. L'une avait la forme d'un loup gigantesque, une autre vaguement celle d'un homme, mais nimbé de flammes.

« La femme agnelet connaît les secrets de l'enfantement, confirma Irri. Elle l'a dit, j'ai entendu. »

Non ! hurla-t-elle, mais en pensée seulement, car aucun son, fût-ce chuchoté, ne franchit ses lèvres. On était en train de l'emporter. Elle ouvrit les yeux, ne distingua malgré ses efforts qu'un ciel mort et plat, noir et aride et sans étoiles. *Par pitié, non.* De plus en plus fort retentissait la voix de Mirri Maz Duur, si fort qu'elle finit par emplir l'univers entier. *Les formes !* hurla Daenerys, *les danseurs !*

Et ser Jorah l'emporta dans la tente.

ARYA

L'arôme de pain chaud qu'à chaque échoppe exhalait tout du long la rue aux Farines flattait plus délicieusement ses narines qu'aucun parfum respiré jamais. Elle s'en emplit à ras bords les bronches avant de se rapprocher du pigeon. Un grassouillet, lui, tacheté de brun, qui picorait ardemment un croûton coincé entre deux pavés, mais qui s'envola dès que l'effleura l'ombre d'Arya.

L'épée de bois siffla, l'étourdit à deux pieds du sol, et il s'abattit dans une émeute de plumes brunes. En un éclair, elle fut sur lui, l'attrapa, pantelant et se débattant, par une aile, et il eut beau lui piquer la main, elle referma les doigts sur son col et le tordit jusqu'à ce qu'en craquent les vertèbres.

Comparé aux chats, c'était *facile*, prendre les pigeons.

Un septon qui passait par là lui décocha un regard torve. « Le meilleur endroit pour en trouver, lui dit-elle en s'époussetant avant de récupérer sa latte à terre. Les miettes les attirent. » Il décampa.

Une fois l'oiseau noué sa ceinture, elle entreprit de descendre la rue. Sur une carriole à deux roues, un homme poussait une fournée de tourtes au refrain desquelles se flairaient myrtilles, abricots, citrons… Son estomac vide émit un gargouillis creux. « Pourrais-je en avoir une ? s'entendit-elle demander. Une au citron ou… ou à n'importe quoi. »

À la manière dont il la lorgna de haut en bas, l'examen ne le séduisit point. « Trois sols. »

Avec sa latte, elle tapota la tige de sa botte. « Je vous l'échange contre un pigeon gras.

— Les Autres emportent ton pigeon ! »

L'odeur des tourtes, toutes chaudes encore, lui faisait venir l'eau à la bouche mais les trois sols, elle ne les avait pas…, ni un. La leçon de Syrio sur la vertu de *voir* lui revint en mémoire, un coup d'œil sur l'homme la renseigna. Il était court, un rien ventripotent, et ses mouvements semblaient indiquer un tantinet de partialité en faveur de sa jambe gauche. Et elle était juste en train de penser : « Si j'en rafle une et, hop ! détale, jamais il ne me rejoindra… », quand il menaça : « Fais gaffe à tes sales pattes ! y sait les traiter, le guet, les ratons voleurs… »

Un regard furtif vers l'arrière et, en effet, plantés au débouché d'une ruelle, deux pandores, deux. Taillés dans un lourd lainage richement teint d'or, leurs manteaux plombaient presque jusqu'au sol, noire était leur cotte de mailles, noires étaient leurs bottes, noirs leurs gants. À sa ceinture, l'un portait une longue épée, l'autre tenait un gourdin de fer. Non sans une ultime œillade d'adieux aux tourtes, Arya s'écarta de la carriole et pressa le pas. Quoique les manteaux d'or ne lui eussent pas prêté d'attention spéciale, leur seule vue lui nouait les tripes. Elle avait eu beau depuis sa fuite se tenir toujours le plus loin possible du château, de partout, même au diable, se distinguaient, tout en haut des remparts saignants, les têtes en train de pourrir. Et sur chacune se chamaillaient, drus comme des mouches, des tas de corbeaux. Dans Culpucier courait le bruit que les manteaux d'or s'étaient acoquinés avec les Lannister et que, lordifié, doté de terres dans le Trident, leur commandant siégeait désormais au Conseil du roi.

Elle avait entendu beaucoup d'autres trucs, des trucs effarants, des trucs insensés. Selon d'aucuns, Père avait, avant de périr à son tour de la main de lord Renly, assassiné le roi Robert. D'autres affirmaient que c'était *Renly* qui avait, au cours d'une querelle d'ivrognes fraternelle, tué le roi. Sans cela, dites, pourquoi il aurait filé en pleine nuit comme un voleur, hein ? Celui-ci contait que le roi avait été tué à la chasse par un sanglier, mais celui-là rétorquait qu'il était mort *en mangeant* un sanglier, qu'il s'était tellement empiffré qu'il avait eu une attaque à table. Mais non, chuchotait un troisième, il était bel et bien mort à table, mais empoisonné par Varys l'Araignée. Pas du tout ! par la reine. Vous n'y êtes pas, la vérole. Allons donc..., étouffé par une arête de brochet.

Toutes les versions s'accordaient au moins sur ce point : la mort du roi Robert. Les cloches des sept tours du grand septuaire de Baelor avaient effectivement déversé sur la ville, un jour et une nuit, le tonnerre d'un deuil aux allures de marée de bronze, et elles ne sonnaient de la sorte, à en croire un garçon tanneur, que pour le décès d'un roi.

Elle ne désirait qu'une chose au monde : rentrer chez elle, mais quitter Port-Réal n'était pas si aisé qu'elle l'espérait d'abord. Le mot « guerre » était sur toutes les lèvres, et les manteaux d'or pullulaient aux remparts comme les puces sur... hé bien, sur elle-même, par exemple. À hanter Culpucier pour dormir tantôt sur un toit, tantôt dans une écurie, bref, partout où elle pouvait à peu près s'étendre, elle n'avait guère tardé à reconnaître que le quartier méritait amplement son nom.

Jour après jour, depuis sa fuite du Donjon Rouge, elle avait tour à tour visité, inlassablement, chacune des sept portes de la cité. La porte du Dragon, la porte du Lion et la Vieille Porte ? invariablement closes et barrées. La porte de la Gadoue et la porte des Dieux ? ouvertes, mais uniquement aux gens qui souhaitaient entrer ; on ne laissait sortir personne. Les bénéficiaires d'un laissez-passer s'en allaient par la porte de Fer ou la porte du Roi, mais des hommes d'armes en manteau rouge et heaume à mufle de lion y tenaient les postes de garde. En épiant depuis les combles d'une auberge située près de la seconde, Arya vit que l'on fouillait charrettes et fourgons, que l'on forçait les cavaliers à ouvrir leurs bagages de selle, que l'on interrogeait toutes les personnes qui prétendaient passer à pied.

Elle envisagea quelque temps de franchir la rivière à la nage, mais outre sa largeur et sa profondeur, la Néra était, de l'avis unanime, peuplée de traquenards et de courants vicieux. Quant à soudoyer un passeur ou à prendre un bateau, il fallait de l'argent, n'est-ce pas ?

Le seigneur son père, elle s'en souvenait fort bien, lui avait inculqué de ne jamais voler, mais les motifs qu'il invoquait devenaient de plus en plus flous. À moins de se tirer d'affaire, et le plus tôt possible, elle se verrait forcée de courir le risque des manteaux d'or. Elle n'avait pas trop souffert de la faim depuis qu'elle savait estourbir les oiseaux, mais elle craignait que l'abus de pigeon ne finît par la rendre malade. Elle avait dû en manger deux crus, avant de découvrir Culpucier.

À « Cul », les venelles étaient bordées à tout-touche de gargotes où, dans d'énormes chaudrons, bouillassait en permanence du rata depuis des années ; il était possible d'y troquer la moitié de votre pigeon contre un quignon de la veille et « un' d'brun, un' ! », voire, à condition de la plumer vous-même, d'obtenir qu'on vous fasse croustiller la moitié restante. Arya se serait damnée pour un bol de lait et un gâteau au citron mais, après tout, le brun se laissait bouffer. Sur cette mixture à base d'orge, où se repéraient généralement des copeaux d'oignon, de navet, de carotte et même, parfois, de pomme, nageait une pellicule de gras. La viande, autant s'efforcer de n'y point trop penser. Un bout de poisson, une fois…

L'ennui était qu'il y avait toujours du monde, dans ces gargotes, et que, si vite qu'elle expédiât ses repas, des yeux la dévoraient. Avec des intentions on ne peut plus limpides, certains visaient ses bottes ou son manteau. D'autres, en revanche, se glissaient sous ses cuirs comme pour la palper, qui l'effaraient davantage encore, faute de comprendre ce qu'ils lui voulaient. À deux reprises, on l'avait suivie puis poursuivie dans l'immonde dédale. Quant à l'attraper, cours toujours. Jusque-là du moins…

La gourmette d'argent qu'elle comptait vendre ? dérobée, de même que le balluchon de bons vêtements, dès la première nuit, pendant qu'elle dormait dans les ruines d'une bicoque incendiée, passage du Porc. Les filous ne lui avaient laissé que ce qu'elle avait sur la peau, le manteau qui l'enveloppait, sa latte et, grâce au Ciel, Aiguille…, parce qu'elle était couchée dessus. Sans quoi, envolée aussi, Aiguille. Ce qu'elle avait de plus précieux au monde. Depuis lors, elle prenait soin, durant ses vagabondages, de draper le pan du manteau sur son bras droit, pour bien camoufler l'épée à sa hanche, et d'exhiber la latte, que nul n'en ignore, dans sa main gauche afin de dissuader les voleurs. Encore que. Il était des individus, dans les gargotes de Culpucier, que n'eût pas même dissuadés la vue d'une hache d'armes…, et cela suffisait pour lui faire passer le goût du pigeon et du pain rassis. Plus souvent qu'à son tour, elle allait se gîter le ventre creux plutôt que de tenter les malignités.

Une fois sortie de la ville, elle trouverait des baies à cueillir, ou des vergers où chaparder pommes et cerises. Elle se rappelait en avoir vu, depuis la grand-route, au cours de ce maudit voyage vers le sud. Elle déterrerait des racines dans la forêt, tuerait même un lapin, de-ci de-là. Tandis qu'en ville, quel gibier ? des rats, des chats, des roquets efflanqués. On prétendait que les gargotes vous donnaient une poignée de sols contre une portée de chiots, mais cette idée la révulsait.

Tout en bas, la rue aux Farines débouchait sur un labyrinthe de ruelles sinueuses et de boyaux transversaux. Soucieuse de distancer le plus possible les manteaux d'or, de se noyer dans la cohue, Arya s'y jeta. Elle avait appris à tenir le centre de la chaussée. S'il fallait parfois esquiver carrioles ou chevaux, du moins les voyiez-vous venir, tandis qu'à raser les immeubles toujours vous agrippait quelque main. Et il n'y en avait que trop, de ces venelles où, les façades se touchant presque, force était de brosser les murs !

Une bande de bambins stridents la dépassa au galop, derrière un cercle de tonneau, et la nostalgie l'étreignit de l'époque où, comme eux, elle-même et Bran et Jon et Petit Rickon jouaient à en faire rouler de même. Rickon…, quelle taille avait-il, maintenant ? Et Bran, pas trop triste, Bran ? Elle aurait donné n'importe quoi pour que Jon fût là, près d'elle, l'appelant « sœurette » en lui ébouriffant les cheveux. Non qu'ils eussent besoin qu'on les ébouriffât, son reflet dans les flaques le lui disait suffisamment. Impossible d'être plus hirsute, allez.

Ses tentatives pour aborder les enfants qui traînaient le ruisseau, dans l'espoir de s'y faire un ami avec qui partager le gîte, avaient échoué lamentablement. Sans doute ne savait-elle pas leur parler, ou s'y prenait mal. Mine de rien, les tout-petits se contentaient d'abord de la lorgner avec circonspection puis, pour peu qu'elle s'approchât trop, prenaient leur essor. Leurs grands frères et sœurs la criblaient de questions auxquelles elle ne pouvait répondre, la traitaient de tous les noms, cherchaient à la dépouiller. La veille encore, une va-nu-pieds famélique d'au moins dix-huit ans qui l'avait étourdie d'un coup de poing s'échinait à lui arracher ses bottes quand un bon coup de latte, pan ! sur l'oreille la fit déguerpir, sanglante, avec des piaulements d'orfraie.

Arya dévalait la colline vers les bas-fonds de Culpucier quand une mouette la survola d'une aile nonchalante. Trop haut pour la latte, mais assez bas pour évoquer des images de mer. *La* solution, peut-être, pour s'évader… ? Dans les contes de Vieille Nan, les navires marchands n'avaient guère d'autre fonction que d'emmener des gamins furtifs cingler vers toutes sortes d'aventures. Pourquoi pas elle ? Une virée du côté des quais la tenta ; aussi bien se trouvaient-ils sur sa route vers la porte de la Gadoue qu'elle n'avait pas encore visitée, ce jour d'hui.

Un silence incongru stagnait sur les docks quand elle y parvint. Elle aperçut deux nouveaux manteaux d'or qui, côte à côte, arpentaient le marché aux poissons, mais ils ne la remarquèrent même pas. La moitié des éventaires étaient vacants, les bateaux moins nombreux que dans ses souvenirs. Sur la Néra même avançaient, en formation d'escadre, trois galères de guerre dont les coques dorées fendaient les flots au rythme cadencé des rames. Après les avoir contemplées un moment, elle reprit sa marche le long de la berge.

En voyant les gardes apostés au troisième bassin, son sang ne fit qu'un tour. Ils portaient le manteau gris soutaché de satin blanc. Les couleurs de Winterfell… Elle en eut les larmes aux yeux. Derrière eux dansait sur ses ancres une pimpante galère marchande, à trois bancs de rames, dont elle ne put déchiffrer le nom, tracé en caractères étrangers. Myrotes, braaviens, voire haut-valyriens. Elle saisit un débardeur par la manche. « Pardon, dit-elle, quel est ce bateau, s'il vous plaît ?

— *La Charmeuse du Vent*, de Myr.

— Elle est *encore* là ! » se trahit-elle. L'homme la considéra d'un drôle d'air, haussa les épaules et s'en fut. Elle prit sa course vers le bassin. *La Charmeuse du Vent*, le bateau que Père avait affrété pour la reconduire à la maison…, attendait donc toujours ? Elle le croyait parti depuis une éternité !

Deux des gardes jouaient aux dés. Le troisième faisait sa ronde, la main au pommeau. Honteuse de se laisser voir en pleurs comme le dernier des mioches, elle s'immobilisa pour s'éponger les yeux. Les yeux les yeux les yeux, pourquoi diable… ?

Regarde avec tes yeux, chuchota la voix de Syrio.

Elle regarda. Tous les hommes de Père lui étaient familiers. Des inconnus, ces trois en manteau gris. « Hé, toi ! la héla celui qui déambulait. Que viens-tu fiche par ici, mon gars ? » Les deux autres levèrent le nez de leur partie.

Consciente qu'ils se lanceraient d'emblée à sa poursuite, elle réprima d'extrême justesse une furieuse envie de prendre ses jambes à son cou, se contraignit même à faire quelques pas dans leur direction. C'était une fille qu'on recherchait, ils la prenaient pour un garçon, qu'à cela ne tienne, elle *serait* un garçon. « Voulez pas acheter un pigeon ? » Elle désigna sa ceinture.

« Tire-toi ! » gronda l'homme.

Elle obtempéra. Posément. De quoi aurait-elle eu peur, hein ? Dans son dos, la partie de dés reprenait déjà.

Elle n'aurait su dire par quel miracle elle avait regagné Culpucier, tant l'aveuglait l'angoisse, lorsque, hors d'haleine, elle se découvrit parvenue aux abords de l'affreux cloaque au creux des collines. Il s'en dégageait une pestilence à nulle autre pareille, une puanteur de porcheries, d'écuries, de foulons de tannage qu'agrémentaient les parfums suris de vinasse et de pute au rabais. Arya se fraya sombrement un passage dans la populace, et ce n'est qu'en reniflant les premiers effluves de rata qui s'échappaient, bulle à bulle, d'une gargote qu'elle s'en aperçut : disparu, le pigeon… Il avait dû glisser de sa ceinture quand elle s'était mise à courir ou lui être volé en catimini. Peu s'en fallut qu'elle ne pleurât de nouveau. Elle devrait donc refaire en sens inverse toute cette trotte jusqu'à la rue aux Farines pour en trouver un, et d'aussi dodu ?

Au loin retentirent tout à coup des volées de cloches qui rebondissaient à travers les rues.

Elle releva les yeux, tout ouïe. Que pouvaient-elles bien annoncer, cette fois ?

« Quoi qu'y a, main'nant ? beugla un gros homme dans la gargote.

— 'co' ces cloches…, larmoya une vieille édentée, misé'ico'de ! »

À l'étage claqua un volet, la tignasse rousse et tirebouchonnée de soie peinte d'une putain surgit. « C'est-y l' 'tit roi qu'est mort, c' coup-ci ? » cria-t-elle en déballant son décolleté sur la rue. « 't un puceau pour toi, rigola quelqu'un d'invisible. Sa fête, et tôt fait ! » Elle s'esclaffait quand un type à poil la prit par derrière à bras-le-corps et, lui mordant la nuque, pétrit à pleines mains les lourds nichons blancs qui ballottaient sous la chemise.

« Pauv' connasse ! beugla le gros homme. Pas l' roi qu'est mort, c' le tocsin, ça. Qu'un' tour qui sonne. Quand c'est pou' l' roi, c'est tout' les cloches d'la ville.

— Hé ho ! toi, 'rrête de m' mordre, ou c'est les tiennes, d' cloch', que j' vais t' sonner..., menaça la femme à la fenêtre en donnant du coude dans son client. Mais si c'est pas l' roi qu'est mort, c' qui ?

— Que l'tocsin, j'te dis, répéta le gros homme. Pour appeler, rien que. »

Soulevant des gerbes d'éclaboussures, deux gamins à peu près de l'âge d'Arya passèrent à toutes jambes de flaque en flaque, et la vieille eut beau les maudire, ils ne ralentirent pas le train pour si peu. D'autres gens affluaient, qui tous montaient la colline pour voir à quoi ce tapage rimait. Arya s'élança derrière le moins rapide des garçons et, quand elle l'eut quasiment rejoint, cria : « Où vas-tu ? Que se passe-t-il ? »

Sans cesser de courir, il lui jeta par-dessus l'épaule : « C'est les manteaux d'or qui l'emmènent à Baelor.

— Qui ça ? haleta-t-elle, accélérant de son mieux.

— La *Main* ! Paraît qu'on va y couper la tête, Buu dit. »

Creusée par le va-et-vient des charrois s'ouvrait à leurs pieds une profonde ornière. Le copain de Buu l'enjamba d'un bond, mais Arya ne la vit pas, trébucha, s'aplatit, s'écorchant un genou contre une pierre et se meurtrissant les deux mains en tâchant d'amortir son rude atterrissage, Aiguille emberlificotée entre ses jambes. Malgré les sanglots qui la secouaient, elle rassembla ses genoux. Le pouce gauche saignait abondamment, la moitié de l'ongle arrachée. Elle se mit à le suçoter, tremblante comme la feuille. Son genou dégoulinait aussi.

« *Place !* cria-t-on depuis la rue adjacente, *place à messires Redwyne !* » À peine eut-elle le temps de se jeter de côté qu'au risque de la piétiner déboulaient au galop quatre gardes montés sur d'énormes chevaux. Ils portaient des manteaux à damier bleu et lie-de-vin. Derrière venaient côte à côte deux jouvenceaux dont les juments baies se ressemblaient comme des gouttes d'eau. Les jumeaux Redwyne, ser Horas et ser Hobber, Arya en avait cent fois croisé dans la courtine la tignasse orange et le vilain museau carré constellé de taches de rousseur. Leur seul aspect faisait pouffer comme des folles Sansa et Jeyne Poole, qui les appelaient messers Horreur et Baveux. Révolue, l'heure de les trouver comiques…

La foule entière se portait du même côté, chacun se hâtait d'aller satisfaire sa curiosité. La clameur des cloches semblait se faire de plus en plus intense et pressante, de plus en plus âpre. Arya se laissa emporter par le flot. Le pouce lui faisait si mal que ne pas pleurer, voilà tout, mobilisait son énergie. Tout en boitillant dans la montée, elle se mordait les lèvres, l'oreille aux aguets des propos qui fusaient tout autour.

« … la Main du Roi, lord Stark. Ils le traînent au septuaire de Baelor.

— On m'avait dit qu'il était mort.

— Va pas tarder, va pas tarder. Que ce cerf d'argent, tiens, pile ou face, formel, vont y faire valser le cap.

— Pas trop tôt, le traître… ! » Le type cracha.

Arya s'extirpa un filet de voix. « *Jamais* il… », commença-t-elle, mais que pesait son avis d'enfant ? Les répliques s'enchaînaient par-dessus sa tête.

« *Couillon !* le gardera, son cap, ouais. Depuis quand, dis, qu'on les raccourcit, les traîtres, sur les marches de Baelor ?

— Ben…, compteraient pas, des fois, le défaire chevalier ? Paraît qu' c'est lui qu'a tué l' vieux Robert. Y a coupé l' cou dans les bois, pis, quand l'ont trouvé, lui, là, peinard : 'C' t' un vieux sang'ier qu'a bousillé Sa Majesté !

— Menteries, tout ça ! c'est son prop' frère qui s'l'a fait, m' Renly, çui aux cors d'or.

— La ferme, menteuse toi-même ! dis n'importe quoi..., 't' un vrai gentilhomme, Sa S'gneurie. »

En débouchant sur la rue des Sœurs, la presse avoisinait la caque de harengs. Arya s'abandonna, plus morte que vive, à la marée qui montait invinciblement la colline de Visenya. Tout en haut, sur l'esplanade de marbre blanc, le grouillement s'était pétrifié au profit de vociférations hystériques. La populace s'interpellait, tout en jouant des coudes pour se rapprocher le plus possible du grand septuaire, et le fracas des cloches achevait de vous abasourdir.

Noyée dans ce magma, Arya ne discernait que des bras, des jambes, des bedaines et, brochant sur le lot, la fine silhouette des sept tours. Latte ferme en son poing, elle réussit néanmoins à s'y faufiler, se coula sous des ventres de chevaux, finit par repérer un tombereau de bois qui lui ferait un observatoire idéal, mais d'autres eurent la même idée, que récompensèrent, avec des coups de fouet, les injures du charretier.

Comme une forcenée, désormais, elle fonça carrément dans la foule pour se porter au premier rang, se vit rejetée contre un pan de pierre – le piédestal, s'aperçut-elle en levant les yeux, de Baelor le Vénérable, le roi septon. Sans plus hésiter, elle glissa la latte dans sa ceinture et se mit en devoir de grimper. Quitte à laisser sur le marbre peint des empreintes de pouce sanguinolentes, elle parvint à se hisser jusqu'entre les pieds de la statue, s'y pelotonna.

Et c'est alors qu'elle vit Père.

Soutenu par deux manteaux d'or, lord Eddard se tenait devant le septuaire, dans la chaire du Grand Septon. Si somptueusement vêtu fût-il, avec son manteau de laine grise bordé de fourrure et son doublet de velours gris rebrodé de perles à l'effigie du loup, sa maigreur et l'expression douloureuse de sa longue face la stupéfièrent. Il était moins debout que maintenu debout. Le plâtre de sa jambe se révélait grisâtre, comme corrompu.

Derrière lui, le Grand Septon en personne. Un vieillard courtaud, gris, gras à lard, drapé de longues robes blanches et coiffé d'une immense tiare de cristal et d'or repoussé qui l'auréolait d'arcs-en-ciel au moindre mouvement.

Massés aux portes du temple, face à la chaire de marbre, une poignée de grands seigneurs et de chevaliers semblaient ne servir là que de repoussoir à Joffrey, tout soies, tout satins écarlates brochés de cerfs caracolants, de lions rugissants sous sa couronne d'or. En grand noir flammé d'écarlate et le cheveu bien endeuillé d'une mantille de diamants noirs le flanquait sa reine de mère. Arya reconnut encore, avec quatre des membres de la Garde, le Limier, bizarrement bardé d'acier fuligineux sous les vastes plis du manteau de neige. Survint Varys qui, sur ses babouches silencieuses, infiltra ses damas à ramages parmi la noble assistance. Quant au barbichu miniature à cape d'argent, cela pouvait bien être l'ancien soupirant transi de Mère.

Enfin dans ce tas se trouvait, d'azur soyeuse et bien auburn, bien lissée, bouclée, les poignets cernés de bracelets d'argent, Sansa. Que fabriquait-elle en telle compagnie ? se renfrogna sa sœur, à quoi rimaient ces risettes aux anges ?

Boudiné dans une armure magnifique en laque noire filigranée d'or, une espèce de poussah commandait le long cordon de piques en manteaux d'or qui contenait la plèbe. Son manteau personnel avait l'éclat métallique du véritable brocart.

Après que la cloche eut cessé de tonner et que peu à peu se fut fait le silence sur l'immense esplanade, Père leva la tête et se mit à parler, mais d'une voix si ténue, si exténuée qu'à peine Arya pouvait-elle saisir ses paroles. De l'arrière, des gens commencèrent à crier : « *Quoi ?* » et « *Plus fort !* »

Le poussah laqué et doré escalada la chaire dans le dos de Père et le houspilla rudement. Arya fut tentée de hurler : « *Bas les pattes !* », en comprit la futilité, personne ne l'écouterait, n'en mâchouilla sa lèvre que plus ardemment.

Haussant le ton, Père reprit : « Je suis Eddard Stark, sire de Winterfell, Main du Roi. » Sa voix, désormais, portait jusqu'au bout de la place. « Et je viens ici confesser, devant les dieux et devant les hommes, ma félonie.

— *Non...* », geignit Arya, tandis que de la populace, au-dessous, montaient les premières huées, bientôt épaissies par une clameur unanime d'immondices et de quolibets. Sansa s'était enfoui le visage dans les mains.

De manière à dominer ce tapage ignoble, Père éleva encore la voix. « J'ai trahi la foi de mon roi et la confiance de mon ami Robert ! cria-t-il. Son sang ne s'était pas encore refroidi que, malgré mon serment de défendre et de protéger ses enfants, je tramais de déposer et d'assassiner son fils pour m'emparer du trône. Veuillent le Grand Septon, Baelor le Bien-Aimé, les Sept m'être à présent témoins de la vérité que j'énonce : Joffrey Baratheon est l'unique héritier légitime du Trône de Fer et, par la grâce de tous les dieux, seigneur et maître des Sept Couronnes, protecteur du royaume. »

Une pierre partit de la foule et, en voyant Père chanceler, Arya ne put réprimer un cri. Les manteaux d'or empêchèrent lord Stark de tomber. Du front ouvert dégoulinait le sang le long du long visage émacié. Les pierres se mirent à grêler. L'une d'elles atteignit le garde de Père, à gauche, une autre rendit un son creux sur le pectoral noir et or du poussah. Deux des chevaliers de la Garde vinrent se placer, bouclier brandi, devant la reine et Joffrey.

Sous le manteau, la main d'Arya se glissa vers Aiguille dans son fourreau et en étreignit la poignée comme jamais elle n'avait étreint chose au monde. *Par pitié, dieux, sauvez-le ! Ne les laissez pas lui faire de mal...*

Le Grand Septon s'agenouillait cependant devant la reine et Joffrey. « Plus nous péchons, plus nous souffrons, entonna-t-il d'une voix profonde et qui s'enflait bien plus fort que celle de Père. Ce pécheur a confessé ses crimes devant les dieux et devant les hommes, ici, dans ce lieu sacré. » Mille arcs-en-ciel nimbèrent sa tête comme il élevait des mains suppliantes. « Les dieux sont justes mais, Baelor le Vénérable nous l'a enseigné, non moins miséricordieux. Quel châtiment réserver à ce traître, Sire ? »

D'innombrables gorges glapissaient, mais Arya ne les entendait pas. Le prince Joffrey..., le *roi* Joffrey, pardon, émergea de son rempart de boucliers. « Ma mère m'enjoint de laisser lord Eddard prendre le noir, et lady Sansa m'a supplié d'épargner son père. » Sur ces mots, il regarda Sansa droit dans les yeux et *sourit*, si bien qu'Arya crut une seconde sa prière exaucée, mais déjà il se retournait vers le peuple et déclarait : « Le cœur des femmes a de ces faiblesses..., mais aussi longtemps que je serai, moi, votre roi, la félonie ne demeurera pas impunie. Sa tête, ser Ilyn ! »

La foule poussa un rugissement, et sa houle battit si rudement le piédestal de Baelor qu'Arya sentit la statue tituber, pendant que le Grand Septon se pendait aux basques du roi, que Varys se précipitait en se tordant les bras, que la reine elle-même tentait apparemment de raisonner son fils, mais Joffrey leur opposait à tous le même branlement de tête négatif. Et dès que parut, décharnée, dégingandée tel un squelette sanglé de maille, la justice du roi, seigneurs et chevaliers s'écartèrent comme par enchantement. Loin, très loin, du fin fond de quelque cauchemar, Arya entendit sa sœur crier d'une voix stridente puis la vit à genoux, convulsée de sanglots. Ser Ilyn Payne gravit les degrés de la chaire.

Abandonnant son refuge aux pieds de Baelor, Arya se jeta dans la foule et, Aiguille au poing, atterrit sur un homme en tablier de boucher qu'elle envoya rouler à terre. Aussitôt, un poing l'atteignit en plein dos, faillit la renverser à son tour, et comme les corps se refermaient sur elle, trébuchant, poussant, trépignant le malheureux boucher, Aiguille entra dans la danse.

Du haut de la chaire, ser Ilyn Payne fit un geste, le poussah éructa un ordre, et les manteaux d'or plaquèrent violemment lord Eddard le ventre contre le marbre, le buste dans le vide, vers l'extérieur.

« Hé, toi ! » cria une voix colère à l'adresse d'Arya, mais la petite passa en trombe, écartant, bousculant les gens, frappant tout ce qui lui faisait obstacle. Une main lui saisit la jambe, elle y tailla, rua dans des tibias. Une femme s'effondra, elle lui passa sur le corps, tout en frappant de droite, frappant de gauche, mais cela ne servait à rien, *à rien* ! trop dense était la foule, elle n'y avait pas plus tôt ouvert une brèche que la brèche se refermait. Quelqu'un lui bourra les côtes. Et toujours la tympanisaient les pleurs éperdus de Sansa.

Ser Ilyn tira une longue épée de son fourreau d'épaule et, lorsqu'il la brandit au-dessus de sa tête, le soleil fit danser sur le métal sombre au fil plus aigu qu'aucun rasoir des risées si étincelantes que *Glace !* frémit Arya, *c'est Glace qu'il a !* et, le long de ses joues, ruisselèrent des larmes qui achevèrent de l'aveugler.

Au même instant, une main surgit de la foule, qui, tel un piège à loup, lui emprisonna si brutalement le bras qu'elle en lâcha Aiguille, perdit l'équilibre et serait tombée si l'agresseur ne l'avait retenue avec autant d'aisance qu'une simple poupée. Une figure se pressa contre la sienne, de longs cheveux noirs, une barbe hirsute, des dents gâtées. « *R'garde pas !* jappa une voix de rogomme.

— Je… je… je… », hoqueta-t-elle.

Le vieux la secoua si fort qu'elle claqua des dents. « Ta gueule, et ferm' les yeux, *mon gars* ! » Vaguement, comme venant de très très loin, elle perçut un… *un bruit…*, plutôt la douce rumeur d'un soupir, comme si d'un million de poitrines s'était exhalé le souffle simultanément. Avec une roideur de fer, les doigts du vieux s'enfoncèrent plus avant dans son bras. « R'gard'-moi. Ouais, com' ça, *moi.* » Son haleine embaumait la bibine sure. « T' souviens, *mon gars* ? »

C'est l'odeur qui lui rafraîchit la mémoire et, du coup, elle vit la tignasse graisseuse, le manteau noir maculé, crasseux, les épaules déjetées, les prunelles noires qui louchaient sur elle. Le frère noir venu rendre visite à Père, ce fameux soir où…

« M' reconnais, main'nant, 'spa ? Futé, l' gars. » Il cracha. « Terminé, ici. Vas m'accompagner et fermer ta gueule. » Comme elle ouvrait la bouche pour répliquer, il la secoua de nouveau, plus fort encore. « *Ta gueule*, j' dit. »

L'esplanade commençait à se vider. Autour d'eux, la cohue semblait se diluer, les gens retournaient à leur existence à eux. Mais d'existence, Arya n'en avait plus. Complètement vidée, elle se mit machinalement en marche aux côtés de… *Yoren, oui, c'est Yoren qu'il s'appelle…* Elle ne se rappela même l'avoir vu ramasser Aiguille que lorsqu'il la lui rendit. « 'spérons qu' ça t' servira, mon gars.

— Je ne suis pas… »

Elle n'eut pas le temps d'achever qu'il la poussait dans l'ombre d'un porche, lui fourrait ses doigts sales dans les cheveux, les lui tordait, tirait de manière à découvrir sa gorge. « Pas un gars futé, ça qu' tu v' dire, hein ? »

Dans son autre main, il tenait un couteau.

Comme celui-ci volait vers sa figure, Arya se rejeta en arrière, mais elle avait beau ruer, se débattre, démener sa tête en tous sens, loin de se relâcher, la prise, et avec quelle poigne ! s'accentuait, et à la sensation que se déchirait son cuir chevelu se mêla inextricablement la saveur saumâtre des larmes.

BRAN

Des hommes, des hommes faits, les plus âgés, dans les dix-sept dix-huit ans. Plus de vingt, même, l'un d'eux. La plupart des autres plus jeunes, seize ou moins.

Il les épiait depuis l'encorbellement de la tourelle où logeait mestre Luwin, et vers lui montait le concert d'ahans, de jurons, de grognements qui, dans la cour, ponctuaient le cliquetis mat, *clac clac clac*, des épées de bois, lui-même par trop émaillé des claques flasques ou cinglantes qu'escorté de gémissements ou de cris aigus produisait le choc des lattes contre le cuir ou à même la chair. À longues foulées véhémentes, ser Rodrik ne cessait d'aller et venir parmi ses gars, maugréer, de plus en plus rubicond sous ses blancs favoris, tançant celui-ci, tançant celui-là, tançant tout et tous. « Non ! martelait-il, non ! non ! non et non ! » Jamais Bran ne l'avait vu si furieux.

« Ils ne se battent pas très bien… », hasarda-t-il d'un ton dubitatif, tout en grattouillant sans entrain derrière les oreilles Été dont les dents crissaient sur un manche de gigot.

« Le fait est, convint mestre Luwin avec un gros soupir, l'œil attaché à la grande lorgnette de Myr qui lui permettait de mesurer les ombres et de noter la position de la comète en suspens, ce matin-là, quasiment au ras de l'horizon. Mais, avec le temps… Ser Rodrik est dans le vrai, nous manquons de sentinelles sur les remparts. La crème de la garde a suivi le seigneur ton père à Port-Réal, ton frère a pris le reste, ainsi que tous les garçons passables disponibles à des lieues à la ronde. Nombre d'entre eux ne reviendront pas, et il nous faut coûte que coûte leur trouver des remplaçants. »

Non sans rancœur, Bran jeta un œil sur les recrues en nage. « Si j'avais encore mes jambes, je les battrais tous. » Le souvenir le poignit de la dernière fois où il avait, durant le séjour du roi, manié une épée. Une simple latte, certes, mais il n'en avait pas moins flanqué par terre le prince Tommen à une bonne cinquantaine de reprises. « Ser Rodrik devrait m'apprendre à utiliser le merlin. Si je possédais un merlin muni d'un long manche, Hodor me tiendrait lieu de jambes. À nous deux, nous pourrions faire un chevalier.

— Je trouve ton idée… peu réaliste, Bran, objecta le mestre. Au combat, bras, jambes, pensée, tout ne doit faire qu'un. »

En bas, ser Rodrik se mit à glapir : « Tu te bats comme une oie ! Quand il pique, tu piques plus fort, mais *pare*, bons dieux ! bloque ! Tes picorages ne suffisent pas ! Si vous teniez des épées véritables, le premier coup de bec t'emporterait le bras ! » Un rire fusa, le vieux chevalier fonça sur le rieur. « Et tu rigoles ! Toi ! Ce culot ! Quand tu te bats comme un hérisson… !

— Il était une fois, s'entêta Bran tandis que ser Rodrik, dans la cour, poursuivait sa mercuriale, un chevalier qui n'y voyait pas, Vieille Nan me l'a raconté. Même qu'en faisant tournoyer sa longue hampe équipée de lames aux deux bouts, il frappait deux types à la fois.

— Symeon Prunelles-d'Étoiles, commenta Luwin tout en reportant des chiffres sur son registre. Quand il perdit la vue, il plaça des saphirs d'astres dans ses orbites vides, à ce que prétendent du moins les rhapsodes. Ce n'est qu'un conte, Bran, un conte comme celui de Florian l'Idiot. Une fable issue de l'Age des Héros. » Il fit clapper, tt tt, sa langue.

« Oublie ces songeries… Elles n'aboutiront qu'à te briser le cœur. »

« Songeries » dériva le cours de ses pensées. « J'ai de nouveau rêvé de la corneille, la nuit dernière. Celle à trois yeux. Elle entrait dans ma chambre et me disait : "Suis-moi." Je le faisais, et nous descendions dans les cryptes. Père s'y trouvait, nous parlions ensemble. Il était triste.

— Et pourquoi triste ? » Luwin s'était remis à lorgner le ciel.

« Quelque chose à propos de Jon, je crois. » Son rêve l'avait singulièrement bouleversé, bien plus qu'aucun des autres avec la corneille. « Hodor n'acceptera pas de descendre dans les cryptes. »

À l'évidence, le mestre avait eu un long moment d'inadvertance. Il retira son œil de la lunette, cligna. « Il n'acceptera pas quoi… ?

— De descendre dans les cryptes. À mon réveil, je lui ai dit de m'y mener, pour voir si Père s'y trouvait vraiment. D'abord, il ne m'a pas compris mais, à force de le faire aller dans tous les sens, j'ai fini par le conduire en haut de l'escalier, seulement, là, il a refusé de descendre. Il se tenait juste sur le seuil, à répéter : "Hodor !" comme s'il avait peur du noir, et pourtant j'*avais* une torche. Et ça m'a mis tellement en colère que j'ai failli lui cogner la tête, comme fait toujours Vieille Nan. » Affolé par l'air soudain réprobateur du mestre, il ajouta précipitamment : « Mais rien que failli.

— Bon. Hodor est un homme, pas une mule à rosser.

— Dans mon rêve, je descendais en volant avec la corneille, mais je n'y parviens pas quand je suis éveillé, crut-il bon d'expliquer.

— Mais pourquoi vouloir descendre dans les cryptes ?

— Je vous l'ai dit ! pour chercher Père. »

Le vieillard se mit à tripoter sa chaîne. Une manie qu'il avait quand il se sentait mal à l'aise. « Bran, cher enfant, un jour, lord Eddard y trônera en pierre, aux côtés de son père et du père de son père et de tous les Stark jusqu'aux vieux rois du Nord mais..., mais les dieux veuillent que cela n'advienne que dans bien des années. Ton père est prisonnier de la reine, à Port-Réal. Tu ne le trouveras pas dans les cryptes.

— Il y était la nuit dernière. Je lui ai parlé.

— Et têtu ! soupira le mestre en repoussant son registre. Tu souhaiterais aller voir ?

— Je ne peux pas. Hodor s'y refuse, et les marches sont trop étroites et tournantes pour Danseuse.

— Le problème ne doit pas être insoluble. »

Pour suppléer Hodor, on manda la sauvageonne Osha. Abstraction faite de sa taille et de sa robustesse, elle ne geignait jamais, se rendait sans récriminer partout où on le lui commandait. « J'ai trop longtemps vécu au-delà du Mur, dit-elle, pour qu'un trou dans le sol suffise à m'effrayer, m'sires.

— Viens, Été », dit Bran quand elle l'eut enlevé dans ses bras nerveux. Le loup-garou lâcha son os et, à leur suite, traversa la cour et dévala le colimaçon qui menait dans le caveau glacial. Mestre Luwin les précédait avec une torche, assez suffoqué que Bran – un *comble* ! – ne s'offusquât pas d'être transporté dans les bras et non sur le dos. Eu égard aux bons et loyaux services d'Osha depuis son entrée à Winterfell, ser Rodrik l'avait fait délivrer de sa chaîne. Et si un reste de défiance mal dissipé la contraignait encore à porter aux chevilles ses lourds bracelets de fer, du moins ceux-ci ne compromettaient-ils point la sûreté de son grand pas dans l'escalier.

En dépit de ses efforts, Bran ne pouvait se rappeler à quand remontait sa dernière visite aux cryptes. *Avant*, de toute façon. Durant sa petite enfance, il allait y jouer régulièrement en compagnie de Robb, de Jon et des filles. Que ne les avait-il avec lui, là, tous, à présent..., le caveau lui eût paru moins lugubre, moins ténébreux. Entré tout faraud dans ces ombres peuplées d'échos, Été se pétrifia, brusquement cironspect, leva le museau, flaira les frissons de l'air mort, découvrit finalement ses crocs et recula, l'échine basse, l'œil tout moiré de reflets d'or par la torche que tenait le mestre. Malgré sa solidité de vieux fer, Osha même semblait mal à l'aise. « Pas gaie, l'engeance, comme abord, déclara-t-elle en considérant la longue file des Stark roidis sur leurs trônes de granit.

— C'étaient les rois de l'Hiver », souffla Bran. Il pressentait confusément l'incongruité de parler trop fort en ces lieux.

Osha sourit. « L'hiver n'a jamais eu de rois. Si vous l'aviez vu de vos propres yeux, vous le sauriez, rejeton d'été.

— Ils ont régné sur le Nord des milliers d'années », dit Luwin en levant la torche pour mieux éclairer leurs faces de pierre. Certains étaient chevelus, barbus, aussi hirsutes et aussi farouches que les loups lovés à leurs pieds. Rasés de près, d'autres avaient des physionomies maigres et acérées comme le fer des longues épées qui barraient leur giron. « Des hommes durs pour une dure époque. Allons. » D'un pas vif qui laissait dans le sillage de la torche une longue langue de feu, il s'enfonça plus avant entre les rangées de piliers que ponctuaient les innombrables effigies.

Plus vaste que Winterfell lui-même, la crypte s'ouvrait toujours plus outre devant eux. À en croire Jon, elle comportait bien d'autres niveaux souterrains, des caveaux encore plus sombres et plus noirs qui recelaient les restes des tout premiers rois. Mieux valait n'y point perdre la lumière. Lors même qu'Osha, Bran blotti contre elle, eut repris sa marche derrière Luwin, Été refusa de s'éloigner de l'escalier. « Te souviens-tu de ton histoire, Bran ? demanda le mestre pendant qu'ils avançaient. Voyons si tu sauras dire à Osha qui ils furent et ce qu'ils firent… »

Au fur et à mesure qu'il les dépassait, Bran examinait leurs traits, et aussitôt lui revenaient en mémoire les chroniques, telles que les lui avait inculquées le mestre et Vieille Nan, ressuscitées. « Celui-ci est Jon Stark. Lorsque débarquèrent les pirates, à l'est, il les rejeta à la mer et construisit le château de Blancport. Son fils, Rickard Stark, pas le père de mon père, un autre Rickard, conquit le Neck sur le roi des Paluds avant d'en épouser la fille. Voici Theon Stark, mais si, le tout menu aux cheveux raides et à la barbe avare ; on le surnommait “le Loup affamé”, parce qu'il n'arrêtait pas de guerroyer. Ce grand rêveur-là est un Brandon, dit Brandon le Caréneur en raison de sa passion pour la mer ; sa tombe est vide ; il entreprit la traversée des mers du Crépuscule, et on ne le revit jamais. Son fils, Brandon l'Incendiaire, eut un tel chagrin de sa disparition qu'il mit le feu à tous les vaisseaux carénés par lui. Ici repose Rodrik Stark, qui gagna l'île aux Ours dans un concours de pugilat puis l'offrit aux Mormont. Et voici Torrhen Stark, le roi-qui-s'agenouilla ; sa reddition à Aegon le Conquérant fit de lui le dernier roi du Nord et le premier sire de Winterfell. Oh, là, c'est Cregan Stark ! Il affronta le prince Aemon, un jour, et le Chevalier-Dragon reconnut n'avoir jamais eu affaire à plus fine lame. » Comme on était presque arrivé au bout, désormais, il se sentit sourdement envahi d'une mélancolie. « Et voici mon grand-père, lord Rickard, qui périt décapité par le roi Aerys le Fol. Sa fille, Lyanna, et son fils, Brandon, occupent les tombes voisines. Pas moi, un autre Brandon, le frère de Père. Ils ne devraient pas avoir de statues, c'est un privilège réservé aux lords et aux rois, mais Père les aimait tant qu'il les a fait représenter tous deux.

— La fille est une beauté, dit Osha.

— On l'avait promise à Robert, mais le prince Rhaegar la ravit de vive force et la viola. Robert partit en guerre pour la ravoir. Avec sa masse d'armes, il tua Rhaegar au Trident, mais la mort de Lyanna le sépara d'elle à jamais.

— Une triste histoire, s'émut Osha, mais ces trous béants le sont davantage encore.

— La tombe de lord Eddard, quand son heure sera venue, dit mestre Luwin. Est-ce dans celle-ci que tu as vu ton père en rêve, Bran ?

— Oui. » Ce souvenir le fit frémir. Il jeta un regard d'angoisse tout autour, et les petits cheveux de sa nuque se hérissèrent. Avait-il des bourdonnements d'oreille, ou bien… ? ou bien quelqu'un était-il là ?

Mestre Luwin approcha sa torche de l'ouverture. « Il n'y est pas, tu vois. Et n'y sera pas de sitôt. Les rêves ne sont que des rêves, enfant. » Il y aventura son bras, l'y perdit comme dans la gueule de quelque monstre. « Tu vois ? Absolument vi… »

Les ténèbres bondirent en grondant sur lui.

Le temps pour Bran d'entr'apercevoir des prunelles où flambait un vert sulfureux, l'éclair de canines, du poil aussi noir que le noir ambiant, le mestre piaillait en se débattant, la torche voltigeait, carambolait la face de pierre de Brandon Stark, tombait à ses pieds, commençait à lui lécher les jambes et, à la lueur soûle de ses hoquets, révélait Luwin aux prises, à terre, avec le loup-garou, lui martelant la truffe de sa main libre, l'autre enfermée dans des mâchoires inexorables.

« *Été… !* » s'époumona Bran.

Et Été survint, déboulant de l'ombre comme un typhon d'ombre, qui boula dans Broussaille et l'envoya rouler, puis les deux loups se culbutèrent l'un l'autre en un tourbillon de fourrures grise et noire, de morsures et de grondements, tandis que, les doigts en sang, le vieux mestre tâchait de trouver ses genoux. Afin de lui venir en aide, Osha dut d'abord adosser Bran au loup de pierre de lord Rickard. Les halètements de la torche projetaient jusqu'à la voûte et le long des murs la sihouette gigantesque des loups toujours enchevêtrés.

« Broussaille ? » appela une voix menue. À l'entrée de la tombe de Père se tenait le petit Rickon. Non sans un dernier grincement de dents à l'adresse d'Été, son loup rompit et vint le rejoindre d'un bond. « Laissez mon père en paix, vous, reprit l'enfant à l'intention du mestre, et sur un ton d'avertissement. Laissez-le en paix.

— Voyons, Rickon, dit Bran d'une voix douce, Père n'est pas ici.

— Si. Je l'ai vu. » Des larmes brillaient sur ses joues. « Je l'ai vu, la nuit dernière.

— En rêve… ? »

Il fit oui de la tête. « Laissez-le en paix, laissez-le en paix. Il revient, comme il l'avait promis. Il revient. »

Jamais de sa vie Bran n'avait vu mestre Luwin si troublé. Le sang dégouttait de la plaie que les crocs de Broussaille avaient ouverte à travers la manche en lambeaux. « La torche, Osha », s'arracha-t-il avec un masque douloureux. Elle s'en saisit avant que celle-ci ne se fût éteinte. Des traînées de suie noircissaient les deux jambes de la statue d'Oncle Bran. « Cette… cette *bestiole*, reprit Luwin, devait rester enchaînée aux chenils, non ? »

Rickon tapota le museau sanglant de Broussaille. « Je l'ai délivré. Il n'aime pas la chaîne. » Il se lécha les doigts.

« Rickon, dit Bran, tu veux bien venir avec moi ?

— Non. Je me plais ici.

— Il y fait noir. Et froid.

— Je n'ai pas peur. Je dois attendre Père.

— Tu peux l'attendre en ma compagnie. Nous l'attendrons ensemble, toi et moi et nos loups. » Ils avaient beau lécher chacun ses blessures, pour l'heure, les garder à l'œil ne serait pas du luxe.

« Bran, intervint le mestre d'un ton ferme, je sais dans quel esprit tu parles, mais Broussaille est trop féroce pour qu'on le laisse en liberté. Je suis sa troisième victime. Accorde-lui ses aises dans le château et, tôt ou tard, il tuera quelqu'un. Quelque peine que j'en éprouve, la vérité me force à dire qu'il faut l'enchaîner ou… » Il buta sur l'alternative.

… *ou l'abattre*, acheva Bran en son for, qui proféra : « Il n'est pas fait pour la chaîne. Nous attendrons dans votre tour, tous ensemble.

— Cela ne se peut ! » affirma le mestre.

Osha grimaça un sourire. « Le garçon est not' p'tit seigneur et maît', ici, j' crois m' souv'nir. » Elle rendit la torche à Luwin, reprit Bran dans ses bras. « Va pour vot' tour, mestre.

— Tu viens, Rickon ? »

Son frère hocha la tête. « Puisque Broussaille vient aussi », dit-il en s'élançant sur les talons d'Osha. Et force fut au mestre d'emboîter le pas, non sans surveiller prudemment les loups.

Il vivait au sein d'un tel capharnaüm qu'y retrouver quoi que ce soit tenait du prodige, aux yeux de Bran. Des piles de livres branlantes encombraient les tables et les sièges maculés de bouts de chandelle et de flaques de cire à cacheter, un fouillis de fioles bouchées les étagères, sur son trépied la lunette en bronze interdisait quasiment l'accès à la terrasse, des cartes célestes occupaient les murs, les plans d'ombre gisaient dans un méli-mélo de paperasses, de jonchaie, de tuyaux de plume, les pots d'encre se casaient au petit bonheur, les fientes des corbeaux nichés dans la charpente éclaboussaient le tout indistinctement, et le tohu-bohu de leurs *croâ* rauques ou stridents parachevait votre confusion. Aussi s'en donnèrent-ils à cœur joie pendant qu'Osha nettoyait, pansait, bandait les plaies du mestre selon les instructions laconiques de celui-ci. « C'est extravagant, dit-il comme elle appliquait sur les morsures un onguent caustique. Que vous ayez fait tous deux le même rêve est bizarre, je vous l'accorde, mais, pour peu que l'on y arrête sa réflexion, il n'y a rien là que de naturel. Le seigneur votre père vous manque, et vous le savez prisonnier. L'esprit s'enfièvre volontiers de ce qu'il appréhende et sécrète des lubies saugrenues. Rickon est trop jeune pour…

— J'ai quatre ans révolus ! » protesta l'enfant qui, l'œil vissé dans la lunette de Myr, étudiait les gargouilles du Donjon Vieux. À deux points opposés de la vaste pièce ronde, les loups-garous, plantés sur leur séant, ne délaissaient le soin de leurs blessures que pour ronger des os.

« … trop jeune pour se rendre compte, et…, *oooh !* par les sept enfers, ça brûle… ! non, va toujours, encore… Trop jeune, je maintiens, mais toi, Bran, tu es assez vieux pour le savoir, les rêves ne sont que des rêves.

— Certains oui, certains non. » Osha versa sur une longue entaille du lait-de-feu rougeâtre. Luwin sursauta. « Les enfants de la forêt pourraient vous dire une ou deux choses à propos des rêves. »

Malgré ses joues baignées de larmes, le petit homme gris branla tenacement du chef. « Les enfants… n'existent que dans ta cervelle. Voilà. Morts et envolés. Suffit, suffit. Les compresses, maintenant. Puis tu bandes. Bien serré. Ça va suinter.

— Vieille Nan assure que les enfants connaissaient le chant des arbres, qu'ils savaient voler comme les oiseaux et nager comme les poissons et parler aux bêtes, dit Bran. Elle assure qu'ils faisaient une musique si belle que, rien qu'à l'entendre, on se mettait à pleurer comme un nouveau-né.

— Magie que tout cela, magie, décréta le mestre avec un drôle d'air. Trop aise, s'ils se trouvaient là… ! Une de leurs incantations rendrait mon bras moins douloureux, et ils pourraient sermonner Broussaille afin qu'il ne morde plus. » Du coin de l'œil, il décocha un regard colère au grand loup noir. « Retiens ceci, Bran : l'homme qui croit aux sortilèges se bat en duel avec une épée de verre. Et ainsi firent les enfants. Tiens, laisse-moi te montrer quelque chose… » Il se leva, non sans brusquerie, traversa la pièce, revint avec une fiole verte dans sa main valide. « Regarde un peu », dit-il en la débouchant. S'en déversa une poignée de têtes de flèches d'un noir brillant.

Bran en préleva une. « C'est du verre… » La curiosité attira Rickon près de la table.

« Du verredragon, énonça Osha en s'asseyant auprès de son patient, bandes à la main.

— De l'obsidienne, rectifia mestre Luwin tout en lui tendant son bras. Forgée aux foyers des dieux dans les entrailles de la terre. Les enfants de la forêt s'en servaient pour chasser, voilà des millénaires. Au lieu de maille, ils portaient de longues chemises de feuilles tissées et des houseaux d'écorce grâce auxquels ils semblaient se fondre dans la végétation des bois. Et leurs épées étaient d'obsidienne et non d'acier.

— Sont toujours. » Après avoir appliqué une à une les compresses molletonnées, Osha les enveloppait étroitement dans de longs lés de lin.

Bran éleva la tête de flèche pour la mirer. Merveilleusement poli, le verre noir étincelait. Il le jugea beau. « Je peux en garder une ?

— Si tu veux.

— J'en veux une aussi ! s'écria Rickon, non, quatre. J'ai quatre ans. »

Le mestre les lui fit compter. « Prends garde, elles restent acérées. Ne va pas te couper.

— Parlez-moi des enfants », reprit Bran. Le sujet lui importait fort. « Que désires-tu savoir ?

— Tout. »

Mestre Luwin tripota sa chaîne au point précis où elle lui échauffait le cou. « Ils vivaient à l'Age de l'Aube qui précéda tout, bien avant les rois et les royaumes. Ils furent les tout premiers. En ces temps-là, il n'y avait ni châteaux ni forts ni villes ni la moindre apparence de marché ni de bourg entre ici et la mer de Dorne. Il n'y avait pas d'êtres humains du tout. Seuls les enfants de la forêt habitaient les terres que nous appelons aujourd'hui les Sept Couronnes.

« Beaux malgré leur teint sombre et leur petite taille – même à l'âge adulte, elle n'excédait pas celle d'un enfant –, ils avaient pour demeures secrètes au profond des bois les grottes, les lacs et des hameaux d'arbres. Leur stature frêle leur conférait prestesse et grâce. Mâles et femelles chassaient de conserve, armés d'arcs en barral et de filets volants. Leurs dieux étaient les anciens dieux de la forêt, des cours d'eau, des pierres, les dieux dont nul ne prononce les noms. Appelés *vervoyants*, leurs sages sculptaient dans le tronc des barrals des figures étranges chargées de surveiller la selve. D'où provenaient les enfants de la forêt, combien de temps dura leur règne en ces lieux, personne au monde ne le sait.

« Mais voilà quelque douze milliers d'années survinrent, en provenance de l'est, les Premiers Hommes, lesquels empruntèrent le Bras de Dorne avant qu'il ne se fût cassé. Ils survinrent armés d'épées de bronze et de grands boucliers de cuir, et ils montaient des chevaux. Jamais jusqu'alors on n'avait vu semblables bêtes de ce côté-ci du détroit. Aussi les enfants de la forêt durent-ils en être aussi épouvantés que les Premiers Hommes en découvrant, eux, les faces des arbres-cœur. Toujours est-il qu'au fur et à mesure qu'ils établissaient fermes et fortins, ceux-ci abattaient les faces et les livraient au feu. Scandalisés d'un tel sacrilège, ceux-là partirent en guerre. Mais leurs vervoyants eurent beau, si l'on en croit les vieilles chansons, recourir à la magie noire pour déchaîner les mers afin qu'elles noient le pays et fracassent le Bras, ils s'y prenaient trop tard pour refermer la porte, et les hostilités perdurèrent jusqu'à ce que la terre ne fût plus qu'une fange rouge saturée du sang des hommes et du sang des enfants de la forêt, mais des enfants plus que des hommes, car les hommes étaient plus grands et plus forts, et le bois, la pierre, l'obsidienne trop piètres contre le bronze. Tant qu'à la fin, dans les deux camps prévalant la raison, chefs et héros des Premiers Hommes se rencontrèrent avec vervoyants et selvedanseurs dans les bois sacrés de la petite île abritée par le lac connu jusqu'à nos jours sous le nom de l'Œildieu.

« C'est là que fut conclu le pacte aux termes duquel les Premiers Hommes recevaient en partage les terres côtières, les hautes plaines et les grasses prairies, les montagnes et les marécages, les enfants devant quant à eux conserver à jamais la forêt profonde et la hache épargner désormais les barrals par tout le royaume. Et, après qu'on eut doté d'une face chaque arbre de l'île afin de rendre les dieux témoins des paroles échangées, fut solennellement institué l'ordre sacré des verts-hommes pour assurer la sauvegarde de l'Île-aux-Faces.

« Dès lors s'acheva l'Age de l'Aube et débuta l'Age des Héros. L'amitié instaurée par le pacte entre les hommes et les enfants dura quatre mille ans. Tant et si bien qu'au fil du temps les Premiers Hommes en vinrent même à répudier en faveur des dieux secrets de la forêt les dieux qu'ils avaient importés. »

Le poing de Bran se resserra sur la pointe d'obsidienne. « Mais vous prétendiez disparus tous les enfants de la forêt…

— Ici, oui, grogna Osha, les dents occupées à sectionner les dernières ligatures du pansement. Les choses sont différentes au nord du Mur. C'est là que les enfants ont trouvé refuge, ainsi que les géants et que les autres races du passé. »

Mestre Luwin soupira. « Ah, femme, femme… ! tu ne méritais que la mort ou les fers, les Stark t'ont traitée avec trop de mansuétude. C'est te montrer bien ingrate à leur égard que de farcir de sornettes la cervelle de leurs garçons.

— Où sont-ils passés, alors ? insista Bran. Je veux savoir.

— Moi aussi, dit Rickon.

— Bon, bon…, maugréa le mestre. Aussi longtemps que se maintinrent les royaumes des Premiers Hommes, soit tout au long de l'Age des Héros, de la Longue Nuit puis de l'époque où naquirent les Sept Couronnes, le pacte fut respecté. Mais, à la fin, de nouveaux peuples franchirent le détroit.

« D'abord survinrent les Andals, une race de grands guerriers blonds qui, maniant le feu et l'acier, portaient peinte sur la poitrine l'étoile à sept branches des nouveaux dieux. Après les avoir combattus des centaines d'années, les six couronnes méridionales finirent par succomber. Dans nos seuls parages, où le roi du Nord parvint à repousser chacune des armées qui tentaient de déborder le Neck, persista la règle des Premiers Hommes. Partout ailleurs, les Andals brûlèrent les bois sacrés, livrèrent les faces à la hache, massacrèrent tout ce qu'ils purent attraper d'enfants, proclamèrent le triomphe des Sept sur les anciens dieux. De sorte que les enfants, contraints à fuir vers le nord… »

Été se mit à hurler. Le saisissement laissa le mestre bouche bée, mais quand Broussaille se dressa d'un bond pour joindre sa voix à celle de son frère, une angoisse invincible broya le cœur de Bran. « *Cela vient* », murmura-t-il avec la conviction du désespoir. Et il s'aperçut que son siège était fait depuis la nuit précédente, depuis que la corneille l'avait emmené dans la crypte faire ses adieux. Dès cet instant, il avait su, mais refusé d'y croire comme de l'admettre, s'était délibérément cramponné à l'espoir que mestre Luwin disait vrai. *La corneille*, suffoqua-t-il, *la corneille à trois yeux...*

Les hurlements s'interrompirent aussi brusquement qu'ils avaient débuté. Été trottina vers Broussaille et entreprit de lécher le sang qui lui encroûtait la nuque. Du côté de la baie se fit entendre un battement d'ailes.

Un corbeau parut, qui se jucha sur l'appui de pierre grise et, ouvrant le bec, émit un râle rauque de détresse.

Les yeux de Rickon s'emplirent de larmes, sa main s'ouvrit et, une à une, en tombèrent les pointes de flèches avec un menu bruit de grêle au sol. Bran l'attira contre lui, l'étreignit.

Le mestre, lui, contemplait l'oiseau noir avec autant d'horreur que s'il se fût agi d'un scorpion à plumes. Avec une lenteur de somnambule, il se leva, s'approcha de la baie, siffla, et le corbeau sautilla sur son bras bandé. Du sang séché maculait ses ailes. « Un faucon, souffla-t-il, peut-être un grand duc. Pauvret. Un miracle qu'il ait pu passer. » Il prit le message attaché à la patte. Glacé jusqu'aux moelles, Bran le regarda dérouler le papier, demanda : « Que dit-il ? » tout en serrant son frère à l'étouffer.

« Tu l' sais déjà, mon gars », le rudoya Osha sans penser à mal. Elle lui posa la main sur la tête.

Mestre Luwin les considéra d'un air égaré. Un bout d'homme gris perdu dans sa robe de laine grise, avec du sang sur la manche et des yeux gris brillants de pleurs. « Messires, articula-t-il enfin d'une voix réduite à un filet enroué, nous… nous allons devoir trouver un sculpteur qui le… qui connaissait bien son aspect… »

SANSA

Tout en haut de sa tour, au cœur de la citadelle de Maegor, Sansa n'aspirait plus qu'à se fondre dans les ténèbres.

Après avoir hermétiquement clos les courtines de son alcôve, elle dormit, s'éveilla en larmes, se rendormit. Le sommeil se refusait-il, elle demeurait tapie sous ses couvertures à grelotter de chagrin. Ses femmes allaient, venaient, lui servaient ses repas, mais la seule vue de la nourriture lui était insupportable. Les plats s'empilaient, intacts, sur la table, devant la fenêtre et s'y avariaient jusqu'à ce que l'on s'avisât de les remporter.

Elle sombrait parfois dans un sommeil de plomb que ne venait troubler nul rêve et en émergeait plus fourbue que lorsque ses paupières s'étaient fermées. Son pain blanc, pourtant, car, si elle rêvait, c'est Père qui hantait ses rêves. Qu'elle veillât, qu'elle s'assoupît, elle le voyait, elle voyait les manteaux d'or le plaquer sur la balustrade, elle voyait s'avancer ser Ilyn de sa démarche d'échassier, elle le voyait dégainer Glace de son baudrier d'épaule, elle voyait le moment… le moment où… où elle avait tout fait pour se détourner, *voulu* de toutes ses forces se détourner, où ses jambes s'étaient affaissées sous elle, où elle était tombée à genoux, et où, néanmoins, quelque chose avait empêché sa tête de pivoter, tandis que la populace huait, vociférait, et son prince venait tout juste de lui sourire, de lui *sourire* ! de la ranimer, le temps d'un battement de cœur, avant de prononcer cette sentence abominable, et les jambes de Père..., ses jambes, voilà l'image qui l'obsédait, leur *saccade* quand ser Ilyn... quand l'épée...

Je vais peut-être mourir aussi, se dit-elle, sans que cette idée lui parût si effroyable que cela. Il lui suffirait de se jeter par la fenêtre pour mettre fin à ses tourments, et, plus tard, les chanteurs consacreraient des chansons à son deuil. Quelle honte pour tous ceux qui l'avaient trahie que le double spectacle de son innocence et de son corps, en bas, fracassés sur les pavés... Elle trouva la force de traverser la chambre dans cette intention, de pousser les volets..., mais alors son courage l'abandonna, et elle courut, secouée de sanglots, se réfugier dans l'antre de l'alcôve.

Ses servantes tentaient bien de lui parler lorsqu'elles venaient apporter les repas, mais sans obtenir un mot de réponse. Le Grand Mestre Pycelle vint même un jour, les bras chargés de fioles et de bouteilles, s'inquiéter de sa santé, lui toucha le front, la contraignit à se dévêtir et la palpa par tout le corps, tandis qu'une chambrière la maintenait, finit par se retirer en lui remettant une potion d'hydromel et d'herbes : « Une gorgée tous les soirs. » Elle s'exécuta docilement et se rendormit.

En rêve, des pas, un raclement de cuir contre la pierre lourd de présages funestes, grimpaient l'escalier de la tour. Marche après marche, lentement, l'homme montait vers la chambre. Et elle, pelotonnée contre sa porte, ne pouvait rien faire d'autre, grelottante, que l'écouter se rapprocher, se rapprocher inexorablement. C'était ser Ilyn Payne, elle le savait, il venait pour elle, Glace au poing, il venait lui trancher la tête. Et impossible de s'enfuir, impossible de se cacher, pas moyen de verrouiller la porte. À la longue, les pas s'immobilisèrent, et elle sut qu'il était là, juste derrière le vantail, là, debout, muet, avec ses prunelles mortes et sa longue face vérolée. Alors, elle s'aperçut qu'elle était nue. Elle se mit en boule, essaya de se voiler le plus possible avec ses mains, pendant que la porte s'ouvrait peu à peu en grinçant sur ses gonds, et la pointe de la grande épée se glissait dans l'entrebâil...

Elle se réveilla balbutiant : « Pitié, pitié, je serai *bonne*, je serai bonne, pitié, non », mais il n'y avait personne.

Les pas, lorsqu'on vint véritablement la chercher, elle ne les entendit pas. Et ce n'est pas sur ser Ilyn que s'ouvrit la porte, mais sur Joffrey, sur le vaurien qui avait été son prince. Le claquement du battant lui donna le premier l'alerte, et elle n'eût su dire, blottie qu'elle était dans son lit derrière les rideaux tirés, s'il était midi ou minuit que brutalement ceux-ci coulissaient sur une lumière aveuglante. D'un geste instinctif, elle se protégea les yeux puis distingua les intrus, là, debout, qui la dévisageaient.

« Vous ferez partie de ma suite à l'audience, cet après-midi, décréta Joffrey. Veillez à prendre un bain et à revêtir des atours dignes de ma fiancée. » À ses côtés se tenait, plus hideux que jamais dans l'éclat du matin, Sandor Clegane, en doublet brun uni et mantelet vert. À l'arrière, deux chevaliers de la Garde, en grand manteau de satin blanc.

Elle attira la couverture jusqu'à son menton pour disparaître le plus possible. « Non..., gémit-elle, s'il vous plaît..., laissez-moi en paix.

— Si vous ne vous levez de vous-même pour vous habiller, mon Limier y pourvoira, répliqua-t-il.

— Je vous en conjure, mon prince...

— Je suis roi, maintenant. Sors-la-moi du lit, Chien. »

Elle se débattit faiblement quand celui-ci l'empoigna par la taille et la souleva, faisant glisser la couverture à terre. Plus rien ne couvrait sa nudité qu'une fine chemise de nuit. « Fais ce qu'on te dit, petite, souffla-t-il, habille-toi. » Et il la poussa, presque gentiment, vers sa garde-robe.

À reculons, elle prit du champ. « J'ai fait ce que demandait la reine, j'ai écrit les lettres, j'ai écrit ce qu'elle me dictait.

Vous m'avez promis de vous montrer miséricordieux. Laissez-moi, par pitié, rentrer à la maison. Je ne trahirai pas, je serai bonne, je le jure, je n'ai pas un sang de traître, *pas une goutte*. Je veux seulement rentrer à la maison. » Bonnes manières aidant, elle s'inclina humblement. « S'il vous agrée, conclut-elle d'une voix faible.

— Il ne m'agrée *point,* riposta Joffrey. Mère prétend que je dois toujours vous épouser, vous resterez donc et obéirez.

— Je *ne veux pas* vous épouser…, pleurnicha-t-elle, vous avez fait *décapiter* mon père !

— C'était un traître. Jamais je n'ai promis de l'épargner. Seulement de me montrer miséricordieux, et je l'ai été. N'eût-il été votre père, je le faisais écorcher ou écarteler, je lui ai accordé une mort propre. »

Les yeux agrandis, Sansa le vit pour la première fois. Il portait un pourpoint écarlate matelassé à motifs léonins et une cape de brocart dont le collet montant encadrait ses traits. Comment avait-elle jamais pu le trouver beau ? s'ébahit-elle. Avec ses lèvres molles et rouges comme les vers qu'on trouve après la pluie ? Avec cette fatuité féroce dans le regard ? « Je vous hais », chuchota-t-elle.

Le visage du roi Joffrey se durcit encore. « Ma mère prétend malséant qu'un roi frappe son épouse. Ser Meryn ? »

Elle n'eut pas le temps d'y songer que le chevalier était sur elle, repoussait la main qu'elle portait à son visage pour le protéger et, de son poing ganté, lui assenait un revers à la tempe. Sans même se souvenir qu'elle fût tombée, elle reprit conscience en se retrouvant recroquevillée sur un genou dans la jonchaie. La tête lui sonnait encore. Au-dessus d'elle se dressait ser Meryn Trant. Du sang rougissait les phalanges de son gant de soie blanc.

« Obéirez-vous, à présent ? Ou me faut-il lui ordonner de vous châtier derechef ? »

Elle se sentit l'oreille engourdie, y porta les doigts, les en retira rouges et poisseux. « Je… comme… comme il vous plaira, messire.

— *Sire*, rectifia-t-il. Je compte sur vous à l'audience. » Il tourna les talons et sortit.

Ser Arys et ser Meryn le suivirent incontinent, mais Sandor Clegane s'attarda le temps de la remettre rudement sur pied. « Épargne-toi de souffrir, fillette, donne-lui ce qu'il veut.

— Ce qu'il… ? Mais que veut-il ? Dites…, je vous en prie.

— Il veut que tu souries, que tu sentes bon, que tu sois sa dame d'amour, dit le Limier d'un ton râpeux. Il veut t'entendre gazouiller par cœur les jolies petites babioles que t'a inculquées ta septa. Il veut que tu l'aimes… et que tu le craignes. »

Quand il fut parti, Sansa s'affaissa de nouveau sur les joncs et fixa le mur d'un œil vide jusqu'au moment où ses camérières osèrent se faufiler auprès d'elle. « De l'eau pour mon bain, très chaude, s'il vous plaît, dit-elle. Et du parfum. Et un peu de poudre, pour dissimuler cette contusion. » Le côté droit de sa figure était enflé et commençait à lui faire mal, mais Joffrey voudrait qu'on la trouve belle.

La chaleur du bain lui remémora Winterfell, et elle y puisa un regain d'énergie. Elle ne s'était pas lavée depuis la mort de Père, et la saleté de l'eau la stupéfia. Ses femmes épongèrent le sang de sa tempe, lui récurèrent le dos, lavèrent ses cheveux et les brossèrent tant et si bien qu'ils finirent par recouvrer leurs cascadantes boucles auburn. Hormis pour leur donner des ordres, elle ne desserrait pas les dents. C'étaient des Lannister, pas des Stark, elle s'en défiait. Le moment venu de se parer, elle choisit la robe de soie verte qui lui avait valu tant d'hommages lors du tournoi. Joffrey s'était montré si galant, le soir, au festin… Peut-être cette tenue le lui rappellerait-elle, peut-être, grâce à elle, la traiterait-il moins mal ?

Elle sirota un verre de babeurre, grignota quelques biscuits pour tromper l'attente et se caler vaille que vaille l'estomac.

Midi sonnait quand ser Meryn reparut. Il avait endossé son armure blanche : corselet d'écailles émaillées soutachées d'or, heaume faîté d'une échappée d'or, gantelets, gorgeret, jambières et bottes de plates étincelants, lourd manteau de laine agrafé par un lion d'or. Était-ce de manière à mieux exhiber sa trogne austère, ses orbites équipées de sacoches, l'aigreur de sa large lippe, la rouille grisâtre de ses cheveux ? on avait démonté sa visière. « Madame, dit-il avec une révérence aussi profonde que s'il ne l'avait pas giflée au sang trois heures à peine auparavant, Sa Majesté m'a chargé de vous escorter à la salle du trône.

— Vous a-t-elle également chargé de me frapper si je refusais de venir ?

— Refuseriez-vous de venir, madame ? » Il lui dédia un regard intégralement dénué d'expression. Sans condescendre fût-ce un coup d'œil à l'ecchymose qu'elle lui devait.

Elle ne lui inspirait pas d'antipathie, saisit-elle soudain ; ni de sympathie ; elle ne lui inspirait strictement rien ; elle n'était à ses yeux que... qu'une *chose*. « Non », dit-elle en se levant. Elle brûlait d'exploser, de lui rendre coup pour coup, de le prévenir que, s'il s'avisait jamais de récidiver, elle, une fois reine, le ferait exiler..., mais le conseil du Limier lui revint en mémoire, et elle déclara simplement : « Je ferai ce qu'ordonne Sa Majesté.

— Comme moi, répliqua-t-il.

— Oui..., mais vous n'êtes pas un authentique chevalier, ser Meryn. »

Pareille remarque eût fait s'esclaffer Sandor Clegane, elle le savait. D'autres l'eussent maudite, engagée à clore le bec, voire priée de leur pardonner. Ser Meryn Trant ne fit rien de tel. Ser Meryn Trant se contenta de n'avoir cure.

Elle trouva la tribune absolument déserte et, luttant pour ravaler ses larmes, s'y tint, debout, seule, avec tous les dehors de la déférence, aussi longtemps qu'en bas, sur son trône de fer, Joffrey dispensa ce qu'il se plaisait à baptiser justice. Neuf cas sur dix le barbant manifestement, il daignait s'en décharger sur son Conseil et ne cessait de gigoter pendant que lord Baelish, le Grand Mestre Pycelle ou la reine Cersei les résolvaient. Mais lorsqu'il se mêlait de prendre une décision, personne, pas même sa mère, ne parvenait à l'en faire démordre.

On amena un voleur devant lui ? Ser Ilyn dut lui trancher la main, là, toutes affaires cessantes, en pleine séance. Deux chevaliers vinrent lui soumettre leur différend quant à un lopin de terre ? Il leur intima d'avoir à se battre dès le lendemain, non sans spécifier : « Et *à mort.* » À deux genoux, une femme le supplia de lui rendre la tête d'un homme exécuté comme traître ; cet homme, elle l'avait aimé, disait-elle, elle désirait le faire enterrer décemment. « Si tu as aimé un félon, trancha-t-il, tu dois être toi-même coupable de félonie. » Et il la fit traîner en prison par deux manteaux d'or.

Au bas bout de la table du Conseil siégeait, bouille de crapaud, cape de brocart et pourpoint de velours noir, lord Slynt. Chacune des sentences du roi déchaînait de sa part un branle enthousiaste. Sansa foudroyait du regard son ignoble gueule. Avec quelle brutalité il avait jeté Père au bourreau… ! Que ne pouvait-elle l'écharper. Que ne surgissait-il un héros pour le jeter à terre, *lui*, le décapiter. Mais une petite voix intérieure susurra : *Il n'y a pas de héros*, qui lui évoqua les paroles prononcées, ici même, dans cette salle, par lord Petyr : « La vie n'est pas une chanson, ma douce. Tu risques de l'apprendre un jour à tes cruels dépens. » *Les grands vainqueurs, ce sont les monstres, dans la vie*, songea-t-elle, et la voix du Limier, là-dessus, retentit en elle, râpeuse et froide comme du métal sur la pierre : « Épargne-toi de souffrir, fillette, donne-lui ce qu'il veut. »

En dernier comparut un beugleur de taverne rondouillard accusé d'avoir composé des couplets ridiculisant le feu roi Robert. Joffrey lui fit apporter sa harpe, lui intima de chanter son œuvre devant la Cour et, bien que l'homme se défendît en pleurnichant de plus jamais le faire, insista pour l'entendre.

Consacrée tout du long au combat de Robert avec un cochon, elle ressortissait au genre drolatique. Cependant, si flagrante que fût l'allusion au sanglier responsable de la mort du roi, de-ci de-là se glissait une équivoque qui pouvait passer pour viser la reine. La chanson terminée, Joffrey s'annonça enclin à la miséricorde. Moyennant quoi le coupable conserverait à son choix sa langue ou ses doigts et bénéficierait d'un délai de vingt-quatre heures pour se décider. Janos Slynt branla frénétiquement son approbation.

Plus rien n'étant à l'ordre du jour, Sansa poussa un soupir de soulagement, sans se douter que son propre supplice allait débuter. Car elle eut beau fuir au plus vite la tribune dès que le héraut eut proclamé la séance levée, Joffrey l'attendait de pied ferme au débouché de l'escalier à vis. Avec lui se trouvait le Limier, ainsi que ser Meryn. Le jeune roi l'examina sous toutes les coutures d'un regard critique. « Vous avez bien meilleure mine que tout à l'heure.

— Votre Majesté est trop bonne. » Des mots creux, mais qui eurent l'heur de déclencher un hochement et un sourire.

« Vous m'accompagnez », commanda-t-il en lui offrant un bras qu'elle ne pouvait qu'accepter. Au simple contact de sa main, naguère, elle eût délicieusement frissonné ; toute sa chair s'en révulsait, à présent. « Mon anniversaire est pour bientôt, reprit-il tout en la menant vers la sortie arrière de la salle du trône. Il y aura un grand festin, des cadeaux. Qu'allez-vous m'offrir ?

— Je… je n'y ai pas songé, messire.

— *Sire !* jappa-t-il. Vous êtes vraiment idiote, n'est-ce pas ? Ma mère me le dit assez.

— En vérité ? » Après tout ce qui s'était passé, les rosseries qu'il lui adressait n'auraient plus dû pouvoir la blesser, mais elles la blessaient encore. Surtout que la reine s'était toujours montrée si gracieuse envers elle…

« Et comment ! Même qu'elle s'inquiète pour nos enfants. S'ils allaient être aussi bêtes que vous… Il m'a fallu la rassurer. » Il fit un geste, et ser Meryn se précipita pour ouvrir une porte.

« Votre Majesté est trop bonne », murmura-t-elle, quitte à se dire aussitôt : *Le Limier disait vrai, je ne suis qu'un petit oiseau répétant les mots qu'on m'a serinés.* Le soleil s'était déjà caché derrière le rempart de l'ouest, et les pierres du Donjon Rouge y gagnaient le sombre éclat du sang.

« Je vous ferai un enfant dès que vous en serez capable, reprit-il comme ils traversaient le terrain d'exercice. S'il est imbécile, je vous ferai décapiter et me trouverai une épouse plus intelligente. Quand pensez-vous être capable d'avoir des enfants ? »

Elle ne parvenait pas à le regarder. Il l'humiliait par trop. « Selon septa Mordane, la plupart… la plupart des filles de haute naissance fleurissent vers douze ou treize ans. »

Il hocha la tête. « Par ici. » Il l'introduisait dans la conciergerie, la menait au bas de l'escalier qui montait aux créneaux.

Elle s'écarta vivement de lui, pantelante. Elle venait de comprendre ce qui l'attendait. « *Non !* s'étrangla-t-elle, s'il vous plaît, non, ne me faites…, je vous en conjure… »

Il serra les lèvres. « Si. Je veux vous montrer ce qu'il advient des traîtres. »

Elle secoua farouchement la tête. « Je n'irai pas. *Je n'irai pas !*

— Je puis charger ser Meryn de vous y traîner… Piètre plaisir, je vous préviens. Vous feriez mieux de m'obéir. » Il tendit la main, Sansa se ratatina pour l'éviter, buta contre le Limier.

« Obéis, petite », souffla celui-ci en la repoussant vers le roi. Sa bouche se crispa du côté brûlé d'une manière si expressive que le conseil informulé en devint quasiment audible : *Il saura t'y contraindre de toute façon. Donne-lui donc ce qu'il veut…*

Elle se força à prendre la main de Joffrey. Chaque seconde de l'ascension fut un cauchemar, chaque marche un combat. Il lui semblait chaque fois devoir extirper ses pieds d'un bourbier qui les engluait jusqu'à la cheville, et il lui fallait grimper un nombre de marches inimaginable, un millier de milliers de marches, et pour affronter quoi, là-haut ? l'abomination.

Depuis le faîte du rempart, on dominait le monde entier. Sur la colline de Visenya se découvraient trop nettement le grand septuaire de Baelor et le parvis où Père avait péri, et, à l'autre bout de la rue des Sœurs, les ruines calcinées de Fossedragon. À l'ouest, le soleil tuméfié ne montrait plus qu'un front sanglant derrière la porte des Dieux. Dans le dos de Sansa, la mer, l'immense mer salée. Au sud, le marché aux poissons, les docks, les eaux tumultueuses de la Néra. Au nord, enfin…

Elle se tourna de ce côté-là, la ville l'occupait tout entier. Des rues, des ruelles, des collines, des bas-fonds, des ruelles encore et encore des rues jusqu'à l'horizon cerné par les remparts de pierre. Et pourtant, au-delà s'ouvrait la campagne, avec ses forêts, ses champs, ses fermes, et, toujours au-delà, au nord du nord du nord, se dressait Winterfell.

« Que regardez-vous là ? s'impatienta Joffrey. C'est ici que se trouve ce que je voulais vous montrer, juste ici. »

Presque aussi haut qu'elle – il lui arrivait au menton – et entaillé de créneaux tous les cinq pieds courait, sur la face externe du chemin de ronde, un parapet massif. C'est là, sur les merlons, qu'étaient empalées les têtes, le visage tourné vers la ville. Sansa les avait aperçues dès son arrivée sur les lieux, mais le spectacle de la rivière, de la ruche humaine et du crépuscule était autrement joli. *Il peut bien m'obliger à les regarder*, se dit-elle, *il ne saurait m'obliger à les voir.*

« Voici celle de votre père, s'acharna-t-il. Celle-ci. Tourne-la, Chien, qu'elle n'en perde pas une miette. »

Sandor Clegane saisit la tête par les cheveux et la fit pivoter sur sa pique. On l'avait plongée dans le bitume pour la conserver plus longtemps. Sansa la regarda paisiblement sans la voir du tout. Cela, songea-t-elle, ne ressemblait réellement pas à lord Eddard, cela ne semblait même pas *réel*. « Combien de temps dois-je regarder ? »

Joffrey parut désappointé. « Souhaitez-vous contempler les autres ? » Il y en avait une interminable rangée.

« Si cela vous agrée, Sire. »

Après lui avoir fait les honneurs d'une bonne douzaine, Joffrey lui désigna deux piques vacantes. « Je les réserve à mes oncles Stannis et Renly. » L'état des têtes suivantes indiquait des exécutions fort antérieures à celle de Père et une longue exposition aux intempéries. En dépit du bitume, il y avait beau temps qu'elles étaient devenues méconnaissables pour la plupart. « Votre septa », signala-t-il devant l'une d'elles. Sansa n'aurait pas même, sans cela, deviné qu'il s'agît d'une femme. La putréfaction avait eu raison de la mâchoire, les becs d'une oreille et de presque toute une joue.

Sans se faire au fond la moindre illusion, Sansa s'était jusqu'alors interrogée sur le sort réservé à septa Mordane. « Pourquoi l'avez-vous tuée, *elle* ? s'enquit-elle. Elle était vouée aux dieux…

— Pour trahison. » Sa lèvre renflée trahissait un embarras – un dépit ? – croissant. « Vous ne m'avez toujours pas répondu pour mon cadeau d'anniversaire. Peut-être serait-ce à moi de vous en offrir un, plutôt… Vous agréerait-il ?

— Si tel est votre bon plaisir, Sire. »

À son sourire, elle comprit qu'il la raillait. « Votre frère aussi est un traître, vous savez. » Il retourna le chef de septa Mordane vers la cité. « Mes souvenirs de lui datent de Winterfell. Mon chien l'appelait "le lord à l'épée de bois". N'est-ce pas, Chien ?

— Ah bon ? répliqua le Limier. J'ai complètement oublié. »

Joffrey haussa les épaules d'un air agacé. « Votre frère a défait mon oncle Jaime. Par astuce et par fourberie, dit Mère. Elle en a pleuré. Les femmes sont d'une faiblesse… ! même elle, encore qu'elle s'en défende. Elle prétend que nous devons rester à Port-Réal, en cas que mes autres oncles attaquent mais, moi, je m'en moque. Après le festin donné pour mon anniversaire, je compte lever une armée et aller tuer votre frère de ma propre main. Voilà ce que je vous offrirai, lady Sansa : sa tête. »

Emportée par dieux savent quel accès de démence, elle s'entendit riposter : « Et si c'était *la vôtre* que m'offrait mon frère ? »

Il se renfrogna. « Gardez-vous de jamais me narguer ainsi. Une véritable épouse ne doit pas narguer son seigneur et maître. Apprenez-le-lui, ser Meryn. »

Cette fois, le chevalier lui emprisonna la mâchoire pour l'empêcher d'esquiver les coups et la frappa à deux reprises, de gauche à droite puis, plus fort encore, de droite à gauche, lui fendant la lèvre. Salé d'un afflux de larmes, le sang découla le long de son menton.

« Vous avez tort de pleurer tout le temps, l'avisa Joffrey. Vous êtes beaucoup plus mignonne quand vous souriez et riez. »

Elle se força à sourire, de peur qu'il n'incite ser Meryn à récidiver si elle y manquait, mais lui, loin de s'amadouer, persistait à multiplier les mines de réprobation.

« Mais torchez-moi ce sang, vous êtes repoussante. »

Vers l'extérieur du chemin de ronde, le parapet, mais, vers l'intérieur, rien, rien que le vide, rien qu'un beau plongeon jusqu'à la courtine, qu'un plongeon magnifique, peu ou prou de quatre-vingts pieds. Une simple poussée, se dit-elle, suffirait. Il se tenait juste au bon endroit, *juste juste*, avec ses vers gras de lèvres et ses risettes maniérées. *Tu pourrais le faire*, se dit-elle, *tu pourrais. Fais-le, tout de suite.* Elle risquait de tomber avec lui ? et alors ? aucune importance, aucune.

« Tiens, fillette. » Sandor Clegane venait de s'agenouiller devant elle, entre elle et Joffrey. Et il se mit, avec une délicatesse imprévisible de la part d'un pareil colosse, à tamponner la lèvre tuméfiée, à en étancher le sang.

L'instant était passé, l'occasion perdue. Elle baissa les yeux. « Je vous remercie », dit-elle quand il eut fini. En bonne petite et qui jamais jamais n'omettait ses bonnes manières.

DAENERYS

Des ailes obombraient ses songes enfiévrés.

« Tu ne voudrais pas réveiller le dragon, si ? »

Elle descendait une immense salle, haut voûtée d'arceaux de pierre. Elle ne pouvait regarder en arrière, ne *devait* pas regarder en arrière. Devant se trouvait une porte, une porte qui semblait minuscule, en raison de la distance, mais dont, même de si loin, se discernait la peinture rouge. Elle hâtait le pas, et, sur le dallage, ses pieds nus laissaient des empreintes sanglantes.

« Tu ne voudrais pas réveiller le dragon, si ? »

Sous le soleil étincelait la mer Dothrak, la plaine houleuse et vivante aux senteurs capiteuses d'humus et de mort. Le vent balayait les herbes et y faisait courir de longues risées aquatiques. Drogo l'enserrait dans ses bras puissants et, d'une main, lui caressait le sexe, l'ouvrait et y suscitait la douce moiteur qui n'appartenait qu'à lui, et le sourire des étoiles – le firmament diurne était constellé d'étoiles – ruisselait sur eux. « La maison », murmurait-elle à l'instant où il la pénétrait et déversait en elle sa semence, mais soudain s'éclipsaient les étoiles, d'immenses ailes voilaient l'azur, l'univers s'embrasait.

« ... voudrais pas réveiller le dragon, si ? »

Le chagrin creusait les traits de ser Jorah. « Rhaegar fut le dernier dragon », disait-il. Ses mains translucides se chauffaient aux rougeoiements d'un brasero où se consumaient, tels des charbons ardents, des œufs de pierre. Il se tenait là un instant, l'instant d'après le dissipait, chair incolore et fluide d'une fluidité plus impalpable que la brise. « Le dernier dragon », soufflait-il, aussi ténu qu'une volute, avant de s'évanouir. Elle percevait, dans son dos, l'étau des ténèbres, et la porte rouge se faisait, là-bas, plus lointaine, plus inaccessible que jamais.

« ... voudrais pas réveiller le dragon, si ? »

Viserys se dressait devant elle, vociférant : « Le dragon ne quémande pas, catin ! Le dragon n'a pas d'ordres à recevoir de toi ! *Je suis le dragon, et la couronne m'écherra.* » L'or en fusion dégoulinait comme de la cire sur son visage, y ravinant des ornières de chair en feu. « Je suis le dragon, et la couronne m'écherra ! » glapissait-il, et ses doigts, cinglants comme des aspics, lui mordaient les tétons, les pinçaient, s'acharnaient à les tordre lors même que les yeux incandescents se mettaient à couler comme marmelade le long des joues calcinées, noircies.

« ... voudrais pas réveiller le dragon, si ? »

La porte rouge était si loin, là-bas, si loin ! et si proche, si proche le souffle glacé qui la talonnait, l'effleurait déjà... ! Qu'il l'atteignît, et elle mourrait, mourrait d'une mort pire que la mort, d'une mort qui la condamnerait à hurler seule dans les ténèbres pour l'éternité. Elle prit ses jambes à son cou.

« ... voudrais pas réveiller le dragon... »

Une formidable chaleur l'habitait, une chaleur qui lui dévastait le sein. Grand, fier, son fils avait le teint cuivré de Drogo mais sa blondeur d'argent à elle, et des yeux violets taillés en amandes. Et il lui souriait, levait la main vers elle mais, lorsque s'ouvrait sa bouche, il en sortait des flots de feu. Au travers de sa poitrine, elle voyait son cœur en flammes et, en un clin d'œil, plus rien, des cendres, une mèche de chandelle recroquevillée. Elle pleurait son enfant, pleurait la promesse des douces lèvres attachées à sa gorge, pleurait, mais ses larmes fumaient et s'évaporaient au contact de sa peau.

« ... voudrais pas réveiller le dragon... »

Parés du somptueux manteau, mais délavé, des rois, des spectres bordaient l'allée centrale de l'immense salle. Leur poing serrait de pâles épées de feu. Ils avaient tantôt des cheveux d'argent, tantôt d'or, tantôt de platine blanc, des prunelles tantôt d'opale et tantôt d'améthyste, ou de jade, ou de tourmaline. « Plus vite ! criaient-ils, plus vite ! plus vite ! » Sous sa course éperdue se liquéfiaient les dalles. « *Plus vite !* » criaient les spectres d'une seule voix, et, tout en pleurs, elle se ruait de l'avant. Un grand poignard de douleur lui dévalait l'échine, et elle sentait sa peau céder, se déchirer, et l'âcre odeur de sang brûlé la suffoquait, et l'ombre des ailes planait sur le galop panique de Daenerys Targaryen.

« ... réveiller le dragon... »

La porte se dessinait devant elle, si près, si près ! la porte rouge, la salle n'était plus guère qu'un mirage, tout autour, le froid, derrière, perdait du terrain. Et voici qu'abolie la pierre elle se retrouvait volant au travers de la mer Dothrak, volait haut, de plus en plus haut, par-dessus les longues risées vertes, et l'ombre terrifiante de ses ailes mettait en fuite tout ce qui vivait, tout ce qui respirait. Et le parfum de la maison flattait ses narines, elle l'apercevait, la maison, là, juste après cette porte, là, des prairies verdoyantes et de vastes demeures de pierre et des bras qui lui tiendraient chaud, *là*. Elle ouvrit la porte à la volée…

« ... le dragon... »

… et vit, revêtu d'une armure aussi noire et satinée que son étalon, coiffé d'un heaume dont rougeoyait sourdement l'étroite visière, son frère Rhaegar. « Le dernier dragon, chuchota tout bas, quelque part, la voix de ser Jorah. Le dernier, le dernier. » Elle releva la visière noire de l'apparition. Derrière se dissimulait son propre visage.

Puis seule subsista sur ces entrefaites, indéfiniment, la souffrance du feu qui lui dévorait les entrailles, parmi des murmures d'astres.

Avec le réveil coïncida une saveur de cendres.

« Non, gémit-elle, non, par pitié.

— *Khaleesi ?* » Des yeux de biche effarouchée. Jhiqui en pleurs planait au-dessus d'elle.

Dans la tente close régnaient l'ombre et le silence. Quelques flocons cendreux montaient encore d'un brasero, qu'elle suivit des yeux jusqu'à leur disparition par le trou de fumée, là-haut. *Voler*, songea-t-elle, *j'avais des ailes, j'étais en train de voler.* Rien d'autre qu'un rêve… « Aide-moi, souffla-t-elle en essayant de se lever. Apporte-moi… » Sa voix était à vif comme une blessure, et elle ne parvenait pas même à se formuler ce qu'elle désirait au juste. D'où lui venait tant de souffrance ? Il lui semblait qu'on l'avait mise en pièces puis rapiécée vaille que vaille. « Je veux…

— Oui, *Khaleesi.* » En un clin d'œil, Jhiqui s'était ruée hors de la tente, évanouie pour appeler. Il fallait à Daenerys… quelque chose…, ou quelqu'un…, quoi ? mais capital, elle le savait. La seule chose au monde qui lui importât. Elle se laissa rouler sur le flanc, réussit, malgré les couvertures qui lui emmêlaient les jambes, à s'accouder. Mais qu'il était donc malaisé de bouger, si mal… Le monde tanguait vertigineusement. *Il me faut…*

Elle se retrouva sur le tapis, rampant vers les œufs de dragon, quand ser Jorah Mormont la souleva, vaguement rétive, pour la remporter sur sa couche de soie douillette, aperçut, par-dessus l'épaule du chevalier, ses trois servantes, et puis la moustache floche de Jhogo, la large face épatée de Mirri Maz Duur. « Je dois…, leur balbutia-t-elle, il me faut…

— … dormir, princesse, dit Mormont.

— Non, protesta-t-elle. S'il vous plaît. S'il vous plaît.

— Si. » Il la recouvrit de soieries, toute brûlante qu'elle était. « Dormez, *Khaleesi*, reprenez des forces. Pour nous revenir. » Puis Mirri Maz Duur fut là, la *maegi*, qui lui insérait une coupe entre les lèvres. Du lait suri, d'après le goût, mais avec quelque chose d'autre, quelque chose d'amer et visqueux. Un breuvage tiède qui lui coula le long du menton. Qu'elle avala tout de même. La tente se brouilla, le sommeil l'engloutit à nouveau. Sans rêves, cette fois. Elle flottait, sereine, détachée, sur une mer noire et sans grèves.

Au bout d'un certain temps, combien ? une nuit ? un jour ? une année ? elle se réveilla. La tente était plongée dans l'ombre, ses parois de soie battaient comme des ailes au gré du vent. Elle ne tâcha point, cette fois, de se lever, se contenta d'appeler : « Irri ? Jhiqui ? Doreah ? » Toutes trois parurent instantanément. « J'ai la gorge sèche, dit-elle, tellement sèche... », et elles apportèrent de l'eau. Une eau tépide et fade, mais qu'elle absorba goulûment, priant même Jhiqui d'aller en quérir encore, tandis qu'Irri lui bassinait le front avec un linge humide. « J'ai été malade, n'est-ce pas ? » La jeune fille acquiesça d'un signe. « Combien de temps ? » La fraîcheur du linge lui faisait du bien, mais l'air désolé d'Irri l'effrayait. « *Longtemps* », souffla celle-ci. Lorsque Jhiqui revint de sa commission, Mirri Maz Duur l'accompagnait, les paupières gonflées de sommeil. « Buvez », dit-elle en lui soulevant la tête. Du vin, cette fois, du vin, simplement. Du vin doux, si doux. Après avoir bu, elle se laissa retomber sur sa couche, attentive à la calme rumeur de sa propre respiration. Une pesanteur alanguissait ses membres, le sommeil reprenait peu à peu son envahissement. « Apporte-moi..., murmura-t-elle d'une voix pâteuse et lointaine, apporte..., je veux tenir...

— Oui ? demanda la *maegi*. Que désirez-vous, *Khaleesi* ?

— ... te-moi... œuf... œuf de dragon... t'en prie... » Ses amarres devenaient de plomb, et elle était trop lasse pour les retenir.

À son troisième réveil, des rayons d'or pleuvaient à verse dans la tente par le trou de fumée, et ses bras étreignaient un œuf de dragon. Celui, le pâle, dont des volutes de bronze et d'or veinaient les écailles crémeuses, et elle en percevait l'ardeur contre sa peau nue qu'emperlait, sous les couvertures de soie, une légère transpiration. *La rosée de dragon*, songea-t-elle. Elle effleura du bout des doigts la coquille, en suivit les jaspures d'or, et du cœur même de la pierre lui parvint en guise de réponse une espèce de tension sinueuse qui ne l'effraya nullement. Tout effroi s'était enfui d'elle, enfui en fumée.

Elle se palpa le front et, malgré son imperceptible moiteur, le trouva frais, la fièvre avait cessé. Se mit tant bien que mal – un moment de vertige et des douleurs entre les cuisses… – sur son séant. Se sentit néanmoins assez vigoureuse, à la longue, pour appeler ses femmes qui accoururent. « De l'eau, dit-elle, une carafe, aussi glacée que vous le pourrez. Et des fruits, peut-être… – des dattes.

— Bien, *Khaleesi*.

— Je veux ser Jorah », reprit-elle en se levant. Jhiqui se hâta de la draper dans un peignoir de soie. « Et un bain bouillant, et Mirri Maz Duur, et… » La mémoire afflua d'un bloc, la fit défaillir. « Khal Drogo », se força-t-elle à proférer, tout en scrutant, terrifiée d'avance, les physionomies des suivantes. « Est-il… ?

— En vie, oui », répondit Irri d'un ton placide…, mais une ombre voilait son regard, et à peine eut-elle prononcé ces mots qu'elle s'élançait au-dehors sous couleur d'aller chercher l'eau.

Daenerys se tourna vers Doreah. « Parle.

— Je… je vous ramène ser Jorah », répliqua la Lysienne avant de s'enfuir sur une courbette.

Jhiqui n'aspirait qu'à faire comme ses compagnes, mais sa maîtresse lui saisit le poignet pour l'en empêcher. « Qu'y a-t-il ? Je dois savoir. Pour Drogo… et mon fils. » L'enfant ! Comment l'avait-elle oublié jusque-là ? « Mon fils…, Rhaego…, où est-il ? Je le veux. »

La servante baissa les yeux. « Votre… » Sa voix s'amenuisa en un murmure d'épouvante. « Il n'a pas vécu, *Khaleesi.* »

Daenerys la relâcha. *Mon fils est mort*, songea-t-elle, pendant que Jhiqui s'éclipsait. La nouvelle n'en était pas une. Elle le savait déjà. Elle l'avait su dès son premier réveil, et par les larmes de Jhiqui. Non, dès avant son réveil. Le souvenir lui revint, vivace, immédiat, de son rêve et du grand cavalier à la peau cuivrée, à la longue tresse d'or pâle que consumaient les flammes.

Elle aurait dû pleurer, assurément, mais ses yeux étaient secs comme des yeux de cendres. Elle avait pleuré, dans son rêve, et ses larmes, au contact de ses joues, s'étaient évaporées. *Mon deuil m'a fuie, s'est enfui en fumée.* Elle éprouvait, certes, de la tristesse, et, pourtant…, le sentiment aussi que Rhaego s'éloignait, s'éloignait d'elle comme s'il n'avait jamais eu d'existence.

En entrant peu après, ser Jorah et Mirri Maz Duur la trouvèrent inclinée sur les deux autres œufs de dragon, toujours à leur place dans le coffre. Elle avait l'impression que d'eux émanait, comme de celui avec lequel elle avait dormi, cette même ardeur plus qu'étrange, extraordinaire. « Approchez, ser Jorah », dit-elle. Elle lui prit la main, la guida sur l'œuf noir jaspé d'écarlate. « Que sentez-vous ?

— Une coquille, dure comme un roc, lâcha-t-il prudemment. Des écailles.

— De la chaleur ?

— Non. Le froid de la pierre. » Il retira sa main. « Comment vous trouvez-vous, princesse ? Est-il bien sage de vous lever, faible comme vous l'êtes ?

— Faible ? Forte, Jorah. » À seule fin de lui complaire, elle s'étendit néanmoins sur les coussins amoncelés. « À présent, parlez-moi de la mort de mon fils.

— Il n'était pas vivant, princesse. D'après les femmes... » Comme il hésitait, elle s'aperçut qu'il n'avait plus guère que la peau sur les os, clopinait au moindre mouvement.

« Parlez. D'après les femmes, disiez-vous ? »

Il détourna des yeux hagards. « D'après elles, il était... »

Elle attendit, mais il ne put dominer sa vergogne, se rembrunit davantage encore. L'air quasiment d'un cadavre lui-même.

« Monstrueux », acheva Mirri Maz Duur à sa place. Et Daenerys comprit soudain que, tout énergique qu'était le chevalier, la maegi l'était davantage, et plus forte, et plus cruelle, et plus dangereuse, infiniment plus. « Contrefait. C'est moi qui l'ai mis au monde. Couvert d'écailles comme un lézard, aveugle, avec un tronçon de queue et de petites ailes de cuir analogues à celles d'une chauve-souris. Quand je l'ai touché, sa chair s'est détachée de l'os, et il grouillait d'asticots de tombe, il empestait la putréfaction. Il était mort depuis des années. »

Les ténèbres, songea Daenerys. Les épouvantables ténèbres attachées à ses pas pour la dévorer. Un regard en arrière, elle était perdue. « Mon fils était en vie et vigoureux lorsque ser Jorah m'a portée dans la tente, affirma-t-elle. Je le sentais ruer, je le sentais lutter pour naître.

— Advienne que pourra, riposta Mirri Maz Duur, mais la créature que j'ai tirée de votre sein était bien telle que je l'ai décrite. Sous cette tente se trouvait la mort, *Khaleesi*.

— Des ombres, rien de plus ! crissa ser Jorah, mais d'un ton sous lequel perçait l'embarras. J'ai vu, *maegi*, je t'ai vue danser, seule, avec les ombres.

— La tombe en projette de longues, messire de Fer, rétorqua Mirri. De longues ombres sombres et contre lesquelles, à la fin, ne saurait tenir la lumière. »

Son fils, ser Jorah l'avait tué, Daenerys le savait. Mais si l'amour seul et la loyauté lui avaient dicté sa conduite, il ne l'en avait pas moins portée, elle, dans un lieu où nul être vivant ne devait entrer, il n'en avait pas moins livré son enfant à elle en pâture aux ténèbres. Et il le savait, lui aussi. Le teint gris, les orbites creuses, le clopinement… « Les ombres vous ont également touché, ser Jorah », dit-elle. Il demeura coi. Elle se tourna vers l'épouse divine. « Tu m'avais avertie que seule la mort pouvait acheter la vie. J'avais cru comprendre celle du cheval.

— Non, répliqua Mirri Maz Duur. En cela, vous vous êtes menti à vous-même. Vous connaissiez pertinemment le prix. »

Le connaissait-elle ? Le connaissait-elle véritablement ? *Si je regarde en arrière, c'en est fait de moi.* « Le prix a été payé, reprit-elle. Le cheval, mon fils, Quaro et Qotho, Haggo et Cohollo. Le prix a été payé, payé, archipayé. » Elle se dressa sur les coussins. « Où est Khal Drogo ? Fais-le-moi voir, *maegi*, sangmagicienne, épouse divine ou quoi que tu sois. Fais-moi voir Khal Drogo. Fais-moi voir ce que j'ai acheté des jours de mon enfant.

— Puisque vous l'ordonnez, *Khaleesi*, venez, je vais vous mener à lui. »

Daenerys avait méconnu son état de faiblesse. Ser Jorah dut lui glisser un bras sous la taille pour l'aider à se relever. « Bien assez tôt plus tard, pour cela, princesse, objecta-t-il posément.

— Je veux le voir tout de suite, ser Jorah. »

Après la pénombre de la tente, l'éclat du monde extérieur l'aveugla. Le soleil avait des tons d'or en fusion, la terre était lézardée, déserte. Les servantes étaient là, les bras chargés qui de fruits, qui de vin, qui d'eau. Jhogo s'approcha pour aider Mormont à la soutenir. Un peu en retrait se tenaient Aggo et Rakharo. La réverbération de la lumière sur le sable l'empêcha d'en voir davantage tant qu'elle n'eut pas mis la main en visière au-dessus de ses yeux. Alors elle entrevit les cendres d'un feu, des chevaux, une vingtaine tout au plus, qui, d'un pas accablé, tournaient en quête d'un brin d'herbe, et, disséminées de-ci de-là, quelques tentes, quelques nattes. Une maigre bande de bambins s'était agglutinée pour la regarder, des femmes, au-delà, vaquaient à leurs occupations, des vieux fixaient d'un œil las l'azur d'une platitude infinie tout en balayant mollement les mouches-à-sang qui les importunaient. Une centaine de personnes, peu ou prou. En ces lieux où quarante mille autres avaient dressé le camp, la seule animation, désormais, venait du vent et de la poussière.

« Le *khalasar* de Drogo est parti, dit-elle.

— *Khal* n'est pas *khal* qui ne peut monter, rappela Jhogo.

— Les Dothrakis ne suivent que la force, ajouta ser Jorah. Navré, princesse. Il n'y avait pas moyen de les retenir. Ko Pono s'est mis en route le premier, sous le nom de Khal Pono, et nombre d'hommes ont embrassé sa cause. Jhaqo n'a pas tardé à l'imiter. Les derniers indécis se sont, nuit après nuit, évaporés dans la nature par bandes petites ou grandes. Sur la mer Dothrak, où Drogo naguère n'en menait qu'un seul, errent désormais une bonne douzaine de *khalasars*.

— Demeurent les vieillards, dit Aggo, et les débiles, les malades, les froussards. Ainsi que nous, qui l'avions juré. Nous vous demeurons.

— Les autres ont emmené les troupeaux de Khal Drogo, *Khaleesi*, dit Rakharo. Nous étions trop peu pour nous y opposer. Prendre au faible est le droit du fort. Ils ont également emmené la plupart des esclaves. Ceux du *khal* aussi bien que les vôtres. Il ne vous en reste qu'une poignée.

— Eroeh ? » La physionomie terrifiée de la jeune fille se découpa sur les murs de la ville à sac.

« En tant que sang-coureur de Khal Jhaqo, Mago s'est emparé d'elle et, après l'avoir montée tout son soûl, l'a donnée au *khal*, qui l'a offerte à ses six autres sang-coureurs. Ils en ont usé à leur guise puis l'ont égorgée.

— Tel était son destin, *Khaleesi* », plaida Aggo.

Si je regarde en arrière, c'en est fait de moi. « Un destin cruel, dit-elle, mais qui paraîtra enviable auprès de celui de Mago, je vous le promets, par les dieux anciens et nouveaux, par le dieu agnelet, le dieu cheval et tous les dieux existants. Je le jure par la Mère des Montagnes et le Nombril du Monde. Avant que j'aie usé d'eux à ma guise, Mago et Ko Jhaqo auront loisir de jalouser ma pauvre Eroeh. »

Les Dothrakis échangèrent des regards perplexes. « Mais, *Khaleesi…*, hasarda Irri du ton dont se discute un enfantillage, Jhaqo est *khal*, à présent, et vingt mille cavaliers l'appuient.

— Et moi, se rebiffa-t-elle, je suis Daenerys du Typhon, Daenerys Targaryen, du sang d'Aegon le Conquérant, de Maegor le Cruel et, avant eux, de l'antique Valyria. Je suis la fille du dragon et, j'en fais serment devant vous, ces hommes mourront en hurlant. Maintenant, menez-moi auprès de Khal Drogo. »

Il reposait à même la terre rouge, les yeux fixés sur le soleil.

Apparemment insensible aux mouches-à-sang qui hantaient son corps. Elle les chassa d'un revers de main, s'agenouilla à ses côtés. Les yeux grands ouverts, il regardait sans voir, et elle comprit aussitôt qu'il était aveugle. Elle murmura son nom sans qu'il parût entendre. La plaie de la poitrine s'était définitivement refermée. Au profit d'une cicatrice grise et violacée, hideuse.

« Pourquoi l'avoir abandonné, seul, ici, en plein soleil ?

— On dirait qu'il apprécie la chaleur, expliqua ser Jorah. Il a beau ne pas voir, son regard suit la course du soleil. Il peut marcher, plus ou moins. Il ira où vous le mènerez, mais pas au-delà. Il mangera si vous lui donnez la becquée, boira si vous le faites biberonner. »

Elle baisa tendrement le front du soleil étoilé de sa vie puis se dressa face à Mirri Maz Duur. « Tes sortilèges sont coûteux, *maegi*.

— Il vit, répliqua la femme. C'est la vie que vous réclamiez. C'est le prix de la vie que vous avez payé.

— Ceci n'est pas la vie, pour qui fut tel que Drogo. Sa vie était faite de rires, de viandes en train de rôtir et d'un cheval entre ses jambes. Sa vie était faite d'un *arakh* au poing et des clochettes qui tintaient dans sa chevelure quand il galopait sus à l'ennemi. Sa vie était faite de ses sang-coureurs, et de moi, et du fils que je devais lui donner. »

Mirri Maz Duur demeura muette.

« Quand sera-t-il comme il était ? demanda Daenerys.

— Quand le soleil se lèvera à l'ouest pour se coucher à l'est, répondit Mirri. Quand les mers seront asséchées, et quand les montagnes auront sous le vent le frémissement de la feuille. Quand votre sein se ranimera, quand vous porterez un enfant vivant. Alors il vous sera rendu, mais alors seulement. »

Daenerys fit un geste en direction de ser Jorah et des autres. « Laissez-nous. Je souhaite parler seule à seule avec la *maegi*. » Tous se retirèrent. « Tu savais », attaqua-t-elle aussitôt. Malgré la souffrance qui l'écartelait tout entière, à l'intérieur comme à l'extérieur, la colère la revigorait. « Tu savais ce que j'achetais, tu savais le prix, et tu me l'as laissé payer.

— Ils ont eu tort d'incendier mon temple, répliqua sans s'émouvoir la grosse créature à nez plat. Ils ont irrité le Pâtre Suprême.

— Il n'a rien à voir dans ton œuvre, objecta froidement Daenerys. C'est toi qui m'as flouée. Toi qui as assassiné mon enfant dans mon sein.

— Il ne brûlera pas de villes, désormais, l'étalon que l'on prétendait devoir un jour monter le monde. Son *khalasar* ne foulera pas de nations.

— Et j'ai pris ta défense…, dit-elle, au supplice. Je t'ai sauvée.

— *Sauvée ?* » La Lazharéenne cracha. « Trois cavaliers m'avaient déjà prise, non pas comme un homme prend une femme, mais comme un chien prend une chienne. Le quatrième était en moi, quand vous êtes passée par là. En quoi m'avez-vous sauvée, je vous prie ? J'ai vu s'embraser la demeure divine où j'avais soigné plus de braves gens que je ne saurais dire. J'ai vu flamber de même ma propre maison, j'ai vu des pyramides de têtes embellir les rues. J'ai vu la tête du boulanger qui cuisait mon pain. J'ai vu la tête d'un garçon que j'avais sauvé, voilà seulement trois lunes, des fièvres mort-œil. J'ai entendu des enfants pleurer sous le fouet. Qu'avez-vous donc sauvé, dites ?

— Ta vie. »

Mirri Maz Duur éclata d'un rire féroce. « Regarde ton *khal*, tu verras ce que vaut la vie quand on a tout perdu ! »

À ces mots, Daenerys rappela les hommes de son *khas*, leur ordonna de se saisir de Mirri Maz Duur et de lui lier pieds et poings, mais, lorsqu'on l'emmena, la *maegi* lui sourit d'un air d'infâme connivence. Évidemment, il suffisait d'un mot pour obtenir sa tête..., mais à quoi bon le prononcer ? En serait-elle plus avancée ? Une tête... Si la vie ne valait plus rien, que valait la mort ?

Elle fit ramener Khal Drogo sous sa tente et apprêter un bain dans lequel, cette fois, n'entrait pas de sang. Elle le baigna en personne, lui décrassa la poitrine et les bras, épongea son visage avec un linge doux, savonna sa longue chevelure et la brossa, démêla jusqu'à lui rendre son aspect brillant de naguère. Il faisait nuit noire quand elle en eut terminé. Éreintée, elle s'accorda un instant de répit pour boire et manger, mais elle n'eut la force que de grignoter une figue et d'avaler une gorgée d'eau. Dormir eût été bienvenu, mais elle avait assez dormi jusque-là..., bien trop, à la vérité. Cette nuit-ci, elle la devait à Drogo, eu égard à toutes les nuits passées et à toutes celles encore à venir.

Toute au souvenir de leur première chevauchée commune, elle l'entraîna au-dehors, dans les ténèbres, conformément aux croyances dothrak qui voulaient que les heures cruciales de l'existence aient le firmament pour témoin. Il y avait, se disait-elle, des puissances plus efficaces que la haine, des charmes plus vrais et plus vieux qu'aucun de ceux auxquels la *maegi* s'était initiée à Asshai. D'encre et sans lune était la nuit, mais des myriades d'étoiles y scintillaient. Un présage…

Aucun gazon moelleux ne les accueillit là. Rien que le sol dur, poussiéreux, nu, bosselé de pierres. Point d'arbres non plus où murmurer la brise ni de ruisseau pour émousser la peur par l'entêtante mélodie des eaux. La présence des astres, allons, compenserait. « Rappelle-toi, Drogo, chuchota-t-elle. Rappelle-toi notre première chevauchée commune, au soir de nos noces. Rappelle-toi la nuit où, au vu et au su du *khalasar*, nous fîmes Rhaego, tes yeux dans les miens. Rappelle-toi comme elle était fraîche et limpide, l'eau du Nombril du Monde. Rappelle-toi, soleil étoilé de ma vie. Rappelle-toi, et reviens-moi. »

L'accouchement l'avait laissée trop à vif pour qu'elle pût l'accueillir en elle, ainsi qu'elle l'eût souhaité, mais Doreah lui avait appris bien d'autres recours. Elle utilisa ses mains, ses seins, ses lèvres, elle le griffa, le couvrit de baisers, murmura, supplia, conta des histoires, l'inonda finalement de larmes. Mais Drogo demeura de glace et muet.

À l'heure où l'aube, enfin, blanchit l'horizon désert, elle sut qu'il était perdu sans retour pour elle. « Quand le soleil se lèvera à l'ouest pour se coucher à l'est, dit-elle, navrée. Quand les mers seront asséchées, et quand les montagnes auront sous le vent le frémissement de la feuille. Quand mon sein se ranimera, quand je porterai un enfant vivant. Alors, soleil étoilé de ma vie, tu me seras rendu, mais alors seulement. »

Jamais ! glapirent les ténèbres, *jamais jamais jamais !*

À l'intérieur de la tente, elle prit un coussin, un coussin bien douillet, soyeux et bourré de plumes et, l'étreignant contre sa poitrine, retourna auprès de Drogo, du soleil étoilé de sa vie. *Si je regarde en arrière, c'en est fait de moi.* Même marcher l'endolorissait, et elle n'aspirait qu'à dormir, dormir, dormir d'un sommeil sans rêves, sans rêves surtout.

Elle se mit à genoux et, après l'avoir baisé aux lèvres, pressa le coussin sur le visage de Drogo.

TYRION

« Ils tiennent mon fils..., répéta Tywin Lannister.

— Oui, messire. » L'épuisement rendait plus lugubre encore la voix du messager. Tout lacéré, maculé qu'était son surcot, on y discernait le sanglier moucheté Crakehall. *Un* de vos fils, songea Tyrion qui prit une lampée de vin et, sans piper mot, se prit à penser à Jaime. Quand il le levait, son coude ne manquait pas de lui rappeler l'arrière-goût de sa brève bataille personnelle. Malgré l'extrême affection que lui inspirait son frère, il n'eût pas consenti pour tout l'or de Castral Roc à l'accompagner dans le Bois-aux-Murmures.

C'est dans un silence de mort que les capitaines et bannerets assemblés autour du seigneur son père digéraient les détails du désastre. Seuls le troublaient, à l'autre bout de la longue salle frissonnante de vents coulis, les craquements et les sifflements de la bûche qui brûlait dans l'âtre.

Après les épreuves de l'interminable chevauchée forcée vers le sud, la perspective de passer ne fût-ce qu'une seule nuit dans une auberge avait puissamment réconforté Tyrion..., encore qu'il eût préféré toute autre à *celle-ci*, décidément trop pleine de souvenirs. L'allure éreintante adoptée par son père coûtait au surplus le prix fort. Les blessés suivaient de leur mieux, de peur d'être abandonnés à leurs seules ressources, mais le nombre croissait chaque matin de ceux qui, dans les fossés, s'étaient endormis pour jamais. Et il en tombait, tout du long, davantage chaque après-midi. Et chaque soir voyait s'évanouir dans l'ombre plus de déserteurs que le précédent. Suivre leur exemple avait presque tenté le nain…

Il dormait à l'étage, tout à la béatitude d'un lit de plumes et de la tiédeur de Shae contre lui, quand son écuyer l'était venu morfondre en lui annonçant les fâcheuses nouvelles de Vivesaigues. Il s'était donc donné tant de mal en vain. Pour rien, la ruée au sud et les marches qui n'en finissaient pas, pour rien, les cadavres au bord de la route…, pour des clopinettes ! Des jours et des jours que Robb Stark était à Vivesaigues.

« Mais comment s'est-il pu… ? geignit ser Harys Swyft. *Comment ?* Même après le Bois-aux-Murmures, vous teniez Vivesaigues encerclé de fer, investi par une énorme armée… Ser Jaime avait-il perdu la tête pour la diviser en trois camps ? Il devait bien savoir à quel point cela la rendrait vulnérable, non ? »

Mieux que toi, toujours, bougre de poltron sans menton ! Que Jaime eût perdu Vivesaigues, soit, mais il ne décolérait pas d'entendre débiner son frère par des minables comme ce Swyft, ce léchi-lécheur éhonté dont la prouesse la plus éminente avait été de marier sa sœur, non moins fuyante de menton, à ser Kevan et de se raccrocher par là à la maisonnée Lannister.

« J'aurais agi de même, répondit l'oncle d'un ton bien plus calme que n'eût été celui du neveu. Il faut, pour parler comme vous le faites, ser Harys, n'avoir jamais vu Vivesaigues. Jaime n'avait guère le choix. Le château se dresse exactement au confluent de la Culbute et de la Ruffurque. Celles-ci dessinent les deux côtés d'un triangle et, pour peu qu'un danger les menace, les Tully ouvrent en amont des vannes afin de transformer le troisième côté en une large douve et en île le site entier. Les murs tombent à pic sur l'eau et, depuis les tours, les défenseurs bénéficient d'une vue imprenable sur des lieues à la ronde. Pour couper leurs communications, l'assiégeant se voit donc contraint à établir un camp au nord de la Culbute, un autre au sud de la Ruffurque, et un troisième entre les deux, face au fossé, à l'ouest. Telle est la solution, la seule.

— Ser Kevan dit vrai, messires, intervint le courrier. Nous avions eu beau ceindre nos camps de palissades en pieux, cela n'a pas suffi, pris à l'improviste comme nous le fûmes et coupés les uns des autres comme nous l'étions par les rivières. Ils ont fondu d'abord sur le camp du nord. Personne ne s'y attendait. Marq Piper avait bien lancé des raids contre notre train, mais avec cinquante hommes au plus. Ser Jaime était parti la nuit d'avant lui régler son compte…, enfin, à ce qu'il *prenait* pour lui. On nous répétait que l'ost Stark se trouvait sur la rive gauche de la Verfurque et marchait vers le sud…

— Mais vos patrouilleurs ? » Le visage de Gregor Clegane paraissait sculpté dans la pierre. Le feu de l'âtre lui forait des orbites noires et orangeait sombrement son teint. « Ils n'ont rien vu ? Ils ne vous ont prévenus de rien ? »

L'homme couvert de sang secoua la tête. « Ils s'étaient évanouis. Encore un coup de Marq Piper, on pensait, nous. Quand il en rentrait un, d'aventure, il n'avait strictement rien vu.

— Un type qui ne voit rien n'a que faire de ses yeux, gronda la Montagne. Arrachez-les-lui et donnez-les au suivant en l'avertissant qu'avec un peu de chance quatre vaudront mieux que deux… mais que, dans le cas contraire, son successeur en aura six. »

Lord Tywin daigna tourner sa noble tête pour scruter ser Gregor et, dans ses prunelles où jouait à présent la lumière, Tyrion vit pétiller de l'or, mais sans parvenir à déterminer si c'était répugnance ou assentiment. Toutefois, si lord Tywin n'avait guère coutume, en ses conseils, de s'épancher beaucoup, s'il préférait ne prendre la parole (et, en cela, Tyrion tâchait de l'imiter) qu'après avoir patiemment écouté, pareil mutisme, en l'occurrence, lui ressemblait peu, si laconique fût-il de nature. Et il n'avait pas seulement touché son vin…

« Vous disiez qu'ils vous sont tombés dessus en pleine nuit ? » glissa ser Kevan.

L'homme acquiesça d'une inclination fourbue. « Sous la conduite du Silure, leur avant-garde a préparé l'attaque générale en liquidant les sentinelles et jetant bas les palissades. Et à peine nos gens comprenaient-ils ce qui se passait que des cavaliers submergeaient les berges et galopaient au travers du camp, torches et lames au poing. Moi, je dormais dans le camp de l'ouest, entre les rivières. Quand le vacarme du combat nous eut alertés et que nous vîmes les tentes en flammes, lord Brax nous mena aux radeaux, mais tous nos efforts pour passer à la perche sur l'autre rive se heurtèrent à la violence du courant qui nous entraîna vers l'aval, sous les murs mêmes des Tully, dont les catapultes se mirent à nous bombarder. J'ai vu de mes yeux l'un de nos radeaux réduit en miettes par leurs projectiles, j'en ai vu chavirer trois autres et leurs passagers se noyer…, tandis que ceux qui réussissaient à traverser se trouvaient à leur débarqué cueillis par les Stark. »

Dans son tabard violine-et-argent, ser Flement Brax affichait la mine ahurie d'un qui n'en croit pas ses oreilles. « Le seigneur mon père…

— Désolé, messire. Lord Brax portait plate et maille quand s'est retourné son radeau. C'était un preux. »

C'était un âne, rectifia Tyrion à part lui, l'œil perdu dans les remous qu'il imprimait à son vin. Franchir, et de nuit, et armé de pied en cap, et attendu en face par l'ennemi, une rivière à bord d'un vulgaire radeau, si c'était là d'un preux, eh bien, vive à jamais la couardise. Au fait, lord Brax s'était-il senti si preux que cela pendant que tout son bel acier l'entraînait au fond de l'eau noire ?

« Notre propre camp fut également envahi, poursuivait le messager. Tandis que nous tentions la traversée, de nouveaux

Stark surgirent, de l'ouest, eux. Deux colonnes de cavalerie lourde. J'ai repéré l'aigle Mallister et le titan déchaîné de lord Omble, mais c'est le garçon en personne qui les conduisait, flanqué d'un loup monstrueux. À ce qu'on m'a dit, puisque je n'étais pas là, la bête a tué quatre hommes et déchiqueté une douzaine de chevaux. Retranchés derrière un mur de boucliers, nos lanciers soutinrent la première charge mais, en les voyant engagés, Vivesaigues ouvrit ses portes, et Tytos Nerbosc opéra une sortie qui les prit à revers.

— Miséricorde ! s'exclama lord Lefford.

— Pendant que Lard-Jon Omble incendiait les tours de siège en construction, lord Nerbosc délivrait ser Edmure Tully et tous les autres prisonniers. Au vu de la situation, ser Forley Prester, qui commandait le camp du sud, retraita en bon ordre avec deux mille piques et autant d'archers, mais le reître tyroshi qui conduisait ses francs-coureurs amena ses bannières et passa à l'ennemi.

— Maudit soit-il ! » Ser Kevan semblait plus furieux que surpris. « J'avais prévenu Jaime de s'en défier. Quand on se bat contre écus sonnants, on n'est fidèle qu'à sa bourse. »

Lord Tywin noua ses doigts sous son menton. Seule la mobilité des yeux trahissait une attention soutenue. L'or dru des favoris sertissait des traits d'une telle placidité qu'on eût dit un masque, mais Tyrion ne laissa pas que de discerner d'infimes gouttes de sueur sur le crâne rasé.

« Comment s'est-il *pu*… ? pleurnicha derechef l'affreux Swyft. Ser Jaime pris, le siège rompu…, mais c'est une *catastrophe !* »

Ser Addam Marpheux n'y tint plus. « Mille grâces de nous signaler l'évidence, ser Harys. La question est : que faire, à présent ?

— Que *pouvons*-nous faire ? Avec l'armée de Jaime anéantie, prisonnière ou en fuite, voici les Stark et les Tully le cul carré sur nos lignes de ravitaillement. Nous sommes coupés de l'ouest ! S'il leur prend fantaisie de marcher contre Castral Roc, qu'est-ce qui les arrêtera ? Nous sommes battus, messires. Nous devons demander la paix.

— La paix ? » D'un air pensif, Tyrion fit tournoyer son vin, l'avala d'un trait, précipita sur le carrelage sa coupe vide qui se fracassa en mille morceaux. « Voici votre paix, ser Harys… Telle que l'a brisée sans retour mon charmant neveu lorsqu'il a jugé bon d'agrémenter le Donjon Rouge avec la tête de lord Eddard. Il vous sera moins malaisé de siroter dans cette coupe que de convaincre, *maintenant*, Robb Stark de conclure la paix. Il est en train de *gagner*…, ne l'auriez-vous pas remarqué ?

— Deux batailles ne font pas une guerre, objecta ser Addam. Nous sommes loin d'avoir perdu. Je frotterais volontiers mon acier contre celui du petit Stark.

— Il se pourrait qu'ils consentent une trêve et un échange de prisonniers…, suggéra lord Lefford.

— À moins qu'ils ne troquent à trois contre un, nous ne faisons guère le poids, répliqua Tyrion d'un ton aigre. Et qu'offrirons-nous pour mon frère ? La tête en putréfaction de lord Eddard ?

— J'ai ouï dire que ses filles sont au pouvoir de la reine Cersei, s'entêta à espérer Lefford. Si nous les rendions à leur frère… »

Ser Addam l'interrompit d'un reniflement de dédain. « Il faudrait être le dernier des sots pour échanger Jaime Lannister contre deux fillettes.

— Alors, il suffira de payer sa rançon, quel qu'en soit le coût », s'obstina Lefford.

Tyrion roula des yeux goguenards. « Si le goût de l'or titille les Stark, il leur suffit de faire fondre son armure.

— Quant à demander une trêve, argua Marpheux, non. Ils y verraient un aveu de faiblesse. Nous devrions leur courir sus incontinent.

— Nos amis de la Cour devraient se laisser facilement persuader de nous rejoindre avec des troupes fraîches, lâcha ser

Harys. Et quelqu'un pourrait retourner lever une nouvelle armée à Castral Roc. »

Lord Tywin se dressa brusquement. « *Ils tiennent mon fils !* répéta-t-il d'une voix qui trancha dans ces babillages comme une épée dans de la graisse de rognons. Laissez-moi. Tous. »

Telle une incarnation perpétuelle de l'obéissance, Tyrion se leva pour se retirer dans le tas, mais son père le cloua d'un regard. « Pas toi, Tyrion. Reste. Toi aussi, Kevan. Les autres, dehors. »

Le sifflet coupé de saisissement, Tyrion reprit ses aises sur le banc puis, comme ser Kevan traversait la salle en direction des fûts de vin, « Oncle, appela-t-il, auriez-vous l'obligeance de…

— Tiens. » Son père lui tendait sa propre coupe. Intacte toujours. Définitivement estomaqué, Tyrion se mit à boire.

Lord Tywin se rassit. « C'est toi qui vois juste à propos de Stark. Lui vivant, nous aurions pu l'utiliser pour négocier une paix avec Winterfell et Vivesaigues, une paix qui nous eût offert la latitude nécessaire pour en finir avec les frères de Robert. Mort… » Ses doigts se reployèrent en un poing crispé. « Démence. Pure démence.

— Joff n'est qu'un galopin, souligna Tyrion. À son âge, j'ai moi-même commis des bourdes. »

Un regard acéré lui répondit. « Nous devrions, je présume, lui savoir gré de n'avoir pas encore épousé une pute ? »

Tyrion continua de lamper son vin, tout en se demandant, mine de rien, de quoi lord Tywin aurait l'air s'il le lui flanquait à la gueule.

« Notre position est pire que tu ne le sais, reprit celui-ci. Il semblerait que nous ayons un nouveau roi. »

La nouvelle assomma Kevan. « Un nouveau… *quoi ?* Qu'a-t-on fait à Joffrey ? »

L'ombre de l'ombre d'un dégoût fit frémir les fines lèvres de lord Tywin. « Rien…, pour l'instant. Mon petit-fils occupe toujours le Trône de Fer, mais l'eunuque a perçu des rumeurs dans le sud. Renly Baratheon a épousé Margaery Tyrell à Hautjardin voilà deux semaines, et il revendique la couronne, maintenant. Ses beau-père et beaux-frères ont ployé le genou devant lui et juré de le servir l'épée à la main.

— De mal en pis. » Quand ser Kevan fronçait les sourcils, son front ridé se creusait de canyons.

« Ma fille nous ordonne de gagner sur-le-champ Port-Réal afin de protéger le Donjon Rouge, le cas échéant, contre le roi Renly et le chevalier des Fleurs. » Sa bouche s'étrécit encore. « Nous le *commande*, figurez-vous. Au nom du roi et de son Conseil.

— Et comment le roi Joffrey prend-il les choses ? interrogea Tyrion, non sans un tantinet de délectation noire.

— Jusqu'ici, Cersei n'a pas jugé utile de l'en informer. Elle redoute qu'il ne veuille mordicus marcher en personne contre Renly.

— Avec quelle armée ? demanda Tyrion. Vous ne comptez pas lui donner *celle-ci*, j'espère ?

— Il parle d'emmener le guet…

— Mais s'il l'emmène, qui défendra la ville ? hoqueta ser Kevan. Et avec lord Stannis à Peyredragon…

— Oui. » Il abaissa son regard sur son fils. « Je t'avais cru tout juste bon pour une livrée de bouffon, Tyrion, mais il semblerait que je me sois trompé.

— Holà, Père… ! On dirait presque un compliment… » Il étira délibérément son buste au ras de la table. « Et de Stannis, rien ? C'est lui, l'aîné, pas Renly. Que lui inspirent les prétentions de son cadet ? »

Son père se rembrunit. « J'ai toujours vu en lui, dès le premier instant, un adversaire plus dangereux que tous les autres réunis. Or, il ne fait rien. Oh, naturellement, Varys tend l'oreille. Stannis construit une flotte, Stannis recrute à prix d'or, Stannis fait venir d'Asshai un ensorceleur d'ombres, mais que signifient tous ces bruits ? En est-il un seul de fondé ? » Il haussa les épaules avec irritation. « La carte, Kevan. »

Après que son frère eut obtempéré, lord Tywin déroula le cuir, l'aplanit. « Jaime nous laisse dans un beau pétrin. Roose Bolton et les restes de son armée sont à notre nord. Nos ennemis tiennent les Jumeaux et Moat Cailin. À l'ouest, Robb Stark nous interdit de battre en retraite vers Port-Lannis et le Roc, à moins que nous ne choisissions de livrer bataille. Jaime est prisonnier, son armée détruite, en tout état de cause. Thoros de Myr et Béric Dondarrion harcèlent toujours nos fourrageurs. À l'est, les Arryn dans le Val, Stannis à Peyredragon. Au sud, enfin, Accalmie et Hautjardin qui convoquent leurs bans. »

Tyrion sourit d'un sourire crochu. « Courage, Père. Rhaegar Targaryen ne s'est en tout cas point relevé d'entre les morts.

— J'espérais mieux que des calembredaines de ta part, Tyrion. »

Par-dessus la carte, cependant, l'érosion sapait de plus belle le front d'Oncle Kevan. « Sitôt que l'auront grossi ser Edmure et les seigneurs du Trident, Robb Stark disposera de forces pour le moins équivalentes aux nôtres. Sans compter Bolton sur nos arrières… Si nous restons ici, Tywin, nous risquons de nous retrouver coincés entre trois armées.

— Mais je n'ai pas la moindre intention de rester ici. Il nous faut en finir avec ce blanc-bec de lord Stark avant qu'à Hautjardin Renly ne soit en mesure de marcher. Bolton ne m'inquiète pas. C'est un prudent, et la leçon reçue sur la Verfurque aura redoublé sa prudence. Pour nous poursuivre, il prendra son temps. Aussi… partirons-nous demain pour Harrenhal. Les patrouilleurs de ser Addam en éclaireurs, Kevan. Donne-lui autant d'hommes que de besoin. Et par groupes de quatre. Je ne veux pas de disparitions.

— Bon, mais… pourquoi Harrenhal ? C'est un endroit lugubre, maléfique. Certains disent : maudit.

— Libre à eux. Devant nous, tu me lâcheras ser Gregor et ses malandrins. Et, tant que tu y es, Vargo Hoat avec ses francs-coureurs, ainsi que ser Amory Lorch. Trois cents chevaux pour chacun. Je veux voir flamber la région de la Ruffurque jusqu'à l'Œildieu, dis-le-leur.

— Ils la brûleront, dit ser Kevan en se levant. Je transmets tes ordres. »

Une fois retiré son frère, lord Tywin condescendit un coup d'œil à Tyrion. « Un rien de rapine devrait emballer tes sauvages. Invite-les à escorter Vargo, convie-les à razzier tout leur soûl – victuailles, effets, femmes –, à emporter tout ce qu'ils voudront et à flanquer le feu au reste.

— Indépendamment du fait qu'il serait aussi vain de prétendre enseigner le pillage à Timett ou Shagga qu'à un coq le cocorico, commenta Tyrion, je préférerais les garder avec moi. » Si rebelles et raboteux qu'ils fussent, il les considérait comme *siens* néanmoins, leur faisait plus volontiers confiance qu'à aucun des hommes de son père. Pas de sitôt qu'il les céderait…

« Dans ce cas, il faudrait apprendre à les maîtriser. Pas question qu'ils mettent la ville à sac.

— La ville ? » Tyrion perdit pied. « De quelle ville s'agit-il ?

— De Port-Réal. Je t'envoie à la Cour. »

C'était la dernière des choses à quoi Tyrion Lannister se fût attendu. Il reprit sa coupe et l'examina un moment avant de la porter à ses lèvres. « Et pour quoi faire, je vous prie ?

— Gouverner », lâcha son père ex abrupto.

Tyrion explosa de rire. « Il se pourrait que mon exquise sœur eût à en dire un mot ou deux !

— À son aise. S'il n'est d'urgence pris en main, son fils nous précipitera tous dans l'abîme. Avec la bénédiction de ces chenapans du Conseil : notre ami Petyr, le vénérable Grand Mestre et ce mirifique écouillé de Varys. Quels diables de conseils donnent-ils à Joffrey pour qu'il gambade ainsi d'extravagance en extravagance ? Qui a pu lui souffler celle de lordifier ce rustre de Janos Slynt ? Il a eu un *maquignon* pour père, et on nous le fieffe de Harrenhal..., de *Harrenhal*, où trônaient des rois. Jamais il n'y foutra les pieds, si j'ai voix au chapitre. Une lance en sang qu'il s'est, paraît-il, arrogée pour blason. Mieux fait, selon moi, de choisir un fendoir saignant. » Pas une seconde il n'avait haussé le ton, mais l'or de ses yeux flambait de fureur. « Et congédier Selmy, n'était-ce pas insensé ? Vieux, soit, mais le prestige que conserve dans le royaume le nom de Barristan le Hardi ? L'honneur en a rejailli sur tous ceux qu'il servait. S'en peut-il dire autant du Limier ? Son chien, on lui refile des os sous la table, on ne l'assied pas près de soi au haut bout. » Il brandit l'index sous le nez de Tyrion. « Puisque Cersei se révèle incapable de plier le môme, à toi de le faire. Et si ces fichus conseillers cherchent à nous berner... »

Tyrion connaissait la chanson. « Piques, soupira-t-il. Têtes. Créneaux.

— Voilà. Tu as tout de même retenu quelques-unes de mes leçons.

— Plus que vous ne vous figurez, Père », répliqua-t-il d'un ton paisible. Il acheva son vin, reposa la coupe, songeur. Plus satisfait, dans un sens, qu'il n'avait cure de l'admettre. Trop hanté, dans l'autre, par le souvenir de la bataille en amont pour ne pas se demander si cette nouvelle mission ne consistait pas à tenir à nouveau la gauche. « Pourquoi moi ? s'enquit-il d'un petit air penché. Pourquoi pas mon oncle ? Pourquoi pas ser Addam, ou ser Flement, ou lord Serrett ? Pourquoi pas quelqu'un de plus... *grand* ? »

Lord Tywin se leva sèchement. « Tu es mon fils. »

Ce fut une illumination. *Ah... !* songea Tyrion, *tu le considères comme foutu. Espèce de salopard. Maintenant que Jaime est à tes yeux autant dire mort, tu n'as plus que moi...* L'envie le tenaillait de le gifler, de lui cracher à la figure, de tirer son poignard et de lui arracher le cœur pour voir, pour voir s'il était vraiment fait, comme l'assuraient les petites gens, de vieil or massif. Il se contenta de ne pas bouger, de ne pas moufter, de ne rien trahir de ses sentiments.

Comme lord Tywin se dirigeait vers la sortie, les débris épars de la coupe crissèrent sous ses talons. « Un dernier détail. » Il se tenait déjà sur le seuil. « Tu n'emmènes pas ta pute à la Cour. »

Tyrion demeura figé à sa place bien après que son père se fut éclipsé. Puis il finit par regagner le nid douillet de sa soupente, en haut, sous la cloche. Tout bas qu'en était le plafond, mince inconvénient pour un nain. De la lucarne s'apercevait le gibet dressé dans la cour par son père. En bout de corde, animée par les soupirs intermittents de la brise nocturne, virait lentement la dépouille de l'aubergiste. Aussi décharnée, désormais, parcheminée, ténue, déchiquetée que les espérances des Lannister.

Avec des murmures ensommeillés, Shae roula vers lui quand il se posa sur le bord du matelas de plumes. Il glissa ses doigts sous la couverture, les reploya en coupe sur un sein soyeux, et elle ouvrit les yeux. « M'sire », dit-elle avec un sourire assoupi.

Quand il sentit s'ériger le téton, Tyrion la baisa au front. « Je mijote, ma toute douce, murmura-t-il, de t'emmener à Port-Réal. »

JON

La jument hennit tout bas quand il resserra la sangle. « Paix, ma belle », dit-il doucement en la flattant pour la rassurer. La bise bruissait dans l'écurie, lui soufflait au visage un froid de mort, mais il s'en fichait. Ses doigts roidis par les cicatrices avaient beau lui compliquer la tâche, il n'en arrima pas moins fermement son paquetage à l'arçon. « Fantôme ? chuchota-t-il, ici. » Et le loup fut là, prunelles de braise. « Jon, je t'en prie. Il ne faut pas. Pas ça. »

Il se mit en selle, saisit les rênes et fit volter la bête face à la nuit. Samwell Tarly se dressait en travers du porche, avec sur l'épaule une pleine lune qui épiait. Il y gagnait une ombre portée formidable, gigantesque et noire.

« Tire-toi de là, Sam.

— Tu ne *peux* pas faire ça, Jon. Je ne te laisserai pas faire ça.

— J'aimerais mieux ne pas t'amocher, Sam. Gare-toi, ou je te passe sur le corps.

— Tu n'en feras rien. Il faut m'écouter. S'il te plaît… »

Jon enfonça les éperons, la jument bondit vers la porte. Un instant, Sam tint bon, la face aussi ronde et noire qu'était blême et ronde celle de la lune derrière lui, la bouche béante en O de stupéfaction, mais, à la dernière seconde, alors qu'ils étaient déjà quasiment sur lui, sautilla de côté, comme l'avait escompté Jon, trébucha, tomba, la jument s'enleva par-dessus l'obstacle, et la nuit, droit devant, l'engloutit.

Jon releva le capuchon de son gros manteau et lâcha la bride. Châteaunoir reposait dans le plus grand silence quand il en sortit, Fantôme courant sur son flanc. Derrière, bien sûr, des hommes veillaient, sur le Mur, mais les yeux fixés vers le nord et non vers le sud. Personne ne le verrait partir, personne n'était au courant, personne, hormis Sam qui, dans les vieilles écuries, devait être en train de se ramasser. Pourvu que sa chute ne l'eût pas esquinté. Bien capable, avec sa corpulence et sa gaucherie, de s'être cassé un poignet. Ou foulé la cheville rien qu'en se rangeant. « Je l'avais prévenu ! grogna-t-il tout haut. Puis ce n'étaient pas ses oignons. » Tout en galopant, il ployait et déployait sa main brûlée. Elle lui faisait encore mal, mais la suppression des bandages lui procurait une vraie jouissance.

De part et d'autre du ruban sinueux à quoi se réduisait la route royale dans les parages, la lune argentait les collines. S'éloigner le plus possible avant que l'on constate son départ, voilà ce qu'il convenait de faire. Quitte à abandonner la route dès le lendemain et à couper à travers champs, bois et cours d'eau pour mieux semer ses poursuivants, la célérité, pour l'heure, primait la ruse. Et d'autant plus qu'ils auraient moins de peine à deviner sa destination.

Le Vieil Ours se levant invariablement dès le point du jour, il avait jusqu'à l'aube pour interposer le plus grand nombre de lieues possible entre le Mur et lui. Jusqu'à l'aube…, si Sam ne le trahissait pas. Si son sens du devoir et ses maudites frousses ne l'emportaient pas sur son affection véritablement fraternelle. Qu'on l'interrogeât seulement, et il avouerait tout. Mais de là à l'imaginer capable d'aller braver les gardes apostés devant la tour du Roi pour les sommer de réveiller Mormont, non, sûrement pas.

Non. C'est lorsque Mormont se serait lassé d'attendre en vain son petit déjeuner qu'il l'enverrait chercher. On trouverait alors la cellule vide et, sur le grabat, bien en évidence, Grand-Griffe. Il avait eu bien assez de mal à la laisser là, mais il n'était pas si perdu d'honneur qu'il pût l'emporter. Même un Jorah Mormont, au moment de fuir, y avait répugné. Nul doute que lord Mormont, se persuadait-il, finirait par découvrir plus digne de la porter. Mais penser au vieil homme le chagrinait. Sa désertion, il le savait, mettrait du gros sel sur la plaie toujours à vif de l'opprobre du fils. Une manière bien misérable de récompenser sa confiance, mais qu'y faire ? Comment qu'il s'y prît, il avait en permanence l'impression de trahir quelqu'un...

Même à présent, où il doutait de suivre la voie de l'honneur. Les choses étaient autrement plus simples pour les gens du sud. Ils avaient leurs septons pour les écouter, les conseiller, prononcer : « Les dieux veulent ceci cela, par ici par là se situe la frontière entre bien et mal. » Tandis qu'en adorant les anciens dieux, les dieux sans nom, les Stark pouvaient toujours interroger les arbres-cœur. Si tant était qu'ils entendissent, les arbres-cœur ne répondaient pas.

Quand la distance eut effacé les derniers feux de Châteaunoir, il mit la jument au pas. Il avait devant lui un fameux voyage et elle seule pour l'effectuer. S'il souhaitait pouvoir, en chemin, la troquer contre une monture fraîche dans quelque fortin ou hameau de rencontre, mieux valait qu'elle demeurât présentable.

Il lui faudrait aussi, et vite fait, se changer – c'est-à-dire, selon toute probabilité, voler de nouveaux vêtements... Noir était tout ce qu'il portait : depuis le cuir de ses cuissardes, la bure de ses braies et de sa tunique, le cuir de son justaucorps sans manches et le lainage épais de son manteau jusqu'aux fourreaux taupés de sa dague et de son épée, sans compter la maille de la coiffe et du haubert planqués dans les fontes. Qu'on le capturât et, de pied en cap, tout le condamnait à mort. Et il n'était, au nord du Neck, trou si perdu que l'arrivée d'un étranger en noir n'y éveillât instantanément la curiosité générale et la suspicion. Sitôt envolés les corbeaux de mestre Aemon, nulle part Jon ne serait en sécurité. Pas même à

Winterfell. Bran inclinerait peut-être à le recevoir, mais le bon sens de mestre Luwin prévaudrait, qui, comme de juste, n'entrebâillerait pas seulement les portes pour crier : « Passe ton chemin ! » Winterfell ? folie même que d'y songer…

Mais le spectre du château surgit, net comme de la veille, avec ses hauts murs de granit, les senteurs complexes : fumée, chien mouillé, rôts…, de la grande salle, et la loggia de Père, et sa propre chambre dans l'échauguette. Toute une partie de son être n'aspirait à rien tant qu'à savourer de nouveau le rire de Bran, déguster l'une des tourtes bœuf-et-jambon de Gage, entendre Vieille Nan ressasser ses contes, l'écouter narrer Florian l'Idiot et les enfants de la forêt.

Mais il n'avait pas quitté le Mur dans ce but ; il l'avait quitté parce qu'il demeurait, contre vents et marées, le fils de Père et le frère de Robb. Le don d'une épée, fût-elle aussi belle que Grand-Griffe, ne l'avait point métamorphosé en Mormont. Pas davantage n'était-il Aemon Targaryen. À trois reprises, le vieillard avait dû choisir et, à trois reprises, choisi l'honneur ? libre à lui. Puis comment savoir s'il était resté par lâcheté, par faiblesse, ou par courage, par loyauté ? Jon se le demandait encore. Du moins comprenait-il fort bien ce que le mestre avait voulu dire quant au tourment de choisir ; il ne le comprenait que trop.

Tyrion Lannister affirmait que la plupart des hommes aimaient mieux nier les vérités dures que les affronter ? Parfait, mais comment s'y prendre quand on se trouvait soi-même pétri de contradictions négatives ? Il était ce qu'il était, Jon Snow, bâtard et parjure, un maudit sans mère et sans amis. Condamné jusqu'à son dernier jour, qu'il vînt tôt, vînt tard, à être en marge, à se tenir, muet, dans l'ombre, à n'oser dire son vrai nom. En quelque lieu des Sept Couronnes qu'il se rendît, sa vie ne serait que mensonge, forcément, s'il voulait s'épargner l'hostilité de tous. Bagatelle, au reste, pourvu qu'il vécût assez longtemps pour prendre sa place aux côtés de Robb et l'aider à venger les mânes de Père.

Robb, il le revoyait, lors de leurs adieux, campé dans la cour, saupoudré de flocons qui fondaient sur ses cheveux auburn. Il serait forcé de se présenter à lui déguisé, à la dérobée. Il essaya d'imaginer l'expression de son frère au moment où il se démasquerait. Robb secouerait la tête, sourirait et dirait… dirait…

Le sourire, il ne parvenait pas à le voir. Il ne parvenait pas à le voir, si fort qu'il s'y efforçât. Et il se surprit à songer au déserteur que Père avait décapité le jour de la découverte des louveteaux. « Tu as juré. » La voix de lord Eddard résonnait comme en ce matin clair. « Tu as prononcé les vœux devant tes frères et devant les dieux anciens et nouveaux. » À nouveau, Desmond et Gros Tom traînèrent l'homme vers le billot. Les yeux de Bran s'agrandirent comme des soucoupes, et il fallut lui rappeler de tenir ferme son poney. Le moindre détail reparut. Le regard de Père quand Theon Greyjoy lui apporta Glace. Sur la neige, l'ondée de sang. La tête qui roulait jusqu'aux pieds de Theon et la manière dont celui-ci l'avait, telle une vulgaire balle, réexpédiée.

Qu'aurait fait lord Eddard si, au lieu de cet étranger loqueteux, le déserteur avait été son propre frère, Benjen ? Cela eût-il rien changé ? Sûrement, oh, *sûrement*…, et Robb ne manquerait pas de l'accueillir, lui, à bras ouverts, voyons. Il le *devait*. Sinon….

Ce « sinon »-là était intolérable. Et comme, à tenir court les rênes, ses doigts blessés s'ankylosaient douloureusement, il talonna les flancs de la jument pour lui faire prendre un bout de galop, comme si la course devait dissiper ses doutes. Sans redouter la mort, il refusait de mourir ainsi, troussé, ligoté, décollé comme un brigand banal. S'il fallait périr, que ce soit du moins l'épée au poing et en combattant les meurtriers de Père. Il n'était pas un véritable Stark, ne l'avait jamais été… ? Il saurait tout de même mourir en Stark. Pour les forcer à reconnaître, tous, qu'Eddard Stark avait engendré non pas trois fils mais quatre.

La langue pendante, Fantôme soutint l'allure près d'un demi-mille mais, lorsque cheval et cavalier tendirent tous deux le col pour accélérer, il ralentit, s'immobilisa, tout yeux, deux braises dans le clair de lune, disparut, là-bas derrière, mais Jon ne s'en inquiéta pas : il suivrait, mais à son propre pas.

Devant clignotaient à travers les arbres, sur les deux côtés de la route, des lumières clairsemées : La Mole. Hormis l'aboi d'un chien sur son passage et le braiment rauque d'une mule dans quelque écurie, le village ne broncha point. De-ci de-là se devinait, aux fentes des volets clos, la lueur sourde d'un foyer, mais le noir demeurait la règle.

Si La Mole paraissait à peine plus qu'un hameau, c'est que les trois quarts de son habitat se trouvaient sous terre, bien au chaud dans de profonds celliers que reliait un labyrinthe de boyaux. Souterrain, le bordel lui-même qui, à la surface, n'exhibait guère qu'une cabane aussi mesquine que des lieux d'aisances, il est vrai distinguée par sa lanterne rouge au-dessus du seuil. Sur le Mur, les hommes désignaient les putains par le sobriquet « trésors enfouis ». Qui savait si, cette nuit, tel ou tel de ses frères en noir ne fouissait pas, là-dessous ? C'était aussi se parjurer, cela, mais nul ne semblait s'en soucier.

Il ne ralentit que bien au-delà du village, alors qu'il était aussi en nage que la jument. Sa main lui faisait mal, il grelottait, mit pied à terre. Goutte à goutte fondait en petites mares une congère dans le sous-bois. Il s'accroupit et joignit ses doigts en coupe pour recueillir ce suintement glacé d'eau de neige, en but puis s'en aspergea le visage au point d'en avoir des fourmillements dans les joues. Depuis des jours et des jours sa main ne l'avait si fort tourmenté, et la tête lui cognait aussi. *Pourquoi me sentir si mal,* se dit-il, *alors que j'agis comme je le dois ?*

La jument étant toute maculée d'écume, il la prit par la bride et décida de marcher un moment. Des ruisselets coupaient la chaussée pierreuse et tout juste assez large pour deux cavaliers de front. Très malin, ce triple galop, idéal pour se rompre le cou. Quelle mouche l'avait donc piqué ? Était-il si pressé de mourir ?

Il dressa l'oreille. Du fin fond des bois parvenaient les cris d'une bête en détresse. La jument hennit, renâcla. Le loup avait-il débusqué quelque proie ? Les mains arrondies en porte-voix, il cria : « *Fantôme !* », mais il eut beau répéter : « Ici, Fantôme, ici », seul lui répondit dans son dos l'essor froufroutant d'une chouette effarée.

Les sourcils froncés, il poursuivit sa route. Au bout d'une demi-heure, la jument fut sèche, mais Fantôme n'avait toujours pas reparu. Malgré son désir de reprendre au plus vite sa chevauchée, Jon finissait par s'inquiéter. « *Fantôme !* appela-t-il à nouveau. Où es-tu ? Au pied ! *Fantôme !* » Rien dans ces bois ne pouvait sérieusement menacer un loup-garou, ce loup-garou ne fût-il encore qu'adolescent, rien, sauf…, non, Fantôme était trop futé pour attaquer un ours, et s'il y avait eu dans les parages une meute de loups, on les aurait sûrement entendus hurler.

Autant manger un morceau, décida-t-il. Cela lui calerait l'estomac, le délai permettrait à Fantôme de les rattraper, et ce sans danger, tout dormait encore, à Châteaunoir. Dans ses fontes, il préleva un biscuit, un bout de fromage et une petite pomme brune toute ridée. Il avait également fauché aux cuisines du bœuf salé et une bonne tranche de lard fumé, mais il comptait les réserver pour le lendemain. Ensuite, il faudrait chasser, ce qui le retarderait.

Il s'assit sous les arbres et grignota fromage et biscuit pendant que la jument broutait sur la lisière de la route. Il avait gardé la pomme pour la bonne bouche et, pour avoir perdu de sa fermeté, la chair en demeurait juteuse, aigrelette à souhait. Il en suçotait le trognon quand un bruit l'alerta : des chevaux, et en provenance du nord. En deux bonds, il rejoignit la jument. Les gagner de vitesse ? non, ils se trouvaient trop près, avaient dû l'entendre, et ils étaient de Châteaunoir…

Il entraîna vivement la bête à l'écart, derrière un massif épais de vigiers gris-vert. « Paix, paix », lui souffla-t-il avant de se tapir pour épier au travers des branches. Si les dieux daignaient, les cavaliers le dépasseraient. Il pouvait d'ailleurs tout bonnement s'agir de quelques croquants de La Mole, de fermiers se rendant aux champs, sauf qu'en pleine nuit ce qu'ils fichaient dehors… ?

Le martèlement des sabots devenait plus net de seconde en seconde. Ils allaient bon pas, d'après la progression du son, et, d'après son ampleur, devaient bien être cinq ou six. Déjà leurs voix trouaient la végétation.

« … certain qu'a pris c'te direction ?

— Certain, certain…

— Pu partir vers l'est, aussi bien. Ou couper à travers bois. Ce que j' f'rais, moi.

— Dans le noir ? Idiot. Si tu te casses pas la gueule, tu te paumes, tu tournes en rond, et le Mur sous le pif quand le soleil se lève !

— Parle pour toi…, regimba Grenn, vexé manifestement. Moi, plein sud, là. 'vec les étoiles, tu sais l' sud.

— Et s'y a des nuages ? susurra Pyp.

— Ben, j'pars pas, là. »

Un autre intervint : « Savez quoi, *moi*, si j'étais lui ? La Mole, à creuser mon trou ! » Au rire strident qui fracassa les bois, Jon reconnut Crapaud. La jument s'ébroua.

« Vos gueules, un peu. » Halder… « J'ai cru entend' quèqu' chos'.

— Où ça ? Moi, rien. » Les chevaux s'immobilisèrent.

« Tu t'entends même pas péter, *toi*… !

— Si fait, s'enferra Grenn.

— *Chhhuttt !* »

Tous se turent, l'oreille tendue, tandis que Jon retenait son souffle. *Sam*, songea-t-il. Qui n'était allé ni chez le Vieil Ours ni au pieu mais réveiller les autres. Bande d'enfoirés. Qu'ils ne soient pas au poste à l'aube, et on les taxerait eux-mêmes de désertion. S'en doutaient-ils seulement ?

Le silence s'éternisait. De sa cachette, Jon ne discernait que les jambes des chevaux. Enfin, Pyp reprit : « T'avais entendu quoi ?

— Ch'ais pas, reconnut Halder. Un truc comme un cheval, j'aurais dit, mais…

— Y a rien, ici. »

Du coin de l'œil, Jon entrevit se mouvoir une forme pâle dans les fourrés. Un frisson des feuilles, et Fantôme émergea des ombres si brusquement que la jument tressaillit, hennit. « *Là !* cria Halder.

— C'te fois, oui !

— Traître », dit Jon au loup en sautant en selle. Mais à peine eut-il tourné la tête du cheval vers le profond des bois dans l'espoir de s'y fondre en douce qu'il se vit rejoint.

« *Jon !* piailla Pyp.

— 'rête, dit Grenn. Peux pas nous échapper. »

Il fit volte-face en dégainant. « Arrière. Ne m'obligez pas à vous frapper. Désolé, mais je le ferai.

— À un contre sept ? » répliqua Halder. Sur un signe de lui, les garçons se déployèrent pour cerner Jon.

« Que me voulez-vous ? s'insurgea-t-il.

— Te ramener auprès des tiens, dit Pyp.

— Les miens, c'est mon frère.

— Tes frères, c'est *nous*, main'nant, dit Grenn.

— Sais qu'y t' coup'ront la têt', s'y t' prenn' ? argua Crapaud avec un rire nerveux. C' trop con. 't une connerie juste pour l'Aurochs.

— C' pas vrai ! protesta Grenn. Chuis pas com' ça. C' tait sérieux quand j'ai juré.

— Moi aussi, rétorqua Jon, mais vous ne comprenez donc pas ? On a assassiné mon *père* ! C'est la guerre, et mon frère se bat dans le Conflans, et…

— On sait, déclara Pyp d'un ton solennel. Sam nous a tout dit.

— On est désolés pour ton père, enchaîna Grenn, c' pas ça qui coince. Mais un' fois qu' t'as juré, y a pas, peux pus partir.

— Je le *dois*…, insista Jon avec ferveur.

— Rappelle-toi les termes du serment, glissa Pyp. "*Voici que débute ma garde*, as-tu dit. *Jusqu'à ma mort, je la monterai.*"

— "*Je vivrai et mourrai à mon poste*", poursuivit Grenn en acquiesçant d'un signe.

— Je n'ai que faire qu'on me les serine. Je les connais aussi bien que vous. » La moutarde lui montait au nez. Ne pouvaient-ils lui foutre la paix ? Fallait-il vraiment lui rendre le départ encore plus déchirant ?

« "*Je suis l'épée dans les ténèbres*", entonna Halder.

— "*Je suis le veilleur au rempart*" », poursuivit Crapaud.

Jon s'étant mis à les injurier, ils affectèrent une surdité totale. Pyp poussa son cheval pour se rapprocher, tout en récitant : « "*Je suis le feu qui flambe contre le froid, la lumière qui rallume l'aube, le cor qui secoue les dormeurs, le bouclier protecteur des royaumes humains.*"

— Arrière ! l'avertit Jon, l'épée brandie. Je ne plaisante pas, Pyp. » Aucun d'entre eux ne portant seulement d'armure, il lui serait aisé de les tailler en pièces s'il le fallait.

Mine de rien, Matthar était parvenu à se placer derrière lui. Il fit à son tour chorus : « "*Je voue mon existence et mon honneur à la Garde de Nuit.*" »

Jon poussa sa jument de manière à la faire tourner sur place. Il se trouvait désormais entièrement cerné.

« "*Pour cette nuit-ci…*" » Depuis la gauche, Halder pénétrait dans le cercle.

« "… *comme pour toutes les nuits à venir*" », acheva Pyp. Il se pencha vers la bride de la jument. « À toi de choisir, maintenant. Tue-moi ou suis-moi. »

L'épée s'apprêta à frapper…, dut y renoncer. « Maudit sois-tu ! gronda Jon avec désespoir. Maudits soyez-vous tous !

— Devons-nous te lier les mains, ou nous donnes-tu ta parole de rentrer sans faire d'embarras ? s'enquit Halder.

— Je ne m'enfuirai pas, si c'est ce que tu redoutes. » Comme Fantôme s'aventurait à découvert, il le cloua du regard. « Bravo pour ton aide. » Une expression penaude assombrit les prunelles rouges.

« Faudrait se magner, dit Pyp. Qu'on soit pas de retour avant le point du jour, et c'est nos têtes à *tous* que le Vieil Ours voudra. »

Du trajet, Jon Snow retint peu de chose. Il lui sembla plus court qu'à l'aller, peut-être parce que son esprit divaguait ailleurs. Pyp dicta l'allure, galop, pas, trot, galop derechef. La Mole apparut, disparut, la lanterne rouge n'y brillait plus. Et ils allaient si bon train que les tours de Châteaunoir se silhouettèrent, encore assombries par la pâleur du Mur, une heure avant l'aube, sous les yeux de Jon. Sans qu'il éprouvât, cette fois, l'impression de rentrer chez lui.

On avait pu le ramener, se dit-il, on ne pourrait le retenir. La guerre n'allait s'achever ni demain ni après-demain, et ses bons amis ne pourraient le tenir à l'œil jour et nuit. Il attendrait son heure en les berçant de l'illusion qu'il était satisfait de son sort… et, sitôt relâchée leur vigilance, envolé, l'oiseau. En évitant cette fois la grand-route. Vers l'est, par exemple, en longeant le Mur, peut-être jusqu'à la mer – plus long mais plus sûr. Ou même par l'ouest jusqu'au pied des montagnes et, là, plein sud en franchissant les plus hauts cols. La voie qu'empruntaient les sauvageons. Tuante, périlleuse, mais du moins ne l'y suivrait-on pas. Et qui se maintenait toujours à cent bonnes lieues de Winterfell et de la chaussée royale.

Trop anxieux pour dormir, Sam les attendait, affalé dans les vieilles écuries contre des bottes de foin. Il se leva, s'épousseta. « Je… je suis heureux qu'ils t'aient trouvé, Jon.

— Moi pas », riposta-t-il en démontant.

Pyp sauta à bas de son cheval et, avec un regard de dégoût vers la vague éclaircie du ciel : « Un coup de main pour panser les bêtes, Sam. Nous avons une longue journée devant nous que nous n'affronterons, grâce à lord Snow, ni frais ni dispos. »

Quand le jour se leva, Jon se rendit aux cuisines comme de coutume. Hobb Trois-Doigts lui remit sans mot dire le déjeuner du Vieil Ours : trois œufs durs bruns, ce matin-là, du pain frit, une tranche de jambon et une jatte de prunes ridées.

Assis près d'une fenêtre de la tour du Roi, Mormont écrivait. Son corbeau lui arpentait les épaules de long en large en maugréant : « *Grain ! grain ! grain !* » L'entrée de Jon lui arracha un cri strident. « Pose ça sur la table, dit le Vieil Ours en levant les yeux. Tu me donneras de la bière. »

Sur la tablette extérieure d'une autre fenêtre encore close de son volet, Jon s'en fut prendre le pichet requis, emplit une corne puis y pressa dans son poing le citron tout frais tiré du Mur par le cuistot. Le jus glacé gicla entre ses doigts. Mormont buvait cette mixture tous les jours et lui imputait haut et fort la conservation de ses dents.

« Nul doute que tu n'aimais ton père, lui dit-il en prenant la corne. Mais nos affections nous détruisent invariablement. Te souviens quand je te l'ai dit ?

— Me souviens », répondit-il d'un ton maussade. Même avec Mormont, il n'avait nulle envie d'évoquer la mort de Père.

« Tâche de ne jamais l'oublier. Les vérités dures sont celles qu'il convient de tenir serré. Passe-moi l'assiette. Encore du jambon ?! Tant pis. M'as l'air crevé, toi. Si fatigante, ton escapade au clair de lune ? »

Sa gorge se sécha. « Vous êtes au courant ?

— *Courant !* répéta le corbeau, depuis l'épaule de son maître. *Courant !* »

Le Vieil Ours renifla. « Penses-tu qu'on m'ait fait lord commandant de la Garde de Nuit parce que j'étais bouché à l'émeri, Snow ? Aemon m'a prévenu que tu partirais. Je lui ai dit que tu reviendrais. Je connais mes hommes… et mes *gars* aussi. Si l'honneur t'a jeté sur la route royale, l'honneur a su te ramener.

— Ce sont mes copains qui m'ont ramené.

— Ai-je dit *ton* honneur ? » Il scrutait l'assiette.

« On a tué mon père. Vous attendiez-vous que je reste passif ?

— Pour parler franc, nous nous attendions à te voir faire exactement ce que tu as fait. » Il tâta d'une prune, cracha le noyau. « J'avais donné l'ordre de te surveiller. On t'a vu partir. Si tes copains ne t'avaient pas récupéré, on t'épinglait en route, et pas des copains. À moins de posséder un cheval muni d'ailes comme un corbeau. Est-ce le cas ?

— Non. » Il se sentait idiot.

« Dommage, nous serait utile, un cheval pareil. »

Jon se redressa de toute sa hauteur. Il se persuadait qu'il saurait mourir ; oui, il saurait, toujours ça de pris. « Je connais le tarif de la désertion, messire. Je n'ai pas peur de la mort.

— *Mort !* s'écria le corbeau.

— Ni de la vie, j'espère ? » riposta Mormont en découpant le jambon avec son poignard. Il en tendit une lichette à l'oiseau. « Tu n'as pas déserté – pas encore. Tu es là, devant moi. Si nous décapitions tous les gars qui vont à La Mole la nuit, le Mur n'aurait que des spectres pour le garder. Cependant, peut-être projettes-tu de redécamper demain ou dans une quinzaine. C'est ça ? C'est ça, ton espoir, mon gars ? »

Jon demeura muet.

« Bien ce que je pensais. » Il entreprit de dépiauter un œuf. « Ton père est mort, garçon. Crois-tu pouvoir le ressusciter ?

— Non, confessa-t-il du bout des dents.

— Bon, dit Mormont. Nous avons, toi et moi, vu des revenants, et ce spectacle-là, je ne me soucie pas d'en reprendre. » Il avala l'œuf en deux bouchées, débarrassa ses dents d'une parcelle de coquille. « Ton frère est en campagne avec toutes les forces du nord derrière lui. Le moindre de ses bannerets commande plus d'épées que tu n'en saurais dénombrer dans la Garde de Nuit tout entière. Pourquoi te figurer que *ton* aide leur est nécessaire ? Es-tu un guerrier surpuissant ? As-tu dans ta poche un djinn pour doter ton épée de vertus magiques ? »

Il n'y avait rien à répondre à cela. Le corbeau s'était attaqué à un œuf et en perforait la coquille à petits coups précis. Puis il inséra son bec dans la brèche et en extirpa des morceaux de blanc et de jaune. Le Vieil Ours soupira. « Tu n'es pas le seul que touche cette guerre. Selon toute probabilité, ma sœur fait partie de l'armée de ton frère, ma sœur et les espèces de filles qu'elle a, vêtues de maille comme des hommes. Maege est un vieux snark rance, tenace, emporté, buté. Pour ne te rien cacher, je supporte mal ses parages, mais elle a beau être une sacrée garce, ne t'y méprends pas, je l'aime autant que toi tes demi-sœurs. » Le front plissé, il prit son dernier œuf et, avec moult crissements, l'écrasa dans son poing. « Peut-être moins, quand même… Quoi qu'il en soit, sa perte m'affligerait encore, et, cependant, me vois-tu filer ? J'ai juré, ni plus ni moins que toi. Ma place est ici…, et toi, garçon, où est la tienne ? »

Je n'ai pas de place, voulut-il dire, *je suis un bâtard, je n'ai pas de droits, pas de nom, pas de mère et, maintenant, même plus de père.* Les mots refusèrent de sortir. « Je ne sais pas.

— Moi si, affirma le lord commandant Mormont. Les vents froids se lèvent, Snow. Au-delà du Mur s'allongent les ombres. Cotter Pyke parle dans ses lettres de grandes hardes d'orignacs qui affluent vers le sud et vers la mer, à l'est, ainsi que de mammouths. Il dit qu'à moins de trois lieues de Fort-Levant l'un de ses hommes a relevé des empreintes énormes et difformes. Des patrouilles de Tour Ombreuse ont découvert des villages entièrement désertés, et, la nuit, ser Denys m'informe qu'on voit les montagnes embrasées de feux gigantesques et qui brûlent du crépuscule à l'aube. Un captif pris tout au fond des Gorges jure à Quorin Mimain que Mance Rayder est en train de masser son peuple, les dieux seuls savent à quelle fin, dans un nouveau repaire secret de son invention. Ignorerais-tu que ton oncle Benjen est loin d'être, depuis un an, notre unique disparu ?

— *Ben Jen !* croassa le corbeau, le bec barbouillé de bribes d'œuf, en branlant du chef, *Ben Jen ! Ben Jen !*

— Non », reconnut Jon. Il y en avait eu d'autres. Beaucoup trop.

« La guerre de ton frère serait-elle, à tes yeux, plus vitale que la nôtre ? » aboya le vieil homme.

Jon se mâcha la lèvre. Le corbeau le gifla de l'aile en scandant : « *Guerre ! guerre ! guerre ! guerre !* »

« Hé bien, non, dit Mormont. Les dieux aient pitié de nous, mon garçon. Tu n'es ni aveugle ni imbécile, dis-moi : quand les morts se mettent à chasser, la nuit, le titulaire du Trône de Fer, ça te paraît vital ?

— Non. » Il n'avait pas envisagé les choses sous cet angle.

« Le seigneur ton père t'a envoyé à nous, Jon. Pourquoi ? ça...

— *Quoi ? quoi ? quoi ?* piaula le corbeau.

— Tout ce que je sais, c'est que le sang des Premiers Hommes coule dans les veines des Stark. Les Premiers Hommes édifièrent le Mur, ils conservent, à ce que l'on prétend, des souvenirs oubliés du commun. Comme ta bestiole, tiens..., qui nous a conduits à ces créatures, qui t'a alerté quand l'une d'elles grimpait l'escalier. "Coïncidences !", ricanerait évidemment ser Jaremy, mais ser Jaremy est mort, moi pas. » De la pointe de son poignard, il piqua un bout de jambon. « Je suis convaincu que le sort t'appelait ici, et je veux vous avoir avec nous, ton loup et toi, quand nous irons au-delà du Mur. »

D'exaltation, Jon en eut froid dans le dos. « Au-delà du Mur... ?

— Tu as bien entendu. Je compte retrouver Ben Stark, mort ou vif. » Il mastiqua, déglutit. « Attendre ici, les fesses au chaud, que tombent les neiges et sifflent les bises glacées ? non merci. Il faut savoir ce qui se passe. Ce coup-ci, la Garde de Nuit marchera en force. Contre le roi d'au-delà du Mur, contre les Autres et contre tout ce qui pourra rôder par là. Et je la commanderai personnellement. » Il lui pointa sa dague vers la poitrine. « L'usage veut que l'ordonnance du lord Commandant le suive aussi comme écuyer, mais…, mais je n'ai pas la moindre envie de m'éveiller, aube après aube, en me demandant : “Aura-t-il à nouveau filé ?” Voilà pourquoi j'exige une réponse, lord Snow, et une réponse immédiate. Es-tu un frère de la Garde de Nuit… ou rien qu'un petit bâtard désireux de jouer à la guerre ? »

Jon se redressa, prit une longue inspiration. *Pardonnez-moi, Père. Robb, Arya, Bran…, pardonnez-moi, je ne puis rien pour vous. C'est lui qui a raison. La voici, ma place.* « Je suis… à vous, messire. Votre homme. Je le jure. Je ne m'enfuirai plus. »

Le Vieil Ours s'ébroua. « Bon. Va ceindre ton épée. »

CATELYN

Des milliers d'années lui semblaient s'être écoulées depuis que, pour quitter Vivesaigues à destination de Winterfell, au nord, elle avait franchi, les bras chargés du nouveau-né, la Culbute à bord d'un petit bateau. Oh, c'était toujours la Culbute qu'elle traversait à présent, mais dans l'autre sens, et pour regagner la maison, sa maison natale, et le nouveau-né jadis tirebouchonné dans ses langes portait désormais plate et maille.

Il était là, Robb, assis à la proue, la main posée sur la tête de Vent Gris, presque absent, tandis que souquaient les rameurs. À ses côtés, Theon Greyjoy. Oncle Brynden suivait, dans une autre barque, avec Lard-Jon et lord Karstark.

Elle-même s'était installée vers la poupe. Tout en se laissant porter par la violence du courant, on se rabattait pour doubler la masse impressionnante de la tour d'Abée. Le fracas des flots qui s'y engouffraient, l'écho de leurs éclaboussures contre les godets de la roue lui rappelaient tant sa jeunesse qu'un triste sourire lui vint aux lèvres. Du haut des remparts de grès pleuvaient son propre nom, clamé par les soldats et les serviteurs, celui de son fils et des « Winterfell ! » enthousiastes. Aux créneaux flottait un peu partout l'étendard Tully : la truite au bond, d'argent sur champ mouvant de gueules et d'azur. Une vision réconfortante, mais qui échouait à lui relever le cœur. Se relèverait-il jamais, son cœur, à présent ? *Oh, Ned, Ned...*

Au bas de la tour d'Abée, les rameurs négocièrent un large virage et, à pleins bras, pleins dos, se mirent à éventrer les tourbillons. Comme se révélait alors l'arche évasée de la tour d'Aigues, un grincement douloureux de chaînes annonça qu'on entreprenait d'en relever la pesante herse. Et, de fait, tandis qu'ils se rapprochaient, celle-ci monta peu à peu, rougie de rouille dans sa partie basse, qui ne leur livra passage que comme à regret, dégouttante d'une boue brunâtre, ses crampons griffus brandis à quelques pouces à peine au-dessus de leurs têtes. Les yeux attachés aux barreaux de fer, Catelyn s'alarma. La rouille ne les rongeait-elle pas jusqu'au cœur ? Opposeraient-ils beaucoup de résistance au boutoir d'un bélier ? Ne conviendrait-il pas de les remplacer ? Un genre de préoccupations qui ne lui laissait guère de répit, ces temps-ci…

Passant tour à tour du grand jour à l'ombre et de l'ombre au grand jour, ils enfilèrent la voûte et se retrouvèrent au bas de nouveaux murs. Des embarcations de toutes tailles les entouraient, amarrées à la pierre par des anneaux de fer. Au bas de l'escalier d'eau les attendaient les gardes de Père, en compagnie de ser Edmure Tully. D'aspect ragot, le jeune gaillard se distinguait par l'auburn hirsute de sa toison que complétait une barbe ardente. Son pectoral de plates attestait les plaies et bosses de la bataille, le sang et la suie souillaient son manteau rouge et bleu. Près de lui se dressait, sec comme une pique, profil crochu flanqué de favoris ras poivre-et-sel, son libérateur, lord Tytos Nerbosc. Le jais serti dans son armure d'un jaune éclatant figurait des pampres compliqués, et un manteau cousu de plumes de corbeau drapait ses maigres épaules.

« Amenez-les », ordonna ser Edmure. Trois hommes entrèrent dans l'eau jusqu'au genou et, avec leurs gaffes, attirèrent la barque à quai. Au bond que fit Vent Gris pour retrouver la terre ferme, l'un d'eux lâcha sa perche et se jeta si vivement en arrière qu'il perdit l'équilibre et prit un bain de siège pour le moins brutal. Les éclats de rire qui saluèrent l'exploit parfirent sa mine piteuse. Mais déjà Theon Greyjoy barbotait au flanc de la barque et, enlevant lady Stark par la taille, la déposait au sec, deux marches plus haut.

Edmure descendit aussitôt l'embrasser. « Chère sœur… ! » murmura-t-il d'une voix enrouée. Il suffisait de voir la coupe de sa bouche et le bleu sombre de ses yeux pour le pressentir un sourieur-né, mais il ne souriait pas, maintenant. Il avait l'air épuisé, usé, meurtri par la bataille et perclus de souci. Un pansement trahissait sa blessure au col. Catelyn l'étreignit passionnément.

« Ton deuil est mien, Cat, lui dit-il en l'entraînant à part. Quand nous avons appris, pour lord Eddard… Les Lannister le paieront, je le jure, tu seras vengée.

— Cela me rendra-t-il Ned ? » répliqua-t-elle avec âpreté. Sa plaie était trop à vif pour qu'elle modérât ses mots. Penser à Ned lui était impossible, pour l'heure, intolérable. Elle refusait de penser à lui. À quoi bon ? Elle avait besoin de toutes ses forces. « Chaque chose en son temps. Je dois voir Père.

— Dans sa loggia. Il t'attend.

— Lord Hoster est cloué au lit, madame », intervint l'intendant. Depuis quand ce brave homme était-il devenu si gris, si vieux ? « Il m'a chargé de vous mener à son chevet sur-le-champ.

— C'est moi qui le ferai », dit Edmure. Il lui fit gravir l'escalier d'eau, traverser la courtine inférieure où, jadis, pour elle, Brandon Stark et Petyr Baelish avaient croisé le fer, et que surplombaient les formidables murailles du donjon. Puis, comme ils franchissaient une porte gardée par deux plantons à heaume faîté du poisson, elle s'enquit, le cœur serré d'avance par la réponse qu'elle sollicitait : « Il va si mal ? »

Edmure s'assombrit. « D'après les mestres, nous ne tarderons pas à le perdre. Il souffre… en permanence, et atrocement. »

Une rage aveugle la submergea, qui n'épargnait rien ni personne au monde, une rage qui englobait, avec Edmure et les

Lannister et les mestres et Lysa, Ned et Père eux-mêmes, et les dieux monstrueux capables de lui ôter ces derniers coup sur coup tous deux. « Tu aurais dû m'avertir, dit-elle. M'envoyer un message dès que tu l'as su.

— Il l'a interdit. Il ne voulait pas que ses ennemis le sachent à toute extrémité. De peur que, s'ils soupçonnaient la gravité de son état, dans cette atmosphère de guerre civile, les Lannister…

–… n'attaquent ? » acheva-t-elle durement. *C'est ton œuvre*, insinua une voix intérieure, *ton œuvre à toi. Si tu n'avais pas commis la folie de t'emparer du nain…*

Ils achevèrent en silence l'ascension de l'escalier à vis.

À l'instar du château lui-même, triangulaire était le donjon, et triangulaire aussi la loggia de lord Hoster, avec un grand balcon de grès qui saillait à l'est comme l'étrave d'un puissant vaisseau. De là, le seigneur de Vivesaigues plongeait sur les murs et redoutes et, au-delà, sur les remous du confluent. Aussi y avait-on transporté son lit. « Il se plaît à jouir du soleil et de la vue sur les rivières, expliqua Edmure. Regardez qui je vous amène, Père. Cat… »

Alors que, d'une stature et d'une corpulence déjà conséquentes dans sa jeunesse, leur père n'avait cessé, l'âge venu, de s'empâter, c'est un homme amenuisé qu'elle retrouvait, sans chair ni muscles, la peau et les os. Jusqu'au visage, ravagé. Révolus aussi, la barbe et les cheveux bruns filetés de gris dont la mémoire le parait encore. Blancs comme neige, désormais…

À la voix d'Edmure, il ouvrit les yeux. « Chaton, murmura-t-il d'une voix exténuée de naufragé, mon chaton. » Le tremblement d'un sourire effleura ses traits, tandis qu'à tâtons sa main cherchait celles de sa fille. « Je guettais ta venue…

— Je vous laisse bavarder », dit Edmure en le baisant tendrement au front.

Après qu'il se fut retiré, Catelyn s'agenouilla au chevet du vieillard sans lâcher sa main. Une grande main décharnée, maintenant, débile, avec trop de peau pour son excès d'os. « Il fallait m'avertir, dit-elle. Une estafette, un corbeau…

— On intercepte les estafettes, on les interroge. Et les corbeaux, on les abat… » Un spasme le prit, qui crispa ses doigts captifs. « Des crabes dans mes entrailles…, et qui pincent, pincent sans répit. Jour et nuit. Des pinces féroces, les crabes. Grâce aux décoctions de mestre Vyman, vin-de-songe et lait de pavot…, je dors pas mal… mais, pour ta visite, quand tu viendrais, je voulais avoir toute ma conscience. J'avais peur…, quand les Lannister ont pris ton frère, leurs camps nous cernaient…, peur de disparaître sans t'avoir revue…, peur…

— Je suis là, Père. Avec Robb, mon fils. Il aimerait aussi vous voir.

— Ton garçon…, souffla-t-il. Il avait mes yeux, je me rappelle…

— Il les a toujours. Et nous vous amenons Jaime Lannister enchaîné. Vivesaigues est à nouveau libre, Père. »

Il sourit. « J'ai vu. Quand tout a débuté, la nuit dernière, je leur ai dit… fallait que je voie. M'ont transporté à la conciergerie… Contemplé d'en haut. Ah, c'était magnifique…, ces torches, un raz de marée, tous ces cris portés par les eaux…, savoureux, ces cris…, crebleu ! Alors que leur maudite tour de siège montait, montait… Serais mort volontiers, la nuit dernière, et heureux…, sauf que j'aurais voulu d'abord voir tes enfants. C'est ton garçon qui a fait cela ? Ton Robb ?

— Oui, se rengorgea-t-elle farouchement. Robb et… Brynden. Votre frère aussi se trouve ici, messire.

— Lui. » Sa voix n'était plus qu'un murmure presque inaudible. « Le Silure… De retour ? Du Val ?

— Oui.

— Et Lysa ? » Un soupçon de brise animait par intermittence les fins cheveux blancs. « Miséricorde ! ta sœur…, elle aussi ? »

Le ton trahissait tant d'espoir et de nostalgie qu'elle ne se sentit pas le cœur de tout déballer. « Non. Je regrette…

— Oh. » Ses traits s'affaissèrent, une lueur s'éteignit dans ses yeux. « J'avais espéré… J'aurais aimé la voir, avant de…

— Elle est aux Eyrié. Avec son fils. »

Il hocha la tête d'un air las. « Lord Robert, bien sûr, puisque le pauvre Arryn…, ça me revient… Mais pourquoi ne t'a-t-elle pas accompagnée ?

— Par peur, messire. Aux Eyrié, elle se sent en sécurité. » Elle baisa le front ridé. « Robb doit s'impatienter. Acceptez-vous de le recevoir ? Et Brynden ?

— Ton fils, chuchota-t-il. Oui. L'enfant de Cat…, il avait mes yeux, je me rappelle. À sa naissance. Oui…, amène-le.

— Et votre frère ? »

Son regard s'évada vers les deux rivières. « Silure, dit-il. S'est-il marié ? Déniché quelque… fille pour épouse ? »

Jusque sur son lit de mort…, s'affligea-t-elle. « Toujours pas. Vous le savez bien, Père. Et qu'il n'en fera jamais rien.

— Je lui avais pourtant dit…, *ordonné* : “Marie-toi !” J'étais son suzerain. Il le sait. Mon droit, de lui assigner un parti. Un bon parti. Une Redwyne. Vieille maison. Et beau brin de fille, charmante…, taches de rousseur…, Bethany, voilà. Pauvre petite. Toujours en panne. Ouais. Toujours…

— Non, Père, rectifia-t-elle. Bethany Redwyne a épousé lord Rowan voilà des années. Elle en a trois enfants.

— Et quand cela serait ? maugréa-t-il, quand cela serait ? Cracher sur elle et sur les Redwyne… Cracher sur *moi*. Sur moi, son suzerain, son frère…, ce Silure. J'avais d'autres propositions. La fille de lord Bracken. Les trois de Walder Frey…, “N'importe laquelle”, il disait… S'est-il marié, à la fin ? Me moque avec qui, pourvu… ! quiconque.

— Personne. Mais il a fait des lieues et des lieues pour vous voir, il s'est battu pour revenir à Vivesaigues. Si ser Brynden ne nous avait aidés, je ne me trouverais pas ici.

— Il a toujours été un guerrier, concéda-t-il de mauvais gré. Dans ses moyens, ça. Chevalier de la Porte, mmouais. » Il se laissa aller, d'un air indiciblement las, sur le dos, ferma les paupières. « Envoie-le. Plus tard. Je vais un peu dormir. Trop mal fichu pour batailler. Envoie-le-moi plus tard, ce foutu Silure… »

Elle l'embrassa, câline, lui lissa les cheveux et le laissa là, dans l'ombre de son cher donjon que baignaient ses chères rivières, et assoupi dès avant qu'elle n'eût quitté la loggia.

À son retour sur la courtine inférieure, elle découvrit ser Brynden, bottes encore humides, en grande conversation dans l'escalier d'eau avec le capitaine des gardes de Vivesaigues. Il vint aussitôt à sa rencontre. « Est-il… ?

— Mourant. Comme nous craignions. »

À découvert parut sur les traits ravinés de son oncle un réel chagrin. Il plongea ses doigts dans sa rude tignasse grise. « Me recevra-t-il ? »

Elle acquiesça d'un signe. « Mais il se dit trop mal fichu pour batailler. »

Le Silure pouffa. « Et moi un trop vieux soudard pour le croire. Jusque sur son bûcher funèbre, ce sacré Hoster persistera à me bassiner avec la petite Redwyne. »

Sa pertinence la fit sourire. « Je ne vois pas Robb…

— Il doit être allé dans la salle, avec Greyjoy. »

Juché sur un banc s'y trouvait effectivement Theon qui, tout en dégustant une pinte de bière, amusait la garnison de Vivesaigues avec les merveilleux carnages du Bois-aux-Murmures. « En nous voyant surgir des ténèbres avec nos lances et nos épées, certains tentèrent bien de s'échapper, mais nous avions étranglé la nasse aux deux extrémités. Et les Lannister durent croire que les Autres en personne s'abattaient sur eux lorsque le loup de Robb se jeta dans leurs rangs, car je l'ai vu de mes propres yeux arracher le bras d'un type à hauteur de l'épaule, et leurs chevaux s'emballèrent rien qu'à le flairer. Je ne saurais vous dire au juste combien des leurs furent…

— Où puis-je trouver mon fils, Theon ? l'interrompit-elle.

— Il s'est rendu dans le bois sacré, madame. »

Exactement ce qu'eût fait Ned… *Il est le fils de son père autant que le mien, je ne devrais jamais l'omettre. Oh, dieux de dieux, Ned…*

Elle finit par le trouver, sous le dais de verdure que formait la ronde des grands rubecs et des vastes ormes séculaires, agenouillé devant l'arbre-cœur, un barral svelte à la face moins menaçante que mélancolique. Il avait fiché son épée en terre devant lui, et ses mains gantées en enserraient la garde. Nombre de ses compagnons l'entouraient : Lard-Jon Omble, Rickard Karstark, Maege Mormont, Galbart Glover, entre autres, et même Tytos Nerbosc, son grand manteau de corbeau déployé derrière ses talons. *Voilà les fidèles des anciens dieux*, se dit-elle brusquement. Et la question la traversa : *À quels dieux sacrifié-je, moi, ces temps-ci ?* sans qu'elle y trouvât de réponse.

Il eût été malvenu de les déranger dans leurs oraisons. Ce qui revenait aux dieux revenait aux dieux…, dussent ces dieux, dans leur cruauté, lui ravir encore le seigneur son père après lui avoir ravi Ned. Aussi patienta-t-elle. L'haleine de la rivière agitait la cime des arbres, et sur la droite se distinguait la tour d'Abée, les flancs tapissés de lierre noueux. Et les souvenirs affluèrent, tumultueux. C'était sous ces mêmes frondaisons que Père lui apprenait à monter. C'est en tombant de cet orme-ci qu'Edmure s'était cassé le bras. Cette charmille, là-bas, les avait vues, elle et Lysa, s'égayer d'embrasser Petyr. Que d'années, depuis lors, sans qu'elle y eût seulement ressongé… Avoir été si jeunes, tous, elle pas plus âgée que Sansa, Lysa moins qu'Arya, Petyr moins encore, si bouillant, pourtant. Elles se le cédaient mutuellement, tantôt graves, tantôt gloussantes. Les images lui en revenaient avec tant de vivacité qu'il lui semblait presque éprouver sur ses épaules, comme alors, la pression moite des doigts du bambin et, sur ses lèvres, le goût de menthe de ses baisers. Partout croissait la menthe, dans le bois sacré, et Petyr adorait en mâcher. Quel petit diable il faisait, jamais en repos. « Il essaie de me fourrer sa langue dans la bouche, avait-elle un jour confessé à sa sœur, une fois seule à seule. Comme à moi, chuchota Lysa, les yeux baissés, le souffle court. Et ça m'a bien plu. »

Comme Robb se relevait lentement et replaçait son épée au fourreau, elle se demanda s'il avait jamais embrassé de gamine dans le bois sacré. Très probablement. Elle avait surpris mainte œillade humide vers lui de Jeyne Poole et de quelques servantes – des filles âgées parfois même de dix-huit ans –..., puis ne venait-il pas de subir l'épreuve du feu, ne venait-il pas de tuer ? Bien sûr, qu'on l'avait embrassé. Des larmes lui brouillaient la vue. Elle les essuya d'une main rageuse.

« Mère..., dit Robb en la découvrant là. Nous devons réunir un conseil. Il y a des décisions à prendre.

— Ton grand-père souhaiterait te voir. Il est très malade, Robb.

— Ser Edmure m'en a parlé. Je suis navré, Mère..., pour lord Hoster et pour vous. La réunion prime, toutefois. Nous avons reçu un message du sud. Renly Baratheon a revendiqué la couronne.

— Renly ? s'étonna-t-elle, non sans scandale. J'aurais cru..., je m'attendais que ce soit Stannis.

— Comme nous tous, madame », approuva Galbart Glover.

Le conseil se tint dans la grand-salle, autour de quatre longues tables à tréteaux disposées en carré ouvert. Vu l'extrême faiblesse de lord Hoster, demeuré à dormir et à rêver sur son balcon des soleils et des rivières de sa jeunesse, Edmure occupait la cathèdre seigneuriale, avec pour voisin immédiat Brynden le Silure et, à sa droite et à sa gauche ainsi que sur les bancs latéraux, les bannerets Tully. La nouvelle de la victoire s'était répandue jusqu'au Trident et en avait ramené les vassaux fugitifs. Devenu lord par la mort de son père sous la Dent d'Or, Karyl Vance se présenta, escorté de ser Marq Piper et d'un Darry, fils de ser Raymun, pas plus vieux que Bran. Quittant sa Haye-Pierre en ruine, lord Jonos Bracken fit une entrée rêche et bravache avant d'aller s'asseoir le plus loin possible de Tytos Nerbosc.

Aux seigneurs du nord, moins nombreux, était échu, vis-à-vis d'Edmure, le quatrième côté. À la gauche de Robb, le Lard-Jon puis Theon Greyjoy ; à la droite de Catelyn, Galbart Glover et lady Mormont. Émacié, creusé par le chagrin de ses deux fils tués dans le Bois-aux-Murmures, lord Rickard, crasseux et la barbe hirsute, se joignit à eux comme en cauchemar. Il était sans nouvelles du troisième, l'aîné, qui, sur la Verfurque, avait commandé les piques Karstark contre Tywin Lannister.

La discussion fit rage jusque fort avant dans la nuit. Chaque lord ayant le droit de parole, tous d'en user… et abuser, tous de vociférer, jurer, disputer raison, cajoler, blaguer, marchander, tous d'assener leurs chopes sur la table, et de menacer, de sortir en trombe et de revenir, maussades ou matois. Sans bouger pied ni patte, Catelyn écoutait, tout ouïe.

Roose Bolton avait reformé les lambeaux de la seconde armée au débouché de la route sur le Conflans. Ser Helman Tallhart et Walder Frey tenaient les Jumeaux. Les troupes de lord Tywin avaient franchi le Trident en direction de Harrenhal. Et le royaume avait deux rois. Deux rois, et pas à l'amiable.

Nombre des assistants voulaient marcher tout de suite, à l'est, sur Harrenhal pour affronter lord Tywin et anéantir une fois pour toutes la puissance des Lannister. Le jeune et bouillant Marq Piper insistait pour frapper un grand coup en attaquant Castral Roc, à l'ouest. D'autres conseillaient la patience. Vivesaigues, soulignait Jason Mallister, se trouvant carrément en travers des lignes d'approvisionnement Lannister, il suffisait d'attendre le moment propice et, tout en empêchant lord Tywin de recevoir des troupes fraîches et des vivres, de conforter les positions et de laisser un peu souffler les hommes. Aucune de ces solutions ne satisfaisait lord Nerbosc : il fallait achever la besogne entamée au Bois-aux-Murmures, et marcher sur Harrenhal, mais en y associant Roose Bolton. Il trouva, comme toujours, son contradicteur en la personne de Bracken qui se dressa pour clamer : « C'est au sud que nous devons nous rendre. Afin de jurer allégeance au roi Renly et de joindre nos forces aux siennes.

— Renly n'est pas le roi », objecta Robb qui, jusque-là, n'avait pas ouvert la bouche. À l'instar de son père, il savait écouter.

« Vous n'envisagez pas, j'espère, de vous rallier à Joffrey, messire ? s'insurgea Galbart Glover. Il a fait exécuter votre père !

— Cela suffit à me le rendre odieux, répliqua Robb, mais pas, que je sache, à légitimer Renly. Qu'on le veuille ou non, Joffrey demeure, et de plein droit, en tant que fils aîné de Robert, l'unique possesseur authentique du Trône de Fer. Qu'il vienne à mourir, et je me propose d'y œuvrer personnellement, son cadet, Tommen, est le premier appelé à lui succéder.

— Mais c'est toujours un Lannister ! jappa ser Marq Piper.

— J'en conviens..., dit Robb avec embarras. Cependant, si nous les récusons l'un et l'autre, hé bien, comment pourrions-nous avouer Renly ? Il n'est que le second frère de Robert. Pas plus que, pour Winterfell, Bran ne saurait prendre le pas sur moi, pas davantage ne le peut Renly sur lord Stannis pour la couronne.

— Lord Stannis précède incontestablement, approuva lady Mormont.

— Mais Renly est déjà *couronné*, insista Piper. Hautjardin et Accalmie l'appuient, et les gens de Dorne vont le faire sans lambiner. Que Winterfell et Vivesaigues se portent eux-mêmes à ses côtés, et le voilà fort de cinq des sept grandes maisons du royaume. Voire de six, si les Arryn le rejoignent à leur tour… Six contre le Roc ! D'ici moins d'un an, messires, nous verrons sur des piques leurs têtes à tous, la reine et son roitelet de fils, lord Tywin et le Régicide, le Lutin, ser Kevan, tous ! Voilà ce que nous gagnerons à prendre parti pour le roi Renly. Lord Stannis a-t-il rien d'équivalent à nous offrir en contrepartie ?

— Le droit », s'obstina Robb. On aurait cru entendre les accents de Ned.

« Ainsi, nous devrions, selon toi, nous déclarer en faveur de Stannis ? demanda Edmure.

— J'ignore. J'ai eu beau prier les dieux de daigner m'éclairer, ils ne m'ont pas répondu. Si les Lannister ont tué mon père sous l'accusation mensongère, nous le savons tous de félonie, Joffrey n'en est pas moins le roi légitime et, à le combattre, nous *serons* des traîtres.

— Le seigneur mon père ne manquerait pas de vous inciter à la plus grande prudence, intervint le vieux ser Stevron, avec le sourire inimitable des belettes Frey. Temporisons, laissons ces deux rois jouer leur partie de trônes et, quand ils en auront terminé, libre à nous de ployer le genou devant le vainqueur… ou de le braver. Les préparatifs belliqueux de Renly ont dû prédisposer lord Tywin à ne point exclure l'hypothèse d'une trêve… assortie de la restitution de son fils. Si vous me permettiez, nobles sires, d'aller débattre à Harrenhal rançons et clauses au mieux de nos intérêts… »

Des rugissements indignés noyèrent sa suggestion. « *Poltron !* » tonna le Lard-Jon. « Quémander une trêve ? s'emporta lady Mormont, comme si nous étions en fâcheuse posture ? » Et Rickard Karstark de hurler : « Au diable vos rançons ! pas question de *rendre* le Régicide !

— Et une paix… ? » suggéra Catelyn.

Tous les regards convergèrent sur elle, mais elle ne fut sensible qu'à celui de Robb, le seul qui lui importât. « Ils ont tué le seigneur mon père, madame, votre époux », répliqua-t-il d'un ton sans appel. Il dégaina son épée, la déposa devant lui, l'acier nu brilla d'un éclat funeste sur le bois rugueux. « L'unique paix que je réserve aux Lannister, la voici. »

Le Lard-Jon aboya son assentiment, aussitôt relayé par d'autres qui beuglaient, tiraient l'épée, tapaient du poing sur la table. Catelyn attendit qu'ils se fussent calmés pour reprendre : « Lord Eddard était votre suzerain, messires, mais je partageais sa couche, moi, j'ai porté ses enfants. Croyez-vous mon amour inférieur au vôtre ? » Sa voix faillit se briser, elle se roidit pour la raffermir. « Robb, si cette épée pouvait le rendre au jour, jamais je ne te la laisserais rengainer avant que Ned ne se retrouve à mes côtés…, mais il n'est plus, et cent Bois-aux-Murmures n'y changeraient rien. Ned n'est plus, ni Daryn Corbois, ni les vaillants fils de lord Karstark, ni tant d'autres braves tombés de même, et nous ne reverrons aucun d'entre eux. Faut-il encore multiplier les morts ?

— Vous êtes femme, madame, gronda la voix orageuse du Lard-Jon, et les femmes n'entendent goutte à ces choses-là.

— Vous incarnez le sexe tendre, ajouta lord Karstark d'un air ravagé. Le nôtre est altéré de vengeance.

— Donnez-moi Cersei Lannister, messire, et vous verrez de quelle *tendresse* est susceptible le mien, riposta-t-elle. Il se peut que je n'entende goutte aux questions de tactique et de stratégie…, mais la puérilité n'a pas de secrets pour moi. Quand nous sommes entrés en guerre, les armées Lannister dévastaient le Conflans, Ned était prisonnier sous prétexte de félonie. Nous nous battions pour nous défendre et pour libérer mon seigneur et maître.

« Eh bien, nous avons atteint notre premier objectif, et le second nous a échappé pour jamais. Quitte à pleurer Ned jusqu'à mon dernier jour, je me dois de penser aux vivants. Je veux qu'on me rende mes filles, et elles sont toujours aux mains de la reine. S'il me faut troquer nos quatre Lannister contre ses deux Stark, je parlerai crûment de marché et rendrai grâces aux dieux. Je te veux sauf, Robb, je veux te voir occuper le siège de ton père et gouverner à Winterfell. Je veux que tu vives ta vie, que tu embrasses, te maries, engendres. Je veux poser le point final à ce cauchemar. Je veux rentrer chez moi, messires, pleurer mon époux. »

Un silence impressionnant salua la fin de son plaidoyer.

« La paix..., repartit Oncle Brynden. Une douce chose que la paix, dame..., mais sur quoi la fonder ? Il est bien joli de faire fondre en soc son épée, mais s'il faut la reforger dès le lendemain...

— À quoi rime la mort de mon Torrhen et de mon Eddard si je ne dois regagner Karhold qu'avec leurs os ? demanda Karstark.

— En effet..., acquiesça Bracken. Gregor Clegane a dévasté mes terres, massacré mes gens, réduit la Haye-Pierre en un tas de décombres fumants. Et j'aurais à ployer le genou, maintenant, devant ceux qui l'ont dépêché ? À quoi bon nous être battus, s'il faut nous retrouver Gros-Jean comme devant ? »

À la stupeur de Catelyn et à son grand dépit, Nerbosc abonda : « Sans compter qu'à traiter avec le roi Joffrey, ne passerons-nous pas pour traîtres aux yeux du roi Renly ? Nous serons frais, si le cerf l'emporte sur le lion !

— Quant à moi, déclara Marq Piper, décidez ce qu'il vous plaira, jamais je n'avouerai un Lannister pour roi.

— Ni moi ! piailla le petit Darry. Jamais ! »

Le tohu-bohu s'enfla de plus belle, au désespoir muet de Catelyn. Avoir été si près du but, pensait-elle. Ils avaient failli l'écouter, *failli*..., mais l'occasion était perdue. Envolée, la paix et, avec elle, la chance de panser les plaies, tout espoir de sécurité. Elle regardait son fils, le scrutait tandis qu'il écoutait, oh, perplexe, le sourcil froncé, mais marié d'avance à cette guerre qu'il faisait sienne, les lords débattre. Il s'était engagé à épouser une fille de Walder Frey, mais sa véritable fiancée, comment s'y méprendre un instant ? reposait en évidence sur la table : son épée.

Et les petites ? Qu'adviendrait-il d'elles ? Les reverrait-elle jamais ? Le Lard-Jon bondit brusquement sur ses pieds.

« MESSIRES ! hurla-t-il à ébranler la charpente de la grand-salle. Voici ce que je dis, moi, à ces deux rois. » Il cracha. « Renly Baratheon ne m'est rien, pas plus que Stannis. Pourquoi devraient-ils m'imposer leur loi, à moi et aux miens, depuis quelque trône fleuri de Dorne ou de Hautjardin ? Que savent-ils du Mur, du Bois-aux-Loups, des tertres des Premiers Hommes ? Même leurs *dieux*, du toc ! Et les Autres emportent de même les Lannister, j'en ai une indigestion. » De derrière son épaule, il tira son interminable estramaçon. « Pourquoi ne pas nous gouverner nous-mêmes à nouveau ? Ce sont les dragons que nous avions épousés, et les dragons sont morts ! » Il pointa sa lame sur Robb. « Le *voici*, le seul roi devant qui je consens à ployer *mon* genou, messires, tonitrua-t-il : le roi du Nord ! »

Sur ce, il s'agenouilla et déposa son arme aux pieds du fils de Catelyn.

« J'accepterai la paix dans *ces* conditions-*là*, dit lord Karstark. Qu'ils gardent leur château rouge et leur siège de fer. » Il tira son épée du fourreau. « Le roi du Nord », conclut-il en s'agenouillant aux côtés du Lard-Jon.

Maege Mormont se dressa. « Le roi de l'Hiver ! » clama-t-elle en jetant sa masse épineuse auprès des épées. Déjà se levaient à leur tour les seigneurs riverains, les Nerbosc, Bracken, Mallister..., dont les maisons n'avaient jamais relevé de Winterfell, mais Catelyn les contempla, stupide, joncher le sol de leurs épées, ployer le genou en proférant d'une voix forte les vieux mots oubliés dans le royaume depuis trois cents ans, depuis qu'Aegon le Dragon était venu placer sous un seul sceptre les Sept Couronnes…, les vieux mots qui retentissaient à nouveau, répétés par tous les échos de la grand-salle de Vivesaigues :

« Le roi du Nord ! »
« Le roi du Nord ! »
« LE ROI DU NORD ! »

DAENERYS

Dans ces parages de mort pourpres et calcinés, le bon bois ne se trouvait guère. Sans être parvenus à glaner que du cotonneux rabougri, des buissons violacés, des javelles de chiendent brunâtre, les fourrageurs ébranchèrent les arbustes les moins contrefaits, les dépouillèrent de leur écorce et les disposèrent vaille que vaille, une fois débités, en un carré creux dont on bourra le cœur de broussaille, d'aubier, de chaume, de ramilles. Au sein du maigre cheptel disponible, Rakharo choisit un étalon qui, sans valoir évidemment le rouge de Khal Drogo, le pallierait tant bien que mal et qu'après l'avoir régalé d'une pomme Aggo sacrifia sur le bûcher d'un seul coup de hache entre les deux yeux.

Affalée à terre pieds et poings liés, Mirri Maz Duur contemplait ces apprêts d'un œil noir et anxieux. « Il ne suffit pas de tuer un cheval, dit-elle à Daenerys. En soi, le sang n'est rien. Tu ne possèdes ni la formule nécessaire pour opérer ni la sagesse nécessaire pour l'inventer. Tu prends la sang-magie pour un jeu d'enfant ? *Maegi* signifie *sage*, voilà tout, et tu le prononces comme une insulte… Ignorance puérile et puérilité ! Quels qu'ils soient, tes projets sont vains. Fais-moi détacher, et je t'aiderai.

— J'en ai assez de ses jacasseries », dit Daenerys à Jhogo. Le fouet qui la cingla sur-le-champ fit taire l'épouse divine.

Par-dessus le cadavre du cheval, on édifia une espèce de plate-forme composée de bûches taillées dans le tronc des plus petits arbustes, les branchages et les branches des plus gros, tous orientés d'est en ouest, d'après la course du soleil. Là-dessus vinrent s'amonceler les trésors de Khal Drogo : sa grande tente, ses vestes peintes, ses selles et harnais, le fouet que lui avait offert son père à la puberté, l'*arakh* qui avait tué Khal Ogo et son fils, un arc formidable en os de dragon. Lorsqu'Aggo voulut y joindre les armes offertes à Daenerys le jour de ses noces par les sang-coureurs, elle s'y opposa. « Elles m'appartiennent, j'entends les garder. » Après qu'une nouvelle couche de broussaille eut tout recouvert, on tapissa le faîte avec des bottes de chiendent.

Le soleil approchait du zénith quand Mormont attira Daenerys à l'écart. « Princesse…, commença-t-il.

— Quel nom me donnez-vous là ? l'apostropha-t-elle. Viserys était bien votre roi, non ?

— En effet, madame.

— Mon frère est mort. Je suis son héritière, l'ultime descendante du sang targaryen. Tout ce qui lui revenait me revient, désormais.

— Ma… Votre Majesté. » Il mit un genou en terre. « L'épée qui lui appartenait vous appartient, reine Daenerys. Et mon cœur aussi, qui ne fut jamais sien. Je ne suis qu'un chevalier, je n'ai rien d'autre à vous offrir que mon exil, mais je vous conjure de m'écouter. Laissez s'en aller Khal Drogo. Vous ne serez pas seule. Personne, j'en fais serment, ne vous emmènera contre votre gré à Vaes Dothrak. Rien ne vous oblige à vous joindre au *dosh khaleen*. Suivez-moi vers l'est. Yi Ti, Qarth, la mer de Jade, Asshai-lès-l'Ombre…, nous verrons les merveilles que nul encore n'a vues, nous boirons les vins que les dieux trouveront opportun de nous servir. Par pitié, *Khaleesi*. Je sais ce que vous tramez. Pas cela. Pas *cela*.

— Je le dois, dit-elle en lui effleurant le visage d'un doigt affectueux mais attristé. Vous ne comprenez pas…

— Je comprends que vous l'aimiez, s'étrangla-t-il avec la violence du désespoir. Mais j'avais beau adorer ma femme, je ne l'ai pas suivie dans la mort. Vous êtes ma reine, vôtre est mon épée, mais ne me demandez pas de vous laisser gravir le bûcher de Drogo. Je ne vous regarderai pas brûler.

— Est-ce là ce que vous craignez ? » Elle lui frôla le front d'un baiser. « Je ne suis pas infantile à ce point, messer.

— Vous ne comptez donc pas mourir avec lui ? Votre Majesté me le jure ?

— Je vous le jure. » Proféré dans la langue des Sept Couronnes qui, de droit, lui appartenaient, ce serment acquérait une étrange solennité.

Au troisième niveau de la plate-forme, on amassa des ramilles pas plus épaisses que des sarments, puis un matelas de brindilles et de feuilles sèches, le tout orienté du nord au sud, de la glace au feu, surmonté enfin de coussins moelleux et de draps de soie. Le soleil commençait alors à décliner vers le couchant. Daenerys convoqua les Dothrakis restants. Moins d'une centaine, mais combien d'hommes Aegon commandait-il au départ ? Aucune espèce d'importance.

« Vous allez être mon *khalasar*, dit-elle. Ceux d'entre vous qui sont esclaves, je les affranchis. Otez vos colliers. Si vous le souhaitez, partez, nul ne vous fera de mal. Si vous restez, on vous traitera en frères et sœurs, maris et femmes. » Les prunelles noires dardées sur elle demeuraient circonspectes ou inexpressives. « Des enfants, des femmes, des vieillards ridés, voilà ce que j'ai sous les yeux. Enfant, je l'étais hier. Je suis femme, aujourd'hui. Demain me verra vieille. À chacun je dis : accorde-moi tes mains et ton cœur, et tu auras toujours ta place à mes côtés. » Elle se tourna vers les trois guerriers de son *khas*. « À toi, Jhogo, j'offre le fouet à manche d'argent que je reçus pour présent de noces et te nomme *ko*. Jure seulement, je t'en prie, de vivre et mourir en sang de mon sang, de chevaucher près de moi pour ma sauvegarde. »

Il reçut le fouet de ses mains, mais sa physionomie trahissait l'embarras. « *Khaleesi*, bredouilla-t-il enfin, cela ne se peut. Sang-coureur d'une femme, je me couvrirais d'opprobre… »

Elle affecta d'ignorer l'objection, appela : « Aggo ? » *Si je regarde en arrière, c'en est fait de moi.* « À toi, j'offre l'arc en os de dragon que je reçus pour présent de noces. » Plus grand qu'elle, il était magnifique, avec sa double cambrure, sa luisance noire. « Je te nomme *ko*. Jure seulement, je t'en prie, de vivre et mourir en sang de mon sang, de chevaucher près de moi pour ma sauvegarde. »

Les yeux à terre, il accepta l'arc. « Je ne saurais prononcer ce serment. Seul un homme peut conduire *un khalasar* et nommer un *ko*.

— Rakharo, poursuivit-elle nonobstant, voici le grand *arakh* à garde et lame rehaussées d'or que je reçus pour présent de noces. Je te nomme *ko*, toi aussi, et te prie de vivre et mourir en sang de mon sang, de chevaucher près de moi pour ma sauvegarde.

— Vous êtes *khaleesi*, répondit-il en prenant l'*arakh*. Je chevaucherai à vos côtés pour votre sauvegarde jusqu'à l'instant où vous prendrez la place qui vous revient, à Vaes Dothrak, au bas de la Mère des Montagnes, parmi les devineresses du *dosh khaleen*. Vous promettre davantage m'est impossible. »

Elle hocha la tête d'un air aussi calme que si elle ne venait pas d'essuyer un refus et, s'adressant à son dernier champion : « À vous, ser Jorah Mormont, fleur et premier de mes chevaliers, je n'ai pas de présent de noces à offrir, mais je jure de vous remettre un jour de mes propres mains une épée telle que le monde n'en a jamais vu de pareille, en acier valyrien forgé par les dragons. Accordez-moi seulement votre foi, vous aussi.

— Vous l'avez, ma reine, dit-il en s'agenouillant et en déposant son épée devant elle. Je jure de vous servir, de vous obéir et de mourir, s'il le faut, pour vous.

— Quoi qu'il advienne ?

— Quoi qu'il advienne.

— J'en accepte votre parole. Les dieux me préservent de vous le faire jamais déplorer. » Elle le releva et, se dressant sur la pointe des pieds pour atteindre les lèvres du chevalier, les baisa gentiment et dit : « Vous êtes le premier de ma Garde Régine. »

Les yeux bridés du *khalasar* entier pesaient de tout leur poids sur sa personne quand elle regagna sa tente. Aux regards en coin que lui décochaient en marmonnant les Dothrakis, elle comprit qu'ils la croyaient folle. Peut-être n'avaient-ils pas tort ? Elle le saurait bien assez tôt. *Si je regarde en arrière, c'en est fait de moi.*

Le bain était bouillant quand, aidée d'Irri, elle s'y plongea, mais elle le fit sans barguigner ni pousser un cri. Elle aimait ces températures excessives et le sentiment de propreté qu'elle leur devait. De l'eau, aromatisée par Jhiqui avec les essences achetées au marché de Vaes Dothrak, s'exhalaient d'entêtantes vapeurs. Tandis que Doreah lui lavait, démêlait, lissait les cheveux, qu'Irri récurait son dos, elle ferma les paupières et, abandonnée, ouverte à cette chaleur capiteuse, en savoura la progression entre ses cuisses endolories, fut prise d'un long frisson lorsque, y pénétrant, celle-ci parut en dissiper les crampes, et les meurtrissures, et lui procura l'impression de flotter.

Une fois décrassée, peaufinée, épongée, séchée, une fois que sa chevelure eut recouvré jusqu'au bas des reins son aspect de cascade d'argent liquide, une fois qu'on l'eut parfumée d'épice-fleur et de cinname, une touche à chaque poignet, derrière chaque oreille et sur chaque téton de ses seins alourdis de lait, une fois que, délicat et frais comme un baiser d'amant, le doigt d'Irri se fut doucement frayé passage entre ses lèvres intimes pour y apposer la dernière, Daenerys congédia ses femmes afin de préparer Drogo pour sa suprême chevauchée dans les contrées nocturnes.

Après l'avoir méticuleusement lavé par tout le corps, elle brossa et huila ses cheveux, en éprouvant la pesanteur, y emmêlant ses doigts pour la dernière fois, se remémorant la première, le premier soir. Combien d'hommes pouvaient, à leur mort, se vanter, comme lui, de ne les avoir jamais coupés ? Elle y enfouit son visage, se gorgea de leur sombre fragrance d'herbe et de terre tiède, de fumée, de sperme et de cheval. L'odeur de Drogo. *Pardonne, soleil de mes nuits. Pardonne tout ce que j'ai fait, ce que je dois encore faire. J'ai payé le prix, soleil étoilé de ma vie, mais trop cher, trop cher...*

Elle lui natta les cheveux, glissa dans sa moustache les anneaux d'argent, suspendit une à une chaque clochette. Tant de clochettes, d'or, d'argent, de bronze. Et de clochettes sans autre fonction que de prévenir l'ennemi, le terrifier d'avance. Elle lui enfila ses culottes de crin, ses cuissardes, le ceignit de lourds médaillons d'or et d'argent, lui passa sa veste favorite, une vieille veste aux couleurs passées. Pour elle-même, elle fit choix de pantalons flottants de soie, de sandales lacées à mi-jambe et d'une veste pareille à celle du *khal*.

Le soleil touchait l'horizon lorsqu'elle appela pour faire transporter le corps sur le bûcher. Jhogo et Aggo s'en chargèrent, la précédant sous l'œil muet des Dothrakis, et le déposèrent sur les coussins et les soieries, la tête tournée vers la Mère des Montagnes, là-bas, au nord-est.

« L'huile », commanda-t-elle, et des jarres furent déversées sur le bûcher jusqu'à ce que l'huile, imbibant les tissus, l'herbe, les branchages, dégouttât jusque sous les bûches et que l'atmosphère en fût embaumée. « Mes œufs », ordonna-t-elle à ses femmes, et quelque chose dans sa voix leur fit prendre le pas de course.

Ser Jorah lui saisit le bras. « Ma reine, Drogo n'aura que faire d'œufs de dragon dans les contrées nocturnes. Il vaudrait mieux les vendre à Asshai. La vente d'un seul nous permettra d'affréter un bateau pour regagner les cités libres. La vente des trois vous rendra riche pour le restant de vos jours.

— On ne me les a pas donnés pour que je les vende », répliqua-t-elle. Et elle escalada le bûcher pour les placer elle-même autour du soleil étoilé de sa vie. Le noir sous le bras du cœur. Le vert lové dans la tresse, contre la tête. À l'entre-jambe, le crème-et-or. Et le baiser d'adieux lui laissa aux lèvres des effluves d'huiles.

Comme elle redescendait, Mirri Maz Duur la dévisagea. « Folle ! cria-t-elle d'une voix rauque.

— Y a-t-il si loin de la folie à la sagesse ? riposta-t-elle. Ser Jorah, prenez cette femme et ligotez-la au bûcher.

— Au… ! Non, ma reine, écoutez, non…

— Faites ce que je dis. » À le voir hésitant, sa colère explosa : « Vous avez juré de m'obéir ! Quoi qu'il advienne ! Aide-le, Rakharo. »

Sans desserrer les dents, l'épouse divine se laissa traîner au bûcher et planter parmi les trésors de Drogo. Daenerys l'inonda d'huile de sa propre main. « Je te remercie, Mirri Maz Duur, dit-elle, pour tes leçons.

— Tu ne m'entendras pas crier, prévint la *maegi*, ruisselante, pendant que l'huile imbibait ses vêtements.

— Si. Mais c'est ta vie que je veux, non tes cris. J'ai bonne mémoire : seule la mort peut acheter la vie. » Mirri Maz Duur ouvrit la bouche mais garda le silence. Dans ses yeux noirs, une expression indéfinissable avait supplanté le mépris. La peur, peut-être. Daenerys se recula. Il ne restait plus qu'à scruter le coucher du soleil et le lever de la première étoile.

Lorsque disparaît un seigneur du cheval, il est censé aller, monté sur son coursier, prendre sa place au sein des constellations. Plus ardente aura été sa vie, plus étincelant sera son astre dans les ténèbres.

Jhogo l'aperçut le premier. « *Là* », dit-il d'une voix étouffée en désignant l'orient. Bas sur l'horizon, la première étoile était une comète rutilante. Rouge sang, rouge feu, avec une queue de dragon. Le présage passait l'espérance de Daenerys.

Elle prit la torche que tenait Aggo et la jeta entre les bûches, l'huile prit aussitôt feu, les broussailles et l'herbe un clin d'œil après. Des flammes furtives et prestes comme des souris rouges jaillirent du bois, patinant sur l'huile et bondissant d'écorce en branche et de branche en feuille. La chaleur sans cesse croissante lui souffla d'abord au visage des halètements doux et précipités d'amant mais devint intolérable au bout de quelques secondes. Daenerys recula. Les craquements du bois se faisaient de plus en plus forts. Mirri Maz Duur se mit à chanter, ululer sur un ton strident. Dans leur course à qui mieux mieux vers le haut, les flammes se tordaient en tourbillonnant. Le sol chatoyait, l'air lui-même avait l'air de se liquéfier sous l'action de la chaleur qui arrachait aux bûches des crachats et des pétarades. Les flammes enveloppèrent Mirri Maz Duur, dont le chant monta plus âpre, plus aigu…, buta sur un hoquet, un autre, encore un autre et un autre…, avant de se métamorphoser en une plainte abominable, ténue, suraiguë, lourde d'agonie.

Et voici que les flammes atteignaient Drogo, son Drogo, voici qu'elles le cernaient, que ses vêtements prenaient feu, le vêtant un instant de bourre de soie flottante, orangée, de vrilles virevoltantes et grasses de fumée grise. La bouche entrebâillée soudain, Daenerys se surprit à retenir son souffle. Quelque chose en elle aspirait à suivre Drogo comme l'avait appréhendé Mormont, à se ruer à ses côtés pour le supplier de lui pardonner, pour le prendre en elle une dernière fois, pour fondre sa chair à sa chair et finir par ne plus faire avec lui qu'un, dans le feu, pour jamais.

L'odeur ne différait pas de celle de la viande de cheval sur les feux d'étape. Dans le crépuscule incessamment noirci rugissait le bûcher, d'un rugissement de grand fauve où se perdaient les gémissements affaiblis de Mirri Maz Duur, et ses longues flammes bondissaient lécher le ventre de la nuit. Quand la fumée fut par trop épaisse, les Dothrakis s'écartèrent en toussant. Un vent d'enfer déployait de gigantesques bannières de flammes orange, les bûches craquaient, sifflaient, des nuées d'escarbilles giclaient dans les flots de fumée, volaient au firmament noirci comme autant de lucioles tout juste écloses. Et plus le brasier battait l'air de ses immenses ailes rouges, plus reculaient les Dothrakis, plus reculait ser Jorah lui-même, mais Daenerys ne cédait pas un pouce de terrain, loin de là. Elle était le sang du dragon, et le feu l'habitait.

Cette vérité, elle l'avait dès longtemps pressentie, se dit-elle en se rapprochant encore de la fournaise, mais un brasero ne suffisait pas. Sous ses yeux, les flammes se tortillaient comme à ses noces les danseuses, avec des pirouettes, des chansons, des déhanchements, des tournoiements de voiles jonquille, ponceau, tango certes périlleux mais d'un attrait, d'un attrait si puissant quand les animait cette incandescence… ! Elle leur ouvrit les bras, s'empourpra, translucide. *Ce sont des noces aussi*, songea-t-elle. Mirri Maz Duur s'était tue, qui la prenait pour une enfant, omettant que les enfants grandissent, et qu'ils apprennent, les enfants.

Un pas de plus et, malgré les sandales, ses pieds perçurent l'ardeur du sable. La sueur ruisselait entre ses seins, le long de ses cuisses et, sur ses joues, recouvrait le tracé des pleurs du passé. Ser Jorah, derrière, avait beau s'époumoner, il ne comptait plus, seul comptait le feu. Les flammes étaient si belles, d'une splendeur si incomparable, et si ensorcelante chacune d'elles, en ses atours jonquille, ponceau, tango, sous le long manteau sinueux de fumée diaphane… Elle y discernait des griffons rubis, des serpents topaze, des licornes d'opale azurée, elle y discernait des poissons, des renards, des monstres, des loups et des oiseaux diaprés, des arbres en fleurs plus somptueux l'un l'autre. Elle discerna un cheval, un grand étalon gris ciselé de brume et que sa crinière auréolait de flammeroles bleues. *Oui, mon amour, soleil étoilé de ma vie, oui, va, maintenant, chevauche, maintenant, va.*

Sa veste ayant commencé de se consumer, elle s'en défit d'un mouvement d'épaules et la laissa tomber tout en se rapprochant davantage encore. Et, tandis que, sur ses talons, le cuir peint s'enflammait soudain, elle offrit au foyer sa poitrine nue dont les tétons pourpres et enflés ruisselaient de lait. *Maintenant*, pensa-t-elle, *maintenant*, et, une seconde, elle vit devant elle, monté sur l'étalon de brume et une lanière flamboyante au poing, Khal Drogo. Il sourit, puis son fouet s'abattit avec un sifflement ondoyant de reptile sur le bûcher.

Un fracas semblable à l'éclatement de la roche, et la plateforme chancela, croula sur elle-même, non sans projeter sur Daenerys une pluie de brandons, de braises et de cendres. Quelque chose d'autre aussi qui, par bonds et rebonds successifs, vint s'écraser à ses pieds : une parcelle de pierre pâle, convexe et veinée d'or, craquelée, fissurée, fumante. Et, si furibonds que fussent les rugissements du brasier, ils avaient beau abolir le monde, Daenerys perçut tout de même des glapissements de femmes et des cris émerveillés d'enfants.

Seule la mort peut payer la vie.

Alors retentit, brutale et sèche comme la foudre, une deuxième détonation qui l'environna de fumée, de remous au travers desquels elle entrevit tituber le bûcher, les bûches, irradiées jusqu'au cœur, exploser, dans un vacarme assourdissant que perçaient, parmi hennissements et cris de terreur panique, les prières instantes : « Daenerys… ! » et les imprécations de ser Jorah. *Non*, désirait-elle en vain lui répondre, *non, mon bon chevalier, n'ayez crainte, je ne risque rien. Le feu est mien. Je suis Daenerys du Typhon, sœur de dragons, femme de dragons, mère de dragons, voyez ! Ne VOYEZ-vous pas ?* Sur une prodigieuse gerbe de flammes et de fumée qui gicla vers le firmament, le bûcher s'écroula d'un bloc, la cernant de braises mais, loin de frémir, elle entra plus avant dans la tornade ardente, appelant ses enfants.

Alors éclata, aussi tonitruante, elle, qu'un cataclysme universel, la troisième déflagration.

Une fois que le feu se fut suffisamment éteint et le sol assez rafraîchi pour y poser le pied, ser Jorah Mormont vint la retrouver, prostrée parmi les cendres, les résidus charbonneux, rougeoyants, les ossements calcinés d'homme, de femme, d'étalon. Nue, noire de suie, ses moindres effets consumés, son opulente chevelure entièrement grillée..., intacte à cela près.

Bercés au creux des bras, le dragon crème-et-or lui tétait le sein gauche, le vert-et-bronze le sein droit. Lové autour de ses épaules, l'écarlate-et-noir lui coulait sous le menton son long col sinueux. À l'approche de ser Jorah, il dressa la tête et darda sur lui des prunelles d'un rouge ardent.

Sans mot dire, le chevalier tomba aux genoux de Daenerys, et les hommes du *khas* ne tardèrent pas à l'imiter. Jhogo vint le premier déposer son *arakh* devant elle et, en murmurant : « Sang de mon sang », se prosterna jusqu'au sol fumant. « Sang de mon sang », reprit Aggo en écho, puis Rakharo, d'une voix forte : « Sang de mon sang. »

Les suivirent ses servantes, puis les autres, tous les Dothrakis, hommes, femmes, enfants, et elle n'eut qu'à lire dans leurs yeux pour savoir qu'ils lui appartenaient désormais, aujourd'hui, demain, toujours, lui appartenaient comme jamais ils n'avaient appartenu à Drogo.

Comme Daenerys Targaryen se remettait sur pied, son noir émit un chuintement qui, par la bouche et les narines, se résolut en faisceaux pâles de fumée. Délaissant aussitôt le sein, les deux autres firent chorus en déployant des ailes translucides qui brassaient l'air, et aux vocalises des dragons, pour la première fois depuis des centaines d'années, s'aviva la nuit.

Le Nord
◆ – Château
◇ – Château en ruine
● – Ville
• – Bourg
LA GRÈVE GLACÉE
Les Crocgivre
La Forêt Hantée
LE MUR
Tour Ombreuse
Château noir
Fort levant
Reine Couronne
LE DON
BAIE DES PHOQUES
Skagos
BAIE DES GLACES
Ile-aux-Ours
Atre-lès-Confins
Ultime
Karhold
Presqu'île de Merdragon
Motte-la-Forêt
Bois-aux-Loups
Fort-Terreur
N
Winterfell
Blanchedague
Route Royale
Les Roches
Quart-Torrhen
LES TERTRES
LES RUS
Blancport
La Veuve
FJORD DE PIQUESEL
Moat Cailin
Baie d'Enfer
Pouce-Flint
LE NECK
LA MORSURE
Galet
Les Piz
Cap Kraken
Falaises de Flint
Griseaux
Les Trois Sœurs
LES DOIGTS
Les Jumeaux
Iles de Fer
Cap des Aigles
Vieux Wyk
Salvemer
Les Eyrié
Grand Wyk
Baie du Fer-né
La Porte Sanglante
VAL D'ARRYN
Harloi
Verfurque
Vieilles-Pierres
Bleufurque
Carte par James Sinclair
Culbute
Ruffurque

Le Sud
Château
Château en ruine
Les Piz
Les Trois Sœurs
LES DOIGTS
Route Royale
Grand-Arc
VAL D'ARRYN
Cordial
Les Eyrié
La Porte Sanglante
Goëville
Cap des Aigles
Verfurque
Salvemer
Iles de Fer
Vieux Wyk
Grand Wyk
Pyk
Harloi
Baie du Fer-né
Bleufurque
Vieilles-Pierres
LE TRIDENT
Auberge
Ruffurque
Culbute
Vivesaigues
Herpivoie
Salins
Baie des Crabes
Falaise
Noblecœur
Belle Ile
La Glandée
Harrenhal
Pince-Isle
Belcastel
Cendremarc
La Dent d'Or
Ruffurque
Ile aux Faces
Viergétang
Presqu'île de Claquepince
L'Œildieu
Route Royale
Sombreval
Lamarck
Peyredragon
Pierremoûtier
Castral Rock
Le Gosier
Feux-de-Joie
Port-Lannis
Rosby
Le Bec de Massey
Route d'Or
Port-Réal
La Baie de la Néra
Néra
Route du Front de Mer
LE BIEF
Bois-du-Roi
N
Wend
Bronzes
Torth
Route de la Rose
Pont-l'Amer
Cidre
La Vesprée
Mander
Accalmie
BAIE DES NAUFRAGEURS
Cendregué
Lestival
Iles Bouclier
Hautjardin
Marches de Dorne
Séréna
Bois de la Pluie
Havrenoir
Rubriant
Cap de l'Ire
Rocvert
Mielbois
Passe du Prince
Les Osseux
MER DE DORNE
Mielvin
Villevieille
Ferrugyer
Le Murmure
Les Météores
DORNE
Le Bras Cassé
Fléau
Voi
Lancehélion
Versang
Soufre
La Treille
Carte par James Sinclair

Mise en page par Meta-systems
59100 Roubaix

Cet ouvrage a été achevé d'imprimer en novembre 2016
dans les ateliers de Normandie Roto Impression s.a.s.
61250 Lonrai
N° d'édition : L.01EUCN000521.A012
N° d'impression : 1605323
Dépôt légal : septembre 2012

Imprimé en France